# THOMAS MANN

# BUDDENBROOKLAR

## BİR AİLENİN ÇÖKÜŞÜ

Can Modern

*Buddenbrooklar. Bir Ailenin Çöküşü*, Thomas Mann
Almanca aslından çevirenler: Kasım Eğit - Yadigar Eğit
*Buddenbrooks. Verfall einer Familie*

1. basım: 1983
14. basım: Şubat 2022, İstanbul
Bu kitabın 14. baskısı 2000 adet yapılmıştır.

Dizi editörü: Emrah Serdan
Editör: Şebnem Sunar

Kapak tasarımı: Utku Lomlu / Lom Creative (www.lom.com.tr)

Baskı ve cilt: İMAK Basım Yayın Ticaret ve Sanayi Limited Şirketi
Akçaburgaz Mah. 137. Sokak. No: 12
Esenyurt, İstanbul
Sertifika No: 45523

ISBN 978-975-07-3534-9

CAN SANAT YAYINLARI
YAPIM VE DAĞITIM TİCARET VE SANAYİ A.Ş.
Maslak Mah. Eski Büyükdere Cad. İz Plaza Giz, No: 9/25, Sarıyer / İstanbul
Telefon: (0212) 252 56 75 / 252 59 88 / 252 59 89 Faks: (0212) 252 72 33
canyayinlari.com
yayinevi@canyayinlari.com
Sertifika No: 43514

# THOMAS MANN

# BUDDENBROOKLAR

## BİR AİLENİN ÇÖKÜŞÜ

ROMAN

1929 NOBEL EDEBİYAT ÖDÜLÜ

Almanca aslından çevirenler

Kasım Eğit - Yadigar Eğit

can

Thomas Mann'ın Can Yayınları'ndaki diğer kitapları:

*Tonio Kröger*, 1997
*Büyülü Dağ*, 1998
*Seçilen*, 1998
*Venedik'te Ölüm*, 2007
*Lotte Weimar'da*, 2009
*Değişen Kafalar*, 2011
*Zor Saat*, 2011
*Aldanan Kadın*, 2012
*Majesteleri Kral*, 2013
*Mario ile Sihirbaz*, 2013
*Doktor Faustus*, 2013
*Dolandırıcı Felix Krull'un İtirafları*, 2014
*Efendi ile Köpeği*, 2016

THOMAS MANN, 1875'te Almanya'da doğdu. 1898'de yayımladığı ve *Der kleine Herr Friedemann* (Küçük Friedemann) adı altında topladığı ilk öykülerinde, daha çok Schopenhauer, Nietzsche ve Wagner'in etkisi altında kalarak sanatçının yaratma sorununa odaklanmıştı. Bu ilk öykülerinin ardından Mann'ı asıl üne kavuşturan *Buddenbrooklar* adlı toplumsal roman yayımlandı. 1903'te *Tonio Kröger*, 1912'de *Venedik'te Ölüm* yayımlandı. Daha sonra *Büyülü Dağ*'ı yazan Mann, Hitler iktidara gelince Almanya'dan ayrıldı. 1936'da ABD vatandaşlığına geçti ve Almanya'nın karanlık tablosunu çizdiği *Yusuf ve Kardeşleri* dörtlemesini yayımladı (1933-1942). Dörtlemenin ardından yazmaya koyulduğu *Doktor Faustus*'ta ise besteci Andreas Leverkühn'ün yaşamöyküsünün ışığında, Alman kültürünün barbarlığa yenik düşmesini anlattı. 1929'da Nobel Edebiyat Ödülü'nü alan Mann, 1955'te Zürih'te öldü.

KASIM EĞİT, 1948'de Adana'da doğdu. Doktorasını 1978'de Almanya'da Ruhr Üniversitesi'nde yaptı. Ege Üniversitesi Edebiyat Fakültesi Alman Dili ve Edebiyatı Bölümü öğretim üyesi ve bölüm başkanı. Friedrich Dürrenmatt'ın *Duruşma Gecesi*, Stefan Zweig'in *İnsanlığın Yıldızının Parladığı Anlar* ve *Değişim Rüzgârı*, Heinrich Böll'ün *Frankfurt Dersleri* ve *Melek Sustu*, Thomas Mann'ın *Buddenbrooklar* (Yadigar Eğit'le birlikte) ve Theodor Fontane'nin *Effi Briest* adlı yapıtlarını dilimize kazandırdı.

YADİGAR EĞİT, 1951'de İstanbul'da doğdu. Yüksek öğrenimini Ege Üniversitesi Edebiyat Fakültesi Alman Dili ve Edebiyatı Bölümü'nde tamamladı. Aynı üniversitede Alman Dili ve Edebiyatı Bölüm Başkanı ve Mütercim-Tercümanlık Anabilim Dalı Başkanı olarak görev yaptı. 2010 yılından bu yana Yabancı Diller Yüksekokulu'nda yönetim kurulu üyesidir. Bugüne değin kaleme aldığı pek çok yazı, makale ve bildirinin yanı sıra Hugo Loetscher'in *İsviçrenin Keşfi,* Thomas Mann'ın *Değişen Kafalar* (Kasım Eğit'le birlikte) ve Heinrich Böll'ün *Solgun Köpek* ile *Melek Sustu* adlı yapıtlarını dilimize kazandırdı.

# Birinci bölüm

## 1

"Bu nedir. Bu... nedir..."

"*Je, den Düvel ook, c'est la question, ma très chère demoiselle!*"[1]

Beyaz lake boyalı, düz çizgili ve yaldızlı bir aslan başıyla bezenmiş açık sarı döşemeli kanepede, kayınvalidesinin yanında oturan Frau Konsül[2] Buddenbrook, yanı başında koltuğuna oturmuş olan eşine şöyle bir baktı ve büyükbabanın, pencerenin önünde, kucağına oturttuğu küçük kızının yardımına koştu.

"Tony!" dedi, "inanıyorum ki, Tanrı beni..."

Sekiz yaşında, narin yapılı küçük bir kız olan Antonie, şanjanlı, ince ipek giysisiyle o sevimli sarı başını büyükbabasının yüzünden biraz öteye çevirerek, derin düşüncelere dalmış gibi gri mavi gözlerini odanın içinde öylesine gezdirdi ve bir kez daha tekrarladı: "Bu nedir," daha sonra yavaş yavaş, "İnanıyorum ki, Tanrı beni de," yüzü birden aydınlanmaya başladı, "bütün öteki yaratıklarla birlikte yarattı," diye ekledi çabucak. Sözcükler birden-

1. (Aşağı Almanca) "Lanet olsun,"; (Fr.) "bütün mesele bu, çok sevgili Matmazel!" (Y.N.)

2. O yılların Almanyası'nda eyalet meclislerince bazı büyük tüccarlara ve önemli kişilere verilen bir unvan. (Ç.N.)

bire dökülmeye başladı ve mutluluk saçan bakışlarla ve hiç takılmadan, kısa bir süre önce –1835 yılında– yüce ve bilge senatonun onayıyla gözden geçirilerek yeniden yayımlanan kateşizmin[1] ruhuna sadık kalarak bütün paragrafı ezbere okudu. İnsan ezberlediği şeyleri peş peşe sıralamaya başlayınca, kışın erkek kardeşleriyle birlikte küçük kızaklarıyla Jerusalem Dağı'ndan[2] aşağıya doğru kayıyormuş gibi bir duyguya kapılıyor, diye düşündü Tony: Sözcükler birbiri ardına akıp giderken, bütün düşünceler yok oluyor ve insan istese de onları durduramıyor.

"Ayrıca giysileri ve ayakkabıları," diye devam etti Tony, "yiyecekleri ve içecekleri, evleri ve bahçeleri, kadınları ve çocukları, tarlaları ve inekleri de..." Ancak şimdiye kadar kendisine hâkim olan ihtiyar Johann Buddenbrook bu sözler üzerine içindeki kahkaha selini bırakıverdi. Kateşizmle eğleniyor olmanın verdiği keyifle gülüyordu ve belki de yalnızca bu amaç için bu küçük sınavı uygulamıştı. Tony'nin tarlası ve sürüsü hakkında bilgi aldı, bir çuval buğdayı kaça satacağını sordu ve karşılıklı olarak ticaret yapmayı önerdi ona. Hiçbir zaman öfkeli görünmeyen yuvarlak, pembemsi ve temiz yüzünü, pudralanmış kar beyazı saçları çevreliyordu ve belli belirsiz bir saç örgüsü gri kahverengi ceketinin geniş yakasının üstüne düşüyordu. Yetmiş yaşına gelmiş olmasına rağmen gençlik yıllarının modasından kopmamıştı; yalnızca kocaman cepleriyle düğmelerin arasına kordon diktirmekten vazgeçmişti, fakat yaşamı boyunca hiçbir zaman uzun pantolon giymemişti. Beyaz fırfırlı fularının üzerindeki geniş ve çift katlı çenesinde rahatlığı çağrıştıran bir ifade vardı.

1. Hıristiyanlıkta, gençleri bilgilendirmek, kiliseye yeni üye kazanmak ve Hıristiyanlık eğitimi gören vaftiz adaylarını vaftize hazırlamak amacıyla sorular ve yanıtlar biçiminde düzenlenmiş inanç ve ibadet kılavuzu. (Y.N.)

2. Jerusalemsberg. Lübeck'te temsilî Haç Yolu ritüelinin yer aldığı yokuşun adı.

Aile reisine saygının bir ifadesi olarak hepsi de onun kahkahalarına katıldı. Kızlık soyadı Duchamps olan Madam Antoinette Buddenbrook tıpkı kocası gibi kıkır kıkır gülüyordu. İriyarı bir kadındı; gür beyaz saçlarının bukleleri kulaklarının üzerinden aşağıya doğru dökülmüştü, üzerinde sadelik ve alçakgönüllülüğü simgeleyen siyah ve açık gri çizgili bir elbise vardı, kucağındaki küçük çantayı sıkı sıkı tutan beyaz elleri hâlâ çok güzeldi. Yüz hatları, yıllar içerisinde kocasının yüz hatlarına şaşılacak kadar benzemişti. Yalnızca gözlerinin biçimi ve canlı siyahlığı onun yarı Latin asıllı olduğunu belli ediyordu. Büyükbabası tarafından Fransız İsviçreli bir aileden geliyordu ve doğma büyüme Hamburglu bir hanımefendiydi.

Kızlık soyadı Kröger olan gelini Frau Konsül Elisabeth Buddenbrook, çenesini göğsünün üzerine bastırmış, dudaklarını patlatarak Kröger'lere özgü kahkahasını atıyordu. Bütün Kröger'ler gibi onun da son derece şık bir görüntüsü vardı. Her ne kadar bir güzellik ilahesi sayılmasa da, yine de ince ve ölçülü ses tonuyla sakin, kendinden emin ve zarif hareketleriyle çevresinde şeffaflık ve güven duygusu uyandırıyordu. Başının üstünde küçük bir taç şeklinde toplanmış kızılımsı saçları, bukleler halinde kulaklarının üstüne bırakılmıştı ve küçük çillerle bezenmiş kar beyazı tenine çok yakışıyordu. Biraz uzunca burnu ve küçük ağzının yanı sıra yüzünün en belirgin özelliği, altdudağı ile çenesi arasında girinti olmamasıydı. Çiçek desenli, açık renkli ince ipekliden dar bir eteğin üstünde vücudunu sıkı sıkı saran belden kesik, kabarık karpuz kollu kısa elbisesi, ipek bir kurdeleye takılmış iri pırlantaların oluşturduğu bir kompozisyonun süslediği o muhteşem gerdanını tüm güzelliğiyle gözler önüne seriyordu.

Konsül Buddenbrook, biraz sinirli bir hareketle oturduğu koltuktan öne doğru eğildi. Tarçın rengi ceketinin koni biçimindeki kollarının geniş manşetleri, bileğinin üzerinden taşarak ellerini sıkı sıkı kavrıyordu. Üstünde yıkanır kumaştan, yan dikişleri siyah şeritlerle bezenmiş beyaz bir pantolon vardı. Çenesinin değdiği kolalı yakalığına bağladığı geniş ipek kravatı, renkli yeleğinin açık kalan yakasını iyice örtüyordu.

Her ne kadar dalgın gibi görünseler de, dikkatli bakan gözleri babasının mavi çukurumsu gözlerini andırıyordu; ancak yüz hatları daha keskindi ve daha ciddi görünüyordu. Öne doğru fırlamış gibi oldukça iri ve kemerli bir burnu vardı ve sarışın kıvırcık favorileriyle yarıya kadar örtülmüş yanakları yaşlı babasınınki kadar dolgun değildi.

Madam Buddenbrook gelinine döndü, kolunu tuttu ve onun kucağına doğru bakıp kıkır kıkır gülerek, "Her zaman aynı, hep aynı adam, değil mi *mon vieux*[1] Bethsy?.." dedi. "Her zaman" sözcüğünü, kibar konuşma modasına uyarak biraz değişik söylemişti.

Frau Konsül hiç yanıt vermedi, ancak zarif elini öyle salladı ki, kolundaki altın bilezikler şıngırdadı, sonra alnına düşen bir saç telini düzeltmek istiyormuş gibi elini kendine özgü bir hareketle başına götürdü.

Konsül Buddenbrook dostça ve aynı zamanda da serzenişli bir sesle, "Ama baba, kutsal şeylerle yine alay ediyorsunuz!" dedi gülümseyerek.

Meng Caddesi'ndeki geniş ve eski evin birinci katında, duvarları doğa manzaralarıyla kaplı odada oturuyorlardı. Johann Buddenbrook Şirketi'nin bir süre önce satın aldığı bu eve daha yeni taşınmışlardı. Duvarlara çepeçevre gerilmiş kalın ve yumuşak kumaşların üstünde, yere serili ince halıdaki kadar değişik ve birbirinden gü-

1. (Fr.) Sevgili. (Y.N.)

zel doğa manzaraları vardı; XVIII. yüzyılın resim sanatı zevkine uygun olarak yapılmış bu doğa manzaralarında üzüm kesen neşeli bağcılar, tarlalarında çalışan köylüler, kucaklarındaki bembeyaz kuzularla su kenarında bekleyen ya da şehvetli çoban delikanlılarla öpüşen saçları kurdeleli sevimli çoban kızları göze çarpıyordu. Bu resimlerin çoğunda hâkim olan sarı günbatımı manzarası, beyaz lake mobilyaların sarı kumaşı ve iki pencerede asılı sarı ipek tüllerle tam bir uyum gösteriyordu.

Odanın büyüklüğüne göre mobilyaların sayısı fazla değildi. İnce, düz ve hafif altın yaldız işlemeli yuvarlak masa divanın önüne değil, karşıdaki duvarın yanına, kapağının üstünde bir flüt kutusunun durduğu küçük orgun karşısına konmuştu. Duvarların önüne bir düzen içinde sıralanmış dik arkalıklı koltuklardan başka pencerenin yanında duran küçük bir dikiş masası vardı, divanın karşısında da, üzerine küçük biblolar ve minik heykeller konmuş zarif bir yazı masası duruyordu.

Pencerelerin karşısındaki camlı kapıdan sütunlu holün loş karanlığı görünüyordu, girişin sol tarafında yemek salonuna açılan beyaz renkli, çift kanatlı yüksek bir kapı vardı. Öteki duvarda, yarım daire şeklindeki bir çıkmanın içinde, kapının arkasında, ustalıkla yerleştirilmiş parlak dökme demirden sobanın çıtırtıları duyuluyordu.

Çünkü havalar erken soğumuştu. Dışarıda, sokağın karşı tarafında, Meryem Ana Kilisesi'nin avlusunda çepeçevre dizilmiş küçük ıhlamur ağaçlarının yaprakları, henüz ekim ortası olmasına rağmen şimdiden sararmıştı. Kilisenin gotik tarzı geniş köşelerinden ve kenarlarından esen rüzgâr ıslık çalıyor, incecik ve buz gibi bir yağmur yağıyordu. Pencerelerin ikinci camları da, Buddenbrook ailesinin en yaşlı kadınının hatırına, daha şimdiden takılmıştı.

Günlerden perşembeydi, iki haftada bir bütün aile

perşembeleri toplanırdı. Ama bugün aynı kentte oturan aile üyelerinden başka bazı tanıdıklar da sade bir yemeğe davet edilmişti. Saat dörde geliyordu, erken çöken akşamın alacakaranlığında oturmuş, konukları bekliyorlardı.

Kendisini Jerusalem Dağı'ndan kızakla aşağıya doğru kayıyormuş gibi hisseden küçük Antonie, ezberlediği paragrafı okurken büyükbabasının söylediklerine hiç aldırmamıştı, sadece biraz öne çıkık üstdudağını daha da şişirerek somurtmuştu. Sonunda Jerusalem Dağı'nın eteğine ulaşmıştı, ancak kayarken durmayı başaramadığı için varış noktasını biraz aşmıştı.

"Âmin!" dedi Tony. "Büyükbaba, ben biliyorum ne olduğunu!"

İhtiyar Buddenbrook, "*Tiens*![1] Bizim küçük yaramaz bir şey biliyormuş!" dedi yüksek sesle, meraktan ölüyormuş gibi bir hali vardı. "Duydun mu annesi? Biliyormuş ne olduğunu! Kimse bana söyleyemez mi..."

Tony, her sözcükte başını sallayarak, "Çakan şimşek bir şeyi tutuşturuyorsa o zaman yıldırım düştü, demektir; eğer şimşek bir şeyi tutuşturmuyorsa o zaman arkasından gök gürler!" diye başladı anlatmaya.

Bunları söyledikten sonra kollarını kavuşturdu ve başarısından emin olan biri gibi, gülümseyen büyüklerinin gözlerine baktı. İhtiyar Buddenbrook onun bu bilgiçliğine kızmıştı ve çocuğun kafasına bu saçmalıkları kimin soktuğunu ısrarla bilmek istedi. Bunun, küçüklere bakması için kısa süre önce işe alınan Marienwerder'li Matmazel Ida Jungmann'dan kaynaklandığı anlaşılınca, Konsül Buddenbrook ondan yana çıkmak zorunda kaldı:

"Çok sert davranıyorsunuz baba. Tony'nin yaşında bir kızın neden bu tür konularla ilgili görüşü olmasın ki?"

1. (Fr.) Bak şuna. (Y.N.)

*"Excusez, mon cher... Mais c'est une folie!*[1] Çocukların kafasının böyle şeylerle karıştırılmasına ne kadar kızdığımı bilirsin! Aman gök gürlüyormuş, gürlüyorsa gürlesin canım! Alın o Prusyalı hanımefendinin hayrını görün..."

Sorun, ihtiyar Buddenbrook'un Ida Jungmann'dan pek hoşlanmıyor olmasıydı. O öyle dar görüşlü biri değildi. Dünyanın pek çok yerini gezip görmüştü: 1813 yılında Prusya ordusunun müteahhidi olarak tahıl satın almak üzere dört at koşulu bir arabayla Güney Almanya'ya gitmiş, daha sonraları Amsterdam ve Paris'i görmüştü. Doğup büyüdüğü kentin sivri çatılı evlerinin dışında kalan yerleri tümüyle küçümsemeyecek kadar aydın bir adamdı. Ancak Johann Buddenbrook, ticari ilişkileri dışında insanlarla ilişki kurmaktan oğlu Konsül Buddenbrook'tan daha çok sakınır ve yabancılardan uzak durmaya özen gösterirdi. İşte bu yüzden, bir gün çocukları Batı Prusya'ya yaptıkları bir seyahatten dönerken kimsesiz kalmış bu zavallı genç kızı –kız şimdi yirmisindeydi– bir bakıma İsa'nın çocuğu olarak yanlarına alıp eve getirdiklerinde, bu hayırsever davranışından dolayı oğluyla Fransızca ve Kuzey Alman lehçesiyle epeyce tartıştı. Kızın babası bir hancıydı ve Buddenbrook'lar, Marienwerder kentine varmadan kısa bir süre önce ölmüştü. Ida Jungmann, ev işlerinde ve çocuklara karşı davranışlarında çok becerikliydi; dürüstlüğü ve Prusyalıların sınıf ayrımı anlayışına bağlılığı ile aslında Buddenbrook ailesi için en uygun kişiydi. Aristokrasi ilkelerine çok bağlıydı, küçük burjuva ile büyük burjuva arasında ayrım gözetmeye çok dikkat ederdi, derin bir bağlılık hissettiği büyük burjuvalara hizmet etmekten gurur duyuyordu. Tony'nin bazen kendi sınıfından olmayan –Matmazel Jungmann'ın tah-

1. (Fr.) Çok özür dilerim, canım... ama böyle çılgınlık olamaz. (Y.N.)

minine göre küçük bir burjuva sayılan– bir okul arkadaşıyla yakınlaşmasını hiç hoş karşılamıyordu.

Tam bu sırada Prusyalı genç kız sütunlu holde göründü ve camlı kapıdan geçip oturma odasına girdi: Siyah bir elbise giymişti; saçları düz taranmış, uzunca boylu, iri kemikli bir kızdı ve temiz bir yüzü vardı. Açık tenli, sarı saçlı ve çok zayıf bir kız çocuğu olan Klothilde'yi elinden tutarak içeri getiriyordu. Küçük kızın üzerinde çiçek desenli ketenden bir elbise vardı ve yüzü, yaşlı kızların yüzünü andırıyordu. Klothilde, Konsül Johann Buddenbrook'un yoksul ve uzaktan bir akrabasının, Rostock'taki bir çiftlikte kâhya olarak çalışan yeğeninin kızıydı. Antonie'yle aynı yaşta ve iyi huylu bir kız olduğu için bu evde büyümüştü.

Matmazel Jungmann, "Her şey hazır," dedi. R harfini çıkarırken gırtlağını epeyce zorlamıştı, o aslında "r" harfini hiç söyleyemezdi. "Klothilde'ciğim mutfakta bana çok yardım etti, Trina'ya neredeyse yapacak iş kalmadı..."

İhtiyar Buddenbrook başını göğsünün üstüne eğmiş, Ida'nın şivesine kıs kıs gülüyordu; Konsül Buddenbrook küçük yeğeninin yanağını okşayarak, "Aferin Thilda!" dedi. "'Dua et ve çalış,' diye yazar İncil'de. Bizim Tony seni örnek alsın, aylaklığa ve yaramazlığa çok meyilli..."

Tony başını öne eğdi ve göz ucuyla büyükbabasına baktı, onun her zaman olduğu gibi kendisini savunacağını biliyordu.

"Hayır, hayır," dedi büyükbabası, "kaldır başını Tony, yürekli ol! Bir kişi herkese örnek olamaz. Herkes istediği gibi davranır. Thilda iyi kızdır, ancak bizler de öyle küçümsenecek insanlar değiliz. Haklı değil miyim Bethsy?"

İhtiyar Buddenbrook her zaman kendisinden yana olan gelinine döndü, Madam Antoinette ise inanmış olmaktan daha çok akıllıca davranıp oğlundan yana tavır almıştı. Böylece iki farklı kuşak, eski danslarda olduğu gibi karşılıklı olarak birbirine el uzatmış oluyordu.

"Babacığım, siz çok iyi bir insansınız," dedi Frau Konsül Buddenbrook. "Tony akıllı ve becerikli bir hanım olmak için çaba gösterecektir..." Daha sonra Ida'ya dönerek, "Oğlanlar okuldan döndüler mi?" diye sordu.

Ama büyükbabasının dizlerinin üstünde oturmuş, pencereden sokağı seyreden Tony aynı anda lafa karıştı:

"Tom ve Christian, Johannis Caddesi'nden bu tarafa doğru geliyorlar. Herr Hoffstede... ve Doktor Amca da..."

Bu arada Meryem Ana Kilisesi'nin çanları aynı anda çalmaya başladı: Dang-ding, ding-dong! Sesler öylesine düzensizdi ki, ne tür bir müzik olduğu, niçin çalındığı anlaşılamıyordu; ama küçük çanın neşeli ve büyük çanın heybetli vuruşu saatin dört olduğunu bildiriyordu. Aynı anda dış kapının zili holde yankılandı. Christian ve Tom'la birlikte ilk konuklar, şair Jean Jacques Hoffstede ve aile doktoru Grabow gelmişti.

## 2

Kentin Şairi olarak tanınan Jean Jacques Hoffstede –Bugün için de yanında birkaç dize getirmiştir!–, ihtiyar Buddenbrook'tan daha genç değildi ve yeşil ceketinin dışında giyim zevki de aynıydı. Ama ihtiyar dostundan daha zayıf ve daha hareketliydi. Küçük ve yeşilimsi gözleri cin gibi bakıyordu, uzun ve sivri bir burnu vardı.

Şair Hoffstede erkeklerin elini sıktıktan ve kadınların –özellikle de büyük bir saygı duyduğu Frau Konsül'ün– önünde, bugünkü kuşağın asla beceremeyeceği bir reverans yaptıktan sonra sessizce gülümseyerek, "Çok teşekkür ederim," dedi. "Saygıdeğer ev sahiplerine bu dostça davetleri için çok teşekkür ederim." Deri kemerli mavi önlükleriyle yanında duran Tom ve Christian'ı göstererek, "Bu iki delikanlıya Königs Caddesi'nde rastladım, yanımda Doktor da vardı, okuldan dönüyorlardı. Frau Buddenbrook, gerçekten eşsiz çocuklarınız var, değil mi? Thomas ciddi ve her bakımdan düzgün bir genç, çok büyük bir tüccar olacak, bundan hiç kuşkum yok. Christian ise çok yetenekli, yaman bir çocuk gibi geliyor bana, bilmem yanılıyor muyum? Söylediklerime belki pek inanmayacaksınız, ancak duyduğum hayranlığı gizleyecek değilim. Bana kalırsa üniversitede okuyacak; akıllı ve pırıl pırıl bir yetenek..."

Herr Buddenbrook altın yaldızlı tütün tabakasını çıkardı ve içinden tütün aldı.

"Küçük yaramaz! Şair mi olacak dersin Hoffstede?"

Matmazel Jungmann pencerelerin perdesini çekti. Kristal avizenin ve masanın üstüne konmuş şamdanların üstünde yanan mumların ışığı odaya gizemli ama hoş bir aydınlık verdi.

Işığın altında saçları altın gibi parlayan Frau Konsül Elisabeth, "Söyle bakalım Christian, bugün öğleden sonra neler öğrendin?" dedi. Christian'ın o gün okulda yazı, matematik ve müzik dersi olduğu öğrenildi.

Yedi yaşında bir çocuktu ama şimdiden babasına şaşılacak kadar çok benziyordu. Küçücük, yuvarlak ve çukur gözleriyle, dışarı fırlamış iri ve kıvrık burnuyla tıpkı babasının kopyasıydı. Elmacıkkemiklerinin altında göze batan birkaç çizgi, yüz biçiminin tazeliğini ve çocuksu görüntüsünü uzun süre koruyamayacağını gösteriyordu.

Christian bakışlarını odanın içinde gezdirirken, "Öyle güldük ki," diye başladı anlatmaya. "Dinleyin, Herr Stengel, okul arkadaşımız Siegmund Köstermann'a ne dedi, biliyor musunuz?" Öne doğru eğildi, başını sağa sola salladı ve bir söylev verir gibi konuşarak, "Güzel evladım, dış görünüşüne bakılırsa, kusursuzsun, ama için kara..." dedi. Bunu söylerken "r" harfini yutmuş ve "kara" sözcüğünü değişik bir biçimde söylemişti. Çocuğun dış görünüşünün kusursuz oluşuna aslında inanmadığını öylesine komik bir yüz ifadesiyle söyledi ki hepsi de kahkahayı koyuverdi.

"Küçük yaramaz!" diye tekrarladı ihtiyar Buddenbrook kıkır kıkır gülerek. Ama şair Hoffstede duyduğu hayranlıktan dolayı kendisinden geçmişti.

"Çok hoş!" dedi yüksek sesle. "Bundan daha güzel olamaz! Şu Marcellus Stengel'i tanımak lazım! O böyle titizdir işte! Evet, gerçekten çok hoş!"

Böyle yetenekleri olmayan Thomas, küçük kardeşinin yanında durmuş, en küçük bir kıskançlık duymadan tatlı tatlı gülüyordu. Dişleri pek güzel değildi, küçük ve sarıydı, ama burnunun güzelliği dikkat çekiciydi, gözleri ve yüz biçimi büyükbabasına çok benziyordu.

Ev sakinleri ile konuklar sandalyelere ve divana oturmuş, çocuklarla sohbet ediyor, erken gelen soğuklar ve yeni taşınılan ev üzerine konuşuyorlardı. Herr Hoffstede, yazı masasının üstünde duran Sèvres porseleninden yapılmış siyah benekli av köpeği biçimindeki hokkanın güzelliğine hayran kalmıştı. Konsül Buddenbrook'la aynı yaşta olan Doktor Grabow ise seyrek sakallarının yanaklarına kadar indiği sevecen ve yumuşak yüzüyle gülümseyerek masaya konmuş olan pastaları, üzümlü çörekleri ve çeşit çeşit tuzlukları inceliyordu: ailenin bu eve taşınması sebebiyle akraba ve dostları tarafından armağan olarak gönderilen "tuz ve ekmek". Ama armağanların soylu ailelerden geldiğini göstermek için ekmek yerine tatlı, baharatlı ve kocaman çörekler konmuştu masaya, tuz da som altından tuzluklara.

Doktor masanın üstündeki çörekleri gösterip hemen saldırmamaları için çocukların gözünü korkutmaya çalışırken, "Bugün benim çok işim olacak," dedi başını sallayarak ve daha sonra tuzluğu, karabiber ve hardal kabını alıp yukarı kaldırdı.

"Lebrecht Kröger'in armağanı," dedi ihtiyar Buddenbrook sessizce gülümseyerek. "Benim çok sevgili akrabam her zaman cömerttir. Hisar önündeki bahçeli evi yaptırdığında ben ona böyle bir armağan göndermemiştim. Ama o her zaman böyleydi; eli açık, armağan göndermekten hoşlanan, tam bir centilmen..."

Peş peşe çalan kapı zili bütün evde yankılandı. Rahip Wunderlich gelmişti; uzun ve siyah bir cüppe giymişti, saçları pudralıydı, sakin ve sevimli beyaz yüzü, ışıldayan gri ve neşeli gözleriyle tıknaz ve yaşlı bir adamdı. Uzun süreden beri duldu; birlikte geldiği ve cılız ellerinden birini dürbün gibi yaparak bir sanatsal yapıtı inceliyormuş gibi ikide bir gözünün önüne götüren uzun boylu Grätjens gibi o da müzmin bir bekârdı; Grätjens şehirde sanatsal yapıtlardan anlayan biri olarak ün yapmıştı.

Ailenin eski dostları Senatör Langhals ile karısı da geldiler – kıpkırmızı suratlı şarap tüccarı Köppen ile iriyarı karısını da unutmamak gerek.

Saat dört buçuğu biraz geçe Kröger'ler de geldi: ihtiyar Kröger ile karısı, Tom ve Christian'la yaşıt oğulları Jakob ve Jürgen'le birlikte Konsül Kröger ve karısı. Frau Konsül Kröger'in annesi ve babası da, kereste tüccarı Oeverdieck ve karısıyla hemen hemen aynı anda geldiler: herkesin içinde birbirine genç çiftler gibi en tatlı sözlerle hitap eden sevgi dolu ihtiyar bir karıkoca.

Konsül Buddenbrook, "Kibar insanlar geç gelir," dedi ve kayınvalidesinin elini öptü.

Johann Buddenbrook sağ eliyle ihtiyar Kröger'in elini sıkarken sol eliyle de akrabaları Kröger'leri işaret edip, "Ama gelince de tam gelirler," dedi.

Lebrecht Kröger uzun boylu, kibar ve tam bir sosyete adamıydı, gerçi saçları biraz pudralıydı ama modaya uygun giyinmişti. Kadife yeleğinin üstüne iki sıra halinde dikilmiş kıymetli taştan düğmeler pırıl pırıl parıldıyordu. Oğlu Justus yanaklarını örten küçük sakalıyla ve yukarı doğru burulmuş bıyığıyla kendisine çok benziyordu; yuvarlak ve zarif el hareketleri de tıpkı babasınınki gibiydi.

Konuklar hemen yerlerine oturmadı; ayakta duruyor ve şundan bundan söz ederek asıl sohbeti bekliyorlardı. İhtiyar Buddenbrook sonunda kolunu Madam Köppen'e uzattı ve herkesin anlayabileceği bir ses tonuyla:

"*Mesdames et messieurs,*[1] eğer hepimiz de çok acıktıysak..."

Matmazel Jungmann ve hizmetçi kız yemek salonuna girilen beyaz kapının kanatlarını açtılar. Ev sahipleri ve konuklar yavaş yavaş ve rahat bir biçimde yemek salonuna geçti; Buddenbrook ailesinin sofrasına oturanın karnı doyardı...

## 3

Ailenin en küçük erkeği, herkes yemek salonuna geçerken elini ceketinin sol iç cebine attı ve bir kâğıt hışırtısı duydu, yüzündeki gülümseyiş birden kaybolmuş, yerini sinirli ve kaygılı bir ifadeye bırakmıştı; sanki dişlerini sıkıyormuş gibi şakaklarındaki kaslar inip kalkmaya başladı. Görüntüyü kurtarmak için yemek salonuna doğru birkaç adım attı, ama daha sonra durdu ve gözleriyle annesini aradı, annesi Rahip Wunderlich'le birlikte en arkadan, yemek salonunun kapısından içeri girmek üzereydi.

"Affedersiniz, muhterem Peder... Anneme iki sözüm var!" Rahip tatlı bir gülümseyişle başını sallayınca Konsül Buddenbrook yaşlı kadını kolundan tutarak doğa resimleriyle kaplı odaya çekti ve pencerenin yanına götürdü.

1. (Fr.) Hanımlar ve beyler. (Y.N.)

Annesinin meraklı kara gözlerine baktı, katlanmış ve mühürlenmiş kâğıt parçasını cebinden çıkararak, "Kısacası, Gotthold'den bir mektup var," dedi sessizce. "Onun elyazısı... bu onun üçüncü mektubu, babam sadece birincisini yanıtladı... Ne yapalım? Saat ikide geldi, babama çoktan vermem gerekirdi, ama böyle bir günde keyfini kaçırmak istemedim. Siz ne dersiniz? Dışarı çağırmak için hâlâ vakit var..."

"Hayır, yapma Jean, çok haklısın, biraz bekleyelim," dedi Madam Buddenbrook ve her zamanki alışkanlığıyla oğlunun kolunu tutarak kaygılı bir sesle, "neler yazmış olabilir?" diye sordu. "Belli ki oğlanın bu işten vazgeçeceği yok. Evdeki payına karşılık bu parayı tazminat olarak almayı kafasına koymuş bir kere... Hayır, hayır Jean, şimdi sırası değil... Belki bu gece, yatmadan önce..."

Konsül Buddenbrook önüne eğdiği başını sallayarak, "Ne yapmalı?" dedi yeniden. "Onun istediği parayı vermesini babama birçok defa söylemeyi düşündüm... Annesinin babasının yanına yerleşip Gotthold'un payını gasp etmek için türlü dolaplar çeviren bir üvey kardeş olmak istemem... babama karşı da böyle görünmek istemem. Ama dürüst olmam gerekirse sonunda ben de bir ortağım. Üstelik Bethsy ve ben oturmakta olduğumuz ikinci kat için makul bir kira ödüyoruz... Frankfurt'taki kız kardeşime gelince, onunla bir anlaşmaya vardık. Kocası evin satın alma bedelinin dörtte birini miras hakkından vazgeçme karşılığı olarak babamın sağlığında para olarak alacak... Babamın hiç kimseyi küstürmeden kolayca hallettiği çok iyi bir iş, şirketin geleceği bakımından da çok iyi oldu. Fakat babamın Gotthold'e karşı uzlaşmaz tutumu, bu işi..."

"Hayır, Jean, saçmalıyorsun. Senin bu konu ile ilgili tutumun çok açık. Ama Gotthold benim yalnızca öz çocuklarımı düşündüğümü ve üvey anne olarak babasını ondan uzaklaştırmaya çalıştığımı sanıyor. Üzücü olan da bu..."

"Ama bu onun kendi suçu!" dedi Konsül yüksekçe bir sesle ve daha sonra yemek salonuna bakıp sesinin tonunu düşürdü. "Bu onun kendi suçu, oldukça can sıkıcı bir durum! Siz söyleyin! Neden akıllı davranmadı! Matmazel Stüwing'le neden evlendi ve... dükkânı..." Konsül bunları söylerken çok sıkıldı ve sinirinden güldü. "Babamın dükkân işine karşı çıkışı belki bir zayıflıktı, ama Gotthold onun bu anlamsız davranışına yine de saygı göstermeliydi..."

"Ah, benim güzel evladım, en iyisi babanın bu çocukça inadından vazgeçmesiydi!"

Konsül elini heyecanla alnına götürürken, "Bu konuda babama bir tavsiyede bulunabilir miyim?" diye mırıldandı. "Eğer sorun kişisel olsaydı babama onun payını ödemesini söylerdim. Ama ben de ortaklardan biriyim ve şirketin çıkarlarını savunmak zorundayım. Eğer babam kendisine kafa tutan bir oğluna anaparadan pay verme zorunluluğunu duymuyorsa... Söz konusu olan meblağ on bir bin gümüş taler. Çok para!.. Hayır, hayır, bu konuda babama tavsiyede bulunamam... ona, bunu yapma da, diyemem. Bu işe karışmak istemiyorum. Babamla bu konuyu tartışmak benim için *désagréable*[1]..."

"Gece geç vakit konuşursun Jean. Haydi, şimdi gel, konukları bekletmeyelim..."

Konsül, mektubu ceketinin iç cebine geri koydu, annesine kolunu uzattı ve birlikte eşikten geçerek pırıl pırıl aydınlanmış yemek salonuna girdiler. Uzun masanın çevresinde herkes yerine oturmuştu.

Yemek salonunun arka duvarlarına asılı tabloların

1. (Fr.) Pek hoş değil. (Y.N.)

gökyüzü mavisi fonunda, zarif sütunlar arasındaki beyaz Tanrı tasvirleri neredeyse canlıymış gibi görünüyordu. Kırmızı kadife perdeler çekilmişti ve salonun her bir köşesine konmuş yüksek ve altın yaldızlı şamdanlarda sekizer mum yanıyordu. Yemek masasının üstüne de gümüş altlıklı şamdanlar konmuştu. Karşı duvarın önünde duran gösterişli bir büfenin üstünde asılı büyük tabloda, mavi sis bulutu içindeki bir İtalyan körfezi, yanan mumların ışığı altında daha da büyüleyici görünüyordu. Dik arkalıklı ve kırmızı Şam ipeği kumaşıyla kaplı kocaman kanepeler duvarların önüne sıralanmıştı.

Madam Buddenbrook pencere tarafında oturmuş, sohbeti hareketlendiren ihtiyar Kröger ile Rahip Wunderlich arasında yerini alınca, yüzündeki kaygı ve tedirginlik hali birden kaybolmuştu.

Bütün masayı en uçta oturan çocuklara varıncaya kadar gözden geçirdikten sonra, başıyla kısa ve içten bir selam vererek, "*Bon appétit!*"[1] dedi.

## 4

Kalın çizgili elbisesi, başında küçük beyaz kepi ve çıplak pembe kollarıyla hizmetçi kız, Matmazel Jungmann ve Konsül'ün eşinin hizmetçisinin de yardımıyla sebze çorbasını ve kızarmış ekmek dilimlerini dağıtıp herkes kaşıklamaya başlayınca, şarap tüccarı Herr Köppen' in heybetli sesi diğerlerin konuşmasını bastırdı:

"Duyduğum hayranlığı ifade etmek isterim, Herr Buddenbrook! Evet, hayranlığımı ifade etmek isterim! Bu bolluk, bu ihtişam... demek istiyorum ki, yaşamasını biliyorsunuz, üstelik böyle bir evde yaşanır..." Herr Köp-

1. (Fr.) Afiyet olsun. (Y.N.)

pen evin eski sahipleriyle hiç görüşmemişti; ileri gelen bir ailenin çocuğu değildi ve sonradan zengin olmuştu. Taşra ağzıyla konuşuyordu ve sohbet sırasında "demek istiyorum ki" ifadesini sıkça kullanmaktan ne yazık ki bir türlü vazgeçememişti. Ayrıca, "saygı" sözcüğünü de hep yanlış söylüyordu.

Bu işlerden anlayan komisyoncu Grätjens, "Umarım çok fazla para harcamamışsınızdır," dedi kuru bir sesle ve elini dürbün gibi yaparak duvardaki körfez tablosunu inceden inceye gözden geçirdi.

Mümkün olduğunca canlı bir hava yaratmak için akrabalar ile aile dostları karışık oturtulmuştu. Ama bu konuda yine de titiz davranılmamıştı; zira yaşlı Oeverdieck'ler her zamanki gibi yine neredeyse kucak kucağa oturmuşlar, sohbete başlarını sallayarak eşlik ediyorlardı. İhtiyar Kröger de, senatör eşiyle Madam Antoinette'in arasına tüm heybetiyle kurulmuş, ellerini de hareket ettirerek iki kadına da soğuk şakalar yapıyordu.

Yemek masasının karşı tarafında oturan Herr Hoffstede, Madam Köppen'le neşeyle ve biraz da alaycı bir tonla sohbet eden ihtiyar Buddenbrook'a dönerek, "Bu ev hangi yılda yapıldı?" diye sordu.

"Hangi yıl... dur bir düşüneyim... eğer yanılmıyorsam 1680 olmalı. Aslında bu gibi tarihleri oğlum daha iyi bilir..."

Masanın sonunda, Senatör Langhals'ın yanında, kadınlardan uzakta oturan Konsül öne doğru eğilerek, "Seksen ikide," diye düzeltti babasını. "İnşaat 1682 kışında tamamlandı. O zaman Ratenkamp ve Ortakları şirketinin işleri çok iyi gidiyordu... ama şirketin son yirmi yıldaki çöküşü çok üzücü..."

Konuşmalar birden kesildi, ama bu sessizlik yarım dakika sürdü. Bir zamanlar bu evi inşa eden varlıklı insanlar olarak bu evde oturan ve daha sonra yoksul düşüp başka yere taşınmak zorunda kalan bu bahtsız aileyi saygıyla anmak ister gibi herkes başını önündeki tabağın üstüne eğmişti.

"Çok üzücü," dedi komisyoncu Grätjens, "bu hazin sonu hangi çılgınlığın hazırladığı düşünülürse gerçekten de çok üzücü... Dietrich Ratenkamp o zaman bu Geelmaack denen adamı kendisine ortak yapmamış olsaydı... O adamın yönetim işlerini ele aldığını duyduğumda, ne kadar dövündüğümü Tanrı bilir! Onun şirket adına orada burada tahvil ve senetler düzenleyip Ratenkamp'ın arkasından ne oyunlar oynadığını çok güvenilir kaynaklardan duydum, sevgili hanımlar ve beyler... Sonunda her şey ortaya çıktı... bankalar durumdan kuşkulandı, şirket senetlerin karşılığını gösteremedi... böyle şeyleri anlamak çok zor... depoyu kontrol eden kimdi acaba? Belki de Geelmaack? Şirketi yıllarca fare gibi kemirdiler, yıllarca! Ama Ratenkamp hiçbir şeyi umursamadı..."

"Felç olmuş gibiydi," dedi Konsül. Yüzünde sessiz ve karamsar bir ifade belirmişti. Başını öne eğmiş, çorbasını kaşıklarken küçük, yuvarlak ve çukur gözleriyle arada bir masanın öteki ucunda oturanlara bakıyordu.

"Büyük bir baskı altındaymış gibi hareket ediyordu ve bu baskıyı anlamak sanırım hiç zor değil. Ticari ilişkilerinde iyi bir ismi olmayan ve hiç denecek kadar bir sermaye ile şirkete ortak olan Geelmaack'la işbirliği yapmasının nedeni neydi acaba? Şirketin yavaş yavaş batmakta olduğunu hissettiği için üzerindeki büyük sorumluluğun bir kısmını birine yüklemek zorunda kalmış olabilir... Şirketin işleri tümüyle kötüye gitmiş ve burada oturan eski ailenin adı da böylece geçmişte kalmış oldu. Wilhelm Geelmaack'ın, bu çöküş sürecini hızlandırdığını düşünüyorum..."

Rahip Wunderlich hafifçe gülümseyerek, yanında oturan hanımın bardağına ve kendi bardağına kırmızı şarap koyarken, "Saygıdeğer Konsül, Geelmaack şirkete ortak olup çılgınca oyunlar oynamasaydı da sonuç değişmezdi, demek istiyorsunuz, değil mi?"

Konsül derin düşüncelere dalmış gibi, "Böyle olduğunu söylemek istememiştim," dedi. "Ama öyle sanıyorum ki, Dietrich Ratenkamp kötü yazgısının gerçekleşmesi için Geelmaack'la işbirliği içinde olmayı gerekli ve kaçınılmaz gördü... Amansız bir mecburiyetin baskısı altında böyle davranmış olmalı... Eminim ki, ortağının çevirdiği dolapları az buçuk biliyordu ve şirketin içinde olup bitenlerden de büsbütün habersiz değildi. Ama eli kolu bağlanmıştı..."

"*Assez*[1] Jean," dedi ihtiyar Buddenbrook ve kaşığını elinden bıraktı. "Bu da senin o dâhiyane fikirlerinden biri..."

Konsül, dalgın bir gülümsemeyle kadehini babasına doğru kaldırdı. Ama Lebrecht Kröger hemen söze karışarak, "Biz şu neşeli ânımızın tadını çıkaralım!" dedi.

Bunu söylerken tıkacında küçük bir gümüş geyik bulunan beyaz şarap şişesinin boynundan özenle ve kibar bir şekilde tuttu, biraz yana yatırdı ve üstündeki etiketi dikkatle inceledi. "C.F. Köppen" markasını okuduktan sonra şarap tüccarının yüzüne bakarak başını salladı ve, "Siz olmasanız ne yapardık!" dedi.

Kenarları altın yaldızlı Meissen porseleni tabaklar değiştirilirken, Madam Antoinette hizmetçi kızların hareketlerini büyük bir dikkatle izliyor, Matmazel Jungmann da yemek salonunu mutfağa bağlayan borunun ucundan emirler yağdırıyordu.

Balık servisi yapılmıştı; Rahip Wunderlich balığı dikkatlice tabağına alırken, "Bu güzel birlikteliğimiz hiç

1. (Fr.) Yeter artık. (Y.N.)

öyle kendiliğinden olmadı," dedi. "Şu masada oturan ve biz ihtiyarlarla birlikte eğlenen gençler, bir zamanlar her şeyin farklı olduğunu düşünmek istemezler sanırım... Sevgili dostlarımız Buddenbrook'ların yaşadıkları acıları yürekten paylaştığımı söylemek isterim..." Rahip daha sonra masanın üstündeki som gümüş kaşıklardan birini alıp, Madam Antoinette Buddenbrook'a dönerek, "Bunları ne zaman görsem, 1806 yılında Majesteleri İmparator Napoléon'un çavuşlarından filozof Lenoir dostumuzun eline aldığı parçalardan biri olduğunu düşünmeden edemem... ve sizinle Alf Caddesi'nde karşılaştığımızı anımsarım hep, saygıdeğer Madam!.." diye ekledi.

Madam Buddenbrook anılarla dolu geçmişi anımsayarak biraz utangaç bir gülümseyişle önüne baktı. Masanın alt başında oturan ve balık yemek istemeyip büyüklerin konuşmalarını ilgiyle izleyen Tom ve Tony, neredeyse bir ağızdan, "Büyükanneciğim, ne olur anlatın!" diye bağırdılar. Ama Madam Buddenbrook'un kendisi için biraz utanç verici olan bu olayı anlatmayı sevmediğini bilen Rahip Wunderlich, onun yerine, çocukların belki de yüzüncü kez severek dinledikleri ve herkesin bildiği o eski küçük öyküyü bir kere daha anlatmaya başladı.

"Kısaca anlatayım: Kasım ayının çok soğuk ve yağmurlu günlerinden biriydi, ikindiüstüydü ve ben bir işyerinden dönerken, geçirdiğimiz kötü günleri düşünerek Alf Caddesi'nden yukarı doğru yürüyordum. Prens Blücher gitmişti, Fransızlar kente girmişti, ancak hâkim olan heyecan ve coşku pek fark edilmiyordu. Caddeler sessizdi, insanlar evlerine çekilmiş, kendilerini korumaya çalışıyorlardı. Kasap Prahl, elleri pantolonunun cebinde, dükkânının kapısının önüne dikilmiş, o gürültülü sesiyle, 'Eh, bu kadarı da çok fazla, böyle şey görülmüş değil,' derken kafasına tak diye kurşunu yedi. Şimdi Buddenbrook'lara bir uğrayayım, yatıştırıcı birkaç söz iyi gelir, diye düşündüm; Herr Buddenbrook yılancık çıkarmış, yatakta yatıyordu ve Madam Buddenbrook'un da evlerine yerleşen askerlerle başı dertte olmalıydı.

İşte tam bunları düşünürken, bir de kimi göreyim? Çok saygıdeğer Madam Buddenbrook karşıdan bana doğru geliyordu. Ancak halini bir görseydiniz! Başına şapkasını takmadan ve omuzlarına şalını bile almadan yağan yağmurun altında hızlı hızlı yürüyordu, yürümekten çok koşuyordu sanki, saçı başı darmadağınıktı... Evet Madam, doğru söylüyorum! Saçlarının bakımlı olduğuna bin şahit ister.

'Ne güzel bir sürpriz!' dedim ve benim varlığımı algılamayan Madam Buddenbrook'un giysisinin kolundan tuttum, zira aklıma kötü şeyler gelmişti. 'Böyle acele acele nereye gidiyorsunuz, sevgili Madam?' diye sordum. Beni fark etti, yüzüme baktı ve zorlanarak, 'Siz misiniz, sağlıcakla kalın! Her şey bitti! Aşağıya, Trave Nehri'ne gidiyorum!' dedi.

'Tanrı korusun!' dedim ve yüzümün sapsarı kesildiğini hissettim. 'Orası size göre bir yer değil sevgili Madam! Ne oldu, bir söylesenize!' Madam Buddenbrook'u saygı kurallarının izin verdiği ölçüde sımsıkı tuttum. 'Ne mi oldu?' diye haykırdı titreyerek. 'Gümüşlerin üzerlerine çullandılar, Wunderlich! İşte bunlar oldu! Jean yılancıktan yatıyor ve bana yardım edemiyordu! Ayakta olsa da elinden bir şey gelmezdi zaten! Kaşıklarımı, benim gümüş kaşıklarımı çalıyorlar, işte başıma gelen bu Wunderlich! Kendimi Trave'ye atacağım!'

Ben doğal olarak Madam Buddenbrook'u sıkı sıkı tutuyordum ve böyle durumlarda ne söylenebilirse onu söyledim: 'Yürekli olun, çok sevgili Madam, her şey düzelecektir,' dedim. 'Hele onlarla bir konuşalım, yalvarırım toparlayın kendinizi. Haydi gidelim!' Sonra Madam Buddenbrook'u evine götürdüm. Yemek odasında milislerle karşılaştık. Gümüş takımların bulunduğu sandığın başında yirmi kadar asker vardı.

Nazik bir şekilde, 'Sayın baylar, hanginizle görüşebilirim?' diye sordum, gülmeye başladılar ve 'Hepimizle, babalık!' diye bağırdılar. Sonra içlerinden biri öne çıktı, adamın boyu sırık gibiydi, bıyıklarını siyah boyayla parlatmıştı, ceketinin sırmalı kol ağızlarından dışarıya taşan elleri iri ve kırmızıydı. Kendisini 'Lenoir' diye tanıttı ve sol eliyle selam verdi, çünkü sağ elinde beş-altı kaşığı bir arada tutuyordu. 'Çavuş Lenoir,' dedi. 'Beyefendi ne istiyor acaba?' diye sordu.

Onu pohpohlamış olmak için, 'Sayın Subayım, bu gibi şeylerle uğraşmak hiç sizin o parlak zaferinizle bağdaşıyor mu?.. Kentin kapıları İmparatorumuza sonuna kadar açık,' dedim. Çavuş sorumu, 'Ne yaparsınız? Maalesef savaştayız, askerlerimize bu tür takımlar gerekli,' diye yanıtladı.

'Ama biraz daha dikkatli olmaları gerekiyor,' diye sözünü kestim Çavuş'un, çünkü aklıma bir fikir gelmişti. 'Bu hanımefendi,' dedim, böyle durumlarda ne söylenmezdi ki, 'bu evin hanımı olan bu madam bir Alman değil, yarı yarıya sizden biri sayılır...' 'Nasıl, bir Fransız mı?' diye sordu Çavuş Lenoir. Bu sırık gibi herif ne dese beğenirsiniz? 'Demek bir mülteci? Bu durumda bir felsefe düşmanı!'

Afallayıp kalmıştım, gülmemek için kendimi zor tuttum. 'Gördüğüm kadarıyla akıllı birine benziyorsunuz,' dedim. 'Bu gibi şeylerle ilgilenmeyi size yakıştıramadığımı tekrarlamak isterim!' Çavuş bir an sustuktan sonra birden kızardı, elindeki altı kaşığı sandığın içine fırlattı ve şöyle haykırdı: 'Peki, bunları biraz inceleyip bakmak dışında başka amaçlarım olduğunu size kim söylüyor Tanrı aşkına? Güzel şeyler doğrusu! Askerlerimden birkaçı anı olarak bir parça almak isterse...'

Evet, adamlar yine de yanlarına bol bol hatıralık eşya aldılar. Tanrı'nın ya da insanoğlunun adaletinden söz etmenin bir yararı olmadı... Demek ki onların bu ufak tefek, korkunç adamdan başka tanrısı yoktu."

## 5

"Sayın Rahip, siz onu gördünüz, değil mi?"

Tabaklar yeniden değiştirildi. Galeta ununa batırılmış, buğulanmış ve kızartılmış kocaman bir domuz budu geldi ortaya; yanında içi kahverengimsi ve ekşimsi sosla dolu bir kâse ve bütün konuklara yetecek kadar sebze dolu bir garnitür tabağı vardı. Eti parçalayıp dilimlere ayırma işini Lebrecht Kröger üstlendi. Dirseklerini hafifçe kaldırmış, işaretparmaklarını çatalla bıçağın sırtına dayamış, lokum gibi parçaları özenle kesiyordu. Frau Konsül Buddenbrook'un karışık meyvelerden hazırladığı özel içkisi, ağza alındığında insanın dilini tırmalayan, alkol tadı veren o nefis "Rus Meyve Kokteyli" de kondu masaya.

Rahip Wunderlich, Napoléon Bonaparte'ı görmediğine çok üzülüyordu. Ama ihtiyar Buddenbrook ve Jean Jacques Hoffstede onunla yüz yüze gelmişlerdi; ilki Rusya Seferi'nden hemen önce Paris'te, Tuileries Sarayı'nın bahçesinde bir geçit töreninde, daha sonra da Danzig'de...

İhtiyar Buddenbrook, çatalına aldığı et parçasıyla patates ve lahanayı ağzına götürürken kaşlarını kaldırdı ve, "Hayır, hiç rahat görünmüyordu," dedi. Şair Hoffstede söze karışarak, "Ama Danzig'de çok neşeli olduğu söyleniyor. O zamanlar Danzig'de onunla ilgili çok hoş bir fıkra anlatılırdı. Bütün gün Almanlarla kumar oynarmış, hem de ciddi ciddi. Geceleri de kendi generalleriyle oynarmış. Bir gün oyun sırasında masanın üzerinden bir avuç dolusu altın alıp generaline, '*N'est-ce pas, Rapp,*' demiş, '*Les Allemands aiment beaucoup ces petits Napoléons?*' ve general de, '*Oui, sire, plus que le Grand!*' diye yanıt vermiş."[1]

Masanın çevresinde oturanlar pek neşelendiler ve hep birden kahkahayı bastılar, çünkü Hoffstede İmparator'un taklidini de yaparak fıkrayı çok güzel anlatmıştı.

Bu gürültü ve kahkaha seli arasında ihtiyar Buddenbrook, "Şaka bir yana, büyüklüğüne saygı duymamak mümkün değil," dedi. "Müthiş bir kişilik!"

Konsül Buddenbrook ciddi bir yüz ifadesiyle başını her iki tarafa sallayarak katılmadığını belirtti.

"Hayır, hayır, Enghien Dükü'nü katleden ve Mısır'da sekiz yüz tutsağı öldürten böyle bir adama karşı nasıl olup da saygı duyulur, doğrusu biz genç kuşaklar bunu anlayamıyoruz..."

Rahip Wunderlich, "Bütün bunlar abartılmış ve gerçekler tahrif edilmiş olabilir," dedi. "Dük, akılsız davranıp İmparator'u kışkırtmış olabilir, Mısır'daki tutsakların idam edilmeleri de, yasal bir savaş meclisinin etraflıca düşünerek vermek zorunda kaldığı karar gereği olabilir..." Birkaç yıl önce yayımlanan ve kendisinin de okuduğu bir kitaptan, İmparator'un bir sekreterinin yazdığı ve çok büyük ilgi gören bir kitaptan söz etti.

Konsül, önlerindeki şamdanın üstünde titreyerek yanan mumu üfleyip söndürdükten sonra, "Ne söylenirse söylensin, benim aklım almaz. Böylesi bir canavara hayranlık duyulmasını anlamam mümkün değil! Dinine bağlı bir Hıristiyan olarak böyle bir duyguya içimde yer yok," dedi.

Yüzünde sessiz ve dalgın bir ifade belirmişti, hatta başını da biraz yana doğru eğmişti; bu sırada babası ve

1. (Fr.) Sırasıyla: "Öyle değil mi, Rapp?"; "Almanlar bu küçük Napoléon altınlarını çok seviyorlar."; "Evet, Sir, büyüklerinden daha fazla!" (Y.N.)

Rahip Wunderlich birbirlerine bakıp sessizce gülümsüyor gibiydiler.

Johann Buddenbrook hafifçe gülümseyerek, "Evet, evet," dedi, "ama Napoléon altınlarıyla ilgili fıkra çok hoştu, değil mi? Oğlum daha çok Louis-Philippe'e hayranlık duyar," diye ekledi.

"Ona mı hayranlık duyuyor?" diye tekrarladı şair Jean Jacques Hoffstede alaylı bir ifadeyle. "Tuhaf bir kompozisyon! Kral Philippe ve onun yeni monarşi anlayışına hayranlık duymak..."

"Bana kalırsa, temmuzda uygulamaya konan yeni monarşi rejiminden öğrenmemiz gereken çok şey var..." dedi Konsül ciddi ve heyecanlı bir şekilde. "Fransız meşrutiyet rejiminin içinde yaşadığımız çağın yeni ve pratik ülkülerine gösterdiği iyi niyet ve anlayış... şükran duygusuyla karşılanması gerekir..."

İhtiyar Buddenbrook, "Pratik idealler... hadi öyle olsun," dedi ve çene kemiklerini oynatırken bir taraftan da elindeki altın tabakayla oynuyordu. "Pratik idealler... hayır, hayır, ben bu tür şeylere karşıyım!" Sinirinden Kuzey Almanya şivesiyle konuştu. "Meslek okulları, teknik okullar ve ticaret okulları yerden biter gibi birbiri ardına kuruluyor. Ama lise ve klasik eğitim hızla gözden düşüyor... maden ocaklarından... sanayiden... ve para kazanmaktan başka hiçbir şeyi düşünen yok... Güzel, bütün bunlar çok güzel! Ama böyle sürüp gitmesi biraz saçma değil mi? Bunu neden onur kırıcı buluyorum, bilemiyorum... ben bu konuda herhangi bir şey söylemedim, Jean... Ama temmuzda yürürlüğe giren yeni monarşi rejimi iyi bir şey..."

Senatör Langhals da, Grätjens ve Köppen gibi Konsül'den yana çıktılar. Evet, Fransız hükümetine ve aynı heyecanla Almanya'da da sürdürülen çabalara gerçekten saygı göstermek gerekirdi. Herr Köppen "saygı" sözcüğünü yine yanlış söylemişti. Kırmızı yüzü yemek yerken daha da kızarmıştı ve yüksek sesle soluk alıp veriyordu; ama Rahip Wunderlich'in yüzü şarap bardaklarını birbiri ardına devirdiği halde hiç değişmemişti; beyaz, ince ve canlıydı.

Mumlar yana yana aşağıya eğildiler, alevleri arada sırada oluşan hava cereyanında titreşerek yana doğru kayınca yemek masasının üzerine hoş bir balmumu kokusu yayılıyordu.

Yüksek arkalıklı kocaman sandalyelerde oturuluyor, çok değerli gümüş takımlarla nefis yemekler yeniliyor, en kaliteli şaraplar içiliyor ve herkes, sunulan yemekler ve şaraplarla ilgili düşüncesini söylüyordu. Biraz sonra işlerden söz açıldı ve konuşmalar kendiliğinden Kuzey Almanya şivesine kayıverdi. Tüccarlara özgü kısaltmalarla ve zenginliğin verdiği umursamazlıkla birbirlerine bol bol hava atıyorlar, bu rahat ve kaba saba ifade biçimiyle arada bir iğneleyici şakalar yapıyorlardı. "Borsada" diyeceklerine kısaca "borsa" diyorlar, "r" harfini uzatarak "e" gibi söylüyorlar, bunu yaparken de çok eğleniyorlardı.

Hanımlar yapılan tartışmaya daha fazla kulak misafiri olmak istemediler. Madam Kröger sazan balığını kırmızı şarapla pişirmek gibi ilginç bir yöntemden söz ederek ilgi çekici bir konu açtı. "Önce balıkları küçük parçalara ayırırsınız güzellerim, daha sonra bunları soğan, karanfil ve peksimetle birlikte bir tencereye koyup biraz şeker ve tereyağı ilave ederek ateşe koyarsınız. Ama balığı kesinlikle yıkamayın güzellerim, kanıyla birlikte pişirilecek..."

İhtiyar Kröger en güzel fıkralarını anlatıyordu. Masanın en alt kısmında ve çocuklara yakın bir yerde, Doktor Grabow'un yanında oturan oğlu Konsül Justus, Matmazel Jungmann'la tatlı bir sohbete dalmıştı; genç kadın kahverengi gözlerini kısmış ve her zaman yaptığı gibi elindeki bıçağı ve çatalı havaya kaldırarak hafifçe sallıyordu. Oeverdieck'ler bile neşelenmiş ve seslerini yükseltmişti. İhtiyar Konsül kocasına yeni bir ad daha taktı: "Benim tatlı nonoşum!" Bunu söylerken içtenlikten başındaki şapkası sallandı.

Şair Jean Jacques Hoffstede en çok sevdiği konuyu, Hamburglu zengin bir akrabasıyla on beş yıl önce yapmış olduğu İtalya gezisini anlatmaya başlayınca konuşmalar bir konuda birleşmeye başladı. Şair Hoffstede, Venedik, Roma ve Vezüv Yanardağı'ndan söz etti; Goethe'nin *Faust*'un bir bölümünü yazdığı Borghese Villası'na, insana hoş bir serinlik veren Rönesans usulü çeşmelere ve fıskiyelere, keyifle dolaşılan bakımlı bulvarlara hayran kaldığını anlattı. Bu arada masanın çevresinde oturanlardan biri, Buddenbrook'ların şehrin Kuleli Kale Kapısı'nın hemen arkasında kalan büyük bahçelerinin bakımsızlığından söz etti.

"Evet, sevgili dostum!" dedi ihtiyar Buddenbrook. "O bahçeyi zamanında bir düzene sokamadığım için kendime hâlâ kızıyorum! Geçenlerde gidip şöyle bir dolaştım, tam bir yüz karası, balta girmemiş yabanıl bir orman sanki! Çayırlara bakılsa, ağaçlar budansa ve çalılıkların uçları kırpılsa ne sevimli bir yer olurdu..."

Ama Konsül buna şiddetle karşı çıktı:

"Baba, Tanrı aşkına yapma! Ben yazları orada, çalılıkların arasında dolaşmayı çok seviyorum; eğer ağaçları budatır, otları temizletirseniz o özgür, o güzelim bahçenin bütün doğal güzelliği kaybolur..."

"Ama o özgür doğa parçası bana ait olduğuna göre istediğim gibi düzenleme hakkına sahibim..."

"Ah, baba, o yabanıl çalılıkların ve ağaçların arasına, diz boyu olmuş otların üzerine uzanınca, insan kendisini doğanın bir parçasıymış gibi hissediyor ve hiç kimsenin ona sahip olmaya hakkı olmadığını düşünüyor..."

İhtiyar Buddenbrook, "Christian, o kadar çok yemek

yeme," dedi birdenbire. "Thilda'ya bakma sen, ona bir şey olmaz..."

Bu sessiz, cılız ve biraz da ihtiyar suratlı çocuğun büyük bir iştahla yemek yemesi gerçekten de şaşılacak şeydi. Küçük kız, daha çorba ister misin, sorusunu sözcükleri uzatarak ve alçakgönüllülükle yanıtlamıştı: "E-veet, lüt-fen!" Masadaki balıktan ve etten, garnitür ve sosuyla birlikte ikişer defa koca parçalar almış ve miyoplara özgü bir biçimde tabağının üstüne eğilerek, hiç acele etmeden lokma lokma hepsini de midesine indirmişti. İhtiyar aile reisinin söylediklerine, "A-ma am-ca!" diye yine sözcükleri uzatarak şaşırtıcı, çocuksu ve çok içten bir yanıt verdi. Sanki hiçbir şey olmamış, kendisiyle dalga geçilmemiş gibi istifini bozmadan yemeye devam ediyordu, yoksul akrabaların zengin sofralarında içgüdüsel olarak önlerine konan her şeyi silip süpürdükleri gibi o da her şeyi silip süpürüyordu. Hiçbir şeye aldırmadan gülümsüyor, sabırla ve usanmadan tabağını en güzel yiyeceklerle yeniden yeniden dolduruyordu.

## 6

Şimdi de iki büyük kristal kâse içinde badem, ağaççileği, bisküvi ve yumurta kremasından oluşan tatlı, *Plattenpudding* getirildi masaya, aynı anda çocukların çok sevdiği bir başka tatlı, İngiliz usulü nefis Noel pudingi de belirmişti masanın öbür ucunda.

Johann Buddenbrook pantolonun cebinden bir anahtar demeti çıkararak, "Thomas, buraya gel oğlum," dedi. "Aşağıda, mahzenin sağında ikinci bölümde, ikinci rafta kırmızı Bordeaux şaraplarının arkasında iki şişe olacaktı, onları al getir, anladın mı?" Bu gibi buyruklara alışık olan Thomas koşarak aşağıya indi ve çok geçmeden üstleri bütünüyle tozlanmış ve örümcek ağlarıyla kaplı iki şişeyle döndü. Akdeniz bölgesi üzümlerinden yapılmış altın sarısı yıllanmış şarap, bu tozlu ve örümcek ağıyla kaplı şişelerden bardaklara doldurulmuştu ki Rahip Wunderlich ayağa kalktı ve kendisini dinlemek üzere herkesin sustuğu bir sırada, elinde bardağı, hafif bir gülümsemeyle konuklara dönerek, "Buddenbrook ailesinin, ailenin burada bulunan ve bulunmayan bütün mensuplarının sağlığına içelim!" dedi.

Kendisine doğru kaldırılan kadehlerin önünde eğilip selam verirken, "Burada bulunmayanlar mı?" diye düşündü. "Acaba bu sözlerle yalnızca Frankfurt'taki Duchamps'ları mı, yoksa Hamburg'daki Duchamps'ları mı kastetti? Yoksa ihtiyar Wunderlich'in dilinin altında başka şeyler mi var?.." Ayağa kalktı ve babasıyla kadeh tokuştururken içtenlikle onun gözlerinin içine bakıyordu.

Ama tam bu sırada komisyoncu Grätjens sandalyesinden doğruldu ve cırtlak sesiyle uzunca bir konuşma yaptı; konuşmasını bitirdikten sonra, Buddenbrook Şirketi'ne, onun daha çok büyüyüp gelişmesine ve kentin şerefine kadeh kaldırdı.

Johann Buddenbrook, ailenin reisi, şirketin ilk ve en yaşlı patronu olarak ikinci kez teşekkür etti, Thomas'ı da mahzene üçüncü şişe Malvasya şarabı getirmeye yolladı, çünkü hesap yanlış çıkmış ve iki şişe şarap yetmemişti.

Lebrecht Kröger de bir konuşma yaptı. Daha rahat konuşacağını düşündüğü için ayağa kalkmadı ve evin her iki hanımı, Madam Antoinette ve Elisabeth şerefine kadeh kaldırırken, başını ve ellerini âdet yerini bulsun diye hafifçe hareket ettiriyordu.

Ancak Kröger konuşmasını tamamlayıp *Plattenpudding* ve Malvasya şarabı bitirilmek üzereydi ki, şair Jean Jacques Hoffstede hafifçe öksürerek ve birden yükselen "Ooo!" sesleri arasında, yavaş yavaş yerinden doğruldu. Masanın alt başında oturan çocuklar sevinçten el çırptılar.

Şair, sivri burnuyla hafif hafif oynarken ceketinin cebinden bir kâğıt parçası çıkardı ve, "Özür dilerim, ama dayanamadım..." dedi. Salonda derin bir sessizlik oldu.

Elinde tuttuğu kâğıt parçası renk renk süslenmişti. Kırmızı çiçeklerle ve altın yaldızlı süslerle çerçevelenmiş kâğıt parçasından şunları okudu:

> Buddenbrook ailesinin yeni evine taşınması dolayısıyla verdiği bu güzel şölene dostça katılmış olmaktan dolayı çok mutluyum.
>
> Kasım 1835.

Daha sonra başını kaldırdı ve biraz titremeye başlamış sesiyle, yazdığı şiiri okumaya başladı:

Çok muhterem dostlar – beni mahrum etmeyin
şu küçücük şiirimle
Tanrı'nın sizlere almayı nasip ettiği
bu çatı altında size yakın olmaktan.

Sana, benim sevgili gümüş saçlı dostum,
saygıdeğer eşine,
çocuklarınıza ve eşlerine
en güzel duygularımı dile getirmiş olayım!

Çalışkanlık ve iffetli güzellik,
denizden yükselen Venüs'le
Vulcanus'un becerikli eli
bakışlarımızın önünde birleşti.

Yaşamınızın güzel anlarını
hüzün dolu yarınlar karartmasın.
her yeni gün
yeni mutluluklar getirsin.

Sevineceğim, hep sevineceğim
sizin gelecekteki mutluluğunuza.
Bu dileğimi hep tekrarlayacağımı
söylüyor size şu anki bakışlarım.

Muhteşem evinizde mutluluk içinde yaşayın
ve hep sevgiyle anımsayın
yoksul kulübesinde oturup
bugün bu satırları yazmış olanı!

Şiirini bitirdikten sonra eğilerek selam verdi ve arkasından bir alkış koptu.

İhtiyar Buddenbrook, "Sevgili Hoffstede, çok güzel, çok güzel!" diye bağırdı. Kadehini kaldırarak, "Şerefine, dostum. Gerçekten çok hoştu!" diye ekledi.

Ama Frau Konsül Buddenbrook, şairle kadeh tokuştururken zarif yüzünün hafifçe kızardığını hissetti, çünkü şairin "Denizden yükselen Venüs" sözcüğünü söylerken başını kendisine doğru çevirerek kibar bir reverans hareketi yaptığını fark etmişti.

## 7

Masadakilerin neşesi doruğa çıkmıştı. Herr Köppen yeleğinin birkaç düğmesini çözme ihtiyacı duydu, ama bunu yapamazdı, çünkü yaşlı erkekler bile buna cesaret etmemişlerdi. Lebrecht Kröger yemek masasında olduğu gibi, yerinde hâlâ dimdik oturuyordu; Rahip Wunderlich de beyaz yüzü ve papaz cüppesiyle aynı şekilde eski konumunu koruyordu; ihtiyar Buddenbrook gerçi biraz geriye yaslanmış, ama kibar görünüşünü hiç bozmamıştı. Yalnızca Justus Kröger'in içkiyi biraz fazla kaçırdığı belli oluyordu.

Peki ama Doktor Grabow neredeydi? Frau Konsül

hiç kimseye belli etmeden yerinden kalktı ve kapıya doğru yöneldi, çünkü masanın diğer ucundaki oturan Matmazel Jungmann, Doktor Grabow ve Christian'ın yerleri boşalmıştı ve sütunlu holden hafif bir inilti sesi geliyordu. Tereyağı, peynir ve meyve servisi yapan hizmetçi kızın arkasından hızla salondan dışarı çıktı; holün alacakaranlığında, orta sütunların çevresindeki yuvarlak kanepenin üstünde küçük Christian iki büklüm uzanmış, acılar içinde kıvranıyordu.

Doktor'la birlikte çocuğun başında bekleyen Ida, Konsül Elisabeth'e, "Ah, Hanımcığım! Küçük Christian' ın durumu çok kötü," dedi.

Christian, "Midem bulanıyor, anne, 'çok fena' midem bulanıyor!" dedi. Bunu söylerken kocaman burnunun üstündeki yuvarlak ve çukur gözleri huzursuzca bir oraya bir buraya bakıp duruyordu. "Çok fena" sözcüğünü yalnızca umutsuzluk ve çaresizlikten söylemişti. Ama annesi hemen müdahale etti:

"Böyle şeyler söylersek Tanrı bizi daha büyük fenalıklarla cezalandırır!"

Doktor Grabow, çocuğun nabzına baktı, sakin ve sevimli yüzü daha uzamış ve daha yumuşamıştı sanki.

"Küçük bir sindirim bozukluğu... öyle önemli bir şey değil, Frau Konsül!" diye anneyi teselli etmeye çalıştı. Doktor Grabow daha sonra hekimlere özgü ses tonuyla yavaşça devam etti: "En iyisi, onu yatağa yatırmak... Terlemesi için biraz Dover tozu[1] ve küçük bir fincan da papatya çayı verin... ve sıkı bir perhiz, biraz güvercin eti... biraz da francala ekmeği..."

Christian öfkelenerek, "Güvercin eti yemem ben!" diye bağırdı. "Canım hiçbir şey yemek istemiyor! Mi-

1. İngiliz hekim Thomas Dover'in (1660-1742) adından gelir. İpekkökü ve afyon tozlarının karıştırılmasıyla yapılan bir ilaç. (Ç.N.)

dem bulanıyor, çok fena midem bulanıyor!" "Çok fena" sözcüğünü yüksek sesle söylemesi onu biraz rahatlatmış gibiydi.

Doktor Grabow başını öne eğmiş, endişeli ve biraz da üzgün bir yüz ifadesiyle gülümsüyordu. Ah, genç adam yeniden yemek yiyebilecek! Dünyadaki bütün insanlar gibi o da yaşayacak! O da babası ve büyükbabası gibi, akrabaları ve aile dostları gibi günlerini yemek masasında oturarak geçirecek ve günde dört öğün en güzel ve en pahalı yemekleri yiyecek... Hadi, şimdi Tanrı'ya emanet ol! Ama o, Friedrich Grabow, bütün bu kendi halinde yaşayan, dürüst, varlıklı ve rahatına düşkün tüccar ailelerin yaşama alışkanlıklarını değiştirecek kişi değildi. Çağrılırsa gider ve bir ya da iki gün sıkı perhiz önerirdi, biraz güvercin eti ve birkaç dilim francala... evet, evet... muayene ettiklerine hastalığın hiç de önemli olmadığını gönül rahatlığıyla söyleyebilirdi. Daha çok gençti, ama son kez yedikleri tütsülü et ve hindi dolmasından sonra aniden ve hiç beklenmedik bir şekilde koltuğuna yığılıveren ya da yıllarca sapasağlam yattıkları yataklarında biraz acı çektikten sonra ruhunu Tanrısı'na teslim eden nice güzel insanın elini tutmuştu. Daha sonra bunun adı ani bir kriz, felç ya da beklenmedik ölüm olurdu. Doktor Grabow onların başına gelecekleri önceden görebilirdi; evet, evet o, Friedrich Grabow pek çok defa olduğu gibi bütün bunları onlara "hiçbir şey olmadan da", hatta muayene için çağrılmamış olsa bile, yemekten sonra işlerinin başına döndükten sonra belki de hafif bir baş dönmesi geçirmiş olduklarını önceden söyleyebilirdi... Ve şimdi, Tanrı bizi korusun! Hindi dolmasını beğenmeyen o değildi. Bugün yedikleri arpacıksoğanı soslu domuz budu pane gerçekten çok nefisti; yemek yemekten soluk alacak durumları kalmadığı halde, getirilen o badem, ağaççileği ve kremalı *Plattenpudding* tatlısı da... "Evet Frau Konsül, dediğim gibi sıkı bir perhiz! Biraz güvercin eti... birkaç dilim de francala..."

## 8

Yemek masasındakiler kalkmaya başlamıştı.

İhtiyar Buddenbrook, "*Mesdames et messieurs*, hepinize afiyet olsun!" dedi. "Karşı salonda tiryakiler için puro ve kahve var ve eğer Madam Elisabeth'in cömertliği üstündeyse bize likör de ikram eder... kuşkusuz arka kısımdaki bilardo salonu da sizi bekliyor; Jean, onları oraya sen götür... Madam Köppen... buyurun lütfen..."

Sunulan yemek şölenine duydukları hayranlığı ifade ederek ve karşılıklı olarak birbirlerine en güzel dileklerini sunarak büyük kanatlı kapıdan Doğa Manzaralı Tablolar Odası'na geçildi yeniden. Fakat Konsül arkada kalarak bilardo meraklısı beyleri çevresine topladı.

"Bir bilardo partisini kaçırmak istemezsiniz, değil mi babacığım?"

Lebrecht Kröger hanımların yanında kaldı, ama oğlu Justus, Konsül'ün yanındakilerle birlikte bilardo oynamaya gidebilirdi. Senatör Langhals, şarap tüccarı Köppen, komisyoncu Grätjens ve Doktor Grabow da Konsül'e katıldılar, şair Jean Jacques Hoffstede de onlara katılmak istiyordu, ama, "Daha sonra, daha sonra," dedi, "Johann Buddenbrook şimdi flüt çalacak, bekleyip onu dinleyeceğim... *Au revoir, messieurs*...[1]"

Altı erkek, sütunlu holden geçerken Doğa Manzaralı Tablolar Odası'ndan Frau Konsül'ün eşliğinde çalınan ilk flüt seslerini duydular, orgdan yavaş yavaş yükselen ince, hoş ve duygu yüklü bir ezgi evin bütün koridorları-

1. (Fr.) Güle güle, beyler. (Y.N.)

na ve odalarına yayılıyordu. Konsül kulak kabarttı ve dinleyebildiği kadar dinlemeye çalıştı. Doğa Manzaralı Tablolar Odası'nda kalıp, koltuğa kurulup bu duygu yüklü ezgiyi dinleyerek düşlere dalmak ve hayaller kurmak ne güzel olurdu, ancak ev sahipliği görevi...

Holden geçen hizmetçi kıza, "Bilardo salonuna kahve ve sigara getir," dedi.

Herr Köppen dolu midesinden konuşuyormuş gibi, "Evet Line, kahve getir bize, anladın değil mi? Kahve!" diye tekrarladı ve kızın kızılımsı kollarını çimdikleyerek okşamaya çalıştı. "K" harfini ağzında tadını çıkararak çiğnediği bir şeyi yutuyormuş gibi söyledi.

"Madam Köppen'in camlı kapıdan baktığından hiç kuşkum yok," dedi Konsül Knöger.

Senatör Langhals, "Öyleyse yukarıda oturuyorsunuz, değil mi Buddenbrook?" diye sordu.

Konsül ve ailesinin oturduğu ikinci kata sağdaki merdivenden çıkılıyordu, ama holün solunda birçok oda vardı. Bilardo meraklısı beyler, tırabzanları beyaz lakeli geniş merdivenden purolarını tüttürerek aşağıya indiler. Konsül merdiven sahanlığında onları bekliyordu.

"Asma katta üç oda daha var," dedi, "kahvaltı odası, annemle babamın yatak odası ve bahçeye bakan az kullanılan bir oda, önlerinden dar bir koridor geçer... Ama, hadi yürüyün lütfen! Bakın, avludaki nakliye arabaları tüm bahçeyi boydan boya geçerek Becker Şirketi'nin maden ocağına gidiyor."

Üzerinden gümbürdeyerek arabaların geçtiği aşağıdaki geniş avluya büyük ve dört köşeli kaldırım taşı döşenmişti. Döner kapının yanında ve avlunun öbür ucunda büro olarak kullanılan odalar vardı; o meşhur arpacıksoğanı sosun ekşimsi kokusunun hâlâ duyulduğu mutfak ise mahzene giden yolda, merdivenin sağında bulunuyordu. Mutfağın karşısında, yerden epeyce yüksekte tuhaf ve kaba görünümlü, ama temiz boyalı ahşap odalar göze çarpıyordu: Bunlar arkası açık, dik basamaklı bir merdivenle avludan yukarıya çıkılan hizmetçi odalarıydı. Yanı başında birkaç büyük eski dolap ve oymalı bir tahta sandık duruyordu.

Yüksek bir camlı kapıdan geçip birkaç adım ilerledikten sonra, solunda küçük bir çamaşırhane bulunan bahçeye çıktılar ve hep birlikte büyük bir özenle düzenlenmiş, bakımlı, ancak sonbaharın sisli ve nemli havasının üzerine çökmüş olduğu bahçeyi uzun uzun seyrettiler. Çiçek ve sebze yataklarının üstü don tehlikesine karşı hasırlarla örtülmüştü ve bahçe, orada, arkadaki bir "kapı"yla, rokoko tarzı bir bahçe kapısıyla dışarıya kapatılmıştı. Ama bilardo tutkunu beyler buraya değil de, iki duvar arasında kalan ikinci bir avludan geçerek arka binaya giden soldaki yola saptılar.

Birkaç kaygan basamağı çıktıktan sonra, ambar olarak kullanılan ıslak toprak zeminli bodruma benzer bir yere girdiler, tavanda buğday çuvallarını dışarıya çıkarmak için kullanılan bir halat asılıydı. Ama onlar sağ taraftaki temiz merdivenden birinci kata çıktılar, Konsül bilardo salonuna girilen beyaz kapıyı konuklarına kendi eliyle açtı.

Herr Köppen çok yorulmuştu, kuru ve soğuk görünümlü geniş salonun duvarlarının önüne sıralanmış dik arkalıklı sandalyelerden birinin üstüne kendisini atıverdi.

"Önce sizleri bir seyredeyim!" dedi yüksek bir ses tonuyla ve ceketinin üstündeki ince yağmur damlalarını parmağıyla vurarak uzaklaştırmaya çalıştı. "Aman Tanrım, sizin malikânenin içinde ne biçim bir yolculuk yaptık böyle, Buddenbrook!"

Doğa Manzaralı Tablolar Odası'nda olduğu gibi burada da pirinçten bir parmaklık arkasında soba yanıyordu. Yüksek ve dar üç pencereden ıslak kırmızı çatılı damlar, sis altındaki bahçeler ve sivri çatılı evler görünüyordu.

Konsül bilardo sopalarını raftan alırken, "Bir karambole ne dersiniz, Sayın Senatör?" diye sordu. Sonra bilardo masalarına doğru gitti ve her iki masanın üstündeki delikleri kapattı. "Kim bizimle olacak? Grätjens mi, yoksa doktor mu? Pekâlâ. Grätjens ve Justus, o halde siz öteki masaya... Köppen, sen bizimle oynamak zorundasın."

Şarap tüccarı ayağa kalktı ve ağzı puro dumanıyla dolu olarak, ıslık çala çala esen sert rüzgârın sesine, pencerelerin camına vuran yağmura ve yanan sobanın borusunun uğultusuna kulak verdi.

"Lanet olsun!" dedi ve ağzındaki dumanı üfledi. "Ne dersiniz, Buddenbrook, Wullenwewer limana yanaşabilecek mi? Tanrım, ne berbat bir hava böyle..."

Evet, Travemünde'den gelen haberler pek parlak değildi; bunun böyle olduğunu, istekasının ucunu tebeşirlerken Konsül Kröger de doğruladı. Bütün sahillerde fırtına vardı. Tanrı biliyor ya, St. Petersburg'un sular altında kaldığı o 1824 yılı bundan daha kötü değildi... "Bak, işte kahvelerimiz de geldi," dedi.

Kahvelerini aldılar, birer yudum içtiler ve oyuna başladılar. Ama daha sonra gümrük birliğinden söz açıldı. Konsül Buddenbrook gümrük birliğinin en ateşli savunucusu kesildi!

Bilardo topuna vurduktan sonra, büyük bir çeviklikle gümrük birliği konusunun açıldığı öteki masaya döndü ve, "İlk fırsatta biz de girmeliyiz," dedi.

Ama Herr Köppen böyle düşünmüyordu, buna şiddetle karşı olduğunu söyledi.

Hakarete uğramış gibiydi, kavga edecekmiş gibi istekasına sıkı sıkı sarılarak, "Ya bağımsızlığımız? Evet, bağımsızlığımız ne olacak?" diye sordu. "Bağımsızlığımız ne olacak? Bu Prusya uydurmacılığına katılmayı Hamburg kabul edecek mi? Başkalarının bizi yutmasına hemen razı olalım mı yani, Buddenbrook? Hayır, hayır, Tanrı bizleri korusun. Gümrük birliğinde ne işimiz var, çok merak ediyorum doğrusu! Yoksa işler yolunda gitmiyor mu?.."

"Evet Köppen, belli ki senin şu şarap işin iyi gidiyor! Rusya'dan ithalat yapanlar için belki de bir sorun yok, buna bir şey diyecek değilim. Öyle çok mal ithal edildiği de yok zaten! Ama ihracat yapmaya gelince, Hollanda ve İngiltere'ye kuşkusuz biraz buğday gönderiyoruz... Ama ne yazık ki işler tümüyle iyi gitmiyor. Tanrı biliyor ya, eskiden burada iyi para kazandıran işler yapılırdı... Ama gümrük birliğine girilirse Mecklenburg ve Schleswig-Holstein de mallarımıza pazar olarak açılacak..."

Grätjens uzun gövdesiyle bilardo masasının üzerine doğru eğilmiş, kemikli eliyle sıkı sıkı tuttuğu istekayı hedefe doğru nişanlayarak büyük bir dikkatle ileri geri hareket ettirirken, "Çok rica ederim Buddenbrook, ben bu gümrük birliği işinden hiçbir şey anlamıyorum," dedi. "Bizim sistemimiz yeterince anlaşılır ve uygulanabilir değil mi? Yeminli yurttaşlar olarak gemilerimiz hiçbir formaliteye tabi olmadan rahat rahat limana girip çıkıyorlar..."

Konsül, "Eski ve güzel bir sistem," diyerek onu doğrulamak zorunda kaldı.

Senatör Langhals biraz öfkeyle, "Ama Herr Konsül, siz 'güzel' bulduğunuza göre!" dedi. "Ben tüccar değilim... Ama doğruyu söylemem gerekirse bu yeminli yurttaşlar sözü bana saçma gibi geliyor, bunu söylemek zorundayım! Yeminli yurttaşlar, diye hiç kimseye doğru dürüst gümrük kontrolü yapılmıyor ve sonuçta devlet bu işten zarar görüyor. İnsanlar gümrük ödememek için saçma sapan bir sürü şey anlatıyor. Ben şuna iyice inanıyorum ki, eyalet senatosu gümrük birliğine girmemizi..."

Herr Köppen, "Gümrük birliğine girilecek olursa şehirle senato arasında anlaşmazlık çıkar!" dedi. Öfkesinden istekasını yere düşürdü ve "anlaşmazlık" sözcüğünü yanlış söyleyerek telaffuzla ilgili bütün dilbilimsel kuralları bir yana bırakmış oldu. "Evet, anlaşmazlık çıkacağı açık, bunu görebiliyorum. Ama dikkat edin Herr Senatör, bu işe çok fazla kaptırmışsınız kendinizi, Tanrı yardımcınız olsun!" dedikten sonra, öfkeli öfkeli karar mercii komisyonlarından, devletin esenliğinden, yurttaş yemininden ve bağımsız eyalet devletlerinden söz etti.

Tanrı'ya şükür, şair Jean Jacques Hoffstede tam zamanında geldi! Rahip Wunderlich'le kol kola içeri girdiler; kaygısızca yaşanan o eski günlerden kalma sakin ve neşeli iki ihtiyar.

Şair, "Çok değerli dostlarım, size şimdi güzel bir şeyler okuyacağım," dedi, "Fransızcadan aktarılmış kısa bir dize, çok tatlı, çok neşeli bir şaka... dinleyin lütfen!"

Ellerinde istekalarıyla masanın üstüne eğilmiş olan bilardocuların karşısına, bir sandalyeye kurularak cebinden bir kâğıt çıkardı, mühür yüzüklü uzun işaretparmağını sivri burnuna dayadıktan sonra, neşeli, doğal ve destana özgü bir tonla okumaya başladı:

Saksonyalı mareşal vaktiyle muhteşem Pompadour'u
Gezdirirken altın yaldızlı faytonda neşeyle,
O ikiliyi gördü Kral Frelon
Haykırdı, "Bakın bakın şunlara!" diye,
"Kralın kılıcına ve kınına[1] bakın!"

Herr Köppen bir an için şaşırmış gibi oldu, "anlaşmazlık" ve "devletin esenliği" gibi sözcükleri bir kenara bırakarak ötekilerin kahkahalarına katıldı, hep birlikte öyle gülüyorlardı ki salonun içi yankılanıyordu. Pencerelerden birinin önüne gelip dikilen Rahip Wunderlich'in sessizce kıkırdadığı, omuzlarının oynamasından anlaşılıyordu.

1. Özgün metinde "kılıç kını" anlamındaki (Schwert–) Scheide sözcüğü aynı zamanda "vajina" (Alm. *Scheide*) anlamına da gelir. (Y.N.)

Bilardo salonunda bir süre daha kaldılar, çünkü şair Hoffstede'nin cebinde buna benzer daha bir sürü dize vardı. Herr Köppen yeleğinin bütün düğmelerini açmıştı ve çok keyifliydi, çünkü kendisini burada, yemek masasından daha rahat hissediyordu. Kuzey'e özgü o komik Almancasıyla yeni yeni deyimler patlatıyor ve zaman zaman da ezberlediği şiirleri keyifli keyifli mırıldanıyordu:

Saksonyalı mareşal vaktiyle...

Bu kısacık dize, onun kaba ve kalın sesiyle daha başka bir anlam kazanıyordu...

## 9

Vakit bir hayli geç olmuştu, saat on bire geliyordu, Doğa Manzaralı Tablolar Odası'nda yeniden bir araya gelen konukların hepsi de neredeyse aynı anda gitmeye hazırlandılar. Frau Konsül Elisabeth Buddenbrook kendisine veda eden erkek konukların el öpmesi biter bitmez, sofrayı toplayan kızların başında bulunma görevini Matmazel Jungmann'a devrederek hasta Christian'a bakmak için yukarıya, kendi odasına çıktı; Madam Antoinette de çekme kattaki odasına çekildi. Ancak Konsül konuklarla birlikte merdivenlerden aşağıya indi, avluya geçti ve onlara kapının dışına kadar eşlik etti.

Esen sert rüzgâr yağmur damlalarını yana doğru savuruyordu ve ihtiyar Kröger'ler kalın kürk paltolarına sıkı sıkı sarılmış, kendilerini kapıda bekleyen gösterişli arabalarına bindiler. Evin önündeki fener direklerinde ve biraz aşağıda, caddeye karşıdan karşıya gerilmiş olan kalın zincirlere asılı gaz lambalarının sarı ışıkları titreşerek yanıyordu. Cadde yukarıdan aşağıya doğru Trave'ye iniyordu ve cadde boyunca uzayıp giden bazı evlerin giriş kapılarının açıldığı cumbalar, caddeye doğru çıkıntılar oluşturuyordu ve bazılarının önünde birkaç basamak vardı. Bazı evlerin önlerine ise banklar yerleştirilmişti. Caddenin kötü döşenmiş kaldırım taşlarının aralarından ıslak otlar fışkırıyordu. Karşı taraftaki Meryem Ana Kilisesi karanlık yağmur altında zor fark ediliyordu.

Lebrecht Kröger arabanın önünde bekleyen Konsül'ün elini sıkarak, "*Merci!*" dedi. "*Merci*, Jean, her şey mükemmeldi!" Daha sonra kapı kapatıldı ve araba yola koyuldu. Rahip Wunderlich ve komisyoncu Grätjens de teşekkür ederek evlerinin yolunu tuttular.

Beş kat pelerinli kalın paltosunu giymiş ve geniş kenarlı gri şapkasını başına oturtmuş olan Herr Köppen de, şişman karısını koluna taktı ve kalın sesiyle, "İyi geceler, Buddenbrook," dedi. "Haydi, gir içeriye, üşütme kendini. Çok teşekkür ederim, uzun zamandır böyle yiyip içmemiştim doğrusu. Benim dört marklık kırmızı şarabımı beğendin demek? Tekrar iyi geceler..."

Köppen çifti Konsül Kröger ve ailesi ile birlikte yokuş aşağı ırmağa doğru indiler. Senatör Langhals, Doktor Grabow ve Jean Jacques Hoffstede öteki yöne gittiler.

Konsül Buddenbrook ellerini açık renkli pantolonun ceplerine sokmuş, evin kapısının birkaç adım ötesinde, ince kumaştan ceketinin içinde büzüşmüş, soğuktan üşüyerek bomboş, ıslak ve solgun bir ışığın aydınlattığı caddeden gittikçe uzaklaşan ayak seslerinin yankısına kulak veriyordu. Sonra geriye döndü, gri renkli ve sivri çatılı evin ön cephesine, aşağıdan yukarı doğru şöyle bir baktı. Gözleri bir süre kapının tam üstünde yer alan ve keskiyle oyularak gotik harflerle yazılmış atasözüne takıldı: "*Dominus providebit*"[1]. Başını biraz eğerek içeriye girdi ve

1. (Lat.) Tanrı sağlayacak. (Y.N.)

gıcırdayan hantal kapıyı arkasından özenle kilitledi. Daha sonra iki yana da açılabilen çarpma kapıyı kapattı ve ağır adımlarla holden geçti, ayaklarının çıkardığı ses yankılanıyordu. Elindeki tepsisinin üstündeki çay bardaklarını şıngırdatarak merdivenlerden aşağıya inen aşçı kıza, "Trina, efendin nerede?" diye sordu.

Aşçı kız, "Yemek salonundalar, Herr Konsül!" diye yanıtlarken yüzü de kolları gibi al al oldu; çünkü kız bir taşralıydı ve böyle durumlarda hemen şaşırıp kalıyordu.

Jean Buddenbrook, sütunlu holü karanlıkta geçerken elini ceketinin cebine götürdü, bir kâğıt hışırtısı duydu. Daha sonra salona girdi, köşede duran kollu şamdanların birinin mumları hâlâ yanıyordu ve toplanmış yemek masasını aydınlatıyordu. Sarmısak sosunun ekşimsi kokusu hâlâ gitmemişti.

İhtiyar Buddenbrook pencerelerin hemen önünde ellerini arkasına kenetlemiş, salonda keyifli keyifli dolaşıyordu.

## 10

Johann Buddenbrook durdu ve oğluna elini uzattı. "Evet, oğlum! Bir derdin mi var?" dedi. Elleri bütün Buddenbrook'lar gibi beyaz, biraz kısa ve ince yapılıydı. Koyu kırmızı perdelerin önünde bir gölge gibi duran iri bedeninden sadece pudralı saçları ve dantel göğüs süsü beyaz beyaz göze çarpıyordu.

"Hâlâ yorulup bıkmadın mı? Burada rüzgâra kulak veriyorum... berbat bir hava! Kaptan Kloht da Riga'dan dönüş yolunda..."

"Merak etme baba, Tanrı'nın yardımı ile her şey yoluna girecektir!"

"Buna güvenebilir miyim? Evet, Tanrı'yla aranda sıkı bir bağ olduğunu biliyorum..."

Konsül, babasını böylesine neşeli görünce daha da yüreklendi.

"Evet, hemen konuya gireyim," diye söze başladı. "Baba, size sadece iyi geceler dilemek için gelmedim, tersine... ancak umarım bana kızmazsınız. Bugün ikindiüzeri evimize gelen şu mektubu size verip de bu güzel akşamda bütün neşenizi kaçırmak istememiştim..."

"*Voilà*[1], yine bizim Mösyö Gotthold!" dedi ihtiyar Buddenbrook ve mumla mühürlenmiş mavimsi kâğıt parçasını alırken tedirginlik duymuyormuş gibi davrandı. "Büyük Herr Johann Buddenbrook'un şahsına mahsustur... Jean, senin bu üvey kardeşin olacak beyefendinin elinden kurtuluş yok! Geçenlerde gönderdiği ikinci mektubuna yanıt verdim mi? Hayır, ama o kalkmış bir de üçüncüsünü yazıyor..." Pembemsi yüzü gittikçe kararmaya başladı, parmağıyla mührü kopardı, katlı ince kâğıdı açtı ve eğilerek şamdanın aydınlattığı yere doğru döndü ve elinin tersiyle kâğıdın üzerine sertçe vurdu. Elyazısında bile bir dik başlılık, bir karşı geliş havası var gibiydi; çünkü Buddenbrook'ların yanlamasına, yumuşak ve küçük harflerle yazmalarına karşın, Gotthold Buddenbrook'un satırları yüksek, dik ve birden keskinleşen harflerle doluydu, birçok sözcüğün altına aceleyle kıvrıntılı bir çizgi çekilmişti.

Konsül duvarın önündeki sandalyelere kadar geri çekildi, ancak babası ayakta durduğu için oturmadı, sadece yüksek arkalıklı sandalyelerden birine sinirli bir şekilde tutunmakla yetindi ve başını yana eğmiş, kaşları çatık bir halde ve hızlı dudak hareketleriyle mektubu okumaya başlayan babasını seyrediyordu.

1. (Fr.) İşte. (Y.N.)

Baba,

Çok iyi bildiğiniz bir konuyla ilgili olarak ivedilikle yazdığım ikinci mektubum yanıtsız kalınca, duyduğum öfkeyi anlamaya yetecek kadar bir adalet anlayışına sahip olduğunuzu boşuna umuyorum herhalde. Sadece ilk mektubuma yanıt verdiniz (Ne tür bir yanıt olduğunu geçiyorum!). Aramızdaki uçurumu inadınızla daha da derinleştirerek günah işlediğinizi ve bu günahın hesabını günün birinde Tanrı'nın huzurunda en ağır biçimde vermek zorunda kalacağınızı belirtmek istiyorum. Yıllar önce kalbimin sesini dinleyerek size karşı gelip şimdiki eşimle evlendiğim ve sonra da bir dükkân devralarak o sonsuz gururunuzu zedelediğim zaman, benimle bütün bağlarınızı acımasızca kesmiş olmanız yeterince üzücü zaten; bana şu anki davranış tarzınız bile Tanrı'yı gazaba getirmeye yeter ve eğer sizin bu vurdumduymazlığınız karşısında kaderime razı olup sessiz kalacağımı sanıyorsanız çok yanılıyorsunuz. Meng Caddesi'ndeki yeni evinizi 100.000 marka satın aldığınızı biliyorum, ayrıca ikinci evliliğinizden olan oğlunuz ve ortağınız Johann'ın o evde kira ile oturduğunu ve sizin ölümünüzden sonra tek mirasçı olarak işinizi ve evi devralacağını da biliyorum. Frankfurt'taki kız kardeşim ve eşiyle yapmış olduğunuz anlaşmaya karışacak değilim. Ancak beni ilgilendiren şey, Hıristiyanlıkla bağdaşmayan öfkenizin dozunu kaçırarak en büyük oğlunuz olan bana evdeki payım için hiçbir şey ödemeye yanaşmamanızdır. Evlendiğim ve yeni iş kurduğum sırada bana 100.000 mark vermenize ve mirastan topu topu 100.000 mark bırakmayı vasiyetnamenize yazdırmanıza hiç sesimi çıkarmadım, çünkü o sıralar servetinizle ilgili en ufak bir bilgim yoktu. Ama durumu şimdi daha iyi biliyorum ve ilke olarak mirastan mahrum bırakılamayacağıma göre, bu yeni durum için tazminat olarak 33.335 mark istiyorum, kısacası eve ödenen paranın üçte birini, demek istiyorum. Şimdiye kadar katlanmak zorunda olduğum bu davranışınızı hangi kötü ve lanet olası etkilere borçlu olduğum hakkında tahmin yürütmek istemiyorum; ancak şimdi bunu bir Hıristiyanın ve bir işadamının adalet anlayışıyla protesto ediyorum. Bu haklı isteklerime saygı göstermeyecek olursanız, bir kere daha temin ederim ki, bundan böyle ne gerçek bir Hıristiyan, ne babam ve ne de bir işadamı olarak size asla saygı duyamayacağım.

Gotthold Buddenbrook

"Bu can sıkıcı satırları sana bir kere daha okumaktan zevk duyamayacağım için beni bağışla. *Voila*!" Johann Buddenbrook sinirli bir hareketle mektubu oğluna fırlattı.

Konsül, dizlerinin üzerinden geçmekte olan kâğıdı havada yakaladı, şaşkın ve hüzünlü gözlerle babasının gidişini seyretti. İhtiyar Buddenbrook, pencerenin kenarına dayalı mum söndürme külahını aldı, dimdik ve kızgın bir biçimde masanın önünden geçerek karşı köşede duran ayaklı şamdana doğru yürüdü.

"*Assez! N'en parlons plus.*[1] Tamam! Yatalım artık! Haydi!" İhtiyar Buddenbrook küçük madenî külahla mumları, bir daha dirilmemek üzere birer birer söndürdü. Başını çevirip yeniden oğluna baktığında yalnızca iki mum yanıyordu, oğlunun yüzünü çok zor seçebildi.

"*Eh bien*,"[2] şimdi ne olacak! Ne diyeceksin? Bir şeyler söylemek zorundasın!"

"Ne diyeyim baba, şaşırıp kaldım."

"Sen de hemen şaşırıp kalıyorsun canım," dedi Johann Buddenbrook, bunu çok kızgın bir biçimde söyledi, oysa bunun çok da doğru olmadığını, oğlu ve iş ortağı Jean'ın işle ilgili alınması gereken önemli kararlarda kendisinden çok daha üstün olduğunu biliyordu.

Konsül Buddenbrook, "Kötü ve lanet olası etkiler,"

1. (Fr.) Yeter! Bundan bir daha söz etmeyelim. (Y.N.)

2. (Fr.) Eh peki. (Y.N.)

diye devam etti. "Anlayabildiğim ilk satır bu! Baba, buna ne kadar üzüldüğümü anlamıyor musun? Baksanıza, bizi Hıristiyanlığa aykırı davranmakla suçluyor!"

"Onun bu aptalca sözlerinin etkisi altında kalıp üzülelim mi yani?!" Johann Buddenbrook elinde mum söndürme külahıyla birlikte hızla oğlunun yanına geldi: "Hıristiyanlığa aykırı davranıyormuşuz! Demek öyle! Bizim paragöz ve inançlı oğlan ne kadar da kibarmış meğer! Siz gençlerin işine akıl erdirmek çok zor, öyle değil mi? Kafanız Hıristiyanlık ve hayal ürünü bir sürü saçmalıkla dolu... tabii bir de idealizm! Bizlerse her şeyle acımasızca alay eden ihtiyarlarız sadece... hem temmuz monarşisinden ve pratik ideallerden söz edeceksin hem de birkaç bin taler için yaşlı babana böylesine kaba ve iğrenç hakaretlerde bulunacaksın! Sonra da kendini büyük bir işadamı sanıp beni hor göreceksin! Ama ben gerçek bir işadamıyım ve *faux-frais* nedir, çok iyi bilirim, boşuna çırpınmalar bunlar!" diye tekrarladı hiddetli hiddetli ve Parisliler gibi gırtlaktan konuşarak. "Bu aptal, bu aklını yitirmiş serseme benim oğlum diye teslim olacak değilim, kendimi alçaltıp isteklerine boyun eğmek zorunda kalsam da bunu yapmayacağım..."

"Babacığım, doğrusu ne diyeceğimi bilmiyorum! 'Etkiler' sözüyle haklı olduğunu kabul edemem! Bir hissedar olarak burada kendi çıkarım da söz konusu, onun için senden bu konu hakkındaki düşüncelerini değiştirmeni isteyemem, oysa ben Gotthold'den çok daha iyi bir Hıristiyanım..."

"Oysa! Evet, doğru söylüyorsun, benim sevgili oğlum, 'oysa' demekle çok haklısın Jean! Soralım kendi kendimize, olaylar nasıl gelişmişti, diye. Matmazel Stüwing için yanıp tutuştuğu ve onunla evlenmek için başımın etini yediği günlerde, şiddetle karşı çıkmama rağmen sırf inat olsun, diye ailemize yakışmayan bu izdivacı yapmaya karar verince ona şöyle yazmıştım: Çok sevgili oğlum, sırf o dükkânın hatırına bu kadınla evleniyorsun. Tamam, öyle olsun. Bunun için seni mirasımdan mahrum etmeyeceğim, sana kötü de davranmayacağım, ama aramızdaki sevgi ve dostluk bitti. Sana evlenmen için 100.000 mark gönderiyorum, vasiyetnamemde de 100.000 mark daha bırakıyorum. Ama hepsi bu kadar, artık bir şilin bile vermem. Bunun üzerine sustu ve bir daha yazmadı. Bizim iş ilişkimizden ona ne? Sen ve kız kardeşin mirastan daha çok pay alıyorsanız ona ne oluyor? Sizin miras payınızla bir ev satın alındıysa bu onu ne ilgilendirir?.."

"Baba, nasıl bir ikilem içinde bulunduğumu bir anlayabilseniz! Ailemizin birlik ve düzenini düşününce, onun isteklerini kabul edin, demek geliyor içimden, ancak..." Konsül koltuğuna yaslanarak hafif bir iç çekti. Johann Buddenbrook ise oğlunun yüz ifadesini iyice görebilmek için, elini mum söndürme külahının üstüne koyarak dikkatlice yarı karanlığın içine bakıyordu. Kalan son iki mumdan biri de yana yana tükenmiş ve kendiliğinden sönmüştü; en dipteki son mum titreyerek yanmaya devam ediyordu. Duvardaki yüksek ve beyaz figürlerden biri arada bir tatlı tatlı gülümseyerek yüzünü gösteriyor ve arkasından yeniden kayboluyordu.

Konsül hafif bir sesle, "Baba, Gotthold'le aranızdaki bu durum beni çok üzüyor!" dedi.

"Saçmalama Jean, bırak bu duygusallığı! Nedir seni üzen şey?"

"Baba... bugün burada hep birlikte çok eğlendik, çok neşeli bir gün geçirdik, bir şeyler başarmış olmanın, bir yerlere gelmiş olmanın bilinciyle gururlandık ve sevindik... şirketimizi sağlam bir yapıya kavuşturduk ve Buddenbrook'ları şehrin en saygın ailesi yaptık. Ama baba, en büyük oğlun olan kardeşimle aranızdaki bu korkunç düşmanlık... Yüce Tanrı'nın yardımıyla yaptığımız bu binada hiçbir gizli çatlak bulunsun istemiyorum. Babacığım, bir ailede barış ve dayanışma olmalı, aksi takdirde uğursuzluk ve felaket kapımızdan hiç eksik olmaz..."

"Saçma bunlar Jean! Kaba bir şaka! Gotthold dik kafalı bir çocuk..."

Bir sessizlik oldu, yanan son mumun alevi gittikçe küçülüyordu.

Johann Buddenbrook, "Jean, ne yapıyorsun orada?" diye sordu, "Artık seni göremiyorum."

"Hesap yapıyorum baba," diye karşılık verdi Konsül kuru bir sesle. Mumun alevi yeniden parladı, Konsül başını yukarı kaldırdı ve donuk bakışlarla bütün dikkatini mumun alevine, bütün öğle sonu boyunca hiç kimsenin bakmadığı mumun alevine yoğunlaştırmıştı. "Düşünüyorum da, Gotthold'e 33.335, Frankfurt'ta oturan kız kardeşime de 15.000 mark verirseniz bu toplam 48.335 mark eder. Gotthold'e hiçbir şey vermeyip sadece Frankfurt'taki kız kardeşime 25.000 mark verirseniz bu şirketimiz 23.335 marklık bir kazanç anlamına gelir. Ama hepsi bu kadar değil. Gotthold'e bu parayı evdeki payına karşılık verdiğinizi varsayacak olursak o zaman ilkenizi bozmuş olursunuz ve Gotthold'e verdiklerinizle yetinmediğinizi kabul etmiş olursunuz. O zaman da ölümünüzden sonra Gotthold benim ve kız kardeşimin aldığı kadar pay isteyebilir ve böyle olunca da şirket yüz binlerce mark tutarında bir kayba uğrar. Bunu ne kız kardeşim ne de ileride şirketin başına geçecek olan ben göze alabiliriz. Hayır baba, bunu yapma!" dedikten sonra kararlı bir el hareketi yaparak ayağa kalktı ve babasına doğru yaklaşarak, "Hayır baba, hayır... ona boyun eğmelisiniz!" diye tekrarladı.

"Bak, gördün mü, sonradan dediğime geldin! Bırakalım artık bunları! Haydi! Yatalım artık!"

Titreyerek yanan son mumun alevi de madenî külahla söndürüldü. Konsül ve babası karanlığa gömülen sütunlu holden geçtiler, ikinci kata çıkan kapının önünde durup birbirlerinin elini sıktılar.

"İyi geceler Jean! Dediğim gibi, yürekli ol. Gerçekten de çok can sıkıcı şeyler bunlar... Hadi, sabah kahvaltısında görüşmek üzere!"

Konsül kendi katına giden merdivenin basamaklarını ağır ağır çıktı. İhtiyar Buddenbrook da merdiven parmaklıklarını eliyle yoklaya yoklaya aşağıya, çekme kata indi. Daha sonra koca ev tümüyle karanlığa ve sessizliğe gömüldü. Yağan yağmur sessizliğe bürünmüş caddeleri yıkarken ve sonbahar rüzgârı sivri çatılı evlerin arasında ıslık çalarak eserken gururlar, umutlar ve kaygılar içeride istirahate çekilmişti.

# İkinci bölüm

## 1

İki buçuk yıl sonra, nisan ayının ortalarına doğruydu, ilkbahar her zamankinden daha erken gelmişti. O günlerde ihtiyar Buddenbrook'u ve oğlunu çok sevindiren bir olay olmuştu.

Bir pazar sabahı saat dokuzda Konsül, kahvaltı odasında pencerenin önünde duran, dışbükey kapağı komik bir mekanizmayla yukarıya kaldırılmış olan büyük kahverengi yazı masasının başında oturuyordu. Önünde, içi evrak dolu kalın, deri kaplı bir dosya duruyordu; ama Konsül dosyanın içinden yalnızca ciltli ve kenarları yaldızlı bir defter çıkardı. Defterin üzerine eğilerek incecik ve küçücük harflerden oluşan elyazısıyla acele acele, hararetle bir şeyler yazıyor, sadece arada sırada başını kaldırıp kaz tüyünden kalemini kocaman mürekkep hokkasına batırıyordu.

Pencerelerin ikisi de açıktı; ılık güneşin ilk tomurcukları okşadığı ve küçük kuşların cıvıldaştığı bahçede esen serin rüzgâr, ilkbaharın güzel kokularını içeriye taşıyor ve ara sıra pencerelerdeki perdeleri dalgalandırıyordu. Kahvaltı masası üzerindeki tek tük ekmek kırıntıları ve benekli beyaz masa örtüsünün üzerine düşen pırıl pırıl güneş ışınları, havan biçimindeki fincanların yaldızları üzerinde oynaşıyordu.

Yatak odası kapısının iki kanadı da açılmıştı ve içeriden ihtiyar Buddenbrook'un neşeli bir ezgi mırıldandığı duyuluyordu:

İyi bir adam, dürüst bir insan,
Gönül almaktan hoşlanan:
Çorba yapar, beşik sallar
Ve mis gibi turunç kokar.

Baba Buddenbrook gelininin yüksek karyolasının yanında duran yeşil ipek cibinlikli küçük beşiğin yanına oturmuş, onu bir eliyle hafif hafif sallıyordu. Genç Budden'brook'lar, daha rahat hizmet edilir düşüncesiyle alt kata yerleşmişlerdi. İhtiyar Buddenbrook ve eşi çekme katın üçüncü odasını yatak odası olarak kullanıyordu. Madam Antoinette, çizgili desenli elbisesinin üstüne bir önlük bağlamış, beyaz ve kalın buklelerinin üstüne dantelli bir hotoz takmış, pazen ve pamuklu kumaşlarla masanın üstünde bir şeyler yapmaya çalışıyordu.

Konsül Buddenbrook, kendisini işine öylesine vermişti ki, başını kaldırıp yandaki odaya bakamıyordu bile. Yüzünde ilahî duygulara kapılmaktan oluşan ciddi ve acı çeken bir ifade vardı. Dudakları hafifçe aralanmış, çenesi biraz sarkmıştı ve zaman zaman da gözleri doluyordu. Önündeki kâğıda şunları yazıyordu:

Bugün, 14 Nisan 1838, sabah saat altıda kızlık soyadı Kröger olan sevgili eşim Frau Elisabeth, Yüce Tanrı'nın yardımıyla bir kız çocuğu dünyaya getirme mutluluğuna erişti; bebeğimize, düzenlenecek vaftiz töreniyle Clara adını vereceğiz. Evet, Doktor Grabow'un dediğine göre, doğum biraz erken gerçekleşmiş ve Bethsy'nin çok sancı çekmesine karşın, Yüce Tanrım yardımını esirgemedi. Ey Yüce Tanrım! Her başımız sıkıştığında, tehlikelerle karşılaştığımızda bize yardım eden, buyruklarını doğru anlamamız, senden korkmamız ve buyruklarına karşı gelmememiz için bize yol gösteren başka bir Tanrı var mı?! Ey Yüce Tanrım, yeryüzünde yaşadığımız sürece bizleri yönetmekten, bizlere doğru yolu göstermekten vazgeçme...

Elyazısı arada bir tüccarlara özgü süslemeler içerse de, tüy kalem hiç takılmadan kâğıdın üzerinde kaymaya devam ediyor ve her satırda Tanrı'ya sesleniyordu. İki sayfa kadar sonra şunlar okunuyordu:

Yeni doğan kızıma yüz elli talerlik sigorta poliçesi yazdım. Yüce Tanrım onu doğru yoldan ayırma, ona temiz bir yürek bahşet ki, ileride senin o sonsuzca barış bahçene girebilsin. İnsanın, Tanrı'ya tüm kalbiyle inanıp bağlanmasının ne kadar güç olduğunu bilmiyor değiliz, çünkü biz ölümlülerin zayıf yürekleri...

Konsül, üçüncü sayfanın sonunda yazısını "Âmin" sözcüğü ile bitirdi, ama bu tüy kalem kulağa hoş gelen sesler çıkararak daha pek çok kâğıdın üstünde kaymaya devam etti: Yorgun yolcunun hararetini söndüren o harika kaynaktan, İsa Mesih'in yaralarından akan kanların şifa verici kutsal etkisinden, yürüdüğü dar ve geniş yoldan ve Tanrı'nın yüceliğinden söz ediyordu. Konsül, bazı cümlelerden sonra aslında kalemi bırakıp eşinin yanına ya da bürosuna gitme isteği duymuyor değildi. Ancak bunu nasıl yapabilirdi ki? Kendisini yaratanla ve yaşatanla söyleşmekten böyle çabuk mu yorulacaktı? Şimdi yazmayı bırakmak Tanrı'ya karşı işlenecek günahların en büyüğü olurdu. Hayır, hayır, dindarlığa yakışmayan böylesine dünyevi şeyleri düşünen nefsini cezalandırmak için İncil'den birkaç pasaj daha ekledi yazısına, annesi ve babası için, eşi ve çocukları için ve kendisi için dua etti; dua ederken erkek kardeşi Gotthold'ü de unutmadı. Sonunda yazısını İncil'den aldığı son bir özlü sözle bitirdi ve üç kez "Âmin" diye yazdıktan sonra, yazısının üstüne yaldız tozu serperek arkasına yaslanıp rahat bir nefes aldı.

Konsül Jean Buddenbrook bacak bacak üstüne atarak defterin yapraklarını geriye doğru çevirmeye başladı, kendi elyazısıyla yazılmış bazı gözlemleri, bazı olaylarla ilgili edindiği bir kısım bilgileri, her tehlike karşısında Tanrı'nın elinin daima kendisinin üstünde olduğu gerçeği bilinciyle ve büyük bir şükran duygusuyla yeniden okumaya başladı. Suçiçeği çıkarmıştı, durumu çok ağırlaşınca herkes ondan umudu kesmiş, ancak o kurtulmuştu. Bir keresinde –o henüz küçük bir çocukken– yapılan düğün hazırlıklarını izlemişti, çok fazla bira mayalanmıştı (eski âdet ve geleneklere göre bira evlerde mayalanıyordu) ve kocaman bira fıçılarından biri evin kapısının önüne konmuştu. Fıçı korkunç bir gürültü ve olanca haşmetiyle devrilmiş, Jean altında kalmıştı; yardım için koşup gelen altı komşu, fıçıyı onun üstünden güçlükle çekebilmişti. Başı ezilmiş ki ve her yanından kanlar akıyordu. Onu önce bir dükkâna taşımışlar ve az da olsa bir yaşam belirtisi olduğunu görünce bir hekime ve bir cerraha götürmüşlerdi. Babasına ise Tanrı'nın buyruğuna boyun eğmesi gerektiği, oğlunun kurtulmasının imkânsız olduğu söylenmişti. Ama Yüce Tanrı kullanılan ilaçları kutsayarak onun bütünüyle sağlığına kavuşmasını sağladı! Konsül, o uğursuz ânı sanal olarak yeniden yaşıyordu, hemen kalemine sarıldı ve yazdığı son "Âmin" sözcüğüne, "Ulu Tanrım, sana sonsuza kadar minnet duyacağım!" cümlesini ekledi.

Bir başka sefer, henüz daha delikanlı olduğu günlerde dağlarda dolaşırken Tanrı onu çok büyük bir tehlikeden, azgın sularda boğulmaktan kurtarmıştı. Defterde,

"Nehirlerde suların kabarmaya başladığı dönemde kuzeyden dönen yelkenliler, mavnaların arasından geçip bizim köprüye ulaşmaya çalışırlarken ben sırtımı bir mavnaya, ayaklarımı da yelkenlinin ıskarmozlarına dayamış, kendime doğru yaklaştırmaya çalışıyordum," yazılıydı. "Talihsizliğime bakın ki, ayaklarımı dayadığım meşe ıskarmozlar kırıldı ve ben tepetaklak suyun içine düştüm. Daha sonra suyun yüzüne çıktım, başımı kaldırıp çevreye baktım, ama beni sudan çıkaracak hiç kimse yoktu. Yüzeye yeniden çıkmayı başardım, ama bu sefer de mavna üstüme doğru gelmeye başladı. Gerçi çevrede beni sudan çıkaracak yeterince insan vardı, ama o sırada hepsi de mavnanın üstüme gelmesine engel olmak için onu itiyorlardı; eğer tam bu sırada yelkenlinin üstündeki halat kendiliğinden kurtulup dışarı çıkmama yardım etmiş olmasaydı bütün bu itmeler hiçbir işe yaramayacaktı. Saçlarım görünecek kadar yeniden suyun üstüne çıktığımda mavnadan atlayanlardan biri bana doğru yaklaştı, beni saçlarımdan yakaladı ve ben de onun kolunu sıkı sıkı tuttum ama beni tek başına çekmeyi başaramayınca; öyle bir bağırdı ki, ötekiler onu duydu ve kalçalarından sımsıkı tuttular. Her ne kadar kolumu ısırıyor idiyse de yine de elini bırakmayarak sıkı sıkı tutmaya devam ettim ve sonunda bana yardım etmek zorunda kaldı..." Daha sonra Konsül'ün ıslak gözlerle okuduğu şükür duası yer alıyordu defterde.

"Tutkularımı ortaya koymaya istekli olmasaydım başımdan geçen daha pek çok olayı anlatabilirdim..." diye yazılıydı bir başka yerinde defterin. Konsül şimdi de başka bir sayfayı çevirdi, evlenişini ve ilk defa baba oluşunu okumaya başladı. Doğruyu söylemek gerekirse bu evlilik bir aşk evliliği sayılmazdı. Babası onu bir gün yanına çağırarak omuzlarını tıpışladı ve şirkete yüklü bir drahoma getirecek olan zengin Kröger ailesinin kızını işaret etti.

O da babasının bu önerisini bütün kalbiyle kabul etti ve Elisabeth'le evlenerek onu Tanrı'nın kendisine bahşettiği eş olarak çok sevdi ve yüceltti.

Babasının ikinci evliliği de başka türlü olmamıştı.

İyi bir adam, dürüst bir insan,
Gönül almaktan hoşlanan...

diye mırıldanıyordu büyükbaba yatak odasında sessizce. Eski günleri anlatan bu satırlara ve notlara babasının ilgi duymayışı çok yazıktı! Büyükbaba, içinde yaşadığı zamana sıkı sıkıya bağlıydı ve bu altın yaldızlı kalın deftere –daha çok ilk evliliği hakkında– o kargacık burgacık elyazısıyla bir şeyler yazmış olsa da, ailenin geçmişiyle pek ilgilenmiyordu.

Konsül, sonradan eklediği sayfalardan daha sert ve daha kalın sayfaları, solmaya yüz tutmuş sayfaları açtı. Evet, Johann Buddenbrook, Bremenli bir tüccarın kızı olan ilk karısını çok sevmiş olmalıydı. Onunla birlikte geçirdiği bir yıl, yaşamının en güzel yılıymış gibi görünüyordu.

"Bütün yaşamımın en mutlu yılı," diye yazmış ve karısı Antoinette'in okuyacağını düşünerek yazdıklarının altına dalgalı bir çizgi çekmişti.

Ama daha sonra Gotthold doğmuştu ve bu çocuk, sevgili Josephine'nin mahvolmasına sebep olmuştu. Bu konuyla ilgili olarak deftere şaşılacak notlar düşülmüştü. Johann Buddenbrook daha karnındayken annesine büyük acılar çektiren bu yaratıktan hep nefret etmişti. Evet, sevgili eşi Josephine'in büyük acılar çekerek sağlıklı ve kıpır kıpır bir bebek olarak dünyaya getirdiği, solgun yüzünü gittikçe daha da soldurarak onu yatağa mıhlayan ve sonunda ölümüne sebep olan bu ilk çocuktan daha ilk andan itibaren nefret etmiş ve bu anne katilini hiçbir zaman bağışlamamıştı... Konsül, babasının bu davranışına bir anlam veremiyordu. "Josephine kadınlığın en yüce görevini yerine getirerek öldü, ben olsaydım ona karşı duyduğum sevgiyi, onun hayat verdiği ve arkasında bıraktığı yavrusuna verirdim," diye düşünüyordu. Ama baba Buddenbrook, büyük oğlunun kişiliğinde mutluluğunu acımasızca yıkan bir düşman görüyordu. Daha sonra, Hamburglu zengin ve saygın bir ailenin kızı olan Antoinette Duchamps'la evlenmiş ve karşılıklı saygı ve sevgi içinde geçen mutlu, güzel bir yaşamları olmuştu.

Konsül, defterin sayfalarını gelişigüzel karıştırıyordu. Son sayfalarda kendi ailesiyle ve çocuklarıyla ilgili şeyler anlatılıyordu; Tom'un ne zaman kızamık çıkardığını, Antonie'nin sarılık olduğunu ve Christian'ın çiçek çıkardığını okudu. Babasının yeni eşiyle birlikte Paris, İsviçre ve Marienbad'a yaptığı gezileri anlatan satırlara göz gezdirdikten sonra, ihtiyar Johann Buddenbrook'un gri mavi mürekkeple, abartılı süslemelerle yazdığı sarı lekeli ve parşömene benzer eskimiş, yırtılmış sayfaları açtı. Bu notlar eksiksiz bir aile soyağacı bilgisiyle başlıyordu. Bilinen ilk Buddenbrook, XVI. yüzyılın sonlarında, Parchim'de yaşamış, oğlu Grabau'da belediye meclisi üyesi olmuştu. Buddenbrook soyundan gelen bir terzi de Rostock'ta evlenerek oraya yerleşmiş, kimi ölü kimi diri bir sürü çocukları olmuş ve mutlu bir yaşam sürmüştü. Ayrıca Johann adında bir tüccarın da Rostock'a yerleştiği anlatılıyor; Konsül'ün büyükbabası da birkaç yıl sonra buraya gelmiş ve büyük bir hububat şirketi kurmuştu. Bu aile büyüğüyle ilgili her şey kaydedilmişti; yüzünde ne zaman sivilceler çıktığı, ne zaman çiçek çıkardığı bir bir yazılıydı. Üçüncü kattan kurutma fırınının üstüne düşmesi ve kirişlere çarpmasına rağmen hayatta kalması da kaydedilmişti. Hangi tarihte ateşler içinde yattığı ve bilincini kaybettiği tam olarak yazılmıştı. Büyükbaba, notlarında, kendisinden sonra gelecekler için de bazı öğütlerde bulunuyordu. Örneğin dik ve gotik harflerle özenle yazdığı ve bir çerçeve içine aldığı şu cümle dikkat çekiciydi: "Oğlum, gündüzleri çok çalış ki geceleri rahat uyuyabilelim." Daha sonraki satırlarda Wittenberg baskılı Eski Ahit'in kendi öz malı olduğu ve bunun çocuklarından en yaşlısına verilmesi gerektiği uzun uzun ve ayrıntılı olarak anlatılıyordu.

Konsül Buddenbrook, daha başka kâğıtlara da bakıp incelemek için deri çantaya uzandı. Kaygılı annelerin gurbette çalışan oğullarına yazdığı eskilerden kalma, sararmış ve yırtık pırtık hale gelmiş mektupları buldu. Mektupları alanlar da üstüne şu notu düşmüştü: "Mektup elime geçti ve içindekileri sevinçle okudum." Aralarında bağımsız ticaret kenti Lübeck'in armasını ve mührünü taşıyan mektuplar, poliçeler, kutlamalar için yazılmış şiirler ve vaftiz mektupları vardı. Oğul Buddenbrook'un babasına, annesine ve iş ortağına Stockholm'den ya da Amsterdam'dan yazdığı mektuplara da rastlanıyordu. Johann Buddenbrook bu mektuplarda güvence altına alınan buğday işi dolayısıyla bir rahatlama sağlandığını belirtiyor, karısına ve çocuklarına içten selamlarının iletilmesini özellikle rica ediyordu. Konsül'ün İngiltere'ye ve Brabant eyaletine yaptığı bir yolculuk hakkında yazılmış bir günce, bakır kapağında Edinburg Sarayı'nı gösteren bir defter de vardı. Gotthold'ün babasına yazdığı o korkunç mektuplar da hüzünlü bir belge olarak duruyordu. En son olarak da Jean Jacques Hoffstede'nin yeni evlerine taşınmaları dolayısıyla verdikleri ziyafet sırasında okuduğu şiir de hoş bir anı olarak aynı şekilde yer alıyordu.

İnce ve peş peşe çalan bir çıngırak sesi duyuldu. Yazı masasının üstünde asılı ve eski çağa ait bir pazaryerini canlandıran donuk renkli tabloda göze çarpan kilise kulesindeki gerçek saat onu vurmuştu. Konsül, aile dosyasını kapattı ve yazı masasının arka çekmecelerinden birine büyük bir dikkatle yerleştirdikten sonra yatak odasına geçti.

Yatak odasının duvarları, üstünde iri çiçekler bulunan koyu bir kumaşla kaplanmıştı, loğusa yatağının yüksek perdeleri de aynı kumaştandı. Çektikleri bunca korku ve acıdan sonra dinlenme ve barış havası vardı içeride. Hafif hafif yanan sobanın sıcaklığına kolonya ve ilaç kokusu karışmıştı. Kapalı perdelerden içeriye loş bir ışık geliyordu.

Buddenbrook çifti beşiğin üzerine eğilmiş, uyuyan bebeklerini seyrediyorlardı. Şık bir dantel işlemeli ceket giymiş ve kızılımsı saçlarını özenle taramış olan Frau Konsül, gülümseyen solgun yüzüyle güzel elini eşine uzattı. Bunu, kolundaki bilezikleri şıngırdatarak ve avcunun içini olabildiğince açarak yapması hareketinin zarafetini daha da artırıyor gibiydi.

"Evet Bethsy, nasılsın bakalım?"

"Çok iyiyim sevgili Jean, çok iyiyim!"

Johann Buddenbrook hızlı hızlı soluyan çocuğuna bakarak annesine ve babasına doğru yaklaştı; içeriye sinmiş olan bu ılık, hoş ve sevgi dolu kokuyu bir dakika boyunca soludu. Küçük yavrunun alnından öperken, "Tanrı seni korusun!" dedi sessizce. Bebeğin sarı ve kırış kırış parmakçıkları, tavukların ayaklarına çok ama çok benziyordu.

"Doya doya içti sütünü," dedi büyükanne Madam Antoinette. "Baksana, ne kadar da büyüdü..."

"Bizim Antoinette'e ne kadar da çok benziyor desem, bilmem bana inanır mısınız?" dedi büyükbaba Johann Buddenbrook. Yüzü, duyduğu mutluluktan ve gururdan bugün bir başka parlıyordu. "Kapkara gözleri var, şeytan çarpsın, doğru söylüyorum..."

Büyükanne alçakgönüllü davranarak, "Daha şimdiden şuna benziyor denmez... Jean, kiliseye gitmiyor musun?" dedi.

"Evet, saat on... artık gitme zamanı geldi, çocukların inmesini bekliyorum..."

Çocukların sesleri duyulmakta gecikmedi. Merdivenlerden müthiş bir gürültüyle inerlerken Klothilde'nin, sakin olun, diye onları uyardığı duyuluyordu. Daha sonra hepsi de kürklü paltolarını giymiş olarak –çünkü Meryem Ana Kilisesi'nin içi çok soğuk olurdu– sessizce ve usul usul içeri girdiler; hem küçük kız kardeşlerini görmek hem de ayinden önce ailece bir araya gelmek için. Çok heyecanlıydılar ve yüzleri kıpkırmızı olmuştu. Büyük bir şenlik günüydü! Leylek, kocaman ve güçlü kanatlarıyla küçük kız kardeşlerinden başka daha bir sürü değerli armağan getirmişti: Thomas için fok balığı derisinden yeni bir okul çantası, Antonie için sahici sarı saçları olan –bu şaşılacak bir şeydi– büyük bir yapma bebek ve yine armağan olarak gelen şeker külahlarıyla sessizce ve keyifle uğraşan uslu ve sevimli bir kız olan Klothilde'ye de renkli baskılı resimli bir kitap, Christian için de Sultanı'yla, Azraili'yle ve Şeytanı'yla birlikte bir kukla tiyatrosu takımı...

Annelerini öpüp yeşil ipekli tül perdenin arkasına çabucak ve dikkatlice bir kere daha göz attıktan sonra, pelerinini giymiş ve dua kitabını eline almış, kendilerini bekleyen babalarının arkasından sessizce ve sakin adımlarla kiliseye doğru yola koyuldular; ailenin aniden uyanıvermiş yeni üyesinin sessizliği bozan feryadı bir süre onlara eşlik etti.

## 2

Tony Buddenbrook, yaz başında, belki may[...] haziranda büyükannesinin ve büyükbabasının k[...] sar önündeki eve gitti, hem de çok sevinerek[...]

Orada, kent dışında, lüks döşenmiş villar[...]

relerinde, hizmetçi odalarında, av hayvanları barınaklarında ve setler halinde Trave Nehri'ne kadar inen oldukça büyük meyve, sebze ve çiçek bahçesinde tatil yapmanın keyfine doyum olmazdı. Kröger'lerin gösterişli bir yaşamları vardı; onların bu göz kamaştırıcı servetlerine karşın Buddenbrook'ların evi biraz daha sade, ama yine de hatırı sayılır bir zenginliğe sahipti. Ama burası kendi evlerinden iki kat daha muhteşemdi ve genç Matmazel Buddenbrook bu evi çok seviyordu.

Tony Buddenbrook için bu evde mutfak ya da temizlik işleri söz konusu değildi, oysa Meng Caddesi'ndeki evlerinde büyükbabası ve annesi pek üstünde durmazlardı ama, babası ve büyükannesi toz alması konusunda onu sık sık uyarır, çalışkan ve dindar kuzeni Thilda'yı örnek gösterirlerdi. Fräulein, salıncaklı koltuğa kurulup oda hizmetçi kıza ve uşağa emirler yağdırırken anne tarafından gelen feodal yapı kendisini hemen belli ediyordu. Bu iki hizmetçiden başka, yaşlı Buddenbrook'lara hizmet eden iki kız ve bir de arabacı vardı.

Açık renkli kumaşla kaplı büyük yatak odasında sabahleyin uyanınca, insanın ellerini, üstündeki atlas yorgana dokunması ne kadar da güzel bir duygu. Sabah kahvaltısını bahçenin açık cam kapısından içeriye giren serin havayı içine çekerek yapmak, kahve ya da çay yerine bir fincan sıcak çikolata içmek, evet, her gün çikolatayla birlikte kocaman bir dilim doğum günü pastası yemek çok hoş.

Ama Tony bu güzel kahvaltıyı pazar günleri dışında yalnız yapmak zorundaydı; çünkü büyükannesi ve büyükbabası, o okula gittikten epeyce sonra iniyorlardı aşağıya. Tony, pastasını yiyip sıcak çikolatasını içtikten sonra, okul çantası sırtında, terastan aşağıya iniyor ve o muhteşem ön bahçeden geçerek okulun yolunu tutuyordu.

Küçük Tony Buddenbrook sevimli bir kızdı. Giderek koyulaşan sarı ve lüle lüle saçları hasır şapkasının altından dışarı taşıyordu; biraz öne doğru çıkık üstdudağı, açık mavi gözlerinin pırıl pırıl parladığı taze yüzüne bir şuhluk ifadesi veriyordu ve bu durum onun çocuksu bedenine çok yakışıyordu. Kar beyazı çoraplar giydiği küçücük bacaklarını yumuşak yumuşak, kendinden emin ve yaylandıra yaylandıra atıyordu. Konsül Buddenbrook'un küçük kızını bahçe kapısından çıkıp Kastanien Bulvarı'nda yürürken görenler, onu hemen tanıyor ve selam veriyorlardı. Açık yeşil kurdeleli kocaman hasır şapka giymiş satıcı kadın sebze yüklü küçük arabasıyla yoldan geçerken ona dostça bakarak, "İyi sabahlar Küçükhanımcığım!" diye seslenirken, diz altından bağladığı pantolonu, beyaz çorapları ve tokalı ayakkabılarıyla sırtında tahıl taşıyan iriyarı Matthiesen de onunla karşılaşınca, hemen başındaki kaba saba silindir şapkayı çıkarıyor ve derin bir saygıyla selam veriyordu.

Tony, her sabah okula birlikte gittiği komşu kızı Julchen Hagenström'ü biraz beklerdi. Julchen, omuzları biraz kalkık, iri ve kara gözleri pırıl pırıl parlayan bir kızdı ve her tarafı asma yapraklarıyla sarılı komşu villada oturuyordu. Buranın yeni sakinlerinden sayılan babası Herr Hagenström, son derece gür ve siyah saçları olan ve kulaklarına şehrin en iri pırlanta küpelerini takmış Semlinger adında Frankfurtlu genç bir kadınla evlenmişti. Strunck ve Hagenström İhracat Şirketi ortaklarından biri olan Herr Hagenström, kentin sorunlarıyla ilgilenirken tüm çaba ve hırsını ortaya koyuyordu. Ancak Möllendorpf'lar, Langhals'lar ve Buddenbrook'lar gibi katı gelenekçi aileler onun bu evliliğini biraz yadırgamıştı. Komisyonlarda, iş toplantılarında, yönetim kurullarında ve benzeri yerlerde etkin çalışmalar yapmasına rağmen yine de pek sevilmiyordu. Şehrin eski ailelerine her fırsatta karşı çıkmaya, onların görüş ve düşüncelerini akıllıca çürütüp kendi düşüncesini kabul ettirmeye çalışarak kendisinin onlardan daha yetenekli ve vazgeçilmez biri olduğunu kanıtladığını sanıyordu ve bundan büyük keyif alıyordu. Konsül Buddenbrook, "Hinrich Hagenström'ün sorun çıkarmakta üstüne yok," diyordu. "Özellikle bana karşı elinden geleni ardına koymaz, her fırsatta bana engel olmaya çalışır... Bugün, Yoksullar Birliği Temsilciler Heyeti toplantısında olay çıkardı, birkaç gün önce de Maliye'deki toplantıda olay çıkarmıştı..." Johann Buddenbrook, "O çirkin bir fesatçı!" diye ekledi. Bir başka gün baba ve oğul Buddenbrook'lar çok üzgün ve kızgın oturmuşlardı sofraya... Ne mi olmuştu? Ah, hiçbir şey!.. Hollanda'ya göndermek istedikleri büyük bir parti çavdar işini ellerinden kaçırmışlardı; Strunck ve Hagenström onların bu işini göz göre göre ellerinden almıştı; bu Hinrich Hagenström, kurnaz bir tilki gerçekten...

Bu tür konuşmaları sık sık dinlemiş olan Tony'nin okul arkadaşı Julchen'e karşı iyi duygular beslemesi düşünülemezdi. Komşu oldukları için okula birlikte gidip geliyorlardı, ama çoğu kez birbirlerini kızdırıyorlardı.

Julchen, "Benim babamın bin taleri var!" derken yalan söylediğini kendisi de çok iyi biliyordu. "Ya senin babanın?"

Tony, kıskançlıktan ve aşağılanmaktan dolayı susuyor, ona yanıt vermiyordu. Konuşma arasında sakin bir biçimde, "Az önce kahvaltıda içtiğim sıcak çikolata gerçekten çok nefisti," dedi. "Sabah kahvaltısında sen ne içiyorsun Julchen?"

"Bak, az kalsın unutuyordum," diye yanıt verdi Julchen. "Elmalarımdan bir tane vermemi ister misin? Ama hayır, vermeyeceğim sana!" Bunu söylerken dudaklarını ısırdı ve ışıl ışıl bakan kara gözleri keyiften yaşardı.

Bazı günler Julchen'in birkaç yaş daha büyük olan erkek kardeşi Hermann da onlarla birlikte gidiyordu okula. Julchen'in Moritz adında ikinci bir erkek kardeşi daha vardı, ama o hastalıklı bir çocuktu ve eğitimini evde alıyordu. Hermann sarışın bir oğlandı, burnu biraz basıktı ve üstdudağına yapışık gibi duruyordu. Sadece ağzıyla soluk alıp verdiğinden, dudaklarını şapırdatır dururdu hep.

"Saçma!" dedi Hermann, "Benim babamın bin talerden çok daha fazla parası var." Fakat bu oğlan çocuğunun ilginç yanı, ara öğün olarak okula ekmek yerine limonlu çörek getirmesiydi: İçinde kuşüzümü olan yumuşak ve yuvarlak bir sütlü çörek, bir çeşit sandviç; Hermann bu sandviçin içini salam ve kaz göğsü etiyle doldururdu... ve bunu böyle hazırlamaktan çok hoşlanırdı.

Tony Buddenbrook için bu sandviç yeni bir şeydi. İçi kaz göğsüyle doldurulmuş bu limonlu çörek çok lezzetli olmalıydı! Tony, bir sabah Hermann'ın yemek kabına bakıp içindekinden biraz tatmak istediğini söyleyince Hermann, "Hayır Tony, bu benim kendi payım, sana veremem," dedi. "Ama yarın bir tane de senin için getireceğim, karşılığında sen de bana bir şey verirsin."

Ertesi sabah Tony, Kastanien Bulvarı'na çıktı ve beş dakika kadar bekledi, ama Julchen gelmedi. Bir dakika daha bekledi, ama Julchen yerine Hermann göründü, yalnızdı; kemerine taktığı kahvaltı kabını havada savuruyor ve hafifçe ağzını şapırdatıyordu.

"Bak, kaz göğsü etli limonlu çöreği getirdim işte, hem de yağsız tarafından – sırf et... karşılığında sen ne vereceksin bana?"

"Pekâlâ, bir şilin vereyim," dedi Tony. İkisi de caddenin ortasında duruyorlardı.

Hermann, "Bir şilin," diye tekrarladıktan sonra yutkundu ve, "Hayır, ben daha başka bir şey istiyorum," dedi.

"Ne gibi bir şey?" diye sordu Tony; bu nefis şeyi yiyebilmek için olası her şeyi vermeye hazırdı.

Hermann Hagenström, "Bir öpücük!" diyerek her iki koluyla Tony'ye sarıldı ve yüzüne isabet ettiremeden bilinçsizce öpmeye kalkıştı onu. Kız müthiş bir kıvraklıkla başını geriye atmıştı ve sol elinde tuttuğu okul çantasıyla onu göğsünden geriye iterken sağ eliyle de suratına var gücüyle üç ya da dört tokat patlattı. Hermann geriye doğru sendeledi, ama tam o sırada kız kardeşi Julchen bir ağacın arkasından kara bir şeytan gibi çıkıverdi ve öfkeyle, çığlık atarak Tony'nin üstüne atıldı. Başından şapkasını çekip aldı ve yanaklarını feci şekilde tırmaladı. Bu olaydan sonra aralarındaki arkadaşlık neredeyse tamamen sona erdi.

Aslında Tony'nin genç Hagenström'e öpücük vermemesi utangaçlığından değildi. Oldukça cilveli bir yaratıktı, rahat ve neşeli davranışlarıyla ailesini, özellikle de Konsül'ü sıkıntıya sokuyordu. Okulda öğretmenlerinin anlattıklarını hemen kavrayıveren çok zeki biri olmasına rağmen, davranışlarıyla hiç de iyi bir öğrenci değildi, hatta bir gün Agathe Vermehren adındaki okul müdiresi, Meng Caddesi'ndeki evlerine gelmiş, kibar bir biçimde Madam Konsül'den küçük kızlarını uyarmasını rica etmişti. Çünkü Tony bütün iyi niyetli uyarılara karşın sokak ortasında ve herkesin gözü önünde türlü türlü densizlikler yapıyor, kendisine yakışmayan davranışlarda bulunuyordu.

Tony'nin kentte dolaşırken karşılaştığı herkesi tanıması ve herkesle şakalaşıp sohbet etmesinde bir sakınca yoktu; buna Konsül'ün de diyecek bir şeyi olamazdı, çünkü kızının bu davranışlarında insanları hor görme, kendini beğenmişlik yoktu; tam tersine insanları sevme, onlarla iyi ilişkiler kurma isteği vardı. Erkek kardeşi Thomas'la birlikte Trave Nehri boyunca, yerlere yayılmış olan yulaf ve buğday yığınları arasındaki depolara tırmanıyor, zemin kattaki karanlık ve küçük yazıhanelerde oturan işçi ve sekreterlerle çene çalıyor, hatta dışarıda, tahıl çuvallarının taşınmasına yardım ediyorlardı. Beyaz önlükleriyle ve leğenleriyle sokak sokak dolaşan kasapları bir bir tanıyordu. Ellerinde güğümleriyle köyden gelen sütçü kadınlarla selamlaşıyor ve zaman zaman onların arabalarına da biniyordu. Pazaryerindeki kemerlerin arasına yapılmış küçük tahta demirci kulübelerinde çalışan kır sakallı ustaları balık, meyve ve sebze satan kadınları ve sokak kenarlarına oturmuş tütün çiğneyen hamalları da tanıyordu. Bütün bunlar güzel şeylerdi, kime ne zararı vardı ki?

Ama kaç yaşında olduğu belli olmayan ve sabahları hüzünlü bir gülümsemeyle o geniş caddede gezinen solgun yüzlü sakalsız bir adam vardı ki, duyduğu her "Ha!" ya da "Hey!" sesinden sonra, hemen bacağı üstünde zıplamaya başlardı. Tony bu zavallı adamı görür görmez onu zıp zıp zıplatmaktan büyük keyif alırdı. Bir de iri kafalı, ufak tefek bir kadın vardı, Tony'nin ona davranışı da hiç güzel değildi; kadıncağız, hava ne zaman biraz bozsa hemen o delik deşik olmuş kocaman şemsiyesini açmayı alışkanlık haline getirmişti. Tony bu kadıncağızın arkasından sürekli, "Şemsiyeli Madam!" ya da "Mantar Kadın!" diye seslenerek onu üzerdi. Tony'nin kusurlu bir başka yanı da, aynı kafada olan iki ya da üç arkadaşıyla birlikte Johannis Caddesi'nde, daracık bir sokakta, yapma bebek ticareti yapan tuhaf ve kırmızı gözlü ihtiyar Liese'nin evinin önüne gidip var gücüyle kapının zilini çalması ve yaşlı kadın dışarı çıkınca da, yapay bir dostluk gösterisiyle, "Acaba Herr ve Frau Spucknapf[1] burada mı oturuyorlar?" diye sorduktan sonra, ciyak ciyak bağırarak kaçışmasıydı. Tony Buddenbrook işte bütün bu densizlikleri yapıyordu; görünüşe bakılırsa, büyük bir iç rahatlığıyla yapıyordu üstelik. Çünkü eziyet ettiği insanlardan

1. (Alm.) Kusma leğeni. (Y.N.)

biri ona biraz kızacak gibi olsa hemen bir adım geri çekiliyor, üstdudağı öne çıkık sevimli başını geriye atıyor ve yarı kızgın, yarı alaycı bir ifadeyle bir "Pöh!" sesi çıkardıktan sonra, "Hele bana bir şey yapmaya kalk! Ben Konsül Buddenbrook'un kızıyım, eğer bilmiyorsan öğren!" der gibi bir tavır sergiliyordu.

Şehirde küçük bir kraliçe gibi dolaşıyordu, canı istediği zaman gülümseyen ya da acımasızca davranan ve buna da hakkı olduğunu düşünen küçük bir kraliçe gibi.

## 3

Şair Jean Jacques Hoffstede'nin, Konsül Buddenbrook'un her iki oğlu için söylediği gerçekten de çok doğru çıkmıştı.

Tüccar olmaya doğuştan yetenekli ve şirketin gelecekteki sahibi olan Thomas, akıllı, uyanık ve ağırbaşlı bir gençti. Gotik tarzı kubbeli okulun fen dersleri ağırlıklı bölümüne gidiyordu; en az kendisi kadar yetenekli olan, ama işini onun kadar ciddiye almayan lise öğrencisi kardeşi Christian'ın, öğretmenlerini, özellikle de müzik, resim ve bu tür sanatsal dersleri veren yetenekli öğretmen Herr Marcellus Stengel'i büyük bir başarıyla taklit etmesi onu çok eğlendiriyordu.

Yeleğinin cebinden uçları iyice sivriltilmiş yarım düzine kadar kurşunkalem görünen Herr Stengel'in başında kiremit kırmızısı bir peruk ve sırtında da, dizkapaklarının altına kadar inen uzun bir ceket vardı; kolalı dik yakası ise neredeyse şakaklarına değiyordu. Herr Stengel, felsefi ayrımlar yapmayı seven, oldukça esprili bir öğretmendi, derste öğrencilere devamlı "Evladım, şu iki noktayı düz bir çizgiyle birleştir. Sen ne yapıyorsun öyle? Şuraya bir çizgi çek!" diyordu. "Çizgi" sözcüğünü hep yanlış söylerdi. Ya da tembel bir öğrenciye, "Üçüncü sınıftasın, bu kafayla gidersen daha yıllarca okursun, yıllarca demek istiyorum!" diyordu. Konuşurken, "Üçüncü yıl" ve "yıl" sözcüklerini yanlış söylüyordu. Herr Stengel'in severek verdiği ders müzikti, derste öğrenciler, "Tarlalardan ve ormanlardan neşeyle geçiyoruz..." diye hep bir ağızdan "Yeşil Orman" şarkısını söylerken son sözcüğün yankılanmasını sağlamak için bazı öğrencileri koridora çıkarıyordu. Ama bu işi yapmakla görevlendirdiği öğrenciler Christian Buddenbrook, kuzeni Jürgen Kröger ve arkadaşı, banka müdürünün oğlu Andreas Giesecke düzgün bir yankı sağlama yerine kömür kutusunu merdivenden aşağıya yuvarlamışlar ve bundan dolayı da öğleden sonra saat dörtte, ceza olarak Herr Stengel'in evine gitmek zorunda kalmışlardı. Ama burada da keyiflerine diyecek yoktu. Herr Stengel bütün olanları unutmuştu ve hizmetçisinden, öğrencileri Buddenbrook, Kröger ve Giesecke'ye birer fincan çay vermesini istedi ve daha sonra bu üç yaramazı serbest bıraktı.

Eski bir manastır okulu olan bu lisenin kubbeleri altında enfiye çeken yaşlı ve güler yüzlü bir müdürün yönetiminde ders veren bu çok değerli bilimadamları, gerçekten de iyi yürekli ve kendi halinde insanlardı; bilimin ve neşenin ayrılmazlığı konusunda hepsi de aynı görüşü paylaşıyor ve görevlerini isteyerek ve keyifle yapmaya çalışıyorlardı. Orta sınıflarda Latince dersi veren bir rahip vardı, adı Hirte'ydi ve eski bir vaizdi. Gözlerinin içi gülen ve favorilerinin rengi kiremit kırmızısı olan bu uzun boylu rahip, çoban anlamına gelen adının, taşıdığı sıfatla örtüşüyor olmasından büyük mutluluk duyuyordu. Derslerinde, "çok dar görüşlü" sözcüklerini sıkça kullanıyordu. Bunun bilinçli söylenmiş bir söz mü ya da bir şaka mı olduğu hiçbir zaman anlaşılamadı. Öğrencilerini şaşırtmak istediğinde, dudaklarını sıkı sıkı ısırır ve daha sonra öyle bir ustalıkla bırakırdı ki, açılan bir şampanya şişesinin çıkardığı patlama sesi gibi bir ses çıkarırdı ağzından. Sınıfta geniş adımlarla dolaşmayı ve öğrencilere –hayal güçleri gelişsin diye– tek tek ve inanılmaz bir canlılıkla, gelecekte kendilerini neyin beklediğini anlatmayı çok seviyordu. Ama sonra da büyük bir ciddiyetle dersine başlar, öğrencilere cins isimlerle ilgili kurallar –o "cins" sözcüğünü hep yanlış söylüyordu– ve her türlü cümle yapısı hakkında tüm becerisini ortaya koyarak dizeler halinde hazırladığı notları tekrarlatıyordu. Rahip Hirte, bu dizeleri ritim ve kafiyeye uyarak büyük bir keyifle yazıyordu.

Tom ve Christian'ın gençlik yıllarıyla ilgili anlatılacak önemli bir şey yok. O günlerde Buddenbrook'ların evi güneş ışığıyla pırıl pırıl parlıyordu, bürolarda işler yolunda gidiyordu. Ne var ki arada bir küçük tatsızlıklar da olmuyor değildi, örneğin şu talihsiz olay gibi:

Glockengiesser Caddesi'nde terzilik yapan Stuht adında bir adam vardı, karısı eski giysiler satın alıyor ve bu yüzden varlıklı ailelerin evlerine rahatlıkla girip çıkıyordu. İri göbeğinin üstünden şaşırtıcı bir biçimde pantolonuna kadar inen uzun bir yün gömlek vardı sırtında. Herr Stuht, yetmiş mark karşılığında Konsül Buddenbrook'un oğullarına iki elbise dikmişti; ama çocukların arzusu üzerine seksen marklık hesap çıkarıp geri kalan on markı onlara vermeye razı olmuştu. Gerçi bu küçük bir ticari işti... ancak temiz bir iş ilişkisi değildi ve hiç alışılmadık bir durumdu. Ama yaşanan talihsiz bir olay her şeyi ortaya çıkardı. Yün gömleğinin üstüne siyah bir ceket giymiş olan Herr Stuht, Konsül'ün özel çalışma odasına girip olanları anlatmak zorunda kalınca, Konsül, Tom ve Christian'ı onun yanında sorguya çekip şiddetle azarladı. Konsül'ün koltuğunun yanında, başını yana doğru çevirmiş, saygıyla duran Stuht, kulağa hoş gelen bir ses tonuyla, "bunun küçük bir sorun olduğunu, işlerin ters gittiğini, eğer yetmiş markını alabilirse çok mutlu olacağını," söyledi. Konsül, çocuklarının bu aptalca davranışına çok kızmıştı. Ama terzinin yetmiş markını ödedikten sonra ciddi ciddi düşündü ve çocuklarının cep harçlığını artırmaya karar verdi, çünkü, "Ayartılmamıza izin verme![1]" kutsal sözü geldi aklına.

Görüldüğü kadarıyla Thomas Buddenbrook'a kardeşinden daha çok umut bağlanıyordu. Thomas, ne istediğini bilen, davranışları ölçülü, sakin bir çocuktu; buna karşın Christian biraz şımarıktı ve davranışlarıyla hiç güven vermiyordu. Bir taraftan tuhaf tuhaf komiklikler yapıyor, diğer taraftan da bütün aileyi dehşete düşüren davranışlarda bulunuyordu.

Bir gün aile üyeleri masanın etrafına oturmuş, yemeğin üstüne meyve yiyorlar ve bu arada da tatlı tatlı sohbet ediyorlardı. Christian, ısırdığı bir şeftaliyi birdenbire tabağın üzerine bıraktı, yüzü sapsarı olmuştu, kocaman burnunun üstündeki yuvarlak ve çukur gözleri fal taşı gibi açılmıştı.

"Bundan sonra asla şeftali yemeyeceğim," dedi.

"Neden yemeyeceksin Christian... neler saçmalıyorsun sen? Neyin var?"

"Bir düşünün... bu kocaman çekirdeği yanlışlıkla yutsaydım... boğazımda takılıp kalsaydı... hava alamayıp boğulacak gibi yerimden fırlasaydım ve sizler de dehşet içinde kalıp aynı şekilde ayağa kalksaydınız..." Bunları söylerken büyük bir dehşete kapıldı ve derin bir "Ah!" çektikten sonra, koltuğundan kalktı ve uzaklaşmak istiyormuş gibi yana doğru döndü.

Konsül Buddenbrook ve Matmazel Jungmann gerçekten de hemen ayağa fırladılar.

1. Yeni Ahit, "Luka", 11:4. (Y.N.)

"Aman Tanrım, Christian, sen neler söylüyorsun böyle, şeftalinin çekirdeğini yutmadın, değil mi?!" Çünkü çekirdeği gerçekten yutmuş gibi bir hali vardı.

"Hayır, hayır," dedi Christian ve yavaş yavaş sakinleşmeye başladı, "ama ya yutmuş olsaydım!"

Korkudan aynı şekilde sararmış olan Konsül Buddenbrook, Christian'ı azarladı, büyükbaba da çok öfkelendi, kollarını masaya dayayarak bir daha böyle aptalca şakalar duymak istemediğini söyledi. Ama Christian uzunca bir süre gerçekten de şeftali yemedi.

## 4

Buddenbrook'lar, Meng Caddesi'ndeki eve taşındıktan altı yıl kadar sonra, ocak ayının soğuk bir gününde, Madam Antoinette Buddenbrook'un, "Kendimi iyi hissetmiyorum," diyerek çekme kattaki odasındaki yatağına yatmasının nedeni sadece yaşlılık değildi. Madam Buddenbrook, ilerleyen yaşına göre oldukça dinç sayılırdı, gür ve beyaz buklelerini şimdiye kadar büyük bir vakarla taşımıştı; eşi ve çocuklarıyla birlikte kentte verilen bütün önemli ziyaretlere katılmış ve Buddenbrook'ların düzenlediği toplantılarda aileyi temsil etmede güzel ve şık gelininden hiç aşağı kalmamıştı. Ama günün birinde, birdenbire nedeni tam olarak anlaşılamayan bir rahatsızlık duydu. İlk başlarda bunun hafif bir bağırsak nezlesi olduğunu düşünen aile doktoru Grabow, biraz güvercin eti ve francala yemesini önerdi; fakat kusmayla başlayan şiddetli karın ağrıları sıklaşıp yaşlı kadın hızla güçten düşünce aile, sağlığından ciddi şekilde kaygı duymaya başladı.

Doktor Grabow ve Konsül aralarında kısa ve ciddi bir görüşme yaptıktan sonra ikinci bir doktor daha çağrıldı. Gelen bu siyah sakallı, tıknaz ve asık suratlı ikinci hekim, Doktor Grabow'un yanında hastanın odasına girip çıkmaya başlayınca, evdekilerin yüzleri birden değişti. Herkes ayak parmaklarının ucuna basarak dolaşıyor, asık suratla ve fısıldaşarak konuşuyordu; ayrıca avludan araba geçmesi de yasaklandı. Yeni, alışılmamış, çok değişik bir durum ortaya çıkmıştı, herkesin birbirinin gözünden okuduğu gizemli bir durum; ölüm düşüncesi içlerine girmiş ve evin bütün odalarına yayılmıştı.

Bir taraftan da konuklar geliyordu, ama o neşeli sohbetlere artık izin verilmiyordu. Hastalık on dört ya da on beş gün sürdü, bir hafta sonra, ölüm döşeğindeki Madam Buddenbrook'un erkek kardeşi, yaşlı Senatör Duchamps yanında kızıyla Hamburg'dan geldi; birkaç gün sonra da Konsül'ün Frankfurt'taki kız kardeşi geldi bankacı eşiyle birlikte. Konuklar eve yerleştirilince, Ida Jungmann'ın işi doğal olarak artmıştı, konuklara yatak odaları hazırlamak, ıstakozlu ve Porto şaraplı mükellef kahvaltı sofraları kurmak, mutfakta kızartma yapmak ve kek pişirmek hep onun işiydi.

Hastanın yatağının başucuna oturmuş olan Johann Buddenbrook, bunca yıllık eşinin solgun elini tutmuş, çatık kaşları ve sarkmış dudağıyla umutsuzca önüne bakıyordu. Duvardaki saatin tik tak sesleri odanın içinde giderek zayıflayan boğuk yankılar bırakıyordu; ama ölüm döşeğindeki hastanın soluk alıp verişi saatin tik tak seslerinden çok daha zayıftı ve giderek duyulmamaya başladı. Siyahlar giymiş bir hemşire, hastaya yedirmek için et suyu hazırlıyordu; aile üyelerinden biri arada sırada sessizce içeri giriyor ve sonra yine sessizce kayboluyordu.

İhtiyar Buddenbrook karısının yatağının başucunda otururken belki de kırk altı yıl önce, ilk karısının ölüm döşeğinin başında yaşadığı o korkunç çaresizliği düşünüyordu; artık iyice yaşlanmıştı, kendisini hiçbir zaman çok mutlu edememiş, ama hiçbir zaman da üzmemiş, özverili ve akıllı davranışlarıyla bunca yıl kahrını çekmiş olan sevgili karısı Antoinette de yavaş yavaş bu dünyadan göçüyordu.

Görünüşe bakılırsa fazla bir şey düşünmüyordu, sadece arada bir hafifçe başını sallıyor ve çok uzaklarda kalmış gibi görünen geçmiş günleri hoş bir anı olarak gözlerinin önünde yeniden canlandırıyordu. Bunca yıllık ömrünün o çalkantılı yaşantısı, farkında olmadan belleğinden siliniverniş ve çok uzaklardan gelen hoş bir yankıya dönüşmüştü. Yarı anlaşılır bir sesle arada bir kendi kendine, "Ne tuhaf! Ne tuhaf!" deyip duruyordu.

Madam Buddenbrook hemen hemen hiç can çekişmeden son nefesini verdi. Ne yemek salonunda yapılan ayinden sonra ne de çiçeklerle bezenmiş tabut götürülürken ihtiyar Buddenbrook'un ruh halinde hiçbir değişiklik olmadı, hatta ağlamadı bile, ama şaşkın bir biçimde hafif hafif başını sallamayı sürdürdü ve neredeyse gülümseyerek söylediği, "Ne tuhaf!" sözcüğü, onun en çok kullandığı sözcük oldu. Ama bu sözcükle birlikte Johann Buddenbrook'un da sonunun yaklaştığına kuşku yok.

Johann Buddenbrook, evde artık hiç kimseyle konuşmuyor ve hiç kimseye varlığını hissettirmiyordu. Arada sırada küçük Clara'yı dizlerinin üstüne alıp ona eski günlerin neşeli şarkılarında birini,

Otobüs geçiyor kent sokaklarından...

ya da

Bir sinek vızıldar duvarda...

şarkısını söylerken birdenbire susuyor ve yarı dalgın bir halde, "Ne tuhaf! Ne tuhaf!" diyerek başını salladıktan sonra torununu yere bırakıveriyordu.

Bir gün oğluna dönerek şöyle dedi:

"Jean, yeter artık, değil mi?"

Bundan kısa bir süre sonra şehirde temiz baskılı ve iki imzalı bir duyuru dolaşmaya başladı: Johann Buddenbrook bu duyuruyla ilerleyen yaşı nedeniyle bütün ticari etkinliklerini bıraktığını, 1768, yılında merhum babası tarafından kurulan Johann Buddenbrook Şirketi'ni, bütün alacak ve borçlarıyla birlikte oğlu ve iş ortağı Jean Buddenbrook'a devrettiğini, onun artık şirketin tek sahibi olduğunu saygıyla bildiriyor ve kendisine gösterilen güven duygusunun oğlundan da esirgenmemesini rica ediyordu.

Ama bu haber duyulup ihtiyar Buddenbrook şirkete ayak basmayı reddettikten sonra, yaşama olan ilgisizliği korkunç bir şekilde arttı ve karısının ölümünden birkaç ay sonra, mart ayının ortasına doğru yakalandığı küçük bir bahar nezlesi yatağa düşmesine yetti. Sonra, bir gece onun da saati geldi, aile onun da yatağının çevresine toplandı. İhtiyar Buddenbrook, gözlerini son bir kez daha açıp oğlunun yüzüne bakarak şöyle dedi:

"Her şey gönlünün istediği gibi olsun Johann! Yürekli ol!"

Thomas'a da, "Babana yardımcı ol!" dedi.

Christian'a da, "Akıllı ve uslu ol!" dedi.

Bunları söyledikten sonra sustu, hepsinin yüzüne bir bir baktı ve son bir kez daha, "Ne tuhaf!" dedikten sonra başını duvara doğru çevirdi.

Johann Buddenbrook, son nefesini verinceye kadar Gotthold'ün adını ağzına almamıştı; ölüm döşeğindeki babasını ziyaret etmesi için Konsül'ün kendisine yazdığı mektuba Gotthold hiç yanıt vermedi. Ama ertesi sabah erkenden, daha ölüm ilanı gazetelere gönderilmeden, Konsül gerekli bazı formaliteleri tamamlamak için yazıhanesine gitmek üzere tam merdivenden dışarıya çıkıyordu ki, tuhaf bir şey oldu: Gotthold Buddenbrook ve Breiten Caddesi'ndeki manifatura mağazası sahibi ve iş ortağı Siegmund Stüwing hızlı adımlarla avludan eve doğru geliyorlardı. Gotthold Buddenbrook kırk altı yaşında, kısa boylu ve şişmandı, gür ve yer yer kırlaşmış kül sarısı rengi uzun favorileri vardı. Kısa bacaklarına kareli kaba kumaştan yapılmış çuval gibi geniş bir pantolon giymişti. Merdivenden yukarı çıkıp, Konsül'e doğru yürürken kaşlarını gri şapkasının kenarına değecek kadar yukarıya kaldırıp indiriyordu.

Kardeşine elini uzatmadan, yüksek ama yumuşak bir ses tonuyla, "Johann, durumu nasıl?" dedi.

"Bu gece öldü!" dedi Konsül duygu yüklü bir sesle ve elinde şemsiye olan kardeşinin elini tuttu. "O babaların en iyisiydi!"

Gotthold'ün kaşları o kadar aşağıya düşmüştü ki, gözkapakları kapandı. Bir süre sustuktan sonra, biraz yüksekçe bir ses tonuyla şöyle dedi:

"Son ânına kadar düşüncelerinde hiçbir değişme olmadı mı, Jean?"

Konsül ondan hemen elini çekti, hatta bir basamak geri gitti. Yuvarlak ve çukur gözleri birdenbire parlayarak, "Hayır, hiçbir değişme olmadı," diye yanıt verdi.

Gotthold'ün kaşları şapkasının kenarına değecek şekilde yeniden yukarı kalktı, bakışlarını doğrudan doğruya kardeşine yöneltmişti.

Sesinin tonunu alçaltarak, "Senin adalet anlayışından bir şeyler bekleyebilir miyim?" dedi.

Konsül de bakışlarını yere çevirmişti, ama daha sonra tekrar yukarı kaldırmadan, kararlı bir el hareketi yaparak sessizce yanıt verdi:

"Bu zor ve üzüntülü ânımızda sana kardeşim olarak elimi uzattım, ama iş konusuna gelince, sana bugünden itibaren tek başına sahibi olduğum saygın şirketimizin bir yöneticisi olarak yanıt verebilirim ancak. Sahip olduğum bu sıfatın bana yüklediği sorumluluklara aykırı davranıp sana bir şeyler vereceğimi düşünme sakın. Öteki duygularımı şimdilik açıklamam gerekmiyor."

Gotthold gitti. Ama cenaze töreni için gelen akrabalar, dost ve tanıdıklar, iş arkadaşları, heyetler, tahıl taşıyan işçiler, sekreterler ve silo işçileri bütün odaları, merdivenleri ve koridorları doldurup şehirdeki bütün kiralık arabalar Meng Caddesi boyunca sıralandıktan sonra, Gotthold'ün cenaze töreni için yeniden gelmesi, Konsül'ü çok sevindirdi; hatta kızlık soyadı Stüwing olan eşini ve yetişkin üç kızını da getirmişti: uzun boylu ve zayıf birer kız olan Friederike ve Henriette ile kısa boylu ve etine dolgun bir kız olan on sekiz yaşındaki Pfiffi.

Daha sonra Buddenbrook'ların kent dışındaki aile mezarlığında, Meryem Ana Kilisesi'nin koca kafalı ve patavatsız konuşan iriyarı rahibi Kölling, ölenin Tanrı'nın saygın bir kulu olarak düzenli bir yaşam sürmesini övüp onu "şehvet, yemek ve içmek"ten başka hiçbir şey düşünmeyenlerle kıyaslayınca herkes kısa bir süre önce ölen yaşlı Rahip Wunderlich'i anımsayarak başını salladı. Cenaze töreniyle ilgili formaliteler sona erip de yetmiş ya da seksen kadar kiralık araba şehre dönmeye başlayınca, Gotthold Buddenbrook Konsül'ün yanına gelerek baş başa konuşmaları gerektiğini söyleyip onunla birlikte gitmek istediğini söyledi. Aman da bir bakın hele, yüksek, geniş ve biraz da hantal bir arabanın arka koltuğunda, üvey kardeşinin yanına, kısacık bacaklarını üst üste atarak nasıl da kurulmuş, nasıl da barışmış ve yumuşamış bir hali vardı! Konsül'ün davranışını giderek haklı bulmaya başladığını ve babasını da kötü duygularla anımsamayacağını söyledi. Taleplerinden vazgeçiyordu, bütün işlerden elini ayağını çekip mirastan kendisine düşen payla ve şimdiye kadar biriktirdiği parayla başını dinlemek istiyordu; çünkü manifaturacılık işinden pek hoşlanmıyordu ve işler parlak gitmediğinden daha fazla yatırım yapmayı düşünmek istemiyordu.

"Babasına karşı dik kafalılığı onu hiç de mutlu etmedi!" diye düşündü Konsül. Herhalde Gotthold de aynı şeyi düşünüyordu.

Meng Caddesi'ne geldiklerinde Konsül, kardeşini kahvaltı odasına götürdü, serin ilkbahar havasında fraklarıyla uzunca bir süre bekledikleri için üşümüş olan iki erkek kardeş, yıllanmış konyaktan birer kadeh içtiler. Gotthold daha sonra yengesiyle nazikçe birkaç ciddi söz edip çocukların başlarını okşadıktan sonra, Kröger'lerin kent dışındaki yazlık evde düzenledikleri "Çocuk Günü"nde hazır bulunmak üzere çıkıp gitti. İşini tasfiye etmeye başlamıştı artık.

## 5

Bir şey Konsül'e çok acı veriyordu: Babası, en büyük torunu Thomas'ın, aynı yılın Paskalya ayında şirkete başladığını göremeden ölmüştü.

Thomas okulu bıraktığında daha on altı yaşındaydı. Son zamanlarda daha da büyümüş ve iri yapılı bir delikanlı olmuştu. Rahip Kölling'in perhiz yapmasını özellikle önerdiği Thomas, ergenlik çağına giriş töreninden beri giydiği erkek elbisesiyle daha da büyük görünüyordu. Boynunda, büyükbabasından kalma kalın ve uzun bir altın zincire takılmış aile armalı bir madalyon taşıyordu; madalyonun üstünde, kıyısında yaprakları dökülmüş tuhaf bir söğüt ağacının yer aldığı düz bir bataklık resmi vardı. Bir zamanlar belki de ataları olan hali vakti yerinde Rostock'lu bir terzinin takmış olduğu yeşil taşlı mühür yüzük ve kalın İncil, Konsül'e kalmıştı.

Christian giderek babasına, Thomas ise büyükbabasına daha çok benziyordu; özellikle yuvarlak ve güçlü çene yapısı, zarif ve düzgün burnuyla büyükbabasının aynısıydı. Tepesinden yana doğru ikiye ayrılmış, dar ve damarlı şakaklarından geriye doğru taranmış saçları koyu sarıydı, ama buna karşın uzun kirpikleri ve yukarıya kaldırmaktan hoşlandığı kaşları çok açıktı ve neredeyse renksizdi. El kol hareketleriyle konuşması ve oldukça seyrek dişlerini ele veren gülümsemesi sakin ve ağırbaşlı bir kişilik sergiliyordu. Mesleğine büyük bir ciddiyetle ve dört elle sarılıyordu.

Konsül sabah kahvaltısından sonra onunla birlikte büroya inip onu vekil Herr Marcus, kasiyer Herr Havermann ve uzun süreden beri dost olduğu diğer çalışanlarla tanıştırdığı gün, şirkette tam bir bayram havası esti. Thomas ilk defa döner koltuğa oturup masanın başına geçti ve mühür vurmak, dosyaları düzenlemek ve suret çıkarmak gibi işleri canla başla yapmaya başladı. Babası onu öğleden sonra yanına alarak Trave kıyısındaki Ihlamur, Meşe, Aslan ve Balina adlı silolara götürdü ve orada çalışanlarla tanıştırdı. Thomas aslında oraların hiç yabancısı değildi, ama şimdi iş arkadaşı olarak tanıştırılıyordu.

Thomas, canını dişine takarcasına çalışan ve işlerinde Tanrı'nın yardım etmesi için günlüğüne bazı dualar yazan babası gibi kendisini işine vermiş, sessizce ve büyük bir gayretle çalışıyordu; çünkü taparcasına sevdiği şirketin kurucusu ihtiyar Buddenbrook'un ölümüyle uğradığı güven kaybını yeniden kazanmak gerekiyordu. Bir akşamüstü, geç vakit, Doğa Manzaralı Tablolar Odası'nda otururken annesi Konsül Buddenbrook'a iş durumuyla ilgili oldukça ayrıntılı bilgi veriyordu.

Saat on bir buçuktu. Çocuklar ve Matmazel Jungmann koridordaki odalarında uyuyorlardı, çünkü boş olan ikinci kat yabancı konuklar için kullanılıyordu. Frau Konsül, sarı kumaşlı kanepede kocasının yanında oturuyordu, kocası ağzında puroyla *Städtische Anzeigen* gazetesinin borsa haberlerine göz gezdiriyordu. Başını elindeki ipeğin üzerine eğmiş, nakış işlerken, dudaklarını hafifçe oynatarak iğnenin batıp çıkmasını sayıyordu. Yanı başındaki altın yaldızlı zarif dikiş masasının üstünde duran kollu şamdanda altı mum yanıyordu, avizenin mumları ise yakılmamıştı.

Yavaş yavaş kırk beşine yaklaşan Johann Buddenbrook, son yıllarda dikkat çekici bir biçimde yaşlanmıştı. Küçük ve yuvarlak gözleri daha da çukurlaşmış, iri ve kemerli burnu uzamış ve elmacıkkemikleri gibi ileriye fırlamıştı sanki. Pudralı bir ponpon, ortasından özenle ikiye ayırdığı kül rengi saçlarının şakaklarına dökülen kısımlarının üstünden birkaç kez geçmiş gibiydi. Frau Konsül de kırkına yaklaşmıştı, aslında çok güzel bir kadın değildi; ama tazeliğini korumasını her zaman bilmişti, donuk beyaz teninin üstüne serpilmiş tek tük çiller, zarafetinden hiçbir şey kaybettirmiyordu. Güzel taranmış kızılımsı saçlarının üstüne yanan mumların parıltısı düşmüştü. Açık mavi gözlerini biraz yana doğru çevirerek şunları söyledi:

"Düşünmen için sana bir şey söylemek istiyordum, sevgili Jean, bir uşak tutmamız doğru olmaz mı?.. Ben bunun gerekli olduğunu düşünüyorum. Annem ve babamı düşününce..."

Konsül, elindeki gazeteyi dizinin üstüne bıraktı, ağzından sigarasını çıkarırken gözleri birden parladı, çünkü yeni bir masraf, yeni bir harcama söz konusuydu.

"Evet, benim çok sevgili Bethsy'ciğim!" diye başladı ve sözü uzattıkça uzattı, karısının bu isteğine karşı kendince bahaneler bulmaya çalışıyordu. "Bir uşak mı? Sevgili annem ve babam öldükten sonra Matmazel Jungmann'ın yanı sıra üç hizmetçiyi de evde tuttuk, bana öyle geliyor ki..."

"Ama Jean, evimiz o kadar büyük ki, işler istediğim gibi gitmiyor ve buna çok canım sıkılıyor. Lina'ya biraz da kızarak, 'Kızım, arka evin uzun zamandır tozu alınmadı!' dedim, ama çocukların aşırı yorulmalarını da istemiyorum, çünkü burasının, şu içinde oturduğumuz evin bile pırıl pırıl temiz olabilmesi için ölesiye çalışmak zorunda kalıyorlar... Günlük ayak işleri ve benzeri şeyler için bir uşak tutsak çok iyi olurdu. Güvenilir ve elinden iş gelen, alçakgönüllü birini köyden getirtebiliriz. Ama unutmadan söyleyeyim Jean, Frau Louise Möllendorpf, uşağı Anton'u çıkarmak istiyor, onu tanıyorum ve ne kadar güzel hizmet ettiğini biliyorum..."

Konsül, biraz tedirgin bir şekilde, "İtiraf etmem gerekirse senin böyle düşünmeni anlamakta güçlük çekiyorum," dedi, "çünkü şu sıralar ne dost toplantılarına katılıyoruz ne de kendimiz ziyafet veriyoruz..."

"Evet, doğru söylüyorsun, ama sen de biliyorsun ki, yine de gelenimiz gidenimiz çok oluyor, bundan çok hoşlandığım doğru, ama bu benim suçum değil. Gelenler senin için geliyor, şehir dışından bir iş arkadaşın gelince yemeğe çağırıyorsun ve misafirhanede oda ayırtmadıkları için de doğal olarak bizde geceliyorlar. Bakıyorsun, bir misyoner çıkıp geliyor ve en az sekiz gün bizde kalıyor... neyse, çok uzatmadan söyleyeyim, hizmetçilere öyle fazla bir ücret de vermiyoruz..."

"Ama Bethsy'ciğim, hepsi bir araya gelince yine de çok tutuyor. Evde dört kişiye aylık veriyoruz, şirkette çalışan daha bir sürü adamı da unutma!"

Frau Konsül başını biraz yana doğru eğerek kocasının yüzüne baktı ve gülümseyerek, "Bir uşak tutacak maddi gücümüz yok mu gerçekten?" diye sordu. "Annemlerde kaç kişi çalıştığını düşününce..."

"Annenleri bırak şimdi, sevgili Bethsy! Sen önce benim soruma bir yanıt ver, ekonomik durumumuzu yeterince anladın mı?"

"Hayır Jean, doğruyu söylemem gerekirse anlayabilmiş değilim..."

Konsül, "Bunun anlaşılmayacak bir yanı yok," dedi ve kanepeye oturdu, bacak bacak üstüne attı, purosundan bir nefes çekti ve gözlerini kısarak olağanüstü bir akıcılıkla rakamları sıralamaya başladı...

"Kısaca söylemek gerekirse durumumuz şöyle: Rahmetli babacığımın, kız kardeşim evlenmeden önce aşağı yukarı 900.000 mark parası vardı, çiftliğimizin ve şirketimizin değeri kuşkusuz bunun dışında. Bu paranın 80.000 markı drahoma olarak Frankfurt'taki kız kardeşime ve 100.000 markı da yeni bir iş kurması için Gotthold'e verilince, geriye 720.000 mark kaldı. Sonra bu ev satın alındı ve Alf Caddesi'ndeki küçük evin getirisine rağmen, onarım ve bazı yeni eklemeler için tam 100.000 mark harcanınca 620.000 kaldı. Frankfurt'taki kız kardeşime mirastan vazgeçme tazminatı olarak 25.000 daha gönderilince geriye 595.000 kaldı. Eğer bütün bu giderleri geçtiğimiz birkaç yıl içinde kazandığımız 200.000 markla kapatamamış olsaydık babamın ölümüyle her şey durmuş olacaktı. Böylece ailenin parası 795.000 marka çıkmış oldu. Daha sonra bunun 100.000'i Gotthold'e ve 267.000'i de Frankfurt'taki kız kardeşime gönderildi.

Babamın vasiyeti üzerine Heiliger Geist Hastanesi'ne, Dul Tüccar Eşleri Yardım Sandığı'na ve daha bazı yerlere yapılan birkaç biner marklık küçük bağışları da düşecek olursak, 420.000 mark kalıyor geriye. Buna senin getirdiğin 100.000 mark drahomanı da ekleyince, 520.000 ediyor. Bu rakamları yuvarlayarak hesaplıyorum ve ufak tefek kur dalgalanmalarını bir yana bırakırsak durumumuzu aşağı yukarı ortaya koymuş oluyorum. Gördüğün gibi, biz öyle çok zengin değiliz, sevgili Bethsy'ciğim, iş kapasitemizin küçüldüğünü, ama şirket giderlerinin değişmediğini unutmamak gerekir. Ayrıca işin şu anki durumu da giderleri kısmaya uygun değil... bilmem söylediklerimi yeterince anlayabildin mi?"

Frau Konsül biraz duraksayarak başını salladı, elindeki nakış işini kucağına koyarak, "Çok iyi anladım, sevgili Jean," dedi, ama eşinin sıraladığı bütün bu rakamların bir uşak tutmalarına neden engel olduğunu hiç anlayamamıştı.

Konsül purosundan bir nefes daha çekti, başını geriye doğru atarak ağzındaki dumanı üfledi ve daha sonra şöyle devam etti:

"Çok sevgili annen ve baban Tanrı'nın rahmetine kavuştuktan sonra, elimize yüklü bir para geçecek diye düşünüyor olabilirsin, haklı olabilirsin, ancak... yine de sorumsuzca davranıp tedbiri elden bırakmamalıyız. Kardeşin Justus yüzünden babanın büyük kayıplara uğradığını biliyorum. Gerçi Justus son derece sevimli bir insan, ama iyi bir işadamı değil ve elinde olmadan pek çok talihsiz olay yaşadı. Ticari ilişkilerinden büyük kayıplara uğradı, bankalarla olan ticari işbirliği, zaten zayıflamış olan sermayesini büsbütün sarstı, yıkılıp yok olmasın, diye baban birkaç kez yüklüce para yardımı yapmak zorunda kaldı. Bu gibi olaylar yine yaşanabilir ve korkarım, yaşanacaktır da, çünkü –böyle açık konuştuğum için beni bağışla, Bethsy'ciğim– babanın artık işleriyle ilgilenmeyişi ve her şeyi hafife alışı kardeşine bir işadamı olarak ileride zarar verecek. Beni anlıyorsun, değil mi?.. Yeterince dikkatli değil, biraz aceleci ve umursamaz bir hali var. Ama şunu da söyleyeyim, annenin ve babanın hiçbir şeye aldırmadan gösterişli bir yaşam sürdürüyor olmaları, benim çok hoşuma gidiyor... ekonomik durumlarına uygun yaşıyorlar..."

Frau Konsül, kocasının yüzüne bakarak gülümsedi, ailesinin gösterişli yaşama olan düşkünlüğüne karşı eşinin önyargısı olduğunu biliyordu.

"Bu kadarı yeter," diye devam etti Konsül ve purosunun geri kalan kısmını sigara tablasına bırakarak, "şuna kesinlikle inanıyorum ki, Yüce Tanrım bana çalışma gücümü korumam için yardım edecek ve ben şirketin servetini onun yardımıyla eski düzeyine çıkaracağım... Durumu şimdi daha iyi anladığını umuyorum, sevgili Bethsy."

Frau Konsül, "Çok iyi anladım Jean, çok iyi anladım!" diye acele acele yanıt verdi, zira uşak tutma konusunu bu gecelik unutmak istiyordu. "Ama şimdi yatalım artık, ne dersin? Çok geç oldu... "

Konsül, birkaç gün sonra bürosundan eve dönüp yemek masasına oturunca Möllendorpf'ların uşağı Anton'u tutma kararı verildi.

## 6

Konsül Buddenbrook, "Tony'yi yatılı okula gönderelim, Frau Weichbrodt'un yanına," dedi ve bunu öyle kararlı bir biçimde söyledi ki sonunda dediğini yaptı.

Zira aile, Tony ve Christian'dan, iş hayatına çabucak ve başarıyla uyum sağlayan Thomas, neşeli ve canlı bir çocuk olan Clara ve iştahlı iştahlı yemek yiyen Klothilde kadar memnun değildi. Christian, hemen hemen her öğle sonu öğretmeni Herr Stengel'in evinde kahve içme cezası alıyordu. Bundan giderek rahatsızlık duymaya başlayan Konsül Buddenbrook, bir gün öğretmen Stengel'e bir yazı göndererek onu Meng Caddesi'ne çağırmış ve kendisiyle görüşmek istediğini bildirmişti. Herr Stengel, pazar günleri taktığı peruğuyla, kolalı dik yakalı gömleği ve yeleğinin cebinden mızraklar gibi dışarı fırlamış ucu sivriltilmiş kurşunkalemleriyle geldi ve Frau Konsül tarafından Doğa Manzaralı Tablolar Odası'na alındı, Christian da yemek salonunda gizlice onların kendisi hakkında yaptıkları konuşmayı dinliyordu. Bu eşsiz eğitimci, biraz ürkerek de olsa görüşlerini açıklıkla ortaya koydu, "çizgi" ve "hat" arasındaki anlam farkından söz ediyor, güzel yeşil ormandan ve kömür sandığından bahsediyor ve yüksek sosyeteye uygun düşer düşüncesiyle "bundan dolayı" sözcüğünü sıkça kullanıyordu. On beş dakika sonra Konsül de geldi yanlarına, Christian'ı kovaladı ve oğlunun yaramazlıklarından dolayı büyük üzüntü duyduğunu ifade etti. "Özür dilerim Sayın Konsül, çok özür dilerim! Öğrenci Buddenbrook kıpır kıpır bir çocuk, yaman bir küçük adam. Ama bundan dolayı da... söylememe izin verin lütfen, biraz kendini beğenmiş bir hali var... işte bundan dolayı..." Konsül, Herr Stengel'in koluna girip evin içinde biraz dolaştırdı, Stengel daha sonra izin istedi ve gitti.

Ama Christian'ın yaptığı yaramazlıkların hepsi bu kadar değildi. Daha da kötüsü, şu olayın duyulması oldu: Öğrenci Christian Buddenbrook yakın bir arkadaşıyla bir akşam Şehir Tiyatrosu'na gitmişti, Schiller'in *Wilhelm Tell* adlı oyunu oynuyordu; Tell'in oğlu Walter'i, rolüne pek uygun olmasa da, genç bir kadın olan Matmazel Meyer-de la Grange oynuyordu. Genç kadın sahneye çıkınca, göğsüne gerçek olduğu herkesçe bilinen bir pırlanta broş takmıştı. Bunun Holsten Kapısı'ndan önceki, Birinci Wall Caddesi'ndeki merhum toptancı odun tüccarı Döhlmann'ın oğlu genç Konsül Peter Döhlmann'ın bu genç kadına hediyesi olduğunu bilmeyen yoktu. Konsül Peter, şehirde "çapkınlar" diye adlandırılanlardandı –Justus Kröger de öyleydi–, yani biraz bohem hayatı sürüyordu. Evliydi ve küçük bir kızı da vardı; ama uzunca bir süredir eşiyle arası açıktı ve bekâr hayatı yaşıyordu. Babasından epeyce bir servet kalmıştı, sözümona babasının işini sürdürüyordu, ama buna rağmen sermayeden yediği söyleniyordu. Kahvaltılarını "Şehir Kulübü'nde" ya da "Belediye Lokantası'nda" yapıyor, her sabah saat dörtte sokakta dolaşırken görülüyor ve şirket için sık sık Hamburg'a yolculuk yapıyordu. Ama her şeyden önce ateşli bir tiyatro tutkunuydu, hiçbir temsili kaçırmıyor ve oynayanlara da yakın ilgi gösteriyordu. Geçmiş yıllarda pırlantalarla ödüllendirdiği genç sanatçıların sonuncusu işte bu Matmazel Meyer-de la Grange'tu...

Konumuza geri dönecek olursak, genç kadın Walter Tell olarak – o da göğsüne pırlanta bir broş takmıştı, çok sevimli görünüyordu ve rolünü öylesine güzel, öylesine etkileyici oynuyordu ki, öğrenci Buddenbrook'un, duyduğu heyecan ve coşkudan gözleri yaşardı, genç kadından öyle çok etkilendi ki; verilen arada dışarı çıktı, karşı taraftaki çiçekçiden bir mark sekiz buçuk şilin ödeyerek bir buket çiçek aldı ve bu on dört yaşındaki iri burunlu, küçük çukur gözlü bacaksız, kimse bir şey demediği için, sahneye doğru yürüdü ve kendisini Fräulein Meyer-de la Grange'un soyunma odasının önünde buldu; genç oyuncu, o sırada Konsül Peter Döhlmann'la konuşuyordu. Konsül, Christian'ın elinde çiçekle içeri girdiğini görünce gülmekten az kalsın yere düşecekti; ama bu yeni rakip, Walter Tell rolünü oynayan genç kadına övgüler yağdırdıktan sonra elindeki çiçekleri takdim etti, büyük bir adammış gibi ağır ağır başını salladı ve duygu yüklü bir ses tonuyla şöyle dedi:

"Fräulein, ne kadar da güzel oynadınız!"

Konsül Döhlmann, ağzını yayarak, "Şu küçük çapkın Buddenbrook'a da bir bakın hele!" diye bağırdı. Ama Fräulein, Meyer-de la Grange, o sevimli kaşlarını yukarı kaldırarak sordu:

"Konsül Buddenbrook'un oğlusunuz, değil mi?" Daha sonra sevecen bir tavırla bu yeni hayranının yanaklarını okşadı.

Peter Döhlmann'ın aynı akşam "kulüp"te anlattığı bu olay, şehirde büyük bir hızla yayıldı ve okul müdürünün kulağına kadar gitti, okul müdürü de bu olayı görüşmek üzere Konsül'ü evinde ziyaret etti. Peki, baba bu olayı nasıl karşılamıştı? Konsül öfkelenmek bir yana, derinden sarsılmıştı sanki... bunu Doğa Manzaralı Tablolar Odası'nda Frau Konsül'e anlatırken neredeyse yıkılmış gibiydi.

"İşte oğlumuz böyle büyüyor..."

"Jean, baban hayatta olsaydı buna çok gülerdi... perşembe günü bunu bizimkilere de anlat, babam çok eğlenecektir..."

Konsül buna çok kızdı. "Demek öyle! Babanın çok eğleneceğinden eminim, sevgili Bethsy! Eminim ki baban, her şeyi hafife alan ruh halinin ve yumuşak başlı eğilimlerinin çılgın oğlu Justus'un yanı sıra torunlardan birinde de sürüyor olmasına çok sevinecektir... Lanet olsun, bütün bunları bana niçin söyletiyorsun? Christian işte böyle kadınları ziyarete gidiyor! Verdiğim bütün cep harçlığını bu gibilere yediriyor! Doğru, o ne yaptığının farkında değil, ama bu tür eğilimleri ileride nasıl biri olacağını gösteriyor!.."

Evet, bu çok kötü bir olaydı, Konsül haklı olarak çok kızdı. Bunda, daha önce de söylendiği gibi, Tony'nin hiç hoş olmayan davranışları da etkili oldu. Gerçi Tony, o solgun yüzlü zavallı adamı sokak ortasında dans ettirmekten ve yapma bebek satıcısı Lilse'nin kapısını çalıp rahatsız etme huyundan zamanla vazgeçmişti ama başını ensesine atarak sergilediği o kendini beğenmiş hoppa hali hiç değişmemişti; yaz mevsimini büyükbabasının ve büyükannesinin yanında geçirdikten sonra onun kendini beğenmişliğe olan aşırı eğilimi açıkça belli oluyordu.

Konsül, kızını bir gün Matmazel Jungmann'la birlikte Clauren'in *Mimili*'sini okurken yakaladı, canı sıkılmıştı; kitabı eline aldı, sayfalarını karıştırdı, ama hiçbir şey söylemeden kapattı ve ortadan kaldırdı. Fakat bundan kısa bir süre sonra Tony'nin –Antonie Buddenbrook'un– erkek kardeşlerinin bir arkadaşı olan liseli bir oğlanla Kuleli Kale Kapısı önünde tek başına dolaştığı ortaya çıktı. Varlıklı ailelerin evlerine girip çıkan Frau Stuht, terzinin karısı, ikisini birlikte görmüş ve eski elbise satın almaya gittiği Möllendorpf'ların evinde bundan söz ederek Matmazel Buddenbrook'un son yıllarda büyüyüp serpildiğini söylemişti. Frau Senatör Möllendorpf da bunu neşeli bir ses tonuyla Konsül'e aktardı. Bunun üzerine Tony'nin bu liseli oğlanla dolaşması yasaklandı. Ama daha sonra Matmazel Tony, Kuleli Kale Kapısı'nın hemen arkasındaki yaşlı ağaçlardan birinin iyice kapatılmamış boşluğundan yararlanarak o liseli çocukla yeniden iletişim kurdu; kovuğun içine ona mektup bırakıyordu ya da ondan mektup alıyordu. Bu olay ortaya çıkınca, on beşine basmış olan Tony'yi sıkı bir denetim altında tutmak gerektiği sonucuna varıldı ve bunun için de, Fräulein Weichbrodt'un yatılı okuluna, Am Mühlenbrink Caddesi No. 7'ye gönderilmesi kararlaştırıldı.

## 7

Therese Weichbrodt kambur bir kadındı; hem de o kadar kamburdu ki, boyu bir masadan daha uzun değildi. Kırk bir yaşındaydı, ama dış görünüşüne hiç önem vermediği için altmış ya da yetmiş yaşında gibi giyiniyordu. Kırlaşmış buklelerinin üstüne oturttuğu şapkasının yeşil kurdeleleri, çocuksu omuzlarından aşağı sarkıyordu; siyah ve sefil elbisesinin üstüne, annesinin porselen üzerine basılmış bir resminin yer aldığı yumurta biçimindeki bir broş dışında başka hiçbir şey takmıyordu.

Fräulein Weichbrodt'un zeki ve keskin bakışlı kahverengi gözleri vardı, burnu hafif kemerliydi ve incecik dudaklarını, karar vermesi gerektiği durumlarda, sanki bir şey ısırıyormuş gibi sıkı sıkı kapatıyordu... Ama bu ufak tefek haliyle ve biraz da komik gibi görünen hareketleriyle saygı uyandıran bir etkisi vardı. Bunda konuşma tarzının da payı büyüktü. Altçenesini hızlı hızlı ve kesik kesik hareket ettirerek ve çabuk çabuk başını sallayarak düzgün, anlaşılır ve kusursuz konuşuyordu; konuşurken her sessiz harfi özenle vurgulamayı da ihmal etmiyordu. Ama "u" sesli harfini "o"ya ve "o"yu da "a"ya dönüştürerek konuşuyordu, örneğin tereyağı demek olan *butter* sözcüğünü *botter* ya da *batter* şeklinde söylüyordu, şımarık şımarık havlayan küçük köpeği Bobby'yi de "Babby" diye çağırıyordu. Kız öğrencilerden birine, "Çocuk, aptallık etme!" derken işaretparmağıyla masaya üst üste iki kez vurması, kendisinden emin olduğu izlenimini veriyordu. Öğretmenlerden Fransız uyruklu Matmazel Popinet'nin kahvesine fazla şeker koyduğunu görünce gözlerini tavana dikip parmaklarını masanın üstünde, bir piyanonun tuşları üzerindeymişçesine dolaştırarak, "Yerinizde olsaydım, 'bütün' şekerliği boşaltırdım!" derdi ve Matmazel Popinet'nin yüzü utancından kıpkırmızı olurdu.

Therese Weichbrodt çocukluğunda –Tanrım, kim bilir nasıl da mini mini bir çocuktu!– kendisine "Sesemi" adını takmıştı ve adında yaptığı bu değişikliği hep korumuştu; çalışkan ve yetenekli öğrencilerinin, ister yatılı, ister dışarıdan olsun, kendisine hep böyle hitap etmesini isterdi. Okula yeni gelen Tony Buddenbrook'a, "Çocuğum, bana hep 'Sesemi' de," derken, biraz gürültülü şekilde alnından öptü onu... "Bunu duymaktan çok hoşlanıyorum." Ama ablası Madam Kethelsen'in adı Nelly'ydi.

Aşağı yukarı kırk sekiz yaşında olan Madam Kethelsen, kocasının ölümüyle hayatta beş parasız kalmıştı. Kız kardeşinin yanında, üst katta küçücük bir odada kalıyordu ve herkesin yediği yemekten yiyordu. O da tıpkı kız kardeşi Sesemi gibi giyiniyordu, ama onun tersine son derece uzun boyluydu; incecik bileklerine yünden bileklik takmıştı. Öğretmen değildi, disiplin ve sertlik konusunda hiçbir şey bilmiyordu, kimseye kötülüğü dokunmayan neşeli bir yapısı vardı. Öğrencilerden biri Fräulein Weichbrodt'a bir muziplik yapınca buna çok gülerdi. Sesemi masaya vurup, "Yeter artık Nelly!" diye bağırınca korkarak susardı.

Madam Kethelsen, kız kardeşinin dediklerini dinliyordu, onun kendisini çocuk paylar gibi paylamasına alışıktı. Ama sorun, Sesemi'nin ondan nefret ediyor olmasıydı. Therese Weichbrodt okumuş, hatta oldukça bilgili bir kadındı; çocuksu düşüncesini, dinsel inancını ve zor olduğu kadar da renksiz geçen yaşamının karşılığını öteki dünya da alacağı umudunu kaybetmemek için hep mücadele etmek zorunda kalmıştı. Ona karşın Madam Kethelsen eğitimsizdi, saf ve biraz da basit bir yaratıktı. Sesemi ona, "Benim iyi kalpli Nelly'ciğim!" derdi hep. "Tanrım, o daha bir çocuk, hiçbir şeyden kuşkulanmaz, hiçbir zaman bir kavganın içinde olmamıştır ve hep mutludur..." Bu sözlerde küçümseme olduğu kadar kıskançlık da vardı ve bu, Sesemi'nin kişiliğinde hoş karşılanması gereken bir zayıflıktı.

Kent dışında, şirin bir bahçe içerisindeki kiremit kırmızısı evin yüksek tavanlı zemin katında dershaneler ve yemek salonu bulunuyordu, üst kat ve çatı katında da yatak odaları vardı. Fräulein Weichbrodt'un evinde kalan yatılı öğrencilerin sayısı fazla değildi, çünkü okul yalnızca büyük yaşta kızları yatılı öğrenci olarak kabul ediyordu. Yatılı olmayan öğrencilere yalnızca üç sınıf ayrılmıştı; Sesemi, yanına soylu ailelelerin kız çocuklarını almaya özen gösteriyordu. Tony Buddenbrook, daha önce de söylendiği gibi büyük bir sevgiyle karşılandı; Therese akşam yemeği için kendisinin hazırladığı puncunu, soğuk içilen bir çeşit tatlı kırmızı şarabı sundu... "Biraz daha şarap isteyen var mı?" diye sordu başını dostça sallayarak... Şarap öyle lezzetliydi ki, hiç kimse istemiyorum demedi.

Fräulein Weichbrodt, masanın üst yanında, divanın üstüne koyduğu iki yastığın üzerine oturmuş, büyük bir gayretle yemek dağıtıyordu; kambur vücudunu dimdik tutuyor, arada bir masaya vurarak, "Nelly!" ve, "Babby!" diye bağırıyordu; dana kızartmasının sosundan bolca almaya çalışan Matmazel Popinet'yi bakışlarıyla utandırdı. Tony diğer yatılı kız öğrencilerin arasına, Mecklenburg'lu bir çiftlik sahibinin sarışın ve iri yapılı kızı Armgard von Schilling'le Amsterdamlı Gerda Arnoldsen'in arasına oturmuştu. Gerda Arnoldsen, gür ve koyu kızıl saçlı sevimli bir kızdı; birbirine yakın kahverengi gözleri, beyaz ve biraz da kurumlu güzel bir yüzü vardı. Kulaklarına iri altın küpeler takmış esmer güzeli Fransız kızı tam karşısına oturmuş, boş boş konuşuyordu. Yemek masasının öteki ucunda, aynı şekilde pansiyonda kalan asık suratlı cılız bir kız, İngiliz uyruklu Miss Brown oturuyordu.

Sesemi'nin sunduğu puncun yardımıyla masada hemen bir dostluk havası esmeye başladı. Matmazel Popinet, son gece yine kâbuslar görmüştü... "*Ah, quelle horreur!*[1] Yardım edin! Yardım edin! Hırsızlar, hırsızlar!" diye bağırınca herkes yatağından fırlamış. Sohbet koyulaşınca, Gerda Arnoldsen'in diğer kızlar gibi piyano değil de keman çaldığı, babasının ona –annesi artık hayatta değilmiş– gerçek bir Stradivarius alma sözü verdiği anlaşıldı. Buddenbrook'ların pek çoğunun ve Kröger ailesinin hepsinin müzik yeteneği olduğu halde Tony'nin böyle bir yeteneği yoktu. Meryem Ana Kilisesi'nde çalınan parçaların adını bile bilmiyordu... Ah, şu Amsterdam'daki yeni kilisedeki orgun ne muhteşem bir sesi vardı, tıpkı

1. (Fr.) Ne korkunç. (Y.N.)

bir insan sesine benzer! Armgard von Schilling evlerindeki inekleri anlatmaya başladı.

Bu Mecklenburg'lu çiftlik sahibinin kızı Armgard, daha ilk andan itibaren Tony üzerinde büyük bir etki bırakmıştı, tanıdığı ilk soylu kız sanıyordu onu. Von Schilling adını taşıyor olması ne büyük bir mutluluktu! Gerçi Tonylerin sahip oldukları ev, şehrin en güzel eski evlerinden biriydi; büyükannesi ve büyükbabası çok kibar insanlardı, ama sadece "Buddenbrook'lar" ve "Kröger'ler" diye adlandırılıyorlardı, çok ama çok yazıktı! Kibar bir beyefendi olan Lebrecht Kröger'in torunu Tony'de, Armgard'ın taşıdığı soyluluk unvanı büyük bir hayranlık uyandırıyordu ve o, bu "von" sözcüğünün kendi isminin önüne daha çok yakıştığını düşünüyordu; çünkü Armgard –Tanrım, o daha mutluluğunun farkında bile değil–, kalın saç örgüleri ve güzel mavi gözleriyle çevrede dolaşıp duruyor ve aklına hiçbir şey getirmeden Mecklenburg şivesi ile herkesle rahat rahat konuşuyordu. Kibar biri değildi ve kibar olmak için de en küçük bir çabası yoktu. Bu "kibarlık" sözcüğü, Tony'nin küçücük kafasında iyice yer etmişti ve o bunu özellikle Gerda Arnoldsen'e çok yakıştırıyordu.

Gerda hoş bir kızdı, buralara özgü olmayan değişik bir yanı vardı. Gür kızıl saçlarını, Sesemi'nin karşı çıkmasına rağmen, göze çarpacak biçimde salıvermeyi çok seviyordu. Birçokları onun keman çalmasını "saçma" buluyordu, oysa bu "saçma" ifadesi çok sert bir yargı anlamına geliyordu. Tony'ye hak verip Gerda Arnoldsen'in gerçekten çok kibar bir kız olduğunu kabul etmek gerekir. Yaşına göre daha büyük gösteren dış görünüşü, davranış biçimi ve sahip olduğu her şeyi ile kibar kızdı. Örneğin, Paris'ten satın alınmış olan fildişi tuvalet takımını Tony çok beğenmişti; çünkü kendi evlerinde de, anne ve babasının ya da büyükannesinin ve büyükbabasının Paris'ten getirdikleri bu tür değerli şeyler vardı.

Üç genç kız hemen dost olup birbirleriyle kaynaştılar, aynı sınıfta okuyorlar ve üst kattaki en büyük yatak odasını paylaşıyorlardı. Saat onda yatmaya gitmek ve soyunurken şakalaşmak ne kadar güzel, ne kadar eğlenceliydi; ama alçak sesle konuşmak zorundaydılar, yoksa yan odada yatan Matmazel Popinet rüyasında yine hırsızlar görmeye başlardı... Fransız öğretmen, Hamburglu küçük Eva Ewers'le birlikte kalıyordu; kızın sanat meraklısı ve koleksiyoncu babası Münih'e yerleşmişti.

Kahverengi boyalı panjurlar indirilmişti, kırmızı abajurlu alçak bir lamba masanın üstünde yanıyordu, hafif bir menekşe ve taze çamaşır kokusu odayı doldurmuştu; yorgunluk, tasasız ve düş karışımı bir ruh hali.

Yarı soyunmuş olarak yatağının kenarına oturan Armgard, "Tanrım, şu Doktor Neumann nasıl da düzgün konuşuyor!" dedi, "Sınıfa giriyor, masanın önüne dikiliyor ve Racine'i anlatıyor..."

İki pencere arasındaki aynanın karşısında, iki mum ışığının parıltısı altında saçlarını tarayan Gerda, "Güzel ve yüksek bir alnı var," diye söze karıştı.

"Evet, öyle!" dedi Armgard hemen.

"Armgard, sen de hep onu dinliyor, hep ondan söz ediyorsun. Mavi gözlerini onun üzerinden hiç ayırmıyorsun, sanki..."

"Onu seviyor musun?" diye sordu Tony. "Ah, şu ayakkabılarımın bağcıklarını bir türlü çözemiyorum, lütfen bana yardım et, Gerda... hah, işte böyle! Oldu! Armgard, onu seviyor musun gerçekten? Evlen onunla, zengin birine benziyor, lise öğretmeni olacak..."

"Tanrım, ne kadar da kötüsünüz. Onu sevdiğimi de nereden çıkarıyorsunuz? Ben bir kere öğretmenle değil, bir çiftçiyle evlenirim..."

Elindeki çorabı yere bırakan Tony, "Soylu bir çiftçiyle mi?" diye sordu ve kuşkuyla Armgard'ın yüzüne baktı.

"Bunu henüz bilmiyorum, ama büyük bir çiftliğinin olması şart... Ah, kızlar bunu düşündükçe, bilseniz ne kadar seviniyorum! Sabahın beşinde yataktan kalkacağım ve çiftlik işlerine bakacağım..." Yorganı üstüne çekti ve gözlerini tavana dikerek düşlere daldı.

Gerda oda arkadaşını aynada izlerken,"Gözlerimin önünde yüzlerce inek dolaşıyor," dedi.

Tony soyunup henüz pijamasını giymemişti, ama başını yastığın üstüne bıraktı, ellerini birbirine kenetleyerek ensesinin altına koydu ve baygın bakışlarla o da tavanı seyrediyordu.

"Ben tabii ki bir tüccarla evleneceğim," dedi. "Evimizi istediğim gibi döşeyebilmemiz için çok paralı biri olmalı; ailemin ve şirketimizin saygınlığını korumalıyım," diye ilave etti. "Evet, göreceksiniz, bunu yapacağım."

Gerda yatmak için saçlarını toplama işini bitirmişti ve fildişi aynasını önüne tutmuş, iri ve beyaz dişlerini fırçalıyordu.

"Ben 'belki de' hiç evlenmeyeceğim," dedi biraz zorlanarak, ağzındaki nane tozu konuşmasına engel oluyordu. "Nedenini bilmiyorum, ama hiç hevesim yok. Amsterdam'a gidip babamla düet yapacağım, daha sonra da evli kız kardeşimin yanında kalırım..."

"Çok yazık!" dedi Tony heyecanla. "Hayır Gerda, çok yazık edersin! Sen burada evlenmelisin ve hep burada kalmalısın... Bak, dinle beni, burada kal ve erkek kardeşlerimden biriyle evlen..."

Gerda, "O koca burunlu kardeşinle mi?" diye sordu ve elindeki aynayı ağzına tutarak hafifçe bir iç çekti.

"Ya da diğeriyle evlen, hiç fark etmez... Tanrım, kim bilir ne güzel bir eviniz olurdu! Jakobs'a döşetirdiniz evinizi; Fisch Caddesi'ndeki döşemeci Jakobs'a, o adamın zevki pek ince. Sizi her gün ziyarete gelirdim..."

Fakat tam o sırada Popinet'nin sesi duyuldu:

"*Ah! Voyons, mesdames!* Yatağa, Betty, *s'il vous plaît!..*"[1] Herhalde bu akşam evlenecek değilsiniz!"

Tony pazar günlerini ve tatilleri Meng Caddesi'ndeki evlerinde ya da kent dışında, büyükbabasının ve büyükannesinin yazlık köşkünde geçiriyordu. Paskalya tatilinin ilk günü hava güzel olunca, Kröger'lerin uçsuz bucaksız bahçesinde yumurta ve badem ezmesinden yapılmış tavşanlar aramak ne büyük bir mutluluktu! Hele kaplıca otelinde kalırken otelde tabldot yemek, gölde yüzmek ve eşeğe binip çevrede dolaşmak! Birkaç yıl sonra, babası Konsül'ün ticaret amaçlı yaptığı daha uzun gezilere de katılmıştı Tony. Ya o Noel kutlamaları ve hediyeler! Kendi evlerinde, büyükbabası ve büyükannesinin köşkünde ve punçların su gibi içildiği Sesemi'nin pansiyonunda aldıkları hediyeler!.. Ama evlerinde kutladıkları Noel her zaman bir başka olurdu, çünkü babası Konsül bu kutsal Hıristiyan bayramını bütün dinî gerekleriyle ve tam bir tören havası içinde kutlamaya büyük önem verirdi. Bütün aile Doğa Manzaralı Tablolar Odası'nda toplandıktan sonra Konsül, sütunlu holde bekleşen uşakların, yaşlı ve yoksul bütün insanların mosmor olmuş ellerini tek tek sıkarken Meryem Ana Kilisesi'nin genç erkekler korosu dört sesli kutsal ilahilerini söylemeye başlar ve bütün yürekler ilahî duyguyla dolup taşardı. Daha sonra yüksek ve beyaz lakeli kanatlı kapının aralığından içeri mis gibi çam kokusu gelmeye başlayınca Elisabeth Buddenbrook, aile yadigârı Kutsal Kitap'ı eline alır ve Hz. İsa'nın doğumunu anlatan bölümü[2] ağır ağır okurdu. Genç erkekler korosunun sesi kesilince hep birlikte "Ey, Çam Ağacı" ilahisi okunmaya başlanır ve sü-

1. (Fr.) Ah! Görelim bakalım hanımlar! Lütfen. (Y.N.)

2. Yeni Ahit, "Matta", 1:18-25. (Y.N.)

tunlu holden bir tören havası içinde geçilerek duvarları boy boy heykellerle kaplı salona girilirdi. Salona yerleştirilen ve boyu tavana kadar yükselen beyaz zambaklarla süslenmiş ışıl ışıl Noel ağacı içeriye buram buram çam kokusu yayardı; pencerelerden kapıya kadar uzanan büyük bir masanın üstü çeşit çeşit hediye paketleriyle dolu olurdu. Dışarıda, karların iyice sertleştiği, buz tutmuş sokaklarda, İtalyan laternacılar müzik yaparlardı ve pazaryerine kurulan Noel panayırının gürültüsü gelirdi kulaklarına. Sütunlu holde geç vakit verilen akşam yemeğine, Clara'dan başka bütün çocuklar katılırdı, sazan balığından hindi dolmasına kadar her şey bolca sunulurdu.

Burada, Tony Buddenbrook'un o yıllarda Mecklenburg'da iki çiftliği ziyaret ettiğini de söylemeden geçmeyelim. Arkadaşı Armgard'la birlikte Herr von Schilling'in Travemünde'nin karşı kıyısındaki çiftliğinde birkaç hafta yaz tatili yapmıştı. Bir başka sefer de kuzeni Thilda ile birlikte Herr Bernhard Buddenbrook'un kâhya olarak çalıştığı çiftliğe gitmişti. Bu çiftliğe "Vefasız" adını takmışlardı, çünkü hiçbir gelir getirmiyordu; ama tatil günleri için yine de fena sayılmazdı.

Böylece yıllar geçip gitti, bütün bunlar Tony'nin gençliğinde yaşadığı çok güzel ve mutlu anlardı.

# Üçüncü bölüm

Bu bölüm Baltık Denizi'ndeki koyumuzun anısı olarak
kız kardeşim Julia'ya ithaf edilmiştir.

## 1

Bir haziran günü, akşamüzeri saat beşten biraz sonra, evin bahçesinde "büyük kapının" önünde oturmuş, hep birlikte kahve içiyorlardı. Yüzeyi kanat çırpan kuş resimleriyle süslenmiş yüksek duvar aynalı ve üstünde yalnızca bir açma kapama mandalı bulunan beyaz lake kanatlı kapının açıldığı salonda –aslında buna kapı denmez– hava sıcak ve boğucu olduğu için, dallı budaklı ağaçlardan yapılmış kaba saba sandalyeler ve masalar dışarıya, kapının önüne çıkarılmıştı.

Konsül, eşi, Tony, Tom ve Klothilde, üstünde kahve takımlarının pırıl pırıl parladığı yuvarlak masanın çevresinde, yarım daire şeklinde oturuyorlardı; onların biraz uzağında oturan Christian, asık bir suratla Cicero'nun Catilina'ya karşı yaptığı ikinci konuşmasının üzerinde çalışıyordu. Bu arada Konsül purosunu içiyor ve önündeki *Anzeigan* gazetesine göz atıyordu. Konsül Elisabeth, nakışını kucağına bıraktı ve gülümseyerek Ida Jungmann'la birlikte çayırlıkta menekşe toplayan küçük Clara'sını seyretmeye başladı; zira çimlerin arasında zaman zaman menekşelere rastlandığı da oluyordu. Tony başını ellerinin arasına koymuş, kendinden geçmiş bir halde, Hoffmann'ın *Die Serapionsbrüder* (Serapion'un Kardeşleri) adlı yapıtını okurken kardeşi Tom da elindeki bir ot sapıyla çok dikkatli bir şekilde onun ensesini gıdıklıyordu, ama Tony akıllı davranıp bunu hiç fark etmiyormuş gibi yapıyordu. Üstündeki çiçekli basma elbiseyle zayıf ve yaşlı bir kızı anımsatan Klothilde ise, "Kör, Sağır, Dilsiz ve Yine de Mutlu" adında bir öykü okuyor ve ara sıra masanın üstündeki bisküvi kırıntılarını, beş parmağını da kullanarak topluyor ve sakına sakına yiyordu.

Birkaç beyaz bulut parçasının kapladığı gökyüzü yavaş yavaş solmaya başladı. Bahçe simetrik olarak düzenlenmiş yolları ve çiçek yataklarıyla öğle sonunun renkli güneşiyle pırıl pırıl parıldıyordu. Çiçek yataklarını çevreleyen muhabbetçiçeklerinin kokusu tüm çevreye yayılıyordu.

"Ha, Tom," dedi Konsül neşeli bir şekilde ve ağzından purosunu çıkardı, "sana sözünü ettiğim o çavdar işi konusunda van Henkdom ve Ortağı Şirketi'yle anlaşmak üzereyiz."

Thomas merakla, "Ne kadar veriyor?" diye sordu ve Tony'ye eziyet etmeyi bıraktı.

"Bin kilo için altmış taler... Hiç fena değil."

"İyi bir teklif!" dedi Tom, bunun çok iyi bir alışveriş olduğunun farkındaydı.

Konsül Elisabeth, "Tony, oturuşun hiç kibar değil," diye kızını uyardı. Bunun üzerine Tony, gözlerini önündeki kitaptan ayırmadan bir dirseğini masadan çekti.

"Bunun kimseye bir zararı yok," dedi Tom. "Nasıl isterse öyle otursun, o hep Tony Buddenbrook olarak kalacaktır. Thilda ve o, ailemizin tartışmasız en güzel kızları."

Klothilde çok şaşırmıştı. "Tanrım! Toom..." dedi, onun

bu kısa heceleri uzatarak söylemesinin nedenini anlamak zordu. Tony hiç ses çıkarmadı, çünkü Tom her zaman üstün çıkardı. Onunla başa çıkılmazdı. Hemen bir yanıt bulur ve tartışmalarını kahkahalarla dinleyenleri kendi tarafına çekmesini bilirdi. Tony burnundan soluyarak omuzlarını silkti. Ama Konsül Buddenbrook, Huneus'ların yakında verecekleri balodan söz açıp lafı yeni rugan iskarpinlere getirince, masadan öteki dirseğini de çekti ve hemen konuyla ilgilendi.

"Siz de hep konuşup duruyorsunuz!" diye bağırdı Christian yakınarak. "Şu parçayı öğrenmek ne kadar da zormuş! Keşke ben de tüccar olabilseydim!"

"Ama Christian, sen de her gün başka bir şey olmak istiyorsun," dedi Tom. Bu sırada Anton yaklaştı, içinde kartvizit bulunan tepsiyle avludan yanlarına doğru geliyordu, herkes merakla bakışlarını ona çevirdi.

Konsül, kartviziti aldı ve okudu. "Grünlich, bir temsilci," dedi. "Hamburg'dan geliyor. Çok kibar ve değerli bir insan, bir rahibin oğlu. Birlikte iş yapıyoruz. Görüşmemiz gereken bir konu var da... Anton, beyefendiye içeri gelmesini söyle, bir sakıncası var mı Bethsy'ciğim?.." Elinde şapkası ve bastonu, yeşil sarı renkli uzun bir yün ceket giyinmiş, gri eldivenli, otuz iki yaşlarında orta boylu bir adam başını öne eğmiş, oldukça hızlı adımlarla bahçeden kendilerine doğru geliyordu. Seyrek ve açık sarı saçlarının altındaki pembe yüzü gülüyordu; burun kanatlarından birinin üstünde büyükçe bir beni vardı. Bıyığı olmadığı gibi çenesinde sakalı da yoktu, ama İngiliz modasına uygun uzun altın sarısı favorileri her iki yanağını da ta aşağıya kadar kaplamıştı. Daha uzaktan büyük ve açık renkli şapkasını çıkararak ev halkına saygılarını sundu.

Sonunda uzun bir adım atıp içeriye girdi ve vücudunu yarıya kadar eğerek herkesi yeniden yeniden selamladı.

Yumuşak bir ses tonuyla ve biraz da çekinerek, "Böyle birdenbire aile çevrenize girerek sizleri rahatsız ediyorum," dedi. "Ellerinizde değerli kitaplar görüyorum, aranızda tatlı tatlı sohbet ediyorsunuz... Beni bağışlayacağınızı umarım!"

İki oğluyla birlikte ayağa kalkan ve konuğunun elini sıkan Konsül, "Hoş geldiniz, sevgili dostum Grünlich!" dedi. "Sizi işyerimin dışında ve aile çevremde selamlayabilmekten dolayı çok mutluyum. Tanıştırayım; Bethsy, bu benim çalışkan iş arkadaşım Grünlich... kızım Antonie... yeğenim Klothilde... Thomas'ı zaten tanıyorsunuz... Bu da ikinci oğlum Christian, liseye gidiyor."

Herr Grünlich, kendisine takdim edilen herkes için yerlere kadar eğilerek teşekkür etti.

"Dediğim gibi," diye devam etti Grünlich, "sizleri burada rahatsız etmek gibi bir niyetim yok... Bir iş görüşmesi için buradayım. Saygıdeğer Konsül'den benimle biraz bahçede dolaşmasını rica etsem..."

Frau Konsül yanıt verdi:

"Eğer eşimle hemen iş görüşmesine başlamayıp biraz da bizimle birlikte olmayı lütfederseniz, bizi çok sevindirirsiniz! Oturmaz mısınız?"

Herr Grünlich heyecanla, "Binlerce teşekkürler!" dedi ve Tom'un çektiği bir sandalyenin kenarına ilişti, şapkasını ve bastonunu dizlerinin üstüne koyarken "Heheh-hm!" diye öksürüğe benzer bir ses çıkararak favorilerini sıvazlıyordu. "Bu giriş bölümüydü, ya bundan sonrası?" demek istiyormuş gibi bir hali vardı.

Frau Konsül sohbetin asıl bölümünü başlattı.

Başını yana çevirip elindeki nakış işini kucağına bırakarak, "Hamburg'da mı oturuyorsunuz?" diye sordu.

Herr Grünlich yeniden bir reverans yaparak, "Elbette, Frau Konsül!" diye yanıt verdi. "Evim Hamburg'da, ama ben zamanımın çoğunu neredeyse yollarda geçiriyorum, çok işim oluyor, işlerim hızla ilerliyor..." Heh-eh-hm, diye öksürdü. "Evet, hızla ilerliyor, diyebiliyorum."

Frau Konsül Buddenbrook kaşlarını yukarıya kaldırdı ve büyük bir hayranlıkla, "Ya, öyle mi?" demek istiyormuş gibi bir ağız hareketi yaptı.

Herr Grünlich yüzünü Konsül'e doğru çevirerek, "Durup dinlenmeden çalışmak benim için başlıca yaşam koşuludur," diye karşılık verdi ve Fräulein Antonie'nin soğuk ve biraz da küçümser bir bakışla –genç kızların yabancı gençleri incelediği gibi– kendisini incelediğini fark edince yeniden öksürdü.

Tony bir şey söylemiş olmak için, "Hamburg'da bizim de akrabalarımız var," dedi.

"Duchamps Ailesi," dedi Konsül, "rahmetli annemin ailesi."

Herr Grünlich, "Oo, çok iyi tanıyorum!" diye yanıt verdi hemen. "Bu aileyi tanımak onuruna sahip oldum. Hepsi de eşsiz insanlar, iyi yürekli ve çok akıllı bir aile. Bütün insanlar bu aile bireyleri gibi akıllı olsalardı, o zaman dünyadaki her şey daha iyi olurdu. Tanrı inancı, temiz yüreklilik, içten bir dindarlık, kısacası benim idealim olan gerçek bir Hıristiyanlık örneği aile; göz kamaştırıcı şıklıklarıyla beni her zaman büyüleyen çok kibar ve soylu bir aile, Frau Konsül!"

Tony, "Bizimkileri nereden tanıyor acaba?" diye düşündü. "Tam da onların duymak istedikleri şeyleri söylüyor..."

Konsül laf olsun diye söze karıştı:

"Bu çifte zevk örneği onlara ne kadar da yakışıyor ya..."

Frau Konsül konuğuna bileziklerini şıngırdatarak elini uzatmadan edemedi.

"Gönlümden geçenleri söylüyorsunuz, Herr Grünlich!" dedi.

Herr Grünlich yeniden bir reverans yaptı ve oturdu, favorilerini sıvazladı ve, "Devam edelim," demek istiyormuş gibi öksürdü.

Frau Konsül Buddenbrook, Herr Grünlich'in doğup büyüdüğü kentin 1842 Mayısı'nda yaşadığı o korkunç olay üzerine birkaç söz söyledi. "O yangın gerçekten de kara bir gündü, tam bir felaketti," dedi Herr Grünlich. "Yüz otuz beş milyonluk bir zarara neden olmuştu, evet, gerçeğe oldukça yakın bir hesapla bu kadarlık bir zarar. Tanrı'ya şükürler olsun ki, ben hiç zarar görmedim. Yangın daha çok Sankt Petri ve Nikolai kiliselerinin bahçelerini harap etmişti... Nasıl da güzel bir bahçeydi," diye kendi kendisinin sözünü kesti ve Konsül'ün purolarından birini teşekkür ederek aldı. "Ama şehir parkı olarak oldukça büyük! Tanrım, nasıl da güzel ve rengârenk bir çiçek deryası... Çiçeklere ve doğaya karşı duyduğum hayranlığımı itiraf ediyorum! Şu karşıdaki sarmaşık gülleri de oraya gerçekten felaket yakışıyor..."

Herr Grünlich, evin bakımlı ve güzel bahçesini övdü, tüm kenti övdü, Konsül'ün purosunu da övdü ve herkese söyleyecek güzel sözleri vardı.

"Matmazel Antonie'nin ne okuduğunu öğrenebilir miyim?" diye sordu gülümseyerek.

Tony anlaşılamayan bir nedenden hemen kaşlarını çattı ve Herr Grünlich'in yüzüne bakmadan yanıt verdi:

"Hoffmann'ın *Die Seraplonsbrüder*'ini okuyorum."

"Gerçekten mi? Bu yazar çok değerli eserler yarattı," dedi. "Ama Frau Buddenbrook beni bağışlasınlar... ikinci oğlunuzun adını unuttum."

"Christian."

"Güzel bir isim! Söylememe izin verirseniz," Herr Grünlich yeniden ev sahibine döndü, "Hıristiyanlığı çağrıştıran isimlere sahip olanları çok seviyorum. Bildiğim kadarıyla ailenizde Johann adı babadan oğula devam edip gidiyor... İnsan bu adı duyunca Yüce Efendimiz'in en çok sevdiği havarisi Yuhanna'yı anımsamadan edemiyor! Örneğin benim adım, eğer açıklamama izin verirseniz," diye heyecanla devam etti, "benim adım atalarımın birçoğu gibi Bendix'tir; bu Benedikt adının halk dilindeki kısaltılmış biçimidir. Bakıyorum, okuyorsunuz, Herr Buddenbrook? Oo, hem de Cicero'yu okuyorsunuz! Anlaşılması zor bir yapıt, bu büyük Romalı hatibin yapıtlarını anlamak gerçekten çok zor... *Quo usque tandem, Catilina*...[1] heh-eh-hm, demek Latincemi henüz unutmamışım!"

Konsül şöyle dedi:

"Merhum babamın aksine ben genç beyinlerin Yunanca ve Latinceyle doldurulmasına hep karşı çıktım. İnsanın günlük yaşama hazırlanması için gerekli olan o kadar çok önemli ve ciddi şeyler var ki..."

"Herr Konsül, tam da düşündüğüm şeyleri dillendiriyorsunuz!" diye atıldı Herr Grünlich. "Evet, oldukça zor bir yapıt, ancak söylemeyi unuttum, üzerinde tartışılmayacak bir yapıt da değil. Anımsadığım kadarıyla bu konuşmaların içinde hoş olmayan bazı bölümler vardı..."

Bir an için herkes susunca, "Şimdi sıra bana geldi," diye düşündü Tony. Çünkü Herr Grünlich bakışlarını ona yöneltmişti. Doğru düşünmüştü, sıra gerçekten kendisine gelmişti. Herr Grünlich oturduğu yerden biraz kasılarak doğruldu, Konsül Buddenbrode'a zarif bir el hareketi yaptı ve ciddi ciddi şunları fısıldadı:

"Frau Konsül'den şuna bir bakmasını rica edeceğim," dedi Tony'yi işaret ederek, "rica ediyorum Fräulein, bir an öyle kalın!.. Bir bakın, güneş, kızınız hanımefendinin saçlarında nasıl oynaşıyor," diye fısıldayarak konuşmasına devam etti. Sonra birden ciddileşerek başını yukarıya

1. (Lat.) Daha ne kadar, Catilina? (Y.N.)

kaldırdı ve Tanrı'ya ya da kalbine sesleniyormuş gibi coşkuyla, "Hayatımda böyle güzel saç görmedim," dedi.

Frau Konsül Buddenbrook gülümseyerek sevincini belli ederken eşi konsül, "Küçük beyinlerin aklına böyle saçmalıklar sokmayın!" dedi; Tony hiçbir şey söylemeden yine kaşlarını çattı. Birkaç dakika sonra Herr Grünlich ayağa kalktı.

"Frau Konsül Buddenbrook, sizi daha fazla rahatsız etmek istemem, buna hakkım yok! Bir iş görüşmesi için geldim buraya... ama sizin nazik davetinize kim karşı çıkabilirdi ki... fakat şimdi işim beni çağırıyor! Artık gitmeliyim. Herr Konsül'den benimle gelmesini rica etsem..."

Frau Konsül Buddenbrook, "Burada kaldığınız sürece evimizde, bizimle birlikte kalmayı tercih etmekle beni ne kadar mutlu edeceğinizi söylememe gerek yok sanırım," dedi.

Herr Grünlich, derin bir şükran duygusuyla bir an için susup kaldı. Daha sonra duygu yüklü bir ifadeyle, "Size gerçekten çok müteşekkirim, Frau Konsül!" dedi. "Ama sizin gösterdiğiniz bu konukseverliği kötüye kullanmak istemem. Stadt Hamburg Konukevi'nde birkaç oda tuttum kendime..."

"'Birkaç' oda," diye düşündü Frau Konsül Buddenbrook, tam da Herr Grünlich'in aklından geçirdiği şeyi düşünmüştü.

Frau Konsül Buddenbrook, elini ona bir kere daha dostça uzatarak, "Umarım son kez görüşüyor değiliz, tekrar karşılaşacağız," dedi.

Herr Grünlich, Frau Konsül Buddenbrook'ün elinin üstüne bir öpücük kondurdu, Antonie de elini uzatır diye biraz bekledikten sonra –ancak o bunu yapmadı– bir adım geriye çekilerek yine yerlere kadar eğildi ve sonra başını geriye atarak gri şapkasını giyip Konsül'le birlikte hızla uzaklaştı...

Frau Konsül bir süre sonra geri dönüp yerine oturduktan sonra, "Kibar bir adam!" dedi yeniden.

"Bana kalırsa aptalın biri," dedi Tony kelimelerin üstüne basarak.

Frau Konsül Buddenbrook biraz öfkelenerek, "Aman Tanrım! Tony, ne biçim bir konuşma bu!" diye sesini yükseltti. "Hıristiyanlığa böylesine bağlı bir adam için!"

Konsül, "İyi yetişmiş kültürlü bir adam!" diye ekledi. "Tony, kızım, sen ne söylediğini bilmiyorsun." Karıkoca birbirlerine duydukları saygıdan genelde aynı görüşü paylaşır ve birbirlerine çok güvenirlerdi.

Christian koca burnunu kırıştırdı ve lafa karıştı:

"Konuşurken kendisini ne kadar da önemsiyor!.. Birlikte ne güzel sohbet ediyormuşuz! Biz aramızda hiç böyle güzel sohbetler yapmadık. Sarmaşık gülleri bahçemizi nasıl da felaket yakışıyormuş meğer! Zaman zaman kendi kendine konuşuyormuş gibi bir hali var adamın. Çok rahatsız ediyorum efendim, bağışlamanızı dilerim!.. Şimdiye kadar hiç böyle güzel saç görmedim!.." Christian, Herr Grünlich'in taklidini öyle güzel yapıyordu ki, Konsül bile gülmekten kendini alamadı.

"Evet, kendisine çok önem veriyor," diye başladı Tony yeniden. "Sürekli kendisinden söz ediyor! İşi çok yoğunmuş, doğayı çok severmiş, şöyle şöyle isimleri tercih edermiş! Adı Bendix'miş... Bunlardan bize ne, doğrusu çok merak ediyorum... O bütün bunları kendisini övmek için söylüyor!" diye sesini yükseltti sinirlenerek. "Anne, sana da, babama da yaltaklanmak için 'yalnızca' duymak istediğiniz şeyleri söylüyor!"

"Bunda bir kötülük yok, Tony," dedi Konsül ciddi bir yüz ifadesiyle. "Yabancı bir ortamda insan kendisini en iyi yanıyla gösterir, güzel cümleler kurar ve hoşa gidecek sözcükler bulur. Bundan daha doğal bir şey olamaz..."

"Bence iyi bir insan," dedi Klothilde yumuşak bir ses

tonuyla ve sözcükleri uzatarak; oysa Herr Grünlich'in hiç ilgilenmediği tek kişiydi o. Thomas herhangi bir yargıda bulunmadı.

Konsül, "Kesin artık!" diye susturdu onları. "O iyi bir Hıristiyan, çok yetenekli, çalışkan ve iyi yetişmiş biri. Sana gelince Tony, on sekizine gelmiş, hatta yakında on dokuzuna basacak kocaman bir kızsın ve Herr Grünlich sana karşı son derece kibar ve saygılı davrandı. Artık onu bunu azarlama huyundan vazgeçmelisin. Hepimizin zayıf yanları vardır; beni bağışla kızım, ama başkalarına çamur atacak en son kişi sensin içimizde... Tom, hadi işinin başına!"

Tony kendi kendine mırıldanarak, "Sarı favorili herif!" dedi ve birçok kez yaptığı gibi yeniden kaşlarını çattı.

## 2

Herr Grünlich birkaç gün sonra, Tony eve dönerken Meng Caddesi'nin köşesinde onunla karşılaşınca, "Sizi evde bulamayınca gerçekten çok üzülmüştüm," dedi. "Anneniz hanımefendiye saygılarımı sunmak için size uğramıştım. Sizi göremeyince çok üzüldüm... Ama şimdi size rastlayınca, nasıl sevindiğimi anlatamam!"

Tony Buddenbrook, Herr Grünlich konuşmaya başlayınca durdu, rengi birden koyulaşan yarıkapalı gözlerini ona doğru çevirdi, dudaklarında genç bir kızın beğenmediği ve hor gördüğü bir erkekle alay eden acımasız bir gülümseyiş vardı. Dudakları kıpırdıyordu, ona ne söyleyeceğini bilmiyordu. Ha! Şu Bendix Grünlich denen adamı buradan temelli uzaklaştıracak, onu rezil edecek bir söz bulmalıydı. Ama bu, onu yaralayan, ama aynı zamanda da hayran bırakan, esprili ve son derece etkili bir söz olmalıydı.

Tony, bakışlarını Herr Grünlich'in göğsünden ayırmadan, "Duygularımız karşılıklı değil!" diyerek zehirli okunu fırlattıktan sonra adamı yalnız bıraktı ve bu iğneleyici konuşma becerisinden duyduğu gururla, başını arkaya atarak eve doğru yürüdü, ama evde Herr Grünlich'in gelecek pazara bir dana kızartması ziyafetine davet edildiğini öğrendi...

Ve ertesi pazar adam çıkıp geldi. Günün modasına uygun olmakla birlikte etek uçları kıvrımlı ve büyükçe bir çıngırağı anımsatan hoş bir redingot giymişti; bu ona ciddi ve güvenilir bir kişilik vermişti. Al al olmuş yüzü gülümsüyordu, başındaki seyrek saçlarını özenle ortadan ikiye ayırmış, sarı favorilerine güzel kokular sürmüştü. Herr Grünlich, sunulan salçalı midye yahnisi, Julienne çorbası, fırında dilbalığı, yanında patates püresi, karnabaharlı dana kızartması, kiraz likörlü puding ve Rokfor peynirli çavdar ekmeğini iştahla yedi ve hepsini de ayrı ayrı övdü, yemeklerden anladığı belli oluyordu. Örneğin, tatlı kaşığını ağzına götürürken duvardaki tablolardan birine baktı ve kendi kendine konuşur gibi yüksek sesle, "Tanrım beni affetsin, yemeden edemiyorum. Şu puding gerçekten çok nefis olmuş, koca bir parça yedim, ama küçük bir parça daha rica ediyorum!" dedi. Bunları söylerken Frau Konsül Buddenbrook'un yüzüne bakıp hınzırca gülümsüyordu. Sonra, Konsül'le iş yaşamı ve politikadan söz açıp tutarlı ve önemli ilkelerden konuştu; Frau Konsül Buddenbrook'la tiyatro, sosyete ve moda üzerine sohbet etti. Tom, Christian ve zavallı Klothilde, hatta küçük Clara ve Matmazel Jungmann için de söyleyecek güzel sözler buldu. Tony hiç konuşmuyordu. Herr Grünlich de ona yaklaşmaya cesaret edemedi; yalnızca arada bir başını yana eğip üzüntü ve coşku karışımı bir bakışla onu süzüyordu.

Herr Grünlich o günün akşamı oradan ayrılırken ilk ziyaretinde bıraktığı izlenimi daha da güçlendirmişti. Elisabeth Buddenbrook, "Çok iyi yetişmiş bir insan!" dedi. Konsül de, "Saygın ve gerçek bir Hıristiyan!" diye ekledi. Christian onun davranışlarını ve konuşma biçimini bu kez daha da iyi taklit etti; Tony asık bir suratla iyi geceler, dilerken yine kaşlarını çattı, çünkü alışılmışın dışında bir hızla annesinin ve babasının gönlünü fethetmiş olan bu adamı son kez görmüyormuş gibi bir duygu vardı içinde.

Gerçekten de öyle oldu: Tony, öğleden sonra kız arkadaşlarıyla birlikte düzenledikleri bir eğlenceden eve döndüğünde Herr Grünlich'i Doğa Manzaralı Tablolar Odası'nda otururken buldu. Yüksek sesle ve güzel bir dille annesine Walter Scott'un *Waverley* adlı yapıtını okumaktaydı; anlattığına göre hareketli geçen iş yaşamı dolayısıyla İngiltere'ye de birçok kez yolculuk yapmıştı. Tony, elinde bir başka kitapla yan tarafa oturdu, Herr Grünlich başını ona doğru çevirerek yumuşak bir sesle, "Okuduğum şey sanırım sizin zevkinize hitap etmiyor, Fräulein!" dedi. Bunun üzerine Tony başını arkaya atarak oldukça alaylı bir tavırla, "Nefret ettiğim bir kitap!" diye yanıt verdi.

Ama Herr Grünlich bundan hiç rahatsız olmadı, genç yaşta kaybettiği annesinden ve babasından, babasının inançlı bir Hıristiyan, ama aynı zamanda da dünya işleriyle yakından ilgilenen bir din adamı, bir rahip olduğundan söz etti. Daha sonra Hamburg'a dönmeden önce vedalaşmaya gittiğinde Tony'yi evde bulamadı. Genç kız, can dostu bildiği Matmazel Jungmann'a, "Ida, adam sonunda gitti!" dedi sevinerek. Ama Ida Jungmann, "Bekleyip görelim, Tony'ciğim," yanıtını verdi.

Sekiz gün sonra kahvaltı odasında şu olay yaşandı. Tony, sabah dokuzda aşağıya indi ve babasının annesiyle birlikte hâlâ kahvaltı masasında oturduğunu görünce çok şaşırdı. Annesinin ve babasının alnından öptükten sonra kahvaltısını yapmak üzere uyumaktan şişmiş gözleriyle, ama yine de tüm canlılığıyla masaya oturdu; şekerliği ve tereyağını önüne çekti, ekmeğinin üstüne kekikli peynirden sürdü.

Peçeteyle tuttuğu sıcak yumurtasının üst kısmını çay kaşığıyla açarken, "Babacığım, bir kerecik de olsa seni kahvaltı masasında bulmak çok güzel!" dedi.

Purosunu içen ve katladığı gazeteyi masaya hafif hafif vuran Konsül, "Bu sabah uykucu kızımızın inmesini bekledim," dedi. Frau Konsül Buddenbrook de ağır ve zarif hareketlerle kahvaltısını bitirdi ve divana yaslandı.

Konsül, "Thilda mutfak işlerine başladı bile," diye anlamlı anlamlı konuşmaya devam etti, "sevgili kızımızla ciddi bir konuyu görüşecek olmasaydık şimdi ben de işimin başında olacaktım."

Tereyağlı ekmeği ağzına koymuş olan Tony, merak ve korku karışımı bir yüz ifadesiyle önce babasının, sonra da annesinin yüzüne baktı.

"Önce kahvaltını bitir yavrum!" dedi Frau Konsül Buddenbrook, ama genç kız elindeki kahvaltı bıçağını masanın üstüne bırakarak "Baba, neler oluyor, bana hemen söyleyin lütfen!" diye sordu. Katladığı gazetesini masaya vurmaya devam eden Konsül, "Hele bir kahvaltını bitir," diye yanıt verdi.

Tony hiç konuşmadan ve iştahsız iştahsız kahvesini yudumlayıp yumurtasını ve kekikli peynirli ekmeğini yerken olanları sezmeye başladı. Yüzündeki sabah tazeliği kaybolmuş, rengi biraz solmuştu; annesinin önüne koyduğu balı iterek teşekkür etti ve hafif bir sesle kahvaltısını bitirdiğini söyledi.

Konsül bir an sustuktan sonra, "Bak kızım, seninle görüşmek istediğimiz konu, bu mektupta yazılı." Gazete yerine şimdi büyük ve mavi bir zarfla vuruyordu masaya. "Kısaca söylemek gerekirse hepimizin dürüst ve saygın bir insan olarak tanıdığımız Herr Bendix Grünlich, buradaki ikameti sırasında sana karşı büyük bir yakınlık duyduğunu ve seninle evlenmek istediğini yazıyor. Acaba sevgili kızımız bu konuda ne düşünüyor?"

Tony, yaslanarak oturduğu koltuğunda başını öne eğmiş, sağ elinde tuttuğu gümüş peçete halkasını ağır ağır çeviriyordu. Ama birden gözlerini açtı, kapkara olmuş gözleri yaşlıydı.

Üzgün bir sesle, "Bu adam benden ne istiyor? Ben ona ne yaptım ki?!" dedikten sonra hıçkıra hıçkıra ağlamaya başladı.

Konsül, eşine bir göz attı ve ürkek bir tavırla önünde duran boş fincanı süzdü.

Frau Konsül Buddenbrook, "Sevgili Tony, evladım," dedi yumuşak bir sesle, "bu aşırı heyecan neden? Annen ve baban olarak senin iyiliğinden başka hiçbir şey düşünmediğimizi çok iyi bilirsin, ama karşına çıkan bu kısmeti de geri çevirmeni istemeyiz elbette. Bak kızım, Herr Grünlich'e karşı güçlü duygular beslemediğinin farkındayım, ama inan bana, sonunda seveceksin onu... Senin gibi genç yaşta biri, ne istediğini hiçbir zaman tam olarak bilemez... Kafası da yüreği gibi karmakarışık olur... Kalbe zaman tanımak ve aklı, çocuklarının mutluluğu için çaba gösteren yaşam deneyimi olan büyüklerin öğütlerine açık tutmak gerekir..."

"Ama onun hakkında hiçbir şey bilmiyorum," dedi Tony üzgün üzgün ve yumurta lekeli beyaz kumaş peçeteyle gözündeki yaşları sildi. "Bildiğim tek şey, altın sarısı uzun favorileri olduğu ve işlerinin iyi gittiği..." Ağlarken titreyen üstdudağı dokunaklı bir etki bırakıyordu.

Konsül, içinden gelen ani bir sevecenlikle sandalyesini Tony'ye yaklaştırdı ve gülümseyerek saçlarını okşadı.

"Benim çok sevgili küçük kızım," dedi, "onun hakkında başka ne bilebilirdin ki? Sen daha bir çocuksun, Herr Grünlich burada değil dört hafta, elli iki hafta da kalsaydı onun hakkında yine de fazla bir şey bilemezdin... Sen daha küçük bir kızsın, dünyayı tanıyacak yaşta değilsin, seni seven, senin iyiliğini isteyen biz büyüklerin yardımına ihtiyacın var..."

Tony şaşkınlık içinde hıçkıra hıçkıra ağlarken başını bir kedi yavrusu gibi saçlarını okşayan babasının kollarına bıraktı ve, "Anlamıyorum, anlamıyorum..." dedi. "Adam kalkıp evimize geliyor... herkesin hoşuna gidecek bir şeyler söylüyor... daha sonra evine dönüyor... ve bir mektup yazarak beni... hiçbir şey anlamıyorum... buna nasıl cesaret ediyor... ben ona hiç umut vermedim ki!.."

Konsül yeniden gülümsedi. "Bunu daha önce de söylemiştin Tony. Bu senin çocuksu şaşkınlığının bir ifadesi. Bak, güzel kızım, bu konuda seni zorlayacağımı ve sana eziyet edeceğimi aklına getirme sakın... Bütün bunlar sakin bir kafayla etraflıca düşünülüp tartılacaktır ve 'tartılmalıdır' da, çünkü bu çok ciddi bir konu. Herr Grünlich'e oyalayıcı bir yanıt vereceğim, dileğini ne geri çeviren ne de kabul eden bir yanıt olacak bu. Daha düşünülecek çok şey var... Tamam mı? Anlaştık, değil mi? Haydi, baban işine gitsin şimdi! Hoşça kal Bethsy..."

"Güle güle, sevgili Jean."

Frau Konsül, başını önüne eğmiş, sandalyesinde sessizce oturan kızıyla baş başa kalınca, "Hadi, şu baldan biraz ye!" dedi. "Yeterince yemek yemen lazım..."

Tony'nin gözyaşları yavaş yavaş dindi. Kafası bu düşüncelerle karmakarışık olmuştu. Tanrım, nasıl bir işti bu! Tony günün birinde bir tüccar karısı olacağını, ailenin ve şirketin onuruna yakışır bir evlilik yapacağını biliyordu. Ama birdenbire karşısına çıkan birinin büyük bir kararlılıkla kendisiyle evlenmek istemesine ilk kez tanık oluyordu! Böyle bir durumda nasıl davranması gerekirdi? Tony Buddenbrook, şimdiye kadar yalnızca kitaplarda okuduğu, birinin "evlenme teklifini" kabul etmek, birinin kendisine "evlenme teklifinde" bulunmak, "sonsuzca bir yaşam için" gibi o çok değerli cümleleri ilk kez düşünüyordu... Tanrım! Benim için bütünüyle yeni olan bu durum ne kadar da hızlı gelişti!

"Evet anne, o halde evet dememi öğütlüyorsun, değil mi?" dedi Tony. "Evet" sözcüğünü söylemeden önce kısa bir an duraksadı, çünkü bu sözcük gösterişli olduğu kadar tedirgin edici de geliyordu ona; ama daha sonra büyük bir ağırbaşlılıkla o sözü hayatında ilk defa tekrarlamış oldu. İlk başlarda göstermiş olduğu şaşkınlıktan dolayı biraz utandı. Gerçi Herr Grünlich'le evlenmeyi on dakika öncesinden daha az saçma bulmuyor değildi, ancak konumunun önemi onu sevindirmeye başlamıştı.

Frau Konsül, "Öğüt vermek mi, sevgili kızım?" diye sordu. "Baban sana öğüt mü verdi yani? Onun sana bütün söylediği, bu teklifi hemen geri çevirmemendi. Böyle yapmayıp sana baskı uygulamaya kalksaydık ben de, baban da sorumsuz davranmış olurduk. Sana yapılan bu evlenme teklifine, kaçırılmaması gereken bir fırsat, bir yağlı kapı, denir, sevgili kızım... Hamburg'a çok iyi koşullarda gelin gideceksin ve mükemmel bir hayatın olacak..."

Tony, hiç kımıldamadan yerinde oturuyordu. Büyükannesinin ve büyükbabasının salon kapısındaki ağır ipek perdeleri birden açılıvermiş gibi oldu. Madam Grünlich adını alınca, büyükbabasının evinde olduğu gibi sabahları yine sıcak çikolata içebilecek miydi acaba? Ancak bunu sormak yakışık almazdı.

"Babanın da söylediği gibi, bu konu hakkında düşünmek için yeterince zamanın var, kızım," diye devam etti Frau Konsül. "Ama mutlu olmak için insanın karşısına böyle bir fırsatın her zaman çıkmayacağını da sana hatırlatmak zorundayız, böyle bir evlilik Tanrı'nın sana bahşettiği en büyük mutluluk olacaktır. Evet çocuğum, sana bütün bunları anımsatmak zorundayım. Bugün önünde açılan bu yol, sana mutluluk getiren yol olacaktır, bunun böyle olduğunu sen de çok iyi bilirsin..."

"Evet, kuşkusuz öyle," dedi Tony düşünceli düşünceli. Ailesine ve şirkete karşı olan sorumluluklarının bilincindeydi ve bundan da gurur duyuyordu. O, Matthiesen'in sırtında yüküyle şapkasını çıkarıp önünde saygıyla eğildiği ve kentte küçük bir kraliçe gibi dolaşan Konsül Buddenbrook'un kızı olarak ailesinin geçmişini çok iyi öğrenmişti. Atalarından biri olan Rostock'lu bir terzi, zamanında çok iyi para kazanmıştı, ailenin işleri o zamandan beri hep daha iyiye gitmişti. Şimdi kendisinin de zengin ve kibar biriyle evlenerek ailesinin ve Johann Buddenbrook Şirketi'nin ününü sürdürmesine elinden geldiğince yardımcı olması gerekiyordu. Tom, bu amaç için büroda çalışıyordu. Evet, yapılacak en doğru şey böyle bir yağlı kapı bulup evlenmekti, ama neden Herr Grünlich?.. Grünlich'in altın sarısı favorileri, gülümseyen pembe yüzü, burnundaki et beni ve kısa kısa adım atışı gözlerinin önüne geldi, yünlü ceketine dokunuyormuş ve yumuşak sesini duyuyormuş gibi oldu.

Frau Konsül, "Sakin kafayla düşününce, bu işin sonunun iyi olacağını biliyordum," dedi. "Acaba kızımız bir karara varabildi mi?"

Tony, "Ah, Tanrı korusun!" diye bağırdı; bu "ah" sözcüğünü ani bir öfkeyle ve üzerine basarak söyledi. "Grünlich'le evlenmem kadar saçma bir şey olamaz! İğneleyici konuşmalarımla sürekli alay ettim onunla... Benden hâlâ hoşlanıyor olmasını bir türlü anlayamıyorum! Keşke birazcık onuru olsaydı..."

Tony bunları söylerken ekmeğinin üzerine bal sürmeye başladı.

## 3

Buddenbrook'lar bu sene Christian ve Clara'nın sömestr tatillerinde bile dinlenme gezisi yapmadılar. Konsül, işlerinin başından aşkın olduğunu, Antonie'yle ilgili sorunun hâlâ bir sonuca bağlanamadığını ve bu nedenle de Meng Caddesi'nde kalmak zorunda olduklarını söyledi. Johann Buddenbrook, Herr Grünlich'e diplomatça bir mektup yazmıştı, ama Tony'nin çocukça inadı yüzünden işler tehlikeye giriyordu. Tony, "Anneciğim, Tanrı korusun! O adama katlanamam ben!" dedi; bunu son sözcüğün üstüne basarak söyledi. Ya da Konsül'e tam bir resmiyet içinde, "Baba," yoksa hep, "babacığım," derdi, "ben o adama asla evet demeyeceğim," dedi.

Eğer kahvaltı odasında yaptıkları o görüşmeden on gün kadar sonra –haziranın ortalarıydı– şu olay yaşanmamış olsaydı bu durum belki de daha uzun süre böyle kalacaktı.

Bir öğle sonuydu, hava çok sıcak ve gökyüzü pırıl pırıl parlıyordu. Frau Konsül dışarıya çıkmıştı. Tony, Doğa Manzaralı Tablolar Odası'nda pencerenin önünde oturmuş roman okuyordu; uşakları Anton yanına gelerek ona bir kartvizit uzattı. Kartvizitin üstündeki adı okumaya fırsat bulamadan, çan biçimli redingotu ve koyu yeşil renkli uzun pantolonuyla bir adam odaya giriverdi; o pek tabii Grünlich'ten başkası değildi. Yüzünde yalvaran bir sevgi ifadesi vardı.

Tony öfkeyle yerinden fırladı ve yemek salonuna koşmak istiyormuş gibi bir hareket yaptı. Kendisine evlenme teklifinde bulunmuş bir adamla nasıl konuşabilirdi? Kalbi sıkışıyor ve boğulacak gibi oluyordu, yüzü sapsarı olmuştu. Herr Grünlich uzaklarda olduğu sürece, anne ve babasıyla yaptığı ciddi görüşmeler, kişiliğinin ve vereceği kararın aniden önem kazanması ona çok eğlenceli gelmişti. Ama Grünlich şimdi geri gelmişti! Karşısındaydı! Ne olacaktı? Yine ağlayacağını hissediyordu.

Herr Grünlich kollarını açmış, başı yana eğik bir biçimde ve hızlı adımlarla ona doğru yaklaştı, "Fräulein, işte karşındayım! İsterseniz öldürün beni!" demek ister gibi bir hali vardı. "Antonie, 'sizi' burada yalnız bulmam ne büyük bir şans!" diye haykırdı, Tony yerine "Antonie" diyordu.

Sağ elinde tuttuğu romanla, sandalyesinin yanında ayakta duran Tony'nin dudakları kıpırdamaya başladı, her sözcüğü başını yukarıdan aşağıya doğru indirip kaldırarak ya da öfkeyle üstüne basa basa, "Siz neler söylüyorsunuz böyle!" diye bağırdı.

Gözyaşları boşalmak üzereydi.

Ama Herr Grünlich, bu davranışıyla öyle ileri gitmişti ki, Tony'nin bu karşı çıkışına ses çıkaramadı.

"Daha fazla bekleyemezdim... Buraya geri dönmem gerekmiyor muydu?" dedi kararlı bir biçimde. "Bir hafta önce 'sevgili' babanızdan bir mektup aldım, bu mektup içimi umutla doldurdu! Böyle yarı belirsizlik içinde daha ne kadar yaşayabilirdim Antonie? Daha fazla dayanamadım... Kendimi bir arabaya attım... buraya koştum... Stadt Hamburg Konukevi'nde iki odalı bir yer tuttum... İşte şimdi karşındayım Antonie ve dudaklarından beni çok mutlu edecek o son sözün çıkmasını bekliyorum!"

Tony donakalmıştı. Şaşkınlıktan gözyaşları kurudu. Babasının özenle yazdığı ve verecekleri kararı belirsiz bir zamana ertelediğini söylediği mektubun etkisi buydu demek! Üç ya da dört kez şu sözcükleri tekrarladı:

"Yanılıyorsunuz, yanılıyorsunuz..."

Herr Grünlich, sandalyelerden birini pencerenin önüne, Tony'nin yanına çekti ve oturdu, Tony'nin de oturmasını istedi. Başını önüne eğmiş, öylece oturan genç kızın şaşkınlıktan yana düşmüş elini eline alıp tuttuktan sonra konuşmasını sürdürdü:

"Bakınız, Fräulein Antonie... Sizi gördüğüm o ilk andan itibaren, o öğle sonundan beri... o öğle sonunu anımsıyor musunuz?.. Sizi aile çevrenizde bütün zarafetinizle ve masallara özgü güzelliğinizle ilk kez gördüğüm o andan beri... adınız kalbime ateşten harflerle yazıldı..." Kalbime yazıldı sözünü, "kazındı" diye düzeltti. "O günden beri kalbinizi kazanmak ve sizinle evlenmek benim en büyük ve en ateşli isteğim oldu, Frau Antonie! 'Sevgili' babanızın mektubu da beni umutlandırdı, teklifime evet deyip beni mutlu edeceksiniz, yanılmıyorum, değil mi? Sizin de bana yakınlık duyacağınızı umuyorum ve bundan çok eminim!" Bunları söylerken öteki elini de tuttu ve genç kızın korkudan büyüyen gözlerinin içine baktı. Bugün eldivenlerini takmamıştı, elleri uzundu ve beyaz teninin üstündeki mavi damarlar göze çarpıyordu.

Tony adamın pembe suratına, burnunun üstündeki et benine ve bir kaz gözü kadar mavi gözlerine dik dik bakıyordu.

Korku dolu bir sesle, "Hayır, hayır!" dedi çabucak ve arkasından, "Size evet demeyeceğim!" cümlesini ekledi. Bunu söylerken soğukkanlılığını korumaya çalıştı, ama yine de ağlıyordu.

Herr Grünlich oldukça üzgün ve serzeniş dolu bir ses tonuyla, "Bana karşı kuşku ve kararsızlık için size duymanıza neden olacak ne yaptım? Siz büyük bir sevgi ve şefkatle büyütülmüş, bir dediği iki edilmemiş bir kızsınız... ama inanın bana, size erkek sözü veriyorum, sizi el üstünde tutacağım, eşim olarak hiçbir şeyin eksikliğini hissettirmeyeceğim ve Hamburg'da size yakışır bir yaşam sürmenizi sağlayacağım..."

Tony ayağa fırladı, ellerini onun elinden çekti ve hıçkıra hıçkıra ağlarken büyük bir çaresizlik içinde haykırdı:

"Hayır... hayır! Size 'hayır' dedim ya! Evlenme teklifinizi kabul etmiyorum, Tanrım, neden hâlâ anlamıyorsunuz?!..”

Herr Grünlich de ayağa kalktı. Bir adım geri gitti, kollarını açıp ellerini ona doğru uzatarak onurlu ve kararlı bir erkek ciddiyetiyle, “Matmazel Buddenbrook, kendime bu şekilde hakaret edilmesine izin vermeyeceğimi bilmiyor musunuz yoksa?” dedi.

Tony, “Ama ben size hakaret etmiyorum ki Herr Grünlich,” dedi. Sert davrandığına biraz pişman olmuş bir hali vardı. Tanrım, bu da mı başına gelecekti, böyle bir evlenme teklifi ile karşılaşacağını hiç düşünmemişti! Oysa, “Teklifiniz beni onurlandırdı, ama kabul edemeyeceğim,” demekle işin biteceğini sanmıştı.

Olabildiğince sakin görünmeye çalışarak, “Evlenme teklifiniz beni onurlandırdı, ama kabul edemeyeceğim,” dedi. “Şimdi sizi yalnız bırakıyorum, özür dilerim, hiç zamanım yok.”

Ama Herr Grünlich onun yolunu kesti.

Ölgün bir sesle, “Teklifimi geri mi çeviriyorsunuz?” dedi.

“Evet,” diye yanıt verdi Tony ve ihtiyatlı davranmış olmak için, “ne yazık ki...” diye ekledi.

Herr Grünlich’in nefes alıp verişi hızlandı, iki adım geri çekildi, vücudunun üst kısmını yana doğru eğdi ve işaretparmağıyla halıyı işaret ederek korkunç bir sesle, “Antonie!” diye haykırdı.

Kısa bir an karşı karşıya kaldılar, Herr Grünlich çok öfkelenmişti ve neredeyse emreden bir tutum sergilemişti. Tony ise yaşadıkları karşısında sapsarı kesilmiş, ıslanmış mendili ağzında, sürekli ağlıyor ve titriyordu. Herr Grünlich sonunda döndü ve sanki evin efendisiymiş gibi elleri arkasında odanın içinde iki kez bir ileri bir geri gidip geldi. Sonra pencerenin önünde durdu ve çökmekte olan akşam karanlığına baktı.

Tony büyük bir dikkatle ve ağır ağır camlı kapıya doğru yürüdü, ancak odanın ortasında Herr Grünlich tarafından yeniden durduruldu.

Herr Grünlich genç kızın elini tutarak, "Tony!" dedi sessizce, kendisini yere bırakarak önünde diz çöktü. Altın sarısı favorileri kızın ellerine değiyordu.

"Tony," dedi yeniden. "Şu yüzüme bir bakın... Beni bu hale siz getirdiniz... Hiç kalbiniz yok mu? Bir şeyler hisseden bir kalbiniz?.. Söylediklerime kulak verin... Her şeyini kaybetmiş ve yıkılmış bir adam var önünüzde, yalvarırım size, eğer... evet, üzüntüsünden ölecek bir adam var karşınızda," diyerek konuşmasını daha da hızlandırdı. "Sevgisini ciddiye almayıp onu hor görüyorsanız işte diz çöktüm önünüzde, söyleyin bana düşündüklerinizi, boşaltın içinizi, 'Sizden nefret ediyorum, tiksiniyorum sizden,' deyin."

Tony, yatıştırıcı bir sesle, "Hayır, hayır!" dedi. Gözyaşları dinmişti, merhamet ve acıma duygusu çökmüştü içine. Tanrım, kendisini kim bilir ne kadar da çok seviyordu da bu hale gelmişti! O böyle şeylere bütünüyle yabancıydı ve pek de önemsemezdi. Nasıl oldu da başına böyle şeyler gelmişti? Bunlar yalnızca romanlarda olurdu, ama şimdi, gerçek yaşamda, redingotlu bir erkek önünde diz çökmüş, kendisine yalvarıyordu!.. Onunla evlenme fikri çok saçmaydı, çünkü Herr Grünlich'i ilk gördüğü andan itibaren çok gülünç buluyordu. Ama Tanrı biliyor ya, şu anda hiç de aptal gibi görünmüyordu! Sesinde ve yüzünde öylesine gerçek bir korku, öylesine içten ve umutsuz bir yalvarış var ki...

Tony son derece sarsılmış bir halde onun üzerine eğilerek, "Hayır, hayır!" diye tekrarladı. "Sizden nefret etmiyorum, Herr Grünlich, böyle bir şeyi nasıl söylersiniz!.. Ama artık kalkın... lütfen..."

Herr Grünlich, "Beni öldürmek istemiyor musunuz?"

diye sordu yeniden ve Tony neredeyse bir anne sevecenliğiyle onu sakinleştirmeye çalıştı:

"Hayır, hayır..."

Herr Grünlich, "Bu bir söz verme!" diyerek ayağa fırladı. Ama Tony'nin korktuğunu görünce yeniden diz çöktü ve çekine çekine onu yatıştırmaya çalıştı.

"Peki, peki..." dedi, "Başka hiçbir şey söylemeyin, Antonie! Şimdilik bu kadarı yeter, sizden çok rica ediyorum, bu konu hakkında... sonra konuşuruz... bir başka zaman... bir başka zaman... Bugünlük bu kadar yeter... Hoşça kalın... Tekrar geleceğim... Hoşça kalın!"

Herr Grünlich hızla ayağa kalktı, gri renkli kocaman şapkasını bir hışımla masadan aldı, genç kızın eline bir öpücük kondurdu ve camlı kapıdan çıkarak hızla uzaklaştı.

Tony, onun sütunlu holden bastonunu alıp koridordan nasıl da hızlı hızlı çıkıp gittiğini gördü. Elinde ıslanmış mendiliyle, bitkin ve şaşkın bir durumda, odanın ortasında öylece kalakalmıştı.

## 4

Konsül eşine, "Tony'nin bu evliliğe karşı çıkmak için önemli bir nedeni olduğunu bilebilseydim! Ama o hâlâ bir çocuk, Bethsy," dedi. "Eğlenmekten hoşlanan, balolara gidip dans eden, genç oğlanların kendisine kur yapmasına izin veren ve bundan büyük keyif alan bir çocuk daha. O güzel ve iyi bir aile kızı olduğunu biliyor... Bilinçli olmasa da gizliden gizliye birini arıyor olabilir, ama ben onu iyi tanıyorum, hep söylendiği gibi, gönlünün prensini henüz keşfetmiş değil... Bunu ona sorsak başını sağa sola çevirip düşünecek... ama şunu seviyorum, diyemeyecektir... Tony hâlâ bir çocuk, bir serçe kuşu, aklı havalarda uçuşan bir genç kız... 'Evet' dediği zaman, yerini bulmuş olacak, aklından geçenleri hayata geçirebilecek ve birkaç gün geçtikten sonra da kocasını sevecektir... Herr Grünlich yakışıklı biri değil, hayır, Tanrım, hiç yakışıklı değil... ama en azından son derece gösterişli biri; iş hayatında sıkça kullandığım gereksiz sözleri tekrar edeceğim ama bir koyundan iki post çıkmaz!.. Hem yakışıklı hem de zengin biri karşıma çıkar, diye beklemek istiyorsa, Tanrı biliyor ya, bir diyeceğim yok! Tony Buddenbrook başka birini de bulabilir. Fakat öte yandan... göze alması gereken bir tehlike var, yine bir tüccar diliyle konuşacağım, balık sürüleriyle her gün karşılaşılır, ama her gün balık tutulmaz... Dün öğleden sonra Grünlich'le uzun bir görüşme yaptım, adam büyük bir ciddiyetle kızımızla evlenmek istediğini söylüyor. Bana hesap defterlerini gösterdi Bethsy, işleri çok parlak! Çok memnun kaldığımı söyledim ona! Genç bir işadamı için gerçekten çok parlak. Aşağı yukarı 120.000 talerlik bir serveti var, kuşkusuz bu sadece görünen yüzü, çünkü yıllık kazancı oldukça yüksek... Duchamps'lara sordum onu, hakkında hiç kötü konuşmuyorlar. Gerçi ekonomik durumunu çok iyi bilmiyorlar, ama çok iyi yetişmiş, görgülü biri olduğunu, sosyetenin en zenginleriyle dostluklar kurduğunu ve işlerinin çok parlak olduğunu ve sürekli geliştiğini söylüyorlar. Bu arada başka Hamburglu dostlarıma da sordum, örneğin bankacı dostum Kesselmeyer'den öğrendiklerim beni fazlasıyla memnun etti. Sözün kısası sevgili Bethsy, senin de bildiğin gibi, ailemize ve şirketimize çok yararı dokunacak olan bu evliliğin bir an önce gerçekleşmesinden başka bir şey istemiyorum! Tanrı biliyor ya, kızımızın zor durumda olduğuna, her taraftan baskı altına alınmış olmasına ve başı önde, üzgün üzgün dolaşmasına ve hiç konuşmamasına çok üzülüyorum. Ama Herr Grünlich'i bir çırpıda reddetmeye hemen karar vermeyelim... Çünkü şunu da söylemeliyim Bethsy, hatta bunu sık sık tekrarlamak isterim: Tanrı biliyor ya, son yıllarda işlerimiz öyle çok da iyi gitmedi.

Kötü gitti demek istemiyorum, hayır, Tanrı korusun! İşine dört elle sarılmak elbette karşılıksız kalmaz, büyük bir titizlikle işlerimin başında olmama rağmen, işler yine de çok yavaş ilerliyor... Fazla yol alamadık. Babam, efendisinin rahmetine kavuştuğundan beri şirkette gözle görülür bir ilerleme sağlayamadık. Yaşadığımız günler bir tüccar için parlak günler değil gerçekten... Kısacası, ağzımızın tadı kaçtı. Kızımız evlenecek yaşa geldi; herkes için iyi olacak ve ailece gurur duyacağımız bir fırsat çıktı karşısına. Bunu kaçırmamalı! Beklemenin hiç kimseye bir yararı olmaz, gerçekten olmaz Bethsy! Onunla bir kere daha konuş! Onu ikna etmek için öğleden sonra çok dil döktüm..."

Konsül'ün de dediği gibi Tony çok zor durumdaydı. Gerçi artık "hayır" demiyordu, ama "evet" sözcüğünü de dudaklarının arasından bir türlü çıkaramıyordu, Tanrı yardımcısı olsun! Ama bu evliliğe neden rıza göstermediğini kendisi de bilmiyordu.

Bazen babası onu bir kenara çekiyor ve ciddi bir-iki söz söylüyordu, bazen de annesi yanına oturtuyor ve son kararını versin diye onu ikna etmeye çalışıyordu. Amcası Gotthold ve ailesinin bu işe karışmasını istememişlerdi, çünkü onlar Meng Caddesi'ndeki akrabalarına her zaman mesafeli olmuş ve alaycı davranmışlardı. Olanları Sesemi Weichbrodt bile haber almış ve yerinde bir konuşmayla genç kıza öğütler vermişti. Matmazel Jungmann da, "Tony'ciğim, bak güzelim, kaygılanmana hiç gerek yok, yine birinci sınıf bir hayat süreceksin," demişti. Tony, Kuleli Kale Kapısı önündeki evin o ipek döşemeli salonuna girer girmez, büyükannesi Madam Kröger hemen başlıyordu konuşmaya:

"Tam zamanında geldin Tony, hakkında bir şeyler duydum, umarım sana verilen öğütleri dinlersin sevgili kızım..."

Tony bir pazar günü annesi, babası ve kardeşleriyle

Meryem Ana Kilisesi'nde dua ederken Rahip Kölling elindeki kitaptan, kız çocuklarının günü geldiğinde anne ve babasını terk ederek erkeğinin peşinden gitmesi gerektiğini bildiren bölümü etkili bir biçimde ve sözcüklere vurgu yaparak okuyordu. Genç kız o bunları söylerken acaba beni süzüyor mu, diye ürkek ürkek baktı onun yüzüne. Hayır, Tanrı'ya şükür öyle yapmıyordu, kocaman başını başka yöne çevirmiş, ilahî duygulara kapılmış kalabalığa sesleniyordu. Ama bunun yine de kendisine yönelik yeni bir saldırı olduğu ve Rahip'in ağzından çıkan her sözün kendisine yönelik bir gönderme olduğu çok açıktı. Rahip, henüz olgunluğa erişmemiş bir genç, kız kendi istekleri doğrultusunda hareket edip olayları kendi bakış açısıyla değerlendirerek anne ve babasının kendi iyiliği için verdikleri öğütlere karşı gelecek olursa büyük günah işlemiş olur ve Tanrı tarafından cezalandırılır, diye anlatıyordu. O bunları büyük bir coşkuyla ve Tony'ye kur yaparak söylerken anlamlı bakışları ve yaptığı sert bir el hareketi Tony' nin gözlerinden kaçmadı. Tony, yanında oturan babasının, "Bu kadar sert olmayın!" demek ister gibi bir elini kaldırdığını gördü. Ama Rahip Kölling'in, anne ve babasının isteği doğrultusunda böyle davrandığından hiç kuşkusu yoktu. Tony'nin yüzü kıpkırmızı olmuştu, oturduğu yerde büzülmüş, bütün gözleri üstünde hissediyordu. Bir sonraki pazar kiliseye gitmeyi kararlı bir dille reddetti.

Tony suskun suskun dolaşıyordu; artık gülmüyor, giderek iştahtan kesiliyordu. Zaman zaman öyle bir iç çekiyordu ki, zor bir karar için kendi kendisiyle savaştığını sanırdı insan. Gerçekten de acınacak bir hali vardı. Gittikçe zayıflıyor, yüzündeki tazelik ve canlılık kayboluyordu.

Konsül, bir gün karısına, "Bu böyle devam edemez, Bethsy," dedi. "Çocuğumuza eziyet etmeye hakkımız yok. Buradan biraz uzaklaşsın, dinlensin ve düşünüp taşınsın, göreceksin aklı başına gelecek. Ben buradan ayrılamam, sömestr tatili de neredeyse bitmek üzere... Bizim evden ayrılmamız da gerekmez zaten. Dün tesadüfen Travemünde'den gelen ihtiyar Schwarzkopf'la karşılaştım, kılavuz kaptan Diederich Schwarzkopf'la. Biraz konuştum onunla, bizim Tony'yi bir süre için yanlarına almaya büyük bir memnuniyetle hazır olduğunu söyledi. Karşılığında küçük bir ödeme yapacağım ona... Kızımız orada rahat bir ev ortamına kavuşur, bol bol yüzer, temiz hava alır ve kendine gelir. Tom da gitsin onunla birlikte, her şey tamam, yarından tezi yok, yola çıksınlar..."

Tony, babasının bu kararını sevinçle karşıladı. Gerçi artık Herr Grünlich'le yüz yüze gelmiyordu, ama onun kentte olduğunu, anne ve babasıyla evlilik konusunu konuştuğunu ve yanıtını beklediğini biliyordu. Tanrım, ya yine karşısına çıkar ve yalvarmaya başlarsa! Travemünde'de ve başka birinin evinde ona karşı daha güvende olurdu. Büyük bir sevinçle hemen bavulunu hazırladı ve sonra, temmuz ayının sonunda, kendisine eşlik edecek olan kardeşi Tom'la birlikte, Kröger'lerin krallara yakışacak kadar gösterişli arabasına bindi ve neşeli bir şekilde herkese, "*Adieu,*"[1] dedikten sonra rahat bir soluk alarak Kuleli Kale Kapısı'ndan dışarıya çıktı.

## 5

Travemünde'ye dümdüz bir yoldan gidilmektedir, feribotla karşıya geçildikten sonra da yol yine dümdüz devam eder. İki kardeş bu yolu çok iyi tanımaktadır. Gri renkli şose, Lebrecht Kröger'in kahverengi ve bakımlı Mecklenburg atlarının sert ve düzgün adımları altında uzayıp gidiyordu; güneş ortalığı kasıp kavuruyordu ve

1. (Fr.) Elveda. (Y.N.)

yükselen toz bulutları zaten yetersiz olan görüşü engelliyordu. Öğle yemeğini bu sefer saat birde yemişlerdi ve iki kardeş saat tam ikide yola çıkmıştı, bu durumda dördü biraz geçe Travemünde'ye varılmış olacaktı; çünkü binek arabasının üç saatte aldığı yolu, Kröger'lerin hırslı arabacısı Jochen iki saate alırdı.

Başına düz ve geniş bir hasır şapka giymiş olan Tony, sanki yarı uykudaymış gibi düşlere dalmıştı. Kenarı dantellerle süslü krem rengi güneş şemsiyesi de güzel dikilmiş uzun giysisiyle aynı renkteydi. Çapraz bağlanmış ayakkabılarının içine giymiş olduğu beyaz çorapları, ayaklarını üst üste koyması, rahat ve zarif bir şekilde geriye yaslanarak oturmasıyla Kröger'lerin bu lüks arabasına pek de yakışıyordu.

Yirmisine basmış olan Tom, gri mavi kumaştan dikilmiş kusursuz bir elbise giymişti; hasır şapkasını arkaya itmiş ve ağzında bir Rus sigarası tüttürüyordu. Çok fazla büyümemişti, ama saçlarından ve kirpiklerinden daha koyu renkte olan bıyıklar epeyce uzamaya başlamıştı. Hep yaptığı gibi kaşlarından birini biraz yukarı kaldırarak şosenin iki yanında uzayıp giden ağaçlara ve yükselen toz bulutlarına bakıyordu.

Tony, "Travemünde'ye gidiyorum diye hiç bu kadar sevinmemiştim," dedi. "Kuşkusuz bunun bir sürü sebebi var; Tom, sakın beni alaya alma! O altın sarısı favorili adamdan birkaç mil uzakta olabileceğime çok seviniyorum... ama bu kez Travemünde benim için bambaşka bir kent olacak, Schwarzkopf'lar beni el üstünde tutacaklar. Otele kaplıca tedavisine gelen konuklarla hiç ilgilenmeyeceğim... Bu işlerin nasıl olduğunu... ayrıca bu benim işim de değil zaten... ama şu da olası elbette... o adam her zaman ve her yerde karşıma çıkabilir, utanma diye bir şey bilmiyor. Günün birinde yanı başımda yine eskiden olduğu gibi gülümseyerek ortaya çıkıverirse hiç şaşmam..."

Tom, elindeki sigarayı fırlatıp attı ve kapağında kurtların saldırısına uğrayan bir troyka resmi bulunan tabakadan bir yenisini aldı, bu tabakayı Konsül'e Rus müşterilerinden biri armağan etmişti. Tom, sarı ağızlıklı bu küçük ama sert sigaralara pek düşkündü. Çok fazla sigara içiyordu ve konuşurken dumanı ciğerlerine çekip yavaş yavaş dışarı çıkarmak gibi kötü bir alışkanlığı vardı.

"Evet," dedi Tom kız kardeşine bakarak, "otelin bahçesi Hamburglularla doludur. Bütün oraları satın almış olan Konsül Fritsche ise en başta gelenlerden biridir... babam, işlerinin çok iyi gittiğini söylüyor... eğer hiçbir şey yapmamaya niyetliysen kendini bazı şeylerden uzak tutmuş olacaksın. Kuşkusuz Peter Döhlmann da oradadır, yılın bu mevsiminde kentte durmaz asla. İşleri, o başında olmasa da iyi gidiyor... çok komik!.. Pazarları Justus amca da rulet salonuna uğrar elbette... sonra Möllendorpf'lar ve Kistenmaker'ler, sanırım tam kadro oradadırlar... Hagenström'ler de..."

"Evet, öyle! Ama Sarah Semlinger olmadan hiç olur mu!.."

"Bir kere onun adı Sarah değil, Laura, sevgili kardeşim... dürüst olalım."

"Julchen olmadan da olmaz elbette... Julchen'in bu yaz August Möllendorpf'la nişanlanacağı 'söyleniyor', Julchen bunu 'yapacak'! Artık birbirlerine aitler! Ne can sıkıcı bir durum, Tom! Soyu sopu belirsiz bir aile..."

"Evet, Tanrım... Strunck ve Hagenström Şirketi'nin işleri yolunda gidiyor, önemli olan da bu zaten..."

"Kuşkusuz öyle! Ama işlerini nasıl yürüttüklerini de herkes biliyor... hiç kimseye saygı göstermeyerek... herkesi çiğneyerek... Büyükbabam, bu Hinrich Hagenström için, 'Öküzün altında buzağı arayan bir herif,' demişti."

"Evet, evet, ama bunların hiç önemi yok. Önemli olan çok para kazanmaktır. Bu nişanlanma işine gelince, mükemmel bir alışveriş doğrusu. Julchen bir Möllendorpf olacak ve August da iyi bir iş sahibi..."

"Tom, sen beni yine kızdırmak istiyorsun ve bu yüzden böyle şeyler söylüyorsun bana... bu tür insanlardan nefret ediyorum..."

Tom gülmeye başladı. "Tanrım... bu gibi heriflerle iyi geçinmeli, beni anlıyorsun, değil mi? Babamın geçenlerde söylediği gibi, işlerini ilerletmesini bilen insanlardır onlar... örneğin, Möllendorpf'lar... ama Hagenström'lerin çalışkanlıklarını da inkâr etmemek gerekir... Hermann daha şimdiden yararlı işler yapıyor. Moritz de ciğerleri zayıf olmasına rağmen okulunu üstün başarıyla bitirdi. Şimdi hukuk okuyor ve çok akıllı olduğu söyleniyor."

"Güzel... ama bunların önlerinde eğilmeyen daha başka ailelerin de olması beni sevindiriyor Tom, örneğin biz Buddenbrook'lar..."

"İşte böyle," dedi Tom ve arabacı Jochen'in geniş omuzlarına bir göz atarak devam etti. "Ancak hemen böbürlenmeyelim. Her ailenin zayıf bir yanı vardır. Örneğin Justus amcanın durumunun nasıl olduğunu Tanrı bilir. Babam ondan söz edince, başını sağa sola sallar hep. Büyükbabamız Kröger de birkaç kez yüklü miktarda para yardımı yapmak zorunda kaldı sanırım... Kuzenlerimizin durumu da çok iyi değil. Yüksek öğrenim görmek isteyen Jürgen bitirme sınavlarını hâlâ başaramadı... Hamburg'da Dahlbeck ve Ortakları Şirketi'nde çalışan Jakob'dan hiç memnun değillermiş. Tüm gereksinmeleri karşılandığı halde, eline geçen parayla bir türlü geçinemiyor. Justus amcanın karşı çıkmasına rağmen Rosalie hâlâ para gönderiyor... hayır, bence bu işi fazla kurcalamamalı. Eğer bu Hagenström'lerle aynı düzeyde olmak istiyorsan, o zaman Grünlich'le evlenmekten başka çaren yok!"

"Tom, bunları konuşmak için mi bindik bu arabaya? Evet, evet, belki de bunu yapmalıyım! Ama şimdi bunu düşünmek istemiyorum. Her şeyi unutmak istiyorum. Şimdi Schwarzkopf'lara gidiyoruz. Böyle bilinçli olarak ilk defa göreceğim onları... Schwarzkopf'lar gerçekten çok hoş insanlar."

"Ah! Diederich Schwarzkopf gerçekten çok hoş bir insan... Gerçi her zaman değil, beş kadehten fazla içince dili iyice çözülür ve tatlı tatlı konuşmaya başlar. Bir keresinde bizim büroya geldiğinde, Gemiciler Kulübü'ne gitmiştik birlikte... çok fazla içmişti. Babası Norveç'e sefer yapan bir gemide doğmuş ve daha sonra da aynı güzergâhta çalışan bir kaptan olmuştu. Diederich iyi öğrenim görmüştür, kaptanlık büyük sorumluluk isteyen ve oldukça iyi para kazandıran bir meslektir. Yaşlı bir deniz kurdudur o... ama kadınlara karşı son derece kibar davranır. Dikkatli ol, sana da kur yapacaktır..."

"Demek öyle! Ya karısı?"

"Karısını şahsen tanımıyorum. Çok rahat bir kadın olmalı. Bir de oğulları var, ben okuldayken ortaokula ya da liseye gidiyordu, sanırım şimdi üniversitede okuyor... Bak, işte deniz göründü! On beş dakika sonra oradayız..."

Araba sahil boyunca sıralanan genç kayın ağaçlarının arasından bir süre daha ilerledi, güneşin pırıl pırıl vurduğu deniz sakin ve masmaviydi. Sarı renkli yuvarlak bir deniz feneri ilişti gözlerine. Masmavi körfezi ve kaleyi, küçük kentin kırmızı kiremitli evlerini, yelkenliler ve botların doldurduğu küçük limanı seyrettiler. Sonra, ilk evlerin arasından geçtiler, kiliseyi de geride bıraktılar, kanal boyunca uzayıp giden Vorderreihe Caddesi'ni de geçtikten sonra verandası asma yapraklarıyla sarılmış küçük ve şirin bir evin önünde durdular.

Kaptan Schwarzkopf, evin kapısının önünde duruyordu ve arabanın yaklaştığını görünce gemici şapkasını çıkarıp eline aldı. Geniş omuzlu, kırmızı suratlı ve açık mavi gözlü tıknaz bir adamdı, bir yelpaze gibi kulaklarına kadar uzanan kirpi gibi kırçıllı sakalı vardı. Biraz aşağıya kaymış ağzı, sert, şişmiş ve kıpkırmızı olmuş dudaklarının arasında tuttuğu piposuyla asil ve ağırbaşlı bir görünüşü vardı. Yaldız şeritli kaptan ceketinin altına beyaz bir yelek giymişti. Bacaklarını açmış ve kocaman göbeğiyle orada öylece duruyordu.

"Matmazel, benim için ne büyük bir şeref! Bizleri bir süre sevindireceksiniz..." Tony'nin elinden tutarak büyük bir saygıyla arabadan indirdi. "Saygılar Herr Buddenbrook! Babanız iyidir umarım? Çok saygıdeğer anneniz de iyiler mi?.. Ne kadar sevindim bilemezsiniz!.. Hadi, durmayın öyle, içeri geçelim! Karım sizler için hafif bir şeyler hazırladı." Tony'nin bavulunu içeri taşıyan arabacıya dönerek, "Peddersen Hanı'na çek arabayı," dedi. "Orada atlara iyi bakarlar... Ama siz bugün burada, bizimle kalacaksınız Herr Buddenbrook!.. Neden olmasın! Atların biraz soluklanması gerekir, zaten isteseniz de karanlık çökmeden varamazsınız kente..."

On beş dakika sonra verandada kahve içilirken, "Biliyor musunuz, burası en az kaplıca oteli kadar güzel," dedi Tony. "Ne hoş bir hava! Yosun kokuları buraya kadar geliyor. Travemünde'ye yeniden gelmiş olmaktan dolayı çok mutluyum!"

Verandanın yeşil asma yapraklarıyla sarılmış sütunları arasından yük gemileri, iskeleleri ve ileriye doğru uzanmış Mecklenburg Yarımadası'ndaki kaptanlık dairesi ve güneş ışıklarının pırıl pırıl parlattığı nehir görünüyordu. Mavi kenarlı ve kâse biçimindeki geniş ve yuvarlak fincanlar, kendi evlerindeki zarif ve eski porselen takımlarla kıyaslandığında çok kaba görünüyorlardı; ama masaya, Tony'nin önüne konmuş kır çiçeklerinden yapılmış buket, iştah açıcıydı, yolculuk sırasında karınları öyle acıkmıştı ki.

"Göreceksiniz, buranın havası size çok iyi gelecek,

Matmazel," dedi evin hanımı. "Söylememe izin verin, çok yorgun bir haliniz var, kuşkusuz kent havasındandır, ayrıca bir sürü de kutlama partisi..."

Schlutup'lu bir rahip kızı olan Frau Schwarzkopf, aşağı yukarı elli yaşında gösteriyordu; Tony'den bir baş boyu daha kısaydı ve oldukça da zayıftı. Hâlâ siyah olan bakımlı saçlarına kocaman bir file geçirmişti. Beyaz el örgüsü yakalı ve uçları dantelli koyu kahverengi bir elbise vardı üstünde. Temiz, sakin ve güler yüzlü bir kadındı. Kendi elleriyle pişirdiği üzümlü ekmeği, kaymak, şeker, tereyağı ve petek balıyla birlikte kayık biçimindeki bir sepetin içine koyarak, konuklarına sunmuştu. Bu kayık biçimi ekmek sepetinin kenarlarını da, küçük Meta'nın yaptığı boncuk işlemeli kurdeleyle süslemişti. Sekiz yaşındaki Meta, açık sarı sık lüleli saçları ve İskoçya'ya özgü kostümüyle annesinin yanında uslu uslu oturuyordu.

Frau Schwarzkopf, Tony'ye ayrılan oda için özür diledi. Çok sade bir oda...

"Ah, çok beğendim!" dedi Tony. "Deniz manzaralı, önemli olan da bu zaten." Bunu söylerken dördüncü dilim üzümlü ekmeği de kahvesine batırdı. Tom, kentte onarılmakta olan "Wullenwever" gemisi hakkında konuşuyordu ihtiyar Schwarzkopf'la...

Birden yirmi yaşlarında, elinde bir kitap tutan genç bir adam geldi verandaya, başındaki gri fötr şapkayı çıkardı ve yüzü kızararak beceriksizce bir reverans yaptı.

"Ne haber evlat!" dedi kaptan. "Geç kaldın..." Sonra onu, "Bu benim oğlum," diye tanıtırken Tony'nin anlayamadığı bir isim söyledi. "Tıp okuyor... Sömestr tatilini yanımızda geçirecek..."

Tony, burada sıkça duyduğu bir sözcüğü söyleyerek, "Çok hoş," dedi. Tom ayağa kalktı ve ona elini uzattı. Genç Schwarzkopf, yeniden yerlere kadar eğildi, elindeki kitabı bıraktı ve yeniden kızararak masaya oturdu.

Orta boylu, oldukça zayıf ve sapsarı bir oğlandı. Yeni yeni çıkmaya başlayan bıyığı da, uzun başını örten kısacık kesilmiş saçları kadar açık renkliydi, zor seçiliyordu. Bu, onun bembeyaz tenine, hemen her durumda kıpkırmızı oluveren, ince porselen kadar parlak tenine çok yakışıyordu. Gözleri, babasının gözlerinden biraz daha koyu maviydi, gerçi babasınınkiler kadar canlı değildi ama iyi yürekli bir ifade vardı. Yüz hatları oldukça düz ve sevimliydi. Yemek yerken görülen dişleri, cilalanmış fildişi kadar parlak ve son derece düzgündü. Cepleri kapaklı ve uçları lastik şeritli gri bir ceket giymişti.

"Geç kaldığım için özür dilerim," dedi. Konuşması biraz ağır ve çatallıydı. "Sahilde oturup biraz kitap okudum ve saate bakmayı unutmuşum." Bunu söyledikten sonra sessizce yemeye başladı, arada sırada başını kaldırıp gözlerinin ucuyla Tom'u ve Tony'yi süzüyordu.

Sonra, annesi Tony'ye petek balından alması için ısrar edince genç delikanlı söze karışarak, "Petek balımıza güvenebilirsiniz, Matmazel Buddenbrook," dedi. "Katıksız doğal baldır... insan yiyince anlıyor... bol bol yemelisiniz! Deniz havası insanı zayıflatır... metabolizmayı hızlandırır. Eğer yeterince yemezseniz zayıflarsınız..." Konuşurken öne eğilmek ve konuştuğu insanın yüzüne değil de bir başkasının yüzüne bakmak gibi saf ve sevimli bir yanı vardı.

Annesi, sevgi dolu bakışlarla dinliyor ve oğlunun üzerinde bıraktığı etkiyi ölçmek ister gibi Tony'nin yüzüne bakıyordu.

İhtiyar Schwarzkopf lafa karışarak, "Başlama yine o hekimlik laflarına, küçük doktor," dedi. "Metabolizmayı hızlandırırmış, zayıflatırmış... böyle şeyler bize vız gelir," deyince genç oğlan buna güldü ve yine yüzü kızararak Tony'nin tabağına baktı.

Kaptan Schwarzkopf, oğlunun önadını birkaç kez

tekrarladı, ama Tony yine anlayamadı. "Moor" ya da "Mord"[1] gibi bir ad söylüyordu. İhtiyarın konuştuğu Kuzey Almanya lehçesinden bunu anlamak mümkün değildi.

Kahvaltı bittikten sonra, beyaz yeleğinden epeyce geriye kıvırdığı ceketiyle gözlerini kırparak güneşe bakan Diederich Schwarzkopf ve oğlu, pipolarını –Tom da kendi sigarasını– tüttürmeye başlayınca iki genç, eski okul anılarıyla ilgili derin bir sohbete dalmışlardı; bu neşeli sohbete Tony de katıldı. Resim öğretmenleri Stengel'e sık sık gönderme yapılıyordu. "Evladım, şuraya bir çizgi çek... sen ne yapıyorsun böyle? Şuraya bir düz çizgi çekeceksin!" Yazık ki, Christian burada yoktu. Herr Stengel'in taklidini en güzel o yapardı.

Tom bir ara masada, kız kardeşinin önünde duran çiçekleri göstererek, "Herr Grünlich olsaydı, felaket yakışmış derdi," dedi.

Öfkeden yüzü kıpkırmızı olan Tony, dirsek atarak kardeşini yana itti ve kaptanın oğluna doğru ürkek ürkek baktı.

Kahvaltı bugün alışılmışın dışında çok uzun sürmüş ve epeyce sohbet edilmişti. Saat altı buçuk olmuştu ve karşıdaki Mecklenburg Yarımadası'nda güneş batmaya başlayınca kaptan ayağa kalktı.

"Eh, artık bana müsaade edin gençler," dedi. "Kılavuzluk Dairesi'nde işim var... Sizce de uygunsa akşam yemeğini saat sekizde yiyelim. Meta, bugün sen de biraz geç yersin, tamam mı? Sen de," oğlunun adını yine söyledi, "burada böyle miskin miskin oturacağına dışarı çık ve bedenini çalıştır. Matmazel Buddenbrook bavulunu boşaltmak isteyecektir belki... ya da sevgili konuklarımız kumsala gitmek isterlerse... rahatsız etme!" dedi.

1. *Moor*, Almancada "bataklık" *Mord* ise "cinayet" anlamına gelir. (Y.N.)

Frau Schwarzkopf, yumuşak ve serzenişli bir sesle, "Aman Diederich, neden miskin miskin oturuyormuş?" dedi. "Sayın konuklarımız kumsala gitmek isterlerse, neden o da birlikte gitmesin? Diederich, oğlumuzun tatil yaptığını unutma!.. Konuklarımızla hiç görüşmeyecek mi yani?"

## 6

Tony ertesi sabah, üzerine açık çiçekli basmadan örtüler geçirilmiş mobilyaların bulunduğu küçük ve tertemiz odasında, gözlerini yeni bir hayata açmanın verdiği hoş bir duyguyla uyandı.

Yatağının içinde doğruldu ve kollarını dizlerinin üzerinde kavuşturdu; darmadağınık saçlarıyla başını arkaya atarak kapalı panjurların arasından incecik şeritler halinde içeriye giren gün ışığına gözlerini kırpıştırarak bakarken dün yaşadıklarını anımsamaya çalıştı.

Grünlich'i hiç hatırlamadı. Kent ve o iğrenç adamla karşılaştığı Doğa Manzaralı Tablolar Odası çok uzaklarda kalmıştı; ailesinin ve Rahip Kölling'in onunla evlenmesi konusunda kendisini uyarması artık söz konusu değildi. Burada kaldığı süre artık böylesine tatsız duygularla uyanmayacaktı. Schwarzkopf'lar mükemmel insanlardı. Dün akşam yemeğinde mandalinadan yapılmış içki de vardı sofrada. Hepsi de mutlu bir birliktelik için kadeh kaldırmış ve çok eğlenmişti. İhtiyar Schwarzkopf, en güzel denizci öykülerini bir bir sıralamış ve oğlu da, üniversitesinde okuduğu Göttingen kentini anlatmıştı... Ama Tony'nin, çocuğun önadını hâlâ bilmeyişi çok tuhaftı! Öğrenmek için heyecanla beklemişti, ama Herr Schwarzkopf akşam yemeği sırasında oğlunun önadını bir daha tekrarlamamıştı ve kendisi de, yakışık almayacağını düşündüğü için soramamıştı. Düşünüp bulmaya çalıştı.

Tanrım, neydi bu genç adamın adı? Moor ya da Mord muydu?.. Her neyse, Tony ondan hoşlanmıştı. Yemekte içmek için istediği suyu, kimyasal formülünü söyleyerek isterken hınzır hınzır bir gülüşü vardı ki babası buna çok kızdı. "Evet, suyun kimyasal formülü böyle... ama bu formül buranın suyu için geçerli değil elbette, Travemünde' nin suyuna pek uymuyor, çünkü buranın suyundan her an bir denizanası bile çıkabilir. Yöneticilerimiz tatlı su kavramı konusunda herhalde bizden çok farklı düşünüyorlar," dedi. Yöneticiler hakkında böylesine aşağılayıcı sözler söylediği için babası oğlunu yine paylamıştı. Frau Schwarzkopf, Tony'nin yüzünde bir hayranlık belirtisi aramıştı hep. Genç delikanlı gerçekten de çok şakacı, neşeli ve aynı zamanda da eğitici konuşuyordu. Sohbet ederken Tony'yle epeyce ilgilenmişti. Tony, yemek sırasında başına ateş bastığından yakınmış ve, "Bunun, kanımın fazlalığından ileri geldiğini sanıyorum," demişti... Peki, genç adam nasıl bir yanıt vermişti? Tony'yi iyice süzdükten sonra, "Evet, şakak damarlarınızın içi dolu, ama bu, başınızda yeterince kan ya da alyuvarlar olduğu anlamına gelmez... belki 'biraz' kansızsınız..." dedi.

Duvardaki tahtadan oyma saatin guguk kuşu başını dışarı çıkarıp, "Guguk... guguk... guguk..." diye defalarca öttü. Tony, "Yedi, sekiz, dokuz..." diye saydı ve kendi kendine, "Haydi, artık kalk!" dedikten sonra yataktan fırlayarak pencerenin panjurlarını açtı. Gökyüzü biraz bulutluydu, fakat yine de güneş parlıyordu. Sağ taraftan deniz fenerinin epeyce ötesinde, Mecklenburg kıyısının uzantısıyla birleşen denizin çırpıntısı, yeşil ve mavi şeritler halinde puslu bir ufukla birleşiyordu. Tony, "Sonra denize girerim," diye düşündü, "ama önce güzel bir kahvaltı edeyim de kanımdaki metabolizma azalmasın ve güçten düşmeyeyim..." Bunu söylerken gülümsedi, çabuk çabuk ve neşeyle elini yüzünü yıkayarak giyinmeye başladı.

Odasından çıktığında saat dokuz buçuğu geçiyordu. Tom'un uyuduğu odanın kapısı açıktı, erkenden kalkıp kente geri dönmüştü. Yatak odalarının bulunduğu üst katta bile kahve kokuyordu. Küçük evin karakteristik özelliği bu olmalıydı. Tony, iki tarafı tırabzanlı bu basit merdivenden aşağıya inip yatak ve yemek odalarıyla kaptanın bürosunun bulunduğu koridordan geçerken kahve kokusu daha da arttı. Beyaz pike elbisesiyle verandaya geldiğinde çok canlı ve keyifliydi.

Frau Schwarzkopf ve oğlu kısmen toplanmış olan masada yalnız başlarına oturuyorlardı. Evin hanımı kahverengi elbisesinin üstüne mavi kareli bir önlük takmıştı. Önünde bir anahtar demeti vardı.

Frau Schwarzkopf hemen ayağa kalkarak, "Çok çok özür dilerim, Matmazel Buddenbrook! Sizi bekleyemedik! Bizler basit insanlarız, erken kalkarız. Yapılacak bir sürü iş var, Schwarzkopf bürosuna gitti... Matmazel bize kızmadılar, değil mi?" dedi.

Tony de onlardan özür diledi. "Her zaman böyle çok uyuduğumu sanmayın. Kendimi suçlu buluyorum, ama dün geceki içki de..."

Evin genç oğlu gülümsemeye başladı. Elinde piposuyla masanın arkasında duruyordu ve önünde bir gazete vardı.

Tony ona dönerek, "Evet, bütün suç sizde," dedi, "iyi sabahlar dilerim! Benimle sürekli kadeh tokuşturdunuz... Şimdi soğuk kahve içmek zorundayım elbette... Bu saate kadar kahvaltımı bitirmiş ve denize girmiş olmalıydım..."

"Hayır, bir genç hanım için erken bir saat bu. Ben girdim denize, sabahın yedisinde su oldukça soğuktu. Yedi dereceydi... Sıcacık yataktan sonra biraz kesiyor insanı..."

Tony masaya otururken, "Benim ılık suda yüzmek istediğimi de nereden biliyorsunuz, Mösyö?" dedi. "Kahvemi soğutmamışsınız, Frau Schwarzkopf!.. Ama izin verin, kendim koyayım fincanıma... Çok teşekkür ederim!.."

Ev sahibi kadın, konuğunun ilk lokmaları nasıl yediğini seyrediyordu.

"Matmazel ilk gecelerini nasıl geçirdiler acaba? Rahat uyuyabildiniz mi? Şiltenin içinde deniz yosunu var... Bizler kendi halinde insanlarız... ama şimdi kahvaltınızın tadını çıkarmanızı ve güzel bir öğle öncesi geçirmenizi dilerim. Matmazel kumsalda bazı tanıdıklara da rastlayacaktır kuşkusuz... eğer bir sakıncası yoksa oğlum da gelsin sizinle. Sizinle daha fazla ilgilenemeyeceğim için özür dilerim... fakat yemeğe bakmam 'lazım'. Öğle yemeğinde kızarmış sucuk var... Elimizden geldiği kadar güzel şeyler sunmaya çalışacağız."

Tony evin oğluyla yalnız kalınca, "Petek balından şaşmayacağım," dedi. "Evet, sizin de dediğiniz gibi, insan o zaman ne yediğinin farkına varıyor!"

Genç Schwarzkopf ayağa kalktı ve piposunu verandanın korkuluğuna bıraktı.

"İçmenize bakın! Beni hiç rahatsız etmiyor. Evde kahvaltıya indiğimde babamın purosunun kokusu içeriye sinmiş olur..." dedi. Sonra birden, "Söylesenize, bir yumurtada iki yüz elli gram etin besin değeri olduğu gerçek mi?" diye sordu.

Genç adamın yüzü kıpkırmızı oldu. Gülme ile öfke arasında bir yüz ifadesi arasında, "Acaba Matmazel Buddenbrook benimle alay mı ediyorlar?" dedi. "Dün gece babamdan güzel bir fırça yedim zaten, tıpla ilgili konuşup bilimsel ukalalık yapıyorum diye..."

Şaşkınlıktan kahvaltısına bir an ara veren Tony, "Ama ben öğrenmek için sordum. Bilimsel ukalalık! Bu da ne demek oluyor!.. Ben gerçekten biraz bilgi edinmek istiyorum... Tanrım, aptalın biriyim ben! Sesemi Weichbrodt'un yatılı okulundaki en tembel öğrencilerden biriydim. Oysa siz çok bilgilisiniz..." İçten içe, "Bilimsel ukalalık da ne demekmiş," diye düşünüyordu. "İnsan yabancılar arasında kuşkusuz en iyi yanını göstermeli, güzel sözler bulup hoşa gidecek şeyler söylemeli, öyle değil mi?.."

Bu sözlerle gönlü okşanan delikanlı, "Söylediğiniz bir bakıma doğru. Besin değeri açısından bir yumurta iki yüz elli gram ete eşittir."

Bunun üzerine Tony, yarıda bıraktığı kahvaltısına, genç Schwarzkopf da piposunu içmeye devam etti, bir yandan da Sesemi Weichbrodt'tan, Tony'nin yatılı okulda geçirdiği günlerden, okul arkadaşlarından, yeniden Amsterdam'a dönen Gerda Arnoldsen'den ve açık saçları ta kıyıdan –en azından açık havada– seçilebilen Armgard von Schilling'den söz ettiler.

Tony kahvaltısını bitirip ağzını sildikten sonra, gazeteyi işaret ederek, "Yeni haberler var mı?" diye sordu.

Genç Schwarzkopf güldü ve alaycı bir yüz ifadesiyle başını iki yana salladı.

"Ah, hayır... ne olacak ki?.. Bilirsiniz, bu *Städtische Anzeigen* gazetesi sefil ve küçük bir gazete!"

"Ya, öyle mi?.. Ama babamlar hep bunu okur!"

"Evet, ama..." dedi delikanlı ve yüzü yine kızardı. "Gördüğünüz gibi ben de onu okuyorum. Ama şu toptancı tüccar konsül falancanın evliliğinin gümüş yıldönümünü kutlamaya hazırlandığını öğrenmek hiç de önemli bir haber değil. Öyle... öyle, görüyorum ki gülümsüyorsunuz... Ama başka gazeteleri okumuş olsaydınız, örneğin *Königsberger Hartung'sche Zeitung* ya da *Rheinische Zeitung* gibi, o zaman bu gazetelerin çok daha farklı olduğunu görürdünüz! Prusya Kralı'nın da söylediği gibi..."

"Ne söylemiş Prusya Kralı?"

"Hayır, hayır... Onun söylediklerini bir hanımefendinin önünde tekrar edemem..." Yüzü yeniden kızardı ve Tony'ye acı veren zorlama bir ironik gülümsemeyle devam etti. "Bu gazete hakkında oldukça talihsiz sözler söyledi. Bu gazetenin hükümetle arası iyi değildi, soylu kişilerle, rahiplerle ve büyük toprak sahipleriyle kavgalıydı... sansür kurulunu aldatmasını çok iyi biliyordu..."

"Peki, ya siz? Sizin aranız nasıl soylularla?"

"Benim mi?" dedi genç adam ve yüzü yine kızardı.

Tony ayağa kalktı ve, "Bunun hakkında başka bir zaman konuşuruz," dedi. "Artık kumsala gitsem nasıl olur? Bakın, deniz neredeyse masmavi oldu. Bugün artık yağmur da yağmaz. Yeniden denize girmeyi o kadar çok istiyorum ki. Bana arkadaşlık eder misiniz?.."

## 7

Tony büyük hasır şapkasını başına geçirmiş ve güneşten korunmak için şemsiyesini açmıştı; çünkü denizden hafif bir rüzgâr esmesine rağmen hava çok sıcaktı. Genç Schwarzkopf da, başında gri fötr şapkası ve elinde kitabıyla Tony'nin yanında yürüyor ve ara sıra onu yandan süzüyordu. Vorderreihe Caddesi boyunca yürüdüler; kaplıca otelinin bahçesindeki güneşli, sessiz, çakıllı yollardan ve gül alanlarından geçtiler. Çam ağaçları arasına gizlenmiş müzik pavyonu, otelin pasta salonu ve uzun bir ara bina ile birbirine bağlanan her iki İsviçre tipi evin karşısında sessizce duruyordu. Saat on bir buçuğa geliyordu. Otel müşterileri plajda olmalıydılar.

İki genç, bankların ve kocaman bir salıncağın bulunduğu çocuk oyun parkından geçti. Sıcak kaplıca evlerinin önünden geçerek güneş ışığının parlattığı tarladan ağır ağır yürüdüler. Güneşin yakıcı sıcaklığı çimenlerin üzerine çökmüştü ve üzerlerinde mavi sineklerin vızıldayarak uçuştuğu yabanıl otların keskin kokusu yükseliyordu. Denizden tekdüze ve hafif bir hışırtı geliyordu, uzaklarda arada bir küçük küçük köpükler göze çarpıyordu.

Tony, "Nedir bu okuduğunuz kitap?" diye sordu.

Delikanlı kitabı iki elinin arasına aldı ve sayfaları arkadan öne doğru hızla karıştırdı.

"Size göre değil, Fräulein Buddenbrook! Baştan sona kan, bağırsaklar ve bunun gibi tatsız şeyler var içinde. Bakın, işte burada akciğer ödemi anlatılıyor, kısacası: akciğer iltihabı. Bu hastalıkta ciğerlerde içi su dolu kabarcıklar oluşur... çok tehlikelidir, zatürreeye dönüşür. Ağır vakalarda hasta soluk alıp veremez hale gelir ve aniden ölüverir. İşte, bütün bunlar baştan aşağı soğuk bir biçimde anlatılıyor..."

"Çok fena!.. Ama doktor olmak için de... Bizim Grabow günün birinde emekli olunca, aile doktorumuz olmanız için çaba göstereceğim, tamam mı?"

"Ya!.. Peki, ben de sizin ne okuduğunuzu sorabilir miyim, Fräulein Buddenbrook?"

"Hoffman adını duymuş muydunuz?" diye sordu Tony.

"Hani şu orkestra şefini ve *Der Goldne Topf*'u yazan mı? Evet, çok güzel şeyler yazıyor... ama yazdıkları daha çok kadınlar için. Günümüzde erkekler daha başka şeyler okumalı."

Tony birkaç adım yürüdükten sonra, "Şimdi size bir şey sormak istiyorum," dedi kararlı bir biçimde. "Adınızın ne olduğunu sormak istiyorum size. Bir kere olsun öğrenebilmiş değilim... Bu beni çok sinirlendiriyor! Epeyce kafa yordum buna..."

"Buna kafa mı yordunuz?"

"Evet, öyle... işimi zorlaştırmayın, ne olur! Belki bunu size sormam uygun değil, ama çok merak ediyorum. Şey, yaşadığım sürece bunu öğrenmeme gerek yok aslında."

Genç Schwarzkopf, adının Morten olduğunu söyledi ve yüzü her zamankinden daha da çok kızardı.

"Morten mi? Hoş bir isim!"

"Demek hoş bir isim!.."

"Evet, Tanrım... Hinz ya da Kunz olmasından çok daha iyi, çok çok özel, biraz da yabancı bir havası var..."

"Anladığım kadarıyla siz romantik duyguları ağır basan bir genç kızsınız, Fräulein Buddenbrook; Hoffman'ın kitaplarını çok okuyorsunuz... Sorunuza gelince, olayın aslı şu: Büyükbabam yarı Norveçliydi ve adı da Morten'di. Beni vaftiz ederlerken onun adını vermişler. Hepsi bu kadar..."

Tony, kumsalın hemen kenarında yükselen yabanıl sazların arasından dikkatli dikkatli yürüyordu. Önlerinde yer yer yuvarlak damlı ve tahtadan yapılmış kulübeler uzanıyordu; kulübelerin arasından, suyun hemen kenarına konmuş hasır koltuklar görülüyordu. Hasır koltukların çevresinde sıcak kumlara uzanmış bir sürü aile vardı: Gözlerine mavi güneş gözlükleri takmış, kütüphaneden ödünç aldıkları kitapları okuyan kadınlar, bastonlarıyla kumda miskin miskin resimler çizen açık renk giysili erkekler ve kumları kürekleyen, eşeleyip su çıkaran, yerlerde takla atan, tahta kalıplarla kumdan pastalar yapan, tüneller kazan, alçak dalgalara doğru yalınayak koşan ve gemilerini yüzdüren bronz tenli ve kocaman hasır şapkalı çocuklar... Tahtadan yapılmış plaj, sağ taraftan denizin içine doğru uzanıyordu.

"Şimdi doğruca Möllendorpf'ların kulübesine gidiyoruz," dedi Tony. "Ama şimdi şu tarafa sapalım!"

"Hay hay... Onlara katılacaksınız herhalde... Ben şu arkadaki kayalıklara otururum."

"Katılmak mı? Şey, yalnızca bir günaydın diyecektim, ama doğrusunu söylemek gerekirse isteyerek değil, bunu bilmenizi isterim. Ben buraya iç huzuru bulmak için geldim..."

"İç huzuru mu? Kimden kaçıyorsunuz ki?"

"Şey... birinden..."

"Dinleyin, Fräulein Buddenbrook, size bir şey daha

soracağım... ama daha sonra, zamanı gelince. Şimdi, hoşça kalın dememe izin verin, gidip şu arkadaki kayalıkların üstüne oturayım..."

Tony ciddi bir yüz ifadesiyle, "Sizi tanıştırmamı istemiyor musunuz, Herr Schwarzkopf?" dedi.

"Hayır, hayır..." dedi Morten çabuk çabuk, "Çok teşekkür ederim. Sizin de bildiğiniz gibi, onların arasında yerim yok benim. Ben gidip şu arkadaki kayalıkların üstüne otururum..."

Tony, büyükçe bir gruba doğru yürürken Morten Schwarzkopf da sağa, plajın hemen yanında dalgaların çarparak yıkadığı büyük kaya parçalarının yanına gitti. Möllendorpf'ların kulübelerinin önüne, Hagenström, Kistenmaker ve Fritsche de gelmiş, hepsi birlikte bir grup oluşturmuşlardı. Bütün buraların sahibi olan Hamburglu Konsül Fritsche ve kadın avcısı Peter Döhlmann'ın dışında hepsi de kadın ya da çocuktu; hafta arasıydı ve erkeklerin çoğu şehirde işlerinin başındaydı. Sinekkaydı tıraşlı, seçkin bir yaşlı bey olan Konsül Fritsche biraz ötede, açık bir kulübenin önüne oturmuş, elinde dürbünüyle ufukta beliren bir yelkenliyi seyrediyordu. Başındaki geniş kenarlı şapkası ve yuvarlak kesilmiş denizci sakalıyla Peter Döhlmann, kuma yaydıkları plaj havlularının üstüne uzanan ya da yelken bezinden yapılmış küçük koltuklara oturan kadınların yanına dikilmiş, sohbet ediyordu. Kır düşmüş saçlarını rastgele taramış, elindeki uzun saplı gözlüğüyle oynayan ve kızlık soyadı Langhals olan Frau Senatör Möllendorpf, henüz büyümemiş, fakat kulaklarına daha şimdiden annesi gibi pırlanta küpeler takmış olan Julchen ve annesi Frau Hagenström, kızıyla birlikte Frau Konsül Kistenmaker ve başına bir bone geçirmiş, plaj işlerini gözden geçirmekte olan kırışık yüzlü Konsül Fritsche. Konsül Fritsche'nin, buluşmaları, çocuk balolarını, piyango çekilişlerini ve yelken yarışlarını düşünmekten yorulduğu belli oluyordu. Kitap okuyanın biraz ötesinde oturuyordu. Çocuklar deniz kenarında oynuyorlardı.

Kistenmaker ve Oğulları Şirketi, son yıllarda C.F. Köppen'i piyasadan silmeye başlayan ve sürekli gelişen bir şarap şirketiydi. Eduard ve Stephan adını taşıyan her iki oğlan da babalarının işinde çalışıyordu. Konsül Döhlmann'da, Justus Kröger'in sergilediği davranışlardan hiçbiri yoktu. O yaman bir çapkındı, sosyete içinde ölçüyü çoğunlukla kaçıran bir kadın avcısıydı; rahat, pervasız ve gürültücü tavırlarıyla kadınlar tarafından çok sevildiğini biliyordu. Bir keresinde Buddenbrook'ların verdiği bir ziyafette yemeğin masaya geç gelmesiyle evin hanımı mahcup duruma düşüp konuklar sıkılmaya başlayınca, sunulan yemekler hakkında gürültülü sesiyle konuşarak herkesi yeniden neşelendirmişti:

"Ben hazırım, Frau Konsül!"

Bu gürültülü ve kaba sesiyle, Kuzey Almanya lehçesiyle süslediği deyimlerle gerçek olduğu kuşkulu öyküler anlatıyordu. Gülmekten yorgun ve bitkin düşen Frau Senatör Möllendorpf, o bir başka öyküye geçmeden önce bağırdı:

"Herr Konsül, ne olur biraz ara verin!"

Tony Buddenbrook, Hagenström'ler tarafından soğuk, ama ötekiler tarafından çok sıcak karşılandı. Konsül Fritsche'nin kendisi bile küçük kulübesinin merdivenlerinden çabuk çabuk inerek ona koştu, çünkü Buddenbrook'ların gelecek yaz da buraya gelip plajlarını ziyaret etmesini umuyordu.

Konsül Döhlmann mümkün olduğunca kibar bir dille, "Emrinizdeyim, Küçükhanım!" dedi, çünkü Fräulein Buddenbrook'un kendisinin davranışlarından hoşlanmadığını biliyordu. Gruptan daha başka sesler de yükseldi:

"Matmazel Buddenbrook!"

"Siz burada mıydınız?"

"Ne güzel bir sürpriz!"

"Ne zamandan beri?"

"Ne zarif bir tuvaletiniz var!" "Zarif" sözcüğünü yanlış söylüyorlardı.

"Nerede kalıyorsunuz?"

"Schwarzkopf'larda mı?"

"Kaptanın evinde mi?"

"Ne müthiş!"

"Bence de müthiş!" "Müthiş" sözcüğü yanlış söyleniyordu.

Kaplıca otelinin sahibi Konsül Fritsche, bu durumdan pek hoşlanmamıştı, ama bunu hissettirmeden, "Kentte mi kalıyorsunuz?" diye tekrar etti.

Fritsche'nin eşi de, "Gelecek toplantımıza katılıp bizleri sevindirir misiniz?.." diye sordu.

"Çok yazık, Travemünde'de çok az kalacakmış," dedi bir başka kadın...

Frau Hagenström, Senatör Möllendorpf'un eşinin kulağına fısıldayarak, "Ne dersin hayatım, şu Buddenbrook'lar biraz kendine özgü insanlar, değil mi?" dedi.

"Henüz denize girmediniz, değil mi?" diye sordu bir başkası. "Genç hanımlardan bugün henüz denize girmemiş biri var mı? Marie sen? Julchen? Ya sen Luise? Fräulein Antonie, arkadaşlarınız da sizinle birlikte girerler denize..."

Gruptaki birkaç kız, Tony'yle birlikte denize girmek için yerlerinden kalktı. Peter Döhlmann, kızlara kumsalda eşlik etme fırsatını kaçırmadı.

Tony, Julchen Hagenström'e, "Tanrım! Birlikte okula gittiğimiz günleri anımsıyor musunuz hâlâ?" diye sordu.

"Evet, evet," dedi Julchen şikâyet eder gibi, "tüm şeytanlıklar da sizin başınızın altından çıkardı."

Hep birlikte kumsalın yukarısından, çifter çifter

yerleştirilmiş tahtaların arasından geçerek plaja doğru yürüdüler. Tony, Morten Schwarzkopf'un kitap okuduğu kayalıkların yanından geçerken başını birkaç kez ve çabucak sallayarak ona selam verdi. Meraklı kızlardan biri hemen sordu:

"Tony, kime selam verdin öyle?"

"Ah, Schwarzkopf'ların oğlu, buraya kadar bana eşlik etti de," dedi.

Julchen Hagenström, "Kaptanın oğlu mu?" diye sordu ve keskin ve kara gözlerini, önünden geçen bu şık kızlara biraz hüzünle bakan Morten'e dikti.

Tony bunun üzerine yüksek sesle, "August Möllendorpf'un burada bulunamayışına çok üzülüyorum," dedi. "Kumsalda hafta içi onsuz çok sıkıcı geçecek!"

## 8

Tony Buddenbrook'un Travemünde'de geçirdiği yaz tatilinin en güzel günleri böylece başlamış oldu. Birdenbire çiçek gibi açılmış, üstündeki ağır yük kalkmıştı; sözlerine ve hareketlerine yeniden canlılık gelmişti, neşeli ve boş vermiş bir hali vardı. Konsül, pazar günleri Tom ve Christian'la Travemünde'ye gelip, kızının bu neşeli halini görünce çok seviniyordu. Hep birlikte tabldot yiyor, pastanenin çadır bezinden tentesi altında ve müzik eşliğinde kahvelerini içiyor ve Justus Kröger ve Peter Döhlmann gibi neşeli insanları görmek için iç salona geçip rulet oynayanları seyrediyorlardı. Konsül rulet oynamıyordu.

Tony güneşleniyor, denize giriyor, Frau Schwarzkopf'un hazırladığı ballı baharatlı çavdar çöreklerini ve soslu sucuk kızartmasını yiyor ve Morten'le uzun yürüyüşler yapıyordu: Kıyı boyunca yürüyerek denizi ve yemyeşil kırları seyrettikleri yüksek tepeye, komşu yerleşim birimindeki "Deniz Tapınağı"na gidiyorlar ya da kaplıca otelinin arkasında bulunan büyük tabldot çıngırağının asılı bulunduğu ormanda dolaşıyorlar... ya da Trave'den kürek çekerek karşıya geçip "Priwall"de kehribar arıyorlardı.

Morten hoşsohbet bir yol arkadaşıydı; ne var ki hiçbir şeyi beğenmeyen, her şeyi eleştiren hırçın bir yanı vardı. Hemen her konu hakkında sert ama adil görüşler ileri sürüyor ve bunları, yüzü kızararak da olsa büyük bir kararlılıkla ifade ediyordu. Tony onun bu durumuna biraz üzülüyor ve beceriksizce de olsa, öfkeli hareketlerle soylulara, "budala ve aşağılık yaratıklar" diye saldırmaya başlayınca onu frenlemeye çalışıyordu ama Morten'in anne ve babasının yanında söyleyemediği düşüncelerini kendisine açtığı ve güven duyduğu için de gurur duyuyordu...

Genç adam ona bir gün, "Bunu size mutlaka anlatmalıyım," dedi. "Göttingen'deki odamda büyük bir iskelet var... tellerle tutturulmuş kuru bir iskelet. Ben bu iskelete eski bir polis üniforması giydirdim... Parlak bir fikir, değil mi? Ama Tanrı aşkına, bunu babama söylemeyin!"

Tony, kentli dostlarıyla kumsalda ya da kaplıca otelinin bahçesinde sık sık dolaşmaktan geri kalmıyordu, şu ya da bu toplantılara ve yelkenle dolaşma partilerine çağrılıyordu. Morten o zaman kayalıklarda oturuyordu. Bu "kayalıklar" sözcüğü tanıştıkları ilk günden beri iki genç arasında sıkça kullanılan bir söylem biçimi olmuştu. "Kayalıklarda oturmak", "yalnızlık ve can sıkıntısı" demekti. Gökyüzüyle birleşmiş gibi görünen denizin çepeçevre gri bir tülle örtüldüğü, kumsalı ve yolları suların bastığı yağmurlu bir günde Tony ona, "Bugün kayalıklarda birlikte oturacağız," dedi. "Yani verandada ya da oturma odasında. Can sıkıcı buluyor olsam da, bu durumda sizin o üniversiteli türkülerinizi dinlemekten başka bir şey kalmıyor bana."

"Evet," dedi Morten, "hadi oturalım öyleyse... ama

bilmelisiniz ki siz yanımda olunca kaya filan kalmıyor!" Morten babasının yanında bu tür sözler etmiyordu, ama konuştuklarını annesinin duymasında bir sakınca görmüyordu.

Bir gün Tony ve Morten öğle yemeğinden sonra masadan aynı anda kalkıp dışarıya çıkmaya hazırlanınca, Kaptan Schwarzkopf, "Ne oluyor?" diye sordu. "Bizim gençler nereye gidiyorlar böyle?"

Morten, "Fräulein Buddenbrook'la Deniz Tapınağı' na kadar bi raz yürüyeceğiz," diye yanıtladı babasını.

"Ya, demek öyle? Söyle bakalım benim sevgili oğulcuğum, odanda oturup da şu sinir sistemlerini tekrarlasan daha iyi olmaz mı? Yoksa Göttingen'e dönünceye kadar öğrendiklerinin hepsini unutmuş olacaksın..."

Ama Frau Schwarzkopf yumuşak sesiyle, "Tanrım! Sen neler söylüyorsun böyle Diederich? Neden gitmesin? Rahat bırak çocuğu! Tatilde canı ne istiyorsa yapsın! Konuğumuzla hiç mi görüşmeyecek?" diye itiraz etti. Böylece iki genç birlikte gittiler.

Kumsal boyunca yürüyorlardı; denizin hemen kenarından, azgın dalgaların ıslattığı, düzelttiği ve sertleştirdiği yoldan zahmetsizce yürüyorlardı. Beyaz ve küçük midyeler her tarafa saçılmıştı; uzun, iri ve opal renkli olanları da. Denizin kenarı yosunlarla kaplıydı; yuvarlak meyveleri, üstüne basılınca patlayan, sarı yeşil ve ıslak yosunlarla kaplıydı; yüzerken insanın bacağına değince çok fena yakan denizanaları da vardı aralarında: kırmızı sarı ve zehirli denizanaları.

Tony, "Eskiden budalanın biri olduğumu söylesem, bilmem inanır mısınız?" dedi. "Denizanalarından renk renk yıldızlar çıkarmak isterdim. Bir sürü denizanasını mendilime doldurup eve getirirdim ve kurumaları için balkona, güneşin altına koyardım... ve yıldızlar çıksın diye beklerdim! Ama daha sonra gidip bakınca ıslak ve büyükçe bir lekeden başka bir şey göremezdim, tabii biraz da çürük yosun kokusu gelirdi burnuma..."

Ayaklarına vuran kocaman dalgaların uyumlu sesini ve denizden esen tuzlu rüzgârın serinliğini duyumsayarak iki genç yürümeye devam ediyordu. Hafif bir uyuşukluk, tatlı bir sarhoşluk çökmüştü üzerlerine. Hafif hafif uğuldayarak uzayıp giden denizin verdiği huzur içinde yürürlerken uzak ya da yakından gelen en küçük bir ses bile gizemli bir anlam kazanıyordu.

Sol yanlarında killi toprak ve kaya parçalarından oluşan girintili çıkıntılı yamaçlar uzanıyordu. Burada, kumsalın taşlı olduğu bu yerde, çalılıklar arasından geçerek yukarı, Deniz Tapınağı'na doğru tırmanmaya başladılar. Kubbe biçimindeki bir kulübeyi anımsatan Deniz Tapınağı, kalın ağaç gövdelerinin kabuklarıyla birlikte üst üste konarak yapılmış ve çatısı tahtalarla kapatılmış bir binaydı; iç duvarları çeşitli yazılar, imzalar, baş harfleri yazılmış isimler, çizilen kalp resimleri ve şiirlerle doluydu... Tony ve Morten, cepheleri denize bakan küçük küçük odalardan birinin içine oturdular. Burası da, plaj kabinlerinin içindeki kaba ağaçlardan yapılmış o dar banklar gibi çürük kokuyordu.

Öğle sonunun bu saatinde tapınağın bulunduğu tepe sessiz ve büyüleyiciydi. Kuşların cıvıldayışı, ağaçların hafif hafif hışırdaması, aşağıda göz alabildiğince uzanan masmavi denizin uğultusu birbirine karışıyordu. Tony ve Morten uzaklardaki bir geminin yelkenini seçebiliyorlardı. Kulaklarına vuran rüzgârdan kurtulduktan sonra, derin bir sessizlik çöktü üzerlerine.

Tony yelkenliyi göstererek, "Geliyor mu, yoksa gidiyor mu?" diye sordu.

Morten, o kalın sesiyle, "Nasıl?" diye sordu. Sanki derin bir dalgınlık halinden uyanmış gibi birden yanıt verdi: "Gidiyor! Bu, Belediye Başkanı Steenbock'un yelkenlisi, Rusya'ya gidiyor." Kısa bir aradan sonra, "İçinde bulunmak istemezdim. Oranın bizim buradan çok daha kötü olduğunu düşünüyorum!" dedi.

Tony, "Ya, demek öyle!" dedi. "Amacınız soyluları yine aşağılamak, bunu gözlerinizden okuyabiliyorum, Morten. Ama bu size hiç yakışmıyor... Onlardan birini hiç tanıdınız mı?"

Morten neredeyse öfkeli bir ses tonuyla, "Hayır!" diye bağırdı. "Tanrı'ya şükürler olsun ki..."

"Evet, evet, tanımadığınız belli oluyor. Ama ben birini tanıyorum. Size sözünü ettiğim Armgard von Schilling adında bir kız, şu karşı kıyıda oturuyor... Sizden de, benden de daha yürekli bir kız, taşıdığı 'von' soyluluk unvanının öneminin farkında bile değildi, herkesle birlikte oturur, bol bol sucuk yer ve evlerindeki inekleri anlatırdı..."

Morten ateşli ateşli, "Kuşkusuz istisnalar vardır, Fräulein Tony!" dedi. "Ama dinleyin beni: Siz daha genç bir hanımsınız ve her şeyi kendi açınızdan değerlendiriyorsunuz. Bir tek soyluyu tanıyorsunuz ve onun iyi yürekli biri olduğunu söylüyorsunuz! Haklı olabilirsiniz... ama bu yargınızı genelleştiremezsiniz! Çünkü söz konusu olan ilkelerdir, yani kurumlar! O zaman vereceğiniz bir yanıtınız olamaz, susmak zorunda kalırsınız, öyle değil mi? Bir insan doğuştan üstün ve ayrıcalıklı olabilir mi hiç? Nasıl olur da bir insan, ben soyluyum, diye bize yukarıdan bakabilir? Bütün çaba ve başarılarımıza rağmen onun konumuna yükselemeyen bizlere nasıl hor bakabilir? Böyle şey olur mu?.." Morten biraz öfkeli de olsa, safça ve iyi yüreklilikle konuşuyordu, eliyle arada bir hareket yapmaya çalışıyor, ancak bunu beceremediğini kendisi de görüyor ve bundan vazgeçiyordu. Ama sürekli konuşuyordu. Havaya girmişti. Başını öne eğmiş, başparmağını ceketinin düğmeleri arasında dolaştırıyordu. Masum masum bakan gözlerinde kararlı bir ifade vardı. "Bizler, şimdiye kadar üçüncü sınıf diye adlandırılan biz burjuvalar, yalnızca başarıya dayanan bir soyluluktan yanayız, o çürümüş soylular sınıfını artık tanımıyoruz, günümüzde hâlâ devam eden sınıf ayrımına şiddetle karşıyız... Biz, bütün insanların özgür ve eşit haklara sahip olmasından, kimsenin bir başkasına köle olmamasından ve insanların yalnızca yasalar önünde eğilmesinden yanayız!.. Artık ayrıcalıklı ve her istediği şeyi yapan insanlar olmasın istiyoruz!.. Herkes, devletin yasaları önünde eşit haklara sahip olsun istiyoruz. Tanrı ile kulları arasına girilmesini istemediğimiz gibi, birey ve devlet ilişkileri de aracısız yürüsün istiyoruz!.. Basın, çalışma ve ticaret yapma özgürlüğü istiyoruz... Bütün insanların ayrım yapılmaksızın birbirleriyle rekabet etmesini ve başarılı olanın ödüllendirilmesini istiyoruz!.. Oysa hiç sesimizi çıkaramıyoruz ve bize köle gibi davranıyorlar... Ne söylemek istiyordum? Evet, bakınız: Dört yıl önce üniversiteler ve basın için yeni yasalar çıkarıldı, aman ne de güzel yasalar! Yürürlükteki düzene şu ya da bu şekilde uygun düşmeyen gerçekler hiçbir zaman yazılamaz ve gençlere öğretilemez... Beni anlıyor musunuz? Gerçekler zor kullanılarak örtbas edilmektedir, sözünü bile eden olamıyor... Peki, soruyorum size, neden? Bu kokuşmuş, yıkılmaya yüz tutmuş, er geç ortadan kalkacağı herkesçe bilinen bu aptalca sistemi sürdürmek uğruna... Öyle sanıyorum ki, bu alçaklığı anlamakta siz de güçlük çekiyorsunuz! Yeniliğe ve düşünsel olana karşı anlayış göstermeyen bir zorbalık, aptalca bir polis devleti gücü... Hayır, hayır, bütün bunlar bir yana, şunu da söylemek istiyorum: Prusya Kralı çok büyük bir haksızlık yaptı! 1813 yılında Fransızlar ülkemize girince bizleri çağırdı ve bir anayasa için söz verdi... Bizler bir araya geldik ve Almanya'yı kurtardık..."

Çenesini eline dayamış, onu yandan süzen Tony, bu genç delikanlının Napoléon'u kovmaya yardımı olur mu acaba, diye bir an için ciddi ciddi düşündü.

"... Peki, Kral'ın sözünü tuttuğuna inanıyor musunuz? Hayır, asla! Yeni kral, güzel konuşmalar yapan, düşler kuran ve sizin gibi romantik duyguları olan biri, Fräulein Tony. Şunu hiçbir zaman gözden uzak tutmamalısınız: Felsefeciler ve edebiyatçılar bir düşünceyi, bir ilkeyi ortadan kaldırınca yavaş yavaş bir kral çıkar ortaya ve bu kral 'bunu' en iyi ve en güzel diye benimseyip ona göre davrandığını sanır... krallar hep böyledir işte! Öyle sanıldığı gibi erişilmez insanlar da değildirler, hatta çok sıradan insanlardır, her zaman halkın gerisinde kalırlar... Ah, Almanya'nın yaşadıkları, özgürlük savaşları sırasında yiğitçe ve heyecanla savaşmış olan ve şimdilerde zavallı durumuna düşen üniversite öğrencilerinin oluşturduğu birlikten farksız..."

"Evet, öyle," dedi Tony. "Söyledikleriniz çok doğru. Ama izin verin de bir şey sorayım size: Bütün bunlardan size ne? Siz Prusyalı değilsiniz ki..."

"Ah, aynı şey Fräulein Buddenbrook! Dikkat ettiyseniz, size aile adınızla hitap ediyorum ve bunu bilerek böyle yapıyorum... aslında size hakkınız olan unvanınızla, 'Matmazel' diye hitap etmem gerekirdi! Bizim insanlarımız Prusya'dakilerden daha mı özgür, daha mı eşit haklara sahipler? Engellemeler, ayrımlar, soylular sınıfı orada var da burada yok mu?.. Soylu kişilere karşı sempati duyduğunuz belli... Bunun neden böyle olduğunu söyleyeyim mi size? Çünkü siz de bir soylusunuz! Evet, doğru, bunun böyle olduğunu bilmiyor muydunuz?.. Babanız saygın bir insan, siz de bir prensessiniz: Sizi bizden ayıran derin bir uçurum var, biz sizin ait olduğunuz o zengin ve güçlü ailelerin arasında yer alamayız. Siz canınız istediği zaman bir dinlenme olsun diye bizlerden biriyle deniz kıyısında biraz dolaşırsınız, ama o seçkinler ve üstün kişilerle karşılaşınca benim gibilere de kayalıklarda oturmak düşer..." Sesinde bambaşka bir tuhaflık, bir heyecan vardı.

Tony, üzgün bir biçimde, "Morten!" dedi. "Kayalıklarda oturduğunuz için kızdınız demek! Ama ben sizi onlarla tanıştırmak istediğimi söylemiştim..."

"Görüyorum ki, genç bir hanımefendi olarak olayı yine kişisel açıdan ele alıyorsunuz! Oysa ben ilkelerden söz ediyorum... Prusya'da olduğu gibi buradaki insanlar arasında da eşitliğin olmadığını söylüyorum..." Kısa bir aradan sonra o tuhaf heyecanı geçti ve konuşmasına sessizce devam etti: "Kişisel konuşuyor olabilirim, ama ben bugünü değil, tam tersine geleceği kastediyorum... Siz günün birinde Madam Falanca olarak ait olduğunuz seçkinler sınıfı içinde yerinizi alacaksınız... ben de yaşamım boyunca o kayalıklarda oturmaya devam edeceğim..."

Morten sustu. Tony de sustu. Genç kız onun yüzüne bakamıyor, yana, tahta duvara doğru bakıyordu. Oldukça uzun ve sıkıcı bir sessizlik oldu.

"Anlıyor musunuz?" diye başladı Morten yeniden. "Size bir gün bir soru soracağım, demiştim! Doğruyu söylemem gerekirse buraya geldiğiniz ilk günden beri bu soru beni hep meşgul etti... Boşuna uğraşmayın, ne olduğunu bilmeniz mümkün değil. Başka bir sefer, başka bir fırsatta sorarım, acelesi yok, aslında beni doğrudan ilgilendiren bir şey de değil, yalnızca bir merak işte... Ama bugün size bir şeyi açıklayacağım... başka bir şeyi... Dinleyin..."

Bu sırada Morten ceketinin cebinden dar ve rengârenk bir kurdele çıkardı ve uç kısmını Tony'ye gösterirken umut ve başarı karışımı bir duyguyla onun gözlerine baktı.

Tony, önemsemez bir tavırla, "Çok güzel, ama ne işe yarar ki?" diye sordu.

Ama Morten heyecanla devam etti:

"Bu kurdele, benim Göttingen Üniversitesi'ndeki bir gençlik örgütünün üyesi olduğumu gösteriyor. Bunu şimdi siz de öğrenmiş bulunuyorsunuz! Bu renkleri taşıyan bir de şapkam var, ama tatile gelirken onu odamdaki polis üniformalı iskeletin kafasına geçirdim... çünkü burada başımda böyle bir şapkayla dolaşmak istemem, anlıyorsunuz değil mi?.. Ağzınızı sıkı tutacağınızı umabilirim herhalde? Babam bunu bir öğrenirse kıyameti koparır..."

"Bundan kimseye tek söz etmem Morten! Bana güvenebilirsiniz!.. Ama bu konu hakkında en küçük bir bilgim yok... Soylulara karşı çıkmak, onlarla savaşmak için hepiniz ant mı içtiniz?.. Ne yapmak istiyorsunuz?"

"Özgürlük istiyoruz!" dedi Morten.

"Özgürlük mü?" diye sordu Tony.

"Evet, öyle... özgürlük istiyoruz!.." diye tekrarladı Morten, bunu söylerken biraz beceriksizce de olsa, kararlı ve coşkulu bir el hareketi yaparak aşağıdaki uçsuz bucaksız denizi, Mecklenburg sahillerinin körfezi sınırlayan tarafını değil, tersine açık denizi, giderek daralan yeşil, mavi, sarı ve gri çizgilerin kıvrıldıktan sonra, olağanüstü bir güzellikle yavaş yavaş kaybolarak ufukla birleştiği yeri gösteriyordu.

Tony, delikanlının eliyle gösterdiği yöne doğru baktı: Kaba odun parçalarından yapılmış bankın üzerinde yan yana oturmakta olan iki gencin elleri tam kenetlenmek üzereydi ki, başlarını kaldırıp birlikte ufku ve bu güzel renk cümbüşünü seyrettiler. Uzunca bir süre sustular, çarşaf gibi denizin hışırtısı geliyordu kulaklarına. Tony, birdenbire Morten'le aynı görüşleri paylaşıyormuş gibi hissetti, onun "özgürlük" dediği şeye karşı büyük bir anlayış, ne olduğunu pek sezemediği, ama içten içe kendisinin de özlediği bir anlayış beslediğini düşünüyordu.

# 9

"Morten, insanın deniz kenarında canının sıkılmaması çok tuhaf. Bir başka yerde üç-dört saat hiçbir şey yapmadan ya da hiçbir şey düşünmeden böyle sırtüstü yatabilir misiniz?"

"Evet, öyle, Fräulein Tony. Eskiden çok sıkıldığım günler olduğunu itiraf etmeliyim; ama birkaç haftadan beri..."

Böylece sonbahar gelmiş ve sert rüzgârlar esmeye başlamıştı. İnce ve bölük pörçük bulutlar gökyüzünde hızla kayıyordu. Deniz kabarmış, üstünde ak köpükler oluşmuştu. Dev dalgalar hızla kıyıya yaklaşıyor, koyu yeşil ve parlak bir kubbe oluşturarak büyük bir gürültüyle ve tüm görkemiyle kumlara çarparak kırılıyordu.

Artık deniz mevsimi sona ermişti. Denize gelenlerin doldurduğu plajın kabinlerinin çoğu sökülmüştü, tek tük kalan hasır koltuklar da bu mevsimsel boşluğu doldurmak için yeterli değildi. Tony ve Morten öğle sonlarını biraz uzakça bir yerde, killi topraklı yamaçların başladığı ve köpüklü dalgaların iyice yıkadığı, "Martı Kayalıkları" denen yerde oturarak geçiriyorlardı. Morten, kumları üst üste yığıp elleriyle pat pat vurarak bir tepe yapmıştı genç kıza: Tony, sırtını bu tepeye dayamış, beyaz çorapları ve çapraz bağlanmış ayakkabılarıyla bacaklarını üst üste atmış, uzanıyordu; üstünde iri düğmeleri olan yumuşak kumaştan yapılmış bir ceket vardı. Morten, çenesini eline dayamış, yandan onu seyrediyordu. Denizin üstünde ara sıra bir martı dolaşıyor ve yırtıcı kuşlara özgü bir sesle acı acı haykırıyordu. İki genç, gözlerini kabaran denize dikmiş, yosunlu ve duvar boyu dalgaların korkutucu bir biçimde kıyıya yaklaşmasını ve karşılarındaki kayalıklara çarparak büyük bir gürültüyle patlayışlarını seyrediyorlardı. İnsanın başını döndüren, kulaklarını sağır eden ve zaman duygusunu yok eden çılgınca bir gürültü, bir müthiş patlama.

Morten, uykudan uyanmış gibi bir hareket yaparak Tony'ye sordu:

"Yakında buradan gidersiniz herhalde?"

Hiçbir şeyin farkında değilmiş gibi görünen Tony, dalgın dalgın onun yüzüne bakarak, "Hayır... nereden çıkarıyorsunuz bunu?" diye sordu.

"Evet ama eylülün onu oldu... Benim tatil de nasılsa yakında bitecek... birlikteliğimiz daha ne kadar sürebilir ki? Yakında kentteki toplantılara katılacağınız için seviniyor musunuz?.. Hadi söyleyin, çok sevimli erkeklerle dans ediyorsunuzdur herhalde. Ama benim sormak istediğim şey bu değildi!" Birden çenesini eline dayadı ve genç kızın yüzüne bakarak, "Ama şimdi şu sorumu yanıtlamalısınız. Çoktandır sormak isteyip de bir türlü soramadığım bir soru bu! Söyleyin bakalım, kim bu Herr Grünlich?" diye sordu.

Tony birden irkildi, delikanlının yüzüne dik dik baktı ve gözlerini, çok gerilerde kalmış bir rüyayı hatırlayıveren biri gibi onun çevresinde dolaştırdı. Herr Grünlich'in evlenme teklifi ettiği günlerdeki duygu hali yeniden canlandı içinde: önemli bir kişi olma duygusu.

Daha sonra ciddi bir tavırla, "Bu muydu sormak istediğiniz şey Morten?" dedi. "Öyleyse anlatayım size. Thomas'ın buraya geldiğimiz gün o adı söylemesi, benim için çok utanç verici olmuştu, ama bir kere duymuş oldunuz... Kısaca anlatayım: Herr Grünlich, Bendix Grünlich babamın iş arkadaşlarından biri, hali vakti yerinde Hamburglu bir tüccar. Kentteki evimize gelip beni babamdan istedi..." Morten'in bir hareketi üzerine, "Hayır, hayır! Tabii ki onu geri çevirdim. Onunla ömür boyu bir yaşam sürmeye karar veremediğim için 'evet' demedim," dedi.

"Sorabilir miyim neden?" diye sordu Morten çekine çekine.

Tony öfkelenmiş gibi, "Neden mi?" diye haykırdı. "Ona katlanamadığım için... Onu tanımış olmanızı isterdim, nasıl göründüğünü ve nasıl davrandığını görmeliydiniz! Sapsarı favorileri var... ama renginin doğal olmadığından yüzde yüz eminim! Sabahları kalktıktan sonra Noel cevizlerinin kabuklarının yaldızlandığı pudrayla pudraladığından çok eminim... Ayrıca davranışları çok yapay. Annem ile babama türlü türlü yaltaklıklar yaptı, hiç utanmadan onların duymak istediği şeyleri söyledi hep..."

Morten onun lafını kesti:

"Ama bu ne demek... ne demek bu: 'Felaket yakışmış' sözü, bunu bana bir açıklar mısınız?"

Tony sinirli sinirli gülmeye başladı.

"Evet, işte hep böyle konuşuyor, Morten! 'Çok yakışmış' ya da 'odayı nasıl da süslemiş' demek yerine 'Felaket yakışmış!' diyor. Doğru söylüyorum, aptalın biri o!.. Yapışkan herifin biri. Ona sürekli alaycı davrandığım halde, peşimi bir türlü bırakmıyor... Bir keresinde öyle bir duruma geldi ki, neredeyse ağlayacaktı. Lütfen söyleyin bana, bir erkek ağlar mı hiç?.."

"Sizi çok seviyor olmalı," dedi Morten sessizce.

Tony, sırtını yasladığı kum tepesinden başını yana çevirerek, "Ama bana ne bundan?" diye bağırdı.

"Çok acımasızsınız, Fräulein Tony. Siz hep böyle acımasız mısınız? Söyleyiniz bana... Herr Grünlich'e katlanamadığınızı söylüyorsunuz, peki bir başkasına karşı bir şeyler hissettiniz mi?.. Bir başkasını sevdiniz mi hiç? Bazen sizin taş gibi bir kalbinizin olduğunu düşünüyorum. Size şunu söylemek isterim: Söyleyeceğim şeyin doğru olduğuna yemin de ederim; sevilmediğini öğrenen bir erkek ağlarsa hiç de budala değildir. Bu gerçek. Emin değilim, hiç emin değilim, günün birinde ben de... Bakınız, siz her dediği yapılmış kibar bir yaratıksınız... Ayağınıza kapanan kişileri hep böyle alaya mı alırsınız? Yoksa taş gibi bir kalbiniz mi var gerçekten?"

Az önceki neşe kaybolmuş, Tony'nin üstdudağı titremeye başlamıştı. Akan yaşlarla ıslanmış büyük ve üzgün gözlerini delikanlıya çevirdi ve sessizce, "Hayır Morten! Benim hakkımda böyle mi düşünüyorsunuz gerçekten?.. Asla böyle düşünmemelisiniz."

Morten, heyecan ve bastırmaya çalıştığı sevgi karışımı bir duyguyla, "Böyle olduğunuzu ben de düşünmüyorum!" dedi kahkahayla gülerek. Öyle çok güldü ki, yerlerde yuvarlanarak genç kızın yanında yüzükoyun uzanmak zorunda kaldı, dirseklerinin üstüne dayanarak iki elini de ona uzattı ve elini elinin içine aldı. Çelik mavisi ve masum bakan gözleriyle hayranlıkla ve coşkuyla onu seyrediyordu.

"Peki... Onun dediğini size ben söyleyecek olsaydım beni de alaya alır mıydınız?"

Tony, "Bakın, Morten," diyerek onun sözünü kesti. Başını yana doğru çevirerek boşta kalan eliyle savurduğu kumları seyrediyordu.

"Biliyorsunuz!.. Size... 'size', Fräulein Tony..."

"Evet, Morten. Ben de size çok değer veriyorum. Sizden çok hoşlanıyorum. Sizi, tanıdığım herkesten daha çok seviyorum."

Morten birden irkildi, koluyla birkaç hareket yaptı, ne yapması gerektiğini bilmiyordu. Ayağa fırladı, ama yine hemen yere, Tony'nin yanına uzandı ve tutuk, kararsız, çatallı ve mutluluktan titreyen bir sesle, "Ah, teşekkür ederim, çok teşekkür ederim size," diye haykırdı. "Şu anda hayatımda hiç olmadığım kadar mutluyum!.." Daha sonra kızın ellerine öpücükler kondurmaya başladı.

Kısık bir sesle birdenbire, "Siz çok yakında kente döneceksiniz, Tony," dedi. "Benim tatilim de iki hafta sonra bitiyor... Ben de Göttingen'e döneceğim. Tekrar gelinceye kadar bu kumsalda geçirdiğimiz bu güzel öğle sonunu unutmayacağınıza söz verir misiniz bana?.. Ben doktor unvanını alıp da... Sizi babanızdan isteyinceye kadar; çok güç olsa da... bu arada Herr Grünlich'in evlenme teklifini geri çevireceğinize söz verir misiniz bana?.. Bakın! Bu iş çok uzun sürmeyecek! Çok çalışacağım, bir... gibi çalışacağım... hiç de güç olmayacak..."

Tony, mutlu ve dalgın bir yüz ifadesiyle, "Evet, Morten," derken delikanlının gözlerindeki parıltıyı, dudaklarının kıpırtısını ve elini tutan ellerini süzüyordu.

Morten, genç kızın elini çekerek kalbinin üstüne bastırdıktan sonra boğuk ve yalvarır bir ses tonuyla, "Bana şimdi söylemek istemez misiniz?.." diye sordu. "Bunu şimdi duyamayacak mıyım?.. Beklentilerimi güçlendirmek istemez misiniz?.."

Tony yanıt vermedi, onun yüzüne bakamadan kum tepesine yasladığı bedeninin üst kısmını sessizce ona doğru kaydırdı. Morten yavaşça ve uzun uzun kızın dudaklarından öptü. Daha sonra, ikisi de bakışlarını ayrı yönlere çevirerek kum tepeciklerine baktılar ve çok büyük bir utanç duydular.

## 10

Çok değerli Matmazel Buddenbrook,

Bu mektubu yazan kişinin, dünyanın en güzel kızının yüzünü görmesine izin vermeyeli acaba ne kadar zaman geçti? Bu satırlar size, o büyüleyici yüzünüzün hayalinin gözlerimin önünden hiç gitmediğini, bu sıkıntılı haftalar süresince hep baba evinizin salonunda geçirdiğimiz o güzel öğle sonrasını ve utanıp sıkılarak da olsa verdiğiniz sözü, beni çok mutlu eden sözünüzü düşündüğümü anlatacaktır. O zamandan beri haftalar geçti, siz bu süre içerisinde kendinizi toplamak ve bir karara varmak için dünyadan uzak kaldınız, kendinizi dinleme süresinin artık sona erdiğini umut etmek istiyorum. Bu satırların yazarı, siz çok değerli ve saygıdeğer Matmazel'e beslediği sonsuz sevginin bir teminatı olarak şu küçük yüzüğü saygılarıyla sunmaktadır.

Sonsuz saygı ve sevgilerle ellerinizden öpen kulunuz,

GRÜNLICH

Sevgili Baba,

Ah Tanrım, bilsen nasıl da kızdım. İlişikte gönderdiğim mektubu ve yüzüğü Herr Gr.den biraz önce aldım. Sinirimden başıma ağrılar girdi, ikisini de sana göndermekten başka bir şey gelmedi aklıma. Bu Herr Gr. beni bir türlü anlamak istemiyor. Üstelik duygu yüklü bir dille yazdığı mektubunda "söz verme" diye bir durum yok. Onun evlenme teklifine "evet" deme konusunda, bugün altı hafta öncesinden bin kez daha isteksiz olduğumu ve artık beni rahat bırakmasını, kendisini gülünç duruma düşürdüğünü ona hemen ve kesin bir dille yazmanı rica ediyorum. Bu arada bir başkasına bağlandığımı, onun beni ve benim de onu çok sevdiğimi biricik babama, babaların en güzeline söylemek istiyorum. Babacığım, bu konuda sayfalar dolusu yazabilirdim, ancak kısa kesiyorum: Sözünü ettiğim kişi şu tıp öğrencisi Morten Schwarzkopf'tur, doktor çıkar çıkmaz gelip beni sizden isteyecek. Bir tüccar kızının bir tüccarla evlenmesinin bir gelenek olduğunu kuşkusuz biliyorum. Morten bir tüccar değil, ama en az onlar kadar seçkin biri, bir bilgin. Zengin değil, bunu sizin ve annemin önemseyeceğini biliyorum, ama sevgili babacığım, şunu söylememe izin verin, yalnızca parayla insanın mutlu olamayacağını genç yaşıma rağmen öğrenmiş bulunuyorum. Binlerce öpücüklerle saygı ve sevgilerimi sunuyorum.

Seni çok seven kızın

ANTONIE

Not: Yüzüğün ayarı çok düşük ve gördüğüm kadarıyla da çok dar.

Sevgili kızım Tony,

Mektubunu aldım. Yazdıkların doğrultusunda Herr Gr.'ye konuyla ilgili görüşlerini uygun bir dille bildirme sorumluluğumu yerine getirmekten kaçınmadığımı bildirmek isterim. Ama karşılaştığım sonuç beni gerçekten çok üzdü. Sen yetişkin bir kızsın ve şu anda gelecekteki yaşamınla ilgili çok önemli bir karar aşamasında bulunuyorsun, atacağın sorumsuzca bir adımın doğuracağı sonuçları sana söylemeden edemem. Herr Gr. yazdıklarımı öğrenince büyük bir umutsuzluğa kapıldı ve haykırarak seni çok sevdiğini, seni kaybetmenin acısına dayanamayacağını, kararından vazgeçmezsen canına kıyacağını söyledi. Bir başkasına yakınlık duyduğunu yazıyorsun, ben bunu ciddiye almıyorum ve sana gönderilen yüzükle ilgili heyecanına hâkim olmanı ve her şeyi bir kere daha ve ciddi olarak gözden geçirmeni rica ediyorum. Sevgili kızım, benim Hıristiyanlık anlayışıma göre, bir başkasının duygularına saygı göstermek bir insanın başlıca görevidir. Sana karşı olan duygularını inatla ve acımasızca küçümsediğin bu erkek, yaşamına son verme günahını işlerse senin en yüce yargıcın önünde hesap vermekten kurtulamayacağından çok eminim. Ama sana daha önce sözlü olarak sık sık anlatmaya çalıştığım bir şeyi yeniden anımsatmak istiyorum ve bunu yazılı olarak da tekrarlama fırsatı bulduğum için mutluyum. Çünkü sözlü olarak söylenen şeyler daha canlı ve doğrudan etkili olsalar da yazılı sözcüklerin üzerinde rahatça düşünebilme ve değerlendirme yapabilme imkânı var. Yazan tarafından iyice düşünülüp taşındıktan sonra kaleme alındığı gibi okuyan da her cümleyi yeniden yeniden okur ve üzerinde düşünme fırsatı bulur. Sevgili kızım, bizler uzağı göremeyen gözlerimizle kendi kişisel mutluluğumuz için dünyaya gelmedik, çünkü bizler tek başına var olan ve yalnızca kendisi için yaşayan yaratıklar değiliz, tersine hepimiz bir zincirin parçalarıyız. Böyle olduğumuza göre de, bizden önce gelenlerin ve bize yol gösterenlerin öğütlerini dinlemeden yaşayamayız, çünkü onlar da büyük bir ciddiyetle ve inançla kendilerinden öncekilerin yaşam deneyimlerinden yararlanmışlardır. Senin yürümek istediğin yol, bütün açıklığıyla haftalardır önünde duruyor; eğer başına buyruk hareket edip kendi çizdiğim patika yolda yürürüm, diyorsan o zaman ne benim kızım ne de Tanrı'nın rahmetine kavuşan büyükbabanın torunu ve ne de ailemizin saygın bir üyesi olmaya layık olduğunu gösterirsin. Sevgili kızım Antonie, bunu iyice düşünmeni rica ediyorum senden.

Annen, Thomas, Christian, Clara, Klothilde (babasının yanında çok talihsiz birkaç hafta geçirdi) ve Matmazel Jungmann en içten selamlarını gönderiyorlar; seni pek yakında yeniden kucaklayabileceğimize hepimiz çok seviniyoruz.

En içten sevgilerle

BABAN

## 11

Yağmur bardaktan boşanırcasına yağıyordu. Her taraf sel içinde kalmış, gökyüzü ile yeryüzü birleşmiş gibiydi. Esen sert rüzgârla yağmur pencereleri öylesine dövüyordu ki, camlardan aşağı doğru akan küçük dereler oluşuyor ve dışarısı görülmez oluyordu. Soba borularından çaresizlik içindeki insanların yakınmaları duyuluyordu.

Morten Schwarzkopf, havanın nasıl olduğuna bakmak için öğle yemeğinden sonra ağzında piposuyla verandaya çıktığında sarı kareli daracık ve uzun bir palto giymiş, gri şapkalı bir adamla karşılaştı; yağmurdan ıslanan tentesi pırıl pırıl parlayan ve tekerlekleri çamur içinde, kapıları kapalı bir at arabası evin önünde duruyordu. Morten, adamın kırmızı yanaklarına şaşkın şaşkın baktı. Favorileri Noel cevizlerine sürülen toz yaldızla boyanmış gibi sapsarıydı.

Paltolu adam, bir uşağı süzer gibi gözlerini hafif hafif kırpıştırarak Morten'e şöyle bir baktıktan sonra, yumuşak bir ses tonuyla sordu:

"Kaptan'la görüşebilir miyim?"

"Elbette..." diye kekeledi Morten, "Sanırım, babam evde..."

Yabancı, tam bu sırada büyük bir dikkatle Morten'in yüzüne baktı, gözleri bir kaz gözü gibi masmaviydi.

"Herr Morten Schwarzkopf siz misiniz?" diye sordu...

"Evet," diye yanıtladı onu Morten kararlı bir yüz ifadesiyle.

Uzun paltolu yabancı, "Bak hele! Gerçekten de..." dedikten sonra, "Genç adam, kendisiyle görüşmek istediğimi saygıdeğer babanıza bildirmek nezaketini gösterir misiniz? Adım Grünlich," diye devam etti.

Morten, beyefendiyi verandadan geçirip koridorun sağındaki büronun kapısını açarak içeri aldı ve sonra babasına haber vermek için oturma odasına döndü. Herr Schwarzkopf dışarı çıkınca delikanlı yuvarlak masanın başına çöktü, dirseklerini dayadı ve puslu pencerenin önüne oturmuş çorap yamayan annesinin yüzüne bakmaksızın, Konsül falancanın evliliğinin gümüş yıldönümü gibi haberlerden başka hiçbir şey yayımlamayan o "sefil gazete"ye dalmış gibi görünüyordu. Tony ise üst kattaki odasında dinlenmeye çekilmişti.

Kaptan, bürosunun kapısından içeri girdi; yüzünde, yediği öğle yemeğinden memnun kalmış bir adamın ifadesi vardı. Kemerli beyaz yeleğinin üstüne giydiği üniformasının önü açıktı. Kırmızı yüzünü örten kırçıllı gemici sakalıyla farklı bir görünüşü vardı. Dilini dişlerinin arasında dolaştırırken sevimli ağzı tuhaf bir biçimde şekilden şekile giriyordu. "İşte böyle yapılır!" demek ister gibi öne doğru eğilerek bir reverans yaptı.

"Buyurun efendim, size nasıl yardımcı olabilirim?" diye sordu.

Herr Grünlich de ağzının kenarlarını oynatarak saygıyla eğilip onun reveransına karşılık verdi. Bu sırada "He... he... hm" diye hafifçe öksürdü.

Kaptan Schwarzkopf'un büro olarak kullandığı oda oldukça büyüktü; duvarları bir buçuk metre kadar lambri kaplıydı, geri kalan kısımları da kireçle badana edilmişti. Yağmur damlalarının sürekli dövdüğü pencerelerde, sigara dumanından sapsarı olmuş tül perdeler asılıydı. Kapının sağ tarafında, üstünde kocaman bir Avrupa haritası ve küçük bir Baltık Denizi haritasının asılı bulunduğu duvarın kenarında, üzeri kâğıt kaplı uzun bir masa vardı. Tavanın ortasından aşağıya doğru, yetenekli bir el tarafından yapılmış pupa yelken bir gemi modeli sallanıyordu.

Kaptan, konuğunu kapının tam karşısında duran ve üstü siyah renkli muşambayla örtülü bir kanepeye buyur etti; kendisi, ellerini göbeğinin üzerine kavuşturmuş, tahta bir sandalye üzerine rahat bir şekilde otururken Herr Grünlich şapkasını dizlerinin üstüne koymuş, paltosuna sıkı sıkı sarılarak divanın kenarına öylece ilişiverdi.

"Adım Grünlich," diye başladı, "tekrarlayayım, 'Grünlich', Hamburglu Grünlich. Kendimi size tanıtmam gerekirse büyük tüccar Konsül Buddenbrook'un yakın iş arkadaşlarından biri olduğumu söylemek isterim."

"Çok memnun oldum! Şeref verdiniz, Herr Grünlich! Ama beyefendi biraz daha rahat oturmazlar mı? Yol yorgunluğundan sonra bir kadeh *grog*[1] içmeye ne dersiniz? Hemen sesleneyim mutfağa..."

Herr Grünlich hiç istifini bozmadan, "Zamanımın

1. Konyak ve limonatadan yapılan sıcak içki. (Y.N.)

çok az olduğunu ve arabamın dışarıda beklediğini söylemek isterim," dedi. "Bir konu hakkında sizinle görüşmek için buradayım, bana iki dakikanızı ayırmanızı rica ediyorum."

"Beyefendi buyursunlar," diye tekrarladı Herr Schwarzkopf biraz şaşırmış olarak. İkisi arasında kısa bir sessizlik oldu.

Herr Grünlich başını kararlı bir biçimde sallayarak ve biraz da geriye atarak, "Sayın Kaptan!" diye söze başladı. Sonra konuşmasının etkisini güçlendirmek için yeniden sustu; ağzını, kaytanı çekilmiş bir para kesesi gibi kapattı.

"Sayın Kaptan," diye tekrarladıktan sonra çabucak ilave etti: "Sizinle konuşmak istediğim konu, birkaç haftadır evinizde kalan genç hanımla doğrudan ilgili."

Herr Schwarzkopf, "Matmazel Buddenbrook mu?.." diye sordu.

Herr Grünlich başını sessizce önüne eğerek, "Evet!" diye yanıtladı onu; ağzının çevresinde kırışıklıklar belirmişti.

Bakışlarını büyük bir dikkatle odanın bir köşesinden ötekine yönelterek ve daha sonra pencereye odaklayarak umursamaz bir sesle, "Size... size bir konuyu özel olarak bildirmeyi gerekli gördüm," diye devam etti. "Matmazel Buddenbrook'a bir süre önce evlenme teklifinde bulundum, annesi ve babası bu isteğimi yüzde yüz uygun buldular, nişan törenimiz henüz resmen gerçekleşmiş olmasa da, Matmazel Buddenbrook kendisiyle evlenme isteğimi kesin bir dille kabul etti."

Herr Schwarzkopf, "Tanrım, bu doğru mu gerçekten?" diye sordu heyecanla. "Bunu gerçekten bilmiyordum! Sizi kutlarım Herr... Grünlich! Sizi içtenlikle kutlarım! Çok iyi, çok yerinde bir iş yapmışsınız..."

Herr Grünlich, soğukkanlı bir biçimde, "Çok teşekkür ederim," diyerek ötmeye başladı: "Saygıdeğer Kaptan, beni buraya getiren şey, bu evliliği engelleyecek yeni zorlukların ortaya çıkmış olması ve bu zorlukların da... sizin evinizden kaynaklandığı..." Son sözcükleri, "Kulağıma gelenler doğru olabilir mi?" demek ister gibi vurgulayarak söyledi.

Herr Schwarzkopf'un yanıtı, kırlaşmış kaşlarını yukarı kaldırmak ve sarı kıllı kahverengi gemici elleriyle oturduğu sandalyenin kollarına sıkı sıkı sarılmak oldu.

Herr Grünlich üzgün ve kararlı bir tavırla, "Evet. Gerçek bu işte!" dedi. "Duyuğuma göre tıp öğrencisi oğlunuz benim kişisel haklarıma tecavüz etmeye kalkışmış bulunuyor... bilmeyerek elbette... Matmazel Buddenbrook'un burada bulunmasından yararlanarak ondan bazı sözler almaya çalışmış..."

Kaptan, sandalyesinin dirsekliğine dayanıp hışımla yerinden kalkarak, "Nasıl olur?" diye haykırdı. "Bunu hemen öğreniriz... " Hızla kapıya koştu, kapıyı iterek açtı ve kayaklıklara çarpan sert dalgaların kırılırken çıkardığı o müthiş gürültüye benzer bir gürültüyle haykırdı:

"Meta! Morten! Buraya gelin! İkiniz de buraya gelin!"

Herr Grünlich zarif bir gülümsemeyle, "Hakkım olanı korumak isterken sizin bir baba olarak planlarınızı bozmak zorunda kalıyorsam buna çok üzüleceğim, saygıdeğer Kaptan," dedi.

Diederich Schwarzkopf ona döndü ve çevresinde küçük kırışıklıklar oluşmuş pırıl pırıl bakan mavi gözleriyle yüzüne dik dik baktı, söylediklerinden bir anlam çıkarmaya çalıştığı belli oluyordu.

Daha sonra içtiği keskin *grog* boğazını yakmış gibi bir ses tonuyla, "Bakın Herr!" dedi. "Ben sıradan bir adamım ve böyle imalı konuşmaları anlamam... ama eğer sizce... böyleyse gayretiniz boşuna, Herr! Yanlış kapı çaldınız ve benim ilkelerim hakkında hiçbir şey bilmiyorsunuz demektir! Ben oğlumun kim olduğunu biliyorum ve

Matmazel Buddenbrook'u da iyi tanıyorum. İma ettiğiniz gibi bir baba olarak böyle planlar yapmayacak kadar gururluyum ve kendisine saygısı olan bir insanım! Haydi, konuşun ve yanıtını verin bana! Nedir bu olayın içyüzü? Nedir bu duyduklarım? Kim ne söylemiş?.."

Frau Schwarzkopf ve oğlu kapıda duruyorlardı; hiçbir şeyin farkında olmayan anne, önlüğünü düzeltiyordu, Morten'in yüzünde bir günahkârın inatçı anlatımı vardı. Herr Grünlich, onlar içeri girince yerinden kalkmadı, düğmeleri ilikli paltosuna sarılmış olarak kanepenin ucunda oturmaya devam etti.

Kaptan, oğlu Morten'e dönerek, "Demek böyle aptallıklar yaptın!" diye bağırdı.

Delikanlı, başparmağını ceketinin düğmeleri arasına sokmuş, oynuyor gibi yapıyordu, bakışları ürkütücüydü ve öfkesinden yanakları sapsarı olmuştu.

"Buyur baba!.." dedi. "Ben ve Matmazel Buddenbrook..."

"Seni sersem, seni soytarı seni, seni aptal çocuk! Gösteririm sana! Yarın hemen Göttingen'e dönüyorsun, anlaşıldı mı? Yarın sabah erkenden! Bütün bunlar çocukça şeyler, aptallık, neyse bu iş böylece kapandı, anladın mı beni?"

Frau Schwarzkopf ellerini kavuşturarak, "Diederich, aman Tanrım, durup dururken böyle şeyleri nasıl söylersin? Kim bilir..." Bunları söyledikten sonra sustu, gördüğü tatlı bir rüya gözlerinin önünde yok oluyormuş gibi bakıyordu.

Kaptan, Herr Grünlich'e dönerek o boğuk sesiyle, "Beyefendi, Matmazel'le görüşmek isterler mi?" diye sordu.

Frau Schwarzkopf, üzgün bir ses tonuyla, "Matmazel odasında," dedi.

Herr Grünlich, biraz rahatlamış olarak ayağa kalktı ve, "Üzgünüm, daha önce de söylediğim gibi hiç vaktim yok, arabam dışarıda beni bekliyor," dedi. Herr Schwarzkopf'un önünde, elinde şapkasıyla eğilerek, "Sayın Kaptan, erkekçe ve dürüstçe davranışınızdan dolayı duyduğum sonsuz memnuniyeti ve içten takdirlerimi sunmama izin verin! Size saygılarımı sunuyorum. Beni onurlandırdınız. Hoşça kalın."

Diederich Schwarzkopf ona elini uzatmadı. Kocaman gövdesinin üst kısmını, "İşte böyle yapılır" demek ister gibi kısa bir an için öne doğru eğdi.

Herr Grünlich, Morten ve annesinin arasından ölçülü adımlarla geçerek kapıdan dışarıya çıktı.

## 12

Tony'nin veda günü gelmişti. Thomas Buddenbrook, Kröger ailesinin lüks arabasıyla geldi.

Genç adam öğleden önce saat onda gelmişti. Salonda aileyle birlikte hafif bir kahvaltı etti. Buraya ilk geldiği günde olduğu gibi yine hep bir arada oturdular; ama artık yaz bitmiş, havalar soğumuştu. Sert rüzgârlar esmeye başlamıştı. Verandada oturamazlardı artık, Morten de yoktu... Göttingen'e gönderilmişti. Tony ve delikanlı doğru dürüst vedalaşamamıştı bile. Kaptan, oğlunun başına dikilmiş, "Haydi bakalım, bu iş böylece bitti!" demişti.

İki kardeş saat on birde arabaya bindi. Tony'nin kocaman bavulu arabanın arkasına bağlandı. Genç kızın yüzü sapsarıydı. Sonbaharlık ince ceketinin içinde üşüyordu. Yorgunluk, yolculuk heyecanı ve hüzünle arada bir ürperiyor, içini derin bir acı kaplıyordu. Tony, küçük Meta'nın yanaklarından öptü, evin hanımının elini sıktı ve kendisini arabaya bindirirken, "Bizi unutmayın, Matmazel. Hakkımızda kötü düşünmeyin, ne olur?" diyen Herr Schwarzkopf'u başıyla selamladı.

Kaptan Schwarzkopf, "Hadi bakalım, iyi yolculuklar, sevgili annenize ve babanıza saygılarımı iletin," dedi. Daha sonra arabanın kapısını kapattı ve kalın kaşlarını kaldırdı. Anne, baba ve küçük kız arabanın arkasından mendillerini salladılar.

Tony başını arabanın köşesine dayamış, pencereden dışarısını seyrediyordu. Gökyüzü beyaz bulutlarla kaplıydı. Esen sert rüzgâr Trave'de oluşan küçük dalgaları kovalıyordu. Düşen yağmur damlaları zaman zaman arabanın camlarına çarpıyordu. Kıyı boyunca uzanan Vorderreihe Caddesi'nin çıkışında, insanlar evlerinin önüne oturmuş, balık ağlarını onarıyorlardı; yalınayak koşarak gelen çocuklar meraklı gözlerle arabayı süzüyorlardı. "Onlar" burada kalıyorlardı.

Araba son evleri de arkada bıraktıktan sonra Tony, deniz fenerini bir kere daha görebilmek için eğildi, daha sonra arkasına yeniden yaslandı ve yorgun, hüzünlü gözlerini kapattı. Duyduğu üzüntü ve heyecandan gece uyuyamamıştı; bavulunu hazırlamak için erkenden kalkmış ve canı kahvaltı etmek istememişti. Kurumuş ağzının içinde yavan bir tat vardı. Kendisini öyle zayıf hissediyordu ki, gözlerinden her an boşanacak yaşları bile tutacak hali yoktu.

Gözkapaklarını kapatır kapatmaz, kendisini yine Travemünde'de, Schwarzkopf'ların verandasında buldu. Morten Schwarzkopf, bütün canlılığıyla karşısında duruyor; hep yaptığı gibi başını yine önüne eğmiş, arada bir yüzüne bakarak temiz yüreğiyle ve sevecenliğiyle kendisiyle konuşuyor ve güzelliğinin kendisinin de farkında olmadığı dişlerini göstererek gülümsüyordu... İşte bütün bunlar şimdi bir bir ve tüm çıplaklığıyla gözlerinin önüne geldi. Onunla yaptığı uzun konuşmaları, onun anlattıkları ve ondan öğrendiği her şeyi anımsadı ve bütün bunları, kutsal ve dokunulmaz bir şey olarak içinde saklayacağına kendi kendine söz vermiş olmaktan büyük mutluluk duyuyordu. Evet, ondan duyduğu her şeyi, Prusya Kralı'nın büyük haksızlık yaptığını, *Städtische Anzeigen* gazetesinin sefil bir gazete olduğunu, hatta üniversiteler yasasının dört yıl önce yenilendiğini... evet, o bütün bunları hoş birer anı olarak bundan böyle hep içinde saklayacaktı... dilediği zaman açıp bakabileceği gizli bir hazine gibi. Sokakta yürürken, aile çevresinde ve yemek masasında hep bunları düşünecekti. Kim bilir, belki de babasının çizdiği yolda yürür ve Herr Grünlich'le evlenirdi; artık bunun hiçbir önemi yoktu, o hep Morten'in kendisiyle konuşurken söylediği şeyi, "Ben senin farkında olmadığın bir şeyi biliyorum: Soylular –ilke olarak söylüyorum elbette– değersiz kişilerdir!" dediğini düşünecekti.

Tony bütün bunları bir bir anımsadıktan sonra biraz rahatladı ve yüzünde bir tebessüm belirdi. Ama akıp giden arabanın dönen tekerleklerinin gürültüsü arasında birdenbire inanılmaz bir canlılıkla Morten'in sesini duydu. Onun o ağır ağır çıkan tatlı sesinin her bir hecesini, hem de bütün ayrıntısıyla duyuyordu. Morten ona, "Fräulein Tony, bugün ikimiz de kayalıklarda oturmak zorundayız," der gibiydi. Bu kısa an onu çok sarstı. Göğsü hüzün ve acıyla doldu, boşanan gözyaşlarına bir türlü engel olamıyordu... Oturduğu köşeye iyice büzüldü, iki eliyle tuttuğu mendili gözlerinin üstüne bastırdı ve acı acı ağladı.

Thomas, sigarası ağzında, dalgın dalgın, önlerinde uzayıp giden şoseye bakıyordu.

Kız kardeşinin sırtını okşayarak, "Zavallı Tony!" dedi. "Senin için çok üzülüyorum... Seni anlıyorum, inan bana!.. Ama yapılacak bir şey yok. Katlanmak zorundasın... bu tür duyguları ben de bilirim..."

Tony hıçkırarak, "Ah, sen bunu bilemezsin Tom!" dedi.

"Bunu bana anlatma. Bak, gelecek yılın başında benim Amsterdam'a gitmem kararlaştırıldı. Babam orada bana bir iş buldu, van der Kellen ve Ortakları Şirketi'nde. Benim de uzun bir süre için evden ayrılmam gerekecek..."

"Ah, Tom! Anne, baba ve kardeşlerden ayrı kalmak! Bu hiç de zor gelmez!"

Thomas geriye yaslanarak, "Evet, orası öyle tabii!" dedi. Daha fazla bir şeyler söylemek istiyormuş gibi derin bir soluk aldı ama hiçbir şey söylemedi. Sigarasını ağzının bir köşesinden öteki köşesine kaydırarak kaşlarını kaldırdı ve başını yana çevirdi.

Bir süre sonra, "Uzun sürmez," dedi, "atlatır, unutursun..."

Tony büyük bir umutsuzluk içinde, "Ama ben unutmak istemiyorum ki!" diye haykırdı. "Unutmak... teselli eder mi sanıyorsun?"

## 13

Sonra feribotla karşıya geçtiler, Israelsdorfer Bulvarı'nı, Jerusalem Dağı'nı ve Kale önünü geride bıraktılar. Sağında hapishane duvarlarının yükseldiği Kuleli Kale Kapısı'ndan geçtikten sonra araba Burg Caddesi boyunca ilerledi ve Koberg'i geçtiler. Tony, gri çatılı evlere, cadde üzerine asılmış petrol lambalarına, Heiliger Geist Hastanesi'ne ve yaprakları neredeyse bütünüyle dökülmüş ıhlamur ağaçlarına bakıyordu. Tanrım, her şey olduğu gibi duruyordu! Hepsi yerli yerindeydi, hem de hiç değişmemiş olarak ve bütün saygınlığıyla... Oysa o, bütün bunları eski ve unutulur bir rüya olarak düşünmüştü! Kendisini yeniden kabul eden ve yeniden yaşayacağı bu gri çatılı evlerin yabancısı değildi, hepsi de geçmişin birer parçası olarak yine karşısında duruyordu. Tony ağlamayı bırakmış, meraklı bakışlarla çevreyi süzüyordu. Eski tanıdık yüzlerin dolaştığı bu caddede veda acısını neredeyse unutmuş gibiydi. Tam bu sırada –araba şakırdayarak Breiten Caddesi'nden geçiyordu– taşıyıcı Matthiesen, arabayı görünce durdu ve silindir şapkasını eline alarak, "Ben belki de alçağın biriyim!.." diye düşünüyormuş gibi hırçın bir yüz ifadesiyle görevini yerine getiriyordu.

Araba Meng Caddesi'ne saptı ve kahverengi doru atlar, Buddenbrook'ların evi önünde soluk soluğa durdular. Tom büyük bir dikkatle kız kardeşinin arabadan inmesine yardım etti. Anton ve Line koşarak gelip bavulları aşağıya indirdiler, ama eve girmek için biraz beklemek zorundaydılar. Buğday dolu çuvallarla tepeleme yüklü üç büyük nakliye arabası peş peşe kapıdan içeri giriyordu, üzerlerinde kalın ve siyah harflerle Johann Buddenbrook Şirketi'nin adı yazılıydı. Arabalar, arkalarında tangır tangır yankılar bırakan bir gürültüyle büyük avluya geçip düz basamaklardan aşağıya indiler. Buğday çuvallarının bir kısmı evin arka kısmındaki depoya boşaltılacaktı, geri kalanlar da Balina, Aslan ya da Meşe adlı silolara aktarılacaktı...

İki kardeşin avludan içeri girdiğini gören Konsül, kalemi kulağının arkasında, yazıhanesinden çıktı ve kızına elini uzattı.

"Hoş geldin, sevgili kızım Tony!"

Tony babasını öptü, henüz kurumamış ve biraz da utangaç bakan gözleriyle baktı ona. Ama babası kızmamıştı, o konudan hiç söz etmedi. "Geç oldu, ama kahvaltı için sizi bekledik," dedi yalnızca.

Frau Konsül, Christian, Klothilde, Clara ve Ida Jungmann, hoş geldin demek için merdiven sahanlığında bekliyorlardı.

Tony, Meng Caddesi'ndeki evlerinde ilk gece çok rahat uyudu, ertesi sabah, 22 Eylül günü, dinlenmiş ve rahatlamış olarak indi kahvaltı odasına. Henüz çok erkendi, saat yedi bile olmamıştı. Yalnızca Matmazel Jungmann ayaktaydı ve sabah kahvesini hazırlıyordu.

Ida Jungmann uykulu gözleriyle çevresine bakınırken Tony'yi görünce, "A! Ay! Tony'ciğim, güzelim," dedi, "sabahın bu saatinde mi?"

Tony kapağı geriye atılmış bir yazı masasının başına oturdu, ellerini başının arkasına kenetledi ve avlunun ıslaklıktan simsiyah olmuş kaldırım taşlarına ve solmuş ıslak bahçeye bir süre baktı. Daha sonra yazı masasının üstündeki kartvizitleri ve mektupları merakla karıştırmaya başladı.

Ciltli, kenarları altın yaldızlı ve değişik kâğıtlardan oluşan o tanıdık büyük defter, mürekkep hokkasının hemen yanında duruyordu. Daha dün akşam kullanıldığı belli oluyordu; babasının her zaman yaptığı gibi, onu deri çantaya koyup şu arkadaki özel çekmeceye kilitlememiş olması doğrusu çok şaşırtıcıydı.

Tony defteri eline aldı, sayfalarını karıştırdı, okumaya başladı ve yazılanlara daldı. Okudukları genellikle sıradan ve kendisinin yabancısı olmadığı şeylerdi; ama yazanların hepsi de aşırılığa kaçmadan, içgüdüsel ve bir kronik hazırlayıcısı üslubuyla kendisinden önceki bir ailenin gizli ve saygı uyandıran öyküsünü anlatarak geçmişe ve tarihe ışık tutuyordu. Tony için yeni bir şey yoktu, ailesinin izniyle bu sayfaları daha önce defalarca karıştırmıştı. Ama defterin içindekiler onu hiçbir zaman bu sabahki kadar etkilememişti. Aile tarihiyle ilgili en küçük olayların bile saygıyla ve önemle ele alınması genç kızı çok heyecanlandırmıştı. Dirseklerini masaya dayadı ve kendisini yazılanlara kaptırarak gururla ve ciddiyetle okumaya devam etti.

Kendi geçmişiyle ilgili her şey eksiksiz yazılmıştı. Doğumu, geçirdiği çocuk hastalıkları, okula başladığı ilk gün, Matmazel Weichbrodt'un yatılı okuluna girişi ve

Hıristiyanlığa kabulü... Bütün bunlar Konsül'ün küçük ve akıcı elyazısıyla özenle ve kutsal bir saygıyla en küçük ayrıntısına varıncaya kadar yazılmıştı: Çünkü ailenin yazgısını olağanüstü bir güzellikle belirleyen en küçük ayrıntı bile Tanrı'nın isteği ve eseriydi!.. Büyükannesi Antoinette'ten aldığı adının arkasına ileride neler yazılacaktı? Bütün bunları, ailenin sonradan gelen üyeleri de kendisinin şimdi okuduğu gibi büyük bir saygıyla ve inançla okuyacaklardı.

Derin derin soluyarak arkasına yaslandı, yüreği heyecan ve coşkuyla çarpıyordu. İçi, kendisine karşı duyduğu saygıyla doluydu. Önemsenme duygusu gururunu okşadı ve biraz önce ürpererek etkisini hissettiği o ruhla şimdi daha da güçlenmişti. "Bir zincirin halkası gibi," diye yazmıştı babası... evet, evet! Bu zincirin halkası olarak sorumluluğu büyük biriydi, eylem ve kararlarıyla ailenin bu soyağacı kitapçığındaki hak ettiği yeri almalıydı!

Kocaman defterin sayfalarını sonuna kadar çevirdi, Buddenbrook'ların soyağacı bilgisi büyük bir sayfa içinde, başlıklar halinde ve zaman zaman parantez de açılarak Konsül'ün elyazısıyla özetlenmişti: Ailenin adını aldığı ilk Buddenbrook'un Brigitta Schuren adlı bir rahip kızıyla evlenmesiyle başlayan ve Konsül Johann Buddenbrook'un 1825 yılında Elisabeth Kröger'le evlenmesine kadar devam eden bir soyağacı. Defterde yazıldığı gibi, bu evlilikten dört çocuk dünyaya gelmişti... Çocukların doğum yılları ve doğum günleri, vaftiz adlarıyla birlikte alt alta kaydedilmişti; en büyük oğlunun adının yanına, 1842 yılının Paskalyası'nda babasının işyerinde çırak olarak çalışmaya başladığı da yazılıydı.

Tony uzun süre kendisinin adına ve adının arkasındaki boş bırakılan yere baktı. Sonra birdenbire sinirli bir yüz ifadesiyle ve hışımla kaleme uzandı, yutkunarak ve dudaklarını kıpırdatarak kalemi hokkaya sapladı ve omuzlarından öne düşmüş başıyla işaretparmağını bükerek soldan sağa doğru eğik ve çarpık çurpuk bir yazıyla şunu yazdı:

... 22 Eylül 1845'te Hamburglu Tüccar Herr Bendix Grünlich'le nişanlandı.

## 14

"Kıymetli dostum, ben de tam sizin gibi düşünüyorum. Bu kuşkusuz çok önemli bir sorun, mutlaka halletmemiz gerekir. Kısaca söyleyeyim: Ailemizin evlenecek bir genç kız için geleneksel olarak ödediği drahoma 70.000 marktır."

Herr Grünlich, gelecekteki kayınpederinin yüzünü, bir işadamının anlamlı bakışlarıyla şöyle bir süzdü.

"Aslında..." dedi, bu "aslında" sözcüğünü, parmaklarını yavaş yavaş üstünde dolaştırarak sıvazladığı altın sarısı favorileri kadar uzun söyledi. Sözcük ağzından çıktıktan sonra favorilerinin ucunu bıraktı.

Daha sonra, "Çok saygıdeğer kayınpederim," diye devam etti, "benim geleneklere ve ilkelere ne kadar saygılı biri olduğumu bilirsiniz! Yalnız... içinde bulunduğunuz şu durumda bu geleneklere ve ilkelere bütünüyle bağlı kalmak biraz aşırıya kaçmak anlamına gelmez mi?.. Şirket gelişiyor... aile zenginleşiyor... kısacası, koşullar değişiyor ve her şey daha iyiye gidiyor..."

Konsül, "Kıymetli dostum," diye karşılık verdi. "Siz beni biraz eli sıkı bir işadamı olarak tanıyorsunuz! Tanrım... sözümü bitirmeme izin verseydiniz değişen koşullara uygun olarak bu 70.000 markın üzerine bir 10.000 mark daha eklemeye hazır olduğumu öğrenmiş olacaktınız."

Herr Grünlich, "O halde 80.000..." dedikten sonra, "Gerçi fazla bir şey değil, ama yine de yeter," demek ister gibi bir ağız hareketi yaptı.

Dostça anlaştılar. Konsül memnun bir yüz ifadesiyle yerinden kalkarken pantolonunun cebindeki anahtar demeti şıngırdıyordu. Ancak 80.000 markla ailenin geleneksel olarak ödediği drahoma tavanını aşmıştı.

Daha sonra Herr Grünlich izin istedi ve Hamburg'a gitmek üzere yola çıktı. Tony, bu yeni yaşam biçimi hakkında pek fazla bir şey sezmiyordu. Möllendorpf'larda, Langhals'larda, Kistenmaker'lerde veya kendi evlerinde dans edip eğlenmesine, kale surlarının dışında kalan yerlerde ve Trave boyunca uzanan çayırlıklarda patinaj yapmasına ve genç oğlanların kendisine kur yapmasına kimse karışmıyordu artık. Ekim ortasında Möllendorpf'ların büyük oğluyla Julchen Hagenström için nişan töreni düzenlenmişti. Tony önce,"Tom! Ben oraya gitmeyeceğim, çok kızıyorum onlara!" dedi. Ama yine de gitti ve çok da güzel vakit geçirdi.

Ailenin soyağacı defterine, isminin arkasına eklediği o satırlarla, annesi Frau Konsül Buddenbrook'la ya da yalnız başına şehrin bütün mağazalarına gidip büyük miktarlarda siparişler verme ve çeyizi için, "onurlu" bir çeyiz için hazırlık yapma yetkisini almıştı. Kahvaltı salonunda pencerenin önünde oturan iki terzi kız, bol bol köy ekmeği ve yeşil peynir yiyerek günlerce çalışmışlar, kenar bastırmışlar ve markalar işlemişlerdi.

"Lentföhr'den ısmarladığımız keten örtüler geldi mi anneciğim?"

"Hayır, kızım. Ama iki takım çay peçetesi geldi."

"İyi. Bugün öğle sonuna kadar ötekileri de göndereceğine söz vermişti. Tanrım, yatak örtülerinin kenarlarının dikilmesi lazım!"

"Matmazel Bitterlich yatak kılıflarının dantellerini soruyor, Ida."

"Çamaşır dolabının sağ gözünde olacak Tony'ciğim. Hadi alıver yavrucuğum."

"Line!"

"Hadi, bir koşu gidip alıver güzelim..."

"Tanrım! Merdiven inip çıkmak için mi evleniyorum ben..."

"Nikâh tuvaletin için bir şey düşündün mü Tony?"

"Hareli kumaştan yapılmış ajurlu bir gelinlik istiyorum anne!.. Hareli kumaştan olmazsa evlenmem ha!"

Ekim ve kasım ayları böyle geçti. Herr Grünlich, kutsal akşamı Buddenbrook ailesi ile birlikte geçirmek için Noel zamanı çıkıp geldi, ihtiyar Kröger'lerin davetini de geri çevirmedi. Nişanlısına karşı davranışlarında son derece kibar ve ölçülüydü. Ne gereksiz bir hayranlık! Ne sosyal yaşamında bir kısıtlama! Ne de aşırıya kaçan bir sevgi gösterisi! Anne ve babasının yanında Tony'nin alnına saygıyla kondurduğu bir öpücük nişanını perçinlemişti. Tony, evlenme teklifini reddettiği günlerde onun içine düştüğü çaresizliği düşündükçe, şu anki mutluluğuna biraz şaşırmıyor değildi. Grünlich'in yüzünde ona sonsuzca sahip olmanın verdiği sevinç duygusu vardı. Arada sırada Tony'yle baş başa kalınca neşeleniyor ve onunla şakalaşıyordu. Genç kızı dizlerinin üzerine oturtup uzun favorilerini yüzüne dokundurmaya çalışıyor ve mutluluktan titreyen sesiyle, "Bak, gördün mü, sonunda seni yakaladım işte, sonunda ele geçirdim seni!" diyordu. Tony de, "Aman Tanrım, kendinizi kaybediyorsunuz!" diyerek onun elinden kurtulmasını biliyordu.

Herr Grünlich, Noel tatilinden hemen sonra Hamburg'a döndü, çünkü yoğun işleri onun mutlaka orada bulunmasını gerektiriyordu. Buddenbrook çifti, kızlarının, nişandan önce onu yeterince tanıyacak kadar zaman bulduğu konusunda Grünlich'le aynı fikirdeydiler.

Ev sorunu mektupla çözüme kavuşturuldu. Büyük şehir yaşamına karşı büyük bir sevgi besleyen Tony, Herr Grünlich'in bürosunun da bulunduğu –gerçi büro Spitaler Caddesi'ndeydi– Hamburg'un merkezine yerleşmelerini istemişti; ancak damat adayı erkek inadıyla kent dışında, Eimsbüttel semtinde bir villa satın almıştı. Burası genç evlilerin herkesten uzak, romantik bir ortamda sessiz ve mutlu bir yaşam sürmeleri için çok uygun bir yerdi *–procul negotiis–*[1]; hayır, Latincesini tamamen unutmuş olamazdı!

Aralık da geçti ve 1846 yılının başında düğünleri yapıldı. Şehrin neredeyse yarısının katıldığı muhteşem bir bekârlığa veda gecesi düzenlendi. Tony'nin bütün kız arkadaşları –aralarında yüksek tavanlı bir arabayla gelen Armgard von Schilling de vardı– Tom ve Christian'ın arkadaşlarıyla dans ettiler; itfaiye müdürünün oğlu, hukuk öğrencisi Andreas Giesce, Kistenmaker ve Oğulları Şirketi'nden Stephan ve Eduard Kistenmaker de gelenler arasındaydı. Yemek salonunun ve koridorun zemini bu amaç için talk pudrasıyla pudralanmıştı. Gecenin şamatalı geçmesini sağlamak için Konsül Peter Döhlmann, karo döşeli holdeki bütün tabak ve çanakları birer birer kırmaya başladı.

Glockengiesser Caddesi'nde oturan Frau Stuht, Tony' nin gelinliğinin hazırlanmasında Matmazel Jungmann'a ve terziye yardım ederek yine sosyeteye girme fırsatını bulmuştu. Şişman biri olmasına rağmen diz çökmüş, beyaz hareli kumaştan gelinliğin üzerine küçük küçük mersin dalları tuttururken, "Böyle güzel bir gelin gördüysem Tanrı cezamı versin," diyerek Tony'nin yüzüne hayran hayran bakmış. Bu, kahvaltı odasında olmuştu. Herr Grünlich uzun kuyruklu frakıyla ve ipek yeleğiyle kapıda bekliyordu. Pembemsi yüzünde ciddi ve kibar bir ifade vardı; burnunun sol tarafındaki et benine

1. (Lat.) *Beatus ille qui procul negotiis.* (İşten uzaktaki kişi mutludur.) (Y.N.)

biraz pudra sürüldüğü belli oluyordu, altın sarısı favorilerini özenle taranmıştı.

Bütün aile nikâh töreninin yapılacağı sütunlu holde toplanmıştı. Muhteşem bir topluluk! İhtiyar Kröger çifti biraz neşesiz görünse de, her zaman olduğu gibi yine göz kamaştırıyordu. Konsül Kröger de iki oğlu Jürgen ve Jakob'la birlikte salonda yerini almıştı; Jakob da, akrabaları Duchamps'lar gibi Hamburg'dan gelmişti. Gotthold Buddenbrook ve kızlık soyadı Stüwing olan karısı, kızları Friederike, Henriette ve Pfiffi'yle birlikte salondaydılar; görünüşlerine bakılırsa üç kız da ne yazık ki evlenme şansını kaçırmışlardı. Mecklenburg'lu akrabalar, Klothilde'nin babası Herr Bernhard Buddenbrook tarafından temsil ediliyordu. Bernhard Buddenbrook, "Vefasız" adını verdiği çiftliğinden gelmişti ve zengin akrabalarının görkemli evini büyük bir hayranlıkla izliyordu. Frankfurt'taki akrabalar gelememişler, yalnızca armağan göndermişlerdi, çünkü yolculuk oldukça zahmetliydi. Ama onların yerine aileden olmayan tek insan, aile doktoru Grabow vardı. Tony'nin annesinin arkadaşı olan yatılı okul müdiresi Matmazel Weichbrodt da salonda yerini almıştı. Sesemi Weichbrodt koyu bir elbise giymiş ve şapkasına taktığı yeşil kurdeleleri buklelerinin üzerine doğru sarkmıştı. Tony, Herr Grünlich'in kolunda sütunlu hole girince, "Mutlu ol, sevgili çocuğum!" dedikten sonra ona doğru uzanarak hafif bir şapırtıyla alnından öptü. Aile, gelini çok beğenmişti. Tony aşırı ilgiden ve yola çıkma heyecanından biraz solgun görünse de, yine de çok güzel, rahat ve neşeliydi.

Sütunlu hol çiçeklerle süslenmişti ve sağ tarafta bir mihrap hazırlanmıştı. Meryem Ana Kilisesi'nin rahibi Kölling nikâhı kıyarken çifti etkili sözlerle, hayatta "ölçülü" olmaları konusunda uyardı. Her şey yerli yerinde, geleneklere ve göreneklere uygun yapıldı. Tony, rahibin sorusuna içinden gelen ve doğal bir "evet" yanıtı verirken

Herr Grünlich önce, "He... e... hm!" diyerek gırtlağını temizledikten sonra, "Evet," dedi. Sonra, en güzel yemekler yendi ve en güzel içkiler içildi.

... Yukarıda, salondaki konuklar, aralarına Rahip Kölling'i de alarak yemeklerini yerlerken Konsül ve eşi yola çıkmaya hazır genç evlileri kapının önüne kadar geçirdi. Dışarısı hafif sisliydi ve kar havası vardı. Büyük seyahat arabası, bavullar ve çantalar yüklenmiş, evin kapısının önünde hazır bekliyordu.

Tony anne ve babasına dönerek çok yakında ziyaretlerine geleceklerini ve kendilerinin de Hamburg'da fazla bekletmemelerini birkaç kez tekrarladıktan sonra, neşeli bir şekilde arabaya bindi. Frau Buddenbrook, kızını sıcacık kürklere iyice sardı. Daha sonra Herr Grünlich de bindi arabaya.

Konsül, "Grünlich," dedi, "yeni dantel örtüler küçük el çantasının içinde, en üstte duruyor. Kente girmeden önce paltonuzun altına gizleyin bir süre, tamam mı? Bunlar vergiye tabi şeyler... Mümkün olduğunca kaçınmak gerekir. Yolunuz açık olsun! Yolun açık olsun sevgili Tony'ciğim! Tanrı seni korusun!"

Frau Konsül, "Arensburg'da geceleyecek iyi bir yer bulursunuz herhalde?" dedi.

Herr Grünlich, "Yerimiz ayırtıldı, sevgili kayınvalideciğim, her şey önceden ayarlandı!" diye yanıt verdi.

Anton, Line, Trina ve Sophie, Madam Grünlich'e iyi yolculuklar dilediler.

Arabanın kapısı tam kapatılıyordu ki Tony, ani bir hareketle sarıldığı kürklerden sıyrıldı. "Ne yapıyorsun?" diye homurdanan Herr Grünlich'in dizlerinin üstünden atlayıp babasını büyük bir sevgiyle kucakladı.

"Hoşça kal babacığım... Hoşça kal benim biricik babacığım!" dedikten sonra, "Umarım kızınla gurur duyuyorsundur!" diye fısıldadı sessizce.

Konsül hiç konuşmadan kızını bağrına bastı, sonra biraz geriye çekildi ve büyük bir içtenlikle her iki elini de sıktı.

Artık araba hareket edebilirdi. Kapı gürültüyle kapandı, arabacı kamçıyı bastı ve atlar öyle bir fırladılar ki arabanın camları zangırdadı. Frau Konsül, araba takırdayarak caddeden aşağıya inip kar serpintili ve sisli havada gözden kayboluncaya kadar arkalarından elindeki ipek mendili salladı.

Konsül, kürk pelerinini zarif bir şekilde omuzlarına sıkıca saran eşinin yanında öylece kalakaldı, düşünceli bir hali vardı.

"Kızımız uçtu, gidiyor Bethsy."

"Evet, Jean. Yuvadan ilk uçan o oldu. Onunla mutlu olur mu dersin?"

"Ah, Bethsy'ciğim, kızımız kendisiyle barışık biri; hayatta elde edebileceğimiz en büyük mutluluk budur."

Daha sonra konuklarının yanına döndüler.

## 15

Thomas Buddenbrook, Meng Caddesi'nden aşağıya, "Beş Evler" semtine kadar yürüdü. Tanıdıklara rastlayıp ikide bir şapkasını çıkarıp selam vermemek için Breiten Caddesi'nden aşağıya doğru geçmek istememişti. Ellerini koyu gri paltosunun sıcacık ceplerine sokmuş, çizmelerinin altında gıcırdayan kristal gibi parlak sert karların üstünde sessiz sessiz yürüyordu. Nereye gittiğini kimse bilmiyordu. Gökyüzü açık ve maviydi; temiz, keskin ve buz gibi bir hava vardı dışarıda. Rüzgâr esmiyordu. Sıfırın altında beş dereceydi ve her taraf buz tutmuştu, eşi görülmedik bir şubat günüydü.

Thomas, "Beş Evler" semtinden aşağıya doğru iniyordu, Becker'lerin maden ocağını baştan başa geçip dar bir caddeyi de arkasında bıraktıktan sonra Fischer'lerin maden ocağına geldi. Meng Caddesi'ne paralel olarak Trave Nehri'ne inen bu caddede birkaç adım yürüdükten sonra, küçük bir çiçekçi dükkânının önünde durdu, gösterişsiz vitrininde soğangiller ailesinden birkaç saksı çiçek yeşil bir cam üstünde duruyordu.

Thomas içeri girerken kapının üstündeki teneke çıngırak, birdenbire uyanıp havlamaya başlayan bir köpeğin çıkardığı ses gibi ses çıkarmaya başladı. İçeride, tezgâhın önünde genç bir kadın satış elemanıyla konuşan, başına bir Türk eşarbı takmış orta yaşlı ufak tefek şişman bir kadın duruyordu. Birkaç saksı çiçeğini inceledi, kokladı, seçimini yaptı, pazarlık etti; elindeki mendili ikide bir ağzına götürerek genç kadınla çene çalıyordu. Thomas Buddenbrook kadını saygıyla selamladı ve kenara çekilerek geçmesi için yol verdi. O, Langhals'ların orta halli bir akrabasıydı, hiç evlenmemiş, iyi yürekli ve biraz da geveze biriydi. Seçkin çevreden bir ailenin adını taşıyordu, ama onların balo ve yemek ziyafetlerine değil, yalnızca küçük kahve toplantılarına çağrılırdı ve herkes ona "Lotte Hala" derdi. Kadın, kolunun altında tuttuğu krepon kâğıda sarılı bir saksıyla kapıya yürüdü. Thomas yeniden selamladıktan sonra satıcı kıza yüksek sesle, "Bana... birkaç gül veriniz... lütfen... hangisinden olursa olsun. Fransız gülleri," dedi.

Sonra, Lotte Hala'nın kapıyı kapatıp çıktığını görünce, sessizce, "Anna, çiçekleri yerine koy," dedi. "İyi günler benim küçük sevgilim! Bugün çok üzgün geldim yanına."

Anna, siyah ve sade elbisesinin üstüne beyaz bir önlük takmıştı. Olağanüstü güzel bir kızdı, bir ceylan kadar narin bir yüzü vardı. Dışa doğru çıkık elmacıkkemikleri, ışıl ışıl bakan küçücük siyah gözleri ve az rastlanır sarımsı donuk teniyle bir Malezyalı dilberi anımsatıyordu. Elleri bir satıcı kızda görülemeyecek kadar narin ve olağanüstü güzeldi.

Genç kız, tezgâhın arkasından dolanarak küçücük dükkânın sağ köşesine, vitrinden bakınca görünmeyen bölümüne geçti. Thomas da tezgâhın bu tarafından onun yanına gitti ve boynunu öne doğru eğerek kızı dudaklarından ve gözlerinden öptü.

Kız, "Ah, benim zavallı sevgilim, soğuktan donmuşsun!" dedi.

"Sıfırın altında beş derece," dedi Tom. "Ama ben farkında bile olmadım, buraya oldukça üzgün geldim."

Tezgâhın üstüne oturdu, kızın elini tuttu ve, "Evet, Anna, söylediklerime kulak ver!.." diye devam etti. "Bugün mantıklı olmamız gerekiyor. Artık ayrılık zamanı geldi."

"Aman Tanrım!.." dedi Anna üzgün bir ses tonuyla, kapıldığı korku ve acıyla önlüğünü yukarıya çekti.

"Günün birinde nasıl olsa zamanı gelecekti, Anna... Geldi işte! Ama ne olursun ağlama! Makul olmak zorundayız, elimizden ne gelir ki? Böyle durumlara katlanmamız gerekir."

Anna hıçkırarak, "Ne zaman?.." diye sordu.

"Öbür gün."

"Tanrım... neden öbür gün? Bir hafta daha... lütfen!.. Beş gün daha!.."

"Mümkün değil, benim sevgili Anna'cığım. Her şey kararlaştırıldı ve planlandı... Beni Amsterdam'da bekliyorlar... İstesem de kalamam, bir gün bile geç kalamam!"

"Çok uzaklara gidiyorsun!.."

"Amsterdam mı çok uzak? Yapma Anna, hiç de uzak değil! Birbirimizi her zaman düşünebiliriz, buna engel yok, değil mi? Ben sana sık sık yazarım! Bak, dinle beni, oraya varır varmaz yazacağım sana..."

"Anımsıyor musun?.." diye sordu Anna. "Bir buçuk yıl önce, atış yarışmaları şenliğindeydi..."

Thomas heyecanlanarak onun sözünü kesti...

"Tanrım, demek bir buçuk yıl olmuş!.. Seni bir İtalyan kızı sanmıştım... Bir karanfil alıp yakana takmıştım... onu hâlâ saklıyorum... Amsterdam'a onu da götüreceğim... üstüne uzandığımız çayır o gün ne kadar da tozluydu ve hava ne kadar da sıcaktı!.."

"Evet, öyleydi... yandaki bir kulübeden bana bir bardak limonata getirmiştin... Bugünkü gibi anımsıyorum! Yağlı çörek ve ter kokuları her yere sinmişti..."

"Ama yine de çok güzeldi! Neler hissettiğimizi bakışlarımızdan hemen anlamamış mıydık?"

"Benimle birlikte atlıkarıncaya binmek istedin, ama ben seni satmak zorunda kalmıştım! Yoksa ihtiyar cadı yine bağırıp çağıracaktı..."

"Evet Anna, binememiştik. Bugün gibi anımsıyorum."

Anna sessizce, "Geri çevirdiğim tek isteğin de bu olmuştu zaten," dedi

Thomas kıza yeniden sarılarak dudaklarından ve gözlerinden doya doya öptü.

"Hoşça kal, benim sevgili ve iyi yürekli Anna'cığım!.. Evet, hoşça kal demeyi de öğrenmemiz gerekiyormuş meğer!"

"Ah, yarın bir daha gelirsin herhalde beni görmeye?"

"Evet, geleceğim elbette, bu saatlerde. Evdekilerden kurtulabilirsem öbür sabah da... Ama şimdi sana şunu söylemek istiyorum Anna: Ben gerçekten de epeyce uzağa gidiyorum. Amsterdam ne de olsa oldukça uzak sayılır... ve sen burada kalıyorsun. Ama sakın kendini mahvetme, beni duyuyor musun? Çünkü şimdiye kadar çok onurlu davrandın ve pek çok şeye göğüs gerdin, pek çok şeyin üstesinden gelmesini bildin, bunu sana söylemeliyim!"

Anna, serbest kalan eliyle tuttuğu önlüğünü yüzüne bastırmış, ağlıyordu.

"Ya sen?.. Ya sen?.."

"Olayların nasıl gelişeceğini ancak Tanrı bilir Anna!

İnsan hep böyle genç kalamaz... Sen akıllı bir kızsın... Şimdiye kadar evlenmek ve benzeri sözleri hiç ağzına almadın..."

"Hayır, Tanrı korusun!.. Senden böyle bir şey isteyemem..."

"Yazgımızın bize çizdiği yolda yürümek zorundayız, Anna... Ölmez de sağ kalırsam bir gün babamın işini ben üstleneceğim ve zengin bir işadamı olacağım. Evet, Anna, şu veda ânında sana karşı dürüst olmak istiyorum... Sen de öyle ol... Senin yaşam boyu hep mutlu olmanı istiyorum, benim sevgili ve iyi yürekli Anna'cığım! Ama sakın kendini harap etme, tamam mı?.. Çünkü şimdiye kadar pek çok şeyin üstesinden gelmesini bildin, pek çok şeye katlandın, bunu sana bir kere daha söylüyorum!.."

İçerisi sıcaktı. Toprak ve çiçeklerden yükselen nemli bir koku dükkânın içine iyice sinmişti. Dışarıda güneş batmaya hazırlanıyordu. İnce, temiz ve solgun bir akşam kızıllığı bir porselen üzerine yapılmış resim gibi nehrin ötesinden uzaklardaki ufku süslüyordu. Çenelerini kalkık yakalarının içine gizlemiş insanlar vitrinin önünden geçiyorlar ve küçük çiçekçi dükkânının bir köşesinde birbirleriyle vedalaşan iki genci göremiyorlardı.

# Dördüncü bölüm

## 1

30 Nisan 1846

Sevgili anneciğim,

Mektubun için çok teşekkür ederim. Armgard von Schilling'in Pöppenrade'li Herr von Maiboom'la nişanlandığını yazıyorsun. Armgard'ın kendisi de bana çok zarif ve kenarı altın yaldızlı bir davetiye gönderdi ve nişanlısını çok beğendiğini bildiren bir de mektup yazdı. Çok yakışıklı ve kibar bir erkekmiş. Armgard kim bilir ne kadar mutludur! Herkes birer birer evleniyor. Münih'te oturan Eva Ewers'ten de bir davetiye aldım, o da bir bira fabrikası yöneticisiyle evleniyormuş.

Sevgili anneciğim, şimdi sana bir şey soracağım: Babam Konsül Buddenbrook'un buraya yapacağı ziyaret hakkında neden hiçbir şey yazmıyorsun? Yoksa Grünlich'ten resmî bir davet mi bekliyorsunuz? Buna hiç gerek yok, sanırım böyle bir şeyi aklına bile getirmiyor ve ben bunu ona anımsatınca da, "Evet sevgilim, babanın başka işleri vardır," deyip geçiştiriyor. Yoksa beni rahatsız edeceğinizi mi düşünüyorsunuz? Böyle bir şeyi aklınıza bile getirmeyin! Ya da sizi görünce, yine oraları özleyeceğimden mi korkuyorsunuz? Anneciğim, ben artık akıllı bir kadın oldum, hayatı öğrendim ve olgunlaştım.

Az önce komşumuz Madam Käselau'a kahve içmeye gittim, cana yakın insanlar. Sol tarafımızda oturan komşularımız Gussmannlar da öyle, ama evlerimizin arası oldukça uzak. Bizim villanın yakınında oturan birkaç yakın dostumuz da var: Doktor Klaassen (onun hakkında daha sonra sana bazı şeyler anlatacağım) ve Grünlich'in çok yakın dostu Bankacı Kesselmeyer. Bilsen ne komik bir ihtiyar! Beyaz favorilerini kesmiş ve başındaki birkaç tel kalmış kır saçları yumuşak kuştüyleri gibi en küçük bir esintide bile uçuşuyor. Konuşurken başını komik komik salladığı için ben ona "Saksağan" adını taktım. Ama Grünlich bunu bana yasakladı; saksağanın hırsızlık yapan bir kuş olduğunu, Herr Kesselmeyer'in ise dürüst bir insan olduğunu söylüyor. Yürürken öne eğilip kollarını kürek çeker gibi ileri geri sallaması çok komik. Yumuşacık saçları, başının arkasını ancak yarıya kadar örtüyor, enseye kadar olan kısmı ise bütünüyle kırmızı lekelerle kaplı. Çok neşeli bir hali var! Ara sıra yanağıma dokunuyor ve, "Sizin gibi iyi bir karısı olduğu için şu Grünlich, Tanrı'nın iyi bir kulu olmalı!" diyor. Sonra kelebek gözlüklerinden birini (beyaz yeleğinin üstünde kordonuyla sürekli sallanıp duran üç kelebek gözlüğü var) alıp burnunun üstüne oturtuyor ve burnunu kırıştırıp ağzını açarak bana öyle neşeli bakıyor ki, yüzüne karşı kahkaha atmaktan kendimi alamıyorum. Ama o buna hiç alınmıyor. Grünlich'in işi çok. Küçük sarı arabamızla sabahları erkenden şehre gidiyor ve akşamları geç saatlerde dönüyor eve. Ara sıra yanımda oturuyor ve gazete okuyor.

Dost ziyaretlerine giderken, örneğin Kesselmeyer ya da Alsterdamm'da oturan Konsül Goudstikkerlere ya da Rathaus Caddesi'ndeki Senatör Bocklara giderken bir araba kiralıyoruz. Bir kupa arabası alması için Grünlich'e çok rica ettim, çünkü kent dışında oturunca arabaya çok ihtiyaç oluyor. Bana söz de verdi, ama tuhaf bir şekilde benimle dost toplantılarına gitmekten pek hoşlanmıyor ve gördüğüm kadarıyla kentte başkalarıyla görüşmemi pek istemiyor. Acaba kıskançlığından mı böyle yapıyor dersin?

Sana daha önceki mektuplarımda da ayrıntılı olarak anlattığım gibi, villamız gerçekten çok güzel ve yeni aldığımız mobilyalarla daha da güzel oldu. Üst kattaki salona diyecek hiçbir şey yok. Baştan başa kahverengi ipek döşemeli. Yandaki yemek odasının duvarları da lambrilerle kaplandı. Çok şık oldu. Sandalyelerin her biri 25'er marka satın alındı. Ben çoğunlukla oturma odası olarak kullanılan hercaimenekşeli odada oturuyorum. Bir sigara odamızla küçük bir oyun odamız da var. Koridorun diğer tarafında bulunan ve zemin katın yarısını kaplayan salonun pencerelerine sarı stor perdeler takıldı ve çok şık oldu. Yatak odamız, banyomuz, giyinme odası ve hizmetçi odaları yukarı katta bulunuyor. Sarı arabamız için küçük bir at bakıcımız var. İki hizmetçi kızdan da oldukça memnunum. Ne kadar dürüst olduklarını bilemiyorum, ama Tanrı'ya şükür her kuruşun hesabını yapmam gerekmiyor! Kısacası her şey ailemizin şanına layık bir biçimde yürüyor.

Anneciğim, şimdi sana çok önemli bir şey söyleyeceğim, bilerek en sona bıraktığım bir şey. Bir süre önce kendimde bir tuhaflık hissettim. İyi değildim, ama hasta da değildim. Bir fırsatını bulup bunu Doktor Klaassen'e söyledim. Doktor Klaassen ufak tefek bir adam, kocaman bir kafası ve kafasından da büyük bir şapkası var. Elinden hiç bırakmadığı İspanyol bastonunun kemik sapını, yıllardır siyaha boyamaktan rengi neredeyse açık yeşile kaçmış sivri sakalına götürüp durması çok komik. Onu bu haliyle bir görmeliydin! Soruma hiç yanıt vermedi, gözlüğünü taktı, kızarmış küçücük gözlerini kıpırdattı, patates burunlu suratıyla yüzüme bakıp kıkır kıkır gülerken beni öyle bir inceledi ki, ne yapacağımı şaşırdım. Daha sonra beni muayene etti ve her şeyin yolunda gittiğini, biraz kansız olduğum için madensuyu içmem gerektiğini söyledi. Ah anneciğim, bunu sevgili babama usulünce bildir ki aile defterine yazsın. İlk fırsatta yeniden yazacağım!

Babama, Christian, Clara, Thilda ve Ida Jungmann'a en içten selamlarımı söyle lütfen. Amsterdam'da bulunan kardeşim Thomas'a birkaç gün önce yazdım.

Seni çok seven kızın

ANTONIE

2 Ağustos 1846

Sevgili oğlum Thomas,

Christian'la Amsterdam'da buluştuğunuz haberini büyük bir sevinçle öğrendim. Umarım, birlikte güzel günler geçirmişsinizdir. Kardeşinin Ostende üzerinden İngiltere'ye yaptığı yolculuk hakkında henüz hiçbir haber alamadım, ama her şeyin yolunda gitmiş olmasını Yüce Tanrı'dan diliyorum. Christian bilimadamı olmaktan vazgeçmeye karar verdikten sonra, patronu Mr. Richardson'ın yanında bir şeyler öğrenmesi için henüz geç kalmış sayılmaz. Bu yeni ticaret yaşamında başarılı ve mutlu olmasını dilerim! Mr. Richardson (Threadneedle Caddesi), senin de bildiğin gibi şirketimizin yakın iş arkadaşlarındandır. Her iki oğlumu da, benimle dostça ilişkileri olan şirketlere yerleştirebildiğim için kendimi mutlu sayıyorum. Bunun yararlı sonuçlarını yakında sen de göreceksin: Herr van der Kellen'in senin ücretini bu son üç ayda artırdığını ve sana kimi yeni parasal olanaklar sağlamaya devam edeceğini öğrenmek beni çok sevindiriyor. Onun sana gösterdiği bu dostça davranışlarına bütün gücünle çalışarak layık olacağından eminim.

Ama sağlığının çok iyi olmamasına üzülüyorum. Sinirli bir ruh haliyle yazdıkların, bana kendi gençliğimi, Anvers'te çalışırken kaplıca tedavisi için Ems'e gitmek zorunda kalışımı anımsattı. Sevgili oğlum, böyle bir tedavi senin için de gerekliyse sana her bakımdan yardımcı olmaya hazır olduğumu bilmeni isterim; siyasal belirsizliğin hâkim olduğu bu günlerde bu gibi harcamalardan mümkün olduğunca kaçınmak gerekiyorsa da...

Annen ve ben haziran ortasında Hamburg'a bir gezi yapıp kız kardeşin Tony'yi ziyaret ettik. Gerçi eşi davet etmemişti, ama bizi çok sıcak karşıladı ve yanlarında geçirdiğimiz iki gün boyunca kente inip Duchamps'ları ziyaret edecek vakit bulamadık. Antonie beş aylık hamile, doktoru her şeyin yolunda gittiğini, durumunun memnuniyet verici olduğunu söyledi.

Herr van der Kellen'den aldığım bir mektuptan da söz etmek isterim; kendi ailesinin de senden çok hoşlandığını yazıyor, buna çok sevindim oğlum. Annen ve benim sana verdiğimiz eğitimin meyvelerini toplayacak yaşa geldin artık. Ben senin yaşındayken hem Bergen'de hem de Anvers'te yanında çalıştığım tüccar patronlarıma çalışma disiplinim ve uyumlu davranışlarımla kendimi sevdirmeye çalışırdım, bunun çok yararını gördüm, bunu sana da öğütlemek isterim. Patronun ailesiyle yakın ilişki içinde olmanın sağladığı huzur ve güven bir yana, istenmeyen herhangi bir durum ortaya çıkacak olursa patronun eşinin desteğini kazanmak çok önemlidir. İş sırasında yapılan bir yanlışlık ya da patronu memnun edememe gibi bir durumla karşılaşılınca, bu çok gerekli oluyor.

Sevgili oğlum, gelecekteki iş tasarılarına gelince; bu konuda duyduğun coşku ve heyecan, tam olarak onaylamasam da beni çok sevindiriyor. Şehrimizin çevresinde elde edilen hububat, kolza tohumu, deri, kürk, yün, yağ, küspe ve kemikten elde edilen ürünlerin sürümünün iyi ve geçerliliği olan bir iş olduğu görüşünde olduğunu söylüyorsun ve yaptığın komisyonculuk işinin yanı sıra bu alanda da çalışmak istediğini yazıyorsun. Bu tür bir ticari işte rekabetin çok az olduğu (gerçi şimdilerde çok arttı) bir dönemde bu düşüncelerle ben de meşgul oldum; yer ve zaman uygun olduğunda, bazı denemelerde de bulundum. İngiltere'ye yaptığım gezinin başlıca amacı, bu ülkeyle de ticari ilişki kurma yollarını aramaktı. Bu amaç için İskoçya'ya kadar gittim ve bazı yararlı dostluk ilişkileri kurdum, ama bu sırada o ülkeye yapılacak ihracatın tehlikeli yanlarını da hemen fark ettim ve bu işe devam etmekten vazgeçtim. Bu kararı verirken büyüğümüz ve şirketimizin kurucusu Johann Buddenbrook'un şu öğüdünü hep göz önünde bulundurmuşumdur: "Oğlum, gündüzleri çok çalış ki geceleri rahat uyuyabilelim!"

Bu temel ilkeyi kutsal bir ilke sayıp, buna ömrümün sonuna kadar bağlı kalacağım; bu tür ilkelere saygı göstermeden sözümona işleri iyi giden insanları görüp kuşkuya düşüyorsam da... Bizim işler çok yavaş ilerlerken sürekli gelişen Strunck ve Hagenström Şirketi'ni düşününce şaşırmadan edemiyorum. Biliyorsun, büyükbabanın ölümünden sonra giderek küçülen şirketimizin durumu bir türlü düzelmedi. Şirketi, hiç olmazsa bu haliyle sana miras bırakabileyim, diye sürekli Tanrı'ya dua ediyorum. Muhasebecimiz Marcus, deneyimli ve tedbirli biri olarak bana elinden gelen yardımı yapıyor. Keşke annenin ailesi biraz daha tutumlu olabilse! Bırakacakları miras bizim için büyük önem taşıyor!

Ticaret ve kent işleriyle uğraşmaktan bunalmış durumdayım. Bergen Hattı Çalışanları Derneği'nin en yaşlı yönetim kurulu üyesiyim. Ayrıca Maliye Bakanlığı, Ticaret Odası, Hesap işleri Teftiş Kurulu ve St.-Annen Yoksullar Evi yönetim kurullarına da kent temsilcisi olarak seçildim.

Annenin, Clara ve Klothilde'nin çok selamları var. Senatör Möllendorpf ve Doktor Oeverdieck, Konsül Kistenmaker, komisyoncu Gosch, C.F. Köppen ve muhasebeci Herr Marcus'la Kaptan Kloot ve Kaptan Klötermann da sana selam yazmamı istediler. Tanrı seni korusun, sevgili oğlum! Çalış, Tanrı'ya dua et ve tutumlu olmaya bak!

Seni çok seven

Baban

8 Ekim 1846

Çok sevgili ve saygıdeğer anneciğim ve babacığım!

Bu mektubu yazan kişi, çok sevgili eşinin ve kızınız Antonie'nin yarım saat önce mutlu bir doğum yaptığını sizlere bildirmekten dolayı çok sevinçlidir. Yüce Tanrı'nın isteğiyle bir kızımız oldu. Ne kadar mutlu olduğumu ifade edecek söz bulamıyorum. Sevgili eşimin ve çocuğumuzun sağlık durumları çok iyi. Doktor Klaassen doğumun kolay gerçekleşmesinden büyük mutluluk duyuyor. Ebe Frau Grossgeorgis de kolay bir doğum olduğunu söylüyor. Heyecanım daha fazla yazmamama izin vermiyor. Siz çok değerli anneme ve babama en derin saygılarımı sunmaktan sevinç duyarım.

B. GRÜNLICH

Oğlan olsaydı çok güzel bir isim hazırlamıştım. Ben kızımın adını Meta koymak istiyorum, ama Grünlich, Erika olsun istiyor.

T.

## 2

Konsül masaya oturmuş, çorba tabağını alırken, "Neyin var Bethsy?" diye sordu. "Kendini iyi hissetmiyor musun? Neyin var? Üzgün olduğunu görüyorum!"

Koskoca yemek salonundaki yuvarlak masanın çevresinde sadece birkaç kişi oturuyordu. Buddenbrook çiftiyle birlikte Matmazel Jungmann, on yaşındaki Clara, uysallığıyla tanınan ve sessiz sessiz yemeğini yiyen Klothilde'den başka kimse yoktu koca masada. Konsül çevresine bakındı; bütün yüzler asık ve endişeliydi. Ne olmuştu? Konsül'ün kendisi de sinirli ve kaygılıydı, çünkü bu Schleswig-Holstein olayından sonra borsada bir tedirginlik başlamıştı. Ama bir başka tedirginlik daha hissediliyordu. Biraz sonra Anton et yemeğini almak için dışarı çıkınca, Konsül evde olup bitenleri öğrendi. Şimdiye kadar büyük bir saygı ve bağlılık göstermiş olan aşçı kız Trina, içinde sakladığı öfkesini açığa vuruvermişti. Frau Konsül şiddetle karşı çıkmasına rağmen, bir kasap çırağıyla uzun zamandır arkadaşlık yapıyordu, bir çeşit düşünsel işbirliği içerisindeydiler; sürekli kanla uğraşan bu genç adam, kızın dünya görüşünü ve politik düşüncesini çok kötü etkilemiş olmalıydı. Frau Konsül, arpacıksoğanı sosu iyi olmamış diye onu uyarınca, kız sıvalı kollarını kalçalarına dayamış ve, "Biraz daha bekleyin, Frau Konsül, bu böyle devam etmeyecek, çünkü bu düzen değişecek," demişti. "O zaman ipekli elbiseler giyip kanepeye sizin yerinize ben oturacağım ve 'siz' bana hizmet edeceksiniz..." Kuşkusuz kızın işine hemen son verildi.

Konsül başını salladı. Son zamanlarda o da kaygı uyandırıcı pek çok şey sezmişti. Gerçi yaşlı yük taşıyıcıları ve silo işçileri, kafalarına böyle kötü düşünceler sokmayacak kadar dürüst ve aileye saygılıydılar, ama gençler arasında bu başkaldırma ruhunun kafalarına yerleşmeye başladığını davranışlarıyla belli edenler vardı. Yeni dönemin beklentilerine uygun bir anayasa taslağı hazırlanmış olmasına rağmen ilkbaharda bir sokak çatışması olmuştu. Yeni yasa taslağı, Lebrecht Kröger ve bazı inatçı ihtiyar beylerin karşı çıkmalarına karşın senatoda yasallaştı. Yeni halk temsilcileri seçildi ve bir eyalet parlamentosu oluşturuldu. Ama huzursuzluk bir türlü savuşturulamadı. Büyük bir düzensizlik ve kavga dönemi başladı. Herkes anayasanın ve seçim hakkının gözden geçirilmesini istiyordu. Halk kendi arasında kavga edip duruyordu. Bir taraftakiler, Konsül Johann Buddenbrook'un da aralarında bulunduğu yurttaş grubu, "Sınıf ayrımına dayalı seçim!" ilkesini savunurken ötekiler de "Genel seçim hakkı!" istiyorlardı; Hinrich Hagenström de bu gruba dahildi. Bazıları da "Eşitlik ilkesine dayalı seçim!" diye seslerini yükseltiyorlar ve bundan ne anladıklarını belki de kendileri de bilmiyordu. Vatandaşlar arasındaki sınıf farkının kaldırılması, vatandaşlık hakkı elde etme imkânlarının genişletilmesi ve Hıristiyan olmayanların da bu haktan yararlanması gibi fikirler dolaşıyordu ortalıkta. Buddenbrook'ların aşçı kızları Trina'nın ipekli giysiler giyip kanepeye oturmak gibi düşüncelere kapılmasında şaşılacak bir şey yoktu! Çok can sıkıcı şeyler olacaktı. Olayların gidişi, durumun daha da kötüleşeceğini gösteriyordu.

1848 yılı Ekim ayının ilk günüydü. Birkaç ince bulut parçası gökyüzünde ağır ağır kayıyordu; ama yine de masmaviydi ve güneş pırıl pırıl parlıyordu. Eski gücü yoktu elbette, Doğa Manzaralı Tablolar Odası'ndaki yüksek demir parmaklıklar arkasındaki soba çıtırdayarak yanıyordu.

Sert bakışlı ve kumral bir kız olan küçük Clara, pencerenin önündeki dikiş masasının başına oturmuş nakış işliyordu. Frau Konsül'ün yanında kanepede oturan Klothilde de aynı şekilde nakış işliyordu. Klothilde Buddenbrook, evli olan kuzeni Tony'den daha büyük olmasa da –yirmi birine daha yeni basmıştı–, uzun suratında daha şimdiden keskin çizgiler oluşmaya başlamıştı. Donuk sarı saçlarıyla, daha çok hiç evlenmemiş bir kadına benziyordu. Ama o bu halinden çok memnundu ve bu durumdan kurtulmak için de hiçbir şey yapmıyordu. Bütün kuşku ve umutları geride bırakmak için bir an önce yaşlanmak istiyordu belki de! Hiç parası olmadığı için kendisiyle evlenecek birinin çıkmayacağını biliyordu. Amcasının saygın kişiliği sayesinde, yoksul kalmış seçkin aile kızlarına yardım amacıyla kurulmuş herhangi bir derneğin kasasından alacağı mütevazı bir gelirle, küçük bir odada sürdüreceği yaşamını düşündükçe içi burkuluyordu.

Kanepede yanı başında oturan Frau Konsül ise iki mektup okuyordu. Tony, küçük Erika'nın büyüyüp geliştiğini yazıyordu. Christian da, Londra'da geçirdiği günlerini ateşli ateşli anlatıyordu, ama Mr. Richardson'ın yanındaki işinden fazla söz etmiyordu. Kırk beşine yaklaşan Frau Konsül, sarışın kadınların erkenden yaşlanma gibi bir talihsizlikleri olduğundan yakınıyordu. Kızıl saçlarına çok yakışan yumuşacık ve pürüzsüz teni, kullandığı bütün canlandırıcı kremlere rağmen son yıllarda donuklaşmış ve saçları acımasızca kırlaşmaya başlamıştı; Tanrı'ya şükür Paris ürünü birkaç kutu saç boyası sayesinde bunu şimdilik gizleyebiliyordu. Frau Konsül hiçbir zaman ak saçlı görünmemeye kesin kararlıydı. Kullandığı saç boyası günün birinde işe yaramaz olursa, o zaman da gençlik yıllarındaki saçlarının renginde bir peruk takacaktı. Her zaman bakımlı olan saçlarının tepesine, çevresi beyaz dantel işlemeli ipek bir fiyonk bağlamıştı: Bu, ileride takacağı peruğa şimdiden alışmak demekti. İpekli elbisesi vücudunu geniş ve kabarık bir şekilde sarmıştı, çan şeklindeki kabarık kollarının altına ince tela geçirilmişti. Kollarına taktığı altın bilezikler her zaman olduğu gibi yine şıngırdıyordu. Öğleden sonraydı ve saat üçtü.

Birden sokaktan bağırışmalar ve haykırışlar duyuldu; tehditler savurup ıslıklar çalarak yürüyen bir grup insanın ayak sesleri artarak yaklaşıyordu.

Pencereden olanları seyreden Clara, "Anneciğim, neler oluyor?" diye sordu. "Bütün herkes... Ne istiyorlar bunlar? Neden böylesine sevinçliler?"

Elindeki mektupları bir kenara fırlatıp korkuyla yerinden kalkan ve pencereye koşan Frau Konsül, "Aman Tanrım! Yoksa... Evet, bu bir ihtilal... Bir halk ayaklanması!" diye bağırdı.

Huzursuzluk kentte bütün gün boyunca sürmüştü. Breiten Caddesi'nde bu sabah manifaturacı Benthien'in vitrini atılan bir taşla kırılmıştı, Benthien'in vitriniyle bu yüce politika arasında nasıl bir ilişki varsa...

Frau Konsül, titreyen sesiyle yemek salonunda takımları toplayan uşağı Anton'a, "Orada mısın?" diye haykırdı. "Aşağıya in! Evin kapısını kilitle! Bütün kapıları kapat! Bir halk ayaklanması..."

Anton, "Başüstüne Frau Konsül!" dedi. "Ama bunu yapmama izin verecekler mi? Ne de olsa zengin bir ailenin uşağıyım... Şu üstümdeki hizmetçi üniformasını görürlerse..."

Klothilde elindeki nakış işini bırakmadan, "Bunlar kötü insanlar," dedi üzgün bir şekilde. Tam bu sırada Konsül, sütunlu holden geçerek camlı kapıdan içeri girdi. Paltosu kolunda, şapkası ise elindeydi.

Frau Konsül korkuyla, "Jean, yoksa dışarı mı çıkacaksın?" diye sordu.

"Evet, sevgilim. Meclis toplantısına gitmem gerekiyor..."

"Ama halk ayaklanması, Jean, ihtilal..."

"Ah, durum o kadar da ciddi değil Bethsy'ciğim... kaygılanmana gerek yok, Tanrı'nın koruyucu elleri üzerimizde. Zaten az önce evimizin önünden geçip gittiler. Ben arka kapıdan çıkarım..."

"Jean, eğer beni seviyorsan... kendini tehlikeye atıp bizleri burada merakta bırakma... Tanrım, çok korkuyorum, çok korkuyorum!"

"Sevgilim, yalvarırım sana, ne olur boşuna korkup heyecanlanma... Bir grup genç insan bir araya gelmiş, belediye önünde ya da pazaryerinde biraz gösteri yapacaklar... devlete çok çok birkaç pencere camına mal olur, hepsi bu kadar."

"Jean, 'nereye' gideceksin?"

"Meclise... zaten çok da geç kaldım, işten fırsat bulup kalkamadım. Böyle bir günde mecliste bulunmamak utanç verici olurdu. Babanın oraya gitmeyeceğini mi sanıyorsun? Hem de bu yaşında..."

"Öyleyse git Jean, Tanrı'ya emanet ol!.. Ama yine de çok dikkatli ol, rica ederim çok dikkatli ol! Babama da göz kulak ol! Başına bir şey gelecek olursa..."

"Kaygılanmana gerek yok sevgilim..."

Frau Konsül kocasının arkasından, "Ne zaman dönersin?" diye seslendi.

"Dört buçukta, belki de beşte... duruma göre. Gündemde görüşülmesi gereken çok önemli konular var, buna bağlı..."

Frau Konsül şaşkın bakışlarıyla odanın içinde bir ileri bir geri dolaşırken, "Ama ben çok korkuyorum, çok korkuyorum!" diye tekrarladı.

## 3

Konsül Buddenbrook hızlı adımlarla kocaman bahçesini boydan boya geçti. Beckergrube'ye doğru yürürken arkasında ayak sesleri duydu; komisyoncu Gosch da, uzun paltosuna sarılmış, meclis oturumuna gidiyordu. Uzun ve zarif eliyle tuttuğu Cizvit tarikatı üyelerine özgü şapkasını sallarken öteki eliyle de büyük bir alçakgönüllülükle selam verdi

Kısık ve gergin bir sesle, "Herr Konsül... saygılarımı sunuyorum," dedi.

Kırk yaşlarında bekâr bir komisyoncu olan Siegismund Gosch, inatçı tavırlarına rağmen dünyanın en alçakgönüllü ve kalbi en temiz insanıydı. Güzel sanatlardan çok hoşlanıyordu ve ilginç bir düşünce yapısı vardı. Sinekkaydı tıraşlı yüzünde kemerli burnu, öne doğru fırlamış çenesi, keskin yüz hatları ve aşağı sarkık geniş ağzı vardı. İnce dudaklarını öfkeyle sıkı sıkı kapatırdı. Bütün çabası yabani, güzel ve şeytanca bir görüntü kazanmak, Mephistopheles ve Napoléon arasında yer alıp kötü, hain ve korkunç bir kişiliğe bürünmekti; bunda da oldukça başarılı sayılırdı. Kırlaşmış saçlarını alnının üstüne doğru, hem de ürkütücü bir biçimde taramıştı. Kambur olmadığına gerçekten üzülüyordu. Bu eski ticaret merkezinin kent sakinleri arasında, tuhaf ve sevimli bir görüntüsü vardı. Çok küçük, ama sağlam ve mütevazı bir komisyoncu bürosu sahibi olduğu için yine de bu kentin insanı sayılıyordu;

ama dar ve karanlık işyerinde hemen her dilden yapıtlarla dolu büyük bir kitaplık vardı. Yirmi yaşından beri Lope de Vega'nın bütün dramlarını çevirdiği söyleniyordu. Bir keresinde amatör tiyatro topluluğunca sahneye konan Schiller'in *Don Carlos* adlı yapıtında Domingo rolünü canlandırmıştı. Bu, onun sanat yaşamının en yüksek noktasıydı. Ağzından bir gün bile tek bir kötü söz çıkmamıştı. İş görüşmelerinde bile zaman zaman söylemek zorunda kaldığı, "Seni alçak, seni it oğlu it! Mezardaki atalarına lanet olsun!" gibi alışılagelmiş söylemleri ağzının içinde geveleyerek ve mimiklerle söylerdi. Bazı bakımdan, toprağı bol olsun, bizim şair Jean Jacques Hoffstede'nin ardılı ve mirasçısıydı; ama ne var ki ondan daha kötümser ve birden heyecanlanıveren bir yapısı vardı. İhtiyar Johann Buddenbrook'un geçen yüzyıldan tanıdığı bu dostunun neşeli ve coşkulu ruh halinden ona hiçbir şey bulaşmamıştı. Bir gün borsada oynarken satın aldığı her iki ya da üç kâğıttan bir anda altı buçuk taler kaybedince çok telaşlanmış ve bu olayı dramatize eden bir çeşit temsil bile vermişti. Waterloo Savaşı'nı kaybetmiş komutan gibi kendisini bir bankın üzerine bırakıp yumruğunu alnına dayamış ve Tanrı'ya isyan ediyormuş gibi gözkapaklarını birkaç kez kaldırıp indirerek, "Lanet olsun!" demişti. Şu ya da bu arazinin satışından elde ettiği küçük ama sağlam kazançlardan genelde hoşlanmadığından, borsada uğradığı bu kayıp, Tanrı'nın kendisi gibi bir düzenbaza verdiği bu ağır ceza, onun için büyük bir zevk, etkisi haftalarca süren bir mutluluk kaynağı demekti. "Herr Gosch, başınıza gelenleri duyduk, çok üzüldük," diyenlere hep şu yanıtı veriyordu: "Ah, benim sevgili dostum! *Uomo non educato dal dolore rimane sempre bambino!*[1] Tabii ne demek is-

1. (İt.) Acı çekerek eğitim görmeyen insan, her zaman çocuk olarak kalır! (Y.N.)

tediğini hiç kimse anlamıyordu. Acaba Lope de Vega'dan bir alıntı mı yapıyordu? Ama bu Siegismund Gosch'un çok bilgili ve ilginç bir adam olduğuna kuşku yoktu.

Herr Gosch bastonuna dayanarak Konsül Buddenbrook'un yanında, başı biraz öne eğik olarak caddeden yukarı doğru yürürken, "Ne zamanlara kaldık!" dedi. "Fırtınalı ve heyecanlı günler yaşıyoruz!"

Konsül, "Bunda çok haklısınız," dedi. "Heyecanlı günler yaşıyoruz gerçekten. Bugünkü oturum çok gergin geçecek gibi görünüyor. Sınıf ayrımına dayalı seçim..."

Herr Gosch, "Ama bakın, dinleyin beni!" diye devam etti sözlerine. "Bütün gün sokaklardaydım, isyancıları yakından izledim. Aralarında olağanüstü gençler vardı, duydukları öfke ve heyecandan gözleri parlıyordu..."

Johann Buddenbrook gülmeye başladı. "Tanıdığım kadarıyla siz de onlar gibi düşünüyorsunuz, sevgili dostum! Olup bitenlerden hoşlanmışa benziyorsunuz, öyle değil mi? Bakın, söyleyeyim size... Bütün bunlar elbette çocukça şeyler. Bu insanların niyeti ne? Ne istiyor bunlar? Bir grup eğitimsiz genç insan, ellerine geçirdikleri fırsattan yararlanarak biraz gürültü koparmak istiyor..."

"Elbette! Bunun böyle olmadığını ben de söyleyemem... O kasap çırağı Berkemeyer, Herr Benthien'in vitrinini kırdığında ben de oradaydım... bir panter gibiydi!" Herr Gosch, son sözcüğü dişlerini sıkarak söyledi ve daha sonra, "Konunun yüce bir yanı olduğunu inkâr edemem!" diye devam etti. Hiç değilse farklı bir yanı var, günlük olayların dışında ve şiddet içeren bir şey, bir fırtına, vahşice bir şey... bir gök gürlemesi gibi... Ah, halk hiçbir şeyin farkında değil, bundan eminim! Ama kalbim, benim kalbim onlarla birlikte..." Birbirleriyle konuşarak sarı boyalı binanın önüne gelmişlerdi, meclisin oturma salonu binanın alt katında bulunuyordu.

Aslında bu salon, Suerkringel adlı dul bir kadının işlettiği birahane ve dans lokaliydi, ama belli günlerde "meclis üyeleri"nin hizmetine sunuluyordu. Sağ tarafında lokanta kısmının bulunduğu, yemek ve bira kokusunun her tarafa yayıldığı taş döşemeli dar bir koridordan geçilerek sol taraftan yeşil boyalı ahşap bir kapıdan içeriye giriliyordu. Kapının ne tokmağı vardı ne de kilidi; o kadar dar ve alçaktı ki, arkasında kocaman bir salonun olduğunu kimse düşünemezdi. Salonun içi soğuk, duvarları bütünüyle çıplaktı. Beyaz tavanı, beyaz boyalı duvarları ve dışarıya fırlamış çatı kirişleriyle bir samanlığı andırıyordu. Oldukça yüksek üç penceresinin haç biçimdeki çerçeveleri yeşil boyalıydı ve perdesi yoktu. Pencerelerin tam karşısında, yarım daire şeklinde yukarı doğru basamak basamak yükselen oturma yerleri vardı ve en öne konmuş, sözcüler ve senato üyeleri için ayrılmış masanın üstünde büyük bir çıngırak, evrak dosyaları ve her türlü kırtasiye malzemeleri vardı. Kapının karşısındaki duvarda, palto ve şapkaların asıldığı birçok askılık vardı.

Konsül ve yol arkadaşı Gosch, dar kapıdan geçip arka arkaya salona girince büyük bir gürültüyle karşılaştılar. Belli ki gelenlerin sonuncusuydular. Salon, kimisi ellerini ceplerine sokmuş, kimisi elleri arkasında, kimininse elleri havada birbiriyle ateşli ateşli tartışan üyelerle doluydu. Meclisin yüz yirmi üyesinden yüzünün geldiği anlaşılıyordu. Kırsal bölge milletvekillerinin bir kısmı bu koşullar altında evde kalmayı yeğlemişti.

Hemen girişte küçük bir kalabalık vardı: Önemsiz iki ya da üç işadamı, bir lise öğretmeni, "yetim babası" diye bilinen Herr Mindermann ve kentin çok sevilen berberi Herr Wenzel. Siyah bıyıklı, ufak tefek, ama gücü kuvveti yerinde ve zeki olduğu yüzünden anlaşılan Herr Wenzel, kırmızı elleriyle daha bu sabah Konsül'ü tıraş etmişti ama burada onunla eşit haklara sahipti. Herr Wenzel seçkin çevrelerin berberiydi; Möllendorpf'lar,

Langhals'lar, Buddenbrook'lar ve Oeverdieck'ler gibi saygın kişileri tıraş ediyordu yalnızca; şehirle ilgili konulardaki engin bilgisi, cana yakınlığı, becerikliliği ve her türlü buyruk altında bile kendine olan güveni sayesinde meclis üyeliğine seçilmişti.

Heyecanla ve ciddi bakışlarıyla koruyucusuna dönerek, "Son haberleri duydunuz mu Herr Konsül?" diye sordu.

"Hangi haberleri, sevgili Wenzel?"

"Daha bu sabah bunların olacağını kimse bilemezdi. Herr Konsül beni bağışlasınlar, son haber mi? Belediye önünde ve pazaryerinde toplanan halk dağılmak istemiyor! Buraya gelip meclis üyelerinin gözünü korkutmak istiyorlar! Söylendiğine göre, gazetenin yazıişleri müdürü Rübsam onları kışkırtmış..."

Konsül, "Tanrım, olur şey değil!" dedi ve ön taraftaki kalabalığın arasından ite kaka ilerleyerek kayınpederinin sohbet ettiği Senatör Doktor Langhals ve James Möllendorpf'un bulunduğu salonun ortasına kadar geldi. Onların ellerini sıkarken, "Duyduklarım doğru mu baylar?" diye sordu.

Toplantı salonu bu haberle çalkalanıyordu; isyancılar gerçekten de buraya doğru geliyordu, sesleri duyulmaya başlamıştı bile...

Lebrecht Kröger soğuk ve nefret eden bir tavırla, "Alçaklar!" dedi. Buraya özel arabasıyla gelmişti. Bir zamanların "şövalye ruhlu" bu seçkin beyefendisi, mevcut koşullar altında seksen yıllık ömrünün yükü altında çökmeye başlamıştı. Ama bugün yine de dimdik duruyordu; gözleri yarıkapalıydı, ağzının iki yanından hafifçe aşağıya doğru sarkan ince ve beyaz bıyıklarıyla küçümseyen bir ifadeyle bakıyordu. Siyah kadife yeleğinin sedef düğmeleri iki sıra halinde parıldıyordu.

Bu grubun biraz ötesinde, kızıl sakalı biraz kırlaşmış

tıknaz ve göbekli Hinrich Hagenström duruyordu; ceketinin düğmelerini açmıştı ve mavi ekose yeleğinin üstünde kalın bir saat zinciri sallanıyordu. İş ortağı Herr Strunck'la birlikte ayakta duruyordu ve Konsülü selamlamadı.

Biraz daha ötede varlıklı biri gibi görünen manifaturacı Benthien, çevresini saran büyükçe bir kalabalığa vitrininin nasıl kırıldığını anlatıyordu. "Baylar! Önce bir tuğla, hatta yarım tuğla ve arkasından şangır diye bir gürültü... tuğla parçası bir top yeşil kumaşın üstüne düştü... Ayaktakımı! Artık gerisi devletin işi..."

Salonun bir köşesinde Glockengiesser Caddesi'nde oturan, yün gömleğinin üstüne siyah bir ceket giymiş Herr Stuht'un sesi duyuluyordu. Bir tartışmaya katılıyor ve öfkeyle, "Görülmemiş bir alçaklık!" diye tekrarlıyordu. "Alçaklık" sözcüğünü yanlış söylüyordu.

Johann Buddenbrook, biraz daha ilerleyerek eski dostu C.F. Köppen'i ve onun rakibi Konsül Kistenmaker'i selamladıktan sonra Doktor Grabow'un elini sıktı; İtfaiye Müdürü Giesecke, Yapı İşleri Şefi Voigt, Senatör Langhals'ın erkek kardeşi ve Meclis Sözcüsü Doktor Langhals'la, tüccarlarla, öğretmenlerle ve avukatlarla birkaç laf etti.

Oturum henüz başlamıştı ama tartışmalar çok hareketliydi. Halkı kışkırttığı söylenen bu alçak herife, gazetenin yazıişleri müdürü Rübsam'a salondakilerin hepsi lanet okuyordu. Peki ama burada toplanmalarının amacı neydi? Temsilciler meclisinin sınıf ayrımına dayalı seçim ilkesini korumak ya da herkese eşit seçim hakkı tanımak için toplanmışlardı. Senato ikinci konuyla ilgili isteğini daha önce bildirmişti. Öyleyse halk ne istiyordu? Bütün istedikleri meclis üyelerinin gırtlağına sarılmaktı. Milletvekilleri böylesine kötü bir duruma hiç düşmemişti!

Bütün üyeler konuyla ilgili görüşlerini öğrenmek için senato komiserlerinin çevresini sardı. Belediye Başkanı

Oeverdieck'in nasıl davranacağını öğrenmek için Konsül Buddenbrook'un çevresini de sardılar; çünkü Konsül Buddenbrook, Belediye Başkanı'nın akrabasıydı ve Konsül Justus Kröger'in kayınbiraderi olan Herr Oeverdieck senato başkanı olduğundan beri, Buddenbrook'ların kamuoyundaki itibarları büyük ölçüde artmıştı.

Dışarıdan birden büyük bir gürültü duyuldu... İhtilal, toplantı salonunun pencerelerinin altına kadar gelmişti! Ateşli ateşli görüşlerini açıklayan üyeler bir anda sustular. Korkudan dehşete kapılan milletvekilleri, ellerini karınlarının üstüne kavuşturup sessizce birbirlerinin yüzlerine ya da pencerelere, arkasında yumrukların havaya kalktığı ve kulakları sağır eden çılgınca bağırışmaların havayı inlettiği pencerelere bakıyorlardı. Ama sonra hiç beklenmedik bir şey oldu; ihtilalciler kendi taşkınlıklarından korkmuş gibi dışarısı bir anda salonun içi gibi sessizleşiverdi. Bütün salona hâkim olan bu derin sessizlik, Lebrecht Kröger'in oturduğu en alt sıraların arasından ağır ağır ve etkili bir şekilde yükselen bir sesle bozuldu:

"Alçaklar!"

Hemen arkasından, salonun herhangi bir köşesinden boğuk ve öfkeli bir başka ses daha yükseldi:

"Görülmemiş rezalet!"

Daha sonra manifaturacı Benthien'in aceleci, titrek ve gizemli sesi toplantı salonunda yankılandı:

"Sayın baylar... sayın baylar... beni dinleyin... ben bu binayı iyi tanıyorum. Üst katta bir tavan arası penceresi var. Çocukken buradan geçen kedileri kovalardım... Oradan rahatça komşu dama tırmanıp kendimizi güvence altına alabiliriz..."

Komisyoncu Gosch dişlerini gıcırdatarak, "Böyle korkaklık bize yakışmaz!" dedi. Ellerini kavuşturarak konuşma yaptığı masanın üzerine dayanmış, başını öne eğmiş ve ürkütücü bir bakışla gözlerini pencereye yöneltmişti.

"Korkmak mı? Neden korkacakmışız Herr Gosch? Aman Tanrım... Adamlar tuğla fırlatıyorlar! Çıldıracağım..."

Bu sırada gürültü yeniden başladı dışarıda, ama ilk başlardaki o şiddetli gürültünün yerini, sessizce ve aralıksız devam eden, arada bir "İlkeler!" ve "Vatandaşlık hakları!" gibi tek tük sloganların atıldığı, yer yer ıslık seslerinin ve mırıldanarak yapılan neşeli konuşmaların yükseldiği bir uğultu almıştı. Meclis üyeleri büyük bir korku içinde kulak kabartıyorlardı.

Başkan Herr Doktor Langhals bir süre sonra kısık bir sesle tüm meclis üyelerine seslenerek, "Sayın baylar, eğer sizler de benim gibi düşünüyorsanız oturumu açmak istemiyorum... ne dersiniz?" diye sordu.

Bu anlamsız bir öneriydi ve en küçük bir destek görmedi.

Biri, "Ne yararı olacak ki?" dedi. Bunu öyle bir kararlılıkla söyledi ki, hiç kimsenin itiraz etmesine fırsat vermedi. Pfahl adında bir köylüydü ve Ritzerau bölgesi Klein-Schretstaken kırsal bölgesini temsil ediyordu. Meclis oturumlarında bir kez bile konuştuğunu anımsayan yoktu; ama içinde bulunulan şu durumda en basit kafaların görüşü bile büyük önem taşıyordu. Herr Pfahl, hiç korkmadan ve kendinden emin bir politik içgüdüyle bütün meclisin görüşünü dile getirmişti.

Herr Benthien büyük bir öfkeyle, "Tanrı bizleri korusun!" dedi. "Üst sıralarda oturanları caddeden görebilirler! Dikkatli olmalıyız. Adamlar tuğla fırlatıyor! İşte, bakın..."

Şarap tüccarı Köppen çaresizlik içinde, "Şu lanet olası kapı da öyle dar ki!" diye haykırdı. "Dışarıya çıkmak istesek birbirimizi ezeriz... birbirimizi çiğneyip öldürürüz!"

Herr Stuht, boğuk bir sesle, "Görülmemiş bir alçaklık," dedi.

Başkan yeniden ve etkili bir şekilde, "Sayın beyler!" diye başladı. "Durumu yeniden değerlendirmenizi rica ediyorum... Bugünkü oturum raporunu üç gün içinde Eyalet Senatosu Başkanı'na sunmak zorundayım. Ayrıca metni bastırıp bütün kente dağıtmak da gerekiyor. Oturumun açılıp açılmaması konusunda oylama yapılmasını istiyorum..."

Ama başkanı destekleyen birkaç üyenin dışında gündeme geçilmesini isteyen kimse çıkmadı. Bu konuda oylama yapılmasının anlamsız olacağı anlaşılmıştı. Halkı kışkırtmamak gerekiyordu, halkın ne istediğini kimse bilmiyordu. Şu ya da bu yönde alınacak bir karar, durumu daha da içinden çıkılmaz bir hale getirebilirdi! Beklemeli ve telaşa kapılmamalıydılar. Meryem Ana Kilisesi'nin saati dört buçuğu vurdu.

İçeride kalıp sabırla bekleme kararında birbirlerini yüreklendirmeye çalıştılar. Dışarıda kâh çoğalan, kâh azalan, arada bir susan ve yeniden başlayan gürültüye alışmaya başladılar. Daha sakin olmaya, rahatlamaya, alt sıralara ve sandalyelere oturmaya başladılar. Kentin bu çalışkan yurttaşlarına yeniden bir canlılık, bir çalışma ruhu gelmeye başladı. İşle ilgili konuşmaya, hatta iş bağlantıları yapmaya bile başladılar. Komisyoncular büyük tüccarlara yaklaşıyordu. Çevreleri sarılmış meclis üyeleri şiddetli bir fırtına sırasında birlikte oturup başka şeylerden konuşan ve arada sırada da ciddi bir yüz ifadesiyle gök gürleyişine kulak veren saygın insanlar gibi birbirleriyle şakalaşıyorlardı. Saat beş oldu, beş buçuk oldu ve akşam karanlığı çökmeye başladı. Arada bir biri kalkıp, "Karım kahveyi hazırlamış, evde beni bekliyor," diye oflayıp pufluyor ve Herr Benthien de ona çatıdaki pencereyi anımsatıyordu. Ama çoğu, yazgısına teslim olmuşçasına kafasını sallayıp, "Benim vücudum oraya sığmaz ki!" diyen Herr Stuht gibi düşünüyordu.

Johann Buddenbrook, karısının uyarısını dikkate alarak kayınpederinin yanından hiç ayrılmıyordu. Yüzüne kaygıyla baktı:

"Yaşadığımız bu küçücük serüven umarım sizi etkilememiştir, babacığım?"

Kar beyazı peruğunun altında Lebrecht Kröger'in alnındaki iki mavi, damar kaygı verecek biçimde şişmişti. Yaşlı aristokrat, ellerinin biriyle yeleğinin sedef düğmeleri ile oynarken büyük bir pırlanta yüzüğün süslediği öteki elini dizlerinin üstüne koymuş, sinirinden titriyordu.

Tuhaf bir yorgunluk duygusuyla, "Saçmalama, Buddenbrook!" dedi. "Biraz canım sıkıldı, hepsi o kadar." Ama birden ona dönerek kendi yalanını kendisi ortaya çıkardı: "İnan bana, Jean! Bu aşağılık yaratıklara saygılı olmalarını öğretmek için kurşun ve barutla üzerlerine gitmek gerekir... ayaktakımı bunlar! Alçaklar!.."

Konsül mırıldanarak onun söylediklerini onayladı. "Evet, öyle... öyle... çok haklısınız, onursuzca bir komedi oynanıyor... ama elimizden ne gelir? Görmezden gelmeliyiz. Zaten akşam da oluyor, biraz sonra giderler..."

Lebrecht Kröger öfkesinden çıldırmış bir halde, "Arabam nerede?.. Arabamı getirsinler!" diye emirler yağdırıyordu. Öfkesinden patlayacaktı sanki, tüm vücudu zangır zangır titriyordu. "Arabayı saat beşte getirmelerini emretmiştim!.. Nerede kaldı?.. Toplantı olmayacak... ne işim var benim burada?.. Benimle alay edilmesinden hiç hoşlanmam!.. Arabamı istiyorum!.. Yoksa arabacıma bir şey mi yaptılar? Gidip bir bakın, Buddenbrook!"

"Sevgili kayınpederim, Tanrı aşkına sakin olun. Heyecanlanmayın... heyecan size iyi gelmez! Elbette gidip bakarım, şimdi gidiyorum bakmaya. Bu durumdan ben de çok sıkıldım. Şu adamlarla bir konuşayım ve evlerine dönmelerini söyleyeyim onlara..."

Lebrecht Kröger birdenbire soğuk ve küçümseyen

bir yüz ifadesiyle, "Durun, hiçbir yere gitmiyorsunuz! Kendinizi tehlikeye atamazsınız Buddenbrook," diye emretmesine rağmen, Konsül Buddenbrook hızlı adımlarla salonu boydan boya geçti.

Yeşil boyalı küçük kapıya iyice yaklaşmıştı ki, Siegismund Gosch önünü kesti, kemikli eliyle kolundan tuttu ve ürkütücü bir fısıldamayla, "Nereye Herr Konsül?.." diye sordu.

Komisyoncunun yüzünde binlerce kırışıklık oluşmuştu. Yabanî bir kararlılıkla sivri çenesini yukarıya kaldırdı; kır saçları ürkütücü bir biçimde alnına ve şakaklarına düştü. Başını omuzlarının arasına öyle bir eğdi ki, "Halka nutuk atmaya çok mu hevesli sanıyorsunuz beni!" diye haykırırken iki büklüm bir adamı anımsatıyordu.

Konsül şöyle dedi, "Hayır, bırakın beni de yapayım bunu Gosch," dedi. Aralarında belki tanıdıklarım da vardır..."

"Olabilir!" diye yanıt verdi komisyoncu sessizce. "Siz benden çok daha önemli bir kişisiniz." Sesini yükselterek devam etti. "Ama ben yine de sizinle birlikte geleceğim, sizin yanınızda olacağım Konsül Buddenbrook! Zincirlerinden kurtulmuş kölelerin öfkesi beni parçalasa da..."

Salondan çıkarlarken, "Ah, ne güzel bir gün! Ne muhteşem bir akşam!" dedi komisyoncu Gosch. Belli ki kendisini şu âna kadar hiç böyle mutlu hissetmemişti. "Ee, Herr Konsül! Hadi bakalım, işte halk!"

Koridoru birlikte geçmişlerdi; binanın dış kapısının önüne çıktılar ve kaldırıma inen üç basamaklı dar bir merdivenin en üst basamağında durdular. Sokağın şaşırtıcı bir görüntüsü vardı. Her yer bomboştu. Işıkları yanan evin açık pencerelerinden başlarını dışarıya uzatmış meraklılar, isyancıların karanlık bir güruh halinde meclis binasına girme mücadelesini seyrediyorlardı. Sayıca içeridekilerden daha fazla değillerdi; liman ve depolarda çalışan işçilerden, uşaklardan, ilkokul öğrencilerinden, tüccar gemilerinde çalışan birkaç tayfa ve kentin Twieten, Gängen, Wischen ve Höfen gibi yoksul semtlerinde oturan daha başka bir grup insandan oluşuyorlardı. Buddenbrook'ların aşçı kızları Trina gibi bu işten çıkar sağlamak isteyen üç ya da dört kadın da vardı aralarında. Ayakta durmaktan yorulmuş bazı isyancılar, ayaklarını yaya kaldırımının kenarındaki su oluğuna dayamış, öylece oturuyor ve tereyağlı ekmeklerini yiyorlardı.

Saat altıya geliyordu. Hava iyice karardığı halde sokak lambaları hâlâ yanmamıştı. Düzenin bozulduğu gerçeği Konsül Buddenbrook'u gerçekten çok kızdırdı, bundan dolayı da öfkeli bir ses tonuyla ve kesik kesik, "Nedir yaptığınız bu saçmalıklar?" diye sordu.

Kaldırımın kenarında karınlarını doyurmakta olan isyancılar birden ayağa fırladı. Yolun diğer tarafında, biraz daha gerilerde oturanlar da ayaklarının ucuna basarak yerlerinden kalktı. Konsül'ün emrinde çalışan bazı liman işçileri şapkalarını çıkarıp saygılarını sundular, birbirlerini uyardılar ve kenara çekilerek boğuk bir sesle, "Bu, Konsül Buddenbrook!" dediler. "Konsül Buddenbrook bizlerle konuşacak! Çeneni tut Christian, yoksa çok fena kızar! Yanındaki de komisyoncu Gosch, bir bak, biraz çatlak gibi görünmüyor mu?"

Konsül Buddenbrook küçük ve çukur gözlerini, elinde şapkası ve ağzı ekmek dolu olarak merdiven basamaklarının hemen önünde kendinden emin bir şekilde duran yirmi iki yaşlarındaki bir depo işçisine çevirerek, "Corl Smolt, hadi konuş bakalım! İşte tam sırası! Bütün öğle sonu boyunca böğürüp durdunuz," dedi.

Corl Smolt ağzındaki ekmeği çiğneyerek, "Evet, Her Konsül," dedi. "Bilmem nasıl söylesem... istediğimiz şey... Daha fazla bekleyemeyiz... şey... ihtilal yapmak istiyoruz."

"Neler saçmalıyorsun sen, Smolt!"

"Evet, Herr Konsül, belki de haklısınız, ama başka çaremiz yok... biz yeni bir düzen istiyoruz, hepsi bu... başka bir şey istediğimiz yok..."

"Beni dinle Smolt, sizler de dinleyin beni! İçinizde biraz aklı olan varsa hemen evine gitsin, bırakın ihtilal yapmayı, düzeni bozmaya kalkışmayın..."

Herr Gosch ıslık çalar gibi bir sesle, "Kutsal düzen!" diye laf attı.

"Düzeni bozuyorsunuz, diyorum size!" dedi Konsül Buddenbrook kararlı bir ses tonuyla. "Sokak lambalarını bile yakmadınız... ne ilgisi var bunun ihtilalle?"

Corl Smolt ağzındaki ekmeği sonunda yutmuştu, sırtı kalabalığa dönük ve kendinden emin bir şekilde duruyordu ve Konsül'ün söylediklerine itirazı vardı.

"Evet, Herr Konsül, siz de biliyorsunuz! Bütün bunlar herkese eşit seçim hakkı tanınması için..."

Konsül, "Tanrım, neler söylüyorsun öyle sersem herif! Söylediklerin bütünüyle saçma," diye bağırdı ve öfkesinden Kuzey Almanya lehçesiyle konuştuğunu unuttu.

Biraz gözü korkmuş olan Corl Smolt, "Evet, Herr Konsül," dedi. "Hepsi bu kadar, söylediğim gibi başka şansımız kalmadı, ihtilali mutlaka gerçekleştireceğiz. Bu kesin. İhtilal her yerde var, Berlin'de ve Paris'te..."

"Smolt, ne istiyorsunuz siz? Bunu bana bir söylesenize!"

"Herr Konsül, biz cumhuriyet istiyoruz, cumhuriyet istiyoruz."

"Ama sen ne istediğini bilmiyorsun ki... isteğiniz yerine getirildi ya!"

"Evet, Herr Konsül, ama ben bir tane daha istiyorum."

Konsül'ün çevresini saranlardan biraz daha akıllı olanlar, ağır ağır ve tüm içtenlikleriyle gülmeye başladı. Corl Smolt'ün Konsül'ün sorusuna verdiği yanıtı çok az anladığı halde, cumhuriyet yanlılarının oluşturduğu bütün bu kalabalık, kendinden geçip bir kahkaha seline kapılıncaya kadar gülmeye devam etti. Meclisin toplandığı binanın penceresinde meraklı bakan birkaç üye görüldü, ellerinde kocaman bira bardakları vardı. Olayların böyle bir yön almasından hayal kırıklığına uğrayan ve üzülen tek kişi, kuşkusuz Siegismund Gosch'tu.

Konsül sonunda, "Hadi bakalım, sanırım evlerinize dönseniz iyi olacak!" dedi.

Söylediklerinin bıraktığı izlenime canı sıkılmış olan Corl Smolt, "Evet, Herr Konsül, dediğiniz gibi olsun," dedi. "O zaman bu işi olduğu yerde bıraksam iyi olacak. Herr Konsül'ün bana kızmayışına çok sevindim. Hoşça kalın, Herr Konsül..."

Kalabalık neşe içinde dağılmaya başladı.

Konsül, "Bir dakika bekle, Smolt!" diye seslendi. "Söylesene, Kröger'lerin arabasını gördün mü? Kröger ailesinin Kuleli Kale Kapısı önünde duran arabasını?"

"Evet, Herr Konsül! Arabanın geldiğini gördüm, aşağıda bir avlunun içinde duruyor, Herr Konsül gidip görebilir..."

"Güzel... Smolt, öyleyse hemen oraya koş ve Jochen'e buraya gelmesini söyle. Efendisi eve dönmek istiyor."

"Baş üstüne, Herr Konsül!"

Corl Smolt şapkasını başına geçirdi ve deri şemsiyesini gözlerini kapatacak şekilde iyice aşağıya indirdikten sonra, kendinden emin ve ölçülü adımlarla caddeden aşağıya doğru hızla indi.

## 4

Konsül Buddenbrook, Siegismund Gosch'la birlikte toplantı salonuna geri döndüğünde, salondaki hava on beş dakika öncesine göre çok rahatlamıştı. Meclis kürsüsünün üstündeki iki büyük parafin lambanın sarı ışığı altında yan yana oturan ya da ayakta duran üyeler, biralarını kocaman bardaklarına doldurup tokuşturuyor ve son derece neşeli bir ruh hali içinde ve gürültüyle birbirleriyle sohbet ediyorlardı. Dul Frau Suerkringel de oradaydı. İçeriye hapsedilmiş meclis üyelerini dostça ağırlamış, kuşatmanın daha uzun süre devam edeceğini söyleyerek bir şeyler içmelerini önermiş ve alkolü bol bira stoğunun büyük bir bölümünü satabilmek için bu gergin ortamdan yararlanmasını bilmişti. Bu iki görüşmeci salona girer girmez, kolluklarını takmış olan uşak, tatlı tatlı gülümseyerek yeni bir stok bira daha getirdi. Gecenin bir hayli ilerlemesine rağmen, anayasayı yeniden gözden geçirme görüşmelerine devam etmek için vaktin çok geç olmasına rağmen, hiç kimse şu güzel birlikteliği bozup eve gitmek istemiyordu. Artık evde kahve içme zamanı da geçmişti...

Konsül, sağladığı başarıdan dolayı kendisini kutlayan pek çok kişinin elini sıktıktan sonra, fazla geç kalmadan kayınpederinin yanına gitti. Görünüşe bakılırsa neşesi yerine gelmemiş tek kişi Lebrecht Kröger'di. Küçümseyen, soğuk ve dalgın bakışlarla yerinde öylece oturuyordu. Arabasının hazır olduğu kendisine bildirilince öfkeden çok yaşlılıktan titreyen alaylı bir sesle, "Serseriler sonunda evime dönmeme izin verdiler mi?" diye sordu.

Her zamanki kibar tavırlarına hiç uymayan sert hareketlerle kürklü paltosunu omuzlarına koydu ve Konsül Buddenbrook'un birlikte gitme önerisine kayıtsızca, "*Merci,*" dedikten sonra, damadının koluna girdi.

İki büyük fenerin sağlı sollu yandığı muhteşem araba kapının önünde duruyordu; sokak lambalarının yeniden yanmaya başlaması Konsül'ü çok mutlu etti. Kayınpeder ve damat arabaya bindiler. Araba sokaklarda gümbür gümbür ilerlerken Lebrecht Kröger, arabanın içindeki örtüyü dizlerinin üzerine çekmiş, damadı Konsül Buddenbrook'un sağında dimdik, sessizce, geriye yaslanmadan ve yarıkapalı gözlerle oturuyordu. Ak düşmüş kısacık bıyıklarının altındaki sarkık ağzının iki yanında, çenesine kadar uzanan iki dikey kırışık vardı. Uğradıkları hakaretten dolayı duyduğu öfkeyle için için köpürdüğü belli oluyordu. Donuk ve soğuk bakışlarını karşısındaki boş yastığa dikmişti.

Sokaklar pazar akşamlarından bile daha hareketliydi. Görünüşe bakılırsa tam bir bayram havası vardı. İhtilal girişiminin başarıyla sonuçlanmasından mutluluk duyan halk, caddelerde keyifli keyifli dolaşıyordu. Hatta şarkılar bile söyleniyordu. Geçen arabaların arkasından, "Yaşasın!" diye haykırıp şapkalarını havaya fırlatanlar oluyordu.

Konsül, "Siz saygıdeğer kayınpederimin çok fazla üzüldüğünü sanıyorum," dedi. "Bütün bunların bir soytarılık olduğu düşünülürse... bir maskaralık..." İhtiyardan herhangi bir yanıt ya da açıklama alabilmek için ihtilal hakkında hararetle bir şeyler söylemeye başladı. "Hiçbir serveti olmayan insanlar bu hareketleriyle kendi çıkarlarına hizmet etmediklerini bir anlayabilseler... Ah, Tanrım, zaten hep böyle oluyor! Bugün öğleden sonra komisyoncu Gosch'la kısa bir konuşma yaptım, bu tuhaf adam her şeye bir şair ya da oyun yazarı gözüyle bakıyor. Siz de biliyorsunuz, sevgili kayınpederim, ihtilal Berlin'de estetikle ilgilenenlerin çay masalarında hazırlandı. Halk da bu amaç için mücadele etti ve kellesini ortaya koydu. İstediklerini elde edebilecekler mi?"

Herr Kröger, "Yanınızdaki pencereyi açsanız iyi olacak," dedi.

Johann Buddenbrook, ihtiyara şöyle bir baktı ve camı çabucak aşağıya indirdi.

Konsül kaygıyla, "Kendinizi iyi hissetmiyor musunuz sevgili babacığım?" diye sordu.

Lebrecht Kröger sert bir yüz ifadesiyle, "Hayır, hiç iyi değilim," diye yanıt verdi.

Konsül Buddenbrook, "Bir şeyler yiyip dinlenmelisiniz," dedi ve bir şeyler yapmış olmak için de pöstekiyi kayınpederinin dizlerinin üstüne sıkı sıkı örttü.

Araba, Burg Caddesi'nden şakırdayarak geçerken korkunç bir şey oldu. Kuleli Kale Kapısı'nın yarı karanlık duvarlarına on beş adım kala, neşeli neşeli oynayıp zıplayan sokak çocuklarının arasından geçerken açık pencereden bir taş düştü içeriye. Gerçi hiç kimseye zarar vermeyecek kadar küçük bir taştı, bir tavuk yumurtasından çok daha küçüktü. İhtilali kutlayan herhangi bir Krischan Snut ya da Heine Voss tarafından atılmış olmalıydı; kuşkusuz kötü bir amaçla atılmamıştı ve araba doğrudan hedef alınmamıştı belki de. Pencereden sessizce içeriye girmiş, Lebrecht Kröger'in kürklerle sarılı göğsüne sessizce çarpmış ve dizlerinin üstündeki pöstekiden sessizce kayarak yere düşmüştü.

Konsül Buddenbrook hiddetlenerek, "Bu çok büyük bir terbiyesizlik!" dedi. "Bu akşam herkes zincirinden mi boşanmış ne?.. Ama size bir şey olmadı, değil mi babacığım?"

İhtiyar Kröger hiç yanıt vermedi. Ürkütücü bir şekilde susuyordu. Arabanın içi çok karanlık olduğu için yüzündeki ifadeyi görmek mümkün değildi. Ama şimdi öncekinden daha dik ve daha sert oturuyor, arkasındaki yastığa da dayanmıyordu. Ama biraz sonra içinin derinliklerinden gelen bir sesle... yavaş, korkutucu ve kahredici bir sesle, "Alçaklar," dedi.

Konsül Buddenbrook, kayınpederini daha fazla kızdırmamak için sustu. Araba, arkasında yankılar bırakarak Kuleli Kale Kapısı'ndan içeri girdi ve üç dakika sonra geniş ağaçlı yolda, Kröger'lerin malikânesinin sınırlarını çizen altın yaldızlı parmaklıkların önündeydiler. Terasa kadar devam eden kestane ağaçlı giriş yolunun başındaki geniş bahçe kapılarının her iki yanında iki fener, kapaklarının üstündeki altın yaldızlı düğmeleriyle ortalığı pırıl pırıl aydınlatıyordu. Konsül Buddenbrook, arabanın içine vuran ışığın parıltısı altında kayınpederinin yüzünü görünce çok korktu. Sapsarı, pörsümüş ve buruş buruş bir yüzdü. Şimdiye kadar koruyabildiği o soğuk, sert ve herkese tepeden bakan yüz ifadesinin yerini zayıf, çarpılmış, içine çökmüş, yaşlılara özgü bomboş ve aptal aptal bakan bir yüz, bir buruşukluk yığını almıştı. Araba terasın önünde durdu.

Lebrecht Kröger, "Yardım edin bana," dedi, arabadan daha önce inen Konsül, kayınpederinin dizlerinin üstündeki pöstekiyi çekip bir kenara atarak yaslanması için kolunu ve omuzlarını uzatmıştı. İhtiyarın koluna girerek yemek odasına çıkılan beyaz ve pırıl pırıl parlayan merdivene kadar çakıllı yoldan yavaş yavaş yürüttü. Basamakların önüne gelince, yaşlı adam dizlerinin üstüne yığılıverdi. Başı göğsünün üstüne öyle bir düştü ki, çene kemikleri gürültüyle birbirine çarptı. Gözleri ters dönmüş gibi oldu ve cam gibi bakakaldı...

Bir zamanların şövalye ruhlu ünlü adamı Lebrecht Kröger, artık bu dünyadan göçmüş, öbür dünyadaki atalarının yanındaydı.

## 5

Bir yıl iki ay sonra, 1850 yılı Ocak ayının karlı ve sisli bir sabahında, Grünlich çifti, üç yaşındaki küçük kızlarıyla birlikte açık maun ahşap kaplamalı yemek odasında, her biri 25 marka satın alınmış sandalyelere oturmuş kahvaltılarını yapıyorlardı.

Dışarıda öyle bir sis vardı ki, her iki pencerenin camından neredeyse hiçbir şey görünmüyordu; çıplak ağaçlar ve çalılıklar bile belli belirsiz seçilebiliyordu. Hercaimenekşeli odaya geçilen açık kapının yanında, bir köşede duran yeşil çini soba kıpkırmızı aleviyle çıtır çıtır yanıyor ve odaya hoş kokulu bir sıcaklık veriyordu. Sobanın bulunduğu köşenin tam karşısında, kapının iki yanında yarı açılmış ağır yeşil perdelerin arasından kahverengi ipek döşemeli salon ve bağlantı yerleri pamuklu yalıtım şeritleriyle kapatılmış camlı yüksek bir kapı görünüyordu. Kapının hemen arkasındaki küçük teras gri beyaz bir sis tabakası içinde kaybolmuş gibiydi. Yan taraftan üçüncü bir kapı koridora açılıyordu. Yuvarlak masanın üstündeki Şam kumaşından yapılmış kar beyazı örtünün üstüne bir de yeşil işlemeli süs örtüsü yayılmıştı; kenarları altın yaldızlı zarif porselen takımlar masanın üstünde sedef gibi parlıyordu. Bir çaydanlık fokur fokur kaynıyordu. Uçları sivri, ince ve yuvarlak gümüş tellerden örülmüş yassı ekmek sepetinin içinde yuvarlak yuvarlak çörekler ve kesilmiş pasta dilimleri vardı. Kristal bir kapağın altında küçük ve top top tereyağı parçaları duruyordu. Bir başka kristal kâse içinde de çeşit çeşit peynirler vardı; sarı, yeşil damarlı ve beyaz her çeşit peynir. Evin beyinin önüne bir şişe kırmızı şarap da konmuştu, çünkü Herr Grünlich kahvaltı masasında hiçbir şeyin eksik olmasını istemezdi.

Yeni taranmış favorileri ve sabahın bu saatinde al al olmuş yüzüyle Grünlich, siyah ceketini ve iri kareli açık renk pantolonunu giymiş, sırtı salona dönük, İngiliz usulü az pişmiş pirzolasını yiyordu. Gerçi eşi onun bu tür kahvaltı edişini bir kibarlık sayıyordu, ama çok da büyük tiksinti duyuyordu; kahvaltıda alışık olduğu ekmek ve yumurtadan başka bir şey yemeyi hiçbir zaman düşünemezdi.

Tony sabahlıkla oturuyordu; sabahlık giymeyi pek seviyordu. Hiçbir şey onun için şık bir sabahlıktan daha güzel olamazdı. Babasının evinde bu tür sabahlıklara izin verilmediğinden, şimdi evli bir kadın olarak bunun keyfini çıkarmak istiyordu. Hazırlanması bir balo tuvaletinden daha büyük bir incelik ve hayal gücü isteyen bu yumuşacık ve zarif giysilerden üç tane daha vardı gardırobunda. Ama bugün giydiği koyu kırmızı sabahlığının rengi, duvardaki ahşap kaplamanın tonuyla tam bir uyum içindeydi ve iri çiçek desenli yumuşacık kumaşın üstüne aynı renkte minik boncuklar serpilmişti. Sabahlığın üstünde, yakadan eteğe kadar inen bir sürü kırmızı kadife kurdele sallanıyordu.

Koyu kırmızı kadife kurdelelerle bağladığı açık sarı gür saçları alnına dökülmüştü. Dış görünüşü, yaşının epeyce ilerlediğini belli ediyorsa da, öne doğru çıkık üstdudağındaki o çocuksu, masum ve büyüleyici ifade hiç değişmemişti. Gri mavi gözlerini örten gözkapakları, yüzünü yıkadığı soğuk sudan dolayı biraz kızarmıştı. Kadife sabahlığının kollarının sardığı beyaz, kısa, bütün Buddenbrook'lar gibi ince ve biçimli elleri, anlaşılamayan bir nedenle bıçağı, kaşığı ve bardağı biraz tuhaf ve aceleci tutuyordu.

Açık mavi yün örgüsü ceketiyle ve kıvır kıvır açık kumral saçlarıyla bir çocuk sandalyesinde, annesinin yanı başında oturan Erika çok tatlı ve tombul bir çocuktu. Elleriyle sıkı sıkı tuttuğu kocaman bir fincanın içine başını iyice sokmuş, sütünü içiyor ve arada bir de, "Oh!" diyordu.

Frau Grünlich, sonra çıngırağı çaldı ve hizmetçi kız Thinka, çocuğu üst kattaki oyun odasına götürmek için koridordan içeri girdi.

Tony, "Yarım saat kadar dışarıda gezdir Thinka," dedi. "Ama daha fazla olmasın, kalın ceketini de giydir, anladın mı?.. Sis var." Artık kocasıyla baş başaydı.

Tony bir süre sessiz kaldıktan sonra yarım kalmış bir konuşmayı sürdürmek isteyerek, "Kendini gülünç duruma düşürüyorsun, Grünlich," dedi. "Mantıklı bir itirazın var mı? Söyle, mantıklı bir itirazın var mı gerçekten?.. Çocukla her zaman ben ilgilenecek değilim..."

"Antonie, sende çocuk sevgisi yok."

"Çocuk sevgisi... demek öyle, çocuk sevmiyormuşum ben... kim demiş bunu? Benim hiç boş zamanım yok! Ev işleri bütün günümü alıyor! Kafamda bir sürü işle yataktan uyanıyorum ve yatağa giderken de yapılması gereken daha bir sürü iş oluyor kafamda..."

"İki hizmetçi kız var evde. Senin yaşında genç bir kadın..."

"İki hizmetçi kız varmış! Evet, doğru. Thinka bütün gün çamaşır yıkıyor, temizlik yapıyor ve bize hizmet ediyor. Aşçı kız ise aynı şekilde işten bunalmış durumda. Pirzolasız sabah kahvaltısı yapmıyorsun... Düşünsene bir Grünlich! Erika için bir dadı, bir çocuk bakıcısı gerekli..."

"Ona daha şimdiden bir çocuk bakıcısı tutmaya bütçemiz uygun değil."

"Bütçemiz uygun değil de ne demek!.. Tanrım, gülünç 'oluyorsun'! Dilenecek durumdayız, öyle mi? En gerekli ihtiyaçlarımızdan da mı vazgeçmemiz gerekiyor? Yanılmıyorsam sana seksen bin mark drahoma getirmiştim..."

"Ah, bıktım senin bu seksen bin markından..."

"Tabii!.. İşine gelmediği için küçümsüyorsun getirdiğim drahomayı... Öyle ya, sen bu para için evlenmedin benimle... sevdiğin için evlendin... Güzel, çok güzel! Ama beni hâlâ seviyor musun? Oysa benim en haklı isteklerimi bile karşılamak istemiyorsun. Çocuğun bakıcıya ihtiyacı olmadığını söylüyorsun... Günlük ekmek kadar ihtiyaç duyduğumuz kupa arabanın lafı bile yok!.. 'Ekonomik durumumuz' dost ziyaretlerine gitmek için bir araba almaya uygun değilse o zaman neden kent dışında oturuyoruz? Benim şehre inmemden neden hoşlanmıyorsun?.. Bütün gün evde oturup hiç kimsenin yüzünü görmeyeyim de sıkıntıdan patlayayım mı? Bunu mu istiyorsun? Çekilmez adamın biri oldun!"

Herr Grünlich bardağına kırmızı şarap koydu, kristal kapağı kaldırdı ve peynire uzandı. Ama Tony'ye hiç yanıt vermedi.

Tony, "Beni hâlâ seviyor musun?" diye tekrarladı. "Susuşunun bizim Doğa Manzaralı Tablolar Odası'ndaki o günkü halini anımsattığını söylemeden edemeyeceğim... O gün davranışların çok farklıydı!.. Evlendiğimiz ilk günden beri yalnızca akşamları birlikte oturuyoruz, o zaman da gazete okuyorsun yalnızca. Önceleri hiç olmazsa isteklerime saygı gösteriyordun. Ama uzun süreden beri artık bunu da yapmıyorsun. Beni ihmal ediyorsun!"

"Ya sen? Sen de beni iflasa sürüklüyorsun..."

"Ben mi?.. Ben mi seni iflasa sürüklüyorum?"

"Evet. Tembelliğinle, hizmetçiye ve lükse düşkünlüğünle..."

"Hadi canım sen de! Aldığım iyi eğitimden dolayı beni suçlama! Ben babamın evinde elimi sıcak sudan soğuk suya sokma gereği duymazdım. Şimdi ise, güç de olsa ev işlerine alışmak zorunda kaldım; ama en basit yardımı bile benden esirgemeni kabul edemiyorum. Babam varlıklı bir adam, günün birinde benim hizmetçi sıkıntısı çekeceğimi aklına bile getirmezdi herhalde..."

"Öyleyse biraz daha bekle de onun zenginliğinden payımıza düşenle üçüncü bir hizmetçi tutalım."

"Babamın ölümünü mü bekliyorsun?!.. Varlıklı bir ailenin kızı olduğumu ve sana eli boş gelmediğimi bir kez daha söylemek isterim..."

Herr Grünlich ağzındaki lokmayı çiğnerken gülümsüyordu; düşünceli, üzgün ve suskun bir gülümseyişti bu. Tony öfkesinden çıldırmak üzereydi.

"Grünlich," dedi sakin bir şekilde. "Bakıyorum gülümsüyorsun, ekonomik durumumuzdan söz ediyorsun... Yoksa yanılıyor muyum? Ekonomik durumumuz iyi, değil mi gerçekten? İşlerin kötü mü gitti? Yoksa sen..."

Tam bu anda koridor kapısına birkaç kez güm güm vuruldu ve biraz sonra Herr Kesselmeyer içeri girdi.

## 6

Herr Kesselmeyer aile dostu olarak önceden haber vermeden gelmişti. Paltosuz ve şapkasız, kapıda dikilmiş bekliyordu. Dış görünüşü, Tony'nin, annesine yazdığı mektupta anlattıklarına çok uygundu. Ufak tefek biriydi; ne şişmandı ne de zayıf. Siyah ve yer yer aşınmaya başlamış bir ceket, dar ve kısa bir pantolon; üstünde iki ya da üç gözlük kordonuna bağlı uzun ve ince bir saat zincirinin sallanıp durduğu beyaz bir yelek giymişti. Yanaklarını örten, çene ve dudaklarını açıkta bırakan kısacık kesilmiş beyaz sakalı, kırmızı yüzüne hiç yakışmıyordu. Küçük ağzı komik bir şekilde sürekli oynuyordu. Yalnızca altçenesinde iki dişi vardı. Herr Kesselmeyer ellerini pantolonunun ceplerine sokmuş, kararsız, dalgın ve düşünceli düşünceli dururken koni biçimindeki sarı iki dişiyle üstdudağını ısırıyordu. Başındaki birkaç tel kır saçı, en küçük bir esinti olmadığı halde yine de hafifçe uçuşuyordu.

Sonunda ellerini cebinden çıkardı, öne doğru eğildi, altdudağını aşağıya sarkıttı ve daha sonra göğsünün üstünde birbirine geçmiş saat kordonlarından birini uğraşa uğraşa çıkardı. Gözlüğünü burnunun üstüne oturtup sevimsizce sırıtarak Grünlich çiftini tekrar tekrar süzdükten sonra, "Aha!" dedi.

Sıkça kullandığı bu söylemi çok değişik ve kendine özgü bir biçimde söylemeye çalıştığı hemen fark ediliyordu. Ayrıca bunu söylerken başını geriye atıyor, burnunu kırıştırıyor, ağzını genişçe açıyor ve kollarını açıp havada sallayarak bir Çin çalgısının çıkardığı ezgi sesini anımsatan uzun, genizden ve mekanik bir sesle söylüyordu. Bazen daha değişik tonda söylemesi bir yana, kesik kesik, doğal ve yumuşak bir biçimde, neredeyse hiç anlaşılmayan ve genizden gelen bir "a" sesiyle söylüyordu; bu da ona daha komik bir görüntü veriyordu. Bugün başını sertçe ve neşeyle sallayarak "Aha" demesi, keyfinin pek yerinde olduğunu gösterir gibiydi. Ama onun görünüşüne aldanmamak gerekirdi; çünkü bankacı Kesselmeyer, canı ne kadar çok sıkılırsa sıkılsın, neşeli davranmaktan hiç geri kalmazdı. Binlerce defa "Aha" sözcüğünü söyleyip, kelebek gözlüğünü burnunun üstüne oturtup, sonra tekrar indirip, kollarını havada sallayıp gevezelik ederek sergilediği aşırı maskaralıktan ne yapacağını bilemese de, içindeki kötülüğün onu yiyip bitirdiğine kuşku yoktu. Herr Grünlich, onun yüzüne gözlerini kırpıştırarak ve gizleyemediği bir kuşkuyla bakıyordu.

"Sabahın bu saatinde mi?" diye sordu.

Herr Kesselmeyer, "Evet, öyle..." diye yanıt verdi ve küçük, kırmızı, kırış kırış ellerinden birini, "Biraz sabırlı olun, size bir sürprizim var!" demek ister gibi havada salladı. "Sizinle görüşmem lazım! Sizinle hemen görüşmem lazım, sevgili dostum!" Çok tuhaf konuşuyordu. Sözcükleri önce ağzında dolaştırıyor ve daha sonra küçük ve dişsiz ağzından bütün gücüyle dışarıya çıkarıyordu. "R" harfini ağzının içinde öyle bir yuvarlayışı vardı ki, damağının yağlanmış olduğunu sanırdı insan. Herr Grünlich, gözlerini giderek daha da artan bir kuşkuyla kırpıştırıyordu.

Tony, "İçeri buyurun, Herr Kesselmeyer," dedi. "Şuraya oturun lütfen. Gelmekle çok iyi ettiniz... Söyleyeceklerimi dinleyin. Hakemlik yapacaksınız. Az önce Grünlich'le tartıştım... Söyleyin bakalım, üç yaşında bir çocuğa bakıcı gerekli mi, değil mi? Söyleyin lütfen!.."

Ama Herr Kesselmeyer onu hiç dinlemiyor gibiydi. Gösterilen yere oturmuştu. Küçücük ağzını olabildiğince açıp burnunu kırıştırırken işaretparmağıyla da sinir bozucu bir şekilde kısacık kesilmiş sakalını kaşıyordu ve bir yandan da gözlüğünün üstünden bakarak neşeli bir yüzle eşsiz kahvaltı masasını, gümüşten ekmek sepetini ve kırmızı şarap şişesinin üstündeki etiketi süzüyordu.

Tony, "Grünlich benim kendisini iflasa sürüklediğimi iddia ediyor!" diye devam etti.

Kesselmeyer, Tony'ye bir göz attı... ve daha sonra bakışlarını Grünlich'e yöneltti... Sonunda utanç verici bir kahkaha attı! "Demek siz onu iflasa sürüklüyorsunuz?" diye haykırdı. "Siz... iflasa... onu... Siz onu iflasa sürüklüyorsunuz, demek?.. Tanrım, bunu hiç düşünmemiştim!.. Çok eğlenceli doğrusu!.. Çok eğlenceli, gerçekten çok eğlenceli!" Sonra değişik değişik söylediği bir sürü "Aha" sözcüğünü birbiri arkasına sıraladı.

Herr Grünlich oturduğu sandalyenin üstünde sinirli sinirli bir ileri bir geri sallanıyordu. Uzun işaretparmağını yakasıyla boynu arasında dolaştırıyor ve elleriyle altın sarısı favorilerini karıştırıyordu.

"Kesselmeyer!" dedi Grünlich. "Kendinize gelin lütfen! Aklınızı mı kaçırdınız? Bırakın şu gülmeyi! Şarap ister misiniz? Ya da bir puro? Neye gülüyorsunuz öyle?"

"Neye mi gülüyorum?.. Evet, bir bardak şarap verin bana, bir de puro verin... Neye mi gülüyorum? Sayın eşiniz sizi iflasa sürüklüyor, öyle mi?"

Herr Grünlich öfkeyle, "Lükse aşırı düşkünlüğü var," dedi.

Tony bunu hiç inkâr etmedi. Sakin sakin arkasına yaslandı; ellerini kucağına, sabahlığının kadife kurdelelerinin üzerine bıraktı ve üstdudağını kaldırarak pervasız bir şekilde, "Evet... böyle bir huyum var benim," dedi. "Gizleyecek değilim. Ne yapayım, anneme çekmişim. Kröger'ler lükse düşkün insanlardır."

Aynı rahatlıkla hoppa, birden parlayıveren ve öç almaya düşkün yaradılışta biri olduğunu da söyleyebilirdi.

Tony'nin beynine yerleşen yüksek bir aileye mensup olma anlayışı, onu özgür düşünme ve davranış biçimini kendi iradesiyle belirleme gibi kavramlarından uzaklaştırıyor ve kendi aile özelliklerini kaderci bir rahatlıkla ortaya koyarak benimsemesini sağlıyordu; hem de hiçbir ayrım yapmadan ve düzeltmeye çalışmadan. Kendisi farkında olmasa da insanın her özelliğinin –ne çeşit özellik olursa olsun– ailesinden kalan bir miras, bir aile geleneği olduğu ve bu yüzden de her durumda saygı gösterilmesi gereken onurlu bir şey olduğu düşüncesindeydi.

Herr Grünlich kahvaltısını bitirmişti. İçilen iki puronun hoş kokusu sobanın sıcaklığıyla karışmıştı.

Ev sahibi, "Rahatladınız mı Kesselmeyer?" diye sordu. "Bir puro daha alın. Size bir bardak daha kırmızı şarap vereyim... Demek benimle konuşmak istiyorsunuz? Hemen mi? Çok mu önemli?.. Burası sizin için sıcak mı?.. Daha sonra şehre birlikte gideriz... Sigara odamız biraz daha serindir..." Ama Grünlich'in bütün bu çabalarına karşın, Herr Kesselmeyer, "Bunların hiç yararı yok sevgili dostum!" demek ister gibi elini havaya kaldırarak salladı.

Sonunda yemek masasından kalktılar. Tony, hizmetçi kızın sofrayı toplamasına bakmak için içeride kalırken Herr Grünlich iş arkadaşını hercaimenekşeli odadan geçirdi. Parmaklarıyla sol favorisinin ucuyla oynarken başını öne eğmiş, düşünceli düşünceli yürüyordu. Herr Kesselmeyer kollarını kürek çeker gibi sallayarak onun arkasından sigara odasına girdi.

On dakika geçti. Tony bir an için salona girdi, renkli bir tüy süpürgeyle pırıl pırıl parlayan ceviz kaplamalı masanın ve cilalı ayaklarının tozunu aldı, yemek odasından geçerek oturma odasına yürüdü. Sakin, kendisinden emin ve onurlu bir yürüyüşü vardı. Görünüşe bakılırsa Matmazel Buddenbrook, Madam Grünlich olarak da kendisine duyduğu güvenden hiçbir şey kaybetmemişti. Dimdik yürüyordu, çenesini göğsüne dayayıp her şeye tepeden bakan bir hali vardı. Bir eliyle pırıl pırıl parlayan zarif bir anahtar sepetini tutmuş, diğer elini de koyu kırmızı sabahlığının yan cebine sokarak ciddi bir yüz ifadesiyle sabahlığının uzun ve yumuşak kıvrımlarıyla oynarken, yüzündeki masum ifade onun onurlu ve her şeye tepeden bakan ruh halinin son derece çocuksu, kimseye bir zararı olmayan sevimli bir şey olduğunu gösteriyordu.

Tony, hercaimenekşeli odadaki saksı bitkilerinin funda toprağını sulamak için pirinçten bir bahçe kovasıyla hareket halindeydi. Evin asil görünmesine büyük katkı sağlayan palmiyelerini çok seviyordu. Palmiyelerden birinin kalın ve yuvarlak gövdesinden çıkan körpe bir filizi şefkatle okşadı, görkemli bir yelpaze gibi açılan yapraklarını yeniden inceledi ve gözüne ilişen sarı uçları makasla kesti. Birden sigara odasına kulak kabarttı. Dakikalardan beri heyecanla devam eden görüşme, öyle yüksek sesle yapılmaya başlamıştı ki, kalın kapılar ve kadife perdelere rağmen içeride konuşulan her şey net bir şekilde duyuluyordu.

Grünlich'in, "Bağırmayın öyle! Biraz sakin olun, ne olur!" dediği duyuldu, aşırı heyecana hiç gelmeyen yumuşak sesi çatallaşmaya başlamıştı. Son derece kibar bir ifadeyle, "Bir puro daha buyurmaz mısınız?" diye ekledi umutsuzca.

Bankacı, "Tabii, büyük bir memnuniyetle, teşekkür ederim," diye yanıt verdi ve arkasından bir sessizlik oldu; Herr Kesselmeyer herhalde purosunu yakıyordu. Sonra, "Kısacası, istiyor musunuz, istemiyor musunuz? Evet ya da hayır?" diye sordu.

"Kesselmeyer, lütfen vadeyi uzatın!"

"Aha! Vadeyi uzatmak mı? Hayır... 'hayır' sevgili dostum, bunu yapamam, bu söz konusu bile olamaz..."

"Neden? Neden süreyi uzatmıyorsunuz? Tanrı aşkına, biraz anlayışlı olun! Bu kadar beklediniz ya..."

"Artık bir gün bile bekleyemem dostum! Peki, sekiz gün daha olsun, ama ondan sonra bir saat bile uzatmam! Bir başkası güven duyuyor mu o Herr..."

"Adını söylemeyin, Herr Kesselmeyer!"

"Peki, adını söylemeyeyim. Bir başkası sizin o çok saygıdeğer dostunuz, Herr Schw... için güven duydu mu?"

"Adını söylemeyin lütfen!.. Tanrım, niye böyle aptallık ediyorsunuz?"

"Güzel, o zaman ad vermeyeceğim! Öyleyse, söyleyin bana sevgili dostum, ticari işbirliği içinde olduğunuz o şirkete güven duyan kaldı mı? Bremen'deki iflas olayında ne kadar kaybetti dersiniz? Elli bin mi? Yetmiş bin mi? Yüz bin mi? Yoksa daha mı fazla? O şirketin bu işin savunuculuğunu yaptığını damdaki serçeler bile biliyor... Böyle şeyler biraz da insanın yaradılışıyla ilgili. Dün o Herr.. peki, ad vermeyeceğim! Dün o şirketin durumu iyiydi ve sıkışık anlarınızda sizi hep koruyordu, ama yanlış yaptı... Bugün ise sıfırı tüketti, tabii Herr Grünlich de sıfırı tüketti, hem de nasıl!.. Bunun anlaşılmayacak bir yanı var mı? Böyle olacağını bilmiyor muydunuz? Böyle bir sarsıntıyla ilk defa karşılaşıyorsunuz herhalde... İş ilişkilerinizde size nasıl davranıyorlar? Size nasıl bakıyorlar? Bock ve Goudstikker Şirketi herhalde çok anlayış gösteriyor ve güven duyuyordur? Kredi aldığınız banka nasıl davranıyor?"

"Banka senetlerin vadesini uzatıyor."

"Bak sen? Yalan söylediğinizi siz de biliyorsunuz, değil mi? Banka daha dün kıçınıza tekme atmadı mı? Bunu bilmediğimi mi sanıyorsunuz? Hem de ne müthiş bir tekme!.. Yüzüme bakın, Grünlich!.. Ama utanıp sıkılmadan bakın. Başkalarının size hâlâ güven duyduğuna beni inandırmak, kendi çıkarlarınız için gerekli elbette... Ama hayır, sevgili dostum! Buna beni inandıramazsınız. Hemen Konsül Buddenbrook'a yazın. Yalnızca bir hafta beklerim."

"Vadeli ödeme şansı tanıyın bana Kesselmeyer!"

"Vadeyi uzat, vadeli ödeme şansı tanı bana! Bunu yapmak için her şeyden önce karşındakinin geri ödeme gücünden emin olmak gerekir! 'Bu konuda' deneme yapmama gerek var mı? Ödeme gücünüzün ne durumda olduğunu çok iyi biliyorum! Ha ha... vadeli ödeme talebiniz çok tuhaf doğrusu, çok da eğlenceli..."

"Sesinizi alçaltın lütfen, Kesselmeyer! Lanet olsun, ne olur gülüp durmayın öyle! İçinde bulunduğum durum çok ciddi... evet, kabul ediyorum, çok ciddi, ama elimde sonuçlandırmam gereken daha bir sürü işim var... Zamanla her şey düzelecek. Beni dinleyin, dinleyin beni: Vadeyi uzatın ve yüzde yirmi fazlasına senet imzalayayım size..."

"Olmaz, asla olmaz... Kendinizi gülünç duruma düşürüyorsunuz sevgili dostum! Olmaz, hayır olmaz! Bilirsiniz, ben vadeli işlerden pek hoşlanmam! Siz bana daha önce yüzde sekiz verdiniz, ben de vadeyi uzattım. Yüzde on iki ve yüzde on altı verdiniz, yine uzattım. Şimdi bana yüzde kırk da verseniz, senedinizin vadesini uzatmayı düşünemem, bunu asla düşünemem sevgili dostum... Bremen'deki Westfahl Kardeşler iflas ettiğinden beri, şimdi herkes o bilinen şirketle ilişkilerini keserek çıkarlarını güvence altına almak istiyor... Dediğim gibi, ben vadeli işlerden hoşlanmam ve paramın zamanında ödenmesini isterim. Johann Buddenbrook'un durumu iyi olduğu sürece, attığın her imzaya saygılı oldum... bu arada ödenmemiş faizleri anaparaya katarak yüzdeleri artırabilirdim! Ama bir şeyin değeri yükselsin ya da hiç olmazsa değişmesin, diye onu uzun süre elinde tutamazsın... düşmeye başlayınca, hemen elden çıkarmak gerekir... Yani ben paramı istiyorum."

"Kesselmeyer, siz utanmaz herifin birisiniz!"

"Aha, 'utanmaz herif' sözcüğü de çok eğlenceli doğrusu!.. Ne yapacaksınız ki? Kayınpederinize başvurmaktan başka çareniz var mı! Banka ateş püskürüyor, aslında siz de pek temiz değilsiniz ya..."

"Hayır, Kesselmeyer... İnanın doğru söylüyorum, beni bir dinleyin hele!.. Evet, her şeyi açık açık söylüyorum, durumumun çok ciddi olduğunu açıkça itiraf ediyorum size. Siz ve bankanızdan başka bankalar da var sırada... Senetleri önüme koydular ödemem için... Hepsi de sözleşmiş gibi..."

"Elbette. Bu koşullar altında... Ama bir kurtuluş yolu var yine de, bir taşla iki kuş vurabilirsiniz..."

"Hayır, Kesselmeyer. Dinleyin beni!.. Bana bir iyilik yapın da bir puro daha alın..."

"Daha bunun yarısını bile içmedim! Purolarınız sizin olsun, paramı verin bana..."

"Kesselmeyer, yıkılmama izin vermeyin... Siz benim dostumsunuz, masamda oturup bizimle birlikte yemek yediniz..."

"Siz benim masamda yemek yemediniz mi sevgili dostum?"

"Evet, evet... ama şimdi benden kredinizi kesmeyin, Kesselmeyer!.."

"Kredi mi? Hâlâ 'kredi' mi bekliyorsunuz? Aklınızdan zorunuz mu var yoksa? Yeni bir borç daha mı?.."

"Evet, Kesselmeyer, yalvarırım size... Çok küçük, çok küçük bir meblağ!.. Yeniden saygı ve güven duygusu kazanmak, sağ sola olan borçlarımı ödeyebilmek için biraz daha borç para istiyorum sizden... Bana destek olursanız sonunda siz de büyük para kazanacaksınız! Dediğim gibi, yoluna girmesini beklediğim bir sürü iş var elimde... Her şey düzelecek zamanla... Bilirsiniz, ben becerikli ve yaratıcı biriyim..."

"Bilmez olur muyum hiç, sevgili dostum! Siz kendini

beğenmiş, son derece beceriksiz herifin birisiniz. Şu sıralarda o büyük buluşlarınızdan hangisinin peşinde olduğunuzu bana da söylersiniz herhalde?.. Acaba şu koca dünyada size tek bir kuruş borç verecek bir banka var mı? Ya da yeni bir kayınpeder?.. Hayır, yok!.. Son marifetinizi biliyorsunuz! Aynı şeyi bir kere daha yapmayın! Saygılarımı sunuyorum! En derin saygılarımı sunuyorum!.."

"Yavaş konuşun lütfen, Tanrı aşkına yavaş konuşun..."

"Kendini beğenmiş beceriksizin birisiniz siz! Çalışkan ve yaratıcı!.. Evet, ama yalnızca başkalarının hesabına! Siz iş ilişkilerinde dürüst biri değilsiniz ve bundan hiçbir zaman da kazançlı çıkmadınız. Türlü dolaplar çevirdiniz, büyük miktarlarda paralar dolandırıp bana da yüzde on iki yerine yüzde on altı verdiniz. Bütün onurunuzu ayaklar altına aldınız. Bir kasap köpeği kadar vicdanınız yok sizin, ama aynı zamanda bahtsız bir insansınız, acınacak ve akılsızın birisiniz! Böylesi insanlar vardır, ama çok eğlendiricidirler!.. Size borç veren kişiye gidip her şeyi olduğu gibi anlatmaktan neden korkuyorsunuz? Bunu anlatırken kendinizi kötü hissedeceğiniz için mi? Dört yıl önce her şey kötüye gittiği için mi? İş ilişkilerinizde dürüst davranmadığınız için mi? Yoksa korkuyor musunuz, bazı şeyler..."

"Peki, Kesselmeyer, kayınpederime yazacağım. Ama ya reddederse? Ya o da beni yüzüstü bırakırsa?.."

"Bak sevgili dostum! O zaman biz de iflas ettiğimizi söyleriz, çok küçük ve eğlenceli bir iflasçılık oyunu oynarız. Bu beni hiç üzmez! Şu ya da bu şekilde topladığınız faizlerle yetinirim ben şahsen... iflas masasında önceliğim var benim... Ben bu işten zararlı çıkmam. Neyiniz var neyiniz yok, hepsini biliyorum sevgili dostum! Demirbaş defterinizi daha şimdiden cebime koydum... Gümüş ekmek sepeti ve sabahlık gibi şeylerin kaçırılmaması için de çaba göstereceğim..."

"Kesselmeyer, siz benim masamda yemek yemiş adamsınız..."

"Bıktım sizin şu yemeğinizden de, masanızdan da!.. Sekiz gün içinde yanıtınızı bekliyorum. Şimdi şehre 'gidiyorum'. Biraz hareket çok iyi gelecek. İyi sabahlar dostum! İyi ve neşeli sabahlar..."

Herr Kesselmeyer ayağa kalktı ve gitti. Adımlarının koridorda çıkardığı o tuhaf şıpırdama sesi duyuluyordu, kollarını kürek çeker gibi iki yana sallıyor olmalıydı.

Herr Grünlich hercaimenekşeli odaya döndüğünde, Tony elinde bahçe sulama kovasıyla kapıda dikilmiş, kocasının gözlerine bakıyordu.

Grünlich, dişlerini göstererek ellerini havaya kaldırıp tuhaf hareketler yaparak ve bedeninin üst kısmını ileri geri yaylandırarak, "Ne duruyorsun orada? Neden öyle dik dik bakıyorsun yüzüme?" diye sordu. Pembemsi yüzü bütünüyle solmak şöyle dursun, kızıl hastalığına tutulmuş gibi kırmızı lekelerle kaplanmıştı.

## 7

Konsül Buddenbrook, öğleden sonra saat ikide villaya geldi; sırtında gri bir seyahat paltosuyla Grünlichlerin salonuna girdi ve kızını özlemle, biraz da içi burkularak kucakladı. Yüzü solgundu ve yaşlanmış gibiydi. Küçük gözleri iyice çukurlaşmıştı; kocaman burnu, çökmüş yanakları arasından dışarıya doğru fırlamış gibiydi, dudakları daha da incelmişe benziyordu. Şakaklarından aşağıya doğru yanaklarının ortalarına kadar inen uzun favorilerinin yerini, dik yakasının ve uzun boyun bağının örttüğü bir çene altı sakalı, başındaki saçlar kadar kırlaşmış bir sakal almıştı.

Konsül çok zor ve yorucu günler geçirmişti. Oğlu Thomas akciğer kanaması geçirmişti. Durumu, Herr van der Kellen'in kendisine yazdığı bir mektuptan öğrenen baba, bütün işlerini güvendiği muhasebecisinin ellerine bırakarak en kısa yoldan doğruca Amsterdam'a koşmuştu. Oğlunun hastalığının ölümcül olmadığı ama güneyde, Güney Fransa'da bir hava değişimine ihtiyacı olduğu anlaşılmıştı. Güzel bir rastlantı ki, patronun genç oğlu için de bir dinlenme ve hava değişimi düşünüldüğünden, Thomas'ın sağlık durumu yola çıkmasına izin verir vermez, iki genç Güney Fransa'nın Pau Kaplıcaları'na gönderilmişti.

Ama Konsül eve döner dönmez, şirketi temelden sarsacak olan bir darbeyle karşılaştı: Bremen'deki iflas olayında "bir tahtada" tam seksen bin mark kaybetmişti. Bu nasıl mı olmuştu? Westfahl Kardeşler Şirketi adına düzenlenen ve kırdırılan senetler, alıcılar ödemeleri durdurduğu için şirkete geri gönderilmişti. Aslında karşılığı yok değildi ve şirket, sıkıntıya düşmeden hemen ödeyecek güçte olduğunu göstermişti. Ama bu, Konsül Buddenbrook'un iş çevrelerinde soğuk karşılanmasına, kendisine karşı bir çekingenlik ve güvensizlik duyulmasına engel olamadı ve ana sermayenin böylesine sarsılması, bankalarda, "dostlar" arasında ve dış ülkelerdeki şirketlerde etkisini hemen göstermişti.

Fakat Konsül yeniden ayağa kalktı, her şeyi göze almıştı; soğukkanlı hareket etmesini bildi, işleri düzene koydu ve bütün engellemeler karşısında direndi. Ama birbiri ardına gelen telgraflar, mektuplar ve hesap işleriyle boğuşurken yeni bir darbeyle bir kere daha sarsıldı: Grünlich, kızının kocası B. Grünlich ödeme sıkıntısı içine düşmüştü; ağlamaklı bir üslupla yazdığı uzun bir mektupla yalvarıp yakararak, yüz binle yüz yirmi bin mark arasında bir yardım talebinde bulunuyordu! Konsül karısına bundan kısaca ve üstü kapalı bir biçimde söz etmişti. Grünlich'e nazik, fakat soğuk bir yanıt vererek Hamburg'a geleceğini, kendisi ve bankacı Kesselmeyer'le birlikte evinde bir görüşme yapmak istediğini bildirdi ve yola çıktı.

Tony onu salonda karşıladı. Siyah ipek kaplı salonda konuk kabul etmekten çok hoşlanırdı. İçinde bulundukları durumun önemini bütünüyle anlamasa da, bugün babasını da diğerlerinden ayrı tutmadı. Sağlıklı ve güzel görünüyordu, yüzünde ciddi bir ifade vardı. Açık gri bir elbise giymişti, günün modasına uygun olarak dikilmiş halka etekli ve uzun kuyruklu elbisenin göğüs dekoltesi ve koni biçimindeki kollarının uç kısımları dantellerle bezenmişti ve yakasına küçük bir pırlanta toka takmıştı.

"Günaydın baba, demek sonunda tekrar görebildik seni! Annem nasıl?.. Tom'dan iyi haberler alıyor musun?.. Şu üstündekileri çıkar da otur lütfen, sevgili babacığım! Elini yüzünü yıkayıp üstünü değiştirmek ister misin? Hizmetçi kıza senin için yukarıdaki odayı hazırlattım... Grünlich de hazırlanıyor..."

"Geldiğimi söyleme ona kızım. Ben onu burada beklemek istiyorum. Biliyorsun, buraya kocanla görüşmek için geldim. Çok önemli bir görüşmemiz olacak yavrum. Acaba Herr Kesselmeyer de burada mı?"

"Evet babacığım, şu anda hercaimenekşeli odada oturuyor ve bizim albümü karıştırıyor..."

"Erika nerede?"

"Yukarıda, Thinka'yla çocuk odasında. Çok iyi... Oyuncak bebeğine banyo yaptırıyor... suda değil elbette... balmumundan yapılmış bir bebek... yıkar gibi yapıyor sadece..."

Konsül, "Anladım," dedi ve derin bir soluk alarak konuşmasına devam etti: "Sevgili kızım, kocanın durumu hakkında bilgi sahibi olduğunu sanmıyorum..."

Johann Buddenbrook büyük masanın çevresindeki koltuklardan birine oturdu, Tony de babasının dizlerinin dibinde, üst üste koyduğu üç ipek yastığın üstüne oturmuş, onu seyrediyordu. Baba, sağ elinin parmaklarıyla hafif hafif kızının yakasındaki pırlanta tokayla oynuyordu.

"Hayır, babacığım," diye yanıt verdi Tony, "sana itiraf etmeliyim, ben gerçekten hiçbir şey bilmiyorum. Tanrım, ne kadar da aptalım ben, hiçbir fikrim yok gerçekten! Geçenlerde Kesselmeyer, kocam Grünlich'le konuşurken biraz kulak kabartmıştım... Herr Kesselmeyer yine o bilinen şakalarından birini daha yapıyor sandım... her zaman böyle komik şeyler söyler de! Bir ya da iki defa senin adının geçtiğini de duydum..."

"Benim adımın geçtiğini mi duydun? Hangi bağlamda?"

"Hayır, babacığım! Hangi bağlamda olduğunu bilemiyorum... ama Grünlich o günden beri çekilmez adamın biri oldu... evet, çekilmez adamın biri oldu, ne yazık ki bunu söylemek zorundayım!.. Düne kadar... ama dün aniden yumuşadı ve bana, kendisini sevip sevmediğimi sordu, senin yanında kendisi için iyi şeyler söyleyeyim diye on ya da on iki defa ricada bulundu, senden bir şey bekliyormuş da..."

"Ya..."

"Evet... sana mektup yazdığını ve buraya geleceğini söyledi bana... Babacığım, geldiğine çok sevindim! Biraz tuhaf bir durum var evde... Grünlich yeşil oyun masasını hazırlattı... Bir yığın kâğıt ve kalem var üstünde... Anladığım kadarıyla sen o masanın başına oturup kocam ve Kesselmeyer'le bir görüşme yapacaksın..."

Konsül eliyle kızının saçlarını okşarken, "Beni dinle, güzel evladım," dedi. "Şimdi sana bir şey soracağım, çok ciddi bir şey! Söyle bakayım bana, kocanı gerçekten seviyor musun?"

Tony çocuksu bir gülümsemeyle, "Elbette, babacığım," dedi.

Küçükken, "Bak, bebekçi kadın Liese'yi bir daha kızdırmak yok, tamam mı?" diye sorulduğunda da hep böyle kaçamak yanıtlar verirdi Tony.

Konsül bir an sustu. Daha sonra, "Demek onu seviyorsun," dedi. "Onsuz yaşayamazsın... Hiçbir zaman, öyle mi? Tanrı'nın isteğiyle ekonomik durum bozulup senin bütün isteklerini yerine getiremeyecek olsa bile mi?.." Eliyle şöyle bir hareket yaparak odanın içindeki şık mobilyaları, kapı perdelerini, aynalı etajerin üstünde duran altın yaldızlı saati ve son olarak da üstündeki göz kamaştıran elbiseyi işaret etti.

Tony yatıştırıcı ve ciddi bir sesle, "Elbette, babacığım," dedi. Bakışlarını babasının yüzünden kaydırarak pencereye, ince ve sık örülmüş bir tül gibi sessizce yağan yağmura çevirmişti. Gözleri, masal dinlerken ahlak ve sorumluluk hakkında ileri geri konuşan çocukların yüzündeki ifadeyi anımsatıyordu. Sıkılganlık ve sabırsızlık, aşırı dindarlık ve can sıkıntısı karışımı bir ifadeyi.

Konsül, kızı Tony'yi bir dakika boyunca sessizce, düşünceli düşünceli ve gözlerini kıpırdatarak seyretti. Acaba kızının verdiği yanıttan tatmin olmuş muydu? Evde ve bütün yol boyunca hep bu ve buna benzer soruların yanıtını düşünmüştü.

Herkes, Johann Buddenbrook'un, damadına herhangi bir yardımda bulunmaktan kaçınacağını düşünüyordu. Ama o kızının Grünlich'le evlenmesini ne kadar çok istediğini, düğünden sonra kendisiyle vedalaşırken kızının yönelttiği şu soruyu, "Kızından memnun musun babacığım?" sorusunu düşündükçe, kızına haksızlık ettiği duygusuna kapılıyor ve bu karar Tony'nin hür iradesiyle verilmeliydi, diye kendi kendini suçluyordu. Tony'nin evliliğinin bir aşk evliliği olmadığını biliyordu, ama geçen bu dört yılın doğan çocukla birlikte pek çok şeyi değiştirmiş olabileceğini, Tony'nin artık kocasına bütünüyle bağlanmış ve inançlı bir Hıristiyan, iyi bir aile kızı olarak ayrılma fikrini kafasından atmış olabileceğini de düşünmeden edemiyordu. Konsül Buddenbrook, durum böyleyse damadımın istediği parayı vermeliyim, diye düşündü. Gerçi Hıristiyanlığın yüklediği görev ve kadınlık onuru, Tony'nin nikâhlı kocasının peşinden, sefalete sürükleniyor olsa da sonuna kadar gitmesini emrediyordu; ama ayrılma kararını uygulamaya koyacak olursa, o zaman küçük bir çocukken alıştığı bu yaşamın bütün güzelliklerinden onu sonsuza kadar mahrum bırakmaya hakkı olmadığını düşünüyordu. Öyleyse bir felaketi önlemeli ve B. Grünlich'i ne pahasına olursa olsun desteklemeliydi. Aslında istediği şey, kızını çocuğuyla birlikte yanına almak ve Herr Grünlich'i kendi halinde bırakmaktı. Tanrı daha büyük felaketlerden korusun! Nasıl olursa olsun, evli bir erkeğin karısına ve çocuğuna bakma görevini yerine getirememesi durumunda ayrılmanın hukuksal bir hak olduğunu düşünüyordu. Ama her şeyden önce kızının bu konudaki görüşünü öğrenmesi gerekirdi.

Johann Buddenbrook kızının saçlarını sevgiyle okşayarak, "Güzel evladım, görüyorum ki övülmeye değer pek çok güzel duygular besliyorsun. Ama ne var ki... olanların pek farkında değilsin gibi geliyor bana: Bu ya da şu durumda ne 'yapardın' diye sormadım sana. Bugün, şimdi ne 'yapacaksın' diye soruyorum. Olanları ne kadar anladığını ya da sezdiğini bilemiyorum... Kocanın bütün ödemeleri durdurduğunu, artık işlerini yürütemez duruma düştüğünü sana bildirmek gibi üzücü bir görevi yerine getirmek bana düşüyor... sanırım, beni anlıyorsundur..."

Tony, oturduğu yastıktan doğrulup babasının elini sıkıca tutarak, "Grünlich iflas mı etti?" diye sordu sessizce.

"Evet, kızım," dedi Konsül ciddi bir sesle. "Bunu beklemiyor muydun?"

Tony, "Kesin bir şey bilmiyordum," dedi kekeleyerek. Gözlerini kahverengi halıya dikerek, "Kesselmeyer şaka yapmıyormuş demek!" diye devam etti. Sonra birden, "Tanrım!" diye haykırdı ve kendini, oturduğu yastıkların üstüne yeniden bırakıverdi. Bu "iflas" sözcüğünün içindeki gizli şeyin ne olduğunu hep düşünmüştü, vaktiyle küçük bir çocukken karmaşık ve korkunç bir şey olarak algıladığı ve adından bile korktuğu o sözcük, şimdi gözlerinin önünde yeniden canlandı. "İflas"... Ölümden bile daha korkunç bir sözcük, bir karmaşa, yıkılıp yok olma, bir utanç, bir yüzkarası, bir umutsuzluk ve sefalet yumağı...

"Demek iflas etti," diye tekrarladı Tony. Yazgısını belirleyen bu sözcük onu öylesine derinden sarsmış ve yere sermişti ki, hiç kimsenin yardım etmesini düşünemezdi, babasından gelecek yardımı bile.

Konsül Buddenbrook kalkık kaşlarıyla, yorgun ve üzgün görünmelerine rağmen yine de heyecanla bakan küçük ve çukur gözleriyle kızını süzüyordu.

Sonra tatlı bir sesle, "Sevgili Tony, kocan yoksul duruma düştükten sonra da peşinden gider misin diye sormuştum sana?.." Ama bu "yoksulluk" sözcüğünü bir korkutma aracı olarak seçtiğini anladı ve hemen arkasından, "Yeniden toparlanabilir," diye ekledi.

Tony, "Elbette, babacığım," diye yanıtladı onu. Ama bu onun gözyaşlarına boğulmasına engel olamadı. Dantel işlemeli ve üstünde AG harfleri bulunan ipek mendilini gözlerine götürmüş, hıçkıra hıçkıra ağlıyordu. Tıpkı küçük çocuklar gibi ağlıyordu, hiç çekinmeden ve yapmacık davranışlarda bulunmadan. Üstdudağı daha da dokunaklı bir etki bırakıyordu.

Babası gözlerini kızından ayırmadan onu süzmeye devam etti. "Bu düşüncende ciddi misin yavrum?" diye sordu. Tony gibi o da şaşkın ve üzgündü.

Tony, "Mecbur değilim..." dedi hıçkırarak. "Buna mecbur..."

Konsül Buddenbrook heyecanla, "Hayır, hiç değilsin," dedi; ama suçluluk duygusuna kapılarak hemen düzeltti. "Seni buna zorlayamam, sevgili kızım. Duygularınla kocana kesin olarak bağlıysan o zaman başka tabii..."

Tony babasının yüzüne ıslak ve boş gözlerle bakıyordu.

"Nasıl babacığım?.."

Konsül başını bir oraya bir buraya çevirdi ve kızını aydınlatıcı bir yanıt buldu.

"Benim güzel kızım, kocanın başına gelen bu felaketin sonucu olarak işlerinin ve şu içinde oturduğunuz evin tasfiyesiyle binbir türlü sıkıntıyla seni baş başa bırakmak beni çok üzecek. Bunu bilmeni isterim. Bu ilk şoktan uzak tutmak için, seni küçük Erika'mızla birlikte şimdilik yanımıza almak istiyorum. Bunun için bana teşekkür eder misin, bilmiyorum..."

Tony bir süre sustu ve gözlerini kurulamaya başladı. Mendilini açıp üfledi ve kızarıp mikrop kapmasın diye gözlerinin üstüne sıkı sıkı bastırdı. Sonra kararlı bir sesle, "Babacığım, bu işte Grünlich'in suçu var mı? Beceriksizliğinden ve sahtekârlığı yüzünden mi bu sefalete sürüklendi?"

"Evet, büyük olasılıkla," dedi Konsül. "Yani... hayır... bilemiyorum, kızım. Bu konuyu kendisiyle ve Banker Kesselmeyer'le konuşmadım henüz..."

Tony babasının yanıtını dinlemiyordu sanki. Üç ipek yastığın üstünde, başını öne eğmiş, dirseklerini dizine koyup çenesini eline dayamış, dalgın dalgın odanın içini seyrediyordu.

Sessizce, neredeyse dudaklarının kıpırdadığını bile belli etmeden, "Ah, babacığım!" dedi. "Acaba o zaman daha iyi etmiş olmaz mıydık, eğer..."

Konsül Buddenbrook kızının yüzünü göremiyordu, ama Travemünde'deki küçücük odasının penceresine yaslanıp dışarıyı seyrettiği bazı yaz akşamlarını anımsatan bir ifade vardı o yüzde...

Bir kolunu babasının dizlerine dayamıştı, boşta kalan öteki eli ise aşağıya doğru kendiliğinden sallanıyordu. Sallanan bu el bile sonsuz bir hüznü ve uzaklarda dolaşan tatlı ve anılarla dolu bir özlemi ifade ediyordu.

Konsül, "Acaba daha mı iyi olurdu?.." diye sordu. "Ne... nasıl olmasaydı, pek anlayamadım, kızım?.."

Johann Buddenbrook, keşke bu evlilik hiç olmasaydı demeye bütün kalbiyle hazırdı, ama Tony derin bir iç çekerek, "Ah, hiç!.." dedi yalnızca. Düşüncelere dalmıştı, aklı başka yerlerde dolaşıyordu ve "iflas" olayını neredeyse unutmuş gibiydi. Konsül Buddenbrook, düşündüğü şeyi ifade etmek zorunda olduğunu anladı.

"Sevgili Tony, aklından geçenleri anladığımı sanıyorum," dedi. "Dört yıl önce bana akıllıca ve sağlıklı gibi görünen o adımı atmış olmaktan büyük pişmanlık duyduğumu sana söylemekten çekinmeyeceğim... Gerçekten çok pişmanım. Tanrı'nın önünde suçlu olduğumu sanmıyorum. Sana ailemizin onuruna yakışır bir gelecek sağlamaya çalışmakla görevimi yaptığımı düşünüyorum... Ama Tanrı başka türlü düşündü... Babanın sorumsuz davranıp senin mutluluğunu tehlikeye attığını düşünmüyorsundur herhalde! Grünlich benimle bağlantı kurdu, çok sağlam tavsiyelerle gelmişti evimize, ayrıca bir papazın oğluydu, iyi bir Hıristiyandı ve görmüş geçirmiş bir adama benziyordu... İş ilişkileriyle ilgili olarak edindiğim bilgiler de çok olumluydu. Bütün bunları değerlendirdim. Ama şimdi olanların hiçbirini anlamıyorum. Hepsi karanlık ve aydınlanmaya ihtiyacı var. Ama beni suçlamıyorsun, değil mi?.."

"Hayır babacığım! Bunu nasıl söylersiniz! Hadi, çıkarın içinizden bunları, benim zavallı babacığım... Bakın, yüzünüz sapsarı oldu, birkaç damla mide ilacı vereyim mi?" Kollarını babasının boynuna doladı ve yanaklarından öptü.

"Teşekkür ederim kızım," dedi babası. "Önemli değil, gerek yok. Heyecanlı günler geçirdim... Başka nasıl olmam gerekirdi ki? Çok üzüldüm. Bütün bunlar Tanrı'nın bir sınavı. Ama bu, kendimi senin karşında tamamıyla suçsuz hissetmediğim gerçeğini ortadan kaldırmıyor, kızım. Her şey, az önce sana sorduğum ve yanıtını yeterince alamadığım soruya bağlı. Benimle açık konuş, Tony... evliliğiniz süresince kocanı sevebildin mi?"

Tony, yeniden ağlamaya başladı, iki eliyle tuttuğu mendili gözlerine götürdü ve hıçkırıklar arasında, "Ah, babacığım... Neler soruyorsun böyle?" dedi. "Onu hiçbir zaman sevmedim... hep tiksinti duydum ondan... sen bunun böyle olduğunu bilmiyor muydun?.."

Johann Buddenbrook'un yüzündeki ifadeyi anlatmak çok zor. Bakışlarında korku ve hüzün vardı, ama dudaklarını öyle sıkmıştı ki, ağzının çevresi ve yanakları, kazançlı bir işi bitirdiğinde olduğu gibi yine kırış kırış olmuştu.

Yavaşça, "Dört yıl..." dedi.

Tony'nin gözyaşları birden dinivermişti. Islanmış mendili elinde, oturduğu yerden doğruldu ve öfkeyle haykırdı:

"Evet, dört yıl... hayret, değil mi? Bütün bu dört yıl boyunca akşamları ara sıra yanımda oturdu ve gazetesini okudu!.."

Konsül heyecanla, "Tanrı ikinizi de bir evlat sahibi yaptı," dedi.

"Evet, babacığım... Erika'yı çok seviyorum... Her ne kadar Grünlich benim çocuk sevmediğimi söylese de... Kızımdan asla ayrılmam, bunu bil baba... Ama Grünlich'i istemem, onu asla istemem!.. Şimdi de iflas ediyor zaten!.. Ah babacığım, beni ve Erika'yı eve götürmek istersen... seve seve! Artık her şeyi biliyorsun!"

Konsül Buddenbrook, dudaklarını yeniden sıktı, kızının söylediklerine çok sevinmişti. Gerçi asıl noktaya henüz dokunulmamıştı, ama Tony'nin gösterdiği kararlılık işini kolaylaştırıyordu.

"Yavrum," dedi, "bir çare bulunabileceğini unutmuş gibisin... Benim tarafımdan bulunacak bir çare. Baban olarak sana karşı pek de suçsuz olmadığımı az önce söylemiştim. Ama tek bir şartla... ondan hâlâ bir şeyler bekliyorsan ve geleceğiniz konusunda içinde bir umut varsa... o zaman baban hemen devreye girer, iflası önler, isteyerek ya da istemeyerek kocanın borçlarını öder ve işlerinin yeniden yoluna girmesini sağlar."

Konsül, kızını heyecanla süzdü. Tony'nin yüzündeki ifade onu çok rahatlattı, hayal kırıklığı vardı yüzünde.

"Ne kadar borcu var?" diye sordu Tony.

"Bunun ne önemi var kızım? Büyük, çok çok büyük bir meblağ olsun isterse!" Konsül Buddenbrook, bu yüksek meblağın ağırlığı altında sarsılmış gibi birkaç kez başını salladı. Daha sonra, "Şunu da senden saklayamam, kızım," diye devam etti. "Şirketimiz, bu işin dışında, büyük kayıplara uğradı ve böylesine yüksek bir ödemenin yapılması durumunda daha da büyük kayıplara uğrayacak, bu bizi epeyce sarsacak ve bir daha toparlanmamız çok güç olacak. Bunu sana söylememin nedeni, yanlış anlama..."

Konsül sözünü bitiremedi. Tony yeniden ayağa fırladı, hatta birkaç adım geriye çekilerek ıslanmış mendili elinde, "Peki! Yeter artık! Tekrarlama!" diye haykırdı.

Buddenbrook'lara yakışır bir görünüşü vardı. "Şirketimiz" sözcüğü etkisini göstermişti. Bu, Grünlich'e karşı duyduğu tiksintiden daha da etkili olmuştu.

"Bunu sakın yapma baba!" dedi heyecanla. "Sen de mi iflas etmek istiyorsun? Hayır! Asla!"

Tam bu sırada koridor kapısı açıldı ve Herr Grünlich içeri girdi.

Johann Buddenbrook, artık "bu iş bitti" der gibi bir hareketle yerinden doğruldu.

## 8

Herr Grünlich'in yüzünde kırmızı lekeler vardı ama giyimine özen göstermişti. Meng Caddesi'ne yaptığı ilk günkü ziyaretinde olduğu gibi yine siyah ve kıvrımlı bir ceket, bezelye yeşili bir pantolon giymişti. Konsül'ün karşısına bitkin bir halde dikilmiş, bakışlarını yere çevirerek yumuşak ve donuk bir sesle, "Babacığım..." dedi.

Konsül, soğukça bir reverans yaptı ve sonra sert hareketlerle boyunbağını düzeltti.

Grünlich, "Geldiğiniz için teşekkür ederim," diye ekledi.

Konsül Buddenbrook, "Bu benim görevimdi dostum," diye yanıt verdi. "Ama senin için yapabileceklerimin bu kadarla kalmasından korkuyorum."

Damadı ona şöyle bir baktı, şimdi daha da bitkin görünüyordu.

Konsül, "Duyduğuma göre bankeriniz Herr Kesselmeyer bizi bekliyormuş," diye devam etti. "Görüşme yeri olarak nereyi seçtiniz? Buyurun, emrinizdeyim..."

Herr Grünlich, "Beni izlemenizi rica edeceğim," diye mırıldandı.

Konsül Buddenbrook kızını alnından öptü ve, "Yukarıya, çocuğunun yanına git Antonie," dedi.

Daha sonra damadıyla yürüdü. Grünlich bazen önden gidiyor, bazen arkada kalıyordu. Kapı perdelerini açarak kayınpederine yol gösteriyordu, yemek odasından geçerek oturma odasına girdiler.

Pencerenin önünde bekleyen Kesselmeyer, başını çevirip bakınca, başındaki birkaç tel beyaz ve siyah saçı hafifçe havalanarak yeniden kafatasının üstüne düştü.

Herr Grünlich, ciddi ve alçakgönüllü bir yüz ifadesiyle, "Banker Herr Kesselmeyer... Büyük Tüccar Konsül Buddenbrook, kayınpederim..." diye tanıttı. Konsül'ün yüzünde hiçbir hareket olmadı.

Herr Kesselmeyer, ağzındaki iki sarı dişini üstdudağının üstüne koyup ellerini iki yana sallayarak öne doğru eğildi ve, "Kulunuz, Herr Konsül! Sizi tanımış olmaktan dolayı çok mutluyum!" dedi.

Herr Grünlich, "Sizi beklettiğim için çok özür dilerim, Kesselmeyer," dedi. Her iki konuğuna da çok kibar davranıyordu.

Konsül Buddenbrook, bir şeyler arıyormuş gibi başını sağa sola çevirerek, "Görüşmeye başlayalım mı?" dedi.

Ev sahibi hemen atıldı:

"Buyurun beyler..."

Sigara salonuna geçerlerken Herr Kesselmeyer, "Yolculuğunuz iyi geçti mi, Herr Konsül?" diye sordu. "Ha, hava yağmurluydu, değil mi? Evet, kötü bir mevsim, çok kötü bir mevsim gerçekten! Her taraf vıcık vıcık çamur içinde. Keşke biraz don ve kar olsaydı!.. Ama yok! Yağmur ve çamur! Çok, ama çok berbat bir hava..."

Konsül, "Ne tuhaf bir adam," diye geçirdi aklından.

Duvarları koyu çiçek desenli kumaşla kaplı küçük odanın ortasında oldukça büyük, dört köşeli ve yeşil örtülü bir masa duruyordu. Dışarıda yağmur şiddetini artırmıştı. İçerisi öyle kararmıştı ki, Herr Grünlich masanın üstündeki üç gümüş şamdanın mumunu yakmak zorunda kaldı.

Yeşil örtünün üstü şirket damgalı mavi iş mektupları ve yer yer aşınmış ya da yırtılmış, üstüne tarihler ve imzalar atılmış bir sürü kâğıtla doluydu. Ayrıca kalın bir hesap defteri, ucu sivriltilmiş tüy kalemler ve kurşunkalemlerin yanı sıra metal bir mürekkep hokkası ve madenî bir rıhdan da vardı.

Herr Grünlich, ağır ve ürkek hareketlerle, bir cenaze töreninde ağırlar gibi ağırlıyordu konuklarını.

"Sevgili babacığım, lütfen şu koltuğa oturunuz," dedi nazik bir şekilde. "Herr Kesselmeyer, siz de 'buraya' buyurmaz mısınız?.."

Sonunda herkes yerine oturmuştu. Banker, ev sahibinin tam karşısına otururken Konsül de masanın geniş tarafındaki koltuğuna oturmuştu. Koltuğunun arkalığı koridor kapısına değiyordu.

Herr Kesselmeyer biraz öne eğildi, altdudağını sarkıttı, yeleğinin üstünde sallanan kordonlardan birini çekerek kelebek gözlüğünü aldı ve hep yaptığı gibi yine alnını kırıştırıp ağzını açarak burnunun üstüne oturttu. Sonra, insanı sinir eden bir hışırtıyla kesilmiş sakalını kaşıdı, ellerini dizlerinin üstüne koydu, önündeki kâğıtlara bakıp başını salladıktan sonra neşeyle, "Hah! İşte başımızın belası!" dedi.

Konsül Buddenbrook, "İzin verirseniz, durumu önce bir gözden geçireyim," dedi ve hesap defterine uzandı. Ama Herr Grünlich birden her iki elini masanın üstüne koyarak defterin üstünü kapattı; mavi damarları çıkmış uzun elleri titriyordu. Heyecanlı bir sesle haykırdı:

"Bir dakika! Bir dakika babacığım! Önce bir açıklama yapmama izin verin!.. Durumu tam olarak görebilmeniz açısından... Ne olur, inanın bana: Yalnızca bahtsız bir adamın içine düştüğü durumu göreceksiniz, bir suçlunun değil! Babacığım, yazgısına karşı bütün gücüyle direnmiş, ama sonunda ona yenik düşmüş bir adam var karşınızda! Bu bağlamda..."

Konsül sabırsızlanarak, "Göreceğiz dostum, göreceğiz!" dedi. Herr Grünlich yazgısına teslim olmuşçasına ellerini masanın üstünden çekti.

Uzunca süren dehşet dolu bir sessizlik ânından sonra kendilerini dört kara duvarın arasına hapseden üç insan, tedirgin tedirgin yanan mumların ışığı altında yan yana oturuyordu. Konsül'ün karıştırdığı kâğıtların hışırtısından başka hiçbir ses, hiçbir hareket yoktu. Bir de dışarıda yağan yağmurun şakırtısı duyuluyordu.

Herr Kesselmeyer, başparmaklarını yeleğinin yenlerine takmış, diğer parmaklarını da omuzlarında piyano çalar gibi oynatırken büyük bir keyifle bir Konsül'e bir de Grünlich'e bakıyordu. Herr Grünlich, koltuğunun arkasına yaslanmadan ellerini masanın kenarına koymuş oturuyor, üzgün üzgün önüne bakıyor ve arada bir başını kaldırıp yan gözle ve ürkek ürkek kayınpederini süzüyordu. Konsül, hesap defterinin sayfalarını çeviriyor, parmaklarını rakamların üstünde dolaştırıyor, tarihleri karşılaştırıyor ve okunamayacak kadar küçük yazısıyla bir kâğıda notlar alıyordu.

Duruma "bir göz atınca" yorgunluğu birden geçti ve yüzünde bir dehşet ifadesi belirdi. Sonunda, sol elini Herr Grünlich'in kolunun üstüne koyarak üzgün bir şekilde, "Zavallı Grünlich!" dedi.

Herr Grünlich, "Babacığım..." diye bırakıverdi kendisini. Acınacak haldeki adamın gözlerinden akan iki büyük damla yaş yanaklarından aşağıya doğru yuvarlanarak indi ve altın sarısı favorilerini ıslattı. Herr Kesselmeyer, onun gözyaşı damlalarının yanaklarından aşağıya doğru yuvarlanışını büyük bir ilgiyle izliyordu; hatta biraz ayağa kalktı, öne doğru eğildi ve ağzını açarak karşısında oturan bu zavallı adamın yüzüne bir süre baktı. Konsül Buddenbrook, damadının bu halinden çok etkilenmişti. Onun çaresizliği ve bahtsızlığı karşısında biraz yumuşamış ve içinde bir acıma duygusu hissetmeye başlamıştı, ama duygularına hâkim olmasını bildi ve çabucak kendini topladı.

Başını üzgün üzgün sallayarak, "Bu nasıl olabilmiş!" dedi. "Şu birkaç yıl içinde!"

Neşesi pek yerinde olan Kesselmeyer, "Çok kolay oldu!" dedi. "Bir insan kendisini dört yılda da kolayca mahvedebilir! Bremen'deki Westfahl Kardeşler Şirketi' nin işlerinin bundan kısa bir süre önce ne kadar da iyi olduğu düşünülürse..."

Konsül, gözlerini kıpırdatarak bankerin yüzüne bakıyordu, ama aslında onu ne görüyor ne de işitiyordu. Kafasını kurcalayan gerçek düşüncesini ifade etmiş değildi... Alaycı bir şekilde ve hiçbir anlam veremeden, neden, diye sordu kendi kendine, bütün bunlar neden şimdi olmuştu? B. Grünlich'in şu anda yaşadığı şeyler iki-üç yıl önce de gelebilirdi başına; bu bir bakışla hemen anlaşılıyordu. Ama sürekli kredi kullanmış, bankalardan sermaye bulmuştu; Senatör Bock ve Konsül Goudstikker gibi sağlam şirketlerden işlerinin yürümesi için sürekli destek sağlamıştı ve Grünlich'in senetleri peşin para gibi işlem görmüştü. Ama neden şimdi, neden tam da şimdi –Johann Buddenbrook Şirketi'nin şefi bu "şimdi" sözcüğünden ne anladığını çok iyi biliyordu– bu çöküş ortaya çıktı, neden söz birliği etmiş gibi herkes desteğini çekmiş ve hep birlikte Herr Grünlich'in üzerine acımasızca çullanmıştı; acımasızca ve en küçük bir saygı göstermeden? Konsül, kızını Grünlich'le nişanladıktan sonra kendi şirketinin itibarından damadının da yararlanacağını bilmeyecek kadar saf değildi. Ama Grünlich bütün bu kredileri Buddenbrook'un sayesinde mi almıştı? Grünlich'in kendisinin hiçbir saygınlığı yok muydu? Ya Konsül'ün topladığı bilgiler, incelediği defterler?.. Durum ne olursa olsun, Johann Buddenbrook istediği gibi davranacaktı. Kararı kesindi. Bu konuda parmağını bile kıpırdatmayacaktı. Bunda her zamankinden daha kararlıydı. Demek hesabı yanlış çıkmıştı! B. Grünlich, Johann Buddenbrook Şirketi'yle tam bir işbirliği içinde olduğu izlenimini vermişti. Bu korkunç hatanın mutlaka düzeltilmesi gerekiyordu! Şu Kesselmeyer denen adam şaşırmakla ne kadar haklıymış! Bu soytarı herifin hiç vicdanı yok muydu? Johann Buddenbrook, kızının kocasını nasıl olsa yüzüstü bırakmaz, diye çoktan batmış olan Grünlich'e sürekli borç para verip yüksek faizli senetler imzalattığı gözlerinden nasıl da okunuyordu...

Konsül Buddenbrook, "Her neyse," dedi. "Konuya gelelim. Bir tüccar olarak görüşlerimi açıklamam gerekirse üzülerek ifade etmek zorundayım ki, yalnızca bahtsız bir adam değil, aynı zamanda da fazlasıyla suçlu bir adam var karşımda."

"Babacığım..." diye kekeledi Herr Grünlich.

Konsül sert bir biçimde, "Bu konuşma biçimi hiç hoşuma gitmiyor!" dedi. Sonra bankerin yüzüne şöyle bir bakarak, "Bayım," diye devam etti, "Herr Grünlich'ten talep ettiğiniz paranın tutarı altmış bin mark..."

Kesselmeyer çok rahat bir şekilde, "Ödenmeyen ve anaparaya eklenen faizlerle birlikte altmış sekiz bin yedi yüz elli beş mark ve on beş şilin," dedi.

"Çok doğru... Hiçbir koşulda daha fazla beklemek istemiyorsunuz, değil mi?"

Herr Kesselmeyer sadece gülüyordu. Ağzını açmış yeniden gülüyordu; alaycı değil, iyi niyetle gülüyordu. Bir yandan da Konsül'ün de gülmesini ister gibi onun yüzüne bakıyordu.

Johann Buddenbrook'un küçük ve çukur gözleri bulanmaya başladı ve şakak kemiklerine kadar uzanan kırmızı çizgiler oluştu gözlerinin kenarında. Laf olsun diye sormuştu, yoksa bu bir tek alacaklının vadeyi uzatmasının durumu pek de değiştirmeyeceğini çok da iyi biliyordu. Ama bu adamın kendisini reddediş biçimine çok öfkelenmiş ve büyük utanç duymuştu.

Tek bir el hareketiyle önündekileri bir kenara itti, kurşunkalemi masanın üstüne bıraktı ve, "Bu konuyla artık daha fazla ilgilenmek istemediğimi açıklamak isterim," dedi.

Kesselmeyer, ellerini havaya kaldırıp sallayarak, "Ya, öyle mi?" diye bağırdı. "İşte bu çok güzel! Çok yerinde söylenmiş bir söz! Herr Konsül işi kolay yoldan düzeltmek istiyor herhalde! Uzun uzun konuşup tartışmadan! Bir çırpıda!"

Johann Buddenbrook onun yüzüne bile bakmadı. Herr Grünlich'e dönerek, "Dostum, size yardım edemeyeceğim," dedi sakin bir şekilde. "Bırakalım işler kendi yolunda yürüsün... Düzeltecek durumda olmadığımı görüyorum. Kendinizi toparlayın, teselliyi ve gücü Tanrı'da arayın. Benim için bu görüşme burada bitmiştir."

Herr Kesselmeyer'in yüzü şaşırtıcı biçimde ciddi bir görünüme büründü, bu çok tuhaf bir durumdu; ama daha sonra Herr Grünlich'i yüreklendirmek ister gibi başını salladı. Grünlich, koltuğunda hiç kımıldamadan öyle oturuyordu ve uzun ellerini masaya öyle vurdu ki, parmakları hafifçe çatırdadı.

Titrek bir sesle, "Babacığım... Herr Konsül," dedi, "siz... siz benim mahvolmamı, sefalete sürüklenmemi isteyemezsiniz! Dinleyin beni! Söz konusu olan yalnızca yüz yirmi bin mark... Beni kurtarabilirsiniz! Siz çok zengin bir adamsınız! Bu parayı isterseniz bir tazminat, kızınızın mirastan alacağı pay ya da faizli borç olarak verin... Bütün gücümle çalışacağıma söz veriyorum... Becerikli ve yaratıcı biri olduğumu bilirsiniz..."

Konsül Buddenbrook, "Son sözümü söyledim," dedi.

Kesselmeyer, "Söylememe izin... izin 'veremez' misiniz?" diye sordu ve burnunu kırıştırarak kelebek gözlüğünün üstünden Konsül'ün yüzüne baktı... "Sayın Konsül, iyice düşünüp taşınmanız gerektiğini söylememe izin verirseniz... bu, Buddenbrook Şirketi'nin gücünü kanıtlaması için çok büyük bir fırsat..."

"Şirketimin saygınlığı için kaygılanmayı bana bırakırsanız çok iyi edersiniz bayım. Ödeme gücümü kanıtlayayım diye paramı, karşıma çıkan ilk bataklığa atmam gerekmiyor..."

"Böyle konuşmayın, böyle konuşmayın! 'Bataklık' sözü pek de eğlenceli doğrusu! Ama Herr Konsül, damadınızın iflası sizin durumunuz için de kuşku uyandıran duruma yol açmaz mı? Ne dersiniz?.. Yanlış bir yoruma neden olmaz mı?.."

Konsül Buddenbrook, "İş dünyasındaki saygınlığımı korumayı bana bırakmanızı size bir kere daha anımsatmak isterim," dedi.

Herr Grünlich, Banker Kesselmeyer'in yüzüne şaşkın şaşkın baktı ve kayınpederine yeniden yalvarmaya başladı:

"Babacığım... yalvarırım size, ne olur bir kez daha düşünün! Burada söz konusu olan yalnızca ben miyim? Ah, benim... 'benim' mahvolmam hiç önemli değil! Ama kızınız, benim karım, çok sevdiğim ve ne mücadelelerle elde ettiğim karım... ve çocuğumuz, bu işte hiçbir suçu olmayan yavrumuz... Bari onları sefalete sürüklemeyin! Hayır babacığım, bunu yapmayın, buna dayanamam ben! Öldürürüm kendimi... İnanın bana, yaparım bunu! O zaman Tanrı'nın önünde suçlu olmamanızı dilerim!"

Johann Buddenbrook, sapsarı olmuş yüzüyle ve küt küt atan kalbiyle koltuğuna yaslanmıştı. Bu adamın gerçeği yansıtan duygusallığı ve yalvarıp yakarışları onu ikinci kez derinden sarsıyordu. Kızının Travemünde'ye yazdığı mektubu kendisine bildirdiği zaman savurduğu o iğrenç tehditleri yine tekrarlıyordu. Kendi kuşağından gelen birinin, soğukkanlı ve pratik düşünen bir işadamı olarak sürekli savaştığı o insani duygulara beslediği aşırı saygı içini ürpertmişti, ama bu duygu hali bir saniyeden fazla sürmedi. İçinden, "Yüz yirmi bin mark..." diye tekrarladıktan sonra, sakin ve kararlı bir şekilde, "Antonie benim kızım. Yavrumun suçsuz yere acı çekmesine izin verecek değilim."

Herr Grünlich kaskatı kesilmiş bir halde, "Bununla ne söylemek istiyorsunuz?.." diye sordu.

Konsül, "Bunu daha sonra öğrenirsiniz," diye yanıt verdi. "Şimdilik daha başka bir şey söylemeyeceğim." Bu sözlerden sonra yerinden kalktı, koltuğunu düzeltti ve kapıya yöneldi.

Herr Grünlich dili tutulmuş gibi şaşkın şaşkın yerinde oturuyordu. Ağzı iki yana doğru kesik kesik hareket ediyor, ama hiçbir şey duyulmuyordu. Konsül Buddenbrook'un bu son ve kesin tavrıyla Herr Kesselmeyer'in neşesi yeniden yerine gelmişti... Evet, bankerin neşesi artmış ve hatta tüm olası sınırları aşarak ve korkunç bir boyuta ulaşmıştı! İki küçük sarı dişinin göründüğü ufacık ağzı parçalamak ister gibi vahşi bir görünüm kazanırken kelebek gözlüğü burnunun üstünden düştü. Küçük ve kırmızı ellerini kürek çeker gibi havada salladı, başındaki birkaç tel saçı yine uçuşuyordu; bütünüyle biçimi değişmiş ve aşırı neşeden neredeyse çarpılmış yüzü zincifre rengine bürünmüştü.

"Demek öyle!" diye bağırdı. Sesi çatallaşmıştı. "Çok eğlenceli... çok eğlenceli! Ama siz saygıdeğer Konsül, böylesine değerli ve böylesine saygın bir damadı sefalet çukuruna atmadan önce iyice düşünüp taşınmalısınız!.. Böylesine çalışkan ve yaratıcı bir insanı, Tanrı'nın bu uçsuz bucaksız dünyasında ikinci defa bulamazsınız! Evet! Dört yıl önce bıçak gırtlağımıza dayandığı ve darağacının ilmiği boynumuza geçtiği zaman Grünlich'in Matmazel Buddenbrook'la nişanlandığı haberini borsa çevrelerinde hemen yaydık, oysa nişan henüz gerçekleşmemişti. Sonsuz saygılarımı sunarım! Hayır, hayır, sonsuz hayranlıklarımı!.."

Grünlich cırtlak bir sesle, "Kesselmeyer!" diye bağırdı, sanki bir hayaleti kendisinden uzaklaştırmak ister gibi sinirli sinirli el hareketleri yaptı ve daha sonra odanın bir köşesine koştu, bir sandalyeye oturup elleriyle yüzünü örttü ve öylesine eğildi ki, uzun favorilerinin ucu baldırlarına değdi. Birkaç kez de dizlerini yukarıya çekti.

Herr Kesselmeyer, "Bunu nasıl mı yaptık?" diye devam etti. "Kızınızı ve seksen bin markınızı nasıl mı ele geçirdik? Çok kolay oldu! Bunun için biraz becerikli ve akıllı olmak yeter! Grünlich'le aramızda uzlaştık! Kurtarıcı kayınpederin önüne en iyi şekilde hazırlanmış birbirinden güzel hesap defterleri koyduk... Bunlar acı gerçeklerle örtüşmüyor elbette... çünkü acı gerçek, kızınızın getirdiği drahomanın dörtte üçünün ödenmeyen senetlere gittiğidir!"

Konsül'ün yüzü sapsarı oldu, elini kapının kulbuna dayamış, orada öylece kalakalmıştı. İçindeki dehşet dalgası sırtından aşağıya doğru indi. Bu yarı aydınlanmış küçük odanın içinde bir dolandırıcı ve içi kötülük dolu bu maymun suratlı adamla tek başına mıydı?

Güven duygusunu yitirmiş bir yüz ifadesiyle, "Bayım, söylediklerinizden tiksinti duydum," dedi. "Sizin bu çılgınca iftiralarınızı hiç önemsemiyorum, benimle... sorumsuzca davranıp kızını sefalete sürüklemiş olan benimle ilgili olsalar da. Damadım hakkında çok güvenilir bilgiler topladım... Gerisi Tanrı'nın takdiriydi!"

Johann Buddenbrook, başını ondan çevirdi, artık hiçbir şey duymak "istemiyordu". Kapıyı açtı, çıkmak üzereydi ki, Herr Kesselmeyer arkasından bağırdı:

"Yaa, güvenilir bilgiler, güvenilir bilgiler topladınız demek? Kimden? Bock'tan mı? Goudstikker'den mi? Petersen'den mi? Yoksa Massmann ve Timm Şirketi'nden mi? Bunların hepsi de alacaklıydı, hem de çok fazla alacakları vardı! Bu evlilik dolayısıyla alacaklarını sağlama aldıkları için hepsi de çok sevinçliydiler..."

Konsül kapıyı sertçe kapatıp çıktı.

## 9

Pek de güvenilir bir aşçı olmayan Dora, yemek odasında bir şeyler yapıyordu.

Konsül, Buddenbrook, "Lütfen Madam Grünlich'e aşağıya gelmesini söyle," dedi.

Konsül, kızını görünce, "Haydi, hazırlan yavrum!" dedi ve Tony'le birlikte salona geçtiler. "Elinden geldiğince çabuk ol ve Erika'nın da yola çıkacak şekilde hazırlanmasıyla ilgilen... Şehre gidiyoruz... Bir otelde geceler ve sabah olunca da evimize gideriz."

Tony, "Tabii babacığım," dedi. Yüzü kızarmış, şaşkın ve perişan bir hali vardı. Hazırlığa nereden başlaması gerektiğini düşünürken ellerini beline koymuş, anlamsız birtakım hareketler yapıyordu. Başına gelen bu olayın doğruluğuna hâlâ inanamıyor gibiydi.

Ürkek ve heyecanlı bir sesle, "Babacığım, neleri alayım yanıma?" diye sordu. "Her şeyi mi? Bütün elbiseleri mi? Bir bavul mu alayım yoksa iki bavul mu?.. Grünlich gerçekten iflas mı ediyor?.. Aman Tanrım!.. Öyleyse mücevherlerimi de almam gerekir?.. Babacığım, hizmetçilere de yol vermek gerekiyor... Aylıklarını ödemem mümkün değil artık... Gerçi Grünlich, ev için bugün ya da yarın bana para verecekti..."

"Bırak bunları şimdi, kızım; bunlar daha sonra yoluna koyulur. Sen şimdi en gerekli olanları al yanına... bir bavul... hatta küçük bir bavul. Sana ait olan mallar arkandan gönderilir. Acele et, duyuyor musun? Biz..."

Tam bu sırada kapı perdeleri birbiri ardına açıldı ve Herr Grünlich salona girdi. Kollarını açmış, başını yana doğru eğmiş, hızlı adımlarla yürüyordu. "İşte karşındayım! İstersen öldür beni!" der gibi bir tavırla karısının yanına koştu ve önünde diz çöktü. Yürek parçalayıcı bir görünüşü vardı. Altın sarısı favorileri birbirine karışmıştı, ceketi buruş buruş olmuş, boyun bağı kenara doğru kaymıştı, yakası açıktı ve alnında küçük ter damlaları göze çarpıyordu.

"Antonie!.." diye haykırdı. "Şu halime bir bak... Hiç kalbin yok mu senin? Sesime kulak vereceğin kalbin?.. Beni dinle... Yıkılmış ve mahvolmuş bir adam var önünde, eğer... evet, sevgisini küçümseyip onu reddedecek olursan üzüntüsünden kendisini öldürecek bir adam var önünde! İşte karşında diz çöktüm... Senden nefret ediyorum, senden ayrılıyorum, diyebilecek misin? Buna kalbin izin verecek mi?"

Tony ağlıyordu. Bir zamanlar Doğa Manzaralı Tablolar Odası'nda olduğu gibi, yine dehşet içinde bir yüz vardı karşısında, bu yalvaran gözler yine kendisine bakıyordu. Tony, bütün bu korkunun ve yalvarıp yakarmanın gerçek olduğunu yine şaşkınlıkla ve içi burkularak görüyordu.

"Kalk Grünlich," dedi hıçkırarak. "Ayağa kalk lütfen!" Onu omuzlarından tutup kaldırmaya çalıştı. "Senden nefret etmiyorum! Bunu nasıl söylersin!.." Daha başka neler söylemesi gerektiğini bilmeden çaresizlik içinde babasına baktı. Konsül, kızının elini tuttu, damadının önünde hafif bir reverans yaptı ve Tony'le birlikte kapıya doğru yürüdüler.

Herr Grünlich, "Gidiyor musun?" diye haykırdı ve ayağa fırladı.

Konsül, "Bu işte hiçbir suçu olmayan kızımı felaket içinde bırakamayacağımı size az önce söylemiştim. Söylediklerime şunu da ekliyorum: Bu sorumluluğu artık taşıyamazsınız. Hayır bayım, kızıma sahip olma mutluluğunu kendi elinizle yitirdiniz. Ulu Tanrımız'a şükredin ki, yüreği temiz yavrumun olanlardan hiç haberi olmadı da, sizden 'nefret etmeden' ayrılıyor! Hoşça kalın!" dedi.

İşte bu sözler üzerine Herr Grünlich'in aklı başından gitti. Kısa bir ayrılıktan sonra eşinin tekrar döneceğini ve yeni bir yaşama başlayacaklarını, hatta belki de mirası kurtarabileceğini düşünüyordu; ne var ki bütün bu düşüncelerinin, becerikliliğinin ve yaratıcılığının sonu gelmişti artık. Cam etajer üzerindeki büyük bronz tabağa uzandı, ancak onun yanındaki çiçek desenli ince vazoyu aldı ve yere çarparak parça parça etti...

"Güzel! Çok güzel!" diye haykırıyordu. "Git bakalım! Arkandan ağlayacağımı mı sanıyorsun sen kadın? Hayır, yanılıyorsun güzelim! Seninle paran için evlendim 'yalnızca', ama artık bu da yetmediğine göre, evine dönmenin tam zamanı! Bıktım senden... bıktım... bıktım!.."

Johann Buddenbrook hiç konuşmadan kızını odadan çıkardı. Ama daha sonra kendisi yeniden içeri döndü ve elleri arkasında pencerenin önünde dikilmiş, yağan yağmuru seyreden Grünlich'in yanına geldi. Omzuna hafifçe dokundu, yavaşça ve uyarıcı bir sesle, "Kendinizi toplayın ve Tanrı'ya 'dua edin'," dedi.

## 10

Madam Grünlich, kızıyla birlikte Meng Caddesi'ndeki büyük eve yeniden yerleştikten sonra uzunca bir süre sessizlik çöktü. Evin içinde herkes dikkatlice dolaşıyor ve "o olaydan" hiç söz edilmiyordu. Ama o olayın asıl kahramanı, diğerlerinin tam tersine bunu büyük bir heyecanla herkese anlatmak istiyor ve parçaları bir araya getirerek olanları anlamaya çalışıyordu.

Tony, kızı Erika'yla birlikte ikinci kattaki odaya, bir zamanlar, büyükanne ve büyükbaba hayattayken annesi ile babasının kullandığı odaya yerleşmişti. Babasının özel bir hizmetçi vermeyi düşünmeyişi onu biraz hayal kırıklığına uğratmıştı. Şehrin sosyete yaşamından şimdilik uzak durmasının uygun olacağını, Konsül'ün yumuşak bir dille de olsa söylemesi, Tony'yi uzun uzun düşündürdü. Babasına göre, Tanrı'nın bir sınavı olan bu yazgı oyununda, insan olarak kendisinin hiçbir suçu olmasa da, eşinden ayrılmış bir kadın olarak yapacağı ilk iş, herkesten uzak durmaya çalışmaktır. Ama Tony'nin her türlü değişikliğe kolaylıkla ve çabucak uyum sağlayacak bir yeteneği vardı. Suçsuz yere sefalete sürüklenmiş bir kadın rolüne hemen alışıverdi. Büyük bir ciddiyetle ve isteyerek evliliği hakkında, Herr Grünlich, yaşamı ve yazgısı hakkında konuşmak ve görüşlerini dile getirmekten çok hoşlanıyordu.

Ama herkes onu dinlemek istemiyordu. Annesi, eşinin çok yerinde ve görevinin gerektirdiği gibi davrandığından kuşku duymuyordu, ama Tony başından geçenleri anlatmaya başlayınca, güzel beyaz elini hafifçe kaldırıp, "Yeter, yavrum!" dedi. "Bu tatsız olayı dinlemekten hiç hoşlanmıyorum."

Henüz on iki yaşında olan Clara olanlara hiçbir anlam veremiyordu. Kuzeni Thilda da aynı şekilde olup bitenleri bir türlü kavrayamıyordu. "Sözcükleri" uzatarak ve şaşkınlığını belli ederek, "Ah Tony, ne kadar da üzücü!" demekten başka bir şey söylemiyordu. Ama buna karşın otuz beşine basmış ve saçlarını seçkin çevrelere hizmet ederek ağartmış olmaktan gurur duyduğunu söyleyen Matmazel Jungmann, genç kadını büyük bir dikkatle dinliyordu. "Tony'ciğim, güzelim, korkmana gerek yok!" dedi. "Sen daha çok gençsin, yine evlenirsin." Matmazel Jungmann, küçük Erika'nın eğitimini büyük bir sevgiyle ve isteyerek üstüne aldı; on beş yıl önce Konsül'ün çocuklarının severek dinlediği öyküleri ve anıları şimdi ona anlatıyordu. Özellikle de hıçkırık krizinden "yüreğine bir bıçak gibi saplanarak" ölmüş olan Marienwerder'li amcanın öyküsünü...

Tony, en uzun ve en neşeli konuşmalarını öğle yemeğinden sonra ya da sabahları kahvaltı sırasında babasıyla yapıyordu. Kendisini babasına eskisinden çok daha yakın hissetmeye başladı. Kentteki güçlü kişiliğinden, çalışkanlığından, sert ve kararlı tutumundan dolayı babasına sevgiden çok, ürkek bir saygı duyuyordu; ama kendi evinin salonundaki o görüşmeden sonra Konsül kızına daha insancıl davranmaya başlamıştı. Ayrılma konusuyla ilgili düşüncelerini babasının anlayışla karşılamış olması, bu konudaki kararın yalnızca kendisine ait olduğunu söylemesi ve bu sert adamın büyük bir alçakgönüllülük örneği göstererek bu işte asıl suçlunun kendisi olduğunu kabul etmesi Tony'yi çok gururlandırmış ve duygulandırmıştı.

Tony'nin kendisinin böyle bir şey düşünmeyeceğini herkes biliyordu; ama babasının söylediklerine inanmış ve babasına karşı daha yumuşak, daha sıcak duygular beslemeye başlamıştı. Fakat Konsül Buddenbrook'un görüşü ve değer yargısı aslında hiç değişmemişti; kızının başına gelen bu korkunç felaketi biraz hafifletmek için ona eskisinden daha büyük bir sevgiyle yaklaşması gerektiğine inanıyordu.

Johann Buddenbrook, dolandırıcı damadına karşı kişisel olarak hiçbir girişimde bulunmadı. Gerçi Tony ve annesi, Herr Grünlich'in 80.000 markı almak için ne aşağılık yollara başvurduğunu bazı konuşmalardan öğrenmişlerdi; ama Konsül bu konuyu herkese duyurmaktan, hatta yargıya bırakmaktan bile sakınmıştı. Bir işadamı olarak böylesine haince aldatılmış olmayı onuruna yediremiyordu ve bu utanç verici olayın sessizce unutulup gitmesini istiyordu.

Ama B. Grünlich Şirketi'nin iflası kesinleşince –bunun sonucu olarak Hamburg'da birçok şirket önemli kayıplara uğramıştı– kızının boşanma davasını açmakta tereddüt etmedi. Tony, bu davanın ağırlık noktasını kendisinin oluşturduğunu düşündükçe içini inanılmaz bir onur duygusu kapladı.

"Baba," dedi; böyle durumlarda Konsül'e "babacığım" demezdi. "Baba, bizim dava nasıl gidiyor? Her şey yolunda, değil mi? Kanun maddesi çok açık, büyük bir dikkatle okudum! 'Bir kocanın ailesini geçindirememesi durumunda...' Beyler bunu bilsinler. Çocuğumuz erkek olsaydı onu Grünlich alacaktı..."

Tony bir başka seferinde, "Evlilik yıllarım hakkında uzun uzun düşündüm baba," dedi. Benim çok istememe rağmen Grünlich'in kentte oturmaya 'neden' karşı çıktığını şimdi çok daha iyi anlıyorum. Benim kentte dolaşmamı ve dost ziyaretlerinde bulunmamı işte 'bu yüzden' istemiyordu! Şehirde oturuyor olsaydık şirketinin gerçek durumunu, villamızın bulunduğu Eimsbüttel semtinden çok daha önce öğrenmiş olacaktım!.. Ne düzenbaz bir adammış meğer!"

Konsül, "Biz yargıç değiliz kızım," diye yanıt verdi.

Tony boşanma kararı verildikten sonra, ciddi bir yüz ifadesiyle babasına, "Bunu aile günlüğümüze yazdın mı," diye sordu. "Yazmadın mı yoksa? Öyleyse izin ver, bunu ben yapayım. Lütfen bana yazı masasının anahtarını ver."

Tony, dört yıl önce adının arkasına eklediği o satırların altına gururla ve acele acele şunları yazdı:

> Bu evlilik, 1850 Şubatı'nda mahkeme kararıyla bozulmuştur.

Daha sonra kalemi bıraktı ve bir an başından geçenleri düşündü.

"Baba," dedi, "bu olayın ailemizin geçmişinde bir leke olarak kalacağını biliyorum. Bunun hakkında uzun uzun düşündüm. Defterin sayfasına dökülmüş bir mürekkep lekesi gibi kalacak hep. Ama sen üzülme... Onu buradan silip çıkarmak benim işim! Daha gencim... oldukça güzelim de, sen öyle düşünmüyor musun? Frau Stuht geçenlerde beni görünce, 'Ah Tanrım, Madam Grünlich ne kadar da yaşlanmışsınız!' dese de... Neyse, eskiden olduğu gibi hep öyle aptal bir kız olarak kalacak değilim ya... hayat insana çok şey öğretiyor... Sözün kısası, günün birinde yine evleneceğim! Göreceksin, iyi bir evlilik yapıp her şeyi yeniden düzelteceğim! Sen böyle düşünmüyor musun?"

"Tabii, bütün bunlar Tanrı'nın bileceği şeyler, sevgili kızım. Ama daha şimdiden bunlardan söz etmek pek yakışık almaz."

Tony, bu sıralar "Hayatta görüldüğü gibi" söylemini sıkça kullanıyordu. "Hayat" sözcüğünü söylerken, yazgı ve yaşamla ilgili neler öğrendim neler, der gibi göz kapaklarını büyük bir ciddiyetle ve tatlı tatlı indirip kaldırıyordu.

Yemek salonundaki masanın çevresi yeniden kalabalıklaşmaya başlamıştı. Thomas, bu yılın ağustos ayında kaplıca tedavisine gönderildiği Pau'dan eve döndükten sonra, yaşadıklarını anlatması için Tony'nin karşısına yeni bir fırsat çıktı. Tony, bir zamanlar Travemünde'den yola çıktıkları gün acısını paylaşan bu kardeşini çok seviyordu ve onun gelecekte şirketin başına geçeceğini bildiği için de ona karşı büyük bir saygı besliyordu.

Thomas, "Evet, Tony, evet," dedi. "İkimiz de çok şeyler atlattık..." Daha sonra kaşlarından birini kaldırdı, Rus sigarasını ağzının bir köşesinden ötekine kaydırırken bir Malezya dilberine benzeyen o küçük çiçekçi kızı düşünüyordu herhalde; çalıştığı çiçekçi dükkânının sahibinin oğluyla kısa bir süre önce evlenen ve şimdi de Fischer Maden Ocağı'ndaki çiçekçi dükkânını işleten o küçük çiçekçi kızı.

Yüzü hâlâ biraz solgun görünen Thomas Buddenbrook'un dikkat çekici şık bir görünüşü vardı. Geçirdiği son yıllar onu daha da olgunlaştırmıştı sanki. Kulaklarının üzerinde küçük tepecikler oluşturacak şekilde taranmış saçları, Fransız modasına uygun olarak uçları yukarıya doğru kıvrılmış bıyıkları, tıknaz ve oldukça geniş omuzlu vücuduyla daha çok bir asker izlenimi veriyordu. Saçlarının iki çıkıntı halinde üstüne döküldüğü şakaklarındaki mavi damarlar ve aile doktoru Grabow'un her türlü özeni göstermesine rağmen titreme krizine yatkın oluşu, bünyesinin pek de sağlıklı olmadığını gösteriyordu. Çene, burun ve özellikle de ellerinin yapısıyla – Buddenbrook'lara özgü elleri vardı gerçekten!– giderek büyükbabaya daha çok benziyordu.

Thomas, İspanyolcaya kaçan bir Fransızca konuşuyordu; hiciv ve polemik sanatıyla ünlü bazı modern yazarlara duyduğu aşırı sevgiyle herkesi hayretler içinde bırakıyordu. Karanlık kişiliği olan komisyoncu Gosch'tan başka onun bu ilgisine anlayış gösteren hiç kimse yoktu koca şehirde; bu eğiliminden dolayı babası ona çok kızıyordu.

Ama bu durum, Konsül'ün en büyük oğluyla gurur duymasına ve onu sevmesine engel olmuyordu; bu onun gözlerinden rahatlıkla okunabiliyordu. Fransa'dan eve döndükten sonra şirkette yeniden çalışmaya başlaması ve işlere dört elle sarılması babasını çok sevindirmişti; bunun Madam Kröger'in ölümünden sonra olması da onu çok duygulandırmıştı.

İhtiyar kadının ölümünü soğukkanlılıkla karşılamak gerekirdi. Artık iyice yaşlanmıştı ve son zamanlarda bütünüyle yalnız yaşıyordu. Tanrısı'nın yanına gitti ve Buddenbrook'lara da yüklüce bir para bıraktı; şirketin sermayesini epeyce artıran bir para, aşağı yukarı yüz bin taler.

Bu ölüm olayının bir başka sonucu da, Konsül'ün kayınbiraderi Justus Kröger'in, mirastan payını alır almaz, başarısız iş yaşamından bıkıp işlerini tasfiye ederek dinlenmeye çekilmesiydi. Kröger ailesinin bu şövalye ruhlu çapkın oğlu Justus, mutlu bir insan değildi. Eğlenceye düşkünlüğü ve bohem yaşamı yüzünden iş dünyasında sağlam ve güvenilir bir yer edinememişti kendisine. Aileden kalacak mirasın önemli bir bölümünü önceden tüketmişti; son zamanlarda da büyük oğlu Jakob yüzünden başı fena halde dertteydi.

Koskoca Hamburg şehrinde bohem hayatı yaşayan bu genç adam, sorumsuz davranışları nedeniyle babasına çok pahalıya mal olmuştu; Konsül Kröger daha fazlasını ödemeye yanaşmayınca da, zayıf ve iyi yürekli bir kadın olan anne, çapkın oğluna gizli gizli para göndermeye devam etmişti. Bu durum, karıkoca arasında bazı tatsızlıklara da yol açmıştı. Bütün bunların üstüne bir de Bendix Grünlich'in iflas ettiği günlerde Hamburg'da Jakob Kröger'in çalıştığı Dalbeck ve Ortakları Şirketi'nde tatsız bir olay daha yaşandı: bir sahtekârlık, bir yüz kızartıcı olay. Bunu hemen örtbas ettiler ve Justus Kröger'e bu konuda soru bile sorulmadı; ama Jakob'un New York'ta bir gezgin satıcı olarak iş bulduğu ve pek yakında gemiye binip Amerika'ya gideceği söylendi. Yola çıkmadan önce bir gün şehirde görüldü; babasının gönderdiği harçlığının dışında, annesinden de bir miktar daha para koparmak için gelmişti herhalde: züppe giyimli ve sağlıklı görünmeyen bir delikanlı.

Sonunda o hale geldi ki, Konsül Justus Kröger sanki tek bir mirasçısı varmış gibi, "Oğlum" diye sadece Jürgen'den söz ediyordu. Gerçi Jürgen hiçbir zaman ailesini üzecek kötü bir şey yapmamıştı, ama zekâsı sınırlı bir çocuktu. Liseyi binbir güçlükle bitirebilmişti ve bir süreden beri de Jena Üniversitesi'nde hukuk eğitimi görüyordu; görünüşüne bakılırsa isteksiz ve başarısız bir öğrenciydi.

Johann Buddenbrook, eşinin ailesindeki hiç de övünç kaynağı sayılmayan bu gelişmeyi üzüntüyle izliyor ve aynı şeyin kendi çocuklarının başına gelmesinden çok korkuyordu. Büyük oğlunun ağırbaşlılığına ve yeteneğine güvenebilirdi; ama Christian'a gelince, Mr. Richardson'ın yazdığına göre, büyük bir yetenek örneği vererek İngilizceyi öğrenmişti, ama iş alanına gerekli ilgiyi göstermiyordu. Büyük kentin eğlence yaşamına, örneğin, tiyatroya aşırı düşkünlüğü vardı. Christian eve yazdığı mektuplarda hep dünyayı dolaşmak istediğini, okyanusun ötesine, Güney Amerika'ya, belki de Şili'ye gidip orada bir işe yerleşmek istediğini yazıyor ve bunun için kendisine izin verilmesini sıkça rica ediyordu. Konsül Buddenbrook, "Fakat bu bir serüven tutkusu," deyip dört yıl daha Mr. Richardson'ın yanında çalışarak tüccarlık bilgisini geliştirmesini emretti. Ama karşılıklı yazılan birkaç mektuptan sonra Christian Buddenbrook, 1851 yazında, bir iş bulduğunu söylediği Valparaiso'ya doğru bir yelkenliyle yola çıktı. Memleketine uğramadan, İngiltere'den başlamıştı yolculuğuna.

Fakat iki oğlunun durumu bir yana, kızı Tony Buddenbrook'un ailenin bir üyesi olarak şehirdeki konumunu ne büyük bir kararlılıkla ve özenle koruduğunu Konsül memnunlukla görüyordu. Boşanmış bir kadın olarak öteki ailelerin çirkin davranışlarının ve önyargılarının üstesinden gelmesini biliyordu.

Tony, al al olmuş yüzüyle bir gün çıktığı bir gezintiden eve döndükten sonra, "Of, bıktım artık!" deyip şapkasını Doğa Manzaralı Tablolar Odası'ndaki kanepeye fırlattı. "Şu Hagenström'lerin kızı Möllendorpf, Julchen denen şu yaratık var ya anne!.. İşte o bana selam vermiyor... selam vermeden geçip gidiyor yanımdan! Önce benim kendisine selam vermemi bekliyor! Ne dersin buna? Geçen gün Breiten Caddesi'nde yürürken ben de başımı yukarıya kaldırıp önünden geçtim ve yüzüne dik dik baktım..."

"Tony, ileri gidiyorsun... Olmaz yavrum, her şeyin bir sınırı var. Madam Möllendorpf'a önce sen selam verseydin ne olurdu ki? Aynı yaştasınız ve üstelik o evli bir kadın... eskiden senin de olduğun gibi..."

"Asla, anneciğim! Tanrım, o kaba, o terbiyesiz kıza!"

"Yeter artık, yavrum! Böyle yakışıksız sözler..."

"Ama, insan kendisini tutamıyor ki!"

Tony'nin bu "ne olduğu belirsiz aileye" duyduğu kin ve nefret, Hagenström'lerin kendisini hor gördükleri ve işlerinin yolunda gitmesini kıskandıkları düşüncesiyle daha da artmıştı. İhtiyar Hinrich Hagenström, 1851 yılı başında ölmüş ve oğlu Hermann –Tony'nin okula giderken tokatladığı, şu sürekli limonlu çörek yiyen oğlan– Herr Strunck'la birlikte işleri yolunda giden ticaret şirketini yönetmiş ve bir yıl sonra da şehrin en zengin adamı olan Konsül Huneus'un kızıyla evlenmişti. Kayınpeder, odun ticaretini öyle ilerletmişti ki, üç oğlunun her birine ikişer milyon bırakabilecek duruma gelmişti. Kardeşi Moritz, ciğerlerinden hasta olmasına rağmen yüksek öğrenimini başarıyla bitirmişti ve hukukçu olarak kentte çalışıyordu. Çok zeki, kurnaz, esprili, hatta güzel sanatları seven biri olarak ün yaptı ve kısa sürede mesleğinde büyük bir deneyim kazandı. Dış görünüşü itibariyle ailesine çok benziyordu; ama yüzü sarıydı, seyrek sivri dişleri vardı.

Tony, kendi ailesi içinde de başını dik tutmak zorunda kalıyordu. Amcası Gotthold işlerden uzak, geniş paltosuyla sade evinde bir teneke kutunun içinden aldığı pastilleri çiğneyerek kaygısızca dolaştığından beri –her türlü tatlıyı seviyordu– itibarlı üvey kardeşine karşı duyguları yıldan yıla yumuşamış ve yazgısına boyun eğmek zorunda kalmıştı; ama evlenmemiş üç kızını düşündükçe Tony' nin mutsuzlukla biten evliliğine içten içe seviniyordu. Ama kızlık adı Stüwing olan karısı ve özellikle de yirmi altı, yirmi yedi ve yirmi sekiz yaşlarındaki üç kızı kuzenlerinin bahtsızlığına ve boşanma davasına, nişan ve düğününe gösterdikleri ilgiden çok daha fazla, neredeyse aşırıya kaçan bir ilgi gösteriyorlardı. İhtiyar Madam Kröger'in ölümünden beri perşembe günleri Meng Caddesi'nde yeniden düzenlenmeye başlayan "Çocuk Günleri"nde kuzenlerinin karşısındaki yeri hiç de kolay değildi.

En küçükleri, kısa boylu ve tombul bir kız olan Pfiffi, söylediği her sözcüğün arkasından tuhaf tuhaf hareketler yapıp ağzının kenarlarını ıslatarak, "Tanrım, ne kadar da bahtsızsın!" dedi. "Demek her şey bitti, boşandın ve yine eski haline döndün?"

Ablası gibi aşırı uzun ve cılız bir kız olan Henriette, "Ah, Tony!" dedi. "Sen şimdi hiç evlenmemiş olmaktan çok daha üzgünsündür!"

Friederike, "Evet, öyle olmalı," diye onu onayladı, "çünkü hiç evlenmemiş olmak evlenmiş olmaktan çok daha iyidir."

Tony, başını arkaya atıp uygun bir yanıt düşünürken, "Hayır, hiç de öyle değil, sevgili Friederike!" dedi. "Yanılıyorsun. İnsan böylece hayatı öğreniyor, biliyor musun? Aptallık etmekten kurtuluyor! Yeniden evlenme şansı da bazı hiç evlenmemiş kızlardan çok daha fazla oluyor."

Üç kuzen birden, "Yaa! Öyle mi?" dediler. Üzerine basarak, "Ya!" derlerken Tony'ye inanmadıkları ve onun söylediklerini alaya aldıkları belli oluyordu.

Ama Sesemi Weichbrodt, konuyu açmayacak kadar akıllı ve davranışlarında ölçülüydü. Tony, zaman zaman Am Mühlenbrink Caddesi No. 7'deki kırmızı ve küçük eve, bir zamanki müdiresini ziyarete gidiyordu; yatılı okul yavaş yavaş güncelliğini yitirmeye başlamış olsa da, yine de epeyce kız öğrencisi vardı. Buddenbrook'larda ne zaman bir geyik sırtı kızartması ya da bir kaz dolması olsa bu becerikli ve yaşlı kızı Meng Caddesi'ne çağırmayı unutmuyorlardı. Frau Weichbrodt parmak uçlarına basarak yerinden kalkıyor, Tony'yi büyük bir sevgiyle ve ağzını hafifçe şapırdatarak alnından öpüyordu. Eğitimsiz olan kız kardeşi Madam Kethelsen'e gelince; kısa bir süre önce iki kulağı birden işitmemeye başlamış ve bu nedenle de Tony'nin başından geçen olay hakkında hiçbir şey duymamıştı. Hemen her fırsatta ve yerli yersiz kahkahalar atıyordu; bunu gören Sesemi de sürekli masaya vurup, "Ama, Nelly!" diye bağırmak zorunda kalıyordu.

Yıllar geçip gidiyordu. Konsül Buddenbrook'un kızının başından geçen olayın şehirde ve kendi aile çevresinde bıraktığı izler giderek siliniyordu. Tony'nin kendisi de başından geçen bu başarısız evlilik olayını unutmaya başlamıştı, sağlıkla büyüyen küçük Erika'nın yüzünde Bendix Grünlich'le herhangi bir benzerlik fark edince, ancak o zaman anımsıyordu evliliğini. Ama yeniden açık renkli elbiseler giyiyor, kıvır kıvır saçlarını yine alnının üzerine salıyor ve eskiden olduğu gibi yine dost ziyaretlerine gidiyordu. Yazın uzunca bir süre kent dışına çıkma fırsatı çıkınca, buna çok sevindi. Çünkü Konsül'ün sağlık durumu uzun bir kaplıca yolculuğuna çıkmayı gerektirmişti.

Konsül Buddenbrook, "Yaşlanmanın ne demek olduğunu bilemiyor insan!" dedi. "Pantolonumun üstüne dökülen kahve lekesini çıkarmak için ne zaman soğuk suyla silsem hemen şiddetli romatizma ağrılarım başlıyor... Eskiden neler yapmazdık ki!" Konsül arada bir şiddetli baş dönmesi belirtileri de gösteriyordu.

Önce Obersalzbrunn'a, oradan Ems, Baden-Baden ve Kissingen'e geçtiler; oradan da Nürnberg üzerinden Münih'e eğitici ve eğlenceli bir gezi yaptılar. Daha sonra Salzburg'dan geçip Berlin üzerinden eve geri döndüler.

Madam Grünlich, yeniden nüksetmeye başlayan mide sancılarından dolayı sıkı bir kaplıca tedavisine ihtiyacı olduğunu biliyordu; ama babasıyla birlikte yaptıkları bu geziyi daha çok hava değişimi olarak görüyordu, çünkü evde artık sıkılmaya başlamıştı.

Tony odasının tavanını dalgın dalgın süzerken, "Ah, babacığım, hayat neden böyle!" dedi. "Doğru, hayatı tanıdım artık... Ama sersem bir kız gibi sürekli evde oturmaktan içim sıkılıyor. Babacığım, umarım senin yanında olmaktan sıkıldığımı düşünmüyorsundur... Bu çok büyük bir nankörlük olurdu herhalde, o zaman dayağı hak etmiş olurdum! Ama bilsen, hayat nasıl da..."

Ama bütün eve çökmeye başlayan aşırı dindarlık havası, Tony'yi çok kızdırıyordu; çünkü Konsül yaşlandıkça ve hastalığı arttıkça dine bağlılığı da artıyordu; kocasının kendisini dine verişi giderek yaşlanmaya başlayan Frau Buddenbrook'un da hoşuna gidiyordu. Gerçi Buddenbrook'ların sofrasında hep dua edilirdi, ama şimdi, uzunca bir süredir sabah ve akşam aile üyelerinin uşaklarla birlikte kahvaltı odasında toplanıp evin beyinin ağzından İncil'den bir bölüm dinlenmesi yasal zorunluluk haline gelmişti. Ayrıca eve ziyarete gelen rahiplerin ve misyonerlerin sayısı da yıldan yıla artıyordu; çünkü Meng Caddesi'ndeki bu görkemli konuk evi, sunulan nefis yemekleriyle Lutherci ve reformcu papazlar, içeride ve dışarıda çalışan misyonerler için tam bir konuksever uğrak yeri olmuştu. Siyahlar giyinmiş uzun saçlı erkekler, memleketin her yanından gelip burada birkaç gün kalıyorlardı. Tanrı'nın hoşuna gidecek konuşmalar yapıyor, en güzel yemekleri yiyor ve kutsal amaçlar için ilahiler okuyorlardı. Şehrin rahiplerinin de aile dostu olarak gelip gitmeleri hiç eksik olmuyordu.

Tom, en küçük bir gülümseyişini bile belli etmeyecek kadar saygılı ve dikkatliydi; ama Tony hemen her konuda gülmeye başlıyor, hatta fırsat çıktıkça bu siyah giysili beyleri alaya almaktan da geri kalmıyordu.

Ara sıra Frau Konsül'ün migreni tutunca ev işleriyle ilgilenmek ve yemeği hazırlatmak Madam Grünlich'e kalıyordu.

İştahlı iştahlı yemesiyle herkesi kendisine hayran bırakan yabancı bir rahip, günün birinde evlerine gelmişti. Tony, hınzırlık olsun, diye sucuk, patates, ekşi erik, armut, karnabahar, bezelye, turp ve meyve kokteyline varıncaya kadar daha bir sürü şey koydurtarak özel bir mönü, içinde domuz yağı parçaları da bulunan bir et suyu çorbası hazırlattı; böyle şeylere alışık olmayan birinin midesi bu çorbayı kaldıramazdı.

Tony, "Beğendiniz mi? Beğendiniz mi?" diye ikide bir sorup duruyordu. "Beğendiniz mi? Aman Tanrım, kimin aklına gelirdi!" Bunu söylerken hınzır hınzır gülümsüyordu; birine bir oyun oynarken ya da oynamayı düşünürken hep yaptığı gibi, dilinin ucunu hafifçe üstdudağının üstünde dolaştırıyordu.

Şişman konuk, kaşığını saygıyla bıraktı ve her şeyden habersiz bir şekilde, "İkinci yemeği bekleyeyim," dedi.

Frau Konsül, "Evet, küçük bir ikramımız var," dedi çabucak. Çünkü böylesine doyurucu bir çorbadan sonra, "ikinci yemek" düşünülemezdi; tatlı, diye sunulan birkaç elma jöleli keke rağmen zavallı papaz aç kalkmıştı sofradan. Kendisine hâkim olmasını bilen Tom, bir kaşını yukarı kaldırmakla yetinirken Tony başını öne eğmiş, kıkır kıkır gülüyordu.

Bir başka gün Tony, Aşçı Trina'yla koridorda ayaküstü ev işlerini konuşurken evin kapısı çaldı; birkaç günden beri evde konuk olarak kalan Kannstatt'lı Rahip Mathias, yaptığı gezintiden sonra eve dönüyordu. Trina, o taşralı yürüyüşüyle sallana sallana kapıyı açmaya gitti.

Rahip, ona okşayıcı birkaç söz söylemek ve biraz da

din bilgisini yoklamış olmak için gülümseyen bir yüz ifadesiyle, "Yüce Efendimiz'i sever misin?.." diye sordu. Kızın yüce Efendisi'ne bağlı olduğunu anlarsa belki de ona bir şey armağan edecekti.

Trina, çekingen bir tavırla, yüzü kızararak ve fal taşı gibi açılmış gözleriyle, "Evet, Sayın Rahip," dedi. "Hangisini kastediyorsunuz? Büyük Efendi'yi mi, yoksa küçük Efendi'yi mi?"

Madam Grünlich bu olayı yemek masasında, herkesin önünde anlatma fırsatını kaçırmadı ve annesi Frau Buddenbrook bile Kröger'lere özgü kahkahasını atmaktan kendini alamadı.

Ama Konsül bundan rahatsız olmuş, ciddi ve biraz da öfkeli bir yüz ifadesiyle gözlerini tabağına dikmişti.

Rahip Mathias şaşkın şaşkın bakarak, "Herhalde bir yanlış anlama," dedi.

## 11

Bundan sonra gelişen olaylar, bin sekiz yüz elli beş yılının sonbaharında ve bir pazar günü, öğleden sonra oldu. Buddenbrook'lar Doğa Manzaralı Tablolar Odası'nda oturmuş, aşağı katta giyinmekte olan Konsül'ü bekliyorlardı. Kistenmaker ailesiyle birlikte Kuleli Kale Kapısı dışındaki bir eğlenceye gitmek üzere sözleşmişlerdi. Her pazar akşamı bir arkadaşın evinde buluşarak küçük zenci çocuklar için çorap ören Clara ve Klothilde dışında herkes bu geziye katılacak, orada hep birlikte kahve içecekler ve hava izin verirse nehirde biraz kürek çekeceklerdi belki de...

Tony, her zamanki alışkanlığıyla sert sözler kullanarak, "Şu babam da insanı hep çıldırtır," dedi. "Bir kez olsun zamanında hazırlanamaz mı? Masanın başına bir oturdu mu kalkmak bilmez... Şunu da bitireyim, bunu da bitireyim diye oturur da oturur... Tanrım, belki de gerekli gerçekten, fazla bir şey söylemek istemiyorum... Ama kalemi on beş dakika erken bıraksa iflas edeceğimizi sanmıyorum. Verdiği söz on beş dakika sonra aklına gelir, kan beynine hücum eder ve kalp çarpıntısı duyacağını bildiği halde basamakları ikişer ikişer atlayarak merdiveni çıkar. Bir topluluğun önüne çıkacağı zaman ve her evden çıkışta hep böyle yapar! Kendine biraz zaman ayıramaz mı? Zamanında hazırlanıp ağır ağır yürüse ne olur? Sorumsuzca davranıyor. Anne, senin yerinde ben olsam kocamı karşıma alır, onun vicdanına seslenirdim..."

Tony, günün modasına uygun şanjanlı ipek elbisesiyle kanepede, annesinin yanında oturuyordu. Frau Konsül'ün üstünde de siyah dantellerle süslü gri çizgili bir ipek gece elbisesi vardı. Tony, atlas bir kurdeleyle çenesinin altından bağladığı kolalı tülden yapılmış dantelli başlığının uçlarını göğüslerinin üstüne doğru sallandırmıştı. Düz taranmış ve ortadan ikiye ayrılmış saçlarının rengi eskiden olduğu gibi yine kızıl kumraldı. Beyaz ve ince mavi damarlı ellerinde küçük bir torba çanta tutuyordu. Yanındaki koltukta oturan kardeşi Tom, arkasına yaslanmış sigarasını içerken Clara ve Thilda da pencerenin önünde karşı karşıya oturmuş dışarıyı seyrediyorlardı. Böylesine iyi beslenen Klothilde'nin günden güne zayıflaması anlaşılır gibi değildi. Zavallı Klothilde, öyle kilo kaybediyordu ki, üstündeki dar kesim siyah elbise bile zayıflığını örtemiyordu. Ortadan ikiye ayrılarak taranmış düz saçlarının altındaki uzun, durgun ve solgun yüzünde öne doğru kalınlaşan uzun bir burnu vardı.

Clara, "Ne dersiniz, bugün yağmur yağacak mı?" diye sordu. Genç kız bir soru sorarken genelde sesini yükseltmez ve bakışlarını karşısındakilerin yüzüne çevirerek dik dik bakardı. Kahverengi elbisesinin bütün süsü, yalnızca küçük ve beyaz bir yaka ve aynı şekilde kolalı kolluklarıydı. Elleri kucağında ve dimdik oturuyordu. Uşaklar en çok ondan korkuyorlardı. Sabahları ve akşamları dua okuma işini o yaptırıyordu, çünkü Frau Konsül yüksek sesle okuyunca hemen başı ağrımaya başlıyordu.

Clara, "Bu akşam 'başlığını' yanına alacak mısın Tony?" diye sordu. "Yağmur yağacak. Yepyeni başlığına yazık olur sonra. Gezintiye çıkma işini sonraya bırakırsanız daha iyi olur, derim..."

"Hayır, olmaz," dedi Tom. "Kistenmaker'ler gelecek. Önemli değil... Barometre aniden düştü... Küçük bir sağanak... fazla sürmez. Babam da daha hazırlanamadı zaten. Biz de oturur yağmurun geçmesini bekleriz."

Frau Konsül yadsıyıcı bir el hareketi yaptı.

"Fırtına kopar mı dersin, Tom? Yapma, korktuğumu bilirsin."

Tom, "Hayır," dedi. "Bu sabah limanda Kaptan Kloot' la konuştum. Tahminlerinde hiç yanılmaz. Yalnızca yer yer sağanak yağışlı olacakmış... Fırtına kopması bir yana, sert rüzgâr bile esmeyecekmiş."

Eylülün bu ikinci haftası, gecikmiş aşırı yaz sıcaklarını beraberinde getirmişti. Güney ve güneydoğudan esen rüzgârlarla temmuz ayından daha da sıcak bir yaz havası çökmüştü şehrin üzerine. Koyu mavi gök kubbenin altındaki evler sivri çatılarıyla pırıl pırıl parlıyordu; ufuk, tıpkı çöldeki gibi solgundu. Boğucu bir sıcaklık, güneş battıktan sonra bile dar sokaklardaki evleri ve kaldırımları fırın gibi kavuruyordu. Rüzgâr, bugün batıya doğru yön değiştirmiş ve hemen arkasından da barometre düşüvermişti... Gökyüzünün büyük bir kısmı hâlâ masmaviydi; ama gri mavi bir bulut kümesi yumuşak ve kocaman yastıklar gibi ağır ağır yaklaşıyordu.

Tom, "Bence yağmurun yağması çok gerekli," diye ekledi. "Böylesine sıcak bir havada sokağa çıkarsak mahvoluruz. Olağan bir sıcaklık değil bu. Pau Kaplıcaları'nda bile böyle sıcaklık görmedim ben..."

Tam bu sırada Ida Jungmann, küçük Erika'yı elinden tutmuş, odaya girdi. Çocuğa yeni kolalanmış bir basma elbise giydirmişlerdi. Sağlıklı bir görünüşü vardı ve üstü taze sabun kokuyordu; çok komik görünüyordu. Pembe yanakları ve gözlerinin rengiyle tıpkı Herr Grünlich'ti, ama üstdudağını Tony'den almıştı.

İyi yürekli Ida'nın saçları iyice ağarmış, hatta beyazlaşmıştı; oysa daha kırkını bile doldurmamıştı. Fakat bu onun ailesinden gelen bir özellikti. Hıçkırık krizinden ölen amcasının saçları daha otuzunda beyazlaşmıştı. Ama küçük ve kahverengi gözleriyle hâlâ genç ve canlı görünüyordu. Yirmi yıldır Buddenbrook'ların hizmetinde çalışıyordu ve vazgeçilmez biri olduğu için de çok mutluydu. Mutfak, kiler, elbise dolapları ve porselenlere bakıyor, önemli alışverişleri yapıyor, küçük Erika'ya kitap okuyor, bebeğine elbiseler dikiyor, derslerini çalıştırıyor ve yanına bir paket tereyağlı ekmek alarak onu öğlenleri okulundan alıp rıhtımda gezmeye götürüyordu. Frau Konsül ve kızına rastlayan herkes, "Sizin şu Matmazel Jungmann da ne bulunmaz bir kız şekerim! Tanrım, altın değerinde biri gerçekten! Yirmi yıl boyunca!.. Altmışına gelince ve daha da yaşlanınca yine bu azimle çalışır! Bu iri kemikler... ya gözlerindeki o canlılık! Sizi kıskanıyorum şekerim!" Ama Ida Jungmann'ın kendisi de değerini biliyordu. Kim olduğunun farkındaydı. Rıhtımda oturdukları bankın üzerine sıradan bir hizmetçi kız yanında arkadaşıyla birlikte oturup kendisiyle konuşmak istese Matmazel Jungmann, "Haydi Erika'cığım, burası çok cereyanlı," der ve hemen oradan uzaklaşırdı.

Tony, küçük kızını kendine doğru çekti ve pembe yanaklarından öptü, Frau Konsül de dalgın bir gülümsemeyle elini ona doğru uzattı; çünkü giderek kararan gökyüzünü ve kayan bulutları izliyordu. Sol elinin parmaklarını sinirli sinirli kanepenin üstüne vuruyordu ve açık renkli gözleri huzursuzca pencereye kaymıştı.

Büyükanne, Erika'nın kendi yanına oturmasına izin verdi; Ida, arkasına yaslanmadan bir koltuğa ilişti ve örgüsünü örmeye başladı. Bir süre hiç konuşmadan hepsi de böylece oturup ve Konsül'ün gelmesini beklediler. Bunaltıcı bir hava vardı. Dışarıdaki en son mavilik de kaybolmuş ve koyu gri bir gökyüzü iyice alçalarak bütün ağırlığıyla yeryüzünün üstüne çökmüş gibiydi. Odanın renkleri, duvardaki tabloların üstündeki mürekkep kalıntıları, mobilya ve perdelerin sarılığı kaybolmuştu. Tony'nin üstündeki şanjanlı ipek elbisenin güzelliği fark edilmez olmuş ve insanların gözlerindeki pırıltı yok olmuştu. Az öncesine kadar Meryem Ana Kilisesi'nin bahçesindeki ağaçları sallayan ve karanlık sokaklarda toz bulutları oluşturarak esen batı rüzgârı, artık esmiyordu. Kısa bir an tam bir sessizlik oldu.

İşte tam bu sırada... çok korkunç bir şey oldu. Bunaltıcı hava daha da ağırlaşmış, bir saniye içinde atmosferde müthiş hızla artan bir basınç oluşmuş gibiydi; insanın beynini oyan ve kalbini sıkıştıran, solumasını imkânsız kılan bir basınç... Bir kırlangıç caddenin üstünde öyle alçaktan uçtu ki kanatları kaldırıma çarptı. Kaçıp kurtulmanın mümkün olmadığı bir basınç, insan bedenini giderek daha çok hareketsiz kılan müthiş bir gerilim. Bu basınç, en yüksek çizgiye ulaşır ulaşmaz hemen gevşemeyip de bir saniyeden daha uzun sürmüş olsaydı herhalde buna kimse dayanamazdı... Herhangi bir yerde oluşan küçük bir kırılma, duyulmayan, ama duyuluyormuş gibi hissedilen kurtarıcı bir parçalanma olmasaydı dayanılmazdı gerçekten... Daha önce bir damla bile düşmeyen yağmur, o andan itibaren bardaktan boşanırcasına yağmaya başladı, yağan yağmur suları taşlarda köpükler oluşturarak akıyor ve kaldırımlara çarpıp havaya sıçrıyordu.

Hastalığından dolayı sinirleri oldukça duyarlı olan Thomas, yağmurun yağacağını biliyordu; bu korkunç anda başını önüne eğmiş, bir elini başına doğru götürmüş ve içmekte olduğu sigarayı fırlatıp atmıştı. Bunu başkaları da hissetti mi diye çevresine bakındı. Annesinin yüzünde bir değişiklik görür gibi olmadı; ötekiler ise hiçbir şeyin farkında değil gibiydiler.

Frau Buddenbrook, Meryem Ana Kilisesi'ni bütünüyle sarmış olan sağanak yağmura baktı ve derin bir iç çekerek, "Tanrı'ya şükürler olsun," dedi.

"İşte böyle!" dedi Tom. "İki dakika sonra hava serinler. Yalnızca ağaçlarda birkaç damla kalır. Verandaya oturup kahve içebileceğiz. Thilda, hadi pencereyi aç."

Yağmurun şakırtısı gittikçe artıyordu. Müthiş bir sağanaktı. Her şey hışırdıyor, düşen damlalar yukarıya sıçrıyor ve köpükler saçarak şırıl şırıl akıyordu. Rüzgâr yeniden esmeye başladı; yerdeki derin su birikintisine çarparak onları parçalıyor ve önüne katarak alıp götürüyordu. Geçen her dakika hava biraz daha serinliyordu.

İşte tam bu sırada hizmetçi kız Line, koşarak sütunlu holden geçti ve odaya öyle bir daldı ki, Matmazel Jungmann onu azarlayarak sakinleştirmeye çalıştı:

"Aman Tanrım, bu ne hal böyle!.."

Line'nin bomboş bakan mavi gözleri yuvasından fırlayacakmış gibi genişçe açılmıştı, çene kemiği zangır zangır titriyordu.

"Ah, Frau Konsül... ah, nasıl söylesem bilmem ki... ne olur, çabuk gelin... Tanrım, çok korkunç bir şey oldu!.."

"Tamam," dedi Tony, "sakar kız yine bir şeyler kırdı herhalde! Belki de güzelim porselenleri! Anne, belki de senin porselenlerinden birini!.."

Ama hizmetçi kız dehşet içinde haykırmaya devam ediyordu:

"Ah, Madam Grünlich, sandığınız gibi değil... Büyükbey. Çizmelerini getirmemi istemişti... Ama Herr Konsül koltuğunda oturmuş, hiç konuşmuyor; yoksa bana mı öyle geliyor, ama sanırım Herr Konsül'ün durumu..."

Thomas, "Doktor Grabow'u çağır!" diye haykırdı ve hizmetçi kızı itekleyerek kapıdan dışarı yolladı.

Frau Konsül ellerini yüzüne kapatmış olarak odadan dışarı fırladı. "Tanrım, aman Tanrım!" dedi.

Tony, soluk soluğa, "Doktor Grabow'u... acele edin... arabayla gidin!" diye tekrarladı.

Merdiveni uçarak indiler, kahvaltı odasından geçerek yatak odasına girdiler.

Ama Johann Buddenbrook artık yaşamıyordu.

# Beşinci bölüm

## 1

Frau Konsül, "İyi akşamlar Justus," dedi. "İyi misin? Otursana..."

Konsül Kröger, Konsül Elisabeth'i sevgiyle kucakladı ve aynı şekilde yemek odasında bulunan en büyük yeğeni Tony'nin elini sıktı. Konsül Kröger artık elli beşine gelmişti ve küçük bıyığının yanı sıra çenesini açıkta bırakan ve bütünüyle ağarmış, gür ve yuvarlak bir sakal bırakmıştı. Geniş ve al al olmuş kelinin üstündeki birkaç tutam saçını büyük bir özenle taramıştı. Şık redingotunun kolunda geniş bir matem bandı vardı.

Konsül Kröger, "En son haberi duydun mu Bethsy?" diye sordu. "Evet Tony, seni özellikle ilgilendirecek bir haber. Kısaca söyleyeyim, Kuleli Kale Kapısı dışındaki malikânemiz satıldı... Kime mi? 'Bir' kişiye değil, iki kişiye; böylece bahçe ikiye bölünecek, ev yıkılacak, araya çit çekilecek ve sonra tüccar Benthien sağ tarafta, tüccar Sörenson da sol tarafta birer köpek kulübesi yapacak... ya, işte böyle, ne yapalım, Tanrı'nın buyruğu böyleymiş."

Frau Grünlich ellerini kucağında birbirine kenetlemiş, tavanı seyrederken, "Utanç verici bir haber," dedi. "Büyükbabamın arazisi, hey gidi hey! Artık hiçbir güzelliği kalmayacak. Zaten bütün güzelliği çok geniş olmasındaydı... aslında çok da büyüktü... ancak ona o asil görüntüyü veren de buydu. Trave Irmağı'nın kıyısına kadar set set inen o büyük bahçe ve arkadaki ev, iki yanı kestane ağaçlı yol... demek şimdi bunların hepsi bölünecek. Bir kapının önünde Benthien, öteki kapının önünde Sörenson dikilip pipolarını tüttürecekler. Evet, bu bence de Tanrı'nın buyruğu, Justus amcacığım. Bu malikânenin bütününü satın alabilecek asil biri kalmamış demek! Tanrı'ya şükür ki, büyükbabam bunları görmek zorunda kalmadı."

İçerideki matem havasının ağırlığı hâlâ devam ettiğinden Tony, duyduğu büyük öfkeyi o alışık olduğu sert sözlerle ifade edemiyordu. Konsül öleli iki hafta olmuştu ve o gün öğleden sonra saat beş buçukta vasiyetname açılmıştı. Frau Buddenbrook, kardeşi Justus Kröger'i, ölen eşinin istekleri ve mal durumu hakkında Thomas ve muhasebeci Herr Marcus'la yapılacak bir görüşmede hazır bulunması için Meng Caddesi'ne çağırmıştı. Yapılacak görüşmelere Tony de katılmak istemişti. Bu ilgiyi, aileye ve şirkete olan borcumdan dolayı duyuyorum, diyen Tony, bu buluşmanın bir aile meclisi toplantısı olması için çaba göstereceğini söylemişti. Pencerenin perdelerini kapatmış ve yeşil örtülü yemek masasının üstünde yanmakta olan iki parafin lambasına rağmen, ayrıca altın kaplamalı büyük şamdanın bütün mumlarını da yakmıştı. Bir de masanın üstüne hangi amaçla kullanılacağını hiç kimsenin bilmediği bir tomar yazı kâğıdı ve uçları sivriltilmiş kurşunkalemler de koymuştu.

Giydiği siyah matem elbisesi ona ince bir genç kız görüntüsü vermişti. Son günlerde kendisini çok yakın hissettiği babası Konsül Buddenbrook'un ani ölümüne herkesten daha çok üzülmüş ve bugün onu tekrar hatırlayınca gözyaşlarını tutamamıştı; ama bugün yapılacak olan bu önemli aile meclisi toplantısına katılacak olması sevimli yanaklarının biraz pembeleşmesine neden olmuş, bakışlarına bir canlılık, hareketlerine bir neşe ve önemsenme duygusu vermişti. Buna karşın yaşadığı dehşet, çektiği büyük acılar ve cenaze töreniyle ilgili binlerce formaliteyle uğraşmaktan yorgun düşmüş olan Frau Konsül çok perişan görünüyordu. Başlığının siyah dantelli kurdelesinin çevrelediği yüzü, daha da solgun görünüyordu ve açık mavi gözlerine yorgunluk çökmüştü. Ama ortadan ikiye ayrılarak düz taranmış saçlarında hâlâ tek bir ak bile göze çarpmıyordu. Paris'ten getirttiği saç boyasından mı böyleydi, yoksa peruk mu takmıştı? Bunu yalnızca Matmazel Jungmann bilebilirdi ve bunu evdeki diğer hanımlara asla söylemezdi.

Yemek masasının uç tarafına oturmuş, Thomas ve Herr Marcus'un bürodan dönmesini bekliyorlardı. Duvardaki Tanrı figürleri, kaideleri üzerinde ve gök mavisi bir fon önünde gururla yükseliyordu.

Frau Konsül, "Sevgili kardeşim Justus," dedi. Buraya gelmeni istememin... kısaca söyleyeyim, kızım Clara ile ilgili. Çok sevgili rahmetli kocam Jean, bu yavrucuğun üç yıl için ihtiyaç duyduğu vasiliğinin seçimini bana bıraktı... Bilirim, sen böyle sorumluluklardan pek hoşlanmazsın; kendi karına ve oğullarına karşı sorumlulukların var..."

"Tek bir oğluma karşı Bethsy."

"Peki, peki. Bir Hıristiyan gibi merhametli olmalısın, Justus. Bu, bizlere karşı suçlu olanları bağışlamamız anlamına gelir. Yüce Efendimiz'in bizim için yaptıklarını bir düşün."

Kardeşi onun yüzüne hayretle bakıyordu. Bu tür söylemleri şimdiye kadar hep merhum Konsül'ün ağzından duymuşlardı.

Frau Buddenbrook, "İşte böyle!" diye devam etti. "Bu çok onurlu görevin hiçbir zahmeti olmaz... Onun vasiliğini üzerine almanı rica ediyorum senden."

"Seve seve Bethsy, seve seve alırım, gerçekten. Şu

yetim yavrucağı görebilir miyim? Bu yavrucak için biraz fazla ciddi..."

Clara çağrıldı. Siyah giysisi ve solgun yüzüyle ağır ağır girdi içeriye. Üzgün ve çekingen bir hali vardı. Babasının ölümünden sonra bütün zamanını odasında dua ederek geçirmişti. Koyu renkli gözlerinde hiç hareket yoktu; duyduğu acıdan ve Tanrı korkusundan taş kesilmişlerdi sanki.

Davranışlarıyla her zaman kibar bir beyefendi olan Justus amca ona yaklaştı ve elini sıkarken hafifçe eğilir gibi yaptı, daha sonra ona birkaç gönül alıcı söz söyledi. Clara, annesinin hareketsiz dudaklarından öptükten sonra odadan çıktı.

Frau Konsül, "Sevgili Jürgen nasıl?" diye sordu. "Wismar'daki yaşantısından memnun mu?"

Justus Kröger omuzlarını silkip tekrar oturarak, "İyi, çok iyi," diye yanıt verdi. "Gerçek yerini bulduğunu sanıyorum. Bilirsin, o dürüst bir çocuk Bethsy. Çok da onurlu, ama... sınavda iki defa üst üste başarısız olunca... hukuk okumaktan da hoşlanmıyordu zaten, Wismar Postanesi'ndeki işi çok iyi. Duyduğuma göre senin Christian da yakında eve dönüyormuş, doğru mu bu?"

"Evet Justus, yakında gelecek. Tanrı oğlumu denizlerdeki felaketlerden korusun! Ah, şu haberleşme de ne kadar uzun sürüyor! Jean'in ölümünün hemen ertesi günü yazmama rağmen, mektubumu çok geç almış. Yelkenli bir gemiyle yolculuk aşağı yukarı iki ay sürüyor. Ama o gelecek, gelmek zorunda. Gelmesini öyle çok istiyorum ki Justus! Gerçi Tom onun Valparaiso'daki işini bırakıp gelmesine asla izin vermezdim, diyor, ama rica ederim Justus, buna hakkım yok mu benim? Onu görmeyeli neredeyse sekiz yıl oldu! Hele şimdi bu koşullar altında! Hayır, bu zor zamanımda hepsi yanımda olsun istiyorum... bir anne için doğal bir hak..."

Duygulanarak gözleri yaşaran Konsül Kröger, "Elbette!" dedi.

Frau Buddenbrook, "Şimdi Thomas da katılıyor benim görüşüme," diye devam etti, "Christian için rahmetli babasının işyerinde, Tom'un yanında çalışmaktan daha iyi bir işyeri düşünülebilir mi? Burada kalır ve burada çalışır... oranın iklimi sağlığını bozar diye korkup duruyordum zaten..."

Thomas Buddenbrook, yanında Herr Marcus'la birlikte salona girdi. Merhum Konsül'ün yanında muhasebeci olarak uzun yıllar çalışmış olan Friedrich Wilhelm Marcus uzun boylu bir adamdı; kahverengi uzun ceketinin koluna o da bir matem bandı takmıştı. Yavaş yavaş, duraksayarak, arada bir kekeleyerek ve her sözcüğü bir saniye düşündükten sonra söylüyor, sol elinin orta ve işaretparmaklarıyla pek de bakımlı olmayan kırmızı kahverengi bıyıklarını ağır ağır ve özenle okşuyor ya da ellerini birbirine sürtüyordu; bunu yaparken yuvarlak ve kahverengi gözlerini yana doğru dikkatli dikkatli bir kaçırışı vardı ki, dalgın ve kafası karmakarışık biri sanırdı insan. Oysa Herr Marcus, işinde her zaman ciddi ve dikkatli biriydi.

Genç yaşına rağmen böylesine büyük bir şirketin başına geçen Thomas Buddenbrook, davranış ve tutumuyla bu göreve layık olduğunu belli ediyordu; ama yüzü solgundu ve babasından miras kalan yeşil taşlı büyük mühür yüzüğün parladığı el, siyah ceketinin kollukları kadar beyazdı. Solgun, kuru ve buz gibi elleri vardı. Üstünde mavi çizgiler oluşmuş bakımlı ellerinde, belli anlarda ve bazı sinirli ve bilinçsiz davranışlarda reddedici bir hareket, insanı ürküten bir tuhaflık gözleniyordu. Narin yapılı olsalar da, oldukça geniş ve taşralılara özgü bu eller, Buddenbrook'ların ellerine hiç benzemiyor ve onlara yakışmıyordu. Tom'un ilk işi, demir tel kafesin arkasında yanan sobanın sıcaklığının salona da gelmesini sağlamak için Doğa Manzaralı Tablolar Odası'nın kapısını açmak oldu.

Daha sonra Konsül Kröger'le el sıkıştı ve masaya, Herr Marcus'un tam karşısına oturdu; bu sırada bakışlarını kız kardeşi Tony'ye çevirerek kalkık kaşlarıyla yüzüne tuhaf tuhaf baktı. Ama Tony, başını geriye atıp çenesinin üstüne doğru öyle bir indirdi ki, Thomas onun toplantıda hazır bulunmasına karşı bir şey söylemeye cesaret edemedi.

Justus Kröger, "Sana 'Herr Konsül' diyemeyecek miyiz hâlâ?" diye sordu. "Hollandalılar senin temsilcileri olmanı boşuna mı bekliyorlar, koca Tom?"

"Evet, amca; bunu ben de isterdim... Konsüllüğü ve diğer bazı görevleri hemen üzerime alabilirdim, ama bu işler için biraz genç olduğumu düşünüyorum. Gotthold amcamla konuştum, o bunu seve seve kabul etti."

"Çok iyi etmişsin, sevgili yeğenim. Çok diplomatça... çok kibar bir davranış."

Frau Konsül, "Herr Marcus, çok sevgili Herr Marcus!" dedi ve ona elini uzattı. "Buraya gelmenizi ben rica ettim... Neden çağrıldığınızı sanırım biliyorsunuzdur, bizimle aynı görüşte olduğunuzdan eminim. Merhum kocamın son isteklerinden biri de, hepimizin takdirini kazanan özverili çalışmalarınızı, onun ölümünden sonra yabancı bir memur olarak değil, şirketin bir ortağı olarak sürdürmenizdi..."

Herr Marcus, "Elbette, Frau Konsül, elbette," dedi. "Şahsıma gösterdiğiniz bu teveccühü büyük bir şükranla karşıladığımı bilmenizi isterim, ancak benim şirkete koyacak sermayem yok denecek kadar az. Sizin ve saygıdeğer oğlunuzun sunduğu bu öneriyi en içten teşekkürlerimle kabul ettiğimi Tanrı'nın ve herkesin önünde belirtmek isterim."

"Peki Marcus, bana gerçekten çok ağır gelecek bu büyük sorumluluğun bir kısmını üzerimden almaya hazır olduğunuz için ben de size içtenlikle teşekkür ederim." Thomas bunu söylerken elini masanın üstünden yeni iş ortağına uzattı, aslında bütün bunlar bir formaliteydi, iki ortak çoktan anlaşmıştı.

Konsül Kröger, "Ama ortaklık işi bazen ters de tepebilir, çıkarılacak söylentiler aranızdaki ilişkiyi bozabilir!" dedi. "Haydi bakalım çocuklar, vasiyetnamenin koşullarını gözden geçirelim. Ben burada vasisi olduğum çocuğun drahoması için bulunuyorum. Gerisi beni ilgilendirmiyor. Bethsy, vasiyetnamenin bir kopyası var mı sende? Bir hesap yaptın mı Tom?"

Tom, "Kafamda hesapladım her şeyi," dedi ve altın kalemini masanın üzerinde ileri geri hareket ettirirken geriye yaslandı, Doğa Manzaralı Tablolar Odası'na bir göz atarak şirketin durumu hakkında bilgi vermeye başladı.

Konsül'ün bıraktığı para sanıldığından daha çoktu. Büyük kızına verdiği drahoma kuşkusuz kaybedilmiş bir paraydı. 1851'de Bremen'de yaşanan iflas olayı dolayısıyla şirketin uğradığı kayıp çok büyük olmuştu. 1848 ve şu içinde yaşadığımız 1855 yılı da huzursuzlukları ve savaş söylentileriyle büyük kayıplara yol açmıştı. Ama Kröger'lerin miras olarak bıraktığı 400.000 marktan oğulları Justus daha önce epeyce harcama yaptığı için, ellerine ancak 300.000 mark geçmişti. Johann Buddenbrook bütün tüccarlar gibi sürekli yakındığı halde, kayıplar düşülünce, on beş yılın kazancı yine de 30.000 taler olmuştu. Bu durumda şirketin sermayesi gayri menkuller hariç olmak üzere, yuvarlak hesap, 750.000 marktı.

Şirketin durumu hakkında epeyce bilgi sahibi olan Thomas bile, babasının bu kadar parası olduğunu tahmin etmiyordu. Frau Konsül bu parayı büyük bir şükran duygusuyla karşılarken Tony'nin saygılı ve boş bakışlarında ürkütücü bir kuşku belirtisi vardı. "Bu çok para mı? Çok para mı gerçekten? Biz de zengin miyiz artık?"

dedi. Kafası biraz karışmış olan Herr Marcus, ağır ağır ellerini ovuştururken Thomas, kendisinin ifade ettiği bu rakamları, biraz rahatsız edici bir gururla karşıladı; mutlu olmaktan çok mutsuzluk gibi bir şey hissediyordu içinde.

Heyecandan kısılmış sesiyle ve elleri titreyerek, "Şimdiye kadar bir milyonumuz olmalıydı!" dedi. "Büyükbabam parlak günlerinde 900.000 marklık bir birikime ulaşmıştı. O zamandan beri bunca çaba, nice parlak başarı ve zaman zaman gerçekleştirdiğimiz nice olumlu işler! Annemin getirdiği drahoma! Annemin mirası! Ah, şu sürekli parçalanmalar... Ne yapalım, eşyanın tabiatı böyle işte; şu anda yalnızca şirketten söz ediyor ve ailemle çok az ilgileniyorsam, beni bağışlayın... Bu drahomalar, Gotthold amcaya ve Frankfurt'taki halamıza yapılan ödemeler, şirket kasasından çekilen yüz binler... Bütün bunlar o tarihte şirketin patronunun yalnızca 'iki' kardeşine ödenmişti... Kısacası, yapmamız gereken çok şey var Marcus!"

İş, başarı, iktidar özlemi ve refahı yakalama hırsı bir an gözlerinde tüm şiddetiyle parladı. Şirketin ve köklü ailesinin itibarını koruyabilecek mi, diye herkesin gözlerini kendisine çevirdiğini hissediyordu. Borsada karşılaştığı ve kendisine kuşkulu ve biraz da alaycı gözlerle bakan işadamlarının yüzlerinden, "Bu işlerin üstesinden gelebilecek misin oğlum?" sorusunu okur gibi oluyordu. "Başaracağım!" diye düşündü.

Friedrich Wilhelm Marcus, düşünceli düşünceli ellerini ovuştururken Justus Kröger, "Soğukkanlı olmalısın, koca Tom!" dedi. "Büyükbabanın Prusya Ordusu'na mal sevk ettiği günler gerilerde kaldı..."

Daha sonra vasiyetnamenin hükümleri üzerine ayrıntılı bir görüşme başladı. Hepsinin katıldığı bu görüşmede Konsül Kröger, Thomas'tan sürekli olarak, "Bundan böyle şirketi yönetecek haşmetli prens," diye söz ederek neşeli ruh halini açığa vuruyordu. "Taşınmaz mal olarak silolar, aile geleneğine uygun olarak kuşkusuz prensin emrinde olacaktır," dedi.

Sonunda, her şeyin mümkün olduğunca birlik ve beraberlik içinde götürülmesine, Frau Elisabeth Buddenbrook'un başlıca mirasçı sayılmasına ve ailenin bütün servetinin şirkete bırakılmasına karar verildi ve Herr Marcus da işletmeye ortaklık payı olarak 120.000 mark koyduğunu herkesin önünde belirtti. Thomas için şimdilik 50.000 marklık ayrı bir sermaye öngörüldü ve aynı miktar, bir iş kurması durumunda Christian için de verilecekti. Vasiyetnamenin, "Sevgili küçük kızım Clara'ya, evlenmesi durumunda verilecek drahomanın saptanmasını çok sevgili eşime bırakıyorum" maddesi okununca, Justus Kröger birden pek ilgilendi. Koltuğuna yaslanıp bacak bacak üstüne atarak ve elleriyle bıyıklarını yukarıya doğru burarak, "100.000 olsun!" diye önerdi. Bir kıyak yapmak istemişti kendi kendine. Ama bu miktar sonunda 80.000 mark olarak saptandı.

Vasiyetnamede ayrıca, "Çok sevgili büyük kızım Antonie'nin yeniden evlenmesi durumunda, ilk evliliğinde ödenen 80.000 mark göz önünde bulundurularak en çok 17.000 taler drahoma ödenecek" diye yazılıydı.

Frau Antonie bunu duyduktan sonra, heyecanlı olduğu kadar zarif hareketlerle elbisesinin kollarını geriye itmek için kolunu öne doğru hareket ettirdi ve gözlerini tavana dikerek, "Ah, Grünlich ah!" Küçük bir trampet vuruşunu anımsatan sesi, onu savaşa davet eder gibiydi. "O adamla ilgili bilginiz var mı Herr Marcus?" diye sordu. "Güzel bir gün öğleden sonra bahçemizde... büyük kapının önünde oturuyorduk... Bizim evin kapısını bilirsiniz, Herr Marcus. Tahmin et bakalım, kim geldi? Altın sarısı favori sakallı bir adam... bir dolandırıcı, bir sahtekâr!.."

"Evet, öyle," dedi Thomas. "Ama Herr Grünlich'i daha sonra konuşalım, olur mu?"

"Peki, peki. Ama bana hak vereceksin Tom. Sen akıllı bir adamsın, ama ben de deneyim kazandım artık, kısa zaman öncesine kadar aptal bir kızdım. Hayatta her şeyin dürüstlükle ve doğrulukla kazanılmadığını bilmiyordum..."

Tom, "Evet," dedi ve devam etti. Vasiyetnameyle ilgili ayrıntılara girildi, ailenin büyük Kutsal Kitap'ı, Konsül'ün pırlanta düğmeleri ve daha pek çok şey hakkında bilgi edinildi. Justus Kröger ve Herr Marcus akşam yemeğine kaldılar.

## 2

1856 yılının Şubat başında, sekiz yıllık bir ayrılıktan sonra Christian Buddenbrook baba evine döndü. Tropikal bölgelere özgü sarı ve iri çizgili bir ceket giymişti. Hamburg'dan bir posta arabasıyla gelmişti buraya. Yanında bir kılıçbalığı kafası ve büyükçe bir şekerkamışı vardı. Frau Konsül'ün kendisini kucaklayışına yarı şaşkın, yarı çekingen bir davranışla karşılık verdi.

Bu davranışını, ertesi gün öğleden önce ailece gittikleri Kuleli Kale Kapısı dışındaki mezarlıkta babasının mezarına çelenk koyarken de sürdürdü. Karlı yolda, ölenlerin adlarının taşlara işlendiği ve aile armalarının çevrelediği büyük mezarın önünde hepsi yan yana duruyorlardı. Küçük ve yaprakları dökülmüş mezarlık fidanlarının kenarında yükselen büyük mermer haçın önünde, hasta babasına bakmak için "Vefasız"da kalan Klothilde'den başka herkes yerini almıştı.

Tony, babasının adının altın harflerle yazıldığı mezar taşının üstüne çelengi koydu ve yerdeki diz boyu kara aldırmadan, mezarın başında diz çökerek ve sessizce dua etmeye başladı; başındaki siyah tül örtü rüzgârda uçuşuyordu ve elbisesinin geniş eteği son derece gösterişli bir şekilde yere yayılmıştı. Böylesine güzel bir kadının içinde ne kadar acı, ne kadar dindarlık ve ne kadar kendini beğenmişlik olduğunu yalnızca Tanrı bilir. Thomas bunu düşünecek halde değildi. Ama Christian kız kardeşine, alay ve dehşet karışımı bir yüz ifadesiyle yan yan baktı. "Nedir bu halin? Bu sorumluluğun altından kalkabilecek misin? Ne kadar da utanç verici!" demek ister gibi bir hali vardı. Tony yerinden doğrulurken kardeşinin bu bakışını yakaladı, ama hiç oralı olmadı. Başını geriye attı, tülünü ve eteğini düzeltti ve kendinden emin bir biçimde yürümeye başladı. Christian'ın rahatladığı yüzünden belli oluyordu.

Tanrı'ya ve İsa Mesih'e aşırı bir sevgiyle bağlı olan merhum Konsül, dinî duygularını farklı bir ruh haliyle ve burjuvaya özgü olmayan bir biçimde açıklamış olan ilk Buddenbrook ise, her iki oğlu da bu duygularını özgürce ve basit bir şekilde açıklamaktan çekinen ilk Buddenbrook'lar olacağa benziyordu. Thomas'ın; babasının ölümüne duyduğu acı, büyükbabasının kendi babasının ölümüne duyduğu acıdan kuşkusuz daha büyüktü; ama yine de babasının mezarı önünde diz çökmemişti. Kız kardeşi Tony'nin yaptığı gibi kendisini masanın üstüne atıp küçük bir çocuk gibi hıçkıra hıçkıra ağlamamıştı. Madam Grünlich'in yemekte, kızartma ve tatlı arasında, ölmüş babasının özelliklerini ve kişiliğini gözyaşları arasında ve büyük sözlerle övmesinden son derece rahatsız olmuştu. Böylesine ani boşalmalar karşısında saygın kişiliğini korumaya çalışan dimdik bir duruşu, duygularını ifade eden bir susuşu ve ürkek bir baş sallayışı vardı. Ama hiç kimsenin öleni anımsamadığı ya da sözünü etmediği bir anda, yüz ifadesinde herhangi bir değişiklik olmadan, yavaş yavaş gözleri dolmaya başladı.

Christian'ın yapısı daha farklıydı. Kız kardeşinin bu saf, bu çocuksu duyguları karşısında kendisini tutamıyordu; tabağına eğiliyor, başını yana çeviriyor, yüzünü gizleme ihtiyacı duyuyordu ve hatta kız kardeşinin söylediklerini sessizce ve üzüntülü bir ses tonuyla, "Tanrım... Tony..." diye birkaç defa kesmek zorunda kaldı.

Evet, konuşmalar ölüye yönelir yönelmez, huzursuzluk duyduğunu ve sıkıldığını belli ediyordu. İnsanların genel olarak duygularını olduğu gibi ve coşkuyla açığa vurmasından rahatsız oluyor değildi yalnızca, tersine kendi duygularını ifade etmekten de korkan ve sakınan bir hali vardı.

Babasının ölümünden dolayı ağladığını gören olmamıştı. Bu, onun uzun süre evden ayrı kalmasıyla açıklanamazdı kuşkusuz. Ama bu tür konuşmalardan hiç hoşlanmadığı halde, kız kardeşi Tony'yi ikide bir kenara çekip babasının öldüğü o korkunç öğle sonrasında yaşananları bütün canlılığıyla ve ayrıntısıyla anlattırması tuhaftı: Madam Grünlich de ona bütün olanları tek tek ve heyecanla anlatıyordu.

Christian, "Demek sapsarıydı babamın yüzü?" diye belki de beşinci kez sordu. "Koşarak yanınıza gelen hizmetçi kız nasıl haykırmıştı?.. Babamın yüzü sapsarıydı demek?.. Ölmeden önce hiçbir şey söyleyemedi mi?.. Hizmetçi kız ne dedi? Ruhunu nasıl teslim etti? 'Ua... ua...' diye inleyerek mi?.." Bunları söyledikten sonra sustu, uzunca bir süre sustu. Küçük, yuvarlak ve çukur gözleri düşünceli düşünceli odada dolaştı. Sonra birden, "Korkunç," dedi ve ayağa kalktı. Bütün vücudunun zangır zangır titrediği görülüyordu. Tedirgin ve düşünceli gözlerle odanın içinde bir aşağı bir yukarı gidip geliyordu. Tony, babasının ölümüne yas tutarken anlayamadığı nedenlerden bundan utanıyormuş gibi bir tavır sergileyen erkek kardeşinin babasının son nefesini verirken çıkarttığı o iniltiyi, hizmetçi kıza sora sora öğrendiği o ölgün sesi duyunca, ürperip derin düşüncelere dalmasına akıl erdiremiyordu.

Christian dış görünüşü bakımından hiç değişmemişti. Yine eskisi gibi kuru ve solgundu. Cildi gergindi, kocaman ve tümsekli burnu elmacıkkemikleri arasından dışarıya fırlamış gibiydi.

Başındaki saçlar dikkat çekecek kadar seyrelmişti. Boynu ince ve uzundu, kuru bacakları dışa doğru oldukça çarpıktı. Londra'da geçirdiği yılların epeyce etkisi olmuşa benziyordu. Valparaiso'da daha çok İngilizlerle görüştüğünden biraz onlara benzemişti ve bu hali ona yakışmıyor da değildi. İyi dikilmiş elbisesinde, elbisenin sağlam yünlü kumaşında, büyük ve şık çizmelerinde hep bu İngiliz havası vardı; aynı şekilde dudaklarının üstündeki kızıl kumral gür bıyıklarında da. Sıcaktan terlemiş yorgun ve beyaz ellerinde, yuvarlak ve kısa kesilmiş bakımlı tırnaklarında bile hep o İngiliz etkisi göze çarpıyordu.

Christian birden, "Söylesene," dedi, "o duyguyu bilir misin?.. Anlatılması çok zor... hani sert bir lokma yutunca insanın bütün sırtı ağrır ya!.." Bunu söylerken burnunun üstü kırış kırış olmuştu.

Tony, "Evet," dedi. "Bunda bir olağanüstülük yok. Bir yudum su içersin..."

"Öyle mi?" diye yanıtladı onu Christian şaşırmışçasına. "Hayır, sanırım aynı şeyi düşünmüyoruz." Yüzünde huzursuz olduğunu belli eden bir ifade belirdi.

Evdeki matem havasından uzak, özgür bir ruh halini temsil eden tek kişi Christian'dı. Rahmetli öğretmeni Marcellus Stengel'in taklidini yapma becerisini hiç unutmamıştı ve zaman zaman saatlerce onun gibi konuşuyordu. Sofrada Şehir Tiyatrosu hakkında bilgi istedi; iyi bir topluluk var mı, ne oynuyorlar, diye...

Tom, sabırsızlığını örtmek isteyen umursamaz bir

ses tonuyla, "Bilmiyorum," dedi. "Şu sıralar böyle şeylerle ilgilenmiyorum."

Ama Christian bunu duymazdan geldi ve tiyatro üzerine konuşmaya başladı. "Tiyatroya gitmekten ne kadar çok hoşlandığımı sizlere anlatamam! 'Tiyatro' sözcüğünü duymak bile beni mutlu ediyor. Böyle bir duyguyu içinizde tadan oldu mu, bilmiyorum? Tiyatroda saatlerce oturup kapalı perdeyi seyredebilirim... Çocukken Noel hediyesi almaya gittiğimiz günlerde sevindiğimiz gibi seviniyorum ve mutlu oluyorum. Hele o orkestranın sesi! Yalnızca bunu dinlemek için bile giderdim tiyatroya!.. Özellikle aşk sahnelerini izlemeyi çok seviyorum... Sevgili rolünü oynayan bazı kadın oyuncuların sevdikleri erkeğin başını ellerinin arasına alıp onu öpmesi yok mu, buna bayılıyorum... Ben bütün oyuncuları çok severim. Londra'da ve Valparaiso'da tiyatro sanatçılarıyla çok arkadaşlık ettim. Günlük yaşamda onlarla konuşabildiğim için ilk başlarda çok övünüyordum. Tiyatroda oynarlarken bütün hareketlerini büyük bir dikkatle izlerdim; çok ilginç oluyor! Oyunculardan biri son sözünü söyleyip büyük bir soğukkanlılıkla arkasını döner ve ağır ağır, kendinden emin ve rahat bir biçimde kapıya doğru yürür. Oysa bütün tiyatronun bakışlarını kendi sırtına çevirdiğinin farkındadır. Nasıl yapabiliyorlar bunu!.. Eskiden kulise girmeyi çok isterdim; – evet, çok isterdim; ama şimdi oranın bir üyesi gibiyim. Bir düşünün... Londra'da bir operet oyunu izlemeye gitmiştim, ben sahnenin ortasındayken perde açılıverdi. Miss Watercloose... Fräulein Watercloose ile sohbet ediyordum. Fräulein Watercloose çok sevimli bir kızdı! Neyse, kısa keseyim! Perde birden açıldı ve ben kendimi seyircilerin karşısında buldum... Aman Tanrım, sahneden nasıl indiğimi hâlâ bilmiyorum!"

Küçük yemek masasının çevresinde oturanlardan

yalnızca Madam Grünlich güldü buna; ama Christian gözlerini masanın çevresinde dolaştırarak konuşmaya devam etti. İngiliz kafelerinde şarkı söyleyen sanatçı kadınlardan söz etti, pudralı bir perukla sahneye çıkıp elindeki sopayı yere vurarak "*That's Maria!*" adlı şarkıyı söyleyen bir kadını anlattı. "Bilirsiniz, Meryem günah işleyen en büyük kadındır. Bir kadın günah işlerse işte bu yüzden ona 'Meryem' denilir. Meryem 'kötülerin en kötüsü' bir kadındır... büyük günah..." Son sözcüğü burnunu kırıştırıp çarpık parmaklı sağ elini yukarıya kaldırarak ve tiksinti duyduğunu belli eden bir yüz ifadesiyle söyledi.

Frau Konsül, "Yeter artık, Christian!" dedi. "Bu anlattıkların bizi hiç ilgilendirmiyor."

Christian, bakışlarını annesinin üzerinde dalgın dalgın dolaştırdı; o müdahale etmeseydi de konuşmasını kesecekti zaten. Çünkü küçük, yuvarlak ve çukur gözleri sürekli çevreyi tararken Meryem'i ve onun işlediği büyük günahı düşünmekten tedirgin olduğu belli oluyordu.

Birden, "Çok tuhaf," dedi. "Bazen ağzımdaki lokmayı yutamıyorum! Hayır, bunda gülünecek bir şey yok, son derece ciddiyim ben. Yutamayacakmışım gibi geliyor. Gerçekten yutamıyorum. Lokma boğazıma takılıp kalıyor, gırtlağım ve kaslarım onu yutmama izin vermiyor... olmuyor, başaramıyorum bir türlü... organlarım buna engel oluyor, istesem de yapamıyorum. Aslına bakarsanız onu yutmayı beceremiyorum."

Tony, büyük bir heyecanla haykırdı:

"Christian, aman Tanrım, neler saçmalıyorsun böyle! Yutmayı beceremiyor musun?.. Kendini gülünç duruma düşürüyorsun! Hem bütün bunları bize neden anlatıyorsun ki!.."

Thomas susuyordu. Fakat Frau Konsül dayanamayarak söze karıştı:

"Senin sinirlerin harap olmuş Christian; evet, eve dönmenin tam zamanıymış, yoksa oranın iklimi sağlığını bozacak, hasta olacaktın."

Christian sofradan kalktıktan sonra, yemek salonundaki küçük orgun başına geçti ve bir virtüözlük gösterisi yaptı. Saçlarını arkaya atıyormuş gibi yaptı, ellerini ovuşturdu ve odayı aşağıdan yukarıya doğru süzdükten sonra, sessizce ve pedallara basmadan –çünkü çalmasını hiç bilmiyordu ve çoğu Buddenbrook'lar gibi müzik yeteneği yoktu– bir resitale başladı; kontrbas çalıyormuş gibi büyük bir azimle öne doğru eğiliyor, çılgınca bölümler çalıyor, başını yeniden arkaya atıyor, coşkuyla ve kendinden geçmiş gibi yukarıya bakıyor ve güçlü elleriyle tuşlara dokunuyordu. Clara bile kahkahayı bastı. Piyano çalışı sahici değildi, İngiliz ve Amerikan müziğinin o kaba ve tuhaf özelliklerini taşıyan tutku, şarlatanlık ve dayanılmaz komikliklerle dolu bir gösteriydi; ama insanın canını sıkmıyordu, çünkü çalışı sahici gibiydi ve o kendisinden çok emindi.

Christian, "Ben sık sık konsere giderdim," dedi. "Sanatçıların ellerindeki aletleri nasıl kullandıklarını seyretmek çok hoşuma gidiyor!.. Evet, sanatçı olmak gerçekten çok güzel!"

Daha sonra yeniden başladı çalmaya. Ama birden durdu. Hiç beklenmedik bir anda ciddileşivermişti: Sanki yüzünden bir maske düşmüş gibi şaşırtıcı bir görüntüsü vardı. Ayağa kalktı, elini başındaki birkaç tutam saçının üstünde dolaştırarak başka bir koltuğa oturdu, suskun ve canı sıkkındı. Bakışlarında bir tedirginlik, yüzünde gizemli bir gürültüye kulak verir gibi bir ifade vardı.

Madam Grünlich bir akşamüstü kardeşi Tom'la yalnız kalınca, "... Christian'ın davranışları bazen çok tuhafıma gidiyor," dedi. "Ne biçim konuşuyor öyle? Öyle ayrıntılara giriyor ki, bence... ya da nasıl söylesem bilmem ki! Olaylara çok farklı açılardan bakıyor, sana da öyle gelmiyor mu?.."

"Evet," dedi Tom, "ne demek istediğini çok iyi anlıyorum, Tony. Bilirsin, bizim Christian boşboğazlık etmeyi çok sever... onu tam olarak anlatacak sözcüğü bulmak zor. Biraz dengesiz, senin anlayacağın, kişilik dengesi bozuk. Başkalarının ölçüsüz ve çocuksu davranışlarına karşı soğukkanlılığını koruyabilecek durumda değil... O böyle şeylere alışık değil, duygularını gizlemesini bilmiyor. Soğukkanlılığını bir anda kaybediveriyor, davranışlarını kontrol edemiyor, tuhaf tuhaf gevezelikler yapıyor ve en özel yanlarını dışa vuruyor. Bu ona zaman zaman gizemli bir hava veriyor. Hele ateş nöbetine tutulan biri gibi konuşması yok mu? Kendisini düşlere kaptıran biri gibi soğukkanlılığını koruyamıyor ve duygularına hâkim olma gücünü kaybediyor... Ah, aslında bütün bunlar Christian'ın kendi sesine çok fazla kulak vermesi, kendi iç dünyasındaki olaylarla çok fazla ilgilenmesinden ileri geliyor. Bazen bu olayları önemseyip en ince ayrıntısına varıncaya kadar herkese anlatmak gibi bir hastalığa yakalanıyor... Aklı başında birinin hiç ilgilenmeyeceği, hiç duymak istemeyeceği ve hatta anlatmaktan bile utanacağı şeyleri anlatıyor. Öyle utanç verici şeyler anlatıyor ki, Tony!.. Tiyatroyu çok sevdiğini Christian'dan başka biri de söyleyebilir, ama bir başka ağızla, yeri geldiğinde; kısacası, daha alçakgönüllü bir tavırla söyler. Ama bizim Christian bunu, 'Benim sahne tutkumun ilginç ve olağanüstü bir yanı yok mu?' anlamına gelen bir vurguyla söylüyor. Anlatırken sözcüklerle boğuşuyor ve nefis, gizemli ve olağanüstü bir şey anlatıyormuş gibi bir havaya giriyor..."

Thomas, kısa bir an susup sigarasını sobanın dökme demir kapağından içeriye attıktan sonra, "Sana şunu söylemek istiyorum," diye devam etti. "Bu korkutucu, bu boş ve insanı yiyip bitiren uğraş üzerine zaman zaman ben de kafa yordum, çünkü bir zamanlar bu tutku bende de vardı. Ama ben bunların insanın kafasını büsbütün karıştıran, içeriksiz ve işe yaramaz bir şey olduğunu çabuk fark ettim... Soğukkanlı hareket etme ve denge kurma benim için çok önemli. Kendi kendisine karşı ilgi duyan, kendi duygularını bütün ayrıntısıyla gözlemleyen böylesi insanlar her zaman var olacaktır; örneğin şairler, kendi iç dünyalarını coşkuyla ve tüm güzelliğiyle anlatırlar ve böylece başka insanların duygu dünyasını zenginleştirirler. Ama biz sıradan bir tüccar aileyiz, sevgili kardeşim; kendi iç dünyamızla ilgili olarak yaptığımız gözlemler kuşkusuz sınırlı. Bizim müzik zevkimiz orkestra aletlerini akort ederken duyduğumuz zevkten öteye geçmez ve bazen bunu yutmaya bile cesaret edemeyiz... Ah, en iyisi masanın başına oturup atalarımız gibi çalışarak bir şeyler başarmalıyız..."

"Evet Tom, sen de benim düşündüklerimi söylüyorsun. Şu Hagenström'leri düşündükçe... Ah Tanrım, ne 'aşağılık' insanlar... Biliyor musun, annem böyle konuşmamı istemiyor. Ama çok yerinde bir söz. Ne dersin, bu kentte kendilerinden başka seçkin aile kalmadı mı sanıyorlar? Ah, güleyim bari! Hem de kahkahayle!.."

## 3

Johann Buddenbrook Şirketi'nin yeni patronu, erkek kardeşi baba evine dönünce onu bakışlarıyla uzun uzun süzmüştü; özellikle ilk günler söz arasında ve hemen her fırsatta hiç sezdirmeden onu incelemişti. Gerçi sakin ve sır tutmasını bilen yüzünden bir şey anlaşılmıyordu, ama aşırı merakını gidermiş ve onun hakkında bir fikir edinmişti. Thomas aile ortamında kardeşiyle, umursamaz bir tavırla, önemsiz şeyler üzerine konuşuyor ve Christian o meşhur temsillerinden birini daha vermeye başlayınca ötekiler gibi o da gülüyordu...

Sekiz gün sonra kardeşine şöyle dedi: "Demek birlikte çalışacağız kardeşim?.. Bildiğim kadarıyla annemin isteğine olumlu bakıyorsun, değil mi?.. Ha, bildiğin gibi Marcus benim ortağım oldu, ödediği ortaklık payı oranında elbette. Kardeşim olarak sen de Marcus'un eski işini, ticari temsilcilik görevini üzerine alırsın herhalde... Ne de olsa bir temsilcilik görevi... Yapacağın işe gelince, ticaret alanında bilgilerini ne kadar geliştirdiğini doğrusu pek bilemiyorum. Öyle sanıyorum ki, şimdiye kadar dünyayı dolaşmakla geçirdin günlerini, değil mi?.. Ama en azından şirketin İngilizce yazışmalarını yürütürsün... Fakat senden bir ricam var sevgili kardeşim! Patronun kardeşi olarak öteki çalışanlar arasında kuşkusuz özel bir konumun olacak... Ama herkese eşit davranarak ve disiplinli çalışmalarınla onlara örnek olman gerektiğini söylememe gerek yok sanırım? Ailenin nüfuzundan yararlanıp kendine özgürlükler tanıyarak değil. O halde çalışma saatlerine uymak ve herkese örnek olmak zorundasın, öyle değil mi?.."

Daha sonra Christian'ın hiç düşünmeden ve pazarlık etmeden kabul ettiği ticari temsilcilik göreviyle ilgili bir öneride bulundu. Dalgın ve kararsız yüzünden, mal edinme hırsından çok, bu işi bir an önce nasıl bitiririm çabası okunuyordu.

Thomas, ertesi gün kardeşini büroya götürdü ve Christian'ın aile şirketindeki çalışma yaşamı böylece başlamış oldu.

Konsül'ün ölümünden sonra işler sürekli iyi gitmişti. Thomas Buddenbrook'un ipleri eline aldığından beri işletmeye taze kan ve girişimci bir ruh geldiği çok geçmeden anlaşıldı. Ara sıra bazı ataklar yapılmaya başlandı, daha önceki yönetimce salt bir kavram olan, bir kuram ve lüks gibi görülen krediler bilinçli bir şekilde kullanılmaya başladı ve şirket bundan büyük yarar sağladı... Borsacılar birbirlerine bakıp başlarını sallayarak, "Buddenbrook para kazanmasını biliyor," diyorlardı. Dürüstlüğü ile tanınan Herr Friedrich Wilhelm Marcus'u bir kurşun topu gibi arkasından hiç ayırmamasını da çok yerinde buluyorlardı. Herr Marcus şirkette işleri dengeleyen bir öğe olarak çok etkili oluyordu. İki parmağını bıyığının üstünde dikkatli dikkatli dolaştırır, masasından hiç eksik etmediği su dolu bardağını ve kırtasiye malzemelerini büyük bir titizlikle düzeltir ve eline aldığı bir işi dalgın bir yüz ifadesiyle, değişik açılardan tekrar tekrar incelerdi, çalışma saati içinde beş ya da altı defa bürodan dışarıya çıkıp banyoya giderek başını soğuk su musluğunun altına tutmak ve serinlemek gibi bir alışkanlığı vardı.

Büyük ticaret şirketlerinin patronları kendi aralarında konuşurken, "İkisi birbirini çok iyi tamamlıyor," diyorlardı: Konsül Huneus, Konsül Kistenmaker'le böyle konuşuyordu herhalde! Gemiciler ve silo çalışanlar arasında olsun, küçük burjuva aileleri içinde olsun, hep bu değerlendirme tekrarlanıyordu. Çünkü genç Buddenbrook, çuvalını nasıl dolduracak, diye bütün şehir onunla ilgileniyordu. Glockengiesser Caddesi'ndeki Herr Stuht da seçkin ailelerle görüşen karısına, "İkisi birbirini çok iyi tamamlıyor gerçekten!" dedi.

Ama şirkette genç olan ortağın birinci kişi olduğundan kimsenin kuşkusu yoktu. Evde çalışan hizmetçilerle, kaptanlarla ve silolarda görev yapan sekreterlerle, arabacılarla ve depo işçileriyle hep onun konuşması, bunun böyle olduğunu açıkça gösteriyordu. Thomas onların dilini çok düzgün ve hiç zorlanmadan konuşmakla birlikte kendisini onlardan uzak tutmasını da biliyordu. Ama Herr Marcus temiz yürekli bir işçiye dönüp, "Beni anlıyor musun?" dediğinde, öyle tuhaf bir durum ortaya çıkıyordu ki, karşı masada oturan ortağı hemen gülmeye başlıyor ve arkasından bütün büro çalışanları kahkahalara boğuluyordu.

Şirketi eski adına uygun olarak korumayı ve geliştirmeyi çok isteyen Thomas Buddenbrook, başarı için verilen savaşımda kendisini tehlikeye atmaktan çok hoşlanıyordu; zira insanların gönlünü kazanan o sevecen tavırlarıyla ve ölçülü konuşmalarıyla bazı güzel işler başardığını biliyordu.

Thomas, eski okul arkadaşı Stephan Kistenmaker'e –Kistenmaker ve Oğulları Şirketi'nden–, "Bir işadamı asla bürokrat olmamalıdır!" dedi. Stephan akılca kendisinden üstün olan eski dostunun söylediklerini can kulağıyla dinliyor ve daha sonra bunları kendi görüşleriymiş gibi başkalarına anlatıyordu... "Ama bunun için kişilik gerekir, bu 'benim' yaradılışımda var. Büroda oturup bütün gün dosyaları karıştırarak başarı sağlanacağını sanmıyorum. Bu tür şeyler beni hiç sevindirmez. Başarı masa başında beklenmez... Ben işlerin gidişini bakışlarımla, ağzımla ve davranışlarımla yönetmek... onu kendi hür irademin, yeteneğimin ve başarımın egemenliği altına almak isterim. Ama ne yazık ki bunlar yavaş yavaş unutuluyor, bir tüccarın doğrudan işe el atması gerekiyor... zaman hızla ilerliyor, fakat en önemli şeyleri de sanırım arkasında bırakıyor. İnsanlar arasındaki iletişim gittikçe kolaylaşıyor... Borsa hareketleri gittikçe daha çabuk öğreniliyor... kaybetme tehlikesi azalıyor ve kâr etme şansı artmış oluyor... evet, eskilerin durumu daha farklıydı. Örneğin büyükbabam... dört atlı koşu arabasıyla Güney Almanya'ya yolculuk ederdi, pudralı saçı ve ayağında iskarpinleriyle Prusya ordusuna mal sevk eden ihtiyar Buddenbrook, bütün hünerlerini göstererek çevresindekileri büyüler ve çuval dolusu para kazanırdı, sevgili Kistenmaker! Ah, tüccarlığın zaman içinde gittikçe çirkinleşen bir meslek olmasından korkmaya başlıyorum..."

Thomas Buddenbrook zaman zaman böyle yakınmalarda bulunuyordu. Bir aile gezisi sırasında yolu rastlantı sonucu bir değirmene düşse kendisini saygıyla karşılayan değirmenciyle şakalaşır, hemen neşeli bir ortam yaratır ve onunla iyi bir ticaret anlaşması yapardı. Ama böyle şeyler Thomas'ın iş ortağına çok uzaktı.

... Christian'a gelince; ilk başlarda gerçek bir çaba ve hevesle kendisini işe vermiş gibi görünüyordu. Evet, işini yaptığından dolayı çok mutluydu. Günler boyu yemeğini iştahla yedi, kısa purosunu tüttürdü; şık İngiliz ceketinin içinde rahat ve mutlu olduğunu belli ediyordu. Sabahları Thomas'la aynı zamanda büroya iniyor ve Herr Marcus'un yanına ve kardeşinin karşısına, yüksekliği ayarlanabilir döner koltuğuna oturuyordu; çünkü şirketin iki patronu gibi onun da bir döner koltuğu vardı. Önce "Kent Haberleri" gazetesini okuyor ve sabah sigarasını büyük bir keyifle içiyordu. Daha sonra masanın alt çekmecesinden eski bir kanyak şişesi alıp içiyor, kendisine hareket özgürlüğü yaratmak için kollarını geriyor ve dilini ağzının içinde dolaştırarak, "Hadi bakalım!" diyerek neşeli bir ruh hali içerisinde işe koyuluyordu. Yazdığı İngilizce mektuplar ustalıkla yazılmış mektuplardı ve çok etkileyiciydi; çünkü İngilizceyi nasıl rahat ve hiç zorlanmadan konuşuyorsa mektupları da öyle yazıyordu.

Aile çevresinde konuşurken de tarzına ve ruh haline uygun sözler söylüyordu.

"Tüccarlık güzel ve gerçekten insanı mutlu eden bir meslek!" dedi. "Çaba ve alçakgönüllülük isteyen sağlam ve rahat bir meslek... Ben tam bu iş için yaratılmışım! Şirketin bir üyesi olarak kendimi nasıl da mutlu hissediyorum, bilseniz... Sabahları kalkıp dinlenmiş olarak büroya iniyorsun, gazeteye göz atıyorsun, sigaranı içiyorsun, her şeyin kafanda olduğunu gördükten sonra, bir kadeh kanyak içip çalışmaya başlıyorsun. Sonra öğle oluyor ve aile sofrasında yemek yiyorsun, biraz dinleniyorsun ve daha sonra yeniden çalışmaya başlıyorsun... Şirketin adını taşıyan en iyi ve parlak kâğıtlara kaliteli bir tüy kalemle yazılarını yazıyorsun... Cetvel, giyotin, mühür, hepsi de en iyi cinsinden ve düzenli... İşte böylece bütün işlerimi büyük bir gayretle bir bir bitiriyorum ve daha sonra yeniden evime dönüyorum. Ertesi sabah yeni bir gün başlıyor. Akşam yemeği için yukarıya çıktığımda kendimi öyle mutlu hissediyorum ki... vücudumun bütün organları mutlu... ellerim mutlu!.."

Tony, "Christian, aman Tanrım!" diye bağırdı. "Gülünç duruma düşürüyorsun kendini! Ellerim mutlu da ne demek!.."

"Evet, öyle! Demek sen bunu daha tatmadın? Demek istiyorum ki..." Bunu açıklama, ifade etme çabası içindeydi. "Biliyorum, yumruğunu sıkarsın... Yumruğun yeterince güçlü değildir, çünkü çalışmaktan yorgun düşmüştür. Ama ıslak değildir. Bu canını sıkmaz... Yumruğunun keyfi yerindedir ve rahattır... İnsanın kendisiyle barışık ve mutlu olduğu duygusu bu işte... Canın sıkılmadan saatlerce sessizce oturabilirsin..."

Herkes susmuştu. Thomas, kardeşinin bu tür konuşmalarından hoşlanmadığını belli etmemek için, kayıtsız bir şekilde, "Bence bir insan bunun için çalışmaz..." dedi fakat arkasını getiremedi ve sustu. "Ben en azından başka amaçları düşünürdüm," diye ekledi.

Gözlerini çevrede dolaştıran Christian, bu sözleri duymazdan geldi, çünkü derin düşüncelere dalmıştı. Daha sonra Valparaiso'dan bir öykü anlatmaya başladı, gözleri önünde işlenen bir cinayet ve öldürme olayını... "Ama adam bıçağını çekince..." Christian'ın sık sık anlattığı bu tür öyküler her nedense Madam Grünlich'i pek eğlendirirken, Frau Konsül, Clara ve Klothilde'yi korkutuyor, Matmazel Jungmann ise küçük Erika ile birlikte ağzı açık onu dinliyordu. Thomas hiç beğenmediği bu öyküleri soğuk ve alaycı müdahalelerde bulunarak dinlerken, "Christian her şeyi çok abartıyor ve gösteriş yapıyor," der gibi bir tavır sergiliyordu... Oysa durum hiç de öyle değildi. Christian öyküsünü çok canlı ve renkli anlatıyordu. Thomas küçük kardeşinin kendisinden daha çok gezip daha çok şey görmüş olmasından hoşlanmıyor muydu acaba? Ya da onun anlattığı bu bıçak ve tabanca öykülerinde o ülkelerdeki şiddet ve düzensizliklerin övülmesinden mi rahatsızlık duyuyordu?.. Ama şu kesin ki, anlattığı öykülerin Thomas tarafından beğenilmemesi Christian'ın hiç umurunda değildi; anlattıklarına kendisini öyle kaptırıyordu ki, öyküyü bitirdikten sonra da, dalgın ve düşünceli bakışlarını odanın içinde dolaştırmaya devam ediyordu.

İki kardeşin arasındaki ilişki zamanla düzelmemişse bunun sorumlusu Christian olamazdı; kardeşine karşı ne herhangi bir kin duygusu beslemiş, ne onun herhangi bir düşüncesine karşı çıkmış, ne ona karşı bir yargıda bulunmuş, ne de onu hor gören bir davranış içinde olmuştu. Büyük kardeşin üstünlüğünü, iş ciddiyetini, büyük yeteneğini, becerisini ve saygınlığını takdir ettiğine hiç kuşku yoktu, sessiz bakışları bunu belli ediyordu. Ama Thomas, onun davranışlarına, hiçbir şeyi umursamaz tavrına ve her şeyi hemen kabullenivermesine çok kızıyordu; çünkü Christian öyle rahat davranıyordu ki, üstünlük, beceriklilik, saygınlık ve ciddiyet gibi kavramları hiç önemsemediğini düşünebilirdi insan.

Şirketin patronunun kardeşi Christian'dan giderek hoşlanmamaya başladığını söylemeye gerek yok. Bunun için haklı nedenleri de yok değildi, çünkü Christian'ın iş hevesi daha ilk hafta sonunda ve hele ikinci hafta sonundan itibaren ne yazık ki iyice azalmaya başlamıştı. Bu, onun işe gitme hazırlıklarını giderek uzatmasından belli oluyordu: Gazete okumak, kahvaltıdan sonra sabah sigarasını tüttürmek ve kanyak içmek gittikçe daha çok vaktini almaya başladı ve sonunda bütün bir öğleüstünü kapladı. Daha sonraları işe başlama saatlerini de umursamamaya başladı; sabahları sigarası ağzında, sallana sallana işe gidiyor, öğle yemeklerini Şehir Kulübü'nde yiyor ve orada geç vakitlere kadar, bazen akşama kadar oyalanıyor, eve çok geç dönüyor ya da hiç dönmüyordu.

Daha çok bekâr tüccarların gittiği bu kulübün birinci katındaki yemek salonunda bir de şarap evi vardı; üyeler yemeklerini yedikten sonra oraya oturup şaraplarını yudumlarlarken, şundan bundan söz ederler, ara sıra da rulet oynarlardı. Üyeler arasında Konsül Kröger ve Peter Döhlmann gibi biraz gelgeç yaradılışlı aile babaları da vardı. Polis Müdürü Cremer buranın "en başta gelen adamı"ydı. İtfaiye müdürünün oğlu Doktor Andreas Giesecke böyle diyordu onun için. Christian'ın eski okul arkadaşı olan Giesecke, kente yerleşmiş, avukatlık yapıyordu; pis bir çapkın olarak bilinmesine rağmen, Christian Buddenbrook onunla yeniden dostluk kurmakta gecikmedi.

Christian ya da pek çok kişinin söylediği gibi Krischan, eskiden hepsiyle de az veya çok tanıştığı ve dost olduğu için –çünkü çoğu merhum Marcellus Stengel'in öğrencisiydi– sıcak bir sevgiyle karşılandı, zira hem tüccarlar hem de aydın kişiler onun zekâsının kıt olduğunu kabul etseler de, yine de onun eğlendirici ve hoşsohbet biri olduğunu biliyorlardı. Christian burada en güzel temsillerini sunuyor ve en güzel öykülerini anlatıyordu. Kulüpteki piyanonun başına geçiyor ve virtüözlük gösterisi yapıyor, İngiliz ve okyanus ötesi oyuncuları ve opera sanatçılarını taklit ediyordu. Masum ve eğlendirici bir biçimde dünyanın değişik bölgelerinden kadın ve aşk öyküleri anlatıyordu –çünkü Christian Buddenbrook tam bir "çapkındı", buna hiç kuşku yoktu–, gemilerde, trenlerde, St. Pauli'de, Whitechapel'de ve Güney Amerika'nın balta girmemiş ormanlarındaki serüvenlerini her fırsatta anlatıyordu. O, bütün bunları duygularını açığa vurmadan, olağanüstü bir güzellikle, hüzünlü ve sürükleyici bir dille, bir İngiliz mizah ustası kadar soğuk esprileriyle ve kimseyi rahatsız etmeyen bir üslupla anlatıyordu. Valparaiso'dan San Francisco'ya bir kutu içerisinde gönderilen uyuz bir köpeğin öyküsünü anlatıyordu. Anlattığı anekdotların esprisinin nereden geldiğine kimse akıl sır erdiremiyordu, ama onun ağzından çıkınca pek de komik oluyordu. Çevresindekileri gülmekten kırıp geçirirken, büyük ve kemerli burnuyla, ince ve uzun boynuyla ve seyrelmeye başlamış kızıl kumral saçlarıyla, tedirgin ve nedeni anlaşılmaz ciddi bir yüz ifadesiyle ve yana doğru çarpık kuru bacaklarını üst üste atarak orada öylece oturur ve küçük, yuvarlak ve çukur gözlerini çevresinde düşünceli düşünceli gezdirirdi. Herkes ona gülüyor, onunla eğleniyordu sanki... fakat o hiç oralı olmuyordu.

Evde ise özellikle Valparaiso'daki işyerinden ve oranın bunaltıcı sıcağından ve Johnny Thunderstrom adlı bir Londralıdan, "Onu bir gün olsun çalışırken görmeyeyim," diye Tanrı'nın beni lanetlediği dediği, aslında iyi bir işadamı olabilecek yaradılışta olan o inanılmaz derecede tembel heriften bahsediyordu. "Aman Tanrım!" dedi. "Bu sıcakta! Patron büroya geliyor... biz, sekiz kişi, çevremizde uçuşan sinekler gibi oraya buraya uzanmış, sigaralarımızı tüttürüyorduk, sinekleri belki kaçırırız, diye. 'Aman Tanrım! Siz ne yapıyorsunuz böyle?' dedi patron. 'Çalışmıyor musunuz baylar?!' 'Hayır, patron!' diye yanıt verdi Johnny Thunderstrom. 'Görüyorsunuz işte!'

O bunu söylerken hep birden ağzımızdaki dumanları patronun yüzüne üfledik. Aman Tanrım, neydi o!"

Thomas kızarak, "Neden ikide bir, 'Aman Tanrım,' deyip duruyorsun?" diye sordu. Ama onu kızdıran şey bu değildi. Christian'ın, işi küçümseme ve alaya almak için böyle neşeli neşeli öyküler anlattığını hissediyordu.

Sonra, anneleri sessizce bir başka konuya geçti.

Frau Konsül Buddenbrook, "Yeryüzünde çok kötü şeyler oluyor," diye aklından geçirdi. "Kardeşler de birbirinden nefret edebiliyor ya da birbirlerini hor görebiliyorlar; çok korkunç da olsa, böyle şeyler olabiliyor. Ama kimse bundan söz etmiyor, hemen örtbas ediliyor, duymak ve bilmek istenmiyor."

## 4

Gotthold amca, altmış yaşındaki Konsül Gotthold Buddenbrook, hüzünlü bir gecede, kızlık soyadı Stüwing olan eşinin kolları arasında, kalp krampından çırpına çırpına can verdi.

Madam Antoinette'ten doğma öteki kardeşlerine göre yaşamı boyunca hep zarar görmüş olan Madam Josephine'nin bu bahtsız oğlu, sonunda yazgısına boyun eğmiş ve son yıllarda, yeğeninin Hollanda Konsüllüğü'nü kendisine bırakmasından sonra ailesine kin duymaktan vazgeçmiş, günlerini evinde, teneke kutusundan çıkardığı öksürük bonbonlarını çiğneyerek geçiriyordu. Ama karısı ve kızları eski aile içi kavgayı bir çeşit kin gütme biçiminde sürdürüyorlardı: İyi kalpli, ama zekâsı kıt eşi, üç yaşlı kızıyla birlikte Frau Konsül'e, Antonie'ye ve Thomas'a birkaç zehirli söz sokuşturmadan edemiyorlardı.

Eski aile geleneğine uyarak bütün aile üyeleri perşembe günleri Meng Caddesi'ndeki büyük evde toplanıyor, birlikte öğle yemeği yiyor ve akşama kadar da vakit geçiriyorlardı –ara sıra Konsül Kröger ya da zekâ özürlü kız kardeşiyle birlikte Sesemi Weichbrodt da katılırdı–. Breiten Caddesi'nde oturan bu Frau Buddenbrook'lar, bir fırsatını bulup sözü Tony'nin başarısızlıkla sonuçlanan evliliğine getiriyorlar, Madam Grünlich'e bazı büyük sözler söyletip iğneli bakışlarıyla onu süzüyorlardı... ya da Frau Grünlich'in saçını boyamasının ne büyük bir ayıp olduğunu söylüyorlar ve Frau Konsül'ün yeğeni Jakob Kröger hakkında dedikodular üretiyorlardı. Zavallı ve masum Klothilde'yi, kendilerine göre daha da zavallı durumda olan bu kızcağızı her fırsatta alaya alıyorlardı; bu parasız ve karnı aç kızın Tom ya da Tony'den her gün duymaya alışık olduğu dostça sözlerle dalga geçiyorlar; Clara'nın sertliği ve aşırı sofuluğuyla alay ediyorlardı. Christian ile Thomas'ın arasının pek de iyi olmadığını hemen anlamışlardı; o oğlanın kesinlikle ciddiye alınmaması gereken bir çocuk olduğunu söylüyorlardı, çünkü o gülünç bir insandı. Saldıracak zayıf bir yanı olmayan ve onlara, "Sizleri anlıyorum ve sizlere acıyorum..." der gibi soğukkanlı bir davranışla karşılık veren Thomas'a, zehir kusan bir saygıyla davranıyorlardı. Tombul ve pembe yanaklı küçük Erika'nın büyüyüp gelişmesinin kaygı verecek bir biçimde birden durduğunu söylüyorlardı. Pfiffi, silkinerek ve ağzından köpükler saçarak çocuğun, babası Grünlich'e korkunç derecede benzediğini söylüyordu.

Şimdi hepsi de can çekişen babalarının yatağının başucuna oturmuş, anneleriyle birlikte ağlıyorlardı. Babalarının ölümünden bile Meng Caddesi'ndeki akrabalarını suçlu görmelerine rağmen, yine de oraya haber ulaştırdılar.

Gece yarısı evin kapısı çaldı; Christian eve geç geldiği ve kendisini iyi hissetmediği için, Thomas yalnız başına yola koyuldu. Dışarıda ilkbahar yağmuru yağıyordu.

Yaşlı amcasının ancak son ânına yetişebildi, onun

can çekiştiğini görebildi yalnızca. Sonra, ellerini birbirine kenetleyerek ölünün başında dikildi ve örtüler içinde boylu boyunca yatan bu ufak tefek cansız bedene, bu beyaz favorili yumuşak yüze uzun uzun baktı.

"Hayatın kolay geçmedi, Gotthold amca," diye düşündü. "Ödün vermeyi ve anlayışlı davranmayı çok geç öğrendin... Ama bu çok gerekliydi... Ben de senin gibi davransaydım yıllar önce bir dükkâncı kızıyla evlenirdim. Ailenin saygınlığını korumak gerekir!.. Sahip olduğundan daha farklı bir yaşam mı istemiştin? İnatçı bir kişiliğin vardı ve bu inatçı tutumunla idealist bir yanın olduğunu düşünüyordun, oysa hayal gücün yeterince güçlü değildi, idealist yanın çok zayıftı; içten gelen bir coşkuyla, gizli bir sevgiden daha tatlı, daha mutlu ve daha tatmin edecek olan bir idealizm, herhangi bir soyut eşya, eski bir isim, şirketin armasını taşıyacak, onu koruyacak, ona saygınlık, güç ve ihtişam sağlayacak bir yeteneğin yoktu. Babana karşı gelip sevdiğin kadınla evlenme yürekliliği göstermiş olmana rağmen, şiir anlayışından da yoksun biriydin. Böyle tutkuları olan biri olmadın hiç, sevgili Gotthold amcacığım. Ailenin eski adı kuşkusuz bir burjuva adıydı yalnızca; bu ad bir hububat ticaretini ilerletmek, kendi kişiliğini küçücük bir dünya parçası karşısında yüceltmek ve güçlü kılmakla korunabilir. Herhalde şöyle düşünmüştün: Sevdiğim kadın Stüwing'le evleniyorum, ailemizin saygınlığı ve ilkeler umurumda değil; çünkü bunlar sıradan ve önemsiz şeyler, öyle değil mi?.. Ama bizler de çok yer gezdik ve neresinden bakılırsa bakılsın tutkularımızın saplandığı sınırların çok dar ve kötü olduğunu fark edecek kadar bilgi, görgü edindik. Ama yeryüzünde her şey birbirinin aynı, Gotthold amcacığım! Küçük bir kentte de büyük adam olunabileceğini bilmiyor muydun? Baltık Denizi kıyısında sıradan bir ticaret şirketinde de Caesar olunabileceğini hiç düşünmedin mi? Bunun için biraz hayal gücü, biraz da idealizm gerekirdi elbette... Ne düşünmüş olursan ol, sende bunların hiçbiri yoktu."

Thomas Buddenbrook ölünün başından uzaklaştı. Pencerenin kenarına geldi ve elleri arkasında, yarı aydınlatılmış belediye binasının yağmur altında pek seçilemeyen gotik tarzı ön cephesini seyrediyordu. Zeki yüzünde gülümseyiş vardı.

Babasının ölümünden sonra doğal olarak Thomas'a geçecek olan Hollanda Krallığı Konsüllük unvanı ve görevi sonunda yine ona kalmıştı; Meng Caddesi'ndeki evin kapısının üstündeki "Tanrı efendimizi korusun" yazısının altına aslanlı, armalı ve taçlı bir tabela asıldı. Bu, Madam Grünlich'i müthiş sevindirmiş ve gururlandırmıştı.

Genç Konsül, bu işi yoluna koyar koymaz, temmuz ayında Amsterdam'a bir geziye, ne kadar süreceği belli olmayan bir iş gezisine çıktı.

## 5

Ölüm olayları genellikle insanların Tanrı'ya yönelme duygularını harekete geçirir. Eşinin ölümünden sonra Frau Konsül Buddenbrook'un ağzından, daha önce hiç duyulmayan dinsel sözler çıkmaya başlamasına kimse şaşırmamıştı.

Ama bunun geçici olmadığı kısa zamanda anlaşıldı. Frau Elisabeth Buddenbrook'un, bu dünyadan göçen kocasının son yıllarında ve kendi yaşının da ilerlemesiyle Konsül'ün dinsel eğilimlerini paylaştığını herkes biliyordu; ama aşırılığa kaçan bir dindarlık anlayışıyla eşinin anısını yaşatmak istediği gerçeği, kentte çabucak duyuldu.

Frau Buddenbrook, bir Hıristiyana yakışır ciddiyetle

ve tüm kibarlığıyla bütün evi ölünün ruhuyla doldurmaya çalışıyordu. Sabahları ve akşamları okunan duaların süresi giderek uzuyordu. Aile bireyleri ayin için yemek salonunda toplanırken uşaklar ve hizmetçiler de sütunlu holde bir araya geliyordu. Frau Konsül'ün ya da Clara'nın iri harflerle yazılmış kocaman aile İncili'nden okudukları bölümleri dinliyorlar ve Frau Konsül'ün çaldığı orgun eşliğinde bazı dinî ezgileri seslendiriyorlardı. Çoğu kez İncil'in yerine bir mücevher kutusunu andıran siyah ciltli, kenarları altın yaldızlı ve insanın dinsel duygularını harekete geçiren dinsel ezgiler kitaplarından biri de okunuyordu; Meng Caddesi'ndeki bu evde fazlasıyla bulunan bu kitaplar, herkesin kendisini bu kutsal coşku seline kaptırması, sürekli okunan ilahiler ve sabah duaları ve hacı asalarıyla tatlı ve sevimli küçük İsa'ya sürekli sevgi gösterisinde bulunulması, insanı biraz tiksindiriyordu.

Christian bu dualara çoğu zaman katılmıyordu. Thomas'ın bir fırsatını bulup büyük bir dikkatle ve biraz da şakayla karışık, yapılan bu ayinlere yaptığı itiraz, kibarca reddedilmişti. Madam Grünlich'e gelince, ne yazık ki o da her zaman konumunun gerektirdiği gibi davranmıyordu. Bir sabah –yabancı bir rahip Buddenbrook'lara konuk olmuştu– bir tören havası içinde ve coşkuyla şu dinsel ezgi okunmuştu:

Alçak herifin biriyim ben,
Tam bir günah özürlüsü,
Soğan yiyen bir Rus gibi
Kendi günahlarını yutan.
Ey, yüce Efendimiz, ben köpeğini kulağından tut,
Bir kutsal kemik at önüne
Ve beni, sersem günahkâr çocuğunu
Kutsal gökyüzüne götür!

...Bunu dinledikten sonra, Frau Grünlich'in içini büyük bir suçluluk duygusu kapladı ve bu dinsel ezgiler kitabını elinden fırlatıp atarak salondan dışarı çıktı.

Ama Frau Konsül Buddenbrook, kendini bu tür duygulara çocuklarından daha çok veriyordu. Örneğin bir pazar okulu açmıştı evinde. Pazar günleri öğleden önce bir sürü küçük ilkokul öğrencisi kız, Meng Caddesi'ndeki evin kapısını çalıyordu. An der Mauer Caddesi'nde oturan Stine Voss, Glockengiesser Caddesi'nden Mike Stuht ve An der Trave'de oturan Fike Snut gibi kızlar, suyla ıslatılmış açık sarı saçlarıyla büyük koridordan geçerek, artık büro olarak kullanılmayan aydınlık bahçe evine geliyorlar ve oraya yerleştirilmiş bankların üstüne oturuyorlardı. Kızlık soyadı Kröger olan Frau Konsül Buddenbrook, ağır siyah ipekten elbisesiyle, zarif beyaz yüzüyle ve daha da beyaz başlığıyla üstüne bir bardak şekerli su konulmuş masanın başına, onların karşısına oturuyor ve bir saat boyunca onlara dinin temel kurallarını öğretiyordu.

Frau Konsül, bir de "Kudüs Geceleri" düzenliyordu. Bu geceye Clara ve Klothilde'den başka, istesin ya da istemesin, Tony'nin de katılması gerekiyordu. Cennet'te kendilerine iyi bir yer arayacak yaşa gelmiş yirmi kadar yaşlı hanım, uzatılmış yemek masasının çevresinde, yanan lambaların ve mumların ışığı altında haftada bir toplanıp çay ya da şarap içiyor, üzümlü kek ve puding yiyor, kutsal ezgiler söylüyor, dinsel yazılar okuyor ve örgü işleri yapıyorlardı; yıl sonunda bu örgü işi ürünlerin bir pazarda satılmasıyla elde edilen para Kudüs'teki misyonerlere gönderiliyordu.

Aşırı dindarların oluşturduğu bu topluluk, daha çok Frau Konsül'ün yakın dostlarından oluşuyordu. Frau Senatör Langhals, Frau Konsül Möllendorpf ve yaşlı Frau Konsül Kistenmaker gibi kentin tanınmış kadınları bu topluluğa katılırken Madam Köppen gibi dinî işlerden çok dünyevi işlerle ilgilenen öteki bazı yaşlı hanım dostları ise Bethsy'yle dalga geçiyorlardı. Kentin vaizlerinin eşleri, Stüwing kızlık soyadlı dul Frau Konsül Buddenbrook ve zekâsı kıt kız kardeşiyle birlikte Sesemi Weichbrodt da üyeler arasındaydı. İsa'nın huzurunda hiçbir rütbe ve sınıf ayrımı yapılamayacağından, düzenlenen bu "Kudüs Geceleri"ne yoksul ve bazı tuhaf kişiler de katılıyordu; örneğin, bunların arasında Heiliger Geist Hastanesi'nde çalışan, Tanrı'ya derin duygularla bağlı ve el örgü işinde başarılı, yüzü buruş buruş olmuş ufak tefek bir kadın da vardı, bu kadının adı Himmelsbürger'di ve neslinin en son örneğiydi. Bazen hüzünlenerek, "Ben Tanrı'nın en son örneğiyim," diyordu kendi kendine ve elindeki örgü şişini ikide bir başlığının altına götürüp başını kaşıyordu.

Ama bu toplantıların oldukça dikkat çekici iki üyesi daha vardı; XVIII. yüzyıldan kalma çoban şapkalarıyla ve birkaç yıldan beri giydikleri rengi atmış elbiseleriyle kentte el ele dolaşan ve kendilerini hayır işlerine vermiş ikiz kız kardeşler, iki tuhaf koca kız. Soyadları Gerhardt'tı ve Paul Gerhardt soyundan geldiklerini söylüyorlardı. Pek de varlıksız olmadıkları söyleniyordu, ama çok sefil bir yaşam sürüyor, her şeylerini yoksullara dağıtıyorlardı. Onların bu halinden zaman zaman utanan Frau Konsül Buddenbrook, "Güzellerim! Gerçi Tanrı insanların yalnızca iç dünyasına bakar ama üstünüzdeki elbiseler pek de sefil... İnsan kendine bakmasını bilmeli," diyordu. Fakat onlar hiçbir şey demeden bu asil ve şık dostlarının alnından öptüler... Alt tabakadan olup da ilahî mutluluğu arayanların üst tabakadan olanlara karşı duydukları sıcak, sevgi dolu ve merhametli bir üstünlük edasıyla. Bu yaşlı ikiz kız kardeşler hiç de budala değildi; bir papağanın kafasını anımsatan küçük, çirkin ve buruş buruş olmuş yüzleri, tevazu ve bilgi karışımı bir ifadeyle dünyaya bakan parlak ve hafif perdeli kahverengi gözleri vardı... Yürekleri zengin ve gizemli bilgilerle doluydu. Tanrı'nın rahmetine kavuşan bütün sevdiklerimizin son ânımızda gelip ilahiler ve dualar eşliğinde bizleri yanlarına götüreceklerini biliyorlardı. "Efendimiz" sözcüğünü, "En küçük bir şeyde bile beni görürsünüz" sözünü yüce Efendimiz'in ağzından duyan ilk Hıristiyanların rahatlığı ve doğallığıyla söylüyorlardı. İç dünyamızı aydınlatan ışıklar ve duygularımız, düşünce aktarımı ve dolaşım üzerine tuhaf kuramlar geliştiriyorlardı... çünkü ikizlerden Lea adlı olanı sağırdı, ama yine de ne hakkında konuşulduğunu hemen her zaman bilirdi.

Lea Gerhardt sağır olduğu için "Kudüs Geceleri"ndeki okuma işini o yerine getiriyordu, kadınlar onun sesini çok güzel ve etkileyici buluyordu. Lea, çantasından çok eskilerden kalma bir kitap çıkardı; ön tarafında atalarından birinin tombul yanaklı bir portresinin bulunduğu kalın, kalın olduğu kadar uzun, üstü bakır kabartmalı bir kitap. Kitabı iki elinin içine aldı ve kendisi de biraz olsun duyabilsin, diye yüksek bir sesle, soba borularının içinde uğuldayan rüzgârın çıkardığı sesi anımsatan bir sesle okumaya başladı:

"Şeytan beni yutmak ister..."

Tony Grünlich, "Hangi şeytan bunu yutmak istesin ki!" diye geçirdi içinden. Ama hiçbir şey hissettirmedi; sessizce pudingini yerken, "Günün birinde bu yaşlı ikizler gibi ben de çirkinleşecek miyim?" diye düşünüyordu.

Tony hiç mutlu değildi, canı sıkılıyordu ve babası Konsül Buddenbrook'un ölümünden sonra evlerine gelen konuk rahiplerin ve misyonerlerin sayısının artmasına kızıyordu. Tony'ye göre evde daha çok onların dedikleri oluyor ve çok da para alıyorlardı. Konunun parasal yanı kuşkusuz Thomas'ı ilgilendirirdi. Ama Tony, dua okuma bahanesiyle dulların evlerini yiyip bitiren bu adamlar hakkında orada burada konuşurken kardeşi susuyordu.

Tony, bu kara cüppeli adamlardan müthiş nefret ediyordu. Artık hayatı öğrenmiş, o aptal genç kızlık dönemi çok gerilerde kalmış olgun bir kadın olarak bu kara cüppelilerin şefkat dağıtan kutsal insanlar olduklarına inanamıyordu. "Anneciğim!" dedi. "İnsanların arkasından kötü konuşmamak gerektiğini biliyorum... ama şunu söylemeden de edemeyeceğim: Kara cüppe giyen ve ikide bir 'Tanrım, Tanrım!' diyenlerin hepsi kusursuz olamaz, eğer hayat sana bunu şimdiye kadar öğretmediyse, şaşarım."

Kız kardeşinin büyük bir kararlılıkla açığa vurduğu bu tür gerçeklere karşı Thomas'ın nasıl bir tavır aldığı hiçbir zaman öğrenilemedi. Ama Christian'ın bu konuda herhangi bir fikri yoktu. O, gittiği Şehir Kulübü'nde ve aile ortamında bu kırışık burunlu adamların taklidini yapmak için onları izlemekle yetiniyordu.

Ama gerçek olan şu ki, Tony bu rahip konuklar yüzünden çok sıkıntı çekiyordu. Günün birinde başından şöyle bir olay geçti: Suriye'yi ve Arap ülkelerini baştan başa dolaşmış, yanakları içine çökmüş, iri gözlü ve sitemkâr bakışlı Jonathan adında bir misyoner yanına yaklaştı ve azarlayan bir ses tonuyla, alnına dökülen buklelerinin gerçek bir Hıristiyanlık tevazusuyla bağdaşıp bağdaşmadığı konusunda ne düşündüğünü söylemesini istedi. Ama Tony Grünlich'in ne kadar iğneleyici, ne kadar alaycı ve hazırcevap biri olduğunu düşünmemişti. Tony birkaç saniye sustu, ama bu arada beyninin nasıl çalıştığı görülüyordu. Az sonra, "Çok muhterem Peder, sizden kendi saçınızla ilgilenmenizi rica edebilir miyim?!" dedi. Bunu söyledikten sonra her zaman yaptığı gibi yine omuzlarını silkti, başını arkaya atıp çenesini göğsünün üstüne bastırarak hızla dışarıya çıktı; aslında Rahip Jonathan'ın başında pek az saçı vardı, hatta kel kafalı bile denilebilirdi!

Ama bir başka gün çok daha büyük bir başarı kazandı: Rahip Trieschke, pazar ayinlerinde okuduğu duanın uygun bir yerinde ağlamayı alışkanlık haline getirdiği için ona Berlinli sulugöz rahip, diyorlardı. Solgun bir yüzle, kıpkırmızı olmuş gözleriyle ve at kafasını andıran şakak kemikleriyle dikkat çeken ve Buddenbrook'lara her gelişinde sekiz ya da dokuz gün kalan ve zavallı Klothilde'yle yarışırcasına yemek yiyen, dualar eden bu sulugöz Trieschke, bu arada Tony'ye âşık oldu. Ama onun ölümsüz kişiliğine değil, hayır hayır... onun kalkık üstdudağına, gür saçlarına, tatlı gözlerine ve güzel vücuduna! Berlin'de karısı ve bir sürü çocuğu olan bu Tanrı adamı, İncil'den aldığı cümleler ve şefkat gösterisi karışımı tuhaf bir mektubu uşak Anton'un eline tutuşturarak Madam Grünlich'in ikinci kattaki yatak odasına bıraktırma yüzsüzlüğünü gösterdi. Tony, yatağına giderken mektubu buldu, okudu ve sert adımlarla merdivenlerden aşağıya inip Frau Konsül'ün ara kattaki yatak odasına gitti. Bu Tanrı adamının kendisine yazdığı mektubu mum ışığı altında ve yüksek sesle olduğu gibi annesine okuyunca, sulugöz Trieschke'ye Meng Caddesi'ndeki evin kapısı bir daha açılmamak üzere kapandı.

Frau Grünlich, "Bunların hepsi böyle!" dedi. "Evet, hepsi böyle bunların! Tanrım, ben eskiden ne budala, ne kafasız bir kızmışım meğer. Ama hayatta çok şey öğrendim, insanlara olan güvenim sarsıldı sevgili anneciğim. İnsanların çoğu düzenbaz... evet, ne yazık ki söylediklerim doğru. 'Grünlich!..'" Bu ad, omuzlarını silkip gözlerini havaya dikmiş olan Tony'nin içinde küçük bir trampet, verilen bir savaş işareti gibi yankı bıraktı.

## 6

Sievert Tiburtius koca kafalı ufak tefek bir adamdı; ortadan ikiye ayrılmış ince uzun ve sarı sakalını rahat olsun, diye arada bir yanlara doğru omuzlarına atardı. Yuvarlak başını örten yumuşacık saçları kıvır kıvırdı. Kocaman kepçe kulakları vardı, kulaklarının kenarları içe doğru kıvrık ve üst kısımları tilki kulakları gibi sivriydi. Burnu yüzüne yapıştırılmış gibiydi; küçük ve yassı bir düğmeye benziyordu. Elmacıkkemikleri çıkıktı, genellikle kıstığı, çevresine aptal aptal bakan gri gözleri bazen beklenmedik bir biçimde öylesine genişliyor ve büyüyordu ki, yuvalarından fırlayacakmış gibi oluyordu.

İşte, Rigalı Rahip Tiburtius böyle biriydi. Birkaç yıl Orta Almanya'da görev yapmıştı ve şimdi tayin edildiği bu yeni göreve başlamak üzere memleketine dönüyordu; yol üzerinde bu kente de uğramıştı. Bir zamanlar Meng Caddesi'ndeki evde yalancı kaplumbağa çorbası ve arpacıksoğanı soslu domuz budu kızartması yemiş bir meslektaşının tavsiyesiyle Frau Buddenbrook'u ziyaret etmiş ve kentte geçirmek zorunda olduğu birkaç gün için birinci kattaki koridora açılan büyük konuk odasına yerleştirilmişti.

Fakat Tiburtius düşündüğünden daha fazla kaldı. Sekiz gün geçtiği halde bazı görülmeye değer yerleri, Meryem Ana Kilisesi'ndeki *Ölüm Dansı Tablosu*'nu ve *Havariler Saati*'ni, Belediye Binası'nı, Gemiciler Birliği'ni ya da katedraldeki insan gözü gibi hareket eden o muhteşem güneş oyununu henüz görememişti. Onuncu günün sonunda yola çıkmak istediğini yeniden söylediğinde, kalması için yapılan küçük bir ısrar üzerine gitmekten yeniden vazgeçti.

Rahip Tiburtius, Herr Jonathan'dan ve sulugöz Trieschke'den daha iyi bir insandı. O hiçbir zaman Frau

Antonie'nin alnına düşürdüğü bukleleriyle ilgilenmiyordu, ona mektup da yazmıyordu. Ancak Tiburtius buna karşılık, Tony'nin küçük ve ciddi görünümlü kız kardeşi Clara ile fazlaca ilgileniyordu. *Clara*'nın yanındayken ya da Clara konuşurken ya da odaya girip çıkarken Rahip Tiburtius'un gözleri farkında olmadan genişliyor, büyüdükçe büyüyor ve yuvalarından fırlayacakmış gibi oluyordu... ve neredeyse bütün gün genç kızın yanından hiç ayrılmıyor, onunla dünya ve ahret işleri üzerine konuşuyor ya da ona bir şeyler okuyordu. Çatallanmış sesi ve Kuzey Almanya lehçesiyle, sözcükleri ağzından dışarıya fırlatıyormuş gibi söylüyordu.

Daha ilk gününde, "Bağışlayıcı olun, Frau Konsül! Kızınız Clara eşsiz bir hazine, Tanrı'nın size bir armağanı. Ne harika bir evladınız var!" demişti.

Frau Konsül Buddenbrook, "Haklısınız!" dedi. Ancak Sievert Tiburtius söylediklerini sıkça tekrarlamaya başlayınca, Frau Buddenbrook hissettirmeden, açık mavi gözleriyle onu mercek altına aldı ve onu, ailesi, maddi olanakları, geleceğe yönelik planları hakkında konuşturdu. Bu konuşmanın sonunda Tiburtius'un tüccar bir aileden geldiği, annesinin öldüğü, kardeşlerinin olmadığı, Riga'da yaşayan babasının yeterli bir servete sahip olduğu, ölümünden sonra her şeyin Tiburtius'a kalacağı anlaşıldı; ayrıca görevinin yeterli bir gelir sağlayacağı da.

Clara, Buddenbrook'a gelince; on dokuzuna henüz basmıştı, dümdüz taranmış ve ortadan ikiye ayrılmış koyu renkli saçları, sert olduğu kadar hülyalı bakan kahverengi gözleri, hafifçe kalkık burnu, dudakları birbirine yapışmış gibi duran o kapalı ağzı, incecik bedeni ve uzun boyuyla sert görünümlü ve kendine özgü güzel bir genç kadın olmuştu. Evde kendisine en yakın hissettiği kişi, yoksul ve aşırı dindar bir kız olan kuzeni Klothilde'ydi. Kuzeninin babası bir süre önce ölmüştü ve Klothilde günün birinde "kendi yerine yerleşmeyi", yani miras kalan birkaç kuruşu ve birkaç eşyasıyla birinin yanında bir oda tutmayı düşünüyordu. Thilda'nın bu aşırı alçakgönüllü ve sabırlı halinden Clara'da hiçbir eser yoktu. Tam tersine, uşak ve hizmetçilerle, hatta annesi ve kardeşiyle biraz üstten konuşa konuşa, o kalın sesi buyurgan bir biçim kazanmıştı; ses tonunu, yalnızca belli bir konuya yönelik olarak alçaltıyordu. Bir şey sormak için sesinin tonu asla değiştirmiyordu, hele başı ağrıdığı günlerde kesik kesik, sabırsız ve hırçın bir ses tonuyla konuşuyordu.

Konsül Buddenbrook'un ani ölümü aileyi yasa boğmadan önce, Clara gerek kendi evlerinde ve gerekse eşit konumdaki ailelerde yapılan toplantılara oldukça çekingen bir tavırla katılıyordu. Frau Buddenbrook, Clara'yı uzun uzun süzdü, verecekleri yüklüce drahomaya ve Clara'nın ev işlerinde çok becerikli olmasına rağmen, onu evlendirmenin pek de kolay olmayacağını düşünmeden edemiyordu. Kendi çevrelerindeki o kuşkucu, içki âlemlerine düşkün, eğlenmeyi seven tüccarlardan hiçbirini bu ciddi ve dindar kıza eş olarak düşünmüyordu; ancak bir din adamı ona uygun olabilirdi. Bu düşünce Frau Buddenbrook'un aklına yattığı için, Rahip Tiburtius'un bu nazik girişimini ılımlı ve dostça karşıladı.

Olay gerçekten de güzel gelişiyordu. Temmuz ayının sıcak ve bulutsuz bir günü, ikindiüstü ailece gezmeye gittiler. Frau Konsül Buddenbrook, Antonie, Christian, Clara, Thilda, Erika Grünlich ve Matmazel Jungmann aralarına Rahip Tiburtius'u da alıp açık havada, ahşap masalara oturup kaymaklı çilek ve kırmızı yulaf muhallebisi yemek üzere Kuleli Kale Kapısı'nın dışına, taşralı kahvecinin yerine gittiler ve bu güzel ikindi kahvaltısından sonra ırmağa kadar inen büyük sebze ve meyve bahçesinde, çeşit çeşit meyve ağaçlarının gölgesinde, frenküzümü, bektaşiüzümü fidanları, kuşkonmaz ve patates tarlaları arasında dolaştılar.

Sievert Tiburtius ve Clara, Buddenbrook biraz gerilerde kalmıştı. Clara'nın yanında bir hayli küçük görünen rahip, uzun sakallarını omuzlarına doğru atmış, geniş kenarlı hasır şapkasını kocaman başından çıkarıp eline almış, mendiliyle arada bir alnını kurulayarak genç kızla tatlı bir sohbete dalmıştı. Bir ara ikisi de durdular ve Clara, iri gözlerini üzerinden ayırmayan bu adama, ciddi ve sakin bir sesle, "Evet," dedi.

Frau Buddenbrook biraz yorulduğu ve terlediği için eve döndükten sonra, Doğa Manzaralı Tablolar Odası'nda, yaz akşamı güneşinin vurduğu kanepenin üzerine yalnız başına oturmuş dinlenirken Rahip Tiburtius gelip yanına oturarak onunla uzun ve kibar bir konuşma yaptı.

Frau Buddenbrook, konuşmanın sonunda, "Yeter artık, sevgili Rahip..." dedi. "Kızıma yaptığınız evlenme teklifi bir annenin beklentilerine fazlasıyla cevap veriyor, siz de kötü bir seçim yapmadığınıza güvenebilirsiniz. Evimize gelişinizin ve konukluğunuzun böylesine mutlu bir sona ulaşacağı kimin aklına gelirdi? Ama bugün kararımı vermek istemiyorum, çünkü oğlum Konsül Buddenbrook, sizin de bildiğiniz gibi yurtdışında bulunuyor ve ona yazıp durumu bildirmeden önce evet demek yakışık almaz. Yarın siz de yeni görevinize başlamak üzere Riga'ya sağlıcakla hareket edersiniz. Biz de birkaç hafta için deniz kıyısına tatile gitmeyi düşünüyoruz... Yakında benden haber alacaksınız ve Tanrı'nın bizi yakında yine mutluluk içinde karşılaştırmasını dilerim."

## 7

Amsterdam, 20 Temmuz 1856
Het Haasje Oteli

Sevgili anneciğim,

Yazdığın ayrıntılı mektubu biraz önce aldım. Böylesine önemli bir konuda benim de iznimi almak istemenden dolayı sana içtenlikle teşekkür ettiğimi bildirmek için bu satırları yazıyorum. Yalnızca izin verdiğimi bildirmekle yetinmiyor, en içten mutluluk dileklerimi de sunuyorum. Senin ve Clara'nın iyi bir seçim yaptığınıza bütün kalbimle inanıyorum. Tiburtius adı bana yabancı değil. İyi bir isim. Babamın onun babasıyla iş ilişkisi olduğundan eminim. Clara'nın mutlu bir aile yaşamı olacak ve bir rahip eşi olmak onun kişilik yapısına da uygundur.

Tiburtius, Riga'ya döndü demek. Nişanlısını ağustos ayında yeniden görmeye gelir herhalde. Bundan böyle Meng Caddesi'ndeki evimizde çok neşeli bir hava olacak; Matmazel Clara'nın nişanlanmasına neden bu kadar çok sevindiğimi bilemezsiniz, sevgili anneciğim. Evet, benim çok değerli anneciğim, Amstel'den Baltık Denizi kıyısına yazdığım bu mektupla Clara'nın evliliğine onay veriyorsam bu, senin de bu evliliği aynı şekilde onayladığını yazmandandır! Bu satırları okurken senin ve iyi yürekli kardeşim Tony'nin yüzünü görmek için neler vermezdim... Ama şimdi konuya dönmek istiyorum:

Kalmakta olduğum küçük ve sevimli otelin manzarası çok güzel. Kanala bakıyor, şehrin tam ortasında ve borsaya da uzak değil. Yeni ve yararlı iş ilişkileri kurmak için geldiğim bu kentte (bilirsin, bu gibi işlerle şahsen ilgilenirim), görüşmelerim istediğim gibi gelişiyor. Pek çok aile deniz kıyısında tatilde olmasına rağmen, çıraklık yıllarımdan yabancısı olmadığım bu kentte yine de çok sıcak karşılandım. Van Henkdomların ve Moelenlerin evlerindeki akşam toplantılarına katıldım. Daha buraya gelişimin üçüncü gününde eski patronum Herr van der Kellen'in onuruma verdiği bir akşam yemeğine katıldım. Bilin bakalım, yanımda kimi getirdim? Fräulein Arnoldsen, Tony'nin bir zamanki yatılı okul arkadaşı Gerda Arnoldsen. Şu babası tüccar olan kız. Aynı zamanda iyi bir keman ustası da olan babası, büyük kız kardeşi ve saygıdeğer eşi de vardı yemekte.

Gerda'nın –ondan adıyla söz etmeme izin verin lütfen– genç bir kız olarak Matmazel Weichbrodt'un Am Mühlenbrink Caddesi'ndeki yatılı okuluna giderken bende izleri hâlâ silinmeyen güçlü bir etki bıraktığını çok iyi anımsıyorum. Ama şimdi onu yeniden görüyordum: Büyümüş, serpilmiş, güzelleşmiş ve olgunlaşmış bir genç kadın olarak karşımdaydı... Onu sizlere gerektiği gibi anlatamayacağım için beni bağışlayın, nasıl olsa pek yakında yüz yüze görüşüp onu tanıyacaksınız!

Yemekte yaptığımız güzel sohbetler için pek çok ortak noktamızın bulunduğunu tahmin edebilirsiniz; ama biz çorbalarımızı içtikten sonra eski anıları bir kenara bırakıp daha ciddi ve etkileyici konulara geçtik. Müzik konusunda ona ayak uyduramadım, çünkü biz Buddenbrook'lar müzik konusunda ne yazık ki çok az şey biliyoruz, ama Hollanda resim sanatı konusunda daha çok şey biliyordum. Edebiyat üzerine çok iyi anlaştık.

Zaman gerçekten de çabuk geçti. Yemekten sonra Gerda'nın yaşlı babası Herr Arnoldsen'le tanıştırıldım. Beni çok sıcak karşıladı. Daha sonra Herr Arnoldsen salonda bize küçük bir keman resitali verdi, Gerda da tüm marifetlerini gösterdi. Gerda, kemanı muhteşem bir edayla çalıyordu. Keman çalma konusunda hiçbir bilgim olmadığı halde, Gerda'nın kemanı (sahici bir Stradivarius) büyük bir ustalıkla ve insanın gözlerini yaşartan bir duyguyla çaldığını anlayabiliyorum. Ertesi gün Arnoldsen'lere kahve içmeye gittim. Önce yaşlı bir sosyete hanımı karşıladı beni, onunla Fransızca konuşmak zorunda kaldım, sonra Gerda geldi ve bir gün önceki gibi yine bir saat kadar sohbet ettik: Ama bu kez birbirimize daha yakınlaştık, birbirimizi anlamak ve tanımak için daha çok çaba gösterdik. Senden, Tony'den, güzel şehrimizden ve benim iş ilişkilerimden konuştuk, sevgili anneciğim...

O gün kesin kararımı verdim: Ya bu kızla evlenirim ya da hiç evlenmem! Ya şimdi evlenirim ya da hiçbir zaman! Dostum van Svindren'in verdiği bahçe partisinde Gerda'yla tekrar bir araya geldik. Arnoldsen'ler de beni küçük bir akşam müziği dinletisine davet ettiler. O gece bir girişimde bulundum ve ondan beni yüreklendirecek bir yanıt almaya çalıştım ve o bu yanıtı verdi bana... Herr Arnoldsen'e gidip Gerda'yı isteyeli bugün tam beş gün oldu. Herr Arnoldsen beni özel bürosunda kabul etti ve: "Sevgili Konsül Buddenbrook, benim gibi yaşlı bir dul erkeğin kızından ayrılması çok zor olsa da, sizin bu teklifinizden büyük bir mutluluk duyduğumu ifade etmek isterim," dedi. "Fakat bu işe kızım ne diyecek, bilemiyorum. Hiç evlenmeme kararına şimdiye kadar hep bağlı kaldı. Kendinizi şanslı görüyor musunuz?" Fräulein Gerda'nın bu konuda beni yüreklendirdiğini söyleyince çok şaşırdı.

Herr Arnoldsen, kızının düşünmesi için biraz zaman istedi. Sanırım bencilliğinden böyle davrandı. Gerda'yı caydırmayı düşünüyordu herhalde. Ama bu hiçbir işe yaramadı: Gerda beni beğenmişti ve benimle evlenmek istiyordu. Dün öğleden beri de nişanlıyız.

Anneciğim, bu mutlu olayı mektupla kutlamanı istemiyorum, çünkü öbür gün buradan ayrılıyorum ama Arnoldsen'ler; Gerda, babası ve evli kız kardeşi ağustosta bize gelecekler. O zaman Gerda'nın benim için iyi bir seçim olduğunu sen de göreceksin. Gerda'nın benden yalnızca üç yaş küçük olması senin için bir itiraz nedeni olmasa gerek. Möllendorpf, Langhals, Kistenmaker ve Hagenström gibilerin çevresinden seçeceğim hoppa bir kızla evleneceğimi hiçbir zaman aklına getirmemişsindir herhalde.

Bu evliliğin parasal yönüne gelince; Stefan Kistenmaker, Hermann Hagenström, Peter Döhlmann, Justus amca ve bütün kent, alacağım yüklü drahomayı öğrenince, kıskanç bakışlarını bana yöneltecekler diye şimdiden korkmaya başladım, çünkü kayınpederim olacak kişi bir milyoner... Tanrım, başka ne isteyebiliriz? Biz insanların öyle eksik yanları var ki, öyle ya da böyle açığa vurabiliyor kendisini. Gerda Arnoldsen'i derin bir hayranlık duygusuyla seviyorum, getireceği drahomanın –ilk takdim edilişim sırasında miktarı kulağıma fısıldandı– bu evlilikle hiçbir ilgisi yok. Ben Gerda'yı çok seviyorum, ama onunla evlendikten sonra şirketimizin sermayesinin önemli ölçüde artacağını biliyorum ve bununla da gurur duyuyorum.

Anneciğim, birkaç gün sonra bu güzel olay hakkında birlikte bol bol konuşacağız; bu yüzden mektubumu daha fazla uzatmadan, burada bitirmek istiyorum. Denizden en iyi şekilde yararlanmanızı ve dinlenmenizi diler, bizimkilerin hepsine de en içten selamlarımı iletmeni rica ederim.

Seni çok seven oğlun

T.

## 8

Gerçekten de öyle oldu, bu yaz Buddenbrook'ların evi çok canlı ve neşeliydi.

Temmuz sonunda Thomas, Meng Caddesi'ne geri döndü ve iş gereği şehirde kalmış olan bazı tanıdıklarla görüştükten sonra birkaç kez denizde tatil yapan ailesinin yanına gitti. Kardeşi Christian ise mükemmel bir tatil yapmıştı, ama sol bacağında nedeni bilinmeyen bir ağrıdan yakınıyordu ve Doktor Grabow ne yapacağını bilemiyordu; bu, Christian'ı ciddi ciddi düşündürüyordu...

Christian elini bacağının üstünde dolaştırıp kocaman burnunu kırıştırarak ve gözlerini çevresinde gezdirerek, "Ağrım yok aslında... buna ağrı denmez," dedi güçlükle. "Bir sızı, bütün bacağımda sürekli hissettiğim tuhaf bir sızı. Hafif, ama huzursuz eden bir sızı... sol tarafımda, kalbin bulunduğu yerde... tuhaf... çok tuhaf bir durum! Sen ne diyorsun buna Tom?"

"Anladım, anladım..." dedi Tom. "Şimdi biraz dinlen ve denize gir..."

Christian bunun üzerine denize gitti; ama denize girmekten çok anlattığı öykülerle kumsaldakileri kahkahalarla güldürüyor ya da kaplıca otelinin salonuna gidip Peter Döhlmann, Justus amca, Doktor Giesecke ve daha bazı Hamburglu kart zamparayla rulet çeviriyordu.

Konsül Thomas Buddenbrook, Travemünde'ye her gelişinde yaptığı gibi kız kardeşi Tony'yle birlikte Vorderreihe Caddesi'ne, ihtiyar Schwarzkopf'ları ziyaret etmeye gitti. Onları yeniden görmekten son derece mutlu olan Kaptan Schwarzkopf, "Günaydın Madam Grünlich!" dedi. "Ne haberler var? Görüşmeyeli çok zaman oldu... Bizim Morten de Breslau'da hekimlik yapıyor, bütün sınavlarını başarıyla verdi yaramaz..." Daha sonra Frau Schwarzkopf koşarak geldi ve kahve yaptı, eskiden olduğu gibi yine hep birlikte yeşil verandada oturdular ve kahvaltı ettiler. Fakat şimdi hepsi de on yıl daha yaşlanmıştı. Morten ve Haffkrug bölgesi şefiyle evlenmiş olan kız kardeşi Meta evden uzaklaşmıştı. Saçları bembeyaz olmuş ve kulağı oldukça ağır işiten kaptan, emekliliğe ayrılmıştı. Frau Schwarzkopf'un saçları da aynı şekilde ağarmıştı. Madam Grünlich de hoppa bir genç kız değildi artık, hayatı öğrenmişti; ama bu onun bol bol bal yemesine engel değildi. "Katıksız petek balı. İnsan bunu yutarken ne yediğini biliyor!" diyordu.

Birçok aile gibi Buddenbrook'lar da ağustos başında şehre döndü ve onların dönmesiyle de o büyük an gelip çattı: Rahip Tiburtius, Rusya'dan ve Arnoldsen'ler de uzunca bir ziyaret için Hollanda'dan Meng Caddesi'ndeki eve gelip yerleştiler.

Konsülün nişanlısını yanına alarak Doğa Manzaralı

Tablolar Odası'na, annesiyle tanıştırmaya götürmesi çok güzel bir sahneydi. Annesi, başını yana eğip kollarını açarak karşılamıştı genç kızı. Açık renk halının üstünde rahat, kendinden emin ve büyük bir zarafetle yürüyen Gerda boylu boslu bir kızdı. Gür ve koyu kızıl saçları, birbirine yakın duran ve çevresi hafifçe gölgeli kahverengi gözleri, gülümseyince pırıl pırıl parlayan iri dişleri, kalkık ve kalın burnu ve eşsiz güzellikteki ağzıyla yirmi yedi yaşındaki kızın gerçekten de çarpıcı, kendine özgü ve farklı bir yanı vardı. Yüzü donuk beyazdı ve biraz da kendini beğenmiş bir hali vardı; ama Frau Konsül Buddenbrook içten gelen bir sevgiyle başını ellerinin arasına alıp kar beyazı ve kusursuz alnını öperken hafifçe öne eğilip, "Evimize hoş geldin, güzel kızım," dedi. "Thomas'ı mutlu edeceğini biliyorum... Onu daha şimdiden ne kadar mutlu ettiğini görmediğimi sanma!" Sağ eliyle Thomas'ı da yanına çekerek aynı şekilde onu da öptü.

Konukların neredeyse hiç eksik olmadığı bu büyük ev hiç bu kadar neşeli ve hareketli olmamıştı; belki büyükbaba hayattayken böyle günler yaşamışlardı. Yalnızca Rahip Tiburtius alçakgönüllülük gösterip arka binada, bilardo salonunun yanında bir oda seçmişti kendisine; ama ötekiler, elli yaşının sonuna gelmiş, sivri sakalına aklar düşmüş, davranışlarında tatlı bir coşku hali gözlemlenen oldukça canlı ve esprili bir adam olan Herr Arnoldsen, üzgün gibi görünen büyük kızı, Christian'ın şehirde dolaştırdığı ve kulübe götürdüğü tam bir hayat adamı olan damadı ve Gerda, zemin kattaki boş odalara, sütunlu hole açılan ve birinci kattaki odalara yerleştirildiler.

Antonie Grünlich evde Sievert Tiburtius'tan başka bir din adamının daha bulunmayışına çok seviniyordu. Hatta sevinçten de öte bir şeydi bu! Değerli kardeşinin nişanlanmasını ve nişanlı olarak da kendi arkadaşını seçmesini, bu evliliğinin aileye ve şirkete sağlayacağı itibarı,

Gerda'nın getireceği 300.000 mark drahomayı ve bütün bunların şehirde ağızdan ağıza dolaşacağını ve hele Hagenström'ler gibi ailelerin bunları duyunca ne diyeceklerini düşündükçe!.. Evet, bütün bunları düşündükçe Tony'nin sevinci arttıkça artıyor ve kabına sığmaz oluyordu. Gelecekteki yengesine saatte en az üç defa sarılıyordu.

"Ah, Gerda," diye haykırdı. "Seni öyle seviyorum ki! Bilirsin, seni hep sevdim! Benden hoşlanmadığını, benden hep nefret ettiğini de bilirim, fakat..."

Fräulein Arnoldsen, "Ama rica ederim Tony!" dedi. "Senden nefret ettiğimi nasıl söylersin? Sorabilir miyim, nasıl bir kötülük yaptın bana?"

Ama herhangi bir nedenden, belki de aşırı sevincin ve konuşma isteğinin etkisiyle Gerda'nın kendisinden hep nefret ettiğini, ama kendisinin –bunları söylerken gözleri yaşardı– onun bu nefretine her zaman sevgiyle karşılık verdiğini inatla ve ısrarla söyledi. Thomas'ı kenara çekti ve ona şöyle dedi:

"Çok iyi yaptın, Tom. Tanrım, nasıl da güzel bir karar verdin böyle! Ne yazık ki 'babam' bunu göremedi... ne acı! Evet, böylece bazı şeyler düzelecek... her şeyden önce adını ağzıma bile almak istemediğim kişiyle ilgili konu..." Bunun üzerine Gerda'yı boş bir odaya götürdü ve ona Bendix Grünlich'le olan talihsiz evliliğini tüm ayrıntılarıyla anlattı. Yatılı okulda geçirdikleri günlerden, orada yaptıkları akşam sohbetlerinden, Mecklenburg'lu arkadaşları Armgard von Schilling'den ve Münihli Eva Ewers'ten saatlerce konuştular. Sievert Tiburtius ve Clara'nın nişanlanması onları hiç ilgilendirmiyordu. Bunu umursadıkları bile yoktu. Çoğu zaman el ele tutuşup sessizce oturuyor ve tatlı tatlı mutlu geleceklerini konuşuyorlardı.

Buddenbrook'ların matem yılı henüz sona ermediğinden her iki nişan töreni de aile arasında yapıldı. Ama

Gerda Arnoldsen adı kentte yine de çok çabuk meşhur oldu; borsada, kulüpte, Şehir Tiyatrosu'nda ve çeşitli toplantılarda başlıca konuşma konusu oluyordu. Kart zamparalar o sıralar Hamburgluların sıkça kullandıkları ve kusursuz anlamına gelen *Tipptopp* deyimini kullanıyorlardı onun için, dillerini şakırdatarak; kaliteli bir kırmızı şarap markası, bir puro ya da nefis bir öğle yemeği ya da çok parlak bir iş söz konusu olunca hep bu deyim kullanılırdı. Ama saygın, alçakgönüllü ve dürüst bilinen vatandaşlar arasında da başlarını iki yana sallayarak şöyle diyenler vardı: "Olur şey değil... o ne tuvalet öyle! Ya o saçlar, o endam ve o büyüleyici yüz!.. Evet, olur şey değil doğrusu, eşsiz bir güzellik." Tüccarlardan Sörenson, "Bu kızda kendine özgü bir şey var, farklı bir yanı var onun," dedi ve borsada kötü bir teklifle karşılaşmış gibi birden yüzünü çevirip suratını astı. Ama Konsül Buddenbrook'ta da bir farklılık vardı, hırslı ve iddialıydı. Evet, onun da kendine özgü bir yanı vardı, atalarına hiç benzemeyen bir yanı. Bu herkesçe fark ediliyordu; ama bunu en iyi bilen manifaturacı Benthien'di. Thomas Buddenbrook yalnızca en son moda giysileri değil –çok fazla giysisi vardı: pardösü, ceket, şapka, yelek, pantolon ve kravatlarının sayısını kendisi de bilmezdi– aynı zamanda iç çamaşırlarını da Hamburg'dan getirtiyordu. Her gün ve bazen günde iki defa gömlek değiştirdiği, mendiline ve III. Napoléon modası bıyığına parfüm sıktığı da biliniyordu. O bütün bunları şirket ve ailenin itibarı için yapmıyordu –Buddenbrook'ların böyle şeylere ihtiyacı yoktu–, hayır, onun aşırı lükse ve soylu olan her şeye karşı özel bir eğilimi vardı... Tanrım, nasıl ifade etmeli bunu! Pratik konulardan, ticaret ya da kent işlerinden konuşurken Heine'den ve öteki şairlerden alıntılar yapmayı çok seviyordu. Bir kadına gelince; hayır, yalnızca onda değil, Konsül Buddenbrook'un kendisinde de "bir farklılık" vardı – kuşkusuz saygıyla karşılanması gereken bir farklılık; çünkü Buddenbrook'lar saygın bir aileydi ve şirketleri de çok itibarlıydı. Genç patron da doğup büyüdüğü şehrini seven ve ona nice yıllar başarıyla hizmet edecek olan çalışkan ve sevecen bir insandı... Şimdi çok da zengin bir kızla evleniyordu, 300.000 marklık drahomadan söz ediliyordu... Bu arada... kadınlar arasında Gerda Arnoldsen'i biraz "hoppa" bulanlar da vardı; bu hoppa sözcüğünün çok sert bir yargı ifadesi olduğunu da söylemek gerekir.

Ama Thomas Buddenbrook'un nişanlısıyla sokakta ilk defa karşılaştığından beri, ona ürkütücü bir hayranlık gösteren kişi komisyoncu Gosch oldu. Kulüpte ya da Gemiciler Lokali'nde elindeki punç kadehini kaldırarak ve entrikacı yüzündeki korkunç mimiklerle, "Vay be! Ne kadın öyle, beyler!" dedi. "Hera ve Aphrodite, Brunhild[1] ve Melusine[2] onun kişiliğinde toplanmış... Hayat her şeye rağmen yine de güzel!" diye ekledi. Bu eski Gemiciler Lokali'nin tavanından aşağıya doğru sallanan yelkenli modeller ve büyük balıklar altında onun çevresinde, oyma ahşap banklar üzerinde oturan ve ellerindeki kocaman bardaklarla içki içenlerden hiçbiri Gerda Arnoldsen'in görünüşünün, alçakgönüllü ve olağanüstü bir yaşam arayan komisyoncu Gosch için ne kadar büyük bir anlam taşıdığını bilemezdi.

Meng Caddesi'nde oturan küçük topluluğun, daha önce de söylendiği gibi öyle görkemli düğün törenleri yapacak durumda olmaması, birbirleriyle daha sıcak ilişkiler kurulmasına olanak sağladı. Sievert Tiburtius, Clara'nın ellerini kendi elleri arasına almış, kendi annesini ve babasını, gençliğini ve gelecek için planlarını anlatıyor-

1. Germen kahramanlık edebiyatında amazon benzeri prenses. (Y.N.)

2. Avrupa efsanelerinde bir figür. Kutsal kaynaklı nehirlerin sularının dişi ruhları. (Y.N.)

du. Arnoldsen'ler, kökü Dresden'de olan ve yalnızca bir dalının Hollanda'ya yerleştiği soyağaçlarından söz ediyorlardı. Bunları dinleyen Madam Grünlich, Doğa Manzaralı Tablolar Odası'ndaki yazı masasının anahtarını istedi ve çekmeceden, Thomas'ın en yeni tarihsel olayları da kaydettiği aile defterinin bulunduğu çantayı çıkardı. Buddenbrook'ların geçmişinden, ilk başlarda işleri çok iyi giden Rostock'lu terziden önemle söz etti ve daha sonra eski bir festival şiirini okudu:

Çalışkanlık ve iffetli güzellik
denizden yükselen Venüs'le
Vulcanus'un becerikli eli
bakışlarımızın önünde birleşti...

Bunu okurken bir yandan da Tom ve Gerda'ya göz kırpıyordu ve dilini üstdudağının üstünde gezdiriyordu. Ailenin geçmişine olan saygısından adını ağzına bile almak istemediği bir kişiye rastlarım, diye defterin sayfalarını karıştırmaktan kaçınmadı.

Perşembe günü saat dörtte alışılmış konuklar geldi: Justus Kröger gıdasızlıktan zayıf düşmüş karısıyla gelmişti; karısı, mirastan çıkarılan yaramaz oğlu Jakob için Amerika'ya gizli gizli para göndermeye devam ettiğinden araları iyi değildi. Frau Kröger, bu parayı evin mutfak masrafından biriktiriyor ve kara buğdaydan yaptığı lapadan başka bir şey yemiyorlardı. Herr Kröger'in buna karşı yapabileceği bir şey yoktu. Gotthold amcanın Breiten Caddesi'nde oturan eşi ve kızları da geldiler, yine tüm onurlarıyla "gerçekleri" dile getirmeye ve Erika Grünlich'in hâlâ çelimsiz bir çocuk olduğunu, babası olacak o dolandırıcıya giderek ne kadar da çok benzemeye başladığını, Konsül'ün eşinin oldukça dikkat çekici bir saç tuvaleti olduğunu söylemeye gelmişlerdi herhalde. Sesemi Weichbrodt da geldi, ayaklarının ucuna basarak Gerda'yı hafif bir şapırtıyla alnından öptü ve heyecanlı bir sesle, "Mutlu ol, güzel evladım!" dedi.

Daha sonra yemeğe geçildi ve Herr Arnoldsen sofrada güzel ve esprili bir konuşma yaparak yeni evliler şerefine kadeh kaldırdı; kahve içilirken keman çaldı, hem de bir Çingene müzik sanatçısı gibi büyük bir coşkuyla ve ustalıkla çalıyordu. Gerda da yanından hiç ayırmadığı Stradivarius'unu eline aldı ve dokunaklı bir şarkıyla babasının çaldığı parçalara katıldı; baba ve kız Doğa Manzaralı Tablolar Odası'nda, bir zamanlar Konsül'ün büyükbabasının flütüyle tatlı tatlı ezgiler çaldığı yerde, orgun başına geçerek muhteşem bir düet yaptılar.

Oturduğu koltuğa iyice yaslanmış olan Tony, "Muhteşem!" dedi. "Tanrım, ne kadar da muhteşem!" Ciddi ve anlamlı bakışlarını onlara doğru çevirerek içten duygularını ifade etmeye devam etti. "Hayatta işlerin nasıl gittiğini bilemezsiniz... Böylesi bir Tanrı vergisi, yeryüzünde herkese her zaman kısmet olmaz! Tanrı bunu benden esirgedi, oysa çoğu geceler hep bunun için yalvardım. Ben kafasız, aptalın biriyim. Evet Gerda, söylememe izin ver, ben senden büyüğüm ve hayatı tanıdım. Tanrı'nın böylesine sevgili bir kulu olduğun için her gün diz çöküp ona şükretmelisin..."

"...Üstün yetenekli demek istiyorsun herhalde!" dedi Gerda ve gülümserken ağzındaki o iri, beyaz ve güzel dişleri göründü.

Sonra, hep birlikte yakın gelecekte yapılması gereken işler hakkında konuşmak ve şaraplı jöle tatlısını yemek için yine bir araya geldiler. Ay sonunda ya da eylül başında Sievert Tiburtius ve Arnoldsen'lerin memleketlerine dönmeleri kararlaştırıldı. Clara'nın düğünü Noel sonrası sütunlu holde görkemli bir şekilde yapılacaktı. Konsül Elisabeth Buddenbrook'un "sağlığı izin verir ve ömrü yeterse" Amsterdam'da yapılacak olan düğüne katılma isteği ve iki düğün arasında dinlenmeye zaman kalması gerektiği göz önünde bulundurularak düğün gelecek yılın başlarına bırakıldı. Thomas'ın itirazı bir işe yaramadı. Konsül Elisabeth Buddenbrook, elini oğlunun kolunun üstüne koyarak, "Tom, çok rica ederim, lütfen," dedi. "Sievert'in önceliği var!"

Rahip ve nişanlısı balayı için bir yere gitmekten vazgeçtiler. Ama Gerda ile Thomas, Kuzey İtalya üzerinden Floransa'ya gitmeyi kararlaştırdılar. Aşağı yukarı iki ay kadar evden uzak kalacaklardı; bu arada Antonie, Fisch Caddesi'nde oturan duvar kâğıdı döşemecisi Jakobs'la birlikte, Thomas'ın Hamburg'a taşınan bekâr bir arkadaşından satın aldığı Breiten Caddesi'ndeki küçük ve şirin evi hazırlayacaktı. Kuşkusuz Tony bunu çok güzel başarırdı! "Göreceksiniz, çok asil bir görünüm kazanacak," dedi; bu konuda herkes ikna olmuştu.

Christian, iki nişanlı çiftin el ele oturduğu, düğün, çeyiz ve balayı yolculuğundan başka bir şeyin konuşulmadığı bu salonda ince ve çarpık bacaklarıyla, kocaman burnuyla bir aşağı bir yukarı dolanıyordu. Sol bacağında ne olduğu anlaşılmayan bir sızı hissediyordu; yuvarlak, çukur ve küçük gözleriyle ciddi, tedirgin ve düşünceli bir şekilde çevresine bakınıyordu. Sonunda Marcellus Stengel'in konuşmasını taklit ederek kuzeni Klothilde'ye, "Ee, Klothilde!" dedi. "Artık bizler de evlenmeliyiz... Tabii herkes kendi adına..." Giderek yaşlanmaya ve daha da kurumaya başlayan, sofradan yeni kalktığı halde karnı hâlâ doymamış olan kuzen, bu mutlu çiftlerin arasında sessizce oturuyordu.

# 9

Yaklaşık yedi ay sonra Konsül Buddenbrook ve eşi İtalya'dan döndüler. Onları getiren araba öğleden sonra saat beşte, ön cephesi yağlıboyalı ve sade görünümlü evlerinin önünde durduğunda, Breiten Caddesi mart ayının yoğun karı altındaydı. Yoldan geçen çocuklar ve büyükler, gelenlerin arabadan inişini görmek için durdular. Yaptığı hazırlıklarla kendisinden gurur duyan Antonie Grünlich evin kapısında duruyordu ve hemen onun arkasında, Buddenbrook çiftini karşılamak üzere beyaz boneli, kalın ve çizgili jileler giymiş iki hizmetçi kız duruyordu. Tony, bu kızları yengesi için kendi deneyimlerinden yararlanarak seçmişti.

Çok çalışmaktan ve aşırı sevinçten hararet basmış olan Tony, alçak basamaklardan telaşlı telaşlı koşarak aşağıya indi ve üzerlerinde kürkleri, içi bavul dolu arabadan inen Gerda'yı ve Thomas'ı kucakladı, onları evin koridoruna aldı.

"Hoş geldiniz! Bu kadar çok yeri gezip görme fırsatını bulan siz mutlu çiftler, işte buradasınız! Evin durumunu gördünüz mü? Çatısı sütunlar üstünde, çok hoş duruyor. Gerda, sen daha da güzelleşmişsin, gel de seni bir öpeyim... hayır, dudaklarından öpeyim... işte böyle! Merhaba, koca Tom, sana da bir öpücük var. Marcus, siz burada yokken işlerin yolunda gittiğini söyledi. Annem sizi Meng Caddesi'nde bekliyor, ama önce bir dinlenin... birer çay alır mısınız? Banyo yapmak ister misiniz? Her şey hazır. Şikâyetçi olabileceğiniz bir durum yok. Jakobs çok çaba gösterdi, ben de elimden geleni yaptım..."

Hizmetçi kızlar arabacıyla birlikte bavulları eve taşırken onlar da evin koridorunda yürümeye başladılar. Tony, "Alt kattaki odaları şimdilik pek kullanmazsınız," dedi ve dilinin ucunu üstdudağında gezdirerek "şimdilik" sözcüğünü tekrarladı. "Bu oda çok hoş," Tony hemen kapı sundurmasının sağındaki bir başka kapıyı açtı, "pencerelerin önlerinde sarmaşıklar var... sade ahşap mobilyalar... hepsi de meşeden... Şurada, ileride, koridorun öbür tarafında daha büyük bir oda var. Mutfak ve kiler burada, sağ tarafta... Ama şimdi hep birlikte yukarıya çıkalım, size her şeyi tek tek göstermek istiyorum."

Koyu kırmızı yolluk döşemeli bir merdivenden yukarıya çıktılar, merdiven sahanlığındaki cam kapının arkasında dar bir koridor uzanıyordu. Yemek odası koridora açılıyordu; odada büyük ve yuvarlak bir masa vardı, masanın üstünde de fokurdayarak kaynayan bir semaver duruyordu. Duvarlar Şam dokumasını andıran bir kumaşla kaplıydı; oturma yerleri, hasırdan yapılmış sandalyelerin ahşap yerleri masif ceviz olup bir oymacı ustasının elinden çıktığı belli oluyordu ve yemek odasında yine masif ağaçtan bir de büfe vardı. Bu katta bulunan ve duvarları gri kumaşla kaplı oturma odası da çok rahattı ve kalın bir perdeyle, yeşil çizgili kumaş kaplı koltukları ve bir de cumbası bulunan dar bir salondan ayrılmıştı. Ama bütün katın dörtte birini bu üç pencereli salon işgal ediyordu. Daha sonra yatak odasına geçtiler. Yatak odası koridorun sağındaydı; çiçek desenli tül perdeleri ve görkemli maun ağacı karyolalar vardı. Tony odanın arka tarafındaki duvardan açılan küçük kapıya doğru yürüdü, kapının kolunu bastırarak açtı ve alt kattaki banyo ve hizmetçi odalarına inen döner merdiveni gösterdi.

Gerda, "Çok güzelmiş, biraz kalayım burada," dedi ve rahat bir nefes alarak kendisini karyolanın yanındaki koltuğa bıraktı.

Thomas Buddenbrook eğilip karısının alnından öptü. "Çok yorgunsun, değil mi? Haklısın, ben de biraz dinlenmek isterdim..."

Frau Grünlich, "Ben de çayın suyuna bir bakayım. Sizi yemek odasında bekliyorum," dedi ve gitti.

Thomas yemek odasına geldiğinde, Meissen porseleni fincanların içindeki çayların dumanı çıkıyordu. "İşte, ben geldim," dedi Thomas, "Gerda yarım saat daha dinlenecek. Başı ağrıyor. Daha sonra Meng Caddesi'ne gideceğiz... Herkes iyi mi, sevgili Tony? Annem, Erika, Christian?.. Neyse, bırakalım şimdi bunları," dedikten sonra sempatik hareketleriyle konuşmaya devam etti: "Sevgili Tony, Gerda ve ben bunca zahmetin için sana binlerce kez teşekkür ederiz! Her şeyi ne kadar da güzel hazırlamışsın! Salondaki cumbaya koyması için eşime birkaç saksı palmiye getirilmesi ve benim de bir-iki tane işe yarar yağlıboya tablosu almam dışında yapılacak başka bir şey yok... Ama şimdi sen anlat bakalım! Nasılsın? Söyle bakalım, neler yaptın bu arada?"

Thomas kız kardeşinin yanına oturması için kendi sandalyesinin yanına bir sandalye çekti; sohbet ederlerken Thomas ağır ağır çayını yudumladı ve bisküvi yedi. Tony, "Ah, Tom," dedi. "Ne yapabilirim ki? Ben hayatımı çoktan yaşadım..."

"Saçmalama Tony! Hayatımı yaşadım da ne demekmiş!.. Ancak canın çok sıkılıyor olmalı, değil mi?"

"Evet Tom, canım çok sıkılıyor. Bazen can sıkıntısından oturup ağlıyorum. Evle uğraşmak bana iyi geldi. Dönüşünüzün beni ne kadar mutlu ettiğini bilemezsin... Ama biliyor musun, ben evde kalmayı istemiyorum; eğer bu günahsa Tanrı beni cezalandırsın. Otuz yaşına geldim, ancak bu yaşta Himmelsbürgerlerin son üyesiyle veya ikiz Frau Gerhardt'larla ya da annemin dul evinde tıkabasa karınlarını doyuran kara cüppeli adamlarla senlibenli olmak için erken sayılır... Üstelik ben o adamlara hiç inanmıyorum, onların hepsi de kuzu postuna bürünmüş kurtlar... Yılan soyu hepsi. Bizler zayıf insanlarız ve

Tanrı'nın günahkâr kullarıyız. Bu adamlar benim gibi dinle pek ilgisi olmayan birine acıyarak tepeden baktıklarında gülmek geliyor içimden. İnsanların eşit olduğuna, Tanrı'yla kulları arasında aracı olmaması gerektiğine her zaman inanmışımdır. Benim siyasetle ilgili görüşlerimi de bilirsin. Benim istediğim, yurttaşların devlete..."

Kız kardeşinin kendisini toparlaması için Thomas ona, "Demek biraz yalnız hissediyorsun kendini?" diye sordu. "Ama Erika hâlâ senin yanında, değil mi?"

"Evet, Tom, ben bu çocuğu, her ne kadar belli bir kişi benim çocuk sevgim olmadığını söylemiş olsa da, bütün kalbimle seviyorum... Ama görüyorsun... seninle çok açık konuşuyorum, dürüst bir kadınım ben, yüreğimde ne hissediyorsam onu konuşurum ve boş laf etmekten hiç hoşlanmam..."

"Sana da bu yakışır zaten Tony."

"Sözün kısası, işin üzücü yanı, çocuğun Bendix Grünlich'e benzeyip bana sürekli onu hatırlatması... Breiten Caddesi'nde oturan bizim Buddenbrook'lar da Erika'nın babasına çok benzediğini söyleyip duruyorlar... Çocuk karşımda dururken sürekli şöyle düşünüyorum: Sen yaşı ilerlemiş kocaman bir kızsın artık ve hayatını yaşadın. Bir zamanlar birkaç yıl da olsa hayatın tadını çıkardın, ama şimdi yetmişine, seksenine kadar yaşasan da burada oturup bütün gün şu Lea Gerhardt'ın okuduklarını dinleyeceksin. Tom, bunu düşünmek beni öyle üzüyor ki, şuraya, boğazıma bir şey takılıyor ve beni boğuyor sanki; çünkü ben kendimi hâlâ genç hissediyorum ve hayata yeniden başlamayı nasıl da özlüyorum, bir bilsen... Sonra bir de şu var: Yalnızca evde değil, kentte de kendimi hiç rahat hissetmiyorum. Başıma gelen felaketler karşısında gözlerimin kör olmadığına inanan o hoppa kız değilim artık, gözlerim açıldı. Ben boşanmış bir kadınım ve bu bana her fırsatta hissettiriliyor, bu apaçık ortada. İnan bana Tom, ailemizin adını hiçbir suçum olmadan böylesine lekelediğim için kahroluyorum. Sen ne istersen yap, istediğin kadar para kazanıp kentin en zengin adamı olabilirsin – insanlar, yine de sürekli olarak, 'Evet, ama kız kardeşi eşinden boşandı,' diyecekler. Hagenström'lerin kızı Julchen Möllendorpf bana selam vermiyor. Hadi o aptalın biri, diyelim! Ama diğer aileler de onun gibi davranıyor... Ben yine de her şeyin yeniden düzelebileceği umudunu koruyorum! Gencim daha... oldukça güzel sayılmaz mıyım? Annem benim için fazla bir para veremez, ancak vereceği para yine de kabul edilebilir bir miktar olacaktır. Yeniden evlenmeme ne dersin, Tom? Açıkçası bu benim en büyük arzum! Böylece her şey düzelir ve ailemin adına sürülen bu leke temizlenir... Ah, Tanrım, adımıza layık bir evlilik yapıp kendi evime yerleşebilseydim! Bu sence tamamen olanaksız mı?"

"Tanrı korusun, Tony! Hayır, hiç de değil! Bunu hiçbir zaman aklımdan geçirmedim. Bana kalırsa senin her şeyden önce biraz dışarıya çıkman, neşelenmen ve biraz değişiklik yapman gerekiyor..."

Tony, heyecanlı heyecanlı, "İşte benim de düşündüğüm bu," dedi. "Şimdi sana bir öykü anlatmak zorundayım."

Bu öneriden çok hoşlanan Thomas koltuğuna yaslandı. İkinci sigarasını içiyordu. Akşamın karanlığı çökmeye başlamıştı.

"Evet, siz burada yokken ben az kalsın Liverpool'da bir evin hanımına arkadaşlık yapmak üzere işe giriyordum! Buna kızar mıydın?.. En azından biraz kuşkuyla karşılardın, değil mi?.. Evet böyle, herhalde ailemizin adına yakışmayacak bir iş olurdu bu. Ancak buradan uzaklaşmak için yanıp tutuşuyordum... Kısacası, gerçekleştiremedim. Yanında çalışacak olduğum kadına bir resmimi gönderdim ve hanımefendi bana çok güzel olduğumu ve beni işe alamayacağını bildirdi, çünkü evde yetişkin iki oğlu varmış. 'Siz çok güzelsiniz,' diye yazmıştı. Hayatımda hiç bu kadar çok eğlenmemiştim!"

İki kardeş bu öyküye katıla katıla güldüler.

Tony, "Ama şimdi başka bir şey yapmayı koydum aklıma," diye devam etti. "Arkadaşım Eva Ewers beni Münih'e davet etti... evet, aslında şimdi adı Eva Niederpaur. Eşi bira fabrikası müdürü. Bu kadar bilgi yeter. Eva beni kendilerini ziyaret etmem için davet etti ve ben yakında bu davete uyarak Münih'e gitmek istiyorum. Erika'yı yanımda götüremem elbette. Onu Sesemi Weichbrodt'un yatılı okuluna veririm. Orada emin ellerde olur. Bu düşünceme bir itirazın var mı?"

"Hayır, hiçbir itirazım yok. Senin yeniden yeni çevreler edinmen lazım."

Tony şükran duygusuyla dolu bir sesle, "Evet, öyle!" dedi. "Şimdi artık sana gelelim, Tom! Sürekli kendimden söz ettim, bencil kadının biriyim ben! Haydi, anlat bakalım! Tanrım, kim bilir ne kadar da mutlusundur!"

"Evet, Tony," diye yanıtladı Thomas yüksek bir ses tonuyla. Bir an sustular. Thomas sigarasını masanın üstünden karşı tarafa doğru üfledi ve konuşmaya devam etti:

"Öncelikle evlenip kendi yuvamı kurduğum için çok mutluyum. Beni tanırsın, bekârlık bana göre değildi. Kişiyi diğer insanlardan uzak tutması ve başıboş hareket etmesine yol açması bekârlığın en kötü yanı. Oysa, bildiğin gibi ben hırslı biriyim. Ne iş yaşamımda ne de, şakadan söylesem de, siyasi yaşamımda kariyerimin sonuna geldiğimi düşünmüyorum. İnsanların güvenini kazanmak için gerçekten ev bark sahibi ve aile babası olmak gerekiyor. Yine de pamuk ipliğine bağlıydı her şey, Tony... Ben biraz seçiciyim. Uzunca bir süre yeryüzünde kendime uygun bir eş bulabileceğime inanmadım. Ancak Gerda'yı görünce hemen kararımı verdim. Kentte birçok insanın bu seçimimden dolayı bana kızacağını bildiğim halde, onun benim tam aradığım kadın olduğunu hemen anladım. Gerda olağanüstü bir varlık, onun gibisi yeryüzünde az bulunur. Senden çok farklı bir yapısı var, Tony. Bu doğru. Senin yalın bir mizacın var ve daha doğalsın... Benim sevgili kız kardeşim, daha ateşli ve hareketli," diye devam etti Thomas Buddenbrook neşeli bir ses tonuyla. "Gerda'nın da ateşli bir yanı olduğu keman çalmasından belli oluyor; ancak ara sıra yine de biraz soğuk durabiliyor. Kısacası, onu alışılmış ölçülerle değerlendirmek gerekir. Onun sanatçı bir kişiliği var, anlaşılması zor, kendine özgü ve büyüleyici bir yaratık."

"Evet, öyle," dedi Tony. Kardeşini büyük bir ciddiyet içinde ve dikkatle dinlemişti. Akşamın karanlığı çöktüğü halde lambayı yakmak akıllarına gelmemişti.

Tam bu sırada koridorun kapısı açıldı ve karşılarında, akşamın alacakaranlığında belli belirsiz fark edilen, üzerinde kar beyazı pike kumaştan yapılmış dökümlü bir elbise bulunan bir kadın duruyordu. Koyu kızıl gür saçları beyaz yüzünü çevreliyordu; birbirine yakın duran kahverengi gözlerinin altında ve gözkapaklarının üstünde mavimsi gölgeler vardı.

O Gerda'ydı, gelecekteki Buddenbrook'ların annesi.

# Altıncı bölüm

## 1

Thomas Buddenbrook, ilk kahvaltısını o sevimli yemek odasında, hemen her zaman yalnız başına yapıyordu; çünkü karısının migreni vardı ve çoğu sabah öğleye kadar başı ağrıdığından genellikle keyfi yerinde olmuyordu, bu yüzden yatak odasından çok geç iniyordu kahvaltıya. Konsül kahvaltısını bitirir bitirmez, hemen şirketin bulunduğu Meng Caddesi'ne gelir ve evin ara katında, annesi, Christian ve Ida Jungmann'la birlikte ikinci kahvaltısını yapardı; saat dörtte eve geri döner ve öğle yemeğini Gerda'yla birlikte yerlerdi.

Meng Caddesi'ndeki baba evinin alt katı, bürolarda sürdürülen çalışmalar dolayısıyla canlılığını koruyordu; ama koca evin üst katları bomboş ve ıssızdı. Matmazel Weichbrodt küçük Erika'yı yatılı okul öğrencisi olarak yanına almıştı. Zavallı Klothilde de dört ya da beş parçadan oluşan mobilyasını alıp bir lise öğretmeninin dul eşi olan Frau Doktor Krauseminz'in pansiyonuna taşınmıştı; bu arada Uşak Anton da, genç evlilerin daha çok ihtiyacı olduğu için Meng Caddesi'ndeki evden ayrılmış ve onların yanına gitmişti. Christian kulüpte olduğu zamanlarda, Frau Buddenbrook ve Matmazel Jungmann saat dörtte, fazladan bir tek yemek servisinin bile eklenmediği ve bir zamanlar üzeri çeşit çeşit ve en güzel yiyeceklerle dopdolu olan yuvarlak masanın çevresinde artık yapayalnız oturuyorlardı.

Konsül Johann Buddenbrook'un ölümüyle Meng Caddesi'ndeki büyük evin hareketli yaşamı sönmüştü; Frau Konsül, zaman zaman kendisini ziyarete gelen din adamları dışında, perşembe günleri toplanan aile üyelerinden başkasını göremiyordu çevresinde. Ama oğlu ve eşi bu arada yeni evlerinde ilk yemek ziyafetlerini vermişlerdi; yemek odasının ve salonun görkemli bir şekilde hazırlandığı, aşçı kadınların ve uşakların tutulduğu, Kistenmaker şaraplarının sunulduğu, konukların saat beşte başlayan sohbetlerinin on bire kadar sürdüğü, Langhals'ların, Hagenström'lerin, Huneus'ların, Kistenmaker'lerin, Oeverdieck'lerin, Möllendorpf'ların ve kentin bütün tüccarlarının ve bilimadamlarının, karıkocaların ve kart zamparaların katıldığı ve müzik sesleri arasında sona eren ve borsa çevrelerinde tam sekiz gün boyunca kendisinden övgüyle söz ettiren muhteşem bir şölen. Konsül Buddenbrook'un genç eşi de bu tür davetlerde nasıl davranılacağını herkese gösterdi.

Konsül, konuklar gittikten sonra, sönmek üzere olan mumların ışığı altında yenilen nefis yemeklerin, parfüm, şarap, kahve, puro ve masalardaki çiçeklerin keskin kokuları arasında karısıyla baş başa kalınca onun elini tuttu ve, "Harikaydın Gerda!" dedi. "Bu işten yüzümüzün akıyla çıktık. Böyle şeyler çok önemlidir... Ben öyle balolar verip gençlerin hoplayıp zıplamasını seyretmeye hiç hevesli değilim, zaten böyle şeyler için evimiz de uygun değil. Ama yaşını başını almış insanların evimizde bulunmaktan memnun kalmasını isterim. Gerçi biraz para gidiyor... ama bu hiç önemli değil."

Gerda, "Haklısın," diye karşılık verirken bembeyaz göğsünü bir mermer gibi çevreleyen dantelleri düzeltiyordu. "Ben de yemek ziyafetlerini balolara tercih ederim. Bu tür ziyafetlerin insanı rahatlatıcı bir yanı var... Bugün öğleden sonra müzik yapmıştım ve kendimi biraz tuhaf hissediyordum... Şu an beynim öylesine ölü ki, şuraya yıldırım düşse yüzümde en küçük bir değişme olmaz."

Genç Konsül, ertesi gün saat on bir buçukta kahvaltı masasında annesinin yanına oturunca annesi ona şu mektubu okumaya başladı:

Münih, 2 Nisan 1857
Marienplatz, No. 5

Sevgili anneciğim,

Beni bağışlamanı dilerim. Çünkü buraya geleli sekiz gün olmasına rağmen, sana şimdiye kadar yazmamış olmam utanç verici. Burada gezip görülecek o kadar çok yer var ki, zaman bulup yazamadım. Neyse, bunları daha sonra anlatırım sana. Önce siz sevdiklerimin nasıl olduğunu bir sorayım: Sen, Tom, Gerda, Erika, Christian, Thilda, Ida, hepiniz iyisinizdir umarım. Bu, her şeyden önemli.

Ah, bu sekiz gün içinde neler gördüm neler! Resim ve heykeltıraş müzesini, o büyük bira yapım evini, Saray Tiyatrosu'nu, kiliseleri ve daha pek çok şeyi gördüm. Bunları size kendim anlatmak istiyorum, yazmaya kalksam parmaklarım kopacak. Isar Vadisi'ni de gezdik arabayla, yarın için Würmsee'ye bir gezi düşünülüyor. Günlerim hep böyle geçiyor işte; Eva bana çok içten davranıyor ve eşi, bira yapımevi müdürü Herr Niederpaur da çok candan biri. Evleri şehrin tam merkezinde, Belediye Sarayı'na çok yakın; bizim pazar yerindekine benzeyen fıskiyeli bir havuzları var ve çok güzel bir meydana bakıyor. Ben ömrümde hiç böyle güzel ev görmedim! Zeminden çatıya kadar rengârenk boyalı. Ejderhaları öldüren Aziz Georg'un, armalarla donatılmış cüppeleriyle eski Bavyera prenslerinin resimleriyle kaplı bir bina. Bir görmelisiniz!

Evet, Münih'i çok beğeniyorum. Çok güzel bir havası var, söylediklerine göre sinirleri güçlendiriyormuş ve benim de midem şu sıralar çok iyi durumda. Kısacası, keyfim yerinde ve bol bol bira içiyorum; çünkü buranın suyu pek sağlıklı değilmiş, ancak yemeklerine henüz alışamadım. Çok az sebze ve çok fazla unlu şeyler yiyorlar; örneğin soslara hep un katıyorlar, Tanrı affetsin! Doğru dürüst bir dana sırtı kızartması nedir bilmiyorlar, çünkü kasaplar eti küçük parçalar halinde satıyor burada. Balığı da çok özledim. Hele salatalıklı patates salatasıyla birlikte sürekli bira içmeleri tam bir çılgınlık! Ben de onlar gibi yediğim zaman midem guruldyor.

İnsan yabancı bir memlekette olunca, doğal olarak bazı şeylere alışmak zorunda kalır, diye düşünebilirsiniz; örneğin, alışık olmadığım metal paraları kullanmak biraz tuhaf geliyor. Hizmetçiler gibi sıradan insanlara da pek alışamadım, çünkü benim konuşmam onlara çok hızlı geliyor ve onlarınki de bana anlaşılması zor bozuk bir ifade gibi geliyor... bir de şu Katoliklik, bundan nefret ettiğimi bilirsiniz, benim için hiçbir şey ifade etmiyor...

Konsül, elindeki bir dilim otlu peynir sürülmüş ekmekle kanepeye yaslandı ve gülmeye başladı.

"Görüyorum ki gülüyorsun Tom..." dedi annesi ve ortaparmağıyla masanın üstündeki örtüye birkaç kez dokundu. "Ama atalarının inancına bağlı kalması ve Protestanlığa yakışmayan gülünç davranışlardan nefret ediyor olması çok hoşuma gidiyor. Fransa'da ve İtalya'da bulunduğun sırada senin Katolik Kilisesi'ne karşı belli bir yakınlık duyduğunu biliyorum, ama bu senin dindar olduğun anlamına gelmez, Tom; bu farklı bir şey ve ben bunun nasıl bir şey olduğunu anlıyorum; ancak insan olarak sabırlı olmamız gerektiği halde, çocukça davranmak ve bunları hafife almak büyük günah sayılır. Sana ve Gerda'ya zaman içinde gereken ciddiyeti kazandırması için Tanrı'ya yalvaracağım; çünkü Gerda'nın da senin gibi davrandığını biliyorum. Bu sözlerinden dolayı anneni hoş karşılarsın herhalde."

Frau Elisabeth Buddenbrook mektubu okumaya devam etti:

Penceremden görünen çeşmenin üst tarafında bir Meryem var. Ara sıra taç da takıyorlar başına. İnsanlar ellerinde tespihleriyle önünde diz çöküp dua ediyorlar; gerçi çok güzel görünüyor, ama insan kendi odasında dua etmeli. Buranın sokaklarında sık sık rahiplerle karşılaşıyorum, çok saygın görünüşleri var gerçekten. Fakat anneciğim, dün ne oldu bir bilsen! Yüksek bir din adamı arabasıyla yanımdan geçti, görebildiğim kadarıyla yaşlıca bir beydi, belki de bir başpiskopostu; her neyse, işte bu bey arabanın penceresinden genç bir muhafız alayı teğmeni gibi bana öyle bir baktı ki! Bilirsin anneciğim, senin çok önem verdiğin o misyonerlere ve rahiplere hiç değer vermem ben, ama şu sulugöz Trieschke bile bu çapkın başpiskoposun yanında zavallı kalır...

Frau Konsül, "Ne kadar da ayıp!" dedi.

"Tam Tony'ye göre!" dedi genç Konsül.

"Ne demek istiyorsun Tom?"

"Adamcağızı biraz tahrik etmemiş mi sence... sınamak için? Ben Tony'yi iyi tanırım! Kuşkusuz onun bakışlarından çok mutlu olmuştur... Yaşlı piskoposun da başka bir niyeti olmasa gerek."

Frau Konsül oğlunun bu sözlerine yanıt vermedi ve Tony'nin mektubunu okumaya devam etti:

Niederpaur'lar önceki gün çok güzel bir akşam ziyafeti verdiler. Her şey mükemmeldi, ama ben konuşmaları pek izleyemedim, çünkü oldukça *équivoque*[1] bir tonlamayla konuşuyorlardı. Konuklar arasında *lied*'ler okuyan bir saray opera sanatçısı da vardı, genç bir ressam da portremi yapmak için izin istedi benden, ancak uygun bulmadığım için onun ricasını geri çevirdim. Ben daha çok Permaneder adlı bir bayla sohbet ettim –böyle bir adı taşıyan biri olabileceğini hiç düşünmüş müydün?–, şerbetçiotu ticareti yapan sevimli ve şakacı bir adam, orta yaşlı bir bekâr. Masada onunla yan yana oturduk, çünkü konuklar arasındaki tek Protestan o idi. Kendisi tam bir Münihli olmasına rağmen, ailesi Nürnbergliymiş. Bizim şirketin adını duyduğunu söyledi bana. Bunu saygılı bir ses tonuyla söylemesinin beni ne kadar mutlu ettiğini tahmin edebilirsin, Tom. Bana ailemiz hakkında sorular sordu, kaç kardeş olduğumuzu ve daha buna benzer pek çok şeyi sordu. Erika'yı ve hatta Grünlich'i bile sordu. Ara sıra Niederpaur'lara geliyor ve yarın da bizimle birlikte Würmsee'ye gidecek.

Şimdilik hoşça kal, sevgili anneciğim; artık daha fazla yazamayacağım. Senin her zaman dediğin gibi, sağlık ve mutluluk içinde üç ya da dört hafta daha burada kalacağım ve daha sonra yanınıza döneceğim ve her şeyi size kendim anlatacağım, çünkü insan mektuba neresinden başlayacağını bilemiyor. Size buranın çok hoşuma gittiğini söyleyebilirim, ama aşçı kadına sosun nasıl yapıldığını öğretmek gerek. Görüyorsun ki, hayatını yaşamış ve dünyadan elini çekmiş yaşlı bir kadın oldum, hiçbir şey beklediğim yok artık, ama Erika bir gün gelir burada mutlu bir evlilik yapmak isterse, elbette bir şey demem, bunu açıkça söylemek zorundayım...

Herr Konsül bu satırlardan sonra yemeğine ara verdi ve gülerek kanepeye yaslandı.

"Tony yaman bir kız anne! Hele bir de şu içten pa-

1. (Fr.) İkircil. (Y.N.)

zarlıklılığı yok mu, bayılıyorum onun bu haline, kendisini başka türlü göstermeyi hiç beceremiyor..."

"Evet, Tom," dedi Frau Konsül Buddenbrook. "O çok iyi bir çocuk, mutlu olmayı her bakımdan hak ediyor..."

Daha sonra mektubu okumayı bitirdi...

## 2

Frau Grünlich, nisan sonunda evlerine geri döndü. Biraz daha yaşlanmış, eski tekdüze yaşamı yeniden başlamış, evde yapılan duaları ve Lea Gerhardt'ın "Kudüs Geceleri"nde okuduklarını yeniden dinlemek zorunda kalmış olmasına karşın, neşeli ve umut dolu bir ruh hali içinde olduğu her halinden belli oluyordu.

Kardeşi Konsül Buddenbrook onu istasyondan alıp –o Büchen'den geliyordu– at arabasıyla eve getirirken, "Klothilde'den sonra ailenin en güzel kızı hâlâ sensin," diyerek ona iltifat etmekten kendisini alamamıştı. Tony de, "Ah Tom, senden nefret ediyorum! Yaşlı bir kadınla böyle alay etmek..."

Ama Thomas'ın söylediklerinde yine de bir doğruluk payı vardı: Madam Grünlich hâlâ çok güzel görünüyordu; ortadan ikiye ayırarak kulaklarının üstüne doğru taradığı açık kumral gür saçları ve gri mavi gözlerinin yumuşaklığı ve üstdudağının sevimliliği, yüzünün zarifliği ve cildinin tazeliğine bakılırsa otuzunda değil, ancak yirmisinde sanırdı insan. Büyükannesinin küpelerini andıran son derece şık altın küpeler takıyordu. Kenarları atlas ve düz dantellerle çevrili koyu ipekten ince ve bol bir giysi, bembeyaz ve yumuşacık göğsünü daha da çekici hale getiriyordu.

Söylendiği gibi, çok keyifliydi ve perşembe toplantılarında Konsül Buddenbrook'a, Breiten Caddesi'nden gelen amca kızlarına, Konsül Kröger'e, Klothilde'ye ve Erika'yla yan yana oturan Sesemi Weichbrodt'a yemek masasında ateşli ateşli Münih'i, ünlü biralarını, haşlanmış patateslerini, portresini yapmak isteyen ressamı ve hayranlıkla seyrettiği saray arabalarını uzun uzun anlatıyordu. Laf arasında Herr Permaneder'den de söz etti; Gotthold amcanın kızlarından Pfiffi, "Gerçekten de güzel bir yolculuk, ama herhangi bir pratik başarı sağlamamış," diye laf atınca, Madam Grünlich anlatılması zor bir olgunlukla başını geriye atıp çenesini göğsünün üstüne bastırarak onu duymazdan geldi...

Kapının çıngırağı büyük holde ne zaman yankılansa hemen merdiven sahanlığına koşup kim geldi diye bakmak Tony'de bir alışkanlık haline gelmişti... Bunun anlamı ne olabilirdi? Bunu yalnızca Ida Jungmann bilebilirdi, Tony'nin eğiticisi ve bunca yıldır sırdaşı olarak ona arada bir, "Tony'ciğim, güzelim, bak göreceksin o mutlaka gelecek! Budalalık edip seni üzmeyecektir..." derdi.

Aile bireyleri, Tony'nin eve böyle neşeli dönmesine çok seviniyorlardı; evde neşeli bir ortama gerçekten herkesin ihtiyacı vardı; çünkü şirketin patronu Thomas Buddenbrook ile genç kardeşi Christian'ın arası düzelmek şöyle dursun, ne yazık ki daha da kötüleşmişti. Bu kötü gidişi kaygıyla izleyen anne Frau Konsül Buddenbrook, iki oğlunun arasını düzeltmek için elinden geldiğince çaba gösteriyordu. Büroya daha sık uğraması için annesinin yaptığı uyarıları tuhaf bir suskunlukla karşılayan Christian, ağabeyinin uyarılarını büyük bir ciddiyet, tedirgin ve huzursuz bir utangaçlıkla ve hiçbir itirazda bulunmadan karşılamıştı ve İngilizce yazışmalar için birkaç gün biraz çaba da göstermişti. Ancak ağabeyin öfkesi ve küçük kardeşine karşı duyduğu nefret giderek öyle artmıştı ki, Christian annesinin ve ağabeyinin yaptığı uyarılar karşısında kendisini savunma gereği bile duymadı ve bakışlarını dalgın dalgın çevresinde dolaştırarak olanları kabullenmeye başladı.

Thomas'ın yorucu çalışmaları ve sinirlerinin yıpranmış olması, Christian'ın hastalık belirtileriyle ilgili olarak her fırsatta anlattıklarını ilgiyle ya da soğukkanlılıkla dinlemesine izin vermiyordu; annesinin ya da kız kardeşinin yanında istemeyerek de olsa, "Bütün bunlar onun kendisini inatla dinlemesinin aptalca sonuçları," diyordu.

Christian'ın sol bacağındaki ne olduğu anlaşılamayan sızı, bir süredir uygulanan ilaç tedavisiyle geçmişti; ama hıçkırık şikâyetleri yemek sırasında sık sık tekrarlıyordu. Son zamanlarda buna bir de nefes darlığı eklenmişti. Christian bunu haftalar boyunca akciğer veremi sanmış ve hastalığının etkilerini, burnunu buruşturarak bütün ayrıntısıyla ailesine anlatmaya çalışmıştı. Aile, sonunda Doktor Grabow'a başvurmuştu. Doktor, kalp ve akciğerin çok sağlam olduğunu, arada bir ortaya çıkan nefes darlığının ise bazı kasların iyi çalışmamasından ileri geldiğini söyledi ve solunumun rahatlaması için bir yelpaze kullanmasını ve yeşil bir toz yakıp dumanını ciğerlerine çekmesini önerdi. Christian yelpazeyi büroda da kullanıyordu. Ağabeyinin bu yüzden kendisini uyarması üzerine, Valparaiso'daki büroda sıcaktan bunalan herkesin yelpaze kullandığını söyleyerek, "Hele şu Johnny Thunderstorm'u bir görseydin," diye yanıt vermişti. Ama bir gün koltuğunda oturmuş, tedirgin tedirgin bir o yana bir bu yana sallanırken, cebinden çıkardığı tozun o pis ve keskin kokusu çevreye yayılınca bürodakilerin çoğu öksürmeye başladı ve hatta Herr Marcus'un bile yüzü sapsarı oldu... İşte tam o sırada içeride kıyamet koptu ve iki kardeş arasında korkunç bir çatışma yaşandı. Frau Konsül araya girip sağduyuyla her şeyi düzeltmeseydi tam bir felakete dönüşecekti.

Hepsi bu kadar değildi. Christian'ın ev dışında ve

çoğu kez de eski okul arkadaşı olan Avukat Doktor Giesecke'yle geçirdiği yaşamı, Thomas hoşnutsuzlukla izliyordu. Huysuz ve oyunbozan biri değildi kuşkusuz, kardeşinin davranışları ona gençliğinde kendisinin de işlediği günahları anımsatıyordu. İş alanında saygın bir yer edinen ünlü isimlerin ciddiyetle ve onurla ellerinde bastonlarıyla kaldırımlarda dolaştıkları bu liman ve ticaret merkezi kentin ahlak bakımından artık hiç de mükemmel bir şehir olmadığını çok iyi biliyordu. Koltuğunda oturarak büroda geçen günlerin acısını çıkarmak için yalnızca sert şaraplar ve ağır yemeklerle yetinilmiyordu. Kalın bir ahlakçılık paltosu bütün bunların üstünü örtüyordu ve Konsül Buddenbrook'un birinci kuralı "dış görünüşü korumak" olmasına karşın, Christian tam tersine, birlikte olduğu tüccarların dünya görüşünü paylaşıyordu. Avukat Giesecke, "tüccarların" yaşam biçimine ayak uydurmayı başaran "bilginlerden", herkesçe bilinen o pis "zamparalardan" biriydi. Ama bütün öteki zamparalar gibi o da politika ve meslek yaşamında ününü sarsacak kötü davranışlardan kaçınmasını çok iyi biliyordu. Huneus'ların kızıyla nişanlandığı yeni duyulmuştu. Bu evlilikle kendisine yüksek sosyetede bir yer edinecek ve yüklüce bir drahoma alacaktı. Kent işlerine büyük bir ilgiyle katılıyordu ve gözünü belediye meclisi üyeliğine, hatta ihtiyar Belediye Başkanı Doktor Oeverdieck'in koltuğuna diktiği söyleniyordu.

Onunla yakın dost olan Christian Buddenbrook da ondan çok farklı biri değildi. Bir tarihte aktris Meyer-de la Grange'a yakınlık duymuş, ona bir buket çiçek vererek, "Ah Matmazel, ne kadar da güzel oynadınız!" demişti. Christian uzun yıllar süren geziler ve biraz da kendi mizacı gereği hiçbir şeyi umursamayan tam bir hovarda olmuştu ve öteki işlerinde olduğu gibi gönül işlerinde de duygularını belli etmemek ve onurunu korumak için hiçbir çaba göstermiyordu. Örneğin, Gezici Tiyatro'dan bir figüranla kurduğu ilişki bütün şehrin dilindeydi. Seçkin çevrelere girip çıkan Frau Stuht, Glockengiesser Caddesi'nde oturan şu şişman terzi, Christian'ın o "tiyatrocu" kızla yine sarmaş dolaş görüldüğünü karşısına çıkan herkese anlatıyordu.

Aile içinde bu da kötü karşılanmadı... Ahlak bakımından kaygı verici ciddi bir durum olarak değerlendirilmedi. Christian Buddenbrook ve aynı şekilde sorumsuz davranışları yüzünden şirketi berbat bir durumda bulunan Konsül Peter Döhlmann kentte neşeli ikili olarak tanınıyorlardı ve bu yüzden de erkek toplantılarının aranan isimleriydiler. Ama bundan dolayı da pek ciddiye alınmıyorlardı; ciddi konularda onların adı gündeme gelmiyordu; bütün kentte, kulüpte, borsada ve limanda bu ikiliye yalnızca adlarıyla hitap ediliyor olması dikkat çekiciydi: "Krischan" ve "Peter" diye. Hagenström'ler gibi kötü niyetli insanlar da Christian'ın anlattığı öykülere ve yaptığı şakalara değil, tam tersine onun kendisine gülüyorlardı.

Christian bu gibi şeyleri hiç dert edinmiyor ya da yapısı gereği kısa bir an tuhaf ve tedirgin tedirgin düşündükten sonra başka konulara geçiyordu. Ama ağabeyi Konsül Buddenbrook, Christian'ın aileye düşman olanların saldırı konusu olduğunu biliyordu. Saldırı konuları da çok fazlaydı. Oeverdieck'lerle akrabalık bağları çok genişti ve Belediye Başkanı'nın ölümünden sonra önemini büsbütün yitirebilirdi. Kröger'lerin artık hiçbir önemi kalmamıştı, her şeyden uzak bir yaşam sürüyorlardı ve oğullarıyla da başları dertten kurtulmuyordu. Merhum Gotthold amca başarısız evliliğiyle arkasında hiç de güzel anılar bırakmamıştı. Konsülün kız kardeşi yeniden evlenme umudunu büsbütün yitirmemiş olsa da, boşanmış bir kadındı. Yaptığı soytarılıklarla işadamlarını boş saatlerinde kahkahalarla güldüren, herkesten borç alan ve çeyrek yılın sonunda bütün parası bittiği için hesaplarını Doktor Giesecke'ye ödettirmekten çekinmeyen erkek kardeşi ise herkesin alay ettiği gülünç ve zavallı bir insan... Buddenbrook Şirketi için tam bir yüz karasıydı.

Thomas'ın kardeşine duyduğu bu düşmanca nefreti ve Christian'ın bunu kayıtsızlıkla karşılaması, birbirlerine ihtiyacı olan aile bireylerinde olduğu gibi en önemsiz şeylerde bile kendisini belli ediyordu. Örneğin, Buddenbrook'ların geçmişinden söz açılınca, Christian içinde doğup büyüdüğü kentin ve atalarının öyküsünü kendisine hiç de yakışmayan bir ciddiyet, sevgi ve hayranlıkla dinliyordu. Onun bu halini gören Konsül Buddenbrook soğuk bir davranışla konuşmayı hemen kesiyordu. Buna katlanamıyordu. Kardeşinden o kadar nefret ediyordu ki, kendisinin sevdiği şeyleri onun da sevmesine izin vermiyordu. Christian'ın öğretmen Marcellus Stengel'in taklidini yaparak konuşmasını daha çok tercih edeceğini söylüyordu. Thomas ne zaman eline bir kitap, herhangi bir tarih kitabı alıp okusa, onu çok beğendiğini söylese ve heyecanlı sözlerle övse, kitabı okuyacak ve değerlendirecek biri olmayan Christian, ağabeyinin anlattıkları üzerine o kitabı okur, aynı şekilde çok beğenir, etkilenir ve duygularını mümkün olduğunca herkese anlatırdı. Ve kitabın değeri Thomas için bir anda sıfıra düşmüş olurdu... O bundan soğuk ve umursamaz bir tavırla söz ederdi. Kitabı hiç okumamış gibi davranır ve kitapla ilgili değerlendirmeyi kardeşine bırakırdı...

## 3

Konsül Buddenbrook, ikinci kahvaltısını yaptıktan sonra yalnızca erkeklerin katıldığı *Harmonie*[1] adlı bir oku-

1. (Alm.) Armoni, uyum. (Y.N.)

ma grubuna bir saat kadar katılarak Meng Caddesi'ne geri dönmüştü. Arka kapıdan girmişti avluya, hızlı adımlarla ön ve arka avluları birleştiren kaldırım taşı döşeli yolu aşarak bahçenin yan tarafına geldi, hole girdi ve mutfaktan içeriye doğru seslenerek, erkek kardeşinin evde olup olmadığını sordu ve gelince kendisine haber vermelerini söyledi. Daha sonra işyerine gitti ve içeriye girmesiyle birlikte masa başındaki çalışanlar hesap defterlerinin üstüne biraz daha eğildiler; bürosuna geçti, şapkasını ve bastonunu bir kenara koydu, iş ceketini giydi ve pencere önündeki masanın başına geçti. Herr Marcus'la masaları karşı karşıyaydı. Dikkat çekici açık kumral kaşlarının arasında iki çizgi belirmişti. Sonuna kadar içmiş olduğu Rus sigarasının ağızlığının sarı ucu Konsül'ün dudakları arasında ağzının bir kenarından ötekine gidip geliyordu. Kâğıdı ve kalemi öyle sert bir şekilde eline aldı ki, Herr Marcus bıyığını iki parmağıyla ağır ağır sıvazlayıp sorgulayan bakışlarla ortağını süzdü ve içerideki gençler kaşlarını yukarıya kaldırıp birbirlerinin gözüne baktılar. Patron çok öfkeliydi.

Kalem cızırtıları ve Herr Marcus'un arada bir hafif hafif öksürmesi dışında hiçbir şey duyulmuyordu, yarım saat geçtikten sonra Konsül pencereden dışarıya, önündeki yeşilliklere bakarken Christian'ın caddeden aşağıya geldiğini gördü. Kahvaltısını yaptığı ve bir-iki el kâğıt oynadığı kulüpten geliyordu sigarasını tüttürerek. Şapkasını biraz yana doğru eğmişti; topuzu abanoz ağacından yontularak yapılmış, bir rahibe başını andıran sarı bastonunu –onu Güney Amerika'dan getirtmişti– elinde sallaya sallaya yürüyordu. Keyifliydi ve sağlığının yerinde olduğu belli oluyordu. Ağzında bir şarkı mırıldanarak büroya girdi ve pırıl pırıl bir ilkbahar ikindi vakti olmasına karşın, "Günaydın beyler!" dedi ve "şöyle biraz çalışmak üzere" yerine oturdu. Ama genç Konsül hemen ayağa kalktı ve yüzüne bile bakmadan şöyle dedi:

"Hey, bir dakika gelsene, seninle konuşacağım bir-iki şey vardı."

Christian, ağabeyinin arkasından gitti. Hızlı adımlarla koridordan geçtiler. Thomas ellerini arkasında kavuşturmuştu. Christian da farkında olmadan onun gibi yaptı ve dudaklarının üstünden aşağıya sarkan İngiliz usulü açık kızıl bıyığının üstünden ve çökük yanaklarının arasından öne doğru fırlayan keskin, kemikli ve kemerli kocaman burnunu ağabeyine çevirdi. Avludan geçerlerken, Thomas, "Benimle biraz bahçede dolaşman gerekiyor dostum!" dedi.

"Peki," dedi Christian. Daha sonra birlikte sola saparak ana giriş kapısının rokoko tarzı ön cephesinin önünden geçtiler ve dış yolda yürüyerek ilk tomurcukların baş verdiği bahçede dolaşmaya başladılar. Konsül hızlı hızlı nefes alıp verirken, öfkeli bir sesle, "Biraz önce çok canım sıkıldı," dedi, "senin davranışın yüzünden..."

"Benim..."

"Evet, dün akşam kulüpte kullandığın son derece yersiz bir sözden bahsettiler bana, bizim *Harmonie*'de, söylediklerin öylesine yakışıksız ki, diyecek bir şey bulamıyorum doğrusu... Bu rezalet çok gecikmeden etkisini gösterdi ve hak ettiğin biçimde senin işini bitirdiler. Anımsamak zahmetinde bulunur musun?"

"Ha... Ne demek istediğini anladım şimdi. Kim anlattı bunu sana?"

"Bunun hiç önemi yok. Döhlmann, öyküyü henüz bilmeyenler de neşelensinler, diye sesini bir hayli zorladı anlatırken."

"Evet, Tom. Hagenström için çok utandığımı söylemeliyim..."

Genç Konsül başını hafifçe yana eğdi ve kollarını öne doğru uzatarak avuçlarını açtı ve öfkesini açıkça göstermek için ellerini silkeleyerek, "Ne, sen onun için... Eh, pes doğrusu... Bu gerçek olamaz!" diye haykırdı. "Sen tüccarlardan ve bilimadamlarından oluşan seçkin bir topluluğun içinde herkesin duyacağı bir sesle bütün işadamlarının dolandırıcı olduğunu söylüyorsun. Sen kendin de bir tüccarsın ve her bakımdan kusursuz ve saygınlığına gölge düşmemesi için var gücüyle çalışan bir şirketin mensubusun..."

"Tanrı aşkına, Thomas, şaka yapmıştım!.. Her ne kadar... aslında..." diye ekledi Christian burnunu kırıştırarak ve başını biraz öne eğerek. Bu duruş şekliyle birkaç adım yürüdü.

"Şakaymış! Şaka yapmışmış!" diye haykırdı Thomas Buddenbrook. "Yapılan bir şakayı anlayabileceğimi sanıyorum, ancak bu şakanın nasıl anlaşıldığını gördük işte! Hermann Hagenström sana, 'Ben mesleğime 'çok' büyük saygı duyuyorum,' yanıtını verdi. Sen de kendi mesleğini hor gören bir serseri durumuna düştün..."

"Evet, Tom, peki şuna ne diyorsun! Seni temin ederim ki herkesin keyfi birden kaçıverdi. Oradakiler bana hak vermiş gibi gülüyorlardı. Hagenström de oturduğu yerden çok ciddi bir tavırla, 'Ben mesleğime...' diye başladı. Budala herif. Onun adına ben utandım gerçekten. Daha dün gece yatakta uzun süre hep bunu düşündüm ve düşündükçe de kendimi çok tuhaf hissettim... Bilmem, sen bunun nasıl bir duygu olduğunu bilir misin?.."

Konsül Buddenbrook, "Gevezeliği bırak lütfen, saçmalıyorsun," diye kardeşinin sözünü kesti, bütün vücudu tir tir titriyordu. "Evet, biliyorum... O yanıtın yerinin orası olmadığını, hatta çok kaba bir yanıt olduğunu söylemeliyim sana. Ama böyle şeyler ille de söylenecekse, bunları konuşmak için uygun kişiler seçilmeli ve insan, böyle haince işini bitirmeye çalışanlara aptalca teslim olmamalı! Hagenström fırsattan yararlanarak aslında seni değil, bizi vurmak istedi. Onun, 'Ben mesleğime...' sözünün ne anlama geldiğini biliyor musun? 'Bu gibi şeyleri ağabeyinizin bürosunda öğrenmiş olmalısınız, Herr Buddenbrook!' demek istedi. Anladın mı, benim eşek kafalı kardeşim!"

Christian çekingen ve tedirgin bir yüz ifadesiyle, "Ne... eşek..." dedi.

"Sonuçta sen kendi başına değilsin," diye devam etti genç Konsül, "ancak yine de kendini gülünç duruma düşürmek istersen, bu kendi bileceğin bir şey... Zaten nelerle kendini gülünç duruma düşürmüyorsun ki!" diye sesini yükseltti Thomas Buddenbrook. Yüzü sapsarı olmuştu, saçları dar şakaklarından iki çıkıntı gibi geriye doğru uzanıyordu; yüzündeki ince mavi damarlar iyice belli oluyordu. Sözlerini yan tarafa, Christian'ın ayaklarının dibine, çakıllı yola fırlatmak ister gibi sert el hareketleriyle konuşurken, açık renkli kaşlarından birini yukarı kaldırmıştı, uzun ve dik bıyıklarının ucunda bile bir öfke seziliyordu. "Gönül işlerinle, soytarılıklarınla, hastalık numaralarınla ve bu hastalıklara iyi geldiğini söylediğin tuhaf ilaçlarınla kendini gülünç duruma düşürüyorsun."

Christian ciddi bir yüz ifadesiyle başını iki yana sallayıp işaretparmağını beceriksizce yukarıya doğru kaldırarak, "Yok, Thomas, bu konuyla ilgili durumları sen pek anlayamazsın... Durum şu: İnsanın vicdanı rahat olmalı... Bilmem, sen bunun ne olduğunu bilir misin? Doktor Grabow boyun kaslarıma süreyim diye bir merhem verdi... Harika! Bunu kullanmazsam, kullanmaktan vazgeçersem kendimi yenik düşmüş ve bütünüyle çaresiz hissediyorum ve ağzımdaki lokmayı yutamayacakmış gibi oluyorum. Ama merhemi kullanınca, görevi yerine getirdim diye kendimi iyi hissediyorum. O zaman vicdanım rahatlıyor, sakin ve huzurlu oluyorum ve her şeyi kolayca yutabiliyorum. Biliyor musun, bunların hepsi merhemin sayesinde oluyor. Ancak böyle bir düşünce, beni yanlış anlama, yalnızca başka bir düşünceyle, bir tür karşıt düşünceyle yok edilebilir... Bilmem bu duyguyu bilir misin?"

"Ne demezsin! Aa, evet!" dedi Thomas Buddenbrook bağırarak ve başını iki eliyle sıkıca tuttu. "Dediğim gibi yap sen de! Ona göre davran! Ama bundan kimselere söz etme! Boşboğazlık yapma! Bu adi kurnazlıklarınla başkalarını rahatsız etme! Bu hiç de hoş olmayan boşboğazlılığınla kendini sabahtan akşama kadar rezil ediyorsun! Şunu sana yeniden yeniden söylüyorum: Kendini kişisel olarak rezil etmen beni hiç ilgilendirmez, beni anlıyor musun? Ama şunu özellikle bilmeni isterim ki, dün akşam yaptığın gibi şirketimizi küçük düşürecek davranışlarda bulunmanı kesinlikle yasaklıyorum!"

Christian, ağabeyinin bu sözlerine yanıt vermedi; ellerini, seyrelmeye başlamış olan kızılımsı sarı saçları arasında gezdirdi, tedirgin ve ciddi bir yüz ifadesiyle dalgın dalgın çevresine bakıyordu. Son söyledikleri üzerine kafa yorar gibiydi. Bir duraklama oldu. Thomas sessizce ve çaresizlik içerisinde dolanmaya devam ediyordu.

"Bütün tüccarlar sahtekârdır, diyorsan," diye başladı Tom yeniden söze, "peki, sen mesleğinden bıktın mı? Tüccar olduğuna pişman mısın? O zamanlar bunun için babamdan izin koparmıştın..."

"Evet, Tom," dedi Christian düşünceli düşünceli. "Yükseköğrenim yapmayı gerçekten çok istemiştim. Biliyor musun, üniversitede okumak çok güzel olmalı. Canın isterse gidersin, tamamen sana bağlı; gider oturur dinlenirsin, tıpkı tiyatroda olduğu gibi."

"Tiyatroda olduğu gibi mi? Evet, bu basit şakalarınla senin yerin zaten o düzeysiz kafeler... Ben şaka yapmıyorum! Bu gibi şeylerin senin gizli idealin olduğuna yüzde yüz inanıyorum," dedi genç Konsül. Christian, ağabeyinin bu sözlerine karşılık vermedi, düşünceli düşünceli çevresine bakındı. "Çalışmanın ne olduğu konusunda hiçbir fikri olmayan ve bütün yaşamını tiyatrolar, aylak aylak dolaşmalar ve türlü saçmalıklarla geçiren sen, bunlar hakkında nasıl oluyor da böyle pervasızca konuşabiliyorsun..."

"Evet, Tom," dedi Christian biraz üzgün bir tavırla ve ellerini saçlarının arasında yeniden dolaştırdı. "Haklısın, çok doğru ifade ettin. İşte aramızdaki fark da bu zaten, anlıyor musun! Tiyatroda bir oyun seyretmeyi sen de seversin ve eskiden, laf aramızda, senin de gönül ilişkilerin olmuştu ve bir zamanlar roman, şiir ve benzeri şeyleri okumaktan çok hoşlanırdın... Ancak sen tüm bunları yaşamın ciddi yanlarıyla ve düzenli bir iş yaşamıyla bağdaştırmasını her zaman bildin. Gel gör ki, ben bunu başaramadım. Boş şeylere kendimi öyle kaptırıyorum ki, ciddi ve düzenli şeylerle uğraşmaya gücüm kalmıyor... Bilmem, beni anlayabiliyor musun?.."

Thomas durdu ve ellerini göğsünün üzerine koyup kenetleyerek yüksek bir sesle, "Demek sen de kabul ediyorsun bunu," dedi. "Bunun böyle olduğunu itiraf ediyorsun, ancak yine de vazgeçmiyorsun! Sen bu kadar rezil biri misin Christian?! Tanrı aşkına, onur diye bir şey var! Savunmayı bile göze alamayacağı bir yaşam biçimini insan nasıl sürdürebilir! Ama, işte sen böylesin! Senin yapın bu! Bu durumun hatalı olduğunu kabul etmek, onu anlamak ve betimlemekle her şeyin düzeleceğini... Hayır Christian, artık sabrım tükendi!" Genç Konsül kolunu yatay bir konumda ve sert bir şekilde hareket ettirerek geriye doğru hızlı bir adım attı. "Sabrım tükendi, diyorum sana! Maaşını alacaksın, ancak seni bir daha büroda görmek istemiyorum. Bu beni rahatsız etmez, şimdi git ve hep yaptığın gibi hayatını boşa harca! Ama her nereye gidersen git, bizi, ailemizi küçük düşürme! Ailemizin bünyesindeki hastalıklı bir nokta, bir ursun sen! Bu kentte yaşayan adi insanlardan birisin ve eğer bu ev kendi evim olsaydı seni hemen kovardım, işte şu kapıdan dışarıya atardım seni!" diye büyük bir öfkeyle bağırarak bahçeyi, avluyu ve büyük sofayı işaret etti. Kendisini tutamıyordu. Uzun zamandır biriken öfkesi boşalıvermişti.

"Bu ne cüret Thomas!" dedi Christian. Öfke krizine tutulmuştu ve oldukça tuhaf bir hali vardı. Çarpık bacaklılara özgü bir duruşla biraz öne doğru eğilmiş, öylece duruyordu: Başını, karnını ve dizlerini ileriye doğru çıkarmıştı. Çukur yuvalarında fal taşı gibi açılmış bakan yuvarlak gözlerinin çevresinde, babasının öfkelendiği anlarda olduğu gibi, şakaklarına kadar inen kırmızı halkalar oluşmuştu. "Ne biçim konuşuyorsun benimle!" diye devam etti Christian. "Ben sana ne yaptım ki! Beni kovmana gerek yok, ben kendim giderim." Sonra içten bir sitemle, "Ne ayıp!" derken sinek yakalamak ister gibi öne doğru seri birkaç el hareketi yaptı.

Thomas onun bu sözlerine, ne tuhaf ki hiç de sert tepki göstermedi; aksine başını sessizce öne eğdi ve sonra bahçenin içindeki yolda yine ağır ağır yürümeye başladı. Kardeşini sonunda kızdırabilmiş olması, onu kızdırıp sert bir karşılık vermesini, kendisini protesto etmesini sağlayabilmiş olması Tom'u tatmin etmiş gibiydi, birden rahatlamıştı sanki.

Ellerini arkasına koyup kavuşturarak, "Bu konuşmayı yapmak, doğruyu söylemek gerekirse beni gerçekten çok üzdü, buna inanabilirsin Christian, ancak bu konuşmanın mutlaka yapılması gerekiyordu. Aile arasında bu tür kavgalar çok çirkin, ama herhangi bir şekilde karşılıklı konuşmamız da gerekiyordu... Bak oğlum, biz kavga etmeden her konuda konuşabiliriz. Anladığım kadarıyla sen şu anki konumundan hoşnut değilsin, öyle değil mi?.."

"Evet, Tom, bunu çok iyi anlamışsın. Biliyor musun, başlangıçta son derece memnundum... Burada çalışmam yabancı bir şirkette çalışmamdan elbette çok daha iyi. Ancak eksikliğini duyduğum şey sanırım bağımsız hareket edemeyişim. Seni masanın başında çalışırken her gördüğümde kıskanmışımdır, çünkü senin orada oturup bir şeyler yapman, aslında bir işte çalışıyorsun anlamına gelmez; mecbur olduğun için değil, oranın sahibi ve patronu olarak çalışıyorsun orada ve başkalarını kendin için çalıştırıyorsun, kendi hesaplarını kendin yapıyorsun, orayı yönetiyorsun ve her şeyden önemlisi bağımsızsın... Bu tamamen farklı bir şey..."

"Peki, Christian, bunu daha önce söyleyemez miydin? Kendi işini kurmak ya da daha az bağımlı olarak çalışmak senin elinde. Babamın mirastan sana da, bana olduğu gibi, iş kurmak için elli bin mark ayırdığını biliyorsun; akıllı ve sağlam bir iş kurman için bu parayı sana vermeye elbette hazırım. Hamburg'da ya da başka bir yerde olsun, biraz sıkıntı içinde oldukları için sermaye desteğine ihtiyaç duyan pek çok güvenilir işyeri var ve sen bunlardan birine ortak olabilirsin. Bu konuyu ikimiz de ayrı ayrı düşünelim ve bir ara annemizle de görüşelim. Şimdi yapılacak işlerim var, sen de İngilizce yazışmalara bir süre daha devam et lütfen..."

Koridorda yürürlerken Thomas, kardeşine, "Örneğin, Hamburg'daki H.C.F. Burmeester ve Ortakları Şirketi için ne düşünüyorsun?" diye sordu. "İthalat ve ihracat işleri yapıyorlar... Sahibini tanırım. Onun böyle bir fırsatı kaçırmayacağına eminim..."

Bu konuşma 1857 yılının Mayıs ayı sonunda yapılmıştı. Christian, haziran başında Büchen üzerinden Hamburg'a hareket etmişti. Onun gidişi kulüp, Şehir Tiyatrosu, Gezici Tiyatro ve eğlenceye düşkün çevreler için büyük bir kayıptı. Aralarında Doktor Giesecke ve Peter Döhlmann'ın da bulunduğu bütün hovardalar istasyona onu geçirmeye geldiler; çiçekler, hatta purolar vererek kahkahalarla uğurladılar onu. Kuşkusuz Christian'ın kendilerine anlattığı öyküleri anımsamışlardı. Sonunda, Avukat Doktor Giesecke yaldızlı kâğıttan yapılmış büyük dans nişanını herkesin alkışları arasında Christian'ın paltosuna iliştirdi. Bu nişan, liman yakınında bulunan ve kapısının üstünde akşamları kırmızı fener yanan bir eğlence yerinden, bir lokalden sağlanmıştı. Buluşmalara açık olan bu lokalde hep birlikte neşeli ve sıcak saatler geçirilirdi ve dans nişanı, oradan ayrılan Krischan Buddenbrook'a bu alandaki hizmetlerinden dolayı verilmişti.

## 4

Kapının çıngırağı çalınca Frau Grünlich koridora bakmak için yeni alışkanlığıyla hemen merdiven sahanlığına çıktı ve beyaz boyalı tırabzandan sarkıp aşağıya baktı. Kapı açılır açılmaz ani bir hamleyle daha da eğilip kendini geriye çekmesi ve bir eliyle mendilini ağzına tutup öteki eliyle de eteklerini toplayarak üst kata çıkıvermesi bir oldu. İkinci kata çıkan merdivende karşılaştığı Matmazel Jungmann'a kısık bir sesle bir şeyler fısıldadı, Ida da sevincinden heyecanlanarak Polonya diliyle kulağa, "*Meiboschekochhanme!*" gibi gelen bir şeyler söyledi. .

Tam bu sırada Frau Buddenbrook, Doğa Manzaralı Tablolar Odası'nda oturuyordu; elindeki iki büyük ahşap tığla bir atkı ya da örtü ya da örtüye benzer bir şey örüyordu. Öğle öncesiydi ve saat on birdi.

Hizmetçi kız aceleyle sütunlu holden geçti, camlı kapıyı tıklattı ve ördek gibi paytak paytak yürüyerek içeriye girip Frau Konsül Buddenbrook'a bir kartvizit uzattı. Frau Buddenbrook kartviziti aldı, gözlüğünü düzeltti –el işiyle uğraşırken gözlük takardı hep– ve okudu. Sonra başını yeniden kaldırıp hizmetçi kızın kıpkırmızı olmuş yüzüne baktı, kartı bir kez daha okudu ve başını kaldırıp hizmetçi kızın yüzüne yeniden baktı. Sonunda dostça, ama kararlı bir tavırla, "Bu ne demek oluyor kızım? Söylesene, ne anlama geliyor bu?" dedi.

Kartvizitin üzerinde X. Noppe & Ortağı Şirketi'nin adı yazılıydı. Ancak hem X. Noppe hem de "ve" anlamına gelen "&" işareti mavi uçlu kuru boya kalemle öylesine karalanmıştı ki, geriye sadece "Ortağı" sözcüğü kalmıştı.

"Evet, Frau Konsül," dedi hizmetçi kız, "dışarıda bir beyefendi var, ama Almanca konuşmuyor ve daha çok bir salyangoza benziyor."

Frau Buddenbrook, "Beyefendiyi buyur et," dedi, çünkü dışarıda kabul edilmeyi bekleyen adamın, kartvizitin üstünde "Ortağı" diye yazılı olan kişi olduğunu anlamıştı. Kız odadan çıktı, camlı kapıyı yeniden açtı ve tıknaz bir adamı içeriye aldı; adam odanın loş ışığında bir an durup sözcükleri yaya yaya Bavyera ağzıyla, "Saygılarımı sunarım," dedi.

"Günaydın!" dedi Frau Buddenbrook. "Buyurun lütfen!" Bunu söylerken elini kanepenin oturma yerine dayayarak hafifçe doğruldu, çünkü bütünüyle ayağa kalkmasının gerekip gerekmediğini kestirememişti.

Gelen beyefendi neşeli neşeli şarkı söyler gibi ve sözcükleri yayarak, "Memnuniyetle," dedi ve nazikçe eğilerek ileriye doğru iki adım attı ve yeniden durup bir şey arıyormuş gibi çevresine bakındı; belki oturacak bir yer, belki de şapkasını ve bastonunu bırakacak bir yer arıyordu, çünkü şapkasını da, bir pençeyi andıran kemik başlı beyaz bastonunu da yanında getirmişti odaya.

Beyefendi kırk yaşlarında biriydi. Kolları ve bacakları kısa ve vücudu tıknazdı, üzerinde kahverengi loden kumaşından yapılmış önü açık bir ceket vardı; ceketin içine giydiği çiçek desenli açık renk kumaştan yelek, öne fırlayan göbeğini yumuşak bir kabartı şeklinde örtüyordu ve yeleğe takılı altın saat zincirin ucunda bir demet buket parlıyordu; çok sayıda boynuz, kemik ve mercan süslerden oluşan bir buket. Rengini belli etmeyen grimsi yeşil pantolonunun paçaları çok kısaydı ve alışılmamış sertlikte bir kumaştan yapılmışlardı sanki; zira kısa konçlu geniş çizmelerini çevreleyen paçalarda hiçbir kırışıklık yoktu, boru gibiydiler. Dudaklarının üstünden aşağıya doğru püskül gibi sarkan açık sarı seyrek bıyıkları, oldukça iri telli ve darmadağınık saçları, yusyuvarlak kafası ve basık burnuyla bir fok balığını anımsatıyordu. Yabancı beyefendinin çenesiyle altdudağının arasını örten ufacık sakalı, bıyığının aksine kılları sert bir fırça gibiydi. Yanakları aşırı tombul ve yağlıydı; öylesine şişmişlerdi ki, gözkapaklarına kadar dayanmışlar ve gözlerini sıkıştırarak birer açık mavi ince yarık haline dönüştürmüşler ve çevresinde kırışıklıklar oluşturmuşlardı. Şiş şiş ve tuhaf görünen bu yüze öfke, dürüstlük, sakarlık ve iyi yüreklilik karışımı bir ifade veriyordu. Küçük çenesinin altından ince beyaz boyunbağına doğru dik bir çizgi uzanıyordu. Guatrlı boyunları anımsatan bu çizgi, sert bir yakalığın takılmasına izin vermezdi. Yüzün alt kısmı ve boynu, kafasının arkası ve ensesi, yanakları ve burnu, bunların hepsi de oldukça biçimsiz ve yağ kaplamış olarak iç içe geçiyorlardı. Yüzündeki şişliklerden dolayı cildi aşırı gerilmişti ve kulak memelerinin başladığı yerde ve burnunun iki yanında kızarıklık ve çatlaklar oluşmuştu. Kısa parmaklı, beyaz ve tombul ellerinin birinde bastonunu, diğerinde de keçi yeleleriyle süslenmiş yeşil bir Tirol şapkası tutuyordu.

Frau Konsül Buddenbrook, nazik, ama kararlı bir tavırla, "Size nasıl yardımcı olabilirim?" diye sordu.

Yabancı adam kararlı bir hareketle şapkasını ve bastonunu armonyumun kapağının üstüne bırakıp boşalan ellerini keyifle ovuşturdu, açık renkli şiş gözleriyle Frau

Buddenbrook'a dostça bakarak, "Saygıdeğer hanımefendinin kartvizit için beni bağışlamasını dilerim," diye söze başladı. "Adım Permaneder, Münihli Alois Permaneder. Saygıdeğer hanımefendi, adımı daha önce kızınız hanımefendiden duymuştur belki."

Bütün bunları yüksek sesle ve oldukça kaba bir vurgulamayla, heceleri sıkça birleştirerek konuştuğu kaba şivesiyle ve çekik gözlerini "birbirimizin yabancısı değiliz" demek ister gibi kırpıştırarak söyledi.

Frau Buddenbrook da bu arada tamamen ayağa kalkmıştı, başını hafifçe yana eğip ellerini uzatarak ona doğru yürüdü.

"Herr Permaneder! Sizsiniz demek! Kızım elbette sizden söz etti bana. Tony, Münih'te kaldığı sırada hoş ve neşeli vakit geçirmesi için ona çok yardımcı olduğunuzu biliyorum... Söyleyin bakalım, buraya hangi rüzgâr attı sizi?"

Herr Permaneder, Frau Buddenbrook'un nazikçe işaret ettiği koltuğa otururken, "Ya, şaşırırsınız işte böyle!" diyerek kısa ve kalın baldırlarını keyifli keyifli ovalamaya başladı.

Frau Buddenbrook, "Ne istemiştiniz?" diye sordu.

Herr Permaneder dizlerini ovalamayı bırakarak, "Ya, çok şaşırdınız değil mi?" diye devam etti.

Frau Konsül Buddenbrook yine pek bir şey anlamadan, "Çok güzel!" dedi ve zorlama bir gülümsemeyle ellerini dizlerinin üstünde tutarak arkasına yaslandı.

Ancak Herr Permaneder durumu fark etti, öne doğru eğildi ve Tanrı bilir hangi nedenden eliyle havada daireler çizerek, "Evet, saygıdeğer hanımefendi bu duruma şaşırmıştır elbette!" dedi.

Frau Buddenbrook neşeli bir şekilde, "Evet, sevgili Herr Permaneder, çok doğru!" diye yanıt verdi ona. Daha sonra ikisi de bir süre sustu. Suskunluğu gidermek için

Herr Permaneder dizlerini işaret edip derin bir iç çekerek, "Bunlarla başım dertte!" dedi.

Frau Buddenbrook açık renkli gözlerini biraz yana kaçırarak, "Hm... ne istemiştiniz?.." diye yeniden sordu.

Herr Permaneder yüksek sesle ve kaba bir ağızla, "Bunlarla başım dertte!" diye tekrarladı.

Frau Buddenbrook, "Evet, rahatsız edici bir durum," diyerek onu teselli etti ve böylece bu konu da halledilmiş oldu.

"Sevgili bayımızı ta buralara kadar getiren şeyin ne olduğunu öğrenmeme izin var mı acaba?" diye devam etti Frau Konsül. "Münih'ten buraya oldukça uzun bir yolculuk yapmak gerekiyor..."

Herr Permaneder küçücük elini havada dolaştırarak, "İş için!" dedi, "Walkmühle'deki bira fabrikasıyla ilgili olarak halletmem gereken küçük bir işim vardı saygıdeğer hanımefendi!"

Frau Buddenbrook nazik bir biçimde, "Ah, sahi, siz şerbetçiotu ticaretiyle uğraşıyordunuz! Şirketinizin adı 'Noppe ve Ortağı'ydı, değil mi sevgili Herr Permaneder? İnanın, oğlum Thomas Buddenbrook'tan şirketiniz hakkında çok güzel şeyler duydum," dedi.

Ancak Herr Permaneder buna itiraz etti:

"Evet, doğru, ama şimdi söz konusu olan bu değil. Söz konusu olan şey, benim uzun zamandır siz saygıdeğer hanımefendiyi ziyaret etmek ve Madam Grünlich'i yeniden görmek istememdi! Sanırım bu durum uzun bir yolculuğu göze almak için yeterli bir nedendir!"

Frau Buddenbrook elini tekrar Herr Permaneder'e uzattı ve içtenlikle, "Teşekkür ederim!" dedi. "Ama şimdi kızıma haber vermek gerekiyor!" diyerek ayağa kalktı ve cam kapının yanında asılı duran üstü işlemeli çıngırak kordonuna doğru yürüdü.

Herr Permaneder, "Tanrım, buna ne kadar çok sevinirim!" dedi yüksek sesle ve üstünde oturduğu koltuğu kapıya doğru çevirdi.

Frau Konsül Buddenbrook hizmetçi kızı yanına çağırarak, "Madam Grünlich'ten aşağıya inmesini rica et yavrum!" diye emretti.

Sonra yeniden kanepesine döndü, Herr Permaneder de koltuğunu yine eski yerine çevirdi.

Herr Permaneder duvar kâğıtlarına, yazı masasının üstünde duran Sèvres porseleni mürekkep hokkasına ve mobilyalara dalgın dalgın bakarak, "Ne kadar da çok sevinirim," diye tekrarladı. Sonra birkaç kez, "Tanrım, bu ne dert böyle!.. Gerçekten de can sıkıcı bir durum!" diyerek dizlerini ovaladı ve gözle görülür bir neden olmadan derin derin iç çekti. Bu durum aşağı yukarı Madam Grünlich'in gelmesine kadar sürdü.

Tony Grünlich aşağıya inmeden önce biraz süslendi, üstüne iyi oturan açık renk bir bluz giymiş, saçlarını düzeltmişti. Yüzü her zamankinden daha taze ve güzeldi. Dilinin ucunu ağzının bir köşesinde anlamlı anlamlı dolaştırıyordu.

Tony'nin içeri girmesiyle Herr Permaneder'in yerinden fırlayıp inanılmaz bir coşkuyla ona koşması bir oldu. Heyecanlı olduğu her halinden belliydi.

Tony'nin ellerini tuttu, sallamaya başladı ve yüksek sesle, "Aa, bakın hele, işte Frau Grünlich karşımda," dedi. "Merhaba! Görmeyeli nasılsınız? Neler yapıyorsunuz? Aman Tanrım, nasıl sevindim bilemezsiniz. Bizim güzel Münihimiz'i ve doğamızı hiç hatırladınız mı? Birlikte ne kadar da çok eğlenmiştik, değil mi! Tanrım, inanılır gibi değil, bak şimdi yine birlikteyiz! Kimin aklına gelirdi ki!.." Tony de onu neşeli bir biçimde selamladı ve bir sandalye çekip yanına oturdu; Münih'te geçirdikleri günler hakkında sohbet etmeye başladılar. Sohbet herhangi bir engellemeyle karşılaşılmadan sürüp gidiyordu. Frau Buddenbrook konuşmaları izliyor ve hoşlandığını belli etmek ve onu cesaretlendirmek için başını sallıyor ve arada bir de Herr Permaneder'in bazı sözlerini yazılı Almancaya çeviriyordu ve bunu her yapışında konuşulanları anlamış olmanın verdiği keyifle arkasına yaslanıyordu.

Herr Permaneder buraya gelmesinin nedenini Frau Antonie Grünlich'e de açıklamak zorunda kaldı, ancak bira fabrikasıyla ilgili işinden söz ederken, aslında bunu hiç önemsemediği öylesine belli oluyordu ki, sanki kentte yapacak hiçbir işi yokmuş sanırdı insan. Frau Buddenbrook'a ikinci kızı ve oğulları hakkında sorular sordu. Clara ve Christian'ın burada bulunmamalarına çok üzüldüğünü söyledi, çünkü ailenin tümünü yakından tanımak istemişti.

Kentte ne kadar kalacağı konusunda kesin bir şey söylemedi. Frau Buddenbrook, "Oğlum neredeyse gelir kahvaltıya, Herr Permaneder; birlikte tereyağlı ekmek yiyerek bizi sevindirmez misiniz?" diye sorunca, sanki bu soruyu bekliyormuş gibi büyük bir istekle daveti kabul etti.

Konsül Thomas Buddenbrook geldi ve kahvaltı odasının boş olduğunu gördü. Üzerinde iş kıyafeti vardı, biraz yorgundu ve işi başından aşkındı, çabucak bir şeyler atıştırmak istediğini hatırlatmak için yukarıya çıktı. Ancak saatinin kordonunda aşırı derecede süsler sallanan ve loden ceket giymiş olan konuğun alışılmadık görüntüsünü ve armonyumun üstündeki keçi tüylü şapkasını fark eder etmez, nazik bir tavırla başını kaldırdı ve Frau Antonie'nin ağzından pek çok kez duymuş olduğu isim söylenir söylenmez, kız kardeşine şöyle bir baktı ve Herr Permaneder'i son derece içten selamladı. Thomas oturmadı. Hemen Matmazel Jungmann'ın kahvaltı masasını hazırladığı ve semaverin fokurdadığı ara kata inildi. Semaver, Rahip Tiburtius ve eşinin armağan ettiği gerçek bir semaverdi.

Herr Permaneder masadaki yerine otururken masanın üzerindeki soğuk büfenin zenginliğine göz gezdirip, "Seçim yapmayı da çok kolaylaştırıyorsunuz!" dedi... Biriyle konuşurken masum bir yüz ifadesiyle Almancadaki ikinci tekil şahsın çoğul ekiyle hitap ediyordu.

Thomas Buddenbrook, "Herr Permaneder, sizin oraların ünlü birasına pek benzemese de, içimi bizim buralarınkinden daha iyidir," diyerek bu saatte kendisinin de severek içtiği kalın kahverengi köpüklü Porter marka İngiliz birasını konuğunun bardağına doldurdu.

Herr Permaneder, ağzında bir şeyler çiğneyerek, "Teşekkür ederim sayın dostum!" dedi ve Matmazel Jungmann'ın dehşetle kendisini izlediğini fark etmedi. Ancak İngiliz birasından öylesine isteksiz içiyordu ki, Frau Konsül Buddenbrook aşağı kattan bir şişe Bouteille marka kırmızı şarap getirtti ve Bavyeralı konuk canlanarak yeniden Frau Grünlich'le sohbet etmeye başladı. Göbeği yüzünden masadan oldukça uzak oturmuştu, bacaklarını iyice açıp tombul beyaz elli kısa kollarından birini sandalyenin arkalığından aşağıya sarkıtırken fok balığı bıyıklı kocaman başını biraz yana eğmiş, Tony'nin söylediklerini ve verdiği yanıtları, yüzünde insanı sinir eden bir rahatlıkla ve çekik gözlerini kırpıştırarak dinliyordu.

Tony, Herr Permaneder pek beceremediği için onun balığını ayıklamasına yardım ediyor ve bir yandan da hayatla ilgili şuradan buradan konuşmaktan geri kalmıyordu.

"Ah, Herr Permaneder, hayatta güzel ve iyi şeyler ne çabuk geçiyor!" dedi Tony, lafı Münih'e getirdi ve elindeki çatalı ve bıçağı bir an için masaya bırakıp sert bir ifadeyle bakışlarını tavanda dolaştırdı. Ayrıca arada bir de Bavyera ağzıyla konuşmayı denedi, ancak denemesi eğlenceli olduğu kadar da başarısızdı.

Yemekteyken kapı tıklatıldı ve büro işlerini öğrenen

çırak bir telgraf getirdi. Konsül Buddenbrook telgrafı okurken parmaklarını ağır ağır bıyıklarının arasında dolaştırıyordu telgraf metninin içeriği ile çok ilgilendiği belli olmasına karşın neşeli bir ses tonuyla, "İşler nasıl, Herr Permaneder?" diye sordu.

Sonra çırağa dönerek, "Tamam çocuğum!" dedi ve o da hemen oradan uzaklaştı.

Herr Permaneder, "Benim işler mi dostum?" diye yanıt verdi ve öteki kolunu da sandalyenin arkalığından aşağı sarkıtarak tüm hantallığıyla o kalın ve kaskatı boynunu Thomas'tan yana çevirdi. "Söylenecek fazla bir şey yok, ne olsun, uğraşıp gidiyoruz işte! Biliyorsunuz, Münih," Permaneder kendi memleketinin adını öyle bir biçimde söylüyordu ki, neyi kastettiğini insan sadece tahmin edebilirdi, "Münih bir iş kenti değil... Herkes rahatını ve birasını düşünüyor... Öyle yemekte telgraf filan okumazlar bizim orada... Lanet olsun, orada değişik bir çalışma biçimi var!.. Teşekkür ederim, bir kadeh daha alırım. Maalesef böyle işte! Ortağım Noppe hep Nürnberg'e gitmek istemiştir; çünkü orada hem borsa var hem de girişimci ruh... Ama ben Münihimiz'i bırakamam... Bu asla mümkün değil! Zor bir durum!.. Bir kere her yerde abuk sabuk rekabet türedi... ve ihracat da acınacak durumda... Yakında Ruslar bile şerbetçiotu yetiştirmeye başlayacaklar..."

Permaneder, Konsül Buddenbrook'a şöyle bir baktı ve, "Aslında benim yakınacak bir durumum yok, dostum," dedi. "İşlerimiz oldukça iyi sayılır! Sizin de bildiğiniz gibi Niederpaur'un müdürlüğünü yaptığı çok ortaklı bira fabrikasından oldukça iyi para kazanıyoruz. Burası önce çok az ortaklı bir işletmeydi, ancak biz onlara kredi ve peşin para verdik... yüzde dört faizle ve ipotek etme koşuluyla... binalarını büyütebilsinler diye. Ama şimdi işe dört elle sarılıyorlar ve yıllık satışımız ve gelirimiz örtüşüyor sayılır!" diyerek sözünü bitirdi. Kendisine sunulan sigara ve puroları nazik bir biçimde geri çevirdi ve izin isteyerek cebinden çıkardığı boynuz başlı uzunca piposunu yakıp çevresini duman içinde bırakarak Konsül Buddenbrook'la bir iş sohbetine başladı, sohbet daha sonra siyasi konulara kaydı ve Herr Permaneder, Bavyera ve Prusya ilişkilerinden, Kral Maximillian ve İmparator Napoléon'dan söz açtı. Konuşmasının bazı yerlerinde hiç anlaşılmayan deyimler kullanıyor ve konuşma içinde yaptığı duraksamalarda anlaşılmaz bir nedenle iç çekerek, "Tanrım, bu nasıl bir koşuşturmadır!" ya da, "İşte böyle bir sürü hikâye!" gibi şeyler söylüyordu...

Matmazel Jungmann şaşkınlıktan ağzındaki lokmayı çiğnemeyi unutmuş, hiç ses çıkarmadan o parlak kahverengi gözleriyle yabancı konuğun yüzüne bakıyordu; alışkanlığından masanın üstüne hep dikey olarak tuttuğu çatal ve bıçağı hafifçe ileri geri oynatıyordu. Böyle bir konuşma biçimine bu evde hiç tanık olmamışlardı, bu eve hiç böylesine pipo kokusu yayılmamıştı, böylesine vurdumduymaz ve patavatsız patavatsız konuşan bir konuğu daha önce hiç görmemişlerdi. Frau Konsül Buddenbrook, küçücük bir Protestan cemaatinin Katolikler arasında uğradığı dışlanma konusunda endişelerini dile getirerek bilgi aldıktan sonra, dostça bir tavırla konuyla ilgili görüşlerini ısrarla vurguladı, Tony'nin yemek süresince dalgın ve tedirgin hali gözlerden kaçmıyordu. Ama Konsül Thomas Buddenbrook çok keyifliydi, hatta annesini bir şişe daha kırmızı şarap getirtmeye razı etti ve Herr Parmaneder'i Breiten Caddesi'ndeki evine davet ederek, eşinin kendisini tanımaktan çok memnun olacağını söyledi.

Şerbetçiotu tüccarı tam üç saat sonra gitme hazırlıklarına başladı, piposunu boşalttı, bardağındaki şarabı bitirdi, dizlerini ovalayarak, "Lanet olsun!" dedi ve ayağa kalktı.

"Sizleri tanımış olmaktan büyük onur duydum, saygıdeğer Hanımefendi... Hoşça kalın. Hoşça kalın Frau Grünlich, hoşça kalın Herr Buddenbrook... İyi günler Matmazel." Onun bu sözlerini duyan Ida Jungmann dehşet içinde yerinden fırladı. Yüzü sapsarı kesilmişti. Herr Permaneder, odadan dışarı çıkmak üzereyken kendisine, "İyi günler," demişti!..

Frau Konsül Buddenbrook ve oğlu birbirlerinin yüzüne baktı. Herr Permaneder, Trave Irmağı kıyısındaki mütevazı bir otelde kaldığını ve şimdi oraya gideceğini söylemişti.

Yaşlı Frau Konsül Buddenbrook, Herr Permaneder'e yaklaşarak, "Kızımın Münihli arkadaşı ve kocası buraya çok uzak... Yakın zamanda gösterdikleri konukseverliğin karşılığını verme fırsatı bulacağımızı sanmıyorum. Ama siz, sevgili Permaneder, güzel şehrimizde kaldığınız sürece bizde kalırsanız bizi çok sevindirmiş olursunuz... Sizi bütün içtenliğimizle konuk etmek isterdik..."

Frau Konsül ona elini uzattı ve Herr Permaneder daveti hemen kabul etti; daha önce kahvaltı teklifini kabul edişi gibi yine hemen ve sanki dünden razıymış gibi her iki kadının elini öpüp Doğa Manzaralı Tablolar Odası'na bıraktığı şapkasını ve bastonunu aldıktan sonra, valizini göndertip kentteki işlerini de bitirince saat dörtte yine burada olacağına söz verdi. Thomas Buddenbrook onunla birlikte kapıya kadar indi.

Çıkış kapısında durdu, bir kere daha geriye döndü ve coşku dolu bakışlarla başını sallayarak Bavyera lehçesiyle, "Söylediklerime alınmayın sevgili dostum," dedi. Ama çok yaman bir kız kardeşiniz var! Hoşça kalın, Tanrı sizi korusun!" Sonra başını sallaya sallaya uzaklaştı.

Konsül Buddenbrook yeniden yukarı çıkıp hanımlara bakmadan edemedi. Ida Jungmann, koridora açılan odalardan birini Münihli konuk için hazırlamak üzere elinde yatak çarşaflarıyla koşuşturmaya başlamıştı bile.

Frau Konsül hâlâ kahvaltı masasında oturuyordu, açık renkli gözlerini tavandaki bir noktaya dikmiş, beyaz parmaklarıyla sofra örtüsüne hafif hafif vuruyordu. Pencerenin kenarında oturmakta olan Tony, kollarını kavuşturmuş, sağına soluna bakmadan ileriyi seyrediyordu, bakışlarında ciddiyet ve biraz da sert bir anlatım vardı. Odada bir sessizlik oldu.

Thomas Buddenbrook kapının eşiğinde dururken üstünde troyka resmi bulunan tabakasından bir sigara aldı ve, "Peki, şimdi ne olacak?" diye sordu. Gülmekten omuzları inip kalkıyordu.

Frau Konsül, "Hoş bir adam," diye yanıt verdi sessizce.

"Ben de tıpkı sizin gibi düşünüyorum!" dedi Thomas Buddenbrook; ne düşündüğünü gerçekten öğrenmek istermiş gibi, çabucak ve alaylı bir yüz ifadesiyle kız kardeşine döndü. Ama Tony yanıt vermedi, hep ileri doğru bakıyordu.

Frau Konsül biraz da kaygıyla, "Ama ikide bir söylediği şu 'lanet olsun' sözlerini bir bıraksa çok iyi olur, Tom," diye devam etti. "Anladığım kadarıyla, bir biçimde Kutsal Ruh'tan ve kutsal haçtan yakınıyor..."

"Ah, bunun bir önemi yok anne. Kötü bir düşüncesi yok bunu söylerken..."

"Ama Tom, davranışlarında biraz kabalık yok mu, ne dersin?"

Konsül Buddenbrook, "Evet, ama Güney Almanyalılar böyledir işte!" dedi. Sigarasının dumanını odanın içine doğru üfleyerek annesine gülümsedi ve bakışlarını gizli gizli Tony'nin üstünde yoğunlaştırdı. Frau Konsül bunun farkında bile olmadı.

"Tom, bugün Gerda'yla birlikte bize yemeğe geliyorsun, tamam mı? Bunu benim hatırım için yap."

"Seve seve anneciğim, büyük bir memnuniyetle. Doğruyu söylemek gerekirse, konuğumuzun evimizi ziyaret etmesi çok eğlenceli olacak. Sen de böyle düşünmüyor musun? Senin o din adamları konuklarından daha farklı bir adam..."

"Herkesin düşüncesi kendine Tom."

"Tamam anne. Anlaştık. Şimdi gidiyorum," dedi ve kapının tokmağını tuttu. Tony'ye dönerek, "Adamın üstünde müthiş bir etki bırakmışsın! Bundan yana hiç kuşkun olmasın! Onu geçirirken aşağıda bana ne dediğini biliyor musun? 'Yaman bir kız kardeşin var,' dedi. Onun söylediklerini söylüyorum sana..."

Frau Grünlich bunun üzerine yüzünü kardeşine çevirdi ve yüksek sesle, "Pekâlâ, Tom... bana bunları anlatıyorsun... o bunları bana aktarmanı sana yasaklamadı elbette," dedi. "Ama senin bunları bana aktarmanın uygun olup olmadığını pek kestiremeyeceğim. Ama şunu biliyorum ve açıkça söylüyorum ki, hayatta önemli olan, bir şeylerin nasıl söylendiği değil, gerçekten ne kastedildiği ve ne hissedildiğidir. Sen Herr Permaneder'i sözlerinle alaya alsan, onunla dalga geçsen de..."

"Kimi alaya almışım ben? Kiminle dalga geçmişim? Tony, böyle bir şey benim aklımdan bile geçmedi! Nereden çıkarıyorsun bunları!.."

Frau Konsül oğluna sert ve ciddi gözlerle bakarak, "Yeter Tom!" dedi. Kız kardeşine sataşmayı bırak artık, demek ister gibiydi.

Thomas Buddenbrook, "Bak, darılmak yok Tony!" dedi. "Seni kızdırmak istememiştim. Şimdi izin ver gideyim de, Permaneder'in valizini almak üzere siloda çalışanlardan birini otele göndereyim... Hoşça kal!"

# 5

Herr Permaneder, Meng Caddesi'ne yerleşti ve ertesi gün Thomas Buddenbrook ve eşiyle birlikte yemek yedi. Perşembeye rastlayan üçüncü gün de Justus Kröger ve eşiyle, Gotthold amcanın Breiten Caddesi'nde oturan eşi ve kızlarıyla –onu çok gülünç bulmuşlardı–, ona oldukça sert davranan Sesemi Weichbrodt'la, zavallı yeğen Klothilde ve bir kesekâğıdı dolusu Gutzel bonbon şekeri verdiği küçük Erika'yla tanıştı.

Herr Permaneder inanılmaz derecede keyifliydi, rahatına düşkünlüğünü açığa vurmaktan başka bir anlam taşımayan, can sıkıcı iç çekişleri, piposu, tuhaf tuhaf konuşması, yemeklerden sonra saatlerce koltuğuna oturarak piposunu tüttürüp içkisini yudumlarken bir yandan da çene çalmasıyla Buddenbrook'ların sessiz aile yaşamına bütünüyle yeni ve alışılmamış bir hava getirmişti, bu soylu eve hiçbir bakımdan yakışmadığı halde mevcut alışkanlıklarının hiçbirini değiştirmiyordu. Sabah ve akşam dualarının hiçbirini kaçırmıyordu. Frau Konsül'ün pazar okulunu görmek için izin istemişti ve hatta hanımlarla tanışmak için kısa bir süre "Kudüs Geceleri"ne bile katılmıştı; ama Lea Gerhardt okumaya başlayınca, dehşet içinde kalarak sessizce salondan sıvışmıştı.

Kentte adı çok çabuk duyuldu. Büyük tüccarların evlerinde herkes merakla Buddenbrook'ların bu Bavyeralı konuğundan söz ediyordu; ama onun ne tüccar aileleriyle ve ne de borsayla ilişkisi vardı. Mevsim epeyce ilerleyip kentin ileri gelen ailelerin büyük bir kısmı denize tatile gittiği için, Konsül de Herr Permaneder'i yüksek sosyeteye tanıtma düşüncesinden vazgeçti, fırsat buldukça konuğuyla kendisi ilgileniyordu. Bütün büro işlerine ve kentteki görevlerine rağmen, Konsül Buddenbrook konuğuna zaman ayırarak şehri gezdiriyor, ortaçağdan kalma görülmeye değer yerleri, kiliseleri, kale kapılarını, çeşmeleri ve fıskıyeleri, pazaryerini, Belediye Sarayı'nı ve Gemiciler Birliği Lokali'ni gösteriyor ve onu şu ya da bu şekilde eğlendiriyor, borsadaki yakın dostlarıyla tanıştırıyordu...

Annesi Frau Konsül Buddenbrook oğlunun bu konukseverliğini büyük bir şükran duygusuyla karşıladığını belirtince, Thomas kuru bir sesle, "Ne yapalım anne, yapmam gerekeni yapıyorum," dedi.

Onun bu yanıtını Frau Konsül duymazdan geldi, öyle ki gülümsemek şöyle dursun gözkapaklarını bile kıpırdatmadı; tersine açık renkli gözlerini sessizce yana doğru kaydırdı ve bir başka konuyla ilgili soruya geçti...

Frau Konsül Buddenbrook konuğu Herr Permaneder'e karşı oğlu Thomas gibi içten bir dostluk besliyordu, ama kızının aynı şeyi duyduğu söylenemezdi. Şerbetçiotu tüccarı, perşembe günleri düzenlenen "Çocuk Günleri"nden ikisine katılmıştı – gelişinin üçüncü ya da dördüncü gününde buradaki bira fabrikasıyla olan işini bitirdiğini laf arasında söylemesine rağmen, o günden sonra bir buçuk hafta daha geçmişti. Frau Grünlich perşembe akşamları toplantısında onun konuşması ve davranışları sırasında aile çevresine, Justus amcaya, yeğenleri olan o geveze kızlara ya da erkek kardeşi Thomas'a kaçamak ve ürkek bakışlarla bakmış, yüzü kıpkırmızı olmuş, her tarafı kaskatı kesilmiş ve hiç konuşmadan dakikalarca orada öylece durmuş ve hatta odayı terk etmek zorunda kalmıştı.

Frau Grünlich'in ikinci kattaki yatak odasının yeşil tül perdeleri, pırıl pırıl bir haziran gecesinin ılık nefesiyle hafif hafif kımıldıyordu, çünkü her iki pencere de açıktı. Süslü karyolanın yanı başındaki komodinin üstünde duran ve içi yarıya kadar yağ dolu çok fitilli bir kandil, gri keten kılıflı yüksek arkalıklı koltuk takımlarının yer aldığı büyük odaya cılız ve solgun bir ışık veriyordu. Frau Grünlich yatağına uzanmıştı. Sevimli başını, uçlarına dantel geçirilmiş yumuşacık yastıklara gömmüş ve ellerini yorganın üstüne koyup kenetlemişti. Ama gözleri, kapanamayacak kadar düşünceli gözleri, upuzun gövdesiyle yanan kandilin çevresinde kanat çırparak sessiz sessiz dönüp duran kocaman bir böceğin hareketlerini izliyordu. Karyolanın yanındaki duvarda, şehrin Ortaçağ'daki durumunu gösteren bakıra işlenmiş iki eski resim arasında ve bir çerçeve içinde şu özdeyiş yer alıyordu: "Kendini Efendimiz'e emanet et." Ama gece yarısı açık gözlerle yatakta yatarken karar vermek, yalnız başına ve hiç kimsenin bir öğüdüne başvurmaksızın kendi yaşamı üzerine evet ya da hayır demek zorundayken bu özlü sözler insanı avutabilir mi?

İçerisi çok sessizdi. Duvardaki saatin tik takları ile Tony'nin yatak odasını kapı perdeleriyle ayıran yan odadan, Matmazel Jungmann'ın hafif öksürük sesleri duyuluyordu yalnızca. Burası hâlâ aydınlıktı. Bu sadık Prusyalı yaşlı kız asma lambanın ışığı altında hâlâ masanın başında oturuyor ve mışıl mışıl uyuyan küçük Erika'nın çoraplarını yamıyordu; Sesemi Weichbrodt'un yatılı öğrencileri yaz tatilinde olduğundan Erika da Meng Caddesi'ne, evlerine dönmüştü.

Frau Grünlich derin bir iç çekişle yataktan hafifçe doğruldu ve başını eline dayadı.

"Ida!" diye seslendi yavaşça. "Daha yatmadın mı? Çorap mı yamıyorsun hâlâ?"

Ida'nın, "Evet Tony'ciğim, güzelim," dediği duyuldu... "Hadi uyu artık, yarın sabah erkenden kalkman gerekiyor, yoksa uykunu alamazsın."

"Tamam, Ida'cığım... beni sabah altıda uyandırırsın, oldu mu?"

"Altı buçuk bile çok erken olur Tony'ciğim. Araba saat

sekizde gelecek. Hadi artık uyu da sabahleyin taptaze ve dinlenmiş olarak kalk..."

"Ama bir türlü uyuyamıyorum!"

"Hey, hey güzelim, bak bu hiç doğru değil; yarın Schwartau'da yorgunluktan bitkin mi düşmek istiyorsun? Yedi yudum su iç, sonra sağa dönüp yat ve bine kadar say..."

"Ah Ida, biraz yanıma gelsene! Uyuyamıyorum, diyorum sana, öyle çok şey geliyor ki aklıma, başım çatlayacak gibi ağrıyor... Bak, sanırım ateşim var, herhalde midem yine başladı ya da kansız kaldım; şakaklarımdaki damarlar öyle şişti ki, fena halde zonkluyor ve çok ağrı veriyor..."

Bir sandalye çekildi ve modası geçmiş kahverengi bir elbise giymiş olan Ida Jungmann'ın kemikli ve iri bedeni kapı perdelerinin arasında belirdi.

"Ah Tony'ciğim ah, ateşin mi var yoksa? Dur bir bakayım, güzelim... bir kompres yapalım önce..."

Ida Jungmann uzun ve sağlam adımlarla ve bir erkek edasıyla yürüyerek komodinin yanına geldi, bir mendil alıp leğende ıslattı ve daha sonra yatağın yanına gelip ıslak mendili dikkatlice Tony'nin alnına koydu. Tony ıslak bezin üstüne elleriyle birkaç kez bastırarak ovaladı.

"Teşekkür ederim Ida, çok iyi geldi... Ama biraz yanıma, yatağımın kenarına otursana, benim iyi kalpli Ida'cığım. Gördüğün gibi hep yarın sabahı düşünüyorum... Ne yapsam bilmem ki? Kafamın içinde her şey dönüp duruyor."

Ida yatağın kenarına oturdu, dikiş iğnesini ve yama yumurtasına geçirilmiş çorabı eline aldı, ortadan ikiye ayrılarak taranmış kır saçlı başını öne eğerek yorulmak bilmeyen kahverengi parlak gözlerini yama işinden ayırmaksızın, "Ne dersin, yarın sana teklif edecek mi?" diye sordu.

"Evet, bundan yüzde yüz eminim, Ida! Hiç kuşkum yok. O bu fırsatı kaçırmayacaktır. Clara'nınki nasıl olmuştu? O da böyle bir gezintide... ama ben bundan kaçınabilirim. Ötekilerin yanından hiç ayrılmam ve onu kendime yaklaştırmam... böylece her şey bitmiş olur! Zaten öbür gün yola çıkmış olacak, öyle söyledi bana. Yarın bir şeyler olmazsa burada daha fazla kalamaz... yarın kesin bir yanıt vermek 'zorundayım'... Ama yarın bana teklifte bulunursa ne yanıt vereyim ona? Ida, sen hiç evlenmedin ve bu yüzden yaşamın bu yanını bilemezsin, ama dürüst ve akıllı bir kadınsın, üstelik kırk iki yaşındasın. Bana bir akıl veremez misin? Buna öyle çok ihtiyacım var ki..."

Ida Jungmann elindeki çorabı kucağına bıraktı.

"Evet, evet Tony'ciğim, bunu ben de çok düşündüm, ama sana verecek bir öğüt de bulamadım güzelim. Seninle ve annenle konuşmadan kesinlikle bir yere gitmez o ve eğer sen onu istemiyorsan buradan hemen uzaklaştırman gerekirdi..."

"Çok haklısın Ida; ama bunu yapamadım, çünkü sonuçta istiyorum da! Geri dönebilirim, vakit geçmedi daha diye düşünmekten kendimi alamıyorum. Böyle olunca da kararsızlık içinde yatağa uzanıp acı çekiyorum..."

"Tony'ciğim, ondan hoşlanıyor musun? Doğruyu söyle bana!"

"Evet, Ida. Bunu inkâr edecek olursam yalan söylemiş olurum. Gerçi güzel bir erkek değil, ama evlilikte bunun pek de önemi yok. Çok iyi bir adam, kötülük nedir bilmiyor, inan bana doğru söylüyorum. Grünlich'i aklıma getirince... aman Tanrım! Çok çalışkan ve akıllı biri olduğunu söylerdi hep ve sahtekârlıklarını pek de güzel örtbas ederdi... Herr Permaneder öyle biri değil. O böyle şeyler yapamayacak kadar rahatına düşkün ve yaşama güzel yönleriyle bakan bir insan; gerçi bu da bir kusur, çünkü bu yolla hiçbir zaman milyoner olamayacaktır, oysa bunu istemiyor da değil; Güney'de söylendiği gibi yavaş yavaş filizlenmeye ve zengin biri olmaya istekli görünüyor... ama Güney'in insanları hep böyle oluyor, sana söylemek istediğim de işte bu, Ida. Çünkü Münih'te ona benzeyen ve onun gibi konuşan arkadaşları ve hemşehrileri arasında onu görünce çok sevmiştim, çok sevimli ve iyi yürekli bulmuştum. Bu duygunun karşılıklı olduğunu da hemen fark ettim, ama korktuğum şey, beni varlıklı bir kadın, olduğumdan çok daha varlıklı kadın sanıyor olması. Bildiğin gibi annem bana çok fazla drahoma veremez. Ama bunu önemseyeceğini sanmıyorum, bundan hiç kuşkum yok. Bol paranın onun için hiçbir önemi yok... söylemek istediğimin hepsi bu işte Ida'cığım. Daha başka ne söylememi istersin?"

"Münih'te belki böyle Tony'ciğim, ama burada?"

"Evet Ida, ama burada! Ne söylemek istediğimin farkındasın. Burada, kendi çevresinden çok uzaklarda olan bu yerde, insanların daha başka, daha titiz, daha hırslı ve onuruna düşkün olduğu kentimizde... burada onun yüzünden sık sık utanmak zorunda kaldığımı senden saklayamam, ben açık yürekli bir kadınım, Ida. Bunun kötü bir şey olmadığını bildiğim halde, kendi çevremde onun varlığından utanıyorum! Bak dinle... konuşma sırasında 'beni' yerine 'bana' dediğine sık sık tanık oldum. Güney'de böyle şeyler olur Ida, böyle şeyler sıkça duyulur oralarda. En kültürlü kişiler bile keyifli anlarında bu tür konuşma yanlışlıkları yaparlar, ama orada bu hiç kimseyi rahatsız etmez, bunu hiç kimse umursamaz ve duyunca da hiç kimse buna şaşırmaz. Ama bizim burada öyle değil, Permaneder, Bavyeralı lehçesiyle konuşurken annemin yandan bir süzüşü var ki; Tom da kaşlarını kaldırıyor... Justus amca aniden irkiliyor ve Kröger'lerin hep yaptığı gibi gülmemek için eliyle ağzını kapatmak zorunda kalıyor. Pfiffi Buddenbrook yüzünü annesine ya da Friederike ya da Henriette'ye çeviriyor. Öyle çok utanıyorum ki, hemen odadan kaçmak istiyorum, onunla evlenmeyi düşünemiyorum..."

"Aman sen de Tony! Nasıl olsa Münih'te oturacaksın."

"Haklısın Ida. Ama önce nişan yapılacak ve nişan için bir kutlama töreni düzenlenecek; bir düşünsene, onun kaba saba konuşmaları yüzünden kendi ailemin, Kistenmaker'lerin, Möllendorpf'ların ve diğer konukların önünde yüzüm hep yerde olacak... ah, Grünlich ondan çok daha kibardı, ama Herr Stengel'in sıkça söylediği gibi, iç dünyası kirliydi. Ida, başım yerinden fırlayacak gibi oluyor, ıslak bezle biraz kompres yap lütfen."

Tony ıslak bezi alnında hissedip derin bir soluk aldıktan sonra, "Nasıl olsa bu evlilik gerçekleşecek," dedi. "Gerçek olan şu ki, ben boşanmış bir kadın olarak yeniden evlenip burada daha fazla kalamam... Ah Ida, bu günlerde geçmişle ilgili öyle çok şey anımsıyorum ki... Grünlich'in evimize geldiği ilk günü, benimle yaptığı o utanç verici tartışmayı –Tanrım, ne büyük rezaletti öyle–, sonra Travemünde'yi ve Schwarzkopf'ların yanında geçirdiğim günleri..." Tony yavaş yavaş konuşuyordu, hülyalı bakışlarla bir an için Erika'nın çorabındaki yama yerine daldı. "Sonra nişanlanışımız ve evlenmemiz, Eimsbüttel'deki evimiz... bilsen ne kadar da güzel bir evdi Ida. Giydiğim sabahlıkları anımsadıkça... Permaneder'le böyle bir yaşamım olamaz; hayat insanı ne kadar da mütevazılaştırıyor Ida – sonra doktorum Klaassen, kızım Erika'nın doğumu ve Banker Kesselmeyer... ve her şeyin sonu – çok korkunçtu Ida, sen bunu anlayamazsın. Başından böyle korkunç şeyler geçmiş insan anlayabilir bunları yalnızca... ama Herr Permaneder'in kirli işlere bulaşmayacağından eminim, böyle kirli işler çevirmek onun hiç yapamayacağı şeydir; iş ilişkilerinde güven veren bir kişiliği var, Noppe ile Niederpaur bira fabrikası ortaklığından oldukça iyi kazandığına gerçekten inanıyorum. Onun karısı olunca, göreceksin Ida'cığım, onun daha hırslı olmasına ve ekonomik yönden daha ileri gitmemiz için çaba göstermesine dikkat edeciğim ve hepimizin onurlu bir yaşam düzeyine ulaşmasını sağlayacağım; Buddenbrook'lardan biriyle evlenen bir insan, böyle bir sorumluluğu da yüklenmiş olur!"

Tony ellerini başının altında kavuşturdu ve bakışlarını tavana çevirdi.

"Evet, geriye dönüp bakıyorum da, Grünlich'le tam on yıl önce evlenmiştim. On yıl! Şimdi yine evlenmenin eşiğindeyim ve yine bir erkeğe 'evet' diyeceğim. Biliyor musun Ida, hayat ne kadar ciddi!.. Ama o günle bugün arasında büyük bir fark var, o zaman evde büyük gürültü koparılmıştı, evet demem için herkes beni zorluyor ve bana eziyet ediyordu: Oysa şimdi hepsi çok sessiz davranıyor, işime karışmıyorlar, kuşkusuz evet diyeceğimi umuyorlar. Ida'cığım, şunu bilmen gerekir ki, benim Alois'le evlenmemin –bak şimdiden başladım Alois demeye, nasıl olsa onu bu adla çağıracağım– sevindirici ve mutlu edici bir yanı olamaz. Söz konusu olan aslında benim mutluluğum değil, ikinci kez evlenmekle ilk evliliğimin kötü izlerini silmek ve ailemizin üzerine sürülen lekeyi temizlemek istiyorum yalnızca, ailemizin adını temize çıkarmak için bunu yapmak zorundayım. Annem böyle düşünüyor, Tom da..."

"Yapma Tony'ciğim! Eğer onu istemiyorsan, onun seni mutlu edemeyeceğini düşünüyorsan..."

"Ida, ben hayatı tanıdım artık, aptal bir kız değilim ve kafam da çalışıyor. Annem... annem bu konuda beni zorlamayacaktır, çünkü o böyle karışık durumlardan kaçınır ve hemen 'yeter' diye keser. Ama Tom istiyor bunun olmasını. Sen Tom'u benim kadar iyi tanımazsın! Tom'un ne düşündüğünü biliyor musun? Ona göre herkes, adı kötüye çıkmamış herkes kocam olabilir! Çünkü bu kez yüklü bir drahoma verilmeyecek, bu ikinci evlilik o yüz karası birinci evliliğin kötü etkisini silmek için yapılacak yalnızca. İşte o böyle düşünüyor. Permaneder buraya gelir gelmez, Tom onun iş durumuyla ilgili sessizce bilgi topladı, edindiği bilgilerin doğruluğundan ve güvenirliliğinden iyice emin olduğu için bu evliliğin gerçekleşmesini istiyor... Tom tam bir politikacıdır ve ne istediğini çok iyi bilir. Christian'ı kapının önüne koyuveren kim?.. Bunun çok sert bir ifade olduğunu biliyorum, ama gerçek bu işte. Peki, bunu neden yaptı? Şirket ve ailenin adını kirletiyor diye. Ona göre ben de yapıyorum bunu Ida. Eylem ve sözle değil, eşinden boşanmış bir kadın olduğum için. O bu duruma bir son verilsin istiyor, böyle düşünmekle haklı da. Bundan dolayı onu daha az seviyor değilim ve bunun karşılıklı olduğunu da sanmıyorum. Ben de bütün bu yıllar boyunca yeni bir hayata başlamanın özlemini çekmiş biriyim, çünkü evde, annemin yanında sıkıntıdan patlıyorum, böyle düşünmem günahsa, Tanrı benim cezamı versin. Ama ben otuzuna daha yeni ayak bastım ve kendimi genç hissediyorum. Ida, hayatta herkesin kısmeti başkadır, senin saçların otuzunda ağarmıştı, bu ailenizden gelen bir özellik olmalı, hıçkırık krizinden ölen amcan Prahl..."

Tony o gece daha pek çok görüş dile getirdi ve arada bir de, "Bu iş eninde sonunda olacak," dedikten sonra beş saat sürecek rahat ve derin bir uykuya daldı.

## 6

Kentin üzerine yoğun bir sis çökmüştü; ama Johannis Caddesi'den gelen Herr Longuet, arabayı saat sekizde Meng Caddesi'ndeki evin önüne yanaştırıp, "Bir saate kadar güneş çıkar," deyince herkes rahatladı.

Frau Konsül, Antonie, Herr Permaneder, Erika ve Ida

Jungmann hep birlikte kahvaltı ettikten sonra büyük salona geçtiler, Gerda ve Tom'un gelmesini bekliyorlardı. Krem rengi bir elbise giymiş ve çenesinin altına ipekten bir boyunbağı takmış olan Frau Grünlich, gece çok az uyumuş olmasına karşın güzelliğiyle göz kamaştırıyordu. Kararsız hali ve kendi kendisini sorgulaması bir son bulmuşa benziyordu, konuklarıyla konuşma sırasında bir yandan da ince eldivenlerini iliklerken, tavırları çok sakindi, kendinden emin ve neredeyse neşeli bir hali vardı... eski günlerdeki neşesine yine kavuşmuş gibiydi. Önemsenme duygusu, vermek zorunda olduğu kararın anlamı ve kendisine büyük sorumluluk yükleyecek olan günün yeniden gelmiş olması, vereceği bu ciddi kararla aile kütüğüne yeniden gireceği bilinci onu heyecanlandırıyor ve yüreği küt küt atıyordu. Yapmayı düşündüğü ikinci evlilik bu gece yarısı rüyasına girmiş ve aile kütüğünde kendine ayrılan yeri, kendi adının geçtiği sütunu görmüştü... Defterin sayfalarından o kara lekeyi silip yok edeceği gerçeği onu çok sevindiriyor ve heyecanla Tom'un gelmesini ve ona "evet" kararını bildireceği ânı bekliyordu.

Genç Frau Buddenbrook, sabahın bu saatinde hazırlanmaya hiç alışık olmadığı için Konsül ve eşi biraz geç geldiler. Geniş yakalarının altından yazlık yeleğinin kenarları görünen açık kahverengi ve küçük kareli elbisesiyle Thomas Buddenbrook çok şık ve neşeli görünüyordu. Tony'nin son derece neşeli halini görünce, gözlerinin içi güldü. Ama görümcesinin sağlıklı ve neşeli görünüşünün aksine, tuhaf tuhaf bakan ve sağlıksız bir güzelliğe sahip olan Gerda, pazar gezmelerinden hiç hoşlanmıyordu. Belki uykusunu alamamıştı. Koyu leylak rengi robu ve gür kızıl saçları tuhaf bir uyum oluşturuyor, cildinin rengini daha da beyaz ve solgun gösteriyordu. Birbirine yakın kahverengi gözlerinin çevresinde her zamankinden daha da mavi gölgeler oluşmuştu... Alnını soğuk bir tavırla önce kayınvalidesine uzattı öpsün diye, daha sonra da oldukça alaylı bir ifadeyle Herr Permaneder'in elini sıktı. Frau Grünlich onun yüzüne bakıp ellerini çırparak, "Ah Gerda, bugün yine 'güzelliğin' üstünde!" deyince, reddedici bir gülümsemeyle yanıt verdi ona.

Gerda Buddenbrook bugün yapılması kararlaştırılan böyle gezilerden hiç hoşlanmıyordu: hele yazları ve özellikle de pazar günleri yapılanlardan. Perdeleri çoğu kez kapalı olan evinin loş karanlığında oturan ve çok az sokağa çıkan Gerda, güneşten, tozdan, pazar giysilerini giymiş küçük burjuva insanından, kahve, bira ve tütün kokusundan mümkün olduğunca sakınıyor, aşırı yorulmaktan ve sağlığının bozulmasından çok korkuyordu. Münihli konuk kentin civarını biraz görsün, diye Schwartau'a ve Riesebusch'a bir gezinti yapılması kararlaştırılınca, eşi Thomas'a söz arasında, "Sevgili dostum, günlerimi rahat ve kendi halimde geçirmek istediğimi bilirsin," demişti. "Ne yapayım, Tanrı beni böyle yaratmış işte... Yorgunluk ve hava değişikliği hiç iyi gelmiyor bana. Herhalde beni bağışlarsınız, değil mi?.."

Gerda, böyle durumlarda sözünün geçmeyeceğinden emin olmasaydı herhalde Thomas'la evlenmeyi düşünmezdi.

"Evet sevgili Gerda'cığım, haklısın elbette. İnsanın bu tür gezilerde eğlendiğini söylemesi yalnızca bir kuruntu olsa gerek... Ama başkalarının yanında ve kendi kendine tuhaf bir görüntü sergilememek için yine de katlanılır. Böyle şeylere herkes dikkat eder, sen de etmelisin, öyle değil mi?.. Yoksa insan yalnızlığa düşer, mutsuz olur ve saygınlığını yitirir. Sonra şu da var Gerda'cığım: Herr Permaneder'e biraz güler yüzlü davranmamız için hepimizin haklı nedeni var. Durumu anlamış olduğundan kuşkum yok. Güzel bir gelişme oluyor... Bu fırsatı kaçırırsak gerçekten çok yazık olur..."

"Bu geziye benim de katılmamın neden bu kadar gerekli olduğunu bir türlü anlayamıyorum, sevgili dostum... ama sen istediğin için geleyim, hiç istemediğim bu geziye katlanayım bari."

"Sana gerçekten müteşekkir kalacağım."

Hep birlikte sokağa çıktılar. Güneş, sabahın sisini dağıtmaya başlamıştı gerçekten. Meryem Ana Kilisesi'nin pazar çanları çalıyor ve kuş cıvıltıları havayı dolduruyordu. Arabacı, şapkasını eline aldı ve Frau Buddenbrook, Thomas'ın şaşkın bakışları altında son derece dostça bir şekilde, "Günaydın, sevgili dostum!" diye selamladı onu. "Haydi, binelim artık dostlarım! Sabah duası için gerçi vakit var, ama bugün Tanrı'yı, sahibi olduğu özgür doğanın içinde ve yüreklerimizle yüceltelim... Öyle değil mi, Herr Permaneder?"

"Peki, Frau Konsül."

Her iki sac basamaktan geçerek arka kapıdan on iki kişilik arabaya bindiler ve Herr Permaneder için hazırlandığı anlaşılan mavi beyaz desenli koltukların üstüne oturdular. Sonra kapı kapandı ve Herr Longuet ağzını şapırdatarak "ho"... "hü" sesleriyle kamçıyı bastı. İriyarı kahverengi atlar harekete geçti ve arabanın tekerlekleri Meng Caddesi'nden aşağıya dönmeye başladı. Trave Irmağı boyunca ilerlediler, kent surlarının önünden geçtiler ve daha sonra sağa dönerek Schwartau yoluna yöneldiler.

Tarlalar, çayırlıklar, ağaçlıklar ve çiftlikler geçildi. Gittikçe yükselen ve incelen mavi sis bulutlarının arasında tarlakuşu sesleri duyuluyordu. Sigarasını tüttüren Thomas, buğday tarlalarının arasından geçerlerken, ekinlere dikkatle bakıyor ve Herr Permaneder'e de gösteriyordu. Şerbetçiotu tüccarı, genç bir delikanlı kadar neşeliydi, keçi tüyü iliştirilmiş şapkasını biraz öne doğru eğmiş, kocaman boynuz saplı bastonunu beyaz ve geniş avuçlarıyla altdudağının üstünde tutmaya çalışarak bir sanat gösterisi sunmaya çalışıyor ve bunu hiç beceremediği halde küçük Erika tarafından sık sık alkışlanıyordu.

"Dağın zirvesi çok yüksek değil, ama biraz tırmanmak gerekecek; soluk soluğa kalıp biraz terleyeceğiz, ama buna değecek, göreceksiniz, çok eğleneceğiz. Geliyorsunuz değil mi, Frau Grünlich?"

Herr Permaneder, daha sonra sırtında çanta ve elinde sivri uçlu bir kazmayla heyecanla dağlarda yaptığı gezintileri anlatmaya başladı. Frau Konsül onu dinlerken birkaç defa, "Teşekkür ederim!" diyerek hayranlığını dile getirirken çok neşeli bir beyefendi olduğunu duyduğu Christian'ın bulunmamasına çok üzüldüğünü söyledi.

"Farklı bir kişiliği var," dedi Konsül Buddenbrook, "ama böyle durumlarda onsuz da olmuyor gerçekten." Daha sonra büyük bir keyifle, "Herr Permaneder, ıstakoz yiyeceğiz, ıstakoz!" dedi. "Istakoz ve Baltık Denizi yengeçleri! Annemin evinde birkaç kez yediniz bunlardan, ama "Zum Riesebusch" Lokantası'nda bunların en nefislerini yiyeceksiniz. Buraların baharatlı kurabiyeleri de çok meşhurdur! Ünü sizin Isar'a kadar ulaşmadı mı yoksa? Ama şimdi yiyince göreceksiniz nasıl olduklarını."

Frau Grünlich, arabayı iki-üç kez durdurarak yol kenarında gelincik ve kantaron çiçekleri topladı. Herr Permaneder ona yardım etmek istedi, ama arabadan inip yeniden binmekten korktuğu için bundan vazgeçti.

Erika, gökyüzünde uçan kargaları gördükçe sevincinden yerinde duramıyordu. En güzel havalarda bile yanına uzun bir yağmurlukla bir şemsiye almayı hiç ihmal etmeyen Ida Jungmann, Erika'nın yalnızca dış görünüşüyle ilgilenmekle yetinmeyip aynı zamanda çocuk sevgisini içinde hissederek gerçek bir çocuk bakıcısı olduğunu attığı kahkahalarla da gösteriyordu. Ida'nın saçlarını Buddenbrook'ların evinde ağarttığını bilmeyen Gerda, soğukça bir yüz ifadesiyle onu tekrar tekrar süzüyordu.

Oldenburg bölgesine varılmıştı. Kayın ormanları görünüyordu. Araba köye girdi, fıskıyeli bir pazaryerinden geçtikten sonra yeniden açık araziye çıktı, küçük bir köprüden geçerek Au Irmağı'nın ötesine geçti ve tek katlı bir yapı olan Zum Riesebusch Lokantası'nın önünde durdu. Lokantanın bir yanı düzlüktü, çayırlıklar ve kum dökülmüş yolları vardı, öteki yanında ise tıpkı bir açık hava tiyatrosu gibi set set yükselen orman yer alıyordu. Setler, yükselen ağaç kökleri ve toprağın içinden ileriye doğru fırlamış kaya parçalarıyla bir çeşit basamaklarla birbirine bağlanmıştı ve düzlük yerlere ve ağaçların arasına beyaz boyalı masalar, banklar ve sandalyeler konulmuştu.

Buddenbrook'lar buraya gelen ilk konuklar değildi. Birkaç iriyarı garson kız ve frakları yağ lekeli erkek garsonlar lokantanın önünden hızla geçerek masaları daha şimdiden doldurmaya başlamış çoluk çocuklu ailelere soğuk yiyecekler, limonata, süt ve bira taşıyorlardı.

Lokantanın sahibi Herr Dieckmann, başında sarı yün örgü kasketi ve kollarına taktığı beyaz kolluklarıyla konukların arabadan inmelerine yardım etmek için koşarak geldi. Longuet, atları koşumdan çıkarmak için arabayı bir kenara çekerken, Frau Konsül, "Önce bir gezinti yapacağız, sevgili Dieckmann ve bir ya da bir buçuk saat sonra da kahvaltımızı yapmak istiyoruz," dedi. "Lütfen bize şurada bir masa hazırlattırın... ama çok yukarılarda olmasın, ikinci set uygun olur gibi geliyor bana..."

"Hadi, göster bakalım kendini, Dieckmann," diye ekledi genç Konsül. "Çok titiz bir konuğumuz var..."

Herr Permaneder, "Hiç de öyle biri değilim," diye karşı çıktı. "Bir bira ve bir dilim de peynir yeterli..."

Ama Herr Dieckmann onun Bavyera ağzıyla söylediği bu sözlerden hiçbir şey anlamadı ve büyük bir hızla mönüyü saymaya başladı:

"Her şey var, Herr Konsül... Istakoz, yengeç, çeşit çeşit salamlarımız, sucuklarımız ve peynirlerimiz var... tütsülenmiş yılanbalığı, somonbalığı ve mersinbalığımız var..."

"Peki, Dieckmann, ne sunacağınızı siz daha iyi bilirsiniz. Bize altı bardak süt ve bir büyük bardak da bira getirin. Yanılmıyorsam siz bira istemiştiniz, değil mi Herr Permaneder?.."

"Bir bira ve altı süt... Normal süt, yağsız süt, ayran ya da sulandırılmış yoğurt, Herr Konsül?"

"Yarısı normal olsun yarısı da yağsız, bir saat sonrası için."

Hep birlikte alandan geçtiler.

Thomas, "Önce şu kaynağı bir gezelim, Herr Permaneder," dedi. "Kaynağı, yani Au Irmağı'nın çıktığı yeri, Schwartau'un yanından geçen ve Ortaçağ'da bütünüyle yanıp kül olan kentimizin kıyısında yer aldığı şu Au Irmağı'nın kaynağını bir görelim; bildiğiniz gibi, kent Trave kıyılarında sonradan yeniden kuruldu. Bu küçücük ırmağın adıyla ilgili pek çok anı var içimde. Gençliğimizde birbirimizin koluna çimdik atıp, 'Schwartau'un yanından geçen ırmağın adı nedir?' diye sorar ve canımız acıdığı için de, '*Au*,'[1] diye bağırarak ırmağın adını söylemiş olurduk..." Thomas Buddenbrook, yamaca on adım kala birden kendi lafını kesti ve, "İşte, bakın şuraya!" diye haykırdı. "Bizden önce gelenler var. Möllendorpf'lar ve Hagenström'ler de buradalar."

Birbiriyle içli dışlı bu iki ailenin belli başlı üyeleri, gerçekten de ormanlık yamacın üçüncü setinde, yan yana konmuş iki masanın çevresinde oturmuş, yemeklerini yiyor, bir yandan da heyecanlı heyecanlı konuşuyorlardı.

1. Almancada acı ünlemi. (Y.N.)

İnce ve beyaz favorili, soluk yüzlü bir adam olan ihtiyar Senatör Möllendorpf yemek masasının en başına oturmuş, garsonlara emirler yağdırıyordu. Herr Möllendorpf şeker hastasıydı. Langhals'ların kızı olan eşi, uzun saplı gözlüğü burnunun üstüne düşmüş, sessizce yemeğini yiyordu, her zaman yaptığı gibi kır saçlarını yine özen göstermeden taramıştı. Yemekten içmekten büyük keyif alan genç ve sarışın oğulları ve eşi Julchen de oradaydı. Hagenström'lerin kızı olan Julchen, ufak tefek ve kıpır kıpır bir kadındı; iri siyah gözleri, kulaklarına taktığı kocaman elmas küpeleri gibi ışıl ışıl parlıyordu. Erkek kardeşleri Hermann ve Moritz'in arasında oturuyordu. Konsül Hermann Hagenström gittikçe daha da irileşmeye başlamıştı, çünkü boğazına çok düşkündü ve kahvaltısına kazciğeriyle başladığı söyleniyordu. Kısa kesilmiş kızılımsı bir top sakalı vardı ve burnu –annesinden almıştı– dudağının üstüne bastırılmış gibiydi. Kardeşi Doktor Moritz ise onun aksine çelimsiz ve solgun benizliydi; heyecanlı heyecanlı sohbet ederken ağzının içindeki seyrek ve sivri sivri dişleri görünüyordu. İki kardeş de eşleriyle birlikte gelmişti. Hukuk doktoru olan Moritz, Puttfarken adında, açık sarı saçlı, sadeliği ile İngilizleri anımsatan, ama son derece güzel ve düzgün yüz hatları olan Hamburglu bir kadınla evliydi, güzel sanatları sevmesiyle tanınan Doktor Hagenström çirkin bir kızla evlenemezdi zaten. Hermann Hagenström'ün küçük kızı ve Moritz Hagenström'ün küçük oğlu da oradaydı. Beyazlar giymiş iki çocuğa daha şimdiden nişanlılar gibi davranılıyordu, Huneus ve Hagenstömlerin servetlerinin bölünmemesi gerekirdi. Hepsi de sucuklu omlet yiyorlardı.

Buddenbrook'lar masanın yanından geçerlerken önce selamlaştılar. Frau Konsül biraz dalgın ve aynı zamanda da şaşkınlık içinde başını eğdi, Thomas da şapkasını çıkararak, dostça bir şeyler söylüyormuş gibi dudaklarını kıpırdattı. Gerda da biraz tuhaf ve biçimsel bir reverans yaptı. Herr Permaneder, setlerden heyecanlı heyecanlı yukarı çıkarken yeşil Tirol şapkasını salladı, yüksek sesle ve neşeyle, "İyi sabahlar dilerim!" dedi, bunun üzerine Frau Senatör Möllendorpf gözlüğünü çıkardı ve ona doğru baktı. Tony ise biraz omuzlarını silkti, başını geriye atıp sonra tekrar indirerek çenesi göğsüne değecek kadar eğip onları selamlarken Julchen Möllendorpf'un kocaman ve şık şapkası iliști gözüne. Tam bu anda kesin kararını verdi.

"Tanrı'ya şükürler olsun ki bir saat sonra kahvaltımızı ediyoruz Tom! Şu Julchen'in lokmalarımı saymasını hiç istemezdim doğrusu... Nasıl selam verdiğine dikkat ettin mi? Neredeyse vermedi. Başına taktığı şapka da ne zevksizdi öyle..."

"Şapkasına bir şey diyemem... ama selam verme konusunda senin de ondan aşağı kalır yanın yoktu, sevgili kardeşim. Hem öyle her şeye kızma, yoksa yüzünde kırışıklıklar oluşur."

"Kızmak mı, Tom? Hayır, hayır! Eğer bu insanlar kendilerini kentin en ileri gelenleri sayıyorlarsa buna güler geçerim, üstünde durmaya değmez. İzin ver de sorayım, şu Julchen'le benim aramda ne fark var? Koca olarak bir dolandırıcıyı değil, Ida'nın da dediği gibi bir 'budalayı' seçti o... günün birinde benim durumuma düşünce, ikinci bir koca bulup bulamayacağını o zaman görürüz..."

"Bunun anlamı, sen bulacaksın demek mi?"

"Bir budala mı, Thomas?"

"Bir dolandırıcıdan çok daha iyidir."

"Ne dolandırıcı ne de budala olması gerekiyor. Ama istersen burada bunu konuşmayalım."

"Doğru. İkimiz de arkada kaldık. Herr Permaneder bayırı çıkıyor..."

Üstünde yürüdükleri gölgeli orman yolunun zemini

düzeltilmişti. "Kaynağa" varmaları çok sürmedi, sevimli ve romantik bir yerdi, küçük bir uçurumun üstünde, çatlak kayalıklar ve dalları iki yana sarkmış ağaçların üstüne tahtadan bir köprü vardı. Frau Konsül'ün yanında getirdiği açılır kapanır gümüş bir bardakla taştan yapılmış küçük tekneden buz gibi su içtiler ve ellerini yüzlerini yıkayıp serinlediler. Frau Grünlich su dolu bardağı kendisine sununca, Herr Permaneder önce sen iç, diye ısrar ederek tam bir centilmenlik örneği gösterdi ve sonra, "Ah, çok kibarsınız!" diye defalarca tekrarlayarak memnuniyetini ifade etti ve Frau Konsül, Thomas, Gerda, Tony ve küçük Erika'yla da nazik ve son derece saygılı bir biçimde sohbet etti. Aşırı sıcaktan ve yorgunluktan dolayı sinirli bir ruh haliyle sessiz sessiz yürüyen Gerda bile canlanmaya başladı; hep birlikte hızlı adımlarla yürüyerek yeniden lokantanın önüne gelip ikinci sette kendileri için hazırlanmış zengin sofranın başına otururlarken Herr Permaneder'e, yakında buradan ayrılacak olmasına çok üzüldüğünü kibar sözlerle belirtti: Şimdi, birbirlerini yeni tanımaya başladıkları, lehçe farklılığı yüzünden ortaya çıkan yanlış anlaşılmaların giderek azaldığı bir sırada... Yakın arkadaşı ve görümcesi Tony'nin iki ya da üç defa oldukça ustaca, "Tanrı onu korusun!" dediğini duyduğunu da söyleyebilirdi ona...

Herr Permaneder, "buradan ayrılmak" sözüne doğrulayıcı bir yanıt vermekten kaçındı ve masanın üstünü dolduran hepsi birbirinden nefis yiyeceklerle, güneyde, Tuna Nehri'nin diğer tarafında her zaman bulamayacağı yiyeceklerle ilgileniyormuş gibi yaptı.

En lezzetli şeyleri hep birlikte yavaş yavaş ve keyfini çıkararak yediler. Küçük Erika ipek kâğıttan peçeteleri kendi evlerinde kullanılan koca koca keten peçetelerden çok daha güzel buldu ve garsondan izin alarak bunlardan birkaç tanesini bugünün bir anısı olarak yanına aldı. Herr Permaneder birasını içerken kapkara purosunu, Konsül de sigarasını tüttürüyordu; Buddenbrook'lar, Münihli konuklarıyla uzunca bir süre birlikte oturdular ve tatlı tatlı sohbet ettiler. Herr Permaneder'in yakında ayrılacağı konusunu bir daha hiçbirinin açmaması ve gelecek üzerine hiç konuşulmaması çok ilginçti. Daha çok eski anılardan söz edildi, son yılların politik olayları tartışıldı. Herr Permaneder, Frau Konsül'ün ölen eşi üzerine anlattığı anekdotları kahkahalarla dinledikten sonra, Münih'teki ihtilalden ve Frau Grünlich'in çok ilgilendiği Lola Montez'den bazı şeyler anlattı. Ama daha sonra, öğle sonrasının ilk saatleri geçip de Erika topladığı kırçiçeklerinden, bahar papatyası, yabani tereotu ve öteki çiçeklerden yaptığı bir buketle Ida'yla geri döndüğünde ve satın almak istedikleri baharatlı kurabiyeleri hatırlatınca, aşağı kısımları dolaşmak üzere hep birlikte masadan kalktılar. Ama Frau Konsül'ün, konuklarının hesabını bir altınla ödemesini beklemeden de yola çıkmadılar.

Lokantanın önünde arabacıya bir saate kadar hazır olmasını söylediler, çünkü kente erkenden varıp yemekten önce biraz dinlenmek istiyorlardı. Sonra yavaş yavaş yürümeye başladılar. Güneş, tozlu yolun ve kasabanın basık evlerini kavuruyordu.

Au Irmağı Köprüsü geçildikten sonra kendiliğinden bir sıra düzeni oluştu ve yol boyunca herkes buna uydu: Matmazel Jungmann uzun adımları sayesinde en önde yürüyordu ve onun hemen yanı başında da hiç durmadan sıçrayan ve kelebek kovalayan Erika vardı. Frau Konsül, Thomas ve Gerda da onların hemen arkasından yürüyorlardı; en arkadan da, biraz arayla Frau Grünlich ve Herr Permaneder geliyordu. En önde yürüyenler yüksek sesle konuşuyorlardı; çünkü Erika sevinç çığlıkları atıyor ve Ida da kendine özgü o tuhaf sesiyle çocuğun söylediklerini doğruluyordu. Ortada yürüyenlerin üçü de susuyordu, zira Gerda toz yüzünden yine sinirlenmişti. Yaşlı Frau Konsül ve oğlu derin düşüncelere dalmışlardı. En arkada tam bir sessizlik vardı... ama bu yalnızca görünüşte böyleydi, çünkü Tony ve Bavyeralı konuk kendi aralarında sessiz sessiz ve özel bir şeyler konuşuyorlardı. Acaba kimden söz ediyorlardı? Herr Grünlich'ten mi?..

Herr Permaneder yerinde bir noktaya işaret ederek sevimli ve cana yakın bir çocuk olan Erika'nın annesine hemen hemen hiç benzemediğini söyleyince, Tony de, "Tıpkı babasına benziyor," dedi. Bundan dolayı da zararlı çıktığı söylenemez, çünkü Grünlich dış görünüşüyle tam bir centilmendi. Altın rengi favorileri vardı, çok özgündüler, böylesini bir daha hiç kimsede göremedim..."

Tony, Münih'te kaldığı sırada Niederpaur'ların evinde başından geçen bahtsız evliliğinin öyküsünü ayrıntısıyla anlattığı halde, Herr Permaneder her şeyi bir bir yeniden sordu, iflas olayı ile ilgili bütün ayrıntıları anlattırdı ve ürkek bir tavırla ve gözlerini kırpıştırarak dinledi.

"Herr Permaneder, o çok kötü bir adamdı, yoksa babam beni elinden almazdı; inanın bana doğru söylüyorum. Dünyadaki insanların hepsi iyi yürekli değil, hayat bana bunu öğretti, henüz daha gencim, ama on yıldan beri dulum. Evet, Grünlich çok kötü bir adamdı, bir köpek yavrusu kadar aptal olan bankeri Kesselmeyer ondan daha da kötü biriydi. Ama bütün suçu ona yüklediğimi ve kendimi bir melek kadar suçsuz saydığımı düşünmeyin... Beni yanlış anlamayın! Grünlich beni çok ihmal ediyordu, yanımda oturduğu zamanlarda da gazetesini okuyordu. Beni kandırıyor ve bana sürekli yalan söylüyordu, şehre inip içine düştüğü bataklıktan haberim olmasın diye Eimsbüttel'deki evimizde yalnız başıma oturtuyordu beni. Ama ben zayıf bir kadındım ve bazı yanlışlarım oldu, yaptıklarımın hepsi de doğruydu, diyemiyorum. Örneğin düşüncesizliklerim, para harcama tutkum ve aldığım çeşit çeşit sabahlıklarımla kocamın kaygılanmasına ve yakınmalarına yol açtım. Ama şunu da hemen ekleyeyim: Bunları bağışlatacak bir nedenim var, çünkü Grünlich'le evlendiğimde daha çocuktum, hiçbir şeye aklı ermeyen, sağlıklı düşünemeyen sersem bir çocuktum. Söylediklerime inanın lütfen. Üniversiteler ve basın kanununun dört yıl önce değiştirildiğini bilmiyordum evlendiğimde. Ne kadar da güzel kanunlarmış meğer!.. Ah, insanın her şeyi hayatta yalnızca bir defa yaşaması ve yeni bir hayata başlayamaması gerçekten çok üzücü Herr Permaneder; insan ikincisinde daha bilgili ve daha akıllı davranır herhalde..."

Tony sustu ve heyecanlı bakışlarını yere çevirdi; yanında yürüyen adama yazgısını belirleyen bir hareket noktası vermişti, çünkü yeni bir hayata başlaması pek olası değildi, ama yeni ve daha iyi bir evliliğe yeniden başlamak da imkânsız görünmüyordu. Ne var ki, Herr Permaneder bu gerçeği görmezden geldi ve Herr Grünlich'i sert sözlerle suçlamaya başladı; o bunları söylerken bir sinek, küçük ve yuvarlak çenesinin üstünde vızıldayarak dolaşıp duruyordu.

"İşe yaramaz herifin biriymiş, o köpeği elime bir geçirseydim bilirdim ona ne yapacağımı..."

"Ne kadar da ayıp, Herr Permaneder! Böyle şeyler söylemekten vazgeçin lütfen. Bağışlamak ve unutmak zorundayız. 'Öç almayı bana bırakın,' der Tanrı. İsterseniz bunu anneme sorun. Ne diyeyim, Tanrı acısın ona... Grünlich'in şimdi nerde oturduğunu, ne yaptığını ve durumunun nasıl olduğunu bilmiyorum, ama her şeyin gönlünce olmasını diliyorum, bunu hiç hak etmese de..."

İlçeye varmışlardı. Fırını da olan küçük bir evin önünde durdular. Neden durduklarını kendileri de bilmiyordu. Frau Grünlich ve Herr Permaneder, Erika'nın,

Ida'nın, Frau Konsül ve Gerda'nın, fırının oldukça alçakta bulunan kapısından eğilerek içeri girip kayboluşlarına dalgın dalgın ve hayretle baktılar: Şimdiye kadar hep havadan sudan konuştukları halde, şimdi koyu bir sohbete dalmışlardı.

Yanı başlarında, bir çitin arkasında ince bir şerit halinde uzayıp giden bir çiçek tarhı vardı. Frau Grünlich başını biraz öne eğmiş, şemsiyesinin ucuyla heyecanla çiçek tarhının yumuşacık ve kapkara toprağını eşeliyordu. Başındaki yeşil Tirol şapkasını alnının üstüne eğmiş olan Herr Permaneder, Tony'nin hemen yanında duruyor ve elindeki bastonuyla onun toprağı kazmasına yardım ediyordu. O da başını öne eğmişti, ama pırıl pırıl parlayan küçük, açık mavi ve biraz da kızarmış patlak gözleriyle ve teslimiyet, hüzün ve heyecan karışımı bir ifadeyle Tony'ye bakıyordu aşağıdan yukarıya doğru. Aynı ifade, dudaklarının üstüne sarkmış olan fırça bıyıklarından da okunuyordu.

"Evet, sizi çok iyi anlıyorum, evlilikten çok korkmuşsunuz ve yeniden denemeyi bir daha asla düşünmezsiniz, öyle değil mi Frau Grünlich?.."

Tony, "Ne kadar da aptalca bir soru!" diye aklından geçirdi. "Bunu doğrulamak zorunda mıyım?.." Sonra yanıt verdi: "Evet, sevgili Herr Permaneder, size açıkça itiraf edebilirim ki, bir erkeğe yeniden evet demem ve hayatımı onunla birleştirmem çok zor olacak, çünkü hayattan yeterince ders aldım, bunun ne kadar önemli, ne kadar büyük bir karar olduğunu bilirsiniz sanırım... Ayrıca karşıma çıkacak erkeğin gerçekten dürüst, soylu ve iyi yürekli bir insan olduğuna bütün kalbimle inanmış olmalıyım..."

Bu sözler üzerine Herr Permaneder, kendisini böyle bir erkek sayıp saymadığını sorunca, Tony, "Evet, Herr Permaneder, sizin böyle bir erkek olduğunuzu düşünüyorum," diye yanıt verdi.

Daha sonra sessizce birkaç söz daha ettiler, nişanlanmaya ve Herr Permaneder'in evde Frau Konsül'le ve Thomas'la konuşmasına karar verdiler.

Ötekiler de ellerinde içi baharatlı kurabiye dolu kocaman kesekâğıtlarıyla az sonra yeniden dışarıya çıktılar. Frau Konsül Buddenbrook, bakışlarını hiç hissettirtmeden ikisinin üzerinde dolaştırdı, çünkü ikisinde de bir tuhaflık, bir çekingenlik hali vardı: Herr Permaneder gizlemeye çalışmıyordu, ama Tony saygı maskesi altında duygularını saklıyordu.

Arabaya bir an önce binmek için acele ettiler, çünkü gökyüzü kara bulutlarla kaplanmıştı ve yağmur damlaları düşmeye başlamıştı.

Tony'nin tahmin ettiği gibi kardeşi Thomas, Herr Permaneder'in ekonomik durumu hakkında epeyce bilgi toplamıştı; öğrendiğine göre X. Noppe ve Ortağı Şirketi, iş hacmi biraz sınırlı da olsa son derece sağlamdı ve Herr Permaneder, Niederpaur'un müdür olarak görev yaptığı bira fabrikasıyla yürüttüğü ortak çalışma sayesinde çok iyi para kazanıyordu ve bu para, Tony'nin getireceği on yedi bin talerlik drahoma ile birlikte, lükse kaçmamak koşuluyla güzel bir yaşam sürmeleri için yeterli sayılırdı. Bu bilgiler Frau Konsül'e de aktarıldı ve nişan günü akşamında, Doğa Manzaralı Tablolar Odası'nda, Frau Buddenbrook, Herr Permaneder, Antonie ve Thomas arasında yapılan ayrıntılı bir görüşmede bütün sorunlar hiçbir zorlukla karşılaşılmadan çözümlendi, küçük Erika'yla ilgili sorun da. Tony'nin isteği ve sevgili nişanlısının anlayışı ve özveride bulunmasıyla onun da Münih'e götürülmesi kararlaştırıldı.

Şerbetçiotu tüccarı iki gün sonra yola çıktı, "Daha fazla gecikirsem, Herr Noppe küfrü basar," demişti. Frau Grünlich, temmuz ayında Münih'te onunla yeniden buluştu: Dört ya da beş haftalığına Bad Kreuth'a giden Gerda ve Tom'la yola çıkmış, annesi Konsül Buddenbrook da, Erika ve Ida Jungmann'ı yanına alıp Baltık Denizi kıyılarına gitmişti. Bu arada Tom ve Gerda, Herr Permaneder'in Münih'te, Kaufinger Caddesi'nde, Niederpaur'ların hemen yakınında satın almayı düşündüğü evi de görme fırsatı buldular. Herr Permaneder'in bir bölümünü kiraya vermeyi düşündüğü bu ev eski bir evdi ve tuhaf bir girişi vardı. Hemen sokak kapısının arkasında yer alan dar ve sahanlığı bulunmayan dimdik bir merdivenle doğruca birinci kata çıkılıyordu ve koridordan geriye doğru yürünerek ön taraftaki odalara geçiliyordu.

Tony, ağustos ortalarına doğru eve döndü; çeyiz hazırlıkları için birkaç hafta ilgilenmesi gerekiyordu. Gerçi ilk evlilik döneminden epeyce bir şeyler kalmıştı, ama daha bazı yeni şeylerin alınması da gerekiyordu. Bir gün Hamburg'dan bir sabahlık geldi... fakat bu seferki sabahlığın kenar süsleri kadifeden değil, keten kumaştandı yalnızca.

Herr Permaneder, sonbaharda ve kararlaştırılan tarihte yeniden Meng Caddesi'ne geldi; işler daha fazla sürüncemede kalsın istemiyordu.

Düğün töreni Tony'nin beklediği gibi oldu, zaten daha fazlasını da istememişti: Fazla gösterişe kaçılmadı. Konsül Buddenbrook, "Tantanaya gerek yok," dedi, "ikinci kez evleniyorsun, varsayalım ki evliliğe hiç ara vermedin." Çok az kişi davet edildi. Ama Hagenström'lerin kızı Julchen Möllendorpf'a davetiye gönderilmesi için Madam Grünlich özel bir gayret gösterdi. Balayı yolculuğundan vazgeçildi, çünkü Herr Permaneder böylesi şeylerden hiç hoşlanmıyordu. Yaz tatilinden kısa bir süre önce eve dönmüş olan Tony de Münih'e yapılacak bir yolculuğu yorucu olacağı gerekçesiyle göze alamıyordu. Nikâh töreni bu kez sütunlu holde değil, Meryem Ana

Kilisesi'nde ve aile çevresinde yapıldı. Tony, mersin dalları yerine bu sefer portakal çiçekleri takmıştı başına. Kilisenin Başpapazı Kölling, öncekinden daha yavaş bir sesle dua etti, ama ölçülü davranış konusundaki öğütlerini yine sert sözlerle dile getirdi.

Christian, Hamburg'dan geldi. Çok şık giyinmişti. Gerçi biraz sarsılmış gibiydi ama neşeli görünüyordu. Burmeester'le işlerinin "pek yolunda" gittiğini anlattı ve Klothilde'nin ve kendisinin ancak "öbür dünyada" evlenebileceklerini, "yani" herkesin kendi kendine... evleneceğini söyledi. Kiliseye epeyce geç geldi, çünkü önce kulübe uğramıştı. Justus amca çok duygulandı ve yeni evlilere değerli bir gümüş çatal bıçak takımı hediye ederek her zaman eli açık biri olduğunu gösterdi. Oysa kendisi ve karısı evlerinde açlıktan neredeyse ölüyorlardı; gıdasızlıktan zayıf düşmüş anne, ev için biriktirdiği paralarla mirastan mahrum bırakılan ve evden kovulan Jakob'un –söylendiğine göre şu sıralar Paris'te kalıyordu– borçlarını ödemeye devam ediyordu. Tony'nin Breiten Caddesi'nde oturan amca kızları, "Umarız, bu kez bozulmaz!" dediler. Ama gerçekten böyle düşünmediklerinden hiç kimsenin kuşkusu yoktu. Sesemi Weichbrodt, ayaklarının ucuna basarak yerinden doğruldu ve artık Frau Permaneder adını alan eski öğrencisini hafifçe bir şapırtıyla alnından öperken kendine özgü içten sesiyle, "Mutlu ol, 'güzel' çocuğum," dedi.

## 7

Konsül Thomas Buddenbrook sabahın sekizinde yataktan kalkar kalkmaz, küçük kapının arkasındaki döner merdivenden alt kata inerek banyosunu alıp ropdöşambrını giydikten sonra genel konularla ilgilenmeye başladı. Biraz sonra da, elinde mutfaktan aldığı sıcak su dolu tıraş tası ve öteki şeylerle birlikte berber ve kent meclisi üyesi Herr Wenzel göründü, elleri kıpkırmızıydı ve akıllı olduğu yüzünden okunuyordu. Konsül Buddenbrook başını geriye dayayıp küçük bir koltuğa oturdu. Herr Wenzel, Konsül'ün yüzünü sabunlamaya başlayınca, gecenin nasıl geçeceği ve havanın nasıl olacağı üzerine başlayan bir konuşma, hemen dünya olaylarına ve kentle ilgili konulara geçerek devam eder ve iş ve aile durumlarıyla sona ererdi her zaman. Bu yüzden de tıraş uzadıkça uzardı, çünkü Konsül konuşmaya başlayınca, Herr Wenzel usturayı yüzünden uzaklaştırmak zorunda kalırdı.

"İyi uyuyabildiniz mi, Herr Konsül?"

"Teşekkür ederim Wenzel. Bugün hava nasıl?"

"Don var ve biraz da puslu ve karlı, Herr Konsül. Jacobi Kilisesi önünde ufaklıklar yine bir kayak yolu yapmışlar, on metre uzunluğunda, az kalsın yuvarlanacaktım. Lanet olsun onlara..."

"Gazeteleri okudunuz mu?"

"*Anzeigen* ve *Hamburger Nachrichten* gazetelerini okudum. Orsini'nin imparator ve eşinin üzerine attığı bombalardan başka hiçbir haber yok... Tüyler ürpertici. Hem de operaya giderlerken..."

"Hayır, bence bunun pek önemi yok. Olanların halkla hiçbir ilgisi yok, ama sonuçta polis baskısı ve basına uygulanan baskı artarak devam edecek. İmparator kendisini korumasını bilir... Evet, sürekli bir tedirginlik olacak, söylenenlerin doğru olduğunu düşünüyorum, çünkü ayakta kalabilmek için bazı girişimlerde bulunması gerekir. Ama ben ona saygı duyuyorum –kendimce tabii–, Matmazel Jungmann'ın dediği gibi, geleneklerine bağlı olan bir kişi budalalık yapmaz. Fırıncılar Yardım Sandığı ve ekmek fiyatlarının ucuzlatılmasıyla ilgili olarak alınan önlemler bende büyük bir etki bıraktı. Halkı için bir sürü şey yapıyor kuşkusuz..."

"Evet, Herr Kistenmaker de böyle söyledi."

"Ya Stephan? Dün ondan söz ettik."

"Fakat Prusya Kralı Friedrich Wilhelm'in durumu gerçekten kötü, Herr Konsül. Üstesinden gelemeyecek gibi görünüyor. Sonunda prens işbaşına gelmek zorunda kalacak gibi..."

"Ah, sanırım beklemek gerekecek. Liberal bir düşünce yapısına sahip olduğunu daha şimdiden gösterdi Wilhelm. Kardeşi gibi anayasadan nefret ettiğini sanmıyorum... Zavallı adam üzüntüsünden kahrolup gidecek... Kopenhag'dan yeni haberler var mı?"

"Hiçbir haber yok, Herr Konsül. Danimarkalılar istemiyorlar. Meclis, Holstein ve Lauenburg ortak anayasasının hukuka aykırı olduğunu ilan etmekle çok iyi bir iş yaptı... Onları kazanmak pek mümkün olmayacak..."

"Evet Wenzel, inanılır gibi değil. Federal meclisin yasaları uygulamasını istiyorlar, ama meclis biraz uyanık davranınca da... Ah bu Danimarkalılar! Çocukluğumda şu ezgi dizesini okuyunca, ne kadar çok kızdığımı hâlâ anımsıyorum: 'Ver Tanrım ver, yürekten özleyen herkese ver...' dizesini okurken, nedense 'bunların' hep Danimarkalılar olduğunu ve Tanrı'nın herhangi bir biçimde neden Danimarkalılara da vermesi gerektiğini kavrayamazdım... Wenzel, bu aptalca dizeyi gözünüzün önüne getirince gülersiniz... ama şimdi bizim kenti doğrudan Hamburg'a bağlayacak yola gelelim yeniden! Diplomasi alanında bu yüzden epeyce kavga verildi ve Kopenhag'dakiler razı edilinceye kadar daha epeyce kavga edilecek..."

"Evet, Herr Konsül. İşin kötüsü, Altona-Kiel Demiryolu Şirketi temsilcileri ve bütün Holstein eyaleti buna karşı. Belediye Başkanı Doktor Oeverdieck de söyledi bunu. Kiel şehrinin gelişmesinden müthiş korkuyorlar..."

"Bunun anlaşılmayacak bir yanı yok, Wenzel. Baltık Denizi ile Kuzey Denizi arasında kurulan böyle bir yeni bağlantı... Göreceksiniz, Altona-Kiel Demiryolu Şirketi entrika çevirmekten hiç vazgeçmeyecek. Aslında bize rakip olacak bir demiryolu yapabilecek durumdalar: Doğu Holstein ve Neumünster-Neustadt arasında; evet, olmayacak şey değil. Fakat bizler de hiç yılmayıp doğrudan Hamburg'a gidecek bir yol yapmalıyız."

"Herr Konsül bu sorunla çok yakından ilgilenecektir."

"Elbette... gücümün yettiği ve sözümün geçtiği ölçüde... Demiryolu politikasıyla yakından ilgileniyorum ve bu bizim ailede bir gelenektir, çünkü babam 1851'den beri Büchen Demiryolu yönetim kurulu üyesiydi. Benim otuz iki yaşında oraya seçilmemin nedeni bu olmalı. Bu konuda henüz daha önemli bir hizmetim olmadı..."

"Hayır, hayır, Herr Konsül. Şehir meclisinde vaktiyle yaptığınız konuşmadan sonra..."

"Evet, bu konuşmamın iyi bir etki bıraktığını sanıyorum. En azından iyi niyet beslediğimi biliyorlar. Babama, büyükbabama ve dedemin babasına bu konuda bana her şeyi hazırladıkları için şükran borçluyum. Onların bu kentte kazandığı saygı ve güvenden yararlandığımı biliyorum... Yoksa böylesine etkili olamazdım... Örneğin, babam 1848'den sonra ve 1850 yılında posta teşkilatının yeni bir düzene kavuşması için neler yapmadı ki. Bir düşününüz Wenzel, Hamburg posta arabalarının posta idaresine bağlanması için meclisi nasıl da uyarmıştı. 1850 yılında, o zamanlar çok ağır ve sorumsuz davranan senatoyu peş peşe verdiği önergelerle Alman-Avusturya Posta Birliği'ne girmeye nasıl da razı etmişti... Eğer biz bugün mektuplarımızı ve posta paketlerimizi daha ucuza gönderiyorsak, posta pulu ve posta kutuları kullanıyorsak ve telgrafla Berlin ve Travemünde'ye bağlandıysak, bütün bunları öncelikle babama borçluyuz. O ve onun gibiler senatoyu etkilemeseydi bugün Danimarka'dan, Thurn ve Taxis posta teşkilatından çok gerilerde kalırdık. Bugün böyle konularda bir görüş ileri sürdüğümde, insanlar beni dinliyorsa, işte bundan dolayı..."

"Bütün bunlar Tanrı biliyor ya çok doğru, Herr Konsül. Çok doğru bir laf ettiniz. Hamburg demiryoluna gelince... Belediye Başkanı Doktor Oeverdieck daha üç gün önce şöyle dedi: 'Hamburg'da istasyon için uygun bir arsa satın alabilecek duruma gelirsek, oraya Konsül Thomas Buddenbrook'u göndeririz, o böyle işlerde pek çok hukukçudan daha yararlı olur...' Bunlar onun söyledikleri..."

"Övgünün bu kadarı da fazla, Wenzel. Şu çenemin üst kısmına biraz daha sabun sürün... orasını bir daha tıraş edin."

"Evet, özetle söylemek gerekirse, artık harekete geçmenin tam zamanı! Oeverdieck'e karşı herhangi bir şeyim yok benim, ama o artık yaşlandı. Belediye başkanı ben olsaydım, işler daha hızlı giderdi, diye düşünüyorum. Havagazı ile aydınlanma çalışmaları başlayıp petrolle yanan o zincirlere takılı berbat lambalar kaldırılınca, ne kadar çok sevindiğimi anlatamam. Bu başarıda benim de biraz payım bulunduğunu söylemeden geçemeyeceğim... Ama daha yapılacak çok iş var! Zaman değişiyor, Wenzel ve yeni zamana ayak uydurmak için yerine getirmemiz gereken daha bir sürü sorumluluğumuz var. Gençliğimin ilk yıllarını anımsayınca... o yıllarda kentimizin ne durumda olduğunu siz benden daha iyi bilirsiniz. Caddelerde yaya kaldırımı diye bir şey yoktu ve her tarafı diz boyu ot bürümüştü... öne doğru çıkıntılı sevimsiz evler ve sokaklara konulan banklar... Ortaçağdan kalma yapılarımız ilavelerle çirkinleşmişler, yıkılıverecekmiş gibi duruyorlardı; halk arasında parası olanlar vardı ve hiç kimse de aç değildi, ama devletin kasası boştu ve eniştem Permaneder'in dediği gibi her şey plansız programsız yapılıyordu. Onarımı düşünen yoktu. Hayatından memnun ve mutlu kuşaklardı onlar.

Büyükbabamın yakın dostu ve sırdaşı şair Jean Jacques Hoffstede ev ev dolaşır ve Fransızcadan çevirdiği müstehcen şiirleri okurdu herkese... Ama bu böyle sürüp gidemezdi. Pek çok şey değişti ve daha pek çok şeyin de değişmesi gerekiyor... Kentimizin nüfusu artık otuz yedi bin değil, sizin de bildiğiniz gibi elli bini aştık. Şehrin karakteri de değişiyor. Yeni yeni binalar yükselmeye başladı, kenar mahalleler genişliyor, güzel caddeler yapılıyor ve onurlu geçmişimizin anıtları birer birer onarılıyor. Ama bütün bunlar işin yalnızca görünen yüzü. Pek çok önemli konu hâlâ çözüm bekliyor, sevgili dostum Wenzel. Dönüp dolaşıp rahmetli babamın konusuna geldik yine: Gümrük Birliği'nden söz ediyorum, Wenzel. Gümrük Birliği'ne mutlaka girmeliyiz, bunun tartışılacak bir yanı kalmadı artık. Bu konuda sürdürdüğüm mücadeleye hepiniz yardımcı olmalısınız... Bir tüccar olarak diplomatlarımızdan daha çok şey biliyorum, inanın bana. Gümrük Birliği'ne girmekle bağımsızlığımızı ve özgürlüğümüzü kaybederiz korkusu çok gülünç. Mecklenburg ve Schleswig-Holstein eyaletleri bu durumda bize katılacaktır. Bu, eskisi kadar etkili olamadığımız kuzeyle yaptığımız deniz taşımacılığı işinden çok daha önemlidir... Yeter artık Wenzel, lütfen şu havluyu ver," diye sözlerini tamamladı Konsül. O sıralar yirmi beş taler olan ve daha da aşağıya düşme eğilimi gösteren çavdar fiyatları ve kentteki ailelerle ilgili bazı olaylar hakkında birkaç söz daha edildikten sonra, Herr Wenzel tıraş tasındaki köpüklü suyu caddeye dökmek için odadan uzaklaştı. Konsül Buddenbrook da arka taraftaki döner merdivenden yukarıya, yatak odasına çıktı, bu arada yatağının üstüne uzanmış olan Gerda'yı alnından öptü ve giyindi.

Uyanık bir insan olan berberle yapılan bu küçük küçük sabah konuşmaları sürekli düşünmek, konuşmak, pazarlık etmek, yazmak, hesap yapmak ve gidip gelmelerle geçen hareketli günlere bir başlangıç oluşturuyordu. Thomas Buddenbrook yaptığı geziler, geniş bilgi birikimi ve her şeye olan ilgisi sayesinde çevresinde ufku geniş biri olarak tanınıyordu. İçinde bulundukları ekonomik durumun yetersizliğini ve kapasite darlığını ilk sezenlerden biriydi kuşkusuz. Büyük ülkesinde ihtilal yıllarının toplum yaşamına getirdiği ekonomik canlılığı bir uyuşukluk dönemi, bir durgunluk ve geriye dönüş dönemi izlemişti ve bu durum insanların düşüncelerini köreltmişti. Ama o, insanların hareketlerindeki sembolik anlamdan kendisine bir gerçeklik payı çıkarmasını bilen, istemek, başarmak, coşku ve atılım gibi özellikleri olan, kendisinin de ilk sıralarda yer aldığı baba kentinin soylu halkına ve babasının adının yaşatılmasına ve kendisine miras kalan şirketin armasının korunmasına hizmet edecek bir zekâya ve yaratıcı ruha sahipti. Şirketini büyütmek ve güçlendirmekten başka bir şey düşünmeyen, aynı zamanda da yüzünden gülümsemeyi eksik etmeyen ve işini ciddiye alan akıllı ve hırslı bir insandı.

Konsül Buddenbrook, uşak Anton'un hizmetinde yemek odasında sabah kahvaltısını yapar yapmaz, sokağa çıkmak için hazırlandı ve doğruca Meng Caddesi'ndeki bürosuna gitti. Orada bir saatten daha uzun süre oyalanmadı. Acele acele iki ya da üç mektup ve telgraf yazdı, şu ya da bu konuda emirler verdi, kocaman çarkın dönmesi için çalışanların arasında dolaşarak onlara heyecan verdi ve daha sonra denetim işini Herr Marcus'un güvenilir gözlerine bıraktı.

Oturumlara ve toplantılara katılıyor, konuşmalar yapıyor, pazaryerindeki gotik tarzı kubbenin altındaki borsada vakit geçiriyor, limanda denetim amacıyla dolaşıyor, silolara uğruyor ve bir armatör olarak kaptanlarla görüşmeler yapıyordu. Sonra, annesi Frau Konsül Buddenbrook'la kahvaltı ediyor ve Gerda'yla öğle yemeği yiyip yarım saat kadar divana uzanarak purosunu tüttürüyor ve gazetesini okuması dışında akşamın geç saatlerine kadar bir sürü işle uğraşıyordu: Ticaret ya da gümrük, vergi, inşaat, demiryolu, posta ve yoksulları koruma gibi işler yapıyordu. Aslında kendisine çok uzak olan ve genelde "bilimadamlarını" ilgilendiren konularda da bilgisi vardı, özellikle maliye işlerinde büyük bir yetenek olduğunu kısa sürede göstermişti.

Konsül Buddenbrook, sosyete yaşamından uzak kalmamaya da büyük özen gösteriyordu. Gerçi bu ilişkilerde dakiklik konusunda iyi bir sınav vermiyordu; gece tuvaletini giymiş karısı Gerda'yı ve kapının önünde harekete hazır duran arabayı yarım saat beklettikten sonra son anda yetişir, "Pardon Gerda'cığım. Şu işlerden kurtulamadım," der ve soluk soluğa frakını giyerdi. Ama gittikleri akşam ziyafetlerinde, balolarda ve gece toplantılarında herkesle sıcak ilişki kurar, sohbet sırasında yaptığı esprileriyle kendisini sevdirmesini bilirdi. Kendisi ve karısı da verdikleri partilerde öteki ailelerin gerisinde kalmıyordu. Buddenbrook'ların mutfağı ve mahzeni herkese "örnek" gösteriliyordu. İkramda bulunmayı seven, konuklarıyla yakından ilgilenen çok dikkatli bir ev sahibi olarak herkesçe seviliyor ve sayılıyordu. Kadeh tokuşturken yaptığı espriler belli bir düzeyin üstündeydi. Ama o Gerda'yla geçirdiği sessiz geceleri daha çok seviyordu, purosunu tüttürerek karısının keman çalışını dinliyor ya da onun seçtiği bir kitaptan birlikte Almanca, Fransızca ve Rusça öyküler okuyordu.

Thomas Buddenbrook işte böyle çalışıyor ve başarıyı kovalıyordu, kentteki saygınlığı giderek artıyordu. Sahibi olduğu şirket, kardeşi Christian'ın yeni kurduğu iş için yüklü miktarda para çekmesine ve Tony'nin ikinci evliliği için yapılan harcamalara karşın en parlak yıllarını yaşıyordu. Ama bütün bunlara rağmen zaman zaman cesaretini kıran, düşünme esnekliğini engelleyen ve keyfini kaçıran bazı şeyler de vardı yine de.

Hamburg'da bulunan Christian'ın ortağı Herr Burmeester, daha elli sekiz yaşındayken bu yılın ilkbaharında ani bir kalp krizi sonucu ölmüştü. Mirasçıları şirketindeki sermayelerini çekmişlerdi. Konsül, sermayesi birden ve büyük ölçüde eksilen bir şirketi ayakta tutmanın ne kadar zor olduğunu bildiği için, kendi hissesiyle devam etmemesi konusunda kardeşini yeniden yeniden uyardı. Ama Christian, şirketi kendi olanaklarıyla sürdürmek için direndi, H.C.F. Burmeester ve Ortağı Şirketi'ni bütün alacak ve borçlarıyla üzerine aldı... Bunun çok kötü sonuç vereceğinden korkuluyordu.

Konsül'ün Riga'daki kız kardeşi Clara'nın da sağlık durumu iyi değildi. Rahip Tiburtius'la yaptığı evlilikten çocuğunun olmaması o kadar da önemli değildi, çünkü Clara, Buddenbrook hiçbir zaman çocuk istememişti ve annelik yeteneği olmadığına da kuşku yoktu. Fakat kendisinin ve kocasının mektuplarından anlaşıldığına göre sağlık durumu çok kaygı vericiydi; genç kızken çektiği baş ağrıları zaman zaman yeniden ortaya çıkıyor ve dayanılmaz acılar veriyordu.

Bütün bunlar Konsül Buddenbrook'u çok tedirgin ediyordu. Onu tedirgin eden üçüncü konu da, Buddenbrook'ların adının kuşaktan kuşağa devam etmesi sorununun hâlâ aşılamamış olmasıydı. Gerda, zaman zaman kendisine yöneltilen bu soruyu, duymak istemediğini belli eden bir umursamazlıkla geçiştiriyordu. Thomas, duyduğu acıyı açığa vuramıyordu, ama yaşlı annesi Konsül Buddenbrook bu konuyla ilgilenme gereği duydu ve aile Doktoru Grabow'u bir kenara çekerek, "Doktor, aramızda kalsın istiyorum, ama hâlâ bir şey yok, değil mi? Kreuth'da biraz dağ havası ve Glücksburg ya da Travemünde'de biraz deniz havası iyi gelmez miydi, ne dersiniz?.." Doktor Grabow, o çok sevdiği ünlü reçetesi, "Sıkı bir perhiz! Biraz güvercin eti, biraz da francala" bu durumda pek yararlı olamayacağından, Pyrmont ve Schlangenbad kaplıcalarını önerdi.

İşte Thomas Buddenbrook'un duyduğu üç kaygı bunlardı. Ya Tony? Zavallı Tony'nin durumu!

## 8

Tony, mektubunda şunları yazıyordu:

Bizim hizmetçiye "köfte" deyince anlamıyor, çünkü burada tuhaf bir adı var. Karnabahar için öyle bir sözcük kullanıyor ki, hiçbir Hıristiyan bununla karnabahar kastettiğini kolay kolay anlayamaz. "Kavrulmuş patates" deyince de, yine bir şey anlamıyor ve ben "kavrulmuş patates" deyince "Nee!" diye aptal aptal yüzüme bakıyor, çünkü burada "kavrulmuş patates" yerine "patates kavurması" diyorlar. "Ne buyurmuştunuz?" yerine de "Nee!" diyorlar. Bu ikinci hizmetçim, Kathi adındaki ilk hizmetçiyi hemen kabalaşmaya başladı diye kovdum. Belki de kabalaştığını sandım, düşünüyorum da, yanılmış olabilirim; çünkü burada insanların gerçekten kaba mı, yoksa dostça mı davrandıkları tam olarak anlaşılmıyor. Şimdiki hizmetçimin adı Babette –burada Bábett diye çağırıyorlar–, Güney'e özgü hoş bir görünüşü var. Siyah saçlı ve kara bir kız. Öyle güzel dişleri var ki insanın kıskanası geliyor. Her isteğimi yerine getiriyor ve bizim oranın yemeklerinden bazılarını benim tarifim üzerine yapıyor. Örneğin, dün üzümlü kuzukulağı pişirdi, ama bu benim canımın sıkılmasına neden oldu, çünkü Permaneder bu sebzeyi pişirttiğim için bana çok kızdı (oysa içindeki üzümleri çatalıyla bir bir aldı) ve bütün gün benimle hiç konuşmadı, kendi kendine homurdanıp durdu. İşte böyle sevgili anneciğim, hayat her zaman kolay değil.

Ne var ki, Tony'ye hayatı zehir eden yalnızca "köfte" nin başka türlü söylenmesi ve "kuzukulağı"nı Permaneder'in beğenmemesi değildi. Balayılarının daha ilk haftalarında hiç beklemediği, hiç ummadığı, akıl sır erdiremediği bir olay gelmişti başına; bir türlü üstesinden gelemediği, bütün neşesini alıp götüren bir olay, bir şok.

Permaneder çifti Münih'te yaşamaya başlayalı birkaç hafta olmuştu ki, Konsül Buddenbrook kız kardeşine vasiyetnamede ayrılmış olan drahomayı, yani elli bir bin markı gulden üzerinden gönderdi ve para doğruca Permaneder'in eline geçti. Herr Permaneder bu parayı verimli bir işe yatırdı. Ama daha sonra hiç çekinmeden ve yüzü bile kızarmadan eşine, "Tonerl," dedi. (Tony'ye Tonerl diyordu) "Tonerl, bu para bana yeter. Daha fazlasına ihtiyacımız yok. Artık çok yoruldum, Tanrı aşkına yeter artık, biraz da dinleneyim. Evin alt katını ve ikinci katı kiraya veririz, birinci kat bize yeter ve oldukça da güzel bir yer. Domuz bacakları pişirir yeriz, öyle gösterişli bir yaşam sürmemiz gerekmiyor. Akşamları bizim Hofbräuhaus'a bira içmeye giderim. Hava atmayı seven biri değilim ve öyle çok para kazanmayı da düşünmüyorum. Artık bundan böyle hayatımı yaşamak ve rahat etmek istiyorum. Yarından itibaren işi bırakacağım ve hayatımı yaşayacağım."

Tony, "Permaneder!" diye haykırdı; Herr Grünlich'in adını söylerken haykırdığı günden beri ilk defa gırtlağını böylesine zorlamıştı. Fakat Herr Permaneder umursamaz bir tavırla, "Yeter artık, sus!" diye yanıt verdi. Sonra bir kavga başladı aralarında, bir ailenin mutluluğunu bütünüyle sarsacak olan şiddetli ve ciddi bir kavga... Sonunda Permaneder kazandı. Tony'nin ateşli direnişi, Permaneder'in "rahatına düşkünlüğü" karşısında sonuçsuz kaldı. Sonuç, Herr Permaneder'in şerbetçiotu ticaretine yatırdığı sermayeyi çekmesi oldu; artık Herr Noppe, kartvizitin üstüne yazdığı "ortağı" sözcüğünü mavi kalemle çizebilirdi. Arkadaşlarının çoğu gibi akşamları Hofbräuhaus'a gidip kâğıt oynayan ve üç litre bira içen Permaneder'in bütün işi gücü, ev sahibi olarak kira artışı yapmak, kira toplamak ve bir köşede sakin sakin oturup hisse senedi kuponları kesmekti.

Bu durum doğal olarak Frau Konsül'e de bildirilmişti. Fakat Frau Permaneder kardeşi Thomas Buddenbrook'a bu konuda yazdığı mektuplarda çektiği acıyı açıkça belli ediyordu. Zavallı Tony! Korktuğundan daha da beteri gelmişti başına. Herr Permaneder'in ilk kocası gibi "atılımcı" biri olmadığını önceden biliyordu; fakat eşinin bütün umutlarını boşa çıkaracağını, Buddenbrook'lardan bir kızla evlenmekle yükleneceği sorumlulukları, nişandan bir gece önce Ida Jungmann'a söylediklerini böylesine çabuk unutacağını hiç beklememişti.

Kalbi çok kırılmıştı ve ailesine yazdığı mektuplardan yazgısına boyun eğdiği anlaşılıyordu. Tony, kocasıyla ve okula giden kızı Erika'yla oldukça tekdüze bir yaşam sürdüğünü, bütün gün ev işleriyle uğraştığını, alt kat ve ikinci katta oturan kiracılarla ve Marienplatz'ta oturan Niederpaur'larla arkadaşlık ettiğini, yakın dostu Eva'yla birlikte ara sıra Saray Tiyatrosu'na gittiğini yazıyordu mektuplarında. Çünkü Herr Permaneder böyle etkinliklerden hoşlanmazdı, "çok sevgili" Münihi'nde kırk yıldan daha uzun bir süredir yaşayan Permaneder'in Resim Müzesi'nden adımını içeriye attığını gören olmamıştı.

Günler geçip gidiyordu. Herr Permaneder, Buddenbrook'ların gönderdiği çeyiz parasını alır almaz kendisini emekli edince Tony'nin bütün neşesi kaçmıştı. Yeni yaşamıyla ilgili bütün umutları yıkılmıştı. Bir başarı, heyecan uyandıran bir gelişme haberi gönderemeyecekti ailesine. Şimdi olduğu gibi kaygısız, ama kıt kanaat geçinen ve pek "saygın" olmayan sıradan bir yaşam sürecekti ömrünün sonuna kadar. Bu onu bunaltıyordu. Özellikle bu can sıkıcı ruh halinin, Güney Almanya yaşam koşullarına uyum sağlamasını zorlaştırdığı, eve yazdığı mektuplardan açıkça anlaşılıyordu. Bazı konularda az da olsa uyum sağlıyordu. Hizmetçilerin ve eve eşya getiren işçilerin dilinden anlamasını öğrenmişti, "köfte" yerine onun yöresel adını söyleyebiliyordu ve, "Bu ne iğrenç şey böyle," diyen kocasına sebze çorbası yapmaktan vazgeçmişti. Ama bu yeni memleketinde pek çok bakımdan bir yabancıydı yine de. Çünkü Buddenbrook ailesinin bir kızı olduğunu hiç kimsenin umursamaması ona sürekli bir alçalma duygusu veriyordu. Bir elinde bir litrelik kocaman bir bira kupası, öteki elinde tuttuğu kara bir turpla herhangi bir duvarcı ustasının caddede karşısına dikilip, "Sayın komşum, bana saatin kaç olduğunu söyler misiniz?" diye Bavyera ağzıyla sorduğunu mektuplarında anlatırken çektiği bunca acıya rağmen öfkeli ses tonu açıkça belli oluyordu, başını geriye atıp adama ne yanıt veriyor ne de yüzüne bakıyordu. Aslında onu yabancılaştıran şey, buradaki insanların ona sıradan biri gibi davranmaları ve daha az değer vermeleri değildi: Münih'in bu hareketli yaşamına ayak uyduramadı. Münih gibi büyük bir kentin havası, boş boş dolaşan sanatçılarla ve yurttaşlarla dolu, biraz da yozlaşmış büyük kentin havası onu sarsıyor ve keyfini kaçırıyordu.

Günler geçiyordu. Bir gün bir mutluluk umudu belirir gibi oldu, Breiten Caddesi ve Meng Caddesi'nde oturanların boşuna bekledikleri bir mutluluk haberi, 1859 yılı başından kısa bir süre sonra bu bekleyiş gerçekleşti; Tony, ikinci kez anne olacaktı.

Çocuksu, neşeli ve önemsediği söylemlerle dolu mektuplarında, uzun zamandır görülmeyen bir sevinç hali göze çarpıyordu. Yaz tatillerini Baltık Denizi kıyılarında geçirmeye başlayan Frau Konsül, yaz boyunca kızından uzakta kalacak olmasına çok üzülmüş, Tanrı yardımını senden esirgemez kızım, diye yazmıştı. Fakat Tom ve Gerda, doğacak bebeğin vaftiz töreninde hazır bulunacaklarını bildirdiler. "Saygın" bir karşılama için Tony'nin kafasında binbir türlü plan vardı. Zavallı Tony! Ne yazık ki, bu karşılama çok hüzünlü olacaktı; çiçekler, konfetiler ve çikolatalarla kutlamayı hayal ettiği vaftiz töreni hiç yapılamayacaktı; çünkü küçük kızı, dünyaya gelmesinden sadece on beş dakika sonra öldü, doktoru o küçücük ve zayıf bedeni yaşatmak için elinden gelen çabayı göstermişti, ama yaşatamamıştı.

Konsül Buddenbrook ve eşi Münih'e geldiklerinde, Tony'nin sağlık durumunun iyi olmadığını gördüler. İlk doğumunkinden çok daha ağır bir doğum sonrası dönem geçiriyordu. Sinirlerinin zayıflığı yüzünden daha önceleri de ara sıra ciddi biçimde rahatsızlık veren midesi hiçbir şey kabul etmiyordu. Fakat Tony sonunda iyileşti ve Buddenbrook'lar hiç olmazsa biraz rahatlamış olarak ayrıldılar Münih'ten, çünkü kaygı verici başka şeyler de yok değildi, her şeye gözleriyle tanık olmuşlardı. Ortak acılarının bile karıkocayı birbirine yaklaştıramadığı Herr Konsül'ün gözünden hiç kaçmamıştı.

Permaneder'in çocuğun yaşamamasına üzüldüğüne kuşku yoktu. Gerçekten çok sarsılmış görünüyordu, yavrularının cansız bedeni karşısında şişmiş gözlerinden boşalan yaşlar yanaklarından aşağıya doğru akarak o fırça gibi sert bıyıklarını ıslatmıştı. Defalarca derin derin iç çekerek, "Tanrım, ne büyük bir felaket! Ne büyük felaket bu!" demişti. Fakat Tony'nin düşüncesine göre, bu onun "rahatını yaşamasına" pek de engel olmamıştı, kısa bir süre sonra akşamları yine o ünlü birahaneye, Hofbräuhaus'a giderek üzüntüsünü unutmuş ve, "Tanrım, bu ne büyük felaket böyle," feryadını içine gömerek yazgısına, rahat, iyi niyetli, biraz somurtkan ve biraz da aptalca olan bir yazgıya boyun eğerek sorumsuzca yaşamaya devam etti.

Fakat o günden beri Tony'nin mektuplarındaki umutsuzluk ve yakınma tonu hiç kaybolmadı:

"Ah, sevgili anneciğim, başıma neler geldi neler! Önce Grünlich ve iflas olayı, sonra Permaneder'in işi bırakması ve sonra da çocuğumun ölümü. Bütün bu felaketleri hak edecek ne yaptım ben?"

Konsül Buddenbrook kız kardeşinin eve yazdığı mektuplardaki bu tür şeyleri okuyunca gülümsemeden edemiyordu, çünkü her bir satırındaki gizli acıya rağmen, yine de insanı tebessüm ettiren çocuksu bir gurur, bir kendini beğenmişlik hali seziliyordu. Kız kardeşi Tony'nin, Madam Grünlich olarak da, Madam Permaneder olarak da hep çocuk kalacağını, başından geçen bunca şeylere rağmen, olanları çocuksu bir ciddiyetle, ama her şeyden önce çocuksu bir dirençle karşıladığını biliyordu.

Tony bütün bu acıları hak edecek ne yaptığına bir türlü akıl erdiremiyordu; annesinin dindarlığıyla zaman zaman alay ediyor olsa da, bu dünya da yapılan iyiliklerin karşılıksız kalmayacağına ve Tanrı'nın adaletine yürekten inanıyordu. Zavallı Tony! İkinci çocuğunun ölümü, başına gelen ne ilk ne de son darbe olacaktı...

1859 yılı sona ererken çok korkunç bir olay oldu...

## 9

Kasım ayının sonlarına doğru bir sonbahar günüydü, gökyüzü pusluydu ve kar yağacak gibiydi. Güneş, kayan kara bulutların arasından bir çıkıyor bir kayboluyordu. Liman kentindeki kilisenin kalın duvarlarının çevresinde keskin bir kuzeydoğu rüzgârının ıslık çalarak estiği ve soğuk algınlığına yakalanmanın işten bile olmadığı soğuk günlerden biriydi.

Konsül Thomas Buddenbrook, öğleye doğru "Kahvaltı Odası"na girdiğinde annesi gözlüğünü takmış, masanın başında bir kâğıdı okuyordu.

Frau Konsül oğlunun yüzüne baktı ve kâğıdı ona göstermek istemiyormuş gibi iki eliyle yana iterek, "Tom, sakın korkma," dedi, "pek hoş bir haber değil... Anlayamıyorum... Berlin'den geliyor... Bir şeyler oldu herhalde..."

"Söyleyin lütfen!" dedi Thomas. Yüzünün rengi değişti ve bir an şakaklarındaki kaslar iyice belirginleşti, dişlerini sımsıkı sıkmış, üzüntüsünü belli etmemeye çalışıyordu. "Söyleyin lütfen şu hoş olmayan haberi, bekletmeden söyleyin lütfen!" demek istiyormuş gibi son derece kararlı bir tavırla keskin bir el hareketi yaptı.

Açık kaşlarını çatıp uzun bıyıklarının ucundan parmağıyla yavaşça çekerken kâğıtta yazılı olanları ayakta okudu. Bu bir telgraftı:

> Birden telaşlanmayın. Erika'yla birlikte hemen geliyorum. Her şey bitti.
>
> Bahtsız kızınız Antonie.

Konsül Buddenbrook büyük bir öfkeyle, "Hemen... hemen!" dedi ve başını hızlı hızlı sallayarak annesine baktı. "Bu 'hemen' sözcüğü de ne demek?.."

"Öylesine bir söylem işte Tom. Hiçbir anlamı yok. Herhalde 'ilk fırsatta' ya da buna benzer bir şey söylemek istedi..."

"Peki ama, neden Berlin'den? Tony'nin Berlin'de ne işi olabilir ki? Neden gitmiş Berlin'e?"

"Bilmiyorum Tom. Ben de bir anlam verebilmiş değilim. Telgraf on dakika önce geldi. Bir şeyler oldu herhalde. Ama ne olduğunu anlamak için biraz beklememiz gerekecek. Tanrı'nın yardımıyla her şey yeniden düzelecektir. Otur oğlum, bir şeyler ye."

Thomas Buddenbrook oturdu ve ne yaptığının farkında olmadan kocaman bardağına Porter birası doldurdu.

"Her şey bitti," diye tekrarladı. "İşte bizim Antonie. Hep o çocuksu davranışlar..."

Sonra sessizce yemeğini yedi ve birasını içti.

Bir süre sonra Frau Konsül Buddenbrook, "Acaba," diye sordu. "Permenader'le bir şeyler mi geçti aralarında Tom?" diye sordu.

Konsül Buddenbrook başını kaldırıp annesinin yüzüne bakmadan yavaşça omuzlarını silkti. Kapıdan çıkarken kapı tokmağını tutup, "Evet anne," dedi. "Gelmesini bekleyelim. Gece yarısı gelip seni yataktan kaldırmamak için yarın gündüz gözüyle gelecektir. Lütfen beni haberdar et..."

Frau Konsül Buddenbrook her saat kızının gelmesini bekliyordu. Geceyi çok tedirgin geçirmişti, çıngırakla ara kattaki yan odada yatan Ida Jungmann'ı çağırdı ve biraz şekerli su istedi, uzunca bir süre yatağın içinde oturup el işi işledi. Ertesi gün öğle sonuna kadar devam etti bu korkunç bekleyiş. İkinci kahvaltı sırasında Thomas, "Tony gelecekse ancak ikindiüstü saat üçü otuz üç geçe Büchen üzerinden gelir," dedi. Frau Konsül o saatte Doğa Manzaralı Tablolar Odası'nda pencerenin önünde oturmuş, siyah deri kaplı kapağına altın yaldızlı hurma dalı basılı bir kitabı okuyordu.

Hava yine dünkü gibiydi: Soğuk, pus ve rüzgâr vardı. Tel kafesin arkasındaki dökme demir soba çıtır çıtır yanıyordu. Yaşlı Frau Buddenbrook, ne zaman bir tekerlek sesi duysa, irkilip hemen sokağa bakıyordu. Saat dört oldu ve Frau Buddenbrook dikkatini başka şeylere verip kızını neredeyse unuttuğu bir anda, zemin katta bir hareketlenme oldu... Hemen pencereye uzandı, kenarı dantel işlemeli mendiliyle camdaki yağmur damlalarını sildi:

Gerçekten de bir araba duruyordu evin önünde ve biri merdivenden yukarıya çıkıyordu!

Frau Buddenbrook yerinden kalkmak için her iki eliyle koltuğunun kollarına tutundu, fakat sonra aklına daha başka bir şey geldi ve tekrar yerine oturdu, "Aman Tanrım!" der gibi bir ifadeyle başını kapıya doğru çevirdi ve koşar adımlarla kendisine doğru gelen kızına baktı; Erika Grünlich de Ida Jungmann'ın elinden tutmuş, camlı kapının girişinde bekliyordu.

Frau Permaneder'in üstünde yakası kürklü bir pardösü ve başında da tüllü bir fötr şapka vardı. Solgun ve sarsılmış görünüyordu, gözleri kıpkırmızı olmuştu ve küçükken ağladığında olduğu gibi üstdudağı titriyordu. Kollarını kaldırdı, tekrar bıraktı ve sonra annesinin önünde diz çöküp yüzünü yaşlı kadının eteğinin kıvrımları arasına bırakarak acı acı hıçkırmaya başladı. Bütün bunlar Tony'nin Münih'ten apar topar ve soluk soluğa uzaklaştığı izlenimini veriyordu. Bir kurtuluş olarak geldiği evlerinde, annesinin dizlerinin dibinde pek bitkin görünüyordu. Frau Konsül bir an sustu.

Sonra tatlı bir serzenişle, "Tony!" dedi ve Frau Permaneder'in saçlarını tutturduğu büyük iğneyi şapkasından özenle çıkardı, şapkayı pencerenin kenarına koydu ve kızının açık kumral gür saçlarını sevgiyle okşayarak onu sakinleştirmeye çalıştı.

"Ne var kızım?.. Ne oldu?"

Ama sabırlı olması gerekiyordu, zira yanıt epeyce geç geldi.

Frau Permaneder, "Anne... Anneciğim!" diyebildi güçlükle. Başka bir şey de söyleyemedi.

Frau Konsül Buddenbrook başını camlı kapıya çevirdi. Bir eliyle kızının başını okşarken, öteki elini de parmağını ağzına koymuş, girişte ürkek ürkek bekleyen torununa uzattı.

"Gel yavrum, gel yanıma da günaydın de! Büyümüş ve pek de güzelleşmişsin, Tanrı'ya şükürler olsun! Kaç yaşındasın şimdi Erika?"

"On üç, büyükanne..."

"Aman Tanrım! Koskoca bir hanımefendi..."

Frau Buddenbrook, Tony'nin başının üstünden eğilerek küçük kızı öptü ve, "Haydi, şimdi Ida'yla git güzel çocuğum," Biraz sonra hep birlikte yemek yiyeceğiz. İzin ver de şimdi annenle biraz hasret giderelim."

Anne ile kız baş başa kaldılar.

"Tony, sevgili kızım, ağlamayı bırakmayacak mısın? Bak kızım, Tanrı bizi bir sınavdan geçiriyorsa bunu sükûnetle karşılamalıyız. Kötü kaderine razı ol, diye yazar İncil'de... Önce yukarıya, odana çıkıp biraz dinlenip kendine geldikten sonra mı inmek istersin aşağıya? Bizim iyi kalpli Jungmann odanı hazırladı... Telgrafın için teşekkür ederim. Doğruyu söylemem gerekirse bizi çok korkuttun..."

Konuşmayı kesti, zira etekliğinin kıvrımları arasından boğuk boğuk ağlama sesleri yükseliyordu:

"O çok kötü bir insan, anne... çok kötü bir insan o... çok kötü bir..."

Frau Permaneder'in ağzından bu ağır sözlerden başka bir şey çıkmıyordu. Kendisini buna bütünüyle kaptırmış gibiydi. Bunları söylerken yüzünü annesinin kucağına iyice bastırmış ve bir yumruğunu sıkmıştı.

Yaşlı anne bir süre sustuktan sonra, "Kocandan mı söz ediyorsun kızım?" diye sordu. "Böyle bir şeyi aklıma getirmemem gerektiğini biliyorum, ama daha başkasını da düşünemiyorum Tony. Permaneder seni çok mu üzdü? Ondan şikâyetin mi var?"

Frau Permaneder, "Bábett!.. Bábett!.." diye haykırdı.

Frau Konsül Buddenbrook, "Babette mi?" diye tekrarladı sorar gibi. Sonra koltuğuna yaslandı ve açık renkli gözlerini pencereye çevirerek dışarıyı seyretti. Söz konusu olan şeyin ne olduğunu artık biliyordu. Bir sessizlik oldu, Tony'nin giderek azalan hıçkırıklarıyla bozulan bir sessizlik.

"Tony," dedi Frau Konsül bir süre sonra, "gerçekten bir derdin olduğunu anlıyorum... Kaygılanman için bir nedenin olduğunu da... Fakat kaygını böylesine ateşli sözlerle söylemen gerekir miydi? Erika'yı yanına alıp Münih'ten buraya gelmen gerekir miydi? Benim gibi anlayışlı olmayanlar, kocana bir daha dönmeyeceğini düşünmezler mi?.."

Frau Permaneder birdenbire başını kaldırıp ağlayan gözlerle annesinin yüzüne sert sert bakarak, "Dönmek istemiyorum zaten!.. Asla!.." dedi. Sonra yüzünü yeniden annesinin eteğinin kıvrımları arasına sakladı. Frau Konsül onun bu feryadını duymazdan geldi.

Başını yavaşça öbür tarafa çevirerek ve yüksek sesle, "Ama şimdi... ama şimdi annenin yanındasın. Bana her şeyi bir bir anlat ve rahatla. Sonra birlikte konuşuruz, sevgi, anlayış ve akıl yoluyla her şeyin nasıl düzeleceğini," dedi.

Tony bir kere daha, "Asla!" dedi. "Asla!" Ama daha sonra olup bitenleri anlatmaya başladı. Fakat sözleri pek anlaşılamıyordu, çünkü başını Frau Konsül'ün etek kıvrımları arasından kaldırmadan konuşuyordu. Anlattıkları, kapıldığı öfke ve birden parlamasıyla zaman zaman bölünüyordu, ama yine de şunlar anlaşıldı:

Frau Permaneder ayın yirmi dördünü yirmi beşine bağlayan gece yarısı uykusundan uyanmak zorunda kalmıştı, oysa bütün gün mide ağrısı çekmiş ve çok geç uyuyabilmişti. Dışarıda, merdivenin ön tarafından gelen bir gürültü uyandırmıştı onu. Merdiven basamaklarının gıcırtısı, öksürük karışımı bir gülüşme, bir karşı koyma çabası, tuhaf tuhaf homurtular ve inilti seslerinden oluşan oldukça gizemli bir gürültü... Bu gürültülerin nedeni hakkında bir an bile kuşku duymaya gerek yoktu. Frau Permaneder uyku sarhoşluğu içerisinde ne olduğunu anladığında, beti benzi atmış bir halde ve küt küt atan kalbi ve yükselen nabız atışlarıyla hemen yataktan fırlamadı. Çok uzun gelen korku dolu bir dakika boyunca uyuşmuş ve kaskatı kesilmiş gibi başını yastıktan kaldıramadı. Ama bu utanç verici gürültü bir türlü kesilmek bilmeyince, titreyen elleriyle ışığı açtı, büyük bir umutsuzluk, öfke ve nefretle yataktan kalktı, kapıyı açtı ve ayağında terlikleri ve elinde fenerle merdivenin bulunduğu yere doğru hızla yürüdü: Sokak kapısından doğruca üst kata çıkan o dik merdivenin ilk basamağında gözleriyle gördükleri, daha önce yatak odasında duyduğu gürültüye korkuyla kulak verirken zihninde canlandırdığı canlı bir görüntüydü... Bir boğuşma olmuştu, aşçı kız Babette ile Herr Permaneder arasındaki hiç yakışık almayan utanç verici bir boğuşma. Elinde bir anahtar demeti ve bir mum tutan aşçı kız –evin bir köşesinde gecenin bu saatine kadar çalışmış olmalıydı–, kendisine sarılan efendisinin elinden kurtulmak için kendini oradan oraya atıyordu; şapkasını arkaya itmiş olan saldırgan da fok balığını anımsatan bıyığını kızın yüzüne sürmek için sürekli çabalıyor ve arada bir de bunu başarıyordu. Antonie birden ortaya çıkıverince Babette, "Aman Tanrım!" gibi sesler çıkarmıştı ağzından. "Aman Tanrım!" diye Permaneder de tekrarlamış ve kızı bırakmıştı. Kız bir anda sessizce ortadan kaybolurken Herr Permaneder iki yana sarkmış kolları, öne düşmüş başı ve fırça gibi bıyıklarıyla eşinin karşısında kalakalınca, "Ne aksilik... ne felaket!" gibi saçma sapan şeyler söylemişti kekeleyerek. Başını kaldırıp baktığında Tony orada değildi artık. Onu yatak odasında buldu: Yatağın üstüne yarı oturmuş, yarı uzanmış bir durumdaydı. Hıçkırıklar arasında söylediği "yüz karası" sözcüğünü sürekli tekrarlayıp duruyordu. Permaneder her yanı uyuşmuş bir halde kapıya yaslanmış, sanki karısının böğrüne bir yumruk atacakmış gibi omuzlarını öne doğru silkerek, "Sakin ol, aptallık etme Tonerl!" dedi. "Bak dinle, bizim Ramsau'lu Franzl doğum gününü kutladı bu akşam... Hepimiz biraz keyiflendik..." Fakat odaya yayılan ağır içki kokusu, Permaneder'in taşkınlığını iyice artırmıştı. Tony artık hıçkırmayı bırakmış ve kendini toplamıştı. İçindeki heyecan ve öfke, üzüntüsünü biraz olsun dağıtmıştı. Umutsuzluğun neden olduğu aşırılıkla tüm nefretini, duyduğu tiksintiyi en ağır sözlerle yüzüne karşı haykırdı. Herr Permaneder de sessiz kalmamıştı kuşkusuz. Kafayı iyice bulmuştu, zira dostu Franzl'ın doğum günü onuruna bol bol bira içmişti; karısına çok sert yanıt verdi, Herr Permaneder'in çalışmayı bıraktığında yaptıkları kavgadan çok daha kötü kavga etmişlerdi; Frau Antonie oturma odasına geçmek için giysilerini toplamıştı ki Permaneder arkasından son bir söz daha söyledi, Tony'nin tekrar edemeyeceği, dudakları arasından hiçbir zaman çıkaramayacağı bir söz... bir söz...

Madam Permaneder'in başını annesinin etek kıvrımları arasına bırakarak anlatmaya çalıştığı şey buydu işte. Ama duyduğu şeyi, o korkunç gecede içine işleyen ve donup kalmasına neden olan bu "sözcüğü" bir türlü unutamıyordu. Tony bu sözcüğü tekrarlamadı; ah, Tanrı korusun, o sözü bir kere daha nasıl tekrarlayabilirdi ki! Bunu bana bir kere daha anımsatma, dedi annesine, oysa Frau Konsül'ün buna zorladığı yoktu, kızının anlattıklarını dinlerken, düşünceli düşünceli başını sallıyor ve bir yandan da Tony'nin açık sarı gür saçlarını seyrediyordu.

"Evet, evet," dedi Frau Konsül Buddenbrook, "çok üzüntü verici şeyler dinledim Tony. Bütün bunları çok iyi anlıyorum, benim zavallı güzel kızım. Çünkü ben senin yalnızca annen değilim, aynı zamanda da bir kadınım senin gibi... Çektiğin üzüntü ve acının ne denli büyük olduğunu, kocanın bir anlık zayıflığı sırasında nasıl kendinden geçip sana karşı olan sorumluluğunu unuttuğunu anlayabiliyorum..."

"Bir anlık zayıflık mı?" diye haykırarak ayağa fırladı Tony. İki adım geri gitti, çabuk çabuk gözlerini kuruladı. "Bir anlık zayıflık mı diyorsun anne!.. Bana ve ailemize karşı olan sorumluluğunu unuttu... Bana baştan beri saygılı davranmadı! İşini bırakan ve karısının drahomasıyla geçinen bir koca! Hiçbir tutkusu, hiçbir çabası ve hiçbir amacı olmayan bir koca! Damarlarında kan yerine koyu renk bira dolaşan bir erkek... Evet, bundan hiç kuşkum yok! Bábett olayında görüldüğü gibi kendisini böylesine alçaltabilen, yaptığı rezalet yüzüne vurulunca da işte böyle bir sözle yanıt verebilen bir adam... böyle bir sözle..."

Tony dönüp dolaşıp yine o söze gelmişti, hiçbir zaman tekrar etmek istemediği o söze. Fakat birden geriye bir adım attı ve son derece sakin ve yumuşak bir sesle, "Ne güzel şey bu böyle, anneciğim. Nereden buldun?" diye sordu.

Çenesiyle sazdan örülmüş bir sepeti, Frau Konsül'ün bir süredir el işlerini koymak için kullandığı ipek kurdelelerle süslü ayaklı küçük bir sepeti işaret etti.

"Satın aldım," dedi yaşlı kadın, "ihtiyacım vardı da."

Tony başını eğip sepeti yandan süzerken, "Çok şık!.." dedi. Frau Konsül de bakışlarını sepetin üzerinde dolaştırıyormuş gibi yaptı, derin düşüncelere dalmıştı.

Frau Konsül Buddenbrook sonunda ellerini kızına uzatarak, "Sevgili Tony'ciğim," dedi. "Başından geçen olaylar nasıl olursa olsun, sen yine buradasın... Evimize yeniden hoş geldin yavrum. Bütün bunları oturup sakin kafayla konuşuruz... Şimdi şu üstündekileri çıkar, odana yerleş ve biraz dinlen..." Sesini yükselterek, "Ida!" diye bağırdı yemek odasına, "Madam Permaneder ve Erika için de takım koy sofraya, güzelim!"

## 10

Tony, yemekten hemen sonra yatak odasına çekilmişti, zira eve dönüşünü, kardeşi Thomas'ın öğrendiğini annesi yemekte söylemişti ona. Genç kadın onunla karşılaşmaya pek istekli görünmüyordu.

Akşamüstü saat altıda Konsül Thomas Buddenbrook geldi. Doğruca Doğa Manzaralı Tablolar Odası'na çıktı ve orada annesiyle uzun bir görüşme yaptı.

"Durumu nasıl?" diye sordu. "Nasıl davranıyor?"

"Ah, Tom, korkarım barışmayacak... Tanrım, öyle kırılmış ki! Sonra o 'söz'... Kocası olacak adamın söylediği o sözün ne olduğunu bir öğrenebilseydim..."

"Yanına gidiyorum."

"Git Tom. Ama kapıyı yavaşça çal da ürkmesin. Sakin davran, anlıyor musun, sinirleri çok bozuk... Hiçbir şey yemedi sayılır. Bilirsin, midesi hasta... Onunla sakin sakin konuş."

Thomas Buddenbrook her zamanki alışkanlığıyla basamakları atlayarak hızla ikinci kata çıkarken, bir yandan da düşünceli düşünceli bıyığıyla oynuyordu. Ama Tony'nin yatak odasının kapısını çalarken rahatlamış olduğu yüzünden belli oluyordu, çünkü konuya mümkün olduğunca şakayla yaklaşmaya karar vermişti.

İçeriden gelen üzüntülü bir, "Girin," sesi üzerine Thomas Buddenbrook odaya girdi. Frau Permaneder yatağının örtüsünü biraz geriye atmış, üstünde elbisesiyle uzanıyordu. Kuştüyü yastığa dayanmıştı ve yanı başındaki komodinin üstünde mide damlası ilacı şişesi duruyordu. Biraz yana doğru döndü, başını eline dayadı ve gülümseyerek içeriye giren Thomas'ın yüzüne baktı.

Thomas yana açtığı kollarıyla neşeli bir şekilde yerlere kadar eğilerek kız kardeşini selamladı.

"Saygıdeğer hanımefendi!.. Saygıdeğer başkentlimizin ziyaretini neye borçluyuz acaba?.."

Tony, "Önce bana bir öpücük ver Tom," dedi ve yanağını uzatmak için doğruldu ve sonra kendisini yeniden bıraktı yatağına. "İyi akşamlar, benim yakışıklı genç kardeşim! Bakıyorum da Münih'te gördüğümden beri hiç değişmemişsin!"

"Ama burada, kapalı panjurlar arkasında kendinle ilgili bir yargıda bulunamazsın, hayatım. Bu sevgi gösterisine devam etmelisin, bu sana çok yakışıyor..."

Thomas Buddenbrook kız kardeşinin elini tutarken, öteki eliyle de bir sandalye çekti ve onun yanına oturdu.

"Daha önce de sık sık söylediğim gibi, sen ve Klothilde..."

"Ne ayıp Tom!.. Thilda nasıl?"

"İyi, çok iyi! Madam Krauseminz ilgileniyor onunla, yemesi içmesiyle de. Ama engel olamadığım şey, Thilda'nın perşembe toplantılarında bir sonraki haftada yiyeceği şeyleri önceden yutuyor olması..."

Tony, uzun zamandır gülmediği kadar içten güldü, ama daha sonra derin bir iç çekti ve sordu:

"İşlerin nasıl gidiyor?"

"Eh... idare ediyoruz işte. Memnun olmam gerekir."

"Ah, Tanrı'ya şükür, hiç olmazsa 'burada' her şey olması gerektiği gibi! Ah Tom, gevezelik etmeyi hiç canım çekmiyor..."

"Yazık. İnsan şakacılığı hiçbir zaman elden bırakmamalı."

"Hayır, Tom. Artık bittim ben. Her şeyi biliyorsun, değil mi?"

Thomas, "Her şeyi biliyorum!.." diye tekrarladı, kız kardeşinin elini bıraktı ve ani bir hareketle sandalyesini geriye çekti. "Tanrım, şu 'her şeyi' sözcüğü de çok tuhaf doğrusu. Bu 'her şeyi' sözcüğünün içinde neler gizli acaba? Sevgimi ve acımı oraya gömdüm, diyebilir mi bir insan? Hayır, diyemez. Şimdi beni dinle..."

Tony sustu, kardeşini şaşkın ve biraz da sert bakışlarla süzüyordu.

Thomas, "Yüzünün böyle olacağını bekliyordum," dedi, "çünkü yüzün böyle olmasaydı, şimdi burada olmazdın. Fakat sevgili kardeşim, izin ver de seni çok üzen o sorunu büyütmeyelim, göreceksin birbirimizi tamamlamamız her ikimizin de yararına olacaktır..."

"Çok zor Thomas, çok zor!.."

"Tanrı aşkına, Tony. Her şeyi hemen trajediye dönüştürmeyelim! Biraz alçakgönüllü olalım ve 'Her şey bitti' ve 'Bahtsız kızınız Antonie' gibi karamsar ifadelerden kaçınalım. Beni yanlış anlama Tony. Gelmene en çok benim sevindiğimi çok iyi bilmen gerekir. Kocası yanında olmadan ziyaretimize gelse de ailece birlikte olsak, diye uzun zamandır özlüyordum seni. Ama 'şimdiki' gelişin, böyle apar topar gelişin, kusura bakma ama, yalnızca bir budalalık, sevgili kardeşim!.. Evet... sözlerimi tamamlamama izin ver! Permaneder'in kusurlu davrandığından eminim, bunu ben de yazacağım ona, inan bana..."

Tony yerinden doğrulup elini göğsünün üstüne koyarak kardeşinin sözünü kesti. "Nasıl davrandığını açıkça söyledim ona, hem de yalnızca söylemekle kalmadım, ancak kocamla daha fazla tartışmayı kendi değer yargılarıma göre çok yakışıksız buldum!" Bunları söyledikten sonra kendini yeniden yatağına bıraktı ve donuk bakışlarını tavana dikti.

Thomas Buddenbrook kız kardeşinin sözlerinin ağırlığı altında eziliyormuş gibi başını öne eğmiş, gülümseyerek dizlerine bakıyordu.

"Peki, dediğin gibi olsun, ona kaba bir mektup yazmayacağım. Bu her şeyden önce senin işin. Ona haddini bildirmek sana düşer. Karısı olarak bunu sen yapmalısın. Sağlıklı bir kafayla düşünecek olursak, hafifletici durumlar da yok değil. Dostlarından biri doğum gününü kutluyor, Permaneder de içkiyi biraz fazla kaçırmış, neşesi yerinde eve dönüyor ve küçük bir taşkınlık, hiç yakışık almayan masum bir kaçamak yapıyor."

"Thomas," dedi Tony, "seni hiç anlamıyorum. Ne biçim bir konuşma bu! Sen... senin gibi ilkeleri olan bir erkek... fakat sen onu o halde görmedin! Sarhoş haliyle aşçı kıza nasıl sarıldığını görmedin sen..."

"Gözümün önüne getirebildiğim kadarıyla, yeterince komik bir durum. Ama Tony, sen olayı bu komik yanıyla ele almıyorsun. Mide ağrıların yüzünden belki de. Evet, kocanı zayıf bir ânında suçüstü yakaladın, biraz utanç verici bir durumda gördün onu... Ama buna bu kadar öfkeleneceğine, biraz eğlenmen ve ona biraz daha insancıl davranman gerekmez miydi?.. Bununla şunu söylemek istiyorum sana: Onun bu davranışını gülümseyerek ve sessiz kalarak karşılayamazdın elbette, böyle düşündüğümü sanma sakın. Ama sen evi hemen terk ettin: Bu çok büyük bir tepki, biraz aşırıya kaçan bir ceza belki de, onun şu anki üzgün halini görmek bile istemiyorum. Ama o bunu fazlasıyla hak etti. Benim senden ricam, olup bitenleri daha az öfkeyle ve biraz da bir politikacı bakış açısıyla değerlendirmen... Aramızda konuşuyoruz elbette, ama bir evlilikte ahlaki bakımdan hangi tarafın ağır bastığının hiç önemli olmadığını söylemeden edemeyeceğim sana Tony! Kocan bir zayıflık göstermiş, buna hiç kuşku yok... Kendisini küçük düşürdü ve biraz da komik duruma soktu... Komik duruma soktu, diyorum, çünkü yaptığı şey ciddiye alınamayacak kadar komik gerçekten... Kısacası, kocan onurunu tamir edilemeyecek kadar zedeledi, sen şimdi kesinlikle ondan daha üstün durumdasın; aklını kullanıp bundan yararlanma becerisini gösterebilirsin ve böylece mutluluğu yeniden yakalamış olursun. Sen şimdi, diyelim ki, on dört gün sonra –evet, 'en azından' bizde bu kadar kalacağını var sayıyorum– on dört gün sonra Münih'e döndüğünde, göreceksin ki..."

"Thomas, ben Münih'e dönmeyeceğim."

Thomas Buddenbrook yüzünü buruşturup elini kulağına götürdü ve ileriye doğru eğilerek, "Ne dedin?" diye sordu.

Tony yatağının üstünde sırtüstü uzanıyordu, başını yastığa öylesine bastırmıştı ki çenesi ileriye doğru fırlamış gibiydi. Kararlı bir tavırla, "Asla!" dedi, sonra derin derin soluk aldı ve gürültülü biçimde öksürdü: Ağır ağır ve yeniden yeniden öksürdü –sinirsel bir öksürük krizine dönüşmeye başlayan ve belki de mide ağrısıyla ilintili kuru bir öksürük–. Bir sessizlik oldu.

Thomas Buddenbrook birden ayağa kalktı ve elini kocaman koltuğun arkasına dayayarak, "Tony, beni rezil edecek bir davranışta bulunmanı istemiyorum!.." dedi.

Tony başını çevirip ona yandan bakınca, kardeşinin yüzünün sarardığını, şakaklarındaki kasların dışarıya fırladığını gördü. Kendini daha fazla tutamadı, heyecanlandı. Kardeşinin önünde duyduğu korkuyu belli etmemek için, öfkeyle bağırıp çağırmaya başladı. Çabucak yerinden doğruldu, ayaklarını yataktan aşağıya indirdi ve öfkeden kıpkırmızı olmuş yanakları ve kalkık kaşlarıyla ellerini ve başını hızlı hızlı hareket ettirerek konuşmaya devam etti:

"Bir rezalet mi Thomas?.. Utanç verici bir duruma sokulup yüzüme karşı en ağır sözler söylenirken sen bana rezalet çıkarma diye emrediyorsun, öyle mi? Bir kardeşe yakışır mı bu?.. Evet, bunu sormama izin ver! Başkalarının duygularına saygı göstermek ve kibarlığı elden bırakmamak kuşkusuz iyi bir şeydir! Ama hayatta her şeyin bir sınırı vardır, Tom ben hayatı öğrendim, hem de senin kadar iyi öğrendim, rezaletten korkmanın adının ne zaman korkaklık olduğunu bilirim. Aptal ve kafasız bir kız olarak bunu sana söylemek zorunda kaldığıma şaşırıyorum... Evet, ben böyleyim işte, Permaneder beni sevmemişse haklıdır. Çünkü ben yaşlı ve çirkin bir kadınım, beni sevmeyebilir elbette. Bábett daha güzeldir belki de. Ama bu durum benim aileme, aldığım eğitime ve duygularıma saygı gösterme sorumluluğundan kurtaramaz onu! Onun bana karşı olan sorumluluğunu unuttuğunu, bana karşı nasıl saygısızlık ettiğini sen görmedin Tom. Görmeyen biri bunu anlayamaz, çünkü Permaneder'in davranışlarıyla ne kadar iğrenç biri olduğunu gösterdiğini anlatmak olası değil..."

Thomas Buddenbrook sakin bir ses tonuyla, "Böyle saçma bir şey olamaz," dedi ve topuklarının üstünde dönerek sanki her şeyi düzeltmiş gibi Tony'nin yanından uzaklaştı. "Boşanmak iki kişinin rızasıyla olur güzelim. Permaneder'in bunu hemen kabul edeceğini düşünmek biraz saflık olur..."

Tony en küçük bir korku belirtisi göstermeksizin, "O benim sorunum," dedi. "Evet, direneceğini sanıyorum, şu on yedi bin talerlik drahoma yüzünden. Grünlich de istememişti boşanmayı, ama sonunda ayrılmak zorunda kaldı. Her şeyin bir yolu vardır. Doktor Giesecke'yle konuşacağım, Christian'ın yakın arkadaşıdır, bana yardım edecektir... Önceki boşanmamdan farklı bir durum olduğunu biliyorum elbette, senin ne söyleyeceğini de biliyorum. O zaman dava konusu olan şey, 'kocanın ailesini geçindirememesi'ydi, evet böyleydi. Gördüğün gibi, bu konuda çok şey biliyorum, oysa sen hayatımda ilk kez boşanıyormuşum gibi davranıyorsun!.. Fakat bunun hiç önemi yok Tom. Belki gücüm yetmez ve bunu başaramam, olabilir, sen haklı da çıkabilirsin. Ama bu hiçbir şeyi değiştirmez. Kararlarımda hiçbir değişiklik olmaz. İsterse aldığı paraları geri vermesin, hayatta daha yüce değerler vardır! Ama beni bir daha asla göremez."

Tony bunları söyledikten sonra hafif hafif öksürdü. Yataktan kalktı, dirseklerinden birini koltuğun kenarına dayadı ve çenesini elinin içine alıp öyle bastırdı ki, bükülmüş dört parmağı altdudağının içine gömülmüştü sanki. Bu konumda vücudunun üst kısmını biraz yana kaydırarak ağlamaktan kıpkırmızı olmuş gözleriyle pencereden dalgın dalgın dışarıya bakıyordu.

Konsül Buddenbrook odada bir aşağı bir yukarı dolaşıyordu, iç çekiyor ve omuzlarını silkiyordu. Sonunda, ellerini birbirine kenetleyerek kız kardeşinin önüne dikildi.

Umutsuzca ve yalvarır bir sesle, "Sen hâlâ küçük bir çocuksun Tony!" dedi. "Söylediklerinin hepsi çocukça şeyler! Rica etsem de olanları bir kere daha düşünsen ve yetişkinler gibi değerlendirsen, olmaz mı? Çok ciddi ve kötü olaylar yaşamış, eşi tarafından haince aldatılmış ve tüm dünyanın gözü önünde rezil duruma düşürülmüş bir kadın gibi davrandığının farkında mısın? Ama başına hiçbir şey gelmediğini düşünüp, olanları unutabilirsin! Kaufinger Caddesi'ndeki evinizin o dik merdivenlerinde yaşanan bu aptalca olayı gören ve bilen Tanrı'nın tek bir kulu bile yok! Sakin bir kafayla düşünüp olanları biraz eğlenceli yönüyle ele alır ve Permaneder'e geri dönersen, ne kendinin ne de bizim saygınlığımızdan bir şey kaybedersin... Eğer böyle yapmazsan, bizim saygınlığımıza ancak o zaman zarar verirsin, o önemsiz olayı büyütmüş olur ve bir rezalete yol açarsın..."

Tony başını elinin içinden çekti ve kardeşinin yüzüne baktı.

"Thomas, biraz sus artık! Konuşma sırası şimdi bende! Dinle beni! Yaşanan bir olay herkes duyunca mı yüz karası ve rezalet oluyor? Hayır Thomas, hayır! Bir insanın içini kemiren ve kendisine olan saygınlığını yiyip bitiren rezaleti gizlemek çok daha tehlikelidir! Hep söylediğiniz gibi dışarıya karşı 'kusursuz' görünmek isteyen biz Buddenbrook'lar, evimizin dört duvarı arasında oturup bu tür alçaltılmaları içimize mi atacağız, öyle mi yapalım istiyorsun? Tom, sana şaşıyorum doğrusu! Böyle bir durumda babamın nasıl davranacağını bir düşün ve onun anlayışına uygun bir yargıya var! İnsan dürüstlüğü ve şeffaflığı elden bırakmamalı... Sen her gün hesap defterlerini herkese gösterebilir ve 'işte' diyebilirsin... İçimizden hiçbirimiz daha farklı davranamazdık. Tanrı'nın beni nasıl yarattığını biliyorum. Hiçbir şeyden korkmuyorum ben! Julchen Möllendorpf önümden geçerken beni selamlamazsa selamlamasın! Pfiffi Buddenbrook perşembe toplantılarında başımdan geçenlere için için sevinip, 'Yazık, ikinci evliliği de yürümedi, bütün suç erkeklerde elbette!' derse desin! Ben bunları hiç önemsemiyorum, Thomas. Yaptığım şeyin doğru olduğunu biliyorum. Ama Julchen Möllendorpf'tan ve Pfiffi Buddenbrook'tan korkup da bana yapılan hakaretleri sineye çekmem ve sürekli bira içen kaba saba bir adama katlanamam... Onlar ne diyecekler diye, merdiven başında yaşadığım o iğrenç sahneye ve duyduğum küfürlere katlanarak o kentte ve o adamın yanında kalamam artık; mutlu ve halinden memnun görünmek için kendimi, ailemi, aldığım terbiyeyi ve bütün değerlerimi inkâr edemem. Bunun adına onursuzluk derim, buna rezalet derim ben, bunu bilmeni isterim!"

Tony konuşmasına ara verdi, çenesini yine elinin içine koydu ve donuk bakışlarını pencereye dikti. Thomas Buddenbrook bir bacağına yaslanarak ellerini pantolonun cebine sokmuş, kız kardeşinin önünde duruyordu;

onun yüzüne bakmadan gözlerini üzerinde dolaştırırken derin düşüncelere dalmış bir halde başını ağır ağır hareket ettiriyordu.

"Tony," dedi, "bana yeni bir şey söylemiyorsun sen. Bunları önceden de biliyordum, ama son olarak söylediğin sözlerinle kendini ele vermiş bulunuyorsun. Sen kocandan değil, o şehirden kaçıyorsun. O dik merdivende geçen bu aptalca olaydan değil, sen yalnızca kendinden kaçıyorsun. Münih'in havasına alışamadın. Hiç olmazsa kendine karşı dürüst ol."

Tony, "Bunda haklısın Thomas!" diye bağırdı ve öfkeyle yerinden fırlayarak elleriyle ona yüzünün halini gösterdi. Yüzü kıpkırmızıydı. Bir eliyle koltuğu tutuyor, öteki eliyle de bir savaşçı edasıyla birtakım hareketler yapıyor ve hiç durmadan ateşli sözler söylüyordu. Konsül Buddenbrook ona şaşkınlıkla bakıyordu. Tony, soluk bile almadan yeniden başlıyor, konuşuyor ve konuşuyordu. Münih'te geçirdiği yıllar içerisinde, içinde birikmiş o iğrenç olayları haykırmak için yeni yeni sözcükler buluyordu; gerçi biraz düzensiz ve dağınık olsa da ağzına gelen her şeyi söylüyordu. Bütün bunlar bir patlamanın sonucuydu, umutsuzluktan kaynaklanan bir boşalmaydı. Hiçbir gücün karşı duramayacağı bir boşalma, tartışılmaya gelmeyen bir patlama, önüne geçilemeyen çok önemli bir şey...

"Evet, bu konuda haklısın, Thomas! Ama bunu bana bir daha söyleme! Artık o aptal kız olmadığımı ve hayatın ne olduğunu öğrendiğimi sana bir kere daha belirtmek isterim. Hayatta işlerin her zaman pek de temiz gitmediğini öğrenince öyle donup kalmıyorum artık. Sulugöz Trieschke gibi insanları tanıdım, Grünlich'le evli kaldım ve şehrimizin kart zamparalarını tanıyorum. Taşralı o masum kızlardan olmadığımı söylemek isterim sana. Bábett olayı aslında beni çileden çıkarıp oradan uzaklaştırmadı, inan bana! Sorun, bardağın dolup taşmış olmasıydı, bunun için pek fazla bir şey de gerekmiyordu, çünkü bardak aslında çoktan dolmuştu... çoktan dolmuştu... çoktan dolmuş ve taşmıştı bile! Bu çok önemsiz bir şeydi belki de, ama yetti! Bu konuda bile Permaneder'e güvenemeyeceğimi biliyorum artık! Bu hepsinin üstüne tuz biber ekti, bu kadarı yetti! Bu, benim Münih'ten ve ondan uzaklaşma kararımı bir anda pekiştirdi, bu karar uzun zamandan beri olgunlaşmaktaydı Tom. Ben artık orada yaşayamam, Tanrı aşkına anla beni, bunu yapamam! Ne kadar mutsuz olduğumu görmüyor musun? Münih'e beni ziyarete geldiğinde, sana hiçbir şey hissettirmemeye çalıştım, çünkü ben ölçülü bir kadınım, sızlanarak başkalarını rahatsız etmek ve içimdekileri her Tanrı'nın günü herkese anlatmak istemem; bilirsin, biraz içine kapanık biriyim ben. Ama çok acı çektim Tom; her bakımdan çok acı çektim, söylemem gerekirse bütün benliğimle acı çektim, tıpkı yabancı bir toprağa dikilmiş bir fidan gibi... gerçi sen böyle bir benzetmeyi uygun bulmazsın, çünkü senin gözünde ben çirkin bir kadınım... Ama orada kalmaktansa Türkiye'ye giderim daha iyi! Ah, biz Kuzey Almanyalılar hiçbir yere gidemeyiz! Ayrılamayız memleketimizden! Körfezimizde kalıp karnımızı burada doyurmalıyız... Benim soyluluğa olan yakınlığımı hep alaya aldın sen... evet, uzunca bir süre önce aklı başında bir adamın bana söylediği şu sözleri Münih'te geçirdiğim yıllarda sık sık düşündüm: 'Soylulara karşı sempati besliyorsunuz... Nedenini söyleyeyim mi? Çünkü siz de bir soylusunuz! Babanız büyük bir insan ve siz de bir prensessiniz. Sizinle bizim aramızda derin bir uçurum var, biz sizin ait olduğunuz seçkin çevreden değiliz...' demişti adam. Evet, Tom... biz soylu bir aileyiz ve halkla aramızda bir mesafe var, böyle hissediyoruz kendimizi. Bizleri tanımayan ve bizleri takdir etmesini bilmeyenlerin arasında yaşamayı düşünmemeliyiz, onların arasında onurumuz kırılır ve küçük duruma düşeriz, kendini beğenmiş gülünç insanlar derler bize. Evet Tom, oradakilerin hepsi de beni kendini beğenmiş, şımarık biri olarak tanıdı. Gerçi bunu benim yüzüme karşı söylemediler, ama böyle düşündüklerini her an hissettim ve bundan dolayı da çok acı çektim. Hah hah! Pastanın bıçakla yendiği, prenslerin bile 'bana' yerine 'beni' diye konuştukları ve bir kadının yere düşen yelpazesini bir erkek yerden alıp verince, hemen bu bir gönül işi olayı diye algılanan bir memlekette gülünç duruma düşmek çok kolaydır Tom. Oranın havasına alışmak mı? Hayır, onursuz, ahlaki değerlerden yoksun, hiçbir tutkusu olmayan kaba ve aptal insanların arasında, hem tembel hem de sorumsuz, ağırkanlı ve sıradan insanların arasında yaşamaya alışamazdım... hayır, böyle insanların arasında havaya uyamam ben, kız kardeşin olduğuma inanıyorsan buna da inanmalısın. Yapamam Tom! Eva Ewers bunu başarabildi... Ama Eva Ewers bir Buddenbrook değil. Üstelik elinden iş gelen bir kocası var onun. Ya benim kocam? Bir düşün Thomas. Baştan başla ve olanları anımsamaya çalış! Ben buradan iyi kötü bir işi olan, amaçları belli bu evden ayrılıp oraya, çalışmaktan vazgeçip benden aldığı drahoma ile geçinmeye çalışan Permaneder'e gittim... Evet, söylediklerim gerçekti, gerçek ve tam ona özgü bir davranıştı, ama öteki yaptıklarının yanında belki de sevinmem gereken bir durumdu bu. Ya daha sonra yaptıkları? Bir çocuğumuz oldu! Nasıl da sevinmiştim! Bana yaptığı her şeyi unutmuştum! Ne oldu? Öldü. Çocuğum öldü. Kuşkusuz bunda Permaneder'in bir suçu yoktu, hayır, Tanrı korusun böyle bir şey diyemem. O elinden geleni yaptı ve hatta üç-dört gün kadar birahaneye gitmedi. Ama öyle yapması da gerekirdi Thomas. Bunu alkışlamadığımı düşünebilirsin. Katlanmaya çalıştım ve yakınıp yırtınmadım. Hiç kimsenin anlayamadığı, kendini beğenmiş biri olarak yalnız başıma dolaşıp durdum ve kendi kendime şöyle dedim: Onunla evlendin. Biraz kaba ve tembel biri, bütün umutlarını boşa çıkardı, ama iyi niyetli ve kalbi temiz bir insan. Ama daha sonra o olay geldi başıma ve o iğrenç ânı gözlerimle gördüm. O zaman anladım ki, beni ötekilerden daha çok anladığını ve saygı gösterdiğini düşündüğüm bu adam, aslında beni hiç anlamıyor ve bana en ufak bir saygı göstermiyordu, senin silolarda çalıştırdığın işçilerinden hiçbirinin bir köpeğe bile söyleyemeyeceği bir sözle arkamdan bağırabildi! İşte o zaman artık beni orada hiçbir şeyin tutamayacağını, onun yanında kalmamın yalnızca bir yüz karası sayılacağını anladım. İstasyondan buraya gelirken, Holsten Caddesi'nde hamal Nielsen'le karşılaştım. Hemen şapkasını çıkardı ve yerlere kadar eğilerek beni selamladı, ben de onun selamına karşılık verdim: Hem de öyle kendini beğenmiş biri olarak değil, babamın yoldan geçenleri selamladığı gibi selamladım onu... elimi şöyle yaparak. İşte şimdi de buradayım. Arabaya iki düzine at koştursan da, beni Münih'e bir daha asla gönderemezsin Tom. Yarın sabah Doktor Giesecke'ye gidip boşanma konusunu görüşeceğim!"

Tony bunları söyledikten sonra bitkin bir halde kendisini yeniden koltuğuna bıraktı, çenesini avucuna dayadı ve donuk bakışlarını pencereye dikti.

Konsül Buddenbrook korkmuş, şaşırmış ve oldukça sarsılmış bir halde kız kardeşinin önünde duruyor ve susuyordu. Sonra derin bir soluk aldı, kollarını omuzlarının hizasına kadar kaldırdı ve kalçalarına doğru yeniden bıraktı.

"Evet, yapacak bir şey yok!" dedi sessizce, yavaşça topuklarının üstünde döndü ve kapıya yöneldi.

Tony, kardeşi odaya girerken karşıladığı gibi yine

aynı yüz ifadesiyle, acı çeken ve somurtan bir yüz ifadesiyle baktı arkasından.

"Tom, bana kızdın mı?" diye sordu.

Thomas Buddenbrook, bir eliyle oval kapının tokmağını tutarken öteki eliyle de yorgun bir el hareketi yaptı. "Ah, hayır, asla."

Tony, ona elini uzattı ve boynunu büktü.

"Gel yanıma Tom... Kız kardeşinin hayatı çok iyi geçmiyor, her şeyi ters gidiyor... Şu anda kendisine destek olacak hiç kimsesi yok..."

Thomas Buddenbrook geri döndü ve onun elini tuttu: yüzüne bakmadan, umursamaz bir tavırla ve yan taraftan.

Tony'nin üstdudağı titremeye başladı yine.

"Bütün işlere tek başına bakman gerekiyor," dedi kardeşine, "Christian'ın sana bir yardımı olmaz herhalde, benim de işim bitik... artık bir şey gelmez elimden... Acıyıp bir dilim ekmek verirsiniz herhalde benim gibi işe yaramaz bir kadına. Tom, sana yardım edemeyecek bir duruma geleceğimi hiç, ama hiç düşünmemiştim! Biz Buddenbrook'ların işlerini sürdürmek şimdi yalnızca sana düşüyor... Tanrı yardımcın olsun."

Küçük küçük kırışıklar oluşmaya başlayan yanaklarından iki damla gözyaşı yuvarlandı, iri iri ve pırıl pırıl parlayan çocuk gözyaşları.

## 11

Tony uyuşuk davranmadı, kendi işini eline aldı. Sakinleşmesi, yumuşaması ve başka şeyler düşünmesi umuduyla Konsül Buddenbrook ondan şimdilik yalnızca bir tek şey istemişti: sessiz durmak ve Erika'nın yaptığı gibi evden dışarı çıkmamak. Zamanla her şey düzelebilirdi. Önemli olan, bunun kentte duyulmasına izin vermemekti. Perşembe günleri yapılan aile toplantılarından vazgeçildi.

Ama eve gelişinin ilk günü, Frau Permaneder'den kendi elyazısıyla yazılmış bir mektup alan Avukat Doktor Giesecke, doğruca Meng Caddesi'ne geldi. Tony onu birinci katın koridoruna açılan orta odada yalnız kabul etti; oda ısıtılmıştı ve büyük bir masanın üzerinde bu amaç için konulan mürekkep hokkası, yazı malzemesi ve bürodan getirilmiş büyük boy bir sürü beyaz kâğıt konulmuştu. İki koltuğa karşılıklı oturdular.

Tony, ellerini kavuşturup başını arkaya attı ve gözlerini tavana dikerek, "Sayın Doktor!" diye başladı. "Siz gerek insan olarak gerekse mesleğinizden dolayı hayatı iyi tanıyan birisiniz, sizinle her şeyi açık açık konuşabilirim!" Sonra Bábett olayını ve yatak odasında olup bitenleri bir bir anlattı. Ama Doktor Giesecke ne merdiven başında geçen o üzücü olayın ne de arkasından edilen küfrün –Tony, bu konuda daha ayrıntılı bilgi vermeyi reddediyordu– geçerli bir boşanma nedeni sayılamayacağını bildirmekten üzüntü duyduğunu söyledi.

"Peki," dedi Tony. "Teşekkür ederim."

Sonra hukuk açısından nelerin boşanma nedeni sayılacağını sordu ve ondan uzun bir hukuk dersi aldı; Tony, Doktor Giesecke'yi büyük bir ciddiyetle ve ilgiyle dinledikten sonra dostça bir yüzle onu evine gönderdi.

Tony alt kata indi ve Konsül'ün çalışma odasına gelmesini istedi.

"Thomas," dedi, "o adama hemen bir mektup yazmanı istiyorum senden... ben onun adını ağzıma bile almak istemiyorum artık. Çeyiz parama gelince, bu konuda ne düşündüğünü bana bildirmek zorunda. Öyle ya da böyle, beni bir daha asla göremeyecek. Boşanmayı kabul ediyorum, derse sorun kalmaz; benim drahomamla ilgili olarak bir düzenlenme yapılır. Kabul etmezse bizim de pes etmemiz gerekmez. Tom, şunu bilmen gerekir ki, Permaneder'in benim drahomam üzerinde hukuki açıdan hakkı var elbette, bunu itiraf etmek zorundayım, ama Tanrı'ya şükür benim de haklarım var..."

Konsül Buddenbrook, elleri arkasında bir aşağı bir yukarı dolaşıyor ve sinirli sinirli omuzlarını oynatıyordu, çünkü kız kardeşi "drahoma" sözcüğünü söylerken yüzünde aşırı bir gurur belirdiğini görmüştü.

Hiç vakti yoktu. Tanrı biliyor ya, işten başını kaldıracak durumda değildi. Tony biraz sabırlı olup bu konuda en azından daha elli kez düşünmeliydi! Şimdi önünde bir yolculuk vardı, yarın sabah Hamburg'a gidecekti: Christian'la hiç de hoş olmayan bir görüşme yapacaktı. Christian eve bir mektup yazmış ve annesinden miras kalacak olan payından düşülmek üzere para yardımı istiyordu. İşleri çok kötü durumdaydı. Bir sürü sağlık sorunu olduğunu söyleyip sürekli yakınmalarına rağmen, lokantalarda, sirkte ve tiyatroda sürekli boy gösterdiği ve krallar gibi eğlendiği gözlerden kaçmıyordu. Buddenbrook adının saygınlığını kullanarak sürekli borçlanıyor ve kendi yaşam koşullarının çok üzerinde bir hayat sürüyordu. Meng Caddesi'nde, Şehir Kulübü'nde ve bütün kentte herkes biliyordu bunda kimin suçlu olduğunu. Aline Puvogel adında bir kadındı, sevimli iki çocuğuyla yalnız başına yaşıyordu. Hamburglu tüccarlar arasında bu kadınla ilişki kuran ve bol bol para harcayan kişi Christian Buddenbrook'tan başkası değildi...

Kısacası, Tony'nin bu can sıkıcı boşanma isteğinden başka daha pek çok şey vardı ve Thomas Buddenbrook'un hiç vakit kaybetmeden Hamburg'a gitmesi gerekiyordu. Belki de Permaneder kendiliğinden harekete geçer ve kendisine daha önce yazardı...

Konsül Buddenbrook, Hamburg'a gitti; öfkeli, karamsar bir ruh haliyle geri döndü. Münih'ten hâlâ bir haber çıkmadığı için, ilk adımı kendisi atmak zorunda kaldı. Herr Permaneder'e bir mektup yazdı, soğuk, nesnel ve biraz da küçümseyen bir mektup: Antonie'nin Permaneder'le olan evliliğinden derin hayal kırıklığına uğradığı inkâr edilemez... Ayrıntıları bir kenara bırakacak olursak Tony bu evlilikte beklediği mutluluğu bulamadı... Onun sizden ayrılma isteğine aklı selim sahibi herkes hak verir... Münih'e dönmeme kararından vazgeçirmek ne yazık ki mümkün görülmüyor... Mektup, Herr Permaneder'in bu gerçekler karşısında nasıl hareket edeceği sorusuyla sona eriyordu...

Günlerce beklendi heyecanla!.. Herr Permaneder sonunda yanıt verdi.

Herr Permaneder hiç kimsenin beklemediği bir yanıt vermişti. Ne Doktor Giesecke, ne Frau Konsül, ne Thomas ve ne de Tony böyle bir yanıt beklemişti. Herr Permaneder, sıradan birkaç cümleyle boşanmaya razı olacağını bildiriyordu.

Herr Permaneder olanlara çok üzüldüğünü, ancak Antonie'nin isteklerine saygılı olacağını yazıyordu mektubunda. "O ve ben birbirimize zaten hiç yakışmıyorduk," diyordu. Eğer ona zor yıllar yaşatmışsa olanları unutmasını ve kendisini bağışlamasını rica ediyordu. Kendisini ve Erika'yı bir daha göremeyeceğine göre, her ikisine de sonsuz mutluluklar diliyordu. Mektup Alois Permaneder imzasıyla bitiyordu. Mektuba eklediği bir notla aldığı drahomayı derhal geri ödemeye hazır olduğunu da bildiriyordu. Kendi parasıyla kaygısız bir yaşam sürebilirdi: "Parayı hemen ödeyebilirim, çünkü herhangi bir vade sorunu yok. Evle ilgili sorunlarla ilgilenmek bana düşer, parayı hemen gönderebilirim," diye yazıyordu.

Tony terk ettiği kocasının yazdıklarını okuyunca biraz utandı ve Permaneder'in parasal konularda öyle bir tutkusu olmadığını söyleyerek ilk kez onu över gibi yaptı.

Bunun üzerine Doktor Giesecke yeniden çalışmaya başladı, boşanma nedenleri konusunda Permaneder'le temasa geçti ve davanın "aşırı geçimsizlik" yüzünden açılmasında anlaştılar ve duruşma başladı – Tony'nin büyük bir ciddiyetle, aşırı merakla ve bir uzman edasıyla izlediği bu ikinci boşanma davası böylece başlamış oldu. Tony her gittiği yerde ve bulunduğu her ortamda bundan söz açıyor ve bu tavrıyla Konsül'ün şimşeklerini üzerine çekiyordu. Tony kardeşinin öfkesini anlayacak duyarlılık göstermiyordu. Başını geriye atıp omuzlarını biraz yukarıya kaldırarak her fırsatta gururla söylediği, "ürün", "verim", "gelir", "bütün mallar" ve "öteki şeyler" gibi sözcükleri kullanıyordu. Doktor Giesecke'nin anlattıklarından kendisini en çok etkileyen yasa maddesinin, evlilik sonrası elde edilen bir malın evlilik sona erince geri verilmesiyle ilgili madde olduğunu söylüyordu. Paylaşılacak fazla malları bulunmamasına rağmen, bu maddeyi önüne gelen herkese anlatıyordu: Ida Jungmann'a, Justus amcaya, Klothilde'ye, Breiten Caddesi'nde oturan, olayları duyunca ellerini kenetleyerek kucaklarına koyup bakışlarıyla içten içten eğlendiklerini belli eden amca kızlarına da anlatıyordu... Yatılı okulunda Erika Grünlich'in yeniden eğitim görmeye başladığı Therese Weichbrodt'a ve konunun ne olduğunun farkında bile olmayan iyi yürekli Madam Kethelsen'e de...

Sonunda gün geldi çattı. Boşanma gerçekleşti ve yürürlüğe girdi. Tony, Thomas'tan aile kütüğünü istedi ve bu yeni olayı kendi elyazısıyla kaydederek en son ve gerekli formaliteyi de tamamladı. Artık bu yeni duruma alışması gerekiyordu.

Tony bu işi büyük bir yüreklilikle başardı. Gotthold amcanın evde kalmış kızlarının hınzır hınzır dokundurmalarını büyük bir olgunlukla duymazdan geliyor, sokakta karşılaştığı Hagenström ve Möllendorpf'lara son derece soğuk davranıyor ve artık Thomas'ın evinde yapılmaya başlayan ve kentin seçkinlerinin de katıldığı aile toplantılarının hiçbirine gelmiyordu. Canından çok sevdiği yakınları yetiyordu ona: Annesi Frau Konsül, Thomas ve Gerda vardı; Ida Jungmann, anne tarafından arkadaşı olan Sesemi Weichbrodt ve biricik kızı Erika vardı. Onun iyi bir eğitim almasına büyük bir özen gösteriyordu, Erika onun gelecekti tek umuduydu belki de... Böyle yaşıyor ve zamanı böyle geçiyordu.

Aile üyeleri daha sonra Tony'nin hiçbir zaman açıklamak istemediği o "sözü" öğrendiler, Herr Permaneder'in o gece Tony'nin arkasından haykırarak söylediği o son derece çirkin sözü. Ne demişti Herr Permaneder? "Defol git, kaltak karı, cehenneme kadar yolun var!"

# Yedinci bölüm

## 1

Vaftiz!.. Breiten Caddesi'nde vaftiz töreni!

Madam Permaneder'in günlerdir beklediği ve hayalini kurduğu her şey var: Yemek odasındaki masanın başına geçmiş olan hizmetçi kız –salondaki töreni rahatsız etmemek için gürültü yapmamaya özen göstererek– kocaman ve yuvarlak bir çay tepsisinin üstüne sıraladığı altın yaldızlı ve parlak kulplu büyük büyük fincanlara kremalı sıcak çikolataları doldurmaktadır. Uşak Anton, kocaman bir pastayı dilimlere ayırırken Matmazel Jungmann da başını omzuna yaslamış, her iki küçük parmağıyla gümüş tabaklara dikkatli bir şekilde şekerlemeler koyuyor ve masayı taze çiçeklerle süslüyordu.

Az sonra konuklar gelip oturma odasında ve salonda yerlerini aldıktan sonra, bütün bu nefis yiyecekler sunulacak; dilerim herkese yeter, çünkü uzak yakın bütün aile üyeleri –hepsi değilse de– gelmişlerdi. Buddenbrook'lar, Oeverdieck'ler dolayısıyla Kistenmaker'lerle, Kistenmaker'ler dolayısıyla da Möllendorpf'larla akraba sayılıyorlar ve bu liste böylece uzayıp gidiyordu. Bir sınır çizmek olası değil!.. Oeverdieck'ler de buradalar ve ailenin en büyüğü olan seksen yaşındaki Belediye Başkanı Doktor Kaspar Oeverdieck tarafından temsil edilmektedirler.

Doktor Oeverdieck arabasıyla geldi, Thomas Buddenbrook'un kollarında, bastonuna dayanarak çıktı merdivenleri. Onun hazır bulunması törenin havasını daha da yüceltiyor... Buna hiç kuşku yok: Bu tören her türlü onura layık!

Rahip, salonda bir sunak olarak hazırlanmış ve üstü çiçeklerle süslenmiş küçük bir masanın önünde siyah cüppesi, gür ve bir değirmen taşını andıran kar beyazı kıvırcık saçlarıyla ayakta duruyordu; çevresindekilerle konuşurken, altın sarısı bir elbise giymiş iriyarı, tıknaz ve suratı kıpkırmızı besili bir kadın, danteller ve ipek kurdeleler içinde kaybolan şişman kollarının üstünde bir şey tutmaktadır: bir mirasçıyı! Ailenin adını sürdürecek bir erkek çocuğu! Bir Buddenbrook'u! Bunun ne demek olduğunu anlamamak mümkün mü?

Breiten Caddesi'ndeki evden Meng Caddesi'ne gelen haberin neden olduğu bu sessiz coşkunun anlamı anlaşılmıyor mu? Frau Permaneder'in bu haberi duyar duymaz annesine ve erkek kardeşine coşkuyla sarılması ve yengesiyle kucaklaşmasının nedeni yeterince açık değil mi? Artık ilkbahar gelmişti, 1861 yılının ilkbaharı; sonunda o da geldi dünyaya ve şimdi onun vaftiz töreni yapılıyor. Uzun süredir kendisine büyük umutlar bağlanmış ve sürekli ondan söz edilmiş ve yıllardır özlemle beklenmiş ve vermesi için Tanrı'ya yalvarılmış ve Doktor Grabow'a yapılmadık eziyet kalmamıştı. O belli belirsiz küçücük yaratık işte şimdi karşımızda.

Küçücük elleri dadısının bluzunun altın sarısı sırmalarıyla oynuyor ve açık mavi bir başlığın örttüğü başı, hemen yanı başında duran rahibi umursamazmış gibi biraz yana dönmüş, yastıkta öylece yatıyordu; bilmiş bakışlarıyla salonu dolduran dost ve akrabaları süzüyordu sanki. Üst kirpikleri oldukça uzun bu gözler, baba tarafının açık mavi ve annenin kahverengi gözleriyle ışığa göre renk değiştiren tatlı bir kestane renginde birleşmiş gibiydi, fakat burun köklerinin her iki tarafı da çukur çukurdu ve gözlerinin altında mavi mavi gölgeler vardı. Bu durum, henüz tam ortaya çıkmamış bu dört haftalık küçücük yüzün sağlıklı bir yüz olmadığını şimdiden belli ediyordu. Ah, Tanrı korusun, bunun olumsuz bir etkisi olmaz, çünkü sağlıklı bir kadın olan annenin yüzü de böyle... Önemli olan, çocuğun yaşıyor olması, hem de bir oğlan çocuğu; dört hafta önceki büyük sevincin asıl nedeni buydu işte.

Çocuk yaşıyor. Daha başka türlü de olabilirdi. Konsül Buddenbrook, Doktor Grabow'un dört hafta önce, kendisinin ve Gerda'nın yanından ayrılırken ellerini sıkarak söylediği şu sözleri hiçbir zaman unutamayacaktır: "Yüce Tanrı'ya şükredin, sevgili dostum, az kalsın..." Konsül Buddenbrook, onun neden "az kalsın" dediğini sormaya cesaret bile edememişti. Uzun süre bekledikten sonra sessizce dünyaya geliveren bu mini mini yavrunun Tony'nin ikinci kız çocuğu gibi doğumdan hemen sonra ölür mü korkusunu üzerinden atmışa benziyordu. Ama dört hafta önce anne ve çocuk için geçirdiği umutsuz saatleri unutmuş değil. Rugan ayakkabılar giydiği ayaklarını üst üste atmış, kadife bir koltukta oturmakta olan eşi Gerda'nın üzerine mutlu ve sevgi dolu bir baba edasıyla eğiliyor ve onu öpüyor.

Gerda'nın yüzü hâlâ ne kadar da solgun! Ama o solgun yüzüyle, koyu kızıl gür saçları ve rahibin üzerinde alaylı alaylı dolaştırdığı gizemli bakışlarıyla ne kadar da güzel görünüyor! İhtiyar Rahip Kölling'in ani ölümüyle genç yaşında Meryem Ana Kilisesi başrahipliğine yükselen Herr Andreas Pringsheim, ellerini çenesinin altında kavuşturmuş, saygıyla dua etmektedir. Sarışın ve kıvırcık saçlarını kısa kestirmişti; sinekkaydı tıraşlı ve kemikli yüzünde aşırı bir ciddiyet ve dinsel parıltı arasında değişen yapmacık bir anlatım var. Rahip Pringsheim, Franken bölgesindendi; birkaç yıl boyunca Katoliklerin arasında yaşayan küçük bir Protestan cemaatine rahiplik yapmıştı. Düzgün ve coşkulu bir konuşma biçimine dönüştürmeye çalıştığı Bavyera şivesiyle oldukça tuhaf bir kişiliğe bürünüyor, uzun ve kalın ya da aniden vurgu yaptığı sesli harflerle konuşuyor ve konuşurken "r" harfini dişlerinin arasında yuvarlıyordu.

Rahip Pringsheim giderek daha da yükselen güçlü bir sesle dua ederken bütün aile onu dinliyordu: Frau Permaneder, duyduğu aşırı sevinç ve gururu gizleyen bir ciddiyet içerisinde dinliyor onu; artık on beşine basmış ve başının üstünde topladığı gür saçları ve babasını andıran pembemsi teniyle güçlü kuvvetli bir genç kız olan Erika Grünlich de öyle; bu sabah Hamburg'dan gelen Christian, çukur gözlerini bir o yana bir bu yana dolaştırarak sessiz sessiz herkesi süzüyordu. Rahip Tiburtius ve karısı, vaftiz töreninde hazır bulunabilmek için Riga'dan buraya kadar yolculuk yapmaktan kaçınmamışlardı. İnce ve uzun saçlarını omuzlarına doğru bırakmış olan Sievert Tiburtius'un küçük ve gri gözleri, ara sıra büyüdükçe büyüyor ve yuvalarından fırlayacakmış gibi oluyordu. Biraz sıkıntılı, ciddi ve sert gözlerle bakan Clara, elini arada bir başına götürüyor, çünkü fena halde başı ağrımaktadır... Karıkoca Tiburtius'lar, Buddenbrook'lara çok değerli bir armağan getirmişlerdi: İçi samanla doldurulmuş kocaman bir kahverengi ayı, Rahip Tiburtius'un bir akrabasının Rusya içlerinde bir yerde vurduğu ve pençeleri arasında bir kartvizit çanağı tutan bu hayvan şimdi aşağıda, holde duruyor.

Kröger'ler, Rostock'ta posta memuru olan oğulları Jürgen'i de beraberlerinde getirmişlerdi: sade giyimli, sessiz bir genç adam. Mirastan mahrum edilen öteki oğulları Jakob'un nerede olduğunu, ona para göndermek için gümüş tabaklarını gizlice satan anneden, kızlık soyadı Oeverdieck olan bu hasta kadından başkası bilemez. Gotthold amcanın kızları da gelmişlerdi, görünüşe bakılırsa, Buddenbrook ailesinin bu mutlu olayına çok seviniyorlardı, ancak Pfiffi yine de bebeğin pek de sağlıklı görünmediğini söylemekten geri kalmadı; ne yazık ki, kızlık soyadı Stüwing olan anne ve öteki kızları Friederike ve Henriette de onu doğrulamak zorunda kalıyorlar. Her zaman karnı aç, çelimsiz ve zavallı bir kız olan Klothilde, Rahip Pringsheim'ın bakışlarıyla heyecanlanıyor ve gözlerini çikolatalı pastadan hiç ayırmıyor. Gelenlerin arasında aileden olmayan konuklar da var: Herr Friedrich Wilhelm Marcus ve Sesemi Weichbrodt.

Rahip, vaftiz babalarına dönüyor ve onlara görevlerini anlatıyor. Bunlardan biri Justus Kröger'dir. Konsül Buddenbrook, onun gelmesini önce istememişti. "İhtiyarı masrafa sokup çıldırtmayalım!" dedi. "Çünkü oğluna gizli gizli para gönderdiği için karısıyla her gün kavga ediyor, elde kalan biraz malı mülkü de her geçen gün yok olup gidiyordu. Bundan dolayı da çok üzülüyordu. Son günlerde dış görünüşüne hiç dikkat etmemeye başladı! Ama ne dersiniz? Vaftiz babası olmasını rica etsek çocuğa som altından bir yemek takımı armağan eder ve bunun için kendisine teşekkür etmemize bile izin vermez!" Bu görevin bir başkasına, Konsül'ün yakın dostu Stephan Kistenmaker'e verileceğini öğrenen Justus amca, öyle incindi ki, vaftiz babalığı görevi sonunda kendisinden rica edildi. Çocuğa armağan ettiği altın kupanın çok fazla ağır olmaması Thomas Buddenbrook'u çok sevindirdi.

Peki, ikincisi kim oldu? Uzunca bir boyunbağı takmış ve arka cebinden kırmızı bir mendilin sürekli sallandığı yumuşak ve siyah ceketiyle salondaki koltukların en rahatına oturmuş ve bastonuna yaslanmış olan bu kar beyazı saçlı ve saygıdeğer yaşlı bey, Belediye Başkanı

Doktor Oeverdieck'ti. Onun burada bulunması başlı başına bir olay, büyük bir başarıydı! Bazıları bunun nasıl olduğunu bir türlü anlamıyor. Tanrım, arada bir akrabalık bağı da yok! Buddenbrook'lar ihtiyarı zorla getirmişlerdi herhalde... Gerçek şuydu: Konsül Buddenbrook ve kız kardeşi Frau Permaneder birlikte küçük bir dolap çevirdiler, bir oyun oynadılar. Anne ve çocuk için artık tehlike kalmayıp da herkes büyük bir sevince kapılınca, Konsül Buddenbrook şaka olsun, diye, "O bir oğlan, Tony! Onun vaftiz babası ancak bir belediye başkanı olabilir!" demişti. Frau Permaneder bunu ciddiye aldı ve olayın peşini bırakmadı. Thomas Buddenbrook da konunun üzerinde iyice düşünüp taşındıktan sonra ona rica edilmesini uygun buldu. Böylece Justus amcayı kendi emellerine alet etmiş oldular, o da karısını görümcesine, odun tüccarı Oeverdieck'in eşine gönderdi ve yaşlı kayınpeder biraz hazırlık yapma fırsatı buldu. Sonunda Thomas Buddenbrook'un, Belediye Başkanı'na büyük bir saygıyla yaptığı ziyaret de beklenen sonucu verdi...

Rahip, dadının çocuğun başından başlığı çıkarmasından yararlanıp önünde duran içi altın kaplamalı ve dışı gümüşten tastaki sudan bir-iki damla alıp seyrek saçlarına serpti ve vaftiz ettiği çocuğun adını yavaş yavaş ve tek tek vurgulayarak söyledi: Justus, Johann, Kaspar. Sonra kısa bir dua okudu ve akrabalar, hiçbir şeyin farkında olmayan bu sessiz yavrucağın alnından öpüp kutlamak için sıraya girdiler. Therese Weichbrodt en son geldi ve öpmesi için dadının çocuğu ona doğru biraz eğmesi gerekti, ama Sesemi ondan önce davranıp çocuğu hafif bir şapırtıyla iki kez öptü ve, "Benim güzel evladım," dedi.

Üç dakika sonra herkes salonda ve oturma odasında grup grup toplandı ve tatlı tabakları dolaştırılmaya başlandı. Siyah cüppesi altından yeni cilalanmış uzun çizmeleri görünen Rahip Pringsheim, boynuna dökülen lüle lüle saçlarıyla oturmuş, soğuk kremalı sıcak çikolatasını içiyor ve aydınlık yüzüyle biraz önce yaptığı etkili konuşmasının aksine son derece rahat bir biçimde çevresindekilerle sohbet ediyordu. Bütün hareketleriyle şunu demek ister gibiydi: "Bakın, ben gerektiğinde rahipliği bırakır, çok neşeli bir dünya insanı olmasını da bilirim!" Çok kibar ve nazik bir adamdı. Frau Konsül Buddenbrook'la sözde biraz aşırı ciddiyetle, Thomas ve Gerda ile görmüş geçirmiş bir insan edasıyla ellerini kollarını sallayarak, Frau Permaneder'le de içli dışlı ve şakacı bir üslupla konuşuyordu. Arada bir kim olduğu aklına gelince, hemen ellerini kavuşturup kucağına koyuyor, başını geriye atıyor, kaşlarını çatıyor ve suratını asıyordu. Gülerken kapalı tuttuğu dişlerinin arasından kesik kesik ve ıslık çalar gibi sesler çıkarıyordu.

Birdenbire koridorda bir hareket beliriyor, uşağın gülüş sesi geliyor içeriye. Tebrik için gelen tuhaf biri var kapıda. Adı Grobleben. İncecik burnunun ucunda yılın her mevsiminde, düştü düşecek gibi uzun bir sümük sallanan tuhaf bir adam bu Grobleben. Konsül'ün silolarının birinde işçi olarak çalışmaktadır. Efendisi sayesinde ayakkabı boyacısı olarak bir ek gelire de sahip: Breiten Caddesi'ndeki eve erkenden uğrar, kapının önüne bırakılmış ayakkabıları alır, sofaya iner ve pırıl pırıl parlatırdı. Fakat ailenin özel günlerinde bayramlık giysilerini giyer, çiçek getirir ve burnunun ucundaki sümük aşağı yukarı inip çıkarken, ağlamaklı ve aşırı ciddi bir edayla bir konuşma yapar, daha sonra bahşişini alır ve giderdi. Ama o bunu "bahşiş almak" için yapmazdı!

Grobleben siyah bir ceket giymişti –Konsül'ün eski bir ceketi–, ama uzun konçlu çizmeleri pırıl pırıl boyalıydı ve boynunda mavi bir yün şal vardı. Kırmızı ve kuru elinde büyük bir buket tutuyordu; solmuş ve iyice açılmış güllerden yapılmış büyük bir buket, güllerden bazıları halının üstüne düşmüştü. Küçük ve kızarmış gözlerini kırpıştırarak çevresine bakınıyordu, ama bir şey görür gibi bir hali de yoktu. Kapının girişinde beklerken buketi uzattı ve konuşmaya başladı. Frau Konsül, her sözünden sonra onu yüreklendirmek için başını sallıyor, kısa kısa ve rahatlatıcı müdahalelerde bulunuyordu. Konsül Buddenbrook da açık renk kaşlarının birini kaldırıp indirerek onu süzüyordu. Aileden bazıları, örneğin Frau Permaneder gülmemek için ağzını mendille kapatıyordu.

"Çok saygıdeğer hanımlar ve beyler, ben zavallı bir adamım, ama çok sevecen bir kalbim var. Bana karşı her zaman anlayışlı davranan Herr Konsül'e ve değerli eşlerine saygılarımı ve en içten tebriklerimi sunmak için buradayım. Çocuklarının sağlıklı büyümesini diliyorum, onlar bunu Tanrı'nın ve tüm insanların önünde hak ettiler. Herr Konsül Buddenbrook gibi insanlar günümüzde az bulunur. O soylu bir insan, Tanrı onu ödüllendirecektir..."

"Evet, Grobleben, ne kadar da güzel konuştun! Ağzına sağlık Grobleben! Peki, elindeki güllerle ne yapacaksın?"

Ama Grobleben susmadı, ağlamaklı bir sesle konuşmasına devam ederek Konsül'ün sesini bastırdı:

"... Tanrı onu ödüllendirecektir, diyorum, kendisini ve saygıdeğer Buddenbrook ailesinin bütün üyelerini. Vade dolup da huzura çıkıldığında Tanrı koruyacaktır onları. Çünkü zamanı geldiğinde, hepimiz kara toprağa gireceğiz, zengin fakir herkes, herkes... Onun isteği ve kararı böyle. Kimileri gösterişli bir tabutta, kimileri de basit bir sandık içinde gömülecek. Ancak hepimiz çürüyüp toprak olacağız, toprak olacağız, toprak, toprak!.."

"Ama Grobleben, biz burada vaftiz kutluyoruz, sen de bize çürümekten, toprak olmaktan söz ediyorsun!"

Grobleben, "Buyurun, bunlar da çiçeklerim," diye bitirdi sözlerini.

"Teşekkür ederim Grobleben, ama bu kadarı da fazla. Bunlara çok para ödemişsindir. Uzun zamandır böyle güzel bir konuşma dinlememiştim!.. Hadi, al bakalım şunu da neşeli bir gün geçir." Konsül elini Grobleben'in omzuna koyarak ona bir taler verdi.

Frau Konsül, "Temiz yürekli adam," dedi, "demek Tanrı'yı çok seviyorsun?"

"Onu bütün kalbimle seviyorum Frau Konsül, inanın bana!.."

Grobleben ondan da bir taler aldı. Frau Permaneder'den de bir taler aldıktan sonra yerlere kadar eğilip ayaklarını geri geri sürükleyerek odadan çıktı ve bu arada birkaçı halının üstüne düşen gülleri de vermeyi unuttu. Az sonra Belediye Başkanı da gitmek üzere hareketlendi, Konsül Buddenbrook onu arabasına kadar uğurladı, bu öteki konukların da gitmeleri için bir işaretti; çünkü Gerda Buddenbrook'un dinlenmeye ihtiyacı vardı. Bütün odalar bir anda sessizleşti. En son kalanlar, yaşlı Frau Konsül Buddenbrook, Tony, Erika ve Matmazel Jungmann'dı.

Konsül Buddenbrook, Ida'ya dönerek, "Ida, hepimizi siz büyüttünüz, düşünüyorum da –annem de böyle düşünüyor–, küçük Johann biraz büyüyünce... gerçi şimdi dadısı var, ama o gittikten sonra bir çocuk bakıcısı gerekecek, o zaman bizim eve taşınmak ister misiniz?"

"Evet, evet, isterim Herr Konsül, eşiniz hanımefendi de böyle düşünüyorlarsa...

Bu öneriyi Gerda da beğendi ve karar daha şimdiden kesinleşti.

Frau Permaneder odadan çıkarken kapıdan bir kere daha geriye döndü ve kardeşini iki yanağından öperek, "Çok güzel bir gün oldu, Tom," dedi. "Yıllardır hiç böylesine neşeli ve mutlu olmamıştım! Tanrı'ya şükür, biz Buddenbrook'lar henüz daha bitmedik. Böyle düşünenler, fena halde yanılıyorlar! Küçük Johann'ın dünyaya gelmesiyle –ona da Johann adını vermemiz çok güzel oldu– bizler için yepyeni bir dönem başlıyormuş gibime geliyor!"

## 2

Hamburg'daki H.C.F. Burmeester ve Ortağı Şirketi'nin sahibi Christian Buddenbrook, başında modaya uygun gri şapkası ve elinde, sapında bir rahibe kadın göğsü bulunan sarı bastonuyla kardeşinin odasına girdi; kardeşi ve eşi Gerda oturmuş, kitap okuyorlardı. Vaftiz töreni günü akşamı, saat dokuz buçuktu.

"İyi akşamlar," dedi Christian, "Thomas, seninle hemen konuşmam gerekiyor... Özür dilerim Gerda... çok acele Thomas."

İki kardeş yemek odasına geçti, içerisi karanlıktı. Konsül Thomas Buddenbrook, duvardaki gaz lambalarından birini yaktı ve kardeşini şöyle bir süzdü. İyi şeyler gelmiyordu aklına. İlk selamlaşma dışında onunla henüz konuşma fırsatı bulamamıştı; fakat bugünkü vaftiz töreni sırasında onun yüzüne dikkatlice bakmış ve çok sıkıntılı ve tedirgin olduğunu anlamıştı. Christian, Rahip Pringsheim'ın konuşması sırasında bile bir bahane ileri sürerek salondan dışarı çıkmış ve dakikalarca dışarıda kalmıştı... Thomas, Hamburg ziyareti sırasında, borçlarını karşılaması için miras payından on bin mark verdiğinden bu yana Christian'ı bir daha ne görmüş ne de tek bir satır yazmıştı. "Böyle yaşamaya devam et!" demişti Konsül. "Paranı çabucak tüketirsin. Bana gelince, ileride yollarımız pek az kesişecektir. Bütün şu yıllar boyunca sana gösterdiğim dostluğu hep kötüye kullandın..." Ne diye gelmişti yine? Neydi ağabeyiyle konuşması gereken o çok acele şey?..

"Hadi anlat bakalım," dedi Konsül.

Christian, ince ve zayıf parmakları arasında tuttuğu şapkasını ve bastonunu yemek masasının çevresindeki yüksek arkalıklı sandalyelerden birine bırakarak, "Artık daha fazla yürütemeyeceğim," dedi. Karşısında, ayakta dikilen Thomas Buddenbrook, daha fazla neyi yürütemeyeceğini sordu ve, "Bana gelmenin nedenini sorabilir miyim?" diye ekledi.

Christian, "Artık yürütemeyeceğim," diye tekrarladı ve başını korkunç bir kararlılıkla ve tedirgin tedirgin sağa sola salladı ve küçük, yuvarlak ve çukur gözlerini çevresinde dolaştırdı. Otuz üç yaşındaydı, ama çok daha yaşlı görünüyordu. Kızıl kumral saçları öyle seyrelmişti ki, kafası neredeyse keldi. Bir kemeri andıran etsiz burnu, şakak kemiklerinin dışarıya fırladığı çökmüş yanaklarının ortasında tüm heybetiyle yükseliyordu.

Christian, elini vücuduna değdirmeden sol tarafından aşağıya doğru indirerek, "Hepsi bu kadar olsa!" diye devam etti. "Biliyor musun, ağrı değil, acı çekiyorum ben, ne olduğu belli olmayan sürekli bir acı. Hamburg'daki doktorum Drögenmüller, bu tarafımdaki sinirlerin kısa olduğunu söyledi bana... Düşünebiliyor musun, sol tarafımdaki bütün sinirlerim kısaymış! Tuhaf bir durum... Zaman zaman bu tarafımda bir kramp ya da bir inme olacakmış gibi geliyor, ömür boyu felç kalacakmışım gibi oluyor... Sen bilemezsin bunun nasıl bir şey olduğunu... Hiçbir gece doğru dürüst uyuyamıyorum. Kalbim hızla atmaya başlıyor ve büyük bir korkuyla ve sıçrayarak uyanıyorum uykumdan... Bir defa değil, belki de on defa fırlıyorum yataktan uykuya dalmadan önce. Bilmem, bunun nasıl bir şey olduğunu anlayabilir misin... İyice anlatayım sana... Öyle bir..."

"Bırak," dedi Thomas Buddenbrook soğuk bir tavırla. "Bana bunları anlatmak için geldiğini sanmıyorum."

"Hayır, Thomas. Yalnızca bu olsaydı, ama yalnızca bu değil! İşlerimle ilgili... Artık daha fazla yürütemeyeceğim."

"İşlerin yine mi kötü gidiyor?" diye sordu Konsül. Ama bu kez hiç kızmadı ve hatta sesini bile yükseltmedi. Bunu sorarken çok sakindi ve kardeşini soğuk bir bakışla yandan süzüyordu.

"Hayır Thomas. Doğruyu söylemek gerekirse benim işlerim hiçbir zaman yolunda gitmedi. Hamburg'da verdiğin o on binle de düzelmedi, bunu sen de biliyorsun... o para işyerimi hemen kapatmamaya yaradı. Sorun şu ki... o tarihten hemen sonra başka kayıplarım da oldu, kahve işinden... ve Anvers'teki iflastan... inan bana, doğru söylüyorum. Fakat daha sonra hiçbir şey yapmadım ve kendimi her şeyden geri çektim. Ama hayat devam ediyor... Şimdi de senetler ve öteki borçlar... beş bin taler... ne berbat bir duruma düştüğümü bilemezsin Tom! Bütün bunların üstüne bir de bu ağrılar..."

Konsül, "Demek kendini her şeyden geri çektin!" diye haykırdı. Soğukkanlılığını kaybetmişti. "İşlerini yüzüstü bıraktın ve başka şeylerle vakit geçirdin! Nasıl bir hayat sürdüğünü, günlerini tiyatrolarda, sirklerde, kulüplerde ve düzeyi düşük kadınlarla geçirdiğini bilmiyor muyum sanıyorsun..."

"Aline'yi mi kastediyorsun? Evet, bu gibi işlere senin pek aklın ermez Thomas. Benim bahtsızlığım da böyle şeylere aşırı ilgi duymamdır. Haklısın, bu gibi şeylere çok para harcadım ve bu gidişle de daha çok para harcayacağım. Şimdi sana bir şey söylemek istiyorum: Biz burada iki erkek kardeş oturmuş, aramızda konuşuyoruz. Şu üçüncü çocuk, Aline'nin altı ay önce dünyaya getirdiği küçük kız çocuğu var ya?.. O benden."

"Eşek herif."

"Böyle deme Thomas. Çok öfkelensen de ona ve bana karşı haksızlık etme... Çocuk neden benden olmayacakmış. Aline'ye gelince, o senin söylediğin gibi kötü bir kadın değil; onunla ilgili böyle şeyler düşünmemelisin, birlikte yaşadığı insana karşı kayıtsız biri değil asla... Benim yüzümden, benden daha zengin biri olan Konsül Holm'la olan ilişkisini kesti, o gerçekten çok düşünceli bir kadın... Hayır Thomas, sen onun ne kadar eşsiz bir insan olduğunu bilemezsin! Öyle sağlıklı ki... öyle sağlıklı!.. diye tekrarladı Christian. Bunları söylerken sırtını dışarıya doğru döndü ve çarpık parmaklı elini yüzüne tuttu, tıpkı *"That's Maria"* şarkısından ve Londra'daki "günahlar"ından söz ederken yaptığı gibi. "Gülerken, dişlerini bir görmeliydin onun! Böyle güzel dişleri dünyanın hiçbir yerinde görmedim, ne Valparaiso'da ne de Londra'da... Onunla tanıştığım akşamı hiçbir zaman unutmayacağım. Uhlich'in İstiridye Lokantası'nda tanışmıştık. O zaman Konsül Holm'le birlikteydi, fakat ben ona bazı şeyler anlattım ve çok da kibar davrandım... Daha sonra onu elde ettiğim zaman... evet, işte böyle Thomas! Bu, iyi bir iş başarmaktan çok daha farklı bir duygu... Bilirim, sen böyle şeyleri dinlemekten hoşlanmazsın, şimdi de hoşlanmadığını bakışlarından anlayabiliyorum, ama yakında bitecek. Ondan ayrılacağım, ama çocuk dolayısıyla ilişkimiz devam edecek... Hamburg'da yaptığım bütün borçlarımı ödemek istiyorum Tom. Sonra da şirketimi kapatacağım. Artık yürütemeyeceğimi iyice anladım. Bunu annemle de konuştum, her şeyi yoluna koymam için mirastan payıma düşen beş bin taleri önceden vermeyi kabul etti, herhalde bunu sen de kabul edersin, çünkü insanların, 'Christian Buddenbrook işlerini tasfiye etti ve yurtdışına gitti,' demeleri, 'İflas etti,' demelerinden çok daha iyi olur, bu konuda bana hak verirsin sanırım. Thomas, ben yeniden

Londra'ya gitmek ve orada bir işe girmek istiyorum. Başına buyrukluk bana göre değilmiş, bunu giderek daha iyi anlıyorum. Sorumluluk bilinci... Bir işte memur olarak çalışırken akşamları hiçbir kaygın olmadan eve dönmek ne güzel! Londra'da yaşamaktan çok hoşlanıyorum... Buna karşı diyeceğin bir şey var mı?"

Konsül Buddenbrook, bütün bu tartışma boyunca kardeşine sırtını dönmüştü ve elleri pantolonunun cebinde, bir ayağıyla çimlerin üzerinde figürler çiziyordu.

"Güzel, öyleyse git bakalım Londra'ya," dedi ve Christian'ın yüzüne doğru dürüst bakmadan onun yanından ayrıldı ve oturma odasına doğru yürüdü.

Fakat Christian onun arkasından gitti. Yalnız başına oturmuş, kitap okuyan Gerda'nın yanına yaklaştı ve ona elini uzattı.

"İyi akşamlar Gerda. Gerda, ben yakında yine Londra'ya gidiyorum. İnsanın böyle oraya buraya savrulması ne tuhaf! Evet, yine bilinmeze doğru. Bilsen, ne büyük bir kent Londra. İnsan adım başı yeni bir serüvenle karşılaşıyor ve pek çok şeyi bir arada yaşayabiliyorsun. Çok tuhaf... sen hissedemezsin bu duyguyu! İşte, tam buramda, midemde... çok tuhaf..."

## 3

Kentin tanınmış tüccarlarından yaşlı Senatör James Möllendorpf tuhaf ve insanın tüylerini ürperten bir biçimde öldü. Artık iyice yaşlanmış olan bu şeker hastası ihtiyar adam, kendini koruma içgüdüsünü öylesine yitirmişti ki, hayatının son zamanlarda pasta ve tatlı yeme tutkusuna giderek daha çok teslim olmuştu. Möllendorpf'ların da aile doktoru olan Grabow, elinden geldiğince ve büyük bir kararlılıkla buna karşı çıkmıştı; ihtiyarın sağlığından kaygı duyan ailesi, onun tatlı ve pasta yemesini engellemeye çalışıyordu. Fakat Senatör Möllendorpf nasıl davranmıştı? Ruhsal olarak iyice yıkılmış olan Möllendorpf, konumuna hiç de yakışmayan küçücük bir sokakta, Göppelgrube'de, An der Mauer ya da Engelswisch'te kendisine bir oda, daha doğrusu gerçek bir in kiraladı ve gizlice oraya gidip pasta yemeye devam etti... ölüsünü de orada buldular, ağzı yarı çiğnenmiş pasta kırıntılarıyla doluydu; ceketine pasta lekesi bulaşmıştı ve pek de sefil görünen bir masanın üstünde pasta artıkları vardı. Masanın başında pastasını yerken ani bir kalp krizi sonucu ölmüştü.

Aile bu hiç de hoş olmayan ölüm olayının ayrıntılarını mümkün olduğunca gizli tuttu, fakat haber kentte yine de büyük bir hızla yayıldı ve borsada, kulüpte, *Harmonie*'de, bürolarda, kent meclisinde, balolarda, akşam yemeklerinde ve gece toplantılarında hep bu konu konuşuluyordu. Çünkü ölüm olayı şubat ayına rastlamıştı –1862 yılının Şubat ayına– ve toplumsal etkinlikler ve gece eğlenceleri bütün hızıyla sürmekteydi. Frau Konsül Buddenbrook'un evinde düzenlenen "Kudüs Geceleri"ne katılan hanım dostları bile –Leo Gerhardt okumasına ara verince– Senatör Möllendorpf'un ölümünden söz açıyorlardı. Pazar günleri eve gelen küçük kız öğrenciler de, Buddenbrook'ların evinin koridorunda saygıyla yürürlerken aralarında bu ölüm olayını fısıldaşıyorlardı. Glockengiesser Caddesi'nde oturan terzi Herr Stuht, seçkin ailelerin evlerine girip çıkan karısıyla bu konuyu bütün ayrıntılarıyla konuşmuştu.

Ancak bu ölüm olayına duyulan aşırı ilginin gelecekte yaşanacak olanlara yönelmesi uzun sürmedi. Bu yaşlı meclis üyesinin ölüm haberi duyulur duyulmaz ortaya büyük bir soru atıldı. Möllendorpf'un toprağa verilmesinden sonra herkesin kafasında şu soru dolaşmaya başladı: Onun yerine kim senatör olacak?

Ne müthiş bir heyecan ve gizli gizli yürütülen seçim çalışmaları! Kentin Ortaçağ'dan kalma tarihî eserlerini ve çevresindeki doğal güzellikleri görmeye gelmiş bir yabancı, burada olup bitenlerin farkında olmaz; ama seçkinler arasındaki o hareketlilik de neydi öyle! Ne müthiş bir kışkırtma! Güven veren, sağlıklı ve hiçbir kuşkuya yer bırakmayan görüşler birbirleriyle çarpışıyor, adaylar bir bir inceleniyor ve giderek bir anlaşmaya varılıyordu. Tutkular kabarıyor, aşırı istekler ve kendini beğenmişlikler içten içe kaynıyordu. Körelmiş umutlar yeniden canlanıyor ve hayal kırıklıkları yaşanıyor. Beckergrube'de oturan ve her seçimde ancak üç ya da dört oy alabilen yaşlı tüccar Kurz, seçim günü yine ortaya çıkacak ve evinde büyük bir heyecanla senatoya çağırılmayı bekleyecek; ama bu kez de seçilemeyecekti, kaldırıma bastonuyla vurarak halinden memnun ve kendine güvenen bir tavırla ortalıkta dolaşacak ve sonunda senatör seçilememenin verdiği derin üzüntüyle mezara gidecekti.

James Möllendorpf'un ölüm olayı perşembe günü Buddenbrook'ların evinde, aile yemeği sırasında yeniden gündeme gelince, Frau Permaneder duyduğu üzüntüyü birkaç cümleyle ifade ederken dilini üstdudağında dolaştırarak sinsi sinsi erkek kardeşinin yüzüne bakıyordu; bunu fark eden evde kalmış amca kızları, alaycı alaycı birbirlerine baktılar ve daha sonra, sanki bir buyruğa uyuyorlarmış gibi, birkaç saniye boyunca gözlerini ve dudaklarını sıkı sıkı kapattılar. Konsül Buddenbrook, kız kardeşinin bu sinsi sinsi gülümsemesine bir an için karşılık verdikten sonra konuşmaları başka yöne çekti. Kentte Tony'yi mutlu eden konuşmalar yapıldığını biliyordu.

Bazı isimler dillendiriliyor, bazı isimlerin üstü çiziliyordu. Yeni yeni isimler öne sürülüyor ve olası adaylar gözden geçiriliyordu. Beckergrube'de oturan tüccar Henning Kurz çok yaşlıydı. Onun yerine taze bir güç gerekliydi. Sahip olduğu milyonları nedeniyle öne çıkan kereste tüccarı Konsül Huneus'un adaylığı anayasal bakımdan uygun değildi, çünkü kardeşi senato üyesiydi. Şarap tüccarı Konsül Eduard Kistenmaker ve Konsül Hermann Hagenström'ün adları listede yer alan adaylar arasında ağır basıyorlardı. Ama ilk baştan beri sürekli bir isimden de söz ediliyordu: Thomas Buddenbrook. Seçim günü yaklaştıkça Hermann Hagenström ile birlikte onun en şanslı aday olduğu anlaşıldı.

Hermann Hagenström'ün kuşkusuz daha çok taraftarı ve seveni vardı. Kent sorunlarına gösterdiği aşırı ilgi, Strunck ve Hagenström Şirketi'nin hızlı yükselişi ve gelişmesi, konsülün oturduğu evin ve sürdürdüğü lüks yaşamın, ciğer ezmesi ile yaptığı sabah kahvaltılarının da halk üzerinde etkisi olmuyor değildi. Kısa kesilmiş kızılımsı sakalı ve üstdudağına doğru sarkan basık burnu ile bu iriyarı ve göbekli adam, büyükbabasını hiç kimsenin, hatta kendisinin bile tanımadığı, babası zengin, ama arkasında kuşku bırakan evliliğinden dolayı toplum içine çıkmaktan bile çekinen, ama Huneus'larla ve Möllendorpf'larla akraba olduktan sonra sayıları beş-altıyı bulmayan ailelerin arasına giren ve hızla yükselen bu adamın kentte saygın bir kişiliğe sahip olduğu tartışma götürmez bir gerçekti. Halkın gözünde onu özel kılan ve ona önemli bir kişilik kazandıran şey, liberal düşünceli ve hoşgörü sahibi bir insan olmasıydı. Para kazanma ve para harcamada sergilediği aşırı rahatlığı ve cömert tavrıyla, işlerini gelenek ve göreneklere sıkı sıkıya bağlı kalarak büyük bir sabırla ve çabayla yürütmeye çalışan öteki tüccarlardan çok farklıydı. Geleneğin ve dinsel inancının engelleyici bağlarından kendisini kurtarmış olan bu adam, ayaklarının üstünde sapasağlam duruyor ve eskiye ait olan her şeyi reddediyordu. Bu adam, taş sütunlu sofaların ve beyaza boyalı koridorların uzandığı o görkemli eşraf evlerinden birinde oturmuyordu. Sand Caddesi'ndeki evinin Breiten Caddesi'ne doğru uzanan güney cephesi sade bir yağlıboyayla boyanmıştı; kullanım alanının hiçbir yeri gerektiğinden fazla tutulmamış, rahat ve kibar döşemesiyle her bakımdan yeni bir tarzdı ve her türlü katı çizgiden uzaktı. Hagenström, geçenlerde verdiği büyük bir akşam yemeği dolayısıyla bu yeni evine Şehir Tiyatrosu ses sanatçılarından bir hanımı da davet etmişti; sanatçı, yemekten sonra güzel sanatlara düşkünlüğüyle tanınan hukukçu erkek kardeşinin de aralarında bulunduğu konuklara şarkılar söylemiş ve oldukça cömert bir biçimde ödüllendirilmişti. Hagenström, Ortaçağ'dan kalma yapıtların bakımı ve onarımı için kent meclisinde ödenek ayrılmasını destekleyenlerden değildi. Ama kendi evini ve işyerini havagazıyla aydınlatan ilk kişi de oydu bütün kentte. Eğer Konsül Hagenström'ün bir saygınlığı varsa bu hiç kuşku yok ki, ihtiyar babası Hinrich Hagenström'den kalmış olan o her zaman gelişmeden yana, hoşgörülü ve önyargısız düşünce yapısından ileri geliyordu ve ona karşı duyulan hayranlığın temelinde de bu yatıyordu.

Thomas Buddenbrook'un saygınlığının nedeni daha başkaydı. Ona karşı duyulan saygı ve sevgi, yalnızca onun kendi kişiliğinden kaynaklanmıyordu, babasının ve büyükbabasının, hatta bütün atalarının saygın kişiliklerinin de bunda büyük payı vardı; iş yaşamında ve kent işlerinde kazandığı başarıların yanı sıra, yüzyıllık geçmişi bulunan bir ailenin adını ve ününü taşıyordu. Rahat, kibar, zevkine düşkün ve son derece sempatik davranışlarının bunda önemli payı olduğunu da unutmamak gerekir. Onu özel kılan şey, eğitimli hemşerilerinin arasında bile engin bilgisiyle şaşkınlık ve hayranlık uyandırıyor olmasıydı.

Buddenbrook'ların perşembe yemeklerinde, Konsül'ün huzurunda, yakında yapılacak olan senatör seçimden kısaca ve pek de önemsenmeden söz edilince, yaşlı Frau Konsül Buddenbrook açık renkli gözlerini sessizce yana kaçırdı. Fakat Frau Permaneder, arada bir söze karışarak yıllar önce boşanmayla ilgili yasa maddelerini ezberlediği gibi şimdi de senato üyeliği seçimiyle ilgili bütün maddeleri peş peşe sıralamaktan kendini alamadı. Seçim toplantılarından, seçmenlerden ve oy pusulalarından söz ediyor, akla gelebilecek her türlü olasılıkları bir bir sıralıyor, bir tören havası içinde yapılan seçmen andını kelimesi kelimesine ve hiçbir aşırılığa kaçmadan okuyor, isimleri listelerde yer alan adaylar hakkında anayasa gereği seçmenlerin önünde "özgürce yapılan konuşmaları" anlatıyor ve Hermann Hagenström'ün kişiliğinin tartışılacağı toplantıya katılmayı çok istediğini söylüyordu. Bir süre sonra başını öne doğru eğdi ve erkek kardeşinin komposto tabağındaki erik çekirdeklerini saymaya başladı: "Soylu adam – asil adam – doktor – rahip – meclis üyesi!" dedikten sonra eksik gelen çekirdeği bıçağın ucuyla küçük tabağın içine doğru fırlattı... Fakat yemekten sonra kendini tutamayıp Konsül'ü kolundan çekerek pencerenin boşluğuna götürdü.

"Ah Tom, Tanrım! Bir seçilsen... ailemizin arması Belediye Sarayı'nın büyük salonuna bir girse... sevincimden ölürdüm! Bak görürsün, küt diye düşer ve ölürüm!"

"Tony, sevgili kardeşim! Rica ederim biraz daha saygılı ve ölçülü davranmaya çalış! Başka zamanlarda böyle davranmayı çok iyi beceriyorsun. Ne yapmamı istiyorsun? İhtiyar Hennig Kurz gibi sokağa çıkıp kapı kapı dolaşayım mı? Biz Buddenbrook'lar 'senatör' olmadan da bir değeriz... Umarım sen her zaman olduğu gibi yine güçlü kalmayı başarırsın, seçimi kazansam da kazanmasam da."

Kışkırtmalar, akıl danışmaları ve fikir çatışmaları sürüp gidiyordu. İşleri bütünüyle bozulmuş olan ve kahvaltıda yetmiş yedi yaşındaki kızının mirasını yiyen kart zampara Peter Döhlmann, hem Thomas Buddenbrook'un hem de Hermann Hagenstöm'ün akşam yemeklerine katılıyor ve her iki ev sahibine de o gür ve yüksek sesiyle, "Sayın Senatör" diye hitap ediyordu. İhtiyar komisyoncu Siegismund Gosch ise, böğüren bir aslan gibi ortalıkta dolaşıyor ve Konsül Buddenbrook'a oy vermek istemeyen birine rastlayınca, hemen onu boğacakmış gibi davranıyordu.

"Sayın baylar, Konsül Buddenbrook... hey be! Ne yaman bir adamdır o! Babası 1840 yılında ayaklanan ayaktakımını tek bir sözle yatıştırıp dize getirdiğinde ben yanındaydım... Eğer yeryüzünde adalet diye bir şey olsaydı, o zaman babası, hatta babasının babası çoktan senato üyesi seçilmiş olurdu..."

Fakat Herr Gosch'u böylesine heyecanlandıran, Konsül Buddenbrook'un kişiliği değil, kızlık soyadı Arnoldsen olan genç karısı Gerda'ydı. Oysa komisyoncu şimdiye kadar tek bir kelime konuşmuş değildi. Gosch'un zengin tüccarlarla hiç yakınlığı yoktu, onların sofralarında yemek yemiyor ve onlarla görüşmüyordu. Ancak, daha önce de söylendiği gibi, Gerda Buddenbrook kente adımını atar atmaz, bu kötü kalpli komisyoncunun bir serüven arayan hevesli bakışlarını hemen fark ediyordu. Bomboş yaşamına biraz anlam katacak kişinin bu kadın olduğunu kendinden emin bir içgüdüyle anlamış ve kendisini doğru dürüst tanımayan bu kadına bir köle gibi tüm benliğiyle ve ruhuyla teslim olmuştu. O zamandan beri hiç kimsenin kendisini tanıştırmadığı bu asık suratlı ve son derece soğuk kadının çevresinde, bir kaplanın terbiyecisinin çevresinde döndüğü gibi dönüyor ve onu bir türlü aklından çıkaramıyordu. Frau Konsül'le hiç beklenmedik bir anda sokakta karşılaştığında, hemen başındaki Cizvit şapkasını çıkarıp onu selamlıyor, tıpkı terbiyecisinin çevresinde dönen o kaplan gibi gergin ve sinsi bir yüz ifadesiyle çevresinde dolaşıyordu. Fakat paltosunun içine sinsice gizlenip bu kadın için korkunç bir eyleme geçmek bu sıradan insanların dünyasında mümkün değildi! Bu kadının can sıkıcı alışkanlıkları, Herr Gosch'un cinayet, suç ve kanlı entrikalarla onu gönlünün krallık tahtına yüceltmesine izin vermiyordu. Gerda Buddenbrook'un saygıdeğer eşinin senatör seçilmesi için Belediye Sarayı'na gidip oy kullanmaktan ve günün birinde Lope de Vega'nın dramlarının çevirilerini ona adamaktan başka bir şey kalmıyordu.

## 4

Senatoda boşalan her koltuğun dört hafta içinde doldurulması gerekiyor, çünkü anayasa böyle emrediyor. James Möllendorpf'un ölümünden beri üç hafta geçmiş ve sonunda seçim günü gelip çatmıştı; şubat ayının sonlarına doğru ılık havanın hüküm sürdüğü bir gündü.

Öğle üzeri saat birdi. Breiten Caddesi'nde, iki bölümden oluşan ve ön cephesi parlak kiremitlerle kaplı, ileriye doğru fırlamış gibi duran sütunların üstüne doğru yaslanmış merdiven girişi, pazaryerine ve pazaryerindeki çeşmeye bakan sivri uçlu kemerleri ve irili ufaklı kuleleriyle gri beyaz bir gökyüzüne doğru yükselen Belediye Sarayı'nın önünde büyük bir kalabalık vardı. İnsanlar, sokağın erimeye başlamış vıcık vıcık kirli karı üstünde bekleşiyor, birbirlerinin yüzlerine bakıyor, boyunlarını uzatarak yeniden yeniden ileriye doğru bakıyorlardı. Çünkü orada, binanın büyük kapısının arkasında, yarım daire şeklinde yerleştirilmiş on dört koltuğun bulunduğu meclis salonunda senato ve kent meclisinden oluşan seçim kurulu şu anda seçim komiteleri tarafından önerilecek senatör adaylarının isimlerini duymayı bekliyorlar...

Görüşmeler uzadıkça uzamaktadır. Seçim bürolarında yapılan tartışmalar yatışacakmış gibi görünmüyor. Görüşmeler çok çetin geçiyor ve şu âna kadar üzerinde herkesin uzlaşabileceği bir adayın önerilemediği anlaşılıyor; zira bir uzlaşma sağlanmış olsaydı belediye başkanı önerilen adayın seçildiğini hemen açıklardı. Çok tuhaf! Nereden çıktığı, kim tarafından ve nasıl yayıldığı bilinmeyen söylentiler çıkıyor dışarıya ve sokağa kadar yayılıyor. Acaba bu söylentileri şu iki meclis görevlisinden daha yaşlı olan ve kendisini "devlet memuru" diye adlandıran Herr Kaspersen mi sızdırıyor, dişlerini sıkarak ve bakışlarını yana kaydırarak? Şimdi gelen haberlere göre, önerilen adayların isimleri başkanlığa bildirilmiş bulunuyor. Üç seçim konseyinin her biri ayrı ayrı birer aday bildirmişler: Hagenström, Buddenbrook ve Kistenmaker! Ayakkabılarının üstüne şoson giymemiş olanlar, bacaklarını indirip kaldırmaya ve ayaklarını yere vurmaya çalışıyorlar, çünkü soğuktan donan ayakları sızlamaya başlamıştı.

Burada dikilmiş bekleşenler arasında her sınıftan insan var. Ellerini pantolonlarının geniş ve alçak ceplerine sokmuş boyunları dövmeli denizciler, üst üste yığılmış buğday çuvallarının üstünden yere inmiş siyah parlak keten gömlek ve kısa pantolon giymiş sevimli yüzlü buğday taşıyıcıları, ellerinde kırbaçlarıyla seçim sonuçlarını bekleyen arabacılar var. Boyunlarında atkıları, önlükleri ve kalın çizgili etekleri, başlarının arkasına tutturdukları küçük ve beyaz şapkaları ve çıplak kollarına taktıkları kocaman sepetleriyle hizmetçi kızlar... hasır şapkalarıyla balık ve sebze satan kadınlar var. Hatta Hollandalılara özgü kabarık başlıklar takmış, bluzlarının uzun ve kıvrımlı beyaz kolları renkli korselerinden dışarıya taşan, kısa etek giymiş birkaç güzel çiçek yetiştiricisi kız da var aralarında... Şapkalarını giymeden alelacele dışarıya çıkmış ve birbirleriyle görüş alışverişinde bulunan vatandaşlar ve çevredeki dükkân sahipleri, genç ve şık giyimli tüccarlar, babalarının ya da babalarının bir dostunun bürosunda üç ya da dört yıllık çıraklık süresini tamamlayan delikanlılar, sırtlarında okul çantaları ve ellerinde kitaplarıyla öğrenciler de var...

Ağızlarında tütün çiğneyen sert sakallı iki gemi işçisinin arkasında bir kadın durmaktadır, başını büyük bir heyecanla ileriye uzatarak bu kaba saba adamlarının omuzlarının arasından Belediye Sarayı'nın çıkış kapısını görmeye çalışıyor. İki eliyle sıkı sıkı tuttuğu uzun, kahverengi kürklü bir gece mantosu var sırtında, yüzünün tamamı kalın ve kahverengi bir tülle örtülü. Ayağındaki lastik ayakkabılarıyla vıcık vıcık olmuş karın içinde hiç durmadan hareket ediyor...

İşçilerden biri ötekine, "Bak göreceksin, senin Kurz yine kazanamayacak," diyor.

"Hadi sen de sersem, bunu bana anlatma, onun adaylığı bile söz konusu edilmedi. Seçim Hagenström, Kistenmaker ve Buddenbrook arasında olacak."

"Evet, sorun bu üç adaydan hangisinin kazanacağı."

"Ne düşünüyorum, biliyor musun? Hagenström seçilir gibi geliyor bana."

"Hadi sen de palavracı herif... Sen ve Şeytan aynı ağızdan konuşursunuz zaten."

Ardından ağzındaki tütünü hemen önüne, ayaklarının dibine tükürüyor, zaten kalabalıktan dolayı daha ileriye tükürmesi de mümkün değil. İki eliyle pantolonun kemerini yukarı, göbeğine doğru çekerek konuşmaya devam ediyor:

"Hagenström yağ tulumu gibi bir adam, öyle şişman ki, nefes alıp verirken bile zorlanıyor. Kurz seçilemeyecekse, o zaman ben de Buddenbrook'un tarafına geçerim. O çok yaman bir insan..."

"Böyle söylüyorsun ama Hagenström ondan çok daha zengin..."

"Bunun hiç önemi yok. Sorun bu değil."

"Buddenbrook çok şık giyinen biri, ipek kravatı, manşetli gömlekleri ve bakımlı bıyıklarıyla oldukça gösterişli biri... Onu yürürken hiç gördün mü? Kuş gibi sekiyor..."

"Saçmalama sersem, konu bu değil."

"Onun bir kız kardeşi var, iki kocasından da boşandı, peki buna ne dersin?"

... Kürk mantolu kadın tir tir titriyor...

"Evet, böyle bir şey var, ama bunun nedenini bilemeyiz. Konsül'ün bu konuda yapabileceği bir şey yoktu belki de, bu onun suçu değil."

Yüzü tülle örtülü kadın, ellerini mantosunun içinde ovuştururken, "Öyle tabii," diye düşünüyor. "Öyle değil mi? Tanrım, şükürler olsun!"

Buddenbrook'u destekleyen adam, "Belediye Başkanı Oeverdieck onun oğullarının vaftiz babası oldu, kuşkusuz bunun bir anlamı olmalı," diye ilave ediyor...

"Öyle değil mi?" diye düşünüyor yüzü tülle örtülü kadın. "Evet, Tanrı'ya şükür onun vaftiz babası olması etkili oldu!.." Birden irkiliyor. Zira yeni bir söylenti daha ulaştı dışarıya, söylenti ağızdan ağıza dolaşarak ta arkalara, onun kulağına kadar geldi. Yapılan seçimden kesin bir sonuç elde edilmemiş, en az oy alan Eduard Kistenmaker elenmiş. Hagenström ve Buddenbrook arasındaki yarış devam ediyormuş. Bilgiç bir vatandaş her iki adayın da aynı oyu alması durumunda beş kişilik bir "hakem kurulu" seçilir ve bu kurul en çok oy alan adayı senatör seçer, diyor ciddi ciddi...

Birden giriş kapısının hemen önünde bir ses yükseliyor:

"Heine Seehaas seçildi!"

Oysa Seehaas ortalıkta sarhoş sarhoş dolaşan, el arabasıyla ekmek satan zavallı bir adamdı! Herkes gülüyor ve bu şaklabanı görmek için ayak parmaklarının üstünde yükselmeye çalışıyor. Yüzü tülle örtülü kadın da sinir krizine tutulmuş gibi gülerken, bir an için omuzları sarsılıyor. Ama daha sonra, "Şakanın sırası mı?" der gibi bir hareket yaparak kendini topluyor ve büyük bir merakla iki işçinin arasından boynunu uzatarak yeniden Belediye Sarayı'nı gözlemeye devam ediyor. Ama aynı anda ellerini yana bırakıveriyor ve sıkı sıkı tuttuğu mantosunun önü açılıyor. Düşmüş omuzlarıyla bitkin ve perişan bir biçimde orada öylece durmaktadır...

"Hagenström!" Haber geldi, ama nereden geldiği belli değil. Yerden mi geldi gökten mi geldi, bunu kimse bilmiyor. Bir anda her yere yayıldı. Sonuç kesin, kimsenin itiraz ettiği de yok. Seçimin galibi Hagenström! Evet evet, o seçildi, seçimi o kazandı. Artık burada beklemek için bir neden kalmadı. Yüzü tülle örtülü kadın bunun böyle olacağını önceden bilmeliydi. Ee, hayat böyledir işte. Eve gitmekten başka bir şey kalmadı. İçinin kabardığını, ağlamak üzere olduğunu hissediyor.

Ama bu durum ancak bir saniye sürdü, kalabalığın arasında aniden bir itiş kakış ve bir hareketlenme oldu, hareketlenme bir baştan öbür başa kadar ulaştı ve öndekiler arkadakilerin üstüne yaslandı, aynı anda büyük kapının arkasında açık kırmızı bir şey belirdi: Kırmızı ceketli iki belediye meclisi hizmetlisi Kaspersen ve Uhlefeldt, üç köşeli şapkaları, beyaz süvari pantolonları, sarı renkli manşetleri ve süslü kılıçlarıyla yan yana yürüyerek, yarılan kalabalığın arasından ilerliyorlar.

Yazgının kendisi gibi yürüyorlar: Ciddi, suskun, başları öne eğik, sağa sola bakmadan sessizce ve büyük bir kararlılıkla yürüyorlar... kendilerine bildirilen seçim sonucunu seçilen senatöre ulaştırmak için Sand Caddesi'ne değil de, sağa, Breiten Caddesi'nden aşağıya doğru iniyorlar!

Yüzü tülle örtülü kadın gözlerine inanamıyor. Ama çevresindekilerin durumu da ondan farkı değil. Kalabalık bu iki hizmetlinin peşine takılıp aynı yöne doğru ilerliyor ve birbirlerine, "Demek, Buddenbrook'muş! Hagenström değil!" diyorlar... ve büyük kapıdan çıkan bütün erkekler ateşli ateşli konuşarak sağa sapıyorlar, ilk kutlayanın kendileri olması için hızlı adımlarla Breiten Caddesi'nden aşağıya ilerliyorlar.

Bunun üzerine yüzü tülle örtülü kadın, kürklü mantosunun önünü kapatıp koşarak oradan uzaklaşıyor. Bir hanımefendiye yakışmayan bir hızla koşuyor. Yüzündeki tül kayıyor ve ter içinde kalmış yüzü görünüyor, ama hiçbir şey umurunda değil. İçi kürklü lastik ayakkabılarından birinin sulu kar üzerinde iki de bir ayağından çıkmasına ve yürümesini güçleştirmesine rağmen, herkesi geçiyor. Beckergrube'nin köşesindeki eve ilk varan o oluyor, kapının çıngırağını hızlı hızlı çalıyor ve kapıyı açan kıza, "Geliyorlar Kathrin, geliyorlar!" diye bağırıyor, merdivenden yukarıya çıkıyor ve hışımla odasına giriyor; yüzü biraz solmuş olan erkek kardeşi elindeki gazeteyi bir kenara bırakıyor ve ona doğru, "Ne var?" gibilerden bir el hareketi yapıyor. Tony ağabeyini kucaklıyor ve hizmetçi kıza söylediklerini tekrarlıyor:

"Geliyorlar Tom, geliyorlar! Seçimi sen kazandın, Hagenström kaybetti!"

Günlerden cumaydı. Senatör Thomas Buddenbrook, hemen ertesi günü toplantı salonunda, ölen James Möllendorpf'tan boşalan koltuğun önünde, bütün senatörlerin ve halk komitesinin huzurunda şu yemini etti:

"Görevimi vicdanımın sesini dinleyerek yerine getireceğim, devletin iyiliği ve milletin refahı için bütün gücümle çalışacağım, anayasaya bağlı kalacağım, milletimin işlerini namusumla yürüteceğim, görevim sırasında ve bütün seçimlerde kendimin, yakınlarımın ve dostlarımın çıkarlarını milletin çıkarlarında asla üstün tutmayacağım. Devletin yasalarına bağlı kalacağım, ister zengin ister fakir olsun herkese karşı adaletli davranacağım. Açıklanmaması gereken şeyleri açıklamayacağım ve gizli tutulması istenen şeyleri gizli tutacağım. Tanrı yardımcım olsun!"

## 5

İsteklerimiz ve girişimlerimiz, sinirlerimizin bazı gereksinmeleridir, bunları sözle anlatmak çok zordur. Thomas Buddenbrook'u "kendini beğenmiş" bir kişilik yapan o aşırı titizliğinin ve şıklığının gerçekte çok daha başka bir nedeni vardı. Onun bu davranışı, aslında tepeden tırnağa dürüst ve kusursuz olma bilincine sahip bir eylem adamının bu uğurda gösterdiği çabadan başka bir şey değildi. Fakat kendisinin ve başkalarının istekleri onun yeteneğini ve çalışma gücünü aşıyordu. Kendi işleri ve halkın işleriyle uğraşmaktan başını kaldıracak vakti yoktu. Senato toplantısında üyeler arasında iş bölümü yapılırken, ona da vergi işleriyle uğraşma görevi verilmişti. Fakat demiryolları, gümrük ve daha başka devlet işleriyle de ilgileniyordu; senatör seçileli beri katıldığı binlerce yönetim ve denetim kurulu toplantılarında, kendisinden çok daha yaşlı üyelerin duygusallığını göz önünde bulundurarak onları kırmamak için deneyimlerinden yararlanıyormuş gibi görünmek ve gücü elinde tutmak için çok dikkatli, güler yüzlü ve esnek davranması gerekiyordu. Thomas Buddenbrook'un herkesin yadırgadığı o "kendini beğenmiş" hali, yani genç görünme, günde birkaç kez elbise değiştirme ve kendisini sabah yataktan kalktığı gibi dinç hissetme isteği dikkat çekici bir biçimde artıyorsa, bu onun sinirlerinin giderek harap olduğu, hızla yıprandığı anlamına gelir, oysa daha otuz yedisine ayak basmış bile değil.

Aile dostu Doktor Grabow, biraz dinlenmesini öğütleyince, ona şu yanıtı verdi:

"Ama benim sevgili doktorum! O kadar da yaşlanmadım daha."

Bu sözlerle ifade etmek istediği şey, günün birinde amacına ulaşıp refah içinde ve huzurlu bir ortamda yaşayabileceği bir konuma gelmeden önce uzunca bir süre daha çalışmak zorunda olduğuydu. Gerçekte buna pek inandığı da yoktu. Sürekli çalışıyor ve hiç dinlenmiyordu. Yemeklerden sonra gazetelerini karıştırıp büyük bir tutkuyla bıyıklarını burarken biraz olsun dinlenir gibi görünse de, solgun şakaklarındaki damarlar hemen ortaya çıkıyor ve kafasının içinde binlerce plan dolaştığı belli oluyordu. Ticari bir manevrayı ya da kamuoyu önünde yapacağı bir konuşmayı tasarlarken, yüzünde beliren o sert ve ciddi ifade, başı biraz dinç olsun diye bütün iç çamaşırlarını yenilemeyi düşünürken de değişmiyordu!

Bu tür şeyleri satın almak ve yenilemek onu geçici olarak mutlu ediyor ve rahatlatıyorsa eğer, o bu harcamaları hiçbir çekince duymadan yapıyordu, çünkü işleri bu son yıllarda büyükbabasının günlerinde olduğu gibi çok iyi gidiyordu. Şirketin adı sadece kent içinde değil, ülke dışında da ün kazanıyor ve Thomas Buddenbrook'un devlet içindeki saygınlığı gittikçe artıyordu. Onun başarılarını ve yeteneklerini kimileri kıskançlıkla, kimileri de sevinçle izliyordu, fakat o her şeyi düzene sokmak için hiç durmadan çalışıyordu, çünkü yarattığı hayal gücünün arkasında bir eksiklik olduğunu düşünüyor ve kendisini umutsuzluk içinde hissediyordu.

Senatör Thomas Buddenbrook'un 1863 yılının yazında kendisine yeni ve büyük bir ev yaptırma planı üzerinde düşünmeye başlamasının ve bunun için hazırlık yapmasının gösteriş düşkünlüğünden ileri geldiği söylenemezdi. Mutlu kişi, yerinde oturan kişidir. Ama Thomas Buddenbrook, hiç durup dinlenmeden bu planı hayata geçirmeye çalışıyordu. Hemşehrileri onun bu ev yapma girişimini "gösteriş düşkünlüğü" sayabilirlerdi, biraz da öyleydi zaten. Yeni bir ev sahibi olmak demek, hayatın temelden değişmesi, oturduğun evi boşaltıp bir başka yere taşınmak ve yerleşmek, eski ve gereksiz şeyleri, yani geçmiş yılların bütün tortularını tasfiye etmek demekti: Bu tür düşüncelerle kendisini yenilediğini, ruhunun temizlendiğini, dinçleşip gençleştiğini ve güçlendiğini hissediyordu... Bu tür duygulara öyle çok ihtiyacı vardı ki, evle ilgili planını hayata geçirmek için hemen çalışmalara başlamış ve bütün dikkatini belli bir yere yöneltmişti.

Fisch Caddesi'nin alt kısmında, içinde bakımsızlıktan harap olmuş, her tarafı kapkara, sefil görünümlü bir ev olan bir arsa vardı. Adı sanı unutulmuş bir ailenin en son üyesi olarak tek başına oturan sahibi –çok yaşlı bir kadın– kısa bir süre önce ölünce satılığa çıkarılmıştı. Senatör Buddenbrook evini buraya yaptırmak istiyordu. Limana giderken oradan her geçtiğinde arsayı alıcı gözle yeniden inceliyordu. Çevredeki evler çok sevimliydi: Sivri çatılı güzel evlerdi hepsi de; bunların arasında en mütevazı olanı bu evdi: zemin katında küçücük bir çiçekçi dükkânı bulunan küçük küçük odalı bir ev müsveddesi.

Thomas Buddenbrook sürekli bu ev planıyla uğraşıyordu. Aşağı yukarı kaça çıkacağını hesapladı, öyle pek ucuza mal olmayacağı anlaşılsa da, bunu fazla sıkıntıya düşmeden ödeyebilirdi. Buna rağmen bütün bu girişimin aslında yararsız bir iş olduğunu düşündükçe, yüzünün rengi atıyordu, şu anda oturduğu ev kendisine, karısına, çocuğuna ve hizmetçilere fazlasıyla yetiyordu. Fakat onun bilinen gereksinimleri daha ağır basıyordu; girişimi başkaları tarafından da desteklensin ve kabul görsün, diye ilk önce kız kardeşine açıldı.

"Söylesene Tony, bu konu hakkında sen ne düşünüyorsun? Banyo odasına inen asma merdivenimiz pek de sevimli, ama ev kutu kadar bir şey. Hiç gösterişli değil, öyle değil mi? Senin de teşvikinle senatör olduğum şu durumda... Kısacası: Bana yeni bir ev gerekli, bu konuda sen ne düşünüyorsun?.."

Ah Tanrım, Tom kız kardeşi Madam Permaneder'e neler borçlu değildi ki! Tony heyecan ve coşku içindeydi. Kollarını göğsünün üstünde kavuşturmuş, omuzlarını hafifçe kaldırmış, başını geriye atmış odanın içinde dolaşıyordu.

"Çok haklısın Tom! Tanrım, ne kadar da haklısın! Buna hiç kimsenin bir diyeceği olamaz, hele bu erkek bin taler drahomalı bir Arnoldsen'le evliyse... Bu konuyu ilk önce bana açmış olmana çok sevindim, bundan büyük bir onur duydum Tom, çok iyi ettin!.. Sana söylemek isterim ki, eğer bir ev yaptıracaksan, en güzelini yaptır Tom!.."

"Evet, ben de böyle düşünüyorum. Biraz para harcayacağım kuşkusuz. Evi Voigt'e yaptıracağım. Planı senle birlikte gözden geçireceğime çok seviniyorum. Voigt çok zevkli bir insan..."

Thomas'ın onayını aldığı ikinci kişi eşi Gerda'ydı. Gerda evin planını çok beğendiğini söyledi. Gerçi taşınma telaşı ve bir sürü gürültü patırtı hiç de hoş bir şey değildi, ama akustiği güzel büyük bir müzik odasına kavuşacak olması onu sevindiriyordu. Yaşlı Frau Konsül Buddenbrook da oğlunun yeni bir ev yaptırma girişimini, Tanrı'ya karşı borçlu olduğu şükran duygusuyla kavuştukları öteki mutlulukların olağan sonucu sayıyordu. Buddenbrook'ların soyunu sürdürecek erkek torun dünyaya geleli beri ve Konsül Buddenbrook'un senatör seçilmesiyle annelik onurunu eskisinden daha da açık bir şekilde belli ediyordu. Konuşurken ikide bir, "Benim Senatör oğlum," demesi yok mu, bu Breiten Caddesi'ndeki evde kalmış amca kızlarını çok öfkelendiriyordu.

Yaşlanmakta olan amca kızları, Thomas'ın hayatındaki bu hızlı yükseliş karşısında pek de şaşırmışa benzemiyorlardı. Perşembe toplantılarında zavallı Klothilde'yle alay etmek onları daha fazla eğlendiriyordu. Eski patronu Mr. Richardson aracılığıyla Londra'da iş bulan Christian birkaç gün önce eve bir telgraf çekerek Fräulein Puvogel'le evlenme isteğini yine tekrarlamış, fakat annesi onun bu deli saçması isteğini şiddetle geri çevirmişti. Jakob Krüger'in düştüğü duruma düşen Christian'la ilgili perde böylece kapanmış oldu. Bütün bunları öğrenen evde kalmış amca kızları, şimdi Frau Konsül Buddenbrook ve Frau Permaneder'in bazı zayıf yanlarını alaya alıyorlar, örneğin konuşma sırasında lafı yaşlı kadının saç örgülerine getirerek onu iğneliyorlardı. Çünkü Frau Konsül Buddenbrook saçının "kendi" saçı olduğunu hiç çekinmeden söylüyordu. Ancak aklı başında herkes, özellikle de evde amca kızları, yaşlı kadının başlığının altından görünen kızıl kumral saçların onun "kendi" saçı olamayacağını biliyorlardı. Kuzenleri Tony'yi şimdiye kadar yaşadığı hayatta çok kötü etkiler yapmış olan kişiler hakkında –sulugöz Trieschke, Grünlich, Permaneder ve Hagenström gibi– konuşturmak daha da eğlenceli oluyordu. Tony'nin kızıp öfkelendiğinde büyük bir tiksintiyle ve omuzlarını kaldırarak sıraladığı bu isimleri onun ağzından duymak Gotthold amcanın yaşlı kızlarını pek sevindiriyordu.

Küçük Johann'ın yürümesinin ve konuşmaya başlamasının çok geciktiğini söylemekten çekinmiyorlar ve bu konuda susmanın bir erdem ve sorumluluk olduğunu düşünmek bile istemiyorlardı. Pek haksız da sayılmazlardı. Çünkü Hanno –Frau Senatör Buddenbrook oğluna bu adı takmıştı– ailenin bütün üyelerinin adlarını aşağı yukarı doğru olarak söylerken Friederike, Henriette ve Pfiffi'nin adlarını hâlâ anlaşılır bir biçimde söyleyemiyordu. Yürümesine gelince on beş ayını doldurduğu halde hâlâ kendi kendine adım atamıyordu ve bunu gören amca kızları, sanki üzülüyorlarmış gibi, başlarını sallayarak çocuğun bütün yaşamı boyunca dilsiz ve kötürüm kalacağını söyleyebiliyorladı.

Ama bu acımasız önyargılarının bir hata olduğunu daha sonra anladılar; ancak Hanno'nun biraz geç geliştiği kimsenin dikkatinden kaçmıyordu. Daha ilk günlerinde çok büyük yaşamsal tehlikeler atlatmış ve uzunca bir süre bütün aileyi korku içinde bırakmıştı. Hanno çok sessiz ve cılız bir çocuk olarak dünyaya gelmişti, vaftizden hemen sonra üç gün boyunca devam eden bir kusma ve ishal nöbeti sırasında, doğum sonrası güçlükle çalışan kalbi neredeyse duracak gibi olmuştu. Ama Hanno hayatta kalmayı başardı. Aile doktoru Grabow, çocuğun beslenmesine ve bakımına büyük özen gösterdi ve diş çıkarmasının neden olduğu sarsıntılara karşı önlem aldı. Fakat ilk sütdişinin çenesini yararak çıkmasından sonra çocukta titreme nöbetleri başladı; nöbetler giderek arttı ve herkesi korkutacak şekilde birkaç kez tekrarladı. Yaşlı doktor, anne ve babanın ellerini çaresizlik içinde sıkarak evden ayrılmak zorunda kaldı... Çocuk bitkin bir halde yatağında yatıyordu. Gözlerinin çevresinde halka halka gölgeler oluşmuştu, donuk bakışları beyin iltihabı hastalığını akla getiriyordu. Bu durumda ölüp kurtulması belki daha iyi olurdu.

Buna rağmen Hanno biraz toparladı; bakışları, çevresindekileri algılamaya başladı. Atlattığı büyük tehlikeler konuşmasını ve yürümesini biraz geciktirse de, artık korkulacak bir durum kalmamıştı.

Hanno, narin yapılı bir çocuktu ve yaşına göre oldukça boylu sayılırdı. Açık kahverengi ve yumuşacık saçları birden uzamaya başladı ve bir çeşit önlüğe benzeyen küçücük kıvrık elbisesinin omuzlarına düştü. Ailenin özellikleri daha şimdiden belirmeye başlamıştı. Elleri daha ilk günden beri Buddenbrook'ların ellerinin aynısıydı: Geniş, biraz kısa, fakat narin yapılıydılar. Burnu tıpkı babasının ve büyükbabasının burnuydu, her ne kadar kanatları biraz daha zarif olacağa benziyorsa da... Ama yüzünün biraz uzun ve dar olan alt kısmı ne Buddenbrook'lara ne de Kröger'lere benziyordu, bütünüyle anne tarafını andırıyordu, özellikle de hüzünlü ve ürkek ağız yapısıyla. Kendine özgü mavi gölgelerin çevrelediği kahverengi gözlerindeki parıltı bu yüz ifadesine giderek daha çok uyum sağlıyordu.

Hanno, babasının sevgi dolu bakışları, annesinin bakım ve giyim konusundaki titizliği, Tony halasının duaları, büyükanne Frau Konsül Buddenbrook'un ve Justus amcanın hediye ettiği süvari ve topaç gibi oyuncaklarla yaşamını sürdürüyordu. Gösterişli arabasıyla sokağa çıkarıldığında, herkes büyük bir merakla ve umutla ona bakıyordu. Şimdilik vefakâr bakıcı Madam Decho bakıyordu ona, ama aile yeni eve taşındıktan sonra çocuk bakım işini Ida Jungmann'ın üstlenmesi çoktan kararlaştırılmıştı, yaşlı Frau Konsül Buddenbrook'a bakması için bir başkasını bulacaklardı.

Senatör Buddenbrook planlarını hayata geçirmeye başlamıştı. Fisch Caddesi'ndeki arsanın satın alınmasında bir sorun yaşanmadı. Breiten Caddesi'ndeki evi de, komisyoncu Gosch'un büyük bir iştahla hemen devreye girmesiyle, ailesi giderek büyüyen ve erkek kardeşiyle birlikte Rotspon'da iyi para kazanan Herr Stephan Kistenmaker satın aldı. Yeni evin yapım işini Herr Voigt üstlendi ve hazırladığı planı perşembe toplantısında aile üyelerine tanıttı: Balkonları kum taşından heykellerle süslü görkemli bir yapıydı. Klothilde'nin sözcükleri yayarak ve sevimli bir şekilde belirttiği gibi terasında öğle sonrası kahveleri içilebilirdi. Senatör Buddenbrook bürolarını da yeni eve taşıyacağından Meng Caddesi'ndeki büyük evin altında boş kalacak olan odaların ne olacağı da düşünüldü, bir yangın sigorta şirketi bu odaları büro olarak kullanmak üzere kiralamak istiyordu.

Sonbahar geldi. Bakımsızlıktan kapkara olmuş duvarlar yıkıldı, kış sona erip yeniden bahara girilirken Thomas Buddenbrook'un yeni evi geniş bir bodrum üzerinde yükselmeye başladı. Bütün kentte konuşulan en ilginç konu buydu! Gösterişli bir ev oldu, büyüklüğü ve genişliğiyle kentin en güzel eviydi. Hamburg'da bu evden daha güzeli var mıydı acaba?.. Ama pek de pahalıya mal olmuştu. Thomas'ın babası böyle bir şeyi kesinlikle göze alamazdı. Sivri çatılı evlerde oturan komşular, pencerelerinin önünde durmuşlar, inşaatta çalışan işçileri seyrediyorlar ve yapı yükseldikçe seviniyor ve çatının yerleştirilmesiyle yapılacak olan kutlama töreninin gününü bekliyorlardı.

Sonunda o gün geldi ve kutlama töreni bütün görkemiyle başladı. Dümdüz damın üstünde ayakta duran yaşlı bir duvarcı ustası bir konuşma yaptı ve elindeki şampanya şişesini patlatarak omuzlarından arkaya doğru fışkırttı; yeşil dallar, rengârenk yapraklar ve güllerden yapılmış kocaman bir kutlama çelengi bayraklar arasında sallanıyordu. Daha sonra yakında bulunan bir birahanede uzunca bir masanın başında oturan bütün işçilere bira, tereyağlı ekmek ve purodan oluşan bir ziyafet sunuldu. Senatör Buddenbrook, yanında eşi ve Madam Decho'nun kucağında taşıdığı küçük oğluyla birlikte masaların arasından geçerek içeri girince, "Yaşa, var ol!" sesleriyle karşılandı.

Dışarı çıkınca, Hanno'yu yine arabasına bindirdiler; Thomas Buddenbrook ve eşi Gerda kaldırımda bir süre dolaşıp evin beyaz heykellerle süslü ön cephesini bir kere daha seyrettiler. Karşı tarafta, yeşil bir cam levhanın üstünde sıra sıra dizilmiş birkaç saksı çiçeğinin yer aldığı dar kapılı ve sefil görünümlü küçük bir çiçekçi dükkânının önünde, dükkân sahibi Iwersen duruyordu. Iwersen iriyarı ve sarışın bir adamdı, yün ceket giymişti. Yanında duran karısı ise ufak tefekti ve Güneyliye benzeyen esmer bir yüz tipi vardı. Kadın bir elinde dört ya da beş yaşlarında bir oğlan çocuğunu tutarken, öteki eliyle de içinde küçük bir çocuğun uyuduğu çocuk arabasını hafif hafif sallıyordu, kadının kendinden memnun bir hali vardı.

Çocuk arabasını sallamaya devam eden kadın, aşağıya doğru sarkık, fıldır fıldır siyah gözleriyle eşinin kolunda kendisine doğru gelen Frau Senatör'ü süzerken eşi Iwersen birden yerlere kadar eğilerek onları selamladı.

Thomas durdu ve yapının üstündeki kocaman çelengi bastonuyla gösterdi.

"Pek de güzel olmuş Iwersen!"

"Onu ben hazırlamadım, Herr Senatör. Karım hazırladı."

Senatör Buddenbrook başını birden yukarı kaldırıp bir saniye boyunca Fra Iwersen'in yüzüne dostça bakarak, "Oo!" dedi ve başka bir şey eklemeden dostça el sallayarak uzaklaştı.

## 6

Temmuz başlarında bir pazar günüydü; Senatör Buddenbrook yeni evine taşınalı aşağı yukarı dört hafta olmuştu. Frau Permaneder akşama doğru kardeşinin yeni evine, onu görmeye gitti. Thorvaldsen rölyefleriyle süslü ve sağ taraftan bürolara açılan bir kapının bulunduğu taş döşeli serin koridordan ilerledi, mutfaktan geçerek, bir lastik topun üstüne basılınca açılan kapının çıngırağını çaldı ve oldukça geniş bir holde, Tiburtius'ların hediye ettiği oyuncak ayının durduğu büyük merdivenin başladığı yerde uşak Anton'dan Senatör'ün hâlâ çalışmakta olduğunu öğrendi.

"Peki Anton," dedi Frau Permaneder, "çok teşekkür ederim. Onun yanına gidiyorum."

Ama önce büroya açılan kapının önünden geçerek biraz sağa, büyük merdiven sahanlığının başladığı yöne doğru yürüdü. Birinci kattaki dökme demirden tırabzanlı merdiven sahanlığının devamı olarak yapılmış olan sahanlık, ikinci katta beyaz boyalı ve altın yaldızlı geniş sütunlardan oluşan bir galeriye dönüşmektedir. Altın yaldızlı pırıl pırıl kocaman bir kristal avize, "ışık giren pencere"nin bulunduğu baş döndürücü yükseklikten, aşağıya doğru tüm görkemiyle sarkıyordu. Permaneder, Buddenbrook'ların ihtişamı ve zaferi demek olan bu büyüleyici parıltıya bakarken, yavaşça ve mutlu bir yüz ifadesiyle, "Çok zarif!" dedi. Fakat daha sonra buraya can sıkıcı bir konuyu konuşmak için geldiğini anımsadı ve ağır ağır büronun kapısına doğru yürüdü.

Thomas içeride tek başınaydı. Pencerenin kenarına oturmuş, bir mektup yazıyordu. Açık renkli kaşlarından birini kaldırıp baktı ve kız kardeşine elini uzattı.

"İyi akşamlar, Tony. Güzel haberler mi getiriyorsun bana?"

"Ah, pek de güzel haberlerim yok, Tom!.. Senin şu merdiven sahanlığın da pek gösterişli olmuş!.. Ama sen bu yarı karanlık odada oturmuş, mektup yazıyorsun."

"Evet... acele yazmam gereken bir mektup. İyi haberlerin yok demek! O halde bahçede biraz dolaşalım seninle. İkimize de iyi gelir. Hadi gel."

Holden geçerlerken, birinci kattan aşağıya titrek titrek bir keman sesi geliyordu.

Frau Permaneder bir an için olduğu yerde kalarak, "Dinle!" dedi. "Bu Gerda'nın çalışı. Ne kadar da güzel çalıyor! Tanrım, bu kadın... bir peri sanki! Hanno nasıl, Tom?"

"Şu anda Ida Jungmann'la akşam yemeğini yiyor. hâlâ yürüyemiyor olmasına çok üzülüyorum..."

"O da olacak Tom, o da olacak! Ida'dan memnun musunuz?"

"Ah, neden memnun olmayalım ki..."

Mutfağı sağ tarafta bırakarak arka taraftaki taş döşeli koridordan geçtiler, camlı bir kapıdan geçtikten sonra iki basamak aşağıya inerek küçük, sevimli ve her yanı buram buram çiçek kokan bahçeye çıktılar.

"Hadi anlat bakalım!" dedi Senatör.

Hava sıcak ve sakindi. Bir dizi halinde uzayıp giden çiçek tarhlarının çevreye yayılan mis gibi kokusu akşamın büyüleyici sessizliğiyle birbirine karışıyordu. Uzun ve mor çiçeklerim ortasındaki fıskiyenin suyu, kulağa hoş gelen hışırtısıyla ilk yıldızların parlamaya başladığı karanlık gökyüzüne doğru fışkırıyordu. Daha arkalarda, iki sütun arasında yer alan oldukça gösterişli bir taş merdivenle, üstü tenteyle örtülü ve içine birkaç sandalye ve koltuk konmuş bir kameriyenin bulunduğu çakıl taşlı bir alana çıkılıyordu. Bahçe, sol taraftan bir duvarla komşu bahçeden ayrılıyordu; sağdaki evin yan duvarı ise, zamanla sarmaşıklar sarsın diye bütünüyle tahta çıtalarla kaplanmıştı. Boş alana çıkan o küçücük taş merdivenin ve kameriyenin iki yanında birkaç frenküzümü fidanı vardı, fakat duvarın solunda kocaman bir ağaç, dallı budaklı bir ceviz ağacı göze çarpıyordu.

İki kardeş, çakıllı yoldan ön alana doğru ağır ağır yürürken, Frau Permaneder biraz duraksayarak, "Söylemek istediğim şu ki," diye başladı, "Tiburtius'un yazdığına göre..."

Thomas hemen, "Clara'yla mı ilgili?" diye sordu. "Rica ederim, uzatma da anlat olanları!"

"Peki, Tom. Clara yatağa düşmüş, durumu çok kötü. Doktorlar verem olmasından korkuyor... Beyin tüberkülozundan... Bunu sana söylemek çok zor geliyor bana. Bak, işte kocasının bana yazdığı mektup. Ekteki mektup da annem için, aynı şeyleri ona da yazmış, biraz hazırladıktan sonra verelim ona. İkinci bir mektup daha var: Bu da anneme yazılmış ve Clara'nın elyazısıyla ve kurşunkalemle yazılmış, belli ki Clara tam bir güvensizlik içinde. Tiburtius'un yazdığına göre bunların son satırları olduğunu kendisi söylemiş, işin en acı yanı ise yaşamının hiçbir değeri kalmadığını biliyor olması. Clara her zaman Yüce Tanrısı'na yakın olmak isterdi," diye bitirdi sözlerini Frau Permaneder ve gözlerindeki yaşı sildi.

Senatör Buddenbrook, başı öne eğik ve elleri arkasında hiç konuşmadan yürüyordu kız kardeşinin yanında.

"Hiç konuşmuyorsun Tom... Fakat haklısın. Böyle bir durumda ne söylenebilir ki? Üstelik Christian da Hamburg'da hasta yatağında yatarken..."

Durum böyleydi gerçekten. Christian'ın sol tarafındaki "ağrı" son zamanlarda Londra'da öyle artmış ve dayanılmaz olmuştu ki genç adam ufak tefek şikâyetlerini unutmuştu. Ne yapacağını bilmiyordu. Annesine mektup yazıp kendisine bakması için eve dönmek istediğini bildirmişti. Londra'daki işinden ayrılmış ve eve dönmek üzere yola koyulmuştu. Ama Hamburg'a varır varmaz yatağa düşmüştü. Doktor, mafsal romatizması teşhisi koymuş ve Christian'ı otelden hastaneye sevk etmişti, bu durumda yolculuğa devam etmesi mümkün değildi. Christian şimdi hastanede yatıyor ve bakıcısına son derece karamsar mektuplar yazdırtıp annesine gönderiyordu.

"Evet," dedi Senatör Buddenbrook hafif bir sesle. "Olanlara bakılırsa her şey birbiri arkasına geliyor."

Tony kolunu bir an kardeşinin omuzlarına koydu.

"Ama umutsuzluğa düşmemelisin Tom! Buna hakkın yok! Cesur olmalısın..."

"Evet, Tanrı biliyor ya, cesur olmam gerekiyor!"

"Neden? Söylesene: Önceki gün, yani perşembe günü bütün öğle sonrası boyunca neden suskundun öyle? Bunun nedenini öğrenebilir miyim?"

"Ah, işlerimi düşünüyordum, sevgili kardeşim. Büyükçe bir parti çavdarı pek de iyi olmayan bir fiyatla sattım. Doğruyu söylemek gerekirse büyük bir partiyi hiç de uygun olmayan bir fiyatla satmak zorunda kaldım..."

"Üzüldüğün şeye bak, olur böyle şeyler Tom! Bugün kaybedersin, yarın yeniden kazanırsın. Bunun için canını sıkma..."

Thomas, "Hayır Tony, yanılıyorsun," dedi ve başını salladı. "İşlerim kötü gitti diye keyfim kaçmadı. 'Tersine'. İçimde başarısız olacağım konusunda bir duygu var, işlerim bunun için ters gidiyor."

Tony, korkmuş ve şaşırmış bir halde, "Peki, ama neden böyle davranıyorsun?" diye sordu. "Keyfinin yerinde olması gerekirdi, diye düşünüyorum... Clara yaşıyor... Tanrı'nın yardımıyla her şey düzelecek! Düşün bir kere, bak şimdi evinin bahçesinde dolaşıyoruz, her şey mis gibi kokuyor. İşte yeni evin karşımızda, rüya gibi bir ev. Hermann Hagenström'ün evi senin evinin yanında bir bekçi kulübesi gibi! Bütün bunları sen başardın..."

"Evet Tony, dediğin gibi güzel bir evim var. Söylemek isterim ki daha çok yeni. Bu beni biraz tedirgin ediyor; keyfimin yerinde olmaması bundan belki de, keyfim yerinde olmayınca da sağlığım bozuluyor ve bütün işlerim ters gitmeye başlıyor. Oysa bütün bunlara ne kadar da sevinmiştim, ancak bu sevgi ve heyecanın arkası gelmedi. İyi şeyler hep gecikir zaten, hep geç gelir ve geldiği zaman da sevinemezsiniz, bir türlü sevinmek gelmez içinizden..."

"Sevinememek de ne demek Tom! Sen daha çok gençsin!"

"Genç kalmak ya da yaşlanmak insanın kendisini 'hissettiğine' göre değişir... İyi ve güzel şeyler ağır ağır ve gecikmiş olarak 'geldiğinde', insanın hayal gücünün hesap edemediği, can sıkıntısı veren sinir bozucu bir sürü ayrıntıyı da beraberinde getir..."

"Evet, evet... Ama yaşlanmak ya da genç kalmak insanın kendisini nasıl hissettiğine göre değişmez mi, Tom?"

"Evet, Tony. Can sıkıntısı geçici olabilir, unutulabilir elbette. Ama ben şu sıralarda kendimi olduğumdan daha yaşlı hissediyorum. İşlerim yüzünden bazı sorunlar yaşıyorum. Büchen Demiryolu Şirketi'nin dünkü yönetim kurulu toplantısında Herr Konsül Hagenström beni kelimenin tam anlamıyla mat etti, söylediklerimi bir bir çürüttü, beni herkesin önünde gülünç duruma düşürdü neredeyse... Eskiden böyle şeyler başıma gelmezdi. Benden bir şeyler eksilmeye başlıyor ve ben ne olduğunu bilemediğim o şeyi eskisi kadar sıkı tutamıyorum gibime geliyor... Başarı denen şey nedir ki? Anlatılması zor gizli bir güç, basiret, bir şeye hazır olma... Salt var olmakla insanın çevresindeki hareketleri etkilemesi, onları baskı altında tutma bilinci... Sözünü geçirebileceğine inanma... Başarı ve mutluluk bizim içimizdedir, başka hiçbir yerde değil. Onu tutmasını bilmeliyiz, sıkı sıkı ve var gücümüzle. Burada, bende olduğu gibi, bir şeyler gevşemeye, çözülmeye ve yıkılmaya başlayınca, çevremizdeki her şey hemen denetimimizden çıkar, bize başkaldırır, bize karşı koyar ve bizim etkimizden çıkar... İşte o zaman her şey birbiri arkasına gelir, başarısızlık başarısızlığı izler ve sonunda bitersiniz. Son günlerde bir yerde okuduğum bir Türk atasözünü, 'Ev yapan ölür,' diyen atasözünü sıkça anımsadım. Bunun ille de ölüm olması gerekmez kuşkusuz. Ama bir geriye gidiş... bir çöküş... sonun başlangıcı... anlıyor musun Tony?" diye devam etti. Bu arada kız kardeşinin kolundan tuttu, sesi giderek daha da hafifledi: "Hanno'nun vaftiz edildiği gün söylediklerini anımsıyor musun? 'Artık yepyeni bir hayat başlayacakmış gibime geliyor,' demiştin bana. Söylediklerin bütün canlılığıyla hâlâ kulaklarımda. Olanlara bakılırsa haklı da çıktın. Senato seçimleri yapıldı ve ben seçimi kazanarak senatör oldum. Burada, bu arsa üzerinde bu yeni ev yükseldi. Fakat benim senatör olmam ve yeni ev konusu yalnızca bir dış görünüştür. Senin anımsayamadığın bir şey daha olduğunu biliyorum ben. Hayat ve tarih öğretti bunu bana. Mutluluğun ve yükselişin simgeleri, gözle görülebilen ve elle tutulabilen belirtileri, ancak her şey ters gitmeye ve yıkılmaya başladığında ortaya çıkar. Bu tür dış belirtilerin ortaya çıkması zamanla olur, tıpkı şu gökyüzündeki pırıl pırıl parlayan yıldızın sönmeye mi başladığını ya da bütünüyle sönmüş mü olduğunu bilemediğimiz gibi..."

Senatör Buddenbrook sustu. İki kardeş hiç konuşmadan bir süre yürüdü. Sessizlikte fıskıyenin şırıltısı duyuluyordu, ceviz ağacının yaprakları hışırdıyordu. Frau Permaneder derin bir soluk aldı güçlükle, haline bakılırsa görenler onu hıçkırıyor sanırdı.

"Ne kadar da üzücü şeyler söylüyorsun Tom! Hiç böyle konuşmazdın! Ama bana açılman, içini dökmen iyi oldu. Bunları dile getirmiş olman, seni rahatlatacaktır."

"Evet, Tony. Elimden geldiğince böyle davranmaya çalışacağım. Şimdi ver bana Clara ve rahip kocasının anneme yazdıkları şu iki mektubu. Bu zor görevi senin yerine ben üstleneceğim; yarın öğleden önce annemle şahsen konuşmama karşı çıkmazsın sanırım, çok sevgili annemle! Fakat Clara veremse, elden bir şey gelmez."

## 7

"Bana hiç sormadan, bana danışmadan mı?"

"Nasıl davranmam gerekiyorsa öyle davranıyorum."

"Sen sınırları aştın ve akılsızca hareketlerinle beni hayretler içinde bıraktın."

"Akıl, yeryüzündeki en yüce değer değildir!"

"Ah, lütfen boş boş konuşma!.. İğrenç tavırlarınla en basit bir adalet kuralını bile hiçe sayıyorsun! Bak oğlum, bu konuşma biçimiyle bana karşı göstermen gereken saygıyı unuttun, bunu sana hatırlatırım!"

"Sevgili anneciğim, sana yanıt olarak demek isterim ki, bu saygıyı hiçbir zaman unutmuş değilim, fakat babamın yerine ailenin ve şirketin sorumluluğunu üstlenmiş bir erkek olarak seninle karşı karşıya gelince evlatlık görevim biter!"

"Sus Thomas, daha fazla konuşmanı istemiyorum!"

"Yoo, hayır! Bu akılsızca davranışının ve zayıf yanının farkına varıncaya kadar susmayacağım!"

"Servetimi istediğim gibi kullanabilirim!"

"Hakkaniyet ve akıl senin bu keyfî davranışını engeller!"

"Beni böylesine incitebileceğini hiç düşünmemiştim!"

"Ben de senin benimle böyle alay edebileceğini düşünmemiştim!.."

Frau Permaneder ürkmüş bir ses tonuyla, "Tom!.. Yapma Tom!" diye haykırdı. Doğa Manzaralı Tablolar

Odası'nda, pencere kenarında bir koltuğa oturmuş ellerini ovuştururken, erkek kardeşi heyecanlı heyecanlı odanın içinde dolaşıyordu; annesi Frau Konsül Buddenbrook üzgün üzgün kanepede oturuyordu, bir elini kanepenin kenarına dayamış, öteki elini de öfkeli öfkeli konuşurken masaya vuruyordu. Üçü de Clara için yas tutuyordu, artık yaşamayan Clara için; üçünün de yüzü sapsarı kesilmişti ve şaşkınlık içindeydiler...

Ne olmuştu? Korkunç ve dehşet verici şeyler, her iki tarafa da çok korkunç ve inanılmaz gelen bir şey olmuştu: anne ve oğul arasında amansız bir tartışma, bir kavga!

Ağustos ayının bunaltıcı bir öğle sonuydu. Senatör Buddenbrook, Clara ve eşi Sievert Tiburtius'un mektuplarını büyük bir dikkatle annesine verdikten on gün sonra, yaşlı kadına kızının ölüm haberini bildirmek gibi zor bir görev üstlenmişti. Daha sonra cenaze töreni için Riga'ya gitmiş ve eniştesi Tiburtius'la birlikte dönmüştü; Tiburtius birkaç gün eşinin ailesinin yanında kalmış ve bu arada Hamburg'a da giderek hastanede yatan Christian'ı ziyaret etmişti. Rahip Tiburtius memleketine döndükten iki gün sonra, Frau Konsül Buddenbrook dikkat çekici bir duraksamayla oğluna konuyu açmıştı.

Thomas Buddenbrook, "Yüz yirmi yedi bin beş yüz mark!" diye bağırdı ve yüzüne götürdüğü ellerini öfkeyle salladı. "Yalnızca drahoma olsaydı! Tiburtius, çocukları olmadığı halde, seksen bin markı almakla kalsaydı yalnızca! Fakat miras! Clara'nın bütün mirasını ona söz vermek! Üstelik de bana hiç sormadan, beni adam yerine koymadan!.."

"Thomas, Tanrı aşkına bırak da haksızlık etmeyeyim! Başka türlü davranabilir miydim? Yapabilir miydim bunu?.. Şimdi öbür dünyada, sevgili Tanrısı'nın yanında olan kızım ölüm döşeğinden yazıyor bana... kurşunkalemle... titreyen eliyle... 'Anne,' diye yazıyor, 'artık bir daha göremeyeceğiz birbirimizi. Bu satırlarımın son satırlarım olduğunu hissediyorum... henüz bilincim yerindeyken yazıyorum bunları sana, kocam için yazıyorum... biliyorum, Tanrı bize çocuk vermedi. Ömrüm yetse de senden sonra daha yaşayabilseydim, bana kalacak mirasımı ona bırakmayı isterdim, yaşadığı sürece rahat etsin diye! Anne, benim senden en son dileğim bu... ölmek üzere olan kızının son dileği... bunu geri çeviremezsin...' diye yazıyor. Hayır, Thomas, onun bu dileğini geri çeviremezdim, bunu yapamazdım! Ona telgrafla bildirdim ve kızım bu dünyadan huzur içinde gitti..." Frau Konsül bunları söylerken hıçkırıklara boğulmuştu.

Senatör Buddenbrook, "Ama bundan bana tek kelime söz etmedin! Her şeyi gizledin benden! Beni çiğneyip geçtin!" diye tekrarladı.

"Evet Thomas. Sana söylemedim, çünkü ölmek üzere olan kızımın son arzusunu yerine getirmem gerektiğini hissediyordum... Senin bana engel olmaya çalışacağını biliyordum!"

"Evet, Tanrı biliyor ya, engel olurdum!"

"Buna hiç hakkın yoktu, öteki çocuklarımın üçü de benimle aynı fikirdeydiler!"

"Ah, öyle sanıyorum ki, benim bu konudaki görüşüm iki kadın ve Christian gibi yarı kaçık bir deliden daha ağır basardı..."

"Kardeşlerine de bana karşı davrandığın gibi kaba davranıyorsun, onlar hakkında yakışıksız şeyler söylüyorsun!"

"Clara çok dindar, ama cahil bir kadındı anne! Tony ise hâlâ çocuk. Aslında şu âna kadar onun da hiçbir şeyden haberi yoktu, yoksa çoktan ağzından kaçırırdı, öyle değil mi? Christian'a gelince!.. Evet, bizim Rahip Tiburtius onun onayını almış... böyle bir şeyi kim beklerdi ondan! Bu kara papazın ne yaman bir adam olduğunu biliyor muydun? Onun ne aşağılık bir herif, bir miras avcısı olduğunu anlamadın mı hâlâ?"

Frau Permaneder, "Damatlar hep böyle üçkâğıtçı olur zaten," dedi boğuk sesle.

"Tam bir miras avcısı! Ne mi yapıyor? Hamburg'a gidiyor, Christian'ın yatağının kenarına oturuyor ve onu kandırmak için yalvarıyor. Christian da, 'Evet!' demek zorunda kalıyor. 'Evet Tiburtius. Elden ne gelir, Tanrı böyle istedi. Sol tarafımdaki ağrının ne korkunç bir ağrı olduğunu bilebilir misiniz?..' Ah, kötülük ve budalalık bana karşı sözleştiler!" Senatör Buddenbrook dökme demirden sobanın dışındaki tel kafese yaslanarak kenetlenmiş ellerini öfkeyle alnına bastırıyordu.

İçinde aniden kabaran bu öfke seli, ortaya çıkan duruma ve koşullara uygun değildi! Hayır, bugüne kadar hiç kimsenin görmediği kadar öfkelenmesi yüz yirmi yedi bin beş yüz mark için değildi! Son aylarda iş yaşamında ve kent işlerinde uğramış olduğu bir sürü onur kırıcı başarısızlığın peş peşe gelmesiyle sinirleri iyice bozulmuştu... Hiçbir konuda sözünü dinletemiyordu! Hiçbir şey istediği gibi gitmiyordu! Artık en önemli konularda baba evinde bile "kendisine danışılmayacak" duruma mı düşmüştü?.. Rigalı bir rahip ona kazık atabiliyor, onu arkadan vurabiliyordu!.. Buna engel olabilirdi, fakat onun etkinliğini hesaba bile katmadılar! Olaylar onun kontrolü dışında gelişmişti! Eskiden böyle şeyler olmazdı, böyle şeyleri kimse 'göze alamazdı' eskiden! Gücüne, başarısına ve geleceğine karşı inancın bir çöküntüsü, yeni bir sarsıntıydı bu... Annesinin ve kız kardeşinin önünde cereyan eden bu tatsız tartışma sırasında ortaya çıkan umutsuzluk, kendi iç zayıflığından başka bir şey değildi.

Frau Permaneder ayağa kalktı ve kardeşini kucakladı.

"Tom, biraz sakin ol! Kendine gel lütfen! Bu kadar kötü mü? Kendini hasta edeceksin! Tiburtius fazla yaşayacağa benzemiyor... O öldükten sonra miras payı nasıl olsa bize geri dönecek! Sen istersen bu değiştirilebilir de! Değiştirebilir, değil mi anne?"

Frau Konsül hıçkırıklarla yanıt verdi.

Senatör Buddenbrook, biraz kendini topladı ve isteksiz bir el işareti yaparak, "Hayır... hayır!" dedi. "Olduğu gibi kalacak. Mahkemeye başvurup kendi öz anneme karşı dava açacağımı mı sanıyorsunuz, kendi içimizde yaşadığımız bir skandalı herkese duyuralım mı yani? Olmaz öyle şey. Böyle kalsın," diye tamamladı sözlerini ve bütün vücudu uyuşmuş gibi camlı kapıya doğru yürüdü ve kapının önünde biraz bekledi.

"Durumumuzun çok iyi olduğunu sanmayın," dedi Thomas Buddenbrook boğuk bir sesle, "Tony 80.000 mark kaybetti... Christian batırdığı 50.000 mark miras payından başka 30.000 mark daha avans kullandı... Görünüşe bakılırsa bu miktar daha da artacak; çünkü onun artık hiç kazancı yok ve Oeynhausen'e kür tedavisine de gidecek... Beni düşündüren Clara'nın drahoması değil yalnızca, mirastan payına düşen bütün parası belirsiz bir süre için ailemizin kasasından çıkıyor... Artık işler de kötü gidiyor, hem de çok kötü gidiyor; özellikle de yeni evim için yüz bin marktan fazla para çektiğimden bu yana... Hayır, bizim gibi birbiriyle kavga eden bir ailenin durumu iyi olmaz elbette. İnanın bana, olmaz. Babam hayatta olsaydı, şimdi burada, yanımızda olsaydı herhalde ellerini havaya kaldırır, bize acısın diye Tanrı'ya yalvarırdı."

## 8

Savaş ve savaş gürültüleri, evlere asker yerleştirme ve bir hareketlilik! Senatör Buddenbrook'un yeni evinin parke döşeli odalarına yerleşen Prusyalı subaylar, evin hanımefendisinin elini öpüp saygılarını sunduktan sonra, kür tedavisi için gittiği Oeynhausen'den dönmüş olan Christian tarafından Şehir Kulübü'ne götürülüyorlar; bu arada Meng Caddesi'ndeki baba evinde de, Frau Konsül'ün yeni hizmetçisi Matmazel Riekchen Severin diğer hizmetçi kızlarla birlikte bahçedeki içi asker dolu eski eve yatak taşıyor.

Her yerde izdiham, telaş ve heyecan! Birlikler Kuleli Kale Kapısı'ndan dışarı çıkıyorlar, yerine yenileri geliyor. Şehir askerlerle dolup taşıyor. Tayınlarını yiyorlar, uyuyorlar, trampet ve borazan gürültüleri ve komut sesleri ile yurttaşların kulaklarını doldurup yeniden uzaklaşıyorlar. Prenslere selam duruyorlar, yürüyüşler yürüyüşleri izliyor. Sonra sessizlik, bir bekleyiş.

Sonbaharın sonlarında ve kışın birlikler zaferle dönüyorlar; yeniden evlere yerleşiyorlar ve büyük bir dertten kurtulan yurttaşların, "Yaşa, var ol," sesleri arasında evlerine dönüyorlar. Barış yapılmıştır. 1865 yılının olaylara gebe ve kısa süren barışı.

Yaşanan iki savaş arasında hiçbir şeyin farkında olmayan küçük Johann, etekleri kıvrımlı önlüklü elbisesiyle ve bukle bukle yumuşacık saçlarıyla evin bahçesinde, fıskiyenin kenarında ya da ikinci katta, antreden küçük bir platformla ayrılarak onun için yaptırılmış özel balkonda kendi halinde oyun oynamaktaydı, dört buçuk yaşın oyunlarını... Anlamını ve verdiği heyecanı hiçbir yetişkinin anlayamadığı bu oyunları oynamak için yalnızca üç çakıl taşı ya da bir odun sopası, ucuna miğfer olarak yabani hindiba çiçeği takılan bir sopa parçası yeterliydi: Fakat bütün bunlardan önce o dört buçuk yaşın tertemiz, güçlü, coşkulu ve henüz cesareti kırılmamış bir hayal gücü gerekli, yaşamın bize el sürmekten henüz çekindiği, ne sorumluluk ne de suç yüklemeyi göze aldığı o yaşlarda, dünyanın bizden hiçbir şey beklemediği ve bizim görmemize, duymamıza, gülmemize, hayranlık duymamıza ve düşler kurmamıza izin verdiği o yıllarda... Sevmek istediklerimizin sabırsızlıklarının göstergesi olan ilk işaretlerin ve kanıtlarının bizi üzmediği, hizmetlerimizi büyük bir coşkuyla yerine getirebildiğimiz o yıllarda... Ah, ama bu çok sürmeyecek... Kaba ve büyük bir güçle her şey üzerimize saldıracak, bize karşı zor kullanacak, bize talim ettirecek, sinirlerimizi gerecek, bizi küçültecek, bizi mahvedecekler...

Hanno oyun oynarken büyük olaylar oluyordu. Savaş patlak verdi, zafer her iki taraf arasında bir süre gidip geldikten sonra kesinleşti. Hanno Buddenbrook'un doğduğu kent, akıllı davranıp Prusya'nın yanında yer alırken Avusturya'ya güvenmenin bedelini ödemek zorunda kalan zengin Frankfurt'un bağımsız bir eyalet kenti olma şansını kaybetmesini içten içe sevinerek izledik.

Fakat temmuz ayında, ateşkesin yürürlüğe girmesinden hemen önce, Frankfurt'ta büyük bir şirketin iflas etmesiyle, Johann Buddenbrook Şirketi bir kalemde tam yirmi bin taler kaybetti.

# Sekizinci bölüm

Dürüst insan ve yazar
değerli kardeşim Heinrich'e

## 1

Kent Yangın Sigortası Şirketi'nin bir süredir müdürlüğünü yapan Herr Hugo Weinschenk, düğmeleri ilikli redingotu, ağzının iki yanına düşmüş ince ve siyah bıyıkları ve aşağıya doğru sarkık altdudağıyla yumruklarını sıkıp kollarını hafifçe sallayarak ön taraftaki bürolardan arkadakilere geçmek için büyük avluda kendinden emin adımlarla sallana sallana yürürken, hali vakti yerinde, enerjik ve ciddi bir erkek etkisi bırakıyordu.

Öte yandan Erika Grünlich de şimdi yirmi yedisine basmış bulunuyordu; bir hayli serpilmiş, oldukça güzel, sağlıklı ve güçlü kuvvetli kocaman bir kız olmuştu. Herr Weinschenk yoldan geçerken Erika bir rastlantı sonucu merdivenden aşağıya iniyor ya da üst sahanlıkta bekliyorsa –bu rastlantı pek de seyrek olmuyordu– Müdür Bey şakaklarına doğru ağarmaya başlamış kısa ve siyah saçlarının üstüne oturttuğu şapkasını hemen çıkarıyor, redingotuyla yerlere kadar eğilerek çevresini tarayan ateşli gözleriyle şaşkınlık ve hayranlıkla genç kızı selamlıyordu. Bunun üzerine Erika oradan uzaklaşıyor, herhangi bir pencerenin denizliğine oturuyor, şaşkınlıktan ve çaresizlikten saatlerce ağlıyordu.

Fräulein Grünlich, Therese Weichbrodt'un himayesinde, onun yatılı okulunda yetişmişti ve yaşamla ilgili pek bir şey bilmiyordu. Herr Weinschenk'in silindir şapkasına bakarken, onun kaşlarını kaldırıp indirmesini, kendinden son derece emin halini, yumruklarını sıkışını ve kollarını ahenkli ahenkli sallayarak yürüyüşünü gördükçe ağlamadan edemiyordu. Annesi Frau Permaneder ise ileride olacakları düşünüyordu.

Kızının geleceği onu yıllardır kaygılandırıyordu, çünkü Erika evlenme çağına gelmiş öteki kızlara göre pek çok bakımdan şanssızdı. Frau Permaneder varlıklı ailelerle görüşmemekle kalmamıştı yalnızca, onlarla tam bir savaş halindeydi. İki kez eşinden boşandı diye kentin önde gelen ailelerince horlandığı düşüncesi onda bir saplantı haline gelmişti; belki de hiç önemsenmemesi gereken olağan şeylerdi bunlar, ama o bunlardan nefret ediyor ve çok öfkeleniyordu. Örneğin zenginleşmenin neşeli ve hoşgörü sahibi bir insan yaptığı Konsül Hermann Hagenström, sokakta karşılaşınca ona selam verse "kaz ciğeri ezmesi suratlı herif" diye hemen başını geriye atar ve "veba mikrobu gibi nefret ettiği" o adamın yüzüne bile bakmadan yanından geçerdi. Böylece Erika da senatör dayısının çevresinden büsbütün uzak kaldı, hiçbir baloya gitmedi ve erkeklerle tanışma fırsatı bulamadı.

Buna rağmen Frau Permaneder'in en büyük isteği, kendisinin de söylediği gibi, "bu işten kendisini emekli ettiğinden beri" en büyük isteği, kızının, annesinin başaramadığı mutlu bir evlilik yapması, ailenin onurunu kurtarması ve annesinin kötü yazgısını unutturmasıydı. Frau Permaneder, son zamanlarda işleri iyi gitmediği için umudunu yitirmeye başlayan erkek kardeşine karşı ailenin mutluluğunun devam ettiğini, Buddenbrook'ların henüz daha bitmediğini kanıtlamayı da istiyordu.

Herr Permaneder'in büyük bir nezaket göstererek geri verdiği ikinci drahoması, 17.000 taler, Erika'ya ayrılmıştı; Frau Permaneder kızı ve Müdür arasında başlayan yakınlaşmayı fark eder etmez, Herr Weinschenk'in kendilerini ziyaret etmesi için ellerini kaldırıp Tanrı'ya yalvarmaya başladı. Müdür Bey geldi. İlk kata çıktı. Büyükanne, kızı ve torunu tarafından karşılandı. On dakika kadar havadan sudan konuştuktan sonra, bir başka gün öğleden sonra daha dostça bir sohbet için kahve içmeye gelme söz verdi.

Bu da oldu. Birbirlerini daha yakından tanıdılar. Müdür, Silezya eyaletinde doğmuştu ve yaşlı babası orada yaşıyordu; yetişmesinde ailesinin söz sahibi olduğu pek söylenemezdi; Herr Hugo Weinschenk daha çok kendi kendisini yetiştirmiş, kendi gücüyle bir yerlere gelmiş bir insandı. Doğuştan var olmayan, güven telkin etmeyen, aşırı ve biraz da kuşkulu bir kendine güvenmişlik hali vardı. Kılık kıyafeti öyle mükemmel değildi, konuşması da oldukça kabaydı. Orta halli insanlara özgü redingotunun bazı yerlerinde parlaklıklar göze çarpıyordu, iri kehribar düğmeli kollukları yeni ve temiz değildi. Sol elinin ortaparmak tırnağı bir kaza sonucu bütünüyle kurumuş ve kapkara olmuştu... Hiç de hoş bir görünüşü yoktu. Fakat bütün bunlar Herr Hugo Weinschenk'in yıllık geliri 12.000 mark olan çok saygıdeğer, çalışkan ve enerjik bir insan olmasına, hatta Erika'nın gözünde güzel bir adam olmasına engel değildi.

Frau Permaneder durumu çabucak gözden geçirdi ve bir değerlendirme yaptı. Frau Konsül'e ve Senatör Buddenbrook'a bu konudaki düşüncesini açık yüreklilikle anlattı. Karşılıklı beklentilerin birbirini tamamladığı açıkça belli oluyordu. Müdür Weinschenk'in de Erika gibi kentin ileri gelenleriyle hiçbir ilişkisi olmamıştı; her ikisi de birbirine çok uygundu ve Tanrı onları sanki birbiri için yaratmıştı. Kırkına yaklaşan ve saçları kırlaşmaya başlayan Müdür, konumuna ve yaşam koşullarına uygun bir yuva kurmak istiyorsa, Erika Grünlich'le yapacağı evlilik mesleğinde ilerlemesini, konumunu güçlendirmesini ve kentin önde gelen ailelerin arasına girmesini sağlayacaktır. Fakat Erika'nın mutluluğuyla ilgili olarak Frau Permaneder kendi yazgısıyla kızının yazgısı arasında en küçük bir benzerlik olmadığını söyleyebilirdi. Zira Herr Permaneder ile Hugo Weinschenk arasında en küçük bir benzerlik yoktu ve Herr Weinschenk, mesleğinde ilerlemesi hiç de ihtimal dışı olmayan, kazancı iyi, belli bir yaşantısı olan bir memur olarak Herr Bendix Grünlich'ten de farklıydı.

Kısaca söylemek gerekirse her iki tarafın da pek çok iyi yanı vardı. Müdür Weinschenk'in öğle sonrası ziyaretleri kısa aralarla tekrarlanıyordu. 1867 yılının Ocak ayında Herr Weinschenk, Erika Grünlich'le evlenmek istediğini erkekçe birkaç söz söyleyerek resmen açıkladı.

Bu andan itibaren de ailenin bir üyesi kabul edildi, "Çocuk Günleri"ne katılmaya başladı ve gelecekteki karısının ailesi tarafından sevgiyle karşılandı. Kuşkusuz onların arasında biraz yabancı olduğunu hemen hissetmişti, ama yürekli görünerek bu duygusunu gizledi.

Frau Konsül Buddenbrook, Justus amca, Senatör Buddenbrook –Breiten Caddesi'ndeki yaşlı amca kızları ne yazık ki yoklardı– bu yetenekli büro insanına, toplum içinde nasıl davranılacağını pek bilmeyen bu çalışkan adama büyük anlayış gösterdiler.

Bu gerekliydi de. Çünkü yemek masasında toplanıldığı sırada Müdür aşırıya kaçan bir şakacılıkla Erika'nın yanakları ve kollarıyla ilgilenmeye başlayınca, oluşan sessizliği dağıtmak için canlandırıcı ve oyalayıcı birkaç söz söylemek gerekiyordu. Herr Weinschenk'in biraz pervasız bir biçimde portakal marmeladı bir hamur tatlısı mı ya da *Romeo ve Juliet* Schiller'in bir yapıtı mı gibi aptalca soruları karşısında bu gerekliydi gerçekten...

Aile bireyleri arasında en iyi anlaştığı kişi Senatör Buddenbrook'tu. Çünkü politika ve iş konularında hiç sıkıntı çekmeden konuşabiliyordu onunla. Fakat Gerda Buddenbrook'la olan ilişkisi hiç iyi gitmiyordu; bu kadının kişiliği onu öylesine şaşırtıyordu ki, iki dakikalık bir sohbet konusu bile bulamıyordu. Gerda'nın iyi keman çaldığını bildiği ve ondan etkilendiği için, perşembe toplantılarında bir araya geldiklerinde, şaka yapar gibi, "Keman ne âlemde?" diye hep aynı soruyu sorup duruyordu. Ama Frau Senatör Buddenbrook, üçüncü sorusundan sonra hiçbir yanıt vermiyordu.

Christian ise yeni akrabasını, burnunu kırıştırarak süzüyordu ve ertesi gün davranışını ve konuşma biçimini taklit ediyordu. Tanrı'nın rahmetine kavuşmuş olan Konsül Johann Buddenbrook'un ikinci oğlu kür tedavisi için gittiği Oeynhausen'de mafsal romatizmasından kurtulmuştu, ancak eklemlerindeki sertlik hâlâ devam ediyordu; sol yanında, "bütün sinirlerin kısaldığı" bölgede, zaman zaman hissettiği "sızı" ve öteki rahatsızlıkları bir türlü geçmiyordu: Solunum yetersizliği ve yutkunma şikâyetleri, kalp atışlarındaki düzensizlik ve felç olma tehlikesi henüz ortadan kalkmış değildi. Dış görünüşü bakımından da kırkına henüz girmiş bir erkeğe benzemiyordu. Kafasında saç kalmamıştı; yalnızca ensesinde ve şakaklarına doğru biraz seyrek ve kızıl saçı vardı. Tedirgin tedirgin çevresini tarayan küçük ve yuvarlak gözleri eskisinden daha da çukurlaşmıştı. Fakat çökük ve solgun yanaklarının arasındaki kocaman ve kemerli burnu, ağzını örtecek kadar düşük bıyıkları hâlâ dikkat çekiciydi. Sağlam ve zarif İngiliz kumaşından pantolonu, kuru ve çarpık bacaklarında bir yandan öbür yana doğru sallanıyordu.

Memlekete döndüğünden beri yine eskisi gibi annesinin evinde, ilk kattaki koridora bakan odalardan birinde oturuyordu, fakat zamanının büyük bir kısmını Meng Caddesi'ndeki evden çok, kulüpte geçiriyordu. Çünkü evdeki yaşam onun için pek rahat geçmiyordu. Ida Jungmann'ın yerine bakan ve Frau Konsül'ün hizmetçilerini yöneten Riekchen Severin, yirmi yedi yaşındaki bu tıknaz, kırmızı ve tombul yanaklı ve kalın dudaklı köylü yaratık; ortalıkta boş boş dolaşan bu aptal ve sefil öykü anlatıcısını, saygıdeğer Senatör'ün kaşlarını kaldırarak umursamazlıktan gelmesini o taşralı sezgisiyle hemen fark etmişti ve bu yüzden onun isteklerini yerine getirmiyordu. Christian bir şey istediği zaman, "Evet, Herr Buddenbrook! Ama şimdi size ayıracak vaktim yok!" diyordu. Bu sözleri duyan Christian, "Sende hiç utanma yok mu?" demek ister gibi burnunu kırıştırarak yüzüne bakıyor ve daha sonra romatizmalı vücuduyla zorlanarak yürümeye çalışıyordu.

Kız kardeşi Tony'ye, "Her zaman bir mumum olduğunu mu sanıyorsun? Nadiren! Çoğu zaman bir kibrit yakarak giriyorum yatağa," ya da annesinin verebildiği cep harçlığı çok az olduğundan, "Kötü günler geçiriyoruz!.. Evet, eskiden her şey farklıydı! Ne sanıyorsun?.. Diş tozu almak için bile beş şilini borç olarak istiyorum!" diyordu. Frau Permaneder, "Christian!" diye bağırdı. "Ne alçaltıcı bir durum! Bir kibrit yakmak! Beş şilin borç almak! Bari bana bunları anlatma!" Tony çok kızmış ve öfkelenmişti, en kutsal duyguları incinmişti, ne var ki bu hiçbir şeyi değiştirmiyordu...

Christian diş tozu satın almak için beş şilini eski dostu hukuk doktoru avukat Andreas Giesecke'den borç almıştı. Onunla dost olmaktan mutluydu ve bu dostluktan onur duyuyordu; çünkü saygınlığını korumasını bilen bu çapkın hukuk doktoru, geçen kış ihtiyar Belediye Başkanı Kaspar Oeverdieck yatağında ölü bulunup yerine Doktor Langhals geçince, senatör seçilmişti. Fakat bu onun ahlaksızca yaşam biçimini hiç değiştirmedi. Fräulein Huneus ile evlendiğinden beri şehrin merkezinde büyük bir evde oturuyordu; ancak dış semtlerin birinde, Sankt Gertrud'da yeşillikler arasında küçük, hoş döşenmiş bir villası olduğu ve kim olduğu, nereden geldiği pek bilinmeyen genç ve son derece güzel bir kadının burada tek başına oturduğu da biliniyordu. Kapının üzerinde altın yaldızlı zarif harflerle yazılmış *Quisisana* sözcüğü göze çarpıyordu ve bütün kent bu sevimli evi bu adla tanıyordu; çok yumuşak bir "s" ve çok hüzünlü bir "a" vurgusuyla söylenen bu adla. Christian Buddenbrook, Senatör Giesecke'nin en yakın dostu olarak bu villaya rahatlıkla girip çıkıyordu; Hamburg'da Aline Puvogel'in yanında, Londra'da, Valparaiso'da ve dünyanın daha pek çok yerinde bu uğurda kazandığı başarının aynısını bu evde de kazanmıştı. "Birazcık bir şeyler" anlatıyor, "biraz sempatik hareketler" yapıyor ve bunun sonucu olarak da o yeşillikler arasındaki sevimli villaya Senatör Giesecke gibi istediği zaman ve sık sık girebiliyordu. Bunu dostu Giesecke'nin bilgisi ve rızasıyla yapıp yapmadığı bilinmiyordu; ancak kesin olan bir şey vardı ki, Senatör Giesecke varlıklı eşinin paralarını yiyerek vakit geçirirken Christian Buddenbrook da Quisisana'da beş para harcamadan güzel güzel eğleniyordu.

Hugo Weinschenk'in Erika Grünlich'le nişanlanmasından kısa bir süre sonra Müdür Bey kayınbiraderine kendi sigorta şirketinde çalışması için iş önerisinde bulundu, Christian bu öneriyi kabul etti ve gerçekten de on dört gün boyunca bu yangın sigortası veznesinde çalıştı. Fakat daha fazla devam edemedi, çünkü yalnızca sol yanındaki sızı artmakla kalmamış, aynı zamanda öteki şikâyetleri ve mide bulantıları da artmıştı. Son derece sert bir amir olan Müdür ara sıra hata yapan kayınbiraderine, "Seni fok balığı seni," demekten çekinmemişti... Christian bu işten de ayrılmak zorunda kalmıştı.

Frau Permaneder'e gelince, o çok mutluydu, onun bu mutlu ruh hali bu dünyadaki yaşamın arada sırada iyi yanlarının da olduğu biçiminde özetlenebilirdi. Gerçekten de bu son haftalarda yeni yetişmiş bir genç kız gibi bir hareketlilik, bir canlılık gelmişti ona; kendi ilk nişanlılık günlerinde olduğu gibi geleceğe umutla bakıyor, çeşitli planlar yapıyor, kızına ev arıyor ve en güzel şekilde döşemek için çaba harcıyordu. Genç kızlık günlerinin o sevimli ve neşeli ruh halinden pek çok şey geri gelmişti. Evet, bu son derece neşeli hareketleriyle "Kudüs Geceleri"nin havasını bile bozuyordu; öyle ki Lea Gerhardt elindeki dua kitabını bırakıyor ve güvercin bakışlı kocaman gözlerini anlamsız anlamsız salonda dolaştırıyordu.

Erika annesinden ayrılmayacaktı. Müdür Bey'in izni, hatta isteğiyle Frau Antonie Permaneder'in hiç değilse şimdilik Weinschenk'lerin yanında oturup deneyimsiz kızı Erika'ya ev işlerine yardımcı olması kararlaştırılmıştı.

Tony'nin içinde böylesine güzel bir duygunun uyanması işte bundan ötürüydü; Bendix Grünlich, Alois Permaneder adlarında kimse onun hayatına girmemiş, tüm başarısızlıklar ve acı hayal kırıklıklarına rağmen her şeye umutla yeniden başlıyormuş gibiydi. Erika'yı, çok sevdiği bu özel erkekle evlenmesini sağladığı için Tanrı'ya şükretmesi konusunda uyardı; oysa kendisi yüreğinde duyumsadığı ilk aşk ateşini, sorumluluk ve sağduyu kavramlarını düşünerek bastırmak zorunda kalmıştı; gerçi Erika'nın adını Müdür'ün adıyla birlikte aile defterine sevinçten elleri titreyerek yazmıştı. Ama nişanlanan kendisiymiş gibi bir duygu vardı içinde Tony'nin. Deneyimli elleriyle kapı perdelerini ve halıları yeniden yeniden düzeltiyor, mobilyaları ve çeyiz dolaplarını bir bir elden geçiriyor, kiralık evlere bakıyor ve kızı için en güzelini kiralıyordu! Gelenek ve göreneklere sıkı sıkı bağlı olan Buddenbrook'ların geniş evinden bir kere daha uzaklaşıyor ve boşanmış bir kadın olmaktan kurtuluyordu; öne düşmüş olan başını bir kere daha kaldırma fırsatı bulmuş ve yeni bir yaşama başlamıştı, herkesin ilgisini çeken ve öteki ailelerin saygınlığını kazanan bir yaşama. Evet, bütün bunlar bir düş müydü acaba? İpek sabahlıklar dolaptan yeniden çıkarıldı! İki adet sabahlık, biri kendisi, biri de Erika için; yumuşak kumaştan yapılmış uzun etekli, kalın kadife kurdeleli ve eteğine kadar fermuarlı sabahlıklar!

Haftalar birbirini kovaladı ve Erika Grünlich'in nişanlılık dönemi sonuna doğru yaklaştı. Genç çift birkaç ev ziyaretinde bulundu; çünkü ciddi bir işadamı olmanın yanında toplumsal ilişkilerde deneyimsiz olan Müdür Bey, boş saatlerini ev işlerine ayırmak istiyordu... Thomas Buddenbrook ve eşi Gerda'nın verdiği nişan yemeğinde genç çift, Friederike, Henriette ve Pfiffi Buddenbrook ve Senatör'ün yakın dostlarıyla Fisch Caddesi'ndeki evin büyük salonunda bir araya geldiler. Müdür Bey'in Erika'nın dekolte gerdanına ikide bir dokunması yine herkesin çok tuhafına gitmişti... düğün günü yaklaşıyordu.

Nikâh töreni, bir zamanlar Frau Grünlich'in de, tacına beyaz çiçekler takılmış gelinliğini giydiği sütunlu salonda yapıldı. Zengin çevrelerin evlerine girip çıkan Frau Stuht, Glockengiesser Caddesi'ndeki şişman terzinin karısı, Erika'nın beyaz saten kumaştan gelinliğini giymesine ve mersin çiçeklerinden yapılmış gelinlik tacını başına takmasına yardım ediyordu yine. Senatör Buddenbrook birinci, Christian'ın dostu Herr Giesecke de ikinci nikâh şahidi oldular, Erika'nın yatılı okuldan iki kız arkadaşı da nedimeliğini yaptılar. Müdür Weinschenk'in oldukça heybetli ve erkekçe bir görünüşü vardı, nikâh için hazırlanmış mihraba doğru yürürlerken, Erika'nın gelinliğinin kuyruğuna "bir kez" bastı. Ellerini çenesinin altında kenetlemiş olan Rahip Pringsheim, kendine özgü davranışı ve konuşma biçimiyle onları takdis ediyor ve her şey ailenin onuruna ve geleneklere uygun olarak geçiyordu. Yüzükler değiştirilip söylenilen kalın ve ince "evet" sözcükleri –ikisi de biraz kısık çıkmıştı– sessizlikte yükselince, Frau Permaneder geçmişi, bu ânı ve geleceği düşünerek hüngür hüngür ağlamaya başlamıştı. Çocukluğunda olduğu gibi hiç çekinmeden yine ağlayıvermişti. Gotthold amcanın evde kalmış kızlarından Pfiffi Buddenbrook, düğün töreni dolayısıyla gözlüğüne altın bir kordon takmıştı, böyle durumlarda hep yaptıkları gibi yine sinsi sinsi gülüyorlardı. Son yıllarda daha da küçülmüş olan Matmazel Therese Weichbrodt, yani Sesemi Weichbrodt, üstünde annesinin portresi bulunan oval biçimli bir broş takmıştı incecik boynuna, yüreğinde hissettiği derin acıyı gizleyen bir metanetle, "Mutlu ol, 'güzel' çocuğum!" dedi.

Daha sonra, mavi duvar kâğıtlarının üstündeki hiç değişmemiş beyaz Tanrı figürleri arasında verilen büyük bir ziyafet izledi töreni ve yeni evliler, bazı büyük kentlere yapacakları balayı yolculuklarına çıkmak üzere, yemeğin sonuna doğru ortadan kayboldular. Bu, nisan ayının ortalarına doğru olmuştu; takip eden on dört gün boyunca Frau Permaneder, döşemeci Jakobs'un da desteğiyle en büyük ustalıklarından birini gösterdi: Beckergrube'deki kocaman bir binanın birinci katını kiraladı ve çok güzel hazırladı. Balayı seyahatinden dönen genç çiftleri, rengârenk çiçeklerle süslenmiş odalar karşıladı.

Tony Buddenbrook'un üçüncü evliliği de işte böyle başlamış oldu.

Evet, bu söylem gerçekten de yerindeydi; Senatör Buddenbrook bir perşembe günü, Weinschenk henüz daha eve gelmemişken bu söylemi kullandı ve Frau Permaneder bundan pek hoşlandı. Gerçekten de evin bütün yükü onun omuzlarındaydı ve o bu yükü isteyerek ve gururla taşıyordu. Bir gün sokakta yürürken Hagenström'lerin kızı Frau Konsül Julchen Möllendorpf'la karşılaşınca, yüzüne öyle bir edayla baktı ki, Frau Möllendorpf önce kendisinin selam vermesi gerektiğini sandı... Aşırı bir sevinç ve onur duygusu, yeni evlileri görmeye gelen akrabalara evi gezdirirken sergilediği davranışlarında ve tutumunda da açıkça görülüyordu. Bu sırada Erika Weinschenk, gördüklerine hayran kalan bir konuk durumundaydı.

Frau Antonie Permaneder, sabahlığının uzun eteğini arkasında sürükleyerek, omuzları biraz kalkık, başını geriye atmış, kolunda saten kurdeleli bir anahtarlık –saten kurdelelere bayılırdı– evi konuklara gezdirirken mobilyaları, kapı perdelerini, birbirinden zarif porselenleri, pırıl pırıl parlayan gümüş takımları, Müdür Bey'in satın aldığı kocaman kocaman bir sürü yağlıboya tablosunu, yiyeceklerden ve çıplak kadın figürlerinden oluşan bir sürü natürmort tablosunu tek tek gösteriyordu; çünkü Hugo Weinschenk'in bunları çok beğendiğini biliyordu. Tony hareketleriyle, "İşte görün, bütün bunları hayatta bir kere daha başardım. Grünlich'in evi kadar zarif ve Permaneder'in evinden daha da zarif döşenmiş bir ev!" demek ister gibiydi.

Gri ve siyah çizgili ipek elbise giymiş olan yaşlı Frau Konsül Buddenbrook, çevresine tefarik çiçeğinden yapılmış parfüm kokuları saçarak girdi içeriye, açık renkli gözlerini her şeyin üzerinde bir bir gezdirdi ve öyle aşırı bir hayranlık belirtisi göstermeden duyduğu memnuniyeti belli etti. Senatör Thomas Buddenbrook, eşi ve çocuğuyla geldi. Eşi Gerda ile birlikte Tony'nin bu coşkulu ve kendini beğenmiş haliyle biraz eğlendiler ve çok sevgili yavruları Hanno'nun üzümlü kek ve Porto şarabından mide krampına yakalanmasını güçlükle engellediler... Gotthold amcanın evde kalmış kızları da geldiler ve her şeyin çok güzel olduğunu, ama kendileri gibi tevazu sahibi kızların burada oturmak istemeyeceğini söylemeden de edemediler... Genç yaşında saçları ağarmaya başlamış, sıska ve tam bir sabır örneği kız olan zavallı Klothilde de geldi, herkesin kendisiyle alay etmesine aldırmadan arka arkaya tam dört fincan kahve içti ve gördüklerini, sözcükleri yayarak bir bir övdü. Kulüpte kimseyi bulamadığı zamanlarda Christian da uğruyordu ara sıra, bir kadeh konyak içiyor ve ünlü bir şampanya ve konyak şirketinin temsilciliğini almak istediğini anlatıyordu. Bu işten çok iyi anladığını, bunun kolay ve rahat bir iş olduğunu ve bundan böyle kendi işinin patronu olacağını söylüyordu. Masasının başında oturup not defterine ara sıra bir şeyler yazacak ve oturduğu yerde otuz taler kazanacaktı. O bütün bunları anlattıktan sonra, Şehir Tiyatrosu'ndaki ilk sevgilisine bir buket çiçek sunabilmek için kardeşi Frau Permaneder'den kırk şilin borç aldı ve sözü daha sonra –neden ve hangi bağlamda aklına geldiğini Tanrı bilir– Londra'da duyduğu "*That's Maria*" ve "Günahlar" şarkılarına getirdi; Valparaiso'dan bir kutu içinde San Fransisco'ya gönderilen uyuz bir köpeğin öyküsünü anlattı, hem de öylesine komik ve içtenlikle anlatıyordu ki, bir salon dolusu insanı eğlendirebilirdi.

Aşırı derecede heyecanlıydı. Yabancı dilde konuşuyordu. İngilizce, İspanyolca, Kuzey Almanya lehçesi ve Hamburg ağzı konuşuyordu. Şili'deki bıçaklama olaylarını ve Whitechapel'deki hırsızlıklarını anlatıyordu. Daha sonra bildiği tüm şarkıları gözden geçirip büyük bir ustalık örneği sergileyerek mimik ve el hareketleriyle söylemeye başladı:

Keyifli keyifli dolaşırken
meydanda,
genç bir kız geçti önümden,
arkası kabarık plise eteği
ve başında kocaman şapkasıyla.
"Güzelim, pek de şirinsin,
bana kolunu uzatır mısın?" dedim.
Şöyle bir dönüp baktı arkasına
ve bana, "Hadi oğlum, git evine!" dedi.

Christian, şarkısını bitirir bitirmez Renz Sirki'nden söz etmeye başladı ve bir İngiliz palyaçosunun gösterisini öyle güzel taklit etti ki, sirkte oturmuş, gösteriyi izliyormuş sanırdınız kendinizi. Sirklerin alışılmış gürültüsü, "Kapıları açın!" sesleri tül perdenin arkasından duyulur gibiydi. At cambazıyla yapılan tartışmalar ve İngilizce-Almanca karışımı sefil bir dille anlatılan daha bir sürü öykü. Uykusunda bir fare yutup da veterinere başvuran, veterinerin de kendisine bir de kedi yutmasını öğütlediği bir adamın öyküsü... Ve arkasından "genç bir kadın gibi taze kalan büyükannenin" öyküsü. Büyükanne istasyona giderken binlerce serüvenle karşılaşır ve genç bir kadın kadar taze ve sağlıklı olan bu büyükanne sonunda kılpayıyla treni kaçırır... Christian bunları anlattıktan sonra, "Müzik lütfen, Herr Orkestra Şefi!" diye öyküyü yarıda bıraktı ve müzik başlamayınca da şaşırmış gibi göründü.

Sonra birden sustu, yüzündeki ifade değişti ve hareketleri gevşedi. Yuvarlak ve çukur küçük gözleriyle tedirgin tedirgin çevresini taramaya başladı. Elini sol yanından aşağıya doğru dolaştırdı, içinde bir tuhaflık hissediyordu, kalbini dinliyormuş gibi bir hali vardı. Bir kadeh likör daha içti, biraz rahatlar gibi oldu, bir öykü daha anlatmaya çalıştı, ama sonra neşesi kaçtı.

Bu sırada kahkahalarla gülmekten kendini alamayan ve çok eğlenen Frau Permaneder, kardeşini büyük bir neşeyle merdivene kadar geçirdi ve arkasından, "Güle güle, Herr Temsilci!" dedi. "Aşk şarkıcısı! Genç kız avcısı! Seni hayırsız, seni kart zampara! Yakında tekrar bekliyorum!" Christian'ın arkasından kahkahalarla güldü ve içeri girdi.

Fakat Christian Buddenbrook buna hiç aldırmadı, kız kardeşinin söylediklerini duymadı bile. Çünkü derin düşüncelere dalmıştı. "Evet, şimdi biraz da Quisisana'ya gidelim bakalım," diye geçirdi aklından. Biraz yana kaymış şapkası, sapında rahibe göğsü resmi bulunan bastonuna dayanmış bir şekilde sert adımlarla ve topallaya topallaya ağır ağır merdivenden aşağıya indi.

## 2

1868 yılının ilkbaharıydı. Frau Permaneder bir akşam saat ona doğru Fisch Caddesi'ndeki evin birinci katına çıktı. Senatör Buddenbrook, zeytin rengi fitilli kumaş kaplanmış mobilyalarla donatılmış oturma odasında, yuvarlak masanın başında ve tavandan aşağıya sarkan büyük bir gaz lambasının ışığı altında tek başına oturuyordu. Başını hafifçe öne eğmiş, masanın üzerine yaydığı *Berliner Börsen* gazetesini okuyordu. Sol elinde sigarasını tutuyordu ve çalışırken bir süredir kullandığı altın kelebek gözlüğü burnunun üstündeydi. Kız kardeşinin ayak seslerini yemek odasından duymuştu, gözlüğünü çıkardı ve Tony kapı perdelerinden geçip ışığın düştüğü alana gelinceye kadar gözlerini merakla karanlığa dikti.

"Oo, sen miydin? İyi akşamlar! Pöppenrade'den döndün demek! Dostların nasıllar?"

"İyi akşamlar Tom! Teşekkür ederim, Armgard'ın sağlığı yerinde... Burada tek başına mısın?"

"Evet, tek başınayım. Senin geldiğine çok sevindim.

Bu akşam yemeğimi Papa hazretleri gibi ben de tek başına yemek zorunda kaldım. Matmazel Jungmann'ın bana eşlik etmesini isteyemezdim, çünkü Hanno'ya bakmak için ikide bir yerinden fırlayıp yukarıya koşması gerekiyor... Gerda da bayanlar gazinosunda. Tamayo'nun keman resitali var. Christian götürdü yanında..."

"Annemizin dediği gibi, şu işe bak, hadi hayırlısı! Evet Tom, son zamanlarda fark ettim, Gerda ve Christian birlikte hoşça vakit geçiriyorlar."

"Ben de. Christian artık burada kaldığından beri, Gerda ondan hoşlanmaya başladı. Christian sızılarını anlatırken Gerda onu dikkatlice dinliyor... Tanrım, o onu eğlendiriyor. Geçenlerde Gerda bana, 'O bir burjuva değil Thomas! O senden daha az burjuva!' dedi."

"Burjuva... burjuva! Ne demek bu Tom? Bana öyle geliyor ki, şu koca dünyada senden daha iyi bir burjuva yoktur."

"Pek de öyle değil, öyle anlamamak lazım!.. Çıkar şu üstündekileri de biraz rahatla, sevgili kardeşim. Görünüşün mükemmel. Kır havası sana iyi gelmiş!"

Tony, ipek kurdeleli mor başlığını ve İspanyollara özgü tül örtüsünü çıkarıp masanın kenarındaki koltuklardan birine kurulurken, "Her şey mükemmeldi," dedi. "Mide ağrılarım geçti ve gece uykum da düzeldi, hem de bu kısacık süre içerisinde. İçtiğim sıcak inek sütü, o nefis sucuklar ve salamlar... Orada insanlar tıpkı inekler ve buğdaylar gibi kendiliğinden gelişip büyüyorlar. Hele o taze bal, Tom. Bence bu baldan daha iyi bir besin maddesi yok dünyada. Katıksız bir doğa ürünü! İnsan ne yediğini biliyor! Evet, Armgard eski yatılı okul arkadaşlığımızı düşünüp beni davet etmekle gerçekten dostça davrandı. Kocası Herr von Maiboom da çok nazikti. Yanlarında birkaç hafta daha kalayım diye bana adeta yalvardılar; fakat biliyorsun, ben yanında olmayınca Erika ev işlerinde epeyce zorlanıyor, özellikle de küçük Elisabeth'in dünyaya geldiği şu günlerde..."

"Tam zamanıydı Tony, çocuk nasıl?"

"Teşekkür ederim Tom. İyi sayılır. Dört aylık bir bebek için Tanrı'ya şükür iyi sayılır; her ne kadar Friederike, Henriette ve Pfiffi çok cılız bulup yaşamından endişe duyduklarını söyleseler de..."

"Weinschenk ne âlemde? Baba olarak kendini nasıl hissediyor? Yalnızca perşembeleri görüyorum onu..."

"Ah, hiç değişmedi! Biliyor musun, o çok çalışkan ve dürüst bir erkek, pek çok bakımdan da örnek bir koca. Meyhaneye gitmekten nefret ediyor, bürosundan çıkınca doğruca eve geliyor ve boş zamanlarını bizimle birlikte geçiriyor. Ama bir de şu var, Tom –aramızda açıkça konuşabiliriz– Erika'nın her zaman neşeli olmasını, kendisiyle konuşmasını ve şakalaşmasını istiyor, işten yorgun argın ve canı sıkkın eve gelince, karısı neşeli ve güler yüzle karşılasın, kendisini neşelendirsin ve eğlendirsin istiyor; kadının görevi budur, diyor..."

Senatör, "Aptal!" diye mırıldandı.

"Ne dedin sen?.. İşin en kötüsü, Erika'nın hemen üzülüp küsüveren bir yanı var, Tom. Bana çekmiş olmalı. Zaman zaman suratını ekşitiyor, hiç konuşmuyor ve düşüncelere dalıyor; işte o zaman kocası ona çok kızıyor ve bağırıyor, doğruyu söylemek gerekirse pek de nazik sözler çıkmıyor ağzından. Onun iyi bir aileden gelmediği, iyi bir eğitim almadığı ne yazık ki hemen anlaşılıyor. Evet, sana itiraf etmeliyim: Pöppenrade'ye gitmeden birkaç gün önce, tuzu fazla kaçmış diye çorba tenceresinin kapağını yere fırlatıp parçalamıştı..."

"Ne kadar da güzel!"

"Hayır, tam tersine. Böyle yaptı diye onu kınamayalım. Tanrım, hepimizin bir kusuru yok mu? O çok yetenekli, güvenilir ve çalışkan bir adam... Tanrı korusun...

Hayır Tom, sert bir görünüş ve dürüst bir kişilik, bu her şeyin en kötüsü demek değil. Gittiğim yerde çok daha kötü durumlarla karşılaştım. İkimiz baş başa kalınca Armgard ağladı, içim parçalandı..."

"Neler söylüyorsun! Herr von Maiboom ne yapmış?.."

"Evet Tom, ben de şimdi bu konuyu açmak istiyordum. Burada seninle oturmuş, sohbet ediyoruz, ama ben bu akşam çok ciddi ve önemli bir konuyu konuşmak için geldim buraya."

"Öyle mi? Peki, Herr von Maiboom'a ne olmuş?"

"Ralf von Maiboom çok sevimli bir adam, Thomas, ama düşüncesiz hareket eden bir soylu, bir şeytan. Rostock'ta, Warnemünde'de ve gittiği her yerde kumar oynuyor. Gırtlağına kadar borç batağına saplanmış bir adam. Pöppenrade'de birkaç hafta kalan biri, buna inanamaz! Evleri çok güzel, arazileri verimli; süt, sucuk ve salam sofralarından hiç eksik olmuyor. Bazen iyi bir görüntü, Armgardların çiftliğinde karşılaştığım gibi, gerçek yaşam için ölçü olmuyor... Kısacası, Armgard'ın yürek paralayıcı hıçkırıklar arasında bana anlattığına göre, durumları çok kötü Tom."

"Üzücü, çok üzücü."

"Evet, gerçekten çok üzücü. Fakat sorun şu Tom, tahmin ettiğim gibi beni oraya pek de boşuna davet etmemişler."

"Neden?"

"Dinle de anlatayım Tom. Herr von Maiboom'un paraya ihtiyacı var. Çok acele yüklüce bir paraya ihtiyacı var. Karısı eski dostum olduğundan, senin de benim kardeşim olduğunu bildiğinden bu sıkıntılı durumda karısını kendi amacına alet etti, tabii o da beni... anlıyor musun?"

Senatör sağ elinin parmaklarını saçlarında dolaştırdı ve biraz suratını ekşitti.

"Sanırım, doğru söylüyorsun," dedi. "Benimle konuşmak istediğin ciddi ve önemli konu, Pöppenrade çiftliğindeki ürünler için bir avans istemekti, yanılıyor muyum? Fakat bana öyle geliyor ki, sen ve dostların doğru adama yönelmediniz. Hemen söyleyeyim, ben şimdiye kadar Herr von Maiboom'la hiçbir iş yapmadım; böyle bir işle kurulacak ilişki sanırım oldukça tuhaf kaçar! Sonra şunu da bilmen gerekir ki, biz Buddenbrook'lar, dedem, dedemin babası, babam ve ben, kişilikleri ve iş durumları güven verdiği takdirde zaman zaman köylülere avans vermişizdir... Ama iki dakika önce anlattığına göre, Herr von Maiboom'un kişiliğinin ve iş durumunun pek de güven veren bir yanı yok gibi geliyor bana..."

"Yanılıyorsun, Tom. Şimdiye kadar söylediklerine ses çıkarmadım, ama yanılıyorsun gerçekten. Burada söz konusu olan yalnızca avans değil. Maiboom'un tam otuz beş bin marka ihtiyacı var..."

"Aman Tanrım!"

"Evet, otuz beş bin mark, hem de bir-iki hafta içinde bulunması gereken tam otuz beş bin mark. Bıçak kemiğe dayanmış, daha açık söylemem gerekirse Herr von Maiboom çiftliğini hemen satmanın yollarını arıyor."

"Hasattan önce mi? Vah vah, zavallı adam!"

Senatör Buddenbrook kelebek gözlüğüyle masanın üstünde oynarken başını sallıyordu. "Ama iş ilişkilerimiz açısından bu bana alışılmış bir durum gibi gelmiyor," dedi. "Bu gibi işlerin daha çok Hessen eyaletinde yapıldığını duymuştum, çiftliklerin büyükçe bir bölümünün Yahudilerin elinde bulunduğu Hessen'de... Zavallı Herr von Maiboom, kim bilir hangi tefecinin ağına düşecek..."

Frau Permaneder, "Yahudiler mi? Tefeciler mi?" diye hayretle bağırdı... "Fakat burada söz konusu olan 'sensin' Tom, 'sensin'!"

Thomas Buddenbrook gözlüğünü masaya bıraktı ve hışımla kız kardeşine döndü.

Ağzından tek bir sözcük bile çıkmadan dudaklarıyla, "Ben miyim?" diye sordu ve sonra sesini yükselterek, "Tony, hadi git de uyu! Anlaşılan yorgunluk başına vurmuş," dedi.

"Evet Tom. Eskiden akşamları tam neşelenmeye başladığımızda, Ida Jungmann da böyle derdi bize! Ama seni temin ederim ki, hiçbir zaman şu anda olduğum kadar uyanık ve canlı olmadım, karanlık ve sisli bir gecede sana Armgard'ın, daha doğrusu kocası Ralf von Maiboom'un önerisini bildirmeye geldim..."

"Maiboom'lara yardım için getirdiğin bu öneriyi, senin saflığına ve şaşkınlığına veriyorum."

"Saflık mı? Şaşkınlık mı? Ben seni anlamıyorum Tom. Anlamaktan da çok uzağım! İyi bir iş yapman, hem de hayatının en iyi işini yapman için bir fırsat çıktı karşına..."

Senatör Buddenbrook, "Bak sevgili kardeşim, gerçekten saçmalıyorsun!" diye bağırdı ve sinirli sinirli geriye attı kendini. "Kusura bakma ama, böyle saflıklarınla insanı çıldırtırsın sen! Bana hiç yakışmayan onursuzca işler öğütlediğini, beni böylesine kirli işlere yönlendirmek istediğini anlamıyor musun? Benden bulanık suda balık avlamamı istiyorsun! Çaresizliğe düşmüş bir insanı acımasızca sömüreyim mi? Bu çiftlik sahibinin içinde bulunduğu sıkıntılı durumdan yararlanıp onu dolandırayım mı? Tefecilik yapıp para kazanayım diye adamın bir yıllık ürününü yarı fiyatına satması için onu sıkıştırayım mı?"

Frau Permaneder ürkek ve düşünceli, "Ah, demek konuya bu gözle bakıyorsun," dedi ve konuşmasını heyecanlı heyecanlı sürdürdü. "Ama buna hiç gerek yok Tom. Konuya bu açıdan bakman gerekmez! Onu zorlamak, onu sömürmek de ne demek? Onun kendisi başvuruyor sana. Paraya ihtiyacı var ve bunu da dostluk yoluyla halletmek istiyor; el altından ve kimselere duyurmadan.

Bu yüzden bizimle ilişki kurmak istedi ve beni yanlarına davet ettiler!"

"Herr von Maiboom, benim kişiliğim ve şirketimin saygınlığı ile ilgili olarak yanılıyor. Ben geleneklerine bağlı bir insanım. Yüzyıllık geçmişimizde hiç böyle bir iş yapmadık. Böyle dolaplar çevirmeye hiç niyetim yok."

"Kuşkusuz, geleneklerine bağlı bir insansın ve buna saygı duymak gerekir!.. Doğru, babam böyle bir işe kesinlikle yanaşmazdı; Tanrı korusun, bunun aksini kim söyleyebilir ki?.. Fakat ne kadar sersem biri olsam da, senin babamdan çok farklı bir insan olduğunu, şirketin başına geçtikten sonra işlere farklı bir yön verdiğini biliyorum, bu arada babamın yapmak istemeyeceği bazı işleri yaptığını da... Gençsin ve böyle işlerin üstesinden gelebilecek girişimci bir kişiliğin var. Fakat son zamanlardaki bazı başarısızlıklarından dolayı biraz korkak davranmaya başladın, bu beni kaygılandırıyor... Şu sıralar eskisi kadar başarılı işler yapamıyorsan, bunun nedeni aşırı dikkatli davranman ve vicdanının sesini dinleyip korkmandır, bu yüzden de kârlı işleri elinden kaçırıyorsun."

Senatör Buddenbrook ses tonunu yükselterek, "Yapma güzel kardeşim, beni kızdırıyorsun!" dedi ve oturduğu yerde başını bir o yana bir bu yana salladı. "Bırak şimdi bunları da başka şeylerden konuşalım!"

"Evet Thomas. Çok kızdın, bunu görebiliyorum. Baştan beri böylesin, haksız yere kızdığını kanıtlamak için konuşmamı sürdürdüm. Neden böyle öfkelendiğini kendi kendime sordum, bunun tek bir yanıtı var: Tom, sen bu işe aslında hiç de isteksiz değilsin. Çünkü her ne kadar aptal bir kadın olsam da, kendi deneyimlerinden ve başkalarından biliyorum ki, böyle bir işe karşı çıkanlar kendilerine tam güven duymazlar, böyle bir öneriyi kabul etmeye yanaştıkları zaman da kızıp öfkelenirler."

Senatör Buddenbrook, "Çok güzel," dedi, sigarasının ucunu ısırarak kopardı ve sustu.

"Güzel mi? Hayır, hiç de öyle değil. Bunun basit bir deneyim olduğunu hayat öğretti bana. Fakat sen nasıl istersen öyle olsun Tom. Seni zorlamak istemiyorum. Böyle bir işe seni ikna edebilir miyim ben? Hayır, bunun için yeterli bilgi birikimim yok. Aptalın biriyim ben... Yazık... çok yazık. Doğruyu söylemek gerekirse beni çok ilgilendirmişti. Maiboom'lar için bir taraftan çok üzüldüm, öte yandan da senin adına çok sevinmiştim. Şöyle düşünmüştüm: Tom bir süredir biraz neşesiz görünüyor. Eskiden bir sıkıntısı olduğu zaman, yakınlarına açılır ve sıkıntısını paylaşırdı, ama şimdi bundan bile vazgeçti. Girdiği bazı işlerde para kaybetti, içinde yaşadığımız zaman çok kötü ve Tanrı'nın lütfuyla benim durumum yeniden düzeldi, kendimi mutlu hissettiğim şu sırada, bunun tam sana göre bir iş, kazançlı bir alışveriş olacağını düşünmüştüm. Bununla bazı gediklerini kapatabilir ve Johann Buddenbrook Şirketi'nin hâlâ ayakta olduğunu herkese gösterebilir, diyordum. Bu işi kabul etmiş olsaydın, aracılık ettim diye pek sevinecektim; ailemize ve onun şanlı adına hizmet etmeyi her zaman özlediğimi ve hayal ettiğimi bilirsin... Neyse, keselim artık... sanırım konuşulacak pek bir şey kalmadı. Ancak burada beni öfkelendiren şey, Maiboom ürününü hasattan önce satmak zorundaysa ve bizim kentte alıcı arıyorsa kuşkusuz birini bulacaktır... Evet, birini bulacaktır ve hiç kuşku yok ki, bu Hermann Hagenström olacak, Herr Maiboom ürününü bu dolandırıcıya satacak..."

"Onun böyle bir öneriyi elinin tersiyle geri çevireceği beklenemez," dedi Senatör Buddenbrook büyük bir öfkeyle.

Frau Permaneder arka arkaya üç defa yanıt verdi:

"Görüyor musun, görüyor musun, görüyor musun?"

Thomas Buddenbrook birden başını sallamaya ve acı acı gülümsemeye başladı.

"Bu aptalca bir şey... Biz burada, büyük bir ciddiyetle –en azından sen öyle konuşuyorsun– ne olduğunu bilmediğimiz ve bütünüyle havada bir iş hakkında konuşuyoruz! Burada söz konusu olan şeyin ne olduğunu, Herr von Maiboom'un aslında ne satacağını sormadım bile... Pöppenrade çiftliği hakkında hiçbir bilgim yok..."

Frau Permaneder, "Öyleyse oraya bir gitmen gerekir!" dedi ateşli ateşli. "Rostock hemen şuracıkta. Oradan itibaren de fazla bir yol değil! Ne mi satacak? Pöppenrade çok büyük bir çiftlik. Bin çuvaldan daha çok buğday hasat edildiğini çok iyi biliyorum... Ama tamı tamına ne kadar olduğunu söyleyemeyeceğim. Ürünün ne kadarı çavdar, ne kadarı yulaf ve ne kadarı da arpadır, bilemiyorum. Her birinden beşer yüz çuval mı? Daha mı çok ya da daha mı az, bilemeyeceğim. Ama hepsinin de çok verimli olduğunu söyleyebilirim. Fakat bunu sana rakamlarla veremem, Tom; ne de olsa sersem bir yaratığım ben. Senin oraya kendin gitmen gerekiyor..."

Bir sessizlik oldu. İkisi de susmuştu.

Senatör Buddenbrook kararlı bir tavırla, "Bu konuda iki kelime konuşma zahmetine değmez," dedikten sonra, kelebek gözlüğünü aldı ve yeleğinin cebine koydu; ceketinin düğmelerini ilikledi, yerinden kalktı, hızlı, sert ve kendinden emin adımlarla odanın içinde dolaşmaya başladı. Hareketlerinde herhangi bir şeyi düşündüğünü anımsatacak hiçbir belirti yoktu.

Sonra masanın önünde birden durdu, kız kardeşine doğru biraz eğilerek işaretparmağını büküp ucuyla masanın üstüne yavaşça vurarak, "Sevgili kardeşim Tony, şimdi sana bir öykü anlatayım da bu konudaki tutumumu anla," dedi. "Senin soylu ailelere ve özellikle de Mecklenburg'lu soylulara karşı zaafını biliyorum. Öykümde bunlardan birini anlatmak istiyorum, ama biraz sabırlı olmanı istiyorum senden. Senin de bildiğin gibi, o soylu baylardan bazıları kendileri için vazgeçilmez saydıkları tüccarlara karşı pek de saygılı davranmazlar ve alışveriş işlerinde komisyoncuya karşı çiftçinin –bir dereceye kadar kabul edilen– üstünlüğünü özellikle vurgularlar; kısacası, kapı kapı dolaşarak mal satan ve zararına satıyorum deyip insanları üstündeki elbiselere varıncaya kadar soyan Yahudilerden farklı görmezler tüccarları onlar. O soylu beyler üzerinde aşağılık bir sömürücü etkisi bırakmamış olduğum için çok mutluyum, fakat onların arasında benden çok daha acımasız tüccarlara da rastladım. Bunlardan biriyle aramda küçük bir güç savaşı da geçti, toplumsal ilişkilerde kendimi onunla eşit tutmak istediğim için... Büyük Poggendorf çiftliğinin sahibiydi, adını duyduğundan eminim. Yıllar önce epeyce iş yapmıştım onunla: Kont Strelitz, gözüne yapıştırdığı dört köşeli monokla ile tam bir yüksek sosyete... Nasıl olup da bu cam parçasının yüzünü gözünü çizip yaralamadığını anlamıyorum... Ayağında burnu yukarıya doğru kalkık pırıl pırıl çizmeleri ve elinde altın saplı kırbacı vardı. Yarıaçık ağzı ve yarıkapalı gözleriyle hep yukarıdan bakardı bana... Kendisini ziyaret edişimin büyük bir önemi vardı. Karşılıklı olarak yazıştıktan sonra onun çiftliğine gittim ve uşaklara geldiğimi bildirdikten sonra çalışma odasına alındım. Kont Strelitz yazı masasının başında oturuyordu. Eğilerek verdiğim selamıma, koltuğunda hafifçe doğrularak karşılık verdi. Yazmakta olduğu bir mektubun son satırlarını tamamladıktan sonra bana doğru döndü ve doğru dürüst yüzüme bile bakmadan hemen iş konuşmaya başladı. Bense divana yaslanmış, kollarımı ve bacaklarımı birbirine kavuşturmuş, neşeli neşeli onu seyrediyordum. Beş dakika kadar böyle konuştum onunla. Bir beş dakika daha konuştuktan sonra gidip masanın üstüne oturdum ve bacaklarımdan birini havada sallamaya başladım. İş görüşmemiz devam ediyordu. Kont Strelitz on beş dakika sonra, 'Buyurun!' der gibi bir el hareketi yaparak, 'Bir sandalye çekip oturmak istemez misiniz?' dedi. Ben de, 'Ah, hiç gerekli değil! Epeydir oturuyorum zaten,' diye yanıtladım onu."

Frau Permaneder son derece mutlu bir yüz ifadesiyle, "Dedin mi? Dedin mi bunu?" diye bağırdı. Az önce konuşulanlarını unutuvermiş ve kendisini kardeşinin anlattığı bu anekdota kaptırmıştı. "Demek epeydir oturuyordum, dedin! Mükemmel bir yanıt doğrusu!"

"İşte böyle," dedi Buddenbrook, "inan bana, Kont o andan itibaren bana karşı davranışını büsbütün değiştirdi. Ziyaretine geldiğimde, elini uzatır ve beni oturmaya davet ederdi... Zaman içinde pek dost olmuştuk... Ancak bunları sana niçin mi anlattım? Senden şunu öğrenmek için: Herr von Maiboom bütün ürününü toptan satmak için fiyat konusunda benimle pazarlık yaparken bir sandalye göstermeyi unutursa ona da böyle bir ders vereyim mi, ne dersin?.."

Frau Permaneder sustu. Daha sonra ayağa kalkarak, "Peki, Tom," dedi. "Haklı olabilirsin. Biraz önce de söylediğim gibi, bu konuda seni zorlamak istemiyorum. Ne yapman gerektiğini, neyi yapmaman gerektiğini sen daha iyi bilirsin. Artık başka söyleyecek bir sözüm yok. Bunları iyi niyetle söylediğime inanırsan... anlaştık demek! İyi geceler Tom!.. Hayır, hayır bekle. Önce gidip Hanno'yu bir öpeyim ve sevgili Ida'ya da bir merhaba diyeyim. Sonra tekrar bir bakarım sana."

Bunları söyledikten sonra gitti.

## 3

Frau Permaneder ikinci kata çıktı, balkonu sağında bırakıp beyaz boyalı ve altın yaldızlı parmaklıkların yanından geçerek aydınlık bir koridor boyunca yürüdü; kapısı koridora açılan bir odanın önünden geçti ve sol tarafta kapısı senatörün yatak odasına açılan ikinci bir odanın önünden de geçtikten sonra, tam karşısında bulunan kapının kulbuna dikkatlice bastı ve içeri girdi.

Frau Permaneder'in girdiği oda, pencereleri çiçek desenli basma kumaştan perdelerle kapatılmış çok büyük bir odaydı. Duvarlar biraz çıplaktı. Matmazel Ida Jungmann'ın yatağının üstündeki duvarda asılı bulunan ve Giacomo Meyerbeer'i operalarının figürleri arasında gösteren siyah çerçeveli kocaman bir gravürden başka sarı saçlı ve kırmızı giysili çocukları gösteren İngiliz baskısı renkli birkaç resim daha vardı, açık renkli duvar kâğıdına topluiğneyle tutturulmuşlardı. Ida Jungmann, odanın ortasında büyük bir masanın başına oturmuş Hanno'nun küçücük çoraplarını yamıyordu. Prusyalı bu sadık kızcağız artık ellisine gelmişti ancak pırıl pırıl saçlarına çok erken ak düşmesine rağmen hâlâ bütünüyle beyazlaşmamıştı, yer yer ağarmıştı ancak. İriyarı ve güçlü vücudu, kahverengi gözleri yirmi yıl önceki kadar dinç, canlı ve duru bakıyordu.

Frau Permaneder yavaşça ama neşeli bir sesle –kardeşinin anlattığı öykü onu çok keyiflendirmişti–, "İyi akşamlar sevgili Ida!" dedi. "Nasılsın bakalım, benim emektar dostum!"

"Ah Tony'ciğim, sen miydin? Benim güzel evladım! Gecenin bu saatinde ne işin var burada?"

"Tom'u ziyarete gelmiştim... ertelenemeyecek kadar önemli bir iş görüşmesi için... Ne yazık ki, bir sonuca varamadık... Hanno uyuyor mu?" diye sordu ve sorarken de başıyla sol tarafta, duvarın hemen önünde duran küçük yatağı işaret etti; yatağın başucu yeşil bir örtüyle örtülmüştü. Tony, Senatör ve eşinin yatak odasına açılan yüksekçe bir kapının yanında duruyordu.

"Sessiz ol!" dedi Ida. "Uyuyor." Frau Permaneder ayaklarının ucuna basarak küçük yatağın yanına geldi, yavaşça tülleri kaldırdı ve eğilerek uyuyan yeğeninin yüzüne dikkatli dikkatli baktı.

Küçük Johann Buddenbrook sırtüstü yatıyordu, ama açık kahverengi saçlarının çevrelediği küçük yüzü odaya dönüktü, başı yastığın içine gömülmüş gibiydi, hafif hafif soluyordu. Pijamasının uzun ve geniş kollarından sadece parmakları görülebilen ellerinden birini göğsünün üstüne koymuş, ötekini de yorganının üstüne bırakmıştı. Bükülmüş parmakları ara sıra hafif hafif titriyordu. Yarıaçık dudaklarında, sanki bir şeyler söylemeye çalışıyormuş gibi hafif bir kıpırdanma vardı. Zaman zaman aşağıdan yukarıya doğru bütün yüzünde bir acı beliriyordu, çenenin hafif hafif titremesiyle başlayan, ağız bölgesinde devam eden, incecik burun deliklerini titreten ve daracık alnının kaslarını kıpırdatan bir acı... Uzun kirpikleri, gözlerinin altında beliren mavimsi gölgeleri örtemiyordu.

Çok duygulanmış olan Frau Permaneder, "Rüya görüyor," dedi. Sonra yeğeninin üstüne eğildi, sıcacık yanaklarını dikkatlice öptü, tülleri özenle yeniden örttü ve Ida'nın oturduğu masaya döndü. Lambanın sarı ışığı altında oturan Ida, bu arada örgü yumurtasına yeni bir çorap daha geçirmiş, deliği dikkatlice inceledikten sonra yamamaya başlamıştı.

"Bakıyorum da yine çorap yamıyorsun, Ida. Ne tuhaf, seni hep çorap yamarken görüyorum!"

"Evet, evet Tony'ciğim... küçük okula başlayalı beri çorap dayandıramıyorum!"

"Ama Hanno çok sakin ve uysal bir çocuk, değil mi?"

"Evet, evet... ama yine de..."

"Yoksa okula gittiğine sevinmiyor mu?"

"Hayır, hayır Tony'ciğim! Aslında yanımda kalıp kendisine her şeyi benim öğretmemi isterdi. Bunu ben de isterdim güzel kızım; çünkü öğretmenleri onu küçüklüğünden beri benim gibi tanımıyorlar ve öğretirlerken de nasıl davranılması gerektiğini bilmezler... Çoğu zaman dersleri izlemek ona çok zor geliyor, hemen yoruluveriyor..."

"Zavallı Hanno! Hiç dayak yedi mi okulda?"

"Yok, hayır! O kadar acımasız olamazlar!.."

"Okula ilk gittiği gün nasıldı? Ağladı mı?"

"Evet, ağladı. Çok çabuk ağlıyor... öyle yüksek sesle değil ama, için için ağlıyor... Bir keresinde sayın kardeşinizin ceketine yapıştı ve evde kalayım, ne olur beni okula göndermeyin, diye yalvardı durdu..."

"Vay canına, kardeşim yine de onu okula götürdü, değil mi?.."

"Evet, götürdü."

"Zor iş Ida. İnan bana. Dünkü gibi anımsıyorum nasıl ağladığımı!.. Zincire bağlı bir köpek gibi ulumuştum, inan bana çok zor gelmişti. Neden mi ağlamıştım? Ben de tıpkı Hanno gibi evde olmaktan mutluydum. Varlıklı ailelerin çocukları hep ağlamışlardı; ötekilerin hiçbir şey umurlarında değildi ve pişmiş kelle gibi bize bakıp sırıtıyorlardı, bugün gibi anımsıyorum... Tanrım! Ida, ne oldu bu yavrucuğa?"

Frau Permaneder, el hareketini yarıda bıraktı ve korku içinde Hanno'nun yatağına döndü. Yataktan yükselen bir korku çığlığı, sözlerini yarıda bırakmasına neden olmuştu; korkutucu bir şekilde peş peşe birkaç kez tekrarlanan ve daha sonra üç-dört defa yeniden tekrarlanan bir korku çığlığı... Kötü bir şeye karşı korkuyla ve umutsuzca bir karşı koyuşu anlatmak isteyen bir protesto sesi, "Ah! Ah! Ah!" sesleri duyuldu. Hemen arkasından küçük Johann yatağının içinde doğruldu. Ağzında anlaşılmaz sözler mırıldanırken sonuna kadar açılmış ela gözleri gerçek dünyayı değil de, bambaşka bir dünyayı seyrediyormuş gibiydi.

"Önemli değil," dedi Ida. "Uykusunda sayıklıyor. Ah, bazen çok daha korkunç oluyor." Sessizce çorap yamama işini bıraktı, ağır adımlarla Hanno'nun yanına geldi, kalın ve sakinleştirici sesiyle bir şeyler söyledikten sonra çocuğu yeniden yatırdı ve üstünü örttü.

Frau Permaneder, "Evet, uykusunda sayıklıyor," diye tekrarladı. "Peki uyanır mı?"

Fakat Hanno hiçbir şekilde uyanmadı, oysa gözleri açık ve hareketsizdi, dudakları kıpırdamaya devam ediyordu.

"Nasıl? Demek... demek öyle... hadi, gevezelik etmeyi bırak da uyu... Neler söylüyorsun öyle?" diye sordu Ida; Frau Permaneder de yaklaştı ve küçüğün huzursuz huzursuz mırıldanmalarına ve ağzından çıkan gelişigüzel sözlere kulak verdiler.

Hanno dilini ağzında dolaştırarak, "Ben... benim... küçük bahçeme gitmek istiyorum," dedi. "Soğanlarımı sulayacağım..."

Ida Jungmann başını sallayarak, "Şiirini okuyor," dedi. "Tamam, tamam! Hadi artık uyu, benim güzel evladım!.."

Hanno devam ederek, "Kambur... bir cüce duruyor orada... aksırmaya başlayınca," dedi ve arkasından içini çekti. Ama birden yüzündeki ifade değişti, gözleri yarı kapandı, başını yastığının üstünde sağa sola hareket ettirdi ve çok yavaş ve üzgün bir sesle devam etti:

Ay parlar,
Çocuk ağlar,
Saat on ikiyi vurur,
Ve Tanrı bütün hastalara yardım eder.

Bunları söylerken yüksek sesle ağlamaya başladı, kirpiklerinin arasında toplanan gözyaşları yavaş yavaş yanaklarından aşağıya doğru aktı. Bunun üzerine uyandı.

Ida'yı kucakladı, ıslak gözleriyle çevresine bakındı, sevindiğini belli eden bir sesle, "Tony hala, Tony hala..." gibi bir şeyler mırıldandı, sonra yeniden yorganın altına sokuldu ve uykuya daldı.

Ida yeniden masanın başındaki sandalyesine oturduktan sonra, "Çok tuhaf!" dedi Frau Permaneder. "Ne tür şiirler bunlar, Ida?"

Matmazel Jungmann, "Okuma kitabından," diye yanıt verdi. Altında şiirin adı yazılı: "Çocuğun Sihirli Borazanı." Çok tuhaf şeyler... Bugünlerde onları ezberlemesi gerekiyordu. Bu parçada cücenin adını sıkça söyledi. Sen o şiiri biliyor musun?.. Çok korkunç bir şiir. O kambur cüce her yerde karşısına çıkıyor insanın, tencereyi parçalıyor, bulamacı içiyor, odun çalıyor, çıkrığı durduruyor, herkesle alay ediyor... sonunda da dualarınızla beni unutmayın, diye yalvarıyor! Evet, cücenin bu durumu yavrucağıza pek dokundu. Gece gündüz hep onu düşündü. Ne dediğini biliyor musun? İki-üç defa şunları söyledi: 'Öyle değil mi Ida? Kötülüğünden yapmıyor, kötülüğünden yapmıyor, değil mi? Üzüntüsünden yapıyor ve böyle yaptıkça da daha çok üzülüyor... Onun için dua edilirse bunları yapmasına gerek kalmaz.' Bu akşam annesi konsere giderken ona iyi geceler demeye geldiğinde, kambur cüce için kendisinin de dua etmesi gerekip gerekmediğini sordu..."

"Peki, dua etti mi?"

"Yüksek sesle değil, sanırım içinden etti... ama "Kocakarının Saati" adlı diğer şiirle ilgili olarak hiçbir şey söylemedi, ağladı yalnızca. Her nedense, yavrucak hemen ağlayıveriyor ve uzun süre de durmuyor ağlaması..."

"Ama bu şiirde onu bu kadar üzecek ne var?"

"Bildiğim kadarıyla... şiirin başlangıcını okurken, uykusunda bile hıçkırarak sayıkladığı başlangıç kısmını okurken öteki kıtaya bir türlü geçemiyordu... Sonra sabahın üçünde saman yatağından kalkan arabacı için de ağladı..."

Frau Permaneder duygulanıp güldü ve sonra birden ciddileşti.

"Ama sana bir şey söyleyeyim mi Ida; her şeye böyle üzülmesi iyi değil, bu hiç hoşuma gitmiyor. Arabacı doğal olarak saat üçte kalkar, Tanrım onun işi arabacılık zaten! Bu çocuk –anladığım kadarıyla– her şeye aşırı ilgi duyuyor ve çok çabuk etkileniyor... Bu onu mahvedecek, inan bana. Doktor Grabow'la bunu ciddi olarak konuşmak lazım..." Kollarını kavuşturup başını yana çevirdi, üzgün bir yüz ifadesiyle ayağını yere vurarak devam etti: "Ama ne var ki o artık çok yaşlandı. İyi yürekli, güvenilir ve babacan bir adam olsa da... bir doktor olarak ona pek güvenemiyorum Ida. Yanılıyorsam, Tanrı beni bağışlasın. Örneğin Hanno'nun tedirgin hali, geceleri uyanması, rüyasında korkması... Grabow bütün bunları biliyor, fakat bütün yaptığı şey, bunun uykuda korkma olduğunu Latince adıyla söylemekten ibaret... Tanrım, ne kadar da çok şey biliyor!.. Hayır, hayır, o çok tatlı bir adam, iyi bir aile dostu, ama hepsi bu kadar, kesinlikle iyi bir doktor değil. Önemli bir insan başka türlü gösterir kendini ve daha gençliğinde belli eder farklı bir yanı olduğunu. Grabow 1848 Devrimi'ni yaşamış bir insan. O tarihte genç biriydi. Onun bir gün olsun bir şey hakkında heyecan duyduğunu sanıyor musun? Özgürlük, adalet, ayrıcalıklar ve başına buyruk davranışların ortadan kaldırılması üzerine hiç heyecanlandığını gördün mü? Doktor Grabow bir bilimadamı, ama o tarihte üniversite ve basın için çıkarılan korkunç kanunlar onu hiç ama hiç ilgilendirmedi. Hiçbir zaman biraz olsun heyecan duymadı, hiçbir zaman sesini yükseltmedi... Uzun ve yumuşak yüzündeki ifade hiç değişmedi; hâlâ güvercin eti ve francala öneriyor, hastanın durumu gerçekten ciddiyse bir yemek kaşığı hatmi çiçeği çayı... İyi geceler, Ida... çok daha iyi doktorlar da vardır herhalde!.. Yazık, Gerda'yı göremeyeceğim... Gidiyorum artık. Geçirmene gerek yok, teşekkür ederim, koridorda ışık var... İyi geceler."

Frau Permaneder kardeşine de iyi geceler dilemek için yemek odasının kapısını açınca, bütün odanın aydınlık olduğunu ve Thomas'ın elleri arkasında bir aşağı bir yukarı dolaştığını gördü.

## 4

Senatör Buddenbrook kız kardeşi Tony yanından ayrılıp da yalnız kalınca, masanın başındaki koltuğuna yeniden oturmuş, kelebek gözlüğünü cebinden çıkarıp gözüne takmış ve gazetesini okumaya başlamıştı. Fakat iki dakika sonra gözlerini gazetenin üzerinden kaldırmış ve oturuş biçimini değiştirmeden kapı perdeleri arasından uzun uzun salonun karanlığına bakmıştı.

Yalnız kaldığı zamanlar yüzünün biçimi tanınamayacak kadar değişiyordu. Başka zamanlar disiplinli ve söz dinleyen, inanılmaz bir irade gösteren ağız ve yanak kasları gevşiyor, gücünü kaybediyor, yüzündeki yapay canlılık, dikkatlilik ve sevecenlik bir maske gibi düşüveriyor ve canından bezdiren bir yorgunluk hali ortaya çıkıyordu. Üzgün ve donuk bir ifadeyle herhangi bir şeye diktiği gözleri kızarmaya ve yaşarmaya başlıyordu; kendi kendini kandırma cesaretini bile gösteremiyordu; zihnini sürekli meşgul eden karmaşık ve huzur bozucu bir sürü düşünceden yalnızca bir tanesine, kırk iki yaşındaki Thomas Buddenbrook'un artık yorgun bir adam olduğu düşüncesine odaklanmıştı.

Derin derin soluyarak elini alnında ve gözlerinde ağır ağır dolaştırıyor, sağlığına dokunduğunu bildiği halde sigara üstüne sigara içiyor ve savurduğu dumanlar arasından karanlığa bakmaya devam ediyordu. Yüz hatlarının cansızlığıyla şık görünüşü arasında ne büyük bir çelişki var! Kokular sürülmüş uzun bıyıklar, özenle tıraş edilmiş çene ve yanaklar –tepesinin kıvrıldığı yerden başlayan saç seyrelmesi mümkün olduğunca kapatılmıştı–, sevimli şakaklarından iki uzun girinti halinde geriye doğru özene bezene taranmış ve ince bir ayrım çizgisi oluşturarak kulaklarının üstünden aşağıya doğru sarkan kıvır kıvır saçları ağarmaya başladığı anlaşılmasın diye kısacık kesilmişti... Thomas Buddenbrook'un kendisi de hissediyordu bu çelişkiyi. Yüzünün solgun ve yorgun görünüşüyle bakımlı hali ve hareketliliği arasındaki uyuşmazlığın kentte hiç kimsenin dikkatinden kaçmadığının farkındaydı.

Bir zamanlar bu kentin en önemli ve vazgeçilmez kişisi olduğundan en küçük bir belirti bile kalmamıştı. Dostları bunu açıkça söylüyorlardı. Belediye Başkanı Doktor Langhals'ın herkese duyuracak şekilde selefi Oeverdieck'in şu sözünü doğruladığını, muhalifleri de inkâr edemiyordu: Senatör Buddenbrook, Belediye Başkanı'nın sağ koludur, ama Johann Buddenbrook Şirketi'nin artık bir zamanki şirket olmadığı da herkesçe bilinen bir gerçek. Terzi Herr Stuht öğle yemeklerinde bunu geveze karısına hiç çekinmeden anlatabiliyordu. Thomas Buddenbrook bütün bu söylentilerden yakınıyordu.

Bu tür söylenti ve düşüncelerin ortaya çıkmasına daha çok Senatör Buddenbrook'un kendisi yol açmıştı. Oldukça varlıklı bir adamdı. 1866 yılının büyük kaybı dahil, uğradığı kayıpların hiçbiri şirketinin durumunu ciddi olarak sarsmamıştı. Gerçi olanaklar elverdiği ölçüde toplumsal ilişkilerinde Buddenbrook'lara yakışır şekilde hareket ediyor ve konuklarının beklediği görkemli yemek ziyafetlerini sürdürüyordu. Ancak mutlu ve başarılı günlerin sona ermekte olduğu düşüncesi, bir dış gerçeği yansıtmaktan çok bir iç gerçeği yansıtan düşünce onun gözünü öylesine korkutmuş, onu öylesine kuşkulu yapmıştı ki, şimdiye kadar hiç olmadığı kadar paraya düşkünlük göstermeye ve özel yaşamında tutumlu ve hatta cimri olmaya başladı. Yeni ev çok pahalıya mal oldu diye bin kez lanet etti yaptırdığına, bu evin kendisine felaketten başka bir şey getirmediğini hissediyordu. Yaz gezilerinden vazgeçildi, sahilde ve doğada dinlenmenin yerini küçük kent parkı aldı. Eşi ve küçük Hanno'yla birlikte yediği yemekler verdiği kesin talimat üzerine azaltıldı; bu durum parke döşeli, yüksek ve lüks tavanlı, meşeden yapılmış eşsiz mobilyalarla donatılmış geniş yemek salonuna bakınca gülünç bir etki bırakıyordu. Yemek üzerine tatlı yenmesine uzunca bir süredir yalnızca pazar günleri izin veriliyordu.

Gerçi Senatör dış görünüşü bakımından yine eskisi gibi bakımlı ve şıktı. Ama yıllardan beri hizmetlerinde olan uşak Anton, lüks giysilere çok para gittiği için senatörün artık yalnızca iki günde bir gömlek değiştirdiğini mutfakta çalışanlardan biliyordu. Uşak Anton daha başka şeyler de biliyordu. İşten çıkarılacağını da biliyordu. Gerçi Gerda buna karşı çıkıyordu, böylesine büyük bir evin işlerine üç uşak zor yetiyor diye. Ama bunun hiçbir yararı olmadı: Thomas Buddenbrook senatoya giderken bunca yıl arabayı kullanmış olan Anton, eline uygun bir para verilerek işten çıkarıldı.

Bu tür önlemler işlerin iyi gitmediğinin bir göstergesiydi. Genç Thomas Buddenbrook'un işletmeyi yürüttüğü o yeni ve taze ruhtan eser kalmamıştı. Küçük bir sermaye ile şirkete ortak olan, ancak hiçbir bakımdan önemli bir etkisi olmayan Herr Friedrich Wilhelm Marcus doğası gereği her türlü girişim yeteneğinden yoksundu.

Herr Marcus'un aşırı titizliği ve kılı kırk yaran tutumu, her geçen yıl daha da artmış ve sonunda tuhaf bir ruh haline dönmüştü. Bir puronun ucunu kesmesi ve onu para kesesine koyması en az on beş dakika sürüyordu. Önce bıyıklarını düzeltiyor, hafif hafif öksürüyor ve çevresine ürkek ürkek bakıyordu. Akşamın karanlığı çökünce yakılan gaz lambaları büronun her yanını gündüz gibi aydınlatmasına rağmen, bir de Stearin mumu yakıp masanın üstüne koymadan edemiyordu. Her yarım saate bir yerinden kalkıp lavaboya gidiyor ve başını musluğun altına tutup ıslatıyordu. Bir gün öğleden önce masanın altına atılmış ve buruş buruş olmuş boş bir buğday çuvalını görünce kedi sanmış ve bürodakilerin şaşkın bakışları arasında kahrolası hayvan, diye yüksek sesle bağırıp çağırarak kovalamaya çalışmıştı. Ortağının yorgun düştüğü şu günlerde işe sarılıp bir canlılık yaratacak kişi değildi kesinlikle. Senatör Buddenbrook şu anda olduğu gibi donuk bakışlarını salonun karanlığına dikip Johann Buddenbrook Şirketi'nin son zamanlarda yaptığı hacmi çok küçük işleri düşündükçe, umutsuzca bir sabırsızlığa ve utanç duygusuna kapılıyordu.

Ama böyle olması iyi değil miydi? Uğursuzluğun da bir zamanı vardır, diye düşünüyordu. Çaba göstermeyip beklediğimiz, gücümüzü toplama isteğine kendimizi kaptırdığımız anlarda sessiz kalmak daha akıllıca olmaz mıydı? Neden şimdi böyle bir öneriyle ona gelip zamanın gerisinde kalmak gibi akıllıca bir teslimiyet duygusundan vazgeçirmek ve içini kaygılarla ve kuşkularla doldurmak istiyorlardı? Artık zamanı gelmiş miydi? Yoksa bu bir işaret miydi? Ayağa kalkması ve başarıyı yeniden yakalaması için yüreklendirilmesi mi gerekiyordu? Bu onur kırıcı öneriyi kararlı bir ses tonuyla geri çevirmişti ama, Tony'nin gitmesiyle bütün sorun çözümlenmiş miydi gerçekten? Görünüşe bakılırsa hiç de öyle değildi; çünkü Thomas Buddenbrook burada oturmuş, karanlığa bakarken bütün bunlara kafa yoruyordu. "Eğer bir kişi kendisine yapılan bir öneriye karşı çıkarken kendinden emin değilse o zaman sesini yükseltir ve hemen bağırıp çağırmaya başlar," demişti Tony. Bu Tony, aklıyla şeytana pabucunu ters giydirir!

Peki, Tony'nin önerisini kendisi nasıl karşılamıştı? Anımsadığı kadarıyla çok yerinde ve kararlı bir ses tonuyla yanıt vermişti ona:

"Kirli bir vurgunculuk... bulanık suda balık avlamak... vahşice bir soygunculuk... çaresizliğe düşmüş bir insanı dolandırmak... acımasız bir sömürü..."

Doğrusu pek de güzel bir yanıt vermişti! Ama böylesine yüksek bir sesle ve kavga eder gibi söylemesi doğru muydu? Konsül Hermann Hagenström bu tür sözleri ne bilir ne de söylerdi. Thomas Buddenbrook yürekli bir işadamı ya da bir eylem adamı mıydı, yoksa korkak bir hülya adamı mıydı?

Yanıtlanması gereken soru buydu; evet, öteden beri onu düşündüren, onun kafasını karıştıran sorun buydu! Hayat çok acımasızdı; iş hayatı bütün sertliği ve acımasızlığıyla gerçek yaşamın bir parçasıydı. Thomas Buddenbrook bu sert ve acımasız yaşama ataları gibi sağlam adımlarla koşabiliyor muydu? Bundan kendisi de kuşku duyuyordu, kendince yeterli bir nedeni vardı hep! Gençliğinden beri bu sert yaşam karşısında duygularını denetim altına almaya çalışmıştı hep... Sert davranmak, sert darbelere karşı göğüs germek, bunu bir katılık olarak değil, tersine doğal bir şey olarak hissetmek – Thomas Buddenbrook bunu hiçbir zaman tam olarak öğrenemeyecek miydi?

1866 yılında yaşanan felaketlerin üzerinde bıraktığı korkunç etkiyi anımsadı; o tarihte yaşadığı üzücü ve acı veren olayları yeniden duyumsadı içinde. Yüklüce bir para kaybetmişti... Ancak katlanılmayacak kadar korkunç olan şey yalnızca bu olsaydı keşke! İş yaşamının o korkunç acımasızlığını bütün boyutlarıyla kendi bedeninde ilk kez yaşamak zorunda kaldı; yumuşak, güzel ve sevimli olan bütün duygular, sert, acı ve baskıcı bir korunma içgüdüsüyle birer birer yok oluyordu; başına gelen bir felaket dolayısıyla dostlarının, hatta en yakın dostlarının bir geçmiş olsun dileğinde bulunması, bir duygu birliği uyandırması şöyle dursun, tam tersine, "bir kuşkuya", soğuk ve reddedici bir kuşkuya yol açmıştı. Bunun böyle olacağını daha önceden bilmesi gerekmiyor muydu? Buna neden şaşırıp kalıyordu ki? Vaktiyle uykusuz kaldığı gecelerde yaşamın iğrençliği ve acımasızlığı karşısında tiksinti duyup öfkelendiğinde, yaşadığı güçlü ve mutlu anlarını düşündükçe ne kadar da çok utanmıştı!

Bunları ne zaman hissetse içinde bu tür bir heyecan fırtınasının kopması ne kadar da komik! Bu tür duyguların oluşması nasıl mümkün olur? İkide bir kendi kendine soruyordu, ben bir işadamı mıyım, yoksa sevimli bir hülya adamı mıyım, diye.

Bu soruyu kendi kendine belki de bin defa sormuştu; kendini güçlü ve güvende hissettiği bazı anlarda, kâh şöyle, kâh böyle –bazen de yorgun anlarında– yeniden yeniden yanıtlamıştı. Ama her ikisinin de karışımı bir insan olduğu gerçeğini kabul edecek kadar zeki ve dürüst bir kişiliği vardı.

Yaşadığı sürece kendisini herkese çalışkan biri olarak göstermişti, ancak böyle bir kişi olmayı hak ettiyse bu Goethe'den sık sık kullandığı özlü sözlerin etkisinden ve bilinçli düşünmesinden mi kaynaklanıyordu? Vaktiyle başarıdan başarıya koştuğu olmuştu. Ama bunlar zekâ yapısına borçlu olduğu atılımcı kişiliğinden ve duyduğu aşırı heyecandan değil miydi? Ama şimdi bütün çalışma gücünü ve heyecanını –Tanrı'ya şükür sürekli olmasa da– yitirmiş bir halde, öylece oturmuş umutsuzca karanlığı seyretmesi onu yiyip bitiren bir iç çatışmanın doğal sonucu değil miydi?.. Babası, büyükbabası ve büyükbabasının babası Pöppenrade çiftliğinin ürünlerini hasat döneminden önce satın alır mıydı acaba? Hemen!.. Hemen alırlardı!.. Ama onların gerçek birer işadamı oldukları, kendisinden daha güçlü, daha kararlı ve daha yürekli oldukları da bir gerçekti!..

Thomas Buddenbrook, büyük bir tedirginliğe kapıldı, yerinden kalkıp bol ışıklı ve ferah bir yere gitmek istedi. Sandalyesini geri çekti, salona geçti ve orta masanın üzerindeki büyük avizenin gaz lambalarını yaktı. Masanın yanında durdu, yavaş yavaş bıyığının uçlarını burdu ve gözlerini bu lüks döşenmiş salonda gelişigüzel dolaştırdı. Salon, oturma odasıyla birlikte evin bütün ön cephesini kaplıyordu; açık renkli ve kavisli mobilyalarla döşenmişti ve Gerda'nın keman kutusunun üstünde durduğu büyük bir konser piyanosu, içinde notaların bulunduğu etajeri, oyma işlemeli kürsüsü ve kapıların üstündeki çalgı çalan kanatlı melek kabartmalarıyla tam bir müzik salonunu andırıyordu. Salonun çıkması palmiyelerle doluydu.

Senatör Buddenbrook, hiç kımıldamadan iki ya da üç dakika öyle kaldı. Daha sonra kendini topladı, oturma odasına geri döndü, yemek salonuna geçti ve ışıkları yaktı. Büfenin önüne geldi ve yüreğini ferahlatmak ya da bir şeyler yapmış olmak için bir bardak su içti, elleri arkasında koca evin içinde yeniden hızlı hızlı dolaşmaya başladı. Sigara odasına koyu renkli mobilyalar konmuştu ve duvarları ahşap lambrilerle kaplıydı. Farkında olmadan puro dolabını açtı, arkasından yeniden kapattı; oyun masasının yanında duran ve içinde oyun kâğıtları, not kâğıtları ve buna benzer şeyler bulunan meşeden yapılmış küçük bir sandığın kapağını kaldırdı. Elini sandığın içine atıp kemikten yapılmış bir sürü oyun pulunu karıştırdıktan sonra sandığın kapağını kapattı ve yeniden dolaşmaya başladı.

Sigara odasının yanında pencereleri renkli camlı küçük bir özel oda vardı. Birbiri içine geçirilmiş ve üstünde bir likör takımı duran birkaç "cam masa" dışında bütünüyle boştu. Buradan her tarafı parke döşeli, şarap renkli perdelerle örtülü dört yüksek pencerenin bahçeye baktığı salona geçiliyordu. İçinde kapı perdeleri gibi kırmızı kumaşla kaplı birkaç kanepe ve duvarın önüne dizilmiş yüksek arkalıklı bir sürü sandalye vardı. Bir de şömine bulunuyordu, parmaklığın arkasında yalancı kömürler göze çarpıyordu ve kırmızı yaldızlı bir kâğıt parçası kızarıyor gibiydi. Aynanın önündeki mermerin üstüne konulmuş iki büyük Çin vazosu tüm heybetiyle yükseliyordu.

Bütün odalar yanan gaz lambalarının ışığı altında, sanki bir ziyafet verilmiş de en son konuk az önce gitmiş gibi pırıl pırıldı. Senatör Buddenbrook salonu bir baştan bir başa dolaştıktan sonra, özel odanın tam karşısındaki pencerenin önünde durdu ve bahçeye baktı.

Ay, küme olmuş bulutların arasında bir yükseliyor bir kayboluyordu. Fıskiyenin fışkıran suyu gecenin sessizliğinde ceviz ağacının dalları altında şırıl şırıl akıyordu. Thomas bahçenin içindeki çardağa, kocaman taş sütunlarıyla sağlı sollu yükselen ve ay ışığı altında bembeyaz parlayan küçük terasa, çakıllı yollara, toprağı yeni kazılmış düzgün çiçek tarhlarına ve çimlere baktı. Ama bütün bu büyüleyici doğal uyum onu sakinleştirmek şöyle dursun, daha çok canını sıkıyor ve öfkelendiriyordu. Eliyle pencerenin mandalını tuttu, alnını cama yasladı ve kendini, içini huzursuz eden düşüncelere bıraktı yeniden.

Ne yapacaktı? Bu sıkıntılı ruh halinden nasıl kurtulacaktı? Biraz önce kız kardeşine aktarmak isteyip de sonradan vazgeçtiği bir düşüncesini anımsadı. Bir taşra soylusu olan Kont Strelitz'den söz etmişti ve bu sırada da üreticilerin aracılara karşı sosyal üstünlüğünün kabul edilmesi gerektiği düşüncesini açık açık ifade etmişti. Bu görüş doğru muydu? Ah, Tanrım, doğru olup olmadığının ne önemi vardı ki? Ama bu düşünceyi ifade etmek, onu dikkate almak ve hemen üzerine atılmak onun işi miydi? Bu düşünceyi benimsediğini babasına, büyükbabasına ve herhangi bir hemşehrisine nasıl anlatabilecekti? Mesleğine sıkı sıkı ve yürekten bağlı olan bir adam bundan başka bir şey bilemez, düşünemez ve başka bir şeye saygı duyamaz.

Geçmişte kalmış ikinci bir konuşmayı anımsayınca,birden kan beynine sıçradı ve yüzü kıpkırmızı oldu. Meng Caddesi'ndeki evin bahçesinde kardeşi Christian'la dolaşırken ettikleri bir kavgayı, çok üzücü bir kavgayı anımsadı. Christian her zamanki saygısız ve patavatsız haliyle pek çok insanın önünde çok iğrenç bir görüş ileri sürmüştü, bu onu çok kızdırmış ve Christian'ı sorguya çekmek zorunda bırakmıştı. Christian, aslında her tüccar bir dolandırıcıdır, demişti. Peki, ama bu aptalca ve onursuzca konuşma biçimi, kendisinin kız kardeşine karşı söylemiş olduğu sözlerden çok mu farklıydı? Ama Thomas Buddenbrook her nedense Christian'ın bu sözlerine çok öfkelenmiş, hatta küplere binmiş ve onu protesto etmişti. Peki, şu küçük kurnaz Tony ne demişti? Kim kendisine yapılan bir öneriye kızıp bağırıp çağırırsa...

Senatör Buddenbrook birden sesini yükselterek, "Hayır, hayır!" dedi, başını yukarı kaldırdı, pencere mandalını bıraktı, kendini biraz geri çekti ve yine yüksek sesle, "Buna bir son vermeli!" dedi. Sonra sesini yükseltmesinin neden olduğu bu hiç de hoş olmayan ruh halinden kurtulmak için hafif hafif öksürdü, geriye döndü ve başını öne eğerek elleri arkasında odanın içinde bir aşağı bir yukarı dolaşmaya başladı.

"Buna bir son vermeli!" diye tekrarladı. "Buna bir son vermeli! Miskin miskin dolaşıp vaktimi boşa harcıyorum, bataklığa saplanıyorum, bu gidişle Christian'dan da budala bir insan olacağım!" Ah, içinde bulunduğu duruma bakıp yine de haline şükretmeliydi, ama şimdi karşısına bir fırsat çıkmıştı, durumunu düzeltebilirdi!.. Gerekiyorsa zor kullanarak!.. Hadi görelim... hadi görelim... Kendisine yapılan öneri nasıl bir öneriydi? Ürün... Pöppenrade çiftliğinin ürünlerini hasattan önce satın almak mı? Thomas Buddenbrook, hırsından titreyen sesiyle, "Yapacağım bu işi!" dedi ve elini kaldırıp işaretparmağını sallayarak, "Evet, yapacağım bu işi!" dedi.

Peki ama bir vurgun, acımasız bir darbe denmiyor muydu bu tür işlere? Sözgelimi kırk bin marklık bir sermayeyi bir çırpıda –biraz aptalca bir ifade olsa da– ikiye katlama fırsatı değil mi?.. Evet, ayağa kalkması ve yükselmesi için bir işaretti bu! Bir başlangıçtı, öldürücü ilk darbesiydi onun; bunun tek sakıncası bütün ahlaki değerlerin çürütülmesiydi. Başarabilirse her şey yeniden düzelecekti; yeniden güven kazanacak, mutluluğu ve gücü içindeki bu yumuşak maşayla yeniden tutabilecekti.

Hayır, Strunck ve Hagenström Şirketi'nin sayın bayları bu avı ne yazık ki ellerinden kaçıracaklardı! Kentte bir şirket vardı ve kişisel ilişkileri dolayısıyla bu işte üstünlüğe sahipti!.. Kişisel ilişkiler bu işte gerçekten de belirleyiciydi. Bu öyle alışılmış usullerle ve soğukkanlılıkla üstesinden gelinebilecek bir iş değildi. Tony'nin aracılığıyla başlayan bu iş ilişkisi, gizlilik ve dostluk içinde yürütülmesi gereken özel bir iş özelliği taşıyordu. Hayır, Hermann Hagenström bunun için kesinlikle uygun biri değildi!.. Thomas Buddenbrook bir tüccar olarak piyasanın dalgalanmasından yararlanacaktı, daha sonra ürünü satarken de bundan yararlanmasını bilecekti elbette! Öte yandan da kız kardeşi Tony'nin Frau von Maiboom'la olan dostluğu sayesinde tanıdığı bu başı dardaki çiftlik sahibine yardım edecekti. O halde ona yazmalıydı... Hem de bu akşam yazmalıydı –şirketin antetli kâğıdına değil, üstünde "Senatör Buddenbrook" yazılı özel bir kâğıda–, son derece saygın bir üslupla yazmalı ve önümüzdeki günlerde kendisini ziyaret etmesinin uygun olup olmadığını sormalıydı. Ne de olsa nazik bir konuydu. Üstünde zarafetle dolaşılması gereken pürüzsüz bir zemin...

Adımlarını daha da hızlandırdı, daha derin soluk alıp veriyordu. Bir an için oturdu, ama hemen yerinden fırladı ve yeniden dolaşmaya başladı odanın içinde. Her şeyi bir kere daha düşündü; Herr Marcus'u, Hermann Hagenström'ü, Christian'ı ve Tony'yi teker teker aklından geçirdi. Pöppenrade çiftliğindeki altın sarısı başakların rüzgârda sallanışlarını gözünün önüne getirdi, yapacağı bu vurgundan sonra şirketin işlerinin bir anda düzelivereceğini ve yeniden yükselişe geçeceğini hayal etti. Kaygılarının anlamsız olduğunu kabul edip öfkelenerek elini salladı ve şöyle dedi: "Evet, yapacağım bu işi!"

Frau Permaneder yemek odasının kapısını açtı ve kapıdan, "İyi geceler Tom!" diye seslendi; Senatör Buddenbrook gelenin kim olduğunu fark etmeksizin selamına karşılık verdi. Evin ana giriş kapısının önünde Christian'la vedalaşmış olan Gerda içeri girdi. Tuhaf bir şekilde birbirine yakın duran kahverengi gözlerinde müziğin verdiği gizemli bir parıltı vardı. Senatör Buddenbrook aniden önüne dikiliverdi, İspanyol virtüözünü ve konserinin gidişatını sordu. Artık kendisinin de yatmaya gideceğini söyledi.

Fakat yatmaya gitmedi, tam tersine yeniden dolaşmaya başladı odanın içinde. Buğday, çavdar, yulaf ve arpa dolu çuvalları düşünüyor ve bu ürünlerin Löwen, Walfisch, Eiche ve Linde adlı tahıl ambarlarını ağzına kadar dolduracağını hayal ediyor; bütün bunlara önereceği fiyatı, hiç de ayıp kaçmayacak fiyatı düşünüyordu. Gece yarısı sessizce büroya indi ve Herr Marcus'un stearin mumunun ışığı altında Pöppenrade çiftliğinin sahibi Herr von Maiboom'a hemen bir mektup yazdı, yaşamının en güzel ve en anlamlı mektubunu.

Bu, 26 Mayıs'ı 27 Mayıs'a bağlayan gecede olmuştu. Senatör Buddenbrook ertesi gün konuyu mizahi bir biçimde kız kardeşine açtı; bu işi enine boyuna düşündüğünü, Herr von Maiboom'un önerisini geri çeviremeyeceğini ve onun öteki vurguncuların eline düşmesine izin veremeyeceğini söyledi. Ayın 30'unda Rostock'a hareket etti ve oradan da bir araba kiralayarak çiftliğin yolunu tuttu.

Takip eden günlerde keyfi pek yerindeydi; yürüyüşü rahatlamış, yüzündeki donuk ifade kaybolmuştu. Klothilde'ye takılıyor, Christian'ın anlattıklarına gülüyor, Tony'yle şakalaşıyor, pazar günleri Hanno'yla ikinci katın balkonunda bir saat boyunca oyun oynuyor, oğlunun küçücük buğday çuvallarını kırmızı kiremitli minik minik silolara taşımasına ve boşaltmasına yardım ediyor ve bu sırada taşıyıcıların seslerine benzer sesler, –of, puf sesleri– çıkarıyordu. Bu arada eyalet meclisinin 3 Haziran'da yapılan toplantısında vergi politikası gibi can sıkıcı bir konu hakkında öyle başarılı ve esprili bir konuşma yaptı ki, söylediklerine herkes hak vererek, kendisine muhalefet eden Konsül Hagenström'ü ıslıklayıp yuhaladılar.

## 5

Senatör Buddenbrook'un dikkatsizliği ya da isteyerek böyle davranması yüzünden –zaman zaman böyle yapıyordu– çok önemli bir gerçek az kalsın gözden kaçmış olacaktı. Ama ailenin soyağacıyla çok yakından ilgilenen Frau Permaneder, Johann Buddenbrook Şirketi'nin 7 Temmuz 1768 yılında kurulduğunu ve yüzüncü yıldönümüne çok az bir zaman kaldığını herkese duyurarak unutulmasını önledi.

Tony heyecanlı heyecanlı bunu hatırlatınca Thomas Buddenbrook kendisini biraz tuhaf hissetti. O keyifli hali uzun sürmedi. Çok geçmeden yeniden eski haline döndü; yine suskun, hatta eskisinden daha da suskun olmuştu. Kendisini tam işine vermişken birden yerinden kalkıyor, büroyu terk ediyor, tedirgin tedirgin bahçede yalnız başına dolaşıyor, herhangi bir biçimde engellenmiş ve durdurulmuş gibi olduğu yerde kalakalıyor ve içini çekerek elleriyle gözlerini kapatıyordu. Kiminle konuşabilirdi ki? Pöppenrade çiftliğindeki iş konusunda ortağı olarak bilgilendirdiği Herr Marcus –gerçi şaşılacak bir durum ama– ömründe ilk kez sinirlenmiş ve böyle bir işe katılamayacağını, bu konuda herhangi bir sorumluluk üstlenemeyeceğini söylemişti. Kız kardeşi Frau Permaneder bir perşembe günü akşamüstü sokakta kendisiyle vedalaşırken lafı imalı bir biçimde Pöppenrade çiftliğinden satın aldığı ürünlere getirince, aceleyle elini sıktı ve, "Ah Tony, bir an önce elden çıkarmayı çok isterdim!" dedi. Daha sonra konuşmasını kesip döndü ve yürüdü, Frau Antonie'yi şaşkın ve üzgün bir şekilde orada öylece bıraktı. Onun böyle aniden kız kardeşinin elini sıkıp çekip gitmesi içinde oluşmaya başlayan yeni bir umutsuzluk belirtisiydi; fısıldayarak konuşmasında da kendisini hissettiren bir korku vardı. Tony bir başka fırsatta kardeşine bu konuyu açmaya çalışınca, Thomas hoşlanmadığını belli eden bir suskunlukla karşılık verdi, bir an için açığa vurduğu zayıflığından çok utanmış, beceriksizliğine ve aldığı bu işin üstesinden gelemeyeceğine çok öfkelenmişti...

Biraz sinirli bir şekilde şöyle dedi:

"Ah, benim sevgili kardeşim. Bu günü bilmezden gelsek, nasıl olur?"

"Bilmezden gelmek mi, Tom? Olmaz böyle şey! Böyle bir şeyi aklından bile geçirme! Bu gerçeği yok sayabileceğini mi sanıyorsun? Bütün kentin bu önemli günü unutabileceğini mi sanıyorsun?"

"Bunun mümkün olabileceğini söylemiyorum, o günü sessizce geçirebilirsek iyi olur, diyorum. Geçmişi kutlamak, içinde yaşadığımız günler ya da gelecekteki günler iyi olursa bir anlam ifade eder... Ataların izinden yüründüyse, onların atılımcı kişiliklerine göre hareket edilmişse onları hatırlamak elbette çok güzel... Keşke jübile uygun bir zamana rastlamış olsaydı... Sözün kısası: Şu sıralar kutlama töreni düzenlemek istemiyor canım."

"Böyle konuşmamalısın Tom. Aslında sen de benim gibi düşünüyorsun; Johann Buddenbrook Şirketi'nin yüzüncü kuruluş yıldönümünü sessizce geçirmenin yüz karası, utanç verici bir durum olacağını sen de biliyorsun! Biliyorum, şu sıralar biraz gerginsin... oysa gergin olman için hiçbir neden yok... İnanıyorum ki, o gün gelince sen de hepimiz gibi canlanacak ve sevineceksin..."

Tony haklıydı, böylesine önemli bir gün sessizce geçirilemezdi. Çok geçmeden eyalet gazetesi *Städtische Anzeigen*'de ünlü geçmişiyle tanınan Johann Buddenbrook Şirketi'nin yüzüncü kuruluş yıldönümü için görkemli bir kutlamaya hazırlanıldığı uzunca bir haber olarak okurlara duyuruldu. Aslında kentin ünlü tüccarlarının dikkatini çekmek için buna gerek bile yoktu, bu herkesin doğal olarak beklediği bir şeydi. Aileye gelince, yaklaşmakta olan kutlama törenlerini perşembe toplantılarında açan ilk kişi Justus Kröger oldu. Frau Permaneder de yemekten sonra aile şeceresinin tutulduğu siyah deri kaplı o çok değerli dosyayı bir tören havası içinde çekmeceden çıkartıp ortaya koydu ve kutlama törenlerine bir ön hazırlık olarak şirketin kurucusu ve Hanno'nun büyük büyükbabası merhum Johann Buddenbrook'un hayatından bilinen tarihler çıkarılarak ayrıntısıyla gözden geçirildi. Frau Permaneder, büyükbabasının ne zaman çiçek hastalığına yakalandığını, ne zaman vücudunda şişkinlikler olduğunu, ne zaman üçüncü kattan kurutma fırınının üstüne düştüğünü, ne zaman yüksek ateş nöbetine tutulup sayıkladığını dinsel bir ciddiyetle bir bir okudu. Bunlarla yetinmedi, XVI. yüzyıla kadar geri gidip Buddenbrook'ların en eskisi olarak bilinen ve Grabau'da belediye meclisi üyeliği yapmış, kimisi ölmüş, kimisi hayatta çok sayıda çocukları olan Rostock'lu terzinin adının yer aldığı satırları da –"durumu çok iyiydi" cümlesinin altı çizilmişti– okudu. Frau Permaneder, "Ne müthiş bir adammış!" dedi yüksek sesle ve daha sonra bu sararmış ve yer yer yırtılmış eski mektupları ve şenlik şiirlerini okumaya başladı.

7 Temmuz sabahı kutlamaya gelenlerin ilki berber Herr Wenzel'di kuşkusuz.

"Evet, Herr Senatör, yüz yıl!" derken kıpkırmızı ellerinin içinde tuttuğu usturayı kayışa hızlı hızlı sürtüyordu. "Aşağı yukarı yarım yüz yıl boyunca Buddenbrook'ları tıraş ettiğimi söyleyebilirim. Ailenin büyüğüyle sabahları ilk konuşmayı yapan biri olarak çok şey paylaşmış oluyor insan... Merhum Herr Konsül sabahları pek konuşkan olurdu ve beni görünce sorardı: 'Wenzel, çavdar fiyatları hakkında ne düşünüyorsun? Satayım mı, yoksa fiyatların biraz daha yükselmesini mi bekleyeyim?' diye..."

"Evet, Wenzel. Ailemizin geçmişini düşünürken sizi hatırlamamak olmaz elbette. Size daha önce de söylediğim gibi, mesleğinizin gerçekten pek çok çekici yanı var. Sabah turlarınızı tamamladıktan sonra, pek çok konuda daha iyi çalışır kafanız; çünkü kentin bütün büyük tüccarlarını tıraş etmişsinizdir ve hepsinin o günkü ruhsal durumlarını bilirsiniz. İşte bu yüzden kıskanılacak bir adamsınız, gerçekten çok ilginç bir durum."

"Söylediklerinizde gerçek payı var Herr Senatör. Fakat Herr Buddenbrook kendi ruhsal durumunun nasıl olduğunu söylememe izin verirse... Herr Senatör bu sabah yine biraz solgun değiller mi?"

"Ya, öyle mi?.. Evet, biraz başım ağrıyor... Gördüğüm kadarıyla da öyle hemen geçmeyecek sanırım; bu akşam benden pek çok istekte bulunacaklar, epeyce yorulacağım."

"Ben de öyle olacağını sanıyorum, Herr Senatör. İlgi çok büyük, çok büyük ilgi var. Daha sonra pencereden başınızı uzatıp dışarıya bir bakın lütfen! Her tarafı bayraklarla süslemişler! Fisch Caddesi'nin aşağısında, rıhtımda demirlemiş olan Wullenwewer ve Friederike Oeverdieck gemileri de bayraklarla donatılmış..."

"Öyleyse elinizi çabuk tutun Wenzel. Zaman kaybedecek durumum yok."

Senatör Buddenbrook büroya inerken giydiği ceketini bugün almadı sırtına, açık renk pantolonunun üstüne beyaz pike yeleğini ve önü açık siyah ceketini giydi. Öğle öncesi için konuklar bekleniyordu. Tuvalet masasının aynasına son bir kez daha baktı, sıcak saç maşasını uzun bıyıklarının ucunda bir kez daha dolandırdı ve hafifçe içini çekerek odadan çıkmak üzere yürüdü. Dans başlıyordu... Şu ilk gün bir geçseydi! Bir an olsun yalnız kalabilecek miydi? Bir an olsun başını dinleyip gerginliğini üstünden atabilecek miydi? Bütün gün boyunca yüzlerce insanın tebriklerini kabul edecek ve herkese kendine yakışır bir biçimde karşılık verecekti. Herkese karşı çok dikkatli davranmak ve bütün incelikleri göz önünde bulunduran uygun sözler kullanması gerekecekti; saygılı, güler yüzlü, esprili ve içten davranacaktı. Öğle sonrasından gece yarısına kadar sürecek bir yemek şöleninde şarap mahzeninden şarap taşıyan bir hizmetçi gibi koşuşturup duracaktı.

Başının ağrıdığı doğru değildi. Yalnızca yorgundu ve

sabahın verdiği rahatlık geçer geçmez sinirleri yeniden geriliyor ve ne olduğunu kendisinin de anlamadığı büyük bir sıkıntı çöküyordu üstüne... Ne diye yalan söylemişti? Kendisini kötü hissetmesi vicdanını rahatsız eden bir şeyden mi ileri geliyordu acaba? Neden? Neden acaba?.. Ama şimdi bunları düşünmenin, bunlara kafa yormanın zamanı değildi.

Thomas Buddenbrook yemek salonuna girince Gerda karşıladı onu tüm canlılığıyla. Tören kostümünü o da giyinmişti. İskoç kumaşından bir düz etek, beyaz bir bluz ve saçlarının koyu kızıl rengine uygun ince bir ipek bolero giymişti üstüne. Güzel yüzünden de beyaz olan iri ve düzgün dişlerini göstererek gülümsüyordu. Mavi gölgeli ve birbirine yakın gizemli ela gözlerinin içi gülüyordu.

"Saatlerdir ayaktayım. Seni ne büyük bir coşkuyla kutlamak istediğimi tahmin edebilirsin."

"Bak hele! Yüzyıl kutlaması seni de mi etkiledi?"

"Hem de pek derinden!.. Belki de şölen hazırlıklarından dolayıdır... Ne güzel bir gün!.. Örneğin şuraya bir bak!" Gerda, bahçeden koparılmış rengarenk çiçeklerle donatılmış kahvaltı masasını işaret ediyordu. "Matmazel Ida Jungmann'ın eseri... Fakat çay içebileceğini düşünüyorsan yanılıyorsun. Ailenin önde gelenleri salonda bekliyor seni, yüzyıl kutlamaları şerefine bir armağan sunacaklar. Tabii bunda benim de payım yok değil... Dinle, Thomas. Bu, ziyaret zincirinin yalnızca ilk halkası. Başlarda katlanmaya çalışırım, ama öğleye doğru odama çekilirim, bunu sana şimdiden söyleyeyim. Barometre biraz düştü ama, gökyüzü hâlâ masmavi; ya o bayraklar... Bütün kent baştan başa bayraklarla süslendi, pek de güzel görünüyorlar, fakat hava müthiş sıcak olacak... Hadi şimdi salona gel. Kahvaltı bekleyedursun. Daha erken kalkmalıydın. İlk heyecanı boş mideyle tatmak zorundasın..."

Frau Konsül, Christian, Klothilde, Ida Jungmann, Frau

Permaneder ve Hanno salonda bekliyorlardı. Frau Permaneder ve küçük Hanno, anma gününün onuruna Thomas'a ailece sunulan bir armağanı, büyük bir anı tablosunu ellerinde güçlükle tutuyorlardı. Frau Konsül Buddenbrook oğlu Thomas'ı büyük bir coşkuyla kucakladı.

"Sevgili oğlum, bugün çok güzel bir gün... Çok güzel bir gün..." dedi. "Tanrımız'a borçlu olduğumuz şükran duygumuzu yürekten sunmaktan hiçbir zaman vazgeçmemeliyiz... bizleri koruduğu, yardımını bizden esirgemediği için..." Bunları söylerken ağlıyordu.

Senatör Buddenbrook, annesinin kendisini kucaklaması sırasında bir an için bir zayıflık belirtisi gösterdi. İçinden bir şeylerin kopup kendisinden ayrıldığını sandı. Dudakları titriyordu. Annesinin kolları arasında, onun sıcacık göğsünde, yumuşacık ipek elbisesinden yükselen parfüm kokuları arasında gözlerini kapatıp hiçbir şey görmemeyi ve hiçbir şey söylememeyi öyle çok istiyordu ki... Annesini öptü ve elini erkek kardeşine uzatmak için doğruldu. Christian, ağabeyinin uzattığı elini biraz ürkek bir tavırla ve kendine özgü kutlama biçimiyle sıktı. Klothilde sözcükleri uzatarak dostça bir şeyler söyledi. Matmazel Jungmann'a gelince; dümdüz göğsünde sallanan gümüş saat zinciriyle oynayarak derin bir reverans yapmakla yetindi.

Frau Permaneder titreyen sesiyle, "Gel buraya Tom," dedi. "Hanno ve ben şunu daha fazla taşıyamayacağız." Hanno'nun kolları yeterince güçlü olmadığı için Tony tabloyu neredeyse tek başına taşıyordu ve onu coşkuyla tutmaya çalışırken bu uğurda canını vermeye hazır bir Hıristiyan kadın görüntüsünü andırıyordu. Gözleri nemli, yanakları kıpkırmızıydı. Yarı umutsuz, yarı alaycı bir ifadeyle dilinin ucunu üstdudağında dolaştırıyordu.

Senatör, "İşte geldim yanınıza!" dedi. "Nedir bu elinizde tuttuğunuz şey? Getirin, bırakın da şuraya dayayalım." Thomas Buddenbrook tabloyu alarak ve piyanonun yanına, duvara dayadı ve aile üyeleri tarafından çevresi sarılmış olarak onun önünde durdu.

Ceviz ağacından oyma bir çerçeve, Johann Buddenbrook Şirketi'nin dört patronunun resmini gösteren cam altındaki bir kartonu çevreliyordu; her birinin adı ve hangi yıllar arasında şirketi yönettikleri, isimlerinin altına altın harflerle yazılmıştı. Şirketin kurucusu ve ilk patronu Johann Buddenbrook'un resmi eski bir yağlıboya tablosundan kopya edilmişti, dudaklarını sıkı sıkı kapatmıştı, sert ve kararlı bakışlarını göğsü süslü gömleğinin üstünden aşağıya çevirmişti. Şair Jean Jacques Hoffstede'nin en yakın dostu olan Johann Buddenbrook geniş ve yuvarlak yüzüyle, kolalı dik yakasının içine gömülmüş çenesiyle, geniş ve kıvrımlı ağzı, kocaman ve kemikli burnuyla dinsel bir ifadeyle bakan coşkulu gözlerini ziyaretçilerine çevirmişti. Thomas Buddenbrook'un bir resmi de yer alıyordu çerçevenin içinde, biraz genç bir resmi... Resimlerin arasında altın yaldızla basılmış buğday başakları ve altlarında da yine aynı şekilde altın harflerle yan yana basılmış 1768 ve 1868 tarihleri göze çarpıyordu. Fakat dört resmin baş tarafında dik gotik harflerle ve atalarından devralınan bir üslupla yazılmış şu özdeyiş okunuyordu:

"Oğlum, gündüzleri işlerini severek yap ki, geceleri rahat uyuyabilelim."

Senatör Buddenbrook elleri arkasında tuttuğu tabloyu uzunca bir süre seyretti.

Sonra birden oldukça alaylı bir sesle, "Evet, evet," dedi. "Rahatsız edilmeden uyumak gerçekten çok güzel..." Daha sonra biraz çekingen, ama ciddi bir ses tonuyla odada bulunanlara döndü:

"Hepinize yürekten teşekkür ederim, benim güzellerim! Gerçekten de çok güzel ve anlamlı bir armağan!.. Ne dersiniz, nereye asayım bunu? Çalışma odama mı?"

Frau Permaneder, "Evet Tom, yazı masasının üstündeki duvara!" dedi ve kardeşini kucakladı, daha sonra kolundan tutup salonun balkonuna çekti ve dışarıyı işaret etti.

Masmavi gökyüzünün altındaki bütün evlerde iki renkli bayraklar dalgalanıyordu. Fisch Caddesi'nden aşağıya doğru ve Breiten Caddesi'nden ta limana kadar... Wullenwever ve Friederike Oeverdieck gemileri de Buddenbrook'ların şerefine flamalarla süslenmişti.

Frau Permaneder, "Bütün kent bayraklarla donatılmış!" dedi, heyecandan sesi titriyordu. "Biraz önce gidip dolaştım, Tom Hagenström'ler de bayrak asmış evlerinin üstüne! Başka türlü de davranamazlardı zaten... yoksa gider pencerelerinin camlarını taşlardım..."

Thomas Buddenbrook gülümsedi, Frau Permaneder onu yeniden masasının yanına çekti:

"Bak, telgrafların var Tom... Dışarıdaki aile mensuplarının çektikleri ilk telgraflar bunlar. İş dostlarından gelenler büroya gidiyor..."

Frau Permaneder birkaç telgraf açtı: Hamburg ve Frankfurt'taki akrabalardan, Amsterdam'daki dünürleri Herr Arnoldsen ve ailesinden, Wismar'daki akrabaları Jürgen Kröger'den gelen telgraflardı bunlar... Frau Permaneder'in yüzü birdenbire kıpkırmızı oldu.

"Kendi halinde iyi bir insandı," dedi ve son açtığı telgrafı kardeşine uzattı. Telgrafın altında şu ad vardı:

"Permaneder."

Senatör Buddenbrook, "Ama vakit geçiyor," dedi ve cep saatinin kapağını kaldırdı. "Canım çay içmek istiyor, bana eşlik etmek istemez misin? Ev az sonra ana baba gününe dönecek..."

Ida Jungmann'ın işareti üzerine eşi onu durdurdu.

"Bir dakika Thomas... biliyorsun, Hanno biraz sonra özel dersine gidecek... Sana bir şiir okumak istiyor... Hadi, gel Hanno. Şiirini okurken içeride hiç kimse yokmuş gibi davran. Heyecanlanmana gerek yok!"

Küçük Johann'ın sınıfının gerisinde kalmamak için sömestr tatili boyunca –bütün temmuz ayı yaz tatiliydi– matematikten özel ders alması gerekiyordu. Şehrin dış mahallelerinden Sankt Gertrud semtinde hiç de temiz olmayan sıcak bir odada oturan kızıl sakallı ve tırnakları kirli bir adamdan özel ders alıyordu, bir türlü beceremediği çarpım tablosunu öğrenmek için. Ama daha önce babasına bir şiir okuyacaktı, Ida Jungmann'a ikinci kattaki balkonda özenle ezberlediği bir şiiri...

Hanno piyanoya yaslandı. Kopenhaglı gemicilerin giydiği geniş keten yakalı denizci elbisesiyle, boynuna taktığı beyaz kravatı ve yakasından aşağıya taşan kalın gemici düğmeleriyle ve incecik bacaklarını üst üste atarak, başını ve vücudunun üst kısmını yana doğru çevirmiş, ürkek ve kendinden emin olmayan bir zarafetle orada öylece duruyordu. Uzun saçları iki ya da üç hafta önce kesilmişti, çünkü okulda yalnızca sınıf arkadaşları değil, öğretmenleri de alay etmeye başlamışlardı saçlarıyla. Fakat saçları yine de gürdü; bukle bukle şakaklarına ve zarif yüzüne dökülüyordu. Gözkapaklarını öne doğru öyle eğik tutuyordu ki, uzun ve kumral kirpikleri gözlerinin çevresindeki mavi gölgelere değiyormuş gibiydi. Kapalı dudaklarının çarpılmış bir hali vardı.

Hanno başına ne geleceğini biliyordu. Ağlayacaktı, ağlamaktan bitiremeyecekti şiirini; pazar günleri Meryem Ana Kilisesi'nde orgcu Herr Pfühl orgun başına geçip dokunaklı dokunaklı çaldığında, insanın kalbi nasıl duracak gibi oluyorsa ona da öyle oluyordu... Hanno ağlardı hep ne zaman kendisinden bir şey yapmasını isteseler, ne zaman herhangi bir konuda sorguya çekseler, babasının sık sık yaptığı gibi ne zaman ani karar verme yeteneğini sınasalar ağlardı hep. Keşke annesi "heyecanlanma" demiş olmasaydı! Gerçi onu yüreklendirmek için söylemişti bunu annesi, fakat ters sonuç vermişti, o bunu hissediyordu. Şimdi karşısında durmuş ve kendisini seyrediyorlardı.

Yine ağlayacağından korkuyordu... bu durumda ağlamaması mümkün müydü? Kirpiklerini kaldırdı, Ida'nın gözlerini arıyordu, saatinin zinciriyle oynayan ve başını sallayarak kendisini yüreklendirmeye çalışan Ida'nın gözlerini. Ona sokulmak, onun tarafından buradan uzaklaştırılmak ve sakinleştirici sesiyle, "Sakin ol Hanno'cuğum, utanmana gerek yok yavrucuğum," deyişini duymaktan başka hiçbir şey istemiyordu.

Senatör Buddenbrook, "Hadi benim güzel oğlum, başla," dedi. Masanın önündeki bir koltuğa oturmuş, bekliyordu. Yüzü hiç gülmüyordu, böyle durumlarda güldüğünden de az gülümsüyordu bugün. Başını yukarı kaldırarak küçük Johann'ı soğuk bakışlarıyla ciddi ciddi süzdü.

Hanno kendisini biraz toparladı. Elini piyanonun cilalı tahtasının üzerinde dolaştırdı, ürkek bakışlarla kendisini seyredenleri bir bir gözden geçirdi; babaannesinin ve Tony halasının sıcak bakışlarından biraz cesaret alarak yavaş ve biraz da sert bir şekilde okumaya başladı:

"Çobanın Pazar Türküsü... Uhland'tan..."

Senatör, "Ama benim sevgili oğlum, bu böyle okunmaz ki!" diye yükseltti sesini. "Piyanoya dayanıp ellerini karnının üstünde tutmakla olmaz... karşımızda rahat ol! Rahat oku! Bu hepsinden önemli. Önce şu kapı perdelerinin önüne bir geç! Başını yukarı kaldır... ve kollarını serbestçe yana bırak..."

Hanno oda kapısının eşiğinin önüne durdu ve kollarını yana bıraktı. Babasının söylediği gibi başını yukarı kaldırdı, ama kirpiklerini öylesine eğik tutuyordu ki, gözlerinin içi görünmüyordu. Belki de ağlamaklıydı gözleri.

Hanno, "Bugün Tanrı'nın günüdür," dedi sessizce, ama babası sesini yükselterek onun sözünü tamamlamasına izin vermedi:

"Oğlum, 'şiir' okumaya başlanırken önce eğilip dinleyiciler selamlanır! Üstelik yüksek sesle okunur. Hadi, başla lütfen! 'Çobanın Pazar Türküsü'ne..."

Bu ona karşı çok acımasız bir davranıştı. Senatör böyle davranmakla çocuğun bütün cesaretini ve direnme gücünü kırdığını çok iyi biliyordu. Fakat Hanno direnmeli ve gücünü yitirmemeliydi! Bildiğinden şaşmamalıydı! Güçlenmeli, bir erkek gibi sağlam ve dayanıklı olmalıydı. babası yine o sert ama yüreklendirici bir tavırla, "Çobanın Pazar Türküsü!" diye tekrarladı.

Ancak Hanno bütün gücünü ve cesaretini yitirmişti. Başı göğsüne düşmüştü. Lacivert renkli ve üstüne bir çıpa işlenmiş dar gemici ceketinin kolundan dışarıya taşan solgun ve mavi damarlı küçücük sağ eliyle altın sırma işlemeli ipekten perdelere sıkı sıkı sarılmıştı. "Uçsuz bucaksız tarlalarda yalnız başınayım," diyebildi ve başka hiçbir şey söyleyemedi. Dizedeki o ruh haline kaptırmıştı kendisini. Öylesine büyük bir acıma duygusu belirmişti ki içinde, sesi hiç çıkmadı ve gözyaşlarının sel olup akmasına engel olamadı. Biraz hastalanıp da boğaz ağrısı ve hafif bir ateşle yatağında yattığı, Ida'nın gelip kendisine ilaç verdiği ve alnına şefkatle ıslak bez koyduğu geceleri özlemişti birden... Yana doğru eğildi, başını kapı perdesini tuttuğu elinin üstüne koydu ve hıçkıra hıçkıra ağladı.

Senatör sert ve öfkeli bir tavırla, "Hiç de eğlenceli değil!" dedi ve ayağa kalktı. "Neden ağlıyorsun? Eğer ağlaman gerekiyorsa bugün beni sevindirecek hiçbir çaba göstermediğin için ağlamalısın. Küçük bir kız çocuğu musun sen? Böyle devam edersen ne olacak senin halin? İleride insanların önünde konuşman, bir şeyler söylemen gerekirse hep böyle ağlayacak mısın?.."

"Asla," diye düşündü Hanno, "başkalarının önünde asla konuşmayacağım!"

Senatör Buddenbrook, "Bu konuyu bugün öğle sonuna kadar iyice düşünüp taşın," diye bitirdi sözlerini. Ida Jungmann bakımını üstlendiği çocuğun önünde diz çökmüş, gözlerini silip yarı serzenişle yarı şefkatle onu teselli etmeye çalışırken Senatör yemek odasına geçti.

Thomas Buddenbrook çabuk çabuk kahvaltısını yaparken Frau Konsül, Tony, Klothilde ve Christian birer birer yanından ayrıldılar. Kröger'ler, Weinschenk'ler ve Gotthold amcanın evde kalmış kızlarıyla birlikte Gerda'ya öğle yemeğine davetliydiler; Senatör Buddenbrook da belediyenin bodrumundaki yemekhanesinde, hoşuna gitsin ya da gitmesin, bir akşam yemeğinde hazır bulunacaktı, ama orada fazla kalmayıp akşam evdekilere katılmayı umuyordu.

Çiçeklerle süslenmiş masanın başında sıcak çayını içti, acele acele yumurtasını yedi ve merdiven basamaklarında sigarasından birkaç nefes çekti. Yaz ayları boyunca da ipek şalını boynundan hiç eksik etmeyen Grobleben, sol kolunun altında bir çizme, sağ elinde ayakkabı fırçasıyla ve burnundan aşağıya kadar sarkan sümüğüyle bahçe kapısından geçerek ön hole geldi ve büyük ve görkemli merdivenin alt basamağında, elinde kartvizit çanağı tutan kahverengi doldurma ayının bulunduğu yerin tam karşısında efendisini karşıladı.

"Evet, Herr Senatör, tam yüz yıl... yoksulluk ve zenginlik içinde geçen koca bir yüz yıl..."

Senatör Buddenbrook, Grobleben'in ayakkabı fırçasını tuttuğu eline biraz para tutuşturdu ve sonra koridora çıkıp büronun kabul salonuna girdi. Büroda ilk olarak veznedar karşıladı onu, bütün çalışanların tebriklerini son derece nazik bir biçimde iletti. Bakışlarıyla güven veren uzun boylu bir adamdı veznedar. Senatör Buddenbrook iki kelimeyle teşekkür etti ve pencerenin yanındaki masasına oturdu. Ancak daha önündeki gazetelere ve postadan gelenlere bir göz atamadan, koridora açılan kapı vuruldu. Kutlamaya gelenler kapıda göründü.

Silolarda çalışan altı kişilik bir heyet girdi içeri, hepsi de kalın bacaklı, iriyarı ve kocaman göbekli adamlardı; altdudaklarını sarkıtmışlar, son derece saf ve temiz yürekli insanlardı. Ellerinde tuttukları şapkalarını hiç durmadan çeviriyorlardı. Heyetin sözcüsü olan işçi, ağzında çiğnediği tütünün sarı suyunu odanın içine tükürdü, pantolonunu yukarı çekti ve heyecanlı heyecanlı, "Yüz yılınız kutlu olsun, daha nice yüz yıllara," dedi. Senatör Buddenbrook o hafta için hatırı sayılır bir ücret artışı sözü verdi ve onları gönderdi.

Vergi memurları da geldiler, daireleri adına şeflerine mutluluklar dilemek için. Giderlerken kapıda bir sürü gemiciyle karşılaştılar; şu sıralarda limanda demirli Wullenwewer ve Friederike Oeverdieck gemilerinin tayfalarıydı, başlarında her iki geminin dümencileri vardı. Zahire taşıyıcılarından bir heyet de geldi, siyah gömlek, kısa pantolon ve silindir şapka giymişlerdi. Bu arada tek tek gelip tebriklerini sunan vatandaşlar da oluyordu. Glockengiesser Caddesi'nde oturan terzi Herr Stuht da gelenler arasındaydı, yün gömleğinin üstüne siyah bir ceket giymişti. Komşulardan çiçekçi Iwersen de geldi Senatör'ü kutlamaya. Beyaz sakallı, kulaklarına küpe takmış, gözleri çapaklı yaşlı bir postacı da geldi. Senatör'ün sokakta rastlayınca, "Günaydın Herr Postane Müdürü," dediği bu tuhaf adam daha kapıdan girerken, "Sayın Senatör, onun için değil, onun için gelmiyorum! Gerçi gelenler sizin herkese hediye verdiğinizi söylüyorlar, bunu biliyorum... Ama ben bunun için gelmedim!" dedi. Fakat eline tutuşturulan parayı teşekkürlerini sunarak aldı yine de... Kutlama ziyaretleri bitmek bilmiyordu. Saat on buçuk olunca hizmetçi kız, Frau Senatör'ün ilk konuklarını salonda kabul etmeye başlayacağını duyurdu.

Thomas Buddenbrook bürodan çıktı ve evin büyük merdivenine doğru koştu. Yukarıda, salon girişinde yarım dakika kadar aynanın önünde durdu, kravatını düzeltti ve mendilindeki kolonya kokusunu kısa bir an içine çekti. Vücudu ter içinde kalmış olmasına rağmen yüzü solgundu; elleri ve ayakları buz gibi olmuştu. Bürodaki kabuller onu pek yormuştu... Derin bir soluk aldıktan sonra içeri girdi ve güneş ışığının pırıl pırıl aydınlattığı odada tebrik için bekleyen odun tüccarı ve milyonların sahibi Konsül Huneus'u, onun eşini, kızlarını ve kızlarının kocası Herr Senatör Doktor Giesecke'yi selamladı. Bütün bu saygıdeğer hanımların ve beylerin hepsi de Travemünde'den gelmişlerdi, Buddenbrook'ların yüzüncü yıl kutlamalarına katılmak üzere temmuz ayını deniz kıyısında geçiren öteki saygın aileler gibi onlar da kaplıca tedavilerine ara vererek gelmişlerdi.

Açık renk kumaş kaplı lüks koltuklara henüz oturmuşlardı ki, merhum Belediye Başkanı'nın oğlu Konsül Oeverdieck, kızlık soyadı Kistenmaker olan eşiyle birlikte içeriye girdi. Konsül Huneus kalkıp veda ederken, kapıda kardeşiyle, kendisinden bir milyon daha az parası olduğu halde yine de senatör olan kardeşiyle karşılaştı.

Artık dans başlamıştı. Beyaz boyalı ve üst kısmında keman çalan kanatlı melek kabartmaları bulunan büyük kapı bir an olsun kapalı kalmıyordu ve güneş ışığının pırıl pırıl aydınlattığı merdiven sahanlığından ve merdivenden konukların biri giriyor biri çıkıyordu. Fakat salon yeterince geniş olduğundan ve gelen konuklar gruplar halinde lafladıkları için gidenlerin sayısı gelenlerden çok daha azdı; kısa bir süre sonra da salona sığmaz oldular ve hizmetçi kız kapının iki kanadını açınca, parke döşeli koridora da taştılar. Erkek ve kadın seslerinin kulakları sağır eden gürültüsü, karşılıklı tokalaşmalar, yerlere kadar eğilmeler, şakalaşmalar ve keyifle atılan ve merdiven sahanlığının sütunları arasından yükseldikten sonra yankılar bırakarak tavandaki ışık penceresinden yeniden aşağıya doğru inen kahkaha sesleri bitmek bilmiyordu. Senatör Buddenbrook bazen merdivenin başında, bazen de balkonun önünde durup nezaket kurallarına uygun olarak ciddi ciddi bir şeyler mırıldanıyor ya da sunulan içten tebrikleri kabul ediyordu. Kısa kesilmiş saçları ve yorgun diplomat bakışıyla Belediye Başkanı Doktor Langhals, sinekkaydı tıraşlı çenesi beyaz yakasının içinde neredeyse kaybolmuş bu kibar görünüşlü ve tıknaz adam, herkes tarafından sevgi ve saygıyla karşılandı. Şarap tüccarı Konsül Eduard Kistenmaker, yanında kızlık soyadı Möllendorpf olan karısı, Senatör Buddenbrook'un en yakın dostu ve iş ortağı olan oğlu Stefan ve son derece varlıklı bir çiftlik sahibinin kızı olan eşiyle birlikte geldiler. Senatör Möllendorpf'un dul eşi salondaki divanın tam ortasına kurulurken biraz önce gelen çocuklarından Herr Konsül August Möllendorpf, kızlık soyadı Hagenström olan Julchen'le birlikte Senatör Buddenbrook'a tebriklerini sunduktan sonra davetlilerin arasına karışarak herkesle tek tek selamlaştılar. Konsül Hermann Hagenström iriyarı gövdesini merdiven parmaklıklarına dayamıştı. Üstdudağına doğru sarkan yassı burnuyla güçlükle solurken Senatör Doktor Cremer'le, gri kahverengi kırçıllı favori sakallarının tatlı tatlı gülümseyen yüzünü çevrelediği Polis Şefi Cremer'le sohbet ediyordu. Savcı Doktor Moritz Hagenström ve Hamburglu Puttfarken'lerin kızı olan güzel eşi de gelenler arasındaydı; Hagenström sivri ve seyrek dişlerini göstererek gülümsüyordu. Artık iyice yaşlanmış olan aile doktoru Grabow bir an için Senatör Buddenbrook'un sağ elini kendi elleri arasına alarak onu kutladı, ama hemen arkasından Voigt sokuldu mutluluk dileklerini sunmaya. Sivil giyinmiş Rahip Pringsheim –saygıdeğer mesleğini yalnızca üstündeki uzun siyah pelerin anımsatıyordu– kollarını yana açmış ve ışık saçan yüzüyle merdivene doğru yaklaştı. Friedrich Wilhelm Marcus da gelmişti. Senato, eyalet meclisi ve ticaret odasını temsil etmek üzere gelen heyettekiler frak giymişlerdi. Bu arada saat on bir buçuk olmuş ve sıcaklık daha da artmıştı. Evin hanımı on beş dakika kadar önce odasına çekilmişti.

Sanki bir sürü insan hep birlikte sofaya giriyormuş gibi, birdenbire aşağıdan yukarıya, giriş kapısına doğru sert ve gürültülü ayak sesleri duyuldu, aynı anda bütün evi dolduran gürültücü ve kulakları çınlatan bir ses yükseldi. Herkes merdiven başına koştu; koridora, kapılardan salona kadar her yere, yemek odasına ve sigara odasına göz gezdirdikten sonra eğilip merdivenden aşağıya baktılar. Aşağıda on beş-yirmi kadar erkek ellerinde müzik aletleriyle sıra oluyor ve kırçıllı kahverengi saçlı, kırlaşmış gemici sakallı ve ağzındaki takma dişleri sapsarı olmuş bir bey yüksek sesle onlara bir şeyler söylüyordu. Neler oluyordu? Konsül Peter Döhlmann Kent Tiyatrosu Orkestrası'yla gelmişti Senatör'ü kutlamaya! Bir utku edasıyla ağır ağır merdivenleri çıkıyordu, içinde program olduğu belli olan bir paketi elinde sallayarak!

Donuk suratlı şişman bir adamın Buddenbrook'ların jübilesi için gümbürdettiği kontrbasın cızırtısı ve gıcırtısının her şeyi bastırdığı, her türlü sesin ve ses uyumunun birbirine karıştığı ve anlamını yitirdiği konser, "Tanrı'ya Hepiniz Şükretmelisiniz" korosuyla başladı, bunu Offenbach'ın *Güzel Helena*'sıyla ilgili bir betimleme, arkasından da halk türkülerinden oluşan bir derleme izledi. Oldukça zengin bir programdı.

Döhlmann'ın zarif bir buluşuydu! Konsül Buddenbrook'a mutluluklar dilediler. Konser bitmeden hiç kimsenin ayrılmaya niyeti yoktu. Salonda ve koridorda oturanlar ya da ayakta duranlar hem müzik dinliyor hem de kendi aralarında sohbet ediyorlardı.

Thomas Buddenbrook sigara odasına açılan en son kapının önünde ve ikinci kata çıkan merdivenin hemen yanında Stephan Kistenmaker, Senatör Doktor Giesecke ve Mimar Voigt'le bir aradaydı. Duvara yaslanmış, ayakta duruyordu. Arada sırada bir şeyler söyleyerek yanındakilerin sohbetine katılıyor ve bunun dışında susup merdiven basamaklarının üstünden aşağıya, boşluğa bakıyordu. Havanın sıcaklığı daha da artmış, dayanılmaz olmuştu; yağmur yağacak gibiydi, çünkü binanın tavanındaki ışık penceresinden aşağıya düşen gölgelere bakılırsa gökyüzü giderek bulutlanıyordu. Evet, gölgeler giderek çoğalıyor ve birbirlerini öyle hızlı izliyordu ki, sürekli değişerek ve titreyerek merdiven başına düşen ışık, sonunda insanın gözlerini yorar oldu. Altın yaldızlı mermerler, pirinçten yapılmış görkemli avize ve aşağı katta çalınan aletler kâh parlaklığını kaybediyor, kâh yeniden ışıldıyordu. Gölge yalnızca bir kez her zamankinden daha uzun sürdü ve hafif bir gök gürültüsüyle ve uzun aralıklarla beş, altı ya da yedi defa tavandaki ışık penceresinin camına şiddetle bir şeyin çarptığı duyuldu: Birkaç dolu tanesi düşmüştü belli ki. Sonra yaz güneşinin ışığı bütün evi yeniden doldurdu.

İnsan bazen öyle bir ruhsal çöküntü içinde olur ki, olağan durumlarda kızdığımız ve hoşnutsuzluğumuzu gösterdiğimiz her şey, sessizce ve kahredici bir biçimde bir anda bastırılır. Thomas Buddenbrook da küçük Johann'ın davranışıyla ilgili olarak işte böyle bir ruhsal çöküntü içinde bulunuyordu, kutlama törenlerinin neden olduğu bu duruma çok üzülüyordu. Ne kadar istese de kendisini yetersiz hissettiği duygular için de... Bütün gücünü toplamayı, gözlerinin içinin parlamasını ve böylesine güzel bir günde canlı ve neşeli olması gerektiğini kendi kendine birçok kez söylemeye çalıştı. Fakat müzik aletlerinin gürültüsünü, bütün bu insanların çıkardıkları sesleri duymak ve onların yüzlerini görmek sinirlerini bozuyor, geçmiş yılları ve babasını anımsayınca içi biraz burkuluyorsa da oradaki her şeye sinmiş olan gülünç ve utanç verici durumun üzerinde bıraktığı etki daha ağır basıyordu; akustiği bozuk ve düzeyi düşük bu müzik, borsa haberleri ve yemekler üzerine gevezelik eden bu aşağılık kalabalık... Gönül burukluğu ve tiksinti karışımı bu ruh hali onu bıkkınlığa ve umutsuzluğa düşürüyordu.

Saat on ikiyi on beş geçe, Şehir Tiyatrosu Orkestrası'nın programı tam bitmek üzereydi ki bir olay oldu, törenin havasını kesinlikle bozmayan ya da kesintiye uğratmayan, ancak işi nedeniyle şirketin patronunu, konuklarını birkaç dakikalığına yalnız bırakmaya zorlayan küçük bir olay. Müziğe ara verildiği bir sırada büroda çalışanların en genci olan kısa boylu ve biçimsiz bedenli bir genç, son derece şaşkın bir biçimde merdivenden yukarı çıkıyordu, utancından kıpkırmızı olmuş yüzünü omuzlarının arasından iyice öne eğmişti, ama güvenli bir insan görüntüsü vereyim diye doğal olmayacak kadar uzun ve incecik kollarından birini abartılı bir biçimde sallıyor ve öteki elinde de katlanmış bir kâğıt parçası, bir telgraf tutuyordu. Merdiven basamaklarını çıkarken bir yandan da ürkek bakışlarıyla şefini arıyordu; yukarıda onu görünce de, yolunu tıkayan kalabalığın arasından özür dileyerek geçti ve sessizce ona yöneldi.

Aslında utanmasına gerek yoktu, zira hiç kimse onun farkında olmamıştı. Sohbetlerine devam ettiler ve kim olduğuna dikkat bile etmeden biraz kımıldanarak ona yol açtılar; onun yerlere kadar eğilip elindeki telgrafı Senatör Buddenbrook'a uzattığını, Buddenbrook'un da okumak için Kistenmaker, Giesecke ve Voigt'in yanından uzaklaştığını fark etmediler bile. Pek çok kutlama telgrafının geldiği bu günde, iş saatinde gelen her telgrafın hemen ve mutlaka patrona ulaştırılması gerekiyordu.

İkinci kata çıkan merdivenin başında koridor bir dönemeç yaptıktan sonra salon boyunca ve salona açılan bir yan girişin bulunduğu hizmetçi merdivenine doğru uzanıyordu. Merdivenin tam karşısında mutfaktan yemeklerin taşındığı bir servis penceresi bulunuyordu ve onun yanında da hizmetçi kızın genellikle oturup gümüş takımları parlattığı büyükçe bir masa vardı. Senatör masanın başına gitti ve karşısında iki büklüm duran genç adama sırtını dönüp telgrafı açtı.

Gözleri birden öyle büyüdü ve genişledi ki, onu bir gören olsaydı korkuyla geri kaçardı herhalde. Bütün bedeni sarsılır gibi oldu; öyle şiddetli soluyordu ki boğazı kupkuru oldu ve öksürmeye başladı.

Güçlükle, "Pekâlâ," diyebildi. Fakat arkasındaki kalabalığın uğultusundan ne söylediği pek anlaşılmadı. "Pekâlâ," diye tekrarladı, ancak sadece ilk iki hece duyuldu, sonuncusunun bir fısıltıdan farkı yoktu.

Senatör'ün hiç hareket etmemesi, arkasına dönüp ima yoluyla da olsa herhangi bir şey yapmaması üzerine önünde iki büklüm duran genç adam kısa bir an duraksayarak bir ayağını ötekinin üstüne koydu ve ne yaptığının farkında olmadan kendini şöyle bir salladı. Sonra yerlere kadar eğilerek hizmetçilerin kullandığı merdivenden aşağıya indi ve gitti.

Senatör Buddenbrook masanın başında kalakalmıştı. Buruşmuş telgraf kâğıdını tuttuğu elleri bitkin bir halde önüne düşüverdi. Yarıaçık ağzıyla kısa kısa ve güçlükle soluk almaya devam ederken, sanki bir yerine inme inmiş gibi vücudunun üst kısmını öne ve arkaya hareket ettirmeye çalışıyordu. Başını sürekli ve anlamsız anlamsız sallıyordu. Çevresine şaşkın şaşkın bakarak, "Birazcık dolu yağmış... birazcık dolu..." diye tekrarlayıp duruyordu. Ama daha sonra soluması normale döndü ve giderek rahatladı, beden hareketleri yavaşladı. Yarıkapalı gözlerinde yorgun ve bitkin bir ifade vardı ve başını güçlükle sallayarak yana döndü.

Salonun kapısını açtı ve içeri girdi. Başı öne eğik bir halde kocaman salonun cilalı parke döşemesinin üstünden ağır ağır yürüdü ve en arkadaki pencerenin önündeki koyu kırmızı kumaş kaplı kanepeye bırakıverdi kendisini. Burası sessiz ve serindi. Bahçedeki fıskiyenin şırıltısı duyuluyordu. Pencerenin camına vuran bir sinek vızıldıyordu ve evin önündeki alandan boğuk boğuk başka sesler de geliyordu kulağına.

Kendisini çok yorgun hissetti, başını kanepenin minderine koydu ve gözlerini kapadı. "Pekâlâ, böylesi daha iyi oldu," diye mırıldandı yarı anlaşılır bir şekilde; daha sonra büyük bir sıkıntıdan kurtulmuş ve rahatlamış gibi derin derin soluyarak, "Böylesi çok daha iyi oldu!" diye bir kez daha tekrarladı.

Tüm gerginliğini atmış ve oldukça rahatlamış bir yüz ifadesiyle beş dakika orada öylece oturdu. Sonra doğruldu, buruşmuş olan telgrafı düzeltti, ceketinin iç cebine koydu ve konuklarının yanına gitmek için ayağa kalktı.

Fakat aynı anda bir şeyden tiksinip midesi bulanmış gibi inleyerek kendini yeniden kanepeye attı. Müzik... müzik yeniden başlamıştı ve ritmini davulların ve zillerin belirlediği dörtnala koşan bir atın çıkardığı korkunç bir gürültüyü anımsatıyordu; erken ya da geç giriş yapıp yankılanarak birbiri içine karışan karmakarışık sesler bir türlü susmak bilmiyordu. Küçük bir flütün çılgınca sesiyle bölünen ve iki ses arasındaki duraklamaların oluşturduğu bu rahatsız edici ve kışkırtıcı ses kargaşası, insanı dayanılmaz biçimde rahatsız ediyor ve kışkırtıyordu.

## 6

Salonda geniş adımlarla yürüyen Meryem Ana Kilisesi'nin orgcusu Herr Edmund Pfühl, "Oh, Bach! Sebastian Bach, pek saygıdeğer hanımefendi!" dedi; bu sırada Gerda alnını avucunun içine yaslamış, gülümseyerek piyanonun başında oturuyordu. Hanno da bir koltuğa oturmuş, dizlerinden birini elleriyle sarmış, konuşmalara kulak veriyordu...

"Evet... sizin dediğiniz gibi... armonik olanın kontrpuan stili üzerine zafer kazanması onun sayesinde olmuştur... Modern armoniyi yaratan odur elbette! Ama bunu nasıl başardı? Bunu size açıklayayım mı? Kontrpuan stilini sürekli geliştirerek. Bunun böyle olduğunu benim kadar siz de biliyorsunuz! Peki bu gelişimi sağlayan etken neydi? Armoni mi? Hayır, hayır! Kesinlikle bu değil! Tam tersine kontrpuan, pek saygıdeğer hanımefendi! Kontrpuan!.. Sorarım size, armoninin kesin deneyleri bizi nereye götürürdü, dersiniz? Bu konuda sizi uyarmak isterim... Dilim döndüğü sürece armoninin salt deneylerine karşı uyarmak isterim sizi!.."

Bu tür konuşmalarla Herr Pfühl'ün heyecanı daha da arttı. Düşündüklerini rahatça söylüyordu, çünkü bu salonda kendisini evindeymiş gibi hissediyordu. Her çarşamba günü öğleden sonra o iriyarı, kaba saba ve geniş omuzlu gövdesi ve dizkapaklarına kadar uzanan kahverengi ceketiyle eve gelir ve eşlik edeceği Gerda Buddenbrook'u eşikte beklerken, piyanonun kapağını sevgiyle açar, oyma işlemeli sehpanın üzerindeki kemanın notalarını düzenledikten sonra, kısa bir an başını bir omzundan ötekine düşürerek hafif hafif ve büyük bir ustalıkla bir giriş müziği çalardı.

Şaşılacak bir şekilde gür ve yer yer kırlaşmış bukle bukle kahverengi saçları, başını olduğundan daha büyük gösteriyordu ve o, dik yakasından dışarıya taşan ve büyükçe bir yumrunun aşağı yukarı inip çıktığı uzun boynunu rahatlıkla hareket ettiriyordu. Saç rengine uygun bakımsız ve kabarık bıyığı, üstüne doğru sarkan küçük burnundan daha da belirgin olarak öne çıkıyordu. Parlayan kahverengi gözlerinin altı biraz torbalanmıştı. Müzik yaparken gözleri düşler dünyasında dolaşıyormuş gibiydi, bakışları belli bir şeye odaklanmış değildi. Yüzünde öyle dikkat çekici bir anlatım yoktu, en azından üstün ve parlak zekâlı biri izlenimini vermiyordu. Gözkapakları genellikle yarıkapalıydı ve tıraşlı çenesini, altdudağıyla üstdudağını birbirinden ayırmadan uyuşuk uyuşuk aşağıya sallıyordu ve bu onun ağzına, tatlı tatlı uyuyan birinin ağzı gibi yumuşak, içten kenetlenmiş, aptalca, ama yine de sevecen bir ifade veriyordu.

Aslında dış görünüşündeki bu yumuşaklıkla ağırbaşlı kişiliği tam bir tezat teşkil ediyordu. Edmund Pfühl kendisine değer verilen bir orgcuydu ve kontrpuan tekniği alanındaki ünü doğduğu şehirle sınırlı değildi. Kilise müziği üzerine bastırdığı küçük bir kitap iki ya da üç konservatuvara özel ders olarak önerilmişti; fügleri ve düzenlediği bazı dinsel ezgileri Tanrı'ya şükretmek amacıyla org çalınan yerlerde zaman zaman çalınıyordu. Besteleri ve pazar günleri Meryem Ana Kilisesi'nde en güzel örneklerini sunduğu fantezileri kusursuzdu, insanı derinden etkileyen tinsel ve mantıksal bir yücelik, bir mükemmellik yanı vardı. Müziğinde dünyayla ilgili güzelliklere yer vermiyordu; anlatmak istediği şey, temiz insan duygularının aktarılmasıydı ve o bu konuda kesinlikle bir amatör olmadığını gösteriyordu. Bu bestelerde insanı yalnızlığa çeken, içindeki dinsel duyguların kabarmasını sağlayan bir anlatım vardı; insanının ruhunu coşturma, onu inanç dünyasının derinliklerine götürme çabası başarıyla veriliyordu. Edmund Pfühl insanı mutlu eden dünya işleriyle ilgili şeylere çok az değer veriyordu ve neşeli ezgileri pek sevmiyordu, bu doğruydu. Fakat bu bir çelişki gibi görünse de, yine de zevksiz bir insan ve örümcek kafalı bir adam değildi. Karşısındakini ürküten kesin bir yüz ifadesiyle, "Palestrina!" dedi. Ancak enstrümanın başına geçip eski çağlardan kalma bir dizi parça çalmaya başlar başlamaz, yüzünde bir yumuşaklık, ilahî bir kendinden geçiş ve bir coşku beliriyordu; çalarken, konu edilen her şeyi sanki gözleriyle görüyormuş gibi bakışları kutsal ufuklara dalıyordu... Dilsel kavramlarımız ve düşüncelerimizden daha derin, daha temiz, daha berrak ve sınırları daha belirgin bir mantık içinde belli belirsiz ve boş boş bakan bakışları vardı...

Elleri kocaman, yumuşak, görünüşe bakılırsa kemiksiz ve çillerle kaplıydı. Kapı perdelerini aralayıp oturma odasından gelen Gerda'yı, yemek borusuna bir şey kaçmış gibi yumuşak ve derinden bir sesle, "Kulunuz, saygıdeğer hanımefendi!" diye selamladı.

Edmund Pfühl koltuğundan hafifçe doğrulup Gerda'nın kendine uzattığı elini başını öne eğerek saygıyla sıkarken sol eliyle de piyanonun tuşlarını tınlatıyordu. Bunun üzerine Gerda, Stradivarius'una uzandı ve kendisinden emin bir kulakla telleri akort etti.

"Bach'ın 'Sol Minör' konçertosunu çalalım, Herr Pfühl. Bütün adagioyu çalmayı beceremeyiz gibime geliyor..."

Orgcu çalmaya başladı ve ilk ezgiler yükselmeye başlar başlamaz, koridora açılan kapı her zaman olduğu gibi yine yavaşça ve dikkatlice açıldı ve küçük Johann içeri girdi, hiç gürültü etmeden dikkatli dikkatli halının üzerinden yürüyerek bir koltuğa oturdu. Dizlerinden birini elleriyle sarmış, sessizce oturuyor ve yükselen ezgilere ve konuşulanlara kulak kabartıyordu.

Gerda biraz sonra, "Hanno'cuğum, burada oturup

biraz müzik mi dinlemek istiyorsun?" diye sorduktan sonra müziğin ateşlediği ve ıslak bir ışıltıyla parlayan gözlerini, birbirine yakın gibi duran ve çevresi mavi gölgeli gözlerini oğlunun üzerinde gezdirdi.

Hanno ayağa kalktı ve sessizce bir reveransla Herr Pfühl'e elini uzattı, o da Hanno'nun alnına ve şakaklarına dökülen kıvır kıvır saçlarını sevgiyle okşadı.

Herr Pfühl yumuşak bir yüz ifadesiyle, "Dinle çocuğum!" dedi. Hanno, Herr Pfühl konuşurken kocaman bir yumrunun gırtlağına doğru inip çıkışını seyrederken müziğin ve konuşmaların devam etmesini beklemek istemiyormuş gibi yavaşça ve sessizce yerine döndü.

Haydn'dan bir parça, Mozart'tan birkaç sayfa, Beethoven'den birkaç sonat çaldılar. Ama sonra Gerda kemanını kolunun altına sıkıştırıp yeni notalar aramaya başlayınca sürpriz bir olay oldu: Meryem Ana Kilisesi'nin orgcusu Herr Edmund Pfühl, yalnız olarak çaldığı bir ara parçadan sonra yavaş yavaş değişik bir şeyler çalmaya başladı; bu sırada bakışlarını uzaklara yöneltmişti ve yüzünde mahcup bir mutluluk ifadesi vardı. Piyanonun tuşlarında dolaşan parmaklarının çıkardığı müzik bir yükseliyor bir alçalıyordu. İlk başlarda sessizce ve daha sonra giderek hızlanarak, sonunda berrak, etkili, kontrpuanın en güzel örneklerinin sunulduğu eskiye ait muhteşem ve şaşılacak kadar güzel bir marş motifi yükseldi. Bir yükselme, bir melodi karışımı, bir geçiş... Daha sonra Gerda'nın kemanı da katıldı konsere ve *Nürnbergli Usta Şarkıcılar* operasının uvertürüne geçtiler.

Gerda Buddenbrook ateşli bir yeni müzik hayranıydı. Ama Herr Pfühl'e gelince, genç kadın onun öyle bir direnciyle karşılaşmıştı ki, ilk başlarda ona bu yeni müziği sevdirebileceğinden ciddi kuşku duymuştu.

Wagner'in *Tristan ve Isolde* operasını çalmasını rica ettiği gün, Herr Pfühl yirmi beş mezür çaldıktan sonra yerinden fırlamış, büyük bir tiksintiyle balkon ve piyano arasında birkaç kez gidip gelmişti.

"Bunu çalamayacağım, sayın hanımefendi. Sizin sadık bir kulunuzum ama bunu çalamayacağım! Müzik değil bu... inanın bana... Müzikten biraz anladığımı sanıyorum! Bu parça tam bir kaos, ne olduğu belli olmayan karmakarışık bir şey! Bir demagoji, Tanrı'ya hakaret ve tam bir saçmalık! İçinde şimşeklerin parladığı güzel kokular sürülmüş kara bir duman! Sanatta var olan bütün ahlaki değerlerin çöküntüsü! Hayır, bunu çalamam ben!"

Bunları söyleyerek yeniden koltuğuna oturdu ve gırtlağındaki yumru aşağı yukarı hareket ederek, yutkunarak ve boş boş öksürerek bir yirmi beş mezür daha çaldıktan sonra piyanonun kapağını kapattı ve şöyle dedi:

"Yazık, çok yazık. Utanç verici bir durum! Tanrım, bu kadarı da fazla! Açık konuştuğum için beni bağışlayın, sayın hanımefendi... Siz bana bu iş için para ödüyorsunuz, yıllardan beri bu hizmetimin karşılığını veriyorsunuz bana... Ben kendi halinde yaşayan bir insanım. Fakat böyle iğrenç şeyleri çalmaya beni zorlarsanız görevimi bırakırım, bu işten vazgeçerim!.. Şu çocuk, orada sandalyesinde sessizce oturup müzik dinleyen şu çocuk ne olacak. Onu zehirleyip iç dünyasını bütünüyle karartmak mı istiyorsunuz?"

Ancak Herr Pfühl ne kadar öfkeli davransa da, Gerda Buddenbrook yavaş yavaş, adım adım, alıştıra alıştıra ve konuşa konuşa onu kendi yanına çekmesini bildi.

"Herr Pfühl, lütfen tutarlı olun ve konuyu soğukkanlılıkla değerlendirin," dedi. "Wagner'in armoniyi alışılmamış bir biçimde kullanması sizi çok şaşırtmışa benziyor... Wagner'le kıyaslayınca Beethoven'i daha arı, daha berrak ve anlaşılır buluyorsunuz ama, Beethoven'in de geçmişin müzik zevkine göre yetişmiş çağdaşlarını nasıl şaşırttığını bir düşünün... Bach'ı bile! Tanrım, onu da suçlamamışlar mıydı uyumdan ve berraklıktan yoksun diye!.. Ahlaki değerden söz etmiştiniz... Peki ama sanatta ahlaki değerden ne anlıyorsunuz? Yanılmıyorsam, sizin ahlaki değer dediğiniz şey hazcılığın karşıtı değil midir? Bunu Wagner'in müziğinde de bulabilirsiniz. Bach'ta bulduğunuz kadar. Hatta Bach'tan daha mükemmel, daha bilinçli ve daha da derin. İnanın bana Herr Pfühl, bu müzik sizin iç dünyanıza sandığınız kadar yabancı değil!"

Herr Pfühl, "Affedersiniz ama bu bir aldatmaca ve tam bir safsata," diye mırıldandı.

Ama Gerda haklıydı: Bu yeni müzik Herr Pfühl'e başlangıçta sandığı kadar yabancı gelmiyordu. Gerçi "Tristan"a hiçbir zaman öyle içi ısınamadı, ama Gerda'nın kendisinden "*Liebestod*" aryasını bir keman ve piyano konçertosuna dönüştürmeyi rica etmesi üzerine onu yine de büyük bir başarıyla çaldı. *Nürnbergli Usta Şarkıcılar* operasının bazı bölümlerini şu ya da bu bakımdan başarılı buluyordu... ve şimdi bu yeni sanata karşı inanılmaz bir sevgi beslemeye başladı. O bunu itiraf etmiyordu, hatta bunu söylemekten korkuyordu ve homurdanarak bunu inkâr da ediyordu. Ama müzik arkadaşı Frau Buddenbrook'un onu artık zorlamasına, tuşlara vuruşunu ağırlaştırmak, yüzündeki o mahcup, hatta biraz da öfkeli mutluluk ifadesiyle laytmotiflerin canlılığına ve hareketine sürüklemek için zorlamasına gerek kalmamıştı.

Ancak operayı seslendirdikten sonra bu yeni sanat anlayışıyla sert kurallı eski sanat anlayışı arasındaki ilişkiler üzerine belli ki bir çatışma yaşamıştı. Çünkü Herr Pfühl –tema kendisini kişisel olarak pek etkilemiyor olsa da– kilise müziği hakkında yazdığı kitabına, "Richard Wagner'in Kilise ve Halk Müziğinde İki Ayrı Ses Kullanımı Üzerine" adlı bölümü eklemeyi kendisine görev saydığını günün birinde açıkladı.

Hanno küçük ellerini dizinin üstünde kenetlemiş ve hep yaptığı gibi yine dilini ağzının içinde dolaştırırken sessizce oturmuş, dinliyordu. Kocaman gözleriyle hiç hareket ettirmeden annesini ve Herr Pfühl'ü süzüyor ve çaldıklarına ve konuştuklarına kulak veriyordu. Hayat yolunda attığı ilk adımlarından sonra müziğin son derece ciddi, önemli ve derin anlamlı bir şey olduğunun farkına varmıştı. Annesinin ve Herr Pfühl'ün konuşmalarından tek tük sözcükler anlıyordu, ama çaldıkları parçalar genellikle çocuksu aklının çok üstündeydi. Buna rağmen her zaman oraya gelmesi ve sıkılmadan saatlerce orada oturması, onun müziğe olan aşırı sevgisini, saygısını ve inancını ortaya koyuyordu.

Etkisinde kaldığı bazı parçaları küçük eliyle piyanonun başına geçip tekrarlamaya çalıştığında, daha yedi yaşındaydı. Annesi gülümseyerek onu seyrediyor, sessiz bir çabayla çıkarmaya çalıştığı notaları düzeltiyor ve ahengi yakalamak için ikinci bir sesin daha çıkması gerektiğini, neden özellikle bu ya da şu sesin eksik olamayacağını ona öğretmeye çalışıyordu. Hanno'nun kulağı annesinin söylediklerini yerine getiriyordu.

Gerda Buddenbrook onun çalışmasına izin verdikten sonra, piyano dersi almasına karar verdi.

"Solo yapabilecek yeteneği olduğunu sanmıyorum," dedi Herr Pfühl'e. "Aslında buna seviniyorum da, zira bunun hoş olmayan yanları da var. Solo yapan birinin kendisine eşlik edecek birine ihtiyacının olmadığını söylemiyorum. Siz bana eşlik etmemiş olsaydınız... ama o zaman az ya da çok mükemmelliğe ulaşıp tek adam olma tehlikesi her zaman vardır... Görüyorsunuz, bu konu hakkında çok şey biliyorum ben. Size şunu açıkça söyleyebilirim ki, solo yapan biri için müzik en üstün derecede bir yetiye sahip olduğu zaman başlar. Çoksesli bir parçada en yüksek sesi vermek için bütün gücün tek bir noktada toplanması, ses düzenleme bilgisi ve çoksesliliğin yarı anlaşılmaz ve genel bir şey olarak algılanmasıyla orta düzeyde müzik bilgisine sahip birinde uyum ve algılama kolayca kaybolabilir ve daha sonra bunu düzelmek çok zor olur. Kemanı çok seviyorum ve oldukça da iyi çalıyorum, fakat piyano bence çok daha asil bir müzik aletidir... Bununla şunu söylemek istiyorum: Çok çeşitli ve zengin bir müzik yapıtını çalmak için aletlerin en mükemmeli olan piyanoyu kullanmak, benim için müziğe çok yakın olmak ve geniş kapsamlı bir ilişki kurmak demektir... Herr Pfühl, piyanoyu oğluma da sevdirmenizi, ona ders vermenizi rica ediyorum sizden, ne olur bunu esirgemeyin benden! Kentte iki ya da üç kişi var müzik dersi veren –sanırım hepsi de kadın–, fakat bunlar yalnızca piyano dersi öğretmenleri... ne demek istediğimi anlıyorsunuzdur. Burada söz konusu olan yalnızca bir müzik aletinin nasıl çalındığının öğretilmesi değil, biraz olsun müzikten de anlamaları gerekir, öyle değil mi?.. Bu konuda size güveniyorum. Bunu ciddiye alacağınızı biliyorum. Hanno'nun ne kadar başarılı olacağını göreceksiniz. Buddenbrook'ların elleri çok yeteneklidir, bütün notaları ve tonları kolayca kavrayabilirler. Fakat bugüne kadar hiç önem vermediler buna," diye tamamladı sözlerini gülerek. Herr Pfühl çocuğa piyano dersi vermeye hazır olduğunu bildirdi.

Herr Pfühl o günden sonra her pazartesi öğle sonraları da gelmeye başladı ve Gerda salonda oturduğu sırada o da piyanonun başında çocukla ilgileniyordu. Alışık olduğu yöntemi uygulamıyordu çocuğa, zira sessizce oturup söylenenleri bir bir yerine getiren bu aşırı ilgili çocuğa, piyano çalmasını öğretmekten daha fazlasını vermesi gerektiğini hissediyordu. İlk ve temel bilgileri öğretir öğretmez kolayca anlaşılır bir biçimde kuramları anlatmaya ve armoni ile ilgili bilgileri öğretmeye başladı. Hanno anlatılanları çabucak kavrıyordu, zira Herr Pfühl'ün anlattıkları daha önce öğrendiklerinin bir tekrarıydı aslında.

Herr Pfühl, çocuğun ilerlemek için gösterdiği aşırı ilgisini ve çabasını mümkün olduğunca göz önünde bulunduruyor ve onun bu aşırı yeteneğini ve öğrenme çabasını zorlaştıran sorunları hafifletmek için ona büyük bir sevgiyle yaklaşıyordu. Ses dizelerini öğretirken parmak alışkanlığı ve beceri konusunda aşırı titiz davranmıyordu, zaten bu tür uygulamalarının amacı bu değildi. Ulaşmayı amaçladığı şey; çocuğun bütün sesleri çok iyi ve çabucak kavrayabilmesini ve birbirinden ayırt edebilmesini, sesler arasındaki yakınlığı ve bağlantığıyı öğrenmesini ve kısa zaman içinde bunların kombinasyon olasılıklarını görebilmesini, hayal gücünü geliştirmesini ve tuşlara hâkim olma duygusunu sağlamaktır. Sevgi dolu bir yaklaşımla müzik dinlemeye alışık bu öğrencinin ciddi bir stile yönelme çabasını övüyor ve çocuğun müziğe karşı duyduğu hayranlığı ve coşkuyu ona öyle banal *lied*'ler öğreterek bozmak istemiyordu. Çocuğa kilise şarkıları çaldırtıyor ve çalarken notaları birbirine karıştırmamasına özen gösteriyordu.

Kapı perdelerinin biraz ötesinde oturmuş, örgü işleyen ya da kitabını okuyan Gerda dersin gidişatını dikkatle izliyordu.

Arada bir başını kaldırıp, "Beklentimin çok üstünde bir başarı elde etmiş bulunuyorsunuz," diyordu Herr Pfühl'e. "Fakat fazla ileri gitmiyor musunuz? Biraz aşırıya kaçmıyor musunuz? Gördüğüm kadarıyla yönteminiz çok başarılı... Hanno, zaman zaman kendiliğinden bir şeyler çalmaya kalkışıyor. Ama uyguladığınız yönteme layık değilse, size ayak uyduramıyorsa, yani bu yetenekten yoksunsa hiçbir şey öğrenemez..."

"Buna layık," dedi Pfühl ve başını salladı. "Bazen bakışlarını inceliyorum... çok şey söylüyor bakışları, ama ağzını hep kapalı tutuyor. Ağzını büsbütün kapatacağı gelecekteki hayatında konuşmak, düşüncelerini aktarmak için belki de bir olanak bulacaktır..."

Gerda Buddenbrook bu tilki peruklu, gözlerinin altı torbalı, kalın bıyıklı ve koca gırtlaklı kaba saba orgcuyu uzun uzun ve dikkatlice süzdü ve sonra ona elini uzatarak şöyle dedi:

"Teşekkür ederim, Pfühl. Oğlumun iyiliğini düşünüyorsunuz kuşkusuz. Ama ona gerçekten iyilik mi ediyorsunuz, bunu şimdiden bilemeyiz."

Hanno'nun bu öğretmene karşı duyduğu borçluluk, kendisini onun yönetimine bırakışı her türlü takdirin üstündeydi. Okulda aldığı özel derslere rağmen hesap çarpım tablosunu öğrenmeyi bir türlü beceremiyordu, ama piyanonun başına oturunca, Herr Pfühl'ün her söylediğini hemen kavrıyor ve özümsüyordu. Her pazartesi öğle sonu evlerine gelip kahverengi redingotuyla kendisini kollarının arasına alıp hoş, tatlı ve avutucu bir müzik ülkesine götürerek günlük sıkıntılarından kurtaran bir melek gibi görünüyordu ona Herr Pfühl...

Dersler kimi zaman Herr Pfühl'ün evinde, yaşlı bir hizmetçi kadınla birlikte tek başına oturduğu sivri çatılı, geniş ve serin koridorlu evinde yapılıyordu. Bazı pazar günleri küçük Buddenbrook'un Meryem Ana Kilisesi'ndeki ayine katılıp yukarıdaki orgun başına geçmesine izin de veriliyordu; bu, herkesle birlikte aşağıda, mihrabın önünde ve öteki bölmelerde oturmaktan çok daha farklı bir duyguydu kuşkusuz. Küçük Buddenbrook ve Herr Pfühl, kürsüsünde oturup dua eden Rahip Pringsheim'dan da yukarıda, orgdan yükselen ezgilerin tam ortasında oturuyorlar ve Hanno büyük bir gurur ve coşkuyla öğretmeninin notaları çevirmesine yardımcı oluyordu. Ama koronun çaldığı son parçası sona erip de Herr Pfühl parmaklarını ağır ağır tuşlardan kaldırdıktan sonra, temel ve kalın sesler sessizce ve coşkuyla yankılanırken ve arkasından verilen duygu yüklü bir aradan sonra Rahip Pringsheim'ın sesi yükselmeye başlayınca, Herr Pfühl, Rahip'in okuduğu duayla alay etmeye başlıyor, onun İsviçre aksanıyla sesli harfleri uzatarak ve keskin vurgu yaparak konuşmasına, iç çekişlerine ve yüzündeki aydınlık ve karanlık arasındaki ani değişmelere bakıp gülmeye başlıyordu. Arkasından Hanno da gülüyordu; zira ikisi de başlarını çevirip aşağıya bakmadan ve hiçbir şey söylemeden bu duanın bir saçmalık olduğunu ve asıl ayinin rahip ve cemaatin birlikte yaptıkları duayla yani müzikle olacağını düşünüyorlardı.

Evet, Herr Pfühl'ün en büyük kaygısı kemerin altında oturan senatörlerin, konsüllerin, yurttaşların ve onların eşlerinin çaldığı müzikten pek bir şey anlamamalarıydı; küçük öğrencisinin yanında bulunması işte bu yüzden çok hoşuna gidiyordu, biraz önce çaldığı şeyin oldukça önemli ve zor bir parça olduğuna hiç olmazsa onun dikkatini çekebiliyordu. Benzetleme yöntemiyle seslerin baştan sona doğru ve sondan başa doğru aynı sırayı takip ettiği bir ezgiyi konu olarak almıştı ve polifoni tekniğini kullanarak "yengeç yürüyüşü" biçimiyle çalınan bir füg bestelemişti. Çalma işini bitirince, üzgün bir yüz ifadesiyle ellerini kucağına koydu ve başını umutsuzca sallayarak, "Kimse farkında olmadı," dedi ve daha sonra Rahip Pringsheim dua etmeyi sürdürürken şunları fısıldadı:

"Bu yengeç yürüyüşü biçimli bir benzetleme, Johann. Bunun ne olduğunu sen bilmiyorsun henüz... Bir parçayı arkadan öne doğru yani son notadan ilk notaya doğru taklit etmek demek... oldukça zor bir iştir. Benzetleme yapmanın beste tekniğinde ne anlama geldiğini ileride öğreneceksin. Bu yöntemle seni hiçbir zaman sıkmayacağım, seni buna zorlamayacağım... Onu öğrenmesen de olur. Fakat buna müzik değeri olmayan salt eğlence diye bakanlara da inanma. Benzetleme yöntemini bütün ünlü bestecilerde bulabilirsin. Yalnızca kendini beğenmiş ve sıradan insanlar bu tür müzik çalışmalarını reddederler. 'Alçakgönüllü olmak' yakışır insana, bunu aklından çıkarma, Johann."

Hanno, 15 Nisan 1869'da sekizinci doğum gününde bir araya gelen aileye, bestelediği ve geliştirdiği küçük ve sade bir parçayı annesiyle birlikte çaldı. Çocuğun yeteneğine pek güvenen Pfühl, parça üzerinde bazı değişikler yapmıştı elbette.

"Bu ne kadar da yapmacık bir bitiş böyle, Johann! Öteki bölümlere hiç uymuyor. Başı çok güzel olmuş, ama daha sonra birdenbire si majörden dördüncü basamaktaki ikinci çevrim uygusuna kalınlaştırılmış üçlü aralıkla geçiş yapıyorsun, bunu anlamakta güçlük çekiyorum. Bu çok komik doğrusu. Üstelik onu tremolo tarzında tekrarlı çalıyorsun. Bunu bir yerlerden aşırmışsın gibime geliyor. Söyle bakalım, nereden aşırdın? Evet, anlıyorum, şimdi anlıyorum, annen hanımefendiyle birlikte bazı parçaları çalarken, bizi iyi dinlemişsin... Bitiş bölümünü değiştir, güzel çocuğum, bak göreceksin çok güzel bir parça olacak."

Ama Hanno özellikle bu minör uygu ve bu bitiş tarzına çok fazla önem veriyordu. Bunda direnmesi annesinin çok hoşuna gitti. Kemanını aldı, ezgiyi oğluyla birlikte çaldı ve sonra, Hanno aynı bölümü tekrarlarken annesi ezgiyi sonuna kadar otuz ikilik devinim içerisinde çaldı. Her şeyiyle muhteşemdi. Hanno mutluluğundan annesini öptü ve ikisi birden bu parçayı, 15 Nisan günü bütün aile önünde işte böyle çaldılar.

Senatör Buddenbrook ve eşinin Hanno'nun doğum günü için saat dörtte evlerinde verdiği yemeğe Frau Konsül Buddenbrook, Frau Permaneder, Christian, Klothilde, Herr ve Frau Konsül Kröger, Herr Müdür Weinschenk ile eşi, Breiten Caddesi'ndeki evde kalmış amca kızları ve Matmazel Weichbrodt katılmışlardı. Şimdi hepsi de salonda oturmuşlar, denizci giysisiyle piyanonun başında oturan çocuğa, şık giyimi ve eşsiz güzelliğiyle keman eşliğinde muhteşem bir şarkı söyledikten sonra büyük yorumcu yeteneğiyle inci taneleri gibi peş peşe kadensler sunan Gerda'ya kulak veriyorlardı. Kemanının yayının gümüş teli yanan gaz lambalarının ışığı altında pırıl pırıl parıldıyordu.

Heyecandan yüzü sapsarı olan Hanno, sofrada neredeyse hiçbir şey yiyememişti; biraz sonra –ne yazık ki– bitecek olan eserine kendisini öyle kaptırmıştı ki, başka bir âleme dalmış gibi çevresindeki her şeyi unutmuştu. Bu küçük müzik yapıtının ritimden daha çok armonik bir yanı vardı. Bu ilkel ve çocuksu besteyle Hanno'nun büyük bir ciddiyetle ve kendinden geçercesine çalışı arasında tuhaf bir çelişki vardı sanki. Geçişleri, başını sert sert sallayıp öne doğru ve yanlamasına atarak yapıyordu; koltuğunun en ucunda oturmuş, pedal ve sol ayakçıkla her yeni ezgiye duygu yüklü bir değer vermeye çalışıyordu. Küçük Hanno'nun dinleyiciler üzerinde bıraktığı etki –gerçekten de bütün gücünü yalnızca buna veriyordu– duygu yüklü bir etki olmaktan oldukça uzaktı. Sıradan el hareketleriyle, duraklayarak ve vurgular yaparak çalıyor, parçaya hoş ve gizemli anlamlar katmaya çalışıyordu. Hanno kaşlarını kaldırıp vücudunun üst kısmını yukarı aşağı hareket ettirerek yeni bir armoni, yeni bir ahenk yaratmaya çalışırken, aniden gerçekleşen ve ağır ağır yükselip alçalan renksiz bir ezgiyle sinir bozucu ve sürpriz bir etkileme becerisi gösterdi. Sonunda bitiş bölümü geldi, Hanno'nun çok sevdiği ve çocuksu bir coşkuyla bütün parçayı zirveye taşıdığı bitiş bölümü geldi. Mi minör uyguyu, alçak ve berrak bir sesle ve tremolo tarzında çalmaya başlamıştı... İnci gibi pırıl pırıl parlayan ve peş peşe akıp giden duru nağmelerle yavaş yavaş çalıyordu... Hanno, bu son bölümü çalarken uygu büyüyor, genişliyor ve gittikçe kabarıyordu, daha sonra do diyezi de kattı parçaya. Kemanın alçalıp yükselen sesine bu do diyezi de katarken Hanno bütün bu kakışan sesleri var gücüyle doruğa taşıyordu. Bu ses karmaşasını sona erdirmek istemiyordu, kendisini ve dinleyicileri bundan mahrum bırakıyordu. Bu da neydi böyle, si majöre bu yumuşak geçişin anlamı niyeydi? Eşsiz bir mutluluk yaşıyordu, büyük bir duygu sarhoşluğu içindeydi! Barış! Mutlulukların en güzeli! Cennet!.. Ama yeterli değil... henüz yeterli değil! Mutluğun daha da artması için bitişi biraz geciktirmeli, gerilimi ve duraklamaları dayanılamayacak ölçüde artırmalıydı... Bu sürükleyici coşkuyu ve çalma tutkusunu bütün bedeninde bir kere daha yaşamalıydı, çünkü mutluluğun yalnızca anlık olduğunu biliyordu. Hanno'nun bedeninin üst kısmı yavaş yavaş gerildi, gözleri iyice büyüdü, kapalı dudakları titremeye ve burun deliklerinden solumaya başladı... Aşırı haz duymasına engel olmak mümkün değildi. Mutluluk ve heyecan tüm benliğine öylesine işlemişti ki, o buna karşı duramıyordu. Kasları gevşedi, yorgun ve bitkin bir halde başı omuzlarına düştü, gözleri kapandı ve mutluluğun o hüzünlü, sözle anlatılması zor acı gülümseyişi dudaklarında belirirken Hanno kemanın süsleyen sesi eşliğinde pedal desteğiyle tremololarla bas partına geçti ve si majöre geçki yaptı; çok büyük bir hızla gürlüğün doruğuna ulaştıktan sonra, kısa ve kesik bir ses tufanıyla bestesini bitirdi.

Çaldığı müziğin Hanno'nun kendi üzerinde bıraktığı etkiyi dinleyicilerine de aktardığı söylenemezdi. Örneğin Frau Permaneder bütün bu müzik şöleninden hiçbir şey anlamamıştı. Ama çocuğun gülümseyişi, bedeninin üst kısmının hareketleri, küçük ve sevimli başını coşkuyla yana eğişi... bütün bunlar çabucak duygulanıveren ruh halini derinden etkilemişti.

Gözyaşlarını güçlükle tutarak Hanno'ya koştu ve onu kucaklayarak, "Çocuğumuz nasıl da güzel çalıyor! Evladım, ne kadar da güzel çalıyor!" diye haykırdı. "Gerda, Tom, o bir Mozart, bir Meyerbeer, bir... olacak..."

Saydığı aynı önemde üçüncü bir bestecinin adı aklına gelmediğinden sözünü yarıda kesti ve ellerini kucağına bırakmış, yorgun ve dalgın bakışlarla karşılarında oturan yeğenini öpücüklere boğdu.

Senatör Buddenbrook hafif bir sesle, "Yeter Tony yeter!" dedi. "Rica ederim, neler sokuyorsun çocuğun kafasına..."

## 7

Senatör Thomas Buddenbrook küçük Johann'ın bu müzik tutkusundan ve gösterdiği gelişmeden hiç hoşnut değildi.

Thomas vaktiyle çevresindeki dar kafalı insanların şaşkın bakışlarına ve anlamlı anlamlı başlarını sallamalarına hiç aldırmadan, Gerda Arnoldsen'le evlenmişti; çünkü becerikli ve çalışkan bir işadamı olmasının yanı sıra farklı bir zevk sahibi olduğunu da herkese gösterecek kadar kendisini güçlü ve özgür hissediyordu. Fakat Buddenbrook'ların adını sürdürecek, diye dünyaya gelmesi uzunca bir süre özlemle beklenen Hanno'nun, dış görünüşü ve beden yapısı bakımından baba tarafının bazı özelliklerini taşımasına karşın, yaşam felsefesi bakımdan bütünüyle annesine çekmesine şaşırmamak mümkün müydü? Ömrünü verdiği bir işi zamanı geldiğinde büyük bir mutlulukla ve hiçbir kaygı duymadan eline bırakmayı düşündüğü oğlu, çevresindeki insanlara ve hatta kendi babasına bile yabancı bir hayat anlayışına ve yaşam biçimine mi sahip olacaktı.

Thomas, Gerda'nın keman çalışını, bambaşka bir güzelliğe sahip gözlerinin, gür ve koyu kızıl saçlarının ve büyüleyici güzelliğinin bir tamamlayıcısı olduğunu düşünmüştü hep; ama şimdi yabancısı olduğu bir tutku, müzik tutkusu daha bu yaşta oğlunun ruhuna işlemişti ve bu tutku şimdi kendisi ve oğlu arasına, kafası çalışan, güçlü, içgüdüleri sağlam, gerçek bir Buddenbrook ve herkesin sevgisini kazanmış bir işadamı olarak görmeyi umduğu oğluyla kendi arasına düşmanlık sokan bir güç haline dönüşmüştü. Bu düşmanca güç yüzünden kendi evinde bir yabancı durumuna düşme tehlikesiyle karşı karşıya kalmış gibi hissediyordu kendisini.

Müzik konusuna Gerda ve müzik arkadaşı Herr Pfühl'ün yaklaştığı gibi yaklaşmıyordu Thomas. Sanat konusunda gözleri başka hiçbir şey görmeyen ve çok sabırsız bir kadın olan Gerda da onun bu müzik yaklaşımını acımasızca zorlaştırıyordu.

Thomas Buddenbrook, ailesinin müziğe böylesine yabancı olduğunu şu âna kadar hiç düşünmemişti. Büyükbabasının fırsat buldukça biraz flüt çaldığını ve bundan çok hoşlandığını biliyordu. Kendisi de neşelendirici ve buram buram özlem kokan halk ezgilerini dinlemekten keyif alırdı. Fakat dinlediği bu parçalardan birini çok beğendiğini söylese Gerda hemen omuzlarını silker ve acı acı gülümseyerek, "Ah dostum! Nasıl olur da müzik değeri olmayan böyle bir şeyi..." derdi.

Thomas Buddenbrook bu "müzik değeri" sözcüğünden nefret ediyordu, ona göre bu tam bir kendini beğenmişlik örneğiydi. Yanı başlarında oturan Hanno'nun önünde Gerda'nın bu sözlerine karşı çıkar ve çoğu kez öfkelenip yüksek sesle bağırırdı:

"Fakat, sevgili karıcığım, bu 'müzik değeri' sözcüğünü ikide bir tekrarlaman biraz kendini beğenmişlik, bir zevksizlik örneğiymiş gibime geliyor!"

Gerda şöyle yanıtlıyordu onu:

"Ama Thomas, sen müzikten ve sanattan hiçbir zaman bir şey anlamayacaksın. Ne kadar akıllı olursan ol, müziğin yemek sonrası bir eğlence, kulakları okşayan bir şölenden daha başka bir şey olduğunu hiçbir zaman kavrayamayacaksın. Müzikle içindeki bütün kötü duygular kaybolur... müziğin sana ne kadar yabancı olduğundan, müzik zevkinin öteki ihtiyaçlarına ve görüşlerine hiç uymadığından anlayabilirsin bunu. Müzikte seni sevindiren şey ne, biliyor musun? Boş bir iyimserlik yalnızca; eline aldığında öfkelenip zorla gülümseyerek hemen bir köşeye fırlatıp atacağın bir kitap gibi boş bir iyimserlik, içinde kıpırdayan bir isteğin yerine getirilmesi, dürtükleyerek harekete geçirilen bir istek... Ama müzikte bu böyle mi oluyor? Tatlı bir ezgide olduğu gibi mi oluyor dünyada yaşadıklarımız?.. Bu aptalca bir idealizm..."

Thomas karısını anlıyordu, onun söylediği her şeyi anlıyordu. Fakat onun hissettiği şeyleri hissedemiyordu ve kendisini neşelendiren ya da duygulandıran ezgileri eşinin neden değersiz bulduğunu bir türlü anlayamıyordu; sert ve anlaşılmaz bulduğu parçaların müzik değeri neden en yüksek olsun ki? Eşiğinden içeri girmesine izin verilmediği bir tapınağın önünde duruyor ve Gerda'nın oğlunu alıp içeri götürmesini üzüntüyle seyrediyordu.

Thomas, oğluyla arasına giren yabancılaşmayı kaygıyla izliyor ve bunu kimselere belli etmemeye çalışıyordu; çocuğunu kendi yanına çekmek istiyormuş görüntüsünü vermek istemezdi elbette. Gündüzleri oğluyla birlikte olmak için pek vakti olmuyordu, ama yemeklerde yan yana oturduklarında ona sevgiyle yaklaşıyor ve yüreklendirici bir sertlikle ensesine şöyle bir vurarak, "Nasılsın bakalım, arkadaş?" diyordu. "Neler yaptın bakalım!

Derslerini iyi öğrendin mi?.. Piyano da çalıyorsun, değil mi? Çok güzel! Ama pek aşırı gitme, yoksa diğer derslerinden geri kalırsın ve Paskalya tatilinde karnen zayıf gelirse sınıfta kalırsın!" Bu sözlerini Hanno'nun nasıl karşılayacağı, Gerda'nın ne yanıt vereceği konusunda yüzünde en küçük bir kaygı belirtisi yoktu; çocuk, başını kaldırıp altın kahverengi ve çevresi halka halka gözlerini ürkek ürkek kendisine doğru kaydırıp her zaman olduğu gibi yine sessizce tabağının üstüne eğilince, duyduğu derin üzüntüyü de hiç belli etmiyordu.

Oğlunun beceriksiz davranışlarına üzülmesi kuşkusuz aptalca olurdu. Yemek sırasında tabak değiştirilirken ya da buna benzer aralarda birlikte otururlarken oğluyla biraz ilgilenmeyi, birazcık bilgisini yoklamayı ve hayatın gerçeklerine karşı ilgisini uyandırmayı bir görev sayıyordu: Söyle bakalım, kentimizin nüfusu ne kadar? Trave kıyısından kentin yukarısına doğru giden caddeler hangileri? Şirketimizin sahip olduğu siloların adları ne? Thomas, bu sorulara Hanno'nun hemen cevap vermesini bekliyordu! Ama Hanno susuyordu. Babasını üzmemek ya da ona inat olsun, diye değil. Ama kentin nüfusunun, caddelerin ve aslında hiç umursamadığı siloların bir sınav konusu yapılması onda büyük bir isteksizlik, hatta nefret uyandırıyordu. Biraz önce çok neşelenmiş, hatta babasıyla sohbet bile etmişti, ama sohbet giderek küçük bir sınav niteliği kazanınca, birden neşesi kaçıvermiş ve direnme gücü bütünüyle kaybolmuştu. Gözleri kararmaya başlıyor, ağzının çevresinde bir umutsuzluk, bir korku ifadesi beliriyor ve bu tür davranışların iyi bir sonuç vermeyeceğini çok iyi bilmesi gereken babasının hem kendisine hem de herkese yemeği zehir etmesinden müthiş üzüntü duyuyordu. Sel olup akan gözyaşlarıyla başını tabağından kaldıramıyordu. Ida Jungmann sessizce kolunu dürtüyor, babasının sorduğu cadde ve silo adlarını kulağına fısıldıyordu. Fakat bütün bunların Hanno için hiçbir anlamı yoktu, hiç gerekli değildi bunlar! Ida da anlamıyordu onu. Caddelerin ve siloların adlarını, hiç değilse bazılarını biliyordu; eğer mümkün olsaydı, üstesinden gelemediği üzücü bir şey buna engel olmasaydı, babasının sorularını belli ölçüde yanıtlayabilirdi de. Babasının sert bir sözü, elindeki çatalı bıçaklara vurması onu çok korkutuyordu. Hanno başını kaldırıp annesine ve Ida'ya bir bakıyor ve konuşmaya çalışıyordu, ama daha ilk heceler ağzından çıkmadan boğazında düğümlenip kalıyor ve hıçkırıklara boğuluyordu. Olmuyordu, yapamıyordu bir türlü. Senatör öfkelenerek, "Yeter!" diye haykırdı. "Sus! Daha fazla dinlemek istemiyorum seni! Yanıt vermene gerek yok! Hayatın boyunca başını önüne eğer, böyle aptal aptal somurtur durursun!" Yemekler hep böyle tatsız bir havada ve suskunlukla sona eriyordu.

Ama Hanno'nun müziğe olan aşırı düşkünlüğünden dolayı senatörün kaygılanması ve oğlunu bundan uzaklaştırmaya çalışması, onun zayıf kişilikli olmasından, ikide bir ağlamasından, canlılık ve çabadan yoksun olmasındandı.

Hanno'nun sağlığı hep bozuktu. Özellikle dişleri birçok bedensel ağrılarının, sağlık sorunlarının ve şikâyetlerinin başlıca nedeni olmuştu. Süt dişlerini çıkarırken ateş nöbetlerine tutulmuş ve acılar içinde kıvranarak ölümden zor kurtulmuştu; dişetleri de sık sık iltihaplanıyor ve apse yapıyordu. Matmazel Jungmann eline bir topluiğne alarak bunları bir bir patlatıyordu. Şimdi, dişlerinin değiştiği şu sırada, çektiği acılar daha da artmıştı. Hanno'nun dayanma gücünü aşacak kadar çoktu ağrıları. Geceleri uyuyamıyor, şiddetli ağrıların neden olduğu kahredici ateş nöbetleri içinde sessizce inleyip ağlıyordu bütün gece boyunca. Dişleri annesininki kadar beyaz ve güzeldi, ancak son derece yumuşak ve hassastı; çarpıktılar ve üst üste çıkmışlardı. Bütün bu kötü durumlara karşı mücadele etmek için küçük Johann'nın korkunç bir adamla tanışması gerekecekti: Mühlen Caddesi'ndeki diş doktoru Herr Brecht'le...

Bu adamın adı bile iğrenç bir şeyi hatırlatıyordu, diş çekilirken çene kemiğinde hissedilen o dehşet verici duyguyu hatırlatıyordu insana. Hanno, iyi kalpli Ida Jungmann'ın karşısında Herr Brecht'in bekleme odasındaki bir koltuğa büzülüp oturmuş, içerinin keskin kokulu havasını solurken ve önündeki mecmuaları karıştırırken, dişçinin muayene odasının kapısında görünmesi ve nazik olduğu kadar korkunç bir sesle, "Buyurun!" demesiyle yüreği derinden sarsıldı.

Bu bekleme odasının tuhaf bir çekiciliği, hoş bir yanı vardı. Odanın bir köşesinde pirinçten bir kafes içinde insana kötü kötü bakan, renk renk tüylü kocaman bir papağan vardı, adı Josephus'tu ve neden böyle bir isim verildiğini kimse bilemezdi. Öfkeli bir kocakarı sesiyle, "Oturun lütfen... Bir dakika..." diyordu gelen hastalara. Bu ses bekleme odasının korkunç havası içinde acı bir şaka gibi geliyordu ama, Hanno Buddenbrook papağana korku ve sevgi karışımı bir duygu besliyordu. Bir papağan... Josephus adında ve insan gibi konuşabilen renk renk tüylü kocaman bir kuş! Ida'nın evde kendisine okuduğu *Grimm Masalları*'ndaki sihirli ormandan kaçıp buraya gelmiş bir kuş olmasın?.. Josephus, Herr Brecht'in kapıyı açarken söylediği, "Buyurun!" sözcüğünü de ısrarla ve yeniden yeniden tekrarlıyordu. Hanno bir gün tuhaf tuhaf gülümseyerek muayene odasından içeri girdi ve pencerenin yanında, diş oyma aletlerinin bulunduğu ünitenin önündeki o büyük ve tuhaf koltuğa oturdu.

Herr Brecht'e gelince; bu Josephus adlı kuşa çok benziyordu, çünkü burnu kuşun gagası gibi sertti ve siyah ve kırçıllı bıyığının üstüne doğru sarkıyordu. Ama en kötüsü, hatta dehşet verici yanı ise sinirli oluşu ve mesleği gereği hastalarına çektirdiği acılara katlanamayışıydı. Ida Jungmann'a, "Çocuğun dişini çekmemiz gerekiyor, Frau," derken, yüzü sapsarı oldu. Hanno soğuk terler dökerek ve korkulu gözlerle yazgısına boyun eğmiş bir şekilde koltuğunda otururken elinde kerpetenle kendisine doğru gelen diş doktorunun alnındaki ter damlacıklarının boncuk boncuk parladığını ve korkudan ağzının çarpılmış gibi olduğunu gördü. Korkunç olay geçip de Hanno yaşlı gözleriyle, çarpılmış ve sapsarı olmuş suratıyla ağzındaki kanı yan taraftaki mavi tasa tükürürken Herr Brecht de kendisini bir koltuğa atmış, alnını kurulamak ve birkaç yudum su içmek zorunda kalmıştı.

Küçük Johann'a bu adamın kendisine iyilik yaptığını ve çok daha büyük ağrılardan koruduğunu söylüyorlardı; Hanno da Herr Brecht'in kendisine çektirdiği acıları olumlu sonuçlarla kıyaslayınca, ilki çok daha ağır basıyordu ve o, Mühlen Caddesi'ne yaptığı ziyaretleri çektiği acıların en korkuncu olarak görmüyordu. İleride çıkacak olan akıl dişleri göz önünde bulundurularak henüz çıkmış olan bembeyaz, düzgün ve sağlıklı dört azıdişinin çekilmesi gerekti; çocuğa fazla yüklenmek istemedikleri için bunu dört haftaya yaydılar. Ne kadar da uzun bir süre! Bir sonraki haftanın korkusunun duyulmaya başladığı bu işkence dolu günler katlanılır gibi değildi. Son dişi de çekildikten sonra, Hanno, yorgun ve bitkin düştü ve sekiz gün boyunca hasta yattı.

Çektiği diş ağrıları Hanno'nun yalnızca keyfini kaçırmakla kalmıyor, aynı zamanda öteki organlarının çalışmasını da olumsuz etkiliyordu. Çiğneme güçlüğü, sindirim bozukluklarına ve hatta mide yanmalarından ileri gelen titreme nöbetlerine yol açıyordu. Midesindeki rahatsızlıklar düzensiz kalp atışlarına ve baş dönmelerine neden oluyordu. Bütün bunların yanı sıra Doktor Grabow'un *Pavor nocturnus* diye adlandırdığı o tuhaf gece korkusu da hiç azalmadan, hatta artarak sürüyordu. Küçük Johann hemen her gece bir ya da iki kez uykusundan fırlayarak uyanıyordu; korkunç bir olay olmuş ve boğazını sıkıyorlarmış gibi korkuyla ve umutsuzca ellerini ovuşturarak, "Yardım edin, bana acıyın!" diye yalvarıyordu. Sabah olup da uyandığında, bunların hiçbirini hatırlamıyordu. Doktor Grabow çocuğa her akşam yaban mersini suyu içirmelerini öğütlüyordu, ancak bunun hiçbir yararı olmuyordu.

Hanno'nun bedeniyle ilgili şikâyetleri ve çektiği acılar, yaşına göre büyümüş de küçülmüş, diye adlandırılan erken yaşta olgunlaşma duygusunun oluşmasını engellemiyordu; onun bu bilmişliği üstün müzik yeteneği tarafından bastırılıyormuş gibi sıkça ve son derece rahatsız edici bir biçimde ortaya çıkmıyorsa da, yine de ara sıra hüzünlü bir üstünlük biçiminde kendisini belli ediyordu. Akrabalardan biri, büyükannesi ya da Breiten Caddesi'ndeki evde kalmış amca kızları, "Hanno, nasılsın?" diye sorduklarında, yazgısına teslim olmuş gibi ağzını büzüyor, mavi denizci yakasının örttüğü omuzlarını silkmekle yetiniyordu yalnızca.

"Okula gitmekten hoşlanıyor musun?"

"Hayır," diye yanıt veriyordu Hanno bu soruya, sakin sakin ve içtenlikle, daha ciddi şeyler varken bu gibi konularda yalan söylemeye değmezdi.

"Hayır mı? Ah, ne kadar da güzel! Ama öğrenmen gerek: Yazmayı, okumayı, hesap yapmayı..."

"Daha başka şeyleri de," dedi küçük Johann.

Hayır, bir sürü koridordan ve gotik kubbeli sınıflardan oluşan bu eski manastır okuluna gitmekten hiç hoşlanmıyordu Hanno. Herhangi bir armoniyi ya da annesinden ve Herr Pfühl'den dinlediği bir parçanın olağanüstü güzelliğini düşünürken keyfinin kaçması ve dikkatinin dağılması yüzünden kendisini derslere veremiyordu; kendisine ders veren, toplum içinde küçümsenen, düşünsel bakımdan yetersiz, üstü başı perişan öğretmenlere karşı cezalandırılma korkusunun yanı sıra gizliden gizliye bir küçük görme duygusu besliyordu içinde. Herr Marcellus Stengel'in ölümünden beri okulun matematik öğretmeni olan Herr Tietge, yaşı hayli ilerlemiş ufak tefek bir adamdı, giydiği siyah ceketi kir pas içindeydi. Bir geminin ambar deliğini andıran yuvarlak ve kalın gözlük camlarının arkasından şaşı şaşı bakarak yanlışları düzeltmeye çalışırdı. Herr Tietge, küçük Johann'a hemen her derste babasının çok çalışkan biri olduğunu, matematik dersini çok iyi anladığını hatırlatıyordu. Ders sırasında sürekli ve derin derin öksürür ve ağzında biriken balgamı da kürsünün önüne tükürürdü.

Hanno, sınıf arkadaşlarına karşı genellikle yabancı ve ilgisiz davranıyordu; içlerinden yalnızca biriyle okula başladığı ilk günden beri yakın bir ilişkisi vardı. Soylu bir aileden gelmesine karşın çok sefil görünen bu çocuk, Kont Mölln'ün Kai adındaki oğluydu.

Kai, Hanno'nun boyunda bir çocuktu, ama sırtında onun giydiğine benzer Danimarkalı denizci giysisi yoktu, tersine rengi tanınamayacak kadar solgun, kimi düğmeleri düşmüş ve pantolonunda kocaman bir yama görünen eski püskü bir giysisi vardı. Kısalmış kollarından dışarıya taşan elleri, toz ve toprakla neredeyse simsiyah olmuştu, ama uzun parmakları ve sivri kesilmiş tırnaklarıyla son derece kibar bir görünüşü vardı yine de. Başının da ellerinden farkı yoktu, hiç taranmamış, kirli ve bakımsız saçlarına rağmen yine de temiz ve soylu bir ailenin bütün özelliklerini taşıyordu. Orta yerinden iki ayrılmış kızıl kumral saçlarını bembeyaz alnından geriye doğru tarıyordu, çukur ve mavi gözleri pırıl pırıl parlıyordu. Şakak kemikleri biraz çıkıktı, zarif delikli, ince ve kemerli burnu yukarıya kalkık dudaklarının üstüne doğru eğikti ve ağzı gibi kendine özgü bir özelliğe sahipti.

Hanno Buddenbrook küçük kontu okula başlamadan önce iki ya da üç kez kısa aralıklarla görmüştü, Ida ile birlikte kent surlarından dışarıya, kuzeye doğru yaptığı gezintilerde karşılaşmıştı onunla; kentin oldukça dışında, karşılarına çıkan ilk köyün yakınında, adı bile olmayan küçücük ve neredeyse değersiz bir çiftlikte tanımıştı onu. Yukarıdan bakıldığında bir gübre yığını, bir sürü tavuk, bir köpek kulübesi ve aşağıya doğru sarkan kırmızı kiremitli ve sefil görünüşlü bir sıra binadan oluşan bir yapı göze çarpıyordu. Burası çiftlik sahibinin eviydi ve Kai'ın babası Kont Eberhard Mölln burada oturuyordu.

Kont Eberhard Mölln tuhaf bir adamdı, ortalıkta çok az görünüyordu. Dış dünyayla bütün ilişkilerini kesmiş, yapayalnız yaşadığı çiftliğinde tavuk, köpek ve sebze yetiştirmekle uğraşıyordu: Kel kafalı iriyarı bir adamdı, burnu kalkık çizmeleri, kalın kaşe kumaştan yeşil ceketi ve kaşlarının altına tutturduğu monokl ve elinde bir kırbaçla dolaşıyordu, oysa tek bir atı bile yoktu. Kendisinden ve oğlundan başka Kont Mölln adını taşıyan hiç kimse yoktu koca ülkede. Bir zamanlar çok zengin, güçlü ve gururlu olan bu ailenin dalları giderek kurumuş, çürümüş ve yok olmuştu; küçük Kai'ın hayatta tek bir halası vardı, ama babasıyla hiç yazışmıyorlardı. Yaşlı kadın, takma bir adla aile dergilerinde serüven romanları yayınlıyordu. Kont Eberhard Mölln'e gelince, kent dışındaki çiftliğine yerleştikten sonra, insanların sorularıyla, dilek ve istekleriyle kendisini rahatsız etmelerinden korunmak için evinin kapısına şöyle bir tabela asmıştı:

Kont Mölln bu evde yalnız başına yaşıyor, hiçbir şeye ihtiyacı yok, hiçbir şey satın almaz ve hiç kimseye de bir şey vermez.

Yazının etkisi görülüp de kimse onu rahatsız etmeyince tabelayı kaldırmıştı.

Küçük Kai burada tavuklar ve köpekler arasında bir yabanıl hayvan gibi büyüyordu, annesi Kontes Mölln doğum sırasında ölmüştü ve ev işlerine yaşlı bir kadın bakıyordu. Hanno Buddenbrook, onu bu çiftlikte uzaktan görmüş, bir tavşan gibi lahanaların arasında sıçrayışını, köpek yavrularıyla yuvarlanışını ve takla atarak tavukları ürkütmesini biraz çekinerek seyretmişti. Daha sonra sınıfta yeniden karşılaştı onunla. Küçük kontun yabanıl görüntüsünden duyduğu ürkeklik hâlâ devam ediyordu, fakat bu uzun sürmedi. Sağlam bir içgüdü, bu çapaçul görüntünün altındaki yüreği görmesini sağlamıştı, bu beyaz alın, küçücük ağız ve öfkeli öfkeli bakan bu dümdüz ve açık mavi gözler ilgisini çekmiş ve tuhaf bir şekilde sınıf arkadaşları arasında yalnızca bu çocuğa yakınlık duyar olmuştu. Fakat dostluk kuracak cesareti göstermesi epeyce zaman aldı; eğer küçük Kai hemen inisiyatifi ele almasaydı arkadaş olmaları mümkün olmayacaktı. Kai'ın kendisine hızla sokulması, küçük Johann'ı önceleri biraz tedirgin etmişti. Yazgısına terk edilmiş bu küçük yaramaz, büyük bir coşkuyla ve erkekçe bir yüreklilikle sessiz ve şık giyimli Hanno'nun sevgisini ve dostluğunu kazanmasını bilmişti. Gerçi ona derste yardımcı olamıyordu, çünkü aklı bir karış havadaki bu çocuğun kafasına matematik ve çarpım tablosu bir türlü girmiyordu, düşler âleminde dolaşan küçük Johann gibi o da nefret ediyordu çarpım tablosundan. Nesi varsa Hanno'ya armağan etti, misketlerini, topaçlarını ve hatta sahip olduğu en iyi oyuncağını, küçük teneke tabancasını bile... Ders aralarında el ele tutuşup gezerlerken, ona çiftlik evlerini köpek yavrularını ve tavukları anlatıyor, öğle üzerleri Ida Jungmann'ın, elinde tereyağlı ekmek paketiyle Hanno'yu gezmeye götürmek için okul kapısında beklediğini görünce, izin bile istemeden onlara eşlik ediyordu. Küçük Buddenbrook'a evde Hanno dendiğini, eşlik ettiği bu gezinti sırasında öğrenmiş ve o günden sonra kendisi de arkadaşını hep bu isimle çağırmıştı.

Kai bir gün arkadaşı Hanno'nun Mühlenwall'e gitmek yerine yeni doğmuş Hint domuzlarını görmesi için kendisiyle birlikte çiftliklerine gelmesini istedi, Matmazel Jungmann da iki çocuğun yalvarmasına dayanamamış ve sonunda isteklerini kabul etmişti. Hep birlikte yürüyerek kontun çiftliğine gittiler, gübre yığınlarını, sebzeleri, köpekleri, tavukları ve yavru Hint domuzlarını seyrettiler ve sonunda da çiftlik evine uğradılar; alt katta, neredeyse yerin dibinde, basık tavanlı uzunca bir odada, yalnızlığın inatçı bir simgesi olan Kont Eberhard Mölln kaba saba bir tahta masanın başına oturmuş bir şeyler okurken, onları karşısında görünce, asık bir suratla ne istediklerini sormuştu.

Hanno ve Kai, Ida Jungmann'ı çiftlik ziyaretine bir daha ikna edemediler; eğer birlikte olmak istiyorlarsa Kai'ın Hanno'ya gelmesinin daha uygun olacağını söylemişti Ida ve bunda da ısrarcı olmuştu. Küçük Kont böylece büyük bir heyecanla ve hiç çekinmeden arkadaşının görkemli evine ilk kez ayak basmış oldu. Kai o günden sonra Buddenbrook'ların evine sık sık uğramaya başlamış ve evin ayrılmaz bir parçası olmuştu. Hanno Buddenbrook'la birlikte olmasını kışın yağan diz boyu kar engelliyordu yalnızca, Kai öğleden sonra yaya olarak eve dönüş yolunu göze alamıyordu böyle zamanlarda.

İkinci kattaki büyük çocuk odasında oturuyorlar ve okul ödevlerini yapıyorlardı. Çözmeleri gereken bir sürü matematik sorusu oluyordu, küçük yazı tahtasının her iki tarafını da toplama, çıkarma, çarpma ve bölme işlemleriyle sonuç sıfır olacak şekilde dolduruyorlardı. Eğer sonuç sıfır çıkmazsa işlemi yanlış yaptıklarını anlıyorlar ve bu kahrolası yanlışlığı bulup düzeltinceye kadar uğraşıyorlardı. Umarım bu yanlışlık çok önemli değildi, yoksa bütün ödevi sil baştan yeniden yapmak zorunda kalacaklardı! Ayrıca Almanca dilbilgisi çalışmaları, sıfat karşılaştırmaları yapmaları ve "boynuz saydamdır, cam daha saydamdır, hava hepsinden daha saydamdır" gibi örnekler vermeleri de gerekiyordu. Daha sonra yazı defterlerini ellerine alıp şu tür cümleler üzerinde çalışıyorlardı: "Bizim Hedwig gerçi çok iyi niyetlidir, ama yerdeki pislikleri hiçbir zaman gerektiği gibi temizlemez." Çok sayıdaki tuzak ve şaşırtmalarla dolu alıştırmanın amacı, Hedwig ismini, *willig* ve *fegt*[1] sözcüklerini "ch" ile, Estrich'in "g" ile ve *Kehricht*'in[2] de yine aynı şekilde "g" ile yazılmasını sağlamaktı; yanlışlar bulunup düzeltilerek bu amaca ulaşılmış oluyordu. Bunların hepsi bittiğinde, iki çocuk hemen defterlerini ve kalemlerini çantalarına koyup Ida'nın okuduğu masalları dinlemek için pencerenin kenarına oturuyorlardı.

İyi yürekli Ida onlara "Frieder ve Kathlieschen", "Korkuyu Öğrenmek İsteyen Oğlan", "Rumpelstilzchen", "Rapunzel" ve "Kral Kurbağa" gibi masalları derinden bir sesle ve sabırla, yarıkapalı gözlerle okuyordu; Ida bu masalları hayatı boyunca sık sık okuduğundan neredeyse ezbere okuyor ve sayfaları işaretparmağını tükürükleyerek tek tek çeviriyordu.

Ancak bu sohbet sırasında tuhaf bir şey oldu, küçük

1. (Alm.) Sırasıyla: istekli; süpürdü. (Y.N.)
2. (Alm.) Çöplük, pislik. (Y.N.)

Kai'ın içinde bir şeyler yapma isteği uyanmaya başladı. Kitapta anlatılanlar gibi kendisi de bir şeyler yapmak ve bir şeyler anlatmak istiyordu. Kitaptaki masalların hepsini öğrendiği için Ida'nın da ara sıra dinlenmesi gerektiğini göz önünde bulundurarak, kendisinin masal anlatmasının daha uygun olacağını düşündü. Kai'ın anlattığı masallar önceleri kısa ve sıradan şeylerdi, ama sonra daha iddialı ve daha karmaşık şeyler anlatıyordu ve zamanla da öyle sıradan şeyleri değil, tersine gerçeği yansıtan ve bu gerçeği gizemli bir ışıkla aydınlatan ilgi çekici masallar anlatmaya başladı. Josephus adındaki güzel ve çok yetenekli bir prensi rengârenk tüylü bir kuşa dönüştürüp kendi yanında bir tutsak gibi alıkoyan ve insanlara binbir türlü eziyet eden korkunç ve son derece güçlü bir büyücünün öyküsünü dinlemek, Hanno'nun pek hoşuna gitmişti. Masalın kahramanı, köpekler, tavuklar ve yavru Hint domuzlarından oluşan müthiş bir ordunun başına geçerek büyücüye karşı korkusuzca saldırıya geçiyor, kılıcını çekerek prensi ve bütün dünyayı, özellikle de Hanno Buddenbrook'u o kötü büyücüden kurtarıyordu. Böylece büyüsü bozulmuş ve tutsaklıktan kurtarılmış olan Josephus ülkesine dönüyor, kral oluyor, Hanno'yu ve Kai'ı çok yüksek makamlara getiriyordu.

Senatör Thomas Buddenbrook ara sıra çocukların odasının önünden geçerken iki arkadaşı birlikte görünce, onların bu dostluklarına hiç sesini çıkarmıyordu; çünkü çocukların birbirlerine olumlu etki yaptıklarının farkındaydı. Hanno kendisini yürekten seven Kai'ın üzerinde sakinleştirici, dizginleyici ve özellikle de eğitici bir etki bırakıyordu; Kai onun ellerinin beyazlığına hayran kalıyor ve bundan dolayı kendi ellerini de Matmazel Jungmann'a fırça ve sabunla temizlettiriyordu. Hanno'nun, küçük Kont'un canlılığının ve haşarılığının etkisinde kalmasını Senatör Buddenbrook hoşnutlukla karşılıyordu zira oğlunun kadınların arasında yetişmesinin onun kişiliğinin ve erkeksi yanının gelişmesi için hiç de uygun olmadığını biliyor ve bunu da açıkça söylüyordu.

Otuz yılı aşkın bir süredir Buddenbrook'ların hizmetinde olan Ida Jungmann'ın yürekten bağlılığı ve özverili çalışması her türlü takdirin üstündeydi, bu asla parayla satın alınamazdı! Bir önceki kuşağı büyük bir özveriyle ve başarıyla büyütmüştü, fakat Hanno'yu herkesten ayrı tutuyor, adeta ellerinin üstünde taşıyordu. Büyük bir sevgiyle ve özenle bakıyordu ona, taparcasına seviyor ve dünyada ondan daha değerli, daha saygın birinin olabileceğini hiçbir zaman düşünemiyordu. Bu tür saf ve sarsılmaz inancıyla zaman zaman kendisini komik duruma da düşürüyordu. Hanno için kendisini parçalarcasına pazarlık yaparken herkesi şaşırtıyor ve zaman zaman utanç verici bir yüzsüzlük örneği de veriyordu. Örneğin bir pastaneden pasta satın alırken elini gizlice terazinin gözüne daldırıyor ve Hanno'nun cebine şu ya da bu şekerleri doldurmaktan hiç çekinmiyordu. Pastacı bundan onur duymayacak mıydı? Ne zaman önü kalabalık bir vitrin görse hemen durur ve ellerini açarak o kendine özgü Batı Prusya lehçesiyle ve kararlılıkla Hanno'nun oturması için yer vermelerini isterdi insanlardan. Küçük Kai'a gelince, ikisinin de birbirlerine karşı duydukları yakınlık güvensizlikten çok daha güçlüydü; çocuğun soylu adı onu biraz kendisine çekmişti. Fakat Mühlenwall'de Hanno'yla bir bankın üzerine oturduğunda, yanlarına başka çocuklar gelince, Matmazel Jungmann ya eve geç kaldıklarını ya da esen rüzgârı bahane ederek hemen yerinden kalkar ve çocuğu oradan uzaklaşırdı. Matmazel Jungmann'ın bunun için yaptığı açıklamalara bakılırsa, küçük Johann'ın bütün yaşıtlarının ya sıracalı ya da kanında kötü bir hastalık olması gerekirdi. Bütün bunlar Hanno Buddenbrook'un zaten eksik olan özgüvenini ve çekingenliğini daha da artırıyordu.

Senatör Buddenbrook bu tür ayrıntıları bilmiyordu, ama oğlunun gelişmesinin doğuştan ve dış etkiler dolayısıyla istediği yönde olmadığını görüyordu. Keşke onun eğitimini kendi üstlenebilseydi! Her gün saatlerce birlikte olup oğlunun ruhsal yapısını ve düşünce dünyasını etkileyebilseydi keşke! Fakat Senatör'ün bunu yapacak hiç vakti yoktu. Zaman zaman yaptığı girişimlerin kötü bir biçimde sonuçlanmasını ve babayla oğul arasına gittikçe artan bir soğukluk ve yabancılık girdiğini üzüntüyle görmek zorunda kalıyordu. Oğlunu yetiştirmek için örnek almak istediği bir tasvir belirdi gözlerinin önünde: Hanno'nun büyük büyükbabasının tasviri, küçük bir oğlan çocuğu iken kendisinin de biraz tanıma fırsatı bulduğu büyükbüyük babası, kafası pırıl pırıl çalışan, neşeli, gösteriş düşkünü olmayan ve kendinden emin güçlü bir insandı. Hanno da onun gibi olamaz mıydı? Bu mümkün değil miydi? Peki, ama neden?.. Hiç değilse müziğe olan aşırı ilgisi önlenemez miydi? Çocuğunu gerçek hayattan uzaklaştıran, bedensel sağlığına hiç de yararı dokunmayan ve ruhsal gücünü yiyip bitiren müzik tutkusuna karşı önlem alamaz mıydı? Onun böylesine düşler âleminde dolaşması, pısırık ve mızmız biri olmasına yol açmıyor mu?

Hanno bir gün öğleden sonra saat dörtte alınan yemekten kırk beş dakika kadar önce, tek başına birinci kata inmişti. Piyanonun başına geçip bir süre çalıştıktan sonra salonda kalıp biraz vakit geçirmek istedi. Josephine koltuğa kendisini bıraktı, miskin miskin üstündeki denizci giysisinin kordonlarını açmaya çalıştı, gözlerini yan tarafa doğru rastgele çevrede dolaştırırken, annesinin ceviz ağacından yapılmış zarif yazı masasının üstünde açık duran deri kaplı bir dosya iliştı gözlerine, aile şeceresinin tutulduğu dosyaydı bu. Dirseklerinden birini Josephine koltuğun arkasına, çenesini de elinin içine dayadı ve dosyayı bir süre uzaktan seyretti. Babası bugün ikinci kahvaltıdan sonra dosyaya bir şeyler yazmış ve daha sonra yeniden kullanmak üzere masanın üstünde bırakmıştı herhalde. Dosyanın içine bazı sayfalar tıkıştırılmış, bazı sayfalar ise dışarı çıkarılmıştı ve dışarıya çıkarılan sayfaların üstüne de ağırlık olsun, diye madenî bir cetvel konulmuştu. Kapağı altın yaldızlı ve türlü türlü kâğıttan oluşan kalın bir yazı defteri de açık duruyordu masanın üstünde.

Hanno Josephine koltuktan ağır ağır kalktı ve yazı masasına gitti. Açık bırakılan sayfada atalarının pek çoğunun, son olarak da babasının elle yazılmış adları ve Buddenbrook ailesinin bütün şeceresi bir sürü başlık altında ve parantezler içinde verilen tarihlerle düzenli bir biçimde ve alt alta yazılmış olarak yer alıyordu. Hanno bir bacağını yazı masasının koltuğunun üstüne koyup dizlerinin üstünde çömelerek, dalgalı açık kahverengi saçları avcunun içine dökülmüş bir halde, büyük bir ciddiyetsizlikle ve biraz da küçümseyen bir gözle sayfaları şöyle bir yandan süzdü, öteki eliyle de annesinin sapı yarı altın ve yarı abanozdan yapılmış dolmakalemiyle oynuyordu. Bakışlarını alt alta ve yan yana yazılmış, bir zamanların o aşırı süslü elyazısıyla yazılmış bütün kadın ve erkek adları üzerinde dolaştırdı. Kiminin mürekkebi solmuş, kiminin altın rıh kalıntıları sayfanın üzerine dökülmüş ve kapkara olmuştu... en sonunda babasının küçük ve acele acele yazdığı kendi adını da okudu, annesinin ve babasının adlarının altına yazılmıştı: Johann Justus Kaspar, 15 Nisan 1861'de doğdu. Bu onu biraz neşelendirdi, yerinden hafifçe doğruldu, ağır hareketlerle dosyanın üzerindeki cetveli ve kalemi aldı, cetveli adının yer aldığı satırın altına koydu ve bakışlarını bir kere daha ailenin soyağacı üzerinde dolaştırdı; daha sonra sessizce ve yine düşlere dalmış gibi ne yaptığının farkında olmadan elindeki mürekkep kalemle adının altına özenle iki düz çizgi çekti; üst çizgi altındakinden biraz daha kalındı, hesap defterinin her sayfasına yaptığı gibi... sonra gözlerini sayfanın üzerinden ayırmadan bir an için başını yana eğdi ve oradan ayrıldı.

Senatör Buddenbrook yemekten sonra oğlunu yanına çağırdı ve kaşlarını çatıp yüksek sesle bağırarak sordu:

"Bu ne? Bu da ne böyle? Sen mi yaptın?"

Hanno, ben mi yapmışım, diye bir an düşündü ve daha sonra ürkek ve çekingen bir tavırla, "Evet," dedi.

Senatör Buddenbrook, "Bu da ne demek oluyor? Nereden aklına geldi? Hadi söyle! Neden böyle saçmalıklar yapıyorsun?" diye bağırarak katladığı defteri Hanno'nun suratına vurdu.

Küçük Johann bu sırada kendisini hafifçe geriye çekti ve elini yanağına götürerek şunları kekeledi:

"Sanıyordum ki... sanıyordum ki... özür dilerim, bir daha yapmam..."

## 8

Huzurlu huzurlu gülümseyen Tanrı heykelleriyle süslenmiş duvar kâğıtlarıyla kaplı salonda perşembe günleri yemekte bir araya gelen Buddenbrook'lar, yeni ve ciddi bir konu hakkında, Breiten Caddesi'ndeki evde kalmış amca kızlarının soğuk karşıladığı, ancak Frau Permaneder'i çok heyecanlandıran bir konu hakkında konuşuyordu. Frau Permaneder her zaman yaptığı gibi yine başını geriye atmış, kollarını bir ileriye bir geriye uzatıp arada bir de havaya kaldırarak büyük bir öfkeyle ve sinirli sinirli konuşuyordu. Konuşması sırasında özelden genele geçerek kötü insanlardan söz ediyor ve sinirlendiği anlarda hep yaptığı gibi –midesindeki rahatsızlıktan dolayı– kuru kuru öksürerek trampet sesini andıran o kendine özgü gırtlak sesiyle, "Sulugöz Trieschke!", "Grünlich!", "Permaneder!" der gibi öfkesini ve nefretini dile getiriyordu. Ancak tuhaf olan şey, büyük bir nefretle andığı bu isimlere bir de "Savcı!" sözcüğünü eklemesiydi.

Fakat işleri başından aşkın olduğu için her zamanki gibi yine geç kalan Müdür Hugo Weinschenk salona girip kollarını redingotunun bel hizasında son derece rahat ve canlı bir biçimde sallayarak ince bıyığının altından aşağıya doğru cüretkârca sarkıttığı dudağıyla masadaki yerine doğru yürümeye başlayınca, konuşma birden kesiliverdi. Can sıkıcı ve insanın içini karartan bir sessizlik çökmüştü masaya, ta ki Senatör Buddenbrook, sanki bir iş söz konusuymuş gibi Weinschenk'e işlerinin nasıl gittiğini sorarak bu utanç verici duruma son verinceye kadar. Hugo Weinschenk işlerinin yolunda olduğunu, hatta çok çok iyi gittiğini ve herhangi bir olumsuzluğun söz konusu olmadığını söyledi... Son derece rahatlamış olarak daha başka şeylerden de söz etti, eskisine göre çok daha neşeliydi, bakışlarını tam bir umursamazlıkla çevresinde dolaştırıyor ve hiç kimsenin yanıt vermemesine aldırmadan yeniden yeniden Gerda Buddenbrook'un kemanının ne durumda olduğunu soruyordu. Çok konuşuyordu ve neşeli bir hali vardı gerçekten, insanı rahatsız eden tek konu, aşırı bir neşeyle yaptığı içten konuşmalar sırasında sözlerine dikkat etmeyip düzeysiz şeyler anlatmasıydı. Örneğin bir fıkrasında bir sütannenin gaz sorunu olduğu için baktığı çocuğun sağlığına zarar verdiğini anlatmıştı; anlattığı şeyi çok komik bulmuş olmalı ki, doktorun, "Kim bu böyle pis kokan! Kim burada pis kokular çıkarıyor?" diye söylenmesinin taklidini yapıyordu ve bunları söylerken de karısının yüzünün kıpkırmızı olduğunu, yaşlı Frau Konsül'ün, Thomas ve Gerda'nın donup kaldıklarını, evde kalmış amca kızlarının tuhaf tuhaf birbirlerinin yüzüne baktıklarını, masanın en ucunda oturan Riekchen Severin'in incinip başını önüne eğdiğini, yalnızca yaşlı Konsül Kröger'in alçak bir sesle kıkırdadığını görmüyordu.

Müdür Weinschenk'e ne olmuştu böyle? Bu ciddi, çalışkan ve davranışlarında ölçülü insana ne olmuştu böyle? Her türlü eğlenceye karşı olan, işinden başka hiçbir şeyle ilgilenmeyen bu güçlü kuvvetli adam, bir defa değil, birçok defa iş hayatında büyük yanlışlar yaparak suç işlemiş ve mahkemeye verilmişti; kuşku duyulduğu için değil, tam tersine kirli ve yasal olmayan işler yaptığı, ağır suç oluşturucu eylem, diye adlandırılan işler çevirdiği için hakkında dava açılmıştı. Sonucun ne olacağı önceden kestirilemeyen bir dava açılmıştı Weinschenk'e karşı! Neyle mi suçlanıyordu? Kentin birçok yerinde büyük yangınlar çıkmıştı ve yangınlardan zarar görenlere anlaşma gereği büyük paralar ödenmesi şirkete çok pahalıya mal olacaktı. Oysa Müdür Weinschenk, bu felaket hakkında kendi adamlarından gizlice bilgi edinip yangından zarar gören üyelerini bilinçli olarak hemen başka bir şirkete sigortalattırarak zararlarını bu şirkete yüklemiş ve böylece tam bir dolandırıcılık örneği vermişti. Şimdi her şey savcıya kalmıştı, Doktor Moritz Hagenström'e...

Frau Konsül Elisabeth Buddenbrook oğluyla baş başa kaldığında, "Thomas, rica ediyorum senden... Nasıl oldu böyle?.. Doğrusu ben hiçbir şey anlamıyorum. Bu durum hakkında ne düşünmeliyim?" diye sordu.

Thomas Buddenbrook yanıtladı:

"Evet, sevgili anneciğim... Olayı toparlayıp bir düşüneyim! Ne yazık ki yaptığı işlerin hepsinin doğru olduğundan kuşku duymak gerekir. Ancak ben onun bazılarının beklediği boyutta suçlu olduğunu düşünmüyorum. Modern iş yaşamında gelenek diye adlandırılan bir yöntem var... Bu bir geleneksel yöntem, anlıyor musun? Pek de pürüzsüz olmayan, yasalara tam olarak uymayan ve konuyla ilgisi olmayanlara pek de dürüst gelmeyen bir manevradır bu ticari gelenek denen şey, fakat iş hayatında tarafların gizlice anlaşmalarıyla yine de sıkça uygulanmaktadır. Bu geleneksel yöntemi ve bundan çok daha kötü yollar arasındaki sınırı saptamak çok zordur... hepsi de aynı kapıya çıkar... Weinschenk kötü bir şey yaptıysa bile, bu tür işlerden cezasız sıyrılmayı başarabilen pek çok meslektaşımdan daha kötü bir şey yaptığını sanmıyorum... fakat... mahkemenin sonucunun iyi olacağını yine de düşünmüyorum. Bir büyük kentte olsaydı beraat ederdi belki de, ancak burada, bir sürü kamplaşma ve kişisel çekişmelerin söz konusu olduğu bu yerde... Avukatını seçerken bütün bu durumları göz önünde bulundurması gerekirdi. Gerçi bizim kentte öyle sivrilmiş, ikna edici konuşma yeteneği olan, her türlü hile ve oyunları bilen ve en tehlikeli durumların üstesinden gelebilecek üstün yetenekli avukat yok. Buna karşın hukukçularımız birbirlerine pek bağlıdırlar, ortak çıkarları, birlikte yedikleri öğle yemekleri ve olası akrabalık ilişkileri nedeniyle birbirlerini kollamak zorundadırlar. Bana kalırsa Weinschenk'in buradan bir avukat seçmesi akıllıca olurdu. Ama o ne yaptı? Hileli bir iflas olayından dolayı hapsi boylayacak pek çok kişiyi kılpayı hapisten kurtarmakla adını duyuran, şeytana pabucunu ters giydiren ve akıllıca konuşmasını bilen tam bir hukuk cambazını, Avukat Dr. Breslauer'i Berlin'den getirmenin gerekli olduğunu düşündü. Dr. Breslauer bu davayı kuşkusuz büyük para karşılığında ve aynı şekilde büyük bir hukuk cambazlığıyla yürütecektir... Ancak bunun bir yararı dokunacak mı? Bizim dürüst hukukçular var güçleriyle direnip bu yabancı beyefendinin kendilerini etkilemesine izin vermeyecekler ve hâkimler, Dr. Hagenström'ün iddianamesini çok daha isteyerek dinleyeceklerdir... Tanıklar mı? Kendi elemanlarının içten gelerek ona destek olacaklarını sanmıyorum. Onun iyiliğini isteyen bizlerin –sanırım kendisinin de– sert dış görünüşlü bulduğumuz özelliği nedeniyle pek fazla seveni olmadı... Kısacası anneciğim, kötü şeyler sezinliyorum. Mahkeme bir felaketle sonuçlanacak olursa Erika için çok kötü olacak, ama en çok da Tony için üzülüyorum ben. Hagenström'ün bu işi büyük bir keyifle ele aldığını söylerken, haksız değildi Tony. Bu dava hepimizi, bütün aileyi ilgilendirir, kötü sonuçlanması hepimizi sarsacaktır, çünkü Weinschenk ne de olsa ailemizin bir üyesi ve soframızda yeri var. Bu olayın benimle ilgili olan kısmını ben rahatlıkla atlatırım. Nasıl davranacağımı bilirim. Herkesin yanında konuya bütünüyle yabancı kalmalıyım, her ne kadar Breslauer'i dinlemek ilgimi çekse de duruşmalara gitmem doğru olmaz; davayı etkilemek istiyor izlenimi vermemek için herkesten uzak durmam ve hiçbir şeyle ilgilenmemem gerekir. Peki ama, ya Tony? Damadının hüküm giymesinin onu ne kadar çok üzeceğini düşünmek bile istemiyorum. İftira ve kıskançlık oyunlarına karşı tepkisini sesini yükselterek dile getirirken nasıl korktuğunu, nasıl bir ruh hali içinde olduğunu anlıyor insan... Yaşadığı bunca bahtsız olaydan sonra kavuştuğu bu saygın yaşamın, kızının mutlu aile yaşamının bozulmasını görme korkusu bu. Bak göreceksin, Weinschenk'in suçsuzluğundan kuşku duyulması gerektiği söylendikçe, Tony sesinin tonunu yükselterek onun suçsuz olduğunu savunacak... Weinschenk suçsuz da olabilir, hiç suçu da olmayabilir elbette... Beklememiz gerekiyor anne, damadımıza, Tony'ye ve Erika'ya karşı çok nazik davranmalıyız. Ama ben bu işin sonunu pek hayırlı görmüyorum..."

Bu koşullar altında Noel yaklaşıyordu; küçük Johann, Ida'nın hazırlamış olduğu ve son yaprağında bir çam ağacı resmi bulunan takvimin yapraklarını bir bir koparıp o eşsiz Noel kutlamalarının gelmesini kalbi küt küt atarak bekliyordu!

Belirtiler gittikçe artıyordu. Noel öncesinin son dördüncü pazarından itibaren büyükannenin yemek salonunun duvarına Noel Baba'nın uşağı Ruprecht'in tam boy renkli bir resmi asılmıştı. Hanno bir sabah yatağında uyandığında, yorganının üstüne, yerde serili küçük halısına ve giysilerinin üstüne pul pul parıldayan yaldız serpildiğini gördü. Birkaç gün sonra da, bir ikindiüzeri, babası oturma odasındaki Josephine koltuğun üstüne uzanmış, gazetesini okurken Hanno da Gerock'un *Palmiye Yaprakları* adlı kitabından "Endor Cadısı" şiirini okuyordu, her yıl olduğu gibi bu yıl da şaşırtıcı bir şekilde evin küçüğünün nerede olduğunu soran yaşlı bir adamın geldiği bildirildi. Onu içeri buyur ettiler ve yaşlı adam, pürtüklü tarafı dışına gelen, üstü yaldızlar ve kar taneleriyle kaplı uzun kürkü ve başlığıyla, parıltılı lame kırpıkları serpilmiş ve kara çizgiler çizilmiş yüzü, upuzun ak sakalı ve son derece kalın kaşlarıyla ayaklarını sürüyerek içeri girdi. Yaşlı adam her yıl olduğu gibi yine kararlı bir sesle sol omzumdaki bu çuvalı dua etmesini bilen iyi çocuklar için getirdim, içinde elmalar ve altın cevizler var, ama sağ omzumdaki "kızılcık sopası"nı da kötü çocuklar için getirdim, dedi... Gelen adam Noel Baba'nın uşağı Ruprecht'ti, gerçek Ruprecht'in kendisi değildi kuşkusuz; babasının kürkünü tersinden giymiş berber Wenzel'di belki de; ama uşak gerçek Ruprecht olsaydı, bu Wenzel olurdu. Hanno aşırı heyecanından ve yarı bilinçli hıçkırmalarından dolayı bir iki yerde duraklayarak da olsa bu yıl da "Göklerdeki Babamız"[1] duasını okudu ve elini iyi çocuklar için düşünülmüş olan çuvala daldırmayı hak etti, zaten yaşlı

1. Yeni Ahit, "Matta", 6:9-14. (Y.N.)

adam da çuvalı alıp götürmeyi unutmuştu...

Sonra tatil başladı; Noel döneminde aldığı karneyi babasının görmemesini bir şekilde başarmıştı Hanno. Büyük salonun kapısı gizemli bir biçimde önceden kilitlenmişti, bademezmeleri, çeşit çeşit pastalar masaya dizilmişti, kent sokaklarında Noel kutlamaları çoktan başlamıştı. Kar yağmış, her taraf donmuştu; Noel kutlamaları için gelmiş kadife ceketli ve siyah bıyıklı İtalyan laternacıların o bilinen hüzünlü ezgileri buz gibi havada sokakları çınlatıyordu. Vitrinlerde Noel süslemeleri ve sergileri gözleri okşuyordu. Pazaryerindeki gotik tarzı yüksek çeşmenin çevresinde Noel pazarının renkli standları kurulmuştu. İnsan ne tarafa gitse satışa sunulmuş çam ağaçlarının kokusuyla karışan büyük bayramın kendine özgü havasını soluyordu.

Sonunda 23 Aralık akşamı geldi ve Fisch Caddesi'ndeki evin salonunda aile yakınlarının katıldığı bir açılış, bir ön oyun niteliği taşıyan armağan dağıtım töreni yapıldı, zira kutsal akşam törenini Frau Konsül Elisabeth Buddenbrook kimseye bırakmazdı, akrabaların hepsini davet eder ve böylece 24 Aralık günü ikindiüzeri perşembe toplantılarına katılanların hepsi ve Wismar'da oturan Jürgen Kröger ve Therese Weichbrodt'la birlikte Madam Kethelsen de Doğa Manzaralı Tablolar Odası'nda bir araya gelirlerdi.

Gri siyah çizgili ağır bir ipek elbise giymiş ve tefarikotu özlü güzel kokular sürünmüş olan yaşlı Frau Konsül Buddenbrook, al al olmuş yanakları ve heyecanla bakan gözleriyle birer ikişer içeriye giren konuklarını karşılıyordu; onlarla kucaklaşırken altın bileziklerinin şıngırtısı duyuluyordu hafifçe. Frau Konsül Buddenbrook, o akşam anlatılması güç sessiz bir heyecan içindeydi. Gerda ve Hanno ile birlikte gelen Senatör Buddenbrook, "Aman Tanrım, bu ne telaş böyle, anne... her şey sakince halledilebilir," dedi. Ancak annesi üçünü de öperken, "İsa'nın yüzü suyu hürmetine... sonra da çok sevgili eşim merhum Jean'ımın..." diye fısıldadı.

Aslında merhum Konsül Jean Buddenbrook'un Noel kutlaması için belirlediği bu tören programının sürdürülmesi gerekiyordu; bu akşamın gerektiği gibi derin, anlamlı ve coşkulu bir havada geçmesini sağlamak için Frau Konsül Buddenbrook hiç durmadan oradan oraya koşuşturup duruyordu. Meryem Ana Kilisesi çocuk korosunun toplandığı sütunlu holden geçerek Riekchen Severin'in Noel ağacına ve armağanların dizildiği masaya son bir çekidüzen verdiği yemek salonuna, oradan da armağan dağıtma törenine katılmaları istenen yoksul çalışanlardan birkaç yaşlı kişinin utangaç bir yüz ifadesiyle çekinerek beklediği koridora ve oradan da yeniden Doğa Manzaralı Tablolar Odası'na koşup gereksiz yere telaşlananları sessizce yandan süzdü. İçeride öylesine derin bir sessizlik vardı ki, uzaklarda bir yerlerde çalınan laternanın ezgileri rahatça duyuluyordu, müzikli saatin sesi gibi yumuşak ve berrak bir şekilde karlı sokakların arasından geçerek buraya kadar ulaşıyordu, odanın içinde oturan ya da ayakta duran yirmi kişi de olsa, burası bir kiliseden çok daha sessizdi ve Senatör Buddenbrook'un Justus amcanın kulağına usulca fısıldadığı gibi, odada biraz cenaze havası vardı.

İçerideki bu havanın genç bir sesin taşkınlığıyla bozulma tehlikesi de pek yoktu. Odanın içinde bir araya gelmiş aile bireylerinin yüzlerine şöyle bir bakmak bile artık hemen hepsinin de o taşkınlık çağını çoktan geride bıraktıklarını anlamak için yeterli olurdu. Senatör Thomas Buddenbrook'un solgun ve yorgun hali, yüzündeki o canlı, enerjik ve hatta şakacı ifadeyi yalanlıyor gibiydi; oturduğu koltuğa iyice yaslanmış, hiç kımıldamadan oturan ve o bembeyaz yüzünü yukarıya çevirmiş olan eşi

Gerda mavi mavi halkalarla çevrilmiş, çevresine tuhaf ışıltılar saçan gözlerini avizenin cam prizmalarının parıltısının büyüsüne kaptırmıştı. Kız kardeşi Frau Permaneder, sade giyimli ve kendi halinde bir memur olan kuzeni Jürgen Kröger, Friederike, Henriette ve Pfiffi adlı yeğenler –bunlardan ilk ikisi daha da kurumuş ve uzamış gibiydiler, Pfiffi ise eskiye göre daha kısa ve şişmanlamış görünüyordu, ancak üçünün de ortak yanı yüz ifadelerinin hiç değişmemiş olmasıydı, herkese ve her olay karşısında aşağılayıcı bir anlatım vardı yüzlerinde, insanın yüzüne kuşkuyla bakarak, "Gerçekten mi? Şimdilik buna pek inanmak istemiyoruz," der gibi alaycı ve aşağılayıcı bir şekilde gülümserlerdi–, saçları iyice ağarmış olan zavallı Klothilde de oradaydı, odadakilerin hepsi de kırkının üstündeydi; ev sahibesi Frau Konsül Buddenbrook, erkek kardeşi Justus ve eşi, ufak tefek bir kadın olan Therese Weichbrodt'la aynı yaşta olup altmış yaşını çoktan aşmışlardı; Stüwing kızlık soyadlı Frau Buddenbrook ve kulakları iyice duymaz olmuş Madam Kethelsen ise çoktan yetmişi devirmişlerdi. Aralarında bir kişi vardı ki, gençliğinin en parlak dönemini yaşıyordu, o da Erika Weinschenk'ti; ancak babası Herr Grünlich'den aldığı mavi gözlerini kocası Weinschenk'e –kısa kesilmiş saçları şakaklarına doğru ağarmaya başlamış, ince bıyıkları ağzının kenarlarından aşağıya doğru sarkmış olarak kanepenin yanında, doğa manzaralı duvar kâğıdına tezat teşkil eder bir biçimde oturan Müdür Bey'e– kaydırdığında, dolgun göğüslerinin nefes alıp verirken bir hayli zorlanarak inip kalktığı açıkça görülüyordu... İş hayatıyla ilgili uygulamalar, muhasebe işleri, tanıklar, savcı, savunma avukatı ve yargıçla ilgili karmakarışık bir sürü şey onu derin derin düşündürüyor, içini sıkıyor olmalıydı; evet, içeride olup da, Noel'in ruhuna uymayan bu tür düşünceleri aklından geçirmeyen hiç kimse yoktu herhalde. Frau Permaneder'in damadının mahkemeye verilmesi, aileden birisinin yasaları çiğneyip kurulu düzene ve iş ahlakına aykırı davranmakla suçlanması ve belki de namusuna leke sürüp hapse girecek olması düşüncesi içerideki herkesi dehşete düşürmüş olmalıydı. Buddenbrook'ların evindeki Noel akşamı kutlamalarına mahkemede yargılanan birisi ilk kez katılıyordu. Frau Permaneder asil bir görüntü sergileyerek koltuğuna yaslanmıştı. Breiten Caddesi'nde oturan evde kalmış amca kızları, halalarının yüzüne bakıp her zamankinden daha da alaylı gülümsüyorlardı.

Ya çocuklar? Sayıları pek fazla olmayan yeni kuşak? Daha önce hiç tanık olmadıkları bu ürkütücü olayın farkında mıydılar? Küçük Elisabeth'in ruh halini kestirmek mümkün değildi: Anneannesi Frau Permaneder'in zevkini yansıtan kurdelelerle süslenmiş elbisesi içinde, dadısının kucağında oturan yavrucuk başparmaklarını minicik yumruklarının içine sıkıştırmış dilini emiyor ve biraz patlak olan gözleriyle sürekli önüne bakıyordu; arada bir gacır gucur sesler çıkarınca dadısı hemen kollarına alıp biraz hoplatıyordu. Hanno ise annesinin ayakucunda duran bir tabureye oturmuş, annesi gibi tavandan aşağıya doğru sarkan görkemli avizeyi seyrediyordu.

Christian yine yoktu! Acaba neredeydi? Gelmediğinin yeni farkına varmışlardı. Frau Konsül'ün elini ağzına ve alnına götürüp sanki buklesi düşmüş de düzeltiyormuş gibi yaptığı el hareketleri daha da sıklaşmıştı... Matmazel Severin'e telaşlı telaşlı talimatlar veriyordu. O da, sütunlu holde bekleyen çocuk korosunun yanından ve Buddenbrook'ların malikânesinde çalışan yoksul insanların arasından geçip koridoru boydan boya aşarak Herr Buddenbrook'un kapısını tıklattı.

Az sonra Christian göründü. Bir eliyle açık alnını ovuştururken mafsal romatizması nedeniyle büyük acılar hissettiği sıska ve çarpık bacaklarını sürükleyerek ağır ağır içeri girdi.

"Aman çocuklar, az kalsın unutuyordum!" dedi.

"Unutuyor muydun..." dedi annesi, donakalmış gibiydi.

"Evet, bugün Noel olduğunu az kalsın unutuyordum... oturmuş, kitap okuyordum...Güney Amerika üzerine yazılmış bir gezi rehberi... Tanrım, bakıyorum da ne kadar da değişik Noel kutlamaları yaşamışım," dedi ve hemen arkasından Londra'da beşinci sınıf bir eğlence lokalinde geçirdiği bir Noel akşamını anlatmaya hazırlanırken, içerideki, kiliseye özgü sessizlik onu öylesine etkiledi ki, her zaman yaptığı gibi yine burnunu kırıştırıp ayak uçlarına basarak yerine gidip oturmak zorunda kaldı.

Çocuk korosu, "Zion'un kızı, sevinçli ol!" diye bir ilahi söylemeye başlamıştı. Biraz öncesine kadar dışarıda gürültü patırtı eden ve bu yüzden Senatör'ün kapının önüne kadar çıkıp uyarmak zorunda kaldığı bu çocuklar ilahiyi ne kadar da güzel okuyorlardı! Yüreklerin derinliklerinden gelerek dışarıya taşan bu duru, neşeli ve pırıl pırıl sesler herkesin ruhunu coşturuyordu; evde kalmış amca kızlarının alaycı gülümseyişleri bile azaldı ve yaşlıların iç dünyalarına yönelip yaşamlarını gözden geçirmeye başlamalarını, yaşamın tam ortasında olanların da bir süreliğine kaygılarını unutmalarını sağladı.

Hanno elleriyle sıkı sıkı sardığı dizini bıraktı. Yüzü solgundu, oturduğu taburenin kenar püskülleriyle oynarken ağzını yarı açmış ve üşüyormuş gibi dilini dişlerine sürtüyordu. Arada bir derin soluk alma zorunda hissediyordu kendisini, çünkü çan sesi kadar berrak bir sesle okunmaya başlayan ilahinin coşkusu çok büyük bir mutluluk veriyordu ona. Noel akşamı havası... Henüz kapalı olan iki kanatlı, beyaz lakeli ve yüksek kapının aralıklarından dışarıya sızan çam kokusu, o mis gibi aromasıyla yürekleri coşturan, gelmesi her yıl sabırsızlıkla beklenen, anlaşılmaz, dünyevi olmayan bir ihtişam, içeride bir mucizenin gerçekleşmek üzere olduğu izlenimini veriyordu insana... Orada, içeride neler vardı acaba onun için? Umduğu ve beklediği şeyler olacaktı elbette, yeter ki bunun olmayacağı önceden söylenmiş olmasın. Büyükannesine verdiği istek listesinin en başında altı çizili olarak yer almış olan tiyatro, o çok arzu ettiği kukla tiyatrosu hemen göze çarpıyordu; bu onun zaten *Fidelio*'yu izlediğinden beri aklından hiç çıkmıyordu.

Evet, kısa bir süre önce Hanno, Herr Brecht'e gitmesinin karşılığı ve ödülü olarak ilk kez tiyatroya, Şehir Tiyatrosu'na götürülmüş ve orada en ön sıradan annesiyle yan yana oturarak *Fidelio* operasını ve çalınan ezgileri heyecandan nefesini tutarak izlemişti. O günden beri rüyalarında opera ve opera sahnelerinden başka hiçbir şey görmüyordu, içinde filizlenen sahne tutkusu uykularını kaçırıyordu. Sokaklarda amcası Christian gibi tiyatro âşığı olarak tanınan Konsül Döhlmann, emlakçı Herr Gosch ve daha başkalarını görünce, onlara özlemle bakıyordu. Onlar gibi her akşam tiyatroya gitme mutluluğuna dayanabilir miydi insan? Keşke haftada yalnızca bir kez, oyun başlamadan önce salona bir göz atıp, müzik aletlerinin sesini dinleyip kapalı perdeyi seyredebilseydi! Çünkü tiyatronun her şeyini seviyordu: havagazı kokusunu, koltukları, müzisyenleri, perdeyi...

Büyükannesinin aldığı kukla tiyatrosu yeterince büyük müydü? Beklediği kadar büyük ve geniş miydi? Perdesi nasıldı acaba? O perdeye hemen küçük bir gözetleme deliği açmalıydı, çünkü Şehir Tiyatrosu'nun perdesinde de bir gözetleme deliği vardı... Büyükannesi ya da Matmazel Severin –ne de olsa büyükannesi her şeye tek başına yetişemezdi– *Fidelio* için gerekli dekorları da almışlar mıydı acaba? Yarından tezi yok, tek başına bir oyun sunmalıydı... Hayalinde kuklalarına şarkılar söylettirmeye başladı hemen, çünkü tiyatroya bu kadar çabuk ve bu kadar gönülden bağlanmasını sağlayan şey müzikti...

Çocuk korosu, "Sevinç nidaları haykır, ey Kudüs!" diye bitirdi ilahiyi; o âna kadar tam bir bütünlük içinde yükselmiş olan sesler, en son hecede barış ve sevgiyle birleşiverdi. Daha sonra o pırıl pırıl ve uyumlu sesler yavaş yavaş kayboldu, sütunlu hole ve Doğa Manzaralı Tablolar Odası'na derin bir sessizlik çöktü. Aile üyeleri bu sessizliğin etkisi altında başlarını önlerine eğmiş, düşünüyorlardı. Ancak içlerinde biri vardı ki, sırıtarak etrafı seyrediyordu, o da Müdür Weinschenk'ti. Zaman zaman Frau Permaneder'in bastırmakta zorlandığı kuru öksürüğü duyuluyordu. Frau Konsül Buddenbrook ağır ağır masaya doğru yaklaştı ve masanın hemen yanına çekilmiş kanepeye, akrabalarının ortasına oturdu. Lambayı düzeltti ve kullanmaktan yaprakları solmuş kenarları kalın yaldızlı kocaman İncil'i önüne çekti. Sonra gözlüğünü burnunun üstüne oturttu, kitabın kapalı durmasını sağlayan iki deri tokayı çözdü ve kitap ayracının bulunduğu iri harflerle yazılmış kalın, kaba ve sararmış sayfayı açtı. Şekerli sudan bir yudum içti ve Noel'le ilgili bölümü okumaya başladı.

Frau Elisabeth Buddenbrook, neredeyse ezbere bildiği satırları ağır ağır ve insanın ruhuna hitap eden sade bir dille okuyordu; öyle ki, onun o berrak, canlı ve hayat dolu sesi salondakilerin sessizliğini bölüyordu. "İnsanlara gönül ferahlığıyla!" diye bitirdi okumasını. Frau Buddenbrook tam susmuştu ki, sütunlu holden üç sesli olarak "Sessiz Gece, Kutsal Gece" adlı ilahinin sesi yükselmeye başladı ve Doğa Manzaralı Tablolar Odası'ndakiler de buna katıldı. Bu işi biraz çekinerek yapıyorlardı, çünkü içeridekilerin çoğu müzikten pek anlamıyordu ve kalabalık arasından arada bir kalın ve fasılalı sesler çıkıyordu. Ama bu durum söylenen ilahinin dinsel etkisini azaltmıyordu. Frau Permaneder'in okurken dudakları titriyordu, çünkü söylenen ilahi çalkantılı bir yaşam sürdükten sonra Noel'in verdiği coşku dolu huzurdan sonra geçmişe dönüp bakanların yüreğinde acı ve tatlı duygular yükselmesine neden oluyordu. Madam Kethelsen okunanların neredeyse hiçbirini duymadığı halde, sessizce ve için için ağlıyordu.

Frau Konsül Buddenbrook sonunda yerinden doğruldu. Torunu Johann'ın ve torununun kızı Elisabeth'in ellerini tutup okşadı ve yürümeye başladı. Ailenin yaşlıları da birlikte yürüdüler, gençler de onları izledi; sütunlu holde uşaklar ve yoksullar da onlara katıldı. Biraz ağırdan ve tek bir ses gibi hepsi de. "O, *Tannenbaum!*"[1] adlı Noel şarkısını söylüyordu, Hanno'nun Christian amcası da ön tarafta yürüyor ve soytarılıklar yaparak bacaklarını savurup, "O, *Tantebaum*!"[2] diye gevezelik edip çocukları güldürüyordu. Hep birlikte buğulu gözlerle ve yüzleri gülümseyerek ardına kadar açılmış yüksek kanatlı kapıdan içeri girdiler; sanki Cennet'e girer gibiydiler. Salonun her tarafına tütsülenmiş çam dalları kokusu sinmişti, tüm salon ışıl ışıldı ve yanan küçük mumların alevcikleri her yerde parlıyordu; üstüne beyaz Tanrı heykellerinin resmedildiği duvar kâğıtlarının gök mavisi rengi salonu daha da aydınlık gösteriyordu. Yanan sayısız mumların ve koyu kırmızı perdelerin örttüğü pencerelerin arasında duran gümüş rengi Noel süsleri ve iri beyaz zambaklarla baştan başa donatılmış tepelerine takılan melek figürleri ve eteklerinin altındaki beşik aranjmanıyla neredeyse tavana kadar uzanan o kocaman çam ağacının

1. (Alm.) Ey çam ağacı! (Y.N.)
2. (Alm.) Ey, Ağaç Teyze! (Y.N.)

üstündeki mumların minik alevleri salonu aydınlatan bu ışık selinin göz kamaştıran parıltısıyla uzaklardaki yıldızları andırıyordu. Çünkü armağanların dizildiği, pencerelerden neredeyse kapıya kadar uzanan beyaz örtülü geniş masanın üstüne şekerlemelerin asılı olduğu küçük ağaçlar konulmuştu ve bunların üzerindeki mumların alevleri de ışıl ışıl parlıyordu. Ayrıca duvarlardaki havagazı lambaları ve salonun dört bir köşesine konulmuş yaldızlı ve ayaklı şamdanların üstündeki kalın mumlar da yanıyordu. Masanın üstüne konulamayacak kadar büyük armağanlarsa yere sıralanmıştı. Ayrıca kapının iki yanına yerleştirilmiş beyaz örtülü küçük masaların üstüne armağanlar ve ışıl ışıl yanan mumlarla süslenmiş minik çam ağaçları konmuştu: Bunlar evde çalışan uşaklar ve öteki yoksullar için öngörülen armağanlardı.

Bunca yıldır tanıdıkları salona, yabancı bir mekâna girer gibi girdiler. Salonu bir kez tavaf ettikten sonra yemliğin içinde yatan ve haç işareti yapıyormuş izlenimi veren balmumundan yapılmış bebek İsa'nın önünden birer birer geçtiler ve masaların üstündeki armağanlara bir göz attıktan sonra herkes kendisine ayrılmış yere gidip sessizce beklemeye başladı.

Hanno gördükleri karşısında çok şaşırmıştı. Heyecanlı heyecanlı her tarafı tarayan gözleri, salona girer girmez oyuncak tiyatroyu keşfetmişti. Masanın üstüne dikkat çekici bir biçimde yerleştirilmiş olan tiyatro öyle büyük ve genişti ki, böyle bir şey olabileceğini aklının ucundan bile geçiremezdi. Yalnız kendisinin armağanlarının konulduğu yer değiştirilmemişti; geçen seneki yerinin tam karşısındaydı ve bu durum onu öylesine şaşırtmıştı ki, bu muhteşem tiyatronun kendisi için öngörüldüğünden bir an için kuşku duydu. Üstelik sahnenin hemen altında, yerde, istek listesinde yer almayan, ne olduğunu kendisinin de anlamadığı büyük bir şey duruyordu, bir mobilya, komodin gibi bir şey... bu da kendisinin miydi acaba?

Büyükannesi Frau Konsül Buddenbrook, "Gel yavrum, gel de bir bak buraya," dedi ve kapağı kaldırdı. "Koral çalmasını sevdiğini biliyorum. Herr Pfühl gerekli bilgileri verecektir... bütün işin pedala basmak... kimi zaman hafifçe, kimi zaman da sertçe. Çalarken ellerini hiç kaldırmayacaksın, yalnızca usul usul parmaklarını değiştireceksin..."

O bir armonyumdu. Kahverengi cilalı, iki tarafındaki tutacak yerleri metaldendi, pedalları renkli, küçücük ve sevimli bir armonyum. Şık bir de taburesi vardı. Hanno tuşlara dokundu... tatlı bir org sesi yükseldi ve bakışlarını armağanlara yöneltenlerin dikkatini dağıtmayı başardı... Hanno büyükannesini kucakladı, o da Hanno'ya sıcak bir şekilde sarıldıktan sonra, ötekilerin teşekkürlerini kabul etmek üzere yanından ayrıldı.

Hanno tiyatrosunun başına döndü. Bu armonyum onun rüyasında bile beklemediği bir armağandı, ama o anda yakından ilgilenecek durumda değildi. İçinde kabaran ve dışarıya taşan aşırı mutluluğu buna engel oluyordu; insan böyle bir ruh haliyle, nesneleri parçalar halinde algılayıp her şeye şöyle bir dokunarak öğrenirdi bir bütünü kavramayı... Aman ne güzel, bir suflör kutusu bile vardı; istiridye biçimindeydi ve arkasındaki yaldızlı kırmızı perde göz kamaştırıcıydı. Sahneye *Fidelio*'nun son perdesinin dekorları kurulmuştu. Zavallı tutsaklar ellerini kavuşturmuşlar bekliyorlardı. Don Pizarro karpuz kollu kabarık giysisi içinde dehşet saçan bir pozla duruyordu sahnenin bir yerinde. Siyah kadife elbise giyinmiş bir bakan işleri yoluna koymak için hızlı adımlarla arkadan öne doğru yaklaşıyordu. Her şey Şehir Tiyatrosu'ndaki gibiydi ve hatta daha da güzeldi. Hanno'nun kulaklarında finalde koro halinde söylenen sevinç ezgileri yankılanıyordu ve Hanno, aklında tutabildiklerini çalmak için armonyumun başına geçti... Daha sonra, armağan listesine yazdığı kitabı, kırmızı ciltli kapağında yaldızlı harflerle basılmış bir *Pallas Athena* adının yer aldığı Yunan mitolojisi kitabını almak için hemen yerinden kalktı. Tabağının içindeki şekerlemelerden, bademezmelerinden ve kakaolu keklerden yedi, yazı gereçleri ve okul defterleri gibi ufak tefek armağanları gözden geçirirken bir an için bunları unutturan bir kalem sapı iliştı gözüne; kalemin bir yerinde küçücük bir cam tanesi vardı, uçsuz bucaksız İsviçre doğa manzaralarını görmek için bu cam tanesini sihirbazlık numarası yapıyormuş gibi gözüne tutması yetiyordu...

Matmazel Severin ile hizmetçi kız çay ve bisküvi ikram etmişlerdi; Hanno bisküvisini çayına batırıp yemeye başlayınca, başını doğrultacak zaman buldu sonunda. Kimileri masa başında ayakta duruyor ya da masanın önünde bir oraya bir buraya gidip geliyordu, sohbet edip gülüşerek armağanlarını birbirlerine gösteriyorlar ve karşı tarafınkine bakıp hayranlıklarını belirtiyorlardı. Çeşitli malzemeden yapılmış armağanlar vardı: porselenden, nikelden, altından, ağaçtan, ipekliden ve çuhadan yapılmış armağanlar. Üstleri simetrik olarak badem ve jöleyle kaplı kakaolu kekler ve çok taze oldukları için içleri henüz ıslak olan kalın kalın badem somunları, bir ondan bir öbüründen olmak üzere uzun bir sıra halinde masada duruyorlardı. Frau Permaneder'in kendisinin yaptığı ve dekore ettiği heybe, çiçek saksısı altlığı, ayak minderi gibi armağanlar saten kurdelelerle süslenmişti.

Büyükler arada bir Hanno'nun yanına gelip denizci modası giysisinin geniş yakasının üstünden kollarını omzuna atarak, tıpkı büyüklerin çocukların oyuncaklarına karşı numaradan aşırı bir hayranlık gösterdikleri gibi Hanno'nun armağanlarını ellerine alıp incelediler. Yalnızca Christian amca, büyüklerin sözümona bu asil düşüncelerini bilmiyordu ve parmağında annesinin Noel armağanı pırlanta yüzüğüyle Hanno'nun önünden geçerken yeğeninin kukla tiyatrosunu gördüğünde, onun kadar sevinmiş ve mutlu olmuştu.

Christian perdeyi açıp kapattı ve sahnedeki mizanseni incelemek için bir adım geri çekilerek, "Vay canına, ne kadar eğlenceli bir şey bu böyle!" dedi. Tuhaf bir ciddiyetle ve huzursuz düşüncelerle tiyatroyu seyrettikten sonra, "Sen mi istedin bunu? Demek sen istedin?" dedi. "Neden istedin? Nereden aklına geldi bu? Tiyatroya gitmiş miydin hiç?.. *Fidelio*'yu izlemeye gitmiş miydin? Güzel sahnelemişler doğrusu. Şimdi sen de bunun benzerini yapmak istiyorsun, öyle mi? Taklit etmek ve kendi başına bir opera sahnelemek?.. Seni bu kadar çok mu etkiledi? Beni dinle küçük, öğütlerime kulak ver, böyle düşünceleri... tiyatro... ve benzeri düşünceleri at kafandan. Hiçbir işe yaramıyorlar, amcana inan! Ben de böyle şeylere kafa yordum ve gerektiğinden fazla ilgi duydum; bu yüzden de bir baltaya sap olamadım, çok yanlış yaptım, biliyor musun?"

Christian bu sözlerle yeğenini ciddi bir biçimde uyarmaya çalışırken Hanno da merakla ona bakıyordu. Fakat Christian bir an durup yeğeninin tiyatrosunu gözden geçirirken kemikleri çıkmış çökük yüzü birden aydınlandı ve sahnedeki kuklalardan birini eline alıp biraz öne doğru hareket ettirerek titrek bir sesle, "Aman, ne iğrenç bir cinayet!" diye bir parça okuyup armonyumun taburesini oyuncak tiyatronun önüne itip ve üzerine oturarak bir operayı sahneye koymaya başladı. Ellerini kollarını hareket ettirerek kâh orkestra şefi oluyor, kâh sahnedeki kişileri canlandırıp opera parçaları okuyordu. Pek çok aile üyesi Christian'ın arkasında toplanmış, başlarını sallayarak gülüyor ve eğleniyordu. Hanno da amcasını büyük bir keyifle izliyordu. Fakat Christian oyunu birdenbire kesti. Sustu, yüzünde tedirgin bir ciddiyet belirdi, elini başının üstünde gezdirip sol şakağına doğru indirdi, sonra burnunu kırıştırdı ve huzursuz bir yüz ifadesiyle çevresindekilere seslendi.

"İşte görüyorsunuz, yine her şey bitti," dedi. "Yine cezalandırıldık. Ne zaman biraz neşelenmeye kalkışsam, hayat hemen öç alır benden. Biliyor musunuz, bu sızı filan değil, bu bir işkence... ne olduğu belli olmayan bir işkence; şu sol yanımdaki sinirler çok kısaymış da ondan oluyormuş. Ne yazık ki hepsi çok kısaymış..."

Ancak akrabaları onun şakalarını ciddiye almadıkları gibi yakınmalarını da ciddiye almayarak yanıt vermediler. Kayıtsızca çevresinden dağıldılar, Christian bir süre daha tiyatronun önünde sessizce oturduktan sonra, gözlerini kırpıştırarak dalgın dalgın tiyatroya baktı ve sonra ayağa kalktı.

Hanno'nun saçlarını okşayarak, "Bak yeğenim, bununla eğlen," dedi. "Ama pek de fazla değil... Önemli işlerini ve sorumluluklarını bu yüzden unutma sakın! Anlıyor musun beni? Çok yanlış işler yaptım ben... ama şimdi kulübe gitmeliyim... Biraz kulübe uğrayacağım!" diye seslendi içeridekilere. "Bugün orada Noel kutlaması var. Haydi hoşça kalın..." Kaskatı kesilmiş çarpık bacaklarını sürükleye sürükleye sütunlu holü geçerek oradan uzaklaştı.

O gün herkes öğle yemeğini her zamankinden daha erken yediği için çay ve bisküvi servisine çok fazla rağbet edilmemişti. Ancak çay faslı henüz bitmeden koca koca kristal kâseler içinde öğün arası hafif bir yiyecek olarak düşünülmüş buğday taneleri bol sarımsı bir kremayla ikram edildi. Bu badem kremasıydı. Yumurta, rendelenmiş badem ve gülsuyu karışımı bu krema pek lezzetliydi, ancak bir kaşık fazlası bile korkunç mide şikâyetlerine yol açabilirdi. Buna rağmen hiç kimse Frau Elisabeth Buddenbrook'un akşam yemeği için içinizde biraz boş yer bırakın, ricasına aldırmadı ve badem kremasını yedi. Klothilde ise tabağının üstüne eğilmiş, yine mucizeler yaratıyordu. Sanki esmer buğday lapası kaşıklıyormuş gibi sessizce ve Tanrı'ya şükrederek badem kremasını yiyordu. Kristal cam bardaklarda ikram edilen şaraplı jölenin yanında yedikleri İngiliz usulü üzümlü kekten sonra hepsi yavaş yavaş Doğa Manzaralı Tablolar Odası'na geçerek ellerinde tabaklarıyla masanın çevresinde toplandı.

Hanno yemek salonunda tek başına kalmıştı, çünkü küçük Elisabeth Weinschenk'i eve götürmüşlerdi. Hanno'nun Meng Caddesi'ndeki evde akşam yemeğine kalmasına bu yıl ilk defa izin verilirken hizmetçi kızlar ve malikânede çalışan yoksullar armağanlarını çoktan alıp gitmişlerdi. Ida Jungmann ise bir mürebbiye olarak bakire Riekchen Severin'le arasındaki toplumsal mesafeyi korumaya büyük özen göstermesine karşın sütunlu holde koyu bir sohbete dalmıştı onunla. Kocaman Noel ağacının ışıkları, üstündeki mumlar yana yana tükenip söndükleri için İsa'nın doğumunu sembolize eden yemlik karanlıkta kalmıştı; ancak masadaki küçük çam ağaçlarının üstündeki mumlardan bazıları hâlâ yanıyordu ve bazen bir çam dalı tutuşup çıtırdayarak yanmaya başlayınca salona hâkim olan koku daha da artıyordu. Arada sırada oluşan hava akımı, ağaçlara takılmış olan yaldızlı şeritleri, metalimsi hafif bir ses çıkararak sallıyordu. Salon, gecenin ayazını yararak uzaklardan gelen laternanın hafif ezgilerini duyabilecek kadar sessizdi yine.

Hanno, Noel'in bütün güzel kokularını ve seslerini kendinden geçercesine duyumsuyordu. Elini başına dayamış olarak mitoloji kitabını okurken bir yandan da şekerlemeleri, bademezmelerini, bademli kremayı ve üzümlü keki büyüklerin gerisinde kalmamak için öyle bir iştahla yiyordu ki, tıkabasa doldurulmuş bir midenin verdiği rahatsızlık bu güzel akşamın tatlı coşkusuyla karışıp hüzünlü bir mutluluğa dönüşüyordu. Zeus'un başa geçmek için giriştiği savaşları okuyor ve arada bir de Klothilde'nin geleceğinin konuşulduğu salona kulak kabartıyordu.

Klothilde o akşam Meng Caddesi'ndeki evde bulunanlar arasında en mutlu olanıydı; kendisine yöneltilen kutlamalara ve takılmalara soluk yüzünü aydınlatan bir gülümseyişle karşılık veriyor ve sevinçten öyle heyecanlanıyordu ki, konuşurken aniden sesi kısılıveriyordu. Klothilde, Johannis Manastırı'na kabul edilmişti. Senatör Buddenbrook, bazı üyelerin akraba kayırmalarına ve homurdanmalarına aldırmadan, yönetim kurulunda ağırlığını koyarak Klothilde'nin bu manastıra alınmasını sağlamıştı. Soylu kadınların alındığı Mecklenburg, Dobbertin ve Ribnitz manastırlarıyla eşdeğer olan, saygın ve köklü ailelerin yoksul kızlarına yaşlılıkta bakım güvencesi sağlamayı amaç edinen ve her türlü övgüye layık bu kurum hakkında konuşuyorlardı. Zavallı Klothilde'ye böylece küçük ama güvenilir bir gelir sağlanmış oluyordu. Alacağı para yıldan yıla artacaktı, hatta ileride yaşlanıp en yüksek dereceye ulaştığında, kendisine manastırın içinde sakin ve temiz bir konut da verilecekti.

Küçük Johann büyüklerin yanında biraz durdu, ancak daha sonra yeniden salona, şimdi daha az ışık saçan ve o muhteşem görüntüsüyle ilk başta olduğu gibi insanda artık öyle şaşırtıcı bir çekingenlik yaratmayan, ama başka türlü bir çekiciliğe bürünmüş olan salona geri döndü. Bu durum, oyun bittikten sonra yarı boş bir sahnede dolaşıp biraz da kulise göz atmaya benziyordu: Kocaman çam ağacının üstündeki altın telli zambakları yakından görmek, İsa'nın doğduğu yemlik benzerinin içine yerleştirilen hayvan ve insan figürlerine dokunmak, Beytlehem'deki ahırın üzerindeki saydam yıldızı hangi mumun aydınlattığını bulmak ve masanın sarkan örtüsünün ucunu havaya kaldırıp altına istiflenmiş karton ve paketleme kâğıtlarını bulmak tuhaf bir zevk veriyordu.

Doğa Manzaralı Tablolar Odası'ndaki konuşmalar gittikçe daha az ilgi çekici olmaya başladı. Bu kutsal akşama duyulan saygıyla bir süre sözü edilmemiş, ancak bir an için bile olsun hiç kimsenin aklından çıkmamış olan o çok tatsız ve üzücü olay, zorunlu olarak konuşmaların ana konusunu oluşturmaya başladı: Müdür Weinschenk'in davası. Hugo Weinschenk'in kendisi oldukça neşeli bir yüz ifadesiyle ve el kol hareketleriyle dava konusu olan olayı anlatmaya başladı. Bayram nedeniyle ertelenen tanık ifadelerini ayrıntılarıyla anlatıyordu; mahkeme başkanı Doktor Philander'i, kendisine karşı aşırı önyargılı davrandığı için şiddetle kınadı. Savcı Doktor Hagenström'ün gerek kendisine gerekse tanıklarına karşı kullanmayı uygun gördüğü alaycı ses tonunu şakayla karışık bir biçimde ve kesin bir dille eleştiriyordu. Avukatı Breslauer'in savcının suçlamalarının çoğunu ustalıkla çürüttüğünü ve kendisine ceza yemesinin kesinlikle söz konusu olamayacağı güvencesini verdiğini de söyledi. Senatör Buddenbrook arada bir söze karışıp nezaket gereği bir şeyler sordu ve kanepede oturan Frau Permaneder, kendi kendine mırıldanarak Savcı Moritz Hagenström'e lanetler yağdırıyordu. Diğerler ise susmuşlardı. Öyle derin bir suskunluk içindeydiler ki, sonunda Müdür Weinschenk de susmak zorunda kaldı. Bunun üzerine küçük Hanno karşı taraftaki salonda sanki Cennet'teymiş gibi hoşça vakit geçirerek zamanın nasıl geçtiğinin farkına varmazken Doğa Manzaralı Tablolar Odası'nın sıkıntılı havası, Christian'ın Noel'i çapkın bekâr arkadaşlarıyla birlikte kutlamak için gittiği kulüpten saat sekiz buçukta döndüğünde hâlâ devam ediyordu.

Christian, dudakları arasına bir puro sıkıştırmıştı, çökük yanakları kıpkırmızıydı. Yemek salonundan geçip

Doğa Manzaralı Tablolar Odası'na girince, "Çocuklar, salon ne kadar da güzel!" dedi. "Weinschenk, aslında bugün senin avukatı da davet etmeliydik buraya, eminim ki, böyle bir şeyi hayatında hiç görmemiştir."

Christian, annesinin kendisine yönelttiği azarlayıcı bakışları üzerinde hissetti. Son derece rahat ve anlamamış gibi görünen yüz ifadesiyle annesinin bakışlarına karşılık verdi. Saat dokuzda hep birlikte yemeğe oturdular.

Her yıl olduğu gibi bu akşam da sütunlu holde kurulmuştu sofra. Frau Konsül Buddenbrook geleneksel sofra duasını çok içten ve duygulu bir sesle okudu:

Gel, Ey Efendimiz İsa, konuğumuz ol
Ve bize bahşettiğin bu nimetleri kutsa.

Bunun arkasından, Noel akşamları hep yaptığı gibi kısa ve uyarıcı bir konuşma yaparak bu kutsal akşamda Buddenbrook'lar kadar iyi durumda olmayan sayısız insanları da düşünmek zorunda olduklarını belirtti. Bu da bitince vicdanları rahatlamış olarak üzerine erimiş tereyağı gezdirilmiş sazan balığı ve Rhein şarabıyla başlayan zengin mönülü yemek sofrasındaki yerlerini aldılar.

Senatör Buddenbrook, balığın pullarından birkaç tane alıp cüzdanına koydu, bütün yıl boyunca cüzdanındaki para hiç bitmesin diye; ancak Christian üzüntülü bir sesle bunun hiçbir işe yaramayacağını söyledi. Konsül Kröger de artık kur dalgalanmalarından endişe duyulacak bir durum olmadığını ve sahip olduğu bir buçuk şiliniyle kendisini güvenli bir limana sığınmış gibi hissettiği için, bu tür önlemleri gerekli görmediğini ekledi. İhtiyar Kröger karısından mümkün olduğunca uzak oturmuştu, çünkü mirasından yoksun bıraktığı oğlu Jakob'a –oğlu, Londra'da, Paris'te ya da Amerika'da köklerinden bütünüyle kopmuş olarak serüven dolu bir yaşam sürüyordu– gizli gizli para göndermekten hâlâ vazgeçmediği için yıllardır neredeyse hiç konuşmuyorlardı. Mönüde sunulan ikinci yemek yenirken konuşmalar ilerleyip de orada bulunmayan akrabalardan da söz açılınca, yufka yürekli anasının gözyaşlarını sildiğini gören Konsül Kröger'in suratı asıldı. Frankfurt ve Hamburg'daki akrabalar bir bir anıldı, Riga'da oturan Rahip Tiburtius'tan da herhangi bir kötü niyet belirtisi olmadan söz edildikten sonra, Senatör Buddenbrook belli bir ölçüde hâlâ yakınları olarak gördüğü Herr Grünlich ve Herr Permaneder'in sağlığına da kız kardeşi Tony'yle birlikte kadeh kaldırdı.

Kestane, üzüm ve elmayla doldurulmuş hindiyi herkes çok beğendi. Geçmiş yıllardaki doldurulmuş hindilerle kıyaslamalar yapıldı ve bu seneki hindinin şimdiye kadar yediklerinin en büyüğü olduğu söylendi. Mönüde kavrulmuş patatesin yanında iki çeşit sebze ve ayrıca komposto da vardı; elden ele dolaşan kâselerin içi öylesine doluydu ki, her birinin içinde garnitür değil de sanki herkesi doyuracak kadar ana yemek var sanırdı insan. Yemeğin yanında Möllendorpf Şirketi'nin şaraplarından içiliyordu.

Küçük Johann, annesi ve babasının arasında oturmuş, doldurulmuş hindiden bir parça beyaz göğüs eti ve içindeki sebzeleri zorlanarak yutmaya çalışırken Thilda halası önüne konulan her şeyi silip süpürüyordu. Hanno'nun üstünde bir yorgunluk vardı, kendisini pek iyi hissetmiyordu; ama büyüklerle aynı masaya oturmasına izin verildiği için bir sanat eseri gibi katlanarak önüne konulan peçetenin üstüne o nefis, üstü haşhaşlı ve sütlü ekmekçiklerden bir tanesinin konulması onu çok sevindirmişti. İçeceklerini genellikle Kröger dayısının vaftiz armağanı olan küçük ve üstü yaldızlı kupasından içerken bu akşam önünde üç tane şarap kadehinin durmasından dolayı da çok gururlanmıştı. Kröger dayısı, sapsarı bir Yunan şarabını en küçük kadehlere doldururken içine kırmızı, beyaz ve kahverengi dondurma topları yerleştirilmiş bezeler masaya getirilince, Hanno'nun iştahı birden kabardı. Dişlerini inanılmaz ölçüde sızlatsa da dondurma toplarından önce kırmızı olanı, arkasından da beyaz olanın yarısını yedikten sonra kahverengi olanının tadına bakmadan geçemedi; dondurmanın yanında gofret de yedi. Sunulan tatlı şaraptan yudumladı ve kendini kaptırmış bir şeyler anlatan Christian amcasına kulak verdi.

Christian, kulüpteki Noel kutlamasını keyifli keyifli anlatıyordu. Johnny Thunderstorm'dan söz ederken o meşhur ses tonuyla, "Aman Tanrım! Herifler İsveç punçunu nasıl da su gibi içiyorlar!" dedi.

Annesi, "Çok ayıp, Christian!" diye uyardı ve gözlerini yere dikti.

Fakat Christian buna aldırmadı; fıldır fıldır gözleriyle çevresine bakıyordu. Düşünceleri ve anıları onu öylesine esir almıştı ki, çökük yüzünü tıpkı gölgeler gibi sessizce ve hızla sıyırıp geçiyorlardı.

"İsveç punçunu fazla kaçıranın ne hale geldiğini hiç gördünüz mü?" diye sordu Christian. "Verdiği sarhoşluğu değil, ertesi gün yaşanacakları kastediyorum ben... Çok tuhaf, tuhaf olduğu kadar da iğrenç... Evet, hem çok tuhaf ve hem de çok iğrenç."

Senatör Buddenbrook, "Olanları böylesine ayrıntılı bir şekilde betimlemen için yeterli bir gerekçe sayılır bu," dedi.

Annesi de, "Yeter Christian, bunlar bizi hiç ama hiç ilgilendirmiyor," dedi.

Ancak Christian bunları duymazdan geldi. Huyuydu, böyle durumlarda her türlü eleştiriye kulaklarını tıkardı. Bir süre sustu, sonra birden sabırsızlanarak yeniden anlatmaya başlamasında bir sakınca yokmuş gibi geldi ona.

"Oradan oraya dolaşırsın ve kendini kötü hissedersin," dedi ve burnunu kırıştırarak, "baş ağrısı, bağırsak bozukluğu... bunlar başka durumlarda da olabilir elbette... Sen kendini 'kirli' hissedersin, vücudunun hiç su görmediğini düşünürsün. Ellerini yıkarsın, ama boşuna, nemli ve kirli gibi gelirler sana hep; tırnaklarında yağlı yağlı bir şeyler vardır... Yıkanırsın, ama bir işe yaramaz, bütün vücudunu yapış yapış hissedersin. Bu seni öfkelendirir, çıldırırsın, kendi kendinden tiksinirsin... Bilir misin bunu Thomas, bilir misin?"

Senatör Buddenbrook onu başından savmak için yaptığı bir el hareketiyle, "Evet, evet," diye geçiştirdi. Ancak Christian yıllar geçtikçe daha da artan tuhaf patavatsızlıklarıyla anlattıklarından masadakilerin hoşlanmadığına ve bu gibi sözlerin bu eve ve bu geceye uygun düşmediğine aldırış etmeden anlatmaya devam etti; İsveç punçunu fazla kaçırınca nasıl da berbat bir duruma düşüleceğini bütün ayrıntısıyla anlattı ve sonunda sustu.

Frau Elisabeth Buddenbrook tereyağı ve peynir servisi başlamadan önce aile üyelerine küçük bir konuşma yapmak üzere yeniden söz aldı. "Her ne kadar ileriyi görmeden ve bilinçsizce istenilen şeylerin hepsi gerçekleşmemiş olsa da, geçen yıllar yürekleri şükran duygusuyla doldurmaya yetip de artacak kadar refah getirmişti ailemize. Özellikle mutlu olayların ve felaketlerin birbirini izlemesi Tanrı'nın elini Buddenbrook'ların üzerinden çekmediğini gösteriyor, ailemizin yazgısını derin ve bilge amaçlar için yönlendirdiği konusunda kimse bir yargıda bulunamazdı. Şimdi umut dolu bir yürekle ve hep bir ağızdan Buddenbrook ailesinin mutluluğu ve geleceği için kadeh kaldıralım: Bu mutlu gelecek burada bulunan biz yaşlıların ve kocamışların kara toprağın altına gireceği günleri görecek olan çocuklarımız içindir; onların şerefine kadeh kaldıralım, bugünkü bayram aslında onların bayramı."

Büyükler kendi aralarında kadeh tokuştururlarken küçük Johann, Müdür Weinschenk'in minik kızı orada olmadığından, büyükannesinden Matmazel Severin'e kadar herkesle kadeh tokuşturmak için masanın çevresini tek başına dolaşmak zorunda kaldı. Babasının yanına gelince, Senatör Buddenbrook bir taraftan kadehini oğlununkine yaklaştırıp gözlerinin içine bakmak için hafifçe Hanno'nun çenesini yukarıya kaldırdı, ama bakışlarını yakalayamadı; çünkü Hanno'nun uzun altın sarısı kirpikleri gözlerinin altındaki mavi halkalara kadar inmişti.

Therese Weichbrodt ise çocuğun başını iki eliyle tutup yanaklarından şapır şupur öptü ve Tanrı'nın bile karşı duramayacağı bir içtenlikle, "Mutlu ol, benim güzel yavrum!" dedi.

Hanno bir saat sonra, kapısı ikinci katın koridoruna açılan ve sol yanı Senatör'ün giyinme odasına bitişik olan ön odadaki yatağında yatıyordu. Gece boyunca midesine indirdiği yiyecekleri hâlâ hazmedememiş olduğunu dikkate alarak sırtüstü yatmıştı; heyecanlı bakışlarla ve geceliğiyle odasından çıkmış, elinde tuttuğu su bardağını havada daireler çizip çalkayarak kendisine doğru gelen emektar dadısı Ida'yı izliyordu. Küçük Johann, karbonatlı gazozu bir dikişte bitirdi, yüzünü ekşitti ve yine yattı.

"Ida, sanırım şimdi hepsini çıkaracağım."

"Yok, Hanno'cuğum, sen sırtüstü yat, yeter... Şimdi anladın umarım? Kimdi sürekli göz kırparak seni uyaran? Bu uyarılara aldırmayan bu oğlandan başkası değildi..."

"Tamam, tamam, şimdi iyileşirim belki de... Armağanlar ne zaman gelecek, Ida?"

"Yarın sabah, yavrucuğum."

"Buraya, odamın içine koysunlar! Hemen görebileyim onları!"

"Peki, Hanno'cuğum. Ama şimdi güzel güzel uyu."

Ida Jungmann onu öptü, ışığı kapattı ve odadan çıktı.

Hanno yalnız kalmıştı ve hiç kımıldamadan sırtüstü yatmış, kendisini karbonatın etkisine bırakmış halde beklerken kapalı gözlerinin önünde armağanların dağıtıldığı salonun parıltısı canlandı. Tiyatrosunu, armonyumunu, mitoloji kitabını görüyor ve çocuk korosunun uzaklarda bir yerde, "Sevinç Nidaları Haykır, Ey Kudüs!" ilahisinin okunduğunu duyuyordu. Çevresindeki her şey, titrek titrek yanan ışıklar gibi pır pır ediyordu. Çıkan hafif ateşinden dolayı kafasının içi uğulduyor ve isyan eden midesinin sıkıştırdığı kalbi ağır ağır ve düzensiz çarpıyordu. Kendisini iyi hissetmeme, heyecan, içinin sıkılması, bitkinlik ve mutluluk karışımı bir ruh haliyle uzun süre sırtüstü yattı ve uyuyamadı.

Yarın sırada, üçüncü Noel gecesi toplantısı vardı; armağan dağıtımı Therese Weichbrodt'un evinde yapılacaktı ve Hanno bunu komik bir oyun bekler gibi sevinçle bekliyordu. Therese Weichbrodt yatılı okulunu geçen yıl tamamen kapatmıştı, bu yüzden Am Mühlenbrink Caddesi'ndeki küçük evin birinci katında Madam Kethelsen ve zemin katta da kendisi tek başına oturmaktaydı. Zira oldum olası çelimsiz, hastalıklı ve minyon bedeninin neden olduğu şikâyetler yılların akışı içinde gittikçe artmıştı ve Sesemi Weichbrodt tüm bu mütevazı yaşamı, Hıristiyanlığa yakışır bir gönül sarhoşluğu içinde yakın bir zamanda sonunun geleceğine bütün kalbiyle inanıyordu. Bundan dolayı da yıllardır her Noel bayramını son Noel bayramı olarak kutluyor ve aşırı ısıtılmış küçük dairesinde düzenlediği törene kendi gücünü aşan bir parıltı katmak istiyordu. Fazla armağan satın almaya gücü yetmediği için her yıl kendisine ait mütevazı üç-beş parça öteberisini armağan ediyor ve gözden çıkarabileceği her şeyi çam ağacının altına koyuyordu: biblolar, süslemeli kâğıt kıskaçları, iğne yastığı, cam vazolar ve kitaplığından seçtiği yarım kalmış yapıtlar; *Das geheime Tagebuch von einem Beobachter Seiner Selbst* (Kendi Kişiliğini Gözlemleyenin Gizli Dünyası), Hebel'in *Alemannische Gedichte*'si (Aleman Şiirleri) ve Krummacher'in *Parabeln*'i (Eğitici Anlatıları) gibi değişik formatlarda ve ciltlenmiş eski kitaplar... Hanno'da, onun daha önce armağan ettiği *Pensées de Blaise Pascal* (Pascal'ın Düşünceleri) adlı bir nüsha vardı ve öylesine küçük puntoyla basılmıştı ki, büyüteç olmadan okunamıyordu.

*Bischof* adını verdikleri kırmızı şarap ve turunç kabuklarından hazırlanan soğuk içkiden bolca sunulurdu konuklara, Sesemi'nin zencefille pişirdiği keklerin tadına doyum olmazdı. Ancak Matmazel Weichbrodt'un her seferinde son Noel bayramı olarak gördüğü o Noel akşamları, konukları kahkahalara boğan ve ev sahibesinin yaşadığı heyecanı daha da artıran bir sürpriz, bir terslik ya da herhangi bir küçük felaket olmadan asla kutlanamazdı. İçi *Bischof* içkisi dolu bir sürahi devrilir; içindeki kırmızı, tatlı ve baharatlı sıvı her yere yayılırdı... Ya da bir tören havası içinde hep birlikte armağan odasına girildiğinde süslenmiş olan çam ağacı tahta ayaklarından kayıp yere düşerdi...

Hanno uykuya dalarken, geçen yıl yaşadıkları bir olay gözlerinin önüne geldi: Armağanların dağıtımından hemen önceydi. Therese Weichbrodt, İncil'i eline alıp Noel'le ilgili bölümü öylesine büyük bir enerjiyle okumuştu ki, sözcüklerdeki ünlüler yer değiştirmişti. Arkasından küçük bir konuşma yapmak için konuklarının yanından ayrılıp kapıya doğru gitmiş. İki büklüm olmuş ufacık vücuduyla eşikte durmuş, buruşuk ellerini bir çocuk göğsü kadar dümdüz olan göğsünün üstünde kavuşturmuştu. Başına taktığı şapkanın yeşil ipek kurdeleleri çökmüş omuzlarına düşmüştü. Kapının üstünde, çam dallarıyla çevrelenmiş saydam bir şeritten konuklarının yüzlerine doğru, "Yukarıdaki Tanrı'ya şükürler olsun!" sözleri parlıyordu. Sesemi Weichbrodt, Tanrı'nın yüceliğinden ve bağışlayıcılığından söz ettikten sonra, bu Noel'in kendisinin yaşadığı son Noel olduğunu belirtti ve konuşmasına, tepeden tırnağa titreyerek İsa'nın havarilerinden birinin sözleriyle devam etti. Herkesten sevinmelerini isteyerek son verdi sözlerine; çelimsiz bedeni bu uyarıya öylesine büyük bir coşkuyla katılıyordu ki! Başını yana eğip hızlı hızlı sallayarak, "Sevinin!" dedi. "Bir kere daha söylüyorum: Sevinin!" İşte tam bu sırada başının üzerinde bir patlama oldu, bir çatırtı sesiyle kapının üstündeki saydam şerit bütünüyle alev aldı ve Matmazel Weichbrodt korkuyla çığlık atarak beklenmedik bir çeviklikle üzerine yağan kıvılcımlardan kurtulmak için yana doğru sıçradı.

Hanno, evde kalmış bu kız kurusunun yapmış olduğu o tuhaf sıçrayışı anımsadı. Bu olaydan çok etkilenmiş, şaşkına dönmüş ve sinirleri boşalmış bir şekilde neşelenerek yüzünü yastığa gömdü ve dakikalarca güldü.

## 9

Frau Permaneder, Breiten Caddesi'nden hızlı hızlı yürüyordu, acelesi varmış gibiydi. Halinde bir tedirginlik vardı. Sokakta yürürken omuzlarını silkerek ve başını sallayarak çevresine saçtığı o kendini beğenmiş tavrından pek eser yok gibiydi. Birliğinden geride kalmış askerlerini kaçışa sürüklemek isteyen yenik bir kral gibi sıkıntılı ve huzursuz bir şekilde acele acele oradan uzaklaşmıştı.

Yazık, hiç iyi görünmüyordu! Bir zamanlar onu çok çekici kılan o ileriye doğru çıkık üstdudağı titriyordu. Acele acele yürürken korkudan büyümüş gözlerini sinirli sinirli kırpıştırıyordu. Şeritlerinden, çenesinin altına sıkı sıkı bağladığı şapkasından dışarıya taşan saçları darmadağınıktı. Yüzünde, midesindeki şikâyetlerin arttığını düşündüren yorgunluk belirtisi sarımtırak bir renk belirmişti.

Evet, Frau Permaneder şu sıralar midesinden rahatsızdı. Perşembe toplantılarına katılan aile üyeleri, durumunun kötüleştiğini görebiliyordu. Tehlikeli kayalıklardan ne kadar kaçmaya çalışırsa çalışsın konuşmalar dönüp dolaşıp damadı Hugo Weinschenk'in davasına geliyordu. Frau Permaneder o konuyu açmadan edemiyordu, heyecanlı heyecanlı herkese soruyordu, hatta Tanrı'ya bile soruyordu Savcı Moritz Hagenström geceleri yatağında rahat uyuyor mu, diye ve herkesten bunun yanıtını bekliyordu. Bunu anlayamıyordu ve hiçbir zaman da anlayamayacaktı. Konuşurken heyecanı daha da artıyordu. Yemek masasında, "Teşekkür ederim, canım bir şey yemek istemiyor," diyor ve omuzlarını kaldırıp büyük bir öfkeyle başını arkaya atarak önüne konulan her şeyi itiyordu. Biradan başka hiçbir şey içmiyordu; Münih'te geçen evlilik yıllarından kalan alışkanlıkla buz gibi Bavyera birası içiyordu boş mideyle... Sonunda midesinin sinirleri buna isyan etti ve öcünü fena halde aldı. Yemeğin sonuna doğru ağrılara dayanamayarak masadan kalkıp bahçeye çıkmak zorunda kaldı; Ida Jungmann'a ya da Riekchen Severin'e yaslanıp korkunç mide ağrıları ve bulantılarla savaşmak zorunda kaldı. Sonunda midesinde ne varsa hepsini çıkardı, ancak bulantı ve halsizlik dakikalarca sürdü; acılar içinde kıvranarak kusacak ve boğulacak gibi oluyordu.

Öğleden sonra saat üçtü, ocak ayının rüzgârlı ve yağmurlu bir günüydü. Frau Permaneder, Fisch Caddesi'nin köşesinden döndü, dik caddeden aşağıya doğru hızlı hızlı yürüdü ve erkek kardeşinin evine girdi. Telaşla kapıyı çaldıktan sonra koridoru geçip kardeşinin bürosuna girdi ve bakışlarını masanın üzerinde dolaştırarak pencerenin kenarında oturan Senatör'e yöneltip yüzüne öylesine yalvarırcasına baktı ki, Thomas Buddenbrook hemen elindeki kalemi bıraktı ve ona doğru yürüdü; kaşlarını kaldırarak, "Ne oldu?" diye sordu...

"Thomas, bir dakika dinle beni... çok önemli bir durum... geciktirmeye gelmez..."

Thomas Buddenbrook kız kardeşine özel odasının kumaş kaplı kapısını açtı, birlikte içeriye girdiler ve kız kardeşinin yüzüne, ne var, ne oluyor, der gibi anlamlı anlamlı baktı.

Frau Permaneder, titrek sesle ve kürk mantosunun içine soktuğu ellerini ovuşturarak, "Tom, parayı senin vermen gerekiyor... ileride ödemek üzere... bunu senin karşılaman gerekiyor, kefalet için... Bunu karşılayacak paramız yok bizim... yirmi beş bin markı şu sıra nereden bulalım?.. Paranı bütünüyle geri alacaksın... ama ne olursun acele et... Senin anlayacağın, duruşma öyle bir noktaya geldi ki, Savcı Hagenström ya yirmi beş bin mark kefalet parası isteyecek ya da hemen tutuklama kararı verecek. Weinschenk hiçbir yere ayrılmayacağı konusunda namus sözü veriyor sana..."

Senatör Buddenbrook başını sallayarak, "Demek işler bu noktaya geldi," dedi.

"Evet, bu noktaya getirdiler, alçak herifler, şerefsizler!.." Frau Permaneder duyduğu büyük öfkeden hıçkırarak yanı başındaki muşamba örtülü koltuğa kendisini bırakıverdi. "Daha başka kötülükler de yapacaklar, sonuna kadar bırakmayacaklar peşini, Tom..."

"Tony," dedi Thomas Buddenbrook ve maun ağacından yapılmış yazı masasının önündeki koltuğa oturup ayak ayak üstüne atarak çenesini elinin içine dayadı. "Tony, benimle açık konuş, onun suçsuz olduğuna hâlâ inanıyor musun?"

Frau Permaneder birkaç kez hıçkırdıktan sonra umutsuz bir sesle yanıt verdi:

"Hayır Tom... nasıl inanabilirim buna? Bunca kötü şeyler yaşamış olan ben, nasıl inanabilirim buna? Bütün dürüstlüğümle söylüyorum sana, başlangıçtan beri inanmak istemedim ben buna. Biliyor musun Tom, bir insanın suçlu olduğuna inanmak kadar korkunç bir şey olamaz, hayat bunu öğretiyor insana... Ama hayır, uzun süredir onun temiz ve iyi yürekli biri olduğundan kuşku duyuyordum, Erika da... onun yüzünden kızın sinirleri harap oldu... Ağlayarak bana her şeyi açıkladı... Evdeki davranışları yüzünden kızcağız sinir küpü oldu. İkimiz de kimselere bir şey söylemedik... ama Weinschenk gittikçe kabalaşıyor ve kızıma kötü davranıyordu... Bütün bu yaptıklarına rağmen Erika'nın neşeli olmasını ve sıkıntılarını unutturmasını istiyordu. Erika'yı biraz asık yüzlü görünce tabakları çanakları kırıyordu. Akşamları geç saatlere kadar dosyalara kapandığını, nasıl bir ruh hali içinde olduğunu bilemezsin... Kapısı vurulunca hemen yerinden fırlıyor ve 'Kimsiniz? Ne var?' diye bağırıyordu."

İkisi de susuyordu.

Frau Permaneder, "Ama isterse suçlu olsun! İsterse bir suç işlemiş olsun!" diye yeniden başladı; bunları söylerken sesini yükseltmişti. "Kendi çıkarı için yapmadı, toplum için yaptı. Göz önünde bulundurmamız gereken başka şeyler de var, Tom! Weinschenk, kızımızla evlenerek ailemize girdi... bizden biri oldu... Tanrım, içimizden birinin hapse atılmasına nasıl seyirci kalırız?.."

Thomas omuzlarını silkti.

"Omuz silkiyorsun, Tom... o halde sineye çekeceksin şu savcı bozuntusunun bize yapacaklarını; Weinschenk'i hapse atmasını, öyle mi? Bir şeyler yapmak lazım, Tom! Onun mahkûm edilmesine izin vermemeliyiz!.. Belediye Başkanı'nın sağ kolu olduğunu biliyorsun... Tanrım, senato onu affedemez mi?.. Sana bir şey diyeceğim... Sana gelmeden önce, Cremer'e gidip yalvarmayı düşündüm, araya girmesini ve konuyu ele almasını isteyecektim ondan... Polis şefi olarak..."

"Fakat güzel kardeşim, neler saçmalıyorsun böyle?"

"Saçmalamak mı Tom? Ya Erika'nın durumu? Ya çocuğu ne olacak?" dedi Frau Permaneder ve manşonunun içindeki ellerini yalvarırcasına ona uzattı. Sonra bir an sustu ve kollarını yana bıraktı. Dudakları sarkmıştı, çenesi kırış kırış oldu ve titremeye başladı, çöken gözkapaklarının altından iki damla gözyaşı düşerken sessizce şunları ekledi:

"Ya ben?.."

Senatör Buddenbrook, "Ama Tony, biraz yürekli olmalısın!" dedi ve kız kardeşinin böylesine umutsuzluğa düşmesine üzülmüş ve duygulanmış olarak ona yaklaştı, sakinleştirmek için saçlarını okşadı. "Henüz hiçbir şeyin sonu gelmedi. Weinschenk henüz hüküm giymiş değil. Her şey düzelebilir. Önce şu kefaleti bir yatırayım, bunun için sana hayır, diyemeyeceğimi biliyorsundur. Breslauer yaman bir avukattır..."

Frau Permaneder ağlayarak başını salladı.

"Hayır, Tom. İşler düzelmeyecek, düzeleceğini de sanmıyorum. Onu mahkûm edecekler ve hapse atacaklar, o zaman Erika ve kızı için zor günler başlayacak, tabii benim için de. Kızımın drahoması da elden gitti, evin döşenmesine, mobilyalara ve tablolara harcandı... Satmaya kalksan, dörtte birini vermezler... Maaşının da hepsini harcadık... Weinschenk'in geride hiç parası yok. Annem izin verirse, o hapisten çıkıncaya kadar yanına taşınacağız... ama ondan sonrası daha da kötü olacak, onun için de, bizim için de. Ne yaparız, nereye gideriz?.. Sokak ortasında kalacağız," dedi hıçkırarak.

"Sokak ortasında mı?"

"Sözün gelişi Tom. Ama oldukça anlamlı bir deyiş... hayır, hayır, işler düzelmeyecek. Tanrım, başıma neler neler gelmedi ki... Bütün bunları hak ettiğimi sanmıyorum... ama umudumu yitirdim artık. Benim Grünlich'le ve Permaneder'le çektiklerimi şimdi de Erika çekecek... Tom, bize en yakın biri olarak göreceksin bir insanın başına bunca felaketin nasıl geldiğini, bunun nasıl olduğunu! Buna karşı bir şey yapılamaz mı? Tom, rica ederim söyle, buna karşı bir şey yapılamaz mı?" diye tekrarladı ve ıslak gözlerini kardeşine çevirerek başını salladı. "Her şey ters gitti ve neye elimi attıysam felaketle sonuçlandı... hayatta bir şeyleri başarmayı ve onurlu bir yaşam sürdürmeyi içtenlikle istedim hep... Şimdi bu idealizm de yıkılıyor. Böyle bitmesi gerekiyor, şu en son..."

Frau Permaneder bunları söylerken kendisini sakinleştirmeye çalışan kardeşinin kollarına yaslanmış, son umutlarının da sönmekte olduğu hayatına ağlıyordu.

Bir hafta sonra Müdür Hugo Weinschenk üç buçuk yıl hapis cezasına çarptırıldı ve hemen tutuklanarak cezaevine gönderildi.

Savunmanın yapıldığı oturum çok kalabalıktı. Berlinli Avukat Doktor Breslauer şimdiye kadar hiç kimsenin duymadığı kadar güzel bir savunma yapmıştı. Komisyoncu Siegismund Gosch onun konuşmasındaki ironi, coşku ve duygu yüklü sözlere hayran kaldı ve haftalarca dilinden düşürmedi. Savunmayı dinlemiş olan Christian da, kulüpte bir masanın arkasına geçerek koca bir paket gazeteyi belge olarak önüne koydu ve savunma avukatının başarılı bir örneğini canlandırdı. Evde de hukuk biliminin ince kelime oyunlarıyla en güzel meslek olduğunu, tam da kendisine göre bir meslek olduğunu söyledi. Güzel sanatlara merakı olan Savcı Doktor Hagenström bile özel konuşmalarında Breslauer'in konuşmasından büyük bir haz duyduğunu söylemekten çekinmemişti. Fakat ünlü avukatın yeteneği kentteki hukukçuların asla kanmadıklarını, bunu ona omuzlarını tıpışlayarak ve iç rahatlığıyla bildirmelerini önleyemedi.

Müdür Bey'in hapse girmesiyle satılması kararlaştırılan eşyalar satıldıktan sonra, Hugo Weinschenk adı kentte unutulmaya başladı. Breiten Caddesi'ndeki evde kalmış amca kızları perşembe toplantıları sırasında bundan söz açmadan edemediler: O adamı daha ilk görüşlerinde düzgün biri olmadığını, kişiliğinin zayıf olduğunu ve sonunun iyi olmayacağını gözünden anladıklarını, kendilerini de çok üzen bu gözlemlerini açığa vuramamış ve sessiz kalmış olmalarından dolayı üzgün olduklarını söylediler.

# Dokuzuncu bölüm

Yürekli insan Paul Ehrenberg'e, birlikte geçirdiğimiz
müzikli edebiyatlı Münih gecelerinin anısına

## 1

Senatör Buddenbrook, ihtiyar Doktor Grabow ve kentte bir yıldan beri hekimlik yapan genç Doktor Langhals'la birlikte annesi Frau Konsül'ün yatak odasından kahvaltı odasına geçti ve kapıyı kapattı.

"Beyler, biraz benimle gelebilir misiniz?.." dedi ve hep birlikte merdivenden yukarıya çıktılar. Koridordan ve sütunlu holden geçerek Doğa Manzaralı Tablolar Odası'na girdiler, sonbahar gelmiş ve havalar soğuduğu için oda ısıtılmıştı. "Heyecanımı anlıyorsunuzdur sanırım... lütfen oturun! Mümkünse beni biraz rahatlatacak bir şeyler söyleyin!"

Çenesini boyunbağının üstüne dayamış ve geriye yaslanarak koltuğuna kurulmuş olan Doktor Grabow, her iki eliyle tuttuğu kenarı şeritli şapkasını karnının üstüne bastırarak, "Lanet olsun, sevgili Senatörüm!" dedi. Bu sırada tıknaz, sivri sakallı, esmer, saçları dimdik, güzel gözlü ve kendini beğenmiş biri gibi görünen Doktor

Langhals, silindir şapkasını halının üstüne bırakmış ve son derece küçük, siyah kıllı ellerini inceliyordu. Doktor Grabow devam etti:

"Ciddi bir rahatsızlık için şimdilik hiçbir neden yok, Sayın Frau Konsül gibi dayanma direnci güçlü ve sağlam bir hasta için... Çok saygıdeğer Senatörüm, yıllardır ailenize hizmet eden doktorunuz olarak sayın annenizin ne kadar güçlü ve dirençli olduğunu çok iyi biliyorum. İlerleyen yaşına göre yine de... demek isterim ki..."

Senatör Buddenbrook tedirgin bir şekilde, "Beni kaygılandıran da zaten bu ilerleyen yaşı," dedi ve düşünceli düşünceli uzun bıyıklarının uçlarını burdu.

Doktor Grabow sakin bir yüz ifadesiyle, "Sevgili anneniz yarın yeniden gezmeye başlayabilir demiyorum elbette," diye sürdürdü konuşmasını. "Bu haliyle bunu yapamayacağını siz de biliyorsunuz, sevgili Senatörüm. İltihaplanmanın son yirmi dört saattir kötüye gittiğini sizden saklayacak değilim. Dün akşamki titreme nöbeti pek hoşuma gitmedi, bugün biraz nefes darlığı ve ağrısı var. Ateşi de çıkmış, gerçi pek önemli sayılmaz, ama yine de... Kısacası sevgili Senatörüm, akciğerinde biraz iltihaplanma olduğu gerçeğini kabul etmek zorundayız..."

Senatör Buddenbrook, bakışlarını bir doktordan diğerine çevirerek, "O halde akciğer iltihaplanması," dedi.

Doktor Langhals saygıyla eğilerek, "Evet, akciğer iltihaplanması," dedi.

"Sağ akciğerde küçük bir iltihaplanma olduğu doğru," diye yanıt verdi aile doktoru Grabow, "bunun genişlememesi için büyük çaba göstermek zorundayız..."

"Kaygı duymamız için yeterli neden değil mi?" Bunu söylerken sessizce yerinde oturuyor ve gözlerini ayırmadan doktorların yüzüne bakıyordu.

"Kaygı duymak mı? Yok, yok... dediğim gibi, biz şimdi hastalığın genişlemesini önlemek, öksürüğü yumuşatmak, ateşin yükselmesini durdurmak zorundayız... Aldığı kinin etkisini gösterecektir... Bir de şu var, sevgili Senatörüm: Ortaya çıkan belirtilerden korkmamak lazım, öyle değil mi? Nefes darlığı artacak olursa, geceleyin ateşi yükselip sayıklamaya başlarsa ya da sabahleyin biraz balgam çıkarırsa, kırmızı kahverengimsi balgam ve bu balgamın içinde biraz kan bulunursa... Bütün bunların olağanüstü bir yanı yok, hastalıkla ilgili belirtilerdir bunlar, bunların olması normal. Çok sevgili ve değerli Madam Permaneder'i bunlara hazırlayın lütfen, annesinin bakımına kendisini öyle vermiş ki... Peki, ama onun sağlığı nasıl? Midesindeki rahatsızlığın son günlerde nasıl olduğunu sormayı büsbütün unuttum..."

"Her zamanki gibi. Yeni bir şey duymadım. Şu sıralar onun sağlığı ikinci planda kaldı elbette..."

"Anlıyorum. Fakat şunu da söylemeliyim... aklıma bir şey geliyor. Saygıdeğer kardeşinizin biraz dinlenmeye ihtiyacı var, özellikle de geceleri. Matmazel Severin de tek başına yetmez elbette... bir hastabakıcı tutsanız nasıl olur, sevgili Senatörüm? Beğenebileceğiniz çok yetenekli Katolik hemşireler var bizim kilisede, Başrahibe size hizmet etmekten büyük onur duyacaktır."

"Bunu gerekli görüyorsunuz, öyle mi?"

"Ben sadece öneriyorum. Çok iyi olur... Hemşireler hasta bakma konusunda yetenekli ve bilgilidirler. Deneyimleri ve gösterdikleri özenle hastalar üzerinde rahatlatıcı bir etki bırakırlar... özellikle de, biraz önce de söylediğim gibi, bir sürü kaygı verici belirtileri olan böyle hastalıklarda... Tekrar etmem gerekirse sakin olmanız gerekiyor, sevgili Senatörüm. Tamam mı? Bakalım hastalık nasıl bir gelişme gösterecek... bekleyip göreceğiz... Bu akşam nasıl olsa yeniden görüşeceğiz..."

"Kuşkusuz," dedi Doktor Langhals, silindir şapkasını aldı ve yaşlı meslektaşıyla birlikte kalktı. Senatör Buddenbrook hâlâ oturuyordu, henüz kendisini toparlayamamıştı; aklında çözümlenmemiş bir sürü soru vardı, bir deneme daha yapmak istedi.

"Beyler," dedi doktorlara dönerek, "size sormak istediğim bir şey daha var... Kardeşim Christian'ın sinirleri biraz zayıf, bunu duyunca dayanamaz... Annemizin hastalığını kendisine bildirmeme ne dersiniz? Dönüşe hazırlanmasını bildirsem mi ona?"

"Kardeşiniz Christian kentte değil mi?"

"Hayır, Hamburg'da. Geçici olarak. Bildiğim kadarıyla, işleri gereği..."

Doktor Grabow, meslektaşının yüzüne şöyle bir baktı ve daha sonra gülümseyerek senatörün elini sıktı ve şöyle dedi:

"Şimdilik onu rahat bırakalım, işleriyle ilgilensin! Boş yere ne diye korkutalım ki? Hastanın durumunda onun buraya gelmesini gerektiren bir durum olursa, örneğin hastayı sakinleştirmek ve moralini yükseltmek gibi, o zaman çağırırız, onu çağıracak vaktimiz olur..."

Birlikte sütunlu holü ve koridoru geçtiler, merdiven sahanlığının başında bir süre durup başka şeylerden söz ettiler; politikadan, sona eren savaşın yıkımlarından ve yol açtığı sosyal değişimlerden...

"Artık güzel günler geliyor, öyle değil mi Herr Senatör? Ülkemiz refaha kavuşacak... insanlarımız geleceğe güvenle ve umutla bakacaklar..."

Senatör bu konuşmaları başını sallayarak kısmen onayladı. Savaşın çıkmasıyla Rusya'dan satın alınan buğdayın büyük ölçüde arttığını, ordunun ihtiyaç duyduğu yulaf ithalatının da büyük boyutlara ulaştığını söyledi; oysa bu işlerden pek fazla para kazanılmıyordu...

Doktorlar gittiler. Senatör Buddenbrook yeniden hastanın odasına döndü. Doktor Grabow'un söylediklerini bir kez daha düşündü. Söylediklerinde çok şeyler gizliydi, belli ki kesin bir yargıda bulunmaktan kaçınıyordu. Açık açık söylediği tek söz "akciğer iltihaplanması"ydı ve Doktor Langhals'ın bilim diliyle açıklaması da hastalığın önemini azaltmaktan çok uzaktı. Frau Konsül'ün yaşında birinin akciğerinin iltihaplanması... İki doktorun gelip gitmesi bile durumun ciddiyetini gösteriyordu. Grabow bunu aniden ve hiç hissettirmeden ayarlamıştı. Nasıl olsa pek yakında emekliye ayrılacağım ve benim yerime genç meslektaşım Doktor Langhals geçecek, bunun için ara sıra onu yanımda götürmekten ve bu işlere alıştırmaktan büyük mutluluk duyuyorum, demişti.

Senatör Buddenbrook, annesinin yarı karanlık yatak odasına girdiğinde, hareketleri canlı ve kendisine hâkimdi. Kaygısını ve yorgunluğunu, insana güven veren o güçlü yüz ifadesinin arkasına gizlemeye öyle alışmıştı ki, odanın kapısını açarken yüzündeki bu maske kendiliğinden kayıverdi.

Frau Permaneder, annesinin gösterişli yatağının başına oturmuş, elini tutuyordu; yastıklara dayanmış olan Frau Konsül, başını içeri giren senatöre çevirdi ve açık mavi gözleriyle oğlunun yüzüne anlamlı anlamlı baktı. Bakışlarında zorlama bir sakinlik ve aşırı bir merak vardı, oğlunun kendisine bir şeyler söylemesini bekler gibiydi. Cildinin solgunluğu ve yanaklarının üstündeki birkaç kırmızı leke dışında, yüzünde herhangi bir yorgunluk ve halsizlik belirtisi yoktu. Yaşlı kadın hastalığına çok dikkat ediyordu, çevresindekilerden daha çok dikkat ediyordu, sonuçta hasta olan kendisiydi. Hastalığından kaygı duyuyordu ve yatağında yatıp kendisini olayların akışına bırakmaya hiç niyeti yoktu.

Kararlı ve canlı bir sesle, "Doktorlar ne dedi, Thomas?" diye sordu, fakat arkasından hemen küt küt öksürmeye başlayınca, sözünün gerisini getiremedi. Dudaklarını sıkıca kapatarak öksürüğü durdurmaya çalıştı, ancak başaramadı ve elini sağ böğrüne bastırmak zorunda kaldı.

Senatör Buddenbrook, öksürme krizi geçtikten sonra annesinin elini tutup okşayarak, "Çok sevgili annemizin birkaç gün içinde yeniden ayağa kalkacağını söylediler," diye yanıt verdi. "Şimdi ayağa kalkamayışının nedeni şu lanet olası öksürüğün akciğerini biraz sarsmış olmasındanmış..." Thomas Buddenbrook, annesinin meraklı bakışlarının bütünüyle üstünde dolaştığını görünce, "Tam olarak akciğer iltihaplanması değilmiş aslında. Öyle de olsa, korkulacak bir durum yok zaten, Tanrı beterinden saklasın! Kısacası sevgili anneciğim, akciğerin biraz tahriş olmuş, böyle söylüyor doktorlar, bence haklı olabilirler... Severin nerede?" diye sordu.

Frau Permaneder, "Eczaneye gitti," dedi.

"Gördünüz işte, eczaneye gitmesi gerekti yine. Tony, senin de her an uyuyacakmış gibi bir halin var. Hayır, bu böyle gitmez. Birkaç günlüğüne de olsa, bizim bir hastabakıcıya ihtiyacımız var, siz de böyle düşünmüyor musunuz? Gidip bizim Başrahibe'ye bir sorayım, uygun bir Katolik hemşire bulabilir mi diye..."

Annesi Frau Konsül, yeniden öksürük krizine tutulmamak için dikkatli bir şekilde, "Thomas," dedi. "Katolikleri sürekli korumakla Protestanların alınmasına neden oluyorsun, inan bana oğlum. Birini kollarken diğerine hiçbir şey yapmıyorsun. Rahip Pringsheim geçenlerde senin bu tutumundan bana açıkça yakındı..."

"Evet, ama bunun ona hiç yararı olmaz ki. Katolik rahibelerin Protestan rahibelerden daha içten, daha özverili ve fedakâr olduklarına inanıyorum. Protestan rahibeler kutsal mesleklerine saygılı değiller. İlk fırsatta hemen evlenmek istiyorlar... Kısacası, dünya işlerine düşkündürler; bencil ve hatta zaman zaman bayağı da oluyorlar. Katolikler daha özgür, daha güvenilir ve Tanrı'ya daha yakın. Bana teşekkür borçlu olduklarına göre de, onlardan birini seçebilirim. Hanno'nun diş çıkarırken çektiği ağrılarda Hemşire Leandra'nın bize az mı yardımı dokunmuştu? Şu sıra boş olmasını çok isterdim..."

Hemşire Leandra geldi. Sessizce küçük el çantasını, pelerinini ve beyaz bir örtü üstüne taktığı gri başlığını çıkarıp bir kenara koydu. Kemerinde sallanan tespihi hafifçe şıngırdatarak tatlı ve yumuşak sözlerle ve hareketlerle işine başladı. Pek nazlı ve biraz da sabırsız hastaya gece gündüz demeden baktı ve daha sonra, Frau Konsül'ün zayıflığı ve halsizliğinden ürkmüş olarak nöbeti bir başka hemşireye bırakarak biraz uyuyup tekrar gelmek üzere evine gitti.

Frau Konsül Buddenbrook yatağının başında sürekli birilerinin bulunmasını istiyordu. Durumu kötüleştikçe, hastalığını daha çok düşünüyor, kendisiyle daha çok ilgilenilsin istiyordu; hastalığını büyük bir korkuyla ve hatta çocuksu bir nefretle izliyordu. Hayatı seven, yaşamaya karşı içinde hiç eksilmeyen bir sevgi besleyen bir zamanların bu hayat dolu eşsiz kadını son yıllarını aşırı dindar ve hayır işleri yaparak geçirmişti. Neden? Yalnızca ölmüş kocasına karşı duyduğu saygıdan değildi elbette; zevk ve eğlence içinde yaşamış olmasını Tanrı'ya bağışlatmak, geçmişte yaşama aşırı bağlılığına rağmen kendisine rahat ve huzurlu bir ölüm vermesini isteme içgüdüsünün de etkisi vardı belki de. Fakat huzur içinde ölemeyecekti. Çok acı günler geçirmiş olmasına karşın beden olarak hâlâ sapasağlamdı ve bakışları canlılığından hiçbir şey kaybetmemişti. İyi yemekler yemeyi, şık ve gösterişli elbiseler giymeyi seviyor, çevresindeki sevimsiz şeyleri görmezden geliyor, bunların duyulmasını önlüyor ve büyük oğlunun kazandığı saygınlıktan yararlanmak hoşuna gidiyordu. Doktorların akciğer iltihaplanması teşhisi koydukları bu hastalık, yapacağı tahribata ruhsal olarak hazırlanmadan girivermişti sapasağlam bedenine. Bize acı çektirerek içinde bulunduğumuz koşullara yavaş yavaş yabancılaştıran, bir sona, başka koşullara ya da sonsuz huzura karşı içimizde tatlı bir özlem uyandıran acı dolu bir ön hazırlık yapamadan... Hayır, Frau Elisabeth Buddenbrook, son yıllarda inançlı bir Hıristiyan gibi yaşamasına rağmen ölüme hiç de hazır olmadığını hissediyordu; eğer bu hastalık onun son hastalığıysa bu hastalığın son anda korkunç bir hızla tüm vücuduna yayılarak katlanılmaz acılara neden olacağı, bütün direncini kıracağı ve sonunda ecele teslim olmak zorunda kalacağı düşüncesi onu çok korkutuyordu.

Sürekli dua ediyordu, fakat bilinci yerinde olduğu anlarda kendini daha çok gözetim altında tutuyor, nabız atışlarını dinliyor, ateşini ölçüyor ve öksürüğünü önlemeye çalışıyordu. Ama nabız atışları gittikçe kötüleşiyordu, biraz düşer gibi olan ateşi yeniden yükseliyor ve titreme nöbetleri içinde sayıklamaya başlıyordu. Kanlı balgam çıkarmasına neden olan öksürüğü ve iç organlarındaki ağrılar artıyor, nefes darlığı herkesi kaygılandırıyordu. Ama bütün bunların nedeni sağ ciğerindeki bir bölgenin değil, tümünün iltihaplanmış olmasıydı; hatta doktorların söyledikleri doğruysa karaciğerde de bazı belirtiler fark edilmişti. Doktor Langhals başını öne eğip tırnak uçlarına bakarak, "Karaciğer de iltihaplanmış," derken, Doktor Grabow sessiz kalmayı tercih etmişti. Yüksek ateş onu her geçen gün güçten düşürmüş, midesi görevini yapamamaya başlamıştı. Yavaş yavaş ve önlenemez bir şekilde bütün direncini yitiriyor, gittikçe güçten düşüyordu.

Güçten düşüşünü izliyordu, önüne koyulan konsantre besinleri sağlığı elverdiği ölçüde ve büyük bir gayretle alıyor, ilaç saatlerine hastabakıcılardan daha büyük bir dikkatle uyuyor ve neredeyse yalnızca doktorlarla konuşup çevresiyle hemen hemen hiç ilgilenmiyordu. İlk başlarda gelmesine izin verilen ziyaretçileri, kadın tanıdıklar, "Kudüs Geceleri"ne katılan aile dostları, yaşlı kadınları ve rahip eşlerini, ne yaptığının pek farkında olmadan tam bir umursamazlık içinde karşılıyor ve biraz oturduktan sonra hemen gitmelerini istiyordu. Akrabaları, yaşlı kadının kendilerine gösterdiği ilgisizlikten dolayı çok üzülüyordu; davranışlarında, "Sizin bana ne yardımınız olabilir ki!" anlamına gelen bir küçümseme, bir hor görme vardı. Biraz rahatladığı bir anda yanına getirilen torunu küçük Hanno'ya bile şöyle bir bakıp yanağını okşuyor ve sonra hemen arkasını dönüyordu. Şöyle demek ister gibi bir hali vardı: "Çocuklar, hepiniz çok iyisiniz, ama ben... ben öleceğim herhalde!" Buna karşın iki doktoru da büyük bir ilgiyle ve içtenlikle karşılıyor, onlarla sürekli hastalığını konuşuyordu.

Bir gün yaşlı Frau Gerhardt'lar geldi, Paul Gerhardt'ın kızları... Pelerinlerini giymişler, başlarına tuhaf şapkalarını takmışlardı. Yoksul ziyaretlerine giderken götürdükleri erzak torbalarını da yanlarına almışlardı. Hasta dostlarını görmelerine izin vermemek olmazdı. Onları hastayla yalnız bıraktılar. Yatağın başucunda otururlarken neler konuştuklarını Tanrı'dan başka kimse bilemez, fakat giderlerken gözleri ve yüz hatları daha aydınlıktı, öncekinden daha yumuşak ve daha mutlu bir ifade vardı yüzlerinde. Hasta yatağında yatan Frau Elisabeth Buddenbrook'un gözleri ve yüz hatları da aynı şekilde aydınlıktı ve daha önce hiç olmadığı kadar sessiz ve huzurluydu. Soluk alıp vermesi giderek hafifliyor ve azalıyordu. Frau Gerhardt'ların arkasından öfkeyle bir şeyler söyleyen Frau Permaneder, hemen doktorlara haber gönderdi. İki doktor odanın kapısında görünür görünmez, Frau Konsül'ün durumunda şaşırtıcı bir değişiklik oldu. Birden kendisine geldi, kalkmaya çalıştı ve yatağında kısmen doğruldu. Durumu hakkında fazla bilgisi bulunmayan iki doktorun yüzünü karşısında görünce yeniden yığılıverdi yatağına. Doktorlara ellerini uzattı ve şunları söyledi:

"Hoş geldiniz, beyler! Durum gösteriyor ki, bugün ilerleyen saatlerde..."

Artık akciğerin her iki tarafının da bütünüyle iltihaplandığının gizlenilmesi söz konusu olamazdı.

Doktor Grabow, Thomas Buddenbrook'un ellerini tutarak, "Evet, sevgili Senatörüm... önleyemedik, iltihaplanma akciğerin iki tarafını da sarmış bulunuyor. Bunun ne kadar ciddi olduğunu benim kadar siz de bilirsiniz. Gerçeği sizden saklayacak değilim... Böyle durumları, hasta ister yirmi ister yetmiş yaşında olsun, kesinlikle ciddiye almak gerekir. Kardeşim Christian'a yazsam mı, ona kısa bir telgraf çeksem mi, diye bugün bana yeniden sorsanız, bundan sizi vazgeçirmeye çalışmazdım, buna engel olmayı düşünmezdim... Bu arada onun durumu nasıl? İşleri iyi mi? Çok şakacı bir insan, onu her zaman sempatik bulmuşumdur. Ama ne olursunuz sözlerimden hemen öyle kötü sonuçlar çıkarmayın, sevgili Senatörüm! Doğrudan bir tehlikeyle karşı karşıya değiliz henüz... Tanrım, ben ne kadar aptal bir adamım, böyle şeyleri nasıl söylerim! Ama bu gibi durumlarda önceden hesap edilemeyen rastlantısal olayları göz önünde bulundurmak gerekir... Çok saygıdeğer annenizden hastamız olarak son derece memnunuz. Bize bütün iyi niyetiyle yardımcı oluyor, bizi yüzüstü bırakmıyor... hayır, bunu iltifat olsun diye söylemiyorum, eşsiz bir hasta gerçekten! İşte bundan dolayı umudumuzu kaybetmemeliyiz, umudumuzu kesmemeliyiz, sevgili Senatörüm! Hep iyi şeyler umalım!"

Fakat insan yaşamında öyle bir an gelir ki, hastanın yakınları için umut beslemek biraz yapmacık ve gerçekdışı olur. Hastada bazı değişiklikler olmuş, davranışlarında bir tuhaflık, eskisine benzemeyen bir kişilik oluşmuştur. Yanıt vermekte zorlandığımız tuhaf sözler dökülür ağzından, dönüş yolunu kapatan ve ölüme götüren bazı tuhaf sözler. Hasta en çok sevdiğimiz biri de olsa, bütün bunlardan sonra onun yeniden ayağa kalkıp yürümesini isteyemeyiz. Ama o yine de ayağa kalkacak olursa tabutundan çıkmış bir ceset gibi çevresine korku ve dehşet saçar.

Frau Konsül'ü ölüme götüren korkunç belirtiler gittikçe daha çok dikkat çekmeye başladı, fakat güçlü yaşam isteği, organlarını hâlâ çalıştırıyordu. Ciğerindeki iltihaplanma yüzünden yatağa düştüğünden beri haftalarca yatmaktan vücudunda açılmış yaralar kapanmıyor ve durumu gittikçe kötüleşiyordu. Artık hiç uyuyamıyordu. Ağrılar, öksürükler ve nefes darlığı bir türlü uyutmuyordu, ama kendisi de uyumak istemiyor, hep uyanık kalmaya çalışıyordu. Yalnızca ateş nöbetleri sırasında kendisini kaybediyor ve birkaç dakika uyumuş oluyordu; kendine geldiği anlarda da yüksek sesle bir sürü isim sayıyordu; öleli çok olmuş kişilerin isimlerini. Bir gün öğleden sonra, yarı karanlık odasında biraz ürkütücü, ama heyecanlı bir sesle, "Evet, sevgili Jean'ım, senin yanına geliyorum!" dedi. Bunu söylerken öylesine inandırıcıydı ki, herkes merhum Konsül Johann Buddenbrook'un onu yanına çağırışını duyar gibi oldu.

Christian geldi, Hamburg'dan geliyordu. Kendisinin de söylediği gibi, bir sürü iş yapıyordu orada. Hasta annesinin yanında kısa bir süre kaldı, sonra dışarı çıktı, ellerini alnına götürdü ve bakışlarını çevrede dolaştırarak, "Çok korkunç... çok korkunç gerçekten... daha fazla dayanamayacağım," dedi.

Rahip Pringsheim da geldi, soğuk bakışlarını Hemşire Leandra'nın üzerinde dolaştırdıktan sonra, Frau Konsül'ün yatağının kenarına oturdu ve mesleğine özgü sesiyle dua etmeye başladı.

Sonra, kısa süren bir iyileşme oldu Frau Konsül'ün durumunda; ateşi düştü, bir an için gözleri parladı, gücü yerine gelir gibi oldu, ağrıları azaldı ve çevresindekileri sevinç gözyaşlarına boğan umut dolu birkaç söz söyledi.

Thomas Buddenbrook, "Çocuklar, annemiz kurtulacak, bütün bu yaşadıklarına rağmen kurtulacak, göreceksiniz!" dedi. "Noel'i yine birlikte kutlayacağız, aşırı heyecanlanmamasına dikkat edelim..."

Fakat hemen ertesi gece, Thomas Buddenbrook ve eşi Gerda yatmaya gittikten kısa bir süre sonra, Frau Permaneder tarafından Meng Caddesi'ne çağrıldılar, hasta can çekişmeye başlamıştı. Yağan soğuk yağmurun damlaları esen sert rüzgârla pencereye vuruyor, camları şangırdatıyordu.

Senatör Buddenbrook ve eşi Gerda, iki kollu şamdanla aydınlatılmış odaya girdiler, doktorlar onlardan önce gelmişti. Christian da odasından çağrılmış ve bir köşede, sırtı annesinin yatağına dönük, öne eğdiği başını ellerine dayamış, üzgün üzgün oturuyordu. Hastanın erkek kardeşi Konsül Justus Kröger'in gelmesi bekleniyordu, ona da haber gönderilmişti. Frau Permaneder ve kızı Erika Weinschenk, yatağın ayakucuna tutunmuşlar, hafif hafif hıçkırıyorlardı. Hemşire Leandra ile Matmazel Severin'in artık yapacak işleri kalmamıştı ve üzgün üzgün ölenin yüzüne bakıyorlardı.

Frau Konsül Elisabeth Buddenbrook, sırtı yastıklara dayanmış, öylece yatıyordu. Bir zamanlar pek güzel olan soluk mavi damarlı elleri –şimdi kurumuş ve buruş buruş olmuştu– titreyerek aceleyle ve hiç durmadan üstündeki örtüyü yokluyordu. Beyaz bir gece şapkası giydiği başını ürkütücü bir tekdüzelikle sürekli olarak bir o yana bir bu yana çeviriyordu. Dudakları yana doğru kaymıştı ve ağzını, soluk alıp vermek için güçlükle açabiliyordu. Çökmüş gözlerini yardım arar gibi umutsuzca çevresinde dolaştırıyor ve bakışları içeridekilerden birisine takılınca da yürek paralayıcı bir kıskançlık ifadesiyle bakıyordu onun yüzüne; güzel giyimli, rahat rahat soluk alabilen, hayatlarını yaşayan, yapabildikleri tek şeyin bu çok sevdikleri ölen kadını seyretmek olan ve bunun dışında ellerinden hiçbir şey gelmeyen bu insanları öyle çok kıskanıyordu ki!.. Gece oluyordu ve hastanın durumunda hiçbir değişme yoktu.

Thomas Buddenbrook, Doktor Langhals hastaya iğne yaparken, öteki Doktor Grabow'u odanın arka tarafına çekip, "Bu durum daha ne kadar devam edecek?" diye sordu sessizce. Bu sırada Frau Permaneder de, ağzında mendiliyle onların yanına geldi.

Doktor Grabow, "Bunu tam olarak bilemeyiz, sevgili Senatörüm," dedi. "Anneniz saygıdeğer Konsül beş dakikaya kadar ruhunu teslim edebilir ya da daha saatlerce yaşayabilir... Bu konuda size kesin bir şey söyleyemem. Biz doktorlar buna bir tür tıkanma deriz... bir tür ödem..."

Frau Permaneder, "Ben biliyorum," dedi ve gözyaşları yanaklarından aşağıya doğru akarken ağzında tuttuğu mendiliyle başını salladı. "Akciğer iltihaplanmalarında böyle şeyler çok sık görülür... Sulu bir iltihap toplanır hastanın ciğerlerinde ve hasta soluk alıp veremez olur. Evet, ben biliyorum bunu..."

Senatör Thomas Buddenbrook, ellerini birbirine kenetlemiş, hastaya bakıyordu.

Fısıldar gibi bir sesle, "Kim bilir, ne korkunç acı çekiyordur!" dedi.

Doktor Grabow, sessizce ama kararlı bir biçimde, "Hayır!" dedi ve bunu söylerken uzun ve yumuşak yüzünde kesin çizgiler belirdi. "Yanılıyorsunuz, sevgili dostum, inanın bana yanılıyorsunuz! Bilinci bulanık... sizin gördüklerinizin çoğu onun son refleksleridir... inanın bana..."

Thomas Buddenbrook, "Dilerim, dediğiniz gibidir!" dedi. Ama bir çocuk bile bilincinin yerinde olduğunu ve her şeyi hissettiğini hastanın gözlerinden okuyabilirdi.

Yeniden yerlerine oturdular. Konsül Kröger de gelmişti, bastonuna yaslanmış, ağlamaktan kıpkırmızı olmuş gözleriyle hastanın yatağının başında oturuyordu.

Hastanın hareketleri artmıştı. Ölüme terk edilmiş bedenini, tepeden tırnağa korkunç bir huzursuzluk, anlatılması zor bir korku ve sıkıntı, müthiş bir terk edilmişlik ve çaresizlik duygusu sarmıştı. Hırıltılar çıkararak başını bir yandan öteki yana atarken yalvarır gibi bakan zavallı gözleri, yürek paralayıcı bir ifadeyle kapanıyor ya da öylesine büyüyorlardı ki, gözbebeklerinin incecik damarları kıpkırmızı oluyordu. Hayret, bilincini hâlâ kaybetmemişti!

Saat üçten kısa bir süre sonra Christian ayağa kalktı. "Daha fazla dayanamayacağım," dedi ve koltuklara tutuna tutuna kapıya doğru yürüdü, vücudunun her yanı kaskatı kesilmiş gibiydi. Erika Weinschenk ve Matmazel Severin, belki de hastanın tekdüze feryatlarından uyuşmuş olarak oturdukları sandalyelerinde uyuyakalmışlardı ve hepsinin de yanakları çiçek açmış gibi pembe pembe olmuştu.

Saat dörde doğru hastanın durumu daha da kötüleşti. Frau Konsül'ü yatakta biraz doğrulttular ve alnında biriken teri kuruladılar. Nefesi büsbütün kesilecek gibiydi. Durumu dehşet vericiydi. "Biraz uyuyabilsem," dedi güçlükle. "Bir uyku ilacı!.." Fakat onu uyutacak bir ilaç veremezlerdi.

Sonra birdenbire, daha önce yaptığı gibi, yanındakilerin duymadığı bir sesle yeniden konuşmaya başladı: "Evet, Jean... az kaldı!" Hemen arkasından da, "Evet, sevgili Clara'cığım, geliyorum!" dedi.

Sonra, ölümle savaş yeniden başladı... Buna ölümle savaş denilebilir miydi? Hayır, o şimdi ölümle pençeleşiyordu. "Çok istiyorum," dedi hırıltılı bir sesle. "Ama başaramıyorum...uyumam için bir ilaç!.. Baylar, acıyın bana da, bir uyku ilacı verin!.."

Onun bu "acıyın bana" sözleri üzerine Frau Permaneder hüngür hüngür ağlamaya başladı ve Thomas Buddenbrook da başını ellerinin içine alarak için için inliyordu. Fakat doktorlar görevlerinin ne olduğunu biliyorlardı. Görevleri hastanın yaşamını elden geldiğince uzatmak, onu yakınlarından mümkün olduğunca ayırmamaktı. Uyuşturucu bir ilaç ise hastanın bütün direncini bir anda sıfıra indirir ve ruhunu teslim etmesini zorlaştırırdı. Doktorların görevi ölümü çabuklaştırmak değil, tam tersine ne pahasına olursa olsun hastayı ölümden uzak tutmaktı. Üniversitede öğrendikleri dinî ve ahlaki nedenler de bunu gerektiriyordu. Ama söylediklerinin tersine verdikleri çeşitli ilaçlarla hastanın kalbini güçlendirdiler ve birkaç defa kusturarak geçici bir rahatlama sağladılar.

Saat beşte hastanın ölümle savaşı korkunçluğunu yitirmeye başladı. Can çekişirken yatağında doğrulan Frau Konsül, genişçe açılmış gözleriyle tutunacak bir yer ya da kendisine uzanmış bir el arıyormuş gibi kollarını çevresinde dolaştırdı. Yalnızca kendisinin duyduğu bir sesle, ısrarlı çağırışlara yanıt vermeye çalışıyor gibiydi: Yalnızca ölmüş eşi ve ölmüş kızı değil, kendi anne ve babası, kayınvalidesi ve kayınpederi ve daha önce ölmüş ve kendisini bekleyen daha pek çok tanıdığın adını çağırıyordu; çağırdığı isimlerden bu dünyadan ayrılmış olanlardan hangilerini kastettiğini odadakilerden hiç kimse bilemezdi. "Evet!" diye haykırdıktan sonra başını değişik yönlere çevirdi. "Şimdi geliyorum... hemen... bir dakika daha... artık yeter... Dayanamıyorum... Ne olur, bir uyku ilacı verin bana, beyler..."

Saat beş buçukta bir anlık rahatlama görüldü. Sonra, birdenbire yaşlılık ve çektiği acılardan kırış kırış olmuş yüzünde bir titreme, insanı dehşete düşüren bir sevinç, ürpertici bir sevimlilik belirdi. Kollarını aniden ve hızla gerip –duyduğu şeyle verdiği yanıt arasında bir saniye bile geçmiş olamazdı– yazgısına teslim olmuş bir ifadeyle, korku ve sevgi dolu bir teslimiyet duygusuyla, "Şimdi geliyorum!" diye haykırarak ruhunu teslim etti.

Herkes derin bir dehşete kapılmıştı. Ne olmuştu? Kim çağırmıştı onu, hemen gel, diye?

İçeridekilerden biri pencerenin perdesini açtı ve mumları söndürdü. Doktor Grabow, yumuşak bir yüz ifadesiyle ölünün gözlerini kapattı.

Buz gibi sonbahar sabahının solgun ışıklarının doldurduğu odada herkes tir tir titriyordu. Hemşire Leandra, tuvalet aynasını bir bezle örttü.

## 2

Frau Permaneder'in ölünün başında dua ettiği açık bırakılmış kapıdan görülüyordu. Yalnızdı, diz çökmüştü ve üstündeki matem giysisinin etekleri yere açılmıştı, yatağın hemen yanı başında sımsıkı kenetlediği ellerini bir koltuğun üstüne koymuş, başı öne eğik, bir şeyler mırıldanıyordu. Erkek kardeşinin ve yengesinin kahvaltı odasına girdiklerini, duasının bitmesi için orta yerde durup beklediklerini gördü; fakat hiç acele etmedi. Duasını bitirdikten sonra kuru kuru öksürdü, ağır ağır hareket ederek eteğini yerden toplayıp doğruldu ve en küçük bir şaşkınlık belirtisi bile göstermeden, son derece asil bir davranışla onlara doğru yürüdü.

"Thomas," dedi biraz öfkeyle, "şu Severin var ya, merhum annem koynunda bir yılan beslemiş meğer."

"Ne demek istiyorsun?"

"Ona çok kızıyorum. Soğukkanlılığımı kaybedip öfkeden çıldırabilirim... Bu kızın şu sıra çektiğim acıyı böylesine aşağılık bir biçimde artırmaya hakkı var mı?"

"Ama ne olduğunu söylesene!"

"Her şeyden önce insanı çıldırtan bir açgözlülüğü var. Dolabı açıyor, annemin ipek giysilerini çıkarıyor ve kolunun üstüne takıp evine götürmek istiyor. 'Riekchen, nereye götürüyorsun onları?' diye sorunca, 'Frau Konsül bunları bana vermeye söz vermişti!' dedi. Bunun üzerine ben de ona, 'Bak sevgili Severin!' dedim ve böylesine acele etmesinin hiç doğru olmadığını kibarca belirttim. Bu işe yaradı mı sanıyorsun? Hayır. Yalnızca annemin ipekli giysilerini almakla yetinmedi, bir bohça dolusu beyaz çamaşırı alıp gitti. Onunla kavga edemezdim, öyle değil mi?.. Sadece o mu, öteki kızlar da... sepet dolusu ipek ve keten giysiyi evden çıkarttılar. Hizmetçi kızlar gözlerimin önünde aralarında paylaştılar. Dolapların anahtarı yalnızca Severin'deydi, ona, 'Matmazel Severin, anahtarları istiyorum!' dedim. Bana ne cevap verdi, biliyor musun? Benim, kendisine hiçbir şey söylemeye hakkım olmadığını, çünkü benim hizmetimde çalışmadığını, kendisini işe benim almadığımı ve gidinceye kadar da anahtarları yanında tutacağını açıkça ve küstahça söyledi."

"Gümüş takımların bulunduğu dolabın anahtarı sende mi? İyi. Ötekileri boş ver. Bir evin düzeni bozulursa böyle şeyler kaçınılmaz olur, o evde işler biraz gevşek gider. Şu sıra gürültü çıkarmak istemiyorum. Beyaz çamaşırlar eski ve yıpranmıştı zaten... Gel bir bakalım, başka neler var diye! Bir kayıt listesi var mı sende? Masanın üstünde mi? Pekâlâ, görelim bakalım nesi var nesi yok."

Birlikte yatak odasına gittiler. Frau Permaneder ölünün yüzündeki beyaz örtüyü kaldırdıktan sonra yatağın başında bir süre sessizce yan yana durup ölüyü seyrettiler. Frau Konsül'e ipek bir elbise giydirmişlerdi, öğleden sonra yukarıdaki salonda bu elbiseyle katafalka konacaktı. Son nefesini vereli yirmi sekiz saat olmuştu. Ağzı ve yanakları –takma dişleri çıkarıldığından– içine çökmüştü ve olduğundan daha da yaşlı görünüyordu. Çenesi öne doğru çıkmış, dimdik duruyordu. Üçü de bir daha hiç açılmamak üzere kapanmış gözkapaklarına büyük bir üzüntüyle bakarken annelerinin yüzünü yeniden tanımaya çalışıyorlardı. Fakat yaşlı Frau Konsül Buddenbrook'un pazar günleri taktığı başlığının altındaki kızılımsı kahverengi ve düzgün taranmış peruğu –Breiten Caddesi'ndeki evde kalmış akraba kızlarının her fırsatta alay ettikleri peruğu– hâlâ başındaydı. Yorganın üstüne çiçekler serpilmişti.

Frau Permaneder, "Büyük ve gösterişli çelenkler göndermişler," dedi sessizce. "Bütün tanıdıklar... bütün dünya çelenk gönderdi demek daha doğru olur belki de! Hepsini koridora taşıttım, Tom. Gerda'yla gidip bir bakın! Hepsi de çok güzel ve eşsiz, bakınca insana acı bir sevinç veriyor. Kocaman ipek kurdeleler..."

Senatör Buddenbrook, "Salon ne durumda?" diye sordu.

"Neredeyse hazır, Tom. Hazır sayılır. Döşemeci Jakobs elinden gelen her şeyi yaptı. Tabut da..." Sonra bir an yutkundu ve, "Tabut da biraz önce geldi," dedi. "Ama sizler şu üstünüzdekileri çıkarsanıza," diye devam etti ve beyaz örtüyü büyük bir dikkatle yeniden ölünün üstüne örttü.

"Burası soğuk, fakat kahvaltı odasını biraz ısıttılar. Dur, sana yardım edeyim Gerda; böylesine şık bir mantoyu çıkarırken biraz dikkatli olmak gerekir. Seni öpebilir miyim? Bilirsin, seni çok severim, sen benden hiç hoşlanmamış olsan da... korkma, saçını bozmam şapkanı alırken... Ne kadar da güzel saçların var! Gençliğinde annemin saçları da böyle güzeldi, ama o hiçbir zaman senin kadar şık ve güzel olmadı. Ama zamanında eşsiz bir güzelliğe sahipmiş, ben dünyaya geldiğimde, gerçekten çok güzel bir kadınmış. Ama şimdi... sizin şu Grobleben'in söylediği, 'Hepimiz günün birinde çürüyüp toprak olacağız,' sözleri ne kadar doğru, değil mi? Grobleben sıradan bir adam... ama söylediği altı çizilmesi gereken önemli bir söz, Tom."

Yan odaya geri döndüler ve yuvarlak masanın çevresine oturdular, Senatör Buddenbrook mirasçılar arasında paylaşılacak şeylerin yazılı bulunduğu listeyi eline aldı. Frau Permaneder, bakışlarını erkek kardeşinin yüzünden ayıramıyordu, heyecanla ve gergin bir yüz ifadesiyle süzüyordu onu. Kaçınılması zor bir sorun vardı, buna takılmıştı kafası, az sonra tartışılacak bir sorun...

Senatör Buddenbrook, "Düşünüyorum da," diye başladı. "İlkemize bağlı kalalım ve annemizin sağlığında kim ne armağan ettiyse önce onu geri alsın ve kalan mirası da aramızda paylaşalım, böylece de..."

Karısı sözünü kesti:

"Bağışla Thomas, ama bana öyle geliyor ki... Christian... o neden burada değil?"

Frau Permaneder, "Tanrım, Christian'ı unuttuk!" diye bağırdı.

Senatör Buddenbrook, "Doğru, unuttuk onu," dedi ve elindeki listeyi bıraktı. "Onu neden çağırmadınız?"

Frau Permaneder onu çağırmaya gitti, fakat aynı anda Christian kapıyı açtı ve içeriye girdi. Hızlı hızlı yürüdü, odanın kapısını kapattı ve kaşlarını çatarak bir an öyle durdu. Küçük, yuvarlak ve çukur gözlerini odanın içinde, bir o yana bir bu yana rastgele dolaştırıyordu. Kızılımsı ve çalı gibi bıyığının altındaki dudaklarını tedirgin tedirgin açıp kapatıyordu... Öfkeli ve gergin bir hali var gibiydi.

"Burada toplandığınızı duydum," dedi. "Annemin eşyalarıyla ilgili bir görüşme yapılacaksa bana da haber verilmesi gerekirdi."

"Haber göndermek üzereydik," dedi Senatör Buddenbrook umursamaz bir şekilde. "Gel, otur bakalım."

Bunu söylerken Christian'ın üstündeki gömleğin beyaz düğmelerine takıldı gözleri. Tam bir matem elbisesi giymişti. Siyah bez ceketinden dışarıya taşan bembeyaz gömleğinin kollarında, hep taktığı altın düğmeler yerine beyaz düğmeler takmıştı. Christian, kardeşinin anlamlı bakışlarını fark etmişti, bir sandalye çekip oturduktan sonra elini göğsünün üstünde dolaştırdı ve şöyle dedi:

"Gömleğimin düğmelerinin beyaz olduğunun farkındayım. Siyah düğme alacak fırsatım olmadı ya da bunu almak istemedim. Son yıllarda diş macunumu bile satın almak için beş şilin borç bulmak ve karanlıkta bir kibrit yakarak yatağa girmek zorunda kaldım... Bütün bunlardan sadece ben mi suçluyum, bilemiyorum. Üstelik bu dünyada siyah düğme takmaktan çok daha önemli şeyler de var. Bu tür şeyleri sevmem, bu tür dış görünüşlere önem vermem ben."

Konuşurken Christian onu dikkatle süzdü ve hafifçe güldü. Senatör Buddenbrook da yüzüne bakıp şöyle dedi:

"Şu son iddianı ne kadar sürdürebilirsin bilemiyorum, sevgili dostum!"

"Öyle mi? Böyle şeyleri kuşkusuz sen daha iyi bilirsin, Thomas. Ben yalnızca bu tür şeylere önem vermediğimi söylüyorum. Dünyada pek çok yer gördüm, değişik töreleri olan değişik insanların arasında yaşadım... Hem ben yetişkin bir insanım," dedi birden sesini yükselterek, "kırk üç yaşındayım, kendi kararlarımı kendim verebilirim ve kimsenin de işime karışmasını istemem."

Senatör Buddenbrook biraz şaşırmış olarak, "Bana öyle geliyor ki, senin dilinin altında bir şeyler var, dostum," dedi. "Düğmelerine gelince, yanılmıyorsam bu konuda hiçbir söz çıkmadı ağzımdan. Matem giysini nasıl istersen öyle giy, ama bu beş para etmez görüşlerinle beni etkileyebileceğini sanma..."

"Seni etkilemek istediğim yok..."

Frau Permaneder, "Tom... Christian..." dedi. "Böyle gergin bir hava yaratmayalım... bugün... burada, yanımızdaki odada annemiz... Haydi, devam et Thomas! O halde herkes önce kendi armağanını geri alacak ve sonra da miras aramızda paylaşılacak, öyle değil mi? Yapılabilecek en uygun şey bence de bu."

Thomas devam etti. Büyük parçalardan başladı ve önce kendi evi için düşündüklerini yazdı: yemek salonundaki büyük kollu şamdan, sofada duran oymalı büyük sandık. Frau Permaneder büyük bir iştahla işe koyuldu ve eşyalardan kime ne verileceği konusunda aralarında anlaşmazlık çıkınca, tuhaf bir şekilde, "Ben hazırım bunu almaya," diyor ve bunu söylerken de sanki gösterdiği bu fedakârlıktan dolayı teşekkür borçluymuş gibi bir tavır takınıyordu. Salon takımlarının büyük bir kısmını kendisi, kızı ve torunu için aldı.

Christian'ın payına da birkaç mobilya, imparatorlara özgü bir konsol saati ve bir de armonyum düşmüştü ve aldıklarından memnun görünüyordu. Fakat iş, gümüş takımların, tabak çanakların ve çatal bıçak takımlarının paylaşımına gelince, herkesi şaşırtan bir açgözlülük örneği gösterdi.

"Ya benim payım? Ya benim payım?" diye sordu. "Beni unutmamanızı rica ederim..."

"Seni unutan yok ki! Görüyorsun ya, bütün çay takımlarını ve gümüş tepsiyi sana ayırdım. Özel günlerde kullanılan altın yaldızlı takımların bizim evde olması daha uygun olur ve..."

Frau Permaneder, "Soğan desenli günlük takımları da ben almak isterim," dedi.

Arada bir öfkelenen, yanakları içine çöken ve yüzü

tuhaf bir biçim alan Christian, "Ya ben, ya ben?" diye bağırıyordu. "Yemek takımlarından da payıma düşeni isterim! Kaç tane kaşık ve kaç tane çatal düşüyor benim payıma? Gördüğüm kadarıyla bana hiçbir şey vermiyorsun!.."

"Fakat sevgili kardeşim, bunlarla ne yapacaksın ki? Nerede kullanacaksın bunları? Seni anlamıyorum... bu tür şeylerin bir aile ortamında kullanılması daha uygun olur..."

Christian sinirli sinirli, "Annemin bir anısı olarak istesem de..." dedi.

"Sevgili dostum," diye karşılık verdi Senatör sabırsızca. "Şaka yapmaktan hoşlanmam... fakat şu söylediklerine bakılırsa annemin hatırası diye çorba kâsesini komodinin üstüne koyacağa benziyorsun! Seni kandırdığımızı düşünmemeni rica ederim. Mirastan daha az pay aldığını düşünüyorsan, bunu başka bir biçimde öderiz sana elbette. Beyaz çamaşırlar için de..."

"Ben para istemiyorum, beyaz örtülerden ve yemek takımlarından da istiyorum."

"Peki, ama neden? Söylesene, nerede kullanacaksın bunları?"

Christian kardeşinin bu sözlerine öyle bir yanıt verdi ki, Gerda Buddenbrook başını birden ona doğru çevirdi ve yüzüne tuhaf tuhaf baktı. Senatör Buddenbrook da kelebek gözlüğünü burnunun üstünden alıp sabit bakışlarla kardeşini süzerken Frau Permaneder ellerini kavuşturuyordu.

Christian şöyle demişti:

"Kısacası bilmenizi isterim ki, artık ben de evlenmek istiyorum."

Christian bu sözleri oldukça sessiz ve çabucak söyledi, masanın üstüne bir şey atıyormuş gibi erkek kardeşine bir el hareketi yaparak... Öfkeli ve incinmiş bir yüz ifadesiyle dalgın dalgın gözlerini çevresinde dolaştırdı. Uzunca bir sessizlik oldu. Senatör Buddenbrook daha sonra şöyle dedi:

"Bu tür planlarında biraz geç kaldığını söylemeden edemeyeceğim, Christian... Gerçekleşebilir ve uygulanabilir olma koşuluyla elbette, büyük bir sorumsuzluk örneği vererek vaktiyle merhum anneme sunduğun türden değildir umarım..."

Christian yine hiçbirisinin yüzüne bakmadan ve yüz ifadesini değiştirmeden, "Planlarımda hiçbir değişme olmadı," dedi.

"Ama bu olacak şey değil. Annemin ölümünü mü bekliyordun, bunu..."

"Evet, buna dikkat ettim... Dünyanın en saygılı ve ince ruhlu insanı sadece senmişsin gibi konuşuyorsun, Thomas..."

"Böyle konuşma hakkını sana kim veriyor, bilemiyorum. Gösterdiğin dikkat ve saygının büyüklüğüne hayranım! Annemin ölümünün hemen ertesi günü ona karşı saygısızlık etmekten utanmıyorsun..."

"Konuşmalarımız beni bu noktaya götürdüğü için. Burada önemli olan şey, annemin bundan böyle artık benim davranışlarıma kızamayacak olmasıdır... Bugün ya da bir yıl sonra bu evlilik gerçekleşebilir, Thomas... annem haklı olduğu için değil, görüşlerine saygılı olduğum için sağlığında dinledim onu, inan bana doğru söylüyorum. Annem yaşlı bir kadındı, başka çağın insanıydı ve farklı dünya görüşü vardı..."

"O halde sana söylemeliyim ki, burada söz konusu edilen dünya görüşü benim dünya görüşümün aynısıdır."

"Bu beni hiç ilgilendirmiyor."

"İlgilenmen gerekecek, dostum."

Christian onun yüzüne dik dik baktı.

"Hayır!" dedi yüksek sesle. "Yapamam bunu! Yapamam bunu dersem sana, ne yapmam gerektiğini kendim bilmeliyim. Ben yetişkin bir insanım..."

"Senin 'yetişkin insan' olduğun sadece dış görünüşün! Ne yapman gerektiği konusunda kesinlikle hiçbir şey bilmiyorsun..."

"Hiç de öyle değil!.. Onurlu bir erkek gibi davranıyorum her şeyden önce... Sen, durumu gereği gibi düşünemiyorsun, Thomas! Burada Tony ve Gerda var... onların yanında bu konuyu bütün ayrıntılarıyla konuşamayız. Ama sorumluluklarım olduğunu söylemiştim sana! En son çocuğu, küçük Giesela..."

"Ben küçük Giesela filan tanımıyorum ve tanımak da istemiyorum! Aldatıldığını düşünüyorum. Öyle olmasa da, aklından geçirdiğin o kadın gibi birine karşı yasal bir sorumluluktan başka hiçbir sorumluluğun olamaz, onu da şimdiye kadar olduğu gibi yine yerine getirmeye devam edebilirsin..."

"O kadın mı dedin, Thomas? Onun hakkında çok yanılıyorsun! Aline..."

Senatör Buddenbrook gök gürültüsü gibi bir sesle, "Sus! Konuşma!" diye bağırdı. İki kardeş şimdi masanın üstünden birbirlerinin yüzüne bakıyordu. Thomas'ın yüzü sapsarı olmuş ve öfkeden titriyordu; Christian ise, kapakları kıpkırmızı olmuş küçük, yuvarlak ve çukur gözlerini ve ağzını öfkeyle öyle açmıştı ki, kuru yanakları büsbütün içine çökmüş gibiydi. Gözlerinin alt kısmında küçük küçük kırmızılıklar ortaya çıkmıştı. Gerda alaylı bir yüz ifadesiyle bir ona bir ötekine bakıyordu. Tony ellerini ovuşturdu ve yalvararak şöyle dedi:

"Tom... Christian, yapmayın lütfen... annemiz yan odada yatarken..."

Senatör Buddenbrook, "Sen her türlü utanç duygusundan yoksun bir herifsin," diye devam etti, "her türlü rezalete... her türlü pisliğe layıksın. Burada ve bu koşullar altında bu ismi ağzına almaktan utanmıyorsun! Saygısızlığın bu kadarı da fazla, bir çeşit hastalık bu..."

"Aline'nin adını neden ağzıma almamam gerektiğini anlamıyorum!" Christian öyle heyecanlanmıştı ki, Gerda onu büyük bir dikkatle süzüyordu. "Az önce duyduğun gibi, onun adını özellikle söyledim, Thomas. Çünkü onunla evlenmeyi düşünüyorum. Artık bir evim olsun istiyorum, huzur içinde yaşayacağım bir yuvanın özlemini çekiyorum. Bak Thomas, işlerime karışma, seni uyarıyorum, uyarmak sözcüğünü özellikle kullandım. İşlerime karışmanı 'yasaklıyorum' sana! Ben özgür bir insanım ve kendi kararımı kendim veririm..."

"Sen bir zır delisin! Vasiyetnamenin açıldığı gün öğreneceksin ne kadar özgür olduğunu, kendi başına nasıl karar verebildiğini! Annemin mirasından payına düşeni yine har vurup harman savurmaman için gereken önlemler alınmıştır, anlıyor musun beni? Daha önce otuz bin markı sorumsuzca yiyip bitirdiğin gibi yapamayacaksın bu kez. Mirastan payına düşen servetini ben yöneteceğim ve sen ihtiyacın olan aylık harçlıktan daha fazlasını asla alamayacaksın, yemin ederim sana..."

"Annemi böyle bir önlem almaya zorlayanın kim olduğunu en iyi sen bilirsin. Fakat annemin bu görevi, bana senden daha yakın ve senden daha kardeşçe davranacak birisine vermeyişine şaşırıyorum..." Christian iyice öfkelenmişti, daha önce hiç ağzına almadığı sözleri şimdi yüksek sesle söylemeye başladı. Masanın üzerine eğildi, büktüğü işaretparmağının ucuyla masanın tahtasına vuruyor ve çalı gibi bıyığı ve kızarmış gözleriyle dik dik kardeşine bakıyordu. Thomas da sapsarı olmuştu ve yarıkapalı gözleriyle kardeşini süzüyordu.

"Kalbin bana karşı öyle duygusuz, öyle nefret dolu ki, beni adam yerine koymak istemiyorsun," diye devam etti Christian, derinden gelen kısık bir sesle konuşuyordu.

"Düşünüyorum da, bana karşı her zaman soğuk davrandın ve ben senin soğukluğun karşısında hep üşüdüm... Evet, tuhaf bir ifade gibi gelebilir, fakat içimde böyle bir duygu var... Beni kendinden uzaklaştırıyorsun... bakışlarınla bile beni kendinden uzaklaştırıyorsun... Zaten neredeyse hiç yüzüme bakmadın. Bu hakkı nereden buluyorsun kendinde? Sen de bir insansın ve senin de zayıf yanların var! Annemiz ve babamız seni her zaman çocuklarının en iyisi saydılar, eğer onlara benden çok daha yakınsan onların Hıristiyan yaşam biçiminden hiç olmazsa birazını benimsesen diyorum. Kardeş sevgisinin ne olduğunu bilmiyorsan, Hıristiyanlığın sevgisi ve şefkatinden azıcık da olsa bir şeyler hisset içinde. Ama sen sevgiden öylesine yoksun bir insansın ki, bir kere bile olsun benim ziyaretime gelmedin... Hamburg'da mafsal romatizmasından hastanede yatarken bir kez bile gelmedin beni görmeye..."

"Senin hastalıklarından daha önemli işlerim vardı. Hem benim sağlık durumum da..."

"Hayır Thomas, senin sağlığın çok iyi! Senin sağlığın bana kıyasla çok iyi olmasaydı, şimdi şu bulunduğun yerde, o makamda olamazdın..."

"Belki de ben senden daha çok hastayım?"

"Benden daha mı hastasın? Hayır, bu kadarı da fazla! Tony... Gerda! Duyuyor musunuz, benden daha hasta olduğunu söylüyor! Güleyim bari! Mafsal romatizmasından Hamburg'da ölüm döşeğinde yatan yoksa 'sen' miydin? En küçük bir sağlık sorununda bile vücudunda dayanılmaz acılar çeken 'sen' miydin? Yoksa sol yanındaki sinirleri kısa olan da mı sensin? Uzmanlar bunun böyle olduğunu tıbbi bir dille kesin olarak söylediler bana! Alacakaranlıkta odana girdiğinde kanepenin üstünde bir adamın oturduğunu ve aslında var olmayan böyle bir adamın başıyla seni selamladığını görmek gibi şeyler 'senin'de başına geliyor mu?.."

Frau Permander, "Christian!" diye bağırdı. "Neler söylüyorsun böyle!.. Tanrım, ne için kavga ediyorsunuz ki? Sanki hastalanmak ve hasta olmak bir erdemmiş gibi konuşuyorsunuz! Eğer sorun kavga etmekse Gerda ve benim de birbirimize söyleyecek bir şeylerimiz olurdu herhalde! Annemizin ölüsü yan odada!.."

Thomas Buddenbrook sinirli bir sesle, "Anlamıyorsun be adam!" diye bağırdı. "Bütün bu tersliklerin; yaptığın rezilliklerin, tembelliğinin ve kendini beğenmişliğinin bir sonucu olduğunu anlamıyorsun. Çalış ve sürekli kendini dinlemekten ve hastalığından söz etmekten de vazgeç!.. Böyle gidersen çıldıracaksın, bunu olası gördüğümü özellikle söylüyorum sana; eğer günün birinde gerçekten çıldıracak olursan bir damla gözyaşı dökmem senin için, çünkü bundan sen sorumlu olursun, bu kendi suçun olur..."

"Evet, biliyorum, ölürsem de gözyaşı dökmezsin sen arkamdan."

Senatör Buddenbrook, "Sen ölmezsin!" dedi umursamaz bir tavırla.

"Ben ölmem mi? Peki, öyle olsun bakalım, o halde ben de ölmem! Hangimizin daha önce öleceğini göreceğiz!.. Çalış demek güzel! Peki ama, ya çalışamıyorsam? Çalışacak gücüm yoksa! Ey, Yüce Tanrım, uzun süre aynı işi yapamıyorum, bitip tükeniyorum! Sen bunu yapabildiysen ve yapıyorsan buna sevinebilirsin, ama yapamıyorlar diye başkalarını da suçlama, çünkü bunun övünülecek bir yanı yok... Tanrı kimilerine güç vermiştir, kimilerine de vermemiştir... Fakat sen böylesin, Thomas," dedi. Bunları söylerken yüzünü daha da buruşturarak masanın üstüne eğiliyor ve masanın tahtasına sert sert vuruyordu. "Sen kendini beğenmiş, kendine karşı özeleştiride bulunmayan birisin... Ama hayır, söylemek istediğim, sana duyurmak istediğim yalnızca bu değil aslında... Ama nereden ve nasıl başlayacağımı bilemiyorum, sana söylemek istediğim şey, aklımdan geçenlerin ancak binde biri... sana karşı yüreğimde hissettiklerimin ancak milyonda biri! Sen hayatta kendine bir yer edindin, saygın bir mevki sağladın kendine. Fakat seni şaşırtacak ve dengeni bozabilecek herkesi buz gibi davranışlarınla bilinçli olarak kendinden uzaklaştırıyorsun, çünkü senin için denge hayatta en önemli şey. Ama bundan çok daha önemli şeyler de var hayatta, Thomas. Tanrı'nın önünde bundan çok daha önemli şeyler var! Sen bencilsin, evet bencilin tekisin sen! Ama bana ne kadar çok kızsan, çıkışsan ve beni paylasan bile yine de seviyorum seni. Senin en kötü yanın, susmandır; bir şey söylenince birden susman ve kendini geri çekip her türlü sorumluluğu reddetmen senin en kötü yanın; bunu kibarca ve insanları utançlarıyla yüzüstü bırakarak yapıyorsun... Sen merhamet nedir, sevgi ve alçakgönüllülük nedir bilmeyen acımasız bir adamsın. Evet, öylesin, Thomas!" diye bağırdı birden. Bu sırada ellerini başının arkasına götürdü ve bütün dünyayı kendisinden uzak tutmak ister gibi ellerini ileriye doğru hareket ettirdi... "Bütün bunlardan bıktım usandım, ölçülü davranışlar, ince ruhluluk ve denge... bütün bu saygın davranışlar öldürecek beni!.." Bunları öylesine gerçek, yürekten ve öylesine nefret dolu bıkkınlıkla söyledi ki, Thomas Buddenbrook biraz gerildi ve bir süre hiç konuşmadan yorgun bir yüz ifadesiyle başını eğip önüne baktı.

"Ben neysem, öyle oldum," dedi sonunda, sesi heyecanlı ve titrekti, "çünkü senin gibi olmak istemedim. Sana karşı içimde bir yakınlık duymadıysam, kendimi senden korumak, varlığını kendim için tehlike saydığımdandır... inan bana, gerçeği söylüyorum."

Bir an sustu ve sonra kesik ve kararlı bir ses tonuyla devam etti:

"Sanıyorum, konudan epeyce uzaklaştık. Kişiliğimle ilgili olarak tam bir nutuk çektin bana... biraz da gerçek payı olan kafa karıştırıcı bir nutuk. Ama şu anda burada söz konusu olan ben değilim, sensin. Evlenmeyi düşünen sensin ve ben de sana evlenme planının gerçekleşmesinin imkânsız olduğunu dilim döndüğünce anlatmaya çalışıyorum. Sana ödeyebileceğim para öyle yüreklendirici bir meblağ olmayacak, bunu bilsen iyi olur..."

"Aline'nin birikmiş biraz parası var."

Senatör Buddenbrook yutkundu, ama sinirlerine hâkim olmasını bildi:

"Ya!.. Birikmiş parası var, öyle mi? Annemizin mirasını bu kadının birikimiyle birleştirmeyi düşünüyorsun demek!"

"Evet. Bir yuvam olsun ve hastalanınca bana şefkat gösteren, bana bakan biri olsun istiyorum. Bunun özlemini çekiyorum. Hem birbirimize çok da yakışıyoruz. İkimiz de biraz yolunu şaşırmış kişileriz..."

"O kadının çocuklarını evlat edinmeyi, yani nüfusuna geçirmeyi de düşünüyorsun, değil mi?"

"Evet."

"Böylece servetin ölümünden sonra onlara geçecek, öyle mi?" Senatör bu sözleri söylerken, Frau Permaneder elini onun kolunun üstüne koydu ve yalvaran bir sesle: "Thomas!.. Annemiz yan odada!.." diye fısıldadı.

"Evet," dedi Christian, "böyle olması gerekir."

Senatör Buddenbrook, "Hayır, bunlardan hiçbirini yapamayacaksın!" diye bağırdı ve öfkeyle yerinden fırladı. Christian da yerinden doğruldu, koltuğunun arkasına geldi, eliyle onu tuttu, çenesini göğsünün üstüne bastırdı ve yarı ürkek, yarı öfkeyle kardeşinin yüzüne baktı.

Öfkesinden neredeyse kendinden geçmiş olan Thomas Buddenbrook, "Bunu yapamayacaksın..." diye tekrarladı. Yüzü sapsarı olmuştu ve her yanı titriyordu. "Ben hayatta olduğum sürece, bunu yapamayacaksın... yemin ederim!.. Dikkat et!.. Aklını başına topla!.. Aptallıklarınla, rezilliklerinle ve her türlü kötülüklerinle hakkın olandan daha çok para tükettin, annemin servetinin dörtte birini o kadına ve piçlerine yedirdin! Bir ikinci dörtte birini de Rahip Tiburtius hile yoluyla ele geçirdi!.. Senin rezilliklerin yüzünden ailemizin başına gelmedik kalmadı, şimdi de çok gerekliymiş gibi hafifmeşrep bir kadınla evlenip piçlerine ailemizin adını vererek bizi onlarla akraba yapmak istiyorsun. Bunu yapmana izin vermeyeceğim, bunu yasaklıyorum sana... beni anlıyor musun?" diye öyle bir haykırdı ki, gürleyen sesi bir deprem gibi odayı salladı ve Frau Permaneder ağlayarak kanepenin bir köşesine büzüldü. "Bu yasağıma karşı hareketlerde bulunmaya kalkışmamanı öğütlerim sana! Şimdiye kadar sana karşı anlayışlı olmaya çalıştım, bazı davranışlarını görmezden geldim... ama işi çığrından çıkarıp beni tahrik edecek olursan, bundan kimin zararlı çıkacağını görürsün! Tekrar söylüyorum sana, sakın bundan! Hiçbir şey tanımam! Aklını yitirdiğini söyler, içeri attırırım, mahvederim seni! Anlıyor musun beni?.."

Christian, "Ben de sana derim ki..." diye başladı... Şimdi karşılıklı bir söz dalaşı başlamıştı, düzeysiz, anlamsız ve yakışıksız sözlerle kavga ediyorlardı, içerikten yoksun, birbirlerine hakaret etmek, kanlarına susamışçasına birbirlerini yaralamaktan başka hiçbir amaca hizmet etmeyen şiddetli bir söz dalaşı. Christian lafı yeniden ağabeyinin kişiliğine getirdi ve geçmişinde bazı ayrıntılar buldu, Thomas'ın bencilliğini ortaya koyan ve Christian'ın hiçbir zaman unutamadığı ve hep içinde taşıdığı ve üzülerek anımsadığı bazı acı anıları gün yüzüne çıkardı. Senatör Buddenbrook aşağılayıcı ve tehdit edici sözlerle ona cevap veriyor ve arkasından hemen pişmanlık duyuyordu. Gerda başını hafifçe eline yaslamış, buğulu gözleriyle ve pek okunamayan yüz ifadesiyle onları süzüyordu. Frau Permaneder büyük bir üzüntü ve umutsuzluk içinde sürekli şunları tekrarlıyordu:

"Annemiz yanda yatıyor... annemiz yanda yatıyor..."

Ağabeyine içindekileri kustuktan sonra, odanın içinde bir aşağı bir yukarı dolaşan Christian, sonunda savaş alanını terk etti.

"Peki, öyle olsun! Göreceğiz bakalım!" diye bağırdı, bıyıkları kirpi gibi olmuştu, gözleri kıpkırmızıydı ve ceketinin önü açılmıştı; sarkan elinin içinde tuttuğu mendilini öfkeyle ve şaşkın şaşkın sallayarak kapıya doğru yürüdü ve arkasından kapıyı hızla çekip kapattı.

Aniden oluşan sessizlikte Senatör Buddenbrook bir an olduğu yerde kaldı ve kardeşinin gözden kaybolduğu yere doğru baktı. Sonra sessizce yerine oturdu, çabuk hareketlerle listeyi yeniden eline aldı ve kuru birkaç kelime daha söyleyerek yarım kalmış işi bitirip koltuğuna yaslandı ve parmaklarını bıyığının uçlarında dolaştırarak derin düşüncelere daldı.

Frau Permaneder'in kalbi korkudan küt küt atıyordu! Sorun, o büyük sorun daha fazla geciktirilemezdi, dile getirilmesi ve kardeşinin de yanıtlaması gerekiyordu... fakat kardeşinin ruh hali şu sıra sağduyulu davranmaya uygun muydu?

Frau Permaneder, önce kucağına bakıp daha sonra da ürkerek kardeşinin yüzündeki ifadeyi okumaya çalışırken, "Evet, Tom..." diye başladı. "Mobilyalar... sen doğal olarak her şeyi düşünmüşsündür... Bize ait olan eşyalar, yani Erika'ya, küçüğe ve bana düşen eşyaları kastediyorum... Onlar burada kalsınlar, bizimle kalsınlar, peki ama ev ne olacak?" diye sordu ve sessizce ellerini ovuşturdu.

Senatör hemen yanıt vermedi, bir süre bıyığını burdu ve üzgün bir yüz ifadesiyle düşüncelere daldı. Sonra derin bir soluk aldı ve yerinden kalktı.

"Ev mi?" dedi... "Ev hepimize ait elbette... sana, Christian'a ve bana... Komik olan, Clara'nın miras payını Rahip Tiburtius'un alacak olması. Ev konusunda tek başıma karar verememem, sizlerin onayı da gerekli. Fakat en doğrusu, bir an önce satıp elden çıkarmaktır," dedi omuzlarını silkerek. Ama söylediklerinden kendisi de ürkmüş gibi yüzü sapsarı oldu.

Frau Permaneder'in başı önüne yıkılmış gibiydi, parmaklarını oynatamıyordu, her yanı uyuşmuş, dizlerinin bağı çözülmüştü sanki.

Bir an sustuktan sonra, "Demek bizim onayımız!" dedi hüzünlü hüzünlü ve biraz da incinmiş bir ses tonuyla. "Fakat sevgili Tom, doğru bildiğin şeyi yapacağını sen de çok iyi bilirsin, Christian ve benim onayımızı çok fazla geciktirmeyeceğimizi de!.. Ama bir söz söylememe, bir ricada bulunmama izin verirsen," diye devam etti Frau Permaneder, sesi güçlükle çıkıyordu ve üstdudağı titremeye başladı... "Ev! Annemizin evi! Annemizin ve babamızın evi! Birlikte güzel günler geçirdiğimiz bu evi satmamız gerekiyor, öyle mi?"

Senatör Buddenbrook yeniden omuzlarını silkti.

"İnan bana kardeşim, bu konuda söylediğin her şey beni de senin kadar duygulandırdı... fakat geçerli nedenler değil bunlar, duygusal tepkiler yalnızca. Yapılması gereken şey belli. Koskoca bir mülk var elimizde... Ne yapabiliriz bunu, oturup düşünelim. Babamızın ölümünden beri geçen yıllar içinde arka bölüm bütünüyle çökmüş durumda. Bilardo salonuna bir kedi ailesi yerleşmiş, özgürce dolaşıyorlar; kapıdan içeri girince, zeminin tahtaları kırılacakmış gibi oluyor... Fisch Caddesi'ndeki evim olmasaydı! Ama bir kere yaptırdık işte, ne yapabilirim? Yoksa o 'evi' satsam daha mı iyi olur? Sen kendin düşün... kime satabilirim? Oraya yatırdığım paranın yarısını bile zor verirler. Ah Tony'ciğim, yeterince mülkümüz var, hatta çok fazla mülke sahibiz! Silolar ve iki büyük ev! Mülklerimizin parasal değeri dönen sermayemize kıyasla çok daha fazla! Hayır, evi satmalıyız... satmamız gerekir!.."

Fakat Frau Permaneder kardeşinin bu sözlerini duymuyordu. Kanepede iki büklüm olmuş, ıslak gözlerle boşluğa dalmıştı.

"Evimiz, bizim evimiz!" diye mırıldandı... "Taşındığımız gün yaptığımız kutlama törenini hâlâ anımsıyorum... Biz o zamanlar küçük birer çocuktuk. Bütün aile bir aradaydık. Hoffstede amca güzel bir şiir okumuştu... Aile dosyamızda duruyor hâlâ... Hepsi de ezberimde... Denizden Yükselen Venüs, diye başlıyordu... Doğa Manzaralı Tablolar Odası! Yemek salonumuz! Yabancı konuklar!.."

"Evet Tony, çok haklısın... Fakat büyükbabam bu evi satın aldığı zaman, evi boşaltmak zorunda kalanlar da böyle düşünmüşlerdi herhalde. Paralarını yitirmişler ve evden çıkmak zorunda kalmışlardı. Sefalet içinde ölüp gitmişlerdi. Her şeyin bir vakti zamanı oluyor. Ratenkampların düştüğü duruma düşmediğimize sevinelim ve bunun için Tanrı'ya şükredelim. Biz buradan onlardan çok daha iyi koşullarda ayrılacağız..."

Hıçkırık sesi, uzun ve acıklı bir hıçkırık sesi, Thomas Buddenbrook'un konuşmasını kesti. Frau Permaneder öyle çok üzülmüştü ki, yanaklarından aşağıya akan gözyaşlarını silmeyi bile akıl edemedi. Yıkılmış ve iki büklüm olmuş bir halde orada öylece oturuyordu ve kucağına bıraktığı donuk ellerinin üzerine düşen ılık gözyaşlarını fark edemedi.

"Tom," diye seslendi ve gözyaşlarına boğulmak üzere olan sesini yeniden düzeltip duygusal bir ton vermeye çalıştı. "Tom, şu anda neler hissettiğimi anlamıyorsun sen, bunu anlayamazsın sen. Kız kardeşinin hiç de iyi bir yaşamı olmadı, yazgısı hep oyun oynadı onunla. Akla gelebilecek her şey geldi başına... Buna layık mıydım, bilemiyorum, Tom. Fakat yakınıp sızlanmadan hepsine katlandım. Grünlich, Permaneder ve Weinschenk, üçü de az mı çektirdi bana. Tanrı hayatımı her seferinde parça parça ettikçe, mahvolmaktan kurtulmasını hep bildim. Çünkü bir evim, güven duyduğum bir limanım vardı, yaşamın bütün kötülüklerine karşı oraya sığınabilir, orada güvende olabilirdim... Hatta şimdi bile, her şeyin mahvolduğu, Weinschenk'in hapse atılacağı şu günlerde bile... 'Anneciğim, yanına taşınabilir miyiz?' derdim. O da, 'Evet çocuklar, gelin,' derdi... Tom anımsıyor musun, çocukluğumuzda 'Savaş' oyunu oynardık, adına 'Kale' dediğimiz küçücük işaretlenmiş bir yerimiz olurdu ve başımız sıkıntıya düşünce oraya koşarak saldırılardan kurtulur ve huzur içinde olurduk. Annemin evi, şu anda içinde bulunduğumuz bu ev de benim hayatımda bir 'Kale'ydi, Tom... Şimdi... şimdi ise satılacak..."

Kanepeye yaslandı, yüzünü mendilinin içine gizledi ve acı acı ağladı.

Thomas Buddenbrook, kız kardeşinin ellerinden birini tuttu ve kendi elinin içine aldı.

"Biliyorum, sevgili Tony, bütün bunları anlıyorum! Ama biraz akıllı davranmamız gerekmez mi? Sevgili annemiz öldü... Artık onu geri getiremeyiz. Öyleyse ne yapmalı? Evi ölü bir yatırım olarak elde tutmak çok saçma... Bunu bilmediğini söyleyemezsin, değil mi? Yoksa kat kat bölüp oda oda kiraya mı verelim!.. Burada yabancıların oturması düşüncesi sana zor geliyor, oysa satmak çok daha iyi, hiç değilse içinde oturanları görmeyeceksin; Kuleli Kale Kapısı'nın yakınlarında bir yerde kendine, kızına ve torununa küçük ve güzel bir ev ya da kat alırsın... yoksa burada kalıp bir sürü yabancı kiracıyla birlikte mi oturmak istersin?.. Seni sevenlerden de ayrılmamış olursun, Gerda ve ben burada, senin yanında olacağız. Breiten Caddesi'ndeki amca kızları, Kröger'ler ve Matmazel Weichbrodt da burada, yakınında olacaklar... Klothilde için bir şey söyleyemeyeceğim, bizlerle ilişkisini sürdürüp sürdürmeyeceğini bilemiyorum. Manastıra kapandığından beri pek yanına yaklaşılmaz oldu..."

Frau Permaneder, gülümsemeyle karışık derin bir iç çekti, başını yana çevirdi ve elindeki mendili gözlerine sıkıca bastırdı, oyun oynayarak üzüntüsünü gidermeye çalışan küçük bir çocuk gibi somurtuyordu. Fakat daha sonra büyük bir kararlılıkla mendilini yüzünden çekti ve kişiliğini ve onurunu korumak istiyormuş gibi başını geriye attı ve yeniden çenesini göğsünün üstüne bastırdı.

"Evet Tom," dedi ve bunu söylerken ağlamaktan kıpkırmızı olmuş gözlerini kırpıştırarak pencereye doğru baktı, "anlayışlı olacağım ben de... oldum bile... Ağladığım için beni bağışla, sen de Gerda! Böylesi herkesin başına gelebilir... İnsani bir zaaf işte. Ama sadece dış görünüşüm böyle, inan bana. Hayatın çemberinden geçmesini bilmiş ne kadar yürekli bir kadın olduğumu en iyi sizler bilirsiniz... Evet Tom, ölü yatırımın ne demek olduğunu anlıyorum, bu kadarına aklım erer. Tekrar ediyorum, neyi doğru buluyorsan öyle yap. Sen bizim için en iyisini düşünürsün ve en iyisini de yaparsın, çünkü Gerda ve ben birer kadınız. Christian'a gelince... Tanrı onun yardımcısı olsun!.. Bizim sana karşı bir diyeceğimiz olmaz, çünkü sana karşı geçerli argümanlarımız yok, bizimki sadece aşırı duygusallık, sanıyorum bu da anlaşılır bir şey. Evi kime satmayı düşünüyorsun Tom? Kısa sürede elden çıkarabileceğine inanıyor musun?"

"Ah, benim güzel kardeşim, bunu bilebilseydim keşke... ama girişimlerde bulunmadım da değil... Daha bu sabah bizim ihtiyar komisyoncu Gosch'la bu konuda biraz fikir alışverişinde bulundum, satış işini üstlenmeye pek de isteksiz görünmedi..."

"Çok iyi olur, çok iyi olur, Tom. Siegismund Gosch'un da zayıf yanları var kuşkusuz... Şu İspanyolcadan yaptığı çeviriler –neydi o şairin adı bilemiyorum– biraz tuhaftı doğrusu, bunu sen de hatırlıyorsundur. Ama babamızın iyi dostuydu ve dürüst bir adamdır. Tertemiz bir yüreği olduğunu herkes bilir. Bu evin öyle sıradan bir ev olmadığını, sıradan bir satış olmayacağını anlayacaktır... Ne düşünüyorsun Tom? Ne kadar isteyeceksin? En azından yüz bin mark eder, değil mi?.."

Frau Permaneder, erkek kardeşi ve eşi merdivenden inerlerken eliyle kapıyı tutmuş, "En azından yüz bin mark eder," diyordu arkalarından. Sonra yalnız kalınca, odanın ortasında sessizce durup yana sarkıttığı ellerini, iç yüzeyleri aşağıya gelecek şekilde kenetledi ve kocaman gözleriyle çevresine şaşkın şaşkın baktı. Siyah dantelli bir örtüyle örttüğü başını hafif hafif salladıktan sonra derin düşüncelere daldı ve başı yavaş yavaş omzuna düştü.

## 3

Küçük Johann, büyükannesinin ölüsünü son bir kez görmeye gidecekti; bunu babası istemişti ve çocuk çok korktuğu halde, itiraz etmek şöyle dursun sesini bile çıkaramamıştı. Senatör Buddenbrook, annesi Frau Konsül'ün uzun süre can çekişerek öldüğü gün yemek masasında, oğluna da duyurmak ister gibi, hastanın durumu kötüleşince, odadan çıkıp yatmaya gitmiş olan amcası Christian'ın davranışını karısının yanında sert sözlerle eleştirmişti. "Sinirlerinin zayıflığı yüzünden, Thomas," diye yanıt vermişti Gerda; fakat Senatör Buddenbrook, oğlunun da dikkatinden kaçmayan bir bakışla eşinin yüzüne sert sert bakmış ve böyle bir durumda hiçbir özrün geçerli olamayacağını söylemişti. "Sevgili annem öyle çok acı çekti ki, ağrısız sızısız karşısında oturanların onun can çekişirken çektiği acıyı görmeye dayanamıyorum deyip odadan dışarı çıkanların utanmaları gerekir," diye de eklemişti. Babasının bu sözlerini duyan Hanno' nun, açık tabutun içinde yatan büyükannesini görmeye gitmemesi olmazdı.

Hanno, büyükannesinin toprağa verilmesinden bir gün önce babasıyla annesinin arasında, sütunlu holden geçerken, büyük salon Noel kutlaması töreninde olduğu gibi yine çok farklı göründü gözüne. Tam karşılarında, yüksek gümüş şamdanlıkla birlikte bir yarım daire şeklinde sıralanmış kocaman kocaman saksı çiçeklerinin arasında, siyah bir kaide üstünde Thorvaldsen'in *Günah Çıkaran İsa* heykelinin beyaz bir kopyası –başka zamanlarda dışarıda dururdu– tüm görkemiyle parlıyordu. Oluşan hava cereyanıyla duvarlardaki siyah tül perdeler hafif hafif sallanıyor ve gök mavisi duvar kâğıtlarını ve bu salonda verilmiş nice yemek şölenlerini seyretmiş olan yüzleri gülümseyen beyaz Tanrı figürlerinin üstünü örtüyordu. Hanno, siyah matem elbisesi giymiş akrabalarının arasında, kollarına siyah kurdele taktığı denizci giysisiyle, gelen bir sürü çiçek ve çelenklerden yükselen kokular ve bu kokularla karışan bir başka kokuyla, Hanno'nun daha önce hiç tanımadığı, ancak şimdi her nefes alış verişinde duyumsadığı bir kokuyla bütün vücudu uyuşmuş gibi tabutun başında dikilmiş, beyaz satenler içinde önünde boylu boyunca yatan büyükannesinin hareketsiz bedenini seyrediyordu...

Bu onun büyükannesi olamazdı. Dost ziyaretlerinde ve toplantılarda giydiği beyaz ipek kurdeleli şapka ve bunun altındaki kızıl kahverengi saçlar onundu, fakat bu sivri burun, bu içeriye doğru çökük dudaklar, bu ileri fırlamış çene, soğukluğu ve sertliği insanı ürküten bu birbirine kenetlenmiş solgun ve incecik eller onun olamazdı. Balmumundan yapılmış bir oyuncak bebekti, alışık olduğu yüze hiç benzemiyordu, üstüne elbiseler giydirilip teşhir edilmesi bile korkunçtu. Hanno, bakışlarını Doğa Manzaralı Tablolar Odası'na çevirdi, gerçek büyükannesi biraz sonra çıkıverecekmiş gibi oraya bakıyordu... fakat çıkmadı, büyükannesi ölmüştü. Ölüm onu, dudakları ve gözkapakları bir daha hiç açılmamak üzere kapanmış bir balmumu figürüne dönüştürmüştü...

Ayağa kalktı, ağırlığını sol bacağına verip sağ dizini bükerek yukarıda kalan ayağını sallarken, bir eliyle de üstündeki denizci giysisinin düğmelerini tutuyordu; öteki elini yana bırakmıştı. Kestane rengi lüle lüle saçlarının şakaklarına döküldüğü yüzünü yana çevirmiş, çatık kaşlarıyla ve çevresi mavi mavi olmuş kahverengi gözlerini kırpıştırarak, ürkek ve dalgın bir yüz ifadesiyle büyükannesinin ölüsünü seyrediyordu. Yavaş yavaş ve duraklayarak soluk alıyordu, çünkü her soluk alışında o kokuyu, çiçek kokularıyla karışmış o yabancı ve tuhaf kokuyu duyumsuyor gibiydi. O koku burnuna gelince, o kokuyu hissedince, kaşlarını büsbütün çatıyor ve dudakları titremeye başlıyordu... Sonunda derin bir iç çekti, fakat bu daha çok gözyaşı dökmeden ağlamaya benzer bir iç çekişti, Frau Permaneder üstüne eğilip onu öptü ve kolundan tutarak oradan uzaklaştırdı.

Senatör Buddenbrook ve eşi, Frau Permaneder ve Erika Weinschenk'le birlikte Doğa Manzaralı Tablolar Odası'nda kent halkının başsağlığı dileklerini kabul ettikten sonra, Frau Elisabeth Buddenbrook toprağa verildi. Frankfurt ve Hamburg'dan cenaze töreni için gelen akrabalar Meng Caddesi'ndeki eve son kez konuk olmuşlardı. Ailenin acısını paylaşmaya gelen kalabalık, salonu ve Doğa Manzaralı Tablolar Odası'nı, sütunlu holü ve koridoru doldurmuştu. Meryem Ana Kilisesi Rahibi

Pringsheim, yanan mumların arasında tabutun başucunda ellerini çenesinin altına kavuşturmuş olarak dikilmiş, ürkütücü bir fanatizm ve tatlı bir aydınlık arasında değişen tıraşlı yüzünü, geniş ve kıvrımlı yakasından Tanrı'ya kaldırmış, ölüm duasını yapıyordu.

Rahip Pringsheim yükselen ve alçalan sesler çıkararak hakkın rahmetine kavuşmuş olan Elisabeth Buddenbrook'un hayattayken yaptığı güzel şeyleri, alçakgönüllülüğünü ve saygınlığını, ömrünü mutlu ve dinibütün bir insan olarak geçirdiğini, iyi kalpli ve hayırsever biri olduğunu güzel sözlerle dile getirdi. Evinde düzenlediği, "Kudüs Geceleri" ve "Pazar Toplantıları"nı da sözlerine ekleyerek, Frau Elisabeth Buddenbrook'un bu dünyada refah içinde geçirdiği uzun ve mutlu yaşamını parlak sözlerle bir kez daha övdü... "Son" sözcüğü bir anlam ifade ediyorsa eğer, rahat ve huzurlu bir sonla bu dünyadan göçmüştür, diyerek bitirdi sözlerini.

Frau Permaneder, tören sırasında kendisine ve toplumun her kesimine karşı saygılı olması ve ailenin bir ferdi olarak metanetli davranması gerektiğini çok iyi biliyordu. Kızı Erika ve torunu Elisabeth'le birlikte rahibin hemen yanında, çelenklerle örtülü tabutun başucunda, en önde duruyordu. Thomas, Gerda, Christian, Klothilde ve küçük Johann ve bir sandalyede oturan yaşlı Konsül Kröger ise, ölenin ikinci derece akrabalarıymış gibi töreni biraz daha gerilerden izliyorlardı. Tony omuzlarını biraz yukarı kaldırmış, elleri arasında tuttuğu siyah kenarlı ipek mendiliyle dimdik duruyordu, annesinin cenaze töreninde başrolü kendisinin oynadığını düşünüyor ve bununla da gurur duyuyordu, öyle ki annesini kaybetmekten duyduğu acıyı bile zaman zaman büsbütün unutuyordu. Bütün kentin bakışlarının üzerinde dolaştığını bildiği için gözlerini öne eğik tutmaya çalışsa da, arada bir kalabalığın arasında dolaştırmadan edemiyordu; bu arada Hagenström'lerin kızı Julchen Möllendorpf ve eşi ilişti gözüne... demek ki herkes gelmişti annesinin cenaze törenine, Möllendorpf'lar, Kistenmaker'ler, Langhals'lar ve Oeverdieck'ler de gelmişlerdi! Tony Buddenbrook, baba ocağını boşaltmadan önce, hepsi de son bir kez daha burada bir araya gelme gereği duymuşlardı, Grünlich'e, Permaneder'e ve Hugo Weinschenk'e rağmen taziyetlerini ve saygılarını sunmak için!..

Rahip Pringsheim, yaptığı konuşmayla ölümün açtığı yarayı daha da derinleştirdi, sonsuzca kaybedilen kişinin değerini yeniden yeniden vurgulayıp herkesin ona teşekkür borçlu olduğunu söyleyerek, ağlamamış olanların da gözlerini yaşarttı. "Kudüs Geceleri"nden söz ederken, ölünün yakın arkadaşları olan yaşlı bayanlar hıçkırmaya başladılar. Yalnızca Madam Kethelsen, kulağı duymadığı için sağırlara özgü bir yüz ifadesiyle bakışlarını uzaklara yöneltmişti. Gerhardt kız kardeşler de el ele tutuşmuşlar, parlayan gözleriyle bir köşede dikiliyorlardı, dostlarının ölümüne sevinmiş bir halleri vardı sanki; kıskanma ve çekememe kişiliklerine uygun olduğu için kıskanıyor değillerdi Frau Elisabeth'i.

Matmazel Weichbrodt'a gelince, kısa kısa ve yüksek sesle sümkürerek sürekli burnunu temizliyordu. Fakat Breiten Caddesi'ndeki evde kalmış amca kızlarının ağladığı yoktu. Ağlamamak gibi huyları olduğundan böyle yapmıyorlardı. Ama yine de her zamankinden biraz daha az iğneli konuşmalarla ölümün ilahî adaleti üzerine hafif bir memnuniyet duyduklarını belli ediyorlardı...

Rahip Pringsheim'ın son "Âmin!" deyişi duyulduktan sonra, üç köşe kara şapkalı dört tabut taşıyıcısı, sessizce, ama acele acele, siyah cüppelerini savura savura içeri girdiler ve hemen tabuta el attılar: herkesin çok iyi tanıdığı dört uşak. Yüksek sosyetenin yemek şölenlerinde koca koca tabaklarla servis yapan, koridorlarda ellerindeki sürahiyi başlarına dikerek Möllendorpf Şirketi'nin kırmızı şarabından içen, para karşılığı hizmet veren dört adam. Fakat ister birinci sınıf ister ikinci sınıf olsun, hiçbir cenaze töreni onlarsız olmazdı, çünkü bu konuda çok becerikliydiler. Yabancı kişilerin araya girip tabutu alıp götürmelerine karşı büyük bir sezgi yeteneği ve el çabukluğu göstermeleri gerektiğini biliyorlardı. Sert ve güçlü bir-iki hamleyle tabutu omuzlarına aldılar. O anın korkunçluğunu hiç kimsenin düşünmesine fırsat vermeden, çiçeklerle örtülü sanduka sütunlu holden geçerek bir anda gözden kayboldu.

Törene katılan kadınlar, Frau Permaneder ve kızının elini sıkıp başsağlığı dilemek için sıraya girdiler, hepsinin de başları öne eğikti ve böyle durumlarda söylenilmesi gerekenden ne az ne de çok bir şeyler mırıldanıyorlardı; erkeklerse, arabalarına binmek üzere aşağıya inmeye başlamışlardı...

Uzun ve karalar içindeki cenaze alayı kasvetli ve ıslak caddelerden ağır ağır ilerliyordu, Kuleli Kale Kapısı'ndan dışarı çıktıktan sonra, ince ince yağan soğuk yağmur altında, yaprakları dökülmüş sıra sıra ağaçların arasındaki yoldan yürüyerek mezarlığa vardılar. Yaprakları yarı yarıya dökülmüş bir fundalığın arkasından cenaze marşı duyuluyordu, kortej tabutun arkasından yaya olarak yürümeye devam etti ve ağaçların bittiği yere kadar geldiler, buradan Buddenbrook'ların aile kabristanının üzerindeki kum taştan yapılmış haç işaretini ve gotik harflerle yazılmış isim levhasını gördüler... üzerinde plastikten yapılmış aile arması bulunan lahit mezarın taş kapağı, ıslak çimlerin arasındaki kapkara bir çukurun hemen yanı başında duruyordu.

Elisabeth Buddenbrook için biraz aşağıda bir mezar hazırlanmış ve Senatör Buddenbrook'un talimatıyla daha önce ölen Buddenbrook'ların kemikleri toplanarak bir kenara yığılmıştı. Şimdi, cenaze marşının çalmaya başlamasıyla birlikte taşıyıcılar tabutu, iplerinden tutarak mezara indiriyorlardı; tabut hafif bir gürültüyle indi aşağıya. Kolluklarını takmış olan Rahip Pringsheim, yeniden konuşmaya başladı. Rahiplere özgü ses tonuyla ettiği dualar, açık mezarın ve başlarını saygıyla öne ya da yana eğmiş kalabalığın üstünden aşarak sabahın sessizliği ve buz gibi havasıyla karışıyordu. Rahip Pringsheim sonunda mezarın üstüne eğildi ve ölüye adıyla seslenerek istavroz çıkardı ve kutsadı. Rahip konuşmasını bitirip sustuktan sonra, bütün erkekler siyah eldivenli ellerindeki silindir şapkalarını yüzlerinin önüne tutup sessizce dua etmeye başladılar, bu sırada hafif bir güneş çıktı. Yağmur durmuştu. Ağaçlardan ve çalılardan düşen tek tük damlaların çıkardığı sese zaman zaman sevimli bir kuş cıvıltısı karışıyordu.

Sonunda herkes ölünün oğullarının ve erkek kardeşinin ellerini sıkarak bir kez daha başsağlığı dilediler. Koyu renk kalın kumaştan paltosunun üstündeki ince yağmur damlalarının pırıl pırıl parladığı Thomas Buddenbrook, tören sırasında kardeşi Christian ve dayısı Justus Kröger'in arasında duruyordu. Son zamanlarda biraz şişmanlamaya başlamıştı, özenle baktığı dış görünüşünde yaşlanmaya başladığını gösteren tek belirti buydu belki de. İnce bıyıklarının düştüğü yanakları biraz dolgunlaşmıştı, ama yüzü kireç gibi beyazdı, kansız ve cansız bir görüntüsü vardı. Hafifçe kızarmış gözleriyle kendisine yaklaşıp elini sıkan her erkeğin yüzüne donuk donuk bakarak teşekkür ediyordu.

## 4

Bundan sekiz gün sonra Senatör Buddenbrook'un özel bürosunda, yazı masasının yanındaki deri koltukta sinekkaydı tıraşlı, bembeyaz saçları alnına ve şakaklarına doğru taranmış ufak tefek bir ihtiyar oturuyordu. Öne doğru eğilmiş bir biçimde her iki eliyle bastonunun beyaz sapına yaslanmış, sivri çenesini ellerinin içine dayamış, dudaklarını sıkıp ağzını yana kaydırarak aşağıdan yukarıya doğru senatöre kötü kötü bakıyordu, böyle bir adamla birlikte bulunmaktan neden sakınmadığı anlaşılır gibi değildi. Fakat Thomas Buddenbrook en küçük bir tedirginlik belirtisi bile göstermeden arkasına yaslanmış ve karşısında oturan bu kötü kalpli ve şeytan suratlı adamla dürüst bir yurttaşla konuşuyormuş gibi ciddi ciddi konuşuyordu... Johann Buddenbrook Şirketi'nin şefi, komisyoncu Siegismund Gosch'la Meng Caddesi'ndeki baba evinin satış değerini konuşuyordu.

Konuşma uzadıkça uzadı, çünkü Herr Gosch'un yaptığı seksen dört bin marklık teklifi Senatör Buddenbrook çok düşük bulduğunu söylemişti. Herr Gosch da bu meblağın üzerine bir metelik bile çıkmasının çılgınlık olacağını yeniden yeniden ve yemin ederek söylüyordu. Thomas Buddenbrook, malikânenin kentin merkezinde bulunduğunu ve arsasının çok büyük olduğunu söyleyince, Herr Gosch dudaklarını büzüp kısık kısık sesler çıkararak ve insanı ürperten hareketler yaparak büyük bir riske girdiği konusunda uzun bir konferans verdi ve kulağa hoş gelen etkili konuşmalarıyla neredeyse şiir gibi açıklamalar yaptı... Ah! Bu evi ne zaman, kime ve kaça satabilecekti acaba? İçinde yaşadığımız yüzyılda böyle bir eve ne dereceye kadar bir istekli çıkar? Çok sayın dostum ve velinimetim, yarın Büchen'den gelecek trenle çok zengin bir Hintlinin çıkagelip ben Buddenbrook'ların evini satın alıp yerleşeceğim, diyeceğini mi sanıyor, bu konuda kendisine söz verebilecek miydi? Yoksa o –Siegismund Gosch–, bu işte sınıfta mı kalırdı?.. Büyük kayıplara mı uğrardı?.. Bir daha ayağa kalkıp toparlanacak vakit bulamayan başarısız ve mahvolmuş bir adam mı olurdu, çünkü bir ayağı çukurdaydı, evet bir ayağı çukurdaydı... Kullandığı bu deyimi kendisi de pek beğendiğinden, tabutunun üstüne toprak atan maymun suratlı adamları ve tabutun kapağının üstüne düşen toprakları şimdiden görür gibi oluyorum," dedi.

Fakat Senatör Buddenbrook, komisyoncu Gosch'un önerisinden memnun kalmamıştı. Evin ve arsanın en mükemmel biçimde bölünebileceğini söyledi, kardeşlerine karşı sorumluluğu bulunduğunu vurgulayarak doksan bin markta direnince, Herr Gosch'un öfke ve memnuniyet karışımı bir ifadeyle verdiği teklifi yeniden dinlemek zorunda kaldı. Pazarlık iki saat kadar sürdü ve Herr Gosch bu sırada bütün yeteneklerini başarıyla ortaya koyma fırsatı buldu. Başından beri ikili oynuyordu, kötü adamlar gibi ikiyüzlü hareket ediyordu. "Sayın Senatörüm, benim genç velinimetim, hadi seksen dört bin marka anlaşalım... Şu ihtiyar ve güvenilir bir adamın yaptığı öneriyi kabul edin lütfen!" dedi ve bunu söylerken başını yana eğdi, suratını ekşitmekten kırış kırış olmuş yüzünde mutlu bir gülümseyiş belirdi, kocaman ve beyaz elini uzun ve titreyen parmaklarıyla ona uzattı. Fakat söyledikleri yalandı ve davranışlarıyla tam bir ikiyüzlülük örneği sergiliyordu. Bir çocuk bile yüzündeki maskenin altındaki bu ikiyüzlülüğü ve haince planları görebilirdi...

Thomas Buddenbrook, konuyu düşünmek için süre istedi ve bu seksen dört bin marklık öneriyi kabul etmeden önce, "Evet diyeceklerini pek sanmıyorum ama, kardeşlerimle görüşmem gerekir," dedi. Daha sonra sözü ilgisiz bir konuya getirerek Herr Gosch'a işlerinin nasıl gittiğini, sağlık durumunun nasıl olduğunu sordu...

Herr Gosch'un sağlık durumu kötüydü. "Mutlu biri olduğumu sanmayın," der gibi anlamlı bir el hareketi yaptı. Artık iyice yaşlanmış ve sağlık şikâyetleri artmıştı; biraz önce kendisinin de söylediği gibi artık bir ayağı çukurdaydı. Akşamları aldığı özel içkisini içerken yarısını döküp saçıyordu, elleri öyle titriyordu ki! Lanet okumasının hiçbir yararı olmuyordu... istemekle olmuyordu artık... ama yine de geride bıraktığı yaşam öyle sefil bir yaşam sayılmazdı. Dünyada gelişen olayları hep sıcağı sıcağına izlemişti. İhtilaller ve savaşlar gümbür gümbür gelmiş ve sert dalgaları onun yüreğinde de derin izler bırakmıştı... Evet böyle denebilirdi, Tanrım, ne günlerdi öyle! Düzene başkaldıran ayaktakımının meclise saldırdığı o tarihi günde Senatör'ün babası Konsül Johann Buddenbrook'un yanında yer alarak o çapulculara nasıl da karşı durmuştu! Korkunç olayların en korkuncuydu... Hayır, yaşamı yoksulluk içinde geçmemişti, ruhu fakir bir adam da değildi. Kendisini hep güçlü hissetmişti. "İdealler güçlere göre belirlenir," der Feuerbach. Evet, o güçlü biriydi ve hâlâ da öyleydi... ruhu fakir değildi, yüreği hep genç kalmıştı; büyük olaylara katılmaktan hiçbir zaman vazgeçmemişti ve hiçbir zaman da vazgeçmeyecekti, ideallerine sıkı sıkı bağlı kalacaktı. İdeallerini mezara kadar taşıyacaktı, bundan en ufak bir kuşkusu yoktu! Fakat ideallere ulaşılmayı ve onları gerçekleştirmeyi bekler miydi insan? Hayır, asla beklemezdi! Yıldızlara, yıldızlara özenmez insan, ama umut için... umutların gerçekleşmesi için değil, umudun kendisidir hayattaki en güzel şey. Umut, ne kadar aldatıcı olsa da, güzel bir yolda yürürken ömrümüzün sonuna varmamızı sağlar hiç değilse. Ne güzel söylemiş Fransız yazar La Rochefoucauld, değil mi?.. *L'espérance toute trompeuse qu'elle est, sert au moins à nous mener à la fin de la vie par un chemin agréable.* Evet, çok saygıdeğer dostu ve velinimeti böyle şeyleri bilemezdi! Gerçek hayatın dalgalarını sırtına yüklemiş ve mutluluğu yüzünden okunan birinin bu tür şeylere kafa yormasına gerek yoktu. Ancak karanlıklarının derinliğinde tek başına kalmış ve hayallere dalmış biri düşünürdü böyle şeyleri.

Siegismund Gosch, bir elini senatörün dizine koyup karamsar bakışlarla yüzüne bakarken, "Siz çok mutlu bir insansınız," dedi. "... Evet, siz çok mutlu bir insansınız! Bunu inkâr edip günaha girmeyin! Siz mutlusunuz! Mutluluğu kucaklamış birisiniz siz! Siz mutluluğa soyunmuş ve onu güçlü kollarınızla yakalamış birisiniz... güçlü ellerinizle!" diye düzeltti, çünkü *Arm*[1] sözcüğünün sık sık tekrarlanmasına katlanamıyordu. Daha sonra sustu. Senatör'ün bir karşı sözünü, kendisini savunmasını beklemeden kapalı gözlerle rüya görüyormuş gibi onun yüzüne bakmaya devam etti. Sonra Senatör birden ayağa kalktı.

"Hep sohpet edip durduk, oysa biz iş konuşmak için bir araya gelmiştik. Zaman çok kıymetli, çekincelerimizi bir yana bırakıp vakit kaybetmeyelim! Dinleyin beni... siz olduğunuz için... beni anlıyorsunuz, değil mi? Çünkü..." Herr Gosch yeniden güzel hayallere dalmak istiyormuş gibiydi, fakat hemen kendisini topladı, heyecanlı ve coşkulu bir sesle haykırdı:

"Yirmi dokuz bin taler... yani seksen yedi bin mark veriyorum annenizin evine! Kabul mü?.."

Senatör teklifi kabul etti.

Frau Permaneder, beklendiği gibi bu fiyatı çok komik buldu. Böyle düşünmesi de çok doğaldı. Onu bu eve bağlayan anılar göz önünde bulundurulursa, ancak bir milyonluk fiyatı kabul edebilirdi, bunun altını asla. Fakat kardeşinin telaffuz ettiği meblağa çok geçmeden sıcak

1. (Alm.) Kol. Aynı zamanda "fakir" anlamına da gelir. (Y.N.)

bakmaya başladı, hele gelecek için planladığı şeyleri düşündükçe...

Frau Permaneder, payına düşen çok sayıdaki birbirinden güzel mobilyalara çok seviniyordu. Baba evinden çıkarmayı şimdilik hiç kimsenin düşünmediği halde, kızı ve torunuyla birlikte oturacağı yeni bir konut bulmak ya da kiralamak için hemen harekete geçti. Ayrılık çok zor geliyordu... Bunu düşünmek bile gözlerinin yaşarmasına neden oluyordu. Fakat bu değişikliğin, bir yeniliğin de çekici yanı vardı elbette... Dördüncü bir evliliğe ve yeni bir ev kurmaya benzemiyor muydu bir bakıma? Beğendiği evin koridorlarını ve odalarını yeniden yeniden gezdi, döşemeci Jakobs'la görüştü, pencerelere perde ve koridorlara yolluk için yeniden dükkân dükkân dolaştı... Kalbi heyecandan küt küt atıyordu; evet, hayatın dinçleştirdiği bu yaşlı kadının kalbi küt küt atıyordu gerçekten!

Haftalar geçip gidiyordu. Dört hafta, beş hafta derken altıncı hafta da geçti. Mevsimin ilk karı düştü, kış geldi. Sobalar çıtır çıtır yanmaya başladı ve Buddenbrook'lar, yaklaşan Noel'i düşündükçe hüzünlenmeye başladılar... İşte tam bu sırada bir şey oldu, herkesi çok şaşırtan dramatik bir şey oldu. Olayların akışı herkesin ilgisini çeken bir yön aldı... Tam bir bomba etkisi yapan, alışveriş işlerine dalmış olan Frau Permaneder'in donup kaldığı bir olayla karşılaşıldı!

"Thomas," dedi, "ben mi çıldırdım? Yoksa bizim ihtiyar Gosch hayal mi görüyor? Böyle şey olmaz! Bu çok saçma, düşünülemez bile..." Bunları söyledikten sonra bir an sustu ve iki elini şakaklarının üstüne bastırdı. Fakat Senatör Buddenbrook, kız kardeşinin yüzüne bakıp omuzlarını silkerek şöyle dedi:

"Bak benim güzel kardeşim, ortada verilmiş bir karar yok henüz; bu bir düşünce, bir olasılık yalnızca. Oturup sakin kafayla düşünecek olursan, buna aklının yattığını göreceksin. Biraz şaşırtıcı elbette. Herr Gosch bana bu öneriyi yaptığında, ilk başta ben de çok şaşırmıştım. Fakat gördüm ki, hiç de yabana atılacak bir öneri değil, ne gibi sakıncası var sence?.."

Frau Permaneder, "Ben böyle bir şeyi yaşamak istemiyorum," diyerek bir sandalyeye oturdu ve sessiz kaldı.

Ne mi olmuştu? Baba evine bir alıcı çıkmıştı, evi satın almak için pazarlığa girişen biri çıkmıştı. Bu, büyük tüccar ve Portekiz Konsülü Herr Hagenström'dü.

İlk söylentiler Frau Permaneder'in kulağına geldiğinde, kafasına bir şey indirilmiş gibi olmuş, şaşkınlıktan eli ayağı tutulmuştu sanki, olup bitenleri derinliğine kavrayacak gücü ve yeteneği kalmamıştı. Fakat sorun açıklığa kavuşup Herr Konsül Hagenström'ün Meng Caddesi'ndeki evi görmeye gelmesi yaklaşınca, kendini topladı ve yeniden canlandı. Artık satışa karşı çıkmaktan vazgeçmişti, ama direnmeye de devam ediyordu. Ateşli ateşli sözler söylüyor, yangın meşalesi gibi yakıcı ve savaş baltası gibi keskin sözler çıkıyordu ağzından:

"Bu olmaz, Thomas! Ben hayatta olduğum sürece, olmaz bu! İnsan köpeğini satarken bile, sattığı adamın kim olduğuna bakar. Annemizin evi! Bizim evimiz! O güzelim Doğa Manzaralı Tablolar Odası!.."

"Ama bu satışa neden karşı çıktığını sormuştum sana."

"Karşı çıkışım mı? Ey Yüce Tanrım, niye karşı çıkıyorsun diye soruyor bir de! Dağlar kadar engel var bu satışa, o şişko herife karşı çıkmam için Thomas! Dağlar kadar engel var! Ama o bunu görmez! O bunu anlamaz! Böyle şeyler için kaygı duymaz o! Böyle şeyleri anlamaz, böyle şeyleri hissetmez o! Hayvandan farkı yok onun!.. Hagenström'ler oldum olası bizim düşmanımızdır, her zaman ve her yerde karşımıza çıkmışlardır... İhtiyar Hinrich, babama ve büyükbabama karşı ne oyunlar oynamıştı; eğer Hermann bugüne kadar sana ciddi bir rahatsızlık vermediyse, sana çelme takmadıysa, buna vakit bulamamıştır... Çocukluk günlerimizde onu bir keresinde sokak ortasında tokatlamıştım, bunun için haklı nedenlerim vardı, sevgili kız kardeşi Julchen de bunun için beni tırmalamış, yüzümü gözümü kanlar içinde bırakmıştı. Bunlar çocukça şeyler diyebilirsin, tamam öyle olsun! Fakat bizim başımıza felaket gelince, haince sevinip bizimle alay ettiler hep. Onların böyle sevinmelerine genellikle hep ben sebep oldum... Tanrı böyle istedi... Ama Konsül Hagenström'ün sana ve iş yaşamına ne kadar çok zarar verdiğini, hiç utanmadan seni nasıl ezip geçtiğini sen benden çok daha iyi bilirsin; Tom, bu konuda sana ders verecek durumda değilim. Ama şunu sen de biliyorsun, Erika iyi bir evlilik yapınca, kıskançlıklarından kudurdular ve sonunda da bizim Müdür Bey'in işini bitirip hapse attırmayı başardılar; erkek kardeşlerine yaptırdılar bunu, şu şeytan suratlı savcı bozuntusuna, o it herife... Şimdi de küstahça bir işe kalkışıyor... hiç utanıp sıkılmadan..."

"Dinle Tony! Her şeyden önce şunu bilmeni isterim ki, bu işte biz söz sahibi değiliz, çünkü Herr Gosch'la bir sözleşme imzaladık. Kime isterse, ona satar evi. Bu onun bileceği bir iştir. Ortaya çıkan bu durumun kaderin bir oyunu olduğunu kabul ediyorum..."

"Kaderin bir oyunu mu? Evet, Tom, bu tür deyimler bulmakta 'senin' üstüne yok! Ama bence bu tam bir yüzkarası, bir rezalet, suratımızın ortasına acımasızca indirilmiş bir yumruk. Evet, tam dediğim gibi! Bunun ne anlama geldiğini hiç düşündün mü? Eğer düşünmediysen, düşün lütfen. Thomas, bunun anlamı şu: Buddenbrook'lar artık bitti, sıfırı tükettiler, mahvoldular, bir daha asla ayağa kalkamazlar. Buradan taşınıyorlar ve yerlerine Hagenström'ler geliyorlar, hem de gümbür gümbür geliyorlar... Hayır Thomas, hayır! Ben bu oyuna alet olmayacağım! Bu aşağılık herif için parmağımı bile kıpırdatmayacağım! Canı ne zaman isterse gelsin evi görmeye. Fakat onu asla karşılamayacağım; evet, yapacağım bunu! Kızım ve torunumla bir odaya çekilip kapıyı içeriden kilitlerim ve onun içeri girmesine izin vermem, inan bana Tom, yaparım bunu..."

"Sevgili kardeşimin dediğini yapacağını bilirim, fakat bunu yaparken toplum içindeki saygınlığımızı korumamız gerektiğini de düşünmelisin. Böyle davranışlarla Konsül Hagenström'ü küçük düşüreceğini sanıyorsun herhalde. Hayır sevgili kardeşim, bu konuda çok yanılıyorsun. Hagenström senin bu davranışından dolayı ne sevinecek ne de üzülecektir, tam tersine buna bir anlam veremeyecek ve biraz şaşıracaktır, sakin ve umursamaz bir tavırla biraz şaşıracaktır yalnızca... Senin ona karşı beslediğin duyguları o da bize karşı besleyecektir. Yanılıyorsun, Tony! O senden nefret etmiyor. Hem neden nefret etsin ki? O hiç kimseden nefret etmez. Başarılı ve mutlu bir işadamı, neşesi ve keyfi yerinde bir insan, inan bana doğru söylüyorum. Sokakta karşılaşınca, şu hırçın ve kendini beğenmiş halinle kafanı kaldırıp onun yanından geçme huyundan vazgeçsen, o seni içten duygularla selamlar diye belki de on defa söyledim sana. O senin bu davranışına bir anlam veremiyor, neden böyle davranıyor diye düşünüyor ve alaycı alaycı yüzüne bakıp şaşkınlığını gizleyemiyor, onun kimseye zararı dokunmaz, öyle biri değil o... Ne ile suçluyorsun onu? İş hayatında beni geride bıraktıysa... ara sıra da olsa kamu işlerinde benden daha başarılı çalışmalar yaptıysa, bu onun benden daha yetenekli bir tüccar olduğunu ve daha iyi bir politikacı olduğunu gösterir... Ona karşı böyle davranman, kızıp onunla alay etmen için kesinlikle bir neden olamaz! Ev konumuza geri dönecek olursak, o eski ev ailemiz için önemini çoktan yitirdi ve bütünüyle benim üzerime geçti... Bunu sana biraz sakinleşmen için söylüyorum. Öte yandan Konsül Hagenström'ün bu evi satın alma fikrinin nereden kaynaklandığı da anlaşılır bir şey. Hagenström'lerin ekonomik durumlarında son zamanlarda çok gelişme oldu. Aile giderek büyüyor, Möllendorpf'larla akraba oldular, para ve saygınlık bakımından ilk sıralara geldiler. Fakat dış görünüş bakımından biraz eksikleri var, ekonomik yönden biraz daha kalkınma ve önyargısız hareket etme kaygısıyla şimdiye kadar dış görünüşlerini düzeltmekten kaçınmışlardı... saygın bir geçmişleri olsun, toplum içinde kabul görsünler istiyorlardı... Görünüşe bakılırsa bunu şimdi yapmak istiyorlar ve bizim gibi bir ailenin evini satın alarak, böyle bir saygınlığa kavuşmayı umuyorlar... Bak göreceksin, Konsül evimizdeki her şeyi koruyacak, hiçbir değişiklik yapmayacaktır, giriş kapısının üstündeki *Dominus providebit* yazısını da kaldırmayacaktır; oysa Strunck ve Hagenström Şirketi'ni böylesine geliştiren Tanrı değil, Hagenström'ün bizzat kendisidir, bunun tersini kimse söyleyemez..."

"Bravo Tom! Onun hakkında senin ağzından bir kez olsun kötü bir şey duymak nasıl rahatlatır beni bilsen! Bütün istediğim sadece bu! Tanrım, şu senin kafan bende olsaydı, ona neler yapmazdım ki! Oysa sen karşımda durmuş..."

"Kafamın bana pek az yararı dokunduğunu sen de görüyorsun işte."

"Ama karşımda durmuş, inanılmaz bir rahatlıkla konuyu değerlendiriyorsun ve Hagenström'ün davranış biçimini haklı çıkarmaya çalışıyorsun... Ah, nasıl konuşursan konuş, kalbin benim kadar temiz; göründüğün kadar içinin rahat olduğunu sanmıyorum! Benim yakınmalarıma yanıt veriyor ve beni yatıştırmaya çalışıyorsun, ama aslında sen kendini yatıştırmak istiyorsun..."

"Ama şimdi terbiyesizleşmeye başladın Tony. Davranışlarım yalnızca beni ilgilendirir, nasıl istersem öyle davranırım, başkalarını hiç ilgilendirmez!"

"Yalvarırım sana Tom, şunu bana açıkça söyle: Bu korkunç bir kâbus değil mi?"

"Çok haklısın."

"Tam bir karabasan?"

"Evet, öyle."

"Trajikomik bir durum?"

"Yeter! Yeter artık!"

Konsül Hagenström, Meng Caddesi'ndeki evin kapısında göründü, yanında komisyoncu Herr Gosch vardı. Herr Gosch, başındaki Cizvit tarikatı mensuplarına özgü şapkasıyla, sinsi sinsi çevresine bakınarak kartvizitleri götüren hizmetçi kızın açtığı camlı kapıdan geçti ve konsülün arkasından Doğa Manzaralı Tablolar Odası'na girdi...

Hermann Hagenström, uzun ve kalın bir kürk giymişti, önü açıktı ve kürkünün altından görünen yeşil sarı çizgili ve sağlam İngiliz kumaşından yapılmış kışlık ceketiyle bir büyük kent insanı, etkileyici bir borsacı tipi izlenimini veriyordu. Öylesine şişmandı ki, sadece çenesi değil, aynı zamanda yüzünün alt kısmı da adeta çift görünüyordu, öyle ki kısa kesilmiş sarışın sakalı bile gerdanını örtmeye yetmiyordu, alnını ve kaşlarını hareket ettirirken şakaklarının tıraşlı derisi kırış kırış oluyordu. Üstdudağının üstüne doğru sarkmış burnu her zamankinden daha da yassı görünüyordu ve güçlükle soluk alıp veriyordu. Rahatça soluk almak için zaman zaman ağzını açmak zorunda kalıyordu; dilini üstçenesinden ve gırtlağından uzaklaştırmaya çalışırken hafifçe bir gürültü çıkarıyordu ağzından.

Frau Permaneder hiç yabancısı olmadığı bu gürültüyü duyunca, biraz kızardı. Eski günlerin limonlu çöreklerini ve Strasbourg'a özgü ünlü yermantarlı kaz ciğeri ezmesini gözünün önünde canlandırınca, o sert ve onurlu duruşu bir an için sarsılacak gibi oldu... Düzgün taranmış saçlarının üstüne taktığı matem şapkası, üstüne tıpa tıp oturmuş ve eteği baştan başa fırfırlarla bezenmiş kostümüyle kollarını kavuşturmuş ve omuzlarını hafifçe yukarı kaldırmış olarak kanepede oturuyordu. İki erkeğin içeri girdiğini görünce, kendisini böyle bir anda yalnız bırakmayan erkek kardeşi Senatör Buddenbrook'a umursamaz bir tavırla ve sakin sakin baktı... Senatör Buddenbrook gelen konukları karşılamak için odanın ortasına kadar gelirken, o yerinden kalkmadı. Thomas Buddenbrook, komisyoncu Herr Gosch'u çok candan ve Herr Hagenström'ü de görgü kuralları gereği nazik bir şekilde selamladıktan sonra, o da yerinden kalktı ve ölçülü bir reverans hareketi yaparak onları selamladı ve kardeşiyle birlikte, aşırılığa kaçmayan söz ve hareketlerle, nazikçe oturmalarını rica etti. Bunu söylerken gözlerini kapatmıştı, umursamaz bir hali varmış gibiydi.

Hep birlikte oturdular, Konsül Buddenbrook ve komisyoncu Herr Gosch, karşılıklı olarak birbirleriyle konuşmaya başladılar. Herr Gosch, yapay bir nezaket gösterisiyle rahatsızlık verdikleri için özür diledi, iyi niyetli olmadığı her halinden belliydi. Konsül Hagenström evi satın alacağını söyleyerek odaları tek tek görmek istediğini bildirdi... Herr Hagenström, Frau Permaneder'e limonlu çörekleri hatırlatan bir sesle söylediklerini bir kere daha tekrarladı: Evi satın alma fikri önce kendisinin aklına gelmiş ve bu fikir hızla isteğe dönüşmüştü, böylece kendisinin ve ailesinin beklentisini yerine getirmiş olacaktı; eğer Herr Gosch fazla komisyon almayı kafasına koymadıysa, şimdi bu isteği gerçekleşebilirdi!.. Bu işin her iki tarafı da memnun edecek şekilde bir sonuca bağlanacağından hiç kuşkum yok, dedi.

Konsül Hagenström, sakin sakin konuşması, rahat ve güven veren davranışlarıyla Frau Permaneder üzerinde olumlu etki bırakmıştı, özellikle de konuşmasını sürekli Frau Permaneder'e dönerek yapmasıyla. Hatta bu isteğini neredeyse özür dileyen bir ses tonuyla dile getirmeye özen göstermişti. "Büyük ve çok odalı bir ev!" dedi. "Bizim Sand Caddesi'ndeki evimiz... inanın saygıdeğer hanımefendi ve sayın Senatör... Bize çok dar geliyor, kimi zaman sığamıyoruz içine, kımıldayacak yer kalmıyor. Dost toplantılarından ve davetlerden söz ettiğimi sanmayın... Tanrı korusun. Ailemizin böylesine büyük bir eve gerçekten ihtiyacı var. Huneus'lar ve kardeşim Moritz'in ailesi Möllendorpf'lar... Hep birlikte balık istifi gibi oturuyoruz. Bu durumda yeni bir ev... neden olmasın?"

Konsül Hagenström, biraz da sinirli bir ses tonuyla konuşuyordu. Yüz ifadesi ve el hareketleriyle, "Bu duruma daha fazla seyirci kalamayacağım... yeterince aptallık ettim zaten... Tanrı'ya şükür yetecek kadar param da var, göreceksiniz, başaracağım bu işi" der gibi bir hali vardı...

"Bugüne kadar beklemek istedim," diye devam etti Herr Hagenström, "Zerline ve Bob evlendikten sonra kendime yeni bir ev bakayım diyordum; biliyorsunuz, kızım Zerline ve savcı erkek kardeşimin büyük oğlu Bob uzun yıllardan beri nişanlılar... evlenmelerini daha fazla geciktirmemek lazım... çok çok iki yıl daha belki... İkisi de çok genç, böylesi daha iyi! Kısacası, ne diye onların evlenmelerini bekleyip de şu karşıma çıkan güzel fırsatı kaçırayım, değil mi? Bu hiç de akıllıca olmazdı..."

Odada tam bir anlayış havası esiyordu. Konuşma kısa bir süre için aile işlerine kaydı, kardeş çocuklarının yaklaşan evliliklerinden söz edildi; kardeş çocuklarının belli durumlarda evlenmeleri kentte yadırganır bir durum olmadığı için, buna karşı hiç kimse bir şey diyemiyordu. Genç çiftlerin tasarladıkları planları, balayı gezileriyle ilgili olarak neler düşündükleri konusunda sorular yöneltildi... "Çocuklar, Riviera'ya, Nice'e ya da böyle bir yere gitmek istiyorlar, evet, bunu çok istiyorlar, neden istemesinler ki, buna hakları var elbette," diye yanıt verdi Herr Hagenström... daha küçük olan çocuklardan da söz edildi. Konsül Hagenström onlardan söz ederken gözleri parlıyordu, büyük bir keyifle ve omuzlarını silkerek konuşuyordu. Kendisinin beş çocuğu vardı, kardeşi Moritz'in de dört: kız ve oğlan çocukları... "Evet, Tanrı'ya şükürler olsun ki hepsi de sağlıklı ve mutlu çocuklar. Hem neden mutlu olmasınlar, öyle değil mi? Kısacası, hepsi de sağlıklı ve mutlu çocuklar," dedi. Sonra sözü yeniden ailesinin giderek büyüdüğüne ve oturdukları evin küçüklüğüne getirdi... "Evet, ama bu ev bambaşka!" dedi. "Böyle olduğunu buraya gelirken daha yolda anladım. Bu ev bir pırlanta, eşi benzeri olmayan bir pırlanta! Hele şu duvar kâğıtları... Saygıdeğer hanımefendi, itiraf etmeliyim ki, sizinle konuşurken gözümü şu odadan ayıramıyorum. Çok zarif ve büyüleyici bir oda gerçekten! Şimdiye kadar böyle bir evde yaşadığınızı düşündükçe..."

Frau Permaneder, zaman zaman yaptığı gibi o kendine özgü gırtlaktan gelen sesiyle, "Evet, bazı kısa aralıklar dışında," dedi.

Konsül Hagenström, "Evet, bazı kısa aralıklar dışında," diye karşılık verdi saygılı bir gülümseyişle. Daha sonra Senatör Buddenbrook ve komisyoncu Gosch'a baktı; ikisi koyu bir sohbete daldıkları için koltuğunu Frau Permaneder'in oturduğu koltuğun önüne çekti ve ona doğru öyle eğildi ki, Frau Permaneder onun ağır ağır soluk alışını duyuyordu. Başını yana çevirip onun soluk alışından kaçınmayı kendisine yakıştıramayan Frau Permaneder, kanepenin üstünde resmî bir biçimde ve mümkün olduğunca dik oturuyor, gözkapaklarını düşürerek onun yüzüne bakıyordu. Fakat Herr Hagenström onun sıkıldığının ve rahatsız olduğunun farkında bile değildi. "Saygıdeğer hanımefendi anımsar mı bilmem, eskiden bir kez alışveriş olmuştu aramızda," dedi... "O zaman yalnızca bir şekerleme... bir şeker alışverişiydi elbette... ama şimdi koskoca bir ev..."

Frau Permaneder, "Anımsamıyorum," dedi ve başını daha da dik tuttu, çünkü Herr Hagenström'ün yüzünü kendisine yakınlaştırmasından rahatsız olmuştu...

"Anımsamıyor musunuz?"

"Hayır, sizinle böyle bir şekerleme işi, bir şeker alışverişi yaptığımızı gerçekten bilmiyorum. Yalnızca sosisli limonlu çörekler geliyor gözümün önüne... o iğrenç kahvaltı çörekleri... benim miydi yoksa sizin miydi, bilemiyorum. O zamanlar ikimiz de... fakat bugün şu ev meselesi, bütünüyle Herr Gosch'un işi..."

Frau Permaneder, müteşekkir bir ifadeyle kardeşine bir göz attı, çünkü kardeşi rahatsız olduğunu anlamış ve Hagenström'e dönerek, önce evi bir görmek istersiniz herhalde diye kız kardeşinin yardımına koşmuştu. O da bundan memnunluk duyacağını söyledi ve Frau Permaneder'den izin isteyerek oradan ayrıldı. Tekrar görüşmenin kendisi için büyük bir zevk olacağını söyledikten sonra, Senatör Buddenbrook her iki konuğunu yemek salonundan dışarıya çıkardı.

Senatör Buddenbrook onları merdivenden yukarı çıkardı, aşağıya indirdi, ikinci kattaki odaları ve birinci katın koridoruna bakan odaları tek tek gezdirdi. Sonra zemin katı ve zemin kattaki odaları, mutfağı ve kileri gezdiler. Bürolara gelince, bu bölüme uğramadılar, çünkü sigorta şirketi çalışanlarının mesaisi hâlâ devam ediyordu. Şirketin yeni müdürü hakkında birkaç söz söylendi; Konsül Hagenström yeni müdürün dürüst bir insan olduğunu arka arkaya iki defa söyleyince, Senatör Buddenbrook susmak zorunda kaldı.

Daha sonra karları erimeye başlamış bahçeden ve yaprakları dökülmüş ağaçların arasından geçtiler, "dış kapı"ya bir göz atıp çamaşırhanenin bulunduğu ön avluya geri döndüler ve buradan da, içinde bir meşe ağacının bulunduğu iki duvar arasından ve arka avluya doğru uzanan kaldırım taşı döşeli dar yoldan geçerek arka cepheye geldiler. Burada her şey bakımsızlıktan eskimiş ve harap olmuştu. Kaldırım taşlarının arasından otlar ve yosunlar fışkırmıştı. Arka bölüme çıkan merdivenler bütünüyle çürümüştü. Bilardo salonuna yerleşen kedi ailesine, kapıyı açıp şöyle bir baktılar, içeri girmeyi göze alamadılar, çünkü zemin tahtaları pek güvenilir değildi.

Konsül Hagenström iyice suskunlaşmıştı, görünüşüne bakılırsa birtakım hesaplar ve planlar yapıyordu. Umursamaz bir tavırla ikide bir, "Ya, demek böyle!" deyip duruyordu. Buranın sahibi olursa, bütün bunların böyle kalmayacağını söylemek ister gibiydi. En alt katın sert toprak zemininde bir süre durduktan sonra, boş zahire ambarlarına uzun uzun baktı. "Ya, demek böyle!" dedi yeniden; yıllardan beri burada asılı duran, ucundaki demir kancası paslanmış kalın ve kısmen hasar görmüş vinci birkaç kez salladı ve sonra topuğunun üstünde dönerek şöyle dedi:

"Zahmetiniz için çok teşekkür ederim, sayın Senatörüm. Evi dolaşmayı bitirdik sanırım." Sonra hemen hemen hiç konuşmadan Herr Gosch'la birlikte hızlı adımlarla binanın ön bölümüne doğru döndüler ve Doğa Manzaralı Tablolar Odası'nda oturmadan, Frau Permaneder'den izin istediler ve Thomas Buddenbrook iki konuğunu merdivenden indirip koridordan geçirerek uğurladı. Fakat Konsül Hagenström daha sokağa adımını atar atmaz, yüzünü komisyoncu Gosch'a çevirdi ve ikisi arasında hararetli bir konuşma başladı...

Senatör Buddenbrook, Doğa Manzaralı Tablolar

Odası'na geri döndü, kız kardeşi Frau Permaneder pencerenin önündeki yerinde oldukça gergin bir yüz ifadesiyle oturmaktaydı. İki büyük tahta şişle torunu küçük Elisabeth için siyah yünden bir kısa ceket örüyordu ve arada bir de gizli gözetleme aynasına göz atıyordu. Thomas Buddenbrook hiç konuşmadan, elleri pantolonunun cebinde, bir süre bir aşağı bir yukarı dolaştı. Sonra, "Evet, onu komisyoncuyla baş başa bıraktım," dedi, "bekleyelim bakalım, ne olacak. Sanırım bütün evi satın alacak, ön bölümde kendisi oturacak ve arka kısmı da başka şekilde değerlendirecek..."

Frau Permaneder bakışlarını kardeşine yöneltmişti, dimdik oturuşunu değiştirmemiş ve yün örgüsünü elinden bırakmamıştı; tam tersine parmakları arasındaki şişlerin daha da hızlandığı görülüyordu.

Frau Permaneder, "Elbette satın alacak, bütün evi satın alacak," dedi, yine o gırtlaktan gelen bir sesle söyledi bunları. "Neden satın almasın ki, bundan daha akıllıca bir alışveriş olur mu!"

Örgü örerken kullanmaya başladığı, fakat takmasını bir türlü beceremediği kelebek gözlüğünün arkasından kaşlarını çatarak sert sert baktı ve sonra şişleri tıkırdatarak hızlı hızlı örmeye devam etti.

Noel geldi, Konsül Elisabeth Buddenbrook'suz geçecek olan ilk Noel. 24 Aralık akşamı Senatör'ün evinde kutlandı, Breiten Caddesi'ndeki evde kalmış amca kızları ve ihtiyar Kröger'ler çağrılmamıştı. Thomas Buddenbrook, perşembe toplantılarına son verdiği gibi, annesi Frau Konsül'ün düzenlediği ve herkesi davet edip armağanlar verdiği aile geleneğini sürdürmek istememişti. Sadece Frau Permaneder, kızı Erika Weinschenk ve torunu küçük Elisabeth, manastıra kapanmış olan Klothilde ve 25 Aralık akşamı sıcacık odasına çekilip armağanlar dağıtma geleneğinden hiç vazgeçmemiş olan Matmazel Weichbrodt çağrılmıştı.

Meng Caddesi'ndeki evde Noel akşamları ayakkabı ve yün giysiler gibi armağanlar alan "yoksullar" korosu ve Noel şarkısı söyleyen çocuklar da yoktu bu yıl. Salondakiler yalnızca "Sessiz Gece, Kutsal Gece" adlı ilahiyi okuduktan sonra, Therese Weichbrodt ilahi kitabını eline aldı ve bu bölümü pek güzel bulmayan Frau Senatör'ün yerine Noel bölümünü yanlışsız okudu. Daha sonra yarım ses tonuyla hep birlikte, O *Tannenbaum* ilahisinin ilk kıtasını okuyarak odalardan peş peşe geçtiler ve büyük salona girdiler.

Toplantılar düzenleyip eğlenmek için bir neden yoktu artık. Yüzler mutluluk saçmıyor ve konuşmalar pek öyle neşeli geçmiyordu. Ne hakkında konuşup eğleneceklerdi ki? Neşelenecek ne kalmıştı ki dünyada. Merhum annelerini andılar, evin satışı üzerine konuştular, Frau Permaneder'in Kuleli Kale Kapısı önünde ve Ihlamur Meydanı'na bakan alanda güzel bir apartmanda kiraladığı aydınlık bir kattan ve Hugo Weinschenk'in hapisten çıkınca, ne olacağı konusunda sohbet ettiler... Bu arada küçük Johann piyanonun başına geçti ve Herr Pfühl'den öğrendiği bazı parçaları çalmaya başladı ve annesine eşlik etti, biraz hatalı da olsa Mozart'ın bir sonatını güzel bir müzikle çaldı. Herkes onu alkışladı ve öptü; fakat biraz sonra Ida Jungmann tarafından yatağa götürüldü, çünkü henüz atlatamadığı bağırsak ağrıları yüzünden bu akşam yüzü kireç gibi olmuş ve halsiz düşmüştü.

Christian da suskundu ve hiç kimseyle şakalaşmıyordu. Ağabeyi Thomas'la kahvaltı odasındaki çatışmasından sonra evlenme isteğinden bir daha hiç söz etmemiş ve kardeşiyle hiç de iyi olmayan ilişkisini aynı şekilde sürdürmeye devam etmişti. Gözlerini kalabalık üzerinde dolaştırarak sol tarafındaki "sızı" için ilgi çekmeye çalıştı ve geleneksel akşam yemeği için, yine gelmek üzere, erkenden kulübe gitti... Buddenbrook'ların Noel akşamı da böylece sona ermiş oldu, Noel kutlamasından yine de memnun kalmışlardı.

1872 yılının başında merhum Konsül Elisabeth Buddenbrook'un evi boşaltıldı. Hizmetçi kızlar gittiler. Ev işlerine bakan dik kafalı ve asık suratlı Matmazel Severin, aldığı ipek elbiseler ve çamaşırlarla evden ayrılınca, Frau Permaneder ellerini kaldırıp Tanrısı'na teşekkür etti. Sonra mobilya arabaları geldi Meng Caddesi'ne ve evin boşaltılmasına başlandı. Büyük oymalı sandık, altın yaldızlı şamdanlar, senatör ve eşinin payına düşen öteki eşyalar Fisch Caddesi'ndeki eve taşındı. Christian, kendi payına düşenleri Şehir Kulübü'nün yakınında tuttuğu üç odalı bir daireye taşıdı. Küçük Permaneder-Weinschenk ailesi de Ihlamur Meydanı'na bakan mütevazı döşenmiş ferah katlarına taşındılar. Küçücük ve sevimli bir apartman katıydı burası. Kapısında pırıl pırıl parlayan bakır levha üzerinde süslü harflerle yazılmış şu yazı vardı:

A. Permaneder – Buddenbrook, Dul.

Meng Caddesi'ndeki ev boşalır boşalmaz, bir sürü işçi geldi ve hemen arka bölümü yıkmaya başladılar; saçılan harç ve sıvalardan yükselen toz bulutları havayı kapkara yapmış, göz gözü görmez olmuştu... Buddenbrook'ların mülkü artık Konsül Hagenström'e geçmişti. Hagenström burayı satın almıştı, onu satın almayı kafasına koymuş ve sonunda almıştı; Herr Siegismund Gosch'a Bremen'den bir teklif gelince, fiyatı artırmış ve evi satın almıştı. Şimdi mülkün yeni sahibi olarak kolları sıvadı ve herkesi şaşkınlık içinde bırakan bir mühendislik yeteneği sergileyerek evi yeniden dizayn etmeye koyuldu. İlkbahar gelince, ailesiyle ön bölüme taşındı. Çağın modasına uygun bazı değişiklikler ve ufak tefek onarımlar dışında her şeyi mümkün olduğunca eski halinde bıraktı, örneğin bütün çıngıraklar kaldırıldı ve onların yerine elektrikli ziller takıldı... fakat arka bölüm bütünüyle yıkıldı ve yerinde yeni bir yapı yükseldi, ön cephesi Madenciler Sokağı'na bakan, ambarlar ve dükkânlar için yüksek ve geniş odaları bulunan sevimli ve ferah bir yapı.

Frau Permaneder, kardeşi Thomas'a, bu dünya da artık hiçbir gücün baba evine uzaktan bile bakmaya kendisini zorlayamayacağını yeniden yeniden ve yemin ederek söylemişti. Fakat yeminine bağlı kalması mümkün olmadı. Arada bir oradan geçerken, hızla onarılan arka bölümdeki kiraya verilen dükkânlara ve vitrinlere, sivri çatılı ön bölümün giriş kapısının üstündeki *Dominus providebit* yazısının altındaki Konsül Hermann Hagenström adına bir göz atmadan edemedi.

Frau Permaneder Buddenbrook bunu görünce, caddenin ortasında ve bir sürü insanın içinde hüngür hüngür ağlamaya başladı. Ötmeye hazırlanan bir kuş gibi başını geriye attı, mendilini gözlerine götürüp bastırdı ve yeniden yeniden hıçkırarak protesto ve yakınmayla karışık bir sesle ağlıyordu, ne yoldan gelip geçenler ne de kızının uyarıları gözyaşlarının sel olup akmasına engel olamadı. Tertemiz ve çocuksu gözyaşlarıyla ağlıyordu, hayatın bunca fırtına ve felaketleri karşısında hiç değişmemiş olan o çocuksu gözyaşlarıyla.

# Onuncu bölüm

## 1

Thomas Buddenbrook, karamsarlığa düştüğü anlarda sık sık soruyordu kendi kendisine, temiz yürekli, sıradan ve sade vatandaşlardan kendimi üstün görmeye hakkım var mı diye. Gençlik döneminin coşkusu ve heyecan veren o yaratıcı ruhundan eser kalmamıştı. Eğlenirken çalışmak ve çalışırken eğlenmek, yarı ciddi ve yarı şakacı bir tutkuyla bir amaca yönelmek, bir şeylere ulaşmak, neşe ve kuşku karışımı bir uzlaşma içinde olmak ve bazı yarım kalmış şeyleri tamamlamak için insanın keyfinin yerinde olması ve kendine güven duyması gerekirdi, fakat Thomas Buddenbrook kendisini çok yorgun ve bitkin hissediyordu.

Thomas Buddenbrook, ulaşmak istediği her şeye ulaşmıştı aslında, eğer böylesine sıradan bir hayatta zirveye ulaşmaktan söz edilebiliyorsa, zirveyi çoktan aştığını biliyordu.

İş yaşamına gelince, gerçi serveti epeyce azalmış ve bir geriye gidiş başlamıştı. Fakat annesinden kalan miras ve Meng Caddesi'ndeki ev ve arsadan payına düşenlerle yine de altı yüz bin marktan fazla serveti olan bir adamdı. Ama işletme yıllardır hiçbir gelir sağlamıyordu. Pöppenrade çiftliğinin ürünlerini satın alırken söylediği gibi, küçük küçük işlerden para kazanılmıyordu. O tarihte yediği darbeden bu yana işleri bir türlü düzelmemiş, tam tersine daha da kötüye gitmişti. Her şeyin yeniden düzelmeye başladığı, eyaletin gümrük birliğine girmesinden bu yana küçük şirketlerin bile kısa sürede büyük gelişmeler kaydettiği şu günlerde Johann Buddenbrook Şirketi, bu yeni olanaklardan yararlanamıyor ve yerinde sayıyordu. Şirketin şefi, işlerinin gidişi hakkında kendisine yöneltilen sorulara, yorgun bir el hareketiyle yanıt veriyordu: "Pek de sevinilecek bir durum yok..."

Hagenström'lerin yakın dostu olan şakacı bir rahip, Thomas Buddenbrook adının borsada sadece hoş bir sohbet konusu, bir dekor olduğunu söylemişti. Senatör'ün son derece bakımlı dış görünüşüne uygun düşen bu esprili sözler, kent halkı tarafından eşsiz bir buluş, bir sanat eseri olarak karşılanmış ve gülüşmelere yol açmıştı.

Senatör Buddenbrook'un vaktiyle büyük bir heyecan ve coşkuyla hizmet ettiği şirketi, uğradığı başarısızlıklar ve kendi iç dünyasında baş gösteren yorgunluk ve bıkkınlık hali nedeniyle durma noktasına geldiyse, kent için yürüttüğü başarılı çalışmaları da son kertesine dayanmıştı. Yıllardan beri, özellikle de senatoya seçildiğinden bu yana erişebileceği her şeye burada da erişmişti. Koruması gereken makamlar ve bırakması gereken görevler vardı, fakat ele geçirmesi gereken hiçbir şey kalmamıştı. Yalnızca içinde yaşadığı zaman ve basit gerçekler vardı, fakat gelecekle ilgili heyecan uyandıran planları yoktu artık. Kent işlerindeki etkinliğini ve gücünü, onun yerinde olup da bu işi yapmak isteyenlerden çok daha verimli kullanmasını bilmişti, "Belediye Başkanı'nın sağ kolu" olduğunu düşmanları bile inkâr edemiyordu. Fakat Thomas Buddenbrook'un belediye başkanı olması asla mümkün değildi, çünkü o bir tüccardı, bilimadamı değildi. Liseyi bitirememişti, hukukçu değildi ve yüksek öğrenim görmemişti. Ama boş saatlerini tarih ve edebiyat okumakla geçiren, düşün, zekâ, iç ve dış dünyasının eğitimi bakımından kendisini çevresindekilerden üstün bulan Thomas, düzenli bir eğitim görmemesinin, içinde doğup büyüdüğü şu küçücük eyalette en üst makama gelmesine engel olmasına kızmıyor da değildi. Kendisine büyük hayranlık duyan yakın dostu Stephan Kistenmaker'e, "Ne kadar da aptalmışız," dedi –ama biz derken sadece kendisini kastediyordu– "küçük yaşta büroda çalışmaya başlayacağımıza keşke okula gidip okusaydık!" Stephan Kistenmaker de, "Evet, bu konuda gerçekten çok haklısın!.. Neden böyle yaptık?" diye karşılık verdi.

Senatör Buddenbrook, özel ofisindeki büyük maun yazı masasının başında şu günlerde çoğu zaman yalnız başına çalışmaktaydı, çünkü başını eline dayayıp gözlerini kapatarak hüzünlü hüzünlü düşünüp dertlendiğini kimse görmüyordu orada. Ama onu merkez bürodaki pencerenin önündeki masadan buraya kaçıran şey, aşırı titiz ortağı Herr Friedrich Wilhelm Marcus'un, karşısında oturup sürekli masasının üstündeki araç gereçleri düzeltmesi ve bıyıklarını burmasıydı.

İhtiyar Herr Marcus'un bu kılı kırk yaran davranışları zamanla daha da artmış ve hastalık derecesine varan tuhaf bir ruh haline dönüşmüştü. Fakat onda gözlemlediği bu ruh halinin Thomas Buddenbrook'u son zamanlarda çok öfkelendirmesinin ve ona karşı sesini yükseltmesinin nedeni, buna benzer şeyleri kendisinin de yapmaya başladığını dehşetle fark etmiş olmasıydı. Evet, böyle bir ruh halini çok saçma bulan Senatör'de de bir çeşit aşırı titizlik belirtisi başlamıştı, farklı bir biçimde ve farklı bir ruh haliyle de olsa.

Evet, Thomas Buddenbrook'un içinde bir boşluk vardı. Coşku ve heyecanla kendisini vereceği bir işi ve bir planı yoktu. Fakat çalışma içgüdüsü ve dinlenmek nedir bilmeyen bir kafası, babası ve büyükbabasının çalışma isteğinden çok daha farklı olan çalışma azmi vardı: Sinirlerini altüst eden bir sürü yapay şey, sürekli içtiği sert Rus sigaraları kadar uyuşturucu şeyler tehlikeli bir biçimde artıyor ve peşini bırakmıyordu, onların üstesinden gelemiyordu; tüm bu önemsiz işlerle uğraşmaktan kendini kaybediyor ve her şey bir işkence halini alıyordu. En az beş yüzün üzerinde insanı huzursuz eden bir sürü önemsiz konu vardı kafasında, bunların çoğu evin bakımı ve onarımı ya da giyimi ile ilgili şeylerdi, yorgunluktan ve can sıkıntısından ihmal ettiği ve gerçekleştiremediğini düşündüğü giyimiyle ilgili şeylerdi; evet, sürekli düşünmekten yorgun düştüğü için üstesinden gelemediği giyimiyle ve ev onarımıyla ilgili şeylerdi.

Kent halkının "kendini beğenmişlik" dediği bu huyu, uzun süreden beri öyle artmıştı ki, bundan kendisi de utanmaya başlamıştı; fakat bu huyundan bir türlü vazgeçemiyordu. Tedirgin ve sıkıcı bir gecenin arkasından, saat dokuzda sırtında pijamasıyla yataktan kalkıp ihtiyar berberi Herr Wenzel'e gitmek üzere soyunma odasına girip hazırlanması ve birinci kata çayını içmeye inmesi tam bir buçuk saat sürüyordu. Evet, sabahları hazırlanması uzun zaman alıyordu, her şeyi en ince ayrıntısına kadar ve tam bir düzen içinde yapıyordu. Önce banyoya girip soğuk bir duş alıyor, ceketini, üstünde bir tek toz zerreciği kalmayıncaya kadar fırçalıyor, bıyık uçlarını sıcak maşayla son bir kez daha buruyordu; ama bütün bu kılı kırk yaran titizliğine rağmen, evden çıkarken yine de içi rahat olmuyordu, bir şeyleri unuttuğu ya da eksik yaptığı huzursuzluğunu içinden atamıyordu.

Her konuda tutumlu davranıyordu, bu konuda hakkında çıkarılan söylentilere kulak asmıyordu; ama gardırobuna gelince, giysilerini Hamburg'un en ünlü terzisine diktiriyor, eskilerini atıyor ve yenilerini satın almak için de hiçbir masraftan kaçınmıyordu. Başka bir odaya açıldığı sanılan bir kapı, Thomas Buddenbrook'un giyinme odasına, büyükçe bir kabine çıkıyordu; burada bir duvarın içine uzun sıralar halinde yerleştirilmiş çengellere, her mevsimde ve her türlü törende giyilecek ceketler, smokinler, fraklar ve redingotlar asılıydı. Özenle katlanarak sandalyelerin üzerine konulmuş pantolonlar duruyordu. Büyük aynalı komodinin üstünde de taraklar, fırçalar, sakal ve saç bakımı için kozmetik ürünleri vardı. Komodinin çekmeceleri çeşit çeşit iç çamaşırlarıyla doluydu, sürekli değiştirilen, yıkanılan, giyilen, eskiyenlerin yerine yenileri alınan iç çamaşırlarıyla...

Bu küçücük odada sadece sabahları değil, her yemekten önce, her senato toplantısından ve resmî davetlerden önce, kısacası halkın karşısına çıkacağı her toplantıdan önce, hatta karısı, küçük Johann ve Ida Jungmann'dan başka hiç kimsenin bulunmadığı kendi evindeki yemeklerden önce bile uzun süre hazırlık yapıyordu. Hazırlık işini tamamlayıp dışarı çıktığında, üstündeki temiz çamaşırlar, giyim kuşamının kusursuzluğu ve gizemli zarafeti, özenle temizlenmiş yüzü, bıyığına sürdüğü briyantinin kokusu ve ağzını çalkaladığı ilaçlı suyun keskin ve serin tadı, sahneye çıkmak için makyajını en ince ayrıntısına kadar yapmış bir oyuncu gibi tatmin olma ve işe hazır olma duygusu veriyordu ona... Evet, böyle yapıyordu gerçekten! Thomas Buddenbrook'un yaşam biçimi bir tiyatro oyuncusununkinden hiç de farklı değildi, bütün hayatını, gereksiz pek çok ayrıntılarla, tek bir oyuna vermiş, yalnız kaldığı ve dinlendiği kısa birkaç saat dışında bütün vaktini buna veren ve tüm gücünü yitiren bir tiyatro oyuncusu gibi... İçini ateşleyecek gerçek bir heyecan duygusundan yoksun oluşu, iç dünyasındaki boşluk ve yalnızlık duygusu –sıkıntılı bir ruh hali olarak kendini belli eden büyük bir boşluk ve yalnızlık–, onun karamsar ruh halini büsbütün karartıyor, kararlılıkla ve sorumluluk duygusuyla hareket etmeye çalışarak ne pahasına olursa olsun onurundan bir şey kaybetmemek, yorgun halini olabildiğince gizlemek ve "dış görünüşü" kurtarmak için olabildiğince ve kendisini zorlayarak ağzından çıkacak her söze, yaptığı her harekete bir tiyatro oyuncusu gibi dikkat ediyordu.

Tuhaf davranışlar sergiliyordu, kendisinin bile şaşkınlıkla ve tiksintiyle algıladığı tuhaf isteklerde bulunuyordu. Toplum içinde hiçbir rol oynamayıp, gözden ırak bir köşede oturup, sessiz bakışlarla başkalarını gözlemleyenlerin aksine, gün ışığını arkasına alıp gölgede kalmaktan ve önünde, aydınlıkta duran insanları seyretmekten hoşlanmıyordu. Gözleri kamaşarak ışığa bakmak ve herkesin sevip saydığı bir insan, başarılı bir işadamı ve temsil yeteneği olan bir şef ya da halk arasında güzel konuşmalar yapan bir hatip olarak etkilediği insanları gölgede kalmış bir yığın olarak görmek istemiyordu... Bu ona yalnızca bir ayrıcalık, bir güven duygusu vermekle kalmıyor, üretimde başarıya ulaşmanın baş döndürücü sarhoşluğunu da tattırıyordu. Evet, ancak bu baş döndürücü eylem sarhoşluğuyla katlanabiliyordu bütün bu güçlüklere. Elinde şarap kadehiyle masanın önünde durup sevecen bir yüz ifadesiyle, sempatik davranışları, yerinde kullandığı deyimler ve güzel sözlerle ortamı neşelendirip şerefe kadeh kaldırdığında, yüzünün solgunluğuna rağmen yine de eski günlerin Thomas Buddenbrook'u gibi görünebiliyordu. Hiçbir şey yapmadan sessizce bir kenara çekilip oturmak ve çevresindeki hanımların ve beylerin ilgisini çekmemek ona çok zor geliyordu. O zaman müthiş bir yorgunluk ve bıkkınlık duygusu yükseliyordu içinde, gözleri bulanık görmeye başlıyor, yüz kasları gevşiyor ve vücudunu dik tutmakta zorlanıyordu. O zaman tek bir istek dolduruyordu içini: bu kahredici umutsuzluğa teslim olmak, oradan çekip gitmek ve eve gelip başını serin bir yastığa koymak.

Frau Permaneder akşam yemeğini Fisch Caddesi'nde kardeşinin evinde yemişti. Yalnızdı, kendisi gibi yemeğe davetli olan kızı Erika o gün öğleden sonra cezaevindeki kocasını ziyaret etmeye gitmişti, Erika her zamanki gibi kendisini keyifsiz hissettiğini söyleyerek evde kalmıştı.

Frau Permaneder, yemek sırasında damadı Hugo Weinschenk'ten söz açmış ve ruhsal durumunun çok kötü olduğunu söylemişti. Az da olsa umut bağladıkları dilekçeyi senatoya sunmanın ne zaman uygun olacağı sorusunu tartıştılar. Yemekten sonra üç akraba hep birlikte oturma odasına geçtiler ve yuvarlak masanın çevresine, büyük gaz lambasının altına oturdular. Gerda Buddenbrook ve görümcesi karşı karşıya oturdular, örgü örüyorlardı. Frau Senatör, güzel ve bembeyaz yüzünü ipek örgünün üstüne öylesine eğmişti ki, gür saçlarının rengi lambanın ışığıyla koyulaşmış gibi görünüyordu. Kelebek gözlüğünü gerektiğinden fazla burnunun üstüne düşürmüş olan Frau Permaneder, parmaklarını özenle hareket ettirerek küçücük bir sarı sepete, iri ve olağanüstü güzellikte kırmızı bir saten kurdeleyi bağlamaya çalışıyordu. Tanıdıklardan biri için bir doğum günü armağanı olacaktı. Senatör de masanın yan tarafındaki geniş bir koltuğa yaslanarak oturmuş ve bacak bacak üstüne atmış bir durumda gazete okuyordu. Arada bir içtiği Rus sigarasının dumanını içine çekiyor ve açık gri bir nehir gibi parlayan dumanı bıyığını havalandırarak dışarıya üflüyordu...

Sıcak bir yaz gününün pazar akşamıydı. Açık bırakılan yüksek pencereden giren ılık ve nemli hava odayı dolduruyordu. Masanın bulunduğu yerden karşı taraftaki evlerin gri renkli sivri çatılarının üzerinden uzaklara bakınca, ağır ağır kayan bulutların arasından parlayan yıldızlar görülebiliyordu. Karşı tarafta, Iwersen'in küçük çiçekçi dükkânında, ışık hâlâ yanıyordu. Sessizliğe gömülmüş sokağın biraz yukarısında biri pek çok yanlışlıklar yaparak bir el armonisi çalıyordu, arabacı Dankwart'ın uşaklarından birisiydi belki de. Arada bir gürültüler geliyordu dışarıdan. Kol kola girmiş, şarkılar söyleyen ve sigaralarını tüttüren bir sürü denizci geçti sokaktan, adı pek de iyi anılmayan bir meyhaneden gelip adı daha da kötü bir meyhaneye içmeye gider gibi neşeli halleri vardı. Kesik kesik konuşmaları ve yalpalayarak adım atışları, bir dört yol ağzından sonra giderek duyulmaz oldu.

Senatör Buddenbrook elindeki gazeteyi masanın üstüne bıraktı, gözlüğünü çıkarıp yelek cebine koydu ve elini alnında ve gözlerinde dolaştırdı.

"Yazık, çok yazık, içinde okunacak hiçbir şey yok bu gazetenin!" dedi. "Ne zaman elime alsam, büyükannemin tatsız tuzsuz yemekler için söylediği şu sözünü hatırlıyorum: 'Dilini pencereden çıkarmaya benziyor...' Can sıkıntısıyla geçen üç dakika içinde bütün gazeteyi okuyup bitiriyorum. İçinde okunacak hiçbir şey yok..."

"Evet Tom. Ne söylesen haklısın!" dedi Frau Permaneder, bunu söylerken elindeki örgü işini bıraktı ve gözlüğünün üstünden kardeşine baktı... "Ne olmasını beklerdin ki? Ben bunu hep söyledim, aptal bir genç kız olduğum günlerde de söyledim: Bizim bu "Kent Haberleri" pek sefil bir gazete! Elime başka bir gazete geçmediği zamanlarda onu ben de okuyorum... Büyük tüccar konsül Herr filanın evliliğinin gümüş yıldönümünü kutlamaya hazırlandığı gibi haberleri genellikle fazla sıkıcı bulmuyorum. *Königsberger Hartung'sche Zeitung* ya da *Rheinische Zeitung* gibi gazeteleri okumak lazım. Ancak o zaman..."

Sözünü yarıda bıraktı. Gazeteyi eline almış, sayfalarını bir kere daha açmıştı; bir yandan konuşurken öte yandan da küçümseyen bir tavırla sütunlara göz atıyordu. Bakışları bir yere takılıp kaldı, dört ya da beş satırlık kısa bir haberdi... Birden sustu, gözlüğüne uzandı, ağzı açık bir şekilde haberi sonuna kadar okudu ve ellerini yanaklarına bastırıp dirseklerini vücudundan uzaklaştırarak peş peşe iki çığlık attı.

"Olamaz!.. Olamaz böyle bir şey!.. Hayır, Gerda... Tom, bunu nasıl da gözden kaçırdın!.. Ne korkunç!.. Zavallı Armgard! Bu da mı gelecekti başına..."

Gerda, başını önündeki işinden kaldırmış ve Thomas, korkuyla kız kardeşine dönmüştü. Frau Permaneder, kapıldığı korku ve heyecandan tirtir titriyordu, gırtlaktan gelen bir sesle haberi kelimesi kelimesine okudu; Rostock çıkışlı bir haberdi, Pöppenrade çiftliğinin sahibi Ralf von Maiboom dün evinin çalışma odasında bir tabanca kurşunuyla hayatına son vermişti. Haberde, "parasal sorunların buna neden olduğu ve Herr von Maiboom'un geride üç çocuklu bir eş bıraktığı" yazılıydı. Frau Permaneder haberi okuyunca, gazeteyi kucağına bıraktı, koltuğuna yaslandı, üzgün ve boş gözlerle kardeşine ve yengesine baktı sessizce.

Thomas Buddenbrook, kız kardeşi haberi okurken gözlerini ondan çevirmişti ve kapı perdelerinin arasından salonun karanlığına bakıyordu.

İki dakikalık bir sessizlikten sonra, "Tabancayla mı?" diye sordu Thomas. Yine kısa bir sessizlik oldu ve sonra Thomas hafifçe, ağır ağır ve alaycı bir sesle kendi sorusuna yanıt verdi:

"Evet, evet, tam bir şövalye gibi!.."

Sonra yine derin düşüncelere daldı. Bıyığının bir ucunu parmakları arasına alıp hızlı hızlı burması, dalgın, donuk ve bomboş bakışlarındaki hareketsizlikle tuhaf bir çelişki yaratıyordu.

Thomas Buddenbrook, kız kardeşinin yakınmalarına da, arkadaşı Armgard'ın bundan böyle nasıl bir yaşam süreceği üzerine yaptığı tahminlere de hiç aldırmıyordu.

Gerda'nın, başını kendisine çevirmeden, kenarları mavi mavi gölgeli güzel gözlerini ona doğru kaydırıp merakla kendisini gözetlediğini de fark etmedi.

## 2

Yorgun ve karamsar bakışlarla ömrünün geri kalanını bekleyen Thomas Buddenbrook, küçük Johann'ın geleceğine hiç de öyle bakmıyordu. Buddenbrook ailesinin adının saygınlığına ve onurlu geçmişine beslediği aşırı sevgi, kötü şeyler düşünmesine engel oluyordu. Kentteki dost ve tanıdıkların, kız kardeşinin ve hatta Breiten Caddesi'ndeki evde kalmış amca kızlarının Hanno'ya sevgiyle ve umut dolu beklentiyle bakmaları da onun böyle düşünmesinde etkili oluyordu. Kendisini, yaşama umudunu yitirmiş yorgun bir adam olarak hissetse de, kendi soyunu sürdürecek bu küçük halefinin, yetenekli, çalışkan, başarılı, bol kazançlı, güçlü, kuvvetli, zengin ve onur dolu bir yaşam süreceğini hayal ediyor ve bundan mutluluk duyacağını söylüyordu... Evet, hiç olmazsa bu noktada, sona yaklaşmakta olan hayatı sıcak ve tatlı bir kaygıya, korkuya ve umuda dönüşecekti.

Acaba günün birinde, köşesine çekilip dinlendiği eski günlerin yeniden başladığını, Hanno'nun büyük büyükbabasının yaşadığı o güzel günlerin yeniden geldiğini görebilecek miydi? Yoksa bu umutsuzca bir beklenti miydi? Müziği kendisinin düşmanı olarak hissetmişti hep, ama gerçekte durum böyle miydi? Kabul etmek gerekirdi ki, oğlunun notasız çalma isteği olağanüstü bir yeteneğe sahip olduğunu gösteriyordu; Herr Pfühl'den düzenli olarak aldığı derslerde dikkat çekici bir ilerleme sağlayamamıştı. Hanno'nun müzik tutkusu hiç kuşku yok ki annesinin etkisiydi, çocukluğunun ilk yıllarında bu etkinin ağır basması şaşılacak bir durum değildi. Fakat babanın da oğlu üzerinde etkili olacağı, onu biraz da kendi tarafına çekmeye çalışacağı ve bir erkek olarak karşı atakta bulunup annesinin etkisine karşı bir denge kuracağı günler yaklaşıyordu. Senatör Buddenbrook, karşısına çıkan bu fırsatı kaçırmamaya kesinlikle kararlıydı.

Hanno artık on birine girmişti. Paskalya tatiline girerken karnesini almış, arkadaşı küçük Kont Kai Mölln'le aynı notu almış ve iki dersten, matematik ve coğrafyadan borçlu olarak yedinci sınıfa geçmişti. Ortaokula gitmesi kesinleşmişti, çünkü tüccar olması ve günün birinde şirketi üzerine alması gerekiyordu; ileride sahip olacağı mesleği sevip sevmediğini soran babasına, "Evet," diye yanıt vermişti... biraz ürkekçe verilmiş bir evet yanıtı. Senatör Buddenbrook, sorduğu sorularıyla ona biraz daha canlı ve istekli "evet" dedirtmeye çalışmıştı, ama çabası boşunaydı.

Senatör Buddenbrook'un iki oğlu olsaydı, küçük olanı hiç kuşkusuz lisede okutur ve üniversiteye gönderirdi. Fakat bir oğlu vardı ve şirket için bir halef gerekiyordu. Ayrıca Yunanca öğrenmek gibi bir zahmetten kurtarmakla ona iyilik yapmış oluyordu. Ortaokul derslerinin daha kolay olduğunu düşünüyordu. Kafası pek çalışmayan, okuduğunu anlamakta zorlanan, sık sık düşlere daldığı için derslere dikkatini veremeyen ve bedeninin zayıflığından dolayı sıkça hastalanıp okula gidemeyen Hanno, ortaokulda fazla çaba göstermek zorunda kalmadan sınıflarını kolaylıkla ve onuru zedelenmeden geçebilecekti. Küçük Johann Buddenbrook, kendisinden beklenen başarıyı gösterebilirse, bir yandan zayıf vücut yapısını ve sağlığını düşünmüş olacak, öte yandan da kendisini dış etkilerin olumsuzluğuna karşı korumuş olacaktı...

Johann Buddenbrook, ortadan ikiye ayırarak yana doğru taradığı, yumuşak bukleler halinde şakaklarına dökülen kahverengi saçları, uzun kirpikleri ve altın renkli gözleriyle Kopenhag gemicilerine özgü giysisine rağmen okul avlusunda ve caddede açık sarı saçlı ve çelik mavisi gözlü İskandinav tipi arkadaşlarının arasında biraz yabancı kalıyordu. Son zamanlarda epeyce büyümüştü, fakat siyah çorap giydiği bacakları ve lacivert ceketinin kabarık kollarından dışarıya taşan elleri, bir kız çocuğununki kadar ince ve yumuşaktı. Annesi gibi gözlerinin çevresinde oluşan mavi mavi gölgeler hâlâ duruyordu; gözlerini biraz yana kaydırınca, öyle ürkek ve tedirgin bir anlatım kazanıyorlardı ki! Hanno bu sırada ağzını üzgün bir edayla kapalı tutuyor, dilinin ucunu, sağlığından endişe ettiği bir dişine sürtüyor ve bunu ürkek bir yüz ifadesiyle ve dudaklarını çarpıtarak yapıyordu...

İhtiyar Doktor Grabow'un muayenehanesini üzerine aldıktan sonra, Buddenbrook'ların yeni aile hekimi olan Doktor Langhals'ın dediğine göre, Hanno'nun yeterince güçlü olmamasının ve renginin solgunluğunun son derece inandırıcı nedenleri vardı; çocuğun organizması, bedeni için çok önemli olan kırmızı alyuvarları ne yazık ki yeterince üretemiyordu. Ama bu eksikliği giderecek mükemmel bir ilaç vardı ve Doktor Langhals çocuğa balıkyağı içirilmesini önerdi. Hanno günde iki defa iki çorba kaşığı dolusu bu sapsarı, kıvamlı ve koyu balıkyağından içecekti. Senatör'ün kesin emri üzerine Ida Jungmann, büyük bir titizlikle ve tatlı bir sertlikle çocuğun bu ilacı düzenli olarak almasını sağladı. Hanno önceleri her kaşıktan sonra kusuyordu ve midesi balıkyağını kaldıramayacağa benziyordu, ama giderek alıştı. Yağı yuttuktan sonra soluğunu tutup ağzına bir parça çavdar ekmeği atıp çiğneyince, midesinin bulanması biraz azalıyordu.

Vücudundaki bütün şikâyetleri, kırmızı alyuvarların eksikliğinin doğal sonuçlarıydı; Doktor Langhals'ın tırnaklarının ucuna basarak söylediği gibi, "bunlar ikinci derece belirtiler"di. Ama bu ikinci derece belirtilerin de önlenmesi gerekiyordu. Dişlerini tedavi etmek, dolgu yapmak ve gerektiğinde çekmek için Herr Brecht vardı başvuracağı, papağanı ile birlikte Mühlen Caddesi'nde oturan ünlü diş hekimi. Sindirim bozukluğunu düzeltmek için hintyağı önerilmişti, bir yemek kaşığıyla alınan, kaygan bir semender gibi gırtlaktan kayan ve kokusu ağızda üç gün hissedilen çok yararlı, koyu ve gümüş gibi parlayan hintyağı... Ah, tüm bunların tadı neden bu kadar iğrençti! Hanno kalbinin düzensiz atışları nedeniyle yatağa düşünce, Doktor Langhals biraz da sinirlenerek bir ilaç daha yazdı, bu ilaç küçük Johann'a çok iyi gelmişti: Arsenik bileşimi küçük küçük haplardı bunlar. Hanno daha sonraları kendisine iyi gelen bu tatlı ve küçük küçük haplardan hep istedi, ama bir daha vermediler.

Balıkyağı ve hintyağı sağlık için kuşkusuz çok yararlı şeylerdi. Fakat Doktor Langhals ve Senatör, küçük Johann'ın güçlü kuvvetli bir erkek olması için söz konusu yağları içmesinin yeterli olamayacağı, bunun için çocuğun kendisinin de çaba göstermesi gerektiği konusunda hemfikirdiler. Örneğin beden eğitimi öğretmeni Herr Fritsch'in yazları "Kale Alanı" dışında her hafta düzenlediği ve kentin gençlerinin spor yapma olanağı buldukları jimnastik oyunları, güçlerini ve cesaretlerini artırmaları, bedensel yeteneklerini ve ruhsal dengelerini düzenlemeleri için çok önemli bir fırsattı. Fakat Hanno, sağlığı için çok yararlı olan bu tür etkinliklere karşı büyük bir ilgisizlik, küçümseyen bir isteksizlik duyuyordu... ileride birlikte olacağı ve hayat yolunda birlikte yürüyeceği sınıf arkadaşlarına ve yaşıtlarına yakınlık göstermek istemiyordu. Neden yalnızca şu üstü başı pislik içindeki küçük Kai'la birlikte oluyordu? Kai gerçi iyi bir çocuktu, ama yine de güven veren, dostluğuna umut bağlanan biri olabilir miydi? Bir çocuk birlikte büyüdüğü arkadaşlarına karşı baştan itibaren saygı duymalı ve güven vermelidir. İşte Konsül Hagelström'ün her iki oğlu da böyleydi: On iki ve on dördüne basmış iki yaman oğlan çocuğu, iriyarı, güçlü kuvvetli ve neşelerinden ele avuca sığmayan çocuklardı; yakındaki çalılıklarda yumruk yumruğa dövüşen bu oğlanlar, okulun en iyi jimnastikçileriydiler, bir fok balığı gibi yüzüyorlar, puro içiyorlar ve her türlü şaklabanlığı yapıyorlardı. Onlardan hem korkuyorlar hem de sevip sayıyorlardı. Bunların kuzenleri, yani Savcı Doktor Moritz Hagenström'ün iki oğlu ise narin yapılı ve yumuşak huyluydular, düşünsel alanda öne çıkmışlar ve okulun örnek öğrencileri olmuşlardı; hırslı, aşırı saygılı, sessiz ve arı gibi çalışkan çocuklardı, en iyi notu alıp sınıfın birincisi olmak için kendilerini yiyip bitiriyorlardı. Bu çocuklar en iyi karneyi alarak tembel arkadaşlarının saygısını kazanmasını da bildiler. Fakat son derece sıradan bir öğrenci olan ve üstelik çok da korkak, pısırık, her türlü cesaret ve ataklıktan yoksun olan Hanno'dan, öğretmenleri bir yana, sınıf arkadaşları ne bekleyebilirdi ki? Senatör Buddenbrook, soyunma odasına gitmek için ikinci kattaki koridordan geçerken, Hanno'nun odasından –büyüdüğü için artık Ida Jungmann'la aynı odada kalmıyordu– ya armonyum sesleri ya da Kai'ın yarı alçak ve gizemli bir sesle öykü anlatışını duyuyordu...

Kai'a gelince, "jimnastik oyunları"na o da katılmıyordu, çünkü Hanno gibi disiplin ve düzen gerektiren hiçbir şeyden o da hoşlanmıyordu. "Hayır, Hanno," dedi arkadaşına, "ben gitmiyorum oraya. Yoksa sen gidiyor musun? Canı cehenneme... insanı eğlendirecek hiçbir şey yok orada." "Canı cehenneme" gibi söylemleri babasından öğrenmişti. Hanno şu yanıtı verdi ona: "Herr Fritsch 'bir gün olsun' bira ve ter kokusundan kurtulursa, bu konuyu düşünebiliriz... Evet, öyle yaparız Kai. Ama sen şimdi bunları bırak da öykünün devamını anlat bana. Bataklıktan getirdiğin yüzüğe ne olduğunu henüz anlatmadın..." "Pekâlâ," dedi Kai, "ama ben sana işaret edince, sen de armonyumunu çalarak oyuna katılacaksın." Kai öyküyü anlatmaya devam etti.

Anlattıkları doğruysa, Kai kısa bir süre önce bunaltıcı bir gecede ve hiç tanımadığı yabancı bir yerde bir bataklıkta görmüştü, dibinden gluk gluk diye sesler çıkararak gümüş gibi parlak kabarcıkların hiç durmamacasına yükseldiği, üzerinde küçük küçük alevlerin titreyerek parladığı kapkara bir batak çıkmıştı karşısına. Bataklıktan yükselen bu kabarcıklardan bir tanesi, kıyıya en yakın olanı, havaya sıçrayıp tekrar aşağıya düşüyor ve bir yüzük biçimini alıyordu. Kai bu gizemli ışık oyununu izlerken, bu hava kabarcığını bir hayli uğraşarak yakalamıştı, hava kabarcığı elinin içinde dağılmamış, tam tersine pırıl pırıl parlayan bir yüzük biçimini alarak parmağına takılıp kalmıştı. Bu yüzükten olağanüstü özellikler beklemiş olan Kai, ayağının altındaki dik ve kaygan uçurumu yüzüğün yardımıyla tırmanıp tekrar yukarıya çıkmış ve biraz ötedeki kızılımsı sis içerisinde ölüm sessizliğine bürünmüş ve her yanında nöbetçilerin beklediği kapkara bir saray görmüştü, sarayın içine girmiş ve yine o yüzüğün yardımıyla bütün büyülerden ve işlediği günahlardan kurtulmuştu... Öykünün tuhaf bölümlerinde Hanno armonyumunun başına geçiyor ve birbirinden güzel ezgiler çalıyordu... Üstesinden gelinemeyecek sahne güçlükleriyle karşılaşılmadıkça, bu öyküler müzik eşliğinde kukla tiyatrosunda da canlandırılıyordu... Fakat şu bir gerçek ki, Hanno, "jimnastik oyunları"na babasının kesin ve sert emriyle gidiyordu, o zaman küçük Kai da ona eşlik ediyordu.

Kışları buz pateni yapmak ve yazları nehir kıyısında Herr Asmussen'in tahta barakasında suya girmekten daha farklı değildi bu jimnastik oyunları... Doktor Langhals,

"Çocuk suya girsin! Yüzsün!" demişti. Evet, Hanno suya girmeli ve yüzmeliydi. Senatör Buddenbrook da doktorun bu önerisine bütünüyle katılıyordu. Ama Hanno'yu suya girip yüzmekten, buz pateni yapmaktan, jimnastik oyunlarından uzak tutan asıl neden, bu tür etkinliklere düzenli olarak katılan Konsül Hagenström'ün iki yaramaz oğlunun da orada bulunması ve kendisini küçümsemeleriydi; büyükannesinin evinde oturdukları halde, şişman gövdeleriyle onu küçük düşürmek ve taciz etmek için hiçbir fırsatı kaçırmıyorlardı. Jimnastik yaparken onu ıslıklıyorlar ve onunla alay ediyorlardı, demiryolunun üstüne birikmiş pis sulu karın içine itiyorlar, yüzme havuzunda yüzerken tehdit edici sesler çıkararak üstüne üstüne geliyorlardı... Hanno onlardan kaçamıyordu, zaten kaçması da bir işe yaramazdı. Kız gibi incecik kollarıyla, üstü yeşilliklerle kaplı ve karnına kadar gelen bulanık suyun içinde, kaşlarını çatmış, başını öne eğmiş ve dudaklarını hafifçe sarkıtmış bir halde öylece beklerken, uzun kulaçlarıyla suyu köpürterek üstüne üstüne yüzen bu iki şımarık oğlanı seyrediyordu. Hagenström'lerin oğulları güçlü kollarıyla onu yakaladıkları gibi suya batırıyorlar ve pis sudan biraz yutuncaya kadar da bırakmıyorlardı, Hanno suyun altında sağa sola çırpınarak güçlükle soluk alıyordu... Sadece bir defa öç almış oldu onlardan. Genç Hagenström'ler bir gün öğleden sonra onu yine suyun içine batırdıklarında, onlardan biri büyük bir öfke ve acı içinde bir çığlık attı, kanlar içinde kalan şişman bacağını sudan dışarı çekti. Hanno'nun hemen yanı başında yüzen küçük Kont Kai Mölln birden ortaya çıkıverdi; o gün herhangi bir şekilde havuza giriş parası bulunca, kimseye görünmeden yüzerek suyun altından onlara yaklaşmış ve daha genç olan Hagenström'ü ısırmıştı, azgın bir köpek gibi dişlerini bacağına saplayıvermişti. Mavi gözleri, yüzüne dökülen kızıl kumral ıslak saçlarının altında ışıl ışıl parlıyordu... Yaptığına pek de sevinmemişti. Canı sıkkın çıktı havuzdan dışarı. Konsül Hagenström'ün şişman oğlu topallaya topallaya gitti evine...

Senatör Buddenbrook, Hanno'ya besleyici gıdalar yedirmek ve her çeşit beden hareketi yaptırmak için büyük çaba gösteriyordu. Fakat oğlunun düşünsel yönünü etkilemeye ve onu, günlük yaşamdan canlı izlenimlerle yetiştirmeye de daha az önem veriyor değildi.

Senatör Buddenbrook, oğlunu ileride yapacağı işlere şimdiden alıştırmak istiyordu, iş gezilerine giderken onu da yanına alıyordu, limana götürüyor ve rıhtımda gemileri boşaltan işçilerle Danimarka ve Kuzey Almanca lehçesi karışımı bir dille konuşurken, küçük ve karanlık zahire depolarında şeflerle iş görüşmesi yaparken ya da dışarıda tuhaf tuhaf sesler çıkararak buğday çuvallarını sırtlarından yere atan taşıyıcılara emirler verirken, oğlu hep yanında oluyordu... Gemiler, sundurmalar ve silolar arasına sıkışmış, her tarafı tereyağı, balık, deniz suyu, katran ve yağlanmış demir kokan liman, Thomas Buddenbrook'un küçüklüğünden beri en çok sevdiği ve çok ilginç bulduğu bir dinlenme yeriydi. Oğlu bu tür yerleri sevmediğinden ve görmek istemediğinden, buraları sevdirmek ona düşüyordu... Kopenhag'a işleyen gemilerin adları neydi? "Najaden"... "Halmstadt"... "Friederike Oeverdieck"... "Bak benim sevgili oğlum, hiç değilse bunların adını bilmen de yine 'bir şey'. Ötekileri de zamanla öğreneceksin... Çuvalları yukarıya fırlatan şu adamlardan bazıları senin adını taşıyor, sevgili oğlum; onlar da senin gibi büyükbabanın adıyla vaftiz edilmişlerdi. Çocuklarının çoğuna da benim adımı vermişler... Annenin adına da sıkça rastlanır aralarında... Onlara her yıl birer armağan verilir... Hadi, çalışanlarla konuşmadan şu silonun önünden geçelim, çünkü bizim onlara söyleyecek bir sözümüz yok, burası rakibimize ait..."

"Benimle gelmek ister misin Hanno?" dedi Senatör Buddenbrook bir başka seferinde... "Bizim şirkete ait gemilerden biri daha bugün denize indiriliyor. Adını ben koyacağım... Sen de gelip görmek ister misin?"

Hanno, orada bulunmaktan mutlu olacağını söyledi. Birlikte gitti, babasının ad koyma sırasında yaptığı konuşmayı dinledi, geminin baş omurgasına vurarak şampanya şişesini patlatışını ve geminin yeşil sabun sürünmüş kızaktan kayarak denize inişini ve arkasından köpükler saçarak ilk deneme yolculuğuna çıkışını tuhaf bakışlarla seyretti...

Paskalya'dan önceki pazar günü, kilise vaftiz töreni ya da yılbaşı gibi belirli günlerde Senatör Buddenbrook arabasına biniyor ve gitmesi gereken yerleri tek tek ziyaret ediyordu. Böyle günlerde eşi sinirlerinin gergin olduğunu ve migrenini bahane ederek gelemeyeceğini söylediği için, o da Hanno'nun kendisine eşlik etmesini istiyordu. Hanno, babasıyla birlikte arabaya biniyor ve konuk oldukları evlerde sessizce oturuyor ve babasının insanlara karşı kibar, ölçülü ve yumuşak davranışını sessizce seyrediyordu.

Bölge komutanı Yarbay Herr von Rinnlingen, vedalaşma sırasında ziyaretten büyük onur duyduğunu belirtirken, buna çok sevinen babasının bir an için kolunu omuzlarına koyuşunu tatlı bir ürpertiyle seyretti. Bir başka evde dile getirilen bu tür nezaket sözleri sessizce ve büyük bir ciddiyetle dinlerken, gittikleri üçüncü bir evde gördüğü aşırı ilgi ve biraz da gülünç kaçan övgü dolu sözler karşısında, kibarca buna gerek olmadığını söyledi... Herr Buddenbrook bütün bunları yılların birikimi ve deneyimiyle yapıyor, sözleri ve davranışlarıyla oğlunun bunları öğrenmesini ve bundan hoşlanmasını istediğini açıkça belli ediyordu.

Fakat küçük Johann görmesi gerekenden daha fazlasını görüyordu; altın kahverengi ve kenarları mavi mavi ürkek gözleri her şeyi en ince ayrıntısına kadar inceliyordu. Babasının insanlar üzerinde bıraktığı etkiyi ve kibar davranışları izlemekle kalmıyor, babasının her ziyaretten sonra nasıl da sessizleştiğini ve yüzünün daha da solduğunu, kapakları kıpkırmızı olmuş gözlerini kapatarak arabanın bir köşesine yaslanışını tuhaf ve biraz da üzgün bakışlarıyla seyrediyordu; bir başka evin eşiğine ayak bastıklarında, yüzündeki maskenin düştüğünü, bu yorgun bedene yeniden bir canlılık geldiğini ilgiyle ve dehşetle fark ediyordu... İnsanların karşısına çıkmak, onlarla konuşmak, onlara karşı kibar davranışlarda bulunmak, çalışkan ve başarılı bir işadamı olarak onları etkilemek, Hanno için onları savunmak ve onları temsil etmek demek değildi, tam tersine onların sorunlarını paylaşma ve destekleme yerine son derece zor, güç gerektiren bilinçli ve yapay bir uğraş gibi görünüyordu. Hanno günün birinde kendisinin de insanların karşısına çıkacağını ve yabancı bakışların baskısı altında konuşmalar yapmak ve kibar davranışlarda bulunmak zorunda kalacağını düşündükçe, büyük bir korkuya kapıldı ve buna karşı direnircesine gözlerini kapattı...

Fakat babanın oğlu üzerinde bırakmak istediği etki bu değildi! Onun asıl istediği, Hanno'nun çekingenliğini ve pısırıklığını üstünden atması, kendisine güven duyması, kendisini herkesten üstün görmesi ve yalnızca kendi geleceğini düşünmesi, kısacası iş yaşamında geçerli olan kuralları öğrenebilmesiydi, Thomas Buddenbrook'un tek düşüncesi buydu...

Hanno yemekten sonra iki porsiyon tatlı ya da yarım fincan kahve isteyince, Thomas Buddenbrook oğluna dönerek, "Bakıyorum da, güzel yaşamayı pek seviyorsun sevgili oğlum," dedi... "Ama bunun için iyi bir tüccar olman ve çok para kazanman gerekir, öyle değil mi?" Küçük Johann yanıt verdi: "Evet."

Arada bir bütün aile senatörün evine yemeğe davet edilirdi; sohbet sırasında, Tony hala ya da Christian amca, sözcükleri onun gibi ağızlarının içinde yayarak ve son derece yapay bir dille konuşarak zavallı Klothilde halayı alaya almaya başlayınca, Hanno da içtiği sert kırmızı şarabın etkisiyle bir an için onlara katılıyor ve onlar gibi konuşarak halasına takılmaya başlıyordu. Bunu gören babası gülüyordu, içten gelen, yüreklendirici ve hatta biraz da teşekkür etmek isteyen bir edayla ve yüksek sesle gülüyordu, hiç beklemediği bir anda çok sevindirici bir olayla karşılaşan birinin güldüğü gibi gülüyordu; oğlunun davranışını ve cesaretini destekliyor ve onun bu muzipliklerine kendisi de katılıyordu: Ama ne var ki, Hanno bu zavallı akrabasına karşı sürekli böyle davranıyor, onunla her fırsatta alay ediyordu. Zekâ yapısı sınırlı, çok zayıf ve karnı bir türlü doymak bilmeyen zavallı Klothilde'ye karşı üstünlüğünü göstermek kadar kolay ve tehlikesiz bir davranış olamazdı. Hanno, ona yaptıklarının aşağılık bir davranış olduğunun farkındaydı. Bunu istemeyerek yaptığını hissediyordu, şu günlük hayatta karşılaştığı bir durumdan böylesine yararlanmanın utanç verici olduğunu, bunu aklının almadığını ve bunun zayıf kişiliğine karşı göstermek zorunda olduğu umutsuzca bir çaba olduğunu biliyordu, fakat böyle utanç verici durumlardan yararlanmak, hayatta başarı için gereklidir diyordu kendi kendine!

Thomas Buddenbrook, küçük Johann'ın böyle davrandığını gördükçe, nasıl da seviniyor, nasıl da mutlu oluyor ve içi nasıl da umutla doluyordu!

## 3

Buddenbrook'lar, yazları âdet haline getirdikleri tatil gezilerinden ve seyahatlerden son yıllarda vazgeçmişlerdi. Geçen ilkbaharda Frau Senatör, Amsterdam'a ihtiyar babasını ziyaret etmek ve yıllar sonra onunla bir kez daha düet yapmak istediğini söyleyince, eşi Thomas Buddenbrook buna suratını asarak razı olmuştu. Fakat Gerda'nın, küçük Johann ve Matmazel Jungmann'la birlikte her yıl yaz tatilinde Travemünde kaplıcalarına gitmesine ve tatil süresince orada kalmasına, oğlunun sağlığı nedeniyle herhangi bir kısıtlama getirmemişti...

Deniz kıyısında yaz tatili! Bunun ne büyük bir mutluluk olduğunu Hanno'dan başka kim anlayabilirdi ki? Oldukça sıkıcı geçen uzun okul günlerinden sonra dört hafta boyunca her türlü kaygıdan uzak bir şekilde kıyıya çarpan dalgaların tatlı hışırtısını dinlemek ve yosun kokularını duyumsamak... İlk başlarda pek farkına varılamayan ve değeri kavranılamayan, bitmesinin düşünülmediği ve biteceğini söylemenin bir hakaret sayılacağı dört haftalık bir zaman. Şu ya da bu öğretmenin işgüzarlık yapıp dersin sonunda, "Bu konuya tatilden sonra devam ederiz ve şu konulara geçeriz..." gibi sözler etmesini küçük Johann bir türlü anlayamıyordu. Tatilden sonra! Yün ipek karışımı ceket giyen bu anlaşılması zor adam, bunu söylemekten çok hoşlanıyordu herhalde! Tatilden sonra! Ne biçim bir düşünceydi bu? Bu dört haftanın ötesindeki her şey, gri ufuklarda ne kadar hoş ve ne kadar büyüleyici görünüyordu!

Kaplıca otelinin ana binası ve pastane arasında dümdüz bir çizgi oluşturan dar koridorlu İsviçre tarzı evlerden birinde sabahları erkenden uyanmak, bir gün önce aldığı orta derece karneden sonra bavullarını doldurdukları arabaya binip deniz kıyısına gelmek ne müthiş bir duyguydu! Bütün bedenini saran ve kalbini coşturan anlaşılması zor bir mutluluk duygusu yükseldi içinde... Hanno gözlerini açtı ve neşeli bakışlarla temiz ve küçük bir odanın içindeki eski moda mobilyaları uzun uzun seyretti... bir dakika boyunca süren tatlı bir sarhoşluk halinden sonra Travemünde'de bulunduğunu fark etti; hiç bitmeyecekmiş gibi gelen dört hafta boyunca Travemünde'de olmak!

Hanno, döşeğinin keten kumaşı incelmiş ve gevşemiş olan sarı ağaçtan yapılmış küçücük karyolada hiç kımıldamadan sırtüstü uzanmıştı, arada bir gözlerini kapatıyor ve derin derin soluk alırken, mutluluktan yüreğinin titrediğini hissediyordu.

Çizgili desenli stor perdelerden içeriye sızan sarı güneş ışığı odayı dolduruyordu; her taraf çok sessizdi, Ida Jungmann ve annesi Gerda derin bir uykuya dalmışlardı. Otel bahçesindeki çakılları tırmıklayan uşağın insana huzur veren o tatlı gürültüsünden ve storlarla pencere arasında çırpınıp cama vuran bir sineğin vızıltısından başka hiçbir şey duyulmuyordu... Sessizlik! Tırmığın ve sinek vızıltısının büyüleyici sesi! Küçük Johann bu barışçıl sessizlikte o çok sevdiği plajın sakin, temiz ve insana huzur veren ıssızlığının tadını çıkarıyordu. Tanrı'ya şükürler olsun ki, yeryüzünde üçlü kuralı ve dilbilgisini öğreten o yün ipek karışımı ceketli öğretmenlerin hiçbiri buraya gelemezdi, buraya gelemezlerdi, çünkü buralar onlar için çok pahalıydı...

Büyük bir sevinçle yataktan fırladı ve yalınayak pencereye koştu. Storu yukarı çekti, beyaz boyalı kancayı yukarı kaldırarak pencereyi açtı ve otelin bahçesindeki çiçek tarhlarının üstüne doğru uçan sineğin arkasından uzun uzun baktı. Çevresi yarım daire şeklinde şimşir ağaçlarıyla kaplı müzik pavyonu boş ve sessizdi. Sağ tarafta yükselen deniz fenerinin adını alan "Fener Çayırlığı", beyaz beyaz bulutların kayıp gittiği gökyüzünün altında uzayıp gidiyordu; yer yer çıplak alanları ve kısa kısa çimenleri, uzun plaj otları ve kumsal izliyordu; küçük küçük tahta soyunma kabinleri ve hasır koltukların sıralandığı yerden denize bakmak ne güzeldi! Deniz oradaydı, sabah güneşiyle dopdolu, insana huzur veren, cam yeşili, masmavi ve ışıl ışıl parlayan deniz karşısındaydı ve hafif hafif çırpınmaktaydı! Rotayı gösteren kırmızı boyalı şamandıralar arasından geçerek bir gemi yaklaşıyordu, Kopenhag'dan geliyordu ve adının Najaden ya da Friederike Oeverdieck mi olduğunu bilmeye gerek yoktu. Hanno Buddenbrook, denizden gelen mis gibi havayı büyük bir mutlulukla ve kendinden geçercesine içine çekti ve pırıl pırıl parlayan gözleriyle ve Tanrı'ya şükreden sevgi dolu bakışlarıyla gemiyi selamladı.

Sonra gün başladı, başlangıçta sonsuz bir mutluluk gibi görünen ve ilk günler geçince, hızla tükenen o güzel dört haftanın ilk günü başlamıştı... balkonda ya da içinde kocaman bir asma salıncağın bulunduğu çocuk oyun parkının önündeki büyük kestane ağacının altında hep birlikte kahvaltı ettiler. Garsonun aceleyle yaydığı yeni yıkanmış masa örtüsünden yayılan koku, ipek kâğıttan peçeteler, daha önce hiç tatmadığı ekmekler, yumurtaların evdeki gibi kemik kaşıklarla değil de, sıradan çay kaşıklarıyla ve metal bardaklar içinde yenilmesine varıncaya kadar her şey küçük Johann'ı çok heyecanlandırıyor, çok mutlu ediyordu.

Kahvaltıdan sonra yepyeni bir yaşam başladı, rahatsız edilmeden geçen, her türlü gerilimden uzak kaygısız bir yaşam: Sabahları plaja inmek, otel orkestrası sabah programı için hazırladığı parçaları sunarken hasır koltukların önünde kumlara uzanmak ve dinlenmek, yumuşacık ve pırıl pırıl kumlarla oynarken düşler kurmak, gözlerini uzayıp giden yeşillikler ve mavilikler üzerinde dakikalarca dolaştırarak kendinden geçmek, özgürce ve hiçbir engelle karşılaşmadan tatlı bir uğultuyla esen sert rüzgârın getirdiği keskin, taze ve nefis kokan doğa havasını solumak insanı sarhoş ediyor ve başını döndürüyordu; böyle bir sarhoşluk hali içinde zaman ve mekân olgusu ve her türlü kısıtlama ortadan kalkıyordu. Sonra suya girmek... burada suya girmek Herr Asmussen'in yüzme havuzunda yüzmekten çok daha keyifli oluyordu, çünkü buradaki suyun içinde "kaz yemi" gibi şeyler yoktu, kabarınca açık yeşil bir renge dönüşüyor ve üstünde pırıl pırıl köpükler oluşuyordu; kaygan bir zemin yerine yumuşacık kumlar okşuyordu insanın ayaklarını. Üstelik Konsül Hagenström'ün serseri oğlanları da çok uzaklara, Norveç'e ve Tirol'e gitmişlerdi. O halde vücudunu ısıtmak ve kanını harekete geçirmek için kumsal boyunca neden bir gezinti yapmasın, Martı Kayası'na ya da Deniz Tapınağı'na kadar uzanıp hasır koltuklara oturarak ayaküstü neden bir şeyler atıştırmasın? Odaya çıkıp öğle yemeğine hazırlanmadan önce bir saat kadar uyumasının zamanı gelmişti. Otelde yenilen öğle yemekleri çok keyifli oluyordu, plaj insanlarla dolup taşıyordu, Buddenbrook'ların dostu olan pek çok aile, kimi Hamburglu, kimileri de İngiliz ve hatta Rus konuklar otelin salonu dolduruyordu; siyah kostüm giyinmiş bir erkek garson, çiçeklerle süslenmiş küçük bir masanın başında gümüş gibi parlayan bir kâseden çorba servisi yapıyordu. Dört çeşit yemek sunulmuştu konuklara, hepsi de evdekinden daha lezzetli, baharatı bol ve her bakımdan daha güzel hazırlanmış yemeklerdi. Upuzun masada oturan konukların çoğu şampanya içiyordu. Hafta boyunca çalışmaktan bunalan bazı tüccarlar da sık sık geliyordu buraya, yemekten sonra biraz rulet oynayarak hoşça vakit geçirmek isteyen bazı baylar: Kızlarını evde bırakıp gelmiş olan Konsül Peter Döhlmann gürültülü sesiyle ve Kuzey Alman lehçesiyle öylesine açık saçık öyküler anlatıyordu ki, Hamburglu bayanları gülmekten kırıp geçiriyor ve sesleri kısılan bayanlar ne olursun biraz ara ver diye yalvarıyorlardı. Yaşlı Polis Şefi Senatör Doktor Cremer, Christian amca ve onun gibi tek başına gelen ve Christian'ın bütün hesaplarını ödeyen okul arkadaşı Senatör Giesecke de gelenler arasındaydı... Büyükler pastanenin tentesi altında müzik dinleyerek kahvelerini içerlerken, Hanno da tapınağın basamakların önünde bir sandalyede saatlerce oturuyor ve çevreye kulak kabartıyordu... İkindiüstü kahvaltısı için de her şey düşünülmüştü. Otel bahçesinin içinde bir atış kulübesi vardı; İsviçre tarzı evlerin sağ tarafında, içinde atların, eşeklerin ve ineklerin bulunduğu ahırlar vardı; ineklerden sağılan köpüklü ve mis gibi kokan sıcak sütler ikindi kahvaltısında içiliyordu. Ara sıra şehre iniliyor ve Vorderreihe Caddesi boyunca bir gezinti yapılıyordu; buradan bir botla karşı tarafa, kıyısında kehribar bulunan Priwall'a geçiliyordu, Hanno çocuk parkında bir kriket partisine katılıyor ya da otellerin arkasındaki ormanlarla kaplı tepede bir bankın üstüne oturup Ida Jungmann'a masal okutturuyordu... fakat bütün bunların en güzeli, en akıllı olanı, sahile geri dönüp akşamın loşluğunda kalenin en ucunda oturarak yüzünü ufka çevirmek, akıp giden kocaman kocaman gemilere mendil sallamak ve dalgaların kayalara tatlı tatlı vuruşuna kulak vermekti; çevresindeki tatlı uğultu küçük Johann'ı öyle sevindiriyor, öyle coşturuyordu ki, mutluluktan gözlerini kapattı. Onun coşkusunu ve kendinden geçişini gören Ida Jungmann, "Gel Hanno'cuğum, gidelim artık," dedi, "akşam yemeği zamanı... burada uyuyacak olursan ölür kalırsın bak..." Hanno denizden eve dönerken kendisini ne kadar da rahatlamış, ne kadar da dinlenmiş hissediyordu! Akşam yemeğinin üstüne odasında sütünü ve koyu birasını içtikten sonra – annesi otelin camlı verandasında daha sonra konuklarla birlikte yedi–, yatağına uzanır uzanmaz, kalbinin atışları yavaş yavaş temposunu kaybetti ve kulağına gelen akşam konserini hiçbir korku ve heyecan duymadan dinlerken derin bir uyku çöktü üzerine...

Pazar günü, hafta boyunca şehirde işlerinin başında olan bazı tüccarlar gibi Senatör Buddenbrook da geldi ve pazartesi sabahına kadar ailesiyle birlikte oldu. Fakat küçük Johann, yemeklerde dondurma ve şampanya servisi yapılmasına, eşek yarışları ve açık denizde yelken partileri düzenlenmesine rağmen, pazar günlerini pek sevmiyordu. Pazar günleri buraya yakışmayan bir sürü insan geliyor ve plajın havasını bozuyordu; Ida Jungmann'ın küçümseyen bir edayla söylediği gibi, "seçkin orta sınıfa mensup bu bir günlük sinekler" öğleden sonra otel bahçesini ve kumsalı dolduruyorlar, kahve içip müzik dinliyorlar ve denize giriyorlardı. Hanno böyle günlerde odasına kapanıyor ve buranın havasını bozan bu gösteriş meraklısı güruhun bir an önce gitmesini bekliyordu... Pazartesi gelip de her şey yeniden eski haline gelince çok seviniyordu, böylece babasının bakışlarından, altı gün boyunca uzak kaldığı ve bütün bir pazar günü boyunca üzerinde dolaşan meraklı bakışlardan da kurtulmuş oluyordu...

On dört gün geçmişti; Hanno kendi kendine ve duyurmak istediği herkese sonbahar tatili kadar uzun bir sürenin başlayacağını söylüyordu. Ne var ki, bu yanıltıcı bir avuntuydu, çünkü tatil günlerin yarısı geride kalmış ve şimdi ikinci yarısı başlamış ve sona doğru yaklaşılmıştı; bitmesin diye her âna korkunç bir hızla sarılmak ve gününü gün etmek, yaşadığı mutluluğun tadını çıkarmak için deniz havasını yavaş yavaş ve hiç ara vermeden içine çekmek istiyordu.

Fakat zaman hızla geçiyordu. Yağmur, güneş parıltısı, kimi zaman denizden ve kimi zaman karadan esen sert rüzgârıyla, kimi zaman sessiz, kimi zaman yakıcı sıcağı ve denize girmeye izin vermeyen fırtınalı şimşekli gök gürültüsüyle günler birbirini kovalıyor ve tatilin sonuna yaklaşılıyordu. Kuzeydoğudan esen sert rüzgârlar, koyu yeşil dalgalarla koyu dövüyor, yosunlar, istiridyeler ve denizanaları bütün plajı dolduruyor ve soyunma kabinlerini sarsıyordu. Gittikçe kabaran denizin yüzünü köpükler kaplıyordu. İri ve güçlü dalgalar korkunç bir sessizlikle kıyıya yaklaşıyor, koyu yeşil ve metal gibi parlak bir yarım daire biçimine dönüşerek gök gürültüsünü andıran bir gürültüyle parçalanıyordu... Kimi günler batıdan esen rüzgârlar denizi kıyıdan öyle uzaklaştırıyordu ki, suyun çekildiği zemin boyunca yer yer kum yığınları ortaya çıkıyordu; bardaktan boşalırcasına yağan yağmur, gökyüzünü, toprağı ve denizi birbirine karıştırıyor, yağmurla esen sert rüzgâr pencereleri dövüyor ve düşen yağmur damlaları sellere dönüşerek pencerelerden aşağıya doğru akıyor ve her yeri su içinde bırakıyordu. Böyle günlerde Hanno zamanının çoğunu otelin salonundaki piyanonun başında geçiriyordu, sosyete balolarında çalınan valslerden ve İskoç müziğinden biraz yıpranmış olan piyanoyu çalarken, evdeki kuyruklu piyanosunu çalarken olduğu gibi düşlere dalıp kendinden geçmiyordu, ama kalın ve takırdayan sesiyle yine de hoşça vakit geçirebiliyordu... Sonra daha başka günler de geldi, düşler âlemine götüren masmavi, rüzgârsız ve fırtınasız kavurucu sıcak günler, Deniz Feneri çayırlığında güneş altında mavi mavi sineklerin vızıldadığı ve denizin çarşaf gibi olduğu günler... Hanno, üç günümüz kaldı, dedi ve herkese bunun bütün bir Paskalya tatili kadar uzun bir süre olduğunu söylüyordu. Fakat hiç kimse bunun aksini düşünmese de, buna önce kendisi inanmıyordu. O yün ipek karışımı ceketli öğretmenin haklı olduğuna, dört haftalık tatilin bir gün gibi gelip bitivereceği, derslere kaldığı yerden başlayıp öteki konulara geçileceği gerçeğini çoktan kabullenmişti...

Bavullar yüklenmiş, araba otelin önünde harekete hazır bekliyordu, ayrılık günü gelip çatmıştı. Hanno sabah erkenden kalkarak, denize ve plaja son bir kez daha bakıp vedalaşmıştı. Bahşişlerini alan garsonlarla, müzik tapınağı, gül tarhları ve bütün bu dört haftalık yaz tatiliyle de vedalaşmıştı. Otel çalışanları yerlere kadar eğilip kendilerini selamladılar ve daha sonra araba hareket etti.

Araba küçük şehre giden bulvarı geçtikten sonra, Vorderreihe Caddesi boyunca ilerlemeye başladı... Hanno, başını arabanın köşesine dayadı ve bakışlarını, tam karşısında oturan ve pırıl pırıl gözleriyle kendisini seyreden beyaz saçlı, artık iyice yaşlanmış ve zayıflamış olan Ida Jungmann'ın üzerinden kaydırarak pencereden dışarıya, uzaklara yöneltti. Sabahın bu saatinde gökyüzü beyaz bulutlarla kaplıydı, Trave Nehri'nde rüzgârın kovaladığı en küçük bir dalga bile göze çarpmıyordu. Ara sıra düşen yağmur damlacıkları pencerenin camına vuruyordu. Vorderreihe Caddesi'nin çıkışında, kapılarının önüne oturmuş, ağlarını yamayan insanlar ilişti gözüne; yalınayak çocuklar koşarak arabanın yanına geliyorlar ve merakla arabayı seyrediyorlardı. Ama "onlar" burada kalacaklardı...

Araba en son evleri de geride bıraktıktan sonra, Hanno biraz öne eğildi ve deniz fenerine son bir kez daha baktı, sonra yeniden arkasına yaslandı ve gözlerini kapadı. Ida Jungmann, derinden gelen bir sesle, "Seneye yine geliriz Hanno'cuğum," diyerek onu avutmaya çalıştı; fakat bu sözler onun çenesinin titremesine ve boşalan gözyaşlarının kirpiklerinden aşağıya akmasına yetmemişti.

Hanno'nun yüzü ve elleri deniz havasıyla biraz bronzlaşmıştı, ama tatilde bol bol denize girerek daha sert, daha enerjik, daha taze ve dayanıklı olacağını düşünenler fena halde yanılmışlardı. Hanno'nun kendisi bunun umutsuzca bir beklenti olduğunu çok iyi biliyordu. Huzur ve coşku içinde geçen bu dört haftalık deniz tatili onu daha yufka yürekli, daha nazlı, daha hayalci ve daha duygusal yapmıştı; öğretmeni Herr Tietge'nin üçlü kuralını anlaması ve tarihsel olayların yaşandığı tarihleri ve dilbilgisi kurallarını ezbere öğrenme konusunda yeteneği daha da azalmıştı. Eline aldığı kitapları fırlatıp atmak ve bütün bunlardan kurtulup derin derin uyumak istiyordu. Sabahları yataktan kalkmaktan, derslerden, karşılaşacağı kötü olaylardan, Hagenström'ün kendisine düşman çocuklarından ve babasının bitmez tükenmez isteklerinden çok bunalıyordu. Fakat kuş cıvıltıları arasında ve yağan yağmurun ıslattığı yolda yaptıkları sabah yolculuğu neşesini biraz yerine getirdi. Arkadaşı Kai ile yeniden bulaşacağını, Herr Pfühl'ü, piyano derslerini, kuyruklu piyanosunu ve armonisini hatırladı. Üstelik yarın günlerden pazardı ve ertesi gün okul başlıyordu. Düğmeli çizmelerinde birazcık plaj kumu kaldığını hissediyordu... İhtiyar Grobleben'e rica edecekti, boyarken kumları silkelemelisin diye... Her şey kaldığı yerden yeniden başlayacaktı, yün ipek karışımı ceket giyen öğretmeniyle, Hagenström'ün yaramaz oğulları ve daha başka şeylerle yeniden karşılaşacaktı, her türlü tatsızlığı yeniden yaşayacaktı. Herkes yeniden onun üstüne gelince, denizi ve kaplıca otelini hatırlayacak, gizemli bir uykuya dalmış ufuklardan gelerek kalenin duvarlarına çarpan dalgaların tatlı hışırtısını anımsayarak bir an için rahatlamış olacak ve böylece bütün kötülüklerin üstüne gelmesinden kurtulmuş olacaktı...

Sonra sala binip karşı kıyıya geçildi, Israelsdorfer Bulvarı boyunca ilerleyen araba sırayla Kudüs Tepeleri, Kale Çayırlığı ve Kuleli Kale Kapısı'ndan geçtikten sonra, Weinschenk amcanın yattığı hapishanenin duvarını sağda bırakarak, Burg Caddesi boyunca ve Koberg tepelerinden ilerleyerek Breiten Caddesi'ni geçti ve arabacı sert sert frene basarak Fisch Caddesi'nden bayır aşağıya indiler... Sonunda büyük balkonlu ve beyaz beyaz heykellerle süslü kırmızı evin önünde durdular, öğle sıcağının kasıp kavurduğu caddeden eve girip taş holün serinliği kendilerini karşıladıktan sonra, Senatör Buddenbrook, elinde kalemiyle bürodan dışarı çıktı ve onları karşıladı...

Hanno, yavaş yavaş ve gizli gizli ağlayarak denizin yokluğuna, eski ürkekliğine ve müthiş can sıkıntısına, Hagenström'lerle yeniden sık sık karşılaşmaya alıştı; arkadaşı Kai, Herr Pfühl ve müzikle kendini avutmaya yeniden başladı.

Breiten Caddesi'ndeki evde kalmış amca kızları ve Klothilde hala, onu görür görmez, alaycı alaycı bakıp göz kırpıştırarak tatilden sonra yeniden okula gitmenin nasıl bir duygu olduğunu, bundan hoşlanıp hoşlanmadığını sordular. Büyükler de aynı şekilde tuhaf bir tavırla çocuğu ilgilendiren her şeyi alaycı sorularıyla bunaltıyorlardı. Hanno, kendisine yöneltilen her türlü soruya katlanmaya çalışıyordu.

Kente döndükten üç ya da dört gün sonra deniz havasının, çocuğun üstündeki etkileri görmek için yeni aile hekimi Doktor Langhals geldi Fisch Caddesi'ndeki eve. Senatörle uzun uzun konuştuktan sonra, Hanno'nun üstünü soyarak iyi bir muayeneden geçirdi; tırnaklarını incelerken dediği gibi onun "hal ve vaziyetini" anlamak istiyordu. Hanno'nun cılız kaslarını yeniden yeniden muayene etti, göğüslerinin genişliğini ölçtü ve kalp atışlarını dinledikten sonra günlük yaşamıyla ilgili pek çok şey sordu, tahlil için incecik koluna bir iğne batırdı ve birkaç damla kan aldı. Yüz ifadesine bakılırsa, durumdan pek memnun kalmışa benzemiyordu.

Doktor Langhals, önünde yarı çıplak duran Hanno'ya, "Bakıyorum, epeyce yanmışız," dedikten sonra, küçük ve siyah kıllı elini omzuna koyup Frau Buddenbrook ve Matmazel Ida Jungmann'a bakarak, "ama yüzümüzün rengi eskisi gibi hâlâ endişe verici," diye ekledi.

Gerda Buddenbrook, "Denizi çok özlüyor," dedi.

Doktor Langhals, tam bir doktor edasıyla bakışlarını Hanno'nun yüzünde dolaştırarak, "Ya... demek denizi pek seviyorsun!" dedi... Hanno'nun yüzü birden sapsarı oldu. Doktorun sorduğu ve yanıt beklediği bu soru ne anlama geliyordu? Çılgınca bir umut, dünyadaki bütün yün ipek karışımı ceket giyen öğretmenlere rağmen Tanrı önünde hiçbir şeyin imkânsız olmadığı umudu belirdi içinde.

"Evet..." dedi Hanno; korkudan fal taşı açılan gözleriyle Doktor Langhals'ın yüzüne dik dik bakıyordu. Fakat Doktor Langhals'ın sorusunun özel bir anlamı yoktu.

Doktor Langhals, Frau Senatör'ün ve Ida Jungmann'ın yüzüne bakıp, hafif hafif başını sallayarak küçük Johann'ı omuzlarından tutup öne doğru itti ve bilge hekim edasıyla ve cesaret veren bakışlarla ve dudak hareketleriyle, "Temiz havanın ve denizin etkisi daha sonra ortaya çıkacaktır... daha sonra görülecektir!" dedi ve yerinden kalktı. Hanno'nun muayenesi bitmişti...

Deniz özlemi çeken Hanno'nun yavaş yavaş kapanmaya başlayan yarası, günlük yaşamında karşılaştığı en küçük bir zorlukta yeniden yanmaya ve kanamaya başladı. Ona karşı çok büyük anlayış gösteren Tony halası, Hanno'nun Travemünde'de geçirdiği günleri anlatışını büyük bir keyifle dinliyor ve onun heyecanla ve coşkuyla anlattığı şeylere yürekten katılıyordu.

"Evet, Hanno," dedi Tony hala, "gerçek her zaman gerçektir... Travemünde çok güzel bir tatil beldesi gerçekten! Deneyimsiz ve sersem bir kız çocuğu olarak vaktiyle orada geçirdiğim yaz tatilini mezara girinceye kadar güzel bir anı olarak her zaman hatırlayacağım. Orada çok sevdiğim, onların da beni sevdiklerine inandığım insanların yanında kalıyordum, o zamanlar çok güzel ve sevimli bir kızdım –şimdi yaşlanmış bir kadın olarak söylüyorum bunu sana–, onlar kendi hallerinde, temiz yürekli insanlardı, ayrıca çok mütevazı, hayat dolu ve akıllıydılar, hayatta böyle insanlara hiç rastlamadım. Onlarla sıcak bir birlikteliğimiz oldu. Dünya görüşü ve yaşamla ilgili pek çok şey öğrendim onlardan... Araya bazı terslikler girmeseydi... kısacası, bazı tatsız olaylar yaşamamış olsaydım, aptal bir yaratık olarak yine de güzel şeyler yaşayacaktım. O tarihte ne aptal bir kızdım, bir bilsen. Denizanalarından renk renk yıldızlar yapmak istiyordum. Mendilimin içine koyduğum bir sürü denizanasını eve getirir, kurusunlar diye güneşe bırakırdım... Güneşin altında kızarınca, yıldız olur parlarlar sanırdım! Evet, öyle sanırdım... ama sonradan bakınca, büyük bir ıslak lekeden başka bir şey görmezdim, çürük yosunlar gibi kokarlardı..."

## 4

1873 yılının başında Hugo Weinschenk'in af başvurusu senato başkanlığınca kabul edildi ve eski sigorta müdürü, giydiği cezanın bitmesine altı ay kala serbest bırakıldı. Eğer Frau Permaneder sözünü tutabilen biri olsaydı, bu olayın sevinecek bir yanı olmadığını, her şeyin eskisi gibi devam etmesinin kendisi için daha iyi olacağını bilmesi gerekirdi. Kızı ve torunuyla Ihlamur Meydanı'nda kiraladığı evinde güzel bir hayat sürüyor, kardeşinin Fisch Caddesi'ndeki evine sık sık uğruyor, kocası öldüğünden beri şehirde oturan yatılı okul arkadaşı Armgard von Maiboom'la görüşüyordu. Doğduğu kentin surları dışında hiçbir yerde rahat edemeyeceğini çok geç anlamıştı. Münih'te geçirdiği kötü günleri, mide rahatsızlığını, yaşlanmaya başladığını ve dinlenmeye ihtiyacı olduğunu düşündükçe, ülkenin herhangi bir başka kentine ya da yabancı bir ülkeye yerleşmeyi aklından bile geçirmiyordu.

Frau Permaneder, kızına, "Sevgili yavrum," dedi, "şimdi sana bir şey soracağım, çok ciddi bir şey!.. Kocanı hâlâ bütün kalbinle seviyor musun? Nereye giderse, çocuğunu alıp arkasından gidecek kadar seviyor musun onu? Biliyorsun, Weinschenk burada kalamaz artık."

Kızlık soyadı Grünlich olan Frau Erika Weinschenk, bunun üzerine ağlamaya başladı ve bir zamanlar annesi Tony'nin Hamburg'daki evinde kendisini ziyaret eden babasına verdiği yanıtın aynısını vermişti, bu duruma göre Erika'nın yakında boşanacağını söylemek yanlış olmazdı...

Frau Permaneder'in serbest bırakılan damadını üstü kapalı bir arabayla cezaevinden alıp eve getirdiği gün, hava çok berbattı, cezaevine götürdükleri gün de böyleydi. Damadını doğruca Ihlamur Meydanı'ndaki kiralık dairesine getirdi. Müdür Weinschenk, karısına ve çocuğuna şaşkın şaşkın baktıktan sonra, kendisi için hazırlanan odaya girdi ve sabahtan akşamın geç saatlerine kadar sigara üstüne sigara içti. Dışarı çıkmaya cesaret edemediği gibi, ailesiyle birlikte yemek yemekten de çekiniyordu, iyice yaşlanmış ve herkesten kaçan tuhaf bir adam olmuştu.

Cezaevi hayatı, vücut sağlığına hiç dokunmamıştı, çünkü Hugo Weinschenk eskiden beri dayanıklı biriydi. Fakat son derece acınacak bir hali vardı. Saygınlığını yitirmesi, yargılanıp mahkûm edilmesi ve üç yıl süren hapishane hayatı bu adamı ruhsal olarak öylesine çökertmişti ki, bunu görmek dehşet vericiydi, oysa çevresindeki pek çok meslektaşının yaptığından farklı bir şey yapmamıştı; eğer yakalanmamış olsaydı, hiç kuşku yok ki, o da diğerleri gibi başı dik ve vicdanı hür biri olarak kendi yolunda yürümeye devam edecekti. Şirketi yararına başvurduğu pervasızca manevranın iş yaşamında bir bakıma gelenek olduğunu yargıçlara açık yüreklilikle ve inandırıcı bir biçimde söylemiş ve bunu uzmanlar da doğrulamıştı. Ama böyle işlerden hiç anlamayan, böyle kavramlara yabancı olan ve çok farklı bir dünyada yaşayan hukukçu beyler, onu dolandırıcılıkla suçlamışlar ve mahkûm etmişlerdi. Devlet otoritesinin lehine verilmiş bu karar, Hugo Weinschenk'in toplum içindeki saygınlığını öylesine sarsmıştı ki, hiç kimsenin yüzüne bakamaz olmuştu. Redingotunun bel hizasında sallanışı, gözbebeklerini oynatarak kıpır kıpır bakışları, yumruklarını sıkarak yaylana yaylana yürüyüşü, cahilliğinden kaynaklanan o her şeye burnunu sokuşu ve fütursuzca anlattığı hikâyeler, her şey, ama her şey sona ermişti! Öylesine yıkılmıştı ki, ailesi onun bu ezik halinden, ürkek bakışlarından ve onursuzca davranışlarından kaygılanmaya başladı.

Herr Hugo Weinschenk, odasına kapanıp sekiz ya da on gün boyunca sabahtan akşama kadar sigara üstüne sigara içtikten sonra, gazete okumaya ve mektup yazmaya başladı. Bu da sekiz ya da on gün kadar sürdükten sonra, arada bir Londra'da yeni bir iş aramaktan söz etmeye başladı, ama önce tek başına gidecekti oraya, işe girdikten sonra karısını ve çocuğunu da yanına alacaktı.

Herr Weinschenk, karısının eşliğinde üstü kapalı bir arabayla istasyona gitti ve akrabalarından hiçbiriyle vedalaşmadan yola çıktı.

Birkaç gün sonra eşine yazılmış bir mektup geldi Hamburg'dan. Onurlu bir yaşama kavuşuncaya kadar ne karısı ve ne de kızıyla bir araya gelebileceğini, arada bir mektup yazacağını bildiriyordu. Bu mektup Hugo Weinschenk'in son yaşam belirtisi oldu. O zamandan beri ondan hiç kimse en ufak bir şey duymadı. Bu gibi işlerde oldukça deneyimli ve son derece azimli bir kadın olan Frau Permaneder, karısını yüzüstü bırakıp gitmesinin boşanma davası açmak için yeterli bir neden olduğunu bildirmek için damadını birçok kez arattığı halde, Hugo

Weinschenk'ten hiç ses çıkmadı, ne bir haber alındı ne de izine rastlandı. Erika Weinschenk de küçük Elisabeth'le annesinin Ihlamur Meydanı'nda kiraladığı evde eskisi gibi oturmaya devam etti.

## 5

Küçük Johann'ın dünyaya gelmesini sağlayan bu evlilik, çekiciliğinden hiçbir şey kaybetmemişti ve kentte sohbet konusu olmaya devam ediyordu. Çiftlerin ikisinin de biraz tuhaf ve gizemli yanları vardı, bu durum onların evliliğine bir olağanüstülük ve biraz da kuşkulu bir anlam veriyordu. Burada bu konuya biraz ışık tutmak ve bazı dışsal gerçekleri bir yana bırakarak bu ilişkinin derinliklerine inmek güç olduğu kadar da zorunlu bir görevdi... Oturma odalarında ve yatak odalarında, kulüplerde ve gazinolarda, hatta borsada bile herkes Gerda ve Thomas Buddenbrook'tan söz ediyor, onlar hakkında çok az şey bildiklerini söylüyorlardı.

Birbirlerini nasıl bulmuşlardı ve şimdi araları nasıldı? On sekiz yıl önce otuz yaşında olan Thomas Buddenbrook'un ani bir kararla Gerda'ya evlenme teklifinde bulunduğu herkesçe biliniyordu. Thomas kesin bir dille, "Ya bu kız olur ya da hiç kimse," demişti. Gerda da böyle davranmış olmalıydı, çünkü Amsterdam'da yirmi yedi yaşına kadar kendisine yapılan bütün evlenme tekliflerini geri çevirmiş ve yalnızca bu otuz yaşındaki gence "evet" demişti. Öyleyse bu bir aşk evliliğidir, diye düşünüyordu herkes; Gerda'nın üç yüz bin mark drahomasının bu evlilikte ikinci derecede rol oynadığına güç de olsa kendilerini inandırmak zorunda kalmışlardı. Ancak ikisi arasında ilk günlerden başlayarak pek de dikkat çekici bir aşk belirtisi yoktu. Evliliklerinin ilk gününden itibaren karıkocanın birbirlerine karşı son derece nazik davrandıkları; eşler arasında karşılıklı sevgi ve saygıya dayanan düzgün bir ilişkinin olduğu anlaşılıyordu, fakat bu ilişki anlaşılmaz bir biçimde birbirlerine içsel olarak uzak ve yabancı oldukları için değil, tersine karşılıklı güvene dayanan ve birbirlerine değer veren, birbirlerini sayan çok özel bir ilişkiye benziyordu. Evlilik yaşamlarını en küçük bir değişiklik bile olmadan senelerdir sürdürüyorlardı. Dikkat çeken tek şey, çiftler arasındaki yaş farkıydı ve bu yaş farkı son yıllarda belirgin bir şekilde ortaya çıkmış bulunuyordu...

Onlara bakanlar, genç bir hanımın yanında hayli yaşlanmış ve biraz da şişmanlamış bir erkeği görüyorlardı. Thomas Buddenbrook'un çökmüş bir hali vardı –onun biraz da komiğe kaçan kendini beğenmiş haline rağmen, herhalde söylenecek en doğru söz buydu–, oysa karısı Gerda bu on sekiz yıllık evlilik hayatı boyunca neredeyse hiç değişmemişti. Soğukluğunu ve sinirli halini hep korumuştu. Koyu kızıl saçlarının rengi, yüzünün beyazlığı ve tazeliği, incecik endamı ve kendini beğenmiş halinden hiçbir şey kaybetmemişti. Birbirine yakın duran küçük ve kahverengi gözlerinin çevresindeki mavi mavi gölgeler hâlâ duruyordu... Gözlerinin sahiciliği pek inandırıcı bulunmuyordu. Bakışlarında bir tuhaflık vardı ve bunun anlamını kimse çözemiyordu. Yapısı itibarıyla soğuk, herkese uzak, içine kapalı, çekingen ve her şeyden kaçınan, ama keman çalarken birden canlanıveren bu kadın, çevresine karşı anlaşılmaz bir kuşku uyandırıyordu. İnsanlar, senatöre karşı kullanmak için Gerda'yı yakından tanımaya, üzerindeki sır perdesini aralamaya çalışıyordu. Durgun sular genelde derin olurdu. Kimileri de bir şeyler biliyormuş gibi konuşuyordu. Bütün bu olay hakkında daha fazla bir şeyler öğrenmek, biraz daha fazla bilgi sahibi olmak istedikleri için güzel Gerda'nın fantezilerinden yola çıkarak onun yaşlanmaya başlayan eşini aldattığını düşünmeye başladılar. Gözlerini onun üzerinden ayırmamaya başladılar ve Gerda Buddenbrook'un Throta adında bir teğmene karşı, hafif deyimle, ahlak kurallarının sınırlarını aşan bir dostluk ilişkisi içinde olduğu konusunda hemfikir olmaları uzun sürmedi.

Rhein Bölgesi doğumlu olan René Maria von Throta, kentteki piyade taburu garnizonunda görev yapan bir asteğmendi. Kırmızı boyunbağı, yana doğru taranmış ve sağ tarafta bir tepe oluşturan bukle bukle saçlarına pek yakışıyordu. İriyarı ve güçlü kuvvetli biri olmasına rağmen, dış görünüşü, davranışları, konuşma biçimi ve sessiz sessiz oturuşu bir askere hiç de uygun değildi. Elini yarıaçık asker ceketinin düğmelerinin arasına sokmaktan ve yanağını eline dayayıp oturmaktan çok hoşlanıyordu; üstlerine selam verirken hareketlerinde hiçbir sertlik yoktu, topuklarını birbirine çarptığı bile duyulmazdı. Üniformasının iriyarı bedeninde sivil giysi gibi gevşek ve kaba durmasına hiç aldırmıyordu. Dudaklarının üstüne düşen incecik bıyıkları, onun bu askerce olmayan görüntüsünü daha da belirgin kılıyordu: Işıl ışıl parlayan çukur ve iri gözleri, her şeyi ve herkesi büyük bir hayranlıkla ve ciddi ciddi süzüyordu... Askerliği hiç sevmediğine, bu mesleğe istemeden girdiğine kuşku yoktu, çünkü güçlü vücut yapısına rağmen üstlendiği görevinde başarılı değildi ve asker meslektaşlarının arasında pek sevilmiyordu, onların ilgi alanlarını paylaşmıyor, düzenledikleri eğlencelere katılmıyordu, örneğin kısa bir süre önce başarılı bir seferden dönen genç subayların düzenlediği eğlenceye ve gösteriye pek içten katılmamıştı. Evet, Teğmen Throta arkadaşları arasında pek sevilmiyor ve herkes ona tuhaf bir yaratık gibi bakıyordu. Yalnız başına gezintiler yapıyordu. Ne ata binmeyi seviyordu ve ne de av partilerine katılmayı, ne kumardan hoşlanıyordu ne de kadınlardan. Bütün benliğini müziğe vermişti, her türlü çalgı aletini çalabiliyordu ve ışıl ışıl parlayan gözleriyle ve hiç de askerce olmayan kaba saba görüntüsü ve tiyatro sanatçılarına özgü davranışlarıyla bütün opera ve konserlerde boy gösteriyor, fakat kulübün ve gazinonun semtine bile uğramıyordu.

Hoşlansın ya da hoşlanmasın, gerektiği durumlarda şehrin ileri gelen ailelerini ziyarete gidiyordu, ama kendisine yapılan bütün davetleri geri çeviriyor ve yalnızca Buddenbrook'larla görüşüyordu... Kim ne derse desin, Senatör Buddenbrook ne düşünürse düşünsün...

Thomas Buddenbrook'un iç dünyasında neler olup bittiğini hiç kimse hissetmiyordu, hiç kimse hissedemiyordu: Üzüntülerini, nefretlerini ve aczini herkesten gizlemek ne kadar da zordu! İnsanlar onunla alay etmeye başladılar, ama onun korkuyla karışık aşırı duygusallığını ve gergin halini herkesten gizlemeye çalıştığını biraz olsun tahmin edebilseler ya da hissedebilselerdi, kesinlikle böyle düşünmezlerdi, duygularını bastırırlar ve ona acırlardı belki de. İnsanlara alay konusu olan "kendini beğenmiş" hali biraz da bu kaygısından ötürüydü. Kendi dış görünüşü ile Gerda'nın yıllarca hiç değişmeyen olağanüstü güzelliği ve tazeliği arasındaki rahatsız edici dengesizliği ilk fark eden kendisi olmuştu. Ama şimdi, Herr von Throta evine gelip gitmeye başlayalı beri, bütün gücünü toplayarak bu kaygıyla savaşmak ve bu olayı herkesten gizlemek zorundaydı; bunu mutlaka başarması gerekiyordu, yoksa insanlar onun bu kaygısını duyacak ve Buddenbrook adı herkesin gözünde gülünç duruma düşecekti.

Gerda Buddenbrook ve bu tuhaf teğmenin müzik konusunda birbirlerine yakınlık duyduklarına kuşku yoktu. Herr von Throta, piyano, keman, viyola, viyolonsel ve flüt çalıyordu, üstelik hepsini de çok iyi çalıyordu. Onun Gerda'yı ziyarete geleceği senatöre önceden bildiriliyordu; genç subayın uşağı, sırtında viyolonselle, bürosunun yeşil panjurlu penceresinin önünden geçerek eve giriyordu... Thomas Buddenbrook, o sırada yazı masasının başında oturur ve Teğmen'in, yani karısının müzik arkadaşının eve girip üstündeki salonda armoninin ezgileri yükselinceye kadar beklerdi; şarkılar, hüzün ve neşe çığlıkları arasında birbirine kenetlenmiş ellerden yükselen ve daha sonra hüzün ve hıçkırıklara boğularak gecenin sessizliğinde giderek zayıflayan ve sonunda duyulmaz olan ezgiler... Keşke bu ezgiler hiç susmayıp hep çağıldasalar ve hep coşsalardı, hıçkırıklar ve ağlamalar hiç dinmese, azgın sular gibi kabarıp coşsalar ve birbirlerine karışsalardı! Ama korkunç olanı, insana acı vereni, bu ezgilerin arkasından gelen sessizlikti; yukarıdaki salondaki o kahredici sessizlik ve uzunca süren hareketsizlikti. Ne bir ayak sesi duyuluyor, ne bir sandalye çekiliyordu. Suskun ve "her şeyi" gizleyen haince bir sessizlik... Böyle anlarda Thomas Buddenbrook masasının başında oturur ve öyle korkardı ki, arada bir sessiz sessiz inlerdi.

Neden korkuyordu? Herr von Throta'nın eve girdiğini herkes görmüştü, insanların hakkında ne düşündüğünü gözleriyle görür gibiydi: Giderek yaşlanmaya başlayan, güçten kuvvetten düşmüş bu suratı asık koca, alt kattaki bürosunda otururken güzel karısı da yukarıda âşığıyla müzik yapıyor, yalnızca müzik yapmıyordur herhalde!.. Evet, insanlar böyle düşünüyordu, o bunu biliyordu. "Âşık" sözcüğünün aslında Herr von Throta'ya pek uymadığını da biliyordu. Ah, bunu ona söyleyebilse, bu sözcüğün kendisine hiç yakışmadığını dile getirebilse, çok mutlu olacaktı; onu inandırıcılığı olmayan, basit ve sıradan bir genç subay olarak kabul edip küçümseyebilseydi keşke; karısıyla birlikte müzik yaparken birazcık taşkınlık yapan ve bunu sanata dönüştürmeyi bilen bu genç subayı önemsemeseydi keşke. Onun böyle biri olduğunu göstermek için her çareye başvurdu. Sırf bu amaçla atalarının içgüdülerini canlandırdı gözlerinin önünde: masanın başında geç saatlere kadar oturan bu ağırbaşlı ve tutumlu tüccarın, serüven düşkünü ve işinin ehli olmayan sıradan bir askere duyduğu güvensizlik. Düşünürken ve konuşurken Herr von Throta'yı aklından bir türlü çıkaramıyor ve ondan hep küçümseyen bir ifadeyle "Teğmen" diye söz ediyordu; bu sözün bu genç adama hiç de uygun düşmediğini aslında kendisi de çok iyi biliyordu...

Thomas Buddenbrook neden korkuyordu? Neydi onu korkutan şey? Hiçbir şey... aslında hiçbir şey. Ah, keşke karşısında inandırıcı bir şey, alçakça işlenmiş bir suç olsaydı da aklından geçenleri savunabilseydi! Karısının genç Teğmen'le müzik yapmasına başka bir anlam veren insanları kıskanıyordu; ama burada oturup başı ellerinin arasında üzüntüyle söylentilere kulak verirken, şunu çok iyi biliyordu ki, üstündeki salonda yapılan coşkulu müziğin ve derin sessizliğin "aldatma" ve "ihanet" olduğunu kimse söyleyemezdi.

Ara sıra sivri çatılı gri evi ve önünden gelip geçenleri seyrederken, bakışlarını jübile dolayısıyla kendisine hediye edilen ve bürosunda asılı bulunan atalarının resimlerine çevirip Buddenbrook Şirketi'nin geçmişini düşününce, her şeyin sonunun geldiğini, bu olayın her şeyin üzerine tuz biber ektiğini söylüyordu. Evet, bir bu eksik kalmıştı! Kişiliğinin alay konusu edilmesi, adının ve aile yaşamının insanların diline düşmesi kalmıştı... fakat bunları düşününce yine de biraz olsun rahatlamıştı, burada böyle oturup bu lanet olası bilmeceyi, başının üstündeki bu anlaşılmaz rezaleti çözmeye çalışmaktan çok daha rahatlatıcı bir durumdu...

Thomas Buddenbrook daha fazla dayanamadı, sandalyesinden kalkarak bürodan dışarıya çıktı ve yukarıya, üst kata geldi. Nereye yönelmeliydi? Salona girip Herr von Throta'yı her zamanki küçümser tavrıyla selamladıktan sonra akşam yemeğine kalmasını rica mı etseydi? Teğmen Throta çoğu kez yaptığı gibi bu ricayı yine geri çevirmeyecek miydi? Bu olayın asıl katlanılmaz yanı, Teğmen Throta'nın her fırsatta kendisinden uzak durması, hemen hemen bütün resmî davetleri geri çevirmesi ve yalnızca Frau Senatör Gerda Buddenbrook'la görüşmekten hoşlanıyor olmasıydı...

Beklese miydi? Sigara salonunda ya da herhangi bir yerde o gidinceye kadar bekleyip daha sonra Gerda'nın karşısına dikilip onu sorguya mı çekmeliydi? Ama Gerda'ya hesap sormak, onunla bu konuyu konuşmak olmazdı. Ne konuşacaktı ki? Gerda ile karşılıklı anlayış, saygı ve susma üzerine kurulmuş bir evlilik bağı vardı aralarında. Karısının karşısında da gülünç duruma düşmeye hiç gerek yoktu. Kıskanç koca rolü oynayıp da insanları haklı çıkarmak, rezalet söylentisini herkese duyurmak doğru olmazdı... Kıskançlık duyuyor muydu gerçekten? Kimi kıskanıyordu? Neydi kıskandığı şey? Ah, bunu hiç düşünmemeli, bunu aklına bile getirmemeliydi! Bunun için daha güçlü ve daha inandırıcı kanıtlar olmalıydı! Oysa bütün bunlar yalnızca bir kuşkuydu, üstünden bir türlü atamadığı bir korkudan başka bir şey değildi...

Yukarı kata, soyunma odasına gitti, alnına biraz kolonya sürüp ferahladıktan sonra yine birinci kata indi. Ne pahasına olursa olsun salondaki derin sessizliği bozmaya kararlıydı. Fakat beyaz boyalı kapının altın yaldızlı siyah kulbunu tutar tutmaz, güçlü bir müzik sesi yükseldi ve Thomas Buddenbrook geri çekildi.

Daha sonra hizmetçilerin kullandığı merdivenlerden aşağıya indi, holü ve buz gibi koridoru geçerek bahçeye kadar yürüdü, sonra geri döndü, holden ve eşiğinde doldurma ayının ve kırmızı balıklı akvaryumun bulunduğu merdiven sahanlığından geçerek herhangi bir yere kendini atıp dinlenmek istedi, fakat yukarıya kulak kabartmaktan, orada ne olup bittiğini öğrenmeye çalışmaktan bir türlü rahat edemedi, gizli olduğu kadar da aleni olan bu rezaletten duyduğu korku, derin üzüntü ve utançtan dolayı yıkılmış ve derinden sarsılmıştı...

Yine böyle anlardan birinde ikinci katta, koridora yaslanmış, merdiven sahanlığından aşağıdaki derin sessizliğe kulak kabartırken küçük Johann, Ida Jungmann'la bir şey görüşmek üzere odasından dışarı çıktı ve koridordan geçti. Yanında taşıdığı kitabıyla duvar boyunca yürürken, bakışlarını öne eğerek babasını şöyle bir selamlayıp önünden geçmek isteyince, Senatör Buddenbrook ona seslendi:

"Hanno, nereye böyle?"

"Çalışıyorum baba; yaptığım çeviriyi göstermek için Ida'ya gidiyorum..."

"Nasılsın? Neler tasarlıyorsun böyle?"

Hanno sürekli önüne bakıyordu, çabuk çabuk ve biraz da kendisini zorlayarak yutkunduktan sonra, düşünceli düşünceli yanıt verdi babasına:

"Bir ticaret hesabı ödevim var, onu temize çekeceğim, ayrıca Fransızca dilbilgisi, Kuzey Amerika'nın nehirleri ve Almanca kompozisyon ödevlerimi düzelttireceğim..."

Susmuştu, "ve" diye devam etmediği ve bilinçli olarak sesini alçalttığı için çok üzgündü, çünkü söyleyecek daha başka bir şey bulamamıştı, yanıtı bütünüyle yetersizdi ve aniden susuvermişti. Başını kaldırıp babasının yüzüne bakamadan, "Daha 'fazla' söyleyecek bir şey yok," dedi kararlı bir şekilde. Fakat babası buna pek aldırış etmişe benzemiyordu. Hanno'nun elini kendi ellerinin arasına aldı, söylenenleri duymamış gibi bilinçsizce ve dalgın dalgın bileklerini okşadı ve sustu.

Hanno daha sonra birdenbire babasının bir şeyler mırıldandığını duydu, konuştuklarıyla hiçbir ilgisi olmayan, Hanno'nun daha önce hiç duymadığı korku dolu ve tehdit edici sözlerdi bunlar. Babası şöyle diyordu:

"Hanno, şu Teğmen Throta iki saattir annenin yanında yine..."

Bu sözleri duyan küçük Johann, ışıl ışıl parlayan altın sarısı gözlerini yukarıya kaldırdı ve sevgi dolu bakışlarını babasına çevirdi, şimdiye kadar babasının yüzünü hiç böyle görmemişti, kırlaşan kirpiklerinin altındaki gözkapakları kızarmış, burulmuş bıyıklarının örttüğü yanakları biraz solmuş ve içine çökmüştü. Hanno'nun davranışlarından ve söylediklerinden ne anlam çıkardığını Tanrı bilir! Fakat şu kesindi ki, bakışlarının kesiştiği bu anda aralarında herhangi bir yabancılık, soğukluk, zorlama ve yanlış anlama olmadığını her ikisi de hissediyordu. Thomas Buddenbrook çalışkanlık, beceriklilik ve canlılık bakımından değil ama, korku ve üzüntü söz konusu olunca oğlunun yakınlığına ve dostluğuna her zaman ve her yerde güvenebilirdi.

O buna dikkat etmiyor, bunu önemsemiyordu. Hanno'yu her zamankinden daha da kararlı bir biçimde gelecekteki iş yaşamına alıştırmak için pratik denemelere tabi tuttu, onun ruhsal gücünü sınadı, önemli açıklamalarda bulunduktan sonra kendisinden sonra üstleneceği mesleğini benimsetmeye çalıştı ve onun miskinliğini ve karşı çıkışını gördükçe, öfkeden küplere biniyordu... Çünkü kırk sekiz yaşına gelmiş olan Thomas Buddenbrook, günlerinin sayılı olduğunu ve ölümünün yaklaştığını düşünmeye başlamıştı.

Bedensel olarak durumu kötüleşmişti. İştahsızlık ve uykusuzluk, baş dönmesi ve titreme nöbetleri yüzünden sık sık, kendini beğenmiş aile doktoru Langhals'a başvurmak zorunda kalıyordu. Fakat Doktor'un talimatlarına uymayı başaramıyordu. İş hayatındaki inişler ve çıkışlarla yıllar içinde iyice zayıflamış olan irade gücü bunun için yeterli olmuyordu. Sabahları çok geç kalkmaya başlamıştı, oysa gece yatarken ertesi sabah erkenden kalkmak ve kahvaltıdan önce Doktor'un önerdiği sabah yürüyüşünü mutlaka yapmak istiyordu. Bunu sadece üç ya da dört kez yaptı... O hemen hemen bütün işlerinde böyleydi. Uğradığı başarısızlıklar ve hoşnutsuzluklar nedeniyle gittikçe artan isteksizliği özgüvenini yitirmesine neden oluyor ve onu umutsuzluğa düşürüyordu. Gençlik yıllarından beri peş peşe içtiği küçük ve sert Rus sigaralarının keyfinden bir türlü vazgeçemiyordu. Doktor Langhals'ın yüzüne karşı açıkça şöyle dedi:

"Bakın Doktor. Sigara içmemi yasaklamak sizin hekim olarak göreviniz... Bu sizin için çok kolay ve hoş bir görev, gerçekten! Ama yasağa uyup uymamak benim işim. Siz de bunu anlayışla karşılamalısınız... Sağlığım konusunda sizinle işbirliği yapmaya hazırım, ancak rollerimiz eşit değil, bu işbirliğinde en büyük görev bana düşüyor! Gülmeyin... şaka yapmıyorum... korkunç derecede yalnızlık çekiyorum, bunun için içiyorum sigarayı. Lütfen sigara içmeme izin verin!"

Tabakasını çıkarıp ona bir sigara uzattı... Gittikçe gücünü yitiriyordu. Onu ayakta tutan tek şey, bu durumun uzun süre devam edemeyeceği ve artık sonunun yaklaşmakta olduğu gerçeğiydi. Tuhaf tuhaf şeyler geçiriyordu aklından. Sofrada yemek yerken, birlikte oturduğu ailesini sisli uzaklıklardan seyrediyormuş gibi bir duyguya kapılıyordu... Öleceğim, diyordu kendi kendine. Hanno'yu yeniden yanına çağırdı ve şunları söyledi:

"Oğlum, düşündüğümden de erken ölebilirim. O zaman yerime senin geçmen gerekecek! Ben de çok küçük yaşlarda üstlenmiştim bu görevi... Senin şirkete olan ilgisizliğine ve isteksizliğine ne kadar üzüldüğümü bilmeni istiyorum! Bu görevi üstlenmeye hazır mısın?.. Biliyorum, evet diyeceksin... ama bu yeterli bir yanıt değil, bu yeterli bir yanıt değil, gerçekten! Buna yürekten ve isteyerek hazır mısın, diye soruyorum sana... Yeterince param var, çalışmama gerek yok, diye düşünme sakın! Hiç paran yok, şirketin parasına değil, kendine güveneceksin! Yaşamak istiyorsan, hatta iyi yaşamak istiyorsan, o zaman çok çalışacaksın, benden daha çok ve daha güç koşullarda çalışmak zorunda kalacaksın..."

Fakat hepsi bu kadar değildi; Thomas Buddenbrook'un bütün kaygısı oğlunun ve şirketin geleceği değildi yalnızca. Daha başka şeyler de vardı üstüne üstüne gelen, onu üzen ve derin derin düşündüren... Sonunu hiç de uzak olmayan kuramsal bir zorunluluk olarak değil de, somut bir gerçek olarak görmeye başladığından beri, ölüm ve öteki dünya ile ilgili sorunları düşünmeye, bunları araştırmaya ve bunlara kafa yormaya başladı... Daha ilk araştırmalarında ruhunun ölüme hiç de hazır olmadığı, kendisini buna hazırlaması gerektiği sonucuna vardı.

İncil'e yürekten bağlı bir Hıristiyan olan babası, iş hayatının gereklerini inancıyla bağdaştırmasını bilmişti, daha sonra annesi de böyle yapmıştı, fakat kendisi bunu hiçbir zaman başaramamıştı; hayatı boyunca dünyaya geliş ve yok oluş konularında daha çok beyefendi bir insan olan büyükbabasının kuşkulu davranışlarını benimsemişti, ama yaşlı Johann Buddenbrook'un rahat ve yüzeysel yaklaşımıyla yetinmeyecek kadar derin, zeki ve üstelik metafiziğe çokça ihtiyaç duyduğundan sonsuzluk ve ölümsüzlükle ilgili soruları tarihsel olarak cevaplamış ve bütün bunları atalarında yaşadığını ve daha sonrakilerde de yaşayacağını kendi kendine söylemişti. Bu onun aileye olan bağlılığı, burjuva gururu ve tarihe karşı olan saygısı ile örtüşmüyordu yalnızca, aynı zamanda yaptığı işleri, aşırı tutkusunu ve yaşam biçimini de desteklemiş ve güçlendirmişti.

Ama bu düşünce, yaklaşan ölüm gerçeğinin karşısında tüm gücünü yitirmişti, Thomas Buddenbrook kendini sonsuzca uykuya hazırlamak için bir saat bile zaman bulamıyordu.

Thomas Buddenbrook, yaşadığı sürece Katolikliğe zaman zaman biraz ilgi duymuş olsa da, gerçek ve ateşli bir Protestan olarak işine hep bağlı kalmıştı; fakat en yüce ve en son makamın huzurunda kimse ona yardım edemezdi, o yüce makamda ne bir aracı ne günah çıkarma ve ne de teselli söz konusuydu! Tek başına, kendi kendine ve kendi gücüyle, isteyerek ve çabalayarak vakit geç olmadan bu bilmeceyi çözecek ve kendisini ölüme her bakımdan hazırlayacak ya da umutsuzluk ve çaresizlik içinde ölüp gidecekti... Thomas Buddenbrook, yaşama umudunu bütünüyle yitirmiş ve hayal kırıklığına uğramış biri olarak, oğluna umut bağlamaktan vazgeçti, aceleyle ve korkuyla kendisi için bir başka yerde var olduğunu düşündüğü gerçeği aramaya başladı...

1874 yılı yaz ortalarıydı. Şehir parkının üzerini örten masmavi gök yüzünden gümüş beyazı ve yuvarlak yuvarlak bulutlar kayıyordu. Ceviz ağacının dalları arasında soru soran bir edayla kuşlar cıvıldaşıyordu, yükselen mor renkli zambakların ortasındaki fıskıyenin şırıltıları duyuluyordu; leylak kokularına ılık bir rüzgârın civardaki şeker fabrikasından getirdiği şurup kokuları karışıyordu. Senatör Buddenbrook, çalışanların şaşkın ve dehşet dolu bakışları arasında iş saatinde bürodan sık sık dışarıya çıkıyor, elleri arkasında bahçede dolaşıyor, çakılları tırmıklıyor, fıskiyenin çevresinde biriken çamuru temizliyor ya da gül ağaçlarının altına destek koyuyordu... Bunları yaparken kırlaşmış kaşlarını çatıyor, yüzü ciddileşiyor ve her şeye en ince ayrıntısına kadar özen göstermek istiyormuş gibi davranıyordu, ama düşünceleriyle o karanlık ve yorucu patika yolda yürümeye devam ediyordu.

Ara sıra asma çubuklarıyla çepeçevre sarılmış çardakta oturuyor ve bomboş gözlerle bahçeyi ve evinin kırmızı boyalı arka cephesini seyrediyordu. Hava ılık ve yumuşaktı. Çevresini saran barışçıl sesler onu sakinleştirmek ve tatlı tatlı uyutmak ister gibiydi. Boşluğa bakmaktan, yalnızlıktan ve suskunluktan yorulmuş gözlerini zaman zaman kapatıyor, ama hemen arkasından kendisini yeniden topluyor ve bahçenin barışçıl sessizliğinden uzak durmaya çalışıyordu. Yarı yüksek sesle, "Düşünmem gerek," diyordu kendi kendine... "Geç kalmadan her şeyi yoluna koymalıyım..."

Ancak burada, bu çardak altında, sarı kumaştan yapılmış küçük bir asma salıncak sandalyenin üstünde bir gün tam dört saat boyunca biraz bilerek, biraz da rastlantı sonucu eline geçen bir kitabı büyük bir ilgiyle ve heyecanla okudu... İkinci kahvaltıdan sonra sigarası ağzında salonda dolaşırken, kitap rafının bir köşesindeki cilt cilt kitapların arasında bulmuştu onu, hatırladığı kadarıyla yıllar önce bir kitapçıdan çok ucuza satın almıştı ve o gün pek ilgisini çekmediği için bir kenara koymuştu: İnce ve sarı renkli kâğıda çok kötü basılmış ve kötü ciltlenmiş bu oldukça kalın kitap, metafizik sistemle ilgili ünlü bir felsefe kitabının ikinci cildiydi... Thomas Buddenbrook bahçeye elinde bu kitapla çıkmıştı ve sayfaları bir bir çevirerek dikkatlice ve kendinden geçercesine okuyordu...

Kitabı okurken daha önce hiç tanımadığı bir duygu, büyük bir mutluluk duygusu kapladı içini. Üstün bir beyin gücünün hiç yenilmez sanılan bu hayatın, güçlü olduğu kadar da korkunç olan ve herkese tepeden bakan bu hayatın nasıl üstesinden gelinebileceğini görmek ona büyük bir memnuniyet duygusu veriyordu... Hayatın soğukluğu ve acımasızlığı karşısında içindeki acıyı utançla ve vicdani rahatsızlıkla hep gizli tutan ve birdenbire bir büyüğün ve bilge kişinin elinden dünyada resmen acı çekme yetkisi alan birinin memnuniyet duygusu – hayal edilebilecek dünyaların en kötüsü olduğunun alaycı bir üslupla kanıtlandığı dünyaların en iyisinde acı çeken birinin duyduğu memnuniyet.

Okuduklarının hepsini kavrayamıyordu. Ortaya konan ilkeleri ve önkoşulları anlamaktan çok uzaktı. Bu tür kitapları okumaya alışık olmayan beyni, ileri sürülen bazı görüş ve düşünceleri takip edemiyordu. Fakat ışık ve karanlık değişimi, kavrama ve sezgi yetersizliğinden sonra her şeyi hemen kavrayıvermesi, onu nefes nefese bırakıyordu. Sandalyenin üstünde hiç kımıldamadan saatlerce oturuyor ve kitaptan başını kaldırmıyordu.

İlk başlarda bazı sayfaları okumadan geçmişti; bilinçsizce ve hiç vakit kaybetmeden asıl önemli konuya geçmek için kendisini derinden etkileyen bölümleri iyice okuyup anlamak istiyordu. Ama bu sırada oldukça kapsamlı bir bölümle karşılaştı ve bütün bölümü, ilk sözcüğünden son sözcüğüne kadar, kaşlarını çatıp dudaklarını büzerek büyük bir ciddiyetle ve neredeyse kendinden geçercesine okudu. Bu bölüm şu başlığı taşıyordu: "Ölüm ve Ölümün Varlığımızın Kalıcılığı ile İlişkisi".

Saat dörtte hizmetçi kız bahçeye gelip onu çaya çağırdığında, birkaç satır kalmıştı bitirmesine. Geliyorum diye başını salladı, kalan cümleleri okudu ve kitabı kapayıp dalgın dalgın çevresine bakındı... Ruhunun korkunç bir şekilde genişlediğini, ağır bir sarhoşluk halinin bütün benliğini sardığını hissediyordu; kafasının içi karmakarışıktı ve anlatılması zor yeni bir şeyin, bir sevgi özlemini anımsatan büyüleyici ve umutlandırıcı bir şeyin sarhoşluğu içindeydi. Titreyen buz gibi elleriyle kitabı bahçe masasının çekmecesine koyarken, tuhaf bir baskı altında ve korkutucu bir gerilim içinde alev alev yanan başının içinde bir şeyler infilak edecekmiş ve bütün düşünce gücünü kaybedecekmiş gibiydi.

Senatör Buddenbrook, eve doğru yürürken, merdivenleri çıkarken ve yemek odasına girip ailesinin yanına otururken, "Neden böyle oldum ben?" diye soruyordu kendi kendine... "Bana ne oldu böyle? Neydi o kulağıma gelen sesler? Kimdi benimle konuşan? Şehrin senato üyesi, Johann Buddenbrook Şirketi'nin şefi Thomas Buddenbrook'un kulağına gelen sesler de neydi öyle? Kimdi onunla konuşan?.. Bana mıydı bu sözler? Dayanabilir miyim ben bunlara? Anlamlarını kavramakta zorlanıyorum... ama şunu kesinlikle biliyorum ki, benim gibi sade bir vatandaş beyni için kavranması zor şeylerdi bunlar..."

Bu sıkıntılı ve kararsız ruh haliyle ve donmuş benliğiyle kendinden geçmiş olarak geçirdi bütün gününü. Ama akşam olunca başı daha da ağırlaştı ve erkenden yattı. Üç saat boyunca derin derin uyudu, hayatında hiç böylesine derin uyumamıştı. Sonra uyandı, yüreğinde filizlenen bir sevgiyle ve tatlı bir ürpertiyle birdenbire uyanıverdi.

Kocaman yatak odasında yalnız olduğunu biliyordu; zira eşi Gerda şimdi Ida Jungmann'ın odasında uyuyordu, Ida küçük Johann'a daha yakın olmak için kısa bir süre önce balkonlu üç odadan birine taşınmıştı. Odanın yüksek iki penceresinin perdeleri sıkı sıkı kapalı olduğundan içerisi çok karanlıktı. Derin bir sessizlik içinde ve insana ağırlık veren boğucu sıcaklıkta sırtüstü yatmış, karanlığa bakıyordu.

Sonra birden gözlerinin önündeki karanlığın parçalandığını, gecenin bu kadife duvarının iki yana doğru açılıverdiğini ve çok uzaklardaki sonsuz bir ışık görüntüsünün üstündeki örtüyü kaldırdığını gördü... Thomas Buddenbrook sesini hafifçe yükselterek, "Yaşayacağım," dedi ve bunu söylerken derinden gelen bir hıçkırıkla göğsü titrer gibi oldu. "Bu ışık benim yaşayacağımın belirtisi! Yaşayacağım... o yaşayacak..." "O" sözcüğünün "ben" olmayışı yalnızca bir aldatmaca, ölümün düzelteceği bir hata, bir yanlışlıktı yalnızca. "Evet, yaşayacağım, ben yaşayacağım!.." Neden yaşayacakmışım ki? Bu soruyu düşünürken, gece bütün karanlığıyla yeniden gözlerinin önüne çöktü. Bütün bunlardan yine bir şey anlamıyor ve bilmiyordu. Başını yastığına daha da gömdü, az önce görmesine izin verilen o küçücük gerçekle gözleri iyice kamaşmış ve yorgun düşmüş gibiydi.

Yatağında sessizce yatıyordu, ışığın bir kere daha görünmesini ve kendisini aydınlatmasını heyecanla bekliyor ve bunun için Tanrı'ya dua etmek istiyordu. Işık yeniden göründü. Thomas Buddenbrook birbirine kenetlenmiş elleriyle ve hiç kımıldamadan yatağında yatıyor ve ışığa bakıyordu...

Ölüm denen şey neydi? Bunun yanıtını öyle gösterişli sözlerle veremezdi: O bu yanıtı içinde hissediyordu, o ona bütün benliğiyle sahipti. Ölüm bir mutluluktu, öylesine büyük bir mutluluktu ki, ona ancak Tanrı'nın izniyle kavuşulabilirdi, o son derece acı veren yanlış yola sapmaktan bir geriye dönüş, ağır bir yanlışın düzeltilmesi, en korkunç zincirlerden ve engellerden kurtuluştu...

Yaşamın sona ermesi ve bedenin parçalanması mı? Böyle boş kavramlardan korkanlara gerçekten acımak gerekirdi! Neydi sona erecek olan ve neydi parçalanacak, parça parça olacak şey? Senin şu bedenin... şu kişiliğin ve karakterin, hantal, inatçı, kusurlu ve her türlü nefrete layık bu "engel, başka bir şey, daha iyi bir şey olma engeli"!

Her insan bir hata, bir yanlış davranış değil miydi? Dünyaya gelir gelmez sıkıntı ve üzüntü içinde geçecek bir esaret zincirine bağlanmıyor muydu? Hapishane! Hapishane yaşamı! Her yerde zincirler ve engeller bekliyor insanı! İnsan, kişiliğinin demir parmaklı penceresinden çaresizce bakar kendisini çepeçevre saran bu hapishane duvarlarına, ta ki ölüm gelip onu evine ve özgürlüğüne çağırıncaya kadar...

Kişilik!.. Sahip olduğu, sahip olabildiği şey insanın gözüne çok yetersiz, küçücük ve can sıkıcı görünür, fakat sahip olamadığı ve ulaşamadığı şeylere özlemle karışık bir kıskançlıkla, nefrete dönüşmesinden korktuğu için sevgiye dönüşen bir kıskançlıkla bakar insan.

Ben bir embriyonu, bir başlayışı, dünyanın bütün nimetlerini ve olanaklarını içimde taşıyorum... Burada olmasaydım, nerede olurdum! Ben "ben" olmasaydım, kişisel görünüşüm ve bilincim "ben" olmayan her şeyden beni ayırmasaydı, ben kim, ne ve nasıl biri olurdum! Vücut yapımız! Bizi zorlayan isteklerin kör, süslenmiş, zavallı ve acımaya değer bir biçimde dışarıya vurması! Bu isteğin zamansız ve mekânsız bir gecede dilediği gibi hareket etmesi ve yaşam bulması, insanı bir zindanda, aklın titreyen ve sallanan o cılız aleviyle birazcık aydınlanan bir zindanda aç ve sefalet içinde bırakması kuşkusuz çok daha iyidir!

Oğlumun kişiliğinde yaşamaya, yaşamımı onun kişiliğinde sürdürmeyi umut mu ettim? Benden daha korkak, daha zayıf ve daha kararsız bir kişilikte? Çocukça ve aptalca bir çılgınlık! Bir oğlan çocuğu benim ne işime yarar? Bir oğlan çocuğuna ihtiyacım yok benim!.. Ölünce nerede olacağım? Fakat bu sorunun yanıtı öylesine açık, anlaşılması öylesine kolay ki! Zaman zaman "ben" demiş olan, diyen ve diyecek olan herkesin benliğine yer etmiş bu sorunun yanıtı: "Özellikle de bunu yürekten, güçlü ve neşeyle söyleyenlerin benliğinde..."

Dünyanın herhangi bir yerinde bir oğlan çocuğu büyümektedir: sağlıklı, başarılı, yeteneklerini geliştirmesini bilen boylu poslu, mutlu, temiz yürekli, neşeli ve canlı bir çocuk... bakışlarıyla mutluların mutluluğunu yücelten ve bahtsızları umutsuzluğa düşüren biri: İşte bu benim oğlum. "Bu benim işte", yakında... yakında ölüm beni bu çılgınca düşünceden kurtarır kurtarmaz, ne ben o olacağım, ne de o ben olacak!

Yaşamdan hep nefret mi ettim? Bu temiz, acımasız ve zorlu yaşamdan hep nefret mi ettim ben? Budalalık ve yanlış anlaşılma! Ben kendimden nefret ettim, yaşamın yükünü taşıyamadığım için yalnızca kendimden nefret ettim ben. Ama ben sizleri seviyorum... Bütün mutlu insanları seviyorum, çok yakında dar bir zindana girerek sizlerden ayrı kalmaktan kurtulacağım. Sizlerin sevdiği şey yakında benim içimde olacak ve ben sizlerin yanında ve sizlerle birlikte, sizlerin içinde olacağım... Hepinizin yanında ve içinde!..

Ağlıyordu, yüzünü yastıklara gömmüş ağlıyordu, dünyada hiçbir şeyle karşılaştırılamayan bir mutluluğun, tatlı acı karışımı bir mutluluğun sarhoşluğu içindeymiş gibi titreye titreye ağlıyordu. Onu dün öğleden beri sarhoş edip karanlığa götüren, gecenin tam ortasında yüreğini hoplatan ve filizlenen bir sevgi gibi onu uyandıran şey buydu işte. Bunu fark ettiği sırada –sözler ve birbirlerini izleyen düşüncelerle değil, iç dünyasının aniden aydınlanmasıyla– özgürlüğüne kavuşmuş oluyordu, tam o sırada ruhu bütünüyle özgürlüğe kavuşmuş oluyor ve bütün doğal ve yapay engellerden ve vurulduğu zincirlerden kurtulmuş oluyordu. İsteyerek ve bilinçli olarak içine hapsolduğu, içinde doğup büyüdüğü kentin surları açılıyor ve gençlik yıllarında bazı yerlerini gezip gördüğü dünyayı gözlerinin önüne getiriyordu; şimdi ise ölüm bütününü getirecekti gözlerinin önüne. Bu yanıltıcı mekân algılama biçimi, zaman ve geçmişi değerlendirme, kendinden sonra gelenlerin kişiliğinde yaşama isteği, bu sonsuzca parçalanma ve ayrışma korkusu... Bütün bunlar onun ruhunu rahatlatıyor ve sürekli öbür dünyayı düşünmesini önlüyordu. Hiçbir şey başlamıyor ve hiçbir şey bitmiyordu. Hiç bitmeyen "bugün" ve onun gücü vardı içinde yalnızca; acı bir tatlılıkla ve sonsuzca bir sevgiyle yaşamı seven bir güç, kişiliğinin bomboş bir ifadesi olan bu güç, içinde yaşadığı "bugüne" geçmesini hâlâ mümkün kılabilirdi.

Thomas Buddenbrook yastığının içine doğru fısıldayarak, "Yaşayacağım!" dedi ve ağladı... fakat biraz sonra neden ağladığını unutmuştu. Beyni durmuş, bilgi ışığı sönmüştü ve içine her şeyi bastıran bir karanlık çökmüştü yine. "Ama o geri gelecek, ışığım geri gelecek!" dedi kendi kendini inandırarak. "Ona daha önce de sahip olmamış mıydım?" ... Derin bir uyku ve uyuşukluk halinin üstüne nasıl da çöktüğünü hissederken, eline geçirdiği bu büyük mutluluğu bir daha hiç bırakmayıp aksine bütün bunların kaynağı olan dünya görüşünü bir daha kaybetmemek üzere beynine kazıyana kadar bütün gücünü toplayıp çalışacağına, okuyacağına ve araştıracağına söz verdi.

Fakat bu gerçekleşemeyecekti. Ertesi sabah yatağından kalkınca, bir gün öncesinin bu saçma sapan düşüncelerini anımsayıp biraz utandı ve bu tasarıların uygulanmasının mümkün olamayacağını hisseder gibi oldu.

Yataktan çok geç kalktı, az sonra kent meclisinin toplantısına katılması gerekiyordu. Sivri çatılı evleri ve girintili çıkıntılı sokaklarıyla orta büyüklükteki bu ticaret kentinin iş yaşamı bütün ruhunu ve gücünü yeniden esir almıştı. Kafasında hâlâ o eşsiz kitabı okumayı tasarlarken, "Bir gece önce yaşadıklarım bana göre miydi?" diye sormaya başladı kendi kendine; ölüm gelip onu alıp götürmeye kalktığında, buna karşı koyabilecek miydi? Yurttaşlık içgüdüsü buna karşı çıkıyordu, kendini beğenmişliği de: gülünç duruma düşmekten korkuyordu, bunlar ona göre değil miydi? Johann Buddenbrook Şirketi'nin şefi Senatör Thomas Buddenbrook'a yakışmıyor muydu bunlar?..

Böylesine eşsiz hazineleri sayfalarında gizleyen bu tuhaf kitabın öteki ciltlerini temin etmek şöyle dursun ona bir daha göz atmaya bile vakit bulamadı. Yıllarca kendisini yiyip bitiren aşırı titizliği ve gergin hali bütün günlerini tüketti. Düzeltmek ve tamamlamak için kafa yorduğu önemsiz yüzlerce günlük işlerle boğuşmaktan bütün irade gücünü yitirmişti, vaktini daha akıllı ve verimli kullanmayı başaramıyordu. Anımsamaya değer o öğle sonrasından iki hafta kadar sonra her şeyden elini ayağını çekti ve bahçe masasının çekmecesinde düzensiz bir şekilde duran kitabı alıp yukarıya, kitaplığa koymasını hizmetçi kıza emretti.

Ellerini yüce ve son gerçeklere uzatmış olan Thomas Buddenbrook, yorgun ve bitkin bir şekilde yatağında yatıyor, çocukluğunda inançla bağlanmış olduğu dünyaya ve kavramlara geri dönüyordu. Odanın içinde bir aşağı bir yukarı dolaştı ve bu arada bütün insanların babası olan tek ve kişiliğe bürünmüş Tanrı'yı, bizler için acı çekmesi ve sonsuz acılara katlanması için benliğinin bir parçasını yeryüzüne gönderen, Kıyamet Günü'nde bizleri yargılayacak olan Tanrı'yı hatırladı; onun eteklerinin altında toplanan günahsızlar, o zaman başlayacak olan ebediyet süresince bu çile dolu dünyada çektiklerinden dolayı mükâfatlandırılacaktı... Bütün bu anlaşılmaz ve biraz da saçma hikâyeyi düşündü kafasında, ama hikâye anlaşılmak istemiyor, yalnızca itaat etmeyi ve inanılmayı istiyordu ve o kapıldığı son korku ve dehşet karşısında kalıplaşmış ve çocuksu sözcüklerle yazılmış haliyle elinin altında olacaktı... Gerçekten böyle miydi?

Thomas Buddenbrook bu noktada da iç huzuruna kavuşamadı. Şirketin onuru, karısı ve oğlu, taşıdığı ad ve ailesi için duyduğu derin kaygıyla her geçen gün daha da çok yıpranan bedenini güçlükle ayakta tutmaya çalışan ve giyim kuşamına aşırı özen gösteren bu adam, ne olacağı sorusunun yanıtını bulabilmek için günlerce kıvrandı: Ruh ölümden hemen sonra mı Cennet'e uçuyor ya da gerçek mutluluk yeniden dirilmeyle mi başlıyordu?.. Peki ama o zamana kadar ruh nerede oluyordu? Okulda ya da kilisede ona bu konuda bilgi veren, ona bunları anlatan olmamış mıydı? İnsanı böylesine bilgisiz bırakmanın sorumluluğu kime aitti? Rahip Pringsheim'ı ziyaret edip akıl danışmak istedi ama, gülünç duruma düşme korkusuyla son anda bundan vazgeçti.

Thomas Buddenbrook sonunda her şeyden vazgeçti ve her şeyi Tanrı'ya havale etti. Fakat ebedi sorunlarının düzenlenmesi konusunda böylesine tatminsiz bir sonuca vardığı için hiç değilse dünyevi olanları yoluna koymaya karar verdi, böylece uzun zamandır yapmayı planladıklarını gerçekleştirmiş olacaktı.

Küçük Johann bir gün öğle yemeğinden sonra, annesi ve babası oturma odasında kahvelerini içerlerken, babasının annesine dönerek, "Bugün avukat doktor bilmem kim gelecek ve ben onunla birlikte vasiyetnamemi hazırlayacağım, bu işi daha fazla ertelemek istemiyorum," dediğini duydu. Hanno daha sonra piyanonun başına geçti ve bir saat kadar çalıştı. Ama daha sonra yerinden kalkıp koridordan geçmek isterken, merdivenden yukarı çıkan babasıyla karşılaştı, yanında uzun ve siyah pardösülü bir adam vardı.

"Hanno!" diye seslendi Senatör. Küçük Johann olduğu yerde durdu, yutkundu ve hafif bir sesle ve aceleyle yanıt verdi:

"Efendim babacığım..."

"Bu beyefendiyle önemli bir konuda biraz çalışacağım," diye devam etti babası. "Senden şu kapının önünde durmanı rica ediyorum," sigara salonunun kapısını işaret etti, "bizi kimsenin dinlememesine, konuştuklarımızı kimsenin duymamasına dikkat et, anladın mı?"

Küçük Johann, "Peki baba," dedi ve her iki erkeğin arkasından kapanan kapının önüne dikildi.

Hanno kapının önünde durmuş, bir eliyle üstündeki gemici giysinin kordonunu tutmuş, dilini ağzındaki hastalıklı dişine sürterken odadan gelen ciddi ve kısık seslere kulak kabartıyordu. Açık kestane rengi buklelerinin şakaklarına düştüğü başını yana çevirmişti. Çevresi mavi mavi halkalı bal rengi gözleri, çatık kaşlarının altında üzgün ve düşünceli bir ifadeyle bakıyordu, tıpkı büyükannesinin ölüsünün yanında dururken, çiçek kokularını ve o tuhaf kokuyu duyumsarken olduğu gibi.

Bu arada Ida Jungmann yanına geldi ve şöyle dedi:

"Hanno'cuğum, güzel evladım, nerede kaldın, burada ne dikiliyorsun böyle?"

Kambur çırak bürodan çıkarak yanlarına geldi, elinde bir telgraf vardı ve Senatör'ü sordu.

Fakat küçük Johann, üstündeki mavi gemici ceketinden kolunu uzattı, başını salladı ve bir an sustuktan sonra sessizce ve kesin bir dille şöyle dedi:

"Hiç kimse içeri giremez. Babam vasiyetnamesini hazırlıyor!"

## 6

Doktor Langhals bir sonbahar günü gözlerini bir kadın gibi oynatarak şöyle dedi:

"Sinirler, Herr Senatör... bütün bunların nedeni sinirlerinizin bozukluğu. Kan dolaşımınız da çok iyi değil. Bir öğüt vermeme izin var mı? Bu sene biraz dinlenseniz, diyorum! Yazın birkaç hafta sonu yapılan yaz tatili ve alınan deniz havası yeterli değil elbette... Gerçi eylülün sonuna yaklaşıyoruz, ama Travemünde'de deniz mevsimi geçmedi, oraya gidenler var hâlâ. Herr Senatör, siz de gidin ve plajın kumlarına biraz uzanın. On dört gün ya da üç haftalık bir kür tedavisi bazı şeyleri düzeltebilir..."

Thomas Buddenbrook, doktorunun bu önerisini memnuniyetle kabul etti. Ailesi onun bu kararını duyunca, Christian da birlikte gitmek istediğini söyledi.

"Ben de geliyorum Thomas," dedi. "Buna karşı diyecek bir şeyin olmamalı." Senatör Buddenbrook'un diyecek pek çok şeyi vardı aslında, ama gelmesine evet demek zorunda kaldı.

Sorun, Christian'ın son zamanlarda her zamankinden daha başına buyruk hareket ediyor olmasıydı. Sağlığı giderek bozulduğu için en son aldığı işini, şampanya ve konyak temsilciliğini bırakmak zorunda kalmıştı. Karanlıkta kanepede oturan ve kendisine başıyla işaret ederek birlikte gelmesini onaylayan bir adamın hayali neyse ki tekrarlanmıyordu. Ancak dönem dönem nükseden sol tarafındaki sızı son zamanlarda daha da artmıştı. Bu sızıyla birlikte daha bir sürü sağlık sorunu vardı ki, Christian bunları büyük bir titizlikle izliyor, nereye gittiğini ve nerede durduğunu burnunu kırıştırarak bir bir anlatıyordu. Eskiden olduğu gibi yemek yerken yutmasına yardım eden kasları yine sık sık görevini yerine getiremiyordu, öyle ki lokma ağzında öylece kalakalıyor, küçük, yuvarlak ve çukur gözlerini yardım ister gibi çevresinde dolaştırıyordu. Ne olduğu belli olmayan, ama üstesinden gelemediği bir korku duygusu, dilinin, gırtlağının, kollarının ve bacaklarının ve hatta bütün düşünce yeteneğinin felç olacağı korkusu vardı içinde. Gerçi felçli biri değildi, fakat felç olacağım korkusuyla yaşamak daha kötüydü. Bir gün çay hazırlarken çaktığı kibriti ocak yerine ağzı açık ispirto şişesinin üstüne tuttuğunu ayrıntısıyla anlatıyordu. Böyle bir durumda yalnızca kendisi değil, evdekiler ve hatta bütün komşular korkunç bir şekilde yanarak ölebilirlerdi... Fakat bütünüyle anlaşılması için ayrıntıyla ve özel çaba göstererek anlattığı şey, iğrenç bir anormallik gösterisiydi; son zamanlarda kendi kişiliğinde gözlemlediği ve bazı günlerde, yani ani hava değişimlerinde ve ruhsal durumunun iyi olmadığı dönemlerde açık hiçbir pencereyi görmeye tahammül edemiyordu, kendini pencereden dışarıya fırlatıp atmak geliyordu içinden... Bir türlü engel olamadığı çılgınca bir içgüdü, aptalca ve umutsuzca bir taşkınlık! Bir pazar günü aile Fisch Caddesi'ndeki evde yemek yerken bütün gücünü toplayıp ellerinin ve ayaklarının üstünde sürünerek açık pencereyi kapatmaya gitmişti... bu sırada herkese seslenmiş, ama kimse onu dinlemek istememişti.

Christian bu ve buna benzer şeyleri biraz korku karışımı bir memnuniyetle anlatıyordu. Fakat onun gözlemleyemediği ve saptayamadığı, anlayamadığı ve bu yüzden sürekli daha da kötüye götüren şey, her geçen yıl giderek daha da artan patavatsız konuşmalarıydı. Kulüpte anlattığı o düzeyi düşük iğrenç fıkralarını aile ortamında da anlatması utanç vericiydi. Bununla kalmayıp bedenini sergileyişi de bu konudaki utanma içgüdüsünü yitirmeye başladığının açık işaretleriydi. Çok iyi anlaştığı yengesi Gerda'ya, ayağındaki İngiliz çoraplarının ne kadar dayanıklı olduğunu, bacaklarının ne kadar inceldiğini göstermek için onun gözlerinin önünde bol ve çizgili pantolonunu dizine kadar çekerek, "Bak, ne kadar da zayıflıyorum... çok tuhaf değil mi?" dedi üzgün bir ifadeyle ve burnunu kırıştırarak; bunu söylerken beyaz yün donunun içindeki çarpık ve kemikleri çıkmış sefil bacağını göstermekten çekinmiyordu...

Yukarıda da söylendiği gibi artık her türlü ticaret işinden elini eteğini çekmişti, ama "kulüpte" geçiremediği zamanını başka yollardan doldurmaya çalışıyordu. Sağlık sorunlarının engellemesine rağmen çalışmaktan hiçbir zaman büsbütün vazgeçmeyeceğini kararlı bir biçimde göstermekten çok hoşlanıyordu. Dil bilgisini geliştiriyordu ve hiçbir uygulama olanağı olmamasına rağmen sadece bilim uğruna kısa bir süre önce Çince öğrenmeye başladı. Bunu iki hafta kadar da sürdürdü. Bu arada eksik bulduğu bir İngilizce-Almanca sözlüğünü "tamamlamaya" çalışıyordu. Fakat havanın aniden değişmesi yine sağlığına dokunduğu için, kardeşi Thomas'la birlikte kaplıca tedavisine gitmesine karar verildi ve böylece bu sözlük işi de Christian'ın kentte kalmasını sağlayamadı.

İki kardeş denize gitmek üzere yola çıktılar; düşen yağmur damlaları arabanın tavanını döverken, yer yer su birikintileriyle dolu yolda ilerliyorlardı. Hemen hemen hiç konuşmuyorlardı. Christian kuşku duyduğu bir şeylere kulak kabartır gibi gözleriyle çevreyi kolaçan ediyordu. Thomas ise paltosuna iyice sarılmış, soğuktan titreyerek arabanın bir köşesinde oturuyordu, yorgun ve kızarmış gözlerle... uzun bıyıklarının uçları beyaz yanaklarına düşmüştü. Araba öğleden sonra yolun ıslak çakıllarını gıcırdatarak girdi otelin bahçesine. İhtiyar komisyoncu Siegismund Gosch otelin verandasında oturmuş, puncunu içiyordu. Onları görünce ayağa kalktı ve dişlerinin arasından ıslık çalıyormuş gibi bir ses çıkarıyordu. Valizler arabadan indirilip yukarı taşınırken, iki kardeş sıcak bir şeyler içmek için onun yanına oturdu.

Herr Gosch da otelde kalıyordu, birkaç kişi daha vardı otelde kalan: bir İngiliz aile, bekâr bir Hollandalı kadın ve bekâr bir Hamburglu erkek. Hepsi de yemekten önce biraz kestiriyor olmalıydılar, çünkü etraf pek sessizdi ve yağan yağmurun şakırtısından başka hiçbir şey duyulmuyordu. Belli ki onlar biraz uyumak istemişlerdi, ama Herr Gosch gündüzleri uyumazdı. Geceleri birkaç saat kendinden geçebilirse buna çok sevinirdi. Sağlığı iyi değildi. Vücudundaki kasılma ve titremelere deniz havası iyi gelir diye gelmişti bu sonbaharda buraya. Lanet olsun, punç kadehini güçlükle tutabiliyordu elinde! Daha da kötüsü, yazmakta da çok zorlanıyordu ve bu yüzden de Lope de Vega'nın dramlarının çevirisi çok ağır gidiyordu. Hiç neşesi yoktu. Tanrı'ya sövüp saymayı bile istemeyerek yapıyordu. "Boş ver, inceldiği yerden kopsun!" dedi ve görünüşe bakılırsa bundan pek hoşlanmıştı, çünkü ikide bir ve yerli yersiz bu sözcüğü tekrarlayıp duruyordu.

Peki, ya Senatör? Onun sağlığı nasıldı? İki kardeş ne kadar kalmayı düşünüyordu?

Doktor Langhals sinirlerine iyi gelsin diye göndermişti kendisini buraya. Bu berbat havaya rağmen doktorunun sözünü dinlemişti; onun korkusundan nelere katlanmazdı ki! Gerçekten de kendisini kötü hissediyordu. İyileşinceye kadar burada kalacaklardı... Thomas'ın yalnızca kendisini düşünmesine ve kendisinden söz etmesine kızan ve onu kıskanan Christian, "Ben de çok kötüyüm," dedi; karanlıkta el sallayan adamı, kibriti çakıp ağzı açık ispirto şişesini yakmaya kalkışını ve açık pencereden korktuğunu yine anlatmak üzereydi ki, odalarına çıkıp yerleşmek için ağabeyi ayağa kalktı.

Yağmur dinmek bilmiyordu. Toprağın altını üstüne getiriyor ve düşen damlalar güneybatıdan esen rüzgârla kabaran ve köpüren denize çarpıp sıçrıyordu. Her taraf koyu gri bir renge bürünmüştü. Vapurlar kara kara gölgeler ve hayaletler gibi gelip geçiyorlar ve sisli ufukta kayboluyorlardı.

Yabancı konuklarla yalnızca yemekte karşılaşıyorlardı. Senatör Buddenbrook naylon yağmurluğunu ve lastik çizmelerini giyerek Komisyoncu Gosch'la civarda gezinti yaparken, Christian da karşı taraftaki pastanede oturuyor ve büfedeki bayanla İsveç puncu içiyordu.

Öğleden sonra iki ya da üç defa güneş kendisini gösterir gibi olunca, şehirden bazı tanıdıklar da geldi yemeğe; eşlerinden ve çocuklarından biraz uzak kalıp gönüllerince eğlenmek isteyen bazı tanıdıklar: Christian'ın okul arkadaşı Senatör Doktor Giesecke ve Konsül Peter Döhlmann. Peter Döhlmann'ın da sağlığı iyi görünmüyordu, zehir gibi acı Hunyadi Janos madensuyunu aşırı içmekten kendini harap etmişti. Gelenler paltolarıyla müzik tapınağının karşısındaki pastanenin tentesinin altına oturup kahvelerini içiyorlardı ve sonbahar manzarasına bürünmüş otele bakıp bakıp şundan bundan konuşurlarken, midelerine indirdiklerini beş kap yemeği hazmetmeye çalışıyorlardı...

Kentteki son olayları konuşuyorlardı: Pek çok evin bodrumunu basan ve kentin çukur semtlerinde insanların kayıklarla karşıya geçmek zorunda kaldıkları son su taşkınını, limandaki büyük depo yangını ve senato üyeliği için yapılan seçimi konuşuyorlardı... Stürmann ve Lauritzen Şirketi'nden toptancı ve perakendeci Alfred Lauritzen geçen hafta senatör seçilmişti ve Senatör Buddenbrook bundan hoşlanmamıştı. Yakası açık paltosuna bürünmüş, sigara üstüne sigara içiyordu ve konuşmaların bu noktasında söz aldı ve bu konudaki görüşlerini dile getirdi. Herr Lauritzen'e oyunu vermemişti, gerçi Lauritzen namuslu ve dürüst bir insandı ve aynı zamanda da iyi bir tüccardı, buna kuşku yoktu. Fakat orta sınıfa mensuptu, iyi bir orta sınıf insanıydı. Babası, fıçıdan kendi eliyle çıkardığı salamura edilmiş ringa balıklarını bir kâğıda sarar ve dükkâna gelen hizmetçi kızların ellerine tutuştururdu... demek şimdi senatoda bir de perakendeci vardı. Kendisinin büyükbabası, bir dükkâncı kızla evlendi diye büyük oğlunu yanından uzaklaştırmıştı, o zamanlar böyle yapılırdı. "Fakat şimdilerde senatonun düzeyi düştü; evet, sevgili dostum Giesecke, senatonun toplumsal düzeyi çok düştü. Senato demokratlaşıyor ve bu hiç iyi bir gidiş değil, biraz daha fazlasını istemekten vazgeçmemeli bence. Alfred Lauritzen'i o kocaman ayakları ve gemici suratıyla senato salonunda görmek doğrusu bana hakaret gibi geliyor... bu nasıl bir anlayıştır, bilemiyorum. Bu her türlü üsluba ters; sözün kısası, tam bir zevksizlik örneği."

Fakat Senatör Giesecke onun bu sözlerine biraz incinmişti. Çünkü kendisi de sıradan bir itfaiye müdürünün oğluydu... Ona göre herkes hizmetinin karşılığını almalıydı. Cumhuriyetçilik de bunun böyle olmasını gerektirirdi. Senatör, Buddenbrook'a dönerek, "Böyle çok sigara içmemelisiniz, Herr Buddenbrook, yoksa serin deniz havası çekemeyeceksiniz ciğerlerinize," dedi.

Thomas Buddenbrook, "Evet, çok haklısınız. Bırakıyorum artık," deyip ağzındaki izmariti yere fırlattı ve gözlerini kapattı. Bu arada yeniden başlayan ve çevreyi karartan yağmura rağmen sohbet isteksiz isteksiz sürüyordu. Kentte yaşanan son olaydan, P. Philipp Kassbaum ve Ortağı Şirketi'nden büyük tüccar Kassbaum'ın hapishaneyi boyladığı bir senet sahteciliğinden konuşuldu. Bu olay kamuoyunda öyle pek heyecan yaratmamıştı, insanlar Herr Kassbaum'un aptallık ettiğini söyleyerek gülüp geçmişlerdi. Senatör Doktor Giesecke, büyük tüccar Kassbaum'un keyfinin yerinde olduğunu, neşesinden hiçbir şey kaybetmediğini söyledi. Üstelik hapishanedeki yeni odasına hemen bir tuvalet aynası istemişti. "Ben burada bir yıl değil, belki de yıllarca kalacağım, bunun için bir aynaya ihtiyacım var!" demişti. O da, Christian Buddenbrook ve Andreas Giesecke gibi merhum Marcellus Stengel'in öğrencilerindendi.

Baylar, yüzlerinin ifadesini hiç değiştirmeden ve genizden gelen bir sesle yeniden hafifçe güldüler. Siegismund Gosch, "Böyle berbat bir hayata aynanın ne yararı olacak?" demek ister gibi bir sesle puncunu ısmarladı... Konsül Döhlmann da bir şişe Aquavit söyledi kendisine ve Christian her zaman olduğu gibi yine İsveç punçuna uzandı, Senatör Giesecke hem kendisi hem de onun için ısmarlamıştı. Thomas Buddenbrook çok geçmeden yeniden sigara içmeye başladı.

Hep aynı uyuşukluk, alaycı, kuşkulu, vurdumduymaz bir tonla ve yemek, içki ve yağmurun verdiği rehavetle tek tek işlerinden konuştular, fakat bu konu da kimsenin neşesini yerine getiremedi.

Thomas Buddenbrook derin derin soluk alarak, "Bunların pek de eğlendirici yanı yok," dedi ve can sıkıntısıyla başını koltuğunun arkalığına yasladı.

Senatör Giesecke, "Ne o Döhlmann, Aquavit içmeye kendinizi fena kaptırmışsınız?" dedi ve derin derin esnedi.

Konsül, "Bacanın dumanı nasıl tütecek," dedi. "Birkaç günde bir büroya uğrayıp bir göz atıyorum. Kısa saçın taranması kolay olur."

Dirseklerini masaya dayamış, iğrenç başını elinin içine koymuş olan ihtiyar komisyoncu Gosch üzgün bir sesle, "Bütün önemli işleri Strunch ve Hagenström Şirketi ele geçirdi," dedi.

Konsül Döhlmann, "Gübre yığınına karşı ne yapılabilir ki?" dedi; bunu öyle aşağılayıcı bir ifadeyle söyledi ki, herkesin neşesi büsbütün kaçtı. "Söyleyin bakalım Buddenbrook, bir şeyler yapıyor musunuz hâlâ?"

Christian Buddenbrook, "Hayır," diye yanıt verdi, "artık hiçbir şey yapmıyorum." Daha sonra hiçbir giriş yapmadan, masaya hâkim olan ortamdan aldığı cesaretle ve sohbete canlılık getirmek için şapkasını arkaya itti ve Valparaiso'da çalıştığı bürodan ve patronu Johnny Thunderstrom'dan anlatmaya başladı... "Ah, ne sıcaktı öyle, aman Tanrım!.. O sıcakta çalışmak! Hayır bayım, hayır Sir. Görüyorsunuz, olmuyor işte, Sir!" Bunu söylerken patronun suratına sigaralarının dumanını üflemişlerdi. Aman Tanrım!.. Adamın yüzünde ve davranışlarında küstahlık ve umursamazlık karışımı bir miskinlik vardı. Kardeşi hiç kımıldamıyordu.

Herr Gosch, elindeki punç kadehini ağzına götürmeye çalışıyordu, ama ıslık çalar gibi bir ses çıkararak kadehi yeniden masaya bıraktı. Sonra inatçı kolunu yumruklayıp kadehi yeniden ince dudaklarına götürdü, büyük bir kısmını döküp saçtıktan sonra geri kalanı da öfkeyle bir seferde sonuna kadar içti.

Konsül Döhlmann, "Ah, sizin şu elinizin titremesi, Herr Gosch!" dedi. "Benim gibi siz de buna alışmak zorundasınız. Şu lanet olası Hunyadi Janos madensuyu... her gün bir litre içmesem geberiyorum. Bak ne hale geldim. İçmeye devam edersem büsbütün gebereceğim. Bir gün olsun doğru dürüst öğle yemeği yemeyen birinin ne hale geleceğini düşünebiliyor musunuz?.." İçinde bulunduğu durumla ilgili öyle iğrenç ayrıntılar anlattı ki, Christian Buddenbrook bunları büyük bir ilgiyle, ürpererek ve burnunu kırıştırarak dinledi ve o da kendi "ağrılarını" anlatarak yanıt verdi ona.

Yağmur şiddetini yeniden artırmıştı. Sert ve iri iri yağıyordu. Şırıl şırıl akan sular otel bahçesinin sessizliğini bozuyordu, hiç değişmeyen, sıkıcı ve umutsuzca akan yağmur suları...

İçkiyi fazla kaçırmış olan Senatör Giesecke, "Evet, hayat çok kötü," dedi.

Christian, "Böyle bir dünyada daha fazla yaşamak istemem," dedi.

Herr Gosch, "Boş ver, inceldiği yerden kopsun!" dedi.

Senatör Giesecke, "Bakın, Fiken Dahlbeck geliyor," dedi.

Frau Dahlbeck bir inek mandırası sahibiydi, elinde bir süt kovasıyla oradan geçerken sohbet eden beylere bakıp gülümsedi. Kırk yaşlarında, şişman ve gözüpek bir kadındı.

Senatör Giesecke ona şehvetli gözlerle baktı.

"Tanrım, o ne göğüsler öyle!" dedi; Konsül Döhlmann da son derece iğrenç bir espriyle katıldı ona ve masadaki baylar yine genizden gelen bir sesle gülüştüler.

Daha sonra ayakta bekleyen garsonu yanlarına çağırdılar.

Döhlmann, "Benim şişe bitti Schröder," dedi. "Artık hesabı ödeyebiliriz. Nasıl olsa ödenecek... ya siz, Christian? Sizin hesabı Giesecke ödeyecek herhalde."

Bu sözleri duyan Senatör Buddenbrook birden hareketlendi. Yakalı paltosuna bürünmüş, elleri kucağında ve sigarası ağzında sessizce yerinde otururken, birden yerinden kalktı ve sert bir şekilde şöyle dedi:

"Senin paran yok mu Christian? Öyleyse bırak da 'ben' ödeyeyim hesabını."

Şemsiyeler açıldı ve çevrede biraz gezinti yapmak üzere tentenin altından kalktılar...

Frau Permaneder fırsat buldukça kardeşlerini ziyarete geliyordu. Birlikte Martı Kayası'na ya da Deniz Tapınağı'na kadar gezintiler yapıyorlardı. Frau Permaneder'in kardeşleri, anlayamadığı nedenlerden her seferinde pek heyecanlanıyor ve neşeleniyorlardı. Bütün insanların eşit ve özgür olduğunu yeniden yeniden vurguluyor, her türlü sınıf farkına karşı olduğunu söylüyordu; ayrıcalıklı kişilere ve onların keyfî davranışlarına karşı ağır eleştirilerde bulunuyor ve, "Herkes hizmetinin karşılığını almalıdır," diyordu. Sonunda kendi yaşamından da söz açtı. Güzel güzel konuşuyor ve kardeşlerinin iyi vakit geçirmelerini sağlıyordu. Bu neşeli yaratık, ömrü boyunca hiç kimseden sözünü esirgememiş ve hiçbir sözün altında kalmamıştı. Hayatı boyunca hiçbir hakarete ve ikiyüzlülüğe seyirci kalmamıştı. Midesinin durumu çok iyi değildi, ama içi rahattı; hiçbir şeyi içine atmaz, her şeyi açık açık söylerdi. Bu yüzden de geçmişinde hesabını veremeyeceği hiçbir şey yoktu. Çok hareketli ve acılı günler geçirmişti ama, hiçbir yük ve yorgunluk hissetmiyordu içinde. Hayatına ve dolayısıyla Buddenbrook ailesinin adına ve saygınlığına zarar vermiş olan ve sayıları zamanla oldukça artan kişilerin isimlerini aklına getirdikçe öfkeleniyor ve hakaretler yağdırıyordu: "Sulugöz Trieschke!" diye haykırdı. "Grünlich! Permaneder! Tiburtius! Weinschenk! Hagenström' ler! Başsavcı! Severin! Ne çok sahtekâr varmış meğer, Thomas. Vakti geldiğinde Tanrı onların hepsinin cezalarını verecek, 'buna' olan inancımı asla kaybetmeyeceğim!"

Deniz Tapınağı'na vardıklarında, hava kararmaya başlamıştı. Sonbahar artık yavaş yavaş sona eriyordu. Plaj kabinlerinin içi gibi ıslak tahta kokan ve körfeze bakan odalardan birinde ayakta duruyorlardı. Odanın üstünkörü silinmiş duvar lambrileri yazıtlarla, isim baş harfleriyle, kalp resimleriyle ve çeşitli mısralarla kaplıydı. Yan yana durmuşlar, ıslak ve yemyeşil yamacın üzerinden uzanıp giden incecik ve taşlı sahil şeridine ve kabarıp köpüren bulanık denize baktılar.

"Büyük büyük dalgalar..." dedi Thomas Buddenbrook; "uzaklardan gelip kayalara çarparak nasıl da parçalanıyorlar, peş peşe gelen, hiç bitmeyen, amaçsız, başı boş ve yolunu şaşırmış çılgın dalgalar! Ama yine de insanı sakinleştiriyorlar ve yatıştırıyorlar, basit ve ruh sağlığı için gerekli olan her şey gibi. Giderek denizi sevmeyi öğrendim... eskiden dağları sevmemin nedeni, uzak oluşlarındandı bekli de. Artık oralara gitmek istemiyorum. Korkuyormuşum ve utanıyormuşum gibime geliyor. Oralar çok başına buyruk, düzensiz ve çok değişken... Kendimi orada çok zayıf ve mağlup olmuş hissedeceğimden çok eminim. Ne biçim insanlar bunlar, doğrusu merak ediyorum; denizin tekdüzeliğini sevmek nasıl bir şey acaba? Bana göre bu tür insanlar iç sorunlarının karışıklığı ile öyle çok ilgileniyorlar ki, dış dünyadan en azından bir tek şeyi beklemeyi bir gereklilik olarak görüyorlar: Sadelik... dağlara tırmanmak, tepeden tepeye dolaşmak için en azından yürekli olmak gerekir, oysa deniz kıyısında kumsala uzanıp sessizce dinlenilebilir. Ama dağlara ve denize bakışın birbirinden farklı olduğunu iyi bilirim ben. Kendinden emin, inatçı ve mutlu gözler, büyük bir heyecanla, kararlılıkla ve yaşamdan keyif alarak bir tepeden öteki tepeye bakarken, gizemli ve yazgıya teslim olmuş bir tavırla dalgalarını kıyıya yollayan denizi bir zamanlar hüzünlü karmaşanın gereğinden fazla derinliğine inmişçesine süzmektedir... Sağlık ve hastalık, fark burada. En küçük bir zerresi bile yitirilmemiş yaşam gücünü denetlemek için ne olduğunu bilmezmiş gibi sivri tepeli ve yüzeyi yarıklı görüntülerin büyüleyici derinliklerine dalarsın. Fakat dış dünyanın engin sadeliği seni dinlendirir, çünkü iç sorunların karmaşıklığı yeterince yormuştur seni."

Frau Permaneder'in gözü öylesine korkmuş, cesareti öylesine kırılmıştı ki, susup kaldı, tıpkı bir sohbette güzel ve ciddi sözler söylenince susup kalan sıradan insanlar gibi. Bakışlarını kardeşlerinden kaçırmak için uzaklara yöneltirken, "Böyle şeyler her yerde konuşulmaz!" diye düşündü kendi kendine. "Böyle konuştuğum için utanıyorum senden, ne olur beni bağışla Thomas," demek ister gibi sessizce kardeşinin kolunu tuttu.

## 7

Kış gelmişti, Noel sona ermiş ve takvimler ocak ayını, 1875 yılının Ocak ayını gösteriyordu. Kaldırımları çiğnenmiş kum ve kül karışımı karlarla örtülü yolun iki yanındaki kar yığınları hava biraz ısındığı için grileşmeye, gevşemeye ve erimeye başlamıştı. Bütün kaldırımlar vıcık vıcıktı ve kirliydi. Gri çatılardan kar suları damlıyordu. Fakat gökyüzü masmaviydi ve hiç bulut yoktu. Milyarlarca ışık tanecikleri pırıl pırıl gök yüzünde kristaller gibi ışıldıyor ve uçuşuyordu...

Şehir merkezinde hayat bütün canlılığıyla sürüyordu. Çünkü günlerden cumartesiydi ve pazar kurulmuştu. Belediye Sarayı'nın sütunlu kemerlerinin altında tezgâhlarını kurmuş olan kasaplar, kanlı elleriyle ürünlerini satıyorlardı. Pazaryerindeki çeşmenin çevresine de balıkçılar yerleşmişti. Ellerinde tüyleri dökülmüş eldivenleriyle kömür mangalında ayaklarını ısıtan şişman şişman kadınlar, ıslak ve buz gibi kulübelerin içinde dikilmişler, aşçı kadınları ve ev kadınlarını, ağızlarını yaya yaya balık almaya çağırıyorlardı. Kandırılma tehlikesi yoktu. Herkes taze balık alacağından emin olabilirdi, çünkü tezgâhların üstündeki balıkların çoğu daha canlıydı, yağlı ve kocaman kocaman balıklar... Bazıları durumlarından memnundu, kovanın içinde yüzüyordu, gerçi kova biraz dardı, ama ne de olsa su dolu kovanın içinde olmaktan dolayı şanslıydılar ve buna katlanabilirlerdi. Fakat solungaçları titreyen ve gözlerini korkunç biçimde açmış olan bazı balıklar tezgâhın üzerinde çaresizce kuyruklarını vuruyorlardı, sonunda balıkçı kadınlar ucu sivri kanlı bıçaklarını ellerine alıp gıcırdatarak gırtlaklarını kesiveriyordu. Uzun uzun yılanbalıkları kıvrıla kıvrıla tuhaf biçimler alıyordu. Derin fıçıların içine konulmuş Baltık Denizi yengeçleri suyun içinde kara kara kaynıyordu. Ara sıra kocaman bir kalkan balığı çırpınarak büzüşüyor ve büyük bir korkuyla kendisini tezgâhın üstünden çöplerin kirlettiği kaygan kaldırıma fırlatıyordu, tezgâhın sahibi balıkçı kadın peşinden koşuyor ve sinirli sinirli söylenerek yerden alıp yeniden tezgâhın üstüne koyuyordu.

Breiten Caddesi öğleüstü pek kalabalıktı. Sırtlarında okul çantalarıyla okuldan gelen öğrenciler, kahkahalarıyla, gevezelikleriyle ve birbirlerine attıkları kartopuyla ortalığı renklendiriyorlardı. Başlarında Danimarkalı gemici kasketleri ve İngiliz modasına uygun şık giyimli iyi aile çocukları çıraklar, ellerinde cüzdanlarıyla liseden kurtulmuş olmanın gururuyla yaylana yaylana geçiyorlardı. Liberal dünya görüşüne sıkı sıkıya bağlı oldukları yüzlerinden okunan ağırbaşlı, kır sakallı ve pek saygıdeğer yurttaşlar, bastonlarını sallayarak yürürken, kapısının önüne iki nöbetçi dikilmiş olan Belediye Sarayı'nın pırıl pırıl parlayan ön cephesine bakıyorlardı. Içeride senato toplantısı vardı. Pelerinli iki piyade eri, tüfekleri omuzlarında, nöbet tuttukları yerde bir ileri bir geri gidip gelirlerken, yarı erimiş kirli karlara hiç çekinmeden pat pat basıyorlardı. Giriş yerinin tam ortasında karşılaşıyorlar, birbirlerine bakıyorlar, bir şeyler söylüyorlar ve yeniden ayrı ayrı yönlere yürüyorlardı. Bazen kaputunun yakasını yukarı kaldırmış, ellerini cebine sokmuş bir subayın, herhangi bir genç bayanın peşinden giden ve aynı zamanda zengin ailelerin evlerinden çıkan genç hanımlara kur yapan bir subayın yaklaştığını görünce, hemen nöbetçi kulübesinin önünde duruyorlar ve kendilerine çekidüzen verdikten sonra esas duruşa geçiyorlardı... Toplantı bitip de dışarıya çıkan senatörleri selamlamaları için daha epeyce zaman vardı. Oturum başlayalı henüz kırk beş dakika olmuştu. Senatörler dışarı çıkıncaya kadar da nöbeti başkalarına devretmiş olurlardı herhalde...

Fakat tam bu sırada nöbetçi askerlerden biri binanın içinden bir ıslık sesi duydu, kısa ve fazla dikkat çekmeyen bir ıslık sesi; aynı anda giriş kapısının ağzında belediye hizmetlisi Uhlefeld, üstündeki kırmızı frakla belirdi, üç köşeli şapkası ve süslü kılıcıyla dışarı çıkarak büyük bir ciddiyetle ve hafif bir sesle, "Dikkat!" diye bağırdı ve sonra hemen geri çekildi, arkasından fayans döşeli koridordan kapıya yaklaşan birinin ayak sesleri duyuldu...

Nöbetçi askerler hemen esas duruşa geçtiler, topuklarını sertçe birbirlerine vurdular, başlarını yukarıya kaldırdılar, göğüslerini şişirdiler, tüfeklerini ayaklarının dibine çaktılar ve elleriyle ileri geri hareket ettirdikten sonra resmî duruşa geçtiler. Silindir şapkasıyla selam veren orta boylu bir adam geçti önlerinden çabuk çabuk. Açık renkli kaşlarından birini yukarıya kaldırmış ve uzun bıyıkları beyaz yanaklarına doğru sarkmıştı. O, Senatör Thomas Buddenbrook'tu. Bugün oturum bitmeden çok önce çıkmıştı Belediye Sarayı'ndan.

Sağa saptı ve evine giden yola yönelmedi. Her zamanki gibi düzgün, kusursuz ve son derece şık giyinmişti, kendine özgü adımlarıyla Breiten Caddesi boyunca yürüyor ve yoldan gelip geçenlere selam veriyordu. Beyaz deri eldivenlerini giymişti ve gümüş saplı bastonunu sol kolunun altında tutuyordu. Kürkünün geniş yakasının arkasından beyaz frak kravatı görünüyordu. Fakat özenle baktığı başında bir ağırlık vardı. Yoldan gelip geçenlerin çoğu, kızarmış gözlerinin birden yaşardığını ve dudaklarını tuhaf bir şekilde çarpıtarak kapalı tutmaya çalıştığını fark etti. Sanki ağzında sulu bir şey birikiyormuş gibi arada bir yutkunuyordu. Yanaklarındaki ve şakaklarındaki kasların hareketlerinden, çenesini sımsıkı sıktığı görülebiliyordu.

Mühlen Caddesi'nin hemen başında yüzünü görmediği birinin, "Ne o Buddenbrook, oturumdan kaytarıyor musun? Bu yeni bir durum olsa gerek!" dediğini duydu. Birden karşısına çıkıveren bu adam, Stephan Kistenmaker'di, kamuyla ilgili konularda düşüncelerini paylaştığı bir dostu ve hayranı olduğu kişiydi. Yuvarlak kesilmiş ve ağarmış top sakalı, kalın kalın kaşları, uzun ve delikleri ince bir burnu vardı. Birkaç yıl kadar önce yüklüce bir para kazandıktan sonra şarap ticareti işini bırakmıştı, artık onu kardeşi Eduard tek başına yürütüyordu. Fakat bu durumdan biraz utandığı için pek çok iş yapıyormuş gibi davranıyordu. "Kendimi harap ediyorum!" dedi ve elini maşayla kıvırtılmış kır saçlarının üzerinde dolaştırdı. "Zaten insan bu dünyaya harap olmak için gelmiyor mu?"

Önemli bir iş takip ediyormuş gibi borsada saatlerce dolaşıyordu, oysa hiçbir işi yoktu. Yerine getirmesi gereken önemsiz bir sürü görevi vardı. Kısa bir süre önce kendisini şehir hamamının müdürü yapmıştı. Jüri mahkeme üyesi, komisyoncu, vasi ve vasiyetname uygulayıcısı olarak hiç durmadan ve canla başla çalışıyordu...

"Oturum devam ediyor Buddenbrook ve sen gezmeye gidiyorsun?" diye tekrarladı.

Senatör hafif bir sesle ve dudaklarını istemeye istemeye oynatarak "Ah, sensin demek," dedi... "Çevremde hiçbir şey göremiyorum ve bu durum dakikalarca sürüyor. Ağrılardan çıldıracağım."

"Ağrı mı? Neren ağrıyor?"

"Dişim ağrıyor. Dünden beri devam ediyor. Bütün gece hiç uyuyamadım... Henüz doktora gidemedim, öğleden önce bürodaydım, halletmem gereken bir sürü işim vardı, senato oturumunu da kaçırmak istemedim. Ama daha fazla dayanamayacağımı anladım ve şimdi diş hekimi Brecht'e gidiyorum..."

"Hangi dişin ağrıyor?"

"Aşağıda, sol taraftaki diş... Bir azıdişi... Çürümüş... Dayanılır gibi değil... Hadi, hoşça kal Kistenmaker! Acele etmem gerektiğini anlıyorsundur..."

"Evet, diş ağrısı çekmediğimi mi sanıyorsun? Ben de çok korkunç diş ağrıları çektim... Hadi, geçmiş olsun! Çektiriver! Hemen çektir, doğru olan bu..."

Thomas Buddenbrook yürürken sürekli çenesini sıkıyordu, oysa bu ağrısını daha da artırıyordu. Çünkü azıdişi, altçene kemiğinin bütün sol yanını burguyla deliyorlarmış gibi müthiş acı veriyordu. Kökündeki iltihap yüzünden üstüne kızgın çekiçle vuruyorlarmış gibi zonkluyor ve öyle müthiş acı veriyordu ki, yüzünü ateş basıyor ve gözlerinden yaşlar geliyordu. Bütün gece uyuyamadığı için sinirleri harap olmuştu. Az önce yolda Stephan Kistenmaker'le konuşurken sesi çatallaşmasın diye kendisini güçlükle tutmuştu.

Mühlen Caddesi'ne vardıktan sonra, açık kahverengi yağlıboyayla boyanmış bir eve girdi ve birinci kata çıktı, kapıda bir pirinç tabela üzerine yazılmış "Diş Hekimi Brecht" yazısı bulunan odaya yöneldi. Kendisine kapıyı açan hizmetçi kızı bile fark etmeden girdi içeriye. Koridora sıcak biftek ve karnabahar kokusu sinmişti. Sonra davet edildiği bekleme odasının keskin kokan havasını solumaya başladı. Yaşlı bir kadın sesi, "Oturun ve bir saniye bekleyin lütfen!" dedi kapıdan. O, Josephus adlı papağandı. Odanın en arkasında pırıl pırıl kafesinin içinde oturmuş, senatöre nefret dolu küçük gözleriyle yan yan ve hain hain bakıyordu.

Senatör Buddenbrook yuvarlak bir masanın çevresindeki koltuklardan birine oturdu ve *Fliegende Blätter* adlı mizah dergisinin bir cildini karıştırıp içindeki esprileri okuyarak biraz oyalanmak istedi, fakat daha sonra büyük bir nefretle dergiyi yeniden kapattı, bastonunun gümüşten sapını biraz serinletsin diye yanağına dayadı, yanan gözlerini kapadı, inliyordu. Odanın içi çok sessizdi, kafesinin parmaklıklarını gagalayan Josephus'un gıcırtısından ve tıkırtısından başka ses duyulmuyordu. Herr Brecht, işi olsun olmasın, bir süre bekletirdi hastalarını.

Thomas Buddenbrook hızla ayağa kalktı ve küçük bir masanın üstünde duran sürahiden bir bardak su içti. Su, kloroform kokuyordu. Sonra koridor kapısını açtı ve öfkeli bir ses tonuyla, "Herr Brecht, eğer çok önemli bir işiniz yoksa lütfen biraz acele edin. Dişim fena halde ağrıyor," dedi sesini yükselterek.

Çok geçmeden muayene odasının kapısında dişçinin kırçıllı bıyıkları, karga burnu ve dazlak başının ön kısmı göründü. "Buyurun!" dedi diş hekimi, "Buyurun!" diye tekrarladı Josephus da. Senatör Buddenbrook içeri girdi, papağanın soytarılıklarına gülecek halde değildi. Herr Brecht, "Ağır bir duruma benziyor," diye düşünürken birden yüzü sarardı...

Aydınlık odadan geçerek iki pencereden birinin önünde duran, başı ve kolları yeşil kadife kaplı koltuğa doğru birlikte hızlı hızlı yürüdüler. Thomas Buddenbrook koltuğa otururken, şikâyetinin ne olduğunu kısaca anlattı, sonra başını arkaya bıraktı ve gözlerini kapadı...

Herr Brecht, sandalyesini biraz öne itti, eline bir ayna ve çelik bir kalem alarak çürük dişin durumuna baktı. Ellerinde badem sabunu kokusu vardı, ağzından da biftek ve karnabahar kokusu geliyordu.

Bir süre sonra, "Çekmemiz gerekiyor," dedi ve yüzü daha da sarardı.

Senatör Buddenbrook, "Öyleyse hemen çekin," dedi ve gözkapaklarını sımsıkı kapattı.

Kısa bir sessizlik oldu. Herr Brecht bir dolabın önünde dikilmiş bir şeyler hazırlıyordu ve bazı aletleri arıyordu. Daha sonra hastanın yanına yeniden yaklaştı.

Diş hekimi, "Önce biraz ilaç sürelim," dedi ve hemen arkasından bunu uygulamaya başladı, keskin kokan bir sıvıyı dişetlerine sürdü. Senatör'e hiç hareket etmemesini ve ağzını iyice açmasını hafif bir sesle ve içtenlikle rica ettikten sonra işine başladı.

Thomas Buddenbrook, oturduğu koltuğun kadife kollarına sıkı sıkı yapışmıştı, kerpetenin ağzına girişini ve gıcırtıyla dişini kavrayışını önce pek fark etmedi, fakat daha sonra giderek artmaya başlayan gıcırtıları ve acıyı ve başındaki korkunç baskıyı hissetti. "İşler yolunda gidiyordur herhalde, ne yapalım Tanrı böyle istedi!" diye düşündü. "Buna katlanmak zorundayım. Biliyorum, ağrı gittikçe artacak ve dayanılmaz olacak, aklımı başımdan alacak ve tüm beynim parçalanacakmış gibi olacak. Ama sonra geçecek... Buna dayanmalıyım."

Üç ya da dört saniye kadar sürdü. Herr Brecht titreyen eliyle kerpetene bütün gücüyle asılırken, Thomas Buddenbrook'un bütün bedeni titriyordu. Koltuğundan biraz yukarıya kalkar gibi oldu ve diş doktorunun ağzından tuhaf tuhaf sesler çıkardığını duydu... Sonra müthiş bir irkilme ve bir sarsıntı hissetti, boynu kırılmış gibi oldu, kısa süren bir gıcırtı ve çatırtı sesi izledi bunu. Thomas Buddenbrook birden gözlerini açtı... Müthiş baskının etkisi geçmişti, fakat başının uğultusu devam ediyordu. Zedelenen iltihaplı çenesi müthiş zonkluyordu ve o asıl amaca henüz ulaşılamadığını, istenen çözümün elde edilemediğini, felaketin devam ettiğini ve durumunun daha da kötüleşeceğini hissediyordu... Herr Brecht, koltuktan biraz geri çekildi. Aletlerin bulunduğu dolaba yaslandı. Yüzünün rengi bir ölününkinden farklı değildi; "Dişin taç kısmı... Böyle olduğunu tahmin etmiştim zaten," dedi.

Thomas Buddenbrook yan tarafındaki kabın üzerine eğilerek ağzında biriken kanı tükürdü, çünkü dişeti tahrip olmuş ve kanamıştı. Sonra yarı bilinçsiz bir şekilde sordu:

"Ne demek istemiştiniz? Taç kısmına ne oldu?"

"Kırıldı, Herr Senatör... Ben de bundan korkuyordum... Diş iyice çürümüş... fakat denemek de benim görevimdi..."

"Şimdi ne olacak?"

"Bana güvenin, Herr Senatör..."

"Ne yapacaksınız?"

"Kökleri çıkarmam gerekiyor. Kerpetenle tek tek çekilecekler... Etin içinde dört kök var..."

"Dört mü? O halde dört defa asılacak ve çekeceksiniz, öyle mi?"

"Ne yazık ki öyle..."

Senatör Buddenbrook, "O halde bugünlük bu kadar

yeter!" dedi ve hemen yerinden kalkmak istedi, ama kalkamadı ve başını arkaya yasladı.

"Sevgili dostum, gücümün üstünde bir şey istemeyin benden," dedi. "Ayağımı yere basacak halde değilim... Bittim ve bugün daha fazlasına katlanamayacağım... Şu pencereyi biraz açar mısınız lütfen..."

Herr Brecht onun bu isteğini yerine getirdi ve şöyle dedi:

"Bence de uygun, Herr Senatör. Yarın ya da öbür gün uygun bir saatte yine gelirsiniz ve kökleri ameliyatla çıkarırız. İtiraf etmeliyim ki, ben de... ama şimdi ağrıyı biraz dindirmek için bir gargara yaptırayım ve ilaç süreyim izninizle..."

Çürük dişin üstüne su püskürtüp temizledikten ve ilaç sürdükten sonra, Senatör Buddenbrook ayağa kalktı ve Herr Brecht üzgün olduğunu söyleyerek onu kapıya kadar geçirdi. Herr Brecht'in yüzü kireç gibiydi, bütün gücünü ve enerjisini yitirmişti.

Diş Hekimi ile Senatör bekleme odasından geçerlerken papağan, "Bir dakika... lütfen!" diye bağırdı; Thomas Buddenbrook merdivenleri inerken o hâlâ bağırıyordu.

Manivelayla kanırtmak... evet, evet yarın böyle yapacaktı. Peki şimdi ne yapsın? Nereye gitsin? Eve gidip dinlenmeli, uyumaya çalışmalı. Sinirler uyuşmuş ve ağrı biraz azalmıştı, ağzının içinde ağır bir yanma vardı sadece. O halde eve gitmeliydi... Caddelerden ağır ağır geçti, selam verenlere istemeye istemeye karşılık veriyordu. Bakışları düşünceli ve kararsızdı. Neler oluyor bana böyle, diye düşünüyor gibiydi.

Fisch Caddesi'ne vardı ve sol kaldırımdan aşağıya doğru inmeye başladı. Yirmi adım yürüdükten sonra bir baş dönmesi ve bulantı hissetti içinde. "Şu karşıdaki meyhaneye gidip bir konyak içmeli," diye düşündü ve yola indi. Fakat yolun hemen hemen ortasına gelmişti ki, kendisini bir tuhaf hissetti. Bir el, beynini yakalamış ve karşı konmaz bir güçle ve gittikçe artan bir hızla, önceleri büyük ve sonraları küçülen ve gittikçe daha da küçülen bir daire halinde çevirdikten sonra, korkunç bir kuvvetle bu taş kadar sert dairenin tam ortasına fırlatıp attı... Thomas Buddenbrook yolun ortasında bir yarım daire çizdikten sonra ıslak kaldırımın üstüne yüzüstü düştü.

Düştüğü yer dik bir yokuş olduğundan, vücudunun üst kısmı ayaklarından epeyce aşağıya düşmüştü. Yüzüstü düşmüştü, altında hemen bir kan birikintisi oluşmaya başladı. Şapkası kaldırımdan biraz öteye yuvarlandı. Kürkü çamur olmuş ve kirli kar suyuyla ıslanmıştı. Elleri, beyaz deri eldivenler içindeki elleri bir su birikintisi içinde uzanıyordu.

Thomas Buddenbrook bir süre böyle kaldı, böyle yüzüstü yattı yerde. Sonra birkaç kişi geldi ve onu sırtüstü çevirdiler.

## 8

Frau Permaneder bir eliyle eteğini tutup öteki eliyle de kahverengi manşonunu yanağına bastırarak merdivenleri çıkıyordu. Yürümekten çok sendeliyor ve tökezliyordu. Şapkasını gelişigüzel oturtmuştu başına. Yanakları kızarmıştı ve biraz kalkık üstdudağında boncuk boncuk ter damlaları vardı. Kimseye rastlamadığı halde merdivenleri tırmanırken sürekli konuşuyordu. Mırıldanırken zaman zaman sesi birden yükseliyor ve yüzünden dehşet içinde olduğu belli oluyordu... "Önemli bir şey yok..." dedi. "Korkulacak bir şey yok... Sevgili Tanrımız buna izin vermez... O bilir ne yapacağını. 'Ona' olan inancımı asla kaybetmeyeceğimi... gerçekten önemli bir şey yok... Ah, Yüce Tanrım her gün dua edeceğim sana..." Böyle sözler mırıldanarak ikinci kata çıktı ve koridordan geçti...

Ön odanın kapısı açıktı, yengesi Gerda karşıladı onu.

Gerda Buddenbrook'un güzel ve bembeyaz yüzü, kapıldığı derin üzüntü ve dehşetten dolayı çarpılmış gibiydi; birbirine yakın duran, çevresi mavi mavi halkalı ela gözlerini öfke ve şaşkınlıkla kırpıştırıyordu. Frau Permaneder'i karşısında görünce kollarını açarak ona koştu, sarıldı ve başını onun omuzlarına bıraktı.

Frau Permaneder, "Gerda, Gerda... ne oldu?" diye haykırdı. "Ne oldu!.. Ne demek oluyor bu?.. Düşmüş diyorlar! Baygın mı? Ne oldu kardeşime?.. Yüce Tanrım bizi en kötüsünden korusun!.. Tanrı aşkına, her şeyi anlat bana..."

Fakat hemen yanıt alamadı, Gerda'nın bütün vücudunun titrediğini hissetti sadece. Sonra omzundan bir fısıltı duydu:

"Getirdiklerinde ne haldeydi bir bilsen! Hayatı boyunca üstünde en küçük bir toz zerreciği bile görmemiştim... ama şimdi! Böyle bir son, yazgının haince bir oyunu, bir alay, bir hakaret gibi geliyor insana!.."

Hafif bir gürültü sesi geldi kulaklarına. Soyunma odasının kapısı açılmıştı. Ida Jungmann beyaz önlüğüyle kapıda göründü, elinde bir kâse vardı. Gözleri kızarmıştı. Frau Permaneder'i görünce, başını öne eğerek geri çekildi ve ona yol verdi. Kırış kırış çenesi titriyordu. Frau Permaneder, yengesi Gerda ile birlikte yatak odasına girdiklerinde, yüksek pencerelere asılmış çiçekli perdeler, oluşan hava cereyanıyla hafif hafif sallanıyordu. Fenol, eter ve daha başka ilaçların kokusu karşıladı onları. Thomas Buddenbrook geniş bir maun karyolada sırtüstü yatıyordu, sırtına pijama giydirmişler ve üstüne kırmızı bir yorgan örtmüşlerdi. Yarıaçık gözleri yuvasından fırlamış ve ters dönmüş gibiydi. Birbirine karışmış bıyıklarının altındaki dudaklarından "lala lala" diye anlaşılmaz sesler çıkıyordu. Arada bir de gargara yapar gibi tuhaf tuhaf bir şeyler çıkarıyordu gırtlağından. Genç aile hekimi Doktor Langhals üstüne eğildi, yüzündeki kanlı sargı bezini aldı ve komodinin üstünde duran küçük kapta ıslattığı yeni bir sargı bezini tekrar yüzüne koydu. Daha sonra hastanın kalbini dinledi ve nabzına baktı. Küçük Johann, yatağın ayakucunda duran çamaşır sepetinin üstüne oturmuş, gemici giysinin kordonuyla oynuyor, üzgün ve düşünceli bir yüz ifadesiyle babasının çıkardığı seslere kulak veriyordu. Thomas Buddenbrook'un kirlenmiş giysileri bir sandalyenin üstünde gelişigüzel duruyordu.

Frau Permaneder, Senatör'ün yatağının yanında yere çömeldi, kardeşinin soğuk ve ağırlaşan elini tuttu ve gözlerini ondan hiç ayırmadan yüzüne bakıyordu...

Yüce Tanrı'nın –isteyerek ya da istemeyerek– kardeşine bu korkunç sonu uygun gördüğünü kavramaya başladı.

Gözyaşı ve hıçkırıklar arasında, "Tom!" dedi. "Beni tanımıyor musun? Nasılsın? Bizleri bırakıp gitmek mi istiyorsun? Bizi yalnız bırakmayacaksın, değil mi? Hayır, böyle bir şey yapamazsın, bu olmaz!.."

Yanıta benzer bir söz çıkmadı Senatör'ün ağzından. Frau Permaneder yardım arar gibi Doktor Langhals'ın yüzüne bakıyordu. Genç Doktor, öne eğdiği başıyla, Tanrı'nın isteğini burada ben temsil ediyorum, der gibi bir ifadeyle bakıyordu onun yüzüne...

Ida Jungmann yeniden geldi odaya, belki bir yardımım dokunur diye. İhtiyar Doktor Grabow da geldi, uzun ve yumuşak yüzüyle herkesin elini sıktı, başını sallayarak hastayı yeniden yeniden süzdü ve o da Doktor Langhals'ın yaptıklarının aynısını yaptı... Haber bir rüzgâr hızıyla bütün kente yayılmıştı. Aşağıdaki kapının çıngırağı sürekli çalıyor ve senatörün sağlık durumuyla ilgili sorular yatak odasına kadar ulaşıyordu. Hiçbir değişiklik olmamıştı ve hiçbir değişiklik yok yanıtı veriliyordu herkese...

İki hekim, gece baksın diye bir rahibenin çağrılmasını uygun gördüler. Hemşire Leandra'ya haber gönderildi ve o da hemen geldi. İçeri girdiğinde, yüzünde ne bir şaşkınlık ve ne de bir korku belirtisi vardı. Küçük deri çantasını, şapkasını ve pelerinini her zaman yaptığı gibi yine sessizce bir kenara koydu ve yumuşak ve sevimli hareketlerle işine koyuldu.

Küçük Johann babasının ayakucundaki çamaşır sepetinin üstünde saatlerdir oturuyor ve her şeye dikkatle bakıyor ve babasının ağzından çıkan hırıltılı seslere kulak veriyordu. Özel matematik dersine gitmesi gerekiyordu, ama bu öyle bir durumdu ki, tiftik ceketli öğretmen bile neden gelmedi diyemezdi. Okul ödevlerini de düşündü kısa bir an... Frau Permaneder arada bir yanına gelip sarılınca, gözyaşlarını tutamıyordu; fakat çoğu zaman kuru gözlerini kırpıştırıp üzgün ve öfkeli bir yüz ifadesiyle bakıyordu, yabancı olduğu kadar da tuhaf olan o bildik kokuyu duyumsamak ister gibi düzensiz ve dikkatli dikkatli soluyordu...

Frau Permaneder saat dörde doğru bir karar verdi. Doktor Langhals'a kendisiyle birlikte yan odaya gelmesini söyledi, kollarını birbirine kavuşturdu ve başını geriye attı, fakat yine de çenesini göğüsünün üstüne bastırmaya çalışıyordu.

"Doktor," dedi, "yapacağınız bir şey var yine de, bunu sizden rica ediyorum! Lütfen bana bir bardak şarap verin, ne olur bu ricamı yerine getirin! Ben hayatın çemberinden geçmesini başarmış güçlü bir kadınım... Gerçeklere katlanmayı öğrendim, inanın bana!.. Kardeşim yarına sağ çıkar mı? Açık konuşun benimle!"

Doktor Langhals güzel gözlerini ondan kaçırdı, tırnak uçlarını süzdü ve insanoğlunun çaresizliğinden dolayı Frau Permaneder'in sorduğu soruya, kardeşinin yarına sağ çıkıp çıkamayacağı ya da birkaç dakika sonra ruhunu teslim edeceği sorusuna yanıt verebilme olasılığının bulunmadığını söyledi...

Frau Permaneder, "Öyleyse ne yapmam gerektiğini biliyorum," dedi, dışarı çıktı ve doğruca Rahip Pringsheim'a gitti.

Rahip Pringsheim yakasız uzun cüppesiyle eve geldi, soğuk bir bakışla Hemşire Leandra'yı şöyle bir süzdükten sonra, yatağın yanı başına koyulan sandalyeye oturdu. Kendisini tanımasını ve biraz dinlemesini rica etti hastadan, fakat bu girişimi başarısızlıkla sonuçlanınca, ellerini Tanrı'ya kaldırdı ve papazlara özgü bir sesle kâh anlaşılmaz, kâh aniden yaptığı vurgularla ona yalvardı, bu arada koyu bir fanatizm ve aydınlık birbirini izliyordu yüzünde... R harfini kendine özgü üslubuyla ve damağının üstünden kaydırarak söylüyordu, öyle ki küçük Johann, Rahip'in az önce kahve içip tereyağlı ekmek yediğini düşünüyordu.

Rahip odada bulunanlara da seslenerek, kendisinin ve burada bulunanların bu sevgili ve çok değerli insanın yaşaması için artık yapacak bir şeylerinin kalmadığını, Tanrı'ya yalvarmaktan vazgeçmek gerektiğini söyledi, "Yüce Tanrı'nın kutsal isteğinin onu yanına çağırdığını anlamamız gerekir. Yalnızca rahat bir ölüm vermesini dileyebilirsiniz Tanrı'dan," diye ekledi... Rahip bunları söyledikten sonra etkileyici bir ifadeyle böyle durumlarda okunması âdet olmuş iki dua daha okudu ve yerinden kalktı. Gerda Buddenbrook ve Frau Permaneder'in elini sıktı, küçük Johann'ın başını okşadı ve duyduğu derin üzüntüden ve içten sevgisinden dolayı bir dakika kadar çocuğun yere eğdiği gözlerine baktı, sonra Matmazel Ida Jungmann'ı selamladı, buz gibi bir bakışla Hemşire Leandra'yı bir kere daha süzdü ve gitti.

Kısa bir süre önce evine gitmiş olan Doktor Langhals geri döndüğünde, hastanın durumunda hiçbir değişiklik olmamıştı. Hemşire Leandra'yla kısa bir görüşme yaptıktan sonra, izin isteyip yeniden ayrıldı. Doktor Grabow da birkaç söz söyledikten sonra, dostça bir ifadeyle odadakilere baktı ve o da gitti. Thomas Buddenbrook devrilmiş gözleriyle dudaklarını hareket ettirmeye ve ağzından hırıltılı sesler çıkarmaya devam ediyordu. Hava kararmaya başlamıştı, kış aylarına özgü bir kızıllık vardı dışarıda ve kızıllık, pencereden içeri girerek bir sandalyenin üstüne rastgele bırakılmış olan çamurlu giysilerin üzerine vurmuştu.

Frau Permaneder saat beşte duygularına hâkim olamayıp düşüncesiz bir davranışta bulundu. Kardeşinin yatağının başucunda ve yengesi Gerda'nın karşısında otururken, ellerini kavuşturarak ve genizden gelen bir sesle birden bir dua okumaya başladı... "Ey Yüce Tanrım, onu huzura kavuştur." Herkes şaşkınlık içinde ve sessizce onu dinliyordu. "Zavallı kullarını çektiği acılardan ve sıkıntılardan kurtar ve son anlarına kadar ellerini ve ayaklarını güçlü kıl..." Öylesine içten ve öylesine yürekten dua ediyordu ki, sürekli aynı sözcükleri tekrarlayıp durduğunu ve bir türlü dizelerin sonunu getiremediğini ve üçüncü mısradan sonra gerisini hatırlayamayıp öylece kalakalacağını hesap edemiyordu. Sonra sesini yükselterek duayı kesti ve onurlu bir davranışla son vecizeyi tamamladı. Odanın içindeki herkes buz kesmiş, bekliyor ve bu hiç beklenmedik durumdan nasıl çıkacaklarını düşünüyorlardı. Küçük Johann inler gibi güçlükle soluk alıyordu. Derin sessizlikte Thomas Buddenbrook'un can çekişen hırıltılarından başka hiçbir şey duyulmuyordu.

Hizmetçi kız gelip de yan odada yiyecek bir şeyler hazırladığını söyleyince, biraz rahatladılar. Gerda'nın odasında birkaç kaşık çorba yudumlamışlardı ki, Hemşire Leandra kapıda göründü ve başıyla işaret etti.

Senatör ölüyordu. İki-üç kez hafifçe hıçkırdı, sonra

sustu ve dudakları hareketsiz kaldı. Onda gözlemlenen değişikliğin hepsi bu kadardı. Gözleri daha önce ölmüştü.

Birkaç dakika sonra tekrar gelen Doktor Langhals, elindeki kara boruyu ölünün göğsüne koydu, uzun uzun dinledikten sonra:

"Evet, ölmüş," dedi.

Hemşire Leandra solgun ve yumuşak elinin yüzükparmağıyla dikkatlice ölünün gözlerini kapattı.

Frau Permaneder kendini yatağın üzerine attı, yüzünü kardeşinin üstündeki yorgana bastırarak hıçkıra hıçkıra ağladı, hiç kimseden çekinmeden ve hiçbir şeyi içine atmadan, neşeli doğasına uygun bir biçimde bütün duygularını açığa vurdu... Yüzü gözü yaş içindeydi, fakat kendisini toplamış ve rahatlamıştı, ruhsal dengesi düzelmişti. Ayağa kalktı ve ilk iş olarak ölüm ilanını düşündü, hiç vakit geçirmeden ve acele ölüm ilanı hazırlanmalıydı. Özen gösterilerek basılacak ölüm ilanlarının sayısı bir hayli kabarıktı...

Sonunda Christian da göründü sahnede. Kulüpte Senatör'ün düştüğü haberini alınca, hemen yola çıkmıştı aslında. Fakat herkesin feryat ettiği o iğrenç manzarayla karşılaşmaktan korktuğu için, kent dışında uzun süre dolaşmıştı ve bu yüzden de kimse onu bulamamıştı. Sonunda dolaşmaktan vazgeçerek eve dönmüş ve koridorda kardeşinin öldüğünü öğrenmişti.

"Ama bu gerçek olamaz!" dedi ve şaşkın şaşkın bakan gözlerle merdivenden yukarı topallaya topallaya çıktı.

Christian, kız kardeşiyle yengesinin arasında, ölen ağabeyinin yatağının önünde duruyordu. Dazlak başı, çökmüş yanakları, düşük bıyıkları, kemikli ve kocaman burnuyla çarpık ve kuru bacaklarının üstünde, başını biraz öne eğmiş ve soru işaretini andıran bir biçimde orada öylece duruyor, küçük ve çukur gözleriyle yatağında boylu boyunca yatan kardeşinin yüzüne bakıyordu. Bu suskun ve soğuk yüzde, hiçbir insan beni yargılayamaz diyen bir gurur ve kendini beğenmişlik vardı... Thomas Buddenbrook'un dudakları herkesi küçümseyen bir ifadeyle aşağıya sarkmıştı. Christian'ın ölünce arkasından ağlamayacağım dediği bu adam, şimdi ölmüştü, tek söz etmeden ölmüştü, bütün kibarlığıyla ve kusursuzluğuyla sonsuzca suskunluğa bürünmüş ve geride kalanları utançlarıyla acımasızca baş başa bırakmıştı, hayat böyleydi işte!

Christian'ın çektiği "bedensel ağrılarını", karanlıkta el sallayan adamın öyküsünü, ispirto şişesini yakmaya çalışmasını ve açık pencereden korkusunu her zaman küçümseyerek ve nefretle karşılamakla iyi mi yoksa kaba mı davranmış olmasının şu anda bir önemi var mıydı? Bu soru geçerliliğini yitirmişti, ölüm onu anlamsız kılmıştı; ölüm onun tarafını tutmuş, onu haklı çıkarmış, onu yüceltmiş, onurlandırmış ve herkesin ilgisini üzerine çekmesini sağlamıştı; Christian ise hiç kimsenin saygı duymadığı saçmalıklarıyla ve ailesine yaptığı eziyetlerle yine alay edilmeye ve hor görülmeye devam edecekti. Thomas Buddenbrook kardeşini hiçbir zaman şu anda olduğu kadar etkisi altına almamıştı. Başarısı çok büyüktü. Demek ki insanların bizim acımıza saygı duymasını ölüm sağlıyor, en hazin acılar bile ölümle saygınlık kazanıyordu. Christian, "Sen kazandın ağabeyciğim, önünde saygıyla eğiliyorum," demeyi aklından geçirdi ve ani bir hareketle kardeşinin önünde diz çöktü ve yorganının üstünde duran buz gibi elini öptü. Sonra geri çekildi ve gözlerini odanın içinde rastgele dolaştırmaya başladı.

Daha başka ziyaretçiler de geldi: Yaşlı Kröger'ler, Gotthold amcanın evde kalmış kızları, ihtiyar Herr Marcus. Zavallı Klothilde de geldi, kupkuru vücuduyla ve kül grisi saçlarıyla ölünün yatağın başucunda durmuş, umursamaz bir yüz ifadesiyle örme eldivenlerinin içindeki ellerini kavuşturuyordu. "Tony ve Gerda, ağlamadığım için yüreği soğuk, duygusuz bir kadın olduğumu düşünmeyin," dedi sözcükleri yayarak ve sızlanarak. "Gözlerimden yaş gelmiyor artık..." Öylesine yaşlanmış ve kurumuş bir hali vardı ki, söylediklerine herkes inandı...

Sonunda herkes ölünün odasından uzaklaştı, zira dişsiz ağzında bir şeyler çiğneyen son derece sevimsiz bir ihtiyar kadın girmişti içeriye, Hemşire Leandra'yla birlikte ölüyü yıkayıp giysilerini değiştirmek için.

Gecenin ilerleyen saatlerinde Gerda Buddenbrook, Frau Permaneder, Christian ve küçük Johann oturma odasındaki yuvarlak masanın çevresinde oturmuşlar, havagazı lambasının ışığı altında hararetle çalışıyorlardı. Ölüm ilanı gönderileceklerin adlarını hazırlıyorlar ve zarfların üzerine adreslerini yazıyorlardı. Kalemlerin cızırtısı hiç susmuyordu. Zaman zaman içlerinden birinin aklına yeni bir ad geliyor ve listeye ekleniyordu... Hanno da yardım ediyordu onlara, çünkü yazısı düzgündü ve fazla vakitleri yoktu. Ev çok sessizdi, sokak da. Pek nadiren de olsa adım sesleri duyuluyordu. Gaz lambası pat pat edip duruyordu, arada bir yeni bir ad mırıldanılıyor ve kâğıtlar hışırdıyordu. Zaman zaman birbirlerinin yüzüne bakıyorlar ve olup biteni anlamaya çalışıyorlardı.

Frau Permaneder büyük bir gayretle ve kargacık burgacık elyazısıyla yazmaya devam ediyordu. Fakat hesaplamış gibi her beş dakikada bir kalemi bırakıp ayağa kalkıyor ve kenetlenmiş ellerini ağız hizasına kadar kaldırıyor ve feryat figân içinde, "Bir türlü aklım almıyor!" diye bağırıyordu, olup bitenleri yavaş yavaş anlamaya başladığını belli ediyor gibiydi. Hiç beklenmedik bir anda ve çaresizlik içinde, "Ama her şey bitti!" diye bir çığlık attı, hıçkıra hıçkıra ağlayarak yengesinin boynuna sarıldı ve arkasından daha da büyük bir gayretle yeniden işe koyuldu.

Christian da zavallı Klothilde gibiydi. Tek damla gözyaşı dökmemişti ve bundan biraz utanıyordu. Gülünç duruma düşme korkusu, içindeki bütün duyguları bastırıyordu. Sürekli kendi işleriyle uğraşmak ve tuhaf şeyler yapmak onu yıpratmış ve duygularını köreltmişti. Arada bir ayağa kalkıyor, elini çıplak alnında dolaştırıyor ve kısık bir sesle, "Evet, çok hazin bir durum!" diyordu. Bunları kendisi için söylüyordu, buna kendisini inandırmaya çalışıyor ve birkaç damla yaş akması için gözlerini zorluyordu.

Birden hepsini şaşırtan bir şey oldu. Küçük Johann gülme krizine tutulmuştu, kahkahalarla gülüyordu. Zarfın üzerine adres yazarken kulağına tuhaf gelen, gülmekten kendini alamadığı bir adla karşılaşmıştı. Bu adı tekrarladı, burnundan soluyarak öne doğru eğildi, titredi, hıçkırdı ve kendisine hâkim olamadı. İlk başta ağladığını sandılar, fakat ağlamıyordu. Büyükler onun yüzüne şaşkınlıkla ve kötü kötü baktılar. Sonra annesi onu yatmaya gönderdi...

## 9

Bir diş yüzünden... Senatör Buddenbrook bir diş yüzünden öldü diye konuşuluyordu kentte. Tanrım, dişten de ölünür müydü hiç! Dişi ağrımıştı, dişçiye gitmiş ve diş hekimi Herr Brecht, dişinin taç kısmını sökmüştü ve daha sonra eve gelirken sokak ortasında düşüvermişti. Böylesi hiç görülmüş ve duyulmuş muydu?..

Fakat bunun şimdi bir önemi yoktu, bu onun sorunuydu. Şimdi yapılması gereken şey, çelenk göndermekti, büyük büyük ve pahalı çelenkler. Saygın kişi olduklarını gösterecek, adları gazetelerde yer alacak, gönderenlerin saygın ve varlıklı kimseler olduğunu gösterecek çelenkler. Çelenkler gönderildi, her taraftan ve her kesimden yığınla çelenk geldi, hem kuruluşlardan hem de ailelerden ve özel kişilerden. Defne dallarından, keskin kokulu çiçeklerden, siyah kurdeleli ve kentin renklerini taşıyan gümüşten çelenkler. Üstünde siyah matbaa harfleriyle başsağlığı yazıları bulunan altın yaldızlı çelenkler, hurma yapraklarından yapılmış kocaman kocaman çelenkler...

Bütün çiçekçi dükkânları büyük iş yapmışlardı. Özellikle de Buddenbrook'ların evinin karşısındaki Iwersen'in çiçekçi dükkânı. Frau Iwersen, Buddenbrook'ların evinin kapısının çıngırağını birçok kez çaldı ve senatör filandan, konsül filandan, şu ya da bu memurlar derneği adına çeşit çeşit çelenkler getirdi... Bir keresinde yukarı çıkıp senatörü görmeme izin var mı diye sordu. Görebilirsin yanıtını aldıktan sonra Matmazel Jungmann'ın peşinden merdivenleri çıktı, gösterişli sahanlığa ve pırıl pırıl merdivene sessizce bakarak.

Ağır ağır yürüyordu, çünkü her zamanki gibi yine hamileydi. Dış görünüşü yılların etkisiyle biraz bozulmuştu, ama çekik kara kara gözleri ve Malezyalılara özgü çıkık elmacıkkemikleriyle yine de büyüleyici bir yanı vardı. Eskiden son derece güzel olduğuna kuşku yoktu. Onu salona aldılar, zira Thomas Buddenbrook'un tabutu buraya konulmuş, burada teşhir edilmişti.

Senatör Buddenbrook geniş ve aydınlık salonun ortasında beyaz ipek kaplı tabutta ve beyaz ipek giysiler içinde yatıyordu, üstüne de beyaz ipekten bir örtü örtmüşlerdi. Tutya çiçeği, menekşe ve daha yüzlerce bitkinin birbirine karışan keskin ve büyüleyici kokusu yayılmıştı her yere. Tabutun başucunda, gümüş kollu şamdanların içinde ve çiçeklerle süslenmiş bir kaide üzerinde Thorvaldsen'in İsa heykeli duruyordu. Rengârenk çiçek demetleri, çelenkler, sepetler ve buketlerin bazıları yere konulmuş, bazıları da duvarlara dayanmış ya da senatörün örtüsünün üstüne bırakılmıştı. Tabuta dayanmış hurma dalları hafifçe ölünün ayaklarına değiyordu. Senatör Buddenbrook'un yüzünde yer yer eziklikler vardı, özellikle de burnundaki eziklikler çok belirgindi. Ama saçları hayatta olduğu gibi pek bakımlıydı. İhtiyar berberi Herr Wenzel'in son bir kez daha kızgın maşayla kıvırdığı bıyıkları, upuzun ve cansız bir biçimde beyaz yanaklarının üstüne taşmıştı. Başı biraz yana dönüktü ve kenetlenmiş elleri arasına fil dişinden yapılmış bir haç tutuşturulmuştu.

Frau Iwersen kapıdan içeri pek girmedi ve eşikten gözlerini kırpıştırarak tabuta bakmak istedi. Siyahlara bürünmüş ve ağlamaktan sesi çatallaşmış olan Frau Permaneder, oturma odasından çıkarak kapı perdelerinin arkasında göründü ve ona yumuşak sözlerle yanına yaklaşmasını söyleyince, parke döşeli salonda öne doğru birkaç adım atabildi. Çıkık karnının üzerinde ellerini kavuşturmuş öylece duruyor ve çekik siyah gözleriyle salonu dolduran çiçeklere, şamdanlara, kurdelelere, beyaz beyaz ipeklilere ve Thomas Buddenbrook'un yüzüne uzun uzun baktı. Solgun ve silik loğusa kadın suratlı bu bayanın yüzündeki ifadeye bir ad vermek güç olurdu. Sonunda, "Evet..." diyebildi sadece, arkasından bir kez hıçkırdı –tek bir kez–, kısaca ve belli belirsiz bir hıçkırık sesi duyuldu ağzından ve daha sonra gitti.

Frau Permaneder böyle kısa ziyaretleri seviyordu. Evden ayrılmıyor ve kardeşinin ölüsüne saygılarını sunmaya gelen akın akın ziyaretçileri bitmek bilmez bir coşkuyla karşılıyordu. Şirketin yüzüncü yıl jübile kutlamalarında olduğu gibi kardeşinin başarılarının anlatıldığı, yeri doldurulamaz kaybından duyulan derin üzüntünün yazıldığı gazete makalelerini genizden sesiyle yeniden yeniden okudu. Gerda oturma odasında başsağlığı dileklerini kabul ederken, o da orada bulunuyordu. Gelenlerin sayısı çok fazlaydı, bir türlü bitmek bilmiyordu. Frau Permaneder, defin töreninin Buddenbrook'lara yakışır parlak bir tören olması için pek çok kişiyle yüz yüze görüşme yaptı. Veda sahnesini kendisi düzenledi. Büro çalışanlarını, patronlarıyla son kez vedalaşmaları için yukarı çağırttı. Sonra silo işçilerinin de gelmesini emretti. İşçiler, kocaman kocaman ayaklarıyla ve büyük bir alçakgönüllülükle dudaklarını aşağıya doğru sarkıtarak parke döşeli zeminde sürüklenerek yürürlerken, içeriye konyak, çiğnenmiş tütün ve ter kokusu yayılıyordu. Ellerinde tuttukları silindir şapkalarını çevirerek görkemli tabutun içinde yatan patronlarına bakıyorlardı; önce bütün bu olanlar karşısında şaşkınlıklarını gizleyemediler ve sonra canları sıkıldı ve içlerinden biri cesaretini toplayıp gitmeye kalkışınca, hep birlikte yine ayaklarını sürüyerek çıktılar... Frau Permaneder gördüklerinden pek hoşnut kalmıştı. Gelenlerin pek çoğunun gözyaşlarına boğulduğunu iddia etti. Oysa bu doğru değildi. Böyle bir şey olmamıştı. Ama o böyle gördüyse ve bu onu mutlu ettiyse, öyle olsun!

Defin günü gelmişti, metalden yapılmış tabut sıkı sıkı kapatılmış ve üstüne çiçekler konulmuştu. Kollu şamdanların mumları yanıyordu. Evin içi insan doluydu. Rahip Pringsheim ölünün acı içindeki yakınları ve dostları arasında tüm heybetiyle dimdik duruyordu tabutun başında; saygın başı pelerinin kalkık yakası içinde derin bir tabağın üzerinde durur gibiydi.

Defin törenini gerçekleştirmekle görevli eğitimli bir uşak, elinde silindir şapkasıyla ve ayaklarının ucuna basarak merdivenden aşağıya doğru koşarak indi ve üniformalı vergi memurlarının ve kısa pantolonlu, gömlekli ve silindir şapkalı tahıl taşıyıcılarının tıklım tıklım doldurduğu sofadan, "Bütün odalar doldu, ama koridorda biraz daha yer var..." diye bağırdı sessizce. Bunun üzerine herkes sustu ve Rahip Pringsheim konuşmaya başladı. Büyük bir ustalıkla bütün bedensel organlarını kullanarak yükselip alçalttığı sesi bütün evi dolduruyordu. İsa heykelinin önünde, yüz hizasında tuttuğu ellerini yana açmış kutsama yaparken, aşağıda, evin önünde pırıl pırıl gökyüzünün altında dört atlı cenaze arabası bekliyordu; cenaze arabasının arkasına sıra sıra dizilmiş öteki arabalar caddeden ta aşağıya, ırmağa kadar uzanıyordu. Evin kapısının tam karşısında, iki sıra olmuş bir bölük asker tüfeklerini ayaklarının dibine çakmış, esas duruşta bekliyorlardı. Kılıcını çekmiş, ateş saçan gözleriyle balkona doğru bakan Teğmen von Throta vardı başlarında... Pencerelere ve kaldırımlara toplanmış insanlar, boyunlarını uzatıp cenazeyi daha yakından görmeye çalışıyorlardı. Sonunda avluda bir hareketlenme oldu. Teğmen von Throta'nın komutu yükseldi hafifçe, askerler selam durdular. Herr von Throta kılıcını indirdi, tabut görünmüştü. Siyah pelerinli ve üç köşeli şapka giymiş dört adamın taşıdığı tabut dikkatlice kapıdan dışarıya çıkarılıyordu. Esen rüzgâr, merakla bekleşenlerin üzerine çiçek kokularını savuruyordu; rüzgâr, cenaze arabasının üstündeki siyah tuğları havalandırıyor ve bu arada ırmağa kadar uzanan bütün atların yeleleri ve cenaze arabasını kullanan arabacının ve at bakıcılarının şapkalarına taktıkları siyah tüyler de savruluyordu. Gökyüzünden ağır ağır düşen iri iri kar taneleri her tarafa yayılıyordu. Cenaze arabasını çeken ve yalnızca gözleri dışarıda kalacak şekilde siyahlara büründürülmüş olan atlar birden hareketlendiler ve siyahlar giyinmiş dört uşağın yönetiminde ağır ağır yürümeye başladılar, askerler de hemen arkasından yürüyordu. Öteki arabalar da birbiri arkasından hareket ettiler. Christian Buddenbrook, Rahip Pringsheim'la birlikte ilk arabaya bindi. Küçük Johann'ın Hamburglu şişman bir akrabasıyla bindiği araba onları izliyordu. Thomas Buddenbrook'un cenaze alayı üzgün bakışlarla, ağır ağır ve törensel bir ciddiyet içinde uzayarak ilerlerken, bütün binalarda yarıya çekilmiş bayraklar dalgalanıyordu... Johann Buddenbrook Şirketi'nin bütün memurları ve tahıl taşıyıcıları cenazenin arkasından yaya olarak yürüyorlardı.

Cenaze arabası mezarlığa giden yolda haçlar, heykeller, küçük tapınaklar ve yaprakları dökülmüş salkımsöğüt ağaçlarının yanından geçerek ve ölenin kederli akrabalarının ve dostlarının eşliğinde Buddenbrook'ların aile mezarlığına yaklaştığında, şeref kıtası çoktan yerini almış ve askerler yeniden selam durmuşlardı. Bir fundalığın arkasından bandonun çaldığı ölüm marşı duyuluyordu boğuk boğuk. Üstünde Buddenbrook'ların kabartmalı aile arması bulunan büyük plaka, kabrin üzerinden kaldırılarak bir kenara kondu. Kentin ileri gelen erkekleri yaprağı dökülmüş ağaçların önünde, az sonra atalarının yanına gömülecek olan Thomas Buddenbrook'un lahit mezarının çevresine sıra sıra dizilmişlerdi. Bütün saygın ve varlıklı erkekler, başlarını öne ya da yana eğmişler, üzgün üzgün bakıyorlardı; beyaz eldivenli ve kravatlı meclis üyeleri de vardı aralarında. Buddenbrook Şirketi'nin memurları, tahıl taşıyıcıları, büro çalışanları ve silo işçileri cenazeyi yakından görebilmek için birbirleriyle itişip kapışarak biraz daha öne gelmeye çalışıyorlardı.

Sonunda müzik sustu ve Rahip Pringsheim konuşmaya başladı. Rahip'in duası ve özlü sözleri buz gibi havada yankılanırken, herkes ölenin oğlunun ve erkek kardeşinin elini bir kez daha sıkıp taziyede bulunmak için harekete geçti.

Oldukça sıkıcı bir geçit töreni başlamıştı. Christian Buddenbrook, bu gibi törenlerde hep yaptığı gibi, yarı şaşkın ve yarı mahcup bir yüz ifadesiyle taziyeleri kabul ediyordu. Küçük Johann, altın düğmeli ve kalın gemici ceketiyle amcasının hemen yanında duruyordu. Etrafı mavi halkalı gözlerini yere eğmiş, hiç kimsenin yüzüne bakmıyordu. Üzüntüden ekşittiği suratını rüzgâra doğru çevirmişti.

# On birinci bölüm

Dostum Otto Grautoff'a

## 1

Bazen şu ya da bu kişiyi hatırlarız, nasıldır acaba diye düşünürüz; epeydir kaldırımda dolaşmadığı, çoktandır sesini duymadığımız, yaşam sahnesinden sonsuzca uzaklaştığı ve kentin dışında bir yerlerde toprağın altında olduğu gelir aklımıza.

Gotthold amcanın Stüwing kızlık soyadlı dul eşi Frau Konsül Buddenbrook ölmüştü. Ölüm, bir zamanlar Buddenbrook'ların büyük oğluyla evlenirken aile içinde şiddetli anlaşmazlıklara ve kavgalara neden olmuş olan bu kadında da bağışlayıcı ve barıştırıcı gücünü göstermişti. Fakat kızları Friederike, Henriette ve Pfiffi akrabalarının başsağlığı dileklerini, "Görün işte, hayat boyu peşini bırakmadığınız bu kadını sonunda mezara gömdünüz!" demek ister gibi hakaret dolu bir suratla karşılamışlardı... Oysa Frau Konsül çok yaşlanmıştı.

Madam Kethelsen de bu dünyadan ayrılmıştı. Son yıllarını yakalandığı gut hastalığıyla acı içinde geçirdikten sonra, kadıncağızın huzur içinde, çocuklar kadar temiz bir ölümle öbür dünyaya göçmesi, kız kardeşini kızdırmamış değildi. Çok bilmiş kız kardeşi Sesemi Weichbrodt, hâlâ orada burada kendisine yapılan akılcı itirazlara karşı mücadele etmeyi sürdürüyordu. Oysa giderek daha da yaşlanıyor, küçülüyor ve iki büklüm oluyordu, dayanıklı bedeni sayesinde bu berbat dünyadaki varlığını sürdürmeye çalışıyordu.

Konsül Peter Döhlmann da göçmüştü bu dünyadan. Bütün servetini o görkemli kahvaltılarla tüketip sonunda Hunyadi Janos madensuyundan ölmüş ve Döhlmann adına duyulan saygı sayesinde Johannis Manastırı'na alınmasını sağladığı kızına yıllık iki yüz marklık bir gelir bırakabilmişti.

Justus Kröger de ölmüştü. Onun ölümü kuşkusuz çok kötü olmuştu, çünkü zayıf bir yaratık olan karısının, dünyanın bir yerlerinde sorumsuz bir hayat süren serseri oğlu Jakob'a para göndermek için son gümüşlerini de satmasına artık hiçbir engel kalmamış oluyordu.

Christian Buddenbrook'a gelince, onu bu kentte aramak boşunaydı, ayrılalı çok olmuştu buradan. Kardeşi Senatör Buddenbrook'un ölümünden bir yıl kadar sonra, Hamburg'a yerleşmiş ve orada eskiden beri ilişkisi olduğu bir kadınla, Frau Aline Puvogel'le Tanrı'nın ve insanların huzurunda evlenmişti. Kimse ona engel olamamıştı. Annesinden kalan miras gelirlerinin yarısı Hamburg'a gönderiliyordu, miras işini ölmüş dostunun vasiyeti üzerine Herr Stefan Kistenmaker yönetiyordu. Ama Christian bunun dışında başına buyruk hareket ediyordu, işine karışan yoktu... Evlendiği duyulunca, Frau Permaneder, Aline Buddenbrook'a uzun ve nefret dolu bir mektup gönderdi. Frau Permaneder, "Madam!" diye başlayan ve son derece zehirli sözler içeren mektubunda ne kendisini ne de çocuklarını hiçbir zaman akraba olarak görmeyeceğini kararlı bir biçimde belirtti.

Herr Kistenmaker, Thomas Buddenbrook'un vasiyetnamesinin uygulayıcısı, servetinin yöneticisi ve küçük Johann'ın vasisi olarak üstlendiği bu görevi dürüstlükle yerine getiriyordu. Borsada, aşırı yorgunluğunun belirtisi olarak saçlarını karıştırıp kendisini harap ettiğini söylese de, çok fazla çaba göstermesini gerektiren işler değildi bunlar... Bütün bu zahmetlerinin karşılığı olarak gelirden yüzde ikilik pay aldığını da unutmamak gerekir... Fakat işlerden yana pek şanslı değildi ve kısa bir süre sonra Gerda Buddenbrook'un eleştirilerine maruz kaldı.

Olaylar öyle gelişti ki, şirketin tasfiye edilip kapatılması gerekti, hem de bir yıl içinde. Bu, Senatör Thomas Buddenbrook'un vasiyet ettiği en son isteğiydi. Frau Permaneder bu duruma çok üzüldü. "Peki ama, Johann, küçük Johannımız, sevgili yeğenim Hanno ne olacak?" diye sordu... Kardeşinin kendi öz oğlunu ve tek mirasçısını düşünmemiş olması, vasiyetnamede şirketi onun yönetmesini öngörmeyişi, Frau Permaneder'i derin hayal kırıklığına uğratmış ve çok üzmüştü. Dört kuşaktan beri devam eden o pırlantanın, o onurlu şirket tabelasının sökülecek olmasını ve Buddenbrook'ların onurlu tarihinin sona ereceğini düşündükçe gözyaşlarını tutamıyordu, oysa yasal bir mirasçı vardı. Ancak şirketin kapanmasının Buddenbrook'ların sonu demek olmadığı, yeğeninin yeni bir iş kurup atalarının onurlu mesleğini sürdüreceği, ailesinin adını yeniden yaşatacağı, eski günlerdeki ihtişam ve saygınlığını yeniden kazandıracağı beklentisi onu biraz rahatlattı. Zaten onun büyük büyükbabasına böylesine benzemesi boşuna değildi.

İşlerin tasfiyesi, Herr Kistenmaker ve ihtiyar Herr Marcus'un yönetiminde başladı ve çok kötü gidiyordu. Verilen süre kısaydı ve buna harfi harfine uymak gerekiyordu ve vakit de giderek daralıyordu. Askıya alınmış işler, çok acele ve uygun olmayan koşullarda birer birer tasfiye ediliyordu. Aceleye getirilen ve hiç de verimli olmayan satışlar birbirini izliyordu. Depo ve silolar yok pahasına elden çıkarıldı. Herr Kistenmaker'in aşırı titizliğinin ve aceleciliğinin veremediği zararları, ihtiyar Marcus'un uyuşukluğu ve her şeyi ağırdan alışı tamamlıyordu. Herr Marcus'un kışları sokağa çıkarken yalnızca paltosunu ve şapkasını değil, bastonunu da sobada ısıttığı herkesin dilindeydi; arada bir karşılarına çıkan çok uygun bir fırsat, onun bu ağırlığı ve uyuşukluğu yüzünden elden kaçıyordu... Sözün kısası, kayıplar gittikçe artıyordu. Thomas Buddenbrook, kâğıt üstünde altı yüz elli bin marklık bir servet bırakmıştı arkasında. Vasiyetnamenin açılmasından bir yıl sonra, bu servetin gerçekle uzaktan yakından bir ilişkisi olmadığı anlaşıldı...

Tasfiye işlerinin uygun olmayan koşullarda yürütüldüğü konusunda ileri geri söylentiler dolaşıyordu kentte. Gerda Buddenbrook'un evini satmayı düşündüğü haberi bu söylentileri daha da artırdı. Onu buna nelerin zorladığı ve Buddenbrook'ların servetinin kaygı verici bir biçimde erimesi üzerine akıl almaz şeyler anlatılıyordu. Böylece kentte öyle bir hava yaratılmaya başlandı ki, Senatör Buddenbrook'un dul eşi, önceleri bunu şaşkınlıkla karşıladı, ama sonraları bu durumdan rahatsızlık duymaya başladı... Mal teslim etmiş olan bir sürü insan ve esnaf, biriken alacaklarının ödenmesi için kendisine başvuruda bulunduklarını görümcesine biraz kaba bir biçimde anlatınca, Frau Permaneder uzun süre öylece kalakaldı ve sonra birdenbire müthiş bir kahkaha attı... Gerda Buddenbrook bütün bu olanlardan öyle çok rahatsızlık duyuyordu ki, küçük Johann'ı yanına alıp bu kentten ayrılmayı ve Amsterdam'a, yaşlı babasının yanına taşınmayı, onunla yeniden düet yapmayı bile geçirdi aklından. Fakat onun bu kararı Frau Permaneder'in öylesine sert tepkisiyle karşılaştı ki, planından şimdilik vazgeçmek zorunda kaldı.

Frau Permaneder, kendisinden beklendiği gibi, kardeşinin yaptırdığı evin satılmasına da sert tepki gösterdi. Bunun yaratacağı kötü etkiden yakındı ve bu satışın Buddenbrook ailesi için yeni bir prestij kaybı olacağını söyledi. Fakat ağabeyi Thomas Buddenbrook'un büyük bir hevesle ve çuvalla para harcayarak yaptırdığı bu büyük ve görkemli evde bundan sonra oturmanın ve bakımını sürdürmenin artık imkânsız olduğunu kendisi de kabul etmek zorunda kaldı. Gerda'nın kent dışında, yeşillikler arasında küçük bir villada oturmaya hakkı vardı elbette...

Herr Gosch'a, Komisyoncu Siegismund Gosch'a yine gün doğmuştu. Bu, yaşı hayli ilerlemiş olan adamın yüzünü yeniden aydınlatmıştı, yüzünün gözünün titremesi bile birkaç saat için geçivermişti. Gerda Buddenbrook'la salonda karşı karşıya koltukta oturup evin satışını konuşmak, fiyat üzerinde onunla pazarlık etmek de varmış kaderinde ölmeden önce. Kar gibi beyaz saçları her taraftan yüzüne dökülmüş bir halde ve ileriye çıkık iğrenç çenesini kaldırarak Gerda Buddenbrook'un güzel ve beyaz yüzünü seyrediyordu gözlerini ondan hiç ayırmadan. Sesi, ıslık çalıyormuş gibi cızırdıyordu, ancak soğukkanlı bir işadamı edasıyla konuşuyor ve iç dünyasında kopan fırtınayı belli etmemeye çalışıyordu. Evin satışını üzerine almayı kabul ettiğini söyledi, Frau Buddenbrook'a elini uzattı ve sinsi sinsi gülümseyerek seksen beş bin mark teklif etti. Kuşkusuz bu kabul edilebilir bir teklifti, çünkü bu satıştan nasıl olsa bir kayba uğrayacaktı, ama Herr Kistenmaker'in fikrini de almak gerekirdi. Gerda Buddenbrook anlaşmayı imzalamadan gönderdi Herr Gosch'u. Herr Kistenmaker'in bu işe başkasını karıştırmayı düşünmediği çok geçmeden anlaşıldı. Herr

Gosch'un teklif ettiği parayı çok yetersiz buldu, güldü ve evin çok daha fazlasına satılabileceğini söyledi. Sonunda evi, uzun bir yolculuktan döndükten sonra kente yerleşmeyi düşünen yaşlıca bir bekâra yetmiş beş bin marka elden çıkarmak zorunda kalıncaya kadar uzunca bir süre böyle konuşmaya devam etti...

Gerda'nın yeni bir ev satın almasını da Herr Kistenmaker sağladı. Gerçi biraz pahalıya mal olmuştu, ama kent dışında eski Kastanien Bulvarı'nda ve rengârenk bir çiçek ve sebze bahçesinin ortasında küçük ve sevimli bir villaydı ve Gerda Buddenbrook'un bütün beklentilerine cevap veriyordu... Frau Senatör 1876 yılının sonbaharında oğlu Hanno ve hizmetçileriyle bu villaya taşındı, eşyasının bir kısmını yanına aldı, geri kalanları ise Frau Buddenbrook'un yakınıp dövünmesine karşın evi satın alan o yaşlı bekâra bıraktı.

Senatör'ün dul eşinin yaptığı değişikliğin hepsi bu kadar değildi! Kırk yıldan beri Buddenbrook'ların hizmetinde çalışmış olan Matmazel Ida Jungmann, ailenin yanından ayrıldı ve yaşamının son günlerini akrabalarının yanında geçirmek üzere memleketi Batı Prusya'ya geri döndü. Doğruyu söylemek gerekirse, Frau Gerda Buddenbrook onun işine son vermişti. İyi yürekli Ida, bir önceki kuşağı büyüttükten sonra küçük Johann'ın bakımını üstlenmiş, Grimm Kardeşler'in masallarını ve hıçkırıktan ölen amcanın öyküsünü ona da anlatmıştı. Ama şimdi küçük Johann büyümüştü, on beş yaşında genç bir delikanlıydı artık; ince yapılı ve cılız bir çocuk da olsa, Matmazel Jungmann'ın ona fazla bir yararı olmazdı... Uzunca bir süredir annesi Gerda Buddenbrook'la arası iyi değildi Ida'nın. Aileye kendisinden çok sonra katılan bu kadına hiçbir zaman ısınamamış ve ona gerçek anlamda değer vermemişti. İlerleyen yıllar içinde yaşlı bir hizmetçi gururuyla birtakım aşırı isteklerde bulunmaya, yetkilerini aşmaya başlamıştı. Kendisini çok önemli ve vazgeçilmez biri gibi görmeye başlaması, ev işlerinde ikide bir şuna buna karışması hoşnutsuzluk yaratmıştı... Artık katlanılır gibi değildi, aralarında şiddetli kavgalar oldu. Frau Permaneder evlerin ve mobilyaların satışında olduğu gibi bütün konuşma yeteneğini kullanıp kalması için Gerda'ya rica ettiyse de, yaşlı Ida yine de gitmek zorunda kaldı.

Ida Jungmann, küçük Johann'a veda edeceği saat gelince, acı yaşlar döktü gözünden. Johann da onu kucakladı, sonra ellerini arkasına kavuşturdu, bütün ağırlığını bir ayağının üstüne verip öteki ayağının parmak uçlarına basarak altın sarısı gözleriyle büyükannesinin cesedi, babasının ölümü, ev eşyalarının satılması ve daha buna benzer pek çok olay karşısında yaptığı gibi içine kapanık ve kaygılı bakışlarla süzdü onu... Ida Jungmann'ın evden ayrılmasını, o güne kadar yaşadığı parçalanmanın, tükenişin ve her şeyden uzak kalışın doğal sonucu olarak karşıladı. Olanlara şaşırmamıştı; ne tuhaftır ki bunlar onu hiçbir zaman şaşırtmamıştı. Bazen açık kahverengi lüle lüle saçlı başını ve sarkık dudağını yukarı kaldırınca ve zarif burnunun kanatları her soluk alışta inip kalkınca, sanki çevresini saran yaşam korkusunu, büyükannesinin tabutu başında duyumsadığı ve hiçbir çiçek kokusunun bastıramadığı o tuhaf ve bildik kokuyu duyuyordu...

Frau Permaneder, yengesine her uğrayışında yeğenine sarılıyor, ona Buddenbrook'ların geçmişinden ve ileride Tanrı'nın lütfuyla aileye sağlayacağı parlak gelecekten söz ediyordu. İçinde bulundukları zaman ne kadar can sıkıcı da olsa, atalarının güzel bir yaşam sürdüğünü, büyük büyükbabasının dört atlı bir koşu arabasıyla bütün ülkeyi dolaştığını anlatmaktan büyük keyif alıyordu... Bir gün Gotthold amcanın evde kalmış kızları Friederike, Henriette ve Pfiffi, Hagenström'lerin kentin en seçkin ailesi olduğunu söylediklerinde, öfkesinden midesine kramplar girmişti...

Christian'la ilgili olarak çok üzücü haberler geliyordu Hamburg'dan. Evliliği sağlık durumuna olumlu etki yapmışa benzemiyordu. Tuhaf tuhaf düşünceleri ve hayal görmeleri gittikçe artmaya başlayınca, eşinin ve bir doktorun isteği üzerine hastaneye yatırılmıştı. Orada olmaktan hiç memnun değildi. Kendisine çok sert davranıldığını söyleyerek hastaneden kurtarsınlar diye yakınlarına mektup üstüne mektup yazıyor ve sızlanıyordu. Ancak hastaneden çıkmasına izin vermediler, orada kalmasının daha doğru olacağı söylendi kendisine. Ama karısı evliliğinin kendisine sağladığı yararları tehlikeye atmadan eski bildik hayatını onursuzca ve hiçbir engelle karşılaşmadan sürdürüyordu.

## 2

Çalar saatin çıngırağı çalmaya başladı ve görevi gereği ortalığı ayağa kaldırıyordu. Sanki bir şey parçalanıyormuş gibi boğuk boğuk gürültüler çıkarıyordu, çıngırak sesinden çok bir takırtıyı andırıyordu, çünkü çok eskimiş ve kullanılmaktan iyice yıpranmıştı. Fakat iyi kurulduğu için uzunca bir süre umutsuzca çaldı durdu.

Hanno Buddenbrook bundan çok ürkmüştü. Görevine çok bağlı olan bu gürültü makinesi, komodinin üstünde, hemen yanı başında duruyordu ve her sabah olduğu gibi yine öyle bir şamata kopardı ki, öfkesinden, kapıldığı derin korkudan ve çaresizlikten bütün iç organları allak bullak oldu. Fakat o sabah dış görünüşü itibarıyla hiç istifini bozmadı, yataktaki pozisyonunu değiştirmedi ve gördüğü bir rüyanın tam ortasında uyandırılmış gibi hemen gözlerini açtı sadece.

Buz gibi soğuk odanın içi zifiri karanlıktı. Hanno hiçbir şey göremiyordu, saatin ibresini de seçemedi. Ama sabahın altısı olduğunu biliyordu, çünkü dün gece yatmadan önce saati altıya kurmuştu... Dün... dün... Işığı açıp yataktan kalktığına kızıp dururken, dün yaşadıkları yavaş yavaş ve bütün ayrıntılarıyla yeniden canlandı içinde...

Bir pazar günüydü. Diş hekimi Herr Brecht'in işkencelerine günlerce katlanmak zorunda kaldıktan sonra, ödül olarak annesiyle birlikte Şehir Tiyatrosu'na gidip, *Lohengrin* operasını dinlemesine izin çıkmıştı. Bir haftadan beri tiyatroya gideceği akşamın heyecanıyla geçiriyordu günlerini. Hanno'nun haklı olarak şikâyet ettiği tek şey, bu tür etkinliklerden önce bir şeylerin hep ters gidiyor olması ve son âna kadar bütün keyfini kaçırmasıydı. Ama sonunda cumartesi gelmiş ve okul hafta sonu tatiline girmişti ve dişçinin burgu makinesi de ağzında cızırdayarak son kez yakmıştı canını... Böylece her şey halledilmiş ve geride hiçbir engel kalmamış oluyordu, okul ödevlerini de pazar akşamının dışında bir günde yapacaktı. Pazartesinin anlamı neydi? Sabah erkenden kalkıp okula gitmekti herhalde? Pazar akşamı tiyatroya gidip *Lohengrin* operasını dinleyen biri pazartesiyi düşünemezdi. Pazartesi erkenden kalkıp yine o saçma şeyleri yapmaya devam mı edecekti, bu kadarı da çok fazlaydı! Tiyatrodan sonra herkesin arasında özgürce dolaşmış, yüreğini sevinçle doldurmuş, piyanonun başına oturup düşüncelere dalmış, sevmediği ve hatta tiksinti duyduğu her şeyi unutmuştu.

Hanno'nun hayali sonunda gerçek olmuştu. Mutluluk bütün güzelliği ve büyüleyiciliğiyle, içinde gizliden gizliye kabarıp coşan, ürpertip titreten, hıçkırıklara boğup içindeki ateşi harekete geçiren bir duygu sarhoşluğuna sokmuştu onu... Gerçi orkestranın kemanları uvertür bölümünde biraz aksamıştı ve kızıl sarı sakallı ve kendini beğenmiş şişman bir adam, kayığıyla üstüne üstüne geliyormuş gibi ona iyice yanaşmış ve rahatsız etmişti. Yan locada oturan vasisi Herr Stephan Kistenmaker de, çocuğu böyle bir yere getirip aklını karıştırarak sorumluluklarından uzaklaştırıyorlar diye biraz söylenmişti. Fakat dinlediği o tatlı ve ruhunu coşturan eşsiz güzellik bütün bunları unutturmuştu...

Ne yazık ki sonunda bitivermişti. Şarkılar söyleyen o pırıltılı mutluluk susmuş ve parıltısı sönmüştü. Hanno, üzüntüsünden zonklayan başıyla yeniden eve döndü ve odasına girdi; birkaç saatlik uykuyla gün doğmadan yine yatağından kalkmak zorunda kalacaktı. O bildik yorgunluk ve yılgınlık bütün ağırlığıyla yine çökmüştü üzerine. Hanno, güzel olan şeyin nasıl da acı verdiğini, ne derin utançlara ve özlem dolu umutsuzluğa düşürdüğünü, bütün yaşam zevkini ve cesaretini nasıl da kemirdiğini hissediyordu içinde. Bu duygular onu öylesine bir umutsuzluğa itmiş, öylesine canını sıkmıştı ki, şunu bir kere daha söylemek zorunda kaldı: Üstüne binen bu ağırlık, kendi kişisel kaygılarından çok daha ağırdı, başlangıçtan beri ruhunu bunaltan ve boğacak gibi olan ağır bir yük, katlanılması zor bir acı...

Bu duygularla çalar saati kurmuş ve uyumuştu, bir daha hiç uyanmayacak kadar derin ve ölü gibi uyuyordu. Pazartesi olmuştu ve saatin ibresi altıyı gösteriyordu. Hanno hiç ders çalışmamıştı!

Yatağından kalktı ve komodinin üstündeki mumu yaktı. Fakat buz gibi havada kolları ve omuzları üşümeye başlayınca, kendisini yeniden attı yatağın içine ve yorganını üzerine çekti.

Saatin akrebi altıyı on geçtiğini gösteriyordu... Ah, kalkıp çalışmanın hiçbir anlamı yoktu, öğrenilecek çok konu vardı, hemen hemen bütün dersleri çalışmak gerekiyordu, çalışmaya başlamanın bir anlamı olmazdı. Çalışmaya başlamak istediği saat de geçmişti zaten... Dün aklına geldiği gibi Latince ve kimyada sıra kendisinde miydi acaba? Bu mümkün olabilirdi, insanın önceden görebileceği ölçüde olasıydı bu. Örneğin Latince dersinde geçen defa soyadları alfabenin son harfiyle başlayanlar kaldırılmıştı derse. Bugün de büyük olasılıkla A ve B harflerinden başlayacaktır. Ama yine de emin olunamazdı, bu bütünüyle kesin değildi! Ey sevgili Tanrım, rastlantılar bazen neler doğurmaz ki!.. Böyle yanıltıcı ve zorlayıcı düşüncelerle kafasını meşgul ederken, birden her şey kayboluverdi ve yeniden uyuyakaldı.

Duvarları çıplak ve buz gibi odasındaki yatağının üstünde bakır üzerine kazılarak basılmış bir Madonna gravürü asılıydı. Tam ortada açılır kapanır bir masa, tıkış tıkış doldurulmuş bir kitaplık, maun ağacından bir kürsü, bir armonyum ve oldukça küçük bir lavabo göze çarpıyordu yanan mumun parıltısında. Gün ışığı içeri erkenden girsin diye perdeleri indirilmemiş pencerenin camında buz çiçekleri oluşmuştu. Hanno uyuyordu, yanaklarını yastığına gömmüş, uyuyordu. Dudakları açık ve kirpikleri sımsıkı kapalı, tatlı tatlı uyuyordu. Uyumak istiyorum diyen bir ifade vardı yüzünde. Açık kahverengi yumuşacık saçları lüle lüle şakaklarına düşmüştü. Pencerenin buz tutmuş camından odaya giren donuk sabah ışığında komodinin üstünde yanmakta olan mumun kızıl sarı alevi parıltısını yitiriyordu.

Saat yedi olunca, Hanno korkuyla yeniden uyandı. En son süre de dolmuştu. Yataktan kalkması ve günün sorumluluğunu üstlenmesi gerekiyordu. Bundan kaçınamazdı. Okulun başlamasına sadece bir saat vardı. Oturup biraz ders çalışmak şöyle dursun, zaman iyice azalmıştı. Buna rağmen bir süre daha yattı, bu yarı karanlık ve buz gibi odada sıcacık yataktan kalkmak, sokağa çıkmak ve asık suratlı sevimsiz insanlar arasında her türlü sıkıntı ve tehlikeyle yüz yüze kalmak ona işkence gibi geliyordu ve buna zorlandığı için de müthiş kızıyor, yakınıyor ve çok üzülüyordu. "Ah, ne olur iki dakika daha yatayım," diyordu kendi kendine, sıkı sıkı sarıldığı yastığını sevgiyle okşayarak... Sonra inat olsun diye bir beş dakika daha verdi kendisine, gözlerini kapadı ve zaman zaman birini açıp büyük bir umutsuzlukla saatin akrebine bakıyordu, aptal aptal, bilinçsizce ve düzgün bir şekilde ilerleyen saatin akrebine...

Saat yediyi on geçe hışımla yataktan kalktı ve odanın içinde hızlı adımlarla bir ileri bir geri dolaşmaya başladı. Komodinin üstündeki mum hâlâ yanıyordu, çünkü içeri giren gün ışığı odayı aydınlatmaya yetmiyordu. Hanno, camda oluşan buz çiçeklerinden birini hohlayarak parçalayınca, dışarıda kalın bir sis tabakasının olduğunu gördü.

Soğuktan vücudu buz kesmişti. Büyük bir ürpertiyle zangır zangır titriyordu. Parmak uçları ateş gibi yanıyordu ve öyle şişmişlerdi ki, fırçayı alıp temizlemekten vazgeçti. Vücudunun üst kısmını yıkarken, soğuktan buz kesmiş elinden süngeri yere düşürdü. Kısa bir an donmuş bir halde ve çaresizce öylece kaldı, kan ter içinde kalmış bir at gibi burnundan koyu koyu dumanlar çıkarıyordu.

Sonunda hazırlığını bitirdi, bulanık gözlerle ve güçlükle soluyarak açılır kapanır masanın önüne geldi, üstünden deri çantasını aldı ve bugünkü derslerde kullanacağı kitapları içine koymak için bütün ruhsal gücünü topladı. Orada öylece durmuş, hangi dersler var bugün diye korkuyla havayı seyrederken: "Din dersi... Latince... kimya..." diye mırıldanıyordu; bir yandan da karton ciltleri yırtık ve üstü mürekkep lekeli kitapları çantasına tıkıştırıyordu...

Evet, küçük Johann'ın boyu epeyce uzamıştı. On beşini geçmiş genç bir delikanlıydı artık ve Kopenhaglı denizcilere özgü o giysiyi de giymiyordu; onun yerine açık kahverengi bir ceket giyiyor ve mavi benekli beyaz bir kravat takıyordu. Yeleğinin üstünde büyük büyükbabasından kalma ince ve uzun bir altın saat köstеği göze çarpıyordu. Biraz geniş, ama yine de narin yapılı sağ elinin yüzük parmağında atalarından miras kalan yeşil taşlı mühür yüzüğü vardı... İçi kürklü kışlık montunu giydi, şapkasını başına geçirdi, mumu söndürdü ve hızla merdivenden aşağıya, zemin kata indi, merdiven sahanlığında duran doldurulmuş ayının önünden sağa yönelerek yemek odasına girdi.

Annesinin yeni hizmetçisi Matmazel Clementine – saçlarını alnına düşürmüş, sivri burunlu, gözleri miyop, cılız bir kadındı– önceden gelmiş, kahvaltı masasını hazırlıyordu.

Hanno dişlerinin arasından, "Acaba saat kaç?" diye sordu ona, oysa saatin kaç olduğunu dakikası dakikasına biliyordu.

"Sekize çeyrek var," dedi Matmazel Clementine ve damarları çıkmış kupkuru ve kıpkırmızı eliyle duvardaki saati işaret etti. "Acele etmeniz gerektiğini biliyorsunuzdur herhalde, Hanno..." derken bir yandan da üstünden buhar çıkan sıcak bir fincanı, ekmek sepetini, tereyağını, tuzluğu ve içinde rafadan yumurta bulunan yumurta kabını önüne koydu.

Hanno hiçbir şey söylemedi, bir dilim sütlü ekmek aldı, başında şapkası ve kolunun altında çantasıyla ayaküstü sıcak kakaosunu yudumlamaya başladı. Sıcak kakao, Herr Brecht'in tedavi ettiği azıdişini fena halde sızlatmıştı... Kakaonun geri kalanını bıraktı, yumurtasını da yemedi, ağzını buruşturup hoşça kalın der gibi hafif bir ses çıkararak evden dışarı çıktı.

Ön bahçeden çıktığında sekize on dakika kalmıştı, kırmızı boyalı küçük villayı geride bıraktı ve sağa dönerek yaprakları dökülmüş ağaçlı yol boyunca hızlı hızlı yürümeye başladı... On dakika, dokuz dakika derken sonunda sekiz dakika kalmıştı sekize. Gideceği yol bir hayli uzundu. Her tarafı kaplayan yoğun sisten ne kadar gittiğini anlayamıyordu! Bu kalın ve buz gibi sisi daracık göğsünü bütün gücüyle zorlayarak içine çekiyor ve yeniden bırakıyordu. İçtiği sıcak kakaodan hâlâ yanan dişinin üstüne dilini sıkı sıkı bastırıyor, bacak kaslarını gereksiz yere zorluyordu. Ter içinde kalmıştı, ama vücudunun soğuktan donduğunu da hissediyordu. Göğsünün sağı ve solu, iğne batırılmış gibi yanmaya başladı. Küçücük bir kahvaltı bu sabah gezintisi sırasında midesini altüst etmişti, kusacak gibi olmuştu. Küt küt atan kalbi yerinden fırlayacakmış gibi oluyor ve soluğunun kesildiğini hissediyordu.

Kuleli Kale Kapısı'na, şu Kuleli Kale Kapısı'na bir varabilseydi, sekize dört kala varmış olurdu okuluna! Soğuk soğuk terleyerek, acı içinde ve müthiş bir mide bulantısıyla soluk soluğa caddeden koşarken okul arkadaşlarından gelen var mı diye her tarafa bakıyordu... Hayır, görünürlerde kimsecikler yoktu. Herkes vaktinde yola çıkmış ve varacağı yere varmıştı. Saat sekizi vurmaya başlamıştı bile! Kilise kulelerinde çalan çanlarının sesi, yoğun sis tabakasını yararak kulaklarına geliyordu. Meryem Ana Kilisesi'nin çanları "Tanrı'ya şükredelim" diye başlayan sabah duasını başlatmıştı bile... Hanno çaresizlik içinde ve çıldırmış gibi koşarken, duanın bütünüyle yanlış çalındığını fark etti, ahenk duygusundan yoksun ve son derece hatalı bir akorla çalıyorlardı... Ancak şimdi bunun bir önemi yoktu, bu hiç önemli değildi! Evet, çok geç kalmıştı, buna hiç kuşku yoktu. Okulun saati biraz geriydi, ama o yine de geç kalmıştı, bu kesindi. Herkes bürosuna ve işine gidiyordu, fakat hiç acele etmiyorlardı ve hiçbir korkuları yoktu. Bazıları Hanno'nun kıskanç ve üzgün bakışlarına karşılık veriyor, onun yorgun ve bitkin haline bakıp gülümsüyorlardı. Hanno onların kendisine bakıp gülümsemelerine çok kızıyordu. Acaba hakkında ne düşünüyorlardı? Bu rahat ve kaygısız insanlar onun bu haline bakıp ne gibi bir yargıda bulunuyorlardı acaba? "Tanımadığınız birine bakıp gülümsemek çok ayıp beyler!" diye onlara bağırmak geçti içinden. "Kapalı okul kapısının önünde düşüp öldüğümü görmeyi pek ister gibi bir haliniz var..."

Pazartesi duasının başladığını bildiren ve bir türlü susmak bilmeyen keskin bir zil sesi kulağına geldiğinde, Hanno okulun ön bahçesini caddeden ayıran ve iki demir kapısı bulunan uzun ve kırmızı boyalı duvardan yirmi adım ötedeydi. Artık adım atacak ve koşacak gücü kalmadığı için vücudunun üst kısmını ileriye doğru attı, eğer bacakları iyi kötü engel olmasaydı yere düşecekti; korkudan tirtir titreyerek sendeleye sendeleye yürümeye devam etti, zil sesi sustuğunda birinci kapının önüne kadar gelmişti.

Saçı sakalı birbirine karışmış tıknaz bir adam olan görevli Herr Schlemiel kapıyı kapatmak üzereydi. Onu görünce, "Hadi, gir bakalım..." dedi ve öğrenci Hanno Buddenbrook'u içeri bıraktı... Hanno durumu kurtarmıştı belki de... kurtulmuştu belki de. Şimdi yapılacak şey, kimselere görünmeden sınıfa girmek, orada, jimnastik salonunda yapılan sabah duasının bitmesini beklemek ve her şey yolundaymış gibi davranmaktı. Yorgun ve bitkin bir halde derin derin soluyarak ve soğuk terler dökerek kaskatı kesilmiş vücuduyla kırmızı tuğla döşeli avludan sürüklene sürüklene geçtikten sonra, renkli camlı ve sevimli kapıların birini iterek içeri girdi...

Okulun her şeyi yeni, temiz ve güzeldi. İçinde yaşanılan zamana uygun olarak kendisini değiştirmesini bilmişti. Şu anki kuşağın babalarının ve büyükbabalarının eğitim gördükleri bir zamanların manastır okulunun eskimiş ve yıkılmaya yüz tutmuş bölümleri yıktırılmıştı, yerlerine yeni, havadar ve modern yapılar yükselmişti. Ancak üslup bütünlüğü korunmuştu. Koridorların ve avluya çıkan yolların üstündeki yeni gotik kemerler tüm görkemiyle varlığını sürdürüyordu. Fakat aydınlatma ve ısıtma, sınıfların genişliği ve ferahlığı, öğretmen odalarının büyüklüğü ve konforu, kimya, fizik ve resim dersliklerinin kullanışlılığına gelince, her yerde yeni zamanın zevki ve üslubu hâkimdi...

Hanno Buddenbrook yorgunluktan bitkin bir halde duvarların dibinden sürünerek ilerliyor ve çevresini gözetliyordu... Tanrı'ya şükür onu kimse görmemişti. Yeni haftanın derslerine başlamadan önce Tanrı'ya dua ederek inançlarını pekiştirmek için jimnastik salonunda toplanmış olan öğretmen ve öğrencilerin uğultusu uzaktan uzağa bütün koridorlarda yankılanıyordu. Ama burada, ön tarafta kimsecikler yoktu ve muşamba kaplı geniş merdiven de boştu. Hanno ayaklarının ucuna basarak ve soluğunu tutarak her tarafa kulak kabarta kabarta sessizce ve kimselere görünmeden yukarı çıktı.

Sınıfı birinci katta, merdivenin tam karşısındaydı. Kapısı açıktı. En son basamakta durdu, iki tarafı porselen levhalarla donatılmış uzun koridor boyunca yürürken eğilip eğilip her tarafa iyice baktıktan sonra, sessizce iki-üç adım attı ve sınıfa girdi.

Sınıf boştu. Üç büyük pencerenin perdeleri henüz çekilmemişti ve tavandan aşağıya doğru sallanan gaz lambaları sessizlikte cızıldayarak yanıyordu. Yeşil abajurlardan aşağıya süzülen ışık, açık renkli tahtadan yapılmış ve karşısındaki duvarda bir yazı tahtası ve önünde kapkara olmuş bir kürsü duran ikişer kişilik üç sırayı aydınlatıyordu. Duvarların alt kısımları sarı renkli lambrilerle kaplıydı, üstünde kalan boyalı bölümlerde birkaç harita asılıydı. Kürsünün yanındaki sehpaya ikinci bir yazı tahtası dayalıydı.

Hanno sınıfın ortasında bulunan yerine gitti, çantasını sıranın içine koydu ve sert tahta zemine oturdu, kollarını öne doğru eğik duran sıranın üstüne bıraktı ve başını üstüne koydu. İnanılmaz bir mutluluk duygusu kapladı içini. Bu duvarları çıplak, çirkin ve sevimsiz sınıftan nefret ediyordu. Bütün öğle öncesi boyunca karşılaşacağı binlerce tehlikeyi düşündükçe yüreği sıkışıyordu. Ama burada şimdilik güven içindeydi, kendisini herkeslerden gizlemeyi başarmıştı ve bundan sonra olacakları kendi haline bırakabilirdi. İlk ders din dersiydi ve din dersi öğretmeni Herr Ballerstedt de kendi halinde zararsız bir insandı... Yukarıda, duvardaki yuvarlak deliğin önündeki yırtık kâğıtların titremesi içeriye sıcak hava girdiğini gösteriyordu. Gaz lambaları da ısıtıyordu odayı. Ah, şöyle bir uzanıp soğuktan kaskatı kesilmiş vücudunu ısıtmak ve gevşemek ne güzel olurdu! İnsanın içini ısıtan, fakat hiç de sağlıklı olmayan bu sıcaklık, beynini zonklatıyor, kulaklarını uğuldatıyor ve gözlerini karartıyordu...

Birden arkasında bir gürültü duydu, çok korktu ve hızla başını çevirip baktı... Bak sen, en arkadaki sıranın arkasından Kont Mölln'ün oğlu Kai'ın vücudunun üst kısmı göründü! Genç Kont yerde sürünerek ve kendisini zorlayarak sıranın altından çıktı, ayağa kalktı ve ellerini hafifçe ve hızlı hızlı birbirine vurarak üstündeki tozları silkeledi ve sevincinden pırıl pırıl parlayan gözleriyle Hanno Buddenbrook'un yanına geldi.

"Ah, demek sendin Hanno!" dedi. "Geldiğini görünce, seni öğretmenlerden biri sanıp 'oraya' gizlenmiştim."

Konuşurken sesi kalın kalın çıkıyordu, ergenlik çağına girmişe benziyordu, oysa arkadaşı Hanno'da henüz böyle bir durum söz konusu değildi. Gerçi o da büyümüştü, fakat kesinlikle böyle bir belirti yoktu daha onda.

Kai'ın üstünde yine birkaç düğmesi eksik ve rengi iyice atmış bir ceket, poposunda kocaman bir yama bulunan bir pantolon vardı. Elleri her zaman olduğu gibi yine pek temiz değildi, ama ince ve son derece narin yapılıydılar, parmakları ince ve uzun, tırnakları ise sivri sivriydi. Ortadan şöylesine ikiye ayırdığı kızıl kumral saçları bembeyaz ve kusursuz alnına düşüyordu. Çukur ve sert bakışlı açık mavi gözleri yine ışıl ışıldı... Bu yamuk burunlu, dudağı sarkık çocuğun sefil giyimli görüntüsüyle kemikli yüzündeki asalet arasındaki uyumsuzluk şimdi eskisinden daha da çok dikkat çekiyordu.

Hanno dudaklarını büzüştürüp elini kalbinin üzerinde dolaştırırken, "Yüce Tanrım, Kai! Beni nasıl korkuttun bilsen! Ne arıyorsun burada? Niçin saklandın? Sen de mi geç kaldın?" dedi.

"Tanrı korusun," diye yanıt verdi Kai. "Epeydir buradayım... Senin de çok iyi bildiğin gibi, pazartesi sabahları hiç kimse, 'Oh, okulumuza yine kavuştuk,' demez sevgili dostum... Hayır, bunun için değil, şaka olsun diye buraya gizlendim. Nöbet sırası bizim şu bodur başöğretmendeydi ve milleti sabah duasına göndermek için ite kaka aşağıya indiriyordu. Yürürken ben de onun arkasına gizlendim... O sağa sola bakınırken, ben hemen arkasına geçiyordum, uzaklaşıncaya kadar hep böyle yaptım ve böylece burada kalmayı başarabildim..." Sonra biraz da acıyarak, "Fakat sen," dedi ve zarif bir hareketle Hanno'nun yanına oturdu... "koşmak zorunda kaldın, değil mi? Zavallı dostum! Ne kadar da yorgun ve bitkin görünüyorsun, saçların terden şakaklarına yapışmış..." Masadan bir cetvel aldı ve bununla küçük Johann'ın saçını düzeltti, ciddi ciddi ve özenle. "Uyuyakaldın ve okul saatini kaçırdın, değil mi?.. Aslında Adolf Todtenhaupt'un yerine oturmuşum," dedi ve çevresine baktı, "Sınıf birincisi Adolf'un kutsanmış yerine! Ama bir defa oturmaktan ne çıkar... Demek uyuyakaldın ve saati kaçırdın!"

Hanno yeniden ellerini kavuşturup sıranın üstüne bıraktı ve yüzünü üstüne koydu. "Dün akşam tiyatrodaydım," dedi derin derin iç çekerek.

"Evet, sahi. Ben bunu sormayı unutmuştum!.. Güzel miydi?"

Hanno yanıt vermedi.

"Senin durumun iyi," diye devam etti Kai, "bunun değerini bilmelisin Hanno. Bak, ben daha hiç tiyatroya gitmedim ve bu gidişle daha uzun yıllar gideceğimi de sanmıyorum..." Hanno, "Sabah yaşadığım şu tatsızlıklar olmasaydı," dedi kısık bir sesle. "Evet, sabah yaşadıklarını anlayabiliyorum," diye karşılık verdi Kai ve eğilerek arkadaşının yerde, sıranın hemen yanında duran şapkası ve montunu aldı ve sessizce koridora götürdü.

Yeniden içeri girdikten sonra, "O zaman şu 'Başkalaşma' şiirini çok iyi ezberleyememişsindir, öyle değil mi?" diye sordu.

Hanno, "Hayır," dedi.

"Peki, coğrafya sınavına hazırlanabildin mi?"

"Hiçbir şeye hazır değilim, hiçbir şeye hazırlanamadım," dedi Hanno.

"Öyleyse kimya ve İngilizceye de hazır değilsin! Güzel! Biz seninle iki can dostuyuz ve silah arkadaşıyız!" Kai çok rahatlamıştı. "Ben de aynen senin durumundayım," dedi neşeyle. "Ertesi gün nasıl olsa pazar diye cumartesi akşamı hiç çalışmadım, pazar günü de çalışmadım, herhalde aptallığımdan olsa gerek... ama saçma... yapacağım çok daha önemli bir işim vardı hiç kuşkusuz," dedi birden ciddileşerek, yüzünde hafif bir kızarıklık belirdi. "Evet Hanno, görünüşe bakılırsa, bugün epeyce eğlenceli geçecek."

"Bir uyarı daha alırsam," dedi küçük Johann, "o zaman yüzde yüz sınıfta kalırım, Latinceye kalkacak olursam uyarı alacağımdan çok eminim. Bugün sıra soyadları B harfiyle başlayanlarda Kai. Bunu değiştirmek bizim elimizde değil..."

"Bekleyelim, görelim! Şöyle demişti Caesar: 'Tehlikeler bana hep arkadan geldi, ama Caesar'ın alnını görecek olurlarsa...'" Fakat Kai bu edebî konuşmasını bitirememişti. Onun da içine kurt düşmüştü. Kürsüye gitti, kolçaklı sandalyeye oturdu ve asık bir suratla düşünceli düşünceli sandalyeyi sallamaya başladı. Hanno Buddenbrook yüzünü hâlâ sıranın üstünde koyduğu ellerinin üstünde tutuyordu. İki arkadaş hiç konuşmadan bir süre böyle karşı karşıya oturdular.

Birden uzaklarda bir yerde boğuk bir ses duyuldu ve ses hızla bir gürültüye dönüştü ve gürültü yarım dakika içinde daha da artarak onlara doğru yaklaştı...

"Millet geliyor," dedi Kai öfkeyle. "Ey Tanrım, ne çabuk bitirdiler sabah duasını! Dersten bir on dakika bile gitmedi..."

Kürsüden kalktı ve gelenlerin arasına karışmak için kapıya gitti. Hanno'ya gelince, bir an başını kaldırıp çevresine baktı, sonra ağzını buruşturdu ve yerinden hiç kımıldamadı.

Koridorlarda sürüklene sürüklene ve ayaklarını yere vurarak gelenler, birbirine karışan erkek sesleri, hep bir ağızdan söylenen şarkılardan oluşan bir gürültü seli merdivenden yukarı taşarak koridorlara aktı ve bu yaşam, hareket ve şamata seli bir anda sınıfa girdi. Hanno'nun ve Kai'ın arkadaşları olan yirmi beş kadar ortaokul ikinci sınıf öğrencisi, elleri pantolonlarının cebinde ya da kollarını sallayarak yerlerine oturdular ve İncillerini açtılar. İyi görünümlü, sağlıklı ve ne istediklerini bilen yüzler de vardı aralarında, ileride tüccar olmak ya da kaptan olup engin denizlere açılarak kaygısız bir hayat sürmeyi düşünen uzun boylu ve güçlü kuvvetli haylazlar da... yaşlarının üstünde bir çaba gösterip ezber derslerde parlak bir başarı gösteren küçükler de. Fakat sınıf birincisi Adolf Todtenhaupt her şeyi biliyordu, okul yaşamı boyunca hiçbir soruyu yanıtsız bırakmış değildi. Bu onun kısmen sessiz ve hırslı çalışmasının sonucu olduğu kadar, kısmen de öğretmenlerinin ona bilemeyeceği soruları yöneltmekten kaçınmalarındandı bekli de. Adolf Todtenhaupt'un bir soruyu bilmemesi, öğretmenlerini kahreder ve çok utandırırdı, insanoğlunun kusursuzluğuna olan inançlarını derinden sarsardı... Sarı saçları, yapıştırılmış gibi dümdüz duran tuhaf bir başı, etrafı koyu halkalı gri gözleri, fırçalanmış temiz ceketinin kısacık kollarından dışarıya çıkan uzun ve esmer elleri vardı Adolf Todtenhaupt'un. Usul usul gelip Hanno Buddenbrook'un yanına oturdu, kibar ve biraz da sinsi bir gülümseyişle iyi sabahlar diledikten sonra, sözcükleri pervasızca değiştirerek argo bir dille konuşmaya çalışıyordu. Çevresindeki herkes yarı yüksek sesle birbirleriyle sohbet ederken, esneyip gülerek derse hazırlanırken Todtenhaupt yazı kalemini incecik parmaklarının arasında son derece düzgün tutarak ve hiç konuşmadan sınıf defterine bir şeyler yazmaya başladı.

İki dakika sonra dışarıdan ayak sesleri duyuldu, ön sıralarda oturan öğrenciler ağır ağır ve zorla yerlerinden kalktılar, arkalarda oturanların bazıları da onlara uydu, ancak hiç istiflerini bozmayıp Başöğretmen Ballerstedt'in sınıfa girip şapkasını astığını ve kürsünün önüne geldiğini görmezden gelenler de oldu.

Herr Ballerstedt kırk yaşlarında sevimli ve hafif göbekli biriydi. Saçları neredeyse bütünüyle dökülmüştü, kızıl sarı ve kısa kesilmiş top sakalı, pembe teni ve ıslak dudaklarının çevresinde masumiyet ve şehvet karışımı bir ifade vardı.

Not defterini eline aldı ve sessizce sayfaları çevirmeye başladı. Fakat sınıfta gürültü bir türlü kesilmeyince başını kaldırdı, kolunu kürsünün üstüne dayadı ve güçsüz ve beyaz yumruğunu birkaç kez masaya sert sert vurdu, bu sırada dudaklarını yarım dakika boyunca güçlükle kımıldatarak kısık bir sesle, "Şimdi..." diyebildi, yüzü kıpkırmızı olmuştu, öyle ki kızıl sarı sakalı açık sarı renge bürünmüş gibi görünüyordu. Sonra gevezelik edenleri paylamak için bir süre daha başka şeyler söyledi ve sonunda yine not defterine yöneldi, yelkenlerini indirdi ve sustu. Başöğretmen Ballerstedt'in yapısı ve davranış biçimi böyleydi.

Önceleri rahip olmak istemişti, fakat kekemeliği ve dünya zevklerine düşkünlüğü yüzünden pedagojiyi seçmişti. Bekârdı, azımsanmayacak bir serveti vardı, parmağında küçük bir pırlanta yüzük taşıyordu ve yemekten ve içmekten pek hoşlanıyordu. Meslektaşlarıyla ancak görevi gereği bir arada bulunuyor, ama daha çok kentin bekâr tüccarları ve garnizonda görevli subaylarla birlikte günde iki defa birinci sınıf bir lokantada yemek yiyor ve kulübe gidiyordu. Biraz daha büyük öğrencilere gecenin ikisinde ya da üçünde şehrin herhangi bir sokağında rastlayınca hemen sesini yükseltir, "İyi günler," der ve durumu hem kendisi hem de öğrenciler için geçiştirmiş olurdu... Hanno Buddenbrook ondan hiç korkmuyordu ve o da Hanno'yu hiç derse kaldırıp soru sormazdı ona, çünkü Başöğretmen Ballerstedt, Hanno'nun amcası Christian'la içli dışlıydı, hemen her yerde sıkça birlikte oluyorlardı, görevi yüzünden yeğeniyle aralarında bir tatsızlık olsun istemezdi...

"Evet, eveet..." dedi Başöğretmen yeniden, sınıfı şöyle bir gözden geçirdi, pırlanta yüzüklü elini hafifçe sıkıp salladı ve not defterine bir göz attıktan sonra, "Perlemann, konuyu özetle," dedi.

Sınıfta, kenarlarda bir yerlerde oturan Perlemann

ayağa kalktı. Kalktığı pek fark edilmemişti. Kısa boylu ve çalışkan öğrencilerden biriydi Perlemann. "Konunun özeti," diye başladı sessizce ve saygıyla, bu arada ürkek ürkek gülümseyerek başını ileriye uzatıyordu. "Eyüp Peygamber kitabı üç bölümden oluşmaktadır. Birinci bölümde Eyüp Peygamber'in Tanrı tarafından binbir türlü eziyet ve işkenceyle cezalandırılmasından önceki durumu konu ediliyor. Bu bölüm birden altıya kadar dizeden oluşuyor. İkinci bölümde işkence ve varılan sonuç anlatılıyor. Üçüncü bölümde ise..."

Perlemann'ın soruyu böylesine istekli yanıtlamasından çok duygulanmış olan Herr Ballerstedt, "Doğru, çok doğru anlattın, bu kadar yeter, Perlemann," diye sözlerini kesti ve not defterine yüksek bir not attıktan sonra, "Heinricy, şimdi de siz devam edin," dedi.

Heinricy, hiçbir şeyle ilgilenmeyen o uzun boylu haylazlardan biriydi. İkide bir açıp kapadığı sustalı çakısını pantolonunun cebine koyup gürültüyle ayağa kalktı, altdudağını sarkıttı ve kalın bir erkek sesiyle öksürdü. Yumuşak başlı bir çocuk olan Perlemann'ın yerine onun derse kaldırılmasına hepsinin canı sıkılmıştı. Cızırdayarak yanan gaz lambalarının altında iyice ısınmış olan sınıfta öğrenciler yarı uyku halinde derin düşüncelere ve hayallere dalmışlardı. Hepsi de pazar yorgunuydu, sıcacık yataklarından istemeye istemeye kalkmışlar, sabahın buz gibi sisli havasında oflayıp puflayarak ve dişlerini gıcırdatarak yola koyulmuşlardı. Kısa boylu Perlemann'ın ders boyunca ninni söyler gibi anlatmasını tercih ederlerdi, ama şimdi Heinricy'nin tatsızlık çıkaracağına kuşku yoktu...

Heinricy kaba bir sesle, "Siz bu konuyu işlerken ben sınıfta yoktum," dedi.

Herr Ballerstedt şöyle bir gerildi, yumruğunu hafifçe sıkıp salladı, dudaklarını kıpırdattı ve kaşlarını çatarak genç Heinricy'nin yüzüne sert sert baktı. Sinirinden tirtir titreyerek ve kıpkırmızı olmuş suratıyla, "Demek öyle..." diyebildi, dili çözülmüş ve oyun kazanılmıştı. Çabuk çabuk hareketlerle ve akıcı bir konuşmayla, "Sizden hiçbir zaman bir şey beklenmez," diye devam etti, "her zaman bir özrünüz vardır zaten, Heinricy. Geçen defa hasta olup gelemediyseniz, aradan geçen günlerde işlenilen konuları sorup öğrenebilirdiniz. Birinci bölüm işkenceden önceki durumu, ikinci bölüm de işkenceyi anlattığına göre, üçüncü bölümde felaketlerden sonraki durumunu anlatıyor, bunu parmaklarınızı sayarak da söyleyebilirdiniz. Ama siz kendinizi hiç derse vermiyorsunuz ki! Sadece tembel bir öğrenci olmakla kalmıyorsunuz, aynı zamanda zayıf yanınızı iyi gösterip kendinizi savunmaya çalışıyorsunuz. Ancak bu durum böyle devam ettiği sürece, notlarınızda bir düzelme olacağını hiç beklemeyin, bunu aklınızdan hiç çıkarmayın, Heinricy. Hadi şimdi oturun yerinize. Wasservogel, siz devam edin."

Kalın kafalı ve inatçı bir çocuk olan Heinricy, gürültüyle yerine oturdu, sıra arkadaşının kulağına eğilip terbiyesizce bir şeyler fısıldadı ve sustalı çakısını yeniden çıkardı cebinden. Öğrenci Wasservogel ayağa kalktı; gözleri çapaklı, kalkık burunlu, kepçe kulaklı ve tırnaklarını yiyen bir çocuktu. Yumuşak ve ezik bir sesle "konuyu" sonuna kadar anlattı ve Eyüp Peygamber'in Uz Ülkesi'nde başına gelenleri anlatmaya başladı. Önündeki sırada oturan çocuğun arkasına gizlediği Eski Ahit'i açmış ve son derece masum bir şekilde ve kendisini bütünüyle derse vermiş yüz ifadesiyle okuyordu; bakışlarını duvardaki bir noktaya yöneltiyor ve kitaptan sessizce okuduklarını arada bir duraklayıp keh keh öksürerek sefil bir Almancaya aktarıyordu... Çok çirkin bir çocuktu, fakat Herr Ballerstedt dersine iyi çalıştığı için onu çok övdü. Bütün öğretmenler Wasservogel adlı bu çocuğu pek seviyorlardı; ona, kendilerine ve öteki öğrencilere çirkinliğinden dolayı haksızlık yapmadıklarını göstermek için sürekli başarılarını övüyorlardı...

Din dersi devam ediyordu. Daha başka çocuklar da kaldırıldı derse, Eyüp Peygamber'in Uz Ülkesi'nde yaşadığı felaketler ve çektiği acılarla ilgili öğrendiklerini bir bir anlattılar. Büyük felaketler yaşamış olan büyük tüccar Kassbaum'un oğlu Gottlieb Kassbaum, sarsılmış ve saygınlığını yitirmiş ailesine rağmen yine de çok parlak bir not aldı, çünkü Eyüp Peygamber'in yedi bin baş koyunu, üç bin devesi, beş yüz çift öküzü, beş yüz eşeği ve pek çok kölesi olduğunu tamı tamına söylemişti.

Daha sonra İnciller açıldı, bazıları daha önceden açmışlardı ve hep birlikte okumaya başladılar. Herr Ballerstedt'in açıklama yapması gereken bir yere gelince, din dersi öğretmeni kendisini yine şöyle bir şişirdi ve, "Şimdi..." dedi ve her zaman yaptığı şeyleri yine yaptıktan sonra, anlaşılmayan o nokta üzerine ahlak kurallarıyla ilgili düşüncelerini de içeren genel bir konuşma yaptı. Hiç kimse onu dinlemiyordu. Sessizlik ve uyuşukluk hâkimdi bütün sınıfta. Sürekli yanan kaloriferler ve gaz lambaları içerinin sıcaklığını artırmıştı ve yirmi beş öğrencinin soluğu ve ter kokusu havayı iyice ağırlaştırmıştı. Sıcaklık, yanan gaz lambalarının tatlı cızırtısı ve kitaplarını okuyan öğrencilerin tekdüze sesleri, bu sıkılmış beyinleri iyice uyuşturuyor ve karmakarışık bir düşler alemine götürüyordu. Küçük Kont Kai Mölln, İncil'den başka Edgar Allan Poe'nun *Olağandışı Öyküler ve Gizemli Olaylar* adlı kitabını da açmış, başını o pek de temiz olmayan soylu eline yaslamış okuyordu. Hanno Buddenbrook yorgun ve bitkin bir halde geriye yaslanmış, gücünü kaybetmiş ağzı ve bulanık gözleriyle Eyüp Kitabı'na bakıyor, satırları ve harfleri bir karartı halinde görüyordu. "Gral" motifini ve Münster Kapısı'nı düşündükçe, yavaşça gözkapaklarını indiriyor ve için için ağladığını hissediyordu.

Bu huzurlu ve her türlü tehlikeden uzak sabah dersi hiç bitmesin diye bütün kalbiyle dua ediyordu.

Ancak eşyanın tabiatına uygun olarak ders yine de bitti ve okul hademesinin çaldığı çanın kulakları sağır eden sesi bütün koridorlarda yankılanarak bu yirmi beş gencin beyni, o tatlı düşler dünyasından zorla uzaklaştırdı.

Herr Ballerstedt, "Bugünlük bu kadar!" dedi ve adını yazmak ve dersi yaptığını belgelemek için öğrencilerden sınıf defterini getirmelerini istedi.

Hanno Buddenbrook önündeki İncil'i kapattı, titreyerek ve sinirli sinirli esneyerek ellerini kollarını gerdi. Fakat kollarını iki yana bırakıp vücut yorgunluğunu bütünüyle üstünden atmak isteyince, bir an için yavaşlayan ve duracak gibi olan kalp atışlarını hızlandırmak için çabuk çabuk ve kendisini zorlayarak soluk alıp verdi. Şimdi sıra Latince dersindeydi... Dersin bittiğinin farkına bile varmayan ve hâlâ Poe'nun kitabını okuyan arkadaşı Kai'ın yüzüne umutsuzca baktı, mermer gibi damarları olan karton kaplı Latince kitabını çantasından çıkardı ve bugün için işlenilmesi gereken sayfayı açtı... Hayır, altları kurşunkalemle dümdüz çizilmiş ve beşer beşer numaralanmış, okunması ve anlaşılması zor bu kara satırların içeriğini bilmesi mümkün değildi. Bir tek satırı bile ezbere okumak şöyle dursun, anlamlarını da bilmiyordu. Bunu izleyen ve bugün için hazırlanılması gereken öteki satırların da tek bir cümlesini bile anlayabilmiş değildi.

Hanno, yanında oturmuş, sınıf defterine bir şeyler yazan Adolf Todtenhaupt'a dönerek umutsuzca bir sesle, "Ne demek bu *deciderant, patula Jovis arbore, glandes?*"[1] diye sordu. Ah, "Hepsi birbirinden saçma! İnsana eziyet etmek için yazmışlar..."

1. (Lat.) "Palamutlar düşerdi büyük Jupiter ağaçlarından." Ovidius, *Dönüşümler*, 1:106, çev. İsmet Zeki Eyüboğlu, Payel Yayınları, İstanbul, 1994. (Y.N.)

"Ne?" dedi Todtenhaupt ve yazmaya devam etti... "Jüpiter ağacının palamutları... meşe ağacı... doğrusu ben de pek bilmiyorum..."

Hanno, "Sıra bana gelirse, ne olur biraz yardım et!" diye yalvardı ve kitabı öteye itti. Sınıf birincisinin umursamaz bir tavırla ve soğuk bakışlarla başını salladığını görünce yana doğru kaydı ve sıradan kalktı.

Durum değişmişti. Herr Ballerstedt sınıftan çıkmıştı. Onun yerine şimdi bir başkası oturuyordu kürsüde, kırmızı boynu daracık gömleğinin yakasından ip gibi dışarıya taşmış, seyrek beyaz sakallı, cılız ve beyaz kıllı ellerinden biriyle silindir şapkasını baş aşağıya tutmuş kısa boylu, çok zayıf ve içi geçmiş bir adam, kollarını germiş, dimdik oturuyordu karşılarında. Öğrenciler ona "Örümcek" adını takmıştı, ama gerçek adı Profesör Hückopp'tu. Verilen arada koridoru denetleme görevi ona verilmiş olduğundan sınıflara da bakması gerekiyordu... "Lambaları söndürün! Perdeleri açın!" dedi, bunu söylerken sesine mümkün olduğu kadar çok güç veriyor ve büyük bir çabayla kolunu havaya kaldırıp döndürüyordu... "Herkes aşağıya, temiz havaya, hadi bir daha söyletmeyin bana!"

Işıklar söndürüldü, perdeler hızla açıldı, solgun gün ışığı odayı doldurdu. Buz gibi sisli hava geniş pencerelerden içeri girdi, bu sırada ortaokul ikinci sınıf öğrencileri Profesör Hückopp'un önünden geçerek kapıdan dışarı çıktılar. Yalnızca sınıf birincisinin içeride kalmasına izin vardı.

Hanno ve Kai kapıda buluştular, pırıl pırıl merdivenden yan yana indiler ve sessiz holden geçtiler. İkisi de susuyordu. Hanno çok perişan görünüyordu, Kai da düşüncelere dalmıştı. Büyük avluya vardıktan sonra kırmızı renkli ıslak fayansların üstünde, güruh halinde dışarıya çıkmış olan her yaştan sınıf arkadaşlarının arasında bir aşağıya bir yukarı dolaşmaya başladılar. Kızıl, sivri sakallı gençten bir öğretmen sağlıyordu denetimi burada. Şık giyimli bir öğretmendi. Adı Doktor Goldener'di, Mecklenburg'lu ve Holsteinli zengin ve soylu çiftlik sahiplerinin oğullarının kaldığı bir pansiyonu vardı. Kendisine emanet edilen bu soylu gençlerin etkisinde kalarak meslektaşları arasında alışılmışın dışında bir giyim tarzı benimsemişti. Renkli ipek kravat takıyor, modaya uygun kısa bir ceket, paçalarından ipler sarkan parlak renkli pantolonlar giyiyor ve kenarları sırma şeritli kolonyalı mendiller taşıyordu. Mütevazı bir aile çocuğu olarak böyle gösterişli giysiler ona hiç yakışmıyordu. Örneğin o kocaman ve kaba saba ayakları, sivri burunlu ve düğmeli çizmelerinin içinde pek gülünç görünüyordu. Sürekli birbirine sürttüğü, parmaklarını birbirine geçirdiği ve gülümseyerek seyrettiği kaba ve kırmızı ellerini nedense pek beğeniyordu. Başını hafifçe eğerek geriye atıyor, gözlerini kırpıştırıp burnunu kırıştırarak ve yarıaçık ağzıyla, "Yine ne oldu?" demek ister gibi bakıyordu karşısındakinin yüzüne... Ama yine de kibar bir insandı, okulun avlusunda cereyan eden yasak pek çok olayı görmezden geliyordu. Son anda biraz daha çalışmak için yanında bir kitapla aşağıya inmiş bir öğrenciyle karşılaşınca, görmemiş gibi davranıyor ve ondan uzaklaşıyordu, yatılı öğrencilerin kapıcı Herr Schlemiel'in eline para tutuşturup pasta aldırdıklarını, güreş tutan iki öğrenci arasındaki güç gösterisinin kavgaya dönüşmesini, çevrelerini saran sözde bilirkişileri ya da arkadaşlığa yakışmayan davranışta bulunanları yakalayıp zorla tulumbanın altına tutarak ıslattıklarını ve rezil ettiklerini de görmezden geliyordu...

Kai ve Hanno'nun zaman zaman birlikte dolaştığı arkadaşları biraz fazla gözü pek, kabadayı ve hoyrat çocuklardı. Savaş kazanmış ve gençleşmiş bir ülkede büyümüş bu gençlerde kabadayıca davranışlar ve şiddete yönelme erkeklikten sayılıyordu. Teknik deyimlerin sıkça kullanıldığı, aşırı samimi ve aynı zamanda da pek kibar bir argo dille konuşuyorlardı. İçki ve sigara içmeye, beden gücüne ve jimnastik yapabilme başarısına çok değer veriliyordu. Pısırıklar ve kendini beğenmiş hanım evladı çocuklar ağır eleştirilere uğruyor ve horlanıyordu. Kalkık yakalı ceketle dolaşırken gördüklerini, yakaladıkları gibi tulumbanın altına tutup ıslatıyorlardı. Sokakta elinde bastonla dolaşanlar da zorla jimnastik salonuna götürülüyor ve herkesin gözü önünde küfür ve sopayla karışık bir eğitimden geçiriliyordu...

Hanno ve Kai'ın birbirleriyle konuştukları şeyler, okul avlusunun ıslak ve soğuk havasını dolduran gürültü karmaşası arasında biraz yabancı ve tuhaf kaçıyordu. İki arkadaşın arasındaki bu dostluk okulda uzunca bir süredir biliniyordu. Bunun arkasında bir bityeniği arayan ve bunu bir başkaldırma sanan öğretmenler, onların birlikteliğine istemeye istemeye göz yumuyorlardı. Bu iki arkadaşın kişiliklerini çözemeyen okul öğrencileri de, bu dostluk ilişkisine nefretle bakmışlar ve onları biraz tuhaf yaratıklar olarak gördükleri için kendi hallerine bırakmışlardı... Kont Kai Mölln, hoyratlığıyla ve söz dinlemez davranışlarıyla arkadaşları arasında yine de belli bir saygı uyandırıyordu; Hanno Buddenbrook'a gelince, bütün çocukları döven uzun boylu Heinricy bile, pısırıklığından ve çıtkırıldımlığından dolayı ona el kaldırmaya karar veremedi, onun yumuşacık saçlarından, zarif vücut yapısından, ürkek, soğuk ve üzgün üzgün bakışlarından her nedense korkuyordu...

Avlunun yan duvarının dibine dikilip, arkasını duvara yaslayan Hanno, titreyip esneyerek ceketine sıkı sıkı sarılırken, "Kai, çok korkuyorum," dedi... "İçimde müthiş bir korku var, bütün bedenim zangır zangır titriyor. Öğretmen Herr Mantelsack korkulacak bir adam mı gerçekten? Söylesene Kai! Şu lanet olası Latince dersi bir bitse! Alacağım uyarı sınıf defterine yazılsa, sınıfta kalsam ve bu işkenceden bir kurtulsam! 'Bundan' korkmuyorum, ancak bunun yol açacağı rezaletten korkuyorum..."

Kai yeniden düşüncelere daldı. "Bu Roderich Usher figürü bugüne kadar yaratılanların en ilginci!" dedi birden ve çabuk çabuk. "Bütün ders onu okudum... Günün birinde ben de böyle güzel bir öykü yazabilsem keşke!"

Küçük Kont Kai Mölln, öykü yazma denemeleri yapıyordu. Bu sabah "okul ödevini yapmaktan daha önemli işlerim var" derken, bunu kastettiğini anlamıştı Hanno. Küçük bir çocuk olarak onda uyanan öykü anlatma merakı, yazarlık denemelerini geliştirmiş ve kısa zaman önce de ilk meyvesini vermişti. Kai bir masal yazmıştı, her şeyin kızıl bir parıltı halinde yandığı, metal ve gizemli korlar halinde yerin derinliklerindeki kutsal atölyelerde ve insan ruhunun derinliklerinde geçen, içinde doğanın ve insan ruhunun karşı konulmaz gücünün tuhaf bir şekilde birbirine karıştığı, altüst olduğu, değiştirildiği ve arındığı fantastik bir serüvendi yazdığı; öykü, coşkulu, anlamlı, biraz abartılı, özlem ve tutku dolu bir dille yazılmıştı...

Hanno bu öyküyü tanıyordu ve çok seviyordu. Ama şu anda Kai'ın çalışmalarından ya da Edgar Allan Poe'dan konuşacak halde değildi. Yeniden esnedi ve geçenlerde piyanoda bestelediği bir parçayı mırıldanarak derin derin iç çekti. O bunu hep yapıyordu. Düzenli çalışmayan kalbini biraz güçlendirmek için sık sık içini çeker ve derin derin soluk alırdı. Bunu yaparken de kendi bestelediği ya da başkasına ait bir parçayı mırıldanmak onda bir alışkanlık haline gelmişti...

"Bak işte geliyor şu bizim Sevgili Tanrı!" dedi Kai. "Bahçesinde dolaşıyor."

Hanno, "Sevimli bir bahçe," dedi ve kahkahalarla güldü. Sinirli sinirli gülüyor ve gülüşünü tutamıyordu, mendilini çıkarıp ağzına tuttu ve Kai'ın "Sevgili Tanrı" dediği öğretmene baktı.

O, Okul Müdürü Wulicke'ydi ve avluya çıkmıştı: Oldukça uzun boylu bir adamdı. Başında geniş kenarlı siyah şapkası, kısa top sakalı ve ileriye çıkık bir göğsü vardı. Kısa pantolon giymişti ve huni biçimli kirli kolluklar takmıştı. Öfkeden acı çeker gibi görünen bir yüz ifadesiyle fayansların üzerinde çabuk çabuk yürürken kollarıyla da tulumbayı işaret ediyordu, su boşa akıyor diye. Bir grup öğrenci ondan önce davranıp koşarak tulumbayı kapattı ve suyun akışını durdurdu. Fakat uzunca bir süre orada kaldılar ve şaşkın bakışlarla tulumbayı ve kıpkırmızı bir suratla koşup gelen Doktor Goldener'e bakan, genizden gelen boğuk ve heyecanlı bir sesle ona bir şeyler söyleyen Müdür'ü seyrediyorlardı. Müdür Wulicke, anlaşılmaz bir dudak sesiyle homurdanır gibi konuşuyordu...

Wulicke adındaki bu Müdür çok korkunç bir adamdı. Hanno'nun babasının ve amcasının öğrencilikleri sırasında müdürlük yapmış ve 1871 yılında ölmüş olan neşeli ve sevecen eski müdürün yerine gelmişti. O tarihte bir Prusya lisesinde öğretmen olan Doktor Wulicke'nin atanmasıyla birlikte bu eski okula yeni ve değişik bir ruh gelmişti. O yılların anlayışına göre klasik eğitim daha çok bir dinlenme, gününü gün edip idealleri yok sayma anlamına gelen neşeli bir amaç olarak icra edilirken şimdi ise otorite, sorumluluk bilinci, iktidar, görev aşkı ve kariyer gibi kavramlar büyük önem kazanmıştı. Müdür Wulicke'nin her konuşmasında öğrencilere tehditkâr bir biçimde söylediği gibi, "büyük felsefecimiz Kant'ın koşulsuz buyruğu"ydu bayrağı taşımak. Okul, devlet içinde devlet olmuştu ve o katı Prusya yönetim anlayışı her şeye öyle egemen olmuştu ki, yalnızca öğretmenler değil, aynı zamanda öğrenciler de kendilerini memur gibi hissediyorlardı. Düşündükleri tek şey, kariyerlerinde ilerlemekti ve bu da yöneticilerin gözüne girmekten geçiyordu... Yeni müdürün göreve başlamasıyla birlikte okul binasının sağlık ve estetik bakımdan onarılmasına ve yenilenmesine başlandı ve her şey hızla ve başarıyla bitirildi. Yeni dönemin lüksünün olmadığı, fakat hoşgörü, ruh, neşe, iyi yüreklilik ve güler yüzlülüğün hâkim olduğu eski sınıflar ve koridorlar daha sevimli, daha etkileyici değil miydi, sorusu dolaşıyordu kafalarda...

Müdür Wulicke'nin kişisel özelliklerine gelince, ruhsal yapısı anlaşılmaz, dışa kapalı, inatçı, kıskanç ve katlanılması çok zor bir Eski Ahit Tanrısı'ydı. Kızarken olduğu gibi, gülümserken de korkunç bir anlatım vardı yüzünde. Sahip olduğu o son derece büyük güç onu müthiş kaprisli, ne yapacağı kestirilemeyen, anlaşılması zor bir adam yapmıştı. Espriler yapmayı ve şakalaşmayı seviyordu, ama yaptığı esprilere gülenlere müthiş kızıyordu. Korkularından karşısında tirtir titreyen öğrenciler ona karşı nasıl davranılması konusunda ne yapacaklarını bilemiyorlar ve şaşırıp kalıyorlardı. Ona istemeyerek de olsa saygı göstermekten ve gazabına uğrayan birini yüce adaletiyle yargılayıp parça parça etmemesi için alçakgönüllülükle yaklaşmaktan başka bir şey kalmıyordu geride...

Kai'ın ona takmış olduğu adı, sadece kendisi ve Hanno Buddenbrook kullanıyordu, bu adı arkadaşlarının yanında söylemekten kaçınıyorlardı, özellikle de çok iyi tanıdıkları o donuk ve hoşgörüsüz soğuk bakışlının yanında... Bu iki çocuğun yaşıtlarıyla anlaştıkları hiçbir konu yoktu aslında. Ötekilerin tatmin olduğu öç alma ve karşı koyma biçimlerine de yabancıydılar, alay etmek için onların öğretmenlere taktıkları adlardan nefret ediyorlardı, çünkü alay olsun diye taktıkları bu adlar onları eğlendirmek şöyle dursun, gülümsetmiyordu bile. İnce yapılı Profesör Hückopp'a "Örümcek" ve Başöğretmen Ballerstedt'e "Papağan" adlarını takmalarını pek basit, soğuk ve her türlü espriden uzak buluyorlardı, bu aptalca adlandırmalarla akıllarınca öğretmenleri devlet hizmetinin yüklediği ağır sorumluluktan kurtarma girişiminde bulunuyorlardı! Evet, küçük Kont Kai Mölln biraz fazla iğneleyiciydi! Kendisi için de Hanno için de bir âdet geliştirmişti: Öğretmenlerin gerçek adlarının önüne bir "Herr" sözcüğü ekliyor ve onlara "Herr Ballerstedt", "Herr Mantelsack", "Herr Hückopp" diye hitap ediyordu... Böylesi bir hitapla öğretmenleri hem küçük düşürüyorlar hem de öğretmenlerle aralarına bir soğukluk ve mesafe koyarak kendilerini onlara karşı yabancılaştırıyorlardı... Hocalarından söz ederken, "Öğretmenler" diyorlar ve ders aralarında birbirleriyle konuşurken onların olağanüstü birer yaratık, iğrenç kişilikler ve bir çeşit canavar olduklarını söyleyip kendilerince eğleniyorlardı. İçinde eğitim gördükleri okuldan öyle bir vurguyla söz ediyorlardı ki, sanki kendi okullarından değil de, Hanno'nun amcası Christian'ın yattığı akıl hastanesinden konuşuyorlardı...

"Sevgili Tanrı"nın başını her tarafa çevirerek fayansların üstüne rastgele atılmış tereyağlı ekmek kâğıtlarını işaret edip müthiş bir öfkeyle bağırıp çağırması ve herkesin korkudan tirtir titremesi küçük Kai'ı pek keyiflendirmişti. Hanno'nun kolundan tutup ikinci derse çıkan öğretmenlerin geçtikleri kapılardan birine götürdü ve arkadaki avludan yukarıya çıkmakta olan altıncı ve yedinci sınıf arkadaşlarının yanına gitmekte olan kırmızı gözlü, solgun yüzlü ve yoksul stajyer öğretmenlerin önlerinde yerlere kadar eğilerek selam verdi. Çok fazla eğildi, kollarını yana bıraktı ve aşağıdan yukarıya doğru büyük bir saygıyla zavallı öğretmen adaylarının yüzüne baktı. Fakat saçlarına ak düşmüş matematik öğretmeni Herr Tietge, titreyen eliyle birkaç kitabı böğründe tutmuş, korkunç bir biçimde şaşı şaşı bakarak, iki büklüm olmuş haliyle ve sapsarı yüzüyle ağzından salyalar akarak oradan geçerken gür bir sesle, "İyi günler, canlı cenaze!" dedi ve bakışlarını başka yöne çevirerek havayı kokladı...

Tam bu sırada okulun zili acı acı çalmaya başladı, dört bir yandan koşarak gelen öğrenciler hemen girişe hücum ettiler. Ancak Hanno'nun gülmesi henüz geçmemişti. Merdiven başında durmuş, öyle gülüyordu ki, kendisinin ve Kai'ın çevresini saran arkadaşları onun yüzüne tuhaf tuhaf ve hatta biraz da bu ne budalalık diye öfkeyle baktılar...

Sınıf çok sessizdi. Başöğretmen Doktor Mantelsack içeri girince, herkes ayağa kalktı. Çünkü o sınıf öğretmeniydi ve sınıf öğretmenlerine saygı göstermek bir gelenekti. Herr Mantelsack hafifçe eğilerek arkasından kapıyı kapattı, boynunu uzatıp herkes ayağa kalkmış mı diye baktı. Şapkasını çengele astıktan sonra hızla kürsüye yürüdü, yürürken başını bir kaldırıyor bir indiriyordu. Sandalyesine oturdu ve kocaman bir mühür yüzüğü taktığı işaretparmağını ceketinin yakası ve boynu arasında dolaştırarak bir süre pencereden dışarı baktı. Orta boylu ve kıvırcık Jüpiter sakallı bir adamdı, iyice seyrelmiş saçlarına ak düşmüştü. Safir mavisi miyop gözleri, kalın gözlük camlarının arkasında pırıl pırıl parlıyordu. Kısa parmaklı ve kırış kırış ellerini ikide bir üzerinde dolaştırdığı yumuşak ve gri kumaştan yapılmış önü açık bir redingot giymişti. Pantolonu, şık giyinmeye düşkün Doktor Goldener'den başka bütün öğretmenlerde olduğu gibi kısa paçalıydı ve altından mermer gibi silinip parlatılmış geniş çizmelerinin konçları görünüyordu.

Başöğretmen Doktor Mantelsack birden başını pencereden çekti, sessizce yerinde oturan sınıfa bakıp hafifçe içini çekerek, "Evet, eveet!" dedi ve gülümsedi. Keyfi pek yerindeydi. Bu, onun bakışlarından açıkça belli oluyordu. Sınıfta bir rahatlama hissedildi. Çünkü her şey Doktor

Mantelsack'ın keyfinin yerinde olmasına bağlıydı, onun keyfinin yerinde olması sınıf için çok önemliydi, zira o ruh haline göre hareket eder ve davranışlarında kendisini hiç dizginleyemezdi. Kendine özgü acımasız davranışlarıyla herkese haksızlık yapan bir insandı. Birine karşı gösterdiği güler yüz, mutluluk gibi hoş, ama gelip geçiciydi. Sınıfta her zaman birkaç gözdesi olurdu ve onlara isimleriyle ve "sen" diye seslenir ve kendilerini Cennet'teymiş gibi mutlu hissettirirdi. Bu öğrenciler nedense akıllarına gelen her şeyi söylerlerdi ve söyledikleri her şey doğru kabul edilirdi. Doktor Mantelsack dersten sonra onlarla bir araya gelir ve son derece dostça sohbet ederdi. Ama bir gün gelir, örneğin sömestr tatilinden sonra bir gün – nedenini Tanrı bilir– bu çok sevdiği öğrencilere öyle saldırırdı ki hepsini yerden yere vurup bir kenara atıverirdi. Sonra bir başka öğrenciyi kaldırırdı adıyla çağırarak... Bu şanslı öğrencinin kâğıdındaki yanlışları kibar bir tavırla tek tek düzeltir, çalışması eksik de olsa, yine de başarılı bulurdu. Fakat başkalarının kâğıtlarını ise suratını asarak inceler ve yanlışların altını kırmızıkalemle baştan aşağı öyle çizerdi ki kâğıtlar ürkütücü ve zavallı bir görünüm kazanırdı. Yanlışları tek tek sayarak değil, kırmızı kalemle çizilen satırların çokluğuna göre not verdiği için gözde öğrencileri bu işten her zaman daha yararlı çıkarlardı. Bu yöntemi uygularken hiçbir şey düşünmez, tam tersine onu son derece uygun bulur ve taraflı davrandığını düşünmezdi. Öğrencilerden biri cesaretini toplayıp buna itiraz etmeye kalkışsa, kendisine adıyla ve "sen" diye hitap etme şansını yitirirdi. İşte bu yüzden hiç kimse umudunu kaybetmek istemiyordu...

Doktor Mantelsack kürsünün önünde ayakta durmuş, bir bacağını diğerinin üzerine yaslamış bir halde not defterini karıştırıyordu. Hanno Buddenbrook, oturduğu yerde öne doğru eğilmiş ve korkusundan elleriyle sıraya sıkı sıkı sarılmıştı. B harfi, alfabenin B harfi sıradaydı! Az sonra kendi adı okunacak, derse kalkacak ve tek kelime bilmeyecek ve herkesin önünde rezil olacaktı, sınıf öğretmeninin keyfinin yerinde olması da yaşayacağı bu korkunç felaketi önleyemezdi... Saniyeler bir işkence gibi geliyordu ona, şimdi seslenecekti öğretmen "Buddenbrook" diye...

"Edgar," dedi Doktor Mantelsack ve parmağını arasında tuttuğu not defterini kapattı. Sonra her şey yolundaymış gibi yerine oturdu.

Ne? Nasıl olmuştu bu? Edgar... Edgar Lüders derse kalkmıştı, pencerenin yanında oturan şu şişman çocuk. Alfabenin L harfi kesinlikle sırada değildi! Bu nasıl mümkün olmuştu? Doktor Mantelsack bugün öyle neşeliydi ki, gözdelerinden birini rastgele kaldırmış ve sıranın kimde olduğuna dikkat etmemişti...

Tombul bir çocuk olan Lüders ayağa kalktı. Basık suratlıydı ve bön bön bakan kahverengi gözleri vardı. Son derece uygun bir yerde oturduğu ve kitabı önüne açıp rahat rahat okuyabileceği halde, bunu yapmak için bile çok uyuşuktu. Kendisini öylesine rahat ve güven içinde hissediyordu ki, şunu demekle yetindi yalnızca:

"Dün çok başım ağrıdığı için hazırlanamadım."

Doktor Mantelsack, "Beni böyle yüzüstü mü bırakacaksın Edgar?" dedi üzgün bir sesle... "Demek 'Altın Çağ' mısralarını ezbere okuyamayacaksın bana? Doğrusu çok üzüldüm, sevgili dostum! Başın mı ağrıyordu? Keşke bunu bana dersin başında söyleseydin de seni kaldırmasaydım... Geçenlerde yine başım ağrıyor dememiş miydin? Buna karşı önlem almalısın, yoksa derslerinde geri kalman kaçınılmaz olur... Timm, arkadaşınızın yerine siz okur musunuz?"

Edgar Lüders yerine oturdu. O anda bütün sınıf ondan nefret etmişti. Sınıf öğretmeninin keyfinin bir hayli kaçtığı açıkça belli oluyordu ve Edgar Lüders'i bir sonraki derste adıyla değil de sadece soyadıyla çağırırdı belki de... Arka sıralarda oturan Timm ayağa kalktı. Taşralı görünümlü sarışın bir oğlandı, açık kahverengi bir ceket giymişti, kısa ve kalın parmakları vardı. Yüzünde aptalca bir ifade vardı ve ağzını huni biçiminde açık tutuyordu, öğretmenin yüzüne bakarken önündeki açık kitabı çabucak düzeltti. Sonra başını öne eğdi ve okumaya başladı, sözcükleri uzatarak, tutuk tutuk ve tekdüze bir tonla okuyordu, tıpkı alfabe kitabından okuyan bir çocuk gibi okuyordu:

"*Aurea prima sata est aetas...*"[1]

Doktor Mantelsack'ın bugün alfabetik sıraya uymadığı ve kimin en çok kaldırılması gerektiğini hiç düşünmediği anlaşılıyordu. Hanno'nun bugün derse kaldırılma tehlikesi belki de ortadan kalkmıştı. Bu, ancak talihsiz bir rastlantıyla mümkün olabilirdi. Mutluluktan parlayan gözleriyle Kai'a baktı ve bedensel yorgunluğunu üstünden atmaya ve dinlenmeye çalıştı...

Timm'in okuması birden kesiliverdi. Doktor Mantelsack ya onun sesini iyi duymamış ya da sınıfta canı biraz dolaşmak istemiş olmalı ki, kürsüden kalktı, elinde Latince kitabıyla ağır ağır ve gülümseyen gözlerle dolaştı ve sonunda ani bir hareketle önündeki kitabı kaldıran ve şaşkınlıktan ne yapacağını bilemeyen Timm'in yanına oturdu. Timm huni gibi ağzıyla derin derin soludu, mavi gözleriyle sınıf öğretmeninin yüzüne şaşkın şaşkın baktı, ağzından tek bir laf bile çıkmıyordu.

Doktor Mantelsack, "Ne o Timm?" dedi... "Neden böyle birdenbire susuverdiniz?"

Timm elini başına götürdü, gözlerini devirdi, hızlı hızlı soluduktan sonra tuhaf bir gülümseyişle şöyle dedi:

1. (Lat.) "Altın çağ doğmuş ilkin..." Ovidius, *Dönüşümler,* 1:89. (Y.N.)

"Siz yanımda durunca çok şaşırıyorum, Herr Doktor."

Doktor Mantelsack da gülümsedi. Yüreklendirir gibi gülümsedi, yüzüne bakarak şöyle dedi:

"Haydi, kendinizi toplayınız ve devam ediniz," dedi ve kürsüye geri döndü.

Timm de kendisini topladı. Kitabı yeniden önüne koydu, ilgili sayfayı açtı ve şaşkınlığını üstünden atmaya çalışıyormuş gibi bakışlarını sınıfta dolaştırdıktan sonra başını öne eğdi, kendini yeniden bulmuştu.

Timm okumasını bitirdikten sonra, sınıf öğretmeni, "Çok beğendim," dedi. "Aferin, çok güzel çalışmışsınız, buna hiç kuşku yok. Fakat uyum duygusundan uzaksınız, Timm. Bağlantıları iyi veriyorsunuz, ama altı heceli mısralara vurgu yapmadınız. Bütün şiiri bir düzyazı ezberler gibi ezberlemişsiniz gibime geliyor... Fakat söylediğim gibi iyi çalışmışsınız, elinizden geleni yapmışsınız. Her zaman iyi çalışan biri olarak gönül rahatlığıyla yerinize oturabilirsiniz."

Timm büyük bir gururla ve rahatlamış olarak yerine oturdu, sevincinden gözleri parlıyordu. Doktor Mantelsack onun adının arkasına iyi bir not attı. Fakat işin tuhafı, o anda sadece öğretmenin değil, Timm'in kendisinin ve bütün arkadaşlarının da onun gerçekten iyi ve çalışkan bir öğrenci olduğuna, aldığı bu güzel notu bütünüyle hak ettiğine inanmış olmalarıydı. Hanno Buddenbrook da bu genel izlenimin dışında kalmadı, oysa içinden bir ses buna karşı çıkması gerektiğini söylüyordu... Heyecanla yeniden kulak kabarttı, şimdi kimin adı okunacak diye...

"Mumme," dedi Doktor Mantelsack. "*Aurea prima?*"

Demek sıra Mumme'de! Şükürler olsun Tanrı'ya, Hanno yine kurtulmuştu! Bu bölümü üçüncü kez okutması düşünülemezdi.

Mumme ayağa kalktı. Uzun boylu, solgun yüzlü bir

oğlandı. Elleri tir tir titriyordu ve büyük numaralı ve camları kalın bir gözlük takmıştı. Gözleri rahatsızdı ve ileri derecede miyoptu, öyle ki ayakta dururken önünde duran kitabı okuması mümkün değildi. Dersine çalışmak zorundaydı ve çalışıyordu da. Ancak çok yeteneksiz bir çocuktu ve bugün derse kaldırılacağını beklemediği için soruları pek bilemedi ve birkaç sözcükten sonra sustu. Doktor Mantelsack ona yardım etti, ikinci denemesinde biraz sertçe, üçüncüsündeyse son derece öfkeli bir sesle bir kere daha yardım etti. Fakat Mumme'de hiçbir hareket görmeyince öfkesinden çıldıracak gibi oldu.

"Çok yetersizsiniz, Mumme! Oturun yerinize! Acınacak haliniz var, bundan yana hiç kuşkunuz olmasın, aptal herif seni! Aptal ve tembel sözcükleri bile çok hafif kalır sizin için..."

Mumme yıkılmıştı. Felaket bütün ağırlığıyla acımasızca üzerine çökmüştü ve o anda ondan nefret etmeyecek hiç kimse yoktu sınıfta. Hanno Buddenbrook yine bir tiksinti duydu içinde, boğazı düğümlendi ve kusacak gibi oldu. Fakat olup bitenleri inanılmaz bir açıklıkla görüyordu. Doktor Mantelsack, Mumme'nin adının arkasına çok kötü bir not anlamına gelen bir işaret koydu ve sonra kaşlarını çatarak not defterini yeniden karıştırmaya başladı. Öfkesinden, aklına geleni derse kaldırmaktan vazgeçti ve bu kez sıranın kimde olduğuna bakıyordu. Sıranın kimde olduğu da belliydi! Hanno tam da bunları düşünürken adının okunduğunu duydu, birdenbire ve kötü bir düş görür gibi duydu adının okunduğunu.

"Buddenbrook!" – Doktor Mantelsack, "Buddenbrook" demişti, sesi havada yankılandı, ama Hanno kendisinin çağrıldığına yine de inanmak istemedi. Kulaklarına müthiş bir uğultu çökmüştü. Yerinden kalkamıyordu.

Doktor Mantelsack, "Herr Buddenbrook!" diye tekrarladı ve kalın gözlük camlarının arkasından yerinden fırlıyormuş gibi parlayan safir mavisi gözleriyle yüzüne dik dik baktı... "Lütfen kalkar mısınız?"

Eh, ne yapsın. Sıra kendisine gelmişti. Böyle olması gerekiyordu. Düşündüğünün tam tersi olmuştu, ama yine de her şeyini yitirmişti. Kendisini toplamalıydı. Öğretmen kendisine bağırıp çağıracak mıydı acaba? Ayağa kalktı, saçma ve gülünç bir özür ileri sürmek ve mısraları ezberlemeyi "unuttuğunu" söylemek üzereydi ki, önünde oturan arkadaşının kitabı açıp kendisine doğru tuttuğunu fark etti.

Önündeki sırada oturan öğrencinin adı Hans Hermann Kilian'dı. Esmer tenli, saçları yağlı ve omuzları geniş, ufak tefek bir oğlandı. Subay olmak istiyordu. Öylesine yardımsever ve arkadaş canlısıydı ki, yüzünü görmeye bile katlanamadığı Johann Buddenbrook'u böyle ortada bırakmaya gönlü razı olmadı. Kitabı açıp ona doğru tutmakla kalmadı, işaretparmağıyla hangi satırdan başlaması gerektiğini de gösterdi ona...

Hanno gözlerini oraya dikti ve okumaya başladı.

Kaşlarını çatmış, dudaklarını bükmüş ve titrek bir sesle "Altın Çağ"dan ilgili bölümü okuyordu, insanların birbirinden öç almayı düşünmediği, herkesin kendi özgür iradesiyle hareket ettiği, yasa ve yönetmeliklere gerek duyulmadığı, sadakatin ve adaletin erdem sayıldığı o ilk ve en güzel efsanevi çağdan okumaya başladı. Latince olarak, "Ceza ve korku diye bir şey yoktu," dedi. "Ne tunç levhalar üzerine iğnelerle tutuşturulmuş tehdit edici yazılı sözler vardı ne de yüce yargıçlarının önünde korkudan tirtir titreyen insanlar..." Hanno son derece isteksiz ve nefret dolu bir ifadeyle okuyordu, bilerek böyle kötü okuyordu. Kilian'ın kitabından altı kurşunkalemle çizilmiş bazı yerleri bilerek atlıyor, mısraların çoğunu yanlış okuyor, arada bir duraklayıp güçlükle hatırlamaya çalışıyormuş gibi yapıyordu. Sınıf öğretmeninin her şeyi fark edip üstüne atılacağı korkusunu yenememişti hâlâ...

Kendisi için açılan kitaba bakıp hırsızlık yapmanın verdiği keyiften dolayı tuhaf bir ürperti vardı içinde; fakat yaptığı bu işten tiksinti duyuyor ve sahtekârlığını biraz olsun hafifletmek için bile bile yanlışlıklar yapıyordu. Sonra sustu ve bir sessizlik oldu sınıfta. Hanno bakışlarını yukarı kaldırmayı göze alamadı. Sessizlik dehşet vericiydi. Doktor Mantelsack'ın her şeyi gördüğüne hiç kuşku yoktu. Hanno'nun dudakları bembeyaz kesildi. Sonunda öğretmen içini çekti ve şöyle dedi:

"Oo, Buddenbrook, *si tacuisses*[1]! Sen diye hitap ettiğim için beni bağışlayın!.. Ne yaptığınızın farkında mısınız? Parçanın bütün güzelliğini berbat ettiniz, bir vandal, bir yabanıl insan gibi okudunuz. Buddenbrook, müzik zevkinden yoksun bir yaratıksınız siz. Bu yüzünüzden belli oluyor zaten! O eşsiz dizeleri okurken, öksürüyor muydu, yoksa okuyor muydu diye kendi kendime sordum ve birincide karar kıldım. Timm'in uyum duygusu pek yeterli değildi, ama sizin yanınızda o bir dâhi, bir büyük ozan sayılır... Oturun yerinize, bahtsız çocuk. Gerçi çalışmışsınız, bu belli oluyor. Evet, çalışmışsınız, size kötü bir dönem karnesi vermeyeceğim. Belli ki elinizden geleni yapmışsınız... Sizin müziğe yetenekli olduğunuzu söylemiyorlar mıydı? Piyano da çalıyormuşsunuz, öyle mi? Peki ama bu nasıl olur?.. Haydi, oturun yerinize, dersinize çalışmışa benziyorsunuz."

Doktor Mantelsack ona iyi bir not verdi. Hanno Buddenbrook yerine oturdu. Biraz önce büyük ozan Timm'in hissettiği gibi hissediyordu kendisini. Doktor Mantelsack'ın övgü dolu sözleriyle pek duygulanmıştı, bunun etki-

1. (Lat.) Keşke suskun kalmış olsaydın! (Y.N.)

sinden kurtulamıyordu. Biraz yeteneksiz, ama çalışkan bir öğrenci olduğuna, bu işin içinden onuruyla çıktığına ciddi ciddi inanmaktaydı. Hans Hermann Kilian dahil, bütün sınıf arkadaşlarının da kendisi gibi düşündüklerini hissediyordu. İçinde yeniden bir bulantı hissetti, olup bitenler hakkında kafa yoramayacak kadar yorgundu. Yüzü kireç gibi olmuştu, titreyerek gözlerini kapattı, bütün vücudu uyuşmuş gibiydi.

Doktor Mantelsack derse devam etti. Bugün yeni okunacak dizelere geçti ve Petersen'in adını okudu. Petersen ayağa kalktı. Canlı, neşeli ve kendisinden son derece emin bir biçimde savaşa hazırdı! Ama bugün onun da kaybetmesi ve yıkılması kaçınılmazdı! Evet, korktuğu felaket başına gelmeden ders bitmeyecekti, hem de gözleri miyop zavallı Mumme'nin başına gelenden daha korkunç bir felaket...

Petersen arada bir kitabın öteki sayfasına bakarak özgün metni okuyor ve çeviriyordu, aslında o sayfaya bakmasına gerek yoktu. O bunu büyük bir ustalıkla yapıyordu, sanki sayfanın üzerindeki bir şey, bir toz zerreciği ya da buna benzer bir şey, kendisini rahatsız ediyormuş da bundan kurtulmak istiyormuş gibi parmağıyla vurarak ya da üfleyerek onu uzaklaştırmaya çalışıyordu. Fakat korkunç olay işte o zaman patlak verdi.

Doktor Mantelsack aniden bir hamle yaptı, Petersen de irkilerek aynı şekilde karşılık verdi. Tam bu sırada sınıf öğretmeni, kürsüden kalkarak baş aşağı fırlar gibi Petersen'e doğru yürüdü.

Yanına gelince, "Kitabın arasında bir cevap anahtarı, bir çeviri notu var," dedi.

"Bir cevap anahtarı... bir... hayır... hayır..." diye kekeledi Petersen. Sevimli bir çocuktu. Alnında sarı bir tüy beni ve korkudan durmaksızın açılıp kapanan son derece güzel mavi gözleri vardı.

"Kitabın arasında cevap anahtarı yok mu yani?"

"Hayır... Saygıdeğer Başöğretmenim... hayır, Herr Doktor... Bir cevap anahtarı mı?.. Hayır hayır, yok böyle bir şey gerçekten... yanılıyorsunuz... Benden haksız yere kuşkulanıyorsunuz..." Petersen böyle bir durumda nasıl konuşulması gerekiyorsa öyle konuşuyordu. Korkusundan ağzından çıkacak sözcükleri tek tek seçiyordu, böylece sınıf öğretmenini etkileyeceğini sanıyordu. "Size yalan söylemiyorum," dedi yeniden. "Size karşı hep dürüst oldum... hayatım boyunca!"

Fakat Doktor Mantelsack yaşanan bu tatsız olayda son derece haklıydı.

"Kitabınızı verin bana," dedi soğuk bir şekilde.

Petersen kitabın üstüne kapaklandı, iki eliyle sıkı sıkı tutup, "Ben bir şey yapmadım, ben bir şey yapmadım," diyerek havaya kaldırdı ve yarı tutuk bir dille yalvarmaya devam etti:

"İnanın bana... öğretmenim... İnanın bana doğru söylüyorum, Herr Doktor... Kitabın içinde hiçbir şey yok... Cevap anahtarı hazırlamadım... Yalan söylemiyorum... Size karşı hep dürüst oldum ben..."

Sınıf öğretmeni, "Kitabı bana veriniz," diye tekrarladı ve ayağını sertçe yere vurdu.

İşte o anda Petersen yıkılmıştı, yüzü bembeyaz kesildi.

"Peki," dedi Petersen ve kitabı öğretmenine uzattı, "bakın, cevap anahtarı içinde! Kendi gözlerinizle görün, işte şuraya koydum onu!.. Fakat onu kullanmadım!" diye haykırdı.

Doktor Mantelsack, çaresizlik içinde söylenen bu aptalca yalanı duymazdan geldi. "Cevap anahtarı"nı kitabın içinden aldı, elinde iğrenç kokan bir pislik tutuyormuş gibi bir yüz ifadesiyle gözden geçirdikten sonra cebine koydu ve Petersen'in Latince kitabını öfkeyle sırasının üstüne fırlattı. Boğuk bir sesle, "Sınıf defterini getirin bana!" dedi.

Adolf Todtenhaupt koşarak defteri aldı ve önüne koydu. Petersen yaptığı bu sahtekârlıktan dolayı bir uyarı aldı ve böylece Paskalya tatilinde eve kötü bir karne getirmesi kaçınılmaz olmuştu. "Siz sınıfın yüz karasısınız," dedi Doktor Mantelsack ve kürsüsüne döndü.

Petersen yerine oturdu ve kendisine çekidüzen verdi. Yanında oturan arkadaşının biraz öteye kayarak ondan uzaklaşmak istediği açıkça görünüyordu. Bütün sınıf onu biraz tiksinti, acıma ve öfke karışımı bir duyguyla süzüyordu. Petersen yıkılmıştı, suçüstü yakalandığı için herkes ondan uzaklaşmış ve o, yapayalnız kalmıştı. Herkesin kafasında tek bir düşünce vardı, Petersen "sınıfın tam bir yüz karası"ydı. Timm'in ve Buddenbrook'un başarılarını ve zavallı Mumme'nin yetersizliğini nasıl karşıladılarsa, bu olayı da aynı şekilde sakin karşıladılar...

Bu yirmi beş öğrenciden hayatta kalmak için kim yeterince güçlü ve becerikliyse, her şeyi doğru ve olması gerektiği gibi kabul ediyor, derste başına gelenler yüzünden kendisini hakarete uğramış saymıyordu. Ancak kara kara düşünüp bakışlarını bir tek noktaya dikenler de vardı aralarında... Küçük Johann, sınıf arkadaşı Hans Hermann Kilian'ın geniş omuzlarına dik dik bakıyordu, mavi mavi halkalı altın sarısı gözlerinde büyük bir nefret, isyan ve korku vardı... Doktor Mantelsack derse devam ediyordu. Bir başka öğrenciyi, Adolf Todtenhaupt'ı derse kaldırdı, çünkü hazırlanmadıklarını düşündüğü tembel öğrencileri kaldırma isteğinden bugün için bütünüyle vazgeçmişti. Sonra bir başkasını kaldırdı ve "*patula Jovis arbore, glandes*" sözcüklerinin ne anlama geldiğini bile bilmediği için yanıtı Buddenbrook'un vermesi gerekti... Doktor Mantelsack kendisine sorduğu için sessizce başını kaldırıp yüzüne bakmadan soruyu yanıtlamış, öğretmen de başını sallayarak doğrulamıştı onu.

Artık öğrencilerin vereceği yanıt kalmayınca, ders de ilginçliğini kaybetti. Doktor Mantelsack çok yetenekli bir öğrenciyi kaldırdı derse, öğrenci çeviriyi tek başına yapıyordu ancak bir sonraki derse hazırlanmaya başlayan yirmi dört öğrenci gibi kendisinin de dinlediği yoktu. Bunun için ne bir dönem karnesi verilecekti, ne de ciddi çaba gösterenler ödüllendirilecekti... Zaten ders de sona ermek üzereydi. Sona erdi de, zil çaldı. Hanno'nun isteği de buydu. Öğretmeni başını sallayarak doğrulamıştı yanıtını.

Kai arkadaşlarının arasında gotik tarzı koridorlardan geçip kimya laboratuvarına girerken, "Ee, ne diyorsun şimdi Hanno? 'Caesar'ın alnını gördüklerinde, o zaman...' Boş ver, senin şansın çok yaver gitti!"

Küçük Johann, "Midem bulanıyor Kai," dedi. "Böyle bir mutluluk yaşamak istemiyorum, bu beni tiksindiriyor..."

Kai, böyle bir durum karşısında kendisinin de Hanno'nun kapıldığı duyguya kapılacağını biliyordu.

Kimya laboratuvarı üstü kubbeli bir sınıftı, amfi biçiminde yerleştirilmiş sıraları, uzun bir deney masası ve deney şişeleriyle dolu iki de cam dolap vardı. Sınıflarının havası hem sıcaktı hem de iyice ağırlaşmıştı, ama buranın her yerine deneylerde kullanılan keskin sülfürik asit kokusu sinmişti. Kai hemen pencereyi açtı, Adolf Todtenhaupt'un defterini gizlice aldı ve bugün teslim edilmesi gereken ev ödevini çabuk çabuk kendi defterine geçirmeye başladı. Hanno ve daha pek çok öğrenci de aynı şeyi yaptı. Zil çalıp Doktor Marotzke içeri girinceye kadar bütün ders arasını böyle geçirdiler.

Hanno ve Kai'ın isimlendirdikleri gibi kısa boylu bodur bir öğretmendi o. Orta boylu, esmer tenli bir adamdı, teni son derece sarıydı, alnında iki yumru vardı, sert ve kirli bir sakalı ve aynı şekilde bakımsız saçları vardı. Her zaman uykusuz ve hiç yıkanmamış bir görüntüsü vardı, ancak bu yanıltıcıydı. Doğabilimleri öğretmeniydi, ama asıl alanı matematikti. Bu alanda önemli bir uzman sayılıyordu. İncil'in felsefi yönlerinden konuşmayı çok sever, zaman zaman da güzel hayallere dalardı ve lise birinci sınıf ve son sınıf öğrencilerinin önlerinde gizemli konuları işleyen yazarlardan tuhaf yorumlar yapmakta bir sakınca görmezdi... Ayrıca heyecanlı bir yedeksubaydı. Aynı zamanda subay da olan bir memur olarak Okul Müdürü Wulicke'nin en sevdiği öğretmendi. Meslektaşları arasında disipline en çok önem veren oydu. Karşısında asker gibi duran öğrencileri eleştirel bakışlarıyla defalarca süzer ve sorularına kısa ve kesin yanıtlar isterdi. Onun bu sertlik ve aşırı dindarlık karışımı ruh yapısı sınıfta tuhaf bir etki bırakıyordu...

Temize çekilmiş ödevler sıraların üstüne açıldı. Doktor Marotzke sınıfta dolaşıp her bir deftere parmağıyla dokundu, fakat hiçbir şey yazmamış olan öğrencilerin başka ya da eski ödevler gösterdiklerini hiç fark etmedi.

Sonra ders başladı; bu yirmi beş öğrenci biraz önce Latince dersinde olduğu gibi şimdi de bor, klor ya da stronsiyum madenleriyle ilgili bilgilerini göstereceklerdi. Hans Hermann Kilian, $BaSO_4$'ün ya da Barit'in kalpazanlıkta en çok kullanılan madenler olduğunu bildiği için övüldü. Subay olmak istediği için kimya öğretmeninin gözünde en iyi öğrenci oydu. Hanno ve Kai hiçbir şey bilemediler ve Doktor Marotzke not defterine onlar için kötü bir not düştü.

Öğretmenin derse kaldırması, sınav uygulaması ve not vermesi sona erince kimya dersine duyulan ilgi de bitivermişti. Doktor Marotzke birkaç deney yapmaya başladı, biraz bir şeyler patlattı ve renkli dumanlar çıkarttı, ama bütün bu yaptıkları, dersin kalan bölümünü tamamlamak içindi. Sonunda bir sonraki derse hazırlanılması gereken ödevi yazdırdı. Sonra zil çaldı ve böylece üçüncü ders de bitmiş oldu.

Bugün piyangonun kendisine vurduğu Petersen'den başka hepsinin keyfi yerindeydi. Çünkü şimdi girecekleri ders pek eğlenceli olacaktı ve hiç kimsenin korkmasına gerek yoktu; her türlü çılgınlığı yapabilecekler ve hoşça vakit geçireceklerdi. Öğretmen adayı Modersohn'un İngilizce dersiydi, bir haftadır deneme olarak burada ders veriyordu bu genç filolog. Kai Kont Mölln'ün dediği gibi bu iş için tutulmuş bir misafir oyuncuydu. Ancak kalıcı olarak işe alınma şansı çok zayıftı; dersleri hep neşeli geçiyordu...

Öğrencilerden bazıları kimya laboratuvarında kaldı, ötekiler de sınıflarına çıktı. Üşümek için avluya çıkan olmadı, çünkü ders arasında koridorda denetim görevi yapma sırası Herr Modersohn'daydı ve o, yukarıdan başını aşağıya çevirip bakmazdı bile. Üstelik sınıf ona bir karşılama hazırlığı da yapıyordu...

Dördüncü ders zili çalmasına karşın sınıfta gürültü hâlâ devam ediyordu. Herkes birbiriyle yüksek sesle sohbet ediyor ve az sonra başlayacak olan dansa sevinip gülüşüyorlardı. Küçük Kont Mölln başını ellerinin içine dayamış Roderich Usher'i okumaya devam ediyordu, Hanno da sessizce yerine oturmuş arkadaşlarının taşkınlığını seyrediyordu. Kimileri hayvan sesleri çıkarıyordu. Bir horoz ötüşü çınladı içeride. Wasservogel arka sıralardan birinde oturuyordu ve hiç kimseye görünmeden domuz gibi homurtular çıkarıyordu ağzından. Büyük ozan Timm, duvardaki siyah tahtaya tebeşirle şaşı şaşı bakan bir soytarı çizmişti. Herr Modersohn sınıfa girdikten sonra, epeyce uğraştığı halde kapıyı bir türlü kapatamadı, çünkü kapının kasasına kocaman bir çam kozalağı sıkıştırılmıştı, Adolf Todtenhaupt koşarak kozalağı oradan uzaklaştırdı hemen...

Öğretmen adayı Modersohn ufak tefek ve fazla dikkat çekmeyen biriydi, yürürken suratını ekşitip omuzlarından birini öne eğerdi. Seyrek ve kapkara bir sakalı vardı. Pek çekingendi. Pırıl pırıl parlayan gözlerini sürekli kırpıştırıyor, derin derin soluk alıyor ve bir şeyler söylemek istiyormuş gibi ağzını açıyordu. Fakat söylemek istediği sözü bir türlü bulamıyordu. Kapıdan üç adım uzaklaştıktan sonra bir çatapatın üstüne bastı ve çatapat bir dinamit lokumu gibi müthiş bir gürültüyle patladı. Modersohn çok korktu, sonra hiçbir şey olmamış gibi gülümsedi. Her zamanki alışkanlığıyla öne eğilerek orta sıraların birine geldi ve bir elini sıranın üstüne dayadı. Fakat öğrenciler burasının en çok sevdiği yer olduğunu bildikleri için daha öne mürekkep sürmüşlerdi sıranın üstüne, zavallı öğretmenin ufacık eli mürekkep içinde kalmıştı. Herr Modersohn yine hiçbir şey olmamış gibi davrandı, kapkara olan ıslak elini arkasına koydu, gözlerini kırpıştırdı ve yumuşak ve cılız bir sesle şöyle dedi:

"Sınıfın bu disiplinine hayran kaldım doğrusu."

Hanno Buddenbrook o anda öğretmeni pek sevdi ve gözlerini ondan hiç ayırmadan çaresizce buruşturduğu yüzüne baktı. Ancak sınıf arkadaşı Wasservogel'in domuz gibi çıkardığı hırıltılar gittikçe artıyor ve gerçekmiş izlenimini veriyordu. Tam bu sırada pencereye bir sürü çatapat fırlatıldı, gürültüyle patladılar ve hışırdayarak odanın her yerine saçıldılar.

Öğrencilerden biri, "Dolu yağıyor, dolu yağıyor!" dedi bağırarak. Herr Modersohn da buna inanmışa benziyordu, kürsüye döndü ve sınıf defterini istedi. Herhangi bir öğrencinin adını yazmak için istememişti defteri, bu sınıfta daha önce beş ya da altı ders yapmasına karşın birkaç öğrenci dışındakilerin adını bilmiyordu ve sınıf defterinden rastgele okuyordu.

"Feddermann," dedi öğretmen Modersohn, "şiiri ezbere okur musunuz lütfen!"

"Gelmedi," dedi öğrenciler hep bir ağızdan. Oysa Feddermann yerine kurulmuş, bütün sınıfa çatapat yağdırıyordu.

Herr Modersohn gözlerini kırpıştırdı ve bir başka öğrencinin adını okudu defterden.

"Wasservogel," dedi.

"Öldü!" diye yanıt verdi Petersen, yüzünde sahte bir neşe ifadesi vardı. Bütün öğrenciler ayaklarını yere vurarak homurdandılar, gürültüler çıkardılar ve hınzır hınzır gülerek Wasservogel'in öldüğünü tekrarladılar.

Herr Modersohn gözlerini yeniden kırpıştırdı, çevresine bakındı, ağzını büzüp suratını ekşitti ve sonra deftere yeniden göz attı ve ufacık ve beceriksiz eliyle derse kaldıracağı öğrenciyi işaret etti.

"Perlemann," dedi biraz çekinerek.

Küçük Kont Kai Mölln, "Ne yazık ki çıldırdı," dedi hiç vakit kaybetmeden. Ötekiler de kuru gürültüyle bunu doğruladılar.

Bunun üzerine Herr Modersohn ayağa kalktı ve gürültüye doğru bağırarak dedi ki:

"Buddenbrook, size ceza olarak bir ödev vereceğim. Gülmeye devam ederseniz size uyarı cezası vermek zorunda kalacağım sonunda."

Sonra tekrar yerine oturdu. Gerçekten de Hanno gülmüştü, Kai'ın şakasına kahkahalarla gülmüş ve kendini tutamamıştı. Onun yaptığı bu şaka çok hoşuna gitmişti, özellikle de "Ne yazık ki..." demesine bayılmıştı. Fakat Herr Modersohn'un çıkışmasından sonra sakinleşti ve öğretmen adayını sessiz ve ciddi bakışlarla süzdü. Bu anda bütün zavallılığını, altından derisi görünen tek tük sakalını ve umutsuzca bakan kahverengi parlak gözlerini görmüştü; kollarına taktığı ağzı geniş ve uzun bir çift kolluğunu, zavallı vücudunu ve iç dünyasını da görüyordu. Hanno Buddenbrook, Herr Modersohn'un adını bildiği tek öğrenciydi, bundan dolayı da onu sürekli paylıyor, ceza olarak ev ödevi veriyor ve ona baskı yapıyordu: Öğrenci Buddenbrook'un adını öğrenmesi, sessiz davranışıyla ötekilerinden ayrılmasındandı. Herr Modersohn onun bu yumuşaklığından yararlanarak şamatacı ve küstah davrananlara karşı kullanamadığı otoritesini ona hissettiriyordu. "Acıma duygusu insanı yeryüzünde alçaklıktan bile yoksun bırakır," diye düşündü Hanno. "Size eziyet eden ve sizi istismar edenlere katılmıyorum, Herr Modersohn. Çünkü bunu çok çirkin ve acımasızca buluyorum. Peki, benim bu davranışıma siz nasıl karşılık veriyorsunuz? Bu işler böyledir işte, her zaman böyledir ve hep böyle olacaktır," diye düşünürken yine bir korku ve bulantı hissetti içinde. "Ayrıca sizin iğrenç bir yaratık olduğunuzu düşündüğümü..."

Sonunda biri bulundu, ne ölmüş ve ne de çıldırmış biri bulundu da İngilizce dizeleri ezbere okumayı üstlendi. Söz konusu olan bir şiir, "*The Monkey*" adlı sıradan bir eserdi; denizciliği, tüccarlığı ve daha pek çok ciddi işleri düşleyen bu gençler tarafından ezberlenmesi istenmişti.

*Monkey, little merry fellow,*
*Thou art nature's Punchinello...*[1]

Pek çok kıtadan oluşan bir şiirdi ve öğrenci Kassbaum onu kitabından okudu. Herr Modersohn'un karşısında sıkılmak için hiçbir neden yoktu. Sınıftaki gürültü gittikçe daha da artıyordu. Bütün ayaklar hareket

1. (İng.) Maymun, küçük, neşeli arkadaşım, sen doğanın Punchinello'susun. (Ç.N.)

ediyor ve tozlu zemini hatır hatır tırmalıyordu. Horoz ötüyor, domuz hırıldıyor, çatapatlar havada uçuşuyordu. Bu dizginlenemez yirmi beş öğrenci tam bir çılgınlık sarhoşluğu içindeydi. On altı-on yedi yaşın kural tanımaz içgüdüsü ağır basıyordu. Üzerlerine açık saçık resimler çizilmiş kâğıtlar havaya kaldırılıp birbirlerine gösteriliyor, elden ele dolaştırılıyor ve kahkahalarla gülüşülüyordu...

Bütün bu gürültü ve patırtı birden kesiliverdi. İngilizce şiiri okuyan Kassbaum sustu. Herr Modersohn ayağa kalktı ve kulak kabarttı. Hoş bir şey olmuştu. Sınıfın arka tarafından süzülerek gelen sevimli, tatlı, hoş ve çan sesi kadar duru ezgiler içerinin sessizliğini bozdu. Bir öğrencinin yanında getirdiği müzikli saat İngilizce dersinin tam ortasında, "Sen, Sen Benim Kalbimdesin" adlı parçayı çalıyordu. Fakat bu büyüleyici ezginin sınıfta yankılandığı anda, çok korkunç bir şey oldu... Sınıftakilerin hepsinin üzerine çöken, herkesi etkisi altına alıp uyuşturan hiç beklenmedik korkunç bir şey.

Kapı sert bir hamleyle ardına kadar açıldı, uzun boylu ve korkunç biri girdi sınıfa, homurdanan bir dudak sesiyle ilerledi ve sınıfın tam ortasında, sıraların önüne dikildi... Bu, sınıfın Sevgili Tanrısı'ydı!

Herr Modersohn'un yüzü bembeyaz oldu ve koltuğunu kürsüden biraz geriye çekti, bir yandan da mendiliyle masanın tozunu alıyordu. Öğrenciler hep birden ayağa fırladılar. Kollarını yanlarına yapıştırmışlar, ayaklarının ucuna basarak ve başları önlerine eğik, dişlerini ısırarak inanılmaz bir yaltakçılıkla saygılarını sunuyorlardı. Herkes dilini yutmuş gibi susuyordu. Öğrencilerden biri kapıldığı korkudan bir an içini çekti ve sonra her şey yine derin sessizliğe büründü.

Müdür Wulicke, karşısında selam duran öğrencileri bir süre süzdükten sonra, huni biçimli kirli manşetler taktığı elini yukarı kaldırdı ve parmaklarını gererek, bir piyanonun tuşları üzerinde dolaştırıyormuş gibi yine indirdi. "Otur yerine!" dedi kalın bir sesle. Herkese "sen" diyordu.

Öğrenciler oturdular; korkularından sıraların içine gömülmüşlerdi. Herr Modersohn titreyen eliyle koltuğu çekti ve Müdür Bey kürsüye doğru dönerek gelip oturdu ve, "Devam edin, lütfen," dedi. Ses tonunda, "Görelim bakalım, çalışmayanların vay haline!.." diyen korkunç bir anlatım vardı.

Niçin geldiği belliydi. Herr Modersohn, onun huzurunda ders verme gücünü ve yeteneğini gösterecekti, orta iki öğrencilerine beş-altı derste neler öğrettiğini ortaya koyacaktı, Herr Modersohn'un bütün varlığı ve geleceği buna bağlıydı.

Öğretmen adayı yeniden kürsüye gelip, "*The Monkey*" şiirini okuyacak bir öğrenciyi derse kaldırırken pek üzüntülü görünüyordu. O güne kadar yalnızca öğrenciler sınava tabi tutulup geçer not almışlarsa, şimdi aynısı öğretmene de uygulanıyordu... Ah, iki taraf için de durum kötüydü! Müdür Wulicke'nin sınıfa gelmesi tam bir sürpriz olmuştu. Bir ya da iki kişi dışında hiç kimse derse hazırlanmamıştı. Herr Modersohn bütün bir ders boyunca her şeyi çalışkan öğrencisi Todtenhaupt'a soramazdı. "*The Monkey*" şiirini Müdür'ün huzurunda kimsenin ezbere okuyamaması çok kötüydü. Sıra *Ivanhoe* adlı parçanın okumasına gelince, bunu yalnızca küçük Kont Mölln biraz çevirebildi, bu da onun romana karşı duyduğu ilgidendi. Ötekilerin hiçbiri hazırlanmamıştı. Tuhaf tuhaf sesler çıkararak ve öksürerek bocalayıp duruyorlardı. Hanno Buddenbrook da derse kaldırıldı ve tek bir satır bile çeviremedi. Müdür Wulicke, kontrbasın en kalın teline dokunulduğunda çıkan ses gibi bir ses çıkardı. Herr Modersohn, mürekkeple ıslanmış o küçücük ve beceriksiz ellerini ovuşturdu ve üzgün bir şekilde tekrarladı:

"Daha önce çok güzel yapıyorlardı! Daha önce çok güzel yapıyorlardı!"

Zil çaldığında o hâlâ bunları tekrarlıyordu, çaresizlik içinde kâh öğrencilere dönerek, kâh Müdür'ün yüzüne bakarak tekrarlıyordu bunları. Fakat "Sevgili Tanrı" korkunç bir şekilde ayağa kalkmış, kollarını kavuşturup kürsünün önünde dururken, "Olmaz böyle şey" der gibi başını sallayarak sınıfın üzerinden dışarıya doğru bakıyordu... Sonra sınıf defterini istedi ve sorulara yeterince yanıt veremeyenlerin ya da hiçbir şey bilmeyenlerin adlarının arkasına tembelliklerinden dolayı birer "uyarı" yazdı, altı ya da yedi öğrenciydi topu topu. Herr Modersohn'un adı yazılmadı deftere, ama onun durumu öğrencilerinkinden daha kötüydü. Kolu kanadı kırılmış ve yüzü kireç gibi olmuştu, ayakta durmakta zorlanıyordu. Hanno Buddenbrook da uyarı alan öğrenciler arasındaydı. Müdür Wulicke bir kere daha, "Hepinizin geleceğini mahvedeceğim," dedi ve daha sonra çekip gitti.

Zil çaldı. Ders bitmişti. Böyle olması gerekiyordu. Evet, hep böyle olurdu. En çok korkulan anlarda acı bir alay gibi yoluna giriverirdi işler, fakat kötü şeyler göze alınmasa, o zaman felaket çıkagelirdi insanın başına. Hanno'nun Paskalya'da iyi bir karne alıp sınıfını geçmesi böylece ortadan kalkmış oluyordu. Ayağa kalktı, yorgun ve bitkin bakışlarla dilini çürük azıdişinin üstünde dolaştırarak sınıftan çıktı.

Kai onun yanına geldi, kolunu omzuna koydu ve yaşanan bu olağanüstü durumu heyecanla tartışan arkadaşlarının arasında avluya indiler. Kai, yakın arkadaşı Hanno'nun yüzüne ürkek ürkek, ama dostça bakarak şöyle dedi:

"Bağışla Hanno, az önce o parçayı çevirdiğime pek üzülüyorum, keşke bilmiyorum deseydim de sınıf defterine benim de adım yazılıp uyarı alsaydım! Yaptığımdan çok utanıyorum..."

"Bir önceki derste ben de *Patula Jovis arbore, glandes* dizesinin ne anlama geldiğini söylemedim mi? Bu işler böyle Kai. Boş ver, üzme kendini."

"Evet, öyle davranmak lazım. Demek bizim 'Sevgili Tanrı' senin geleceğini mahvedecek! Sen de onun bu tehdidine boyun eğeceksin, öyle mi Hanno? Bu anlaşılması zor bir istek de olsa... geleceğini mahvederim demek de ne öyle! Herr Modersohn'un meslek yaşamı bugün bitti. Hiçbir zaman başöğretmen olamaz artık, zavallı adam! Evet, yedek öğretmen vardır, başöğretmen vardır, ama ikisinin arası yoktur, bunu bilmelisin. Bu öyle kolay anlaşılacak bir şey değil. Yalnızca yetişkinler ve yaşamın olgunlaştırdığı kişiler bilir bunun ne demek olduğunu. Şöyle denebilir: Bir insan öğretmendir ya da değildir. Bir insan nasıl başöğretmen olabiliyor, bunu bilemem. Sevgili Tanrı'nın ya da Herr Marotzke'nin yanına gidip bunu onlara sormak lazım. Ne yaparlardı dersin? Bunu bir hakaret sayarlar ve disiplinsizlik yapıyorsun diye mahvederlerdi herhalde, oysa senin yaptığın onların da sahip olduğu yüce bir düşünceyi, meslekleriyle ilgili düşünceni ortaya koymaktı sadece... Neyse, bırakalım bunları. Hadi gel, bir sürü kendini beğenmiş gergedan."

Avluda dolaştılar. Hanno, aldığı uyarıyı unutmak için Kai'ın gönül okşayıcı sözlerini dinliyor ve bunu duymaktan çok mutlu oluyordu.

"Bak, bir kapı var şurada. Bir çıkış kapısı. Üstelik açık. Hemen dışarısı sokak. Çıkıp kaldırımda biraz dolaşmaya ne dersin? Şimdi ders arası, sınıfa girmeye daha altı dakika var. Tam vaktinde geri dönebiliriz. Ama gerçek olan şu: Bunu yapamayız, anlıyor musun? İşte kapı karşımızda, üstelik açık da. Önünde demir parmaklık da yok, hiçbir engel yok önünde. Fakat dışarı çıkamayız, bunu düşünemeyiz bile, tek bir saniye kapıdan dışarı atamayız adımımızı... Hemen vazgeçeriz bu düşünceden! Şimdi de bir başka örnek alalım. Şu anda saatin on bir buçuk olduğunu söylemek çok yanlıştır. Hayır, şimdi coğrafya dersi var sırada. İşte böyle oluyor! Ama şimdi sorarım sana: Buna hayat denir mi? Her şey bozuk... Ah, Yüce Tanrım, şu okul, sevgiyle saran kollarını üstümden bir çekse!"

"Evet, sonra? Hayır, bırak Kai... O zaman da başka türlü olurdu! Ne yapmalı? Burada hiç değilse emin ellerdeyiz. Babamın ölümünden beri şimdi de Herr Stephan Kistenmaker ve Rahip Pringsheim her gün soruyorlar bana, ne olmak istiyorum diye. Bilmiyorum, diyorum. Hiçbir yanıt veremiyorum. Bu gidişle hiçbir şey olamayacağım herhalde, bütün bu olanlar çok korkutuyor beni..."

"Hayır, nasıl böyle umutsuz konuşursun! Müzikle uğraşan biri olarak..."

"Ne olmuş benim müziğime, Kai? Önemli bir şey yok. Semt semt dolaşıp piyano mu çalayım? Önce buna izin vermezler, sonra ben de bunu hiçbir zaman başaramam. Bunun için yeteneğim yok. Yalnız kalınca hayaller kurup biraz bir şeyler uyduruyorum, ama hepsi bu kadar. Öyle semt semt dolaşmak da bana çok korkunç geliyor... senin durumun daha farklı. Sen benden daha yüreklisin. Buralarda dolaşıyor, her şeye gülüp geçiyor ve olanlara karşı çıkabiliyorsun. Yazı yazmak istiyorsun, insanlara güzel ve ilginç şeyler anlatmak istiyorsun. Güzel, yine de bir şeyler yapıyorsun işte. Çok yetenekli bir çocuksun, günün birinde ünlü biri olacağına kuşku yok. Neden mi? Her şeyden önce neşelisin. Ders sırasında zaman zaman birbirimize bakışıyoruz, az önce Herr Mantelsack'ın dersinde, Petersen'in parçayı okurken yakalanıp uyarı aldığı sırada birbirimize bakıştığımız gibi. Aynı şeyleri düşünüyoruz, fakat sen eğlenebiliyorsun ve yaptığın şeyden gurur duyabiliyorsun... Ben böyle olamıyorum. Yaptığım işten hemen yoruluyorum. Uyumak ve her şeyi unutmak istiyorum. Ben ölmek istiyorum,

Kai... Hayır, benden hiçbir şey olmaz. Hiçbir şey istemiyorum. Hatta ünlü olmayı bile istemiyorum. Birilerine haksızlık yaparım diye kendimden bile korkuyorum! Benden bir şey olmaz, hiçbir şey yapamam ben, inan buna. Geçenlerde vaftiz töreninden sonra Rahip Pringsheim'ın birine, benim her bakımdan yıkılmış bir ailenin çocuğu olduğumu ve bana umut bağlanmaması gerektiğini dediğini duydum..."

Kai birden heyecanlanarak, "Dedi mi bunu?" diye sordu...

"Evet, sanıyorum Hamburg'da bir hastanede yatan amcam Christian yüzünden böyle dedi. Haksız değil elbette. Ellerini yakamdan bir çekseler, ne kadar sevinirdim bilemezsin!.. Çeşit çeşit kaygılar taşıyorum, her şey üstüme üstüme geliyor ve ben bunların altından kalkamıyorum. Diyelim ki, parmağımı kestim ve canım acıdı... Başkalarında sekiz günde iyileşen bir yara bende dört hafta sürüyor. Bir türlü iyileşmek istemiyor, giderek iltihaplanıyor, kötüye gidiyor ve türlü türlü şikâyetlere neden oluyor... Geçenlerde Herr Brecht dişlerimin çok kötü göründüğünü söyledi. Neredeyse hepsi çürümüş ve harap olmuş, çektirdiklerimden söz etmeye gerek yok. Otuzuna, kırkına gelince ne yapacağım, nasıl yemek yiyeceğim ben? Hiçbir umudum kalmadı artık..."

"Demek böyle," dedi Kai ve hızlı hızlı yürümeye başladı. "Şu piyano çalışından biraz anlat bana. Şöyle olağanüstü bir şeyler yazayım istiyorum da... Biraz sonra resim dersinde başlarım belki yazmaya. Bugün öğleden sonra çalmak ister misin?"

Hanno bir an sustu. Bakışlarında hüzün, şaşkınlık ve heyecan vardı.

"Evet, pek canım istemiyor ama, senin için çalarım herhalde," dedi. "Hazırladığım alıştırma parçalarını ve sonatları çalışıp bırakacağım bu işi. Fakat senin için çalacağım, piyano çalınca her şeyi daha da kötü yapıyorum, ama sana çalmamazlık edemem."

"Daha mı kötü?"

Hanno sustu.

Kai, "Ne çalacağını biliyorum," dedi ve sonra ikisi de sustu.

Tuhaf bir yaştaydılar. Kai'ın yüzü kıpkırmızı oldu, başını öne eğmeden yere bakıyordu, Hanno sararmıştı. Çok ciddiydi ve gizemli bakışlarını yana doğru çevirmişti.

Sonra görevli Herr Schlemiel zili çaldı ve iki arkadaş yukarı çıktı.

Coğrafya dersi vardı ve yazılı sınav olacaklardı. Hessen-Nassau bölgesi üzerine çok önemli bir yazılı sınavları vardı. Kızıl sakallı ve kahverengi uzun ceketli bir adam girdi içeri. Yüzü solgundu ve geniş geniş gözeneklerinden dışarı çıkan tek bir kıl bile görünmüyordu ellerinin üstünde. Bu Başöğretmen Herr Doktor Mühsam'dı. Zeki ve esprili biriydi. Zaman zaman akciğer kanamasından yakınırdı ve sürekli iğneleyici bir sesle konuşurdu, çünkü acı çektiği kadar da esprili konuşmayı seven biriydi. Evi bir çeşit Heine arşiviydi, bu gözüpek ve hasta şairle ilgili kâğıt ve resimlerden oluşan zengin bir koleksiyonu vardı. Hessen-Nassau bölgesinin sınırlarını yazı tahtası üzerinde çizerek gösterdikten sonra, üzüntülü olduğu kadar da alaycı bir gülümseyişle öğrencilerden o bölgenin kendine özgü özelliklerini defterlerine çizmelerini istedi. Görünüşe bakılırsa, hem öğrencilerle hem de Hessen-Nassau eyaletiyle alay etmek istiyordu. Fakat bu yazılı yoklama çok önemliydi ve bütün sınıf bundan çok korkuyordu.

Hanno Buddenbrook, Hessen-Nassau bölgesi hakkında hiçbir şey bilmiyordu. Adolf Todtenhaupt'un defterine bakmak istedi, ancak esprileri ve iğneleyici alaylarına karşın hiçbir hareketi gözden kaçırmayan Heinrich Heine meraklısı coğrafya öğretmeni bunu hemen fark etti ve, "Herr Buddenbrook, kitabınızı kapattırmayı isterdim, ama size iyilik yapmaktan çok korkuyorum. Devam edin," dedi.

Bu uyarıcı sözlerde iki türlü alay vardı. Birincisi, Doktor Mühsam'ın Hanno'ya "Herr" demesiydi, ikincisi ise "iyilik" sözcüğünü kullanmasıydı. Hanno Buddenbrook hiçbir şey olmamış gibi defterin üstüne eğilmiş, bir şeyler yazmaya devam ediyordu. Sonunda hiçbir şey yazamadı, bomboş kâğıdı öğretmenine verdi ve Kai'la birlikte yeniden dışarı çıktı.

Bugün için bütün tehlikeler atlatılmıştı. Bu işten başarıyla çıkan, uyarı cezası almayan ve yürekleri ferah olanlara ne mutlu! Hanno artık Herr Drägemüller'in sınıfında özgürce ve gönül rahatlığıyla oturup resim yapabilirdi.

Resim salonu geniş ve aydınlıktı. Duvarlarda eski çağın modasına uygun alçı dekorları vardı. Büyük bir dolap, model olarak kullanılan her çeşit odun parçaları ve oyuncak mobilyalarla tıkabasa doluydu. Resim öğretmeni Herr Drägemüller yuvarlak kesimli top sakalları olan tıknaz bir adamdı. Ensesinde kendisine isyan edercesine duran kahverengi, kaygan ve basit bir peruğu vardı. Aslında onun iki peruğu vardı, biri uzun, öteki kısa saçlıydı. Sakalını kısalttırınca, kısa saçlı olanı takıyordu... Bunun dışında bazı kendine özgü davranışları da vardı. "Kurşunkalem" yerine "kurşun" diyordu. Bulunduğu yere ispirto kokusu yayıyordu, bazılarının dediğine göre de ispirto içiyordu. Öğrencilerin en çok beğendikleri ders, gelmeyen bir başka öğretmenin yerine onun girdiği ve resimden başka bir alanda verdiği dersti. Vekâleten girdiği bu derslerde ellerini helezon şeklinde havaya kaldırıp burnundan omzuna doğru götürerek Bismarck'ın politikası üzerine konferanslar verir ve sosyal demokratlardan korkuyla ve nefretle söz ederdi. Tembel öğrencilerin kolundan tutarak, "Birlik olmalıyız, sosyal demokratlar kapıda bekliyor!" derdi. Yapacak hep bir şeyleri olurdu. Sınıfta dolaşırken birinin yanına oturur, sert bir ispirto kokusu yayardı sıraya, mühür yüzüklü parmağını öğrencinin alnına vururken bazı sözcükler çıkarırdı ağzından: "Bakış açısı!" "Siluet!" "Kurşunkalem!" "Sosyal demokrasi!" "Birlik olmak!" gibi... Sonra çabuk çabuk uzaklaşırdı.

Kai bu derste de yeni bir edebiyat çalışması yapıyordu ve Hanno da kafasında orkestra eşliğinde bir uvertür çalıyordu. Sonra ders bitti, kitaplarını defterlerini alıp aşağıya indiler. Okul avlusundan dışarı çıkan yol açıktı, birlikte evin yolunu tuttular.

Hanno ve Kai evlerine aynı yoldan döndüler. Kitapları kollarının altında, kent dışındaki kırmızı küçük villaya kadar birlikte yürüdüler. Küçük Kont Mölln, babasının çiftlik evine kadar yalnız başına epeyce bir yol daha katetmek zorundaydı. Sırtında bir paltosu bile yoktu.

Sabahleyin çöken yoğun sis tabakası yerini kara bırakmıştı, lapa lapa yağan iri iri kar taneleri yere düşüyor ve vıcık vıcık çamura dönüşüyordu. İki arkadaş, Buddenbrook'ların bahçe kapısında birbirlerinden ayrıldı. Fakat Hanno bahçe yolunun yarısını yürümüştü ki, Kai bir kere daha geri döndü, kolunu arkadaşının omzuna koydu ve, "Umudunu yitirme... İstemiyorsan piyano da çalma!" dedi sessizce. Sonra ince ve sefil görüntüsüyle kar fırtınası arasında gözden kayboldu.

Hanno eve girdikten sonra kitaplarını koridordaki doldurulmuş ayının elinde tuttuğu tepsiye bıraktı ve annesine merhaba demek için oturma odasına gitti. Frau Gerda Buddenbrook Josephine koltukta oturmuş, sarı kapaklı bir kitap okuyordu. Hanno'nun halının üzerinden kendisine yaklaştığını görünce, çevresi mavi halkalı gözlerini kaldırdı ve oğluna baktı. Hanno yanına gelince başını iki elinin arasına aldı ve alnından öptü.

Hanno daha sonra odasına çıktı. Elini yüzünü yıkadı, masaya oturdu ve Matmazel Clementine'in kendisi için hazırladığı kahvaltıdan biraz yedi. Daha sonra çekmecesinden bir paket Rus sigarası çıkardı ve epeydir içtiği bu kısa ve sert sigaralardan bir tane alıp yaktı. Daha sonra armonisinin önüne oturdu ve anlaşılması zor bir parçayı, Bach'ın bir fügünü çalmaya başladı. Sonunda ellerini başının arkasına kenetledi ve pencereden lapa lapa yağan kara baktı. Hiçbir şey görünmüyordu. Artık ne o sevimli bahçe vardı, ne de pencerenin altında şırıl şırıl akan fıskiye. Komşu villanın gri boyalı yan duvarı bütün görüntüsünü kesmişti.

Saat dörtte öğle yemeğini yediler. Gerda Buddenbrook, küçük Johann ve Matmazel Clementine'den başka evde kimse yoktu. Az sonra Hanno salona geçti ve piyanonun başında biraz hazırlık yaptı ve annesini bekledi. Birlikte Beethoven'in *Opus 24* sonatını çaldılar. *Adagio* bölümünü çalarken Gerda'nın kemanı bir melek gibi şakıyordu, ama Gerda yine de memnun kalmadı; kemanı çenesinden çekti, canı sıkkın bir şekilde oğlunu süzdü ve bugün keyfinin yerinde olmadığını söyledi. Çalmaktan vazgeçti ve dinlenmek için odasına çıktı.

Hanno salonda tek başına kaldı. Dar bir verandaya açılan kapıya yürüdü ve birkaç dakika boyunca yağan karla vıcık vıcık olmuş bahçeye baktı. Fakat daha sonra birden geri çekildi, kapıdaki krem rengi perdeyi öyle bir çekti ki odanın içi sarımtırak bir yarı karanlığa büründü. Sonra piyanoya doğru yürüdü. Piyanonun yanına gelince yine durdu, bir noktaya çevirdiği dalgın ve donuk bakışları yavaş yavaş karardı, bulanık görmeye başladı ve her şey belirginliğini yitirdi... Piyanonun başına geçti ve çalmaya başladı. Seslendirdiği parça çok basitti, bir hiçti aslında; var olmayan bir melodinin fragmanı, bir buçuk mezürlük bir ezgiydi. Hanno bunu kendisinden beklenmeyen bir güçle ve gelecek olanın hammaddesi ve kaynağı olarak trombonlarla buyurgan bir şekilde bildiriliyormuşçasına tam bir uyum içinde ve kendisinden beklenilmeyecek kadar kalın bir tonda ve teksesli olarak çalmaya başladığında, aslında neyin kastedildiğini anlamak pek mümkün değildi. Ama bunları tiz perdeden ve mat bir gümüş tonunda armonize ederek tekrarladığında, hepsinin bir bütünün parçaları olduğu, giderek daha da alçalan bir tonla bir makamdan ötekine geçen acınası bir buluş olduğu belli oluyordu. Hanno öylesine kesin ve yapaylık karışımı bir kararlılıkla sunuyordu ki, çaldığı şey tuhaf, gizemli ve anlamlı bir değer kazanıyordu. Şimdi de senkopların dur durak bilmeyen geliş gidişleri başlamıştı. Arayış içinde, yolunu şaşırmış, çığlıklara dönüşerek parça parça olan, sanki duyduklarından huzursuz olmuş ve hiç susmayacakmış gibi ve birbirinden farklı armonilerle... Sorarak, ağıt yakarak, tükenerek, arzulayarak ve vaatlerde bulunarak. Senkoplar giderek daha da şiddetleniyor ve acele acele çalınan üçlemelerle çaresizce çevreye savruluyorlardı; fakat yükselen korku çığlıkları birleşerek bir biçim kazandılar, birbirlerine kenetlendiler ve melodiye dönüştüler. Sonunda o an geldi ve nefesli sazların oluşturduğu bir koronun yürekten söylediği yakarışlı bir şarkı gibi, güçlü ama alçakgönüllü bir biçimde her şeye egemen oldu. Hiç durmaksızın yükselen, dalgalanıp coşan, yolunu şaşıran ve kaybolan ezgiler yenilmiş, onun yerine ise hiç şaşmayan bir kararlılıkla, basit ritimli, ezik ve çocuksu bir masumiyetle dua eden bu koral müziği yükseliyordu... Bir çeşit kilise müziği bitişiyle sona erdi parça. Arkasından uzunca bir duraklama ve sessizlik oldu. Sonra birdenbire, o da ne öyle! O ilk ezgi usulca ve soluk bir gümüş rengiyle yeniden yükselmeye başladı, o zavallı, aptalca ve gizemli ses dizgesi, bir makamdan ötekine geçen o acı tatlı çöküş yeniden yükseldi. İşte tam o sırada şiddetli bir arbede, çılgınca bir hareketlilik, fanfarların müziğini anımsatan ve vahşi bir kararlılığı ifade eden vurguların her şeye egemen olduğu inanılmaz bir başkaldırı başladı. Ne olmuştu? Ne olacaktı? Hareket emri veren borazanlar gibi yankılanıyordu yükselen müziğin sesi. Sonra bir toplanma ve yoğunlaşmayı andıran bir şey oldu, daha sert sesler birbirine karıştı ve yeni bir ses dizgesi yükseldi, bir doğaçlama, bir çeşit av türküsü başladı, hareketli ve şiddetli. Fakat hiç neşelendirici değildi, insanın iç dünyasını yansıtan umutsuzluk dolu ezgilerdi bunlar, araya karışan borazan sesleri daha çok bir korku çığlığını anımsatıyordu ve bütün bunların arasında çarpık, tuhaf armonilerle eziyet çeken o huzursuz ve tatlı tema, o ilk gizemli tema yeniden yükselmeye başladı... Sonra anlamı ve özü pek anlaşılamayan olaylar silsilesi izledi bunu... Hanno'nun hâkim olamadığı, aksine çalan parmakları altında kendiliğinden oluşan ve daha önce hiç tanımadığı ve yaşayarak öğrendiği tınılar serüveninden, ritimden ve armoniden bir kaçış. Tuşların üstüne eğilmiş, açık dudakları ve dalgın bakışlarıyla öylece oturuyordu. Yumuşacık kahverengi saçları bukle bukle şakaklarına düşmüştü. Ne olmuştu? Neydi yaşadığı şey? Korkunç engellerin üstesinden gelinmeye mi çalışılıyordu, ejderhalar mı öldürülüyor, dağlar mı aşılıyor, azgın sulara karşı mı yüzülüyor, yoksa alevler arasından mı geçiliyordu? Kulakları tırmalayan bir kahkaha ya da anlamsız müjdeli bir kehanet gibi o ilk tema, o değersiz oluşum, bir makamdan ötekine geçerek devam eden o çöküş odanın her yerinde yankılanıyordu... Evet, bu onu daha yeni ve daha zorlu çalışmalara kışkırtıyor gibiydi, arkasından çığlıklara dönüşüp tükenen oktavların çılgın hamleleri izledi bunu. Daha sonra bir kabarma, yavaş ama durdurulamaz bir tırmanış başladı; dayanılmaz bir tutkuyla ve kulakları sağır edercesine çalınan bu kromatik yükselme mücadelesi, zaman zaman ürkütücü ve kışkırtıcı ezgilerle bölünüyordu; vahşi zeminin insanın altından kayması ve tutkulara yenik düşmesi gibi bir şeydi bunlar... Arada bir o yalvaran, tövbe eden ve af dileyen duanın ilk ahenkleri uzaktan ve sessizce duyulur gibi oluyorsa da yükselmeye çalışan bir kakışmalar tufanı onu bastırdı; bir araya gelen, ileriye doğru hücum eden, geri çekilen, yukarılara tırmanan, aşağıya düşen ve ifade edilmesi zor bir hedefe doğru koşan bir sürü kakışmalar, dayanılmaz bir boyuta ulaşan işkence yığınları... Artık o hedefe ulaşmak gerekiyordu, tam bu anda, bu korkunç doruk noktasında, tutku dolu bu ıstırabın dayanılmaz olduğu anda... İşte o an geldi, artık durdurulamazdı, tutku fırtınaları daha fazla uzatılamazdı; bir perde yırtılıyormuş, kapılar kırılarak açılıyormuş, çalılıklar ve çitler açılıyormuş, alev duvarları yıkılıyormuş gibiydi... Ayrışma, çözülme, isteklerin gerçekleşmesi gibi bir şey, bir mutlu olay başladı ve müthiş bir sevinç çığlığıyla her şey çözülerek hoş bir sedaya, tatlı ve özlem dolu bir *ritardando* ile bir başka tona düşüveren bir ahenge büründü... O ilk temaydı, o ilk temaydı duyulan! Şimdi başlayan şey, tam bir şölendi, bir zafer, çılgınca bir eğlence âlemi, bir ses perdesinden ötekine geçen, oktavlarla akıp giden, hıçkırarak ağlayan, titreyen, şarkı söyleyen, neşe çığlıkları atan, gürleyen, parlayan, köpüren ve tüm görkemiyle yükselen ezgiler... Zorba ve aptalca olduğu kadar da inanç ve keşişlere özgü bir kendinden geçiş vardı bu hiçin fanatik kültünde, bu melodi parçasında, bu yarım usullük kısa ve çocukça buluşta... keyfinin çıkarıldığı ve istismar edildiği bu doyumsuzlukta ve ölçüsüzlükte ahlaksızca bir şey vardı, tatlı olan en son şeyin emilerek tüketildiği bu açgözlülükte alaycı ve çaresizce bir şey, bir haz ve çöküş isteği vardı, ta ki yorgun ve bitkin düşüp tükenene kadar, tiksinti duyup kusuncaya kadar, nihayet bütün bu sapmalardan sonra uzun ve sessiz bir minör arpejle bir ton yükselip yürek paralayıcı bir duraksamayla majörde kaybolana kadar.

Hanno bir an için sustu, çenesini göğsüne dayamış ve ellerini kucağına bırakmıştı. Sonra ayağa kalktı ve piyanonun kapağını kapattı. Yüzü sapsarı olmuştu, dizlerinde derman kalmamıştı ve gözleri yanıyordu. Yan odaya geçti, Josephine koltuğa uzandı ve hiç kımıldamadan uzunca bir süre öyle kaldı.

Daha sonra akşam yemeği yenildi ve Hanno yemekten sonra annesiyle bir el satranç oynadı, berabere kalmışlardı. Fakat gece yarısından sonra yine odasına dönmüş ve armonyumunun başına geçerek yanan mum ışığında çalmaya devam ediyordu. Hiçbir şey eksik kalsın istemiyordu, oysa sabah beş buçukta kalkıp öğretmenlerinin verdiği o çok önemli okul ödevlerini hazırlamak niyetindeydi.

Küçük Johann'ın yaşamından bir gün işte böyle geçti.

## 3

Tifo hastalığı şöyle ortaya çıkar:

İnsan kendinde ruhsal bir bezginlik hisseder ve bu durum gittikçe artarak nedeni belli olmayan bir umutsuzluğa dönüşür. Aynı anda vücudunda bir yorgunluk başlar ve yalnızca kaslar ve lifler değil, iç organlarının tümü işlevini yitirir. Her şeyden önce bir iştahsızlık başlar, mide hiçbir şeyi kabul etmez ve hasta fiziksel bir yorgunluk ve bulantı duyar. Ağır bir uyku hali başlar, fakat duyulan aşırı yorgunluğa rağmen uyuyamaz, huzursuz, endişeli ve sıkıntılı bir ruh hali içinde gidip gelir. Beyin çatlayacakmış gibi zonklar, sisle çevrelenmiş ve baş dönmesiyle sarsılmış gibi uyuşuk ve tutuktur. Bütün vücudunda belirsiz bir ağrı vardır. Zaman zaman ve hiçbir neden olmadan burun kanaması olur. Bunlar hastalığın ilk evresidir.

Sonra titreme nöbetleri başlar, hastanın bütün bedeni zangır zangır titrer ve dişleri birbirine çarpar. Bu durum ateşin başlayacağının ve hızla yükseleceğinin göstergesidir. Göğüs ve karın bölgesinde mercimek büyüklüğünde kırmızı lekeler oluşur, parmakla bastırıldığında kaybolan, ancak hemen sonra yeniden ortaya çıkan kırmızı kırmızı lekeler görülür. Nabız hızlı hızlı atmaya başlar ve atışlar dakikada yüze fırlar. İlk hafta böyle geçer ve hastanın ateşi kırk derecede seyreder.

İkinci haftada hasta başındaki ve vücudundaki ağrılardan kurtulur; fakat buna karşılık baş dönmesi dayanılmaz ölçüde artar ve kulaklarda öyle bir uğultu başlar ki, hasta hiçbir şeyi duyamaz olur. Yüz ifadesi bütünüyle anlamını yitirir ve ağız kapanmamaya başlar, bakışlar donuklaşır ve ilgisini yitirir. Bilinç kaybolmuştur ve hasta sürekli bir uyku halindedir. Sık sık kendini kaybeder, ama gerçek bir uyku uyuyamaz. Hastanın odasından sayıklamalar duyulur ve hasta kendi kendine konuşur ve hayaller kurar. Bitkinliği ve çaresizliği son haddine ulaşır ve hastanın hali tiksinti uyandırmaya başlar. Dişleri, dişetleri ve dili solumasını zorlaştıran kapkara bir sıvıyla kaplanır. Gazdan şişmiş karnıyla hiç kımıldayamadan sırtüstü yatar. Yatağa iyice gömülmüş ve bacaklarını açmıştır. Bütün organları hızlı, kovalarcasına ve yüzeysel çalışır, soluk alışları sıklaşır ve nabız atışları dakikada yüz yirmiye fırlar. Gözkapakları yarıaçıktır ve yanakları ilk günlerinin kırmızılığını yitirmiş, ancak mavimsi bir renk almıştır. Göğüs ve karındaki mercimek büyüklüğündeki kırmızı lekeler çoğalır. Ateş kırk bire yükselir.

Üçüncü haftada hastalığın şiddeti zirveye ulaşır. Yüksek sesle sayıklamalar bitmiştir ve hiç kimse, hastanın zihninin bomboş bir geceye mi daldığını ya da bedeninden ayrılarak herhangi bir sesin ya da belirtinin görülmediği uzak, derin ve sessiz düşlerde mi dolaştığını söyleyemez. Beden bütün duyularını yitirir. İşte bu an karar verme ânıdır.

Kimi insanlarda teşhisin konulması bazı nedenlerden zorlaşır. Örneğin, kendisine umut bağlanan ve sapasağlam olduğu sanılan kişide görülen keyifsizlik, aşırı yorgunluk, iştahsızlık, tedirgin uyku hali ve baş ağrıları gibi hastalığın başlangıcında ortaya çıkan ilk belirtiler yakınları tarafından sıkça yaşanan bir durum olarak görülürse... Hatta belirtiler arttığı zaman bile bunu sıra dışı bir durum olarak algılayıp tehlike fark edilmezse... Çalışkan ve bilgisine güvenilir bir hekim, eğer bir isim vermek gerekirse; şu kısa boylu ve ellerinin üstü siyah kıllı, yakışıklı Doktor Langhals, bu belirtileri hemen anlar ve hastalığın adını koyardı; göğüs ve karında görünen kırmızı lekeler tanının kesin olarak konmasını sağladığı için alınması gereken önlemleri ve kullanılacak ilaçları hiç tereddüte düşmeden söyleyecektir. Hasta için, ısısı on yedi dereceyi geçmemesi gereken, mümkünse büyükçe ve sık sık havalandırılan bir oda hazırlatacaktır. Temizlik konusunda çok ısrarcı olacak ve hastanın yatağını sık sık düzelttirerek mümkün olduğu sürece –ki bazı durumlarda bu süre pek uzun değildir– hastanın vücudunda yatmaktan kaynaklanan yaralar oluşmasını önlemeye çalışacaktır. Ağız boşluğunu ıslak bir bez parçasıyla sildirtip sürekli temiz kalmasını sağlayacaktır; bunu yaparken iyot ve potasyum karışımı bir ilaç kullanacak, hastaya kinin ve antipirin yazacak, özellikle mide ve bağırsaklar çok sarsıldığından, son derece hafif ve besleyici bir diyet verecektir. Bedenini harap eden şiddetli ateşe karşı hastaya, gece gündüz hiç ara vermeden, odaya taşıttıracağı bir küvette üç saatte bir banyo yaptırtacak ve küvetin suyunun ayakucundan başlayarak hafif hafif ılıştırılmasını isteyecektir. Her banyodan sonra hastayı güçlendirmek ve canlandırmak için ona konyak ve hatta şampanya içirtilecektir. Ancak o bütün bunları hastalığa kesin bir etkisi olup olmadığını bilmeden yararlı olacaklarını düşünerek öylesine uygulamaktadır. Çünkü üçüncü haftaya, yani hastalığın en tehlikeli dönemi olan kriz ve karar verme ânına kadar neyin iyi geleceği konusunda tam bir kararsızlık içindedir. "Tifo" adını verdiği bu hastalık bu olayda olduğu gibi, bilimin sunduğu ilaçlar ve tedavi yöntemleriyle üstesinden gelinebilir bir enfeksiyonun kötü sonuçlarının neden olduğu sıradan bir felaket mi yoksa yok oluşun başka bir biçimi miydi, bilememektedir; belki de ölümün kendi giysisiydi, pekâlâ başka bir maske altında da ortaya çıkabilirdi ve bunun çaresi yoktu.

Tifonun üçüncü ve en tehlikeli dönemi kendisini şöyle belli eder:

Hasta yüksek ateşle bilincini kaybedip kâbuslar görmeye başladığında, yaşam son derece canlı ve anlaşılır bir sesle onu geri çağırır. Bu ses, kendisini gölgeye, serinliğe ve huzura götüren bir yolda, yabancı ve sıcak bir yolda yürüyen bir ruha bütün sertliği ve canlılığıyla ulaşacaktır. İnsan çok gerilerde bıraktığı ve unuttuğu yerlerden kendisine ulaşan ve geri dönmesi için uyaran bu berrak, canlı ve biraz da alaylı sesi duyacaktır. Yaşamın o alaycı, renkli ve acımasız çarkına karşı içinde bir sevgi, bir bağlılık, yeni bir enerji ve sorumluluklarını yerine getirememiş olmanın derin utancı gibi bir şey hissederse, o yabancı ve sıcak patika yollarda ne kadar ilerlerse ilerlesin, geriye dönecek ve yaşamaya devam edecektir. Fakat kendisini yaşama geri çağıran bu ses karşısında kapıldığı korku ve duyduğu tiksintiden irkilirse ve bu çağrının, bu berrak ve canlı sesin etkisiyle başını sallar, savunma amacıyla ellerini geriye uzatarak kaçıp kurtulması için önünde açılan yolda yürümeye devam ederse... bunun anlamı çok açıktır: ölecektir.

# 4

Geçkin kız Frau Weichbrodt, belki de yüz defa, "Doğru değil bu, doğru değil bu," diye tekrarladı üzgün ve serzenişli bir sesle. Gerda Buddenbrook, Frau Permaneder ve onun kızı Erika, zavallı Klothilde ve Gotthold amcanın Breiten Caddesi'nde oturan evde kalmış kızları bu akşam Sesemi'nin eski öğrencisi Gerda'nın oturma odasında bir aile ortamı içinde yuvarlak masanın çevresinde otururlarken, Frau Weichbrodt da bir kanepenin üzerine ilişmişti. Kafasına taktığı başlığının yeşil kurdeleleri küçücük omuzlarına düşmüştü; masanın üstüne dayadığı kolunu konuşurken hareket ettirebilmek için bir omzunu yukarıya kadar kaldırmak zorunda kalıyordu.

"Doğru değil bu yaptığın, hiç doğru bir şey yapmadığını söylüyorum sana, Gerda!" diye tekrarladı heyecandan ve telaşından titreyen sesiyle. "Benim bir ayağım çukurda, günlerim sayılı ve sen beni... bizleri bırakıp gitmek istiyorsun, sonsuzca ayrılmak istiyorsun buralardan. Sadece bir seyahat, Amsterdam'a bir ziyaret için gitmiş olsaydın... ama bir daha hiç dönmemek üzere gidiyorsun!" İyice yaşlanmış olan Frau Weichbrodt bir kuşu andıran başını sallıyordu; kahverengi gözlerinde hüzün ve ürkeklik vardı, "Pek çok şeyini kaybettiğin doğru," dedi.

Frau Permaneder, "Hayır, her şeyini kaybetti," diye karşılık verdi. "Bencil olmamalıyız Therese. Gerda gitmek istiyor ve gidecek de. Yapabileceğimiz bir şey yok. Yirmi bir yıl önce Thomas'la gelmişti; o bizden hep nefret etti, ama biz hepimiz onu çok sevdik... evet, Gerda, bizlerden hiç hoşlanmadın sen, itiraz etme sakın! Fakat Thomas yok artık... Hiç kimsen kalmadı burada. Biz senin neyiniz ki? Hiçbir şeyin değiliz. Hepimiz çok üzüleceğiz, ama git Gerda, Tanrı yardımcın olsun. Thomas öldükten sonra hemen gitmediğin için de teşekkür ederim..."

Sonbahardı ve akşam yemeğinden hemen sonraydı. Küçük Johann (Justus, Johann, Kaspar) aşağı yukarı altı aydan beri Rahip Pringsheim'ın dualarıyla kutsanmış olarak kent dışındaki ormanlığın kenarında, kum taşından yapılmış kocaman bir haçın ve Buddenbrook'ların aile armasının altında yatıyordu. Yağan yağmur evin önünden geçen bulvarda, yaprakları yarı yarıya dökülmüş ağaçları hışırdatıyordu. Ara sıra esen sert rüzgâr yağmur damlalarını pencerelerin camlarına vuruyordu. Sekiz kadın da siyah giyinmişti.

Küçük bir aile toplantısıydı. Kentten ayrılmaya ve Amsterdam'a dönmeye karar veren Gerda Buddenbrook'la vedalaşmak için bir araya gelmişlerdi. Gerda vaktiyle yaptığı gibi yaşlı babasıyla keman çalıp düet yapacaktı yine. Onu buraya bağlayan hiçbir şey kalmamıştı. Frau Permaneder'in onun bu kararına karşı söyleyecek hiçbir şeyi yoktu. Çok üzülüyordu, ama yüreği yana yana bunu kabullenmişti. Senatör'ün dul eşi kentte kalmış olsaydı toplum içinde yerini ve önemini korur ve serveti de burada kalırdı; böylece Buddenbrook'ların adının saygınlığı biraz olsun korunmuş olurdu. Fakat Frau Antonie Permaneder Buddenbrook bu dünyada yaşadığı ve insanlar kendisine baktığı sürece başını hep yukarıda tutacaktı. Büyükbabası dört atlı arabasıyla bütün ülkeyi dolaşmıştı.

Hareketli bir yaşam sürmesine ve midesinden rahatsız olmasına karşın hâlâ ellisinde bile göstermiyordu. Teni biraz tüylenmiş ve canlılığını kaybetmişti, üstdudağında –Tony Buddenbrook'un o sevimli üstdudağında– ince kıllar çıkmıştı, fakat taktığı matem başlığının altından görünen ve ortadan ikiye ayırarak taradığı dümdüz saçlarında tek bir beyaz bile yoktu.

Yeğeni zavallı Klothilde, Gerda'nın buradan ayrılışını her şeyde olduğu gibi sakin ve umursamaz bir tavırla karşıladı. Az önce yedikleri akşam yemeği sırasında sessizce ve zorla uzanmıştı tabağının üzerine ve şimdi her zaman olduğu gibi o çelimsiz vücudu ve umursamaz tavrıyla öylece oturuyor ve sözcükleri yayarak ve tebessüm ederek konuşuyordu.

Bu arada otuz bir yaşına girmiş olan Erika Weinschenk de sakin karşılamıştı dayısının dul eşinin buradan ayrılışını. Kendisi de korkunç şeyler yaşamıştı ve genç yaşta öğrenmişti yazgıya boyun eğmesini. Yorgun bakan su mavisi gözlerinden –babası Herr Grünlich'ten aldığı gözlerinden– başarısızlıkla sonuçlanan bir yaşamı kabullenme, yazgıya teslim olma hali okunuyordu; coşkulu ve zaman zaman biraz yakınan sesinden de aynı ruh hali anlaşılıyordu.

Gotthold amcanın evde kalmış üç kızına gelince, yüz çizgileri her zaman olduğu gibi yine eleştirici ve iğneleyiciydi. Daha yaşlıları olan Friederike ve Henriette yılların akışı içinde iyice kurumuş ve daha da sivri dilli olmuşlardı; elli üçünde olan küçük kardeş Pfiffi ise pek küçülmüş ve şişko biri olmuştu.

Justus dayının dul ve yaşlı eşi Frau Konsül Kröger de çağrılmıştı eve, fakat rahatsız olduğunu öne sürerek gelememişti; belki de giyecek uygun bir giysi bulamamıştı, hangisinin doğru olduğunu kestirmek zor.

Gerda'nın Amsterdam'a yapacağı yolculuk konuşuluyordu, binmeyi düşündüğü trenden, komisyoncu Gosch' un içindeki mobilyalarla birlikte villanın satışını üstlenmesinden söz ediliyordu. Çünkü Gerda yanına hiçbir şey almak istemiyordu ve geldiği gibi tek bavulla geri dönecekti.

Sonra Frau Permaneder hayattan ve öneminden söz açtı, geçmiş ve gelecek yıllar hakkındaki düşüncelerini anlattı, oysa gelecek için söylenecek hiçbir şey kalmamıştı.

"Evet, ben ölünce Erika'nın buradan gitmesine diyecek bir şeyim olamaz," dedi Frau Permaneder, "ama ben buradan başka hiçbir yerde kalamam. Yaşadığım sürece burada birlikte olmalıyız, geride kalan birkaç kişi olarak... haftada bir defa bana yemeğe gelirsiniz... hep birlikte aile dosyamızı açar, okuruz." Eliyle önündeki dosyaya dokundu. "Evet Gerda, bunu büyük bir teşekkürle alıyorum. Anlaştık değil mi?.. Thilda, duyuyor musun söylediklerimi?.. Aslında bizleri senin davet etmen gerekirdi, çünkü senin durumun bizden daha kötü değil. Evet, hayat böyle işte. Çabalarız, didiniriz, tırmanırız ve hep bir şeylerle savaşırız... Fakat sen hiçbir çaba göstermeden yerinde oturdun ve her şeyin olup bitmesini bekledin. Thilda, bana darılma ama akılsızın birisin sen..."

"Yapma, Tony!" dedi Klothilde gülümseyerek.

Gerda, "Christian'la vedalaşamadığım için üzgünüm," deyince söz Christian'dan açıldı. Yatırıldığı hastaneden çıkma olasılığı çok azdı, oysa durumu pek kötü değildi ve dışarıda yaşamaması için bir neden yoktu. Fakat sevgili eşi onun hastanede kalmasını istiyordu. Frau Permaneder'in iddia ettiğine göre, hekimiyle gizlice anlaşmıştı ve Christian belki de ömrünün sonuna kadar orada kalacaktı.

Sonra bir sessizlik oldu. Konuşma, yavaş yavaş ve duraksayarak son yaşanan olaylara kaydı. Küçük Johann'ın adı geçer geçmez yine bir sessizlik çöktü odaya. Yağan yağmurun hışırtısı duyuluyordu sadece. Hanno'nun korkunç bir biçimde son bulmuş olan yaşamı ve hastalığıyla ilgili kalın sis perdesi aralanabilmiş değildi. Sessiz imalarla ve yarım sözlerle o amansız hastalığı konuşurlarken başlarını kaldırıp birbirlerinin yüzlerine bakamıyorlardı. Hastalığın en son safhası bütün dehşetiyle gözlerinin önünde yeniden canlandı, Hanno'nun sefil giyimli arkadaşı küçük Kont Kai Mölln, odasına zorla girmişti. Hanno, arkadaşının sesini duyunca gülümsemişti, oysa artık kimseyi tanımıyordu. Kai, onun iki elini tutmuş, tekrar tekrar öpmüştü.

Gotthold amcanın evde kalmış kızları, "Hanno'nun ellerini öptü mü?" diye sordular.

"Evet, hem de defalarca."

Bunun üzerine hepsi de bir süre sessizce ve derin derin düşündü.

Frau Permaneder ağlamaya başladı. "Onu öyle çok seviyordum ki," dedi hıçkırarak. "Onu ne kadar çok sevdiğimi bilemezsiniz... Hepinizden daha çok seviyordum onu... Evet Gerda, bu sözlerimden dolayı bağışla beni, sen onun annesisin... Ah, o bir melekti..."

"Şimdi bir melek oldu," diye düzeltti Sesemi Weichbrodt.

Frau Permaneder, "Hanno, benim küçük Hanno'cuğum," diye devam etti hıçkırarak, gözlerinden boşalan yaşlar tüylü ve renksiz yanaklarından aşağıya doğru akıyordu. "Tom, babam, büyükbabam ve diğerleri! Nerelere gittiniz? Sizleri bir daha göremeyeceğiz. Ah, hayat ne kadar da sert ve acımasız!"

Friederike Buddenbrook ellerini kucağına koymuş, gözlerini önüne dikmiş ve burnundan soluyarak, "Öteki dünyada buluşuruz," dedi.

"Evet, böyle denir... Ah Friederike, öyle anlarım oluyor ki, bir türlü sakinleşemiyorum, Tanrı cezamı versin, ama zaman zaman onun adaletinden, iyiliğinden... hatta her şeyden kuşku duyuyorum. Hayat içimizdeki şeyleri öyle yıkıyor, kimi inançlarımızı öylesine yok ediyor ki! Yeniden buluşmak... mümkün olabilse keşke..."

Bunun üzerine Sesemi Weichbrodt yerinden kalktı, gücünün yettiği kadar doğruldu. Parmaklarının ucuna bastı, boynunu uzattı ve elini masanın üstüne sertçe vurdu, kurdeleli başlığı titriyordu.

İyice küçülmüş ve iki büklüm olmuş bu yaşlı kız bütün gücünü toplayarak, "Hayat böyledir işte!" dedi ve meydan okurcasına hepsinin yüzüne baktı.

Hayatı boyunca yaşamın zorluklarına karşı bir öğretmen sağduyusuyla hep iyi amaçlar için savaşmış ve başarıya ulaşmış biri olarak, küçülmüş ve iki büklüm olmuş vücuduyla masanın önünde durmuş, inançla titriyordu; cezalandıran ve yürekleri coşturan küçük bir peygamber gibiydi.